合本 俳句歳時記

第五版【大活字版】

角川書店編

角川書店

序

季語には、日本文化のエッセンスが詰まっている。俳句がたった十七音で大きな世界を詠むことができるのは、背後にある日本文化全般が季語という装置によって呼び起こされるからである。

和歌における題詠の題が美意識として洗練され、連句や俳諧の季の詞《ことば》として定着するなかでその数は増え続け、さらに近代以降の生活様式の変化によって季語の数は急増した。なかには生活の変化により実感とは遠いものになっている季語もある。歳時記を編纂《へんさん》する際にはそれらをどう扱うかが大きな問題となる。

角川文庫の一冊として『俳句歳時記』が刊行されたのは一九五五年、巻末の解説には、季節の区分を立春・立夏などで区切ることについての葛藤《かっとう》が見られる。特別な歳時記は別として、この区分が当たり前のようになっている今日、歳時記の先駆者の苦労が偲《しの》ばれる。

この歳時記から半世紀以上が経った今、先人の残した遺産は最大限に活用し、なお現代の我々にとって実践的な意味をもつ歳時記を編纂することの必要を感じずにはいられない。

編纂にあたっては、あまり作例が見られない季語や、傍題が必要以上に増大した季語、また、どの歳時記にも載っていないが季語として認定するに相応《ふさわ》しいもの、あまりに細かな分類を改めたもの等々、季語の見直しを大幅に行った。さらに、季語の本意・本情や、関連季語との違い、作句上の注意を要する点等を解説の末尾に示した。

例句は、「この季語にはこの句」と定評を得ているものはできる限り採用した。しかし、人口に膾炙《かいしや》した句でありながら、文法的誤りと思われる例、季語を分解して使った特殊な例など、止むなく外さざるを得ない句もあった。

本歳時記はあくまでも基本的な参考書として、実作の手本となることを目指した。今後長く使用され、読者諸氏の句作の助けとなるならば、これに勝る喜びはない。

二〇一八年一月

「俳句歳時記　第五版」編集部

凡例

・今回の改訂にあたり、季語・傍題を見直し、現代の生活実感にできるだけ沿うよう改めた。したがって主季語・傍題が従来の歳時記と異なる場合もある。また、現代俳句においてほとんど用いられず、認知度の低い傍題は省いた。
・解説は、句を詠むときの着目点となる事柄を中心に、簡潔平明に示した。さらに末尾に、季語の本意・本情や関連季語との違い、作句のポイント等を❖印を付して適宜示した。
・季語の配列は、時候・天文・地理・生活・行事・動物・植物の順にした。
・春の部は立春より立夏の前日まで、夏の部は立夏より立秋の前日まで、秋の部は立秋より立冬の前日まで、冬の部は立冬より立春の前日までとした。新年の部には正月に関係のある季語を収めた。
・季語解説の末尾に→を付した季語は、その項目と関連のある季語、参照を要する季語であることを示す。他季節の季語を参照させるときには（）内にその季節を付記した。
・例句は、季語の本意を活かしていることを第一条件とした。選択にあたっては俳諧や若い世代の俳句も視野に入れ、広く秀句の収載に努めた。
・例句の配列は、原則として見出し欄に掲出した主季語・傍題の順とした。
・索引は季語・傍題の総索引とし、新仮名遣いによった。

目次

春

頁数の上の略号は、一季節中の季語を初春・仲春・晩春のように三区分し、「初」「仲」「晩」で示したもの。一季節全体にわたる季語は「三」とした。新年は便宜上、上旬・中旬・下旬に分け、「上」「中」「下」の略号で示し、新年全体にわたる季語は「全」とした。なお、この区分は地域によって差異が見られる場合がある。

時候

春昼　三　六九
春の暮　三　六九
春の宵　三　六九
春の夜　三　七〇
暖か　三　七〇
麗か　三　七〇
長閑　三　七一
日永　三　七一
遅日　三　七二
木の芽時　三　七二
花時　晩　七二
花冷　晩　七二
蛙の目借時　晩　七三
穀雨　晩　七三
春深し　晩　七三
八十八夜　晩　七四
春暑し　晩　七四
暮の春　晩　七四
行く春　晩　七五
春惜しむ　晩　七五
夏近し　晩　七六
弥生尽　晩　七六

天文

春の日　三　七七
春光　三　七七
春の空　三　七七
春の雲　三　七七
春の月　三　七八
朧　三　七八
朧月　三　七九
春の星　三　七九
春の闇　三　七九
春風　三　八〇
東風　三　八〇
貝寄風　仲　八〇
涅槃西風　仲　八一
比良八荒　仲　八一
春一番　仲　八一
風光る　三　八二
春疾風　三　八二
桜まじ　晩　八二
春塵　三　八三
霾　三　八三
春雨　三　八三
春時雨　三　八四
菜種梅雨　晩　八四
春の雪　三　八四
斑雪　三　八五
雪の果　仲　八五
春の霙　三　八六
春の霰　三　八六
春の霜　三　八六
別れ霜　晩　八六

春の虹　晩　八六
春雷　三　八七
佐保姫　三　八七
霞　三　八七
陽炎　三　八八
春陰　三　八九
花曇　晩　八九
鳥曇　晩　八九
蜃気楼　晩　八九
逃水　晩　九〇
春夕焼　三　九〇

地理

春の山　三　九一
山笑ふ　三　九一
春の野　三　九一
焼野　初　九二
春の水　三　九二
水温む　仲　九二
春の川　三　九三
春の海　三　九三
春の波　三　九三
春潮　三　九三
潮干潟　晩　九四
春田　三　九四
苗代　晩　九四
春の土　三　九五
春泥　三　九五
残雪　仲　九五
雪間　仲　九六
木の根明く　仲　九六
雪崩　仲　九六
雪解　仲　九七
雪しろ　仲　九七
凍解　仲　九七
薄氷　初　九七
氷解く　仲　九八
流氷　仲　九八

生活

春闘　三　九九
大試験　仲　九九
入学試験　仲　九九
卒業　仲　一〇〇
春休　仲　一〇〇
入学　晩　一〇〇
新社員　晩　一〇〇
遠足　晩　一〇一
花衣　晩　一〇一
春の服　三　一〇一
春袷　三　一〇二
春ショール　三　一〇二
春日傘　晩　一〇二
花菜漬　晩　一〇二

桜漬　晩　一〇二
蕗味噌　初　一〇二
木の芽和　三　一〇三
田楽　三　一〇三
青饅　三　一〇三
蜆汁　三　一〇三
蒸鰈　仲　一〇四
干鰈　仲　一〇四
白子干　三　一〇四
目刺　三　一〇四
干鱈　三　一〇五
壺焼　三　一〇五
鶯餅　初　一〇五
蕨餅　初　一〇六
草餅　晩　一〇六
桜餅　晩　一〇六
菜飯　三　一〇七
春灯　三　一〇七
春の炉　三　一〇七
春炬燵　三　一〇八
春火鉢　三　一〇八
炉塞ぎ　晩　一〇八
炬燵塞ぐ　晩　一〇八
廏出し　仲　一〇九
北窓開く　仲　一〇九
目貼剝ぐ　仲　一〇九
雪囲とる　仲　一〇九
屋根替　仲　一一〇
垣繕ふ　仲　一一〇
松の緑摘む　仲　一一〇
麦踏　初　一一〇
野焼く　初　一一一
山焼く　初　一一一
畑焼く　初　一一一
耕　三　一一二
田打　仲　一一二
畑打　三　一一二
畦塗　晩　一一二
種物　仲　一一三
種選　仲　一一三
種浸し　晩　一一三
種蒔　晩　一一四
物種蒔く　仲　一一四
花種蒔く　仲　一一五
苗床　仲　一一五
苗札　仲　一一五
苗木市　仲　一一六
藍蒔く　初　一一六
麻蒔く　仲　一一六
蓮植う　晩　一一六
芋植う　仲　一一六
馬鈴薯植う　仲　一一七
木の実植う　仲　一一七
球根植う　晩　一一七

行事

二日灸　仲　一三四
針供養　初　一三四
雛市　仲　一三五
雛祭　仲　一三五
雛流し　仲　一三六
雛納め　仲　一三七
闘牛　晩　一三七
鶏合　晩　一三七
雁風呂　仲　一三八
伊勢参　三　一三八
十三詣　晩　一三八
義士祭　晩　一三九
釈奠　晩　一三九
水口祭　晩　一三九
四月馬鹿　仲　一四〇
昭和の日　晩　一四〇
みどりの日　晩　一四〇
メーデー　晩　一四一
どんたく　晩　一四一
都をどり　晩　一四一
鴨川をどり　晩　一四二
春祭　三　一四二
北野菜種御供　初　一四二
春日祭　仲　一四三
鎮花祭　晩　一四三
安良居祭　晩　一四三
高山祭　晩　一四四
靖国祭　晩　一四四
先帝祭　晩　一四四
涅槃会　初　一四五
常楽会　初　一四六
竹送り　初　一四六
修二会　仲　一四六
お水取　仲　一四七
嵯峨の柱炬　仲　一四七
嵯峨大念仏　晩　一四七
彼岸会　仲　一四八
御影供　仲・晩　一四八
聖霊会　晩　一四九
開帳　三　一四九
遍路　三　一四九
仏生会　晩　一五〇
吉野の花会式　晩　一五一
御身拭　晩　一五一
鞍馬の花供養　晩　一五一
御忌　晩　一五二
壬生念仏　晩　一五二
峰入　晩　一五三
鐘供養　晩　一五三
バレンタインの日　初　一五三
謝肉祭　初　一五四
御告祭　仲　一五四
受難節　晩　一五四
聖金曜日　晩　一五五

復活祭　晩　一五五
良寛忌　初　一五五
義仲忌　初　一五五
実朝忌　初　一五六
光悦忌　仲　一五六
大石忌　仲　一五六
西行忌　仲　一五七
利休忌　仲　一五七
梅若忌　晩　一五七
人麻呂忌　晩　一五八
蓮如忌　晩　一五八
友二忌　初　一五八
菜の花忌　初　一五九
かの子忌　初　一五九
鳴雪忌　初　一五九
多喜二忌　初　一五九
風生忌　初　一六〇
茂吉忌　初　一六〇
龍太忌　初　一六〇
立子忌　初　一六二
誓子忌　仲　一六二
三鬼忌　晩　一六二
虚子忌　晩　一六三
啄木忌　晩　一六三
荷風忌　晩　一六三
修司忌　晩　一六三

動物

春駒　晩　一六四
春の鹿　三　一六四
落し角　晩　一六四
猫の恋　初　一六五
猫の子　晩　一六五
亀鳴く　三　一六六
蛇穴を出づ　仲　一六六
蝌蚪　晩　一六六
蛙　三　一六七
春の鳥　三　一六八
百千鳥　三　一六八
囀　三　一六八
鶯　三　一六九
松毟鳥　三　一六九
雉　三　一六九
雲雀　三　一七〇
鷽　三　一七一
頬白　晩　一七一
燕　仲　一七一
引鶴　仲　一七三
春の雁　晩　一七三
帰る雁　仲　一七三
引鴨　仲　一七三
春の鴨　晩　一七三
海猫渡る　仲　一七四
鳥帰る　仲　一七四

鳥雲に入る　仲　一七四
鳥交る　三　一七五
孕雀　仲　一七五
雀の子　晩　一七六
鳥の巣　三　一七六
燕の巣　三　一七六
雀の巣　三　一七七
鴉の巣　三　一七七
巣立鳥　晩　一七七
桜鯛　晩　一七八
魚島　晩　一七八
鰊　晩　一七八
鰆　晩　一七九
鱵　三　一七九
子持鯊　仲　一七九
鮭五郎　晩　一八〇
鮊子　晩　一八〇
白魚　初　一八〇
鱒　晩　一八一
諸子　三　一八一
公魚　初　一八二
桜鯎　晩　一八二
柳鮠　三　一八二
乗込鮒　晩　一八三
若鮎　晩　一八三
蛍烏賊　晩　一八三
花烏賊　晩　一八四
飯蛸　初　一八四
栄螺　三　一八四
蛤　三　一八四
浅蜊　三　一八五
馬蛤貝　三　一八五
桜貝　三　一八五
蜆　三　一八六
蜷　三　一八六
田螺　三　一八六
烏貝　三　一八七
月日貝　三　一八七
望潮　三　一八七
寄居虫　三　一八七
磯巾着　三　一八八
海胆　晩　一八八
雪虫　初　一八九
地虫穴を出づ　仲　一八九
蝶　三　一八九
蜂　三　一九〇
虻　三　一九〇
春の蚊　晩　一九一
春の蠅　三　一九一
蚕　晩　一九一
春蟬　晩　一九二

植物

梅　初　一九三

紅梅　初　一九四
椿　三　一九四
初桜　仲　一九五
彼岸桜　仲　一九五
枝垂桜　仲　一九五
桜　晩　一九六
花　晩　一九七
山桜　晩　一九七
八重桜　晩　一九八
遅桜　晩　一九八
残花　晩　一九九
落花　晩　一九九
桜蘂降る　晩　一九九
牡丹の芽　初　二〇〇
薔薇の芽　初　二〇〇
山茱萸の花　初　二〇〇
黄梅　初　二〇一
紫荊　晩　二〇一
辛夷　仲　二〇一
花水木　晩　二〇二
三椏の花　仲　二〇二
沈丁花　仲　二〇二
連翹　仲　二〇三
土佐水木　仲　二〇三
ミモザ　初　二〇三
海棠　晩　二〇三
ライラック　晩　二〇四
山桜桃の花　晩　二〇四
桜桃の花　晩　二〇四
青木の花　晩　二〇五
馬酔木の花　晩　二〇五
満天星の花　晩　二〇五
躑躅　晩　二〇六
山査子の花　晩　二〇六
小粉団の花　晩　二〇六
雪柳　仲　二〇七
木蓮　仲　二〇七
藤　晩　二〇七
山吹　晩　二〇八
夏蜜柑　晩　二〇九
桃の花　晩　二〇九
李の花　晩　二〇九
梨の花　晩　二一〇
杏の花　晩　二一〇
林檎の花　晩　二一一
木瓜の花　晩　二一一
木の芽　三　二一一
蘖　仲　二一二
若緑　晩　二一二
柳の芽　仲　二一二
山椒の芽　仲　二一三
楓の芽　仲　二一三
楤の芽　仲　二一三
枸杞　仲　二一四

菜の花　晩　二三〇
大根の花　晩　二三一
諸葛菜　仲　二三一
豆の花　晩　二三一
葱坊主　晩　二三二
苺の花　晩　二三二
萵苣　三　二三三
菠薐草　初　二三三
鶯菜　仲　二三三
水菜　初　二三三
茎立　三　二三三
芥菜　三　二三四
三葉芹　三　二三四
春大根　仲　二三四
三月菜　仲　二三四
独活　晩　二三四
春菊　三　二三五
韮　仲　二三五
蒜　仲　二三五
胡葱　仲　二三六
防風　三　二三六
山葵　晩　二三六
茗荷竹　晩　二三七
青麦　三　二三七
種芋　三　二三七
春の草　三　二三七
下萌　初　二三八
草の芽　仲　二三八
ものの芽　仲　二三八
末黒の芒　初　二三九
蔦の芽　仲　二三九
雪間草　仲　二三九
若草　仲　二三九
双葉　仲　二四〇
古草　初　二四〇
若芝　晩　二四〇
草若葉　晩　二四〇
萩若葉　晩　二四一
蔦若葉　晩　二四一
菫　三　二四一
紫雲英　仲　二四二
苜蓿　晩　二四二
薺の花　三　二四二
蒲公英　三　二四三
土筆　仲　二四三
杉菜　晩　二四四
蘩蔞　三　二四四
桜草　晩　二四四
州浜草　初　二四五
翁草　晩　二四五
錨草　晩　二四五
一輪草　晩　二四五
虎杖　仲　二四六
酸葉　仲　二四六

夏

時候

天文

雲の峰　三　二七八
夏の月　三　二七九
夏の星　三　二七九
南風　三　二八〇
あいの風　三　二八〇
やませ　三　二八〇
黒南風　仲　二八一
白南風　晩　二八一
ながし　仲　二八一
青嵐　三　二八一
風薫る　三　二八二
朝凪　晩　二八二
夕凪　晩　二八二
風死す　晩　二八三
夏の雨　三　二八三
卯の花腐し　初　二八三
迎へ梅雨　初　二八三
梅雨　仲　二八四
空梅雨　仲　二八四
五月雨　仲　二八五
送り梅雨　晩　二八五
虎が雨　仲　二八五
夕立　三　二八六
喜雨　晩　二八六
夏の露　三　二八七
夏の霧　三　二八七
夏霞　三　二八七
雲海　晩　二八八
御来迎　晩　二八八
虹　三　二八八
雹　三　二八九
雷　三　二八九
五月闇　仲　二九〇
梅雨晴　仲　二九〇
朝曇　晩　二九〇
朝焼　晩　二九一
夕焼　晩　二九一
日盛　晩　二九一
西日　晩　二九一
炎天　晩　二九二
油照　晩　二九二
片蔭　晩　二九三
旱　晩　二九三

地理

夏の山　三　二九四
山滴る　三　二九四
五月富士　仲　二九四
雪渓　晩　二九五
お花畑　晩　二九五
夏野　三　二九五
夏の川　三　二九六
出水　仲　二九六
夏の海　三　二九六

卯波　初　二九六
土用波　晩　二九七
夏の潮　三　二九七
代田　初　二九七
植田　仲　二九八
青田　晩　二九八
田水沸く　晩　二九八
噴井　三　二九八
泉　三　二九九
清水　三　二九九
滴り　三　二九九
滝　三　三〇〇

生活

夏休　晩　三〇一
暑中見舞　晩　三〇一
帰省　晩　三〇一
夏期講座　晩　三〇二
林間学校　晩　三〇二
更衣　初　三〇二
夏衣　三　三〇三
夏服　三　三〇三
袷　初　三〇三
セル　初　三〇四
単衣　三　三〇四
羅　晩　三〇四
縮　三　三〇四
上布　三　三〇五
芭蕉布　三　三〇五
甚平　晩　三〇五
浴衣　三　三〇五
白絣　晩　三〇六
レース　三　三〇六
夏シャツ　三　三〇六
水着　晩　三〇七
サングラス　晩　三〇七
夏帯　三　三〇七
夏帽子　三　三〇八
夏手袋　三　三〇八
夏足袋　三　三〇八
白靴　三　三〇八
サンダル　三　三〇九
ハンカチ　三　三〇九
粽　初　三〇九
柏餅　初　三一〇
夏料理　三　三一〇
筍飯　初　三一〇
豆飯　初　三一〇
麦飯　初　三一〇
鮓　三　三一一
水飯　晩　三一一
冷麦　三　三一二
冷索麺　三　三一二
冷し中華　三　三一二

冷奴　三　三二二
胡瓜揉　三　三二三
冷し瓜　三　三二三
茄子漬　三　三二三
鴫焼　三　三二三
梅干す　晩　三二三
麦酒　三　三二四
梅酒　晩　三二四
焼酎　三　三二四
冷酒　晩　三二五
甘酒　三　三二五
新茶　初　三二五
麦茶　三　三二五
ソーダ水　三　三二六
サイダー　三　三二六
ラムネ　三　三二六
氷水　三　三二六
氷菓　三　三二七
葛餅　三　三二七
葛切　三　三二七
葛饅頭　三　三二八
心太　三　三二八
水羊羹　三　三二八
ゼリー　三　三二八
白玉　三　三二九
蜜豆　三　三二九
麨　三　三二九
洗膾　三　三二九
泥鰌鍋　三　三三〇
土用鰻　晩　三三〇
沖膾　三　三三〇
水貝　三　三三一
夏館　三　三三一
夏の灯　三　三三一
夏炉　三　三三一
夏座敷　三　三三二
露台　三　三三二
滝殿　三　三三二
噴水　三　三三二
夏蒲団　三　三三三
夏座蒲団　三　三三三
花茣蓙　三　三三三
簟　三　三三四
籠枕　三　三三四
竹婦人　三　三三四
網戸　三　三三四
日除　三　三三五
青簾　三　三三五
夏暖簾　三　三三五
葭簀　三　三三六
葭戸　三　三三六
籐椅子　三　三三六
ハンモック　三　三三六
蠅除　三　三三七

蠅取　三　三二七
蚊帳　三　三二七
蚊遣火　三　三二七
香水　三　三二八
暑気払ひ　晩　三二八
天瓜粉　三　三二八
冷房　晩　三二九
花氷　晩　三二九
冷蔵庫　三　三二九
扇　三　三二九
団扇　三　三三〇
扇風機　三　三三〇
風鈴　三　三三一
釣忍　三　三三一
走馬灯　三　三三一
日傘　三　三三二
風炉茶　三　三三二
蒼朮を焚く　仲　三三二
虫干　晩　三三三
晒井　晩　三三三
芝刈　仲　三三三
打水　三　三三四
日向水　晩　三三四
行水　晩　三三四
シャワー　三　三三四
夜濯　晩　三三四
麦刈　初　三三五
牛馬冷す　晩　三三五
溝浚へ　初　三三六
代掻く　初　三三六
田水張る　初　三三六
田植　仲　三三六
雨乞　仲　三三七
水喧嘩　仲　三三七
水盗む　仲　三三七
早苗饗　仲　三三八
田草取　晩　三三八
草刈　三　三三八
草取　晩　三三九
豆蒔く　初　三三九
菊挿す　仲　三三九
竹植う　仲　三三九
菜種刈　初　三三九
藺刈　晩　三四〇
藻刈　三　三四〇
昆布刈　三　三四一
天草採　三　三四一
干瓢剝く　晩　三四一
袋掛　三　三四一
瓜番　晩　三四二
干草　晩　三四二
漆掻　仲　三四二
誘蛾灯　晩　三四二
繭　初　三四三

行事

鷗外忌　晩　三八一
茅舎忌　晩　三八二
秋櫻子忌　晩　三八二
河童忌　晩　三八二
不死男忌　晩　三八三
草田男忌　晩　三八三

動　物

鹿の子　三　三八四
袋角　初　三八四
蝙蝠　三　三八四
亀の子　三　三八五
雨蛙　三　三八五
河鹿　三　三八六
蟇　三　三八六
山椒魚　三　三八七
蠑螈　三　三八七
守宮　三　三八七
蜥蜴　三　三八七
蛇　三　三八八
蛇衣を脱ぐ　仲　三八九
蝮　三　三八九
羽抜鳥　晩　三八九
時鳥　三　三九〇
郭公　三　三九一
筒鳥　三　三九一
慈悲心鳥　三　三九二
仏法僧　三　三九二
夜鷹　三　三九二
青葉木菟　三　三九三
老鶯　三　三九三
雷鳥　三　三九四
燕の子　三　三九四
鴉の子　三　三九四
葭切　三　三九五
翡翠　三　三九五
鶚　三　三九六
浮巣　三　三九六
鳰の子　三　三九六
軽鳧の子　三　三九七
通し鴨　三　三九七
鵜　三　三九七
水鶏　三　三九八
青鷺　三　三九八
白鷺　三　三九九
鰺刺　三　三九九
大瑠璃　三　三九九
三光鳥　三　四〇〇
夏燕　三　四〇〇
目白　三　四〇〇
四十雀　三　四〇一
山雀　三　四〇一
日雀　三　四〇一
緋鯉　三　四〇一

濁り鮒　仲　四〇二
鯰　仲　四〇二
鮎　三　四〇二
岩魚　三　四〇三
山女　三　四〇三
金魚　三　四〇三
熱帯魚　三　四〇四
目高　三　四〇四
黒鯛　三　四〇五
初鰹　初　四〇五
鰹　三　四〇五
鯖　三　四〇六
鯵　三　四〇六
鱚　三　四〇六
べら　三　四〇七
飛魚　三　四〇七
赤鱏　三　四〇七
鱧　三　四〇八
穴子　三　四〇八
鰻　三　四〇八
章魚　三　四〇九
烏賊　三　四〇九
鮑　三　四〇九
海酸漿　三　四一〇
蝦蛄　三　四一〇
蟹　三　四一〇
土用蜆　晩　四一一
舟虫　三　四一一
海月　三　四一一
夏の蝶　三　四一二
夏蚕　仲　四一二
火取虫　三　四一三
蛾　三　四一三
毛虫　三　四一三
尺蠖　三　四一四
夜盗虫　三　四一四
蛍　仲　四一四
兜虫　三　四一五
天牛　晩　四一六
玉虫　晩　四一六
金亀子　三　四一六
天道虫　三　四一七
穀象　三　四一七
斑猫　三　四一七
落し文　三　四一八
米搗虫　三　四一八
源五郎　三　四一八
鼓虫　三　四一九
水馬　三　四一九
蟬　晩　四一九
空蟬　初　四二〇
蜻蛉生る　仲　四二〇
糸蜻蛉　三　四二一
川蜻蛉　三　四二一

蟷螂生る 仲 四二一
蠅 三 四二三
蚊 三 四二三
孑孒 三 四二三
蠛蠓 三 四二三
蚋 三 四二三
ががんぼ 三 四二三
草蜉蝣 晩 四二四
優曇華 晩 四二四
薄翅蜉蝣 晩 四二四
蟻地獄 三 四二四
ごきぶり 三 四二五
蚤 三 四二五
紙魚 晩 四二五
蟻 三 四二六
羽蟻 三 四二六
螻蛄 三 四二七
蜘蛛 三 四二七
蠅虎 三 四二八
蜈蚣 三 四二八
蚰蜒 三 四二八
蛞蝓 三 四二八
蝸牛 三 四二九
蛭 三 四二九
蚯蚓 三 四三〇
夜光虫 三 四三〇

植物

余花 初 四三一
葉桜 初 四三一
桜の実 仲 四三一
薔薇 初 四三二
牡丹 初 四三二
紫陽花 仲 四三三
額の花 仲 四三四
石楠花 初 四三四
百日紅 仲 四三五
梔子の花 仲 四三五
杜鵑花 仲 四三六
繡線菊 初 四三六
繡毬花 初 四三六
金雀枝 初 四三六
泰山木の花 初 四三七
夾竹桃 仲 四三七
南天の花 仲 四三八
凌霄の花 晩 四三八
梯梧の花 三 四三八
仏桑花 晩 四三九
茉莉花 三 四三九
花橘 仲 四三九
蜜柑の花 初 四四〇
柚子の花 初 四四〇
栗の花 仲 四四〇
柿の花 仲 四四〇

石榴の花　仲　四四一
青梅　仲　四四一
青柿　晩　四四一
青胡桃　晩　四四二
木苺　初　四四二
青葡萄　晩　四四二
青林檎　晩　四四二
楊梅　仲　四四三
さくらんぼ　仲　四四三
山桜桃の実　仲　四四三
李　仲　四四四
杏　仲　四四四
巴旦杏　仲　四四四
枇杷　仲　四四四
パイナップル　晩　四四五
バナナ　三　四四五
夏木立　三　四四五
新樹　初　四四五
若葉　初　四四六
青葉　三　四四六
新緑　初　四四七
茂　三　四四七
万緑　三　四四七
木下闇　三　四四八
緑蔭　三　四四八
結葉　初　四四九
柿若葉　初　四四九
常磐木の若葉　初　四四九
若楓　初　四四九
葉柳　三　四五〇
梧桐　三　四五〇
海桐の花　初　四五〇
土用芽　晩　四五一
病葉　三　四五一
常磐木落葉　初　四五一
松落葉　初　四五一
卯の花　初　四五二
茨の花　初　四五二
桐の花　初　四五三
胡桃の花　初　四五三
朴の花　初　四五四
橡の花　初　四五四
槐の花　晩　四五四
棕櫚の花　初　四五五
水木の花　初　四五五
ハンカチの木の花　初　四五五
ひとつばたごの花　初　四五六
山法師の花　晩　四五六
忍冬の花　初　四五六
アカシアの花　初　四五六
大山蓮華　初　四五七
楝の花　初　四五七
黐の花　初　四五七
椎の花　仲　四五八

えごの花　仲　四五八
合歓の花　晩　四五九
沙羅の花　晩　四五九
玫瑰　晩　四六〇
桑の実　仲　四六〇
夏桑　晩　四六〇
竹落葉　初　四六〇
竹の皮脱ぐ　初　四六一
若竹　仲　四六一
篠の子　初　四六一
燕子花　仲　四六二
渓蓀　初　四六二
花菖蒲　仲　四六三
菖蒲　仲　四六三
グラジオラス　晩　四六三
鳶尾草　仲　四六四
芍薬　初　四六四
ダリア　晩　四六四
サルビア　晩　四六五
向日葵　晩　四六五
葵　仲　四六六
紅蜀葵　晩　四六六
黄蜀葵　晩　四六六
罌粟の花　初　四六七
雛罌粟　三　四六七
罌粟坊主　晩　四六七
夏菊　晩　四六八
矢車草　仲　四六八
孔雀草　晩　四六八
石竹　仲　四六八
カーネーション　初　四六九
睡蓮　晩　四六九
蓮の浮葉　仲　四六九
蓮の花　晩　四七〇
百合　仲　四七〇
含羞草　晩　四七一
金魚草　仲　四七一
花魁草　晩　四七一
縷紅草　晩　四七一
松葉牡丹　晩　四七二
仙人掌の花　晩　四七二
アマリリス　仲　四七二
日日草　三　四七二
百日草　晩　四七三
鬼灯の花　仲　四七三
青鬼灯　晩　四七三
小判草　仲　四七三
鉄線花　初　四七四
岩菲　初　四七四
紅花　仲　四七四
茴香の花　仲　四七五
玉巻く芭蕉　初　四七五
芭蕉の花　晩　四七五
苺　初　四七五

茄子苗	初	四七六
瓜の花	初	四七六
南瓜の花	仲	四七六
糸瓜の花	晩	四七六
茄子の花	三	四七六
馬鈴薯の花	初	四七七
胡麻の花	晩	四七七
独活の花	晩	四七七
山葵の花	初	四七七
韮の花	晩	四七八
豌豆	初	四七八
蚕豆	初	四七八
筍	初	四七八
蕗	初	四七九
瓜	晩	四七九
胡瓜	晩	四八〇
夕顔	晩	四八〇
メロン	晩	四八〇
茄子	晩	四八一
トマト	晩	四八一
キャベツ	初	四八一
夏大根	三	四八二
新馬鈴薯	初	四八二
新藷	晩	四八二
夏葱	三	四八二
玉葱	三	四八二
辣韮	三	四八三
茗荷の子	晩	四八三
蓼	三	四八三
紫蘇	晩	四八三
青山椒	晩	四八四
青唐辛子	晩	四八四
麦	初	四八四
早苗	仲	四八五
青稲	晩	四八五
帚木	晩	四八六
棉の花	晩	四八六
玉蜀黍の花	晩	四八六
麻	晩	四八七
太藺	三	四八七
夏草	三	四八七
草茂る	三	四八七
草いきれ	晩	四八八
青芝	三	四八八
青蔦	三	四八八
青芒	三	四八八
青蘆	三	四八九
夏蓬	三	四八九
夏萩	仲	四八九
葎	三	四八九
朝鮮朝顔	晩	四九〇
石菖	初	四九〇
竹煮草	晩	四九〇
紫蘭	初	四九一

風蘭	晩	四九一
鈴蘭	初	四九一
昼顔	仲	四九一
月見草	晩	四九二
水芭蕉	仲	四九二
擬宝珠の花	仲	四九三
真菰	三	四九三
著莪の花	仲	四九三
沢瀉	仲	四九四
河骨	仲	四九四
水葵	晩	四九四
菱の花	仲	四九四
藺の花	仲	四九五
蒲の穂	晩	四九五
藜	三	四九五
虎杖の花	晩	四九五
浜木綿の花	晩	四九六
夏薊	三	四九六
灸花	晩	四九六
酢漿の花	三	四九七
羊蹄の花	仲	四九七
現の証拠	仲	四九七
萱草の花	晩	四九七
夕菅	晩	四九八
車前草の花	初	四九八
十薬	仲	四九八
蚊帳吊草	晩	四九八
踊子草	初	四九九
射干	晩	四九九
虎尾草	仲	四九九
姫女苑	初	五〇〇
都草	初	五〇〇
宝鐸草の花	初	五〇〇
捩花	仲	五〇〇
破れ傘	仲	五〇一
藪草	仲	五〇一
一つ葉	三	五〇一
蛍袋	仲	五〇一
半夏生	仲	五〇二
花茗荷	仲	五〇二
浜豌豆	初	五〇二
烏瓜の花	晩	五〇二
蛇苺	初	五〇三
夏蕨	初	五〇三
鷺草	晩	五〇三
鴨足草	仲	五〇三
えぞにう	晩	五〇四
苔の花	仲	五〇四
松蘿	晩	五〇四
布袋草	晩	五〇四
水草の花	三	五〇五
藻の花	仲	五〇五
萍	三	五〇五
蛭蓆	三	五〇五

秋

時候

秋　三　五二〇
初秋　初　五二一
文月　初　五二一
八月　初　五二一
立秋　初　五二二
残暑　初　五二二
秋めく　初　五二三
新涼　初　五二三
処暑　初　五二四
二百十日　仲　五二四
仲秋　仲　五二四
葉月　仲　五二四
九月　仲　五二五
八朔　仲　五二五
白露　仲　五二五
秋分　仲　五二五
秋彼岸　仲　五二六
秋社　仲　五二六
晩秋　晩　五二六
長月　晩　五二七
十月　晩　五二七
秋の日　三　五二七
秋の朝　三　五二七
秋の昼　三　五二七
秋の暮　三　五二八
秋の夜　三　五二九
夜長　仲　五二九
秋澄む　三　五二九
秋気　三　五三〇
冷やか　仲　五三〇
爽やか　三　五三〇
秋麗　三　五三一
身に入む　三　五三一
寒露　晩　五三一
秋寒　晩　五三二
肌寒　晩　五三二
朝寒　晩　五三二
夜寒　晩　五三二
秋土用　晩　五三二
霜降　晩　五三三
冷まじ　晩　五三三
秋深し　晩　五三三
暮の秋　晩　五三四
行く秋　晩　五三四
秋惜しむ　晩　五三四
冬近し　晩　五三五
九月尽　晩　五三五

天文

地理

秋の園　三　五四九
花畑　三　五四九
秋の田　仲　五五〇
刈田　晩　五五〇
穭田　晩　五五〇
落し水　仲　五五一
秋の水　仲　五五一
水澄む　三　五五一
秋の川　三　五五二
秋出水　初　五五二
秋の海　三　五五二
秋の潮　三　五五三
初潮　仲　五五三
盆波　初　五五三
不知火　仲　五五四

生　活

休暇明　初　五五五
盆帰省　初　五五五
運動会　三　五五五
夜学　三　五五五
後の更衣　晩　五五六
秋袷　仲　五五六
新酒　晩　五五六
濁り酒　仲　五五七
猿酒　三　五五七
古酒　晩　五五七
新米　三　五五八
夜食　三　五五八
枝豆　三　五五八
零余子飯　晩　五五九
栗飯　晩　五五九
松茸飯　仲　五五九
柚味噌　晩　五五九
干柿　晩　五六〇
菊膾　晩　五六〇
衣被　初　五六一
とろろ汁　晩　五六一
新蕎麦　晩　五六一
新豆腐　晩　五六二
秋の灯　三　五六二
灯火親しむ　三　五六三
秋の蚊帳　三　五六三
秋扇　初　五六三
菊枕　晩　五六三
灯籠　初　五六四
秋簾　仲　五六四
秋風鈴　初　五六五
障子洗ふ　仲　五六五
火恋し　晩　五六五
松手入　晩　五六五
風炉の名残　晩　五六六
冬支度　晩　五六六
秋耕　三　五六六

添水　三　五六六
案山子　三　五六七
鳴子　三　五六七
鳥威し　三　五六八
鹿火屋　三　五六八
鹿垣　三　五六八
稲刈　仲　五六八
稲架　仲　五六九
稲扱　仲　五七〇
籾　仲　五七〇
秋収　晩　五七〇
豊年　仲　五七一
凶作　仲　五七一
新藁　仲　五七一
藁塚　仲　五七二
蕎麦刈　晩　五七二
夜なべ　晩　五七二
砧　三　五七三
渋取　仲　五七三
綿取　三　五七三
竹伐る　仲　五七四
懸煙草　三　五七四
種採　晩　五七四
秋蒔　初　五七五
牡丹根分　仲　五七五
薬掘る　仲　五七五
葛掘る　晩　五七六
豆引く　仲　五七六
牛蒡引く　三　五七六
胡麻刈る　仲　五七六
萩刈る　晩　五七七
木賊刈る　仲　五七七
萱刈る　仲　五七七
蘆刈　晩　五七八
小鳥狩　晩　五七八
囮　晩　五七八
鳩吹　初　五七九
下り簗　仲　五七九
鰯引く　三　五七九
根釣　仲　五七九
踊　初　五八〇
相撲　初　五八〇
地芝居　晩　五八一
月見　仲　五八一
海贏廻し　晩　五八二
菊人形　晩　五八二
虫売　三　五八二
虫籠　三　五八三
茸狩　晩　五八三
紅葉狩　晩　五八三
芋煮会　晩　五八三
鯊釣　三　五八四
秋思　三　五八四

行　事

重陽　晩　五八六
高きに登る　晩　五八六
後の雛　晩　五八七
温め酒　晩　五八七
終戦記念日　初　五八七
震災記念日　初　五八八
敬老の日　仲　五八八
秋分の日　仲　五八八
赤い羽根　仲　五八九
体育の日　晩　五八九
文化の日　晩　五八九
硯洗　初　五九〇
七夕　初　五九〇
梶の葉　初　五九一
真菰の馬　初　五九一
佞武多　初　五九二
竿灯　初　五九二
草市　初　五九三
盆用意　初　五九三
苧殻　初　五九四
阿波踊　初　五九四
風の盆　初　五九四
中元　初　五九五
鹿の角伐　晩　五九五
べったら市　晩　五九六
秋祭　三　五九六
吉田火祭　初　五九六
松上げ　初　五九七
芝神明祭　仲　五九七
八幡放生会　仲　五九八
時代祭　晩　五九八
鞍馬の火祭　晩　五九八
秋遍路　三　五九九
盂蘭盆会　初　五九九
生身魂　初　六〇〇
六道参　初　六〇〇
門火　初　六〇一
墓参　初　六〇一
施餓鬼　初　六〇二
灯籠流し　初　六〇二
大文字　初　六〇三
解夏　初　六〇四
地蔵盆　初　六〇四
虫送　初　六〇四
太秦の牛祭　晩　六〇五
菊供養　晩　六〇五
宗祇忌　初　六〇六
鬼貫忌　仲　六〇六
守武忌　仲　六〇六
西鶴忌　仲　六〇七
去来忌　晩　六〇七
白雄忌　晩　六〇八

普羅忌　初　六〇八
水巴忌　初　六〇八
林火忌　初　六〇八
夜半忌　初　六〇九
夢二忌　初　六〇九
迢空忌　仲　六〇九
鏡花忌　初　六〇九
鬼城忌　仲　六一〇
牧水忌　仲　六一〇
子規忌　仲　六一〇
汀女忌　仲　六一一
賢治忌　仲　六一一
秀野忌　仲　六一二
蛇笏忌　仲　六一二
素十忌　仲　六一二
源義忌　晩　六一三

動物

鹿　三　六一四
猪　晩　六一四
馬肥ゆ　三　六一五
蛇穴に入る　仲　六一五
鷹渡る　三　六一五
色鳥　晩　六一六
渡り鳥　仲　六一六
小鳥　仲　六一七
燕帰る　仲　六一七
海猫帰る　仲　六一八
稲雀　三　六一八
鵙　三　六一八
鶫　晩　六一九
鵯　晩　六一九
懸巣　仲　六二〇
鶸　晩　六二〇
鶲　晩　六二〇
鶺鴒　三　六二一
椋鳥　三　六二一
鶉　三　六二二
啄木鳥　三　六二二
鴫　三　六二二
雁　晩　六二三
初鴨　仲　六二四
鶴来る　晩　六二四
落鮎　仲　六二五
紅葉鮒　晩　六二五
鰍　三　六二五
鰡　仲　六二六
鱸　仲　六二六
鯊　三　六二七
秋鯖　三　六二七
秋鰹　三　六二七
鰯　三　六二七
太刀魚　仲　六二八
秋刀魚　晩　六二八

鮭　仲　六二八
秋の蛍　初　六二九
秋の蠅　三　六二九
秋の蚊　三　六二九
秋の蜂　三　六三〇
秋の蝶　三　六三〇
秋の蟬　初　六三〇
蜩　初　六三一
法師蟬　初　六三一
蜻蛉　三　六三二
蜉蝣　初　六三二
虫　三　六三三
竈馬　三　六三四
蟋蟀　三　六三四
鈴虫　初　六三五
松虫　初　六三五
青松虫　初　六三六
邯鄲　初　六三六
草雲雀　初　六三六
鉦叩　初　六三七
螽蟖　初　六三七
馬追　初　六三八
轡虫　初　六三八
螇蚸　初　六三八
蝗　初　六三九
浮塵子　三　六三九
蟷螂　三　六四〇
螻蛄鳴く　三　六四〇
蚯蚓鳴く　三　六四一
蓑虫　三　六四一
茶立虫　初　六四二
放屁虫　初　六四二
芋虫　初　六四二
秋蚕　仲　六四二

植物

木犀　仲　六四四
木槿　初　六四四
芙蓉　初　六四五
椿の実　初　六四五
南天の実　晩　六四六
梔子の実　仲　六四六
藤の実　晩　六四七
秋果　三　六四七
桃　初　六四七
梨　三　六四八
柿　晩　六四八
林檎　晩　六四九
葡萄　仲　六四九
栗　晩　六五〇
石榴　仲　六五一
棗　初　六五一
無花果　晩　六五二
オリーブの実　晩　六五二

胡桃　晩　六五二
青蜜柑　三　六五三
酸橘　晩　六五三
柚子　晩　六五三
橙　晩　六五四
九年母　晩　六五四
金柑　晩　六五四
檸檬　晩　六五四
榠樝の実　晩　六五五
紅葉　晩　六五五
初紅葉　仲　六五六
薄紅葉　仲　六五六
黄葉　晩　六五六
照葉　晩　六五七
紅葉且つ散る　晩　六五七
黄落　晩　六五七
柿紅葉　晩　六五七
雑木紅葉　晩　六五八
漆紅葉　晩　六五八
櫨紅葉　晩　六五八
銀杏黄葉　晩　六五八
桜紅葉　仲　六五九
色変へぬ松　晩　六五九
新松子　晩　六五九
桐一葉　初　六六〇
柳散る　仲　六六〇
銀杏散る　晩　六六〇
木の実　晩　六六一
七竈　晩　六六一
櫨の実　晩　六六一
橡の実　晩　六六二
樫の実　晩　六六二
椎の実　晩　六六二
団栗　晩　六六二
一位の実　晩　六六三
檀の実　晩　六六三
楝の実　晩　六六三
榧の実　晩　六六三
紫式部　晩　六六四
橘　晩　六六四
銀杏　晩　六六四
菩提子　晩　六六四
無患子　晩　六六五
臭木の花　初　六六五
臭木の実　晩　六六五
枸杞の実　晩　六六六
樝子の実　晩　六六六
瓢の実　晩　六六六
桐の実　初　六六六
海桐の実　晩　六六七
飯桐の実　晩　六六七
山椒の実　初　六六七
錦木　晩　六六七
梅擬　晩　六六八

蔓梅擬　晩　六六八
ピラカンサ　晩　六六八
皂角子　晩　六六九
玫瑰の実　初　六六九
茱萸　晩　六六九
茨の実　晩　六六九
蝦蔓　晩　六七〇
山葡萄　仲　六七〇
通草　仲　六七〇
蔦　三　六七一
竹の春　仲　六七一
芭蕉　初　六七一
破芭蕉　晩　六七二
サフラン　晩　六七二
カンナ　三　六七二
万年青の実　晩　六七三
蘭　初　六七三
朝顔　初　六七三
朝顔の実　仲　六七四
野牡丹　初　六七四
鶏頭　三　六七四
葉鶏頭　三　六七五
コスモス　仲　六七五
皇帝ダリア　晩　六七六
白粉花　仲　六七六
鬼灯　初　六七七
鳳仙花　初　六七七
秋海棠　初　六七八
菊　三　六七八
残菊　晩　六七九
紫苑　仲　六七九
木賊　仲　六七九
弁慶草　三　六七九
風船葛　仲　六八〇
敗荷　仲　六八〇
蓮の実　仲　六八〇
西瓜　初　六八一
冬瓜　初　六八一
南瓜　仲　六八一
糸瓜　三　六八二
夕顔の実　初　六八二
瓢　初　六八二
茘枝　仲　六八三
秋茄子　仲　六八三
種茄子　晩　六八四
馬鈴薯　初　六八四
甘藷　仲　六八四
芋　三　六八五
芋茎　仲　六八五
自然薯　三　六八五
牛蒡　三　六八六
零余子　三　六八六
貝割菜　仲　六八六
間引菜　仲　六八七

紫蘇の実	仲	六八七
唐辛子	三	六八八
茗荷の花	初	六八八
生姜	三	六八八
稲	三	六八九
稲の花	初	六八九
早稲	初	六九〇
中稲	晩	六九〇
晩稲	晩	六九一
落穂	晩	六九一
穭	晩	六九一
稗	仲	六九一
玉蜀黍	仲	六九二
黍	仲	六九二
粟	仲	六九三
蕎麦の花	初	六九三
隠元豆	初	六九三
豇豆	初	六九四
刀豆	初	六九四
落花生	晩	六九四
新小豆	晩	六九五
新大豆	初	六九五
藍の花	仲	六九五
煙草の花	初	六九五
棉	仲	六九六
秋草	三	六九六
草の花	三	六九七
草の穂	三	六九七
草の実	三	六九八
草紅葉	晩	六九八
末枯	晩	六九八
秋の七草	三	六九九
萩	初	六九九
芒	三	七〇〇
萱	三	七〇一
刈萱	仲	七〇一
蘆の花	仲	七〇一
荻	三	七〇二
数珠玉	三	七〇二
葛	三	七〇二
葛の花	初	七〇三
郁子	初	七〇三
藪枯らし	初	七〇四
撫子	初	七〇四
野菊	仲	七〇四
めはじき	初	七〇五
狗尾草	三	七〇五
牛膝	三	七〇五
藤袴	初	七〇六
藪虱	三	七〇六
曼珠沙華	仲	七〇七
桔梗	初	七〇七
千屈菜	初	七〇八
女郎花	初	七〇八

男郎花 初 七〇九
松茸 晩 七一六
吾亦紅 仲 七〇九
占地 晩 七一六
水引の花 仲 七〇九
美男葛 初 七一〇
竜胆 仲 七一〇
みせばや 晩 七一一
杜鵑草 仲 七一一
松虫草 初 七一一
露草 三 七一二
鳥兜 仲 七一二
蓼の花 初 七一三
赤のまんま 初 七一三
溝蕎麦 初 七一四
烏瓜 晩 七一四
蒲の絮 初 七一四
菱の実 晩 七一四
水草紅葉 晩 七一五
茸 晩 七一五

冬

時候

冬	三	七一八
初冬	初	七一九
神無月	初	七一九
十一月	初	七一九
立冬	初	七二〇
冬浅し	初	七二〇
冬ざれ	三	七二〇
小雪	初	七二一
小春	初	七二一
冬暖か	三	七二二
冬麗	三	七二二
冬めく	初	七二二
霜月	仲	七二二
十二月	仲	七二二
大雪	仲	七二二
冬至	仲	七二二
師走	晩	七二四
年の暮	仲	七二四
数へ日	仲	七二五
年の内	仲	七二五
行く年	仲	七二五
小晦日	仲	七二六
大晦日	仲	七二六
年惜しむ	仲	七二六
年越	仲	七二七
除夜	仲	七二七
一月	晩	七二七
寒の入	晩	七二七
小寒	晩	七二八
大寒	晩	七二八
寒	晩	七二八
冬の日	三	七二九
冬の朝	三	七二九
短日	三	七二九
冬の暮	三	七三〇
冬の夜	三	七三〇
霜夜	三	七三〇
冷たし	三	七三一
寒し	三	七三一
凍る	三	七三二
冴ゆ	三	七三二
寒波	晩	七三三
三寒四温	晩	七三三
厳寒	晩	七三三
しばれる	晩	七三四
冬深し	晩	七三四
日脚伸ぶ	晩	七三四
春待つ	晩	七三五
春近し	晩	七三五

冬終る　晩　七三五
節分　晩　七三五

天　文

冬の日　三　七三七
冬晴　三　七三七
冬旱　三　七三八
冬の空　三　七三八
冬の雲　三　七三八
冬の月　三　七三八
冬の星　三　七三九
冬凪　三　七三九
御講凪　仲　七四〇
凩　初　七四〇
寒風　三　七四一
北風　三　七四一
空風　三　七四一
北颪　三　七四一
神渡　初　七四三
ならひ　三　七四三
隙間風　三　七四三
虎落笛　三　七四三
鎌鼬　三　七四三
初時雨　初　七四三
時雨　初　七四三
冬の雨　三　七四四
霰　三　七四四
霙　三　七四五
霧氷　晩　七四五
初霜　初　七四六
霜　三　七四六
雪催　三　七四七
初雪　初　七四七
雪　三　七四七
雪女郎　晩　七四九
風花　晩　七四九
吹雪　晩　七四九
雪しまき　晩　七五〇
冬の雷　三　七五〇
雪起し　三　七五〇
鰤起し　三　七五〇
冬霞　三　七五一
冬の靄　三　七五一
冬の霧　三　七五一
冬の夕焼　三　七五一
冬の虹　三　七五二

地　理

冬の山　三　七五三
山眠る　三　七五三
冬野　三　七五四
枯野　三　七五四
雪原　三　七五四
冬田　三　七五五

枯園　三　七五五
冬景色　三　七五五
水涸る　三　七五五
冬の水　三　七五六
寒の水　晩　七五六
冬の川　三　七五七
冬の海　三　七五七
冬の波　三　七五七
寒潮　三　七五八
霜柱　三　七五八
凍土　三　七五九
初氷　初　七五九
氷　晩　七五九
氷柱　晩　七六〇
冬の滝　晩　七六一
波の花　晩　七六一
狐火　三　七六二
御神渡り　晩　七六二

生活

年末賞与　仲　七六三
年用意　仲　七六三
ぼろ市　晩　七六三
年の市　仲　七六四
飾売　仲　七六四
煤払　仲　七六四
門松立つ　仲　七六五
社会鍋　仲　七六六
年木樵　仲　七六六
餅搗　仲　七六六
注連飾る　仲　七六七
御用納　仲　七六七
年忘　仲　七六七
掃納　仲　七六八
年守る　仲　七六八
晦日蕎麦　仲　七六八
冬休　仲　七六九
寒施行　晩　七六九
寒稽古　晩　七六九
寒復習　晩　七六九
寒声　晩　七七〇
寒弾　晩　七七〇
寒中水泳　晩　七七〇
寒紅　晩　七七〇
寒灸　晩　七七一
寒見舞　晩　七七一
冬服　三　七七二
綿入　三　七七二
夜着　三　七七二
衾　三　七七二
蒲団　三　七七三
ちゃんちゃんこ　三　七七三
背蒲団　三　七七三
ねんねこ　三　七七四

重ね着　三　七七四
着ぶくれ　三　七七四
縕袍　三　七七五
紙子　三　七七五
毛衣　三　七七五
毛皮　三　七七六
毛布　三　七七六
角巻　三　七七六
セーター　三　七七七
ジャンパー　三　七七七
外套　三　七七七
マント　三　七七八
雪合羽　三　七七八
冬帽子　三　七七八
頬被　三　七七九
耳袋　三　七七九
襟巻　三　七七九
ショール　三　七八〇
手袋　三　七八〇
ブーツ　三　七八〇
足袋　三　七八一
マスク　三　七八一
毛糸編む　三　七八一
水餅　晩　七八二
寒餅　晩　七八二
熱燗　三　七八二
鰭酒　三　七八二
玉子酒　三　七八三
寝酒　三　七八三
葛湯　三　七八三
蕎麦掻　三　七八三
湯豆腐　三　七八四
寒卵　晩　七八四
薬喰　三　七八四
雑炊　三　七八五
柚子湯　仲　七八五
冬至粥　仲　七八五
焼藷　三　七八六
鯛焼　三　七八六
夜鷹蕎麦　三　七八六
鍋焼　三　七八七
河豚汁　三　七八七
狸汁　三　七八七
納豆汁　三　七八七
のっぺい汁　三　七八八
根深汁　三　七八八
蕪汁　三　七八八
干菜汁　三　七八八
粕汁　三　七八九
闇汁　三　七八九
鋤焼　三　七八九
牡丹鍋　三　七九〇
桜鍋　三　七九〇
鴨鍋　三　七九〇

鮫鱇鍋	三七一	切干
牡蠣鍋	三七一	冬構
寄鍋	三七一	冬籠
おでん	三七一	冬館
煮凝	三七二	北窓塞ぐ
焼鳥	三七二	目貼
風呂吹	三七二	霜除
茎漬	三七二	風除
酢茎	三七三	雪囲
乾鮭	三七三	雁木
塩鮭	三七四	藪巻
海鼠腸	三七四	雪吊
新海苔	三七四	雪搔
寒晒	晩七四	雪下し
寒造	晩七四	冬の灯
葛晒	晩七五	冬座敷
凍豆腐	晩七六	畳替
沢庵	三七六	障子

	三七六	襖
	初七七	屏風
	三七七	絨緞
	三七七	暖房
	三七七	ストーブ
	初七八	炭
	初七八	炭団
	初七八	石炭
	初七八	煉炭
	三七九	炬燵
	晩七九	炉
	仲八〇〇	榾
	晩八〇〇	火鉢
	晩八〇一	行火
	晩八〇一	懐炉
	三八〇二	湯婆
	仲八〇三	炉開
	三八〇三	口切

	三八〇三	
	三八〇三	
	三八〇四	
	三八〇四	
	三八〇五	
	三八〇五	
	三八〇六	
	三八〇六	
	三八〇六	
	三八〇七	
	三八〇七	
	三八〇八	
	三八〇八	
	三八〇八	
	三八〇九	
	三八〇九	
	初八〇九	
	初八一〇	

敷松葉　初　八一〇
湯気立て　三　八一〇
賀状書く　仲　八一一
日記買ふ　仲　八一一
古暦　仲　八一一
焚火　三　八一二
火の番　三　八一二
火事　三　八一三
雪沓　三　八一三
樏　三　八一三
橇　三　八一四
すが漏り　晩　八一四
冬耕　三　八一四
甘蔗刈　仲　八一五
大根引　初　八一五
蒟蒻掘る　初　八一六
蓮根掘る　初　八一六
麦蒔　初　八一六
藺植う　仲　八一七
大根洗ふ　初　八一七
大根干す　初　八一七
干菜　初　八一八
寒肥　晩　八一八
温室　三　八一八
狩　三　八一九
罠掛く　三　八二〇
鷹狩　三　八二〇
網代　三　八二〇
柴漬　三　八二一
竹瓮　三　八二一
藁仕事　三　八二二
捕鯨　三　八二二
泥鰌掘る　三　八二二
牡蠣剝く　三　八二二
炭焼　三　八二三
池普請　三　八二三
注連作　仲　八二三
歯朶刈　仲　八二四
味噌搗　三　八二四
寒天造る　晩　八二四
紙漉　三　八二五
避寒　晩　八二五
雪見　晩　八二五
探梅　晩　八二六
牡蠣船　三　八二六
寒釣　晩　八二六
顔見世　仲　八二七
青写真　三　八二七
竹馬　三　八二八
縄飛　三　八二八
雪遊　晩　八二八
雪達磨　晩　八二九
スキー　三　八二九
スケート　三　八三〇

ラグビー　三　八三〇
風邪　三　八三一
湯ざめ　三　八三一
咳　三　八三二
嚔　三　八三二
水洟　三　八三二
息白し　三　八三二
木の葉髪　初　八三三
胼　晩　八三三
皸　晩　八三四
霜焼　晩　八三四
雪焼　晩　八三四
雪眼　晩　八三五
悴む　晩　八三五
懐手　三　八三五
日向ぼこ　三　八三六

行事

勤労感謝の日　初　八三七
開戦日　仲　八三七
亥の子　初　八三七
七五三　初　八三八
牡丹焚火　初　八三八
針供養　仲　八三九
事始　仲　八三九
羽子板市　仲　八三九
熊祭　三　八四〇
追儺　晩　八四〇
柊挿す　晩　八四一
厄払　晩　八四二
神の旅　初　八四二
神送　初　八四三
神の留守　初　八四三
神在祭　初　八四四
神等去出の神事　初　八四四
神迎　初　八四四
恵比須講　初　八四五
松明あかし　初　八四五
御火焚　初　八四六
鞴祭　仲　八四六
酉の市　初　八四六
神農祭　初　八四七
秩父夜祭　初　八四七
春日若宮御祭　仲　八四八
神楽　仲　八四八
里神楽　仲　八四八
終大師　仲　八四九
終天神　仲　八四九
札納　仲　八四九
年越の祓　仲　八五〇
和布刈神事　晩　八五〇
年越詣　仲　八五〇
年籠　仲　八五一
春日万灯籠　晩　八五一

動物

木菟　三　八七五
鸊鷉　三　八七五
水鳥　三　八七六
鴨　三　八七六
鴛鴦　三　八七七
千鳥　三　八七七
鳰　三　八七八
都鳥　三　八七八
冬鷗　三　八七九
鶴　三　八七九
白鳥　晩　八八〇
鮫　三　八八〇
鰰　三　八八一
魴鮄　三　八八一
鮪　三　八八一
鱈　三　八八二
鰤　三　八八二
金目鯛　三　八八三
甘鯛　三　八八三
鮟鱇　三　八八三
杜父魚　三　八八四
氷下魚　三　八八四
柳葉魚　初　八八四
潤目鰯　晩　八八五
鮃　三　八八五
河豚　三　八八五
寒鯉　晩　八八六
寒鮒　晩　八八六
魦　三　八八六
ずわい蟹　三　八八七
海鼠　三　八八七
牡蠣　三　八八七
寒蜆　晩　八八八
蟷螂枯る　初　八八八
冬の蝶　三　八八八
冬の蜂　三　八八九
冬の蠅　三　八八九
綿虫　初　八九〇
冬の虫　三　八九〇

植物

冬の梅　晩　八九二
早梅　晩　八九二
蠟梅　晩　八九二
帰り花　初　八九三
寒桜　三　八九三
冬薔薇　三　八九四
寒牡丹　三　八九四
寒椿　晩　八九五
侘助　三　八九六
山茶花　初　八九六
八手の花　初　八九六
茶の花　初　八九七
寒木瓜　晩　八九八

室咲　三八九八
ポインセチア　仲八九八
枯芙蓉　三八九九
青木の実　三八九九
蜜柑　三八九九
朱欒　三九〇〇
冬林檎　三九〇〇
枇杷の花　初九〇〇
冬紅葉　初九〇一
紅葉散る　初九〇一
木の葉　三九〇二
枯葉　三九〇二
落葉　三九〇三
柿落葉　初九〇三
朴落葉　初九〇四
銀杏落葉　初九〇四
冬木　三九〇四
寒林　三九〇五
名の木枯る　三九〇五
枯木　三九〇六
枯柳　三九〇六
枯蔓　三九〇六
宿木　三九〇七
冬枯　三九〇七
霜枯　三九〇八
雪折　三九〇八
冬芽　三九〇八
冬苺　三九〇八
柊の花　初九〇九
寒菊　三九〇九
水仙　晩九一〇
葉牡丹　晩九一〇
千両　三九一一
万両　三九一一
藪柑子　三九一二
枯菊　三九一三
枯芭蕉　三九一三
枯蓮　三九一三
冬菜　三九一三
白菜　三九一四
ブロッコリー　三九一四
カリフラワー　晩九一四
葱　晩九一四
海老芋　三九一五
人参　三九一六
大根　三九一六
蕪　三九一六
蓮根　三九一七
麦の芽　初九一七
冬草　三九一八
名の草枯る　三九一八
枯葎　三九一八
枯蘆　三九一九
枯萩　三九一九

枯芒	三	九二〇
枯草	三	九二〇
枯芝	三	九二一
石蕗の花	初	九二一
冬菫	晩	九二二
冬蒲公英	三	九二二
冬蕨	三	九二二
カトレア	三	九二三
クリスマスローズ	仲	九二三
アロエの花	三	九二三
竜の玉	三	九二三
冬萌	晩	九二四

新年

時候

天文

地理

生活

幸木　上　九四三
飾　上　九四四
注連飾　上　九四四
蓬萊　上　九四五
鏡餅　上　九四五
飾海老　上　九四六
飾臼　上　九四六
飾米　上　九四七
歯朶飾る　上　九四七
橙飾る　上　九四七
野老飾る　上　九四七
穂俵飾る　上　九四八
福藁　全　九四八
年男　上　九四八
年賀　上　九四九
御慶　上　九四九
礼者　上　九四九
年玉　上　九五〇
賀状　上　九五一
書初　上　九五一
初硯　上　九五一
読初　中　九五二
仕事始　上　九五二
初旅　全　九五三
乗初　上　九五三
御用始　上　九五三
初市　上　九五四
初商　上　九五四
初荷　上　九五四
買初　上　九五五
新年会　全　九五五
初句会　全　九五五
薺打つ　上　九五六
若菜摘　上　九五六
七種粥　上　九五七
七種爪　上　九五七
福達磨　上　九五七
鏡開　中　九五八
蔵開　中　九五八
年木　上　九五八
鬼打木　中　九五九
十五日粥　中　九五九
万歳　全　九五九
獅子舞　全　九六〇
猿廻し　全　九六〇
春駒　全　九六一
鳥追　全　九六一
傀儡師　全　九六一
着衣始　上　九六二
春着　全　九六二
屠蘇　上　九六三
年酒　全　九六三
大服　上　九六四
福沸　上　九六四

花弁餅　上　九六四
雑煮　上　九六五
太箸　上　九六五
喰積　上　九六六
草石蚕　全　九六六
数の子　全　九六六
田作　全　九六七
切山椒　全　九六七
俎始　上　九六八
初手水　上　九六八
掃初　上　九六八
初暦　上　九六八
初湯　上　九六九
初刷　上　九六九
初写真　上　九六九
初便　上　九七〇
初電話　上　九七〇
笑初　上　九七〇
泣初　上　九七〇
米こぼす　上　九七一
初鏡　上　九七一
初髪　上　九七一
初日記　上　九七一
縫初　上　九七二
初竈　上　九七二
初釜　上　九七二
機始　上　九七三
鍬始　中　九七三
山始　上　九七三
初漁　上　九七四
歌留多　全　九七四
双六　全　九七五
十六むさし　全　九七六
投扇興　全　九七六
福笑　全　九七六
羽子板　全　九七七
羽子つき　全　九七七
手毬　全　九七八
独楽　全　九七九
正月の凧　全　九八〇
福引　全　九八〇
稽古始　上　九八〇
吹初　上　九八〇
弾初　上　九八一
能始　上　九八一
舞初　上　九八一
初鼓　上　九八二
謡初　上　九八二
初芝居　全　九八二
初音売　上　九八三
初夢　上　九八三
宝船　上　九八四
寝正月　上　九八四
寝積む　上　九八四

初場所　中　九八五
箱根駅伝　上　九八五

行　事

朝賀　上　九八六
四方拝　上　九八六
歯固　上　九八六
騎馬始　上　九八七
鞠始　上　九八七
弓始　中　九八七
国栖奏　上　九八八
歌会始　中　九八八
講書始　中　九八九
成人の日　中　九八九
小松引　上　九八九
出初　上　九九〇
七種　上　九九〇
松納　上　九九一
飾納　上　九九一
鳥総松　上　九九一
宝恵駕　上　九九二
餅花　中　九九二
粥占　中　九九三
粥杖　中　九九三
綱引　中　九九四
成木責　中　九九四
ちやつきらこ　中　九九四
なまはげ　中　九九五
土竜打　中　九九五
注連貰　中　九九六
左義長　中　九九六
上元の日　中　九九七
梵天　中　九九七
藪入　中　九九八
かまくら　中　九九八
えんぶり　中　九九九
田遊　中　九九九
延年の舞　下　一〇〇〇
初詣　上　一〇〇〇
歳徳神　上　一〇〇一
恵方詣　上　一〇〇一
白朮詣　上　一〇〇二
破魔矢　全　一〇〇二
七福神詣　上　一〇〇三
初神楽　上　一〇〇三
繞道祭　上　一〇〇四
初伊勢　上　一〇〇四
玉せせり　上　一〇〇四
鷽替　上　一〇〇五
十日戎　上　一〇〇五
懸想文売　全　一〇〇六
初金毘羅　上　一〇〇六
初卯　上　一〇〇七
初天神　下　一〇〇七

初勤行　上一〇〇八
初寅　上一〇〇八
初弁天　上一〇〇九
初薬師　中一〇〇九
会陽　下一〇〇九
初閻魔　中一〇一〇
初観音　中一〇一〇
初大師　下一〇一〇
初不動　下一〇一一
初弥撒　上一〇一一

動　物

嫁が君　上一〇一二
初鶏　上一〇一二
初声　上一〇一二
初雀　上一〇一三
初鳩　上一〇一三
初鴉　上一〇一三
伊勢海老　上一〇一四

植　物

楪　上一〇一五
歯朶　上一〇一五
福寿草　上一〇一六
若菜　上一〇一六
春の七草　上一〇一七
根白草　上一〇一七
薺　上一〇一七
御行　上一〇一七
仏の座　上一〇一八
菘　上一〇一八
蘿蔔　上一〇一八
子日草　上一〇一八

付　録

行事一覧　一〇三〇
忌日一覧　一〇三六
二十四節気七十二候表　一〇五七
二十四節気略暦　一〇六三
助数詞表　一〇六七
文語文法活用表　一〇七三
間違えやすい旧仮名遣い　一〇七四
総索引　一〇七七

春

時候

【春《はる》】　陽春　芳春　三春　九春

立春（二月四日ごろ）から立夏（五月六日ごろ）の前日までをいう。新暦ではほぼ二、三、四月にあたるが、旧暦では一、二、三月。三春は初春・仲春・晩春、九春は春九旬（九十日間）のこと。陽春・芳春は春をさす漢語。❖「はる」は「晴る」また「張る」の意などから。万物が発生する明るい季節である。

春もややけしきととのふ月と梅　芭蕉
春や昔十五万石の城下かな　正岡子規
麗しき春の七曜またはじまる　山口誓子
春を病み松の根っ子も見あきたり　西東三鬼
女身仏に春剝落のつづきをり　細見綾子
少年や六十年後の春の如し　永田耕衣
春ひとり槍投げて槍に歩み寄る　能村登四郎
人は影鳥は光を曳きて春　永方裕子
虫鳥のくるしき春を不為《なにもせず》　高橋睦郎
春や子に欲し青雲のこころざし　加古宗也
春なれや水の厚みの中に魚　岩田由美
陽春の雀があげし雪煙　石田郷子

【睦月《むつき》】

旧暦一月の異称。年の初めにみな睦みあう意の「むつび月」の略。→一月（冬）

山深く睦月の仏送りけり　西島麦南
筑紫野ははこべ花咲く睦月かな　杉田久女

【二月《にがつ》】

月の初めに立春がある。早春・春浅しといった気分のころで、寒さはなお厳しい。季節風も強く、大陸から寒波の襲うこともあるが、しだいに日は長くなり春らしくなるのが感じられる。新潟・富山県などの豪雪地帯では二月の降雪が一〜二メートル前後に及ぶ所もあるが、関東地方では鶯の初音が聞かれ、梅も開く。↓如月

竹林の月の奥より二月来る　飯田龍太
詩に瘦せて二月渚をゆくはわたし　三橋鷹女
木曾馬の黒瞳《め》みひらく二月かな　大峯あきら
風二月顔よごれきる塞の神　原裕
喪服着て水の眩しき二月かな　村上鞆彦

【旧正月《きうしやうぐわつ》】　旧正

旧暦の正月。地方によっては今も新暦二月に正月を祝う所がある。❖地方の古風な風習という印象で、なつかしい味わいがある。↓正月（新年）

ふるさとや旧正月の雪籠り　名和三幹竹
道ばたに旧正月の人立てる　中村草田男
旧正の餅菓子を切る赤き糸　明隅礼子

【寒明《かんあけ》】　寒明く　寒の明

小寒・大寒と続いた三十日間の寒の明けることで、二月四日ごろにあたる。↓立春・寒の入（冬）・寒（冬）

寒明や雨が濡らせる小松原　安住敦
寒明けの崖のこぼせる土赤く　木下夕爾
寒明けの雨横降りに最上川　林徹
川波の手がひら〳〵と寒明くる　飯田蛇笏
寒明くる身の関節のゆるやかに　三橋敏雄
石橋のもとより厚き寒の明け　鷹羽狩行

【立春《りつしゆん》】　春立つ　春来《はるきた》る　春来《はるく》　立春大吉

二十四節気は一年を二十四に分けたもので、立春はその一つ。節分の翌日にあたり、二月四日ごろ。暦の上ではこの日から春になる。❖寒気の中に春のきざしが感じられるころ。寒明が厳しい季節の余韻の中でほっとした気分をいうのに対し、立春は新しい

豊かな季節への思いが強い。→寒明

さゞ波は立春の譜をひろげたり　渡邊水巴
立春の米こぼれをり葛西橋　石田波郷
立春の竹一幹の目覚めかな　野澤節子
立春や月の兎は耳立てゝ　星野椿
立春の駅天窓の日を降らし　寺島ただし
川下へ光る川面や春立ちぬ　高浜年尾
勾玉のはだらの青に春立ちぬ　永井龍男
春立つや子規より手紙漱石へ　榎本好宏
立春大吉舟屋の前に赤き泛子《うき》　池上樵人

【早春《さうしゆん》】　初春　春きざす

立春後、二月いっぱいくらいをいう。❖「早春賦」（吉丸一昌作詞）に「春は名のみの風の寒さや」とあるようにまだ寒く、春早々の気配がただよう。→春浅し

早春や道の左右に潮満ちて　石田波郷
早春の森にあつまり泥の径　鈴木六林男
早春の飛鳥陽石蒼古たり　金子兜太
早春の湖《うみ》眩しくて人に逢ふ　横山房子
早春の見えぬもの降る雑木山　山田みづえ
早春の火を焚いてゐる桑畑　永方裕子
美しき奈良の菓子より春兆す　殿村菟絲子

【春浅し《はるあさし》】　浅春

春になったものの、春色はまだ整わない。降雪もあり、木々の芽吹きには間があるころである。→早春

剝製の鳥の埃や春浅し　柴田宵曲
木の間とぶ雲のはやさや春浅き　三好達治
春浅し空また月をそだてそめ　久保田万太郎
猛獣にまだ春浅き園の樹々　本田あふひ
春浅き空へさし入る木々の末《うれ》　星野恒彦
春あさきまま川浪と笛の音と　中田剛
浅春や木の枝嚙めば香ばしき　青柳志解樹

【冴返る《さえかへる》】　凍返る《いてかへる》　寒戻る

立春を過ぎ暖かくなりかけたころに寒さが戻ることをいう。再びの寒気で心身の澄み

渡るような感覚が呼び覚まされる。❖冬の寒気が透徹した状態を「冴ゆ」。それが再び返るのが「冴返る」である。↓余寒・春寒・冴ゆ（冬）

冴えかへるもののひとつに夜の鼻　加藤楸邨
物置けばすぐ影添ひて冴返る　大野林火
冴え返る径熊笹の刃をなせり　山口草堂
翻然と又敢然と冴返る　相生垣瓜人
冴え返るとは取り落すものの音　石田勝彦
寒戻る寒にとどめをさすごとく　鷹羽狩行

【余寒《よかん》】　残る寒さ

寒明後になお残る寒さをいう。↓春寒・冴返る

鎌倉を驚かしたる余寒あり　高浜虚子
世を恋うて人を怖るゝ余寒かな　村上鬼城
水滴の天に余寒の穴ひとつ　上田五千石
遠きほど家寄り合へる余寒かな　廣瀬直人
ひらき見る手になにもなき余寒かな　加藤耕子
塔の影水にうごかぬ余寒かな　安立公彦
水底に藻の照りわたる余寒かな　藺草慶子
人形の目の一重なる余寒かな　甲斐由起子

【春寒《はるさむ》】　春寒し　春寒《しゅんかん》　料峭《れうせう》

立春後の寒さ。余寒と同じであるが、すでに春になった気分が強い。料峭は春風が冷たく感じられること。春寒・料峭ともに手紙の書き出しにも用いられる。↓余寒・冴返る

春寒し風の笹山ひるがへり　暁台
春寒の闇一枚の伎芸天　古舘曹人
春寒や議事堂裏は下り坂　尾池和夫
春寒の足輪つけたる迷ひ鳩　小林清之助
春寒し水田の上の根なし雲　河東碧梧桐
春寒し引戸重たき母の家　小川濤美子
料峭や家焼けて門のこりたる　宮下翠舟
料峭や人より長き棒の影　棚山波朗
料峭のこぼれ松葉を焚きくれし　西村和子

【春めく《はるめく》】
寒さがゆるみ春らしくなること。気温があがり、木々の芽も動き始める。

春めきてものの果てなる空の色　飯田蛇笏
人影のなけれど園の春めける　清崎敏郎
春めくや階下に宵の女客　鷹羽狩行
のめといふ魚のぬめりも春めけり　茨木和生

【雨水《うすい》】
二十四節気の一つで、二月十九日ごろにあたる。降る雪が雨に変わり、積もった雪や氷が解けて水となるとの意から、雨水という。農耕の準備も始まるころである。

大楠に諸鳥こぞる雨水かな　木村蕪城
農鍛冶の鞴やすみの雨水かな　大石悦子
金色に竹の枯れたる雨水かな　津川絵理子

【二月尽《にぐわつじん》】　二月果つ　二月尽く
新暦二月の終わり。短い月が慌ただしく過ぎる感慨と同時に、寒さがゆるみ、ほっとした気分もただよう。❖改暦した近代以後の季語。「尽」というのは本来、惜春の情の深い「弥生尽」、秋の終わりを惜しむ「九月尽」のみに季語として使われていた。

二月尽母待つ家がときに憂し　鈴木榮子
木々の瘤空にきらめく二月尽　原　裕
真直なる幹に雨沁む二月尽　福永耕二
二三日葬りに使ひ二月尽　伊藤敬子
光りつつ鳥影よぎる二月尽　小沢明美

【仲春《ちゅうしゅん》】　春なかば
初春・晩春に対する語で新暦三月にあたる。地方によりずれはあるが、早春の季節が過ぎて春本番となるころである。↓早春・晩春

仲春や庭の撩乱古机　松根東洋城
肋木の影の木の数春半ば　杉野一博

【如月《きさらぎ》】　衣更着《きさらぎ》
旧暦二月の異称。「きさらぎ」の語源には

諸説あるが、連歌・俳諧では寒さが戻り衣を更に重ねるからとされてきた。❖ほぼ新暦三月にあたり春も深まりつつあるころだが、余寒が肌に厳しい感じをいう。

如月の水にひとひら金閣寺　川崎展宏
きさらぎや銀器使はれては傷を　大井雅人
如月の息かけて刃のうらおもて　長谷川久々子
如月の真鯉重たくすれちがふ　福谷俊子
きさらぎや波かぶりては磯光り　三森鉄治
きさらぎの青磁の壺の軽さかな　佐藤郁良

【三月《さんぐわつ》】

気温が上昇し、雨量も増える。暖かい地方では菜の花や桃が咲き始める。↓弥生《やよひ》

雨がちにはや三月もなかばかな　久保田万太郎
いきいきと三月生まる雲の奥　飯田龍太
三月やモナリザを売る石畳　秋元不死男
三月や遺影は眼逸らさざる　照井翠

【うりずん《うりずん》】

沖縄で旧暦二、三月ごろをいう。乾燥した時期が過ぎて大地が潤う時節。「うるおい（潤）つみ（積）」に由来し、このころから南風が吹き始めるという。「おれづみ」ともいう。

うりずんや道濡れてゐる島の朝　前田貴美子
うりずんの仔牛の鼻の湿りをり　中村阪子
うりずんの海人《うみんちゅ》海へ出払ひぬ　眞榮城いさを
うりずんや波ともならず海ゆれて　正木ゆう子

【啓蟄《けいちつ》】

二十四節気の一つで、三月五日ごろにあたる。暖かくなってきて、冬眠していた蟻・地虫・蛇・蛙などが穴を出るころとされる。↓蛇穴を出づ・地虫穴を出づ

啓蟄のつちくれ躍り掃かれけり　吉岡禅寺洞
啓蟄の蚯蚓の紅のすきとほる　山口青邨
啓蟄の雲にしたがふ一日かな　加藤楸邨
啓蟄のみみず横縞きらめかす　後藤比奈夫

啓蟄や墓原雨を吸ひて飽かず　松崎鉄之介
水あふれゐて啓蟄の最上川　森　澄雄
啓蟄の土まだ覚めず父の墓　古賀まり子
啓蟄の土著けて蟻闘へり　鷹羽狩行
啓蟄の小石の影のもちあがる　石嶌　岳
啓蟄や鞄の中の電子音　長嶺千晶

【春分《しゅんぶん》】　中日《ちゅうにち》

二十四節気の一つで、三月二十日ごろ。太陽が春分点に達し、昼夜の時間がほぼ等しくなる日。春の彼岸の中日にあたる。春分から夏至まで昼の時間は徐々に長くなる。また春分から四月初めにかけて気温はぐんぐん上昇する。❖本格的な春到来の時節。→彼岸・春分の日・彼岸会

春分の田の涯にある雪の寺　皆川盤水
春分や手を吸ひにくる鯉の口　宇佐美魚目
春分の時報は島の塔に鳴る　北澤瑞史

【彼岸《ひがん》】　お彼岸　入彼岸　彼岸過

春分の日を中日とする前後三日の七日間。単に彼岸といえば春の彼岸をさす。寺では彼岸会が修され、先祖の墓参りをする。「暑さ寒さも彼岸まで」というように、このころから春暖の気が定まる。→春分・彼岸会・秋彼岸（秋）

山寺の扉《と》に雲あそぶ彼岸かな　飯田蛇笏
竹の芽も茜さしたる彼岸かな　芥川龍之介
人界のともしび赤き彼岸かな　相馬遷子
義仲寺の水のにごれる彼岸かな　深見けん二
大榧の鳥を入れたる彼岸かな　西尾　一
お彼岸のきれいな顔の雀かな　勝又一透
毎年よ彼岸の入に寒いのは　正岡子規
彼岸入蓮華びらきに煮炊きの火　小檜山繁子
兄妹の相睦みけり彼岸過　石田波郷

【春社《しゅんしゃ》】　社日《しゃにち》　社日参　社翁の雨

春の社日。社日は、春分または秋分に最も近い戊《つちのえ》の日。単に社日といえば春社をさす。

中国から入ってきた習俗で、この日に社に五穀の種を供えて豊穣を祈る。田の神信仰と習合して各地に広まり、節日となった。

鳶ついと社日の肴《さかな》領しけり　嘯山

村口の土橋の雨も社日かな　松根東洋城

天井から卸す社日の古き膳　岡本癖三酔

水飴の瓶の口切る社日かな　星野麥丘人

竹林に社日の雨の音もなし　古谷実喜夫

【晩春《ばんしゅん》】

地方によってずれはあるが、四月も半ばを過ぎると春もそろそろ終わりという気分が強くなる。❖暮の春・行く春などと同じ時期だが、晩春には春が熟したおおらかな気分がある。↓暮の春・行く春・春惜しむ

晩春の瀬々のしろきをあはれとす　山口誓子

晩春の旅よりもどる壺かかへ　青柳志解樹

【弥生《やよひ》】

旧暦三月の異称。草木がいやが上にも生える「いやおひ（弥生）」の転。↓三月

濃かに弥生の雲の流れけり　夏目漱石

降りつづく弥生半となりにけり　高浜虚子

家建ちて星新しき弥生かな　原石鼎

近づいて声なつかしき弥生かな　廣瀬直人

【四月《しぐわつ》】

桜・桃・梨など百花咲き乱れ、春たけなわの月。一年を通じて気温上昇の割合が最も大きい。曇りがちの日が多く、時に強い南風が吹く。学校や会社では新年度が始まる。↓卯月《うづき》（夏）

妹の嫁ぎて四月永かりき　中村草田男

四月始まる豁然と田がひらけ　相馬遷子

大学にポスター多き四月かな　宇佐美敏夫

通らせてもらふ四月の網干場　市場基巳

靄に透く紺の山なみ四月かな　三森鉄治

教室に世界地図ある四月かな　明隅礼子

【清明《せいめい》】

二十四節気の一つで、四月五日ごろにあたる。清浄明潔を略したものといわれ、万物が溌剌としている意から、清明という。❖中国では清明に墓参などをする。その風習が沖縄に伝わり「シーミー」「シーミー祭」となっている。

清明や街道の松高く立つ　桂　信子
清明の雨に光れる瑠璃瓦　古賀まり子
清明の明け方冷ゆる鞍馬かな　森田公司
水口に清明の雲はしりけり　大嶽青児
清明や鳥はくちばし閉ぢて飛ぶ　鶴岡加苗

【春の日《はるのひ》】　春日《しゅんじつ》　春日《はるひ》

春の一日をいう。明るい日差しが感じられる。→春の日（天文）

春の日を音せで暮るる簾かな　白　雄
西山の山寺にあり春一日　高浜虚子
春の日やあやとりのあと縄電車　鷹羽狩行

【春暁《しゅんげう》】　春の暁　春の曙　春の朝

春の夜明け、東の空がほのぼのとしらみかける時分。暁は古くはまだ暗い暁闇を意味したが、現在では曙とともに、やや明るくなったときをいう。「春暁」は孟浩然の詩で親しまれ、「春の曙」は『枕草子』冒頭の章句「春は曙。やうやうしろくなりゆく山際、少しあかりて、紫だちたる雲の細くたなびきたる」の趣きとして定着した。❖「春の朝」は春暁の一刻が過ぎ、すっかり夜が明けきってからをいう。

春暁や田水にすつと日が走り　松村蒼石
春暁や人こそ知らね木々の雨　日野草城
ながきながき春暁の貨車なつかしき　加藤楸邨
春暁やあさき夢見し夢の中　草間時彦
ねむる子に北の春暁すみれ色　成田千空
春暁のもつとも遠き音を恋ふ　能村登四郎
春暁や夢のつづきに子をあやし　上田日差子
春曙何すべくして目覚めけむ　野澤節子

春は曙そろそろ帰つてくれないか　櫂　未知子
新聞に肘ついて読む春の朝　小川軽舟

【春昼《しゆんちう》】　春の昼

春の昼はのんびりと明るい。うとうとと眠りを誘われるような心地よさだが、どことなくけだるさも感じる。❖大正以降に使われるようになった季語で、その後「秋の昼」も用いられるようになった。

妻抱かな春昼の砂利踏みて帰る　中村草田男
春昼の指とどまれば琴も止む　野澤節子
春昼の生家貫ぬく太柱　野見山ひふみ
春昼の甖に満ちて嬰児《やや》の四肢　山崎ひさを
春昼や時計の中へ戻る鳩　金子　敦
鐘の音を追ふ鐘の音よ春の昼　木下夕爾
客間とは誰もゐぬ部屋春の昼　片山由美子
春の昼大きな籠の燃ゆるなり　和田耕三郎
子のくるる何の花びら春の昼　髙田正子

【春の暮《はるのくれ》】　春の夕　春夕べ

春の夕べ、夕暮れ時。日ごとに日の暮れるのが遅くなり駘蕩とした気分が漂う。春季の終わりは、「暮の春」といって区別する。
↓春の宵・暮の春

いづかたも水行く途中春の暮　永田耕衣
妻亡くて道に出てをり春の暮　森　澄雄
鈴に入る玉こそよけれ春のくれ　三橋敏雄
近づきて塔見失ふ春の暮　邊見京子
にはとりのすこし飛んだる春の暮　今井杏太郎
擂粉木のあたまを遣ふはるのくれ　中原道夫
石捨てて子どもが帰る春の暮　日原　傳
硝子戸は海の入口春の暮　辻内京子
春のゆふべは母の辺にあるごとし　黛　執

【春の宵《はるのよひ》】　春宵《しゆんせう》　宵の春

夕暮れのあと、夜がまだ更けないころ。「春宵一刻直《あたい》千金」というように、春の宵はどことなく艶めいており、華やぎが感じられる。↓春の暮・春の夜

公達に狐化けたり宵の春　蕪村
「前略」と書きしばかりや春の宵　中村苑子
抱けば吾子眠る早さの春の宵　深見けん二
客を待つ一卓一花春の宵　岩崎照子
しつとりと閉まる茶筒や春の宵　田代青山
春宵の玉露は美酒の色に出づ　富安風生
春宵のこの美しさ惜しむべし　星野立子
春宵やセロリを削る細身の刃　石田波郷

【春の夜《はるのよ》】　春夜《しゅんや》　夜半《よは》の春《はる》

夜の時間は、夕べ→宵→夜中と深まっていく。春の夜は朧夜となることも多く、艶なる趣が満ちる。❖古歌・俳諧では「春の夜《よ》」といい、「春の夜《よる》」とは使われていなかった。→春の暮・春の宵

時計屋の時計春の夜どれがほんと　久保田万太郎
春の夜のつめたき掌なりかさねおく　長谷川素逝
春の夜の子を踏むまじく疲れけり　石田波郷
春の夜の指にしたがふ陶土かな　阪本謙二
春の夜や長からねども物語　岩田由美
妻も覚めて二こと三こと夜半の春　日野草城

【暖か《あたたか》】　あたたけし　ぬくし　春暖

彼岸のころからそろそろ暖かくなる。心地よく温暖な春の陽気をいう。→春暑し

暖かや飴の中から桃太郎　川端茅舎
暖かや背の子の言葉聞きながし　中村汀女
あたたかや道をへだてて神仏　富安風生
踏みはづす手乗り文鳥あたたかや　秋元不死男
あたたかに柄杓の伏せてありにけり　勝又一透
あたたかや鳩の中なる乳母車　野見山朱鳥
あたたかや布巾にふの字ふつくらと　片山由美子

【麗か《うららか》】　うらら　うららけし　麗日

なごやかな春日に万象玲瓏《れいろう》と晴れ輝くさまである。❖「うらら」から派生して「秋うらら」「冬うらら」とはいうが春は「春うらら」という必要はない。→秋麗（秋）・冬麗（冬）

うららかや空より青き流れあり　阿部みどり女
麗かや野に死に真似の遊びして　中村苑子
鯉のくち後ずさりゆくうららかに　小宅容義
うららかやかんばせ風にふちどられ　行方克巳
うららかや川を挟みて次の駅　岩田由美
仏唇に朱の残りをりうららなり　林　翔
石三つ寄せてうららや野の竈　福永耕二
九官鳥同士は無口うららけし　望月　周
病む人へ麗日待ちて文を書く　古賀まり子

【長閑《のどか》】　長閑さ　のどけし　のどけさ　駘蕩

春の日中はゆったりとしてのびやかである。その静かに落ち着いたさまをいう。

古寺の古文書もなく長閑なり　高浜虚子
島に来てのどかや太きにぎり鮨　桂　樟蹊子
のどかさに寝てしまひけり草の上　松根東洋城
のどけしや数ならぬ身を橋の上　櫂　未知子
駘蕩として鹿の目の長まつげ　八染藍子

【日永《ひなが》】　永き日　永日

春分を過ぎると夜よりも昼の時間が長くなり始める。日中ゆとりもでき、気持ちものびやかになる。❖実際に最も昼が長いのは夏至の前後だが、春は冬の短日を託《かこ》ったあとなので日が長くなった感慨が強い。夏は夜の短さを惜しんで「短夜《みじかよ》」という。↓長閑《のどか》・遅日

驢馬に乗る子に長江の日永かな　松崎鉄之介
球根のおが屑払ふ日永かな　遠藤由樹子
犬の仔を見せあつてゐる日永かな　石田郷子
永き日や欠伸うつして別れ行く　夏目漱石
永き日のにはとり柵を越えにけり　芝　不器男
永き日のうしろへ道の伸びてをり　村越化石
永き日の鐘と撞木の間かな　小笠原和男
鳥は鳥にまぎれて永き日なりけり　八田木枯
永き日の島一つ沖へ行く如し　大串　章
永き日や問診票のペンに紐　柘植史子

永き日の日は雲中に力増し　金原知典

【遅日《ちじつ》】　**遅き日**　**暮遅し**　**暮れかぬ**　**夕永し**

春日遅々として暮れかねること。❖日永と同じだが、遅日は日暮れの遅くなることに重点を置く。↓日永

遅き日のつもりて遠きむかしかな　蕪村
この庭の遅日の石のいつまでも　高浜虚子
縄とびの端もたさるる遅日かな　橋閒石
生簀籠波間に浮ける遅日かな　鈴木真砂女
揚げ船に波の這ひ寄る遅日かな　黛執
いつまでも窓に島ある遅日かな　寺島ただし
松の上に人の働く遅日かな　藤本美和子
もとほるや遅き日暮るる黒木御所　志城柏
をみなにも着流しごころ夕永し　岡本眸
水よりも鮒つめたくて夕永し　友岡子郷

【木の芽時《このめどき》】　**木の芽山**　**木の芽冷**　**木の芽晴**　**木の芽雨**　**木の芽風**　**芽起こし**

さまざまな木が芽吹くころをいう。木の種類や寒暖によって遅速はあるが、確かな春の息吹を感じる時である。木の芽時の雨を「木の芽起こし」「芽起こし」ということがある。↓木の芽

源泉に硫気ほのかや木の芽時　上田五千石
ひたひたと夢のつゞきの木の芽山　矢島渚男
結婚記念日いつもながらの木の芽冷え　大牧広
木の芽雨もめん豆腐に布目あと　伊藤敬子
木の芽風燈台白をはためかす　桂信子

【花時《はなどき》】　**桜時**　**花のころ**　**花過ぎ**

桜の咲くころをいう。大方の桜が散ったころが花過ぎ。

花どきの峠にかかる柩かな　大峯あきら
花時の赤子の爪を切りにけり　藤本美和子
さきがけて駅の灯の点き桜どき　鷹羽狩行

【花冷《はなびえ》】

桜の咲くころ、急に冷え込むことがある。

花冷という言葉のもつ美しい響きが好まれる。❖花時に感じる冷えを意味するので「花の冷」「桜冷」「花冷ゆ」などとせず「花冷」の形で使いたい。

一灯にみな花冷えの影法師　大野林火
花冷の百人町といふところ　草間時彦
花冷えや出刃で掻き出す魚の腸《わた》　河合凱夫
花冷や吾に象牙の聴診器　水原春郎
生誕も死も花冷えの寝間ひとつ　福田甲子雄
花冷や柱しづかな親の家　正木ゆう子
花冷や砕きて白き吉野葛　長谷川櫂
花冷の湯葉のうすきを掬ひけり　石嶌岳

【蛙の目借時《かはづのめかりどき》】　目借時

春が深まり、眠気をもよおすようなころをいう。蛙が人の目を借りてゆくからという俗説に基づく俳諧味のある季語である。❖「めかり」は本来は蛙の求愛行動の「妻《め》狩り」の意などというが、「目借《めか》り」の面白味を楽しんで使われてきた。

目借時狩野の襖絵古りに古り　京極杜藻
水飲みてすこしさびしき目借時　能村登四郎
顔拭いて顔細りけり目借どき　岸田稚魚
煙草吸ふや夜のやはらかき目借時　森　澄雄
種あかす手品などみて目借時　髙澤良一

【穀雨《こくう》】

二十四節気の一つで、四月二十日ごろにあたる。穀物を育てる雨という意から穀雨という。

まつすぐに草立ち上がる穀雨かな　岬　雪夫
ひねもすの穀雨の雨となりしかな　西嶋あさ子

【春深し《はるふかし》】　春闌《はるた》く　春更《はるふ》く

桜も散って、風物の様子にどことなく春も盛りを過ぎたと感じられるころをいう。同じ時期を指す「夏近し」に次の季節への期待があるのに対して、「春深し」は春の頂点を過ぎた懈怠《けたい》の気分を宿す。❖慣用的に用いられる「春深む」は一考を要する。「深む」は「深める」の意であり、「深まる」の意ではない。

夜をふかす灯の下さらに春ふかし　木津柳芽
まぶた重き仏を見たり深き春　細見綾子
カステラと聖書の厚み春深し　岩淵喜代子
長き橋渡りて町の春深し　高橋睦郎
春深き音をみちのくの土鈴かな　菅原鬨也
春闌くや框石とて黒御影　宮坂静生
春更けて諸鳥啼くや雲の上　前田普羅

【八十八夜《はちじふはちや》】

立春から数えて八十八日め。五月二日ごろ。野菜の苗はようやく生長し、茶摘みも始まるので、農家は忙しい。「八十八夜の別れ霜」といわれるように、このころはまた終霜の時期でもある。↓別れ霜

音立てて八十八夜の山の水　桂　信子
山の湯に膝抱き八十八夜かな　木内彰志
海に降る雨の八十八夜かな　大石悦子

【春暑し《はるあつし》】

春でありながら、気温が急上昇し、どうかすると汗ばむような暑さを覚える日がある。❖薄暑（初夏）とは違う春のうちの暑さをいう。↓暖か

春暑し赤子抜き取る乳母車　二本松輝久

【暮の春《くれのはる》】　**暮春《ぼしゆん》**　**春暮る《はるくる》**　**春の果**

春の終わろうとするころの意で、「春の暮」ではない。行く春・春惜しむ・晩春などという感慨につながる。↓行く春・春惜しむ・晩春

暮の春仏頭のごと家に居り　岡井省二
ペン先の金やはらかや暮の春　小川軽舟
干潟遠く雲の光れる暮春かな　臼田亜浪
人入つて門のこりたる暮春かな　芝　不器男
島人に路地神灯る暮春かな　橋本鶏二
落丁のごとし暮春の時計鳴る　八田木枯

春暮るる会津に白き山いくつ　岡田日郎

【行く春《ゆくはる》】　逝く春　春行く　春尽く　徂春《そしゅん》

暮の春と同様、春の終わろうとするころをいう。❖「暮の春」が静的な捉え方であるのに対し、「行く春」は動的な捉え方であり、去り行く春を留めえぬ詠嘆がより深くこもる。→春惜しむ

行く春や鳥啼き魚の目は泪　芭蕉
行く春を近江の人と惜しみける　芭蕉
ゆく春やおもたき琵琶の抱きごゝろ　蕪村
行春や版木にのこる手毬唄　室生犀星
ゆく春の耳搔き耳になじみけり　久保田万太郎
行春のこころ実生の松にあり　後藤夜半
ゆく春や午鐘かぞへてあと一打　上野章子
行く春の地図に磁石をのせにけり　山本洋子
ゆく春の舷に手を置きにけり　鴇田智哉
春ゆくとひとでは足をうちかさね　八木絵馬
カナリヤの脚の薄紅春逝くか　桂信子
春尽きて山みな甲斐に走りけり　前田普羅

【春惜しむ《はるをしむ》】　惜春《せきしゅん》

過ぎ行く春を惜しむこと。過ぎ去る春に対する詠嘆がことば自体に強く表れて、もの寂しさがある。❖日本の詩歌の伝統では、惜しむべき良き季節は春と秋であり、「春惜しむ」「秋惜しむ」とはいうが「夏惜しむ」「冬惜しむ」とはいわなかった。

春惜むおんすがたこそとこしなへ　水原秋櫻子
春惜しむすなはち命惜しむなり　石塚友二
波頭どどと崩れて春惜しむ　星野椿
臍の緒を家のどこかに春惜しむ　矢島渚男
逆さ鐘撞いて近江の春惜しむ　加古宗也
瑞牆《みづがき》山のふしぎな春を惜しみけり　千葉皓史
銀閣へゆかずに曲り春惜む　金原知典
惜春のわが道をわが歩幅にて　倉田紘文
惜春の白波寄するところまで　藤本美和子

惜春の橋の畔《たもと》といふところ　星野高士

【夏近し《なつちかし》】　夏隣

ようやく夏に移ろうとしているころのこと。夜の明けるのが早くなり、木々の緑の眩《まぶ》しさも夏の近いことを思わせる。❖春を惜しみつつも次の季節への期待がふくらむ。

夏近し雲見て膝に手をおけば　富安風生
夏近し二の腕軽く機を織り　安達実生子
街川の薬臭かすか夏隣　永方裕子
海沿ひに自転車つらね夏隣　岡部名保子
ひとりづつ既決箱へと夏隣　櫂　未知子

【弥生尽《やよひじん》】　三月尽　四月尽

旧暦三月の晦日をいう。三月尽も同じ。春が尽きるという感慨がこもり、惜春の情の深いことばである。❖新暦になってからは春が尽きる感慨を四月尽として詠む作例も出てきた。三月尽は新暦三月の終わりの意でも使われる。

怠りし返事書く日や弥生尽　几　董
日の影の池の底まで弥生尽　川上梨屋
弥生尽書架にもどらぬ中也の詩　矢地由紀子
桜日記三月尽と書き納む　正岡子規
あまき音のチェロが壁越し四月尽　秋元不死男
こんこんと眠る流木四月尽　秋沢　猛

天　文

【春の日《はるのひ》】　春日《はるひ》　春日影　春入日《はるいりひ》

うららかな明るい春の太陽、あるいはその日差しをいう。❖春日影は陽光のこと。↓春の日（時候）

春の日のぽとりと落つる湖のくに　岸田稚魚
春の日にすかして選ぶ手漉和紙　高橋悦男
大いなる春日の翼垂れてあり　鈴木花蓑
白波と春日漂ふ荒岬　桂　信子
紫の山へ黄金《こがね》の春日入る　大峯あきら
出現の聖母の像に春日濃し　佐久間慧子

【春光《しゆんくわう》】　春色　春の色　春望　春の光

春景色のこと。まばゆい光や春らしい柔らかさを感じさせる。また春の陽光のこともいう。春色・春の色は春の風色。春望は春の眺め。❖春光は漢詩由来の語。本来は春の風光のことだが春の陽光の意もあり、その意で詠んだ句が多い。

春光の遍けれども風寒し　高浜虚子
春光や礁あらはに海揺るゝ　前田普羅
春光やさゞなみのごと茶畑あり　森田　峠
春光や展翅のごとくうつぶせに　日原　傳

【春の空《はるのそら》】　春空　春天

春の空は、晴れた日でもなんとなく白く霞んで見えることが多い。

山鳩の鳴きいづるなり春の空　松村蒼石
首長きりんの上の春の空　後藤比奈夫
死は春の空の渚に游ぶべし　石原八束
春空へ堤斜めに上りけり　山根真矢
春天のとり落としたる鳥一つ　清崎敏郎

【春の雲《はるのくも》】

夏や秋の雲のようにはっきりとした形をなすことは少ないが、空全体に白く刷《は》いたような雲が現れることや、ふわりとした綿雲が浮かぶことがある。

春の雲人に行方を聴くごとし　飯田龍太
麦畑にひとり遊びの春の雲　遠藤梧逸
田に人のゐるやすらぎに春の雲　宇佐美魚目
二時限目はじまつてゐる春の雲　山本洋子
春の雲梯子外して運び行く　茨木和生

【春の月《はるのつき》】　春月《しゅんげつ》　春月夜　春満月　春三日月

春の月は柔らかく濡れたように見える。❖古来、秋の月はさやけさを愛で、春の月は朧なるを愛でるというように、滴るばかりの風情を楽しむ。↓朧月・月（秋）

春の月さはらば雫たりぬべし　一茶
外にも出よ触るるばかりに春の月　中村汀女
車にも仰臥という死春の月　高野ムツオ
水の地球すこしはなれて春の月　正木ゆう子
菱形に包む赤子や春の月　小林貴子
百年は生きよみどりご春の月　仙田洋子
紺絣春月重く出でしかな　飯田龍太
初恋のあとの永生き春満月　池田澄子
春満月映す漆を重ねけり　野中亮介
春三日月近江は大き闇を持つ　鍵和田秞子

【朧《おぼろ》】

春は大気中の水分が増加し万物が霞んで見えることが多い。その現象を昼は霞というのに対して、夜は朧という。「草朧」「谷朧」「岩朧」、また鐘の音に「鐘朧」などとも用いられる。↓朧月・春の月・霞

辛崎の松は花より朧にて　芭蕉
風呂の戸にせまりて谷の朧かな　原石鼎
貝こきと噛めば朧の安房の国　飯田龍太
能舞台朽ちて朧のものの影　鷲谷七菜子
折鶴をひらけばいちまいの朧　澁谷道

燈明に離れて坐る朧かな　斎藤梅子
浪音の今宵は遠し草朧　本井英
流されてもうないはずの橋朧　永瀬十悟

【朧月《おぼろづき》】　月朧　朧月夜　朧夜

朧に霞んだ春の月で、薄絹に隔てられたような柔らかさを感じさせる。朧夜は朧月夜を略した語。『新古今集』の〈照りもせず曇りもはてぬ春の夜のおぼろ月夜にしくものぞなき　大江千里〉のように、古歌にもしばしば詠まれてきた。↓春の月・朧

大原や蝶の出て舞ふ朧月　丈草
さしぬきを足でぬぐ夜や朧月　蕪村
くもりたる古鏡の如し朧月　高浜虚子
木の家に棲み木の机おぼろ月　黒田杏子
おぼろ夜のかたまりとしてものおもふ　加藤楸邨
おぼろ夜のわが家に声をかけて入る　矢野景一
朧夜のマーマレードに深く匙　森賀まり

【春の星《はるのほし》】　春星《しゅんせい》

春の星は、柔らかい夜気に潤みつつ、しきりに瞬く。

春の星ひとつ潤めばみなうるむ　柴田白葉女
春の星またたきあひて近よらず　成瀬櫻桃子
乗鞍のかなた春星かぎりなし　前田普羅
妻の遺品ならざるはなし春星も　右城暮石
名ある星春星としてみなうるむ　山口誓子

【春の闇《はるのやみ》】

月の出ていない春の夜の闇をいう。『古今集』の〈春の夜の闇はあやなし梅の花色こそ見えね香やは隠るる　凡河内躬恒〉は有名。❖柔らかくみずみずしい闇の中には、芽ぐみ花開くものなどの息吹やさざめきが宿り、神秘的な趣も持つ。

春の闇渚も音をさめけり　田村木国
千里より一里が遠き春の闇　飯田龍太
春の闇よりつぎつぎに濤頭　清崎敏郎
春の闇瑪瑙をひとつ孕みけり　鳴戸奈菜

春の闇生者は死者に会ひにゆく　西山　睦

【春風《はるかぜ》】　春風《しゅんぷう》　春の風

春風駘蕩《たいとう》というように、暖かくのどかに吹く風である。↓東風《こち》・春疾風《はるはやて》・風光る・涅《ね》槃西風《はんにし》・春一番

春風や堤長うして家遠し　蕪　村
春風や闘志いだきて丘に立つ　高浜虚子
春風や仏を刻む鉋屑　大谷句仏
古稀といふ春風にをる齢かな　富安風生
春風の檜原をかけし少女かな　岡井省二
兄妹にはるかぜ海を見にゆかむ　山田みづえ
泣いてゆく向うに母や春の風　中村汀女
春の風産着の白の尊しや　淺井一志
畳屋を出てゆく畳春の風　村上鞆彦

【東風《こち》】　朝東風　夕東風　強《つよ》東風　荒《あら》東風　雲雀《ひばり》東風　鰆《さはら》東風　梅東風　桜東風

東から吹くまだやや荒い早春の風。強東風はその激しいさまである。「東風」は古来春を告げる風、凍てを解く風、梅を咲かせる風として詠まれてきた。『拾遺集』の菅原道真の〈こち吹かば匂ひおこせよ梅の花あるじなしとて春を忘るな〉は有名。↓春風

東風吹くや耳現はるゝうなゐ髪　杉田久女
一湾の縁薄刃なす東風の波　福永耕二
朝東風に日のしろがねの端山かな　藤田湘子
夕東風のともしゆく燈のひとつづつ　木下夕爾
夕東風にしたがふごとし発つ汽車も　宮津昭彦
荒東風やふるまひ酒をこぼし合ひ　山尾玉藻
船の名の釣宿ばかり雲雀東風　古賀まり子

【貝寄風《かひよせ》】　貝寄

大阪四天王寺の聖霊会が行われるころに吹く強い季節風。この風で吹きよせられる貝殻で作った花を舞台に立てた。聖霊会はかつては旧暦二月二十二日、現在は新暦四月二十二日に行われる。↓春風・聖霊会

貝寄風や難波の蘆も葭も角　山口青邨
貝寄風に乗りて帰郷の船迅し　中村草田男
貝寄風の風に色あり光あり　松本たかし
貝寄せや我もうれしき難波人　松瀬青々

【涅槃西風《ねはんにし》】　**涅槃吹《ねはんぶき》**　**彼岸西風《ひがんにし》**

涅槃会（旧暦二月十五日）前後に吹く西風。俗に西方浄土《さいほうじょうど》からの迎え風というが、この風が吹くと寒さが戻る。また春の彼岸のころにあたるので彼岸西風ともいう。→春風

涅槃西風麦のくさとるひとり言　松村蒼石
舟べりに鱗の乾く涅槃西風　桂信子
涅槃西風すこし音して母の部屋　大澤ひろし
身のうちの透きゆくばかり涅槃西風　小島花枝
真夜中を過ぎて狂へる涅槃西風　福田甲子雄
鯉の麩は水面に乗つて涅槃西風　長谷川櫂

【比良八荒《ひらはっくわう》】　**比良の八荒**　**八講の荒れ**

かつて比良山中各地で行われた法華八講を比良八講という。一説には近江の比良明神（白鬚神社）ゆかりの寺で旧暦二月二十四日に行われていたともいわれているがすでに絶えて久しい。現在は比叡山の僧により三月二十六日に行われる。その前後には寒さがぶり返し、比良山地から強風が吹き下ろして、琵琶湖が荒れることが多い。その強風を比良八荒という。❖「比良八荒」は天文の季語、「比良八講」は行事なので混同しないようにしたい。

比良八荒沖へ押し出す雲厚し　羽田岳水
比良八荒土間を濡らせる鮒の桶　酒井章鬼
比良八荒比良の見えざる荒れじまひ　尾池和夫
洗堰にも八講の荒れ及ぶ　三村純也

【春一番《はるいちばん》】　**春二番**　**春三番**

立春後、初めて吹く強い南風のこと。日本海低気圧によって激しく吹く。もとは壱岐地方などの漁師言葉であったが、気象用語

として定着した。↓春風

春一番武蔵野の池波あげて　水原秋櫻子
春一番珊瑚の海をゆさぶりて　稲荷島人
春一番柩ぐらりとかつぎ出す　宮下翠舟
胸ぐらに母受けとむる春一番　岸田稚魚
春一番競馬新聞空を行く　水原春郎
春一番島に神父のおくれ着く　中尾杏子
酒蔵に板戸の枢春一番　金久美智子
春一番鞄の軽き日なりけり　藺草慶子

【風光る《かぜひかる》】

春になって日差しが強くなると、吹く風もきらめいているかのように感じられる。↓春風

風光る海峡のわが若き鳶　佐藤鬼房
杉の秀《ほ》に並び立つ塔風光る　火村卓造
風光りすなはちもののみな光る　鷹羽狩行
風光る退きて読む花時計　中根美保
笛を吹く頬の産毛や風光る　角谷昌子

【春疾風《はるはやて》】　春飆《はるはやて》　春嵐　春荒《あれ》　春北風《はるきた》
春北風《はるならひ》

春の強風・突風をいう。西または南からの風で、雨を伴ったり、長時間砂塵を巻いたりする。↓春風

春疾風屍は敢て出でゆくも　石田波郷
大阪の土を巻きあげ春疾風　宇多喜代子
鶏小屋に卵が五つ春疾風　高畑浩平
春嵐足ゆびをみなひらくマリヤ　飯島晴子
春北風白嶽の陽を吹きゆがむ　飯田蛇笏
さざ波はかへらざる波春ならひ　八田木枯
馬の背に陽光滑る春北風　藤木倶子

【桜まじ《さくらまじ》】

「まじ」は南風または南よりの風をいう。「桜まじ」は桜の花が咲くころの暖かな風。

待つことに馴れて沖暮る桜まじ　福田甲子雄
島人の訛うれしき桜まじ　南　鹿郎
干網にのこる銀鱗桜まじ　藺草慶子

【春塵《しゅんじん》】　春の塵　春埃

春は風の強い日が多く、とかく埃や塵が立ちやすい。

春塵や観世音寺の観世音　高野素十

春塵にカリヨン光り歌ひだす　市村究一郎

春塵に押され大阪駅を出づ　辻田克巳

手鏡にありとしもなき春の塵　京極杜藻

活花のあさき水にも春の塵　鷹羽狩行

【霾《つちふる》】　霾《ばい》　霾《よな》ぐもり　霾風《ばいふう》　霾天《ばいてん》　黄砂　黄沙

春、モンゴルや中国北部で強風のために吹き上げられた多量の砂塵が、偏西風に乗って日本に飛来する現象。気象用語では黄砂。三月から五月に見られ、おもに関西や九州地方で空がどんよりと黄色っぽくなり、太陽も霞む。

霾るや星斗赤爛せしめつつ　小川軽舟

日は月のごとくに薄れ霾れる　日原傳

にはとりに牡蠣殻砕く霾ぐもり　広渡敬雄

黄砂ふる日を曼荼羅にぬかづきぬ　吉田汀史

砂時計あまた眠らせ黄砂降る　室生幸太郎

鳥の道きらりきらりと黄沙来る　石寒太

【春雨《はるさめ》】　春の雨　春霖《しゅんりん》

春雨はしめやかに小止みなく降る春の雨。春霖は数日間降り続く春の雨のこと。❖現代では「春雨」と「春の雨」は同義で用いられることが多いが、蕉門《しょうもん》では区別し、しとしとと降り続く晩春の雨を春雨としていた。『三冊子』には「春雨は小止みなく、いつまでも降り続くやうにする、三月をいふ。二月末よりも用ふるなり。正月・二月初めを春の雨となり」とある。（ここでの三月・二月・正月は旧暦）→春時雨

春雨や小磯の小貝濡るゝほど　蕪村

春雨のかくまで暗くなるものか　高浜虚子

春雨の雲より鹿や三笠山　皆吉爽雨

春雨のあがるともなき明るさに　星野立子
春雨の檜にまじる翌檜《あすならう》　飯田龍太
捨て鍬の次第に濡れて春の雨　山口青邨

【春時雨《はるしぐれ》】　春驟雨《はるしうう》

春になっても時雨れることがある。春驟雨はやや雨足の強い春のにわか雨。❖時雨(初冬)が定めなく寂しいものであるのに対して、春時雨には明るさと艶やかさがある。→春雨・時雨(冬)

海の音山の音みな春しぐれ　中川宋淵
湖《うみ》の面に賤ヶ岳より春時雨　八木林之助
晴れぎはのはらりきらりと春時雨　川崎展宏
アンダンテカンタービレの春時雨　稲畑廣太郎
春驟雨木馬小暗く廻り出す　石田波郷
大仏の忽ちに濡れ春驟雨　上野泰
春驟雨花買ひて灯の軒づたひ　岡本眸

【菜種梅雨《なたねづゆ》】

菜の花の咲くころしとしとと降り続く雨。❖気象用語として親しまれている。長雨だが菜の花の色から明るさも感じられる。→春雨

幻に建つ都府楼や菜種梅雨　野村喜舟
包丁を研ぎにほはせて菜種梅雨　長谷川浪々子
鯉痩せてしづかに浮ぶ菜種梅雨　福田甲子雄
炊き上る飯に光りや菜種梅雨　中嶋秀子

【春の雪《はるのゆき》】　春雪《しゅんせつ》　淡雪《あはゆき》　沫雪《あわゆき》　牡丹雪　桜隠し

冬の雪と違って解けやすく、降るそばから消えて積もることがないので淡雪・沫雪ともいう。雪とはいえ、晴れやかな感じである。「桜隠し」とは桜が咲く時期に降る雪。❖淡雪は淡い雪の意で歴史的かなづかいは「あはゆき」。「沫雪」は泡沫《うたかた》のように消えやすい雪の意で歴史的かなづかいは「あわゆき」。→雪の果・斑雪《はだれ》・雪(冬)

春の雪青菜をゆでてゐたる間も　細見綾子

青空をしばしこぼれぬ春の雪　原　石鼎
纜《ともづな》の張りてはこぼす春の雪　石田勝彦
灯に入りて大きくなりぬ春の雪　加藤瑠璃子
にわとりの卵あたたか春の雪　小西昭夫
こはだから握つてもらふ春の雪　長谷川　櫂
春雪の暫く降るや海の上　前田普羅
春雪三日祭の如く過ぎにけり　石田波郷
淡雪のつもるつもりや砂の上　久保田万太郎
淡雪や山にみひらく鰈の目　斎藤　玄
沫雪のことに触れたる誄詞かな　大石悦子
夜の町は紺しぼりつつ牡丹雪　桂　信子
手に何を握り産まれ来牡丹雪　ドゥーグル
可惜夜《あたらよ》の桜かくしとなりにけり　齊藤美規

【斑《はだ》雪《れ》】　斑雪《はだれゆき》　はだら雪　はだら　はだれ野

まばらに降り積もった春の雪、または解けかけてまだらに残っている雪をいう。あるいは、はらはらとまばらに降る雪のこともいう。→春の雪

雨ながら斑雪の光野に競ふ　堀口星眠
うつくしきはだれのこころしばしあり　岡井省二
舟小屋の柱痩せをり斑雪　尾池葉子
はだれ野に朽ちて簓《ささら》の仏かな　小原啄葉
斑雪山月夜は滝のこだま浴び　飯田龍太

【雪の《ゆきの》果《はて》】　名残《なごり》の雪《ゆき》　雪の別れ　別れ雪　忘れ雪　涅槃雪

涅槃会《ねはんえ》（旧暦二月十五日）前後に降る雪が雪の終りといわれるが、実際にはそれ以降になることもある。名残の雪・雪の別れ・別れ雪は、いずれも最後の雪に心を寄せたことばである。→春の雪

松に鳴る風音堅し雪の果　石塚友二
再びの名残の雪と思ひけり　高木晴子
二上《ふたかみ》山も三輪《みわ》山もゆるびぬ別れ雪　和田悟朗
名も知らぬ塔抽んでて忘れ雪　長嶺千晶
涅槃雪渚に蒼くつもりけり　山本洋子

【春の霙《はるのみぞれ》】　春霙

春になっても寒いと霙の降ることがある。❖「春の霙」「春の霰」「春の霜」はいずれも寒さの中に明るさと美しさを感じさせる。↓霙（冬）

宮城野や春のみぞれを半眼に　佐藤鬼房
洛北や春の霙の小町寺　前田攝子
限りなく何か喪ふ春みぞれ　山田みづえ
鹿の斑のまだ見えてをり春霙　柚木紀子

【春の霰《はるのあられ》】　春霰《はるあられ》　春霰《しゅんさん》

春になっても急に気温が下がると霰が降ることがある。↓霰（冬）

津の国の春の霰ぞ聞きに来よ　大石悦子
じゆぶじゆぶと水に突込む春霰　岸田稚魚
纜《ともづな》は隠岐へ十里の春霰　庄司圭吾
魚に手をあてて捌くや春霰　大木あまり
春霰のあとたつぷりと入日かな　波多野爽波

【春の霜《はるのしも》】　春霜《しゅんそう》

春になってからも霜が降りることは少なくない。↓別れ霜・霜（冬）

つかの間の春の霜置き浅間燃ゆ　前田普羅
道のべに春霜解けてにじむほど　皆吉爽雨

【別れ霜《わかれじも》】　忘れ霜　霜《しも》の名残《なごり》　霜の別れ　霜の果　晩霜

晩春に降りる霜。俗に「八十八夜の別れ霜」といわれ、八十八夜（五月二日ごろ）を境に霜の降りることはまれになる。↓春の霜

古漬や大和国《くん》中《なか》別れ霜　石橋秀野
別れ霜あるべし夜の鯉しづか　早崎明
別れ霜仏飯ややに尖りたり　柿本多映
新しきネクタイきゆつと別れ霜　佐藤郁良
竹に鉈打ち込む霜の別れかな　廣瀬直人

【春の虹《はるのにじ》】　初虹

単に虹といえば夏の季語だが、春にも淡い虹がかかることがある。春はじめて見る虹

を初虹といふ。↓虹（夏）

春の虹うつれりくらき水の上　柴田白葉女
たをやかに幽明距つ春の虹　殿村菟絲子
一脚は西大寺より春の虹　河原枇杷男
春の虹誰にも告げぬうちに消ゆ　朝倉和江
抽斗につかはぬ音叉春の虹　菅原鬨也
捨て猫の瞼のうごく春の虹　甲斐由起子

【春《しゅん》雷《らい》】　春の雷　初雷　虫出しの雷　虫出し

春に鳴る雷のこと。夏の雷と違って一つ二つで鳴り止むことが多い。初雷《はつらい》は立春後初めて鳴る雷のこと。気圧が不安定な啓蟄《けいちつ》のころよく鳴るので、虫出しの雷・虫出しともいう。木の芽時の雷を「芽起こしの雷」ということもある。↓雷（夏）

春雷や胸の上なる夜の厚み　細見綾子
春雷は空にあそびて地に降りず　福田甲子雄
指《ゆび》栞《しをり》して春雷を聞きゐたり　藤木倶子
あえかなる薔薇撰りをれば春の雷　石田波郷
初雷やホと口あけて萩の壺　高岡すみ子
初雷や波の隠せる海の紺　星野高士
虫出しの雷と聞きたる水辺かな　日原傳

【佐保《さほ》姫《ひめ》】

奈良の平城京の東にある佐保山を神格化した女神のことである。春の造化をつかさどる神とされ、秋の竜田姫と対をなす。天地の色を織りなし、柳を青く染め、霞の衣を着るなど、和歌の時代から多く詠まれてきた。『詞花集』の〈佐保姫の糸そめかくる青柳を吹きな乱りそ春の山風　平兼盛〉はその一例。

佐保姫の眠りや谷の水の音　松根東洋城
佐保姫の髪の流れのやうに川　北澤瑞史
山鳩のこゑ佐保姫を誘ひだす　仲村美智子
佐保姫を待つ山中の水鏡　若井新一

【霞《かすみ》】　春霞　朝霞　夕霞　遠霞　薄霞

棚霞　霞む

春は大気中の水分が増えることによって、空の色・野面《のづら》・山谷《さんこく》など遠くのものが霞んで見えることがある。横に筋を引いたように棚引く霞を棚霞という。「草霞む」「山霞む」、また鐘の音に「鐘霞む」などとも用いられる。『万葉集』の〈ひさかたの天の香久山この夕べ霞たなびく春立つらしも　柿本人麻呂〉のように、古来春の風情を表すものとして多く詠まれてきた。❖霞は遠くかすかで、ほのかな優しい感じのするものである。

高麗船のよらで過ぎ行く霞かな　蕪村
春なれや名もなき山の薄霞　芭蕉
浮御堂あるべき方も朝霞　鷹羽狩行
夕がすみ燈台ともること早し　高浜年尾
沖へ出て霞むほかなき島の鐘　秋光泉児
熱湯は連珠のごとし山霞む　宇佐美魚目
帰るべき山霞みをり帰らむか　小澤實

【陽炎《かげろふ》】　糸遊《いというう》　遊糸《いうし》　野馬《かげろふ》　野馬《やば》　かぎろひ

日差しが強く風の弱い日に、遠くのものがゆらゆら揺らいで見える現象。❖動詞「かげろふ」を季語として使う句を見るが、これは「影ろふ」で光がほのめくことや光が翳ることをいう語。「陽炎が立つ」と同意ではない。

丈六に陽炎高し石の上　芭蕉
陽炎やほろ〳〵落つる岸の砂　土芳
ちら〳〵と陽炎立ちぬ猫の塚　夏目漱石
かげろふの中へ押しゆく乳母車　轡田進
石段の陽炎をふむ卵売り　川崎展宏
陽炎や鳥獣戯画の端に人　安西篤
見ゆるものみなかげろふにほかならず　髙田正子
陽炎より手が出て握り飯掴む　高野ムツオ
糸遊を見てゐて何も見てゐずや　斎藤玄

絲遊の遊んでをりぬ草の上　後藤比奈夫

【春陰《しゆんいん》】

春の曇りがちの天候。明るい春にあって憂いを帯びた陰りを感じさせる。↓花曇

大いなる春陰の海うねりつぐ　川島彷徨子
春陰やおのが模型を城の中　鷹羽狩行
春陰や町は潮の香にまみれ　山本一歩
春陰の金閣にある細柱　恩田侑布子

【花曇《はなぐもり》】　養花天《やうかてん》

桜の咲くころの曇り空。花と一体になったかのような白い空がどこまでも続く。養花天も同じ。↓春陰

鮎菓子をつつむ薄紙はなぐもり　長谷川双魚
ゆで玉子むけばかがやく花曇　中村汀女
をとひもきのふも壬生の花曇　古舘曹人
そのままに暮れすすみたる花曇　深見けん二
花曇はこぼれながら鳴る琴よ　沼尻巳津子
ふつくらと長女十三花ぐもり　小島　健
玄米にほのかな甘味養花天　栗原利代子

【鳥曇《とりぐもり》】　鳥風《とりかぜ》

雁・鴨などの渡り鳥が春になって北方へ帰っていくころの曇り空。このころの風を鳥風といい、鳥たちが乗って帰っていくという。また鳥の群の羽ばたきを風になぞらえたものともいう。↓鳥雲に入る

わがえにし北に多くて鳥曇　八木澤高原
鳥ぐもり子が嫁してあと妻残る　安住　敦
供花挿して竹筒濡らす鳥曇　西山　睦
鳥風や悲しみごとに帯しめて　大木あまり

【蜃気楼《しんきろう》】　海市《かいし》　山市《さんし》　蜃楼《かひやぐら》

天気が良く、風の弱い日、空気の温度差による光の異常屈折によって、海上や砂漠などに船舶・風景など、本来見えないはずの遠くのものがそこにあるかのように見える現象。富山県魚津海岸が有名。蜃は大蛤《おおはまぐり》の義で、昔中国では蛤が気を吐く現象と考え、

この名が生じた。

蜃気楼はたして見せぬ魚津かな　百合山羽公
生まざりし身を砂に刺し蜃気楼　鍵和田秞子
蜃気楼将棋倒しに消えにけり　三村純也
海市より戻る途中の舟に遭ふ　柿本多映
海市見せむとかどはかされし子もありき　小林貴子
蜃楼青き一郭より崩る　大石悦子

【逃水《にげみづ》】

路上や草原で、遠く水のように見えるものに近づくと、また遠ざかって見える現象。武蔵野の名物とされ、古歌にも詠われている。蜃気楼《しんきろう》現象の一種と考えられる。よく晴れた日、舗装道路の上などに見られる。

逃水を追ふ逃水となりしかな　平井照敏
逃げ水を追うて捨てたる故里よ　市堀玉宗

【春夕焼《はるゆふやけ》】　春夕《はるゆ》焼《やけ》　春の夕焼

単に夕焼といえば夏の季語であるが、四季それぞれに夕焼は見られる。春の夕焼は人を包むような柔らかさを感じさせる。↓夕焼（夏）

喪の家も春夕焼の一戸たり　蓬田紀枝子
鈴買つて春夕焼の肩ぐるま　菅原鬨也
竹山の声つつぬけや春夕焼　長谷川櫂
一枚の硝子につづく春夕焼　高浦銘子
雪山に春の夕焼滝をなす　飯田龍太
水飲んで春の夕焼身に流す　岡本眸

地　理

【春の山《はるのやま》】 春山《はるやま》　春嶺《しゅんれい》　弥生山

雪が解け、木々が芽吹く春の山は生命感に満ちている。→山笑ふ

蓬生の宿はくれけりやよひ山　遅　柳
絵巻物拡げゆく如春の山　星野立子
春の山おもひおもひに径通ふ　大峯あきら
鶏鳴の二度ほどあがる春の山　山本洋子
春の山たたいてここへ坐れよと　石田郷子
春山のどの道ゆくも濡れてをり　加藤三七子
山彦やむらさきふかく春の嶺　池田秀水

【山笑ふ《やまわらふ》】

春の山の明るい感じをいう。❖北宋の画家郭熙の『林泉高致』の一節に「春山淡冶《たんや》にして笑ふが如し　夏山碧翠として滴るが如し　秋山明浄にして粧ふが如し　冬山惨淡として眠るが如し」とある。そこから季語になった。→山滴る（夏）・山粧ふ（秋）・山眠る（冬）

故郷やどちらを見ても山笑ふ　正岡子規
山笑ふ聴けばきこゆる雨の音　千代田葛彦
安曇野の真中に立てば山笑ふ　藤田湘子
山笑ふうしろに富士の聳えつつ　島谷征良

【春の野《はるのの》】 春野　春郊《しゅんかう》

春の野原。まだ吹く風も寒い中で早くも萌え出た若菜を摘む早春の野から、百花の咲く仲春から晩春にかけての野まで、春の野のながめは明るく、変化に富んでいる。『万葉集』の〈春の野にすみれ摘みにと来しわれそ野をなつかしみ一夜寝にける　山部赤人〉は有名。❖春の野は明るく開放感

がある。古来人は春を待ちかねて野に出て、自然の力にあやかろうとしてきた。

春の野辺橋なき川へ出でにけり　紫　暁
吾も春の野に下り立てば紫に　星野立子
くちばしの濡れて鳥翔つ春野より　黛　執
五合庵天にも春野にも近し　落合水尾

【焼野《やけの》】　焼野原　焼原　末《す》黒野《ぐろの》

早春に野焼きをしたあとの野をいう。野焼きは害虫駆除と萌え出る草の生長のために行う。一面が黒く見えるので末黒野とも。
↓山焼く・野焼く

昼ながら月かゝりゐる焼野かな　原　石鼎
松風や末黒野にある水たまり　沢木欣一
末黒野に雨の切尖限りなし　波多野爽波

【春の《はるの》水《みづ》】　春水《しゅんすい》　水の春

春は降雨や雪解などで渓谷・河川・湖沼などの水嵩《みずかさ》が増す。冬涸れのあとだけに、豊かに勢いづき、まぶしさを感じさせる。水の春は水の美しい春をたたえていう。❖淡水のことで、主に景色をいう。海水には使わない。また、飲む水などには使わない。
↓水温む

春の水岸へ岸へと夕かな　原　石鼎
ひと吹きの風にまたたき春の水　村沢夏風
流れたきかたちに流れ春の水　澤本三乗
日の当るところ日のいろ春の水　児玉輝代
加賀は美し百萬石の春の水　渡辺恭子
春の水とは濡れてゐるみづのこと　長谷川櫂
橋脚にふれて膨らむ春の水　松尾清隆
昃《ひかげ》れば春水の心あともどり　星野立子
渦をとき春水としてゆたかなる　大野林火
あふれんとして春水は城映す　今瀬剛一

【水温む《みづぬるむ》】

寒さがゆるむと、日差しによって川や湖沼、池の水が温んでくる。↓春の水

これよりは恋や事業や水温む　高浜虚子

山国の星をうつして水ぬるむ　吉野義子
水温むうしろに人のゐるごとし　原子公平
夜は月の暈の大きく水温む　岡本　眸
水温むガリア戦記の大河かな　有馬朗人
名を言へば生国問はれ水温む　戸恒東人
子供らは棒きれが好き水温む　稲田眸子

【春の川《はるのかは》】　春川《はるかは》　春江《しゅんかう》　春《はる》の江《え》

春は雨や雪解などで川の水嵩が増し、山国ではそれが一時に勢いよく流れ出る。野川や町を流れる川は、どことなくのんびりしている。

春の川水が水押し流れゆく　古屋秀雄
春の川曲れば道のしたがへる　細谷鳩舎
小さき堰波立てゝをり春の川　高木晴子
くらくらと竹山出づる春の川　岡井省二
海に出てしばらく浮かぶ春の川　大屋達治

【春の海《はるのうみ》】　春の浜　春の渚　春の磯　春の岬

春になると海も穏やかな表情を見せる。明るくきらめき、のどかさが感じられる。

春の海ひねもすのたり〳〵かな　蕪　村
春の海まつすぐ行けば見える筈　大牧　広
シャム猫の眼に春の海二タかけら　鈴木貞雄
春の浜大いなる輪が画《か》いてある　高浜虚子
逆立ちの手を突く春の渚かな　井上弘美
波すこしあそび覚えて春岬　関戸靖子

【春の波《はるのなみ》】　春濤《しゅんたう》　春怒濤

舷や汀にひたひたと寄せる波、あるいは川波にも、春らしさが感じられる。↓春潮

ひらかなの柔かさもて春の波　富安風生
おもはざるところに春の波がしら　林　翔
その上へ又一枚の春の波　深見けん二
翅立てゝ鷗の乗りし春の浪　鈴木花蓑

【春潮《しゅんてう》】　春《はる》の潮《しほ》　彼岸潮《ひがんじほ》

春は潮の色もしだいに藍色が薄くなって、明るい美しさに変わる。また干満の差が大

きく、彼岸のころには秋の彼岸とならんで一年で最大となる。↓春の波

春潮といへば必ず門司を思ふ　高浜虚子
春潮に巌は浮沈を愉しめり　上田五千石
暁や北斗を浸す春の潮　松瀬青々
浮宮のたゆたふまでに春の潮　八染藍子
暈《かさ》のまま日は傾けり彼岸潮　宮津昭彦

【潮干潟《しほひがた》】　潮干《しほひ》　干潟《ひがた》

春は潮の干満の差が大きくなり、干潮時には干潟をひろびろと残して退く。特に彼岸のころは広い干潟が現れる。潮干は干潟の意。↓汐干狩

潮干潟かすかに残る地の起伏　村上喜代子
あらはれし干潟に人のはや遊ぶ　清崎敏郎
われも引き残されしもの大干潟　片山由美子
よき松に赤子あづけぬ大干潟　中西夕紀

【春田《はるた》】

冬の間放置され、春を迎えた田。紫雲英《げんげ》を咲かせた田、鋤《す》き返された田もある。↓冬田（冬）・田打

みちのくの伊達の郡の春田かな　富安風生
野の虹と春田の虹と空に合ふ　水原秋櫻子
東大寺さまの湯屋あり春田あり　加藤三七子
みちのくの春田みじかき汽車とほる　飴山實
よろよろと畦の通へる春田かな　綾部仁喜
遍照の夕日春田もその中に　廣瀬直人

【苗代《なはしろ》】　苗田《なへだ》　苗代田　苗代時　苗代寒

籾種を蒔き稲の苗を仕立てる水田で、水を張り縄を引いて区分し短冊形に作る。かつては苗代を作る四～五月の時候を苗代時といった。しかし田植えが機械化された昭和四十年代以降、育苗箱に籾種を蒔く方式がとられ、現在ではほとんどの地域で苗代は姿を消した。↓種蒔

苗代の水のつゞきや鳰《にほ》の海　松瀬青々

苗代や漆のごとき夜の山　富安風生
苗代にきて押しあへる山の風　宮岡計次
苗代を囲める水に音のなし　山本一歩
ひと見えぬ苗代寒の鍬ひとつ　山上樹実雄

【春の土《はるのつち》】　土恋し　土現る《あらは》　土匂ふ

凍てがゆるみ、草が萌えるころになると柔らかな土に春の訪れを実感する。❖雪と氷に閉ざされた地方で生まれた「土恋し」ということばが今では広く使われるようになった。

鉛筆を落せば立ちぬ春の土　高浜虚子
つばさあるもののあゆめり春の土　軽部烏頭子
太陽へ裏返されて春の土　山崎ひさを
置き替はるごとき日向や春の土　斎藤夏風
春の土裏返したる匂ひかな　山本一歩
いちまいとなりたる春の土めくれ　岩田由美
土恋し恋しと歩く影法師　村越化石

【春泥《しゅんでい》】　春の泥

春のぬかるみ。春先は雨量が増え、日差しもまだ弱いので、土の乾きが遅い。特に凍解《いてどけ》・雪解などによって生じる泥濘《でいねい》は人々を悩ませる。

春泥のふかき轍《わだち》となり暮るる　金子麒麟草
春泥の道にも平らなるところ　星野高士
春泥のもつとも窪むところ照り　山西雅子
春泥にひとり遊びの子がふたり　下坂速穂
ゆく先に日輪うつり春の泥　西山泊雲
足の向くところかならず春の泥　草深昌子

【残雪《ざんせつ》】　雪残る　残る雪　雪形

春になっても消え残っている雪。北国や日本海側などでは、藪陰、山陰、樹陰などにいつまでも消えずに残る。雪形は、高い山の雪が解け出し残雪と岩肌が描き出す模様のこと。山の雪の解け具合を表す雪形は、田植えや種蒔きの時期を知る目安であり、農事暦ともなっている。北アルプス爺ケ岳《じじ》の種まき爺さん、白馬岳の代掻き馬などがよく知られる。

木枕の垢や伊吹に残る雪　丈草
嶺の残雪ぢりぢりと青空が押す　松村蒼石
雪残る頂一つ国境　正岡子規
一枚の餅のごとくに雪残る　川端茅舎
雪形の駒かけのぼる駒ヶ岳　井口幸朗
雪形の朝の風に嘶かむ　若井新一

【雪間《ゆきま》】　雪のひま

降り積んだ雪が、春になってところどころ解けて消えた隙間をいう。そこにもう芽吹き始めた草を見ることがある。↓残雪・雪間草

紫と雪間の土を見ることも　高浜虚子
たもとほる万葉の野の雪間かな　富安風生
四五枚の田の展けたる雪間かな　高野素十
しわしわと畦火のすすむ雪間かな　岸田稚魚
雀らのこゑ降らしをる雪間かな　森澄雄
篠竹の走り根あをき雪間かな　本宮哲郎
淡海といふ大いなる雪間あり　長谷川櫂

【木の根明く《きのねあく》】

雪国で、本格的な雪解の前に山や森の木の根元から雪が解け始めること。芽吹きを控えた木が水を吸い上げ活動を始めるためという。山毛欅《ぶな》や櫟の根元にドーナツ形にぽっかりと現れた地面が春を告げる。

木の根明くいづこの木より水こだま　成田智世子
木の根明く仔牛らに灯のひとつづつ　陽美保子

【雪崩《なだれ》】

春先、山岳地帯の積雪は気候の変化によってゆるみ、山上・山腹から崩れ落ちる。風を捲き白煙を上げるその轟然たる響きはすさまじく、時に人命を奪う。↓残雪・雪解

夜半さめて雪崩をさそふ風聞けり　水原秋櫻子
青天に音を消したる雪崩かな　京極杞陽
炉火守の遠き雪崩に目覚めをり　石橋辰之助

山深く金色の日や雪崩あと　村田脩

【雪解《ゆきどけ》】　雪解《ゆきげ》　雪解《ゆきげ》水《みづ》　雪解《ゆきげ》川《がは》　雪解《ゆきげ》風《かぜ》　雪解雫《ゆきげしづく》　雪解《ゆきげ》野《の》

雪国や山岳地帯の積雪が解け始めること。そのため川が増水して轟々と響き流れることもある。軒に滴る雪解雫には春の到来が感じられる。→残雪・雪しろ

雪とけて村一ぱいの子どもかな　一茶
雪解の大きな月がみちのくに　矢島渚男
雪解や千手ゆるめし観世音　鈴木貞雄
光堂より一筋の雪解水　有馬朗人
ぶつかつてすぐ渦となり雪解水　太田寛郎
新しき鯉を入れたる雪解水　日原傳
雪解川名山けづる響かな　前田普羅
雪解川烏賊を喰ふ時目にあふれ　細見綾子
鶏小屋のなか明るくて雪解川　武藤紀子
雪解風梯子に吊し鼠捕　小原啄葉
たつぷりと水飲む仔牛雪解風　高畑浩平
にぎはしき雪解雫の伽藍かな　阿波野青畝

【雪しろ《ゆきしろ》】　雪汁　雪濁り　雪しろ水

寒気がゆるみ、積もった雪が解けて、川や海や野原へ流れ出たもの。雪濁りは雪しろのため川や海が濁ることをいう。→雪解

雪しろの一瀑となり里に出づ　角川源義
雪しろの溢るるごとく去りにけり　沢木欣一
雪しろやまだもの言はぬ葡萄の木　佐野美智
雪しろは月光の音立てにけり　櫂未知子
簗場越す雪代水の盛り上がり　右城暮石

【凍解《いてどけ》】　凍解く《いてとく》　凍ゆるむ

凍っていた大地が春になってゆるんでくること。→氷解く

凍解や子の手をひいて父やさし　富安風生
凍て解のはじまる土のにぎやかに　長谷川素逝
全天に雲拡がりて凍てゆるむ　右城暮石
凍てゆるむどの道もいま帰る人　大野林火

【薄氷《うすらひ》】　薄氷《うすごほり》　春の氷　春氷

春先になって寒さが戻り、うすうすと氷の張るのを見ることがある。解け残った薄い氷にもいう。❖「うすらひ」はウスラヒともウスライとも読む。↓氷（冬）

せりせりと薄氷杖のなすまゝに　山口誓子
薄氷の吹かれて端の重なれる　深見けん二
薄氷のすこし流れて果てにけり　横井遥
風過ぎるときに輝き薄氷　今瀬剛一
薄氷天に奥山在る如し　河原枇杷男
荒鋤の田や隅々の薄氷　染谷秀雄
籾殻のこぼれて春の氷かな　南うみを

【氷解く《こほりとく》】　氷解《こほりどけ》　氷消ゆ　解氷《かいひよう》　浮氷《うきごほり》

春に河川や湖沼などに張りつめていた氷が解け始めること。↓凍解・流氷

水神の裾吹く風に氷解く　原裕
湖の氷解くるを聞きにこよ　小澤實
薔薇色の暈して日あり浮氷　鈴木花蓑
流されて花びらほどの浮氷　片山由美子

【流氷《りうひよう》】　氷流る　流氷期　海明《うみあけ》

シベリア東部から南下する流氷は、一月中旬に北海道のオホーツク海沿岸に接岸し、三月下旬頃になると、沖へ流れ出す。視界から半分以上の流氷が去ると海明という。

流氷や宗谷の門波荒れやまず　山口誓子
流氷に靡きて雪の大地あり　斎藤玄
白炎をひいて流氷帰りけり　石原八束
ふかき罅もちて流氷つながれり　津田清子
接岸の流氷なほも陸を押す　中村正幸
海明けの海目にしみる旅の朝　北光星

生活

【春闘《しゆんとう》】　春季闘争

春季に集中して行われる要求闘争のこと。ほとんどの会社は四月からの新年度に賃金引き上げを行うため、各労働組合は統一戦線を形成し、賃金引き上げ、労働時間短縮、労働条件の改善などを要求して闘争を繰り広げる。↓メーデー

春闘妥結トランペットに吹き込む息　中島斌雄
腕章をはづし春闘終りけり　吉川一竿

【大試験《だいしけん》】　学年試験　進級試験　卒業試験　落第

かつては各学期末試験を小試験と呼び、学年末試験や卒業試験を大試験といっていた。❖入学試験のことではない。

大試験山の如くに控へたり　高浜虚子
大試験巷の音を遠くしぬ　岸風三樓
自らを恃む子として大試験　稲畑汀子
鳥影のぶつかつて来る大試験　川村研治
銀行の内定はあり大試験　小川軽舟
逆立ちの長さを競ひ落第生　鷹羽狩行
猫の耳吹いてゐるなり落第子　市川葉

【入学試験《にふがくしけん》】　受験　受験生　受験期

高校・大学などの入学試験は主に二月から三月にかけて実施される。❖受験生の不安や家族の心労を描くことが多い。

入学試験子ら消ゴムをあらくつかふ　長谷川素逝
入学試験幼き頸の溝ふかく　中村草田男
首出して湯の真中に受験生　長谷川双魚
一人づつきて千人の受験生　今瀬剛一
受験生大河のごとく来たりけり　仙田洋子

【卒業《そつげふ》】 卒業生　卒業式　卒業期　卒業証書　卒業歌

小学校から大学まで、卒業式の多くは三月上旬から下旬にかけて行われる。❖別れと共に次のステップへ踏み出す感慨がある。

卒業の兄と来てゐる堤かな　芝　不器男
ゆく雲の遠きはひかり卒業す　古賀まり子
卒業の空のうつれるピアノかな　井上弘美
卒業や見とれてしまふほどの雨　櫂　未知子
卒業の涙を笑ひ合ひにけり　加藤かな文
卒業の別れを惜しむ母と母　小野あらた
卒業生見送り千の椅子たたむ　井出野浩貴
卒業歌ぴたりと止みて後は風　岩田由美

【春休《はるやすみ》】

学年末から四月の始業式まで、学校は休みになる。宿題がないせいか、夏休などと異なり独特の解放感がある。

春休ひそかにつくる日記かな　久保田万太郎
二階より雪の山見て春やすみ　星野麥丘人
ケーキ焼く子が厨占め春休　稲畑汀子
電車から海を見てゐる春休　しなだしん
ビー玉の空の色なる春休　涼野海音

【入学《にふがく》】 入学式　新入生

小学校から大学までの入学式は、ふつう四月上旬に行われる。❖桜をはじめとする花々が咲き、木々の芽吹く時でもあり、新しい生活を始めるのにふさわしい。

これはさて入学の子の大頭《つむり》　山口誓子
入学の吾子人前に押し出だす　石川桂郎
入学の朝ありあまる時間あり　波多野爽波
入学の子に見えてゐて遠き母　福永耕二
入学の子のなにもかも釘に吊る　森賀まり
入学児手つなぎはなしまたつなぐ　右城暮石
名を呼べば視線まつすぐ入学児　鷹羽狩行

【新社員《しんしやゐん》】 新入社員　入社式

新年度とともに会社でも新規採用の社員が

実務につく。一目で新卒とわかるその初々しい姿が春らしい。

相寄りしとき声高に新社員　山崎ひさを
新社員名馬の像を見上げをり　大串　章
昇降機迅し新入社員乗せ　高木利夫
新入社員たびたび鏡覗きけり　深川敏子

【遠足《えんそく》】

新学期の親睦を深めるためなどに行う学校の行事。かつては近郊の山や海へ歩いて出かけることが多かった。

遠足の列大丸の中とおる　田川飛旅子
遠足といふ一塊の砂埃　後藤比奈夫
遠足の列大仏へ大仏へ　藤田湘子
海見えてきし遠足の乱れかな　黛　執
遠足やつねの鞄の教師たち　福永耕二
遠足の列恐竜の骨の下　山尾玉藻

【花衣《はなごろも》】　花見衣　花見小袖

花見に着てゆく女性の衣装。昔はこの日のために晴着を用意したが、現在は和服に限らず花時に着る美服を指す。

花衣たたむ庇に雨到る　渡辺未灰
花衣ぬぐや纏《まつは》る紐いろ〳〵　杉田久女
旅鞄ほどけばあふれ花衣　稲畑汀子
身を滑る水のおもさの花衣　赤松蕙子
てのひらをすべらせたたむ花衣　西宮　舞
従姉妹とは一つ違ひや花衣　星野　椿

【春の服《はるのふく》】　春服《しゅんぷく》　春装　春コート　春セーター　春手套

春らしい軽やかな衣装のことで、かつては和服だった。明るい柄や春らしい淡い色彩のものが多い。❖正月の晴着（春着）のことではない。

リボンより古くなりゆく春の服　中嶋秀子
他所《よそ》ゆきの体通して春の服　中原道夫
廻転扉出て春服の吹かれけり　舘岡沙緻
春コート巨船より去りひるがへり　加藤瑠璃子

スプリングコートその日を待ちにけり　佐藤博美

【春袷《はるあはせ》】
裏地のついた着物を袷といい、春に着る袷を春袷という。春らしい軽やかな布地や淡い色合いのものが好まれる。↓袷（夏）

形見なる裾むらさきの春袷　きくちつねこ
着て立つや藍のにほひの春袷　片山鶏頭子

【春ショール《はるショール》】
春なお寒い時に用いる肩掛け。防寒を旨とした冬のものと異なり、おしゃれを楽しむための美しい色、そして素材の豊富さが特徴である。

花を買ふごとくに春のショール撰る　佐野美智
春ショール落ちやすきゆゑ華やぎぬ　佐藤麻績
大阪の灯のいきいきと春ショール　西村和子

【春日傘《はるひがさ》】
春でも日差しの強い日には日傘をさして歩く女性をよく見かける。↓日傘（夏）

春日傘まはすてふこと妻になほ　加倉井秋を
遠出せしごとくにたたみ春日傘　鷹羽狩行

【花菜漬《はななづけ》】　菜の花漬
開ききらない菜の花を葉や茎といっしょに塩漬けにしたもの。食卓に春をもたらしてくれる色合いがいい。

花菜漬酔ひて夜の箸あやまつも　小林康治
人の世をやさしと思ふ花菜漬　後藤比奈夫

【桜漬《さくらづけ》】　花漬　桜湯
八重桜の花や蕾を塩漬けにしたもの。熱湯を注ぐと、花びらがほどけ、香気が立つ。桜湯として祝いの席などに用いられるほか、炊き込み飯などに混ぜたりする。

止みさうな雨あがらずよ桜漬　岸田稚魚
さくら湯の花のゆつくりひらきけり　関戸靖子
桜湯の花の浮かむとして沈む　片山由美子
桜湯をはつかに乱す息なりけり　櫂未知子

【蕗味噌《ふきみそ》】

蕗味噌は細かく刻んだ蕗《ふき》の薹《とう》をすりつぶし、味噌・砂糖・味醂を加えて火にかけ練り上げたもの。早春ならではのほろ苦い味覚である。→蕗の薹

蕗味噌や音なくひらく月の暈　神尾久美子
蕗味噌や声のまぶしき山の鳥　秋山幹生

【木の芽和《きのめあへ》】　山椒和《さんせうあへ》　木の芽味噌　山椒味噌　木の芽漬

山椒の若い葉をすりつぶし、砂糖・味醂・白味噌などを混ぜ合わせたものが山椒味噌（木の芽味噌）。これで筍《たけのこ》、蒟蒻《こんにやく》、魚介などを和えたものが木の芽和である。木の芽漬は、山椒のまだ柔らかい葉を塩漬けにしたもの。

塗椀の重くて母の木の芽和え　桂　信子
木の芽和山河は夜もかぐはしき　井沢正江
木芽漬貴船の禰宜が句をそへて　藤井紫影

【田楽《でんがく》】　田楽豆腐　田楽焼　木の芽田楽

豆腐を平串に刺して焼き、木の芽味噌をつけたもの。串に打ったところが田楽の舞姿に似ていることからこの名がある。菜飯がつきものである。

田楽に酔うてさびしき男かな　三橋鷹女
田楽にともしび少し強うせよ　鈴木鷹夫
田楽の串の無骨を舐めにけり　井上弘美
厚板に載せて田楽豆腐かな　尾池和夫

【青饅《あをぬた》】

葱・分葱《わけぎ》・浅葱《あさつき》などをさっと茹でて、魚介類といっしょに酢味噌で和えたもの。「青」がいかにも春を感じさせる。

青饅や暮色重なりゆく故山　加藤燕雨
青ぬたやまだ見えてゐる伊賀の国　岡井省二
青饅のにぎはひといふ貝の足　中原道夫

【蜆汁《しじみじる》】

蜆の味噌汁。昔から黄疸《おうだん》や寝汗に効くとい

われている。↓蜆

少しさめ薄紫の蜆汁　中嶋秀子
宍道湖の今朝の濁りや蜆汁　辻　桃子
金沢にかかる繊月しじみ汁　田中裕明
寝台車の揺れ残る身や蜆汁　黒澤麻生子

【蒸鰈《むしがれひ》】

鰈を塩水に漬けてから蒸し、陰干しにしたもの。卵を抱いた子持ち鰈が特に美味。❖若狭《わかさ》の「やなぎむしがれひ」が有名。

雲千々に空にある夜の蒸鰈　西村公鳳
若狭には仏多くて蒸鰈　森　澄雄
蒸鰈焼くまでの骨透きにけり　草間時彦
暮れ切つてよりの集ひや蒸鰈　小林貴子

【干鰈《ほしがれひ》】

腸を抜いた鰈に薄塩をほどこし、天日に干したもの。

山の向うは雪が降りゐて干鰈　長谷川かな女
まどろみの後の夕餉の干し鰈　能村登四郎
春月のひと夜の白さ干し鰈　文挾夫佐恵
山の名の酒は立山干鰈　小島　健

【白子干《しらすぼし》】　しらす　ちりめんじやこ　ちりめん

鰯《いわし》の稚魚をさっと茹でて塩干ししたもの。一名じゃこと呼ぶのは雑魚のなまったもので、しらうおその他の稚魚が混じっているため。乾燥してくるとちりちりと縮れるので、ちりめんじゃこともいわれるようになった。

昨日今日波音のなし白子干　清崎敏郎
さざなみの遠くは照りて白子干　伊藤通明
鳶の輪のひろやかな日の白子干　友岡子郷
子を抱けりちりめんざこをたべこぼし　下村槐太

【目刺《めざし》】　頰刺　ほほざし

真鰯《まいわし》または片口鰯の小形のものに塩を振り、五、六尾くらいずつ、目に竹串または藁を通して一連とし、天日で生干しや固干しにしたもの。鰓《えら》から口を藁で刺し貫いて干しあげたものがほおざしである。

重なりて同じ反りなる目刺かな　篠原温亭
一聯《いちれん》の目刺に瓦斯《がす》の炎かな　川端茅舎
目刺より抜く一本のつよき藁　大牧　広
目刺焼く路地の先なる海見えて　岩田由美
頬刺や父をひとりにして永し　冨田正吉
ほほざしや野山さきほどから寂し　飯島晴子

【干鱈《ひだら》】　干鱈《ほしだら》　乾鱈《ほしだら》　棒鱈

助宗鱈《すけそうだら》に塩を振り干したもの。あぶって、細く裂き、酒の肴にしたりお茶漬にのせたりする。棒鱈は三枚におろして固く素干しにしたもの。京料理によく用いられる。

塩の香のまづ立つ干鱈あぶりをり　草間時彦
ながが生きの途中の干鱈焙りをり　亀田虎童子
火にぬれて干鱈の匂ふ夕べかな　大木あまり
干鱈の乾ききらずに触れあへり　加藤憲曠
棒鱈の荒縄掛が耀られゐる　中村石秋

【壺焼《つぼやき》】　焼栄螺《やきさざえ》

栄螺をそのまま火に掛けて醬油などを加えて焼いたもの。磯の匂いが立ち上り野趣豊かである。身を取り出して刻み、三つ葉や芹《せり》、銀杏《ぎんなん》などといっしょに殻に戻して煮る調理法もある。

壺焼の二つかたむきもたれ合ふ　水原秋櫻子
壺焼の煮ゆるに角《つの》も炎立つ　皆吉爽雨
壺焼の蓋といふものありにけり　清崎敏郎
壺焼を待てる間海の色変り　森田　峠
壺焼に炎の先の触れにけり　小野あらた
海凪げるしづかさに焼く栄螺かな　飯田蛇笏

【鶯餅《うぐひすもち》】

餡《あん》をくるんだ餅の両端をとがらせ、青黄粉をまぶして作る和菓子。その色がいわゆる鶯色ということで早春らしさを感じさせる。

街の雨鶯餅がもう出たか　富安風生
鶯餅つまみどころのありにけり　百合山羽公

からうじて鶯餅のかたちせる　桂　信子
雪舞ふや鶯餅が口の中　岸本尚毅

【蕨餅《わらびもち》】
蕨の根からとった澱粉を水に溶き、火にかけて練った後、冷やし固めて作った菓子。黄粉などを掛けて食べる。

腹減るとにはあらねども蕨餅　長谷川零余子
讐《あだ》討《うち》の古き辻あり蕨餅　古舘曹人
一日を余さず使ひわらび餅　神蔵　器
蕨餅三月堂の闇を出て　伊藤伊那男
おろおろと日の暮れてゆく蕨餅　黒澤麻生子

【草餅《くさもち》】　草の餅　蓬餅《よもぎもち》　母子餅《ははこもち》　草団子
茹でた蓬の葉（餅草）を搗き込んだ餅。餡を包んだものが多い。平安時代から作られていた餡菓子で、かつては御形《おぎよう》（母子草《ははこぐさ》）も用いられた。素朴な餅菓子である。

草餅や吉野の果の杉の箸　小笠原和男
草餅の包に掛けて赤い紐　川崎展宏
夜は雨といふ草餅の草のいろ　岡本　眸
草餅を焼く天平の色に焼く　有馬朗人
ちよつとだけ供へ草餅頂きぬ　北村仁子
草餅を取りまはしをる畳かな　山西雅子
庭先へ廻りて一つ草の餅　草間時彦
生国を知る人とゐて蓬餅　木内彰志
切り取られゆく野がありぬ蓬餅　古田紀一

【桜餅《さくらもち》】
小麦粉と白玉粉を溶いて薄く焼いた皮で餡を包み、塩漬けの桜の葉で包んだもの。餡の甘さと葉の塩味が独特の味わいを生む。江戸向島の長命寺境内で売り出したのが始まりといわれている。関西では道明寺糒《ほしいい》を蒸して作る。

三《み》つ食へば葉三片や桜餅　高浜虚子
葉のぬれてゐるいとしさや桜餅　久保田万太郎
わが妻に永き青春桜餅　沢木欣一

雨かしら雪かしらなど桜餅　深見けん二
山裾に大きな鐘や桜餅　宇佐美魚目
どの山のさくらの匂ひ桜餅　飴山實
駒込に菩提寺を訪ふ桜餅　岡本眸
墨堤《ぼくてい》に雨の明るし桜餅　下山宏子
三つ入れる箱を奥から桜餅　金原知典

【菜飯《なめし》】　嫁菜飯

青菜を茹でて細かく刻み炊きたての塩味の飯に混ぜたもの。油菜の他に蕪や大根の葉、小松菜も用いる。昔、菊川などの間宿《あいのしゅく》では、田楽に必ず菜飯を添えた。

さみどりの菜飯が出来てかぐはしや　高浜虚子
母訪へば母が菜飯を炊きくれぬ　星野麦丘人
岬へ発つ菜飯田楽たひらげて　櫻井博道
箸置いて菜飯の色を賞でにけり　江國滋酔郎
炊きあげてうすきみどりや嫁菜飯　杉田久女

【春灯《しゅんとう》】　春の灯《ひ》　春ともし　春の燭

春の灯火は独特の華やぎを感じさせる。❖ことに朧夜の灯りはうるんでいるようである。

春燈や衣桁に明日の晴の帯　富安風生
春燈やはなのごとくに嬰のなみだ　飯田蛇笏
春燈や長女の部屋は消えずをる　上野泰
春燈にひとりの奈落ありて坐す　野澤節子
春の灯のともりて間なき如きかな　右城暮石
春の灯や女は持たぬのどぼとけ　日野草城
春の灯をひとつのこらず消しにけり　坂戸淳夫
仰山に猫ゐやはるわ春灯　久保田万太郎
春ともし母の万能薬ひとつ　齋藤朝比古

【春の炉《はるのろ》】　春炉　春暖炉《はるだんろ》

冬のうち薪や榾《ほた》を焚いて暖をとった炉は、春になるとだんだん使う日が減ってくるが、そうすぐに塞いでしまうわけではない。↓炉（冬）

くろもじを燻《く》べて春の炉なごむかな　古沢太穂
春の炉に焚く松かさのにほひけり　藤岡筑邨

春の炉や飛驒高山の土間広し　磯野充伯
春の炉の燠となりゆく暇《いとま》かな　片山由美子
春暖炉名画の女犬を抱く　富安風生
春暖炉見つめるための椅子ひとつ　西村和子

【春炬燵《はるごたつ》】

春になってもしばらくは寒さがぶり返すこともあるので、なかなか炬燵をしまうことができずにいる。

小説に時流れゐる春炬燵　本岡歌子
屋根越しにマストのゆきき春炬燵　原田青児
かくれんぼ入れてふくらむ春炬燵　八染藍子
弔問の部屋より見ゆる春炬燵　内田美紗
わが死後のことにも及び春炬燵　橋本榮治

【春火鉢《はるひばち》】　春火桶

春になってもまだ寒い日があるため火鉢は手離せないものだった。

男来て声をつつしむ春火鉢　廣瀬直人
生前にくはしき人と春火鉢　鷹羽狩行
遠ざけて引寄せもする春火桶　高浜虚子
坐りたる所に遠く春火桶　星野立子
不機嫌の父がつまづく春火桶　八田木枯
生きてゐる指を伸べあふ春火桶　西山睦

【炉塞ぎ《ろふさぎ》】　炉の名残　炉の別れ　炉蓋《ろぶた》

春になって使わなくなった炉に炉蓋をして塞ぐこと。炉を塞いだ部屋は広く感じられ部屋の趣きが変わる。茶の湯では炉を塞ぐ日を前にして「炉の名残」の茶会を催す。

炉塞ぎて立ち出づる旅のいそぎかな　蕪村
炉塞や坐つて見たり寝て見たり　藤野古白
塞がむと思ひてはまた炉につどふ　馬場移公子
芸名をつぎて閑居や炉の名残　原月舟
藪せめぐ雨がふるなり炉の名残　吉本伊智朗
洛北の寺を訪ねて炉の名残　山田弘子

【炬燵塞ぐ《こたつふさぐ》】

暖かい日が続くと、もう炬燵は邪魔になる。置炬燵は片づけられ、切炬燵は塞がれてその上に畳が入れられる。炬燵のなくなった部屋は急に広々として拠り所のなくなった感じがする。

手焙りや炬燵塞ぎて二三日　小杉余子
昼過ぎの火燵《こたつ》塞ぎぬ犬の留守　河東碧梧桐

【廏出し《うまやだし》】　まやだし

雪の深い地方では、冬の間廏舎のなかで飼っていた馬や牛を春になると野に解き放つ。運動と日光浴をさせ、ひづめを固めさせる。

雪舐むる他なし蝦夷の廏出し　佐藤たみ子
阿蘇の雪一とたびは消え廏出し　山内星水
湖に主峰の映り厩出し　太田土男
廏出しのあと綿雲も流れつつ　友岡子郷
まや出しに備へて馬を磨きけり　柏原眠雨

【北窓開く《きたまどひらく》】

防寒のため、冬の間閉ざしていた北側の窓を開くこと。❖冬の暗さが家の中から一掃され、春になったことを実感する。↓北窓塞ぐ（冬）

山鳩の声の北窓ひらきけり　山田みづえ
北窓をひらく誰かに会ふやうに　今井杏太郎
七回忌済みし北窓ひらきけり　東野礼子
癒え告ぐるごとく北窓開きけり　佐藤博美

【目貼剝ぐ《めばりはぐ》】

冬の間、隙間風を防ぐために貼っておいた目貼をはがすこと。建築様式の変化に伴い、目貼そのものが減った。

目貼剝ぐや故里の川鳴りをらむ　村越化石
目貼剝ぐ海坂に藍もどりしと　成田智世子
手応えもなく剝されし目貼かな　松田弟花郎

【雪囲とる《ゆきがこひとる》】　雪垣解く《ゆきがきとく》　雪除《ゆきよけ》とる　霜除《しもよけ》とる　風除《かざよけ》解く　冬構解く　冬囲とる　雪吊《ゆきつり》解く　雪割

雪の深い日本海側などで、雪や寒気を防ぐためにしてあった備えを春になって外すこと。❖雪割は硬く凍った根雪を、つるはし

などで割り、雪解をうながすこと。↓雪囲
（冬）

雪囲解き月山を振り仰ぐ　松本　旭
風垣を解きたる夜の風狂ふ　千田一路
雪吊りのありし高さを目に測り　鷹羽狩行
雪割の雪燦爛と街さびし　岸田稚魚
胸紅き鳥の来てをり雪を割る　金箱戈止夫
波音の高まる雪を割りにけり　陽　美保子

【屋根替《やねかへ》】　葺替《ふきかへ》　屋根葺く　屋根《やね》繕《つくろ》ふ

冬の間、雪や強風で傷《いた》んだ茅葺や藁葺の屋根を春に葺き替えたり繕ったりすること。❖近年は屋根の素材は様々だが、積雪などで傷んだ屋根を修理する。

屋根替の埃の上の昼の月　高浜虚子
屋根替の一人下りきて庭通る　高野素十
屋根替の竹を大きく宙に振り　森田　峠
高々と屋根替の日の懸るなり　大峯あきら
屋根替の埃に在す仏かな　山田閏子
葺替の萱束抱きて受け渡す　茨木和生
葺き替へて屋根石もとの位置に載る　橋本美代子

【垣繕ふ《かきつくろふ》】　垣手入

風雪に傷められた竹垣・生垣・柴垣などを修理すること。

山際の大きな家の垣繕ふ　黒田杏子
垣の竹青くつくろひ終りたる　高浜虚子
門ひらき垣の手入の進みをり　上野　泰

【松の緑摘む《まつのみどりつむ》】　緑摘む　若緑摘む

春になると松の新芽がぐんぐん伸びるので、それを適宜指で摘む。枝ぶりをよくするためである。↓若緑

かつてなき男ごころ松の緑摘み　鷹羽狩行
緑摘む下にひろがり潦　本多邑多

【麦踏《むぎふみ》】　麦を踏む

霜柱で根が浮き上るのを防ぐため、また根張りがよくなるようにと麦踏を行う。数回にわたって行われる。

歩み来し人麦踏をはじめけり　高野素十
麦踏の折り返す足とんと踏む　綾部仁喜
麦踏の手をどうするか見てゐたる　茨木和生
麦踏みのまたはるかなるものめざす　鷹羽狩行
麦踏みのひとり近づく推古陵　山本洋子
麦を踏む子のかなしみを父は知らず　加藤楸邨
麦踏んで今日はひとりになりたき日　後藤比奈夫

【野焼く《のやく》】　野焼　堤焼く　野火　草焼く　芝焼く　芝焼

土地を肥やし、害虫を駆除するため、野や土手などの枯草を焼き払うこと。野火は野焼の火の意。→焼野

野を焼くやぽつん〳〵と雨到る　村上鬼城
野を焼けば焰一枚立ちすすむ　山口青邨
野を焼ける火色にはるか仏の灯　井上雪
野を焼きて明日疑ふこともなく　光部美千代
古き世の火の色うごく野焼かな　飯田蛇笏
落日を野火の面に見うしなふ　加藤楸邨
少年に獣の如く野火打たれ　野見山朱鳥
飛火してたちまち野火の炎なり　廣瀬直人
野火走るさきざき闇の新しく　三村純也
野火果ててふたつの鼓動だけの夜　櫂未知子

【山焼く《やまやく》】　山焼《やまやき》　焼山《やけやま》　山火

早春の晴れて風のない日、野山の枯草を焼き払うこと。飼草や山菜類の発育を促し、害虫を駆除するためである。山火は山焼の火の意。

山焼くや夜はうつくしきしなの川　一茶
ねもころに祓ふ山焼く種火かな　蟇目良雨
山焼の煙の上の根なし雲　高浜虚子
山焼の炎はばたくとき暗む　しなだしん
野火山火柩に古きものはなし　神尾久美子
火の鳥となりて羽搏く山火かな　豊長みのる

【畑焼く《はたやく》】　畦焼《あぜや》く　畑焼　畦焼　畦火

畑の作物の枯れ残り、畦の枯草などを焼き払うこと。害虫の卵や幼虫を絶滅させるた

めで、あとの灰は畑の有用な肥料となる。

畑焼や炎にならぬものすこし　櫂　未知子
畦焼の煙のとどく珠算塾　柏原眠雨
満月の中宮寺裏畦焼けり　山田孝子
はしりきて二つの畦火相搏《あいう》てる　加藤楸邨

【耕《たがやし》】耕す　耕《たがへし》　春耕　耕人

種蒔・植付けの前に田畑の土を鋤《す》き返して柔らかくすること。昔は牛馬に鋤を引かせるか、あるいは人力で耕したが、現在はトラクターなど、機械化が進んだ。

たがやすや伝説の地を少しづつ　京極杞陽
赤人の富士を仰ぎて耕せり　大串　章
天耕の峯に達して峯を越す　山口誓子
春耕の鍬の柄長し吉野人　細川加賀
春耕のひとりにつよく川折れぬ　森川光郎
春耕のときどき土を戻しをり　井上弘美
耕人の遠くをりさらに遠くをり　不破　博
耕人に余呉の汀の照り昃《かげ》り　長谷川久々子

【田打《たうち》】春田打　田を打つ　田を返す　田を鋤く　田起し

田の土を起こして柔らかくし、田植に備える作業。機械化が進む前は、牛馬を使うことが多かった。

風さきを花びらはしる田打かな　山上樹実雄
生きかはり死にかはりして打つ田かな　村上鬼城
ゆく雲の北は会津や春田打　岡本　眸
たてよこの畦よみがへる春田打　木内怜子
田起しの日和の遊行柳かな　太田土男

【畑打《はたうち》】畑打つ　畑鋤く　畑返す

春蒔きの作物のために畑の土を起こすこと。

動くとも見えで畑うつ男かな　去　来
我行けば畑打ちやめて我を見る　正岡子規
天近く畑打つ人や奥吉野　山口青邨
はるかなる光りも畑を打つ鍬か　皆吉爽雨
畑を打つフランス鍬の修道女　西本一都

【畦塗《あぜぬり》】畔塗《くろぬり》　畦塗る

田に水を張る前に、水や肥料が流出しないよう、また堅牢な畦道を保つために畦を田圃の泥土で塗り固めること。❖塗り終わった畦が輝いている光景はいかにも春らしい。

畦塗りの一日かわく嶽の風　六角文夫
花過ぎし峡田の畦を塗る音か　加藤楸邨
畦塗つてほろりほろりと夕の雨　久保田博
畦塗つて海の没日《いりひ》を大きくす　本宮哲郎
ひとたびは削り落とし畦を塗る　若井新一
塗り了へて畦直なるに汽笛添ふ　野澤節子

【種物《たねもの》】　物種　花種　種売　種袋　種物屋

穀類・野菜・草花の種のこと。前年採取した種は天井などに吊し、乾燥させて、冬の間保存する。❖種物屋や花屋の店頭に野菜や花が美しく印刷された袋などが飾られているのを見ると、春らしい気分になる。

ものの種にぎればいのちひしめける　日野草城
花種買ふ運河かがよひをりしかば　石田波郷
花の種買ふアルプスの麓町　岬雪夫
種売のとり出す種の多からず　中村汀女
種袋海あをあをと膨れ来る　野中亮介
あの世めく満開の絵の種袋　加藤かな文
うつすらと空気をふくみ種袋　津川絵理子
看板の何も出て居ず種物屋　加倉井秋を

【種選《たねえらび》】　種選《たねえらみ》　種選《たねより》

前年穫り入れた籾種を、春の彼岸ごろに塩水に浸し、浮いた不良な種を除いてよい種を残すこと。籾種に限らず、大豆や小豆など一般に種物を選り分けることをもいう。

白波の昼となりたる種選　斎藤梅子
降り出しの雨粒甘き種選　宮田正和
うしろより風が耳吹く種撰み　飴山實
指先の水にしびれし種選み　若井新一
種選むとき北国の風硬し　北光星

【種浸し《たねひたし》】　種浸ける　種浸け　籾浸け

る　種井　種俵　種池

発芽を促すため、選別された稲の籾種を水や温水などに浸しておくこと。かつては籾種を俵や叺《かます》に入れたまま、池、井戸、汲み置いた水などに浸し、その後、苗代に蒔いた。

種浸しひと桶にして澄みわたり　斎藤夏風
みづうみの水汲んで来て種浸す　茨木和生
太秦《うづまさ》の門べに作る種井かな　松瀬青々
大いなる種井まはりて人来る　高野素十
次の雨近づいてゐる種井かな　大峯あきら
水天へしづしづ沈め種俵　若井新一
筑波よく晴れ種池の気泡かな　坂巻純子

【種蒔《たねまき》】　種下《たねおろ》し　播種《はしゅ》　籾蒔く　籾下《もみおろ》す　種案山子《たねかがし》

種籾を苗代に蒔くこと。現在では苗代にかわる育苗箱への播種がほとんど。全国的にみると八十八夜前後が多いという。

種蒔のひとりに風の立ちにけり　嶋田麻紀
種蒔ける者の足あと洽《あまね》しや　中村草田男
種蒔ける影も歩みて種を蒔く　林　徹
種蒔くや雪の立山神ながら　本田一杉
指先を流るゝ如し種を蒔く　野村泊月
湖山まだ冷えをはなさず種下し　鷲谷七菜子
種下ろし青き鈴鹿を神として　山本洋子
籾蒔けり静に足を抜き換ふる　高浜年尾
一路なる白毫寺村籾おろす　赤松蕙子
種案山子短かき影を落しけり　山田みづえ

【物種蒔く《ものだねまく》】　胡瓜《きうり》蒔く　南瓜《かぼちゃ》蒔く　牛《ご》蒡《ばう》蒔く　西瓜《すいくわ》蒔く　茄子《なす》蒔く

夏から秋にかけて収穫する野菜の種を蒔くこと。種類によって床蒔き・直《じか》蒔きがあり、彼岸から八十八夜前後に蒔くことが多いが、地域によって時期は異なる。❖具体的に「胡瓜蒔く」「南瓜蒔く」「茄子蒔く」などと使う。

南瓜蒔く書斎の窓はここに開く　山口青邨
茄子の種紫ならず蒔きにけり　今井千鶴子
糸瓜蒔く頃と思ひて糸瓜蒔く　吉川千代

【花種蒔く《はなだねまく》】　朝顔蒔く　鶏頭蒔く　夕顔蒔く

夏または秋に咲く草花の種を蒔くこと。寒さが去った春の彼岸前後に、花壇や鉢・木箱などに蒔く。

花種を蒔きてこころは沖にあり　鷲谷七菜子
妻しづかなれば花種蒔きてをり　東　義人
花種を蒔き常の日を新たにす　岡本　眸
喪にありてねんごろに蒔く花の種　片山由美子
朝顔を蒔きて人待つ心あり　中村汀女

【苗床《なへどこ》】　種床《たねどこ》　播床《まきどこ》　温床《おんしやう》　冷床《れいしやう》　苗障子

野菜などの種を蒔き、苗を育成するために植えておく仮床。保温のために油障子・ビニール障子・ガラス障子など、いわゆる苗障子で覆う。露地に直接しつらえるものを冷床という。

苗床に突きさしてある温度計　伊佐山春愁
苗床のぬくもりぬつと顔を打つ　有賀辰見
苗床の大き足跡あかねさす　福田甲子雄
まだ油ひかぬ真白き苗障子　中田みづほ
この辺り耳成村や苗障子　野中丈義
みづうみの松風ばかり苗障子　石田勝彦
苗障子子供のこゑのはねかへり　細川加賀

【苗札《なへふだ》】

苗床、花壇、鉢などへ種を蒔き、あるいは苗を植え替えたあと、添えておく小さな札のこと。品種、名称、日付などを記しておくのがふつうである。

苗札を十あまり挿す夜も白し　八木林之助
苗札にややこしき名を書きにけり　細川加賀
苗札を立てて吉報待ちゐたり　本宮鼎三
太陽が出る苗札のうしろより　辻田克巳

【苗木市《なへぎいち》】　苗市　苗木売　植木市

春に立つ、苗木を売る市。社寺の境内でよくみられる。庭木や果樹の苗木が多く扱われる。

奥多摩の山見えてゐる苗木市　皆川盤水
少年に虚しき日あり苗木市　鈴木六林男
夕冷えの湖となりけり苗木市　藤田湘子
苗売や千葉の人なりよく笑ふ　岩田由美
植木市当て字ばかりの名札つく　右城暮石
そのなかの勿忘草や植木市　石田勝彦
早暁の荷を運びこむ植木市　青柳志解樹

【藍蒔く《あゐまく》】　藍植う

葉から染料をとる藍は、タデ科の蓼藍《たであい》で、二月ごろに種を蒔き、丈が伸びたら畑に移植する。四国の徳島、吉野川沿いが主産地だった。化学染料の出現のため微々たるものとなった。

明日植うる藍の宵水たつぷりと　豊川湘風
十郎兵衛屋敷に植ゑて藍の苗　林　俊子

【麻蒔く《あさまく》】

麻（大麻）は古くから日本に入り、衣料に織られていたことは『万葉集』によって知られる。夏草（主として繊維材料）、秋草（食料および油料）の両種があり、三、四月ごろに種を蒔く。↓麻（夏）

陽炎の中にちらすや麻の種　樗堂
麻まくや湖《うみ》へ傾く四五ケ村　永田青嵐

【蓮植う《はすうう》】

蓮は、泥田や沼などに栽培するもので、日当たりの良いことが必須条件。四、五月ごろ、二、三節ぐらいに短く切った種蓮を埋め込む。

蓮を植う軽き田舟を引き寄せて　大坪景章
白鷺や蓮うゑし田のさざなみに　木津柳芽

【芋植う《いもうう》】　里芋植う

里芋、八頭《やつがしら》などは、三、四月ごろ植付けを

する。種芋である子芋を、芽を上にして植え込む。↓種芋

芋植うる土ねんごろに砕きをり　林　徹
芋植ゑて息つく雨となりにけり　青木就一郎

【馬鈴薯植う《ばれいしようう》】

馬鈴薯はじかに畑に植える。もともと低温地帯の作物である。種薯《たねいも》を切ったものを使う時は、切り口に木灰を塗って病菌の付着を防ぐ。

切株の累々薯を植うるなり　相馬遷子
じやが薯を植ゑることばを置くごとく　矢島渚男

【木の実植う《このみうう》】

春の彼岸前後に、櫟、樫、檜、桐その他さまざまの木の実を苗床に植えたり山に直植えしたりすること。❖種の小さいものは「松の実蒔く」などという。

浅間嶺の雲に乗る鳥木の実植う　藤田湘子
木の実植う紀伊の岬の明るさに　河野青華

【球根植う《きうこんうう》】　ダリア植う　百合植う

晩秋、葉が枯れたあと掘り出し保存してあった球根を春先に植える。春植えのものにダリア、カンナ、百合、グラジオラスなどがある。❖「ダリア植う」「百合植う」など、花の名を特定して詠むことも多い。チューリップ、ヒヤシンス、クロッカスなどは秋に植え、春に花を楽しむ。

球根を植ゑし深さへ水そそぐ　近藤　實
みなどこかゆがむ球根植ゑにけり　片山由美子

【果樹植う《くわじゆうう》】　桃植う　柿植う

果樹の苗木は芽を出す少し前に植え付ける。日当たりの良い場所が選ばれる。❖実際には具体的な果樹を詠むのが望ましい。「桃植う」「柿植う」など。

柿植ゑて子らに八年先のこと　辻田克巳
ぶだう苗木寸土に植ゑて子とゐる日　古沢太穂

【苗木植う《なへぎうう》】　植林　杉苗

植林する場合、松・杉・檜などの苗木は三月から四月ごろに植える。観賞用の庭木についてもいう。

わが影の濃くおくところ苗木植う　上村占魚
つちくれに語りかけつつ苗木植う　福永みち子
杉植ゑて雲の中より戻りけり　宇都木水晶花
どさどさと放り出されし杉の苗　青柳志解樹
苗すでに北山杉の容かな　城戸崎丹花
国東《くにさき》の山田山田に櫟植う　滝沢伊代次
白梅の苗てふ鞭のごときもの　飴山實

【剪定《せんてい》】

剪定は、果樹の開花・結実をよくするためのものと、観賞用の花木や庭木の形を整えるためのものに大別される。伸びすぎた枝や枯枝を取り除く作業である。

剪定の林檎の枝の束白く　山口青邨
剪定の遠きひとりに靄かかる　木村蕪城
剪定に夕星ともる梨畠　石田勝彦
剪定の一人の鋏音を立て　深見けん二
剪定のすめば日輪力あり　森田峠
剪定の切り口雪を呼びにけり　石田郷子
剪定の一枝がとんできて弾む　髙田正子

【接木《つぎき》】　接穂　砧木《だいぎ》　接木苗　芽接
根接

枝の一部を切り取り、他の木に接ぎ合わせること。接ぐ枝を接穂、接がれる木を砧木という。接木は果樹に多く、甘柿をとるのに渋柿を砧木にしたり、接木によって実生よりもはやく果実を収穫することを目的として行う。早いものは二月から、他は春の彼岸の前後が選ばれる。↓挿木

湖の夕日さしゐる接木かな　山口青邨
高野へと雲を見送る接木かな　上田五千石
接木して彦根林檎の三代目　尾池和夫
川音の高みのなかの接木かな　鷲谷七菜子
しののめの紅さしのぼる接穂かな　成田千空

柿接ぐや遠白波の唯一度　大峯あきら

【挿木《さしき》】　挿葉　挿芽　挿穂　取木

若枝などを切り取って土に挿し、根を生じさせて、苗木を作ること。時期は彼岸前後から八十八夜ごろまで。柳・葡萄・茶などは挿木で増やすことが多い。葉に傷をつけ、地に挿して根を生じさせるのを挿葉といい、弁慶草や秋海棠などに行う。蔬菜《そさい》類では、トマト・馬鈴薯の芽をかいて挿芽《さしめ》をするのと、薩摩芋の蔓の挿植はよく知られている。挿木や接木が容易ではない時は、枝の一部の皮をはぎ、その部分を水苔などで包み、充分に根が出たところで親木から切り離して植えつける取木を行う。→接木

一と杓を傾け挿木をはりけり　後藤夜半
日当たりてすでに目だたぬ挿木かな　中島月笠
挿木せしゆゑ日に一度ここに来る　山口波津女
挿木していちにち門を出ぬ日かな　鷹羽狩行
小鳥らのこゑこぼれくる挿木かな　根岸善雄

【根分《ねわけ》】　株分　菊根分　萩根分　菖蒲根分

春になると、菊・萩・菖蒲などは古株から新芽が出てくるので、それを分けて増やす。❖菊根分・萩根分・菖蒲根分など、植物名をともなって用いることが多い。

根分して施す水のかゞやきぬ　安田蚊杖
菊根分うしろを誰か通りけり　三宅応人
みささぎのその名知らずよ菊根分　関戸靖子
菊根分振り向きざまの日がまぶし　蟇目良雨
菊根分父訪ふ人の稀となり　片山由美子
わけもなく故人の話菊根分　星野高士
萩根分して小机に戻りけり　村山古郷
菖蒲根分水をやさしう使ひけり　草間時彦

【慈姑《くわゐ》掘る《ほる》】

慈姑は地下の球茎が食用となるので、水田に植えられた慈姑の茎・葉が黄色くなり、

地上部が枯れきってから掘り出す。時期は大体、十二月から三月ごろまで続くが、古来春の季語とされている。❖新年に縁起物として食される。

慈姑掘る門田深きに腰漬けて　石塚友二
掘り出せる泥の塊なる慈姑　山地国夫
勾玉の慈姑泥より掘り出せり　林　徹

【桑解く《くはとく》】　桑ほどく

冬の間、括っておいた桑の枝を、春先、蚕飼の始まるまえに解き放つこと。

桑解くや大江山より雨の粒　吉本伊智朗
終りまで遂にひとりや桑を解く　草野駝王
桑を解く伊吹に雪の厚けれど　茨木和生
縄ぼこり立ちて消えつゝ桑ほどく　高浜虚子

【霜くすべ《しもくすべ》】

晩春のよく晴れた夜に突然霜が降りることがある。その害を防ぐために、くすぶりやすい籾殻・松葉などを焚いて煙幕を作り畑一面を覆うこと。

鰻田に及べる遠き霜くすべ　能村登四郎
霜くすべ終へたる父の朝寝かな　皆川盤水
人影の立ちつかがみつ霜くすべ　松崎鉄之介
暗がりに人声のする霜くすべ　石田勝彦
山ひとつ北に尖りて霜くすべ　廣瀬直人

【桑摘《くはつみ》】　桑摘唄　桑籠　桑車　夜桑摘む

養蚕農家では、桑を摘むのが毎日の重要な作業である。蚕の成長に合わせて、若葉摘みから始まり、しまいには枝ごと摘んで蚕に与える。最盛期には昼夜を問わず摘む。

桑摘むや桑に隠れて妙義の頭《づ》　松根東洋城
夜桑摘み桑の中より月生まる　佐藤郷雨

【蚕飼《こがひ》】　養蚕　種紙《たねがみ》　毛蚕《けご》　蚕種《こだね》　掃立《はきたて》　蚕の眠り　飼屋《かひや》　蚕棚《かひこだな》　蚕室《さんしつ》　蚕籠《こかご》　蚕飼時　眠蚕《いこ》

繭を採るため蚕を飼うこと。春夏秋とある

が、俳句では春蚕《はるご》を育てることをいう。孵化したばかりの毛蚕を羽箒などで集め蚕座に移し広げることを掃立という。桑の若い葉を食べて成熟した毛蚕は休眠と脱皮をくり返し上蔟《じょうぞく》し始める。上蔟の前後は蚕ざかりといい、息継ぐ暇もないくらい忙しい。掃立は普通四月中旬だから、繭の採れるのは五月の半ば以降である。→蚕・夏蚕（夏）

高嶺星蚕飼の村は寝しづまり　水原秋櫻子
あめつちの中に青める蚕種かな　吉岡禅寺洞
掃立や微塵のいのちいとほしみ　金子伊昔紅
時刻む飼屋の時計蠶《こ》のねむり　富安風生
飼屋の灯母屋の闇と更けにけり　芝　不器男
蚕時雨の食ひ足りてきし音となる　村山一棹

【牧開《まきびらき》】

春になり、牛や馬を放牧地に放つこと。家畜が自由に動き回り、新鮮な草を食べられるようになる。

牧開白樺花を了りけり　水原秋櫻子
ゆく雲に高嶺はさとし牧開　土屋未知

【羊の毛刈る《ひつじのけかる》】　羊毛剪る　羊剪毛　剪毛期

緬羊《めんよう》の毛を刈り取ること。緬羊は毛糸・毛織物の原料を採るため日本でも飼育されている。毛を剪る時期はその土地によって違うが、おおむね晩春から初夏にかけて行う。

羊の毛刈る日近くて雲ひとつ　北　光星
毛を刈る間羊に言葉かけとほす　橋本多佳子
毛を剪りし羊の足の立上り　依田明倫
刈り了《を》へし羊脱兎のごとくかな　橋本末子

【茶摘《ちやつみ》】　一番茶　二番茶　茶摘時　茶摘唄　茶摘籠　茶摘笠　茶山　茶畑

茶の新芽摘みは、産地によって相違があるが、ふつう八十八夜を挟んで二、三週間ほどが最盛期。あと二番茶、三番茶などと晩茶が刈られるが、四月下旬までに摘まれた一番茶が最上とされる。❖新茶は精製されたものなので「新茶摘む」は誤り。

むさしのもはてなる丘の茶摘かな　水原秋櫻子
茶を摘むや胸のうちまでうすみどり　本宮鼎三
茶を摘めるしづかな音が移りゆく　西島陽子朗
摘みし茶の匂ひあふるる籠を抱く　杉浦すゞ子
茶摘唄木蔭は深くなりにけり　外川飼虎
日の中に浮き沈みして茶摘笠　畠山譲二
ひとごゑのやさしき茶山がくれかな　細川加賀
茶畑のひと雨ありしまろさかな　鷹羽狩行

【製茶《せいちゃ》】　茶《ちゃ》づくり　茶揉《ちゃも》み　焙炉《ほいろ》　焙炉場　焙炉師　茶《ちゃ》の葉《は》選《えり》

摘んだ若い葉は蒸し、焙炉の上であぶりながら、茶師が丹念に手で揉んで乾かす。

懐柔を事とするなる製茶かな　相生垣瓜人
製茶の香大和づくりの門入れば　大島民郎
もみあげて針の如くに玉露かな　水内鬼灯
仏壇の中も茶ぼこり焙炉どき　大森積翠
焙炉場の窓竹林に開け放つ　斎藤佳織

【鮎汲《あゆくみ》】　稚鮎汲《ちあゆくみ》　小鮎汲《こあゆくみ》　鮎苗《あゆなえ》

孵化した小鮎は川を下り、冬季、近海で成育し、春に川を遡り始める。その鮎をすくいとるのが鮎汲である。現在ではその鮎を育ててから放流する。❖琵琶湖などでは稚鮎を育てて鮎苗として出荷する。↓若鮎

鮎を汲む朝妻湊雨けぶる　松崎鉄之介
稚鮎汲む安曇《あど》の四つ手の上りたる　後藤比奈夫
薄絹の水のおぼろや小鮎汲　西山泊雲
比良かくす雨いくたびや小鮎汲　笹井武志
みづうみに鮎汲桶の投げらるる　井上弘美

【魞挿す《えりさす》】

魞は琵琶湖などで使われる定置漁具。魚の通るところに何本もの青竹を迷路のように突きさし、外側から魞簀を張りめぐらし、入ってきた魚を手網で掬《すく》いとる仕掛け。そ

のための青竹を突き刺す作業を魞挿すという。二月から三月中旬に行う。

竹積んで魞挿す舟と覚えたり　高浜年尾
湖の待ちをる魞を挿しはじむ　後藤比奈夫
魞竿を挿す大揺れの舟に立ち　津田清子
魞挿して波をなだむる奥琵琶湖　福永耕二
雪の日もまだありながら魞を挿す　三村純也

【上り簗《のぼりやな》】

鮎や鮭・鱒など川を上る習性を持つ魚類を獲るための簗。川の瀬に竹や木などで水を堰き、ひとところだけ魚道を作っておき、簀や網を仕掛けて魚を獲る。→簗（夏）・下り簗（秋）

淀川や舟みちよけて上り簗　田中王城
上り簗秩父は山を集めけり　落合水尾
上り簗組む賄ひの鯉料理　茨木和生

【磯竈《いそかまど》】　磯焚火

海女は、海から上がると岩陰その他風の当たらない所に磯竈を作って暖をとる。三重県志摩地方では、春に限り、また磯焚火ともいい、男子禁制。

磯かまど女ばかりの笑ひ声　渋沢渋亭
磯かまど乾かす髪も汐いたみ　石川星水女
一枚の波屏風立ち磯焚火　上野泰
立膝の海女の囲める磯焚火　佐藤露草

【磯菜摘《いそなつみ》】

磯菜は磯菜草ともいい、磯辺に生える食用の海藻。潮が温んでくると、女たちは磯に出、岩の間に生い茂っている海藻の類を、腰まで水に浸かりながら採る。

防人《さきもり》の妻恋ふ歌や磯菜つむ　杉田久女
総の国犬吠崎の磯菜摘む　大橋櫻坡子
波暗き長門の磯菜摘むが見ゆ　野見山朱鳥
磯菜摘む波は寄せつつ限りなし　清崎敏郎

【海女《あま》】　磯海女　沖海女　海女の笛　磯なげき

海に潜り貝類や海藻類を採り生活する女性。陸近く、比較的浅い海で潜る磯海女（陸人《かちど》、桶海女《おけあま》、磯人《いそど》）と、船で沖に出てから潜る沖海女（舟人《ふなど》）とがいる。磯海女は、磯桶を浮かべ、長い綱を自分の腰に結び付けて潜る。沖海女はその腰綱の端を船上でその夫などが握り、呼吸をはかる。海面に浮き上がった海女たちは口を細めて息を吐き出す。その音を「海女の笛」「磯なげき」とよんでいる。↓鮑（夏）

命綱たるみて海女の自在境　津田清子
陸ながくあゆみ来りて海女潜る　山口波津女
断崖の見下ろしてをり海女しづむ　上野泰
磯なげき鳶が羽搏ちをとめにけり　大橋敦子
磯なげき月日を白く累ねたり　宇佐美魚目

【木流し《きながし》】　修羅落し　初筏《はついかだ》

冬の間に伐採した木は積雪などを利用して谷間に集めておく。そして春先に雪が解け始めると筏に組み、水流を利用して川下に流すのである。現在ではほとんど行われない。

雪しろの断崖《きりぎし》哭かす修羅落　角川源義
初筏あやつる櫂の荒削り　小林広子

【磯遊《いそあそび》】　磯開　磯祭

旧暦三月三日前後の大潮のころ、磯辺で一日を祝祭気分で過ごす風習。汐干狩はここから始まった。今では行楽についてもいう。

磯遊び二つの島のつゞきをり　高浜虚子
岩の間に手をさし入れて磯遊び　山口誓子
子との距離いつも心に磯遊び　福永耕二
空を航くごとく船見え磯遊　高田風人子
磯遊びふと漂泊の思ひあり　寺島ただし
汐の香をいつか忘れし磯遊び　柴田佐知子
靴下を花と残して磯遊　野中亮介
一反の晒あかるき磯開　中原道夫

【汐干狩《しほひがり》】　潮干狩　汐干貝　汐干籠

潮干船

春の行楽の一つ。潮の干上がった浜辺で、蛤《はまぐり》・浅蜊《あさり》などの貝や魚をとって遊ぶこと。旧暦三月三日前後の大潮のころが好機である。↓潮干潟

濃紺の海少しゝある汐干狩　右城暮石
置きし物遠くなりたる汐干狩　八木澤高原
燈台の影が日時計汐干狩　藤井亘
汐干狩ふいにみんなが遠くなり　内田美紗
脛白く見せたる母や汐干狩　老川敏彦
さりげなくひとと競へり潮干狩　黒坂紫陽子
待つ人のなき陸《くが》はるか潮干狩　櫂未知子

【観潮《くわんてう》】　観潮船　渦潮　渦潮見《うづしほみ》　渦見《うづみ》　**渦見船**

淡路島と四国の間の鳴門海峡は、大小無数の岩礁が散在しており、潮の流れが速いので、潮の干満によっていたるところに潮の渦ができて壮観を呈する。これを鳴門の渦潮といい、旧暦三月三日前後の大潮のころが見ごろである。

観潮船天井に潮映しけり　矢島渚男
流されてみせて観潮船といふ　後藤立夫
渦潮を落ちゆく船の姿して　山口誓子
潮待ちは心待ちなり渦見舟　鈴木鷹夫

【踏青《たふせい》】　青き踏む

旧暦三月三日に野辺に出て、青々と萌え出た草の上を歩き、宴を催した中国の風習にならったもの。❖今ではその日に限らず、春の野を散策することをいう。↓野遊

踏青や古き石階あるばかり　高浜虚子
あかんぼにはや踏青の靴履かす　飴山實
踏青やひとりを佳しと思ふまで　柴田佐知子
天平の仏にまみえ青き踏む　石原八束
みづうみのふくらむひかり青き踏む　鍵和田秞子
子は母の影を出で入り青き踏む　伊藤敬子

【野遊《のあそび》】　山遊　野がけ　春遊

春、野山へ出かけ、食事をしたり遊んだりすること。本来は物忌みのために仕事を休んで出かける行事であった。↓踏青

野遊びの着物のしめり老夫婦　桂　信子
野遊びの妻に見つけし肘ゑくぼ　森　澄雄
野遊びや水の上くる火の匂ひ　田部谷紫
野遊の味噌こそよけれにぎりめし　綾部仁喜
野遊びの終り太平洋に出づ　大串　章
野遊びのひとりひとりに母のこゑ　橋本榮治
野遊びや詩の一節を諳んじて　明隅礼子
むかし兵たりし身を伏せ野に遊ぶ　辻田克巳

【摘草《つみくさ》】　草摘む　蓬摘む　土筆摘む　芹摘む

春の行楽の一つ。野や堤に出て、嫁菜・蓬《よもぎ》・土筆《つくし》・芹など食用になる野草を摘むこと。

摘草や橋なき土手を何処までも　篠原温亭
摘草の人また立ちて歩きけり　高野素十
摘草やはじめは少し離れゐて　川村研治
摘草に永き踏切ありにけり　津川絵理子
草摘むとかがめば光る川面あり　村田　脩
太陽のぬくもりを摘む草を摘む　嶋田摩耶子
流れには遂に出逢はず蓬摘む　山口波津女
西行庵十歩離れずよもぎ摘む　細見綾子
蓬摘む一円光のなかにゐて　桂　信子
手の中へふくらんでくる蓬摘む　坂巻純子
大仰に籠をならべて蓬摘　大嶽青児
籠の蓬抑へおさへてまだ摘める　鷲谷七菜子

【梅見《うめみ》】　観梅　梅見茶屋

二月ごろから百花にさきがけて開く梅は古くから観賞用として栽培され、高い香気が愛でられた。花の期間が長く、梅の名所は観梅の人々で静かに賑わう。↓梅・探梅（冬）

青空のいつみえそめし梅見かな　久保田万太郎
はこべらに梅見の酒をこぼしたり　河合佳代子

にはたづみいくつも越えて梅見かな　山本洋子
日の当る床几をえらび梅見茶屋　山田光子

【花見《はなみ》】　観桜《くわんあう》　桜狩　花の宴　花筵《はなむしろ》　花見酒　花見客　花見人　花人《はなびと》　花見舟

桜の花を観賞し、楽しむこと。桜花を愛でる習慣は、平安時代に起こったものだが、当時はもっぱら貴族の行楽とされた。秀吉の醍醐《だいご》の花見は有名だが、庶民の行楽となったのは、江戸も元禄以降のことである。桜狩は、桜の名所を訪ね歩き、その美を賞すること。❖本来は群桜・群衆・飲食を伴う。

花見にと馬に鞍置く心あり　高浜虚子
業平の墓もたづねて桜狩　高野素十
翠黛とひもすがらある桜狩　後藤夜半
風音はいつも谷間に桜狩　高木晴子
少年の髪白みゆく櫻狩　齋藤愼爾
花筵端の暗さを重ねあふ　能村研三
一つ杭に繋ぎ合ひけり花見船　長谷川零余子
石垣を突いて廻しぬ花見船　綾部仁喜

【花篝《はなかがり》】　花雪洞《はなぼんぼり》

夜桜の風情を引き立てるために焚く篝火のこと。京都円山公園の花篝は特に名高い。

燃え出づるあちらこちらの花篝　日野草城
火花とは爆ぜて飛ぶ花花篝　粟津松彩子
花篝火の色今や得つゝあり　鈴鹿野風呂
つねに一二片そのために花篝　鷹羽狩行
水中の闇をうごかし花篝　木内怜子
あはうみの闇あふれしむ花篝　黒田杏子
くべ足して暗みたりけり花篝　西村和子

【花守《はなもり》】　花の主　桜守

桜花の番をする人、花を守る人、または桜の花の主。

花守のさらさらと水のみにけり　岡井省二
花守の布掛けてある碁盤かな　黒澤麻生子
喉ふかきところよりこゑ桜守　鷲谷七菜子

まなぶたのいくたび冷えて桜守　神尾久美子

【花疲れ《はなづかれ》】

人出や陽気のせいか、花見は疲れやすい。美しいものを見た余韻とともに疲労が押し寄せてくる。その疲れに浸ることも花時の趣の一つである。

坐りたるま丶帯とくや花疲れ　鈴木真砂女
光にも揉まれしごとし花疲れ　香西照雄
川を見て坐れる母や花疲れ　北澤瑞史
吉野葛溶くやほぐるる花疲　大網信行
雨だれの誘ふまどろみ花疲れ　大竹きみ江
まつしろな空の下なる花疲れ　石田郷子

【ボートレース】　競漕　レガッタ

多くは花盛りの時期に行われる、各大学や会社、団体の対抗レース。❖東京では隅田川の早慶レガッタ、関西では琵琶湖瀬田川での競漕などが有名。

競漕や午後の風波立ちわたり　水原秋櫻子
競漕の船腹ほそく岸に寄る　鷹羽狩行
レガッタの母校を囃し相識らず　今戸光子

【猟期終る《りょうきおわる》】　猟名残　猟期果つ

多くの地域では、原則として二月十五日で猟期が終わる。

この山を知り尽したる猟名残　岡安仁義
猟名残酒の粕など炙りては　中村与謝男
呼笛の紐のくれなゐ猟期果つ　広渡敬雄

【凧《たこ》】　紙鳶《しえん》　いかのぼり　字凧　絵凧　奴凧《やつこだこ》　切凧　懸凧《かかりだこ》　はた

江戸時代以降凧揚は春の行事としてさかんに行われるようになった。❖静岡・新潟・長崎などで凧合戦は今でもさかんに行われている。↓正月の凧（新年）

夕ぐれのものうき雲やいかのぼり　才麿
凧《いかのぼり》きのふの空のありどころ　蕪村
日の暮に凧の揃ふや町の空　一茶
旅人や泣く子に凧を揚げてやる　石島雉子郎

凧日和とは海峡の荒るゝ日よ　松本圭二
凧《いかのぼり》なにもて死なむあがるべし　中村苑子
津の国の水暮れのこるいかのぼり　大石悦子
切凧の敵地へ落ちて鳴りやまず　長谷川かな女
連凧の一つがそつぽ向く難儀　尾池和夫

【風船《ふうせん》】　紙風船　風船売　ゴム風船

春の子どもの遊び。ふくらませ、手でついて遊ぶ。豊かな彩りも春らしい。❖春の季語とされたのは大正以降のことという。

風船の子の手離れて松の上　高浜虚子
かなしびの満ちて風船舞ひあがる　三橋鷹女
置きどころなくて風船持ち歩く　中村苑子
風船におのづと空の道展け　青柳志解樹
風船が乗つて電車のドア閉まる　今井千鶴子
天井に風船あるを知りて眠る　依光陽子
日曜といふさみしさの紙風船　岡本　眸
紙風船突くやいつしか立ちあがり　村上喜代子
風船の中の風船売の顔　杉本　零

【風車《かざぐるま》】　風車売

美しい色のセルロイド・ビニール・紙などを花のような形に組み合わせ柄の先に取りつけた玩具。風を受けて回るさまが美しい。かつては春先になると風車売が藁束に刺したものを売り歩いたりした。❖発電用の風《ふう》車《しや》や供えられた風車《かざぐるま》は季語ではない。

風車まはり消えたる五色かな　鈴木花蓑
街角の風を売るなり風車　三好達治
風車とまりかすかに逆もどり　京極杞陽
風車持ちかへてよく廻りけり　今井杏太郎
空回りせよかざぐるまかざぐるま　櫂　未知子
風車売風筋に荷を卸す　田上石情

【石鹼玉《しやぼんだま》】

石鹼水をストローなどの端につけて吹く遊び。江戸時代には無患子《むくろじ》の実を煎じた液を用いた。子どもの遊びで、のどかな春らしい景物の一つである。

石鹼玉木の間を過ぐるうす〳〵と　水原秋櫻子
流れつつ色を変へけり石鹼玉　松本たかし
しやぼん玉独りが好きな子なりけり　成瀬櫻桃子
石鹼玉吹けば此の世の色尽す　三好潤子
濡縁をすこし濡らしてしやぼん玉　八染藍子
石鹼玉まだ吹けぬ子も中にゐて　山西雅子
うつむいて吹いても空へしやぼん玉　鶴岡加苗

【鞦韆《しうせん》】　秋千　ぶらんこ　ふらここ　ふらんど　ゆさはり　半仙戯

中国北方民族には、寒食の節（冬至後百五日目）に鞦韆に乗って春の神を呼んだ。それが春の遊びの季語として広まった。春の来た躍動感ある季語である。❖半仙戯はぶらんこそのものではなく、それを漕ぐ感覚のこと。

ふらんどや桜の花をもちながら　一茶
鞦韆は漕ぐべし愛は奪ふべし　三橋鷹女
鞦韆に腰掛けて読む手紙かな　星野立子
鞦韆に夜も蒼き空ありにけり　安住敦
鞦韆をゆらして老を鞣《なめ》しけり　八田木枯
ぶらんこの影を失ふ高さまで　藺草慶子
ふらここや岸といふものあるやうに　森賀まり
高空に見えくる鳥や半仙戯　小林貴子

【春の風邪《はるのかぜ》】

春になって油断すると風邪をひいてしまう。冬季の風邪のようにひどくなることは少ないが、長引きやすい。

鷗ひとつ舞ひゐて春の風邪心地　安住敦
春の風邪会議に青き海見えて　神尾季羊
電線の錯綜の下春の風邪　林徹
目に触るるもの白ばかり春の風邪　永方裕子
水に皿沈めて眠る春の風邪　正木ゆう子
春の風邪小さな鍋を使ひけり　井上弘美
鳥の眼のふちどり赤し春の風邪　辻内京子

【朝寝《あさね》】

春の朝は心地よさからつい寝過ごしてしま

う。その眠たさが心地よく、寝床を離れがたい。

美しき眉をひそめて朝寝かな　高浜虚子
毎日の朝寝とがむる人もなし　松本たかし
長崎は汽笛の多き朝寝かな　車谷弘
朝寝して夢のごときをもてあそぶ　山田みづえ
朝寝してとり戻したる力あり　稲畑汀子
朝寝して授かりし知恵ありにけり　片山由美子

【春眠《しゅんみん》】　春眠し

孟浩然の詩に「春眠暁を覚えず、処処啼鳥を聞く」（「春暁」）とあるように、春の眠りはことのほか快く深い。

春眠の覚めつゝありて雨の音　星野立子
春眠の身の閂を皆外し　上野泰
春眠のきれぎれの夢つなぎけり　舘岡沙緻
春眠のさめてさめざる手足かな　稲畑汀子
春眠の覚めぎはに見し峰の数　井上康明

【春の夢《はるのゆめ》】

春の夢は、昔から「春の夜の夢のごとし」とか「昔日富貴、一場春夢」などのように、華やかだがはかない人生のたとえに用いられる。快い眠りのなかで見る夢にはどこか艶なる趣が漂う。

春の夢みてゐて瞼ぬれにけり　三橋鷹女
古き古き恋人に逢ふ春の夢　草村素子
しまひまで見てしまひけり春の夢　行方寅次郎

【春愁《しゅんしゅう》】　春愁《はるうれひ》

春ゆえの気だるさを伴うそこはかとない愁いや哀しみのこと。❖「春愁う」と動詞化するのは望ましくない。→秋思（秋）

春愁や雲に没日《いりひ》のはなやぎて　原コウ子
髪おほければ春愁の深きかな　三橋鷹女
春愁や人間に影あるかぎり　宮崎すみ
春愁やかたづきすぎし家の中　八染藍子
縁側欲し春愁の足垂らすべく　中原道夫
人の世に灯のあることも春愁ひ　鷹羽狩行

行事

【曲水《きよくすい》】　曲水の宴　曲水《ごくすい》　流觴《りうしやう》　盃《さかづき》流《なが》し

三月上巳《じようし》または桃の節句に、宮中や貴族の邸宅で穢《けが》れを祓《はら》う儀式として行われた遊宴の行事。奈良時代から平安時代にかけて行われた。上流から流される盃が自分の前を通りすぎるまでに歌を作り、盃の酒を飲む。福岡県太宰府《だざいふ》天満宮や京都府城南宮の他、岩手県毛越寺などでも行われている。

曲水の詩や盃に遅れたる　正岡子規
はしり書する曲水の懐紙かな　松瀬青々
曲水や草に置きたる小盃　高浜虚子
曲水や木洩日を酌む小盃　山田弘子
曲水の宴にはべりて眉うすく　西野文代

【建国記念の日《けんこくきねんのひ》】　建国記念日　建国の日　紀元節　建国祭

二月十一日。国民の祝日の一つ。戦前の紀元節にあたり、戦後、昭和二十三年に廃止されたが、昭和四十一年、建国記念の日として復活した。

大和なる雪の山々紀元節　富安風生
いと長き神の御名や紀元節　池上浩山人
空高く風音はしる建国祭　太田鴻村

【春分の日《しゆんぶんのひ》】

昭和二十三年に制定された国民の祝日の一つ。三月二十一日ごろ。自然をたたえ、生物をいつくしむ日。戦前の春季皇霊祭の日で、彼岸の中日にあたる。↓彼岸

春分の日切株が野に光る　安養白翠
春分の日をやはらかくひとりかな　山田みづえ

見上げゐる春分の日の時刻表　井上康明
春分の日のわが影と門を出づ　片山由美子

【絵踏《ゑぶみ》】　踏絵

徳川時代の宗門改めで、多く春先に行われた。信者の多い九州長崎、五島、大村、平戸などの地方で、江戸幕府が人々に聖母マリア像・キリスト十字架像などを踏ませ、キリシタンでないことを証明させたこと。踏まない人を処罰し多くの殉教者を出した。❖踏絵は絵を描いた木版や銅板のこと。

島の子ら絵踏を知らず遊びをり　保坂伸秋
真直に額に日矢射す絵踏かな　岩岡中正
抱かれたるイエスをさなき踏絵かな　加藤三七子
素通りのできぬ踏絵のよごれ見る　嶋田一歩
数かぎりなき足過ぎし踏絵かな　吉田汀史

【憲法記念日《けんぱふきねんび》】

五月三日で国民の祝日の一つ。昭和二十二年に日本国憲法が施行されたことを記念して設けられた。毎年、この日には憲法に関する論議や集会などが各地で開かれる。

憲法記念日天気あやしくなりにけり　大庭雄三
巨船まだ白し憲法記念の日　櫂未知子

【初午《はつうま》】　一の午　二の午　三の午　午祭　稲荷講　福参《ふくまゐり》　験《しるし》の杉《すぎ》

二月初めの午の日に全国各地の稲荷神社や稲荷の祠で行われる祭礼。稲荷神の信仰は、農耕を司る倉稲魂神《うがのみたまのかみ》を祀って五穀豊穣などを祈るものであるが、狐神の俗信も習合し、全国で広く行われるようになった。京都の伏見稲荷大社では、稲荷山の神杉《かんすぎ》の枝を験の杉として頒ち、沿道は土産物を売る市で賑わう。❖初午の日に参詣出来なかった時には二の午、三の午に参詣する。

初午に無冠の狐鳴きにけり　一茶
初午やずしりと重き稲荷寿司　金子千侍
初午の朱の塗りたての稲荷駅　辻田克巳

初午や狐の穴に燭揺らぎ　山田弘子
初午やどの道ゆくもぬかるみて　檜　紀代
田にすこし潤ひ出でて一の午　能村登四郎
紅さして夕月はあり一の午　深見けん二
撥ね強き枝をくぐりて一の午　石田郷子
ひとときの山雨はげしき午祭　小島花枝

【二月礼者《にぐわつれいじや》】

正月に年始の廻礼をできなかった人が、二月一日に廻礼に歩くこと。正月多忙な職業の人がこの日を廻礼にあてた。↓礼者（新年）

鎌倉へはるぐ〵二月礼者かな　大場白水郎
出稽古の帰りの二月礼者かな　五所平之助
鴨提げて歩ける二月礼者かな　茨木和生
二月礼者舞台衣裳のまま来る　棚山波朗

【二日灸《ふつかきう》】　二日灸《ふつかやいと》　春の灸

旧暦二月二日および八月二日に灸をすえると、無病息災で過ごせるとか、効能が倍加するなどという俗信があった。もとは一種の節供で、農閑期を選んで行ったものであろう。俳句で二月灸といえば二月のものをさす。

撫肩のさびしかりけり二日灸　日野草城
二日灸よはひの壁のはたとあり　井沢正江
二日灸秩父の雪が見えにけり　綾部仁喜

【針供養《はりくやう》】　針祭　針祭る　針納　針納む　納め針

平素使っている針を休め、折れた古い針を社に納める行事。神前に準備された豆腐や蒟蒻に刺して納める。関東や和歌山市加太《かだ》の淡島神社では二月八日を針供養の日としているが、関西や九州では十二月八日に行うところが多い。↓針供養（冬）

針供養子が子を連れて来てゐたる　安住　敦
針供養女人は祈ること多し　上野　泰
布目よき豆腐をえらみ針供養　安東次男

針供養にも夕影といへるもの　深見けん二
針といふ光ひしめき針供養　行方克巳
佐助の眼突きたる針も納めしや　三好潤子

【雛市《ひないち》】　雛の市　雛店　雛見世　雛売場

三月節句の前に、雛や、雛祭に用いる品々を売る市。江戸時代から明治時代にかけて、日本橋・浅草・人形町などに市が立ち賑わいを見せたが、今は人形専門店とデパートの特設売場に受け継がれている。

雛市の灯ともし頃を雨が降る　石井露月
雛市を抜け言ひやうのなき疲れ　佐藤博美
雛市の灯にたたずみて人形師　舘野豊
雛店の雛雪洞の総てに灯　大橋敦子

【雛祭《ひなまつり》】　桃の節供　上巳　三月節供　弥生の節供　桃の日　雛の日　雛　ひひな　雛遊び　雛飾　雛飾る　雛人形　内裏雛《だいりびな》　官女雛《かんにょ》　五人囃《ごにんばやし》　男雛《をびな》　女雛《めびな》　古雛　紙雛　立雛　土雛　吉野雛　雛段　雛の調度　雛道具　雛菓子　雛あられ　菱餅　白酒　雛の燭　雛の灯　雛の客　雛の宴　雛の家　雛の間

三月三日に女児の息災を祈って行われる行事で、古くは桃の節句、雛遊びなどといった。桃の節供はもとは五節句（人日＝一月七日、上巳＝三月三日、端午＝五月五日、七夕＝七月七日、重陽＝九月九日）の一つ。雛に桃の花を飾り、白酒・菱餅・あられなどを供えて祝う。人形《ひとがた》で身体の穢れを祓い川に流した上巳の日の祓の行事に、雛遊びの風習が習合したもので、江戸時代から紙雛にかわって内裏雛が多く作られるようになり、豪華な段飾りへと発展した。❖白酒や菱餅は邪気を祓うもの。地域によって供される食物や調度品が異なり、地方色が豊かである。

草の戸も住み替はる代ぞ雛の家　芭蕉
綿とりてねびまさりけり雛の顔　其角
裏店や箪笥の上の雛まつり　几董
蠟燭のにほふ雛の雨夜かな　白雄
厨房に貝があるくよ雛祭　秋元不死男
潮引く力を闇に雛祭　正木ゆう子
眼覚めけり上巳の餅を搗く音に　相生垣瓜人
雛の日の海をのせたる籬かな　轡田進
吸物に手毬麩ふたつ雛の日　能村研三
天平のをとめぞ立てる雛かな　水原秋櫻子
きぬぎぬのうれひがほある雛かな　加藤三七子
黒髪の根よりつめたき雛かな　田中裕明
雛飾りつゝふと命惜しきかな　星野立子
雛飾る四五冊の本方寄せて　山本洋子
仕る手に笛もなし古雛　松本たかし
折りあげて一つは淋し紙雛　三橋鷹女
手にうけてかぐはしきもの吉野雛　吉田鴻司
雛壇の奈落に積みて箱の数　綾部仁喜
歪まざるものなき雛の鏡かな　山西雅子
雛菓子の蝶のむらさき鶴の紅　大橋敦子
雛あられちよつと揺すりて飾りけり　山尾玉藻
菱餅の上の一枚そりかへり　川本臥風
白酒の紐の如くにつがれけり　高浜虚子
雛の灯を消せば近づく雪嶺かな　本宮哲郎
ひんやりと人の影ゆく雛の家　酒井弘司
雛の間の更けて淋しき畳かな　高浜年尾

【雛流し《ひなながし》】　雛送り　流し雛　捨雛

三月節句に飾った紙雛などを海や川へ流す風習。人形《ひとがた》に穢れを移し川に流した上巳の日の祓に、淡島信仰などが習合したもので、鳥取市用瀬《もちがせ》町・和歌山市加太《かだ》の淡島神社の雛流しなどが有名。

雛流し手向けの花も濤の上　岡本眸
櫂が欲し櫓が欲し加太の雛流し　下村梅子
手もとまで海の青さよ雛流し　鷹羽狩行
流し雛堰落つるとき立ちにけり　鈴木花蓑

明るくてまだ冷たくて流し雛　森　澄雄
遠くなるほど速くなり流し雛　白濱一羊
押し寄せて来ておそろしき流し雛　藺草慶子
天仰ぎつづけて雛流れゆく　大橋敦子
一炊の夢に雛を流しけり　岩岡中正
野の花を手向け雛を流しけり　山田佳乃

【雛納め《ひなをさめ》】

三月節句に飾った雛をしまうこと。雛の顔を吉野紙などの柔らかい紙で丁寧にくるんで、防虫剤などを入れた箱にしまう。早くしまわないと、婚期に遅れるなどという言い伝えもある。

紐すこし貰ひに来たり雛納め　能村登四郎
日が落ちて風がもの言ふ雛をさめ　八田木枯
夕雲のふちのきんいろ雛納め　鍵和田秞子
何もかも畳の上に雛納　岩田由美
夜々おそく戻りて今宵雛あらぬ　大島民郎

【闘牛《とうぎう》】　**牛角力《うしずもう》　牛合はせ　牛の角突き**

牛と牛が角を突き合わせて、互いに押し合って勝敗を争う競技。出場の牛には、相撲と同じように横綱・三役・前頭など番付が決まっている。現在も愛媛県の宇和島市や島根県の隠岐島などで行われている。❖逃げた方が負けとなるが、神事として行う新潟では勝敗はつけない。

闘牛や蜜蜂村にとびはじめ　三宅絹子
闘牛の角突き合はせ動かざる　金沢正恵
牛角力の花道うづめ落椿　下田　稔

【鶏合《とりあはせ》】　**闘鶏　鶏《とり》の蹴合《けあひ》　勝鶏　負鶏　闘鶏師**

蹴爪《けづめ》の強い雄鳥を闘わせて勝負を競うこと。平安時代以降、春先、宮中で盛んに行われた。鹿児島では、江戸時代薩摩鶏を闘わせる遊戯があった。❖九州・沖縄では、現在も軍鶏《しやも》を使った闘鶏が行われている。

勝鶏の抱く手にあまる力かな　太祇
中入に砂入れ足せる鶏合　茨木和生
闘鶏の眼つぶれて飼はれけり　村上鬼城
闘鶏の赤き蹴爪の跳びにけり　中西夕紀
負け鶏を蛇口に伏せて洗ひけり　森田峠

【雁風呂《がんぶろ》】　雁供養《かりくやう》

青森県外ヶ浜には、春に雁が帰ったあと、海岸の木片を拾い風呂をたてて雁の供養をするという伝説があった。雁は、秋に渡ってくる時海上で羽を休めるための木片をくわえてきて、春にその木片を拾って帰る。残された木片は帰れずに死んだ雁の数ということになり、その雁を供養するために村人は風呂を焚くと信じられていた。

雁風呂や海あるる日はたかぬなり　高浜虚子
雁風呂に海のつづきの波がたつ　澁谷道
雁風呂や日の暮れ方を浪さわぐ　豊長みのる
波音の奥より暮るゝ雁供養　星野高士
雁供養砂の埋れ木焚き添へぬ　新谷ひろし

【伊勢参《いせまゐり》】　伊勢参宮　伊勢講　参宮講　抜参《ぬけまゐり》　御蔭参《おかげまゐり》

伊勢神宮に詣でること。伊勢参宮は四季を通じて行われるが、時候の良い春に多く行われた。主人や親に隠れて参るのを抜参という。遷宮の翌年のお蔭年に行くのを御蔭参という。各地に伊勢講があって、旅費を積み立てたり貸与したりした。❖伊勢参は江戸期から盛んになり、一生に一度はするものとされた。

大声で桃の里行く伊勢参　松瀬青々
伊勢参海の青さに驚きぬ　沢木欣一
伊勢講の船霞みたり常夜燈　堀古蝶
約束の木下に影やぬけ参り　西村和子

【十三詣《じふさんまゐり》】　知恵詣　知恵貰ひ

四月十三日（もとは旧暦三月十三日）に、十三歳になった少年少女が、知恵・福徳を授かるため京都市虚空蔵《こくうぞう》法輪寺の虚空蔵菩薩に詣でること。十三日が虚空蔵の縁日であることにちなむ。参詣の帰り、渡月橋を渡る時後ろを振り向くと、せっかく授かった知恵を失うという俗信がある。❖もとは少女の成年式の意味があり正装して詣でた。

人の子の花の十三参りかな　松根東洋城
はじめての嵯峨に十三参りかな　松瀬青々
石段にかゝぐる袂智恵詣　阿部蒼波
明眸に生ひさき見ゆる知恵詣　前田攝子

【義士祭《ぎしさい》】　義士祭《ぎしまつり》

四月一日から七日まで、東京都港区高輪の泉岳寺で行われる赤穂義士の御霊祭。大石内蔵助の念持仏摩利支天の開帳や、寺宝が展示される。❖兵庫県赤穂の大石神社では内蔵助ら四十七士が討ち入りをした日にちなんで新暦十二月十四日に赤穂義士祭を行う。

曇天の花重たしや義士祭　石川桂郎
義士祭香煙帰り来ても匂ふ　石田波郷
大石家よりの献花も義士祭　安川摑雲
義士祭柱に脂のもりあがり　山口昭男

【釈奠《せきてん》】　釈奠《おきまつり》　孔子祭　聖廟忌　釈菜《せきさい》

孔子とその弟子を祀る行事で、日本には儒学とともに伝わった。室町時代以降、衰微したが、江戸時代になって再興された。徳川綱吉が江戸上野から湯島に聖堂を移してから盛大になり、現在は四月第四日曜日に行われている。

釈奠や祀るに鯉の尾を曲げて　片山由美子
石刷の軸多く掛けおき祭　池上浩山人
おほかたの書舗は閉せり孔子祭　三溝沙美
孔子祭すみし楷樹の芽立かな　藺草慶子

【水口祭《みなくちまつり》】　苗代祭　田祭　水口《みなくち》の幣《ぬさ》　水口まつる

苗代に種を蒔く際に田の神を祀る豊作祈願

の祭。一般に田の水を引く口を少し土盛りし、そこに神の依り代として栗・つつじ・空木の枝や竹などを挿し、焼米を供えた。愛知県では焼米を供えることを「鳥の口にあげる」などといい、この祭が害鳥除けの行事でもあったことをうかがわせる。

小魚まで遊ぶ水口祭かな　柳　几
田祭や深き茶碗にあづき飯　前田普羅
絹糸の雨に水口まつりけり　大峯あきら
関の戸や水ノ口まつる田一枚　飯田蛇笏

【四月馬鹿《しぐわつばか》】　エープリルフール　万愚節《ばんぐせつ》

四月一日。この日は嘘をついても許されるとされ、騙《だま》された人や嘘のことをいう。ヨーロッパ起源の風習で日本には大正年間に伝わった。

掌につつむ心臓模型四月馬鹿　山田みづえ
騙す人ある幸せや四月馬鹿　市川榮次
けふよりの禁酒禁煙四月馬鹿　富永晃翠
エイプリルフールの駅の時計かな　轡田　進
万愚節半日あまし三鬼逝く　石田波郷
万愚節跳べそうに水ひかりおり　高橋由紀夫

【昭和の日《せうわのひ》】

四月二十九日。昭和天皇の誕生日だったが、平成元年に「みどりの日」に変わり、平成十九年から昭和の日となった。激動の日々を経て復興を遂げた昭和の時代を顧み、国の将来を考えるための国民の祝日。

名画座の三本立てや昭和の日　原田紫野

【みどりの日《みどりのひ》】　植樹祭

五月四日。自然に親しむとともにその恩恵に感謝し、豊かな心をはぐくむことを趣旨とする国民の祝日で、平成十九年から、ゴールデンウィーク中の五月四日になった。国立公園の無料開放や、国民が自然に親しむための各種行事が実施される。植樹祭はその一つ。

体内の水の流れやみどりの日　和田悟朗
新聞にみどりの頁みどりの日　森松まさる
祝辞みな未来のことや植樹祭　田川飛旅子
をりからの雨を称へて植樹祭　小原啄葉

【メーデー】　労働祭　五月祭　メーデー歌　労働歌

五月一日、世界各国で行われる勤労者を中心にした祭典。日本では大正九年に東京の上野公園で行われたのが最初。以後、弾圧を受けたり中断されたりした時期があったが、現在では親睦を深めるイベントの色彩が強くなっている。

ごみ箱に乗りメーデーの列を見る　加倉井秋を
ねむき子を負ひメーデーの後尾ゆく　佐藤鬼房
雪のこるメーデーへ来て加はりぬ　安東次男
ガスタンクが夜の目標メーデー来る　金子兜太

【どんたく】　松囃子　どんたく囃子

五月三・四日に福岡市で行われる博多の伝統的な祭。現在の日程になったのは戦後。古くは一月十五日に行われ、松囃子といわれた。松囃子は正月に年の神が降臨する年木を、山から引き下ろす囃し歌だった。現在は豪華な花傘や仮装した人々による錬りが祭の中心。どんたくはオランダ語のゾンターク（日曜日）が語源。

どんたくの鼓の音ももどりたる　吉岡禅寺洞
どんたくの夜は花火をふりかぶり　塩川雄三
どんたくははやしながらにあるくなり　橋本鶏二
旅の身やどんたく囃す杓子欲し　下村梅子
一管の笛にはじまる松囃子　松本節子

【都をどり《みやこをどり》】　都踊《みやこをどり》

京都市祇園の舞妓・芸妓が、毎年四月一～三十日に祇園甲部歌舞練場で行う歌舞。明治五年の勧業博覧会の催しとして行われたのが始まり。舞曲は毎年新作が披露され、趣向が凝らされている。京都に春を告げる行事として定着している。

花道に都をどりはあふれつつ　亀井糸游
都をどりはヨーイヤサほほゑまし　京極杞陽
しとど濡れ都をどりの提灯も　西村和子
せり上る都踊の那智の滝　大橋越央子
春の夜や都踊はょうぃやさ　日野草城
行く先きもなく暮れ都踊りかな　永井龍男
都踊の紅提灯に灯が入りぬ　宇田零雨

【鴨川をどり《かもがはをどり》】　鴨川踊《かもがわをどり》

京都市先斗町の舞妓・芸妓が、毎年五月一～二十四日に行う歌舞。祇園甲部の都をどりと並ぶ京都の年中行事の一つ。❖俳句では春の季語である。

馴じみなる地方《ぢかた》鴨川をどり聞く　不破菊子
大川や鴨川踊の灯が泳ぐ　中村美治
水打つて鴨川踊の夜となりぬ　岸風三樓

【春祭《はるまつり》】

春に行われる祭の総称。春祭は本来は農耕の開始にあたって田の神を迎え五穀の豊穣を予祝し、疫病・悪霊を祓うものである。しかし現在ではその意義も多様になっている。↓祭（夏）・秋祭（秋）

陸奥《むつ》の海くらく濤たち春祭　柴田白葉女
山車曳きて田畑を覚ます春祭り　馬場移公子
刃を入れしものに草の香春まつり　飯田龍太
山国の星の大粒春祭　石田勝彦
水口に鯉のあつまる春祭　淺井一志
祝詞すぐ田の風に乗り春祭　鍵和田秞子
雨となり雨の木となり春祭　友岡子郷

【北野菜種御供《きたのなたねごく》】　北野御忌日《きたのおんきにち》　天神御忌《おんき》　梅花祭《ばいくわさい》　梅花御供　道真忌《みちざねき》　菜種の神事　菜種御供

二月二十五日、菅原道真の忌日に京都市の北野天満宮で行われる祭。梅花祭ともいう。かつては神前に供えた盛り飯に菜の花を挿したが、新暦で行う現代では梅を献じている。神官の冠には菜の花を挿す。当日は上七軒の芸妓による野点《のだて》などが行われる。

ともしびの洩れくる菜種御供の森　加藤三七子
本殿に琴運び込む菜種御供　樋木啓子
昼の月ほのと懸かりて梅花祭　堀井英子
菜の花を烏帽子にかざし道真忌　永守澄子

【春日祭《かすがまつり》】　申祭《さるまつり》

奈良市の春日大社の祭礼。かつて二月と十一月の上申の日に行われたことから申祭ともいったが、明治十九年以降三月十三日と定められ、今日に至る。京都の賀茂・石清《いわし》水《みず》とともに三勅祭の一つ。祭では御戸開《みとびらき》の神事ののち華麗な行列が繰り出し、王朝絵巻を彷彿とさせる。

懐かしき山をかさねて春日祭　田口冬至
申祭むべ山風の冷えに冷え　村上麓人

【鎮花祭《はなしづめまつり》】　鎮花祭《ちんくわさい》　花鎮め

花の霊力によって飛散する悪霊・疫神を鎮める祭。毎年四月十八日に奈良県桜井市の大神《おおみわ》神社と摂社の狭井《さい》神社で行われている。祭の起源は古く、崇神《すじん》天皇の時に始まり、平安時代に盛んになった。また春日大社（奈良市）の摂社水谷《みずや》神社でも四月五日に鎮花祭が行われている。❖神前に薬草の忍冬（すいかずら）と百合根を供えることから、「薬まつり」とも呼ばれている。

巫《かんなぎ》の老いもめでたし花しづめ　荷兮
恋の神えやみの神や鎮花祭　松瀬青々
鋺《かなまり》に狭井の水汲む鎮花祭　小野耐
花しづめ祭の巫女の花簪　下村梅子
花鎮め花を被けるうなゐ髪　文挾夫佐恵
花鎮め花によりゆく水をみる　津根元潮

【安良居祭《やすらゐまつり》】　やすらひ祭　安良居
夜《や》須《す》礼《らゐ》　安良居花

京都市の今宮神社の摂社の一つである疫神《えやみ》

社の祭礼。毎年四月第二日曜日に行われる。祭の中心は「風流傘」と呼ばれる大きな花傘と大鬼の踊である。行列は先達、鉾、赤と黒のしゃぐまを被った鬼や囃子方、花傘などからなり、町内を練り歩く。傘に入ると一年間無病息災でいられるというので、行列を待ち迎え、多くの人が傘に入る。一種の鎮花祭で王朝時代から続く京都の奇祭。国の重要無形民俗文化財。

やすらゐの膳椀朱き祭かな　曾根けい二
安良居の鬼飛びあがり羯鼓《かっこ》打つ　宮下翠舟
安良居の花傘の下混み合へり　永方裕子
安良居の羯鼓迎ふる戸口かな　奥村和廣
鬼が飛ぶやすらゐ花と唱ふれば　井澤秀峰

【高山祭《たかやままつり》】　高山春祭　山王祭

岐阜県高山市の日枝神社の祭礼。四月十四・十五日に行われる。十月九・十日に行われる秋の高山祭は同市の櫻山八幡宮の祭礼で、ともにユネスコ無形文化遺産。高山祭の見どころは屋台（山車）で、飛騨の匠《たくみ》による精緻な装飾やからくりが見事。❖俳句では春の祭が季語になっている。

嶺の雪の照り合ふ高山祭かな　金尾梅の門
櫺子《れんじ》窓高山祭の灯を漏らす　関　俊雄

【靖国祭《やすくにまつり》】　招魂祭

東京都九段の靖国神社の春季例大祭。四月二十一〜二十三日に行われる。御魂慰《みたまなごめ》の舞などのほか、各種芸能や相撲などが奉納される。

玉垣に赤き実あまた靖国祭　市川千鶴子
事古りし招魂祭の曲馬団　松本たかし
招魂祭遠く来りし顔と遭ふ　三橋敏雄

【先帝祭《せんていさい》】　先帝会《せんていゑ》

山口県下関市の赤間神宮で五月二〜四日に行われる祭礼。現在はこの祭にあわせて「しものせき海峡まつり」が行われる。壇ノ浦で入水した安徳天皇の霊を慰めたことが始まり。❖平家滅亡の後、女官や平家ゆかりの女性たちが、遊女になりながらも安徳天皇の命日には昔の装束をつけて墓参したという故事によるもので、豪華な花魁《おいらん》道中が繰り広げられる。

先帝祭流れゆく藻の浮き沈み　岡本庚子
駕籠ぬちに眠き禿《かむろ》や先帝祭　石津柊光
裃は揚羽の紋や先帝祭　林　徹
先導に先帝祭の烏帽子海士　山田緑子
先帝祭波の底こそゆかしけれ　金久美智子
歯を剝いて先帝祭のうつぼの子　菊田一平

【涅槃会《ねはんゑ》】 **涅槃　涅槃の日　仏忌　涅槃像　涅槃変　涅槃絵　涅槃図　涅槃寺　寝釈迦　餅花煎《もちばないり》　釈迦の鼻糞**

釈尊入滅の日といわれる旧暦二月十五日の法要。現在では新暦三月十五日前後に行われることが多い。各寺院では涅槃図を掲げ遺教経《ゆいきょうぎょう》を読誦《どくじゅ》し、遺徳を偲《しの》ぶ。涅槃会は飛鳥時代に奈良の元興寺《がんごうじ》で始められたといわれる。涅槃図は入滅した釈尊のまわりで仏弟子・諸天・鬼神・鳥獣などが嘆き悲しむさまを描いたもの。釈迦の鼻糞は正月のもち花をたくわえておいて涅槃会に煎って供物にしたもののこと。❖涅槃変の変は変相のことで、涅槃画・涅槃図に同じ。

涅槃会の闇に積みあげ皿小鉢　井上　雪
涅槃会の嘆のさまざま地を叩き　長谷川久々子
土不踏《つちふまず》ゆたかに涅槃し給へり　川端茅舎
潮先のふきとばさるる涅槃かな　山西雅子
なつかしの濁世の雨や涅槃像　阿波野青畝
近海に鯛睦みゐる涅槃像　永田耕衣
百獣のなみだあかるし涅槃像　室積徂春
大いなる歎きはしづか涅槃変　岩井英雅
座る余地まだ涅槃図の中にあり　平畑静塔
涅槃図のいやしきは口あけて泣く　殿村菟絲子

涅槃図の近づきすぎて見えぬもの　駒木根淳子
葛城の山懐に寝釈迦かな　阿波野青畝

【常楽会《じやうらくゑ》】

釈尊入滅の旧暦二月十五日に修する法会で涅槃会のこと。仏の悟りは永遠にして安楽であるという意の「常楽我浄」の最初の二字からとったもの。多くの寺院では涅槃会として行っているが、高野山では常楽会の名で新暦二月十四・十五日に行う。

百僧のたれかささやく常楽会　黒田杏子
悪食の鳥の来てゐる常楽会　菅原鬨也

【竹送り《たけおくり》】

東大寺二月堂の修二会で使用する竹を寄進する行事。竹は各地の松明講から送られるが「山城松明講」では二月十一日の早朝に京都府京田辺市の観音寺周辺の竹林から、六、七本の竹を掘り起こし、寺で一本ずつ「奉納二月堂」と墨書し、法要の後二月堂へ運ぶ。かつては舟や牛を使ったが、現在は奈良坂までトラックで運び、そこから二月堂までの道程を、一本は四、五人で担ぎ、残りは大八車に乗せて曳く。

山城を送れる竹のあつぱれな　大石悦子
竹送る住持副住声揃へ　朝妻力
根付ごと雪ごと竹を送りけり　松村茂

【修二会《しゆにゑ》】　二月堂《にぐわつだう》の行《おこなひ》　お松明《たいまつ》

奈良市の東大寺二月堂で毎年三月（かつては旧暦二月）一～十四日に行われる悔過法《けかほう》会《え》。本尊の十一面観音へ懺悔《ざんげ》し、豊作を祈願する。授戒・籠松明《かごたいまつ》・お水取などの一連の行を修し、最後に達陀《だったん》の行法で締め括られる。特に十二日の夜の籠松明と十三日のお水取が名高い。

つまづきて修二会の闇を手につかむ　橋本多佳子
修二会いま走りの行や床鳴らし　村沢夏風
多羅葉の実の真っ赤なる修二会かな　細川加賀

法螺貝のあるときむせぶ修二会かな　黒田杏子
闇割つて五体投地の修二会僧　鷹羽狩行
修二会僧まつくらがりを掃いてをり　中岡毅雄

【お水取《おみづとり》】　水取　若狭《わかさ》の井《ゐ》　お水送り　送水会《そうすいゑ》

東大寺二月堂の修二会の行法の一つで、特に一般に親しまれている。三月十三日未明、閼伽井屋《あかいや》から香水《こうずい》を汲み上げ、本尊に供える。この香水は若狭国（福井県）の遠敷《おにゅう》明神から送られるとされ、三月二日に送水会が行われる。❖お水取が終わると、奈良には本格的な春がやってくるとされる。↓修二会

水とりや氷の僧の沓の音　芭蕉
檐《のき》裏に火の映えて来しお水取　右城暮石
飛ぶごとき走りの行もお水取　粟津松彩子
お水取三月堂は闇の中　落合水尾
水取や五体投地の堂谺　松瀬青々
水取やささくれ立ちて水流る　山本洋子
水取の桶を覆へる樒かな　中岡毅雄
加はりてお水送りの手松明　右城暮石
まつくらな背山の鳴りぬ送水会　大石悦子

【嵯峨の柱炬《さがのはしらたいまつ》】　嵯峨《さが》御松明《おたいまつ》　柱松明

京都市清凉寺で三月十五日に行われる「涅槃会お松明式」のこと。旧暦二月十五日の涅槃会の行事の一種で、釈迦の荼毘《だび》の再現といわれる。午後八時ごろ、高さ八メートル余りの漏斗形の大松明三基に点火され、境内は昼間のように明るくなる。かつて近在の農家はこの松明の燃え方でその年の豊凶を占った。

早稲よしと柱炬燃え尽きぬ　茨木和生
高張りへ火の粉はねたり御松明　野上智恵子
愛宕よりちらつく雪やお松明　茶樹三胡

【嵯峨大念仏《さがだいねんぶつ》】　嵯峨念仏　融通念仏

花念仏　嵯峨大念仏狂言

京都市清涼寺で四月の第一土・日曜日と第二日曜日に行われる大念仏会のこと。弘安二年（一二七九）に始まったといわれ、後に融通念仏布教として踊や狂言を取り込んでいった。壬生《みぶ》大念仏同様の仮面無言劇で、国の重要無形民俗文化財。

鉦音のうつらうつらと大念仏　西村和子
嵯峨豆腐さげて見てをり嵯峨念仏　福田恵二
口上もなく始まりぬ嵯峨念仏　片山由美子
嵯峨狂言舞台にしぶく雨となる　山田弘子

【彼岸会《ひがんゑ》】　彼岸詣《ひがんまうで》　彼岸参《ひがんまゐり》　彼岸寺
お中日　彼岸団子　彼岸餅

春分の日を中日とする前後三日の七日間を彼岸と呼び、この期間に全国諸寺で行われる法会を彼岸会という。中日には太陽が真西に沈み衆生が西方浄土の所在を知ることができたためである。これが祖霊信仰と結びつき、墓参りが行われるようになった。
→彼岸

信濃路は雪間を彼岸参りかな　也有
彼岸会や浮世話の縁者たち　清水基吉
彼岸会の風のちらばる山ばかり　松澤昭
彼岸会の若草色の紙包　岡本眸
彼岸会や青菜一枚水に泛く　永島靖子
雲に古る扉の花鳥彼岸寺　飯田蛇笏
万燈を灯して淋しお中日　伊藤康江
手に持ちて線香売りぬ彼岸道　高浜虚子

【御影供《みえいく》】　御影講　大師忌　空海忌
弘法忌

本来は祖師・故人の像を祀って供養することだが、特に弘法大師の正忌をいう。弘法大師が入定《にゅうじょう》した三月二十一日に真言宗の各寺院では法要を営む。和歌山県高野山金剛《こんごう》峯《ぶ》寺では新暦では正御影供《しょうみえく》を、旧暦では旧《きゅう》正御影供《しょうみえく》を営む。京都市東寺では四月二十一日に行われ、境内には露店が所狭しと並ぶ。

御影供やいまも亡びぬいろは歌　近藤一鴻
春深く御影供といふ一と日あり　後藤比奈夫
こらへゐて雨も大粒空海忌　宇佐美魚目
四国上空雲をゆたかに空海忌　正木ゆう子
白鳩に空の濃くなる空海忌　市村栄理

【聖霊会《しやうりやうゑ》】　**貝の華**

旧暦二月二十二日の聖徳太子の忌日法要。大阪市の四天王寺では四月二十二日、奈良県斑鳩《いかるが》町の法隆寺では三月二十二〜二十四日に行われる。四天王寺では太子像を安置した鳳輦《ほうれん》の前で法要と舞楽が行われる。この聖霊会舞楽は国の重要無形民俗文化財に指定されている。❖舞楽のための石舞台の四方に、高さ六メートルほどの紅紙（昔は住之江の浜に集まった貝殻）で作った曼珠沙華（天上の華）を立てる。これが「貝の華」。→貝寄風《かひよせ》

夕はへや舞台の隅の貝の華　友　梅
難波津の貝の白妙聖霊会　中村子瓶
聖霊会風に押されて舞ひ始む　西村和子

【開帳《かいちやう》】　**お開帳《かいちやう》**　**開龕《かいがん》**　**出開帳**　**開帳《かいちやう》寺《でら》**　**居開帳《ゐかいちやう》**

神仏の厨子を開いて、平生秘仏となっている本尊・祖師像の参拝を許すこと。安置されている寺院での開帳を居開帳、他の土地へ移して拝観させることを出開帳という。

開帳や大きな頬の観世音　阿波野青畝
開帳や雲居の鳥の声こぼれ　木村蕪城
下萌のいたくふまれて御開帳　芝　不器男
川舟を繰り出して行く御開帳　茨木和生
はる〳〵と山おり来まし出開帳　高田蝶衣

【遍路《へんろ》】　**お遍路**　**遍路笠**　**遍路杖**　**遍路道**　**遍路宿**　**善根宿《ぜんこんやど》**

弘法大師ゆかりの四国八十八か所霊場を参

拝すること。またその人のこと。徳島県の霊山寺《りようぜん》を振り出しに右回りに香川県の大窪寺で終わる全長一四〇〇キロに及ぶコースを「正（順）打ち」といい、逆を「逆打ち」という。白装束に「同行二人《どうぎようににん》」の菅笠という装束で、「善根宿」に宿泊しながら巡る。

雨やどりやがて立ちゆく遍路かな　清原枴童
石段をひろがりのぼる遍路かな　皆吉爽雨
先頭の遍路が海の入日見る　桂　信子
一人ゆくまだ少年の遍路かな　杉原美代子
かなしみはしんじつ白し夕遍路　野見山朱鳥
お遍路の美しければあはれなり　高浜年尾
遍路笠沖は黒潮流れをり　益本三知子
かんかんと磴転げ落つ遍路杖　鈴木鷹夫
手足より確かなものに遍路杖　鷹羽狩行
夕波のひびき戸を打つ遍路宿　田守としを

【仏生会《ぶつしやうゑ》】

灌仏会《くわんぶつゑ》　降誕会　誕生会　浴仏会《よくぶつゑ》　花祭　甘茶寺　花御堂　花の塔　誕生仏　甘茶　仏の産湯　五香水《ごかうずい》　甘茶仏　灌仏　浴仏

釈迦の誕生日といわれる日にちなみ、四月八日にその降誕を祝って宗派にかかわらず各寺院で行われる行事。花祭ともいわれる。花祭と称したのは元来浄土宗であったが、のちに一般化した。境内に花御堂というういろいろな花で飾った小堂をしつらえ、水盤に誕生仏を安置し、参拝者が甘茶（五香水）を灌《そそ》ぐようになっている。❖「甘茶」は木甘茶の葉と萱草の根を煎じたもの。釈迦が誕生したとき、八大竜王が甘露の雨を降らして太子を湯浴みさせたという伝説による。「花の塔」は竿の先に樒・躑躅・石楠花・空木などの花を結んだもので、門口に立てて釈迦に供えた。

灌仏の日に生れあふ鹿の子かな　芭　蕉

花御堂月も上らせ給ひけり　一茶
山寺や五色にあまる花見堂　蓼太
ぬかづけばわれも善女や仏生会　杉田久女
大灘を日のわたりゐる仏生会　鷲谷七菜子
地より湧く水の明るし仏生会　ながさく清江
降り足りて夜空むらさき仏生会　鍵和田秞子
仏母たりとも女人は悲し灌仏会　橋本多佳子
わらべらに天かゞやきて花祭　飯田蛇笏
この谷戸のもつとも奥の甘茶寺　星野立子
尼寺の畳の上の花御堂　松本たかし
人絶えて暮るゝを待てり花御堂　相馬遷子
葺きあげて野の花ばかり花御堂　木村有恒
ゆれ合へる甘茶の杓をとりにけり　高野素十
杓のもと小さくかなしや甘茶仏　松本たかし

【吉野の花会式《よしののはなゑしき》】　吉野の会式　花会式　鬼踊　吉野の餅配《もちくばり》

奈良県吉野の金峯《きんぷ》山《せん》寺蔵王堂で行われる花《はな》供《ぐ》懺法会《せんぽうえ》。白河天皇の時代の桜の花神の供養に始まったとされる。四月十一・十二日の両日とも満開の桜の下、山伏・稚児《ちご》の行列が進み、剣・斧・松明を持った三匹の鬼が悪霊を鎮めた後、懺法が行われ、最後に餅配りとなる。

花会式かへりは国栖《くず》に宿らんか　原　石鼎
喚鐘にみだるる燭や花会式　水原秋櫻子
漆黒の薬師輝く花会式　平尾圭太
花会式蕾のまゝに修しけり　和泉喜代子

【御身拭《おみぬぐひ》】

京都市清凉寺で四月十九日に営まれる法会。この日、釈迦堂本尊の釈迦像を香湯に浸した白布で洗い清めることからこの名がある。その白布を死後の経帷子《きょうかたびら》にすると極楽往生できるといわれ、希望者に頒布される。

垂れたまふみ手にかくれて御身拭　田中王城
百の燭天井を染め御身拭　太田穂醉

【鞍馬の花供養《くらまのはなくやう》】　鞍馬花会式　花《はな》

供懺法《ぐせんぽふ》　**花供養**

京都市の鞍馬寺で毎年四月中旬に行われる花供懺法会。期間中、稚児の練供養・謡曲・狂言・茶事・生け花などの催しがにぎやかに行われる。

母の背の稚児山伏や花供養　内藤十夜
つきかはる鐘のひゞきや花供養　百合山羽公
花供養きざはし天に昇るかな　土田春秋
咲き残る花にかしづき花供養　西村和子

【御忌《ぎょき》】　**法然忌　円光忌　御忌詣　御忌参　御忌の寺　御忌の鐘　御忌小袖　弁当始**

浄土宗開祖の法然の忌日法要。勅令により総本山知恩院（京都市）で営まれたのが最初で、現在では浄土宗各寺院で営まれる。かつては旧暦一月十九〜二十五日に行われたが、明治になって四月十九〜二十五日に改められた。他に東京芝の増上寺などが有名。❖京都ではこれを、一年の遊山始めも兼ねて着飾って詣でたので御忌小袖、弁当始とよんだ。

御忌の鐘ひびくや谷の氷まで　蕪村
御仏花は大山桜法然忌　堀葦男
貝の砂椀に残れり法然忌　鈴木鷹夫
大原女の餅をひさげる御忌の寺　池内ひろむ
無患子の幹にふれてや御忌小袖　岡井省二
やまんばも来てをる弁当始めかな　上野一孝

【壬生念仏《みぶねんぶつ》】　**壬生念仏《みぶねぶつ》　壬生祭《みぶさい》　壬生狂言　壬生踊　壬生の鉦《かね》　壬生の面**

京都市の壬生寺で四月二十一〜二十九日に行われる大念仏法要。鎌倉時代末に円覚上人が悪疫退散のために法会を営み、融通念仏を唱えたのが始まり。これが鰐口《わにぐち》・太鼓・笛に合わせて無言の仮面劇を行う狂言に発展した。国の重要無形民俗文化財。❖鉦や太鼓をガンデンと打ち鳴らすことで親しまれている。

長き日を云はで暮れ行く壬生念仏　蕪　村
炮烙《はうらく》の放り出されて壬生念仏　岡村光代
壬生狂言うなづき合うて別れけり　岸　風三樓
鬼退治せむ早襷《はやだすき》壬生狂言　大橋敦子
鬼女の出に昼の月あり壬生狂言　山尾玉藻
壬生の鉦打てるはいつも向うむき　後藤比奈夫
子を食ひし口をぬぐへり壬生の面　井上弘美

【峰入《みねいり》】　大峰入　順の峰入　順の峰入峰《にふぶ》

山岳信仰の中心道場として名高い紀伊山地の大峰山脈に修行のために入山すること。「順の峰入」は天台宗聖護《しようご》院の本山派の春季の熊野側からの入山、「逆の峰入」は真言宗醍醐《だいご》寺の当山派の秋季の吉野側からの入山であった。「逆の峰入」は秋の季語。現在は当山派が六月、本山派が七月と、どちらも順の峰入のみを行い夏季に移っている。

峰入りやおもへば深き芳野山　白　雄
峯入の笠を伝へる雨しづく　三村純也
峰入りや脚拵《こしら》への足を踏み　北詰雁人
倒れ木を越す大勢や順の峰　飯田蛇笏

【鐘供養《かねくやう》】

晩春に行われる梵鐘供養で、謡曲「道成寺」で有名な和歌山県日高川郡日高川町の道成寺（四月二十七日）と東京都の品川寺《ほんせんじ》（五月五日）の供養が有名。

鐘供養大蛇なかなか現はれず　嶋　杏林子
大蛇いま山門潜る鐘供養　平松三平
人も世も変りつつある鐘供養　星野高士
座について供養の鐘を見上げけり　高浜虚子
清姫の鐘の供養の雨降らす　眞砂卓三

【バレンタインの日《ばれんたいんのひ》】　バレンタインデー

二月十四日。ローマの司教聖バレンタイン

が殉教した日。ローマ神話と結びつき、恋人同士が贈物を交わす日になった。日本では女性が男性に愛を告白できる日として、チョコレートを贈ったりするようになった。

呼び交す鳥のバレンタインの日　渡邉千枝子
金色の封蠟バレンタインの日　水田光雄
いつ渡そバレンタインのチョコレート　田畑美穂女
バレンタインデーと頭の片隅に　本井英
バレンタインデー心に鍵の穴ひとつ　上田日差子
バレンタインデーの紅茶の濃く苦く　黒澤麻生子

【謝肉祭《しやにくさい》】　カーニバル　カルナヴァル

カトリックの国々ではキリストの苦行をしのび、復活祭前の四十日間肉食を絶つ。それに先立ち肉食を許されている期間に数日間、祝祭が行われる。悪霊追放のために仮装などをする昔の風習とむすびついて種々の仮面劇などが催される。

謝肉祭の仮面の奥にひすいの眼　石原八束

【御告祭《おつげさい》】　告知祭　受胎告知日　聖母祭

三月二十五日、大天使ガブリエルがマリアにキリストの受胎告知をした日。

昼月のほそく定かに告知祭　片山由美子
鳩聡き受胎告知の日なりけり　髙柳克弘
聖母祭近き玻璃拭くマリア園　古賀まり子

【受難節《じゆなんせつ》】　受苦節　受難週

復活祭の前日までの二週間をさす。キリストが捕えられ、十字架に磔《はりつけ》となって死ぬ受難を記念する週間。特に受難節の第二週にあたる復活祭直前の週は聖週間と呼ばれ、重要な儀式が行われる。❖受難節は四旬節（灰の水曜日から復活祭の前日までの期日で、日曜日を除いた四十日間）に同じとする説もある。

オルガンの黒布ゆゆしや受難節　下村ひろし
受難節の日矢むらさきに雪の原　鷲谷七菜子

受難節今日の夕映鮮烈に　古賀まり子
ばらの刺まだ柔らかく受難節　村手圭子

【聖金曜日《せいきんえうび》】　聖金曜　受難日
聖週間の金曜日をいい、キリストの受難と死を記念する日。十字架上のキリストの三時間を思い、三時間の礼拝を行う。

火を消して聖金曜の主に近し　内田哀而
受難日のすらりと抜けし魚の骨　有馬朗人

【復活祭《ふくくわつさい》】　イースター　聖週間　染《そめ》卵《たまご》
キリストが死んでから三日目に復活したことを記念する祭。キリスト教徒にとってクリスマスと並ぶ重要な行事。復活祭は春分後の最初の満月直後の日曜日（三月二十二日～四月二十五日）であるため、年によって異なる。彩色した卵を贈る習慣がある。

復活祭蜜蜂は蜜ささげ飛ぶ　石田あき子
鎧扉の海にひらかれ復活祭　朝倉和江
渦潮の巻きを強めて復活祭　荒井千佐代
山羊の子に宝石の名や復活祭　佐藤博美
カステラに沈むナイフや復活祭　片山由美子
棘をもつ草のやさしく聖週間　鷹羽狩行
天窓に夕日差し来る染卵　井上弘美

【良寛忌《りやうくわんき》】
旧暦一月六日。僧良寛（一七五八～一八三一）の忌日。天衣無縫の性格で子供たちに親しまれたことは有名。越後国（新潟県）出雲崎《いずもざき》の名主の家に生まれたが、出家して故郷を離れ、後に故郷の国上山《くがみ》に五合庵を結んだ。いくつかの庵を転々として島崎で没した。

ぬば玉の黒飴さはに良寛忌　能村登四郎
舟小屋に藁火の匂ひ良寛忌　本宮哲郎
煉炭の穴の真つ赤に良寛忌　佐藤和枝
胸中の毬は真白ぞ良寛忌　伊藤通明

【義仲忌《よしなかき》】　義忠忌《ぎちゆうき》

旧暦一月二十日。源義仲（一一五四～八四）の忌日。寿永二年（一一八三）、平家を破って上洛したが、後白河法皇と衝突し、翌年源範頼《のりより》・義経らの頼朝軍に敗れ、粟津《あわづ》（大津市）で討ち死にした。現在、大津市の義仲寺《ぎちゆうじ》では毎年一月第三日曜日に法要が営まれている。

大風の中の松籟義仲忌　皆川盤水
義仲忌熊笹に雨錐のごと　飯田龍太
義仲忌の膳所《ぜぜ》はみぞるゝばかりかな　飴山實
夕闇は楠より立ちぬ義仲忌　奥坂まや

【実朝忌《さねともき》】
旧暦一月二十七日。鎌倉幕府の第三代将軍源実朝（一一九二～一二一九）の忌日。承久元年（一二一九）、鶴岡八幡宮（神奈川県鎌倉市）で甥にあたる公暁によって暗殺された。歌人として評価が高く、家集に『金槐和歌集』がある。

鎌倉右大臣実朝の忌なりけり　尾崎迷堂
口衝いていづる和歌あり実朝忌　後藤夜半
引く波に貝殻鳴りて実朝忌　秋元不死男
てのひらにくれなゐの塵実朝忌　永島靖子
谷《やつ》かけて霰急なり実朝忌　是枝はるか

【光悦忌《くわうえつき》】
旧暦二月三日。本阿弥光悦（一五五八～一六三七）の忌日。光悦は京の有力町衆で刀の研磨・浄拭・鑑定を業とする家に生まれ、書画や陶芸など多方面に才能を開花させた。徳川家康から拝領した鷹峯《たかがみね》（京都市）には、現在、光悦寺と墓がある。

貝の名に鳥やさくらや光悦忌　上田五千石
瞭喨と松のうたへり光悦忌　大石悦子

【大石忌《おほいしき》】
旧暦二月四日。大石内蔵助良雄（一六五九～一七〇三）の忌日。同志とともに吉良上野介を討ち、亡君の恨みを晴らした内蔵助はこの日、幕府の命により切腹して果てた。ゆかりの京都市祇園の一力亭では三月二十日に法要を営み、蕎麦・抹茶・舞で招待客をもてなす。

笛に名をとどめし老妓大石忌　大橋櫻坡子
大石忌忍返しに降りそめて　丸山海道
大雨のあとの庭木や大石忌　梶山千鶴子
一力に舞をさめたり大石忌　金久美智子
無理強ひをせぬが酒豪や大石忌　鷹羽狩行

【西行忌《さいぎやうき》】　円位忌

旧暦二月十六日。歌人西行（一一一八〜九〇）の忌日。河内国（大阪府）弘川寺で没した。家集に『山家集』がある。その特異な生涯は全国にさまざまな伝説を生んだ。弘川寺では旧暦二月十五日の晩に西行忌が行われる。鴫立庵のある神奈川県大磯町では三月末の日曜日に西行祭が行われる。

栞して山家集あり西行忌　高浜虚子
ほしいまま旅したまひき西行忌　石田波郷
一椀の粥に落着く西行忌　小檜山繁子
青空は雲ありてこそ西行忌　河内静魚
円位忌の波の無限を見てをりぬ　鍵和田秞子

【利休忌《りきゆうき》】　宗易忌

旧暦二月二十八日。茶人の千利休（一五二二〜九一）の忌日。武野紹鷗《じょうおう》に茶を学び、茶の湯を完成させた功績は大きい。織田信長・豊臣秀吉に仕えたが、秀吉の不興を買って切腹。利休忌は茶道各派で行われるが、表千家では三月二十七日、裏千家では三月二十八日に忌を修している。

利休忌の灯の漏れてゐるにじり口　老川敏彦
利休忌の雨しづかなり戻橋　岸山素粒子
利休忌の白一徹の障子かな　伊藤伊那男
利休忌のその淀川を渡りけり　大屋達治

【梅若忌《うめわかき》】　梅若祭　梅若参

旧暦三月十五日。謡曲「隅田川」で名高い

梅若丸の忌日とされる日。梅若塚のある東京都墨田区の木母寺《もくぼ》では、毎年四月十五日に忌が修され、本堂で謡曲「隅田川」が奉納される。

波よりも白きもの翔つ梅若忌　三田きえ子
夕空の水より淡く梅若忌　藤内しづ
激流に放つ一花や梅若忌　新藤公子

【人麻呂忌《ひとまろき》】　人麿忌　人丸忌　人丸祭

旧暦三月十八日。『万葉集』の代表的歌人柿本人麻呂の忌日とされるが、実際の生没年は不詳。この日が忌日とされるのは『正徹物語』による。石見国《いわみ》（島根県）で没したとされる。島根県益田市の二つの柿本神社や、兵庫県明石市の柿本神社（人丸神社）では四月十八日前後に例祭が行われる。

波が波追うて暮れゆく人麻呂忌　福谷俊子
人丸忌歌を読むにはあらねども　大橋越央子
いはみのくにいまも遠しや人丸忌　山口青邨

【蓮如忌《れんにょき》】　中宗会《ちゅうそうゑ》　吉崎詣　蓮如輿

旧暦三月二十五日。浄土真宗の中興の祖蓮如（一四一五〜九九）の忌日。京都山科で没した。福井県あわら市金津町の吉崎御坊では四月二十三日〜五月二日まで法要が営まれる。西本願寺山科《やましな》別院では「中宗会」として四月十三・十四日に法要を行う。

蓮如忌やをさな覚えの御文章　富安風生
蓮如忌の一枚夜空疾風なす　森澄雄
蓮如忌のぬれては緊まる海の砂　渡辺純枝

【友二忌《ともじき》】

二月八日。俳人・小説家の石塚友二（一九〇六〜八六）の忌日。新潟県生まれ。本名友次。文学は横光利一に師事、俳句は最初、長谷川零余子の「枯野」に所属、後「馬酔木」。昭和十二年、石田波郷とともに「鶴」を創刊、同四十四年に波郷が没した後は「鶴」を主宰。

友二忌の昼いちまいの蕎麦せいろ　星野麥丘人
友二忌の稲村ケ崎うすがすみ　小野淳子
干鱈で寸酌交はす友二の忌　清水基吉

【菜の花忌《なのはなき》】
二月十二日。小説家司馬遼太郎（一九二三～九六）の忌日。大阪生まれ。歴史小説を一新する話題作を次々発表。『竜馬がゆく』『国盗り物語』で菊池寛賞を受賞したのを始め、数々の賞を受賞した。明晰な歴史の見方が絶大な信頼をあつめた。ほかに『菜の花の沖』『坂の上の雲』『街道をゆく』などがある。
ゆるやかな海の明るさ菜の花忌　山田みづえ
指で追ふ古地図の山河菜の花忌　前田攝子

【かの子忌《かのこき》】
二月十八日。小説家・歌人岡本かの子（一八八九～一九三九）の忌日。東京生まれ。明星派の歌人として出発。晩年は豊麗な「いのち」の文学ともいうべき小説によって文壇の注目を集めた。代表作に『河明り』『老妓抄』『生々流転』などがある。
かの子忌や耳飾りして耳の古り　鷹羽狩行
食卓にこんぺい糖やかの子の忌　星野麥丘人
地下茎の鉢をはみ出すかの子の忌　小泉友紀恵

【鳴雪忌《めいせつき》】　老梅忌
二月二十日。俳人内藤鳴雪（一八四七～一九二六）の忌日。本名師克、後に素行。別号破蕉・老梅居。江戸の松山藩邸で生まれる。文部省退官後、松山出身者のための寮の監督となった。その寮生であった正岡子規の影響で俳句を始め、後年「ホトトギス」の長老となる。東京麻布で死去。
折り口の荒き野梅を鳴雪忌　京極杜藻
子規知らぬコカコーラ飲む鳴雪忌　秋元不死男

【多喜二忌《たきじき》】
二月二十日。作家小林多喜二（一九〇三～

三三）の忌日。秋田県生まれ。プロレタリア文学運動に加わり、『蟹工船』により作家としての地位を確立した。共産党に入党し、苦しい非合法活動を続け、特高警察に逮捕され拷問を受け死亡した。

多喜二忌や糸きりきりとハムの腕　秋元不死男
多喜二忌やまだある築地警察署　三橋敏雄
多喜二忌やがんじがらめの荷の届き　遠藤若狭男
吹かれゐて髪が目を刺す多喜二の忌　角谷昌子

【風生忌《ふうせいき》】　艸魚忌《さうぎよき》

二月二十二日。俳人富安風生（一八八五～一九七九）の忌日。愛知県生まれ。本名謙次。東京帝国大学卒業後、逓信省に入り、昭和十二年退官、以後は俳人として過ごし、「若葉」を主宰する。軽妙洒脱な句風が特色。

老梅のくれなゐの艶風生忌　鈴木貞雄
春星の二つ相寄る風生忌　伊東とみ子

【茂吉忌《もきちき》】

二月二十五日。歌人斎藤茂吉（一八八二～一九五三）の忌日。山形県生まれ。医業の傍ら伊藤左千夫に師事し短歌を学ぶ。『赤《しやつ》光《こう》』でその名を不朽のものにした。島木赤彦没後「アララギ」主宰。山形県上山《かみのやま》市には斎藤茂吉記念館があり、忌日には歌会を主催する。

茂吉忌の渚をゆけば波の舌　石田勝彦
茂吉忌の雪代あふれゐたりけり　石鍋みさ代
音立てゝ日輪燃ゆる茂吉の忌　相馬遷子

【龍太忌《りゆうたき》】

二月二十五日。俳人飯田龍太（一九二〇～二〇〇七）の忌日。山梨県生まれ。近代俳句を築いた飯田蛇笏の四男で、蛇笏の死後「雲母」を継承主宰。山梨県境川村（現、笛吹市）に根をおろし、自然と向き合い感性豊かな作品によって独自の作風を確立。

読売文学賞・日本芸術院賞恩寵賞など数々の賞を受賞し、昭和俳句を代表する俳人として俳壇内外から高い評価を得た。句集に『百戸の谿』『忘音』『山の木』『遅速』など十冊。その他随筆や評論など著書多数。

龍太忌の暁はくれんの咲きゐたり　木村蠻
龍太忌の甲斐一国の霞みけり　西山睦
双眸に春風龍太忌が近し　井上康明

【立子忌《たつこき》】
三月三日。俳人星野立子（一九〇三～八四）の忌日。東京生まれ。高浜虚子の次女。二十三歳で俳句を始め、昭和五年に父の勧めで女性を中心とする俳誌「玉藻」を創刊主宰した。

立子忌や空の裳裾はくれなゐに　藤田直子
立子忌の風に囁きある如し　星野高士

【誓子忌《せいしき》】
三月二十六日。俳人山口誓子（一九〇一～九四）の忌日。京都生まれ。本名新比古《ちかひこ》。はじめ「ホトトギス」に投句、四Sの一人と称された。昭和二十三年「天狼」を創刊主宰。即物具象による構成の方法を俳句に取り入れた。

誓子忌の夜は万蕾の星となれ　鷹羽狩行
誓子忌の伊吹になほも雪残る　塩川雄三
七曜に疾風《はやて》のひと日誓子の忌　山口速
くれなゐの富士に真向ひ誓子の忌　神谷青楓

【三鬼忌《さんきき》】　西東忌
四月一日。俳人西東三鬼（一九〇〇～六二）の忌日。岡山県生まれ。本名斎藤敬直。新興俳句の旗手といわれ、「天狼」創刊に尽力した。

三鬼忌のハイボール胃に鳴りて落つ　楠本憲吉
奏でゐる自動ピアノや三鬼の忌　三橋敏雄
降りてすぐ煙草の陣へ三鬼の忌　檜山哲彦
廃れたるものにステッキ西東忌　池田秀水

【虚子忌《きょしき》】　椿寿忌

四月八日。俳人高浜虚子（一八七四〜一九五九）の忌日。愛媛県生まれ。本名清。伊予中学在学中、河東碧梧桐を介して正岡子規と知り合い、俳句を志す。子規没後「ホトトギス」を継承・発展させ、客観写生・花鳥諷詠を唱導した。

うらうらと今日美しき虚子忌かな　星野立子
花待てば花咲けば来る虚子忌かな　深見けん二
能衣裳暗きに掛かる虚子忌かな　小川軽舟
虚子の忌の大浴場に泳ぐなり　辻　桃子

【啄木忌《たくぼくき》】

四月十三日。歌人石川啄木（一八八六〜一九一二）の忌日。岩手県生まれ。本名一。「明星」の新進歌人として注目を浴びたが生活は困窮した。詩集『あこがれ』、歌集『一握の砂』などがある。

啄木忌いくたび職を替へてもや　安住　敦
いつ消えしわが手のたばこ啄木忌　木下夕爾
遠くのものよく見える日よ啄木忌　加藤憲曠
うつうつと夜汽車にありぬ啄木忌　藤田湘子
便所より青空見えて啄木忌　寺山修司

【荷風忌《かふうき》】

四月三十日。小説家永井荷風（一八七九〜一九五九）の忌日。東京生まれ。本名壮吉。別号断腸亭主人。広津柳浪に師事し、「地獄の花」などでゾラを紹介。アメリカ・フランスに渡り、帰国後その体験をもとに『あめりか物語』『ふらんす物語』を発表し作家としての地位を確立した。のち江戸趣味による耽美享楽の作風に転じ、花柳界を舞台とする作品も多い。代表作に『濹東綺譚』、日記『断腸亭日乗』などがある。

荷風忌の午後へ踏切渡りけり　宮崎夕美
荷風忌の近しひそかに潮上げて　片山由美子
レッスンの脚よくあがる荷風の忌　中原道夫

舟宿に灯ともる頃や荷風の忌　石川倜子

【修司忌《しゅうじき》】

五月四日。寺山修司（一九三五〜八三）の忌日。青森県生まれ。十代で俳句から出発し、短歌・詩をはじめとする文学活動、演劇など、前衛的な試みで時代をリードした。演劇実験室「天井桟敷」は若い世代の支持を得て大きな影響力をもった。句集『花粉航海』、『寺山修司俳句全集』などがある。

修司忌の五月の森の暗さかな　遠藤若狭男
木にやどる滴もみどり修司の忌　成田千空
五月の蝶消えたる虚空修司の忌　新谷ひろし

動物

【春駒《はるごま》】 春の駒　春の馬　若駒　馬の子　子馬　孕馬《はらみうま》

冬が終わり、野に遊ぶ馬を見ると、いかにも潑剌《はつらつ》として春を喜び楽しむ感じがする。特に若駒を見るとその感が深い。春は子馬の生まれる時期で、子馬が母馬に甘えながら歩いている姿も見られる。

春駒や通し土間より日本海　赤塚五行
二度呼べばかなしき目をす馬の子は　加藤楸邨
馬の仔の貌の映れる盥かな　陽　美保子
親馬のおとなしければ子馬また　森田　峠
潮風をよろこぶ仔馬生まれけり　原　雅子
産み月の瞳のやはらかき孕み馬　寺島美園

【春の鹿《はるのしか》】 孕鹿

春になると、雄鹿は角が抜け落ち、雌鹿も脱毛し、まだらに色褪せて醜い。また鹿は十～十一月ごろに交尾し、五～六月に出産する。春、子を宿した鹿は孕鹿といい、やつれてものうげで、動作も鈍く大儀そうである。❖秋の鹿の美しさに対し、春の鹿は哀れを誘う。→落し角・鹿（秋）

赤き星高きにありぬ春の鹿　永島靖子
春の鹿水のひびきが木の間より　友岡子郷
眼が合えば眼からよりくる春の鹿　花谷　清
双眸の濡れて立ちゐる春の鹿　石嶌　岳
孕鹿とぼく雨にぬれて行く　高浜虚子
起つときの脚の段取り孕鹿　鈴木鷹夫
飛火野の遠ちに日がさし孕み鹿　鍵和田秞子

【落し角《おとしづの》】 鹿の角落つ　落ち角　忘れ角

春、雄鹿から抜け落ちた角のこと。鹿の角は四月ごろに落ち、初夏にまた再生する。
❖角の落ちた雄鹿は気力が衰え、どこかさびしげである。→春の鹿・袋角（夏）

角落ちてはづかしげなり山の鹿　一　茶
山裾や草の中なる落し角　高浜虚子
風強く晴れたる山の落し角　宇佐美魚目
さを鹿はからんと角を落としけん　長谷川櫂

【猫の恋《ねこのこひ》】　恋猫　猫交《さか》る　うかれ猫　猫の夫《つま》　猫の妻　春の猫　孕猫

猫の交尾期は年に数回あるが、特に早春の発情期を迎えた猫の行動をさす。発情期に入った雄猫は夜昼となく雌猫を恋い、さまよう。数匹が争いわめきたてたり、泣き声を立てて恋情を訴える。飼い猫が数日家を空けたあとで憔悴《しょうすい》し傷つき汚れて帰ってくるのは哀れである。→猫の子

麦飯にやつるる恋か猫の妻　芭　蕉
うらやまし思ひきる時猫の恋　越　人
色町や真昼ひそかに猫の恋　永井荷風
山国の暗《やみ》すさまじや猫の恋　原　石鼎
己が傷を舐めて終りぬ猫の恋　清水基吉
奈良町は宵庚申や猫の恋　飴山　實
恋猫の恋する猫で押し通す　永田耕衣
恋猫の皿舐めてすぐ鳴きにゆく　加藤楸邨
恋猫や世界を敵にまはしても　大木あまり
入りくんで四谷坂がち浮かれ猫　八田木枯

【猫の子《ねこのこ》】　子猫　猫生まる　親猫

猫の繁殖期は不定であるが、一〜三月、五〜六月に多く見られ、約二か月の妊娠期間を経て出産する。子を孕んだものうげな親猫、出生してまだ目のあかぬ子猫、離乳し遊び始めたころの子猫、いずれも可愛い。
→猫の恋

百代の過客しんがりに猫の子も　加藤楸邨
黒猫の子のぞろぞろと月夜かな　飯田龍太

ねこの子の猫になるまでいそがしく　鈴木　明
スリッパを越えかねてゐる仔猫かな　高浜虚子
わが仔猫神父の黒き裾にのる　平畑静塔
脱ぎ捨てしものの中より仔猫かな　小原啄葉
抱かれて子猫のかたち定まらず　片山由美子
眠る間に貰はれてゆく仔猫かな　長谷川　櫂

【亀鳴く《かめなく》】

春になると亀の雄が雌を慕って鳴くというが、実際には亀が鳴くことはなく、情緒的な季語。藤原為家の題詠歌「川越のみちのながぢの夕闇に何ぞと聞けば亀ぞなくなる」(『夫木和歌抄』)によるといわれ、古くから季語として定着している。

亀なくや水田の上の朝の月　梅　浜
裏がへる亀思ふべし鳴けるなり　石川桂郎
亀鳴くを聞きたくて長生きをせり　桂　信子
亀鳴きぬ彼の世の人とまどろめば　古賀まり子
亀鳴くや男は無口なるべしと　田中裕明

【蛇穴を出づ《へびあなをいづ》】　蛇出づ　蜥蜴出づ

冬眠していた蛇が暖かくなり穴から這《は》い出してくること。啓蟄《けいちつ》のころといわれるが、このころにはまだ本格的な活動はしていない。人目につきやすい青大将は九州でも早い時で三月初旬〜四月初旬が初見である。

❖穴から出たばかりの蛇は動作も鈍く、何匹かかたまってじっとしているが、やがて餌をもとめて離れていく。↓地虫穴を出づ・啓蟄・蛇穴に入る(秋)

けつかうな御世とや蛇も穴を出る　一　茶
蛇穴を出て見れば周の天下なり　高浜虚子
蛇穴を出づ古里に知己すこし　松村蒼石
蜥蜴出て既に朝日にかがやける　山口誓子

【蝌蚪《とくわ》】　蛙子《かへるご》　蛙の子　お玉杓子　蛙生まる　蝌蚪生まる　蝌蚪の紐　数珠子

中国語で蝌蚪《かと》はおたまじゃくしのこと。春、産卵後しばらくすると孵化《ふか》し、ひょろひょろと尾を振って泳ぐ姿は滑稽味がある。「蝌蚪の紐」「数珠子」は紐状の卵のことである。❖蝌蚪という語は近代以降の俳人に好んで使われているが、近世の句にはない。

↓蛙

川底に蝌蚪の大国ありにけり　村上鬼城
天日のうつりて暗し蝌蚪の水　高浜虚子
蝌蚪一つ鼻杭にあて休みをり　星野立子
飛び散つて蝌蚪の墨痕淋漓たり　野見山朱鳥
焼跡に蝌蚪太りゆく水のあり　原子公平
尾を振ってはじまる蝌蚪の孤独かな　日原　傳
蝌蚪一つ寄りきて一つ離れけり　森賀まり
蝌蚪の紐継目なきこの長きもの　右城暮石
水底の水のふくらみ蝌蚪の紐　田島和生
心ざし隆々たりし数珠子かな　大石悦子

【蛙《かはづ》】　**蛙《かへる》**　**殿様蛙《とのさまがへる》**　**赤蛙《あかがへる》**　**土蛙《つちがへる》**　**初蛙**
遠蛙　昼蛙　夕蛙　田蛙　蛙合戦　蛙田

蛙は冬の間、土の中や水の底に潜って冬眠しているが、二月頃から目を覚まし、春から夏にかけて田圃などで賑やかに鳴き出す。『古今集』序に「花に鳴く鶯、水に棲む蛙の声をきけば、生きとし生けるもの、いづれか歌を詠まざりける」とあるように、古来、蛙は声を賞美するものであった。その声は田園の春の情趣に欠かすことができない。春の繁殖期には池や沼に多くの蛙がひしめきあって生殖活動を行うが、これを「蛙合戦」と呼ぶ。↓雨蛙（夏）・河鹿（夏）・蟇（夏）

手をついて歌申しあぐる蛙かな　宗　鑑
古池や蛙飛びこむ水の音　芭　蕉
痩蛙まけるな一茶是に有り　一　茶
蛙の目越えて漣又さゞなみ　川端茅舎
ラレレラと水田の蛙鳴き交す　山口誓子
停まるたび蛙の声を飯田線　伊藤伊那男
地にへばりつける鳴き声土蛙　茨木和生

自転車の灯のふらふらと遠蛙　柏原眠雨
子の家にゐて眠たしや昼蛙　安住　敦
昼蛙どの畦のどこ曲らうか　石川桂郎
呼びに来し子と帰りけり夕蛙　小川軽舟

【春の鳥《はるのとり》】　春禽

春には種々の鳥が家近くや、野山に姿を見せる。多くの鳥が繁殖期に入ることから活動が活発になる。❖縄張り宣言や求愛のための囀《さえず》りが盛んになるので、人々はその声に春らしさを感じるのである。

わが墓を止り木とせよ春の鳥　中村苑子
白きもの咥へ鴉も春の鳥　山田みづえ
翔てば野の光となりて春の鳥　長瀬きよ子

【百千鳥《ももちどり》】

万葉の時代から詠まれてきた伝統ある題材で、さまざまな鳥が競うように鳴くことをいう。その賑やかさがいかにも春らしい。

入り乱れ入り乱れつつ百千鳥　正岡子規
百千鳥雌蕊雄蕊を囃すなり　飯田龍太
おのづから膨るる大地百千鳥　村越化石
百千鳥窯のほてりのまださめず　飴山　實
百千鳥森の扉を全開に　山﨑千枝子
百千鳥けふに遅るるごとくなり　山西雅子

【囀《さへづり》】

繁殖期の鳥の雄の縄張り宣言と雌への呼びかけを兼ねた鳴き声をさし、地鳴きとは区別して用いる。早春から晩春にかけて、鶯・雲雀・目白・頬白・四十雀《しじゅうから》などさまざまな鳥の声を聞くことができる。

囀や二羽ゐるらしき枝移り　水原秋櫻子
囀やピアノの上の薄埃　島村　元
囀をこぼさじと抱く大樹かな　星野立子
囀をぬけて一羽の飛びゆけり　上野章子
切株がいつものわが座囀れり　福永耕二
囀に色あらば今瑠璃色に　西村和子
囀や母に小さき解きもの　野中亮介

囀や寝転ぶによき草の丈　馬場公江
さへづりや寝かせて量る赤ん坊　鶴岡加苗

【鶯《うぐひす》】　**匂鳥《にほひどり》　春告鳥《はるつげどり》　初音《はつね》　鶯の谷渡り**

『古今集』に〈鶯の谷より出づる声なくば春来ることをたれか知らまし　大江千里〉とあるように、明瞭な鳴き声によって春の到来を告げる鳥として人々に親しまれて来た。早春に平地で囀り始め、気温の上昇にともない冷涼な地帯に移動する。そのため高山地帯や北海道・東北北部では夏鳥とされる。「ケキョケキョ」と続けて鳴くのを鶯の谷渡りと呼び珍重する。また「法、法華経」という聞き做《な》しから「経読み鳥」ともいわれている。↓老鶯（夏）・冬の鶯（冬）

鶯や餅に糞する橡《えん》の先　芭蕉
鶯の身を逆《さかさま》に初音かな　其角
うぐひすの鳴くやちひさき口明けて　蕪村
鶯や前山いよよ雨の中　水原秋櫻子
鶯のやゝはつきりと雨の中　深見けん二
うぐひすのケキョに力をつかふなり　辻桃子
霧雨の霧となるまで初音かな　鷹羽狩行

【松毟鳥《まつむしり》】　**まつくぐり**

キクイタダキ（菊戴）の古名。松の若葉のころ、葉をよく毟《むし》るので松毟鳥と呼ばれる。日本最小の可憐な鳥で、羽は暗緑色。チーチー、またはチリリ、チリリと細いがよくとおる声で鳴く。

奥宮は雲の中なり松毟鳥　篠田悌二郎
逆しまに枝を離るる松毟鳥　猪俣千代子
門にさす金の朝日や松毟鳥　山本洋子

【雉《きじ》】　**雉子《きじ》　きぎす　きぎし　雉のほろろ**

日本には固有種の日本雉と外来種の高麗雉《こうらいきじ》が棲息している。昭和二十二年に国鳥に指定された。『万葉集』に〈春の野にあさる雉の妻恋ひに己があたりを人に知れつつ　大伴家持〉とあるように昔から春の雉の声は妻を恋う声として詠まれてきた。春の繁殖期に雄が縄張り宣言のために「ケーンケーン」と鋭く鳴く。また、子を思う愛情が強く、野焼の火が迫っても子を庇って焼死するなどの逸話が伝えられている。「雉のほろろ」は雉が羽ばたきをして鳴くこと。

ちゝはゝのしきりにこひし雉の声　芭蕉
雉鳴くや風ゆくところ山光り　相馬遷子
雉啼くや日はしろがねのつめたさに　上村占魚
群青のすぢひいて雉翔りけり　林徹
雉子おりて長き尾をひく岩の上　村上鬼城
雉子の尾が引きし直線土にあり　田川飛旅子
雉の子も屈み走りに畦を逃ぐ　茨木和生

【雲雀《ひばり》】

告天子　初雲雀　揚雲雀　落雲雀　朝雲雀　夕雲雀　雲雀野　雲雀籠　雲雀笛

雀よりひと回り大きい鳥。茶色。草原・河原・麦畑などに枯草や根で皿形の巣を作る。巣から飛び立つときは鳴きながら真っ直ぐに上がり、ついで急速に降りてくる。『万葉集』に〈うらうらに照れる春日にひばりあがり心かなしもひとりし思へば〉と大伴家持が詠んで以来、詩歌に多く詠まれてきた。❖春の野に、空高く朗らかに「ピーチュル」と鳴く声はいかにも春らしい。↓冬雲雀（冬）

松風の空や雲雀の舞わかれ　丈草
オートバイ荒野の雲雀弾き出す　上田五千石
金色の日を沈めたる雲雀かな　秋篠光広
わが背丈以上は空や初雲雀　中村草田男
雨の日は雨の雲雀のあがるなり　安住敦
アルプスの遠き輝き揚雲雀　有馬朗人
天心に溺るるごとく揚雲雀　蟇目良雨

雲雀野や赤子に骨のありどころ　飯田龍太
雲雀野や少年の画布白きまま　岸野曜二
鉄橋のしづまり雲雀野にひとり　井出野浩貴
通夜の客籠の雲雀を覗き込む　岸本尚毅

【鷽《うそ》】　琴弾鳥《ことひきどり》　照鷽《てりうそ》　雨鷽《あまうそ》　鷽姫

雀よりやや大きい鳥。雄は頭部が黒く、頬と喉が赤く体は青灰色。雌は喉の赤色部がなく、体はやや褐色。春、口笛を吹くような柔らかい声で囀る。声につれて両足を交互に上げ、あたかも琴を弾くような仕種《しぐさ》をすることから琴弾鳥の名がある。体色彩から雄を照鷽、雌を雨鷽ともいう。

鷽鳴くや山頂きに真昼の日　相馬遷子
早起きの鷽が琴弾く父の山　黒田杏子

【頬白《ほほじろ》】

雀よりやや大きい鳥。体は全体に赤色。目の上下に走る二筋の白斑が名の由来。鳴き声を「一筆啓上つかまつる」と聞き做《な》し親しまれてきた。

頬白や子の欲しきもの限りなし　石田あき子
頬白や一人の旅の荷がひとつ　有働亨
頬白の来て明るさの森の中　土屋紫信

【燕《つばめ》】　乙鳥《つばめ》　玄鳥《つばめ》　つばくら　つばくろ　つばくらめ　飛燕《ひえん》　燕来る　初燕　朝燕　夕燕　里燕

万葉の時代から詠まれてきた鳥で、春に飛来し、人家の軒先などに営巣。ツバメ科の燕は種子島以北の全国で繁殖する。その他に岩燕・腰赤燕が九州以北で見られる。また北海道では小洞燕《しょうどうつばめ》が、奄美大島以南では琉球燕《りゅうきゅうつばめ》がそれぞれ飛来する。❖南方から飛来する燕の訪れは、春の到来を実感させる。→夏燕（夏）

蔵並ぶ裏は燕の通ひ道　凡兆
つばめつばめ泥が好きなる燕かな　細見綾子
城を出て町の燕となりゆけり　上田五千石

燕が切る空の十字はみづみづし　福永耕二
乙鳥はまぶしき鳥となりにけり　中村草田男
軒深くつばくろの来る吉野かな　大石悦子
つばくろに仕ふる空となりにけり　山西雅子
春すでに高嶺未婚のつばくらめ　飯田龍太
つばくらめナイフに海の蒼さあり　奥阪まや
一瞬の身を絞りきり燕　安倍真理子
昼深し飛燕のあとの水の香も　友岡子郷
絶海の孤島に浮力つばめ来る　桑原三郎
来ることの嬉しき燕きたりけり　石田郷子
夕波のさねさし相模初つばめ　鍵和田秞子
夕燕湖畔の町の写真館　星野麥丘人

【引鶴《ひきづる》】　鶴引く　鶴帰る　帰る鶴　去る鶴　残る鶴

秋に飛来し、越冬した鶴は春になると、北に帰っていく。これを引鶴という。鹿児島県出水《いずみ》市や山口県周南市では鍋鶴などが早春になると一群ずつしだいに北方へ飛び立っていく。ただし北海道釧路湿原に棲息する丹頂《たんちょう》は留鳥のため、渡ることがない。❖大型の鶴の飛翔は美しく、整然と列をなして飛んでゆく姿は雄大である。↓鶴来る（秋）・鶴（冬）

引鶴の声はるかなる朝日かな　闌更
引鶴や鳥居さびしき由比ヶ浜　内藤鳴雪
引鶴の声ひきしぼる虚空かな　鈴木貞雄
鶴引くや窯につめたき灰のこり　神尾久美子

【春の雁《はるのかり》】　残る雁

雁は三月頃になると群ごとに北方へ帰っていく。その頃の雁をとくに「春の雁」という。「残る雁」は、傷付いたりして帰らずにそのまま留鳥として残っている雁のこと。❖深まりゆく春の情感とともに、哀れさを感じさせる。↓帰る雁・雁（秋）

春の雁ひかりて月の大河あり　石原舟月
春の雁ゆきてさだまる空のいろ　日美清史

荒ぶれる潮の岬や春の雁　浅井一志

【帰る《かへる》雁《かり》】 帰雁　雁帰る　行く雁　去る雁　雁の別れ

日本で越冬した雁が春になって北に帰っていくこと。単に雁といえば秋の季語。三月ごろに各地の沼などを飛び立った真雁は北海道石狩平野の宮島沼に集結するといわれ、四月中〜下旬に日本を離れる。❖北へ向かう雁の鳴き声は悲哀の情を誘い、万葉の時代から詩歌に数多く詠まれてきた。↓春の雁

みちのくはわがふるさとよ帰る雁　山口青邨
美しき帰雁の空も束の間に　星野立子
行く雲も帰雁の声も胸の上　斎藤空華
かりがねの帰りつくして闇夜かな　村上鬼城
潦《にわたずみ》ひとつ残して雁帰る　武藤紀子
ゆく雁やふたゝび声すはろけくも　皆吉爽雨
雁ゆきてまた夕空を滴らす　藤田湘子

【引《ひき》鴨《がも》】 鴨引く　行く鴨　帰る鴨　鴨帰る

日本で越冬した鴨が、春になって北に帰っていくこと。単に鴨といった場合は冬の季語。真鴨は大体三月初旬〜五月初旬に北海道・サハリン・シベリアなどに戻っていく。↓春の鴨・初鴨（秋）・鴨（冬）

引鴨や光も波もこまやかに　津田清子
引鴨とへだたるばかり昼の月　宮津昭彦
新陵の鴨引く空となりにけり　石田勝彦
行く鴨にまことさびしき昼の雨　加藤楸邨
ゆく鴨や遠つあふみは潮ぐもり　林　翔
空谿の何の谺ぞ鴨かへる　藤田湘子

【春の《はるの》鴨《かも》】 残る鴨

春先から鴨は北辺の地に帰っていくが、春深くなってもまだ帰らないものもいる。軽鴨がまじっていることもあるがこれは通し鴨・夏鴨として一年中帰らずに棲みついて

いるものである。→引鴨・初鴨（秋）・鴨（冬）

春の鴨みぎはの泥を曳きて翔つ　松村蒼石
残りしか残されゐしか春の鴨　岡本　眸
近寄りて見ても一羽や春の鴨　手塚美佐
漂ひて湖心へ流れ春の鴨　黒田杏子
春の鴨草をすべりて水のうへ　南　うみを
残り鴨羽根うつくしくひらきけり　九鬼あきゑ

【海猫渡る《うみねこわたる》】　海猫《ごめ》渡る

春先、海猫がそれぞれの越冬地から繁殖地である近海の島などに渡ること。海猫はカモメ科の鳥でもっとも数が多く、唯一日本で繁殖する。青森県の蕪島、山形県の飛島、島根県の経島《ふみ》は繁殖地として知られ、これらの地では天然記念物に指定されている。❖ミャオミャオと猫に似た声で鳴くのでこの名があるが、「ごめ」とも呼ばれる。→海猫帰る（秋）

海猫渡る艤装さなかの遠洋船　藤木倶子
海猫渡る万のひとみが沖に照り　西山　睦

【鳥帰る《とりかへる》】　小鳥帰る　鳥引く　小鳥引く　引鳥　白鳥帰る

雁・鴨・白鳥・鶴・鶸《ひわ》・鶫《つぐみ》など、秋冬に飛来し越冬した鳥が春に北方の繁殖地に帰ること。「引く」は帰るの意。→渡り鳥（秋）

鳥帰るいづこの空もさびしからむに　安住　敦
鳥帰る無辺の光追ひながら　佐藤鬼房
鳥帰る近江に白き皿重ね　柿本多映
うすうすと白鳥に引く空ありぬ　岸田稚魚
白鳥の引きし茂吉の山河かな　片山由美子

【鳥雲に入る《とりくもにいる》】　鳥雲に

春、越冬して北に帰る渡り鳥が雲間に消えてゆくように見えるさまをいう。『和漢朗詠集』に〈花ハ落チテ風ニ従ヒ鳥ハ雲ニ入ル尊敬〉と詠まれている。古来、春に故郷へと去り行く鳥たちを、雲の彼方に消えて

ゆく寂しく哀れなものとして捉えてきた。❖「鳥帰る」の比喩《ひゆ》的な表現であり、このころの曇りがちな空を「鳥曇」という。↓鳥曇

鳥雲に入るおほかたは常の景　原　裕
少年の見遣るは少女鳥雲に　中村草田男
鳥雲に隠岐の駄菓子のなつかしき　加藤楸邨
胸の上聖書は重し鳥雲に　野見山朱鳥
観音を在所々々や鳥雲に　飴山　實
夢殿の観音びらき鳥雲に　小檜山繁子
鳥雲にひとり遊びの砂場の子　柏原眠雨
鳥雲に渡りて長き葛西橋　西嶋あさ子
鳥雲に海へ突き出す貨物駅　佐藤郁良

【鳥交る《とりさかる》】　鳥つるむ　鳥の恋　恋雀

春から初夏にかけての野鳥の繁殖期に、鳥が盛んに囀りうたい、交尾をすること。美声を発し、雌を引きつけるような仕種《しぐさ》をする。山野の野鳥はめったに人目に触れないが、雀の交るのはたまに目にすることがある。↓孕雀

鳥交るしきりと喉の渇く日ぞ　石川桂郎
風蝕の崖さんらんと鳥交る　鷲谷七菜子
身に余る翼をひろげ鳥交む　鷹羽狩行
国引の山に雲捲く鳥の恋　角川源義
鳥の恋梢をともに移りつつ　岩田由美
あるときはたたかふごとし恋雀　津川絵理子

【孕雀《はらみすずめ》】　孕鳥《はらみどり》　子持雀《こもちすずめ》

見かけではわからないが、春の繁殖期を迎えて腹の中に卵をもっている雀のこと。交尾は春に多く、雌は一回に五個程度の卵を産む。その後、雌雄交互に抱卵し、十二〜十四日で孵化《ふか》する。❖腹に大きな胎児をもつ哺乳類と違って、外見上はほとんどわからないので、多分に観念的な季語といえる。↓雀の子

孕み雀土俵に跳ねてゐたりけり　茨木和生

【雀の子《すずめのこ》】　子雀　親雀　黄雀《きすずめ》

雀の卵は十日ほどで孵化し、二週間くらいで巣立ちする。巣立ったばかりの頃はまだよく飛べず、数日は親鳥が付き添って餌のとり方を教えるが、次第に独り立ちする。雛は嘴《くちばし》の脇が黄色いので黄雀といわれる。この頃は動作も幼く愛らしい。↓孕雀

雀の子そこのけそこのけ御馬が通る　一　茶
雀の子一尺とんでひとつとや　長谷川双魚
地に下りる足のうす紅雀の子　廣瀬直人
菜畑の坐り仕事や雀の子　中西夕紀
子雀のこぼれ落ちたる草の丈　佐藤鬼房
子雀のこゑも日暮れとなりにけり　青柳志解樹

【鳥の巣《とりのす》】　小鳥の巣　巣組み　巣籠《すごもり》　巣隠　巣鳥　古巣　巣箱　鳥の卵　小鳥の卵　抱卵期

鳥が春の繁殖期に産卵、抱卵、育雛《いくすう》する場所。雉や鴨は地上、鷹や鷺《さぎ》、鴉、鶲、頰白などは木の上に、また四十雀や椋鳥は樹洞に営巣するなど、鳥の種類によって場所・形状・材料は異なり、それぞれの棲息環境にあわせて営まれる。巣籠・巣隠は巣にこもること。↓巣立鳥・燕の巣・雀の巣・鴉の巣

鳥の巣に鳥が入つてゆくところ　波多野爽波
てのひらに鳥の巣といふもろきもの　石　寒太
二階より守る鶺鴒の巣づくりを　馬場移公子
鷺の巣や東西南北さびしきか　寺田京子
鳶の巣の下に渦巻く吉野川　大峯あきら
鷹の巣の一羽落ちたる騒ぎかな　河村静香
やや高く破船に似たる古巣あり　七田谷まりうす
少年の巣箱に鳥のきてをりぬ　中谷五秋
一羽出て一羽戻れる巣箱かな　藤本美和子
草山を雉子はなれざる抱卵期　土方秋湖

【燕の巣《つばめのす》】　巣燕

三〜五月に飛来した燕は泥・藁などで人家

の梁や軒先などに椀形の巣を営む。古巣を利用するため、毎年同じ場所に姿を見せる。また岩燕は群性が強く、山地や岩場などに営巣する習性があるが、近年、都市部でも繁殖するのが見受けられる。↓燕・燕の子（夏）

白壁を汚さぬやうに燕の巣　鷹羽狩行
巣燕に外は鏡のごとき照り　山口誓子
巣燕の城の高さをまだ知らず　八染藍子
巣燕に声かけて入る生家かな　山田弘子
茶問屋の建具新し巣の燕　山尾玉藻

【雀の巣《すずめのす》】

雀は二月ごろからつがいで繁殖し、屋根瓦や石垣の隙間・庇の裏・木の洞などに枯草その他を材料にして球形の粗雑な巣を作り、五個程度の卵を産む。↓孕雀・雀の子

人も来ず神殿古りて雀の巣　正岡子規
雀の巣かの紅糸をまじへをらん　橋本多佳子
夢殿に雀の巣藁垂れにけり　冨田みのる
営巣のこゑも立てずに雀ども　篠田悌二郎

【鴉の巣《からすのす》】　烏の巣

鴉は春の繁殖期になるとつがいを作り、縄張り内の高い樹木の上に枯枝などを用いて営巣する。巣の中には枯葉や獣毛などを敷き、三〜六個の卵を産む。二十日で孵化し、約一か月で巣立つ。

淀川を見わたす高さ鴉の巣　森田　峠
出来ばえを褒められてゐる鴉の巣　山田弘子
さうらしく見えてだんだん鴉の巣　大畑善昭
苗代ができ松の木に烏の巣　齊藤美規

【巣立鳥《すだちどり》】　巣立　親鳥

卵から孵《かえ》り、成育して巣から離れたばかりの若鳥のこと。鳥の雛は孵化直後は赤裸であるが、しだいに羽毛が生じ、成鳥となっていき、巣を離れる。これが巣立である。

❖巣立鳥は春の季語であるが、「燕の子」

が夏の季語であるように、巣立までの期間は鳥によって異なる。↓鳥の巣

みづうみは遠き曇りに巣立鳥　木村蕪城
巣立鳥その影幹を上下して　香西照雄
鳥巣立ちポプラのそよぎ湧くごとし　成田千空
つまさきに力をこめて巣立ちけり　野中亮介

【桜鯛《さくらだひ》】　花見鯛　乗込鯛《のつこみだひ》　鯛網

桜の咲くころ産卵のために内海や沿岸に来集する真鯛のこと。産卵期を迎えて桜色の婚姻色に染まることと、桜の咲く時期に集まることから桜鯛という。このころが主要な漁期である。明石の鯛は有名。鯛の縛り網漁は、広島県福山市の鞆《とも》の浦《うら》の風物詩とされてきた。↓魚島

俎板に鱗ちりしく桜鯛　正岡子規
砂の上曳ずり行くや桜鯛　高浜虚子
尾道の花はさまでも桜鯛　後藤夜半
よこたへて金ほのめくや桜鯛　阿波野青畝
壱岐対馬《つしま》泊りかさねて桜鯛　小原菁々子
陸よりも海《わたつみ》さびし桜鯛　岡井省二
桜鯛子鯛も口を結びたる　川崎展宏
食初めの子より大きな桜鯛　有馬朗人
鯛網を観る親舟に乗りうつる　五十嵐播水

【魚島《うをじま》】

四～五月になると鯛や鰆《さわら》などが瀬戸内海に入り込み、海面にあたかも島のようになってひしめきあう。この時期を「魚島時」といい「魚島」はそれを略した形で、豊漁をさすこともある。瀬戸内海地方の方言。燧《ひうち》灘《なだ》に浮かぶ魚島は鯛漁で有名で、ここの漁が語源ともいわれる。↓桜鯛

魚島の大鯛得たり旅路来て　水原秋櫻子
魚島の瀬戸の鷗の数しれず　森川暁水
魚島となるはじまりの潮のいろ　浅井陽子

【鰊《にしん》】　鯡　春告魚　鰊群来《にしんくき》　鰊漁　鰊舟　鰊曇

寒流性の回遊魚。全長三〇センチほどになる。背部は青暗色、腹部は白色。三月からの産卵期に北海道西岸などに大群で寄って来て、これを鰊群来といった。そのころの曇り空が鰊曇。かつては鰊漁で活気を呈したが、北海道沿岸ではあまり捕れなくなった。

唐太の天ぞ垂れたり鰊群来　山口誓子
潮鳴りは海底のこゑ鰊群来　東　天紅
鰊曇てふオホーツク鰊来ず　石垣軒風子

【鰆《さはら》】

出世魚の一種で関西ではサゴシ→ヤナギ→サワラと名前が変わる。成魚は一メートルほどになり、背側は暗青色、腹側は白く、灰色の斑紋が縦列に並ぶ。晩春の産卵期に沿岸に寄ってきて、旬となるので魚偏に春と書く。瀬戸内海の燧《ひうち》灘や播磨灘が漁場として有名。

白日のなかへ入りゆく鰆船　友岡子郷
踊場に置く手籠から鰆の尾　西川章夫
歯並びのよき須磨浦の鰆かな　蓑目良雨

【鱵《さより》】　竹魚《さより》　細魚《さより》　水針魚《さより》　針魚《さより》　針《はり》魚《を》

各地に分布するが、とりわけ南日本に多い。体が細長く、全長四〇センチくらいで、下顎が著しく長い。上部は青緑色、下部は白色、頭部が紅色。春の産卵期に川などに入り込むこともある。肉は白く淡白で美味。

ちりやすくあつまりやすく鱵らは　篠原　梵
干し上げて鱵に色の生まれたる　後藤比奈夫

【子持鯊《こもちはぜ》】

卵をもった鯊をさす。単に鯊といった場合は秋の季語。三〜五月ごろの産卵期の鯊は卵が十分に熟して腹部が張り、黄金色の卵が透いて見えるようになる。→鯊釣（秋）・鯊（秋）

子持鯊釣れをる河口昼の月　鈴木雹吉
子持鯊滅法釣れてあはれなり　白井冬青

【鯥五郎《むつごらう》】　むつ　鯥掘る　鯥掛　鯥曳網

日本では九州の有明海と八代海の一部にのみ棲息する魚。体長一〇～一八センチ。目が大きく、両目が接近してやや突出している。体色は暗緑色の地に淡色の斑点が散在。強い胸鰭《むなびれ》は干潟を移動するのに適している。潟に巣穴を掘って棲み、水から出て長時間行動することができる。産卵期の始まる春先にはさかんに漁が行われる。

鯥五郎砂かぶりつつ突かれけり　河野南畦
まばたきのふたつはかなし鯥五郎　木村虹雨
鯥五郎おどけ目玉をくるりんと　上村占魚
鯥五郎跳ねて潟の日汚したる　岡部六弥太
鯥五郎とんで方向変へにけり　浅井陽子

【鮊子《いかなご》】　玉筋魚《いかなご》　小女子《こうなご》　叺子《かますご》　鮊子舟

北海道から九州までの沿岸に棲息するイカナゴ科の近海魚で、成魚は体長二五センチほどになる。銀白色の細長い魚である。三～四月ごろ幼魚が獲れ、煮干し・佃煮などにされる。

一網の鮊子まざりものあらず　茨木和生
いかなごの命ひしめく朝の網　野崎昭子
鮊子の釘煮の腕を問はれけり　山田弘子
小女子のまなこのほろと煮くづれぬ　成田智世子
鮊子船雨かきわけて戻りけり　熊田俠邨

【白魚《しらうを》】　しらを　白魚《しらを》網《あみ》　白魚舟　白魚漁　白魚汲む　白魚火　白魚《しらを》和《あへ》　白魚《しらを》汁《じる》

シラウオ科の回遊魚で体長約一〇センチ。淡水の混じる沿岸域や汽水湖に棲息し、生後一年たつと海から河口に入って産卵する。この産卵期に四つ手網や刺し網で獲る。❖踊り食いするハゼ科の素魚《しろうお》とよく混同されるが別種である。

明ぼのやしら魚しろきこと一寸　芭　蕉
白魚をふるひ寄せたる四つ手かな　其　角
ふるひ寄せて白魚崩れんばかりなり　夏目漱石
白魚の黒目の二粒づつあはれ　福永耕二
白魚の水より淡く掬《すく》はるゝ　田畑美穂女
白魚のさかなたること略しけり　中原道夫
すくひつつ白魚のみな指にそふ　井沢正江
白魚を食べて明るき声を出す　鍵和田秞子
紙鍋といふあやふさの白魚かな　大石悦子
白魚の汲まれて光放ちけり　深見けん二

【鱒《ます》】　本鱒　桜鱒　海鱒　紅鱒　虹鱒　姫鱒　川鱒

サケ科に属する魚のうち鱒の名がつく魚の総称。三、四月が旬。多くは本鱒とも呼ばれる桜鱒をいう。降海型の海鱒には桜鱒・紅鱒・虹鱒があり五、六月ごろ川で産卵して、稚魚は海にくだり成長すると産卵のために川へ戻って一生を終える。体長が約六〇センチになり、体側部に黒い斑点を持つ。川鱒には姫鱒があり河川陸封型の桜鱒は山《やま》女《め》といい、降海型に比べ体も小振り。

さざなみに夕日を加へ鱒の池　森　澄雄
榧の影からまつの影鱒育つ　斎藤夏風
鱒群れて水にさからふ紅させり　山上樹実雄
虹鱒の走りて虹をのこしけり　藤岡筑邨

【諸子《もろこ》】　諸子魚《もろこ》　諸子鮠《もろこはえ》　初諸子　本諸子　柳諸子　諸子釣る　諸子舟

コイ科の細長い小型の魚の総称。地方によって本諸子・田諸子・出目諸子など異なった魚を諸子という。有名なのは関西、特に琵琶湖に多く産する体長一四センチほどの本諸子。柳の葉に似ているので柳諸子ともいう。❖二月頃、卵をもち始めたころが旬で美味。その季節感をいかしたい。

諸子散つて深き処に石一つ　小川軽舟

諸子焼く火のうつくしき淡海かな　甲斐由起子
手にのせて雪の匂ひや初諸子　野木藤子
さざなみの志賀より届き初諸子　西川保子
湖やもろこ釣る日の薄曇り　正岡子規
諸子釣る声の聞こゆる泊りかな　梶山千鶴子
諸子舟伊吹の晴に出しにけり　茨木和生
夕映えをもつともまとひ諸子売　石田勝彦

【公魚《わかさぎ》】　桜魚《さくらうを》　公魚漁　公魚舟

サケ目キュウリウオ科の魚。体は細長く、背側は暗灰色、淡黒色の縦帯が体側に走る。江戸時代、霞ケ浦産のものが将軍家に献上されて以来、公魚の字を当てるようになった。現在では全国各地に広がっている。山陰地方ではアマサギと呼ぶ。❖姿のよい魚で美味。春先の魚として喜ばれる。

公魚のよるさゞなみか降る雪に　渡辺水巴
公魚をさみしき顔となりて喰ふ　草間時彦
公魚の淡きひかりを手に受くる　林　美恵子
わかさぎの腹子にこもる藻の匂　相澤尚子
公魚を焼く杉箸のすぐ焦げて　鳥越すみこ
きりもなく釣れて公魚あはれなり　根岸善雄

【桜鯎《さくらうぐひ》】　石斑魚《うぐひ》　花うぐひ

鯎は全国各地に分布するコイ科の魚で、桜鯎は春に産卵期を迎えた鯎のこと。桜の咲くころに体側などに赤い縦線の婚姻色が現れることから桜鯎という。長野県や新潟県でアカウオ、アカハラなどというのも同じ理由による。

花鯎とて金鱗に朱一線　福田蓼汀
胸濡らし桜うぐひの網張れり　阿部月山子
たそがれは水が運びて花うぐひ　雨宮きぬよ
一身を緋にみごもれるうぐひかな　小林俠子

【柳鮠《やなぎはえ》】　鮠《はえ》　はや

柳鮠は生物学上の名ではなく、一〇センチ足らずの柳の葉に似た魚をさす。鰉《ひがい》や追河《おいかわ》などの小型のコイ科の魚がそれに当たる。

山越えて来てわたる瀬や柳鮠　飯田蛇笏
みづうみの色に聡くて柳鮠　田中智応
鮠を焼く炭火あかあか真室川　田川飛旅子

【乗込鮒《のっこみぶな》】乗つ込み　初鮒　春の鮒　春鮒　子持鮒　春鮒釣

水底で越冬した鮒が、春、水温の上昇とともに巣離れし、産卵のために集団で水藻のある浅瀬に勢いよく移動する。時には小川や田の中にまで乗り込む。これを「乗っ込み」といい、その鮒を乗込鮒と呼ぶ。初鮒は春はじめて捕れる鮒のこと。❖「乗っ込み」という言葉そのものに春の鮒の勢いや躍動感が込められている。↓寒鮒（冬）

初鮒や昨日の雨の山の色　山　視
乗込みや川の節々漲れり　西村和子
春の鮒釣られてけぶるもの吐きぬ　岡井省二
春鮒を煮て隣より灯が遅れ　能村登四郎
道端の濡れて春鮒売られけり　星野麦丘人
春鮒を濁りの中に戻しけり　大島雄作

【若鮎《わかあゆ》】小鮎　鮎の子　稚鮎　上り鮎　鮎のぼる

鮎漁解禁前の春先に海から川に遡ってくるまだ五～六センチの小さな鮎のこと。❖単に鮎といえば夏の季語。↓鮎汲・鮎（夏）

若鮎の鰭ふりのぼる朝日かな　蓼　太
若鮎の二手になりて上りけり　正岡子規
釣りあげし小鮎の光手につつむ　下村非文
杉山のどこか火を焚き上り鮎　神尾久美子

【蛍烏賊《ほたるいか》】まついか

体表に発光器を持つ体長五、六センチの烏賊で、日本近海の深海に棲む。晩春の産卵期には、雌が浅海を回遊し、夜浮上して海面に美しい光を明滅させる。富山湾滑川・魚津に多く、魚津の群遊海面は特別天然記念物に指定されている。

蛍烏賊汐たるゝまゝ食うべけり　高木晴子

まつくらな海へ見にゆく蛍烏賊　深見けん二
ほたるいか潮汲むやうに汲まれけり　関口祥子
蛍烏賊光る方へと舟かしぐ　廣野實子
曳く網に光の渦の蛍烏賊　山田英津子
網引くや闇に瑠璃なす蛍烏賊　池田笑子

【花烏賊《はないか》】　桜烏賊

産卵のために沿岸近くに来て、花の咲くころに捕獲されるイカ一般のことをいう。❖季語の花烏賊はコウイカ科の小型のハナイカのことではない。

花烏賊の腸抜く指のうごき透く　中村和弘
俎板にすべりとどまる桜烏賊　高浜虚子

【飯蛸《いいだこ》】

マダコ科の蛸。全長約二五センチの小型のタコで、北海道南部以南の日本近海に広く分布。春、卵を持った雌を煮ると体内にあたかも飯粒が詰まっているように見えることからこの名がついた。

飯蛸を炙る加減に口出せり　能村登四郎
なにか侘し飯蛸の飯とぼしきも　上村占魚
舟べりへ逃げし飯蛸引きはがす　星野恒彦
飯蛸に猪口才な口ありにけり　中原道夫

【栄螺《さざえ》】　つぶ　拳螺《さざえ》

拳状の巻貝。殻は厚く太い角状突起がある。角が発達しているのは外海に棲むもので、内湾などに棲むものは角がない。刺身や和え物などにして食すが、壺焼にすることが多い。→壺焼

はるばると海よりころげきし栄螺　秋元不死男
栄螺の殻つまめるやうに出来てゐる　加倉井秋を
しんかんと栄螺の籠の十ばかり　飯田龍太
栄螺選る無口を栖に島男　古賀まり子
海女の投げくれし栄螺を土産とす　加藤三七子
海光のなほまつはりて栄螺籠　鷹羽狩行
上げ潮にざつとくぐらせ栄螺籠　鈴木多江子

【蛤《はまぐり》】　蛤鍋《はまなべ》　蒸蛤　焼蛤　蛤《はま》つゆ

北海道南部から九州にかけて分布する二枚貝。淡水が流入する内湾などの砂泥域に棲息する。三重県桑名市の焼蛤は有名。貝殻は平安時代から貝合わせに用いられてきた。❖上品な味で日本人には古くから馴染みがあり、祝膳に欠かせない。

蛤や塩干に見えぬ沖の石　西　鶴
蛤の荷よりこぼるるうしほかな　正岡子規
蛤のぶつかり合つて沈みけり　石田勝彦
蛤の両袖びらきすまし汁　鷹羽狩行
はまぐりの殻に遠景らしきもの　櫂　未知子
舌やいて焼蛤と申すべき　高浜虚子

【浅蜊《あさり》】　鬼浅蜊　姫浅蜊　浅蜊舟　浅蜊売　浅蜊汁

全国の海浜に広く分布する二枚貝。蛤同様砂泥の浅海に棲息する。汐干狩で採るのもこの貝である。

暁闇の桶に浅蜊の騒ぎ立つ　尾池和夫
浅蜊売るこゑの一旦《いつたん》遠のきし　伊藤白潮
折からの雨の重みの浅蜊売　友岡子郷
浅蜊汁殻ふれ合ふもひとりの餉《げ》　永方裕子

【馬蛤貝《まてがひ》】　馬刀貝《まてがひ》　馬刀　馬蛤突《まてつき》

北海道南部以南の、内湾の浅海の砂底に棲息する二枚貝。長円筒状で一二センチほど。殻皮は滑らかで、光沢のある黄色。殻質はもろい。干潟となった棲息孔に塩を入れ反射的に飛び出してくるところをとらえたり、針金で作った馬蛤突で突いて捕ったりする。

馬刀貝の穴を崩さず潮引けり　浅井陽子
面白や馬刀の居る穴居らぬ穴　正岡子規
足もとに来てゐる波や馬刀を掘る　岡田耿陽

【桜貝《さくらがひ》】　花貝　紅貝

桜の花弁のような色の二枚貝で殻の長さ一～五センチ。北海道以南に広く分布し、浅海の砂泥域に棲息する。❖実際目にするのは波打ち際に打ち上げられた貝殻である。

殻は薄く透き通って美しい。

ひく波の跡美しや桜貝　松本たかし
引く波の引くたび残し桜貝　鷹羽狩行
遠浅の水清ければ桜貝　上田五千石
おなじ波ふたたびは来ず桜貝　木内怜子
拾はれて海遠くなる桜貝　松田美子
桜貝小さき波にくつがへり　西村和子
桜貝ひとつ拾ひてひとつきり　三村純也

【蜆《しじみ》】　蜆貝　真蜆　紫蜆　蜆取　蜆舟　蜆搔　蜆売

汽水域、または淡水に棲む二枚貝。大きさは三〜四センチで、殻は黒い。宍道《しんじ》湖の大和蜆、琵琶湖の瀬田蜆が有名。蜆汁にして食べるのが一般的。→土用蜆（夏）・蜆汁

から〳〵と鍋に蜆をうつしけり　松根東洋城
雪に買ふ近江の蜆つややかに　山口草堂
義仲をとぶらひたれば瀬田蜆　森　澄雄
蜆洗ふ水たつぷりと雨降れり　林田紀音夫
水替へてひと日蜆を飼ふごとし　大石悦子
蜆舟少しかたぶき戻りけり　安住　敦
蜆舟夕日の雫したたらす　福島　勲

【蜷《にな》】　みな　川蜷　蜷の道

北海道南部から沖縄までの日本各地の河川・湖沼などに分布する長さ三センチほどの巻貝。殻は厚く筍状で螺層が長く、黒褐色をしている。蛍の幼虫が好んで食べるため長野県では蛍貝とも呼ばれる。❖春になるといわゆる蜷の道を作りながら水田などの泥の表面を這《は》う姿が見かけられる。

水浅し蜷のせゝらぐごとくなり　軽部烏頭子
悉くこれ一日の蜷の道　高野素十
蜷の道はじめをはりのなかりけり　森田公司
田一枚知り尽くさんと蜷の道　高橋将夫
うたかたの影の過ぎゆく蜷の道　岩田由美

【田螺《たにし》】　田螺鳴く　田螺取

卵形の殻をもつ淡水産巻貝。一〜四センチ

くらいの大きさで殻は黒色。冬の間は池や田の泥中に棲息しているが、春になると、水田などの泥の表面を這う姿が見かけられる。❖田螺鳴くという季語があるが、実際は鳴かない。

夕月や鍋の中にて鳴《なく》田にし　一茶

田螺やや腰を浮かせて歩み出す　野中亮介

田螺鳴く月のくらさの舟通し　羽田岳水

田螺取泥の機嫌を見てをりぬ　山崎祐子

【烏貝《からすがひ》】

日本各地の湖沼に分布する二〇センチくらいの二枚貝。成長すると殻の表面が黒くなることからこの名がついた。肉は食用となるが、泥臭さがある。殻の真珠層は貝細工に利用される。

埋木と共に掘られぬ烏貝　高田蝶衣

烏貝おろかな舌を出してゐる　篠田吉広

【月日貝《つきひがひ》】

直径一二センチ前後の円形の二枚貝。一枚が赤紫色、もう一枚が淡黄色で、これを日と月に見立てて名が付けられた。肉は食用とし、殻は貝細工などに用いる。

波音の丸くかへりぬ月日貝　百瀬美津

日月の彩を享けたる月日貝　辻田克巳

引き潮の時の長さよ月日貝　佐藤博美

【望潮《しほまねき》】　潮まねき

蟹の一種で、九州の有明海沿岸などで多く見られる。雄の左右いずれかの鋏足が著しく大きいのが特徴。内湾の砂泥域に穴を掘って棲み、潮が引いたあとの砂浜で大きな鋏足を高く動かす。その姿が潮を招くようなのでこの名がある。

次の帆の現るるまで潮まねき　鷹羽狩行

ひたすらに入日惜みて汐まねき　河野静雲

【寄居虫《やどかり》】　がうな

空の巻貝などに宿を借りて棲む甲殻類。一

対の鋏を持ち、腹部が柔らかい。体が成長すると他の大きな貝を求めて移り棲むのでこの名がある。

寄居虫の口惜しき足見せにけり　河東碧梧桐
寄居虫の又顔出して歩きけり　阿部みどり女
やどかりは海を知らざる子に這へり　木村蕪城
やどかりの中をやどかり走り抜け　波多野爽波
波ひとつ過ぎて寄居虫見失ふ　佐藤砂地夫
捨て莫蓙を寄居虫越えてゆきにけり　小澤實
やどかりのころりと落ちし汐溜　藺草慶子
石を這ふ音の侘しき寄居虫《がうな》かな　高田蝶衣
動き出すまで掌のがうなかな　小野あらた

【磯巾着《いそぎんちやく》】　石牡丹《いしぼたん》

浅海の岩の割れ目などに着生する腔腸動物。体は円筒状で、赤・紫・緑など。中央に口があり、六の倍数の触手が並び、菊の花のように開いて小魚や小蝦を捕えて食べる。口を閉じた姿が巾着の紐を締めたような形なのでこの名がある。

岩の間のいそぎんちゃくの花二つ　田中王城
海女の艪の磯巾着をかすめけり　米澤吾亦紅
少年の影じつとして磯巾着　川崎展宏
日輪は一つ磯巾着ひらく　友岡子郷
磯巾着拝むごとくに縮まりぬ　早野和子
揺れかはしいそぎんちやくは待つばかり　本井英
真中より揺らぎいそぎんちやく展く　奥坂まや

【海胆《うに》】　海栗《うに》　雲丹《うに》

海底や海中の岩場などに棲息する棘皮《きよくひ》動物。一般に知られている海胆は、外部に棘があり、毬栗《いがぐり》のような形をしているので「海栗」とも書く。他に馬糞海胆・紫海胆・赤海胆などの種類があり、春に卵巣が成熟する。❖「雲丹」は卵巣の塩辛。

海胆の針紫にして美しき　野村喜舟
海胆裂けば暗たんとして針死なず　只野柯舟
海胆割つて潮の真青にすすぎ食ふ　岸原清行

海胆採りの少年焚火置きて去る　茨木和生

【雪虫《ゆきむし》】

雪国で早春二月ごろ雪の上に現れ、動き回る虫を総称していう。川螻蛄《かわげら》・揺蚊《ゆすりか》・跳虫《とびむし》などが羽化して出てきたもので、雪解虫、雪消し虫などと呼ぶ地方もある。❖冬の季語である綿虫も雪虫と呼ばれるが、これとは別である。↓綿虫（冬）

雪虫や田下駄を山の神に吊り　柴田冬影子
雪虫や連山藍を重ね合ふ　菅原多つを
安達太良《あたたら》や雪虫を野に遊ばせて　藤田湘子

【地虫穴を出づ《ぢむしあなをいづ》】　地虫出づ　蟻穴を出づ
啓蟄《けいちつ》のころ、地中で冬眠していた虫が巣穴から出てくる。冬眠から覚めたばかりの虫の動きを見ると春の来た喜びが感じられる。❖「蟻穴を出づ」など個々にいう場合が多い。↓啓蟄・蛇穴を出づ

地虫出づふさぎの虫に後れつつ　相生垣瓜人
東山はればれとあり地虫出づ　日野草城
走り根のがんじがらめを地虫出づ　倉橋羊村
空港の全面舗装地虫出づ　塩川雄三
蟻穴を出でておどろきやすきかな　山口誓子

【蝶《てふ》】　蝶々　胡蝶　蝶生る《うまる》　初蝶　白蝶
黄蝶　紋白蝶　蜆蝶　蝶の昼
日本国内では在来種で約二三〇種の蝶が確認されている。『古今集』に〈散りぬれば後はあくたになる花を思ひ知らずもまどふ蝶かな　僧正遍昭〉と詠まれているように、花に舞う優美な姿が愛でられてきた。春、最初に姿を見せるのは紋白蝶や紋黄蝶。❖季語では蝶といえば春であり、揚羽蝶など大型のものは夏に分類される。↓夏の蝶（夏）・秋の蝶（秋）・冬の蝶（冬）

うつつなきつまみごころの胡蝶かな　蕪村
又窓へ吹きもどさるる小てふかな　一茶

山国の蝶を荒しと思はずや　高浜虚子
高々と蝶こゆる谷の深さかな　原　石鼎
方丈の大庇より春の蝶　高野素十
あをあをと空を残して蝶別れ　大野林火
蘂に置く蘂よりほそき蝶の足　粟津松彩子
雨後の蝶こまかく翅を使ひけり　日原　傳
蝶々に大きく門の開いてをり　星野　椿
蝶生れまづ美しきものへ飛ぶ　河内静魚
つぎつぎに蝶の生まれてしづかな日　高浦銘子
初蝶来何色と問ふ黄と答ふ　高浜虚子
初蝶やわが三十の袖袂　石田波郷
初蝶を追ふまなざしに加はりぬ　稲畑汀子
初蝶の白に徹してまぎれざる　田島和生
初蝶のあやふき脚が見えてゐる　森賀まり
口曲げしそれがあくびや蝶の昼　清崎敏郎

【蜂《はち》】　**蜜蜂　熊蜂　穴蜂　土蜂《つちばち》　足長蜂**
女王蜂　働蜂《はたらきばち》　蜂の巣　蜂の子

世界に約十万種いるといわれ、そのうち日本でよく見かけるのは蜜蜂・足長蜂・熊蜂・雀蜂などである。腹部の根元がくびれて細く、大部分は二対の羽を持ち、腹端にある毒針で敵や獲物を刺す。

木ばさみのしら刃に蜂のいかりかな　白　雄
蜂の尻ふは〱と針をさめけり　川端茅舎
しづかにも大木の幹蜂離れ　山口誓子
蜂が来る火花のやうな脚を垂れ　鷹羽狩行
蜜蜂の山風吹けば金の縞　永方裕子
熊蜂のうなり飛び去る棒のごと　高浜虚子

【虻《あぶ》】　**花虻　牛虻**

アブは二枚の羽と大きな頭と美しい光沢の複眼を持つ。翅が強く飛ぶときにはうなりを発す。牛虻は人や牛馬に付いて血を吸う。また花虻は蜜を吸うために花に集まる。

虻とんで海のひかりにまぎれざる　高屋窓秋
弁当にとびくる虻を叱りけり　岸　風三樓
虻宙にとどまる力身に感ず　岡本　眸

己が宙占めたり虻の猛々し　古田紀一
空中の虻ここは嫌ここも嫌　小川軽舟

【春の蚊《はるのか》】　春蚊《はるか》　初蚊《はつか》

なま暖かい春の夜などに、蚊の声を聞くことがある。成虫のまま越冬したアカイエカで、人を刺すことはまれである。↓蚊（夏）

畳目にまぎれて春の蚊なりけり　岡本眸
ともしびにうすみどりなる春蚊かな　山口青邨
春蚊鳴く耳のうしろの暗きより　小林康治
観音の腰のあたりに春蚊出づ　森　澄雄
読み止しの英字新聞春蚊出づ　辻内京子

【春の蠅《はるのはへ》】　蠅生る

春、暖かくなって目につく蠅。日当たりの良いところに早くも止まっていたりする。生まれてすぐ、敏捷に飛ぶものもいる。↓蠅（夏）・秋の蠅（秋）・冬の蠅（冬）

皆違ふ寒暖計や春の蠅　島村　元
奥青き鏡を舐めて春の蠅　鷹羽狩行
積み上げし本のあたりを春の蠅　岩田由美
蠅生れ早や遁走の翅使ふ　秋元不死男
身に余る羽を重ねて蠅生る　平畑静塔
蠅生まる白銀無垢の翅をもち　有馬朗人
あめつちに熱あり蠅の生まれけり　辻　美奈子

【蚕《かひこ》】　蚕《こ》　春蚕《はるご》　捨蚕《すてご》　桑子

カイコガの幼虫で、この繭から絹糸をとるため古くから飼育されてきた。地方によって差はあるが大体四月中〜下旬に孵化する。桑の葉を食べて前後四回の休眠脱皮を繰り返したあとで糸を吐き出し、繭を作る。桑の葉を食べるので桑子といい、病にかかって捨てられたものを捨蚕という。↓夏蚕（夏）・秋蚕（秋）・蚕飼

宵からの雨に蚕の匂かな　成　美
朝日煙る手中の蚕妻に示す　金子兜太
屋根草もみどり深めし蚕の眠り　鈴木鷹夫

ふるさとは框這ひゆく春蚕かな　石　寒太
捨蚕みな水に沈めるさびしさよ　田村木国
曲屋に捨蚕臭ひておしら神　桂　樟蹊子
吹く風に顔を上げたる捨蚕かな　倉田紘文
こぼれ蚕の踏まれて糸をもらしけり　石田勝彦

【春蟬《はるぜみ》】　松蟬

春に鳴く蟬というのではなく、蟬の種類の「春蟬（松蟬）」のこと。本州・四国・九州の松林で三月から六月にかけて鳴く。その声は鋭く、遠くまでよく響く。❖蟬の声を初めて聞くという意味の「初蟬」は夏の季語。

春蟬にひる三日月のたしかさよ　石橋秀野
春蟬とおもへり歩みたるままに　岸田稚魚
春蟬や蔦を鎧へる松多し　高田風人子
一山の春蟬に身を浮かせゆく　鍵和田秞子
春蟬の声のさゞ波湯殿山　蓬目良雨
珊々と松蟬の声揃ひたる　高浜虚子
松蟬のいのりの如く鳴きはじむ　いさ桜子
松蟬の声古釘を抜くごとし　小川軽舟

植物

【梅《うめ》】　梅の花　好文木《かうぶんぼく》　花の兄　春告草《はるつげぐさ》　野梅《やばい》　白梅　臥竜梅《ぐわりようばい》　豊後梅《ぶんごうめ》　枝垂梅《しだれうめ》　盆梅　老梅　梅が香　夜の梅　梅林　梅園　梅の里　梅の宿　梅月夜　梅日和　梅二月

春先に開花し、馥郁《ふくいく》たる香気を放つ。中国原産で、日本へは八世紀ごろには渡ってきていたとみられる。『万葉集』には一一九首もの梅の歌が収められ、花といえば桜よりも梅であった。水戸市の偕楽園や奈良県月ヶ瀬などは梅の名所。❖梅といえば白梅のことである。まだ寒さの残る中できっぱり咲く様子をとらえたい。→梅見・探梅（冬）

梅が香にのつと日の出る山路かな　芭蕉
しら梅に明る夜ばかりとなりにけり　蕪村
夜の梅寝《い》ねんとすれば匂ふなり　白雄
ふろしきの紫たたむ梅の頃　大峯あきら
青天へ梅のつぼみがかけのぼる　新田祐久
曙や蘂を離さず梅ひらく　島谷征良
母の死や枝の先まで梅の花　永田耕衣
近づけば向きあちこちや梅の花　三橋敏雄
野の暮れにひとたびまぎれ野梅咲く　岡田日郎
梅しろくたそがれ給ふ仏たち　草間時光
勇気こそ地の塩なれや梅真白　中村草田男
白梅の花に蕾に枝走る　倉田紘文
白梅や父に未完の日暮あり　櫂未知子
枝垂るるはいかなる力しだれ梅　片山由美子
朝日まだ届かぬ梅の香なりけり　山田弘子
梅匂ふ通りすがりのごとくにも　後藤立夫
梅林や人ちらばりてなきごとく　五十嵐播水

梅林の真中ほどと思ひつつ　波多野爽波

【紅梅《こうばい》】　薄《うす》紅梅

紅色の花をつける梅のこと。一般に紅梅は白梅に比べ開花がやや遅い。王朝人はこの遅速に敏感で、『和漢朗詠集』でも「梅」とは別に「紅梅」の題目をたてて区別していた。

はなみちてうす紅梅となりにけり　暁台
紅梅の紅の通へる幹ならん　高浜虚子
伊豆の海や紅梅の上に波ながれ　水原秋櫻子
紅梅の満を持しをる蕾かな　下村梅子
白梅のあと紅梅の深空あり　飯田龍太
紅梅や病臥に果つる二十代　古賀まり子
紅梅のいろをつくしてとどまれる　八田木枯
紅梅や枝々は空奪ひあひ　鷹羽狩行
紅梅やゆつくりとものいふはよき　山本洋子
紅梅の散りて泥濘かぐはしき　本井英
紅梅や雨戸一枚づつ送り　小川軽舟
ひらきたる薄紅梅の空に触れ　深見けん二
ふり向いて薄紅梅のなほ薄き　星野高士

【椿《つばき》】　山椿　藪椿　白椿　紅椿　乙女椿　八重椿　玉椿　つらつら椿　花椿　椿林　落椿

花は八重咲きと一重咲きとがあり、鮮紅・淡紅・白色など色はさまざま。「椿」は国字で、春の事触れの花の意。中国で椿の字をあてる木は別種で、山茶と書くのが日本の椿にあたる。日本にもともと自生していたのは藪椿であり、それをもとに園芸種が多数作られた。❖藪椿の素朴な美しさと園芸種の艶《あで》やかさが対照的。地上に落ちた「落椿」が俳句の素材になることが多い。

椿落ちてきのふの雨をこぼしけり　蕪村
ゆらぎ見ゆ百の椿が三百に　高浜虚子
かほどまで咲くこともなき椿かな　飯島晴子
椿切る鋏の音の一度きり　長島衣伊子

水に浮く椿のまはりはじめたる　藺草慶子
廻廊の雨したたかに白椿　横光利一
玉椿八十八の母の息　桂　信子
黒潮へ傾き椿林かな　高浜年尾
赤い椿白い椿と落ちにけり　河東碧梧桐
落椿われならば急流へ落つ　鷹羽狩行
落椿とは突然に華やげる　稲畑汀子
みな椿落ち真中に椿の木　今瀬剛一
落ちる時椿に肉の重さあり　能村登四郎

【初桜《はつざくら》】　初花
その年になって初めて咲いた桜のこと。咲きはじめたばかりの一輪二輪に出合った喜びがこめられる。❖実際に自身で目にしてこその初桜である。

中空に風すこしある初ざくら　能村登四郎
人はみななにかにはげみ初桜　深見けん二
立山の雲脱ぐ頃や初ざくら　吉田鴻司
実朝の海あをあをと初桜　高橋悦男
枝先に朝の海光初ざくら　和田耕三郎
初花の薄べにさして咲きにけり　村上鬼城
初花も落葉松の芽もきのふけふ　富安風生
初花や素顔をさなき宇佐の巫女　宮下翠舟
初花や茶杓かすかに反りゐたる　野中亮介

【彼岸桜《ひがんざくら》】
桜ではいちばん早く、彼岸ごろ、葉に先立って淡紅色の花を開くのでこの名がある。

尼寺や彼岸桜は散りやすき　夏目漱石
仔山羊啼く彼岸桜に繋がれて　青柳志解樹
常念岳に真向い彼岸桜かな　洞　久子

【枝垂桜《しだれざくら》】　糸桜　紅枝垂
細い枝が幾筋も垂れ下がり、天蓋のように花をつける。一名、糸桜。白色・淡紅色があり、八重咲きもある。寺社の境内や庭園に植えられることが多く、京都市の平安神宮神苑の紅枝垂桜や三春《みはる》の滝桜など各地に名木がある。

まさをなる空よりしだれざくらかな　富安風生
飲食《おんじき》をしだれざくらの傘のなか　木内怜子
いづこかに月あるしだれざくらかな　小浜杜子男
夜の枝垂桜方里をつめたくす　瀧澤和治
一山の寝落ちてしだれ桜かな　藺草慶子
糸桜雲のごとくにしだれたる　下村梅子
樹の洞に千年の闇たきざくら　野澤節子

【桜《さくら》】　朝桜　夕桜　夜桜　老桜　里桜
楊貴妃桜　薄墨桜

日本の国花である桜は、自生種・園芸種を含めて数百種類ある。ソメイヨシノ（染井吉野）は幕末に江戸染井で作られた品種で、明治初期から全国に広まった。❖単に桜といえばすでに花がさいている状態をいう。俳諧で詠まれている桜はソメイヨシノではない。

さまぐ〵の事おもひ出す桜かな　芭蕉
夕桜家ある人はとくかへる　一茶
ゆさ〳〵と大枝ゆるゝ桜かな　村上鬼城
さくら満ち一片をだに放下せず　山口誓子
梁《うつばり》に紐垂れてをりさくらの夜　中村苑子
押入に使はぬ枕さくらの夜　桂信子
さくら咲きあふれて海へ雄物川　森澄雄
満開のふれてつめたき桜の木　鈴木六林男
さきみちてさくらあをざめゐたるかな　野澤節子
身の奥の鈴鳴りいづるさくらかな　黒田杏子
さくら咲く氷のひかり引き継ぎて　大木あまり
手をつけて海のつめたき桜かな　岸本尚毅
まだ固き教科書めくる桜かな　黒澤麻生子
帰港せし漁船を洗ふ朝桜　甲斐遊糸
したゝかに水をうちたる夕ざくら　久保田万太郎
つなぐ手にをさなの湿り夕ざくら　千代田葛彦
水音のたそがれさそふ夕桜　成瀬櫻桃子
電話なる直前しづか夕桜　小川軽舟
夜桜やうらわかき月本郷に　石田波郷
淡墨桜《うすずみ》その影かその花びらか　殿村菟絲子

光陰のやがて淡墨《うすずみ》桜かな　岸田稚魚

【花《はな》】　花盛り　花明り　花影　花朧　花の雨　花の山　花の昼　花の雲　花便り　花の宿　花月夜　花盗人

「花」といえば平安時代以降、桜の花をさすのが一般的である。『古今集』の〈久方の光のどけき春の日にしづ心なく花の散るらむ　紀友則〉の花は桜。「花の雨」は桜のころの雨、「花の雲」は桜が爛漫と咲き雲がたなびくように見えるさまをいう。❖「花びら」「徒花《あだばな》」「花入れ」などが連歌・連句で用いられてきたが、現代俳句では春限定の季語として扱うのは難しい。↓花時・花冷・花見・花篝・花衣・花守

これは〳〵とばかり花の吉野山　貞室
花の雲鐘は上野か浅草か　芭蕉
しばらくは花の上なる月夜かな　芭蕉
一昨日《をととひ》はあの山越えつ花盛り　去来
咲き満ちてこぼるゝ花もなかりけり　高浜虚子
手をうたばくづれん花や夜の門　渡辺水巴
水の上に花ひろびろと一枝かな　高野素十
目瞑《つむ》りて眠るにあらず花のもと　下村梅子
本丸に立てば二の丸花の中　上村占魚
青空や花は咲くことのみ思ひ　桂　信子
牛追唄花咲く前の山暗し　古賀まり子
いつまでも花のうしろにある日かな　大峯あきら
人体冷えて東北白い花盛り　金子兜太
花影婆娑と踏むべくありぬ岨《そば》の月　原　石鼎
使ひよき針三ノ三花の雨　鈴木真砂女
花の雨白山の雷ともなひ来　新田祐久
吉野葛軒で買ひ足す花の雨　広瀬一朗
弟の京の人気も花だより　坂東みの介
みよし野のこたびは花の宿りかな　稲畑汀子
チ、ポ、と鼓打たうよ花月夜　松本たかし

【山桜《やまざくら》】

関東より西部の山地に自生し、また広く植

えられている。赤みを帯びた葉と同時に白い花をつけるのが特徴。古来詩歌に詠まれてきた桜はこの花が多い。古くから桜の名所として知られる奈良県吉野山の桜は現在でも山桜が多い。❖厳密には桜の一品種であるが、山に自生する桜を山桜として詠むことが多い。

山桜雪嶺天に声もなし　水原秋櫻子
山又山山桜又山桜　阿波野青畝
青天に日はゆるぎなし山ざくら　相馬遷子
晩年の父母あかつきの山ざくら　飯田龍太
山国の空に山ある山桜　三橋敏雄
山桜陽は荒海を染めて落つ　齊藤美規
洗面の水の切れ味山ざくら　鷹羽狩行
一日がたちまち遠し山ざくら　宮坂静生
耕人に傾き咲けり山ざくら　大串　章
水替の鯉を盥に山桜　茨木和生

【八重桜《やへざくら》】

八重咲きの桜の花の総称。桜のうちでは開花が最も遅く、満開になると枝が見えないほど重たげに垂れ下がって咲く。〈いにしへの奈良のみやこの八重桜けふ九重ににほひぬるかな　伊勢大輔〉と古くから詠まれてきた。

奈良七重七堂伽藍八重ざくら　芭蕉
山に出て山に入る日や八重桜　成瀬櫻桃子
八重桜ひとひらに散る八重に散る　山田弘子
八重桜ねむりのあとのつかれかな　川村研治

【遅桜《おそざくら》】

大方の桜が盛りを過ぎたころに咲く。❖地域的に花の時期が遅いことをいうのではない。

一もとの姥子の宿の遅桜　富安風生
湯の峰が夕日の中や遅桜　瀧井孝作
観音の在す湖北の遅桜　岩崎照子
みちのくや白まさりたる遅桜　廣瀬直人

のこぎりの音せずなりぬ遅桜　鈴木八洲彦

【残花《ざんくわ》】

春の終わりになっても咲いている桜のこと。盛りを過ぎて咲き残っている寂しさが漂う。

↓余花（夏）

夕ぐれの水ひろびろと残花かな　川崎展宏
さかのぼりゆくは魚のみ残花の谷　大井雅人
いつせいに残花といへどふぶきけり　黒田杏子
谷に舞ふいづれの残花とも知れず　柿沼あい子

【落花《らくくわ》】　散る桜　花吹雪　飛花　花散る　花屑　花の塵　花筏《はないかだ》
桜の花は散り際が潔く美しいので古くからその風情を愛されてきた。「花吹雪」は桜の花が風に散り乱れるさまを吹雪にたとえたもの。水面を重なって流れる花びらを筏に見立て「花筏」という。❖桜の花が舞い散るさま、または散り敷いた花びらをいう。「花筏」は広範囲の水面を覆うのではなく、組んではすぐ解ける程度に花びらが重なっている状態。

人恋し灯ともしごろを桜散る　白雄
てのひらに落花とまらぬ月夜かな　渡辺水巴
中空にとまらんとする落花かな　中村汀女
しきりなる落花の中に幹はあり　長谷川素逝
まつすぐに落花一片幹つたふ　深見けん二
東大寺湯屋の空ゆく落花かな　宇佐美魚目
ちるさくら海あをければ海へちる　高屋窓秋
根尾谷の捨て田四五枚散る桜　宮田正和
空をゆく一とかたまりの花吹雪　高野素十
一本のすでにはげしき花吹雪　片山由美子
花ちるや瑞々しきは出羽の国　石田波郷
花散るや近江に水のよこたはり　矢島渚男
風に落つ楊貴妃桜房のまゝ　杉田久女
一片の又加はりし花筏　上野章子
花筏水に遅れて曲りけり　ながさく清江

【桜蘂降る《さくらしべふる》】

花びらが散ったあとで蘂《しべ》と萼《がく》がついたままの赤い花枝《かし》が落ちること。散り敷いて蘂で地面が赤くなっているのを見かけることもある。❖木に残っているのではなく「降る」に意味があり、「桜蘂」だけでは季語としない。

桜蕊仏頭に降りわれに降る　金田眸花
桜蘂ふる流鏑馬《やぶさめ》の馬溜り　池田泰子
桜しべ降る人形が捨ててある　小浜杜子男
桜蕊降る喪ごころに似たるかな　雨宮きぬよ
桜蘂ふる夢殿のにはたづみ　清水利子

【牡丹の芽《ぼたんのめ》】

牡丹は寒気に強いために、他の植物に比べ芽吹くのが早い。枝先の燃えるような赤い芽に力強さを感じる。↓牡丹（夏）

牡丹の芽ひくき土塀をめぐらせる　奈良鹿郎
牡丹の芽当麻の塔の影とありぬ　水原秋櫻子
誰が触るることも宥《ゆる》さず牡丹の芽　安住敦
ひとごゑの遠巻きにして牡丹の芽　岸田稚魚
牡丹の芽青ざめながらほぐれけり　加藤三七子
隠国《こもりく》の風まだ荒し牡丹の芽　高瀬哲夫
一寸にして火のこころ牡丹の芽　鷹羽狩行
山国の闇こぞりたる牡丹の芽　井上康明

【薔薇の芽《ばらのめ》】　茨《いばら》の芽《め》

薔薇は三月になると芽が目立ちはじめる。赤みを帯びたものなどがほぐれていく様子は生命感にあふれている。↓薔薇（夏）

旅諦めをり薔薇の芽に囲まれて　渡邊千枝子
城の井を覗けば浅し茨の芽　中島いせ子
野いばらの芽ぐむに袖をとらへらる　水原秋櫻子

【山茱萸の花《さんしゅゆのはな》】　春黄金花《はるこがねばな》

中国・朝鮮半島が原産。早春に黄色の小さな花が球状に集まって咲くことから春黄金花ともいう。古くから生薬として用いられたが、現在では早春の雅趣溢れる美しさから観賞用に栽培される。❖秋に珊瑚《さんご》のような実をつける。

山朱萸の花の数ほど雫ため　今井つる女
さんしゆゆの花のこまかさ相ふれず　長谷川素逝
山朱萸の花や眼の奥の冷え　菅原鬨也

【黄梅《わうばい》】　迎春花《げいしゆんくわ》

中国原産のモクセイ科の落葉低木で、高さ一・五メートルほど。早春、葉に先立って六つに分かれた筒状の花を咲かせる。形が梅の花に似ていることからその名があり、迎春花ともいう。

黄梅の衰へ見ゆる日向かな　高木晴子
石垣の家黄梅と人妻と　山上樹実雄
黄梅や鎌倉山に風出でぬ　嶋田麻紀
川筋に黄色が飛びて迎春花　中西舗土
春望の西安どこも迎春花　松崎鉄之介

【紫荊《はなずはう》】　花蘇枋《はなずはう》

中国原産のマメ科の落葉小高木で、日本へは江戸時代に伝わった。春、葉に先立ち枝に赤紫の蝶形花を隙間なくつける。花の色が染料の蘇枋の色に似ていることから名づけられた。

花蘇枋弥勒のゆびは頰にあり　吉田汀史
花蘇枋姉に背負はれ育ちたる　和田耕三郎
六十のさてこれからや花蘇枋　若宮靖子
何もせぬてのひら汚れ蘇枋咲く　永作火童

【辛夷《こぶし》】　木筆《こぶし》　幣辛夷《しでこぶし》　姫辛夷

春、葉に先立って芳香のある白い六弁花をつける。蕾が赤子の拳の形に似ていることからこの名がついたといわれる。

一弁の疵つき開く辛夷かな　高野素十
辛夷より白きチョークを置きにけり　西嶋あさ子
わが山河まだ見尽さず花辛夷　相馬遷子
風の日の記憶ばかりの花辛夷　千代田葛彦
満月に目をみひらいて花こぶし　飯田龍太
山辛夷咲けば谺のそこかしこ　廣瀬町子
花辛夷信濃は風の荒き国　青柳志解樹

青空に喝采のごと辛夷咲く　白濱一羊

【花水木《はなみづき》】

ミズキ科の落葉小高木で、四月末、葉の出る前にたくさんの花をつける。白と紅があり、四枚の花びらの先に切り込みがあるのが特徴。街路樹や庭木として植えられる。山地や雑木林に自生する水木とは別種。別名アメリカ山法師。❖ハナミズキは植物名だが、季語ではその花を意味する。↓水木の花（夏）

一つづつ花の夜明けの花みづき　加藤楸邨
くれなゐの影淡くゆれ花水木　小島花枝
花水木咲き新しき街生まる　小宮和子

【三椏の花《みつまたのはな》】

中国原産。葉の出る前に黄色い花が三叉に分かれた枝の先にびっしりと咲く。樹皮は和紙の原料として用いられる。

三椏の花に光陰流れだす　森澄雄
家系亡びて三椏の花ざかり　鷲谷七菜子
三椏の花三三が九三三が九　稲畑汀子
三椏や見上ぐれば花金色に　岩田由美
三椏や見下ろせば花しろがねに　岩田由美

【沈丁花《ぢんちやうげ》】　沈丁　丁字　瑞香

中国原産。庭木として植えられることが多く、早春から開花する。星型の花弁のように見えるのは萼片。甘く強い香りが特徴。和名の由来は沈香と丁字の香りをあわせ持つからとも、香りは沈香で花の形は丁字であるからともいわれる。

働きづめの身に税重し沈丁花　松崎鉄之介
門灯をつけ忘れをり沈丁花　江國滋
沈丁や障子閉せる中宮寺　大久保橙青
沈丁の匂ふくらがりばかりかな　石原八束
沈丁の香をのせて風素直なる　嶋田一歩
沈丁の坂開港のむかしより　宮津昭彦
ぬかあめにぬるゝ丁字の香なりけり　久保田万太郎

【連翹《れんげう》】　いたちぐさ　いたちはぜ

中国原産で、当初は薬用として伝わった。早春、葉の出る前に、枝ごとに鮮やかな黄色の筒状の四弁花をびっしりつける。

連翹や真間の里びと垣を結はず　水原秋櫻子
連翹に挨拶ほどの軽き風　遠藤梧逸
行き過ぎて尚連翹の花明り　中村汀女
連翹に空のはきはきしてきたる　後藤比奈夫
連翹のひかりに遠く喪服干す　鷲谷七菜子
連翹や雨の堅田の蓮如みち　星野麥丘人
連翹の一花も怠けたるはなし　鳥海正樹
見ゆる雨見えぬ雨降るいたちぐさ　手塚美佐

【土佐水木《とさみづき》】　蠟弁花《らふべんくわ》　日向水木《ひゆうがみづき》

高知県の蛇紋岩地帯にのみ自生することからこの名がある。花は三〜四月に葉に先立って開花し、淡黄色の小さい花序を七、八個穂状に垂らす。庭木としても好まれる。日向水木は土佐水木より一回り小さく、花序も短い。

土佐水木仰ぎて星の息と合ふ　古賀まり子
夕空のすこし傾く土佐みづき　大嶽青児
土佐みづき語尾に残れる国ことば　牧園　賀
空はまだをさなき色や土佐水木　椎名智恵子

【ミモザ】　花ミモザ

小さな球形の花を多数つける銀葉アカシアのフランス語名で、ヨーロッパでは復活祭のころに咲く花として親しまれている。明治初期に渡来。❖レモンイエローの花が遠目にも鮮やかで、西欧風の雰囲気がただよう。

ミモザ咲きとりたる歳のかぶさり来　飯島晴子
ミモザ散るダンテが踏みし甃《いしだたみ》　松本澄江
すすり泣くやうな雨降り花ミモザ　後藤比奈夫
子が椅子に長き脚折る花ミモザ　梅村すみを

【海棠《かいだう》】　花海棠　睡花《ねむりばな》

晩春に咲く薄紅色の花を楽しむために庭木

や盆栽として栽培する。花をつけた花柄が長くうつむきかげんになるのをしばしば眠たげに見える美女の姿にたとえる。❖その様子から「眠れる花」の異名がある。

海棠や雨をはらめる月二夜　紫暁
海棠の花より花へ雨の鵯　阿波野青畝
海棠に乙女の朝の素顔立つ　赤尾兜子
海棠の雨あがらむとして暗し　長谷川浪々子
海棠の雨に愁眉をひらきたる　行方克巳

【ライラック】リラ　リラの花　リラ冷

モクセイ科の落葉低木で、ヨーロッパ原産。和名をムラサキハシドイといい、冷涼な気候を好む。四～六月に普通紫色の総状の小さな花をつける。明治中期に北海道に渡来し、今でも多く植えられている。❖リラはフランス語だが、音数が少ないので俳句に詠みやすい。

ライラック海より冷えて来りけり　千葉仁
舞姫はリラの花よりも濃くにほふ　山口青邨
さりげなくリラの花とり髪に挿し　星野立子
聖者には長き死後ありリラの花　片山由美子
リラの香や押せば鈴鳴る茶房の扉　原柯城
リラ冷えといふ美しき夜を独り　関口恭代
ポストまで手紙を庇ふリラの雨　藤間綾子
ゆふぞらや玻璃にみなぎるリラの房　櫂未知子

【山桜桃の花《ゆすらのはな》】山桜梅《ゆすらうめ》の花　梅桃《ゆすらうめ》の花　英桃《ゆすらうめ》の花　花ゆすら

中国原産で、江戸時代に日本に伝わった。高さは三メートルほどになる。春、白または淡紅色の梅に似た花をつけ、果実は食用となる。↓山桜桃の実（夏）

雨垂を数へ病む子よ花ゆすら　中山輝鈴
門灯を点けて出かける花ゆすら　柘植史子

【桜桃の花《あうたうのはな》】

西洋実桜の花。四月ごろ葉に先立って小さい淡紅または白色の五弁花が密集して咲く。

実は成熟してさくらんぼとなる。❖もっぱら果実を目的に栽培され、花への関心は薄い。→さくらんぼ（夏）

桜桃の花みちのべに出羽の国　角川源義
桜桃の花の静けき朝餉かな　川崎展宏
桜桃の花純白を通しけり　福田甲子雄
月山の裾桜桃の花浄土　阿部月山子

【青木の花《あをきのはな》】

山地の木陰などで自生する常緑低木。葉は対生、大型の長楕円形で厚く光沢がある。四月ごろ、あまり目立たない紫褐色の小型の四弁花が枝先に穂のように集まって咲く。→青木の実（冬）

姉の忌の青木は花をこぞりけり　大石悦子
青木咲きしづかに妻の日曜日　大屋達治
弾まず来る縁談一つ花青木　宮脇白夜

【馬酔木の花《あしびのはな》】　**あせびの花　花馬酔木**

山地の乾いた土地に好んで自生するツツジ科の常緑低木で、早春、白色の壺状花を房のように垂れる。本州・四国・九州の暖地帯に分布するが、有毒植物の一種。牛馬が食すると痺れて酔ったようになるのでこの名がある。❖万葉の時代から歌に詠まれてきた花で、古典的な趣がある。

月よりもくらきともしび花馬酔木　山口青邨
馬酔木咲く金堂の扉《と》にわが触れぬ　水原秋櫻子
百済観音背高におはし花あしび　鈴鹿野風呂
花馬酔木山深ければ紅をさし　福田蓼汀
仏にはほとけの微笑あしび咲く　飯野定子
流鏑馬の鐙ふれたる花あしび　遠藤きん子

【満天星の花《どうだんのはな》】　**満天星躑躅《どうだんつつじ》**

ツツジ科の落葉低木の花。山野に自生するが、垣根や庭木によく用いられる。春、新葉とともに壺状の可憐な白い花を開く。丸く刈り込んで秋には紅葉を楽しむ。別種に更紗《さらさ》満天星や紅満天星もある。❖「満天星」という表記によってイメージが喚起される。

灯ともせば満天星花をこぼしつぐ　金尾梅の門
我に聞えて満天星の花の鈴　大井戸　辿
満天星の花がみな鳴る夢の中　平井照敏

【躑躅《つつじ》】　山躑躅　蓮華躑躅　霧島躑躅　深山霧島

春から夏にかけて漏斗状の花を咲かせるツツジ類の総称。各地に自生し、花色は真紅の他に白・淡紅などさまざま。気温が上昇してくるころ、いっせいに咲く。『万葉集』に〈つつじ花　にほへ娘子　桜花　栄え娘子　柿本人麻呂〉とあり古くから日本人に親しまれてきた。

死ぬものは死にゆく躑躅燃えてをり　臼田亜浪
花びらのうすしと思ふ白つつじ　高野素十
満山のつぼみのままのつつじかな　阿波野青畝
眦につつじの色のかたまれる　上野　泰
つつじ燃ゆ土から色を吹き上げて　上野章子
牧牛の真昼ちらばり山躑躅　石橋辰之助

【山査子の花《さんざしのはな》】

中国原産のバラ科の落葉低木の花で、春、新葉とともに白色五弁の小さな花を房状につける。枝に大きな刺《とげ》があり、果実は漢方薬にも用いられる。メイ・フラワーと呼ばれる同属の西洋山査子は淡紅色の花を咲かせ、キリストの荊冠を作ったという伝説もある。

山楂子の花巫女になる髪結うて　今野福子
花山楂子古妻ながら夢はあり　石田あき子
花さんざし斧のこだまの消えてなし　神尾久美子

【小粉団の花《こでまりのはな》】　小手毬《こでまり》の花　こでまり　団子花

中国原産のバラ科の落葉低木の花。四月末ごろから白色五弁の小花を手毬状につける。活花の花材にもよく用いられる。❖団子花ともいうが、新年の季語とは別。

小でまりを活けたる籠も佳かりけり　楠目橙黄子
小でまりの花に風いで来りけり　久保田万太郎
小でまりの愁ふる雨となりにけり　安住　敦
こでまりに向けて小さき机置く　保坂伸秋
こでまりや帯解き了へし息深く　岡本　眸
こでまりや風の重さをはかりをり　畠山奈於

【雪柳《ゆきやなぎ》】　小米《こごめ》花　小米桜

渓谷の岩上などに自生する落葉低木。三〜四月ごろ、小さな白い五弁花を小枝の節ごとにつけ、雪が積もったように見える。その美しさから観賞用に植えられる。❖散るさまも雪を思わせ、風情がある。

朝《あした》より夕《ゆふべ》が白し雪柳　五十嵐播水
雪やなぎ海竜王寺風もなし　百合山羽公
こぼれねば花とはなれず雪やなぎ　加藤楸邨
雪やなぎ雪のかろさに咲き充てり　上村占魚
風つかみそこねてばかり雪柳　才野　洋
藁屋根をこぼるる雀雪柳　内田祥江

【木蓮《もくれん》】　木蘭《もくれん》　紫《し》木蓮《もくれん》　白木蓮《はくもくれん》　白木蓮《はくれん》

中国原産で、三〜四月に葉に先がけて紅紫色の花を開く。白れんは同属の白木蓮のこと。ともに庭木として好まれる。❖花弁の反り具合が特徴である。

木蓮のため無傷なる空となる　細見綾子
木蓮や母の声音の若さ憂し　草間時彦
戒名は真砂女でよろし紫木蓮　鈴木真砂女
紫木蓮くらき生家に靴脱ぐも　角川源義
声あげむばかりに揺れて白木蓮　西嶋あさ子
白木蓮の散るべく風にさからへる　中村汀女
白木蓮や遠くひかりて那智の滝　石原八束
はくれんの蒼三日月形に立つ　辻田克巳
白木蓮の終りは焼かれゆくごとし　今井　聖
はくれんの一弁とんで昼の月　片山由美子

【藤《ふぢ》】　藤の花　白藤　山藤　藤房　藤浪

藤棚　藤の昼

山野に自生するマメ科の蔓性植物で、晩春に咲く花は色の名前になっているほどに美しい。小さな蝶形花が房をなすのが特徴で、野田藤は特に長い房となり、山藤は短い。ともに、棚に仕立てて垂れる花房を楽しむ。❖万葉の時代から歌に詠まれ、風に揺れるさまも美しい。山藤の園芸品種である白藤は甘い香りが強い。

草臥《くたびれ》て宿かる比《ころ》や藤の花　芭蕉
針もてばねむたきまぶた藤の雨　杉田久女
滝となる前のしづけさ藤映す　鷲谷七菜子
藤咲いて山一条の濃むらさき　星野椿
藤ゆたか幹の蛇身を隠しゐて　鍵和田秞子
こころにもゆふべのありぬ藤の花　森澄雄
白藤や揺りやみしかばうすみどり　芝不器男
藤の房吹かるるほどになりにけり　三橋鷹女
藤浪のゆらぎがかくす有為の山　能村登四郎
藤棚の中にも雨の降りはじむ　三村純也
藤棚や水に暮色のいちはやく　押野裕
藤の昼膝やはらかくひとに逢ふ　桂信子

【山吹《やまぶき》】　面影草《おもかげぐさ》　かがみ草　八重山吹　白山吹

日本原産のバラ科の落葉低木で、各地の山野渓谷に自生する。晩春から黄金色の五弁花を咲かせ、一重と八重がある。八重のものは結実しない。別種に白山吹があり、花は四弁。❖山吹にまつわる話は多くあり、太田道灌が狩りの途中で雨に遇い、農家で蓑を借りようとすると、若い女が山吹の花を差し出して「七重八重花は咲けども山吹のみの一つだになきぞ悲しき」と詠んだ話は有名（『常山紀談』）。

ほろ〱と山吹散るか滝の音　芭蕉
山吹や小鮒入れたる桶に散る　正岡子規
山吹や酒断ちの日のつづきをり　秋元不死男

山吹や石のせてある箱生簀　小原啄葉
一重こそよし山吹もまなぶたも　永島靖子
山吹や日はとろとろと雲の中　岡田日郎
あるじよりかな女が見たし濃山吹　原　石鼎
やすらかに死ねさうな日や濃山吹　草間時彦

【夏蜜柑《なつみかん》】　夏柑　甘夏

結実するのは秋だが、収穫は翌年の春になってから行う。大型の柑橘類の代表的なもので、皮が厚いのが特徴。果肉は汁が多く酸味が強い。↓蜜柑（冬）

夏蜜柑いづこも遠く思はるゝ　永田耕衣
ラテン語の風格にして夏蜜柑　橋　閒石
眉に力あつめて剝けり夏蜜柑　八木林之助
夏みかん酸つぱしいまさら純潔など　鈴木しづ子
墓石に映つてゐるは夏蜜柑　岸本尚毅
憎しみのごと爪立てて夏柑剝く　後藤綾子

【桃の花《もものはな》】　白桃《しらもも》　緋桃

中国原産。五弁で、色は淡紅色、緋色、白色など。一重と八重がある。万葉のころからその美しさは愛でられてきた。❖単に桃といえば桃の実のことになるが、梅は逆に、梅といえば花のことになる。↓桃（秋）

戸の開てあれど留守なり桃の花　千代女
故郷はいとこの多し桃の花　正岡子規
海女《あま》とても陸《くが》こそよけれ桃の花　高浜虚子
ふだん着でふだんの心桃の花　細見綾子
人麻呂の石見《いはみ》を見たし桃の花　森　澄雄
牛飼ひの牛にもの言ふ桃の花　宮岡計次
交りは母系に厚し桃の花　中戸川朝人
山国の一村一寺桃の花　木附沢麦青
土間いつか踏み固められ桃の花　伊藤トキノ
おむすびの芯つめたくて桃の花　中田　剛
双子なら同じ死顔桃の花　照井　翠
桃咲くと諸手ひろげて甲斐の山　淺井一志
緋桃咲く何に汲みても水光り　岡本　眸

【李の花《すもものはな》】　花李《はなすもも》

中国原産。白色楕円形の五弁花は形が桃に似ているが、花は小さく、数が非常に多い。

↓李（夏）

溺れ咲く李か利根の夕濁り　堀口星眠
隙間なく風吹いてゐる花李　廣瀬直人
花李午過ぎて山消えかかり　矢島渚男

【梨の花《なしのはな》】　梨花《りか》　梨咲く

中国原産で、晩春に花を付ける。葉と同時に白い五弁花が数個集まり開く。❖果樹として栽培されるが、清楚な花に趣がある。

↓梨（秋）

大いなる月の暈あり梨の花　高浜虚子
青天や白き五弁の梨の花　原　石鼎
野は梨の花の月夜の三輪の神　長谷川素逝
夕暮の声を平らに梨の花　神蔵　器
水平に村はしづみて梨の花　雨宮きぬよ
山国の夜まっ白に梨の花　酒井弘司
夭折はすでにかなはず梨の花　福永法弘

一村の尽きて道あり梨の花　瀬戸松子
梨咲くと葛飾の野はとの曇り　水原秋櫻子
梨咲くと轍《わだち》を重ね砂丘馬車　神尾季羊
岩の面にはづみて梨の落花かな　石田勝彦

【杏の花《あんずのはな》】　唐桃《からもも》の花　花杏《はなあんず》　杏花村《きょうかそん》

中国原産で、春、梅に似た淡紅色や白色の五弁または八重の花を開く。果実は食用や漢方薬に用いられる。現在の主産地は東北・甲信越地方。❖杏花村が示すように、村一帯を埋め尽くすように咲く花は美しく、観る楽しみもある。

↓杏（夏）

一村は杏の花に眠るなり　星野立子
杏咲くとき白山の消えゆけり　石原八束
花杏受胎告知の翅音びび　川端茅舎
繭倉の影のなかなる花杏　佐野美智
うつぶせに水は流るる花杏　原　裕
北国の雲の厚さよ花あんず　大嶽青児
李白酔うて眠れる頃や花杏　大石悦子

花杏旅の一座に子役の子　上野一孝

【林檎の花《りんごのはな》】　花林檎

林檎は春、五弁の花をつける。蕾《つぼみ》は紅色だが、開くと薄赤く見える。北海道・青森・長野など寒冷地を中心に栽培されている。❖花の盛りは四〜五月で、そのころの林檎畑は壮観である。↓林檎（秋）

白雲や林檎の花に日のぬくみ　大野林火
みちのくの山たゝなはる花林檎　山口青邨
くつきりと馬の鼻筋花林檎　朔多恭
早池峰《はやちね》山は雲より遠し花林檎　小原啄葉
花林檎枝先に空溢れをり　上野さち子
ひとひらの雲がとびくる花林檎　新田祐久
風吹けば一村揺るる花林檎　宮坂静生

【木瓜の花《ぼけのはな》】　花木瓜　緋木瓜　白木瓜《しろぼけ》
更紗《さらさ》木瓜《ぼけ》

中国原産の木瓜は、四月ごろ葉に先立って花を開く。実が薬用になり、日本には江戸中期に渡来した。「緋木瓜」は深紅のもの、「更紗木瓜」は一木に紅色の濃淡の花がつくものをいう。↓寒木瓜（冬）

紬着る人見送るや木瓜の花　許六
土近くまでひしひしと木瓜の花　高浜虚子
口ごたへすまじと思ふ木瓜の花　星野立子
浮雲の影あまた過ぎ木瓜ひらく　水原秋櫻子
木瓜咲くや漱石拙を守るべく　夏目漱石
木瓜咲いて天日近き山家あり　大峯あきら
母を訪ふひととき明し更紗木瓜　山田みづえ

【木の芽《このめ》】　芽立ち　芽吹く　芽組む
木の芽張る　名の木の芽　雑木の芽

春に芽吹く木々の芽の総称。木の芽立ちは木の種類・寒暖の違いにより遅速がある。萌黄色・浅緑色・緑色・濃緑色などさまざまに萌え出る木々の芽は美しい。❖「新芽」は季語ではない。「木《き》の芽」というと山椒のことになるので注意したい。↓木の

芽時

大寺を包みてわめく木の芽かな　高浜虚子

美しく木の芽の如くつつましく　京極杞陽

隠岐や今木の芽をかこむ怒濤かな　加藤楸邨

金銀の木の芽の中の大和かな　大峯あきら

故郷へ骨さげくれば芽吹くなり　小坂順子

空かけて公暁が銀杏芽吹きたり　石塚友二

澎湃《はうはい》と空が混みあふ桂の芽　木村敏男

水楢の芽立ちはおそし峠茶屋　高木晴子

桜の芽海より雨のあがりけり　皆川盤水

ひた急ぐ犬に会ひけり木の芽道　中村草田男

芽ぶかんとするしづけさの枝のさき　長谷川素逝

【蘖《ひこばえ》】　**ひこばゆ**

樹木の切り株や根元から続々萌え出てくる若芽のこと。蘖は「孫生《ひこ》え」の意。

蘖や涙に古き涙はなし　中村草田男

蘖や石塁高く沖見えて　下村ひろし

ひこばえや絵図の小町をたづね得ず　角川源義

ひこばえや谷はこだまを失つて　清水一助

年輪の渦うつくしくひこばゆる　三宅一鳴

【若緑《わかみどり》】　**若松　緑立つ　初緑　松の芯**

松の新芽のこと。晩春に伸びる細長い芽は蠟燭のような形をしている。生長が早く、生命力旺盛な感じがする。また松の若葉のこともいう。↓松の緑摘む

緑立つ西にみづみづしき筑紫　神尾久美子

緑立つ日々を癒えたし母のため　古賀まり子

雨の香に立ちまさりけり松の芯　渡辺水巴

雄心や直立こぞる松の芯　能村登四郎

みちのくの山谺して松の芯　吉田鴻司

石濡らす小雨の見えて松の芯　鈴木六林男

松の芯ときに女も車座に　宇多喜代子

やはらかに反対意見松の芯　川村研治

【柳の芽《やなぎのめ》】　**芽柳　芽ばり柳**

柳のなかでも枝垂柳は芽吹きの美しさを讃えられる。早春、まず新しい枝が伸び始め、

ついでその枝に浅緑の新芽が吹き出す。芽の出る前に黄緑色の花が咲くが、あまり人目につかない。芽吹いた柳が池畔や道端で揺れている光景はいかにも春らしい。↓柳

橋わたることの愉しさ柳の芽　草間時彦
辛うじて芽やなぎ水にとどきけり　久保田万太郎
芽柳や配流の道の畦《あぜ》十字　河合凱夫
芽柳の街来て空也最中かな　山崎ひさを
芽柳の誘ふ名画座ありし路地　五十嵐章子

【山椒の芽《さんせうのめ》】　芽山椒　木《き》の芽

北海道から九州まで自生するミカン科の落葉低木の芽。人家でも庭先に植えられ、三～四月に芽吹く。それを摘んで料理に用いる。↓山椒の実（秋）

擂鉢は膝でおさへて山椒の芽　草間時彦
山椒の芽母に煮物の季節来る　古賀まり子
山椒の芽叩くてのひら姥ざかり　蓬田節子
一椀に木の芽のかをり山の音　長谷川櫂

【楓の芽《かへでのめ》】

楓は早春、燃えるような赤い芽が枝いっぱいに吹き出す。↓若楓（夏）

楓の芽もはらに燃えてしづかなり　加藤楸邨
楓の芽ほぐれ剝落九体仏　松本進
楓の芽朝の音楽つづきをり　村沢夏風
楓の芽ほぐるる一喜一憂に　馬場移公子
雨上がらざるにまぶしき楓の芽　鷹羽狩行

【楤の芽《たらのめ》】　多羅の芽　たらめ　楤摘む

楤は山野に自生するウコギ科の落葉低木で、鋭い棘がある。春先、新芽を摘んで食用にする。苦味をともなう独特の風味が好まれる。

たらの芽のとげだらけでも喰はれけり　一茶
楤の芽やまとまりて降る山の雨　藤崎久を
楤の芽や銀を運びし山路荒れ　岡部六弥太
山刀伐《なたぎり》の太き楤の芽朝日出づ　池田義弘
岨の道くづれて多羅の芽ぶきけり　川端茅舎

多羅の芽を食べ月山を志す　兒玉南草
楤芽かく唐松林騒がせて　小島花枝

【枸杞《くこ》】　枸杞《くこ》の芽《め》　枸杞摘む　枸杞飯
枸杞茶

原野・路傍などに叢生《そうせい》するナス科の落葉低木で、春芽吹いたものが食用となる。新葉を炊き込み飯にするほか、枸杞茶として用いる。→枸杞の実（秋）

枸杞の芽や旧街道の機の音　火村卓造
枸杞青む日に日に利根のみなとかな　加藤楸邨
帰りきて昼には早し枸杞を摘む　松藤夏山
枸杞を摘む人来て堰のかがやける　宮下翠舟

【五加木《うこぎ》】　五加《うこぎ》　むこぎ　五加木垣
五加木飯

生垣などに植えられる約二メートルの落葉低木。さっと茹でた若芽は刻んで飯に混ぜ、鮮やかな色や風味を楽しむ。木の幹や枝にはところどころに棘があり、晩春から初夏にかけて黄緑色の小花を開く。根皮が五加《ごか》皮《ひ》で薬用になる。

花ちらす五加木の蜂や垣づたひ　西島麦南
羚羊の出るといふ谿五加木摘む　三村純也
うこぎ飯念仏すみたる草家かな　角田竹冷
垣根より摘んでもてなす五加木飯　滝沢伊代次
はるばると来て五加木茶をもてなさる　高野素十

【柳《やなぎ》】　青柳《あをやぎ》　楊柳《やうりう》　枝垂柳《しだれやなぎ》　糸柳　遠柳　川柳　門柳　白楊《はこやなぎ》　行李柳《こりやなぎ》　柳の糸
若柳《やなぎ》

雌雄異株。川柳・行李柳《こりやなぎ》などの総称だが、『万葉集』以来一般に親しまれてきたのは枝垂柳。❖瑞々しい芽吹きに始まり、徐々に変化する緑の美しさが若柳、青柳などの表現からも感じられる。

傘に押わけみたる柳かな　芭蕉
引きよせて放しかねたる柳かな　丈草
青々と柳のかかる築地かな　蝶夢

瓦斯燈にかたよつて吹く柳かな　正岡子規
ゆつくりと時計のうてる柳かな　久保田万太郎
柳よりやはらかきもの見当らず　後藤比奈夫
難波津はことぞ柳青みけり　金子　晉
鳥影を納めて風の柳かな　髙田正子
門の灯や昼もそのまま糸柳　永井荷風
橋の名は薄るるばかり糸柳　鈴木鷹夫

【金縷梅《まんさく》】　満作　まんさくの花

山野に自生する落葉低木。「まんさく」の名は、早春、他に先駆けて「まず咲く」ことから転じたとも、紐状の黄色い四弁花が稲穂を思わせ、豊年満作につながるからともいわれる。

金縷梅や帽を目深に中学生　川崎展宏
まんさくや水いそがしきひとところ　岸田稚魚
金縷梅に毫も匂ひのなかりけり　飯島晴子
まんさくに夕べのいろや小海線　大嶽青児
まんさくの花びら縒《より》を解きたる　仁尾正文
まんさくは頰刺す風の中の花　日原　傳

【樝子の花《しどみのはな》】　草木瓜《くさぼけ》の花

樝子は山野に自生する三〇～六〇センチのバラ科の落葉小低木で、草木瓜ともいう。四～五月に朱紅色の木瓜に似た五弁の花を開く。↓樝子の実（秋）

土ふかくしどみは花をちりばめぬ　軽部烏頭子
花しどみ田毎の畦はつくろはず　能村登四郎
花しどみ妻には妻の歩幅あり　福永耕二
草木瓜の花に笑顔を使ひ捨て　綾部仁喜
草木瓜や疾風にまじる雨の粒　北村古陵

【松の花《まつのはな》】　十返《とかへ》りの花《はな》　松花粉

マツは雌雄同株で黒松・赤松などの花がある。四～五月、新しい枝の先に二、三個の雌花が咲き、その下部に楕円形の雄花が密生する。花の後に毬果《きゅうか》を生じ、翌年の秋、松かさとなる。❖「十返りの花」は松の花の雅称。百年に一度、千年十度、花が咲く

という伝説から。祝賀の意に用いる。↓新《しん》松子《ちぢり》（秋）

降る雨に須磨の海濃し松の花　高橋淡路女
松の花波寄せ返すこゝろもなし　水原秋櫻子
松の花一の鳥居の中に海　永井龍男
幾度か松の花粉の縁を拭く　高浜虚子

【杉の花《すぎのはな》】　杉花粉　花粉症

松同様、雌雄同株で雄花は米粒状をなして枝先に群生する。葯《やく》が開くと黄色の花粉が風にのって飛散する。雌花は小球状で緑色をしているので目立たない。❖杉は建築用材として長年植林されてきたため、花粉症の人がふえるなど、杉花粉公害が問題となっている。

ただよへるものをふちどり杉の花　富安風生
つくばひにこぼれ泛《うか》めり杉の花　松本たかし
海へとぶ勿来《なこそ》の関の杉の花　堀　古蝶
馬の首垂れて瀬にあり杉の花　小澤　實
杉が咲き鼻の大きな磨崖仏　菖蒲あや
千年の杉の花粉を浴び詣づ　滝　峻石

【銀杏の花《いちやうのはな》】　公孫樹《いちやう》の花《はな》

雌雄異株で、春、新葉とともに花が咲く。雌花は花柄の先端に二個の胚種を持ち、雄花は短い穂状になる。雄花の花粉が風に乗って飛散して雌花につく。❖秋の銀杏《ぎんなん》の臭いが嫌われ、最近の街路樹は接ぎ木で増やした雌株のことが多く、雄花を目にする機会が減っている。↓銀杏《ぎんなん》（秋）

月けぶる銀杏の花の匂ふ夜は　大竹孤悠
千年の銀杏しづかに花降らせ　あらきみほ

【榛の花《はんのはな》】　赤楊《はんのき》の花《はな》　榛《はり》の花《はな》

榛は林野に自生する高さ約一五メートルにもなるカバノキ科の落葉高木の花で、雌雄同株。早春、葉の出る前に細長い尾状の暗褐色の雄花を小枝から下垂する。雌花は暗紅色の楕円形で同じ枝の基部についている。

ハリノキは古名で、転訛してハンノキとなったといわれる。❖ボロ紐のような花は、木に咲く花に多い形状である。

はんの木のそれでも花のつもりかな　一　茶
空ふかく夜風わたりて榛の花　飯田龍太
幹のぼる水かげろふや榛の花　山田みづえ
古利根の鉄橋小ぶり榛の花　杉　良介
林泉は富士の伏流榛咲ける　轡田　進
榛咲くや真昼さみしき塩屋岬　大島鋸山

【楓の花《かへでのはな》】　花楓

楓類は新葉が開きかかるころ、暗紅色の花をひっそりとつける。❖葉の緑との対比が美しい。

楓咲きまだ見えぬ眼をみひらく子　林　翔
花楓しづかにこころ燃ゆるなり　柴田白葉女
一切経堂開け放たれて花楓　稲富義明
花楓貴船の神の水ひゞく　土田祈久男
花楓風ゆきわたるその一樹　岩田由美

【木五倍子の花《きぶしのはな》】　花木五倍子

木五倍子は雌雄異株で、三～四月、葉に先駈けて穂のような花をたくさん垂らす。一つ一つの花は鐘形で淡黄色。谷間でよく見かける花である。

木五倍子咲く地図には載らぬ道祖神　北澤瑞史
急流を宥むる堰や花きぶし　笠原良一
きぶし咲き山に水音還り来る　西山　睦

【白樺の花《しらかばのはな》】　樺の花　花かんば

白樺は本州中部以北の山や高原に自生する落葉高木。まっすぐに伸びる白い幹は雌雄同株で、新芽とともに尾状の花を垂らす。房状で長いのが雄花で雌花は短い。

旅びとの誰か白樺の花を知る　水原秋櫻子
白樺の花に微風の信濃口　稲垣法城子
白樺の花や高嶺は北へ抛る　藤田湘子
白樺の花のこぼるる丸木橋　福田甲子雄
朝の日は真水のひかり樺の花　鷲谷七菜子

樺の花高きにありてみな眩し　深谷雄大
樺の花寄りそひ垂るる修道院　長嶺千晶
花かんば馬の額に星飛んで　石田郷子

【樫の花《かしのはな》】

樫は粗樫《あらかし》・白樫《しらかし》・赤樫・石櫧《いちいがし》などブナ科の常緑樹をいう。多くは高木で、生け垣や防風林にする。雌雄同株で、四～五月に若枝の基部に尾状の雄花をつけ、枝先の葉の付け根に雌花をつける。→樫の実（秋）

大学の時計が灯る樫の花　辻　桃子
顔出せば済む用一つ樫の花　稲田登美子

【猫柳《ねこやなぎ》】

川べりに自生する柳の一種で、二月ごろ、葉の出る前に銀色の花穂をつける。その艶のある毛が猫を思わせるので、この名がある。❖ユニークな色とかたちで輝いているのが目を引き、春の到来を感じさせる。

ぎんねずに朱ケのさばしるねこやなぎ　飯田蛇笏
銀の爪くれなゐの爪猫柳　竹下しづの女
猫柳日輪にふれ膨らめる　山口青邨
ときをりの水のささやき猫柳　中村汀女
来て見ればほゝけちらして猫柳　細見綾子
一つづつ光輪まとひ猫柳　伊藤柏翠
風やみて日のやさしさよ猫やなぎ　成瀬櫻桃子
長崎の空はみづいろ猫柳　押野　裕

【柳絮《りゅうじょ》】　柳《やなぎ》の絮《わた》　柳の花　柳絮飛ぶ

白い綿毛のついた柳の種子のこと。柳は早春、葉の出る前に黄緑色の目立たない花を開き、果実が熟すると雪のような絮《わた》となって飛び散る。

吹くからに柳絮の天となりにけり　軽部烏頭子
柳絮舞ひ海へ張り出す天主堂　林　翔
洛陽に入らんとするに柳絮舞ふ　松崎鉄之介
穂高さへやさしきゆふべ柳絮舞ふ　堀口星眠
飛ぶために力抜きたる柳絮かな　山本一歩

【木苺の花《きいちごのはな》】

木苺はバラ科の落葉低木で、四〜五月、おもに純白の五弁花を下向きに付ける。山野に自生し、和名は草苺に対して木になる苺の意。↓木苺（夏）

木苺の花を日照雨《そばへ》の濡らし過ぐ　金子伊昔紅

木苺の花の盛りも疎らなる　蓬田紀枝子

【枸橘の花《からたちのはな》】　枳殻《からたち》の花

枸橘は中国から渡来したミカン科の落葉低木で、四月ごろ、葉に先立って白い大きな五弁花を開く。枝に棘が多いので、生垣にされることが多い。強い香りが特徴。❖北原白秋の詩「からたちの花」が山田耕筰作曲で小学唱歌として親しまれてきたことから、どこか郷愁を誘う。

からたちの花より白き月出づる　加藤かけい

からたちの花の鎌倉西御門　皆川白陀

時刻表にはさむ枳殻のこぼれ花　横山房子

枳殻の花散る朝の乳母車　新田祐久

墨東や花からたちに雨あがる　角川源義

【黄楊の花《つげのはな》】

ツゲは日本と中国が原産で、高さ一〜三メートル。庭木に利用される他、細工用に植えられ、四月ごろ淡黄色の小さな花を葉腋《ようえき》にびっしりつける。

閑かさにひとりこぼれぬ黄楊の花　阿波野青畝

黄楊の花ふたつ寄りそひ流れくる　中村草田男

黄楊の花ちるしづけさも田植まへ　勝又一透

禅堂の門扉《もんぴ》のゆるみ黄楊の花　深見けん二

うすうすと散り敷くものに黄楊の花　市川絹子

【接骨木の花《にはとこのはな》】　接骨木《たづ》の花

ニワトコは早春、多数の小さな白色の花をつける。「接骨木」は、木を煎じたものを骨折や打撲傷の治療に用いることからついた名。葉や花は、煎じて利尿・発汗薬に用いる。

接骨木の花噴きあぐる立石寺　大坪景章

鉈攻めにあふやにはとこ花ながら　青柳志解樹
接骨木咲いて耳標の青き兎たち　林　翔
接骨木《たづ》の花咲けり何かにまぎれんと　加倉井秋を

【桑《くは》】　桑の花　桑畑

クワは十種ほどあり、葉は蚕の食料となる。春、葉腋に黄緑色の花穂を垂れる。→夏桑（夏）・桑の実（夏）

八王子駅出でて直ぐ桑がくれ　三橋敏雄
山畑のいよいよ荒れて桑の花　青柳志解樹
桑咲いて戸毎に婆とおしら神　菅原多つを
花桑に月光うるむ夜の信濃　池芹泉
山鳥の羽音つつぬけ桑畑　皆川盤水
婚礼の透けてゆくなり桑畠　飴山實

【樒の花《しきみのはな》】　花樒

樒はモクレン科の常緑小高木で、四月ごろ香りのよい淡黄色の小さな花を咲かせる。実が密につくことから「樒」の字をあて、墓前に供える植物であることから仏前草ともいい、また「梻」とも書く。

村人の見ざる樒の花を見る　相生垣瓜人
人の世に咲きて樒の花かすか　高木石子
ほろと黄が樒の花にちがひなし　後藤立夫
花樒風ざうざうと湖の寺　皆川盤水
どの径も家に終りぬ花樒　鷲谷七菜子
樒咲くや火事に消えたる武家屋敷　島谷征良

【鈴懸の花《すずかけのはな》】　篠懸《すずかけ》の花　プラタナスの花

スズカケは西アジア原産で、高さ三〇メートルに達し、花は単性で雌雄同株。四～五月に淡黄緑色の花が多数集まり球形となって咲く。明治末期に渡来し、街路樹などに植えられた。プラタナスともいう。

すずかけの花咲く母校師も老いて　河野南畦
鈴懸の花臨月の髪切りて　小口幸子
プラタナスの花咲き河岸に書肆ならぶ　加倉井秋を

【花筏《はないかだ》】　ままつこ

ミズキ科の落葉低木で、山地に自生。晩春、葉の表の中央に淡緑色の小花をつけるさまが、花をのせた筏のように見えるのが名の由来。❖水の上の落花が重なっていることをいう花筏とは別。

花筏蕾みぬ限なき葉色の面に　中村草田男
ささやかな夢懐に花筏　緑川美世子
ままつこや櫟ざわざわ鳴るばかり　廣瀬直人

【通草の花《あけびのはな》】　木通《あけび》の花《はな》　花通草

蔓性落葉低木のアケビは、四月ごろ新葉とともに淡紫色の花が咲く。日本原産で本州・九州・四国の山野に自生。❖三枚の花弁が開いた形が愛らしい。↓通草（秋）

雲深し通草の花の雨ためて　安藤甦浪
花あけび垂れて青嶺を傾かす　松本　進
先端は空にをどりて通草咲く　林　徹

【山帰来の花《さんきらいのはな》】　さるとりいばらの花

日本で俗に山帰来と呼んでいるものは、猿《さる》捕茨《とりいばら》のことで、山野に自生するユリ科の蔓性の落葉低木。棘が多く、晩春に黄緑色の小花を多数散形につける。本来の山帰来は日本には自生しておらず、台湾や中国南部に分布する熱帯植物である。

海まぶしくて山帰来花散らす　青柳志解樹
歳月のささやき山帰来の花　鷹羽狩行
岩の上に咲いてこぼれぬ山帰来　村上鬼城

【郁子の花《むべのはな》】　うべの花

ムベはアケビ科の蔓性常緑低木で、春、総状花序に白色の小さな花をつける。単性で雌雄同株。常緑なので常磐《ときわ》通草ともいわれる。関東以西に分布。↓郁子（秋）

郁子の花散るべく咲いて夜も散れる　大谷碧雲居
井の水の闇湛へたる郁子の花　六本和子
たらちねの母の匂ひや郁子の花　たなかまりこ

【竹の秋《たけのあき》】　竹秋《ちくしゅう》

春先になると、竹は前年から蓄えた養分を

地下の筍に送るため葉が黄ばんだ状態になる。これが他の植物の秋の様子を思わせることから、竹の秋という。❖凋落を思わせるが、美しい言葉である。↓竹の春（秋）

竹の秋しづかなものに余呉の湖《うみ》　細見綾子
竹の秋ひとすぢの日の地にさしぬ　大野林火
祇王寺は訪はで暮れけり竹の秋　鈴木真砂女
夕暮の数を重ねて竹の秋　櫛原希伊子
夕闇に地鶏まぎるる竹の秋　斎藤梅子
竹の秋男の若狭訛かな　廣瀬直人
風避けて風の音聞く竹の秋　望月周
金星を沈めて丘は竹の秋　五島高資

【春の筍《はるのたけのこ》】　春筍《しゅんじゅん》　春笋《しゅんじゅん》

竹類の地下茎《ちかけい》から出る幼芽で、春から出回るものをいう。↓筍（夏）

旅終へて春筍京に溢れをり　角川源義
春筍は犀の角ほど曲りをり　福田甲子雄
春筍を掘りちらかして帰りけり　井上弘美

【春落葉《はるおちば》】

落葉樹は初冬に葉を落とすが、椎、樫、檜などの常緑樹は晩春に古い葉が散るので「春落葉」という。木の根方に、いつの間にか積もっているのに気づく。❖ひっそりとした風情がただよい、明るさも感じさせる。↓落葉（冬）・常磐木落葉（夏）

春落葉えたいの知れぬものも掃く　鍵和田秞子
さびしさに慣るるほかなし春落葉　西嶋あさ子
春落葉苔のおもてに弾みけり　岩田由美

【梖菖蒲《ねぢあやめ》】　馬藺《ばりん》

アヤメ科の多年草の花で、春、菖蒲《あやめ》に似た芳香のある淡青紫色、まれに白色の花が咲く。葉は線状で下部が紫色をしていて梖《ねじ》れている。中国東北部・朝鮮半島原産で、観賞用に栽培される。

絵にかゝせみたやばりんの花盛　盛庸
足音に来る鯉の口捩菖蒲　東條照

【黄水仙《きずいせん》】

ヒガンバナ科の多年草の花。春、葉の間から花茎を伸ばし、先端に香りの高い濃黄色の六弁花を数個つける。切り花としても好まれ、園芸品種が多数ある。南ヨーロッパ原産で日本には江戸末期に渡来。観賞用に植えられることも多い。↓水仙（冬）

黄水仙人の声にも揺れゐたる　村沢夏風

横浜の方に在る日や黄水仙　三橋敏雄

黄水仙瞠《みひら》きて咲く殉教碑　中山純子

【喇叭水仙《らつぱすいせん》】

ヒガンバナ科の多年草の花。ヨーロッパ原産。花の中央の副冠が発達して喇叭状になっているのが特徴。黄色または白が中心で、一茎に一花をつける。❖水仙といえばこの花を思うほどに親しまれている。↓水仙（冬）

点滴も喇叭水仙も声なさず　石田波郷

喇叭水仙黄なり少年兵の墓　山崎ひさを

【華鬘草《けまんさう》】　黄華鬘　紫華鬘　鯛釣草《たひつりさう》

観賞用として庭園などに植えられるケシ科の多年草で、晩春、心臓の形をした桃紅色の扁平な花が総状花序に垂れて咲く。葉が牡丹に似て、それよりも小さい。花の形が仏具飾りの華鬘に似るところからこの名がある。別名の鯛釣草は、垂れ下がった葉が鯛を釣り上げるのに似ているため。中国原産。

ほとけにも九品の列や華鬘草　清水基吉

分去《わかさ》れや風分けきれず華鬘草　池上樵人

けまん咲く径消えがちに殉教地　桂　樟蹊子

黄華鬘の立ちそよぐ雨黄なりけり　堀口星眠

渡岸寺さまへむらさきけまんゆれ　加藤三七子

鯛釣草片身づつ散る夕まぐれ　中野冬太

【雛菊《ひなぎく》】　長命菊　延命菊　デージー

ヨーロッパ西部に自生するキク科の多年草

で、原種は春になると篦《へら》形の葉の間から白色一重の花を頂につける。現在では改良によって、大輪・中輪・小輪、八重咲きなどの種類が増え、色も紅・白・桃色などさまざま。

雛菊のはやむなしさの首傾ぐ　河野多希女
雛菊や亡き子に母乳滴りて　柴崎左田男
雛菊や揺れて咲く花数あれど　湯川京子
踏みて直ぐデージーの花起き上る　高浜虚子
デージーは星の雫に息づける　阿部みどり女

【東菊《あづまぎく》】　吾妻菊

本州中部以北の乾燥した山野に自生するキク科の多年草で、晩春から初夏にかけて淡紫色の舌状花《ぜつじょうか》と黄色の筒状花《とうじょうか》からなる頭花を茎の頂に開く。和名は、東日本に多いことから付けられた。

東菊関趾に遠き海見えて　大竹孤悠
海へ出る一本道やあづま菊　小島火山

【金盞花《きんせんくわ》】　常春花　長春花

キク科の一年草で、南ヨーロッパ原産。原種は花径二センチの一重咲きであったが、改良種には花径一〇センチを越える花弁の多いものがある。花色も濃黄色・淡黄色・橙紅色などさまざま。春から初夏にかけて次々と花を咲かせる。❖房総の海岸などで露地栽培されていて、花もちがよいので供《く》花《げ》に用いられることも多い。

金盞花いよ〳〵金に昼深し　田村木国
海上を高く日がゆく金盞花　和知喜八
島へおろす雑貨の中の金盞花　岡本富子
金盞花畑に立ちても礁《いくり》見ゆ　清崎敏郎
摘む声の海へつつぬけ金盞花　鷹羽狩行
金盞花夕陽に岬《さき》の漁夫消され　櫻井博道
長春花土中の兵馬起きあがる　花房幸道

【勿忘草《わすれなぐさ》】　わするなぐさ　藍微塵

ヨーロッパ原産のムラサキ科の花で、本来

は多年草だが、日本では一年草として栽培される。晩春、瑠璃色の可憐な花を総状につける。❖「私を忘れないで」という名前は、ドイツの悲恋伝説に由来する。

勿忘草日本の恋は黙つて死ぬ　中村草田男
花よりも勿忘草といふ名摘む　粟津松彩子
消ぬばかり勿忘草の風に揺れ　菊川芳秋
血を喀《は》けば勿忘草の瑠璃かすむ　古賀まり子
藍微塵みそらのいろと誰が言ひし　深谷雄大

【シネラリア】　サイネリア

カナリア諸島原産のキク科の多年草で、冬から春にかけて菊に似た頭花を花軸の上につける。園芸品種が多数あり色は紅・桃・青・紫・白、絞り咲き・蛇の目咲きとさまざま。❖「サイネリア」ともいわれるが、これはシの音が死に通じるとして忌み嫌って言い換えられたため。

更けし夜の燈《ほ》影《かげ》あやしくシネラリヤ　五十崎古郷
祖母逝きて少年期逝くシネラリア　横澤放川
シネラリア窓口へ出す処方箋　福永法弘
サイネリア咲くかしら咲くかしら水をやる　正木ゆう子
サイネリア待つといふことときらきらす　鎌倉佐弓

【アネモネ】

地中海沿岸原産のキンポウゲ科の多年草。明治初期に渡来し、観賞用に栽培されてきた。早春から初夏にかけて花茎に花をつける。花弁のように見えるのは萼で、白・桃・赤・紫・青などの色がある。❖ギリシア・ローマ神話に由来する花で、あざやかな色合が印象的である。

アネモネのこの灯を消さばくづほれむ　殿村菟絲子
夜はねむい子にアネモネは睡い花　後藤比奈夫
アネモネや神々の世もなまぐさし　鍵和田秞子
アネモネや来世も空は濃むらさき　中嶋秀子
アネモネや画廊は街の音を断つ　斎藤道子

【フリージア】　フリージヤ

南アフリカ原産のアヤメ科の多年草で、春、細い葉の間から茎が伸び花を連ねる。色は黄・白・紫など。切花として好まれ、強い芳香をはなつ。

フリージア子に恋人のできたるらし　宇咲冬男
麻酔さめきし薄明のフリージア　倉部たかの
日曜の職員室のフリージア　対馬信子
フリージヤのあるかなきかの香に病みぬ　阿部みどり女
うまさうなコップの水にフリージヤ　京極杞陽
熱高く睡るフリージヤの香の中に　古賀まり子
書かぬ日の日記の上にフリージヤ　神蔵器
挨拶はひとことで足るフリージヤ　伊藤敬子

【チューリップ】　鬱《う》金香《こんかう》

小アジア原産のユリ科の球根植物の花。ヨーロッパで古くから品種改良が行われ、赤・白・黄・桃・黒紫など色がきわめて豊富。春、直立する花茎の上に一個の釣鐘形またはコップ状の花を開く。❖子供たちも知っているような春を代表する花のひとつ。

咲き誇りたる北大のチューリップ　秋沢猛
チューリップ喜びだけを持つてゐる　細見綾子
チューリップ花びら外れかけてをり　波多野爽波
赤は黄に黄は赤にゆれチューリップ　嶋田一歩
遠山に雪のまだありチューリップ　高田風人子
白もまた一と色をなすチューリップ　塗師康廣

【ムスカリ】

ユリ科の球根植物で、早春から瑠璃色の小さな花を房状にびっしりつける。草丈は二〇センチほどで、花壇などに一面に植えられているのをよく見るようになった。

かたまりてムスカリ古代の色放つ　青柳照葉
ムスカリの瑠璃がふちどる天使像　田島もり

【ヘリオトロープ】

南米ペルー、エクアドル原産のムラサキ科の小低木の花。香水の原料に用いられる。枝の先端に小さな花が群生して開く。色は初め紫ないしは菫色で、次第に白くなる。
ヘリオトロープ葉巻きのけむり触れて消ゆ　大野雑草子
熱の身にヘリオトロープよく匂ふ　山手晃江

【クロッカス】

小アジアまたは南ヨーロッパ原産の観賞用に栽培されるアヤメ科の球根植物で、春咲きと秋咲きに大別される。春咲きのものをクロッカスといい、早春、松葉状の葉の間から花茎を出し、可憐な花を咲かせる。種類によって色は黄・白・紫などがある。↓サフラン（秋）
日の庭に愛語撒くごとクロッカス　下村ひろし
クロッカスいきなりピアノ鳴り出しぬ　宮岡計次
尖塔の空晴れわたりクロッカス　大木さつき
並びゐて日向日陰のクロッカス　本井英

【シクラメン】　篝火花《かがりびばな》

シリアからギリシアにかけての地域が原産のサクラソウ科の球根植物。春先、ハート形の葉を叢生《そうせい》し、そこから立つ花茎に蝶形の篝火のような花をつける。色は紅色が代表的だが、白・桃などさまざまで、蕾が次々に伸び、花期が長い。❖近年は温室栽培が進み、冬の間から出回っている。
シクラメン花のうれひを葉にわかち　久保田万太郎
部屋のことすべて鏡にシクラメン　中村汀女
こだわらず妻はふとりぬシクラメン　草間時彦
恋文は短きがよしシクラメン　成瀬櫻桃子
シクラメン父で終りし写真館　倉田弘子
玻璃ごしの湖荒れてゐるシクラメン　江中真弓
燃ゆるてふ白のあるなりシクラメン　芳野年茂恵

【ヒヤシンス】　風信子《ふうしんし》

地中海沿岸原産のユリ科の球根植物。剣状の葉が根元から数枚出て、その中心から花茎が直立し、春先、一重または八重の花が多数の鈴をつけたように総状に開く。色も赤・ピンク・白・紫・青・黄と豊富。ヨーロッパで品種改良が盛んに行われ、日本には江戸末期に渡来した。❖小学校で水栽培を行った記憶を持つ人が多い。

みごもりてさびしき妻やヒヤシンス　瀧　春一
銀河系のとある酒場のヒヤシンス　橋　閒石
室蘭や雪ふる窓のヒヤシンス　渡辺白泉
水にじむごとく夜が来てヒヤシンス　岡本　眸
ヒヤシンス死者に時間のたつぷりと　市川　葉
理科室に放課後の冷ヒヤシンス　大島雄作
教室の入口ふたつヒヤシンス　津川絵理子

【スイートピー】

地中海沿岸原産のマメ科の蔓性一年草で、春に白、ピンク、紫、青などの花をつける。マメ科特有の蝶の翅《はね》のような花弁をもち、香りがよい。切花にされることも多く、淡い色合いでありながら華やかな雰囲気が愛されている。

スヰートピー指先をもて愛さるる　岸　風三樓
スイートピーあつさりと夜の明けてをり　村田　脩
スイートピー妻より欠伸もらひけり　梅村すみを

【君子蘭《くんしらん》】

南アフリカ原産のヒガンバナ科の常緑多年草で、漏斗状の朱色の花をつける。太い太刀《たち》を思わせる深緑の葉に守られるように咲き、葉と花の色彩の対照も印象的。花が下を向くものがクンシラン、上向きのものがウケザキクンシランであるが、一般的には後者を君子蘭と呼んでいる。

君子蘭の鉢を抱へる力なし　阿部みどり女
君子蘭整理のつかぬ文机　北　さとり
横笛を袋にしまふ君子蘭　伊藤敬子

【オキザリス】

カタバミ科のうち、観賞用に栽培される西洋種オキザリスの花。花弁が五枚で、色はさまざま。葉はクローバーに似ている。夜は花葉ともに閉じる。球根性のものは耐寒性があり、地植えや鉢植えにする。

露西亜語の文書く卓のオキザリス　大野雑草子
幸福といふ不幸ありオキザリス　石　寒太

【霞草《かすみさう》】

中央アジア原産のナデシコ科の一年草で、高さは四〇～五〇センチ。白い五弁の小さな花をびっしりつける。それがけぶっているように見えるところから「霞草」という。❖花束に添える花としてよく使われ、脇役のイメージがある。

はつきりと咲いてゐしかば霞草　後藤比奈夫
セロファンの中の幸せかすみ草　椎名智恵子

【苧環の花《をだまきのはな》】　苧環《をだまき》　糸繰草《いとくりさう》

キンポウゲ科の多年草の花。晩春にうつむきかげんの青紫の花をつける。高山性の深山苧環、山野に自生する山苧環などは日本原産。園芸用に多く栽培されているのは西洋苧環。花の姿が紡ぎ糸を巻く苧環の形に似ていることからその名がある。

をだまきの殊に濃き花日本海　角川照子
苧環や木曾路は水の音の中　蓑目良雨
をだまきや蔵より運ぶ祝ひ膳　庄原明美
手をつなぎ深山をだまき崖に折る　河府雪於
伊勢に行きたしみやまおだまきといふをみたし　阿部完市

【都忘れ《みやこわすれ》】

深山嫁菜の栽培品種で、古くから観賞用として花壇に植えられたり、切り花にされたりしてきた。晩春から初夏にかけて濃紫・紺・白・ピンクなどの色鮮やかな花を開く。❖名前のゆかしさが連想を誘う。

紫の厚きを都忘れとて　後藤夜半
蕾はや人恋ふ都忘れかな　倉田紘文

【花韮《はなにら》】

ハナニラはユリ科の球根植物で、三月ごろ二〇センチほどの花茎を伸ばし、先端に白、または薄青色の星型の花をつける。地面を覆うように広がる細い葉が韮に似ており、匂いも韮に似ていることからその名がついた。❖食用の韮の花のことではない。↓韮の花（夏）

花韮の花賞でらるるそよぎかな　宮津昭彦
花にらやダヴィデの星を敷きつめる　有馬朗人

【芝桜《しばざくら》】

ハナシノブ科の多年草で、びっしりと咲く花を楽しむ。高さ一〇センチほどの茎が枝分かれして地を這うように広がる様が芝を思わせる。繁殖力が強く、花壇の縁取りや石垣に垂らして栽培される。ピンクのほか、白や藤色のものもある。❖近年は広大な土地一面に芝桜を咲かせ、観光スポットとなっている公園もある。

芝ざくら遺影は若く美しや　角川源義
ピアノ弾く前の体操芝ざくら　津髙里永子

【菊の苗《きくのなへ》】　菊苗　菊の芽

晩春、前年に切った菊の古根から新芽が伸びてくる。これを根分けして新しい苗とする。

菊苗に雨を占ふあるじかな　嘯山
菊苗の三寸にしてきはだつ葉　福永耕二
トロ箱に菊苗育つ蜑の路地　平田冬か
菊の芽や読まず古りゆく書の多し　小野宏文

【菜の花《なのはな》】　花菜《はなな》　油菜《あぶらな》の花　花菜雨
花菜風

越年草の油菜の花。日本では古くから油菜が栽培されていたが、現在ではほとんどが西洋油菜である。秋に種を蒔くと翌春、芽を出し、黄色い十字花をつける。❖一面の菜の花畑は金色に輝き、郷愁を誘う。近年は、食用として蕾のうちに先端を切って束ね、店頭に並べられているものを目にすることが多い。

菜の花や月は東に日は西に　蕪村

菜の花といふ平凡を愛しけり　富安風生
菜の花の昼はたのしき事多し　長谷川かな女
菜の花の暮れてなほある水明り　長谷川素逝
菜の花や夜は家々に炉火燃ゆる　木村蕪城
家々や菜の花いろの灯をともし　木下夕爾
菜の花や村ぢゅうの柱時計鳴る　宗田安正
菜の花や西の遥かにぽるとがる　有馬朗人
菜の花や食事つましき婚約後　福永耕二
花菜雨傘が重たき子が帰る　関　成美
艪音して坊の津花菜あかりかな　古賀まり子

【大根の花《だいこんのはな》】　**花大根《はなだいこん》**　**花大根《はなだいこ》**

晩春、大根は白または紫がかった十文字の花を開く。種を採るために畑に残しておいたものなので、数も少なく菜の花のような明るさは感じられないが、ひっそりとした味わいがある。

大根の花紫野大徳寺　高浜虚子
大根の花や青空色足らぬ　波多野爽波
夕月は母のぬくもり花大根　古賀まり子
繭倉のほとり風呼ぶ花大根　鈴木蚊都夫
灯台の玻璃はみどりに花大根　伊藤敬子

【諸葛菜《しょかつさい》】

中国原産のアブラナ科の一年草で、春、大根の花に似た薄紫の四弁花をつける。三国時代に諸葛孔明が栽培を奨励したことからこの名がついたという。

病室にむらさき充てり諸葛菜　石田波郷
東京を一日歩き諸葛菜　和田悟朗
目つむれば眠つてしまふ諸葛菜　茂惠一郎
新聞のたまるはやさよ諸葛菜　片山由美子

【豆の花《まめのはな》】　**蚕豆《そらまめ》の花**　**豌豆《ゑんどう》の花**

俳句で「豆の花」という場合、多くは春咲きの豌豆と蚕豆の花をさす。豌豆の花は蝶形で白と赤紫色があり、蚕豆は三センチ程度の白または淡紅色の蝶形花を開く。

山の日は山へ帰りて豆の花　今井杏太郎

家低く山また低し豆の花　三田きえ子
まつすぐに海の風くる豆の花　大嶽青児
父母に戦後ありけり豆の花　押野裕
そら豆の花の黒き目数知れず　中村草田男
豌豆の花の飛ばんと風の中　勝又一透
ただひとりにも波は来る花ゑんど　友岡子郷
暁は花えんどうより見えはじむ　宇多喜代子

【葱坊主《ねぎばうず》】　**葱の花**

葱は晩春になると花茎が伸び球状の花を多数つける。それを葱坊主という。❖葱坊主は比喩的な呼び名なので、さらに別のものになぞらえて詠むのは避けたい。→葱（冬）

葱坊主子を憂ふればきりもなし　安住敦
葱坊主どこをふり向きても故郷　寺山修司
葱坊主子を持たざれば子に泣かず　西嶋あさ子
夕日より朝日が親し葱坊主　二川茂徳

【苺の花《いちごのはな》】　**花苺　草苺の花**

オランダ苺・草苺・蛇苺などの花。晩春から夏にかけて五～八弁の黄や白の小さな花をつける。現在、最もよく見かけるのは栽培種のオランダ苺で、春、数個の白色五弁の花をつける。→苺（夏）

敷藁のま新しさよ花いちご　星野立子
花苺草色の虫をりにけり　高田風人子
石垣のほてりの去らず花いちご　鷹羽狩行
花の芯すでに苺のかたちなす　飴山實

【萵苣《ちさ》】　**ちしや　かきぢしや　レタス**

レタスのこと。地中海東沿岸から小アジアにかけて分布していた原種に改良が加えられた。日本には中国を経由して伝わった。

萵苣畑や雨うちはじく葉のちゞみ　皿州
萵苣噛んで天職とふを疑へり　西嶋あさ子
すみずみに水行き渡るレタスかな　櫂未知子

【菠薐草《はうれんさう》】

西アジアが原産とされるアカザ科の一・二

年草。葉を食用にする。ビタミンに富み、さまざまに料理される。在来種は江戸時代に中国から伝わったもので、秋に蒔き冬から春にかけて収穫する。明治以降に伝わった春蒔きの西洋種もある。❖昨今は一年を通して入手できるので、季節感が乏しくなった野菜のひとつ。

吾子の口菠薐草のみどり染め　深見けん二
夫《つま》愛すはうれん草の紅愛す　岡本　眸
菠薐草スープよ煮えよ子よ癒えよ　西村和子
菠薐草父情の色と思ひけり　井上弘美

【鶯菜《うぐひすな》】　黄鳥菜《うぐひすな》　小松菜

小松菜・油菜・蕪の類で、春先に蒔いて一〇センチほど伸びたものをいう。特に小松菜をいうことが多い。鶯が囀《さえず》り始めるころに出回り、さらに色も鶯色で似ていることからこのように呼ぶ。

筑波嶺へ光を増やす鶯菜　名取思郷
海原のけふはれやかに鶯菜　三木照恵

【水菜《みづな》】　京菜　壬生菜《みぶな》

各地で水菜と呼ばれる植物はいくつかあるが、京都では近郊で古くから栽培されていたアブラナ科の蔬菜をさし、関東ではこれを京菜と呼ぶ。漬物やサラダ、煮物にする。葉の先に鋸歯《きよし》状の切れ込みがあり、この近縁種に京都特産の壬生菜がある。

水菜採る畦の十字に朝日満ち　飯田龍太
下京や月夜月夜の水菜畑　庄司圭吾
母とほく姉なつかしき壬生菜かな　大石悦子

【茎立《くくたち》】　くくだち　くきだち

「くく」は「茎」の古形。蕪や油菜などの茎が伸びてしまったことをいう。この硬くなった茎を、薹という。

茎立と水平線とありにけり　森田　峠
茎立や当麻の塔に日が当り　斎藤夏風
茎立や富士ほそるほど風荒れて　鍵和田秞子

伸び切つて茎立ちの丈揃はざる　棚山波朗
くくだちや砂丘がくれに七尾線　猿橋統流子

【芥菜《からしな》】　芥子菜

カラシナは中央アジア原産で、春、小型の十字花をつける。薹が立った茎葉は漬物にして食し、種子は芥油やマスタードの原料となる。日本では古くから香辛料として利用されてきた。

からし菜を買ふや福銭のこし置き　長谷川かな女
くぐらする湯に芥菜の香り立つ　辻　順子
からし菜の花に廃船よこたはる　阿波野青畝

【三葉芹《みつばぜり》】　みつば

長柄の先に三枚の小葉が集まっているので「みつば」と呼ぶ。日本では古くから野生種を野菜として食し、栽培は江戸時代に始まった。独特の強い香りが好まれる。

三葉芹摘みその白き根を揃ふ　加倉井秋を
三葉食べぬ子とあり吾もかくありき　原田種茅
まこと三枚の葉こそ愛しきみつばかな　橋　閒石
汁椀に三葉ちらせばすぐ馴染み　本井　英

【春大根《はるだいこん》】　三月大根　二年子《にねんご》大根

通常、大根は初秋に種を蒔き、冬の期間に収穫するが、晩秋に種を蒔き、翌年の四〜六月に収穫するものを春大根という。↓大根（冬）

春大根くぐもり育つ風の峡　有働　亨
春大根卸しすなはち薄みどり　鷹羽狩行

【三月菜《さんがつな》】

早春に種を蒔いて、旧暦三月ごろに収穫して食べる菜で、小松菜などの総称。

よし野出て又珍しや三月菜　蕪　村
三月菜つむや朝雨光り降る　渡辺蟹歩
三月菜洗ふや水もうすみどり　谷　迪子

【独活《うど》】　芽独活　山独活　もやし独活　独活掘る

ウコギ科の多年草で、古くから食されてき

た。山野に自生する他、栽培もされる。春、地上に出る前の若い茎は柔らかく芳香があるので、生食・和え物などにする。❖味にやや癖があるが、その風味を味わう。

雪間より薄紫の芽独活かな　芭　蕉
俎の傷の無数よ独活きざむ　有馬籌子
独活きざむ白指もまた香を放ち　木内彰志
山うどのにほひ身にしみ病去る　高村光太郎
山独活やひと日を陰の甕の水　桂　信子
山独活がいつぽん笊にあるけしき　中原道夫

【春菊《しゆんぎく》】　高麗菊《かうらいぎく》　菊菜

キク科の一年草で、葉を食用にする他、花は観賞用にもなる。地中海地方原産で、日本には江戸時代ごろに伝わったとみられる。葉は菊に似て、葉縁に鋸歯《きよし》がある。黄または白の頭花を開く。葉の独特の芳香と苦味が好まれ、お浸しや鍋料理には欠かせない。❖鍋物をよく食べる冬のもののような印象を受けるが、本来は春の野菜。

春菊の香や癒えてゆく朝すがし　古賀まり子
春菊にまだ降る雪のありにけり　大峯あきら
ひとたきに菊菜のかをりいや強く　高浜年尾

【韮《にら》】　ふたもじ

東アジア原産といわれ、日本では十世紀ごろから栽培され、食用としてきた。長さ二〇〜三〇センチの線形の葉を多数生じる。独特の強臭がある。

佐渡びとの牛をあそばせ韮を摘む　西本一都
むさし野に住みつく韮の苗育て　沢木欣一

【蒜《にんにく》】　葫《にんにく》　ひる　大蒜《おほびる》

古代からエジプト、ギリシアで栽培されていたもので、日本には十世紀以前に伝わったとみられる。当初は薬に用いられた。扁球状に肥大する鱗茎《りんけい》が食用となり、強烈な臭気を放つ。

蔵王脊に蒜洗ふ夕まぐれ　蓬田紀枝子

大蒜の花咲き寺の隠し畑　小川斉東語

【胡葱《あさつき》】　糸葱《いとねぎ》　千本分葱《せんぼんわけぎ》

山野に自生し、古くから食されてきた。葉は円筒状で細長く、三〇センチ前後に生長する。鱗茎は長卵形。晩春に紫紅色の花を咲かせる。秋に植え付けし、翌春、収穫する。葉と鱗茎を味噌和え・ぬた・薬味などにする。

胡葱や野川するどく街中へ　皆川盤水
胡葱をくるむ新聞とんがれる　山尾玉藻
味噌あへのわけぎに雨の音こもる　清水六狼

【防風《ばうふう》】　浜防風　はまにがな　防風摘み　防風掘る

一般にセリ科の多年草の浜防風をいう。海岸の砂丘に生え、砂中に深く根を下ろす。大きい株では一メートルにも達する。光沢のある薄緑色の葉が叢生《そうせい》し、夏に白色五弁の小花を多数つける。独特の香気と辛味があり、春の若芽を摘んで刺身のつまなどに用いる。

掘り上げし防風の根の長きこと　岩崎貴美
美しき砂をこぼしぬ防風籠　富安風生
防風掘しだいに友を置きざりに　きくちつねこ
浜防風ひと日の疲れ夕日にも　友岡子郷
こよなきは浜防風の茎のいろ　岸原清行
破船までつづく風紋防風摘む　池内けい吾

【山葵《わさび》】　山葵田　山葵沢

日本特産のアブラナ科の多年草で、清冽な水の流れる谷間に自生していた。春、花茎を伸ばし開花する。根茎は年ごとに肥大して太くなり、和食に欠かせない香辛料である。葉と茎は山葵漬けの原料となる。古くから渓流を利用した山葵田で栽培されている。

山葵田を溢るる水の石走り　福田蓼汀
山葵田に風のさざなみ日のさざなみ　田中水桜

山葵田の隙といふ隙水流れ　清崎敏郎
紗のごとき雨来ては去る山葵沢　有馬籌子

【茗荷竹《めうがたけ》】

ショウガ科の多年草である茗荷の若芽のこと。独特の香りと辛味が好まれ、漬物・吸い物・薬味などにする。促成栽培もされるが、露地栽培のものの方が香りが強い。❖一般に茗荷という名で売られているのは茗荷の子である。→茗荷の子（夏）・茗荷の花（秋）

茗荷竹普請も今や音こまか　中村汀女
雨のあと夕日がのぞく茗荷竹　南部憲吉
その笊も妻の身のうち茗荷竹　飴山實

【青麦《あをむぎ》】　**麦青む**

春、穂の出る前の葉や茎が青々としている麦のこと。→麦（夏）

青麦にいつ出てみても風があり　右城暮石
青麦に沿うて歩けばなつかしき　星野立子
青麦に闌けたる昼の水ぐるま　木下夕爾
青麦を来る朝風のはやさ見ゆ　廣瀬直人

【種芋《たねいも》】　**芋種**　**種薯**　**芋の芽**　**藷苗《いもなへ》**

里芋・馬鈴薯・長芋などの種とする芋のこと。冬の間地中などに貯蔵しておき、早春、温床で発芽させたあとで植え付ける。

種芋を植ゑて二日の月細し　正岡子規
種芋のこのあえかなる芽を信じ　山口青邨
種芋や旅籠《はたご》の急な梯子段　大峯あきら

【春の草《はるのくさ》】　**春草《しゅんさう》**　**芳草**　**草芳《くさかぐは》し**　**草《くさ》芳《かんば》し**

春になって萌え出た草のこと。みずみずしく柔らかい草は匂うばかりである。

ふうはりと鷺は来にけり春のくさ　士朗
放牛放馬波の際まで春の草　大野林火
春の草測量棒を寝かせけり　井上弘美
法隆寺前の往来や草芳し　野村喜舟
草芳し吉備路は雨を呼ぶ風に　村田脩

【下萌《したもえ》】　草萌　草青む　畦青《あぜあを》む　土手青む　若返る草　駒返る草

早春、地中から草の芽が萌え出ること。雪国では残雪の下から新芽が顔をのぞかせると、春の到来を実感する。『新古今集』に収められている〈春日野の下萌えわたる草のうへにつれなく見ゆる春のあは雪　権中納言国信〉は下萌を詠った歌。❖駒返る草の「駒返る」は「若返る」と同義で、草木が再び芽を出すことにも用いる。

下萌や土かく鶏の蹴爪より　嘯山
石疊つぎ目つぎ目や草青む　一茶
下萌の大磐石をもたげたる　高浜虚子
下萌や仏は思惟の手を解かず　鷲谷七菜子
草千里下萌えにはや牛放つ　里川水章
草萌ゆる誰かに煮炊まかせたし　及川貞
草萌やちゝはゝ一つ墓に栖み　安住敦
鳩は歩み雀は跳ねて草萌ゆる　村上鞆彦
駒返る草のいろいろありにけり　今井杏太郎

【草の芽《くさのめ》】　名草《なぐさ》の芽

春、萌え出るさまざまな草の芽のこと。特定の植物の芽をさす場合は桔梗の芽、菖蒲の芽などといい、これを名草の芽と呼びならわす。

草の芽ははや八千種の情あり　山口青邨
草の芽のこゑを聴かむと踞みけり　黒澤宗三郎
草の芽のまだ雨知らぬ固さかな　黒澤麻生子
ことごとく合掌のさま名草の芽　鷹羽狩行
甘草の芽のとびとびのひとならび　高野素十
また別の音に雨降る桔梗の芽　手塚二影
水の面の日はうつりつつ菖蒲の芽　長谷川素逝
芍薬の芽のほぐれたる明るさよ　星野立子
菖蒲の芽まだ刃渡の二三寸　北村仁子

【ものの芽《もののめ》】

早春、萌え出る植物の芽。木の芽ではなく草の芽についていう。

もの丶芽にかゞめばありぬ風すこし　久保田万太郎
ものの芽や雨の匂ひの夫帰る　藤木倶子
ものの芽のそれぞれの葉を繰りだせり　石河義介
ものの芽や産着は光りつつ乾く　坂本美知子

【末黒の芒《すぐろのすすき》】　焼野の芒　黒生《くろふ》の芒

野焼きをした春の野を末黒野といい、そのあとに穂先が焦げて黒く残った芒のことをいう。またその末黒野に新しく萌え出た芒の芽のこともいう。❖焦げた穂先を掲げるように芒はたくましく伸びる。↓焼野

暁の雨やすぐろの薄はら　蕪村
恋路しかすがに末黒の薄かな　岩城久治

【蔦の芽《つたのめ》】

春、蔦は赤や白の芽を出し、しだいに青くなる。❖壁などに一面に這わせた蔦が芽吹くのは美しい光景である。↓青蔦（夏）・蔦（秋）

蔦の芽やいらへなきベル押しつづけ　渋沢渋亭
図書館の蔦の芽紅し復学す　奈良文夫

【雪間草《ゆきまぐさ》】

春になって雪解が始まると、雪の間に黒々とした土がのぞき、そこに早くも芽を出している草々がある。それを雪間草と呼び、特定の草花を指すわけではない。❖春を先取りするかのような植物の息吹を感じたい。
↓雪間

雪消える方へ傾き雪間草　後藤比奈夫
まつさきに子のものを干し雪間草　友岡子郷
あをぞらのところどころに雪間草　大畑善昭

【若草《わかくさ》】　嫩草《わかくさ》　雀隠れ

春、芽を出して間もない草や新しく生えてきた草のこと。若草は柔らかくみずみずしい印象を与える。萌え出た草がわずかに伸びた様子を「雀隠れ」というのは、雀が隠れるほどの丈の意から。↓草若葉・春の草

前髪もまだ若草の匂ひかな　芭蕉

若草に口ばしぬぐふ烏かな　凡兆
若草や蹄のあとの水たまり　会津八一
若草に養蜂箱をどかと置く　酒井土子
若草に置かれてくもる管楽器　小島健
音もなし雀がくれに雨そそぎ　長谷川浪々子

【双葉《ふたば》】二葉

発芽した双子葉植物の最初に出る葉で、二枚貝のような小さな葉を上向きに開く。命のはじめの初々しさが感じられる。❖朝顔が代表的。

定住の意《こころ》となりし双葉かな　藤田湘子
豆双葉犇き合うて穴を出でず　高野素十

【古草《ふるくさ》】

若草に混じって残っている古くなった前年の草のことをさす。『万葉集』の〈東歌《あずまうた》〉に「面白き野をばな焼きそふるくさに新草まじり生ひは生ふるがに」とある。❖冬越しをした草である。

古草もまたひと雨によみがへり　高浜年尾
あとさきに母と古草踏みしこと　岸田稚魚
古草や少し坂なしでんでら野　菖蒲あや
古草や野川かがよひ動きだす　宮岡計次
古草の高さに風の吹いてをり　小野あらた

【若芝《わかしば》】芝青む　春の芝

新芽を出した芝。冬の間枯れていた芝は、春三月中旬を過ぎたころから萌芽する。一面に緑が広がるさまは美しい。

若芝にノートを置けばひるがへる　加藤楸邨
若芝に手を置きて手の湿りくる　有働亨
若芝や墓に兵の名祖国の名　山崎ひさを
真中に雀一羽や春の芝　高浜虚子

【草若葉《くさわかば》】

春の盛りから晩春にかけて萌え出た草の芽がほぐれ、新葉になること。また、その草をいう。菊若葉のように、個々の名称を冠して用いることもある。❖木々の「若葉」

は夏の季語。

葛の若葉吹き切つて行く嵐かな　暁台
草若葉暮方の冷えにゐて匂ふ　猿山木魂
草若葉眠たくなれば眠りけり　星野麥丘人
わが車きしみて止る草若葉　今井千鶴子
草わかば鶏臆病なとさか持つ　鍵和田秞子

【萩若葉《はぎわかば》】
萩は春の盛りに芽吹き、晩春には青々とした若葉となる。

一燭を伐折羅《ばさら》に献じ萩若葉　深見けん二
茂るとはさらさら見えず萩若葉　千原草之

【蔦若葉《つたわかば》】
晩春のころの蔦の若葉。蔦は外壁などを伝うように生長していく。葉は厚く光沢があって美しい。

碌山の「女」は老いず蔦若葉　玉木春夫
蔦若葉がんじ搦めに遊女の墓　渡辺風来子
蔦若葉風の去来の新しく　稲畑汀子

【菫《すみれ》】　菫草　花菫　相撲取草《すまふとりぐさ》　壺菫
三色菫《さんしきすみれ》　パンジー
東アジアの温帯に広く分布し、日本では日当たりの良い山野に多種類が自生する。花は濃紫色で四～五月に咲く。別名「相撲取草」というのは鉤《かぎ》状の花を互いにひっかけて遊ぶことによる。「三色菫（パンジー）」はヨーロッパ原産で園芸品種。❖可憐な花のかたちと美しい色が好まれる。

山路来て何やらゆかしすみれ草　芭蕉
菫程な小さき人に生れたし　夏目漱石
かたまつて薄き光の菫かな　渡辺水巴
小諸なる古城に摘みて濃き菫　久米三汀
すみれ踏みしなやかに行く牛の足　秋元不死男
川青く東京遠きすみれかな　五所平之助
いくたびも都は滅びすみれ咲く　吉田汀史
手にありし菫の花のいつかなし　松本たかし
つかの間の風はすみれの花の丈　三田きえ子

高館の崖のもろさよ花菫　沢木欣一

【紫雲英《げげん》】　蓮華草　げんげん　げんげ田

中国原産でマメ科の越年草の蓮華草の花。かつては緑肥として刈り取りの終わった稲田で広く栽培されていた。葉は互生し、四～六月に葉腋《ようえき》から花柄を伸ばし、先端に多数の蝶形花をつける。

余念なく紫雲英を摘むとひとは見む　大島民郎
指ゆるめ紫雲英の束を寛がす　橋本美代子
どの道も家路とおもふげんげかな　田中裕明
頭悪き日やげんげ田に牛暴れ　西東三鬼
狡る休みせし吾をげんげ田に許す　津田清子
げんげ野を来て馬市の馬となる　下村ひろし

【苜蓿《うまごやし》】　苜蓿《もくしゆく》　クローバー　白詰草《しろつめくさ》

マメ科の多年草で、牧草として植えられる。クローバー・白詰草ともいう。ヨーロッパからアジアにかけてが原産で、日本には江戸時代に伝わった。葉は互生する複葉で、葉柄の先にハート形の葉が三葉つく。春から夏にかけて、白色の小花が球状に咲く。

めぐり踏むグラバー邸の苜蓿　深見けん二
ラケットを二つ重ねてうまごやし　加藤耕子
苜蓿やいつも遠くを雲とほる　橋本鶏二
クローバに坐すスカートの完《まつた》き円　橋詰沙尋
クローバーに寝転び雲に運ばるる　すずき巴里
生も死もしろつめ草の首飾り　鳥居真里子

【薺の花《なづなのはな》】　花薺　三味線草《しやみせんぐさ》　ぺんぺん草

ナズナは春の田畑や道端などに咲いているのが見られる。茎が伸びて、白い小型の十字花を多数つける。果実が三味線のばちに似ていることからぺんぺん草ともいわれる。春の七草の一つでもあり、七草粥に入れて食べる風習がある。→薺（新年）

よくみれば薺花さく垣ねかな　芭蕉

妹が垣根さみせん草の花咲ぬ　蕪　村
薺咲く道は土橋を渡りけり　平井照敏
晩年の夫婦なづなの花白し　篠崎圭介
黒髪に挿すはしやみせんぐさの花　横山白虹
首塚に入鹿鼂㞔のぺんぺん草　津田清子

【蒲公英《たんぽぽ》】　鼓草　蒲公英《たんぽぽ》の絮《わた》

キク科の多年草で、三～五月ごろ黄色・白色の頭花が花茎に一つつく。道端・土手などで普通に見られる。日本蒲公英と総称する蝦夷蒲公英・関東蒲公英・関西蒲公英などの在来種が各地に分布していたが、いずれも帰化した西洋蒲公英に駆逐されつつある。❖春の太陽を思わせるような金色の花は子供たちにも愛されているが、花のあと形成される絮が風に飛んでいくさまは詩情をかきたてられる。

たんぽゝを折ればうつろのひゞきかな　久保より江
たんぽぽや長江濁るとこしなへ　山口青邨
たんぽぽや日はいつまでも大空に　中村汀女
顔じゆうを蒲公英にして笑うなり　橋　閒石
蒲公英や海も柩も水平に　柚木紀子
夕方の空の肌いろ鼓草　山西雅子
たんぽぽのぽぽと絮毛のたちにけり　加藤楸邨

【土筆《つくし》】　筆の花　土筆野　土筆摘む　土筆和　つくづくし　つくしんぼ

杉菜の胞子茎。地下茎で栄養茎とつながっている。春先、地面から顔を覗《のぞ》かせる。形が筆に似ていることから土筆と書く。古名は「つくづくし」といわれ、古くから食されてきた。通称、袴といわれる部分を除いて茹で、酢の物などにする。❖土筆を見つけると、いよいよ春という実感がわく。

見送りの先に立ちけりつくづくし　丈　草
土筆伸ぶ白毫寺道は遠けれど　水原秋櫻子
せせらぎや駈けだしさうに土筆生ふ　秋元不死男
まゝ事の飯もおさいも土筆かな　星野立子

一握りとはこれほどのつくしんぼ　清崎敏郎
土筆の袴取りつつ話すほどのこと　大橋敦子
われ死なば土葬となせや土筆野へ　福田甲子雄
土筆野や子取ろの唄はすたれしか　菅原鬨也
土筆摘む野は照りながら山の雨　嶋田青峰
大和には大和のかをり土筆摘む　谷口摩耶
年よりの食の細さよ土筆和　草間時彦

【杉菜《すぎな》】　接《つ》ぎ松《まつ》
トクサ科の多年草。栄養茎と胞子茎の区別があり、前者を杉菜、後者を土筆という。土筆が伸びたあとで杉菜が広がる。杉菜は鮮緑色で直立し、高さ二〇～四〇センチになる。その茎を鞘から抜き、また挿して遊ぶことから「接ぎ松」ともいう。

古池へ下りる道なき杉菜かな　五十崎古郷
練馬野は住み憂かりける杉菜かな　村山古郷
母とゆく産土道の杉菜かな　小林康治

【蘩蔞《はこべ》】　はこべら　はこべくさ
ナデシコ科の越年草で、田畑や路傍など、いたるところで自生している。春の七草にもなっている。茎は基部が分岐して地面を這い、卵形の柔らかい葉が対生する。春、白色の小さな五弁花をつける。鳥の餌にするほか、古くから民間薬にも利用してきた。

鶏の餌のはこべに貝の殻を混ず　小林千史
平凡なことばかがやくはこべかな　小川軽舟
はこべらや焦土の色の雀ども　石田波郷
はこべらや名をつけて飼ふ白うさぎ　大串　章
はこべらのひよこはすぐにはとりに　対中いずみ
はこべらに布の鞄を置けば晴れ　山西雅子

【桜草《さくらさう》】　プリムラ
サクラソウは、北半球の温帯から寒帯にかけて約六百種が分布し、春、花茎を立て、可憐な淡紅色の五裂の花を五～一〇個つける。花形が桜の花に似ていることからその名がある。

咲きみちて庭盛り上がる桜草　山口青邨
嫁ぐすぐ妊るあはれ桜草　篠田悌二郎
指組めば指が湿りぬ桜草　鈴木鷹夫
桜草咲いていてむかしの暴れ川　松本泰二
うれしさは直ぐ声に出てさくら草　志賀佳世子

【州浜草《すはまさう》】　三角草《みすみさう》　雪割草《ゆきわりさう》

山中に生えるミスミソウの一種。早春に可憐な花をつけ、太平洋側では白、日本海側では紫など色に変化がある。雪割草とも呼ばれる。

洲浜草鞍馬はけふも雪降ると　後藤比奈夫
みんな夢雪割草が咲いたのね　三橋鷹女
雪割草に踞むや兄も妹も　山田みづえ

【翁草《おきなぐさ》】

日当たりのよい山野に生える多年草で、四月ごろ細かい毛におおわれた釣鐘形の花をうつむきがちにつける。花弁のように見える赤紫の萼の内側には毛がない。花のあと、翁の白頭を思わせるような羽毛を生じる。

土の香のなにかたのしく翁草　飯田蛇笏
水させば硯喜ぶ翁草　村山古郷
ほつほつと咲いてひなたの翁草　今井杏太郎

【錨草《いかりさう》】　碇草

雑木林や丘陵に自生する多年草で、四月ごろ茎の先に多数の淡紫紅色の花をつける。それが錨のかたちに見えることからその名がついた。園芸植物としても人気がある。

いかり草むかしもいまも水祀り　佐藤鬼房
錨草花がこんがらかつてをる　清崎敏郎

【一輪草《いちりんさう》】　一花草《いちげさう》　裏紅一花《うらべにいちげ》　二輪草《にりんさう》

山地の林縁に生えるキンポウゲ科の多年草で、日本には十二種が分布する。早春、花茎が伸び、梅花に似た白色五弁の花を開く。一茎に一花をつけることから一輪草という。近縁種の二輪草は一茎に二花をつける。

嫁がせて一輪草は一輪ぞ　友岡子郷

谷底に日射しのとどき一輪草　齋藤知恵子
一輪はまだ莟なり二輪草　大石香代子

【虎杖《いたどり》】　さいたづま

イタドリの茎は太く、直立し高さは二メートルに達する。雌雄異株。春先に伸びる若い茎は柔らかく筍状となり、赤紫の斑点がある。若い茎には酸味があり、生食のほか煮たり塩漬けにしたりする。

虎杖やはらり〳〵と旅の雨　草　琚
いたどりや着きて信濃の日が暮るる　及川　貞
いたどりを噛んで旅ゆく熔岩《らば》の上　野澤節子
いたどりや麓の雨は太く来る　山本洋子

【酸葉《すいば》】　酸模《すかんぽ》

スイバは茎や葉に酸味があることからついた名。すかんぽも「酸い葉」からの転訛《てんか》と思われる。茎は高さ三〇～八〇センチ、円柱形で直立する。雌雄異株で、雌株の方が高く、花序の数も多い。晩春から初夏にかけて小花を密生してつける。

酸葉噛んで故山悉くはろかなり　石塚友二
すかんぽをかんでまぶしき雲とあり　吉岡禅寺洞
すかんぽや紀ノ川堤高からず　轡田　進
すかんぽや治りはじめの傷痒し　棚山波朗
すかんぽを折り痛さうな音のする　後藤立夫

【羊蹄《ぎしぎし》】

タデ科の多年草で、晩春の湿地に見られる。大きめの葉は縁が波打った楕円形をしていて目立つ。茎の上部に花穂を出し、節ごとに淡緑色の粒状の花をびっしりつける。新芽は食用となる。

ぎしぎしに海の荒雲押しきたる　村沢夏風
ぎしぎしやことば無頼の山仲間　水沼三郎

【薊《あざみ》】　花薊　野薊

キク科の二年草または多年草で、日本には七〇～八〇種があり、春から秋まで花が見られる。多数の筒状花《とうじようか》が集合した頭花で、

紫色または淡紫色。葉は厚くて鋸歯《きょし》が鋭く、先端は尖っている。↓夏薊（夏）

大原女の三人休む薊かな　野村喜舟
第一花王冠のごと薊咲く　能村登四郎
薊濃し磐余の道と聞きしより　八木林之助
薊見る実相院のまひるかな　波多野爽波

【座禅草《ざぜんさう》】

サトイモ科の多年草で、山中の湿原で見られる。三月から五月にかけて花が咲く。暗紫色の仏焰苞の中に、太い肉穂状の花をつけるが、それを岩窟で達磨が座禅を組むさまに見立てた。

座禅草踞み見すれば世はしづか　藤田湘子
座禅草音せぬ水の流れたる　金久美智子
湿原に昼の闇あり座禅草　藤木倶子

【蕨《わらび》】　早蕨《さわらび》　初蕨　蕨狩　蕨山

古くから薇《ぜんまい》とともに春を告げる山菜の代表で、『万葉集』でも〈石走《いはばし》る垂水《たるみ》のうへのさわらびの萌え出づる春になりにけるかも　志貴皇子〉と詠われている。長い柄の先に拳状に葉を巻いた新芽を柄ごと摘んで茹で、灰汁《あく》抜きをして食べる。↓夏蕨（夏）

大原の筧《かけひ》にうたす蕨かな　五十嵐播水
良寛の天といふ字や蕨出づ　宇佐美魚目
雨の中拳をほどく蕨かな　堀川紀子
早蕨や若狭を出でぬ仏たち　上田五千石
出雲への峠晴れたり初蕨　鷲谷七菜子
蕨干す山国の日のうつくしや　大場白水郎
眼を先へ先へ送りて蕨採る　右城暮石
阿蘇五岳のこらず見えて蕨狩　下村非文
胎の子と寝足りし手足わらび山　中山純子
頂上といふも平らに蕨山　畠山譲二

【薇《ぜんまい》】　狗脊《ぜんまい》　紫萁《ぜんまい》　おに蕨　いぬ蕨

ゼンマイは胞子葉と栄養葉とがあり、栄養葉の若芽は蝸牛状に巻いていて、綿毛に覆われている。早春、ほぐれる前の栄養葉の若芽を摘んで乾燥させたものが食用にされる。

ぜんまいのの字ばかりの寂光土　川端茅舎
ぜんまいや岩に浮きだす微笑仏　古舘曹人
ぜんまいのしの字と長けてしまひけり　角川照子
ぜんまいやつむじ右まき左まき　阿部月山子

【芹《せり》】　根芹　田芹　芹摘む　芹の水

セリは水田、野川などの湿地に群生し、春の七草の一つにもなっている。葉は香りが高く柔らかいので、古くから食用としてきた。

芹すすぐ濁りたちまち過ぎゆけり　岸原清行
川二つ越えて葛飾田芹買ふ　禰寝雅子
芹摘むに風よりひくくかがまりて　細見綾子
手首まで濡らす流れの芹を摘む　亀田虎童子
芹の水つめたからむと手をひたす　篠田悌二郎
子に跳べて母には跳べぬ芹の水　森田峠
芹の水葛城山の麓より　矢島渚男

【野蒜《のびる》】　野蒜摘む

ノビルは田の畦《あぜ》や土手などいたるところに群生している。葱のような臭みがあり、茎は細長く直立し、初夏に花をつける。春の代表的な食用野草の一つで、茎と鱗茎《りんけい》を生食したり、お浸し・酢味噌和《あえ》・胡麻和などにする。

ひかりたつ能古の浦波野蒜摘む　岡部六弥太
雲影をいくたびくぐる野蒜摘　福永耕二

【犬ふぐり《いぬふぐり》】　いぬのふぐり

イヌフグリは早春、道端や野原に這《は》うように広がって群生し、瑠璃色の花を咲かせる。在来種の犬ふぐりはほとんど見られず、ふつうヨーロッパ原産の大犬のふぐりをさす。

犬ふぐり星のまたたく如くなり　高浜虚子
犬ふぐり色なき畦と思ひしに　及川貞
レールより雨降りはじむ犬ふぐり　波多野爽波
瓦礫みな人間のもの犬ふぐり　高野ムツオ

いぬふぐり揺らぐ大地に群れ咲ける　大屋達治
鎌倉は潮風強し犬ふぐり　山西雅子

【山吹草《やまぶきさう》】 草山吹

本州の山地の明るい林に生えるケシ科の二年草で、葉腋《ようえき》に山吹に似た鮮黄色の四弁花をつける。高さは三〇センチほど。

藪中や日の斑とゆらぐ山吹草　金尾梅の門
薪小屋へ雪崩咲きたる山吹草　勝又一透

【十二単《じふにひとへ》】

日本に自生するシソ科の多年草で、四月ごろ、紫色の唇形花が円錐状に重なり合って咲く。❖王朝の女性たちの美しい衣装の連想から付いた名。

汝にやる十二単といふ草を　高浜虚子
日を浴びて十二単の草の丈　岡本まち子
花の名を十二単と誰がつけし　山手晃江

【金瘡小草《きらんさう》】 地獄の釜の蓋

キランソウは野原や丘陵地に生えるシソ科の多年草。地面を覆うように広がった葉の付け根に、春、紫の小花をつける。薬草として古くから用いられ、地獄に蓋をして病人を地獄から呼び戻すというので地獄の釜の蓋の別名がある。❖冬越しする葉はロゼット状に広がり、深く根を張っているため引き抜くことができないのも、地獄の釜の蓋という名をもっともらしく感じさせる。

きらん草古代紫展げけり　後藤比奈夫
また踏んでをりしぢごくのかまのふた　石田郷子

【春蘭《しゆんらん》】 ほくろ

シュンランは山林・低山などの日当たりのよい所に自生するラン科に属する常緑の多年草で、早春、花茎の先端に淡黄緑色で紅紫色の斑が入った花をつける。ほくろ・じじばばの異名がある。根は太いひげ状をなし、堅くて細長い葉を五方に出す。観賞用に古くから栽培されてきた。↓蘭（秋）

春蘭の花とりすつる雲の中　飯田蛇笏
春蘭や雨をふくみてうすみどり　杉田久女
春蘭の風をいとひてひらきけり　安住敦
春蘭や山の音とは風の音　八染藍子

【化偸草《えびね》】　海老根　えびね蘭　黄えびね

ラン科の多年草で、四月中旬、地上に広がった葉の間から茎が伸び、複数の小花が連なって咲く。上部は褐色、下部は白や薄桃色などいろいろな種類があり、園芸愛好家に好んで栽培される。

しづけさのひかりとどめてえびね咲く　高原初子
めぐる忌にえびねは株を増やしけり　須賀一惠

【蝮蛇草《まむしぐさ》】　蝮草

関東以西の林の中などの湿った土に生えるサトイモ科の多年草で、マムシが首をもたげたかのような形の仏焔苞の中に花をつける。花とはいえないような不気味さで、その名がいかにもふさわしい。❖命名の面白さが興味をそそる。

つややかに首立ててをり蝮蛇草　青柳志解樹
蝮草一本二本ならずあり　右城暮石

【金鳳花《きんぽうげ》】　金鳳華　うまのあしがたの花

キンポウゲは山野に自生する多年草で、春から初夏にかけて直立、黄色の花をつける。葉は長い柄を持ち、掌状に五〜七裂する。有毒植物だが、漢方薬に用いられる。

大宰府の畦道潰えきんぽうげ　山口青邨
金鳳花明日ゆく山は雲の中　飯田龍太
きんぽうげ山雨ぱらりと降つて晴れ　岡田日郎
金鳳花まだ風荒き行者道　古賀まり子
岬には馬の路あり金鳳華　山下和人
飛行場馬の脚形おくれ咲く　小枝秀穂女

【一人静《ひとりしずか》】　吉野静　眉掃草《まゆはきさう》

低山地に生えるセンリョウ科の多年草。春、赤紫色の若葉の間に白色の花をつける。高さ一五〜三〇センチ。葉は楕円形で輪生するようにつく。花穂が一本なのでこの名がついた。源義経が愛した静御前になぞらえてこの名がつけられた。❖名前が連想を呼ぶ。

花了へてひとしほ一人静かな　後藤比奈夫
一人静踏まねば行けぬ竹の奥　島谷征良
沈む日にまゆはき草の独り言　吉本みよ子

【二人静《ふたりしづか》】

低山地に生えるセンリョウ科の多年草。同属の一人静が通常一本の穂状花序を出すのに対して二人静は二本で、白い細かな花を開くことから名付けられた。

群れ咲いて二人静と云ふは嘘　高木晴子
身の丈を揃へて二人静かな　倉田紘文
人はふしぎ二人静はしんと咲く　遠藤由樹子

【母子草《ははこぐさ》】　鼠麴草《ほうこぐさ》　ははこ　父子草

田畑や路傍で見かけるキク科の越年草で、花は黄淡色で小さく、茎頂に散房状につける。葉裏や茎は白い毛で覆われている。花期は晩春から初夏にかけて。若い茎や葉は春の七草の「御行《おぎよう》」として七草粥にする。葉は細長いへら形。同類に父子草があるが花は褐色で目立たない。↓御行（新年）

老いて尚なつかしき名の母子草　高浜虚子
石仏の嘆き聞く日ぞ母子草　秋元不死男
母子草亡骸はまだあたたかし　古賀まり子
白と言ひ難き白さの母子草　依田明倫
法然の国に来てをり母子草　大峯あきら
我ら知らぬ母の青春母子草　寺井谷子
どこまでも日ざしやはらか母子草　西宮舞
たまさかに子と野に出れば父子草　轡田進

【蕗の薹《ふきのたう》】　蕗の芽　蕗の花　春の蕗

フキはキク科の多年草。早春、いち早く地中から萌黄色の花茎を出し、その外側は大きな鱗《うろこ》のような濃赤紫色の葉で幾重にも包まれている。これが蕗の薹である。ほろ苦く風味があり、蕗味噌や天麩羅などにする。雌雄異株で、雄花は黄白色、雌花は白色。❖春の大地の恵みを思わせる。

ほとばしる水のほとりの蕗の薹　野村泊月
襲ねたる紫解かず蕗の薹　後藤夜半
蕗のたう竜飛のいまの凪おそろし　小宅容義
蕗の薹厨の水が田にしみて　櫻井博道
春の蕗母金色に煮てくれぬ　脇　洋一

【蓬《よもぎ》】　餅草　艾草《もぐさ》　さしも草　蓬生《よもぎふ》

ヨモギは山野に自生するキク科の多年草。茎は一メートルにもなり、葉は羽状に深く裂けている。中国の古俗にならって若葉を餅に入れた草餅を作り、三月三日の節句に供える風習がある。また葉裏の綿毛を、灸に用いる艾《もぐさ》の原料にする。

春たくる飛鳥の里の蓬かな　松瀬青々
蓬生《よもぎお》ふ卑弥呼の触れし大地より　椿　文恵
巻き戻したる巻尺の蓬の香　大庭紫逢

【嫁菜《よめな》】　萩菜　よめがはぎ

本州・四国・九州の山野に自生するキク科の多年草。葉は短柄を持ち楕円形で縁に鋸《きょ》歯《し》がある。嫁菜はすでに『万葉集』で春の若菜摘として歌われている。春、若苗を摘み取り、茹でて御浸しや和え物にする。

摘む人のまだうら若き嫁菜かな　花　朗
紫を俤にして嫁菜かな　松根東洋城
みちのくの摘んでつめたき嫁菜かな　細川加賀
長けたるは風に残して嫁菜摘む　朝妻　力

【明日葉《あしたば》】

セリ科の多年草で、関東地方南部、伊豆七島の海岸などに生える。高さは一メートルほどになり、若葉を食用にする。生長が早く、刈り取っても翌日にはもう若葉が伸びているというのでその名がある。八丈島の名産として知られる。

芹よりも明日葉匂ひ売られけり　石塚友二

昨夜《よべ》荒れし海のしづけさあしたば摘む　仲村美智子

【茅花《つばな》】　**白茅《ちがや》の花《はな》**　**茅花野《つばなの》**

山野や原野の草地、川原などに群生するイネ科の多年草白茅の花のこと。白茅の葉は細く線形で硬質。晩春から初夏にかけて白い尾状の花序を垂らす。若い花序は甘味があり、また根茎は漢方に用いられる。❖子供時代の遊びの記憶を呼び覚ますなど、懐かしさを感じさせる植物。→茅花流し（夏）

三日月のほのかに白し茅花の穂　正岡子規

地の果のごとき空港茅花照る　横山白虹

まなかひに青空落つる茅花かな　芝　不器男

つばな野や犬柔かくうづくまり　山田みづえ

【髢草《かもじぐさ》】　**雛草《ひなくさ》**　**鬘草《かつらぐさ》**

イネ科の多年草。路傍や畑などに多い。麦藁に似て、葉は細く線形である。晩春から初夏にかけて茎の頂に一個の穂状花序を出す。花序には数個の小花のある多数の小穂がつき、長い芒《のぎ》がある。かつて女の子がこの草の葉を揉んで雛人形の髢を作ったことから髢草の名がついた。

母の櫛折りし記憶やかもじ草　越路雪子

髢草みな結ばれし恐山　堀　文子

【片栗の花《かたくりのはな》】　**かたかごの花**

明るい林などに群落を作る、ユリ科の多年草。早春、一対の葉の間から伸びた花茎の先端に、淡紫色で花弁の付け根に濃紫色の斑点のある花をうつむきかげんにつける。古名をかたかごといい、『万葉集』では〈もののふのやそをとめらが汲みまがふ寺井の上の堅香子の花　大伴家持〉と詠まれている。❖ひそやかながら艶やかに咲く花である。反り返る花弁が目を引く。片栗、かたかごのみで使うことは避けたい。

片栗の一つの花の花盛り　高野素十
片栗の花ある限り登るなり　八木澤高原
潮騒や片栗の花うすれゆき　村上しゅら
かたくりの遠くの花へ風移り　深見けん二
かたくりは耳のうしろを見せる花　川崎展宏
かたくりの花の韋駄天走りかな　綾部仁喜
かたくりの葉にかたくりの花の影　西川章夫
かたかごが咲き山神は少彦《すくなひこ》　下田　稔
かたかごの花やうなじを細うして　山上樹実雄
かすかなる風かたかごの花にこそ　若井新一

【春竜胆《はるりんだう》】　筆竜胆　苔竜胆

ハルリンドウは二年草で、山野の日当たりのよい、やや湿った草地に生育する。春、数本叢生した花茎の先に青紫色の漏斗状鐘形の花を一個ずつつける。筆竜胆・苔竜胆は近縁種。→竜胆（秋）

春りんだう入日はなやぎてもさみし　安住　敦
筆竜胆山下る子が胸に挿す　廣瀬町子
木道に苔竜胆の凭れをり　横田はるみ

【水草生ふ《みづくさおふ》】　水草生ふ《みくさおふ》　水草《みづくさ》生ひ初む
萍《うきくさ》生ひ初む　蓴《ぬなは》生ふ　藻草生ふ

春になって池・沼・沢などの水が温むころ、藻の類、萍、蓮や菱、蓴などさまざまな水生植物が生えてくること。❖「萍生ひ初む」「蓴生ふ」などと具体的に植物名を冠する場合もある。

萍や生ひそめてより軒の雨　白　雄
ゆふぐれのしづかな雨や水草生ふ　日野草城
跳ぶ妻のどこ受けとめむ水草生ふ　秋元不死男
水草生ふながるゝ泛子《うき》のつまづくは　篠田悌二郎
水草生ふ放浪の画架組むところ　上田五千石
足音をよろこぶ水や水草生ふ　行方克巳
水底にかすかなる風水草生ふ　山本一歩
萍や池の真中に生ひ初むる　正岡子規
蓴生ふ沼のひかりに漕ぎにけり　西島麦南

雨脚の見えて水輪や蓴生ふ　徳永山冬子

【蘆の角《あしのつの》】　蘆牙《あしかび》　蘆の芽　角組む蘆　蘆の錐《きり》

アシは湖沼・川岸に群生するイネ科ヨシ属の多年草で、春、地下茎から筍に似た角状の新芽を伸ばす。その形から「蘆の錐」「角組む蘆」などといわれている。若芽は食用となる。→青蘆（夏）

日の当る水底にして蘆の角　高浜虚子
や丶ありて汽艇の波や芦の角　水原秋櫻子
さざ波の来るたび消ゆる蘆の角　上村占魚
比良かけて僅かの虹や葦の角　飴山實
風にまだ尖りのありて芦の角　清水衣子
さざなみを絶やさぬ水や蘆の角　村上鞆彦
あしかびや白壁のぼる水陽炎　神蔵器
蘆の芽や浪明りする船障子　村上鬼城
船津屋へ蘆の芽ぐみをたしかめに　伊藤敬子

【蘆の若葉《あしのわかば》】　若蘆

蘆の角は生長すると二列の互生した葉を出す。これが蘆の若葉である。→蘆の角

蘆の若葉こゆる白鷺《はくろ》や浪がしら　重頼
遠つ世へ水路つづけり葭若葉　古賀まり子
舟板の一枚を橋蘆若葉　竹下白陽
若蘆や夕潮満つる舟溜り　村上鬼城
若芦の香の中の筊をあげにけり　徳永山冬子
若蘆や空にしたがふ湖の色　澤田弦四朗

【真菰の芽《まこものめ》】　若菰　芽張るかつみ　かつみの芽

マコモは沼地に群生するイネ科の多年草で、春、地下茎から芽を出し、茎と葉が地上に叢生する。かつみは真菰の古名。

さざなみをわづかに凌ぎ真菰の芽　篠田悌二郎
水嘴《の》んで雀仰反《のけぞ》る真菰の芽　六本和子

【春椎茸《はるしいたけ》】　春子

椎茸は秋の季語になっているが、春にも収穫できる。❖椎茸を含め、現在、菌《きのこ》類のほ

とんどはハウス栽培によって一年中市場に出回っているが、自然な環境で発生するのは多くは秋であり、春にも発生する椎茸は特別に春子と呼ばれる。

春椎茸小さきが父のてのひらに　児玉悦子
日はのぼり尽して暗し春子採り　神尾久美子

【松露《しょうろ》】　松露掻く

ショウロは球形の茸で、初めは白いがしだいに黄褐色、赤褐色に変わる。春と秋に海岸の砂浜の松林に発生する。香りがあり、古くから食されてきた。西洋松露といわれるトリュフは別種の茸。

よべの雨松露の砂はやゝかたく　安宅信一
松原の事よく知れり松露掻　池内たけし
大波のどんと打つなり松露掻　藤後左右
踞まれば消えたる風や松露掻　草間時彦
防人の出船の浜や松露掻　海老原真琴

【若布《わかめ》】　和布《わかめ》　新若布《しんわかめ》　若布刈　若布《めか》刈《り》舟《ぶね》

北海道南部から九州まで、沿岸の海底に生育する海藻。広楕円形の葉状部は丈が二メートルにもなり、羽状に裂ける。冬から春に生育し、夏には枯れる。春から初夏にかけて基部にめかぶと呼ぶ胞子葉ができる。乾燥したものは保存が可能で、古代から食用とされてきた。汁物や和え物などに用いる。❖食用の海藻としてもっとも馴染み深い。

草の戸や二見の若和布貰ひけり　蕪村
みちのくの淋代の浜若布寄す　山口青邨
乾きつゝふかみどりなる和布かな　高浜年尾
大きくて軽き荷が着く新和布　山口波津女
家づとの鳴門若布の籠も青し　篠原梵
音立てて流るる潮や若布刈る　岩田由美
破船に鳥ほかは波音若布干す　西山睦
激流に棹一本の若布刈舟　山口誓子

【搗布《かぢめ》】

カジメは関東以南の太平洋側・四国・九州の沿岸などに分布する。茎は円柱状で上部に羽を広げたような多数の葉をつける。似たものに荒布があるが、これは茎の先端が二叉に分かれている。

かぢめ舁く前にも波の立ちにけり　唐笠何蝶
沖かけてものものしきぞかぢめ舟　石塚友二
風垣のうちの坪庭搗布干す　行方克巳

【鹿尾菜《ひじき》】　鹿角菜《ひじき》　ひじき刈　ひじき釜　ひじき干す

ヒジキは北海道北部を除いた日本各地の海域に生育し、茎は円柱状で葉は互生する。春から初夏にかけて繁茂し、初夏に精子と卵を作って有性生殖を行う。春に採取し、釜で煮た後、天日干ししたものが食用として親しまれている。❖煮物用などに一年中出回っているので、季節感は乏しい。

怒濤去り鹿尾菜の巌の谷なせる　水原秋櫻子
火の山の峙《そばだ》つ磯や鹿尾菜干す　大網信行
一日目二日目のもの鹿尾菜干す　茨木和生
海ふくれきては鹿角菜の岩に寄す　長倉閑山
島々は伊勢の神領ひじき干す　長谷川　櫂
玄海の島を縁どりひじき干す　吉冨平太翁
日当れるひじき林をよぎる魚　五十嵐播水

【角叉《つのまた》】

紅藻類スギノリ科の海藻。海岸の高潮線と干潮線の間の岩石上に生育する。濃紅色、時に青紫色や黄色。扁平で複叉に分岐し、扇形になる。春に採取して漆喰壁土の糊料にする。

ふはふはと角叉踏みて紀に遊ぶ　阿波野青畝
継ぎ当てて角叉採の袋かな　橋本鶏二

【海雲《もづく》】　水雲《もづく》

モズクは不規則で複雑な分枝を持つ海藻で、柔軟で粘りけがある。北海道南西部以南の沿岸で他の海藻にからまって生育し、冬から初夏にかけて繁茂する。春、採取したものを酢の物などにして食す。

わたなかも風吹いてゐる海雲かな　友岡子郷
酢もづくが小鉢にありぬ通夜の酒　星野麥丘人

【石蓴《あをさ》】　石蓴採《あをさとり》

日本各地の沿岸で普通に見られる緑色の海藻。日本には約一〇種が生育する。広い葉状の体に大小さまざまな穴があいている。生殖は春から夏にかけて行われることが多い。乾燥させ、粉末にしてふりかけに混ぜたりして食する。

神の島ゆたかに石蓴つけにけり　林　徹
石蓴採る声をすつぽり岩かくす　右城暮石
二人居て声を交はさず石蓴採り　秋沢　猛
砂の上に夕日しみ入る石蓴採り　古沢太穂
ざぶざぶと膝で潮押す石蓴掻　木村緑枝

【海苔《のり》】　甘海苔　浅草海苔　岩海苔　海《の》苔《り》篊《ひび》　海苔粗朶《のりそだ》　海苔舟　海苔採　海苔掻く　海苔干す

ウゴといえば、一般には食用紅藻類の甘海苔をさす。天然の海苔の採取は古くから行われ、江戸時代から養殖が始まった。秋から春にかけて収穫されるが、春に採ったものは光沢があり香りも高い。乾燥させたものが干し海苔で、かつては天日干しであったが、今ではもっぱら機械乾燥によっている。→新海苔（冬）

日をのせて浪たゆたへり海苔の海　高浜虚子
岩海苔を採りをりはなればなれにて　森田公司
海苔粗朶にこまやかな浪ゆきわたり　下田実花
海苔舟や海苔にまみれて揚げてあり　池内たけし
海苔網を押しあげてゐるうねりかな　斎藤梅子
濡れ岩の乏しき海苔を掻く音す　渡辺水巴
海苔掻きの二言三言あと無言　島谷征良
海苔干すや町の中なる東海道　百合山羽公

一番星二番星海苔漉きいそぐ　有働　亨

【海髪《ごう》】　おご　おごのり

ウゴは紅藻類の海藻で、羽状によく分岐し、干潮線の穏やかな所の小石や貝殻に着生する。生体は暗褐色だが、湯に通すと緑色に変色する。それを刺身のつまなどに用いる。天草とともに寒天の原料となる。

海髪抱くその貝殻も数知れず　中村汀女
与謝の海恋ひくれば海髪ながれ寄る　目迫秩父
雨けぶる音戸《おんど》は海髪を刈つてをり　萩原麦草
絹糸のごときおごのり寄せ渚　伊藤敬子

夏

時候

【夏《なつ》】　三夏　九夏　朱夏《しゅか》　炎帝

立夏（五月六日ごろ）から立秋（八月八日ごろ）の前日までをいう。新暦ではほぼ五、六、七月にあたるが、旧暦では四、五、六月。三夏は初夏・仲夏・晩夏、九夏は夏九旬（九十日間）のこと。朱夏は陰陽五行説で赤を夏に配するところから来た夏の異称。炎帝は夏を司《つかさど》る神。

世の夏や湖水に浮かむ波の上　芭蕉
算術の少年しのび泣けり夏　西東三鬼
この夏を妻得て家にピアノ鳴る　松本たかし
焼岳を映し大正池の夏　後藤比奈夫
樹々そよぐ颯々の夏いさぎよし　森澄雄
グローヴのくぼみ拳で打ちて夏　大高弘達
境川村小黒坂いつか夏　廣瀬直人
夏の航沖に出るまで灯《ひとも》さず　辻田克巳
夏いよよ塔を仰げばのしかかり　西村和子
鳩の首瑠璃光放つ朱夏の宮　加藤耕子
わが朱夏の詩は水のごと光るべし　酒井弘司
炎帝の昏きからだの中にゐる　柿本多映

【初夏《しょか》】　初夏《はつなつ》　夏初め　夏きざす　首夏《しゅか》

夏の初めのころ。立夏を過ぎた新暦の五月にあたる。新緑のすがすがしい時節。

初夏に開く郵便切手ほどの窓　有馬朗人
初夏や夕月に添ふ星一つ　小沢碧童
初夏の山立ちめぐり四方に風　水原秋櫻子
初夏の一日一日と庭のさま　星野立子
はつなつの鳶をしづかな鳥とおもふ　神尾久美子
初夏のしんそこ熱き潮汁　吉田成子

はつなつの月の大きく地を離る　西宮　舞
はつなつのおほきな雲の翼かな　髙田正子
たまさかは夜の街見たし夏はじめ　富田木歩
銀の粒ほどに船見え夏はじめ　友岡子郷
江戸絵図の堀の藍色夏はじめ　木内彰志
缶詰のパイン全き夏はじめ　小野あらた
縞馬の流るる縞に夏兆す　原田青児
夏きざす屋上に飼ふ兎にも　児玉輝代
制服はかたまりやすく夏きざす　鷹羽狩行
松脂の香れる廊下夏兆す　西山ゆりこ
大盛に奄美の首夏の豚料理　邊見京子

【卯月《うづき》】　**卯の花月**

旧暦四月の異称。十二支の四番目が卯にあたることから、あるいは卯木（空木《うつぎ》）の花の咲く月であることから、卯月といわれる。

↓四月（春）

此ころの肌着身につく卯月かな　尚　白
塵ほどに鳶舞ひ上る卯月かな　梅　室
酒のあと蕎麦の冷たき卯月かな　野村喜舟
酒置いて畳はなやぐ卯月かな　林　　徹
卯月来ぬましろき紙に書くことば　三橋鷹女
水底は卯月明りや鷗の死　中村苑子

【五月《ごがつ》】　**聖五月**　**聖母月《せいぼづき》**　**マリアの月**

月の初めに立夏がある。みずみずしい若葉に包まれた生命感にあふれる麗しい月である。薔薇《ばら》や牡丹《ぼたん》が開き、薫風が渡る。カトリックでは五月は聖母マリアを讃える月となっている。❖五月《ごがつ》は新暦として、五月《さつき》は旧暦として使う。↓皐月

門川に流れ藻絶えぬ五月かな　河東碧梧桐
五月の風大空を吹き路地を吹き　富安風生
噴水の玉とびちがふ五月かな　中村汀女
坂の上たそがれながき五月憂し　石田波郷
五月の夜未来ある身の髪匂う　鈴木六林男
目つむりていても吾を統《す》ぶ五月の鷹　寺山修司
水荒く使ふ五月となりにけり　伊藤通明

羽衣といふ衣欲しき五月かな　望月百代
木々の香にむかひて歩む五月来ぬ　水原秋櫻子
子の髪の風に流るる五月来ぬ　大野林火
わがつけし傷に樹脂噴く五月来ぬ　木下夕爾
隠岐牛の黒光りして五月来ぬ　山崎房子
地下街の列柱五月来たりけり　奥坂まや
鳩踏む地かたくすこやか聖五月　平畑静塔
少年のうぶ毛輝く聖五月　山内遊糸
聖五月燦たり南十字星　有馬朗人

【清和《せいわ》】 旧暦四月の時候をいい、空が晴れて穏やかなころ。❖中国では旧暦四月一日を清和節といった。

竹林の闇のあをさも清和かな　古賀まり子
刀匠の鞴《ふいご》火を噴く清和かな　藤本安騎生
坐せばまた風の身にそふ清和かな　森宮保子

【立夏《りっか》】 夏立つ　夏に入る　夏来《なつきた》る　夏来《なつく》

二十四節気の一つで、五月六日ごろにあたる。暦の上ではこの日から夏が始まる。❖活気に満ちた季節の到来を思わせる。

夏立つや衣桁にかはる風の色　有也
旅名残り雲のしかかる立夏かな　飯田蛇笏
竹筒に山の花挿す立夏かな　神尾久美子
街角のいま静かなる立夏かな　千葉皓史
夏立つや鶏鳴長く木魂して　有馬朗人
夏に入る束ねて投げる纜《ともづな》も　廣瀬町子
ふいに子の遊びが変はり夏に入る　小澤克己
空海の筆勢夏に入りにけり　野中亮介
家ぢゆうの音のしづまり夏に入る　井越芳子
夏に入るガラスのペンで書く手紙　山田佳乃
さざなみの絹吹くごとく夏来る　山口青邨
子に母にましろき花の夏来る　三橋鷹女
おそるべき君等の乳房夏来る　西東三鬼
毒消し飲むやわが詩多産の夏来る　中村草田男
夕風に土の匂ひや夏来る　吉田成子

プラタナス夜もみどりなる夏は来ぬ　石田波郷
路地に子がにはかに増えて夏は来ぬ　菖蒲あや

【夏めく《なつめく》】

若葉や新樹が輝きを見せ、さまざまな場面で夏らしくなることをいう。

夏めくや庭土昼の日をはじき　星野立子
夏めくや双眼鏡の中の海　山本一歩
夏めくやひそかなものに鹿の足　長谷川櫂
夏めくや塗替へて居る山の駅　森　夢筆

【若夏《わかなつ》】

沖縄で、うりずん（旧暦二、三月ごろ）の後、旧暦四、五月ごろの稲の穂の出始める初夏の時候をいう。「なつくち（夏口）」とも。↓うりずん（春）

若夏の風ふところに王の墓　山城青尚
若夏や大海原の紺展く　与座次稲子
若夏の光透けゆく糸車　玉城一香

【薄暑《はくしょ》】　薄暑光

初夏のころの暑さ。まだ本格的な暑さではないが好天の日は気温が上がり、汗ばむほどになる。日差しも眩《まぶ》しい。❖明治末期に季語として定着した。↓暑し

後架にも竹の葉降りて薄暑かな　飯田蛇笏
浴衣裁つこゝろ愉しき薄暑かな　高橋淡路女
街の上にマスト見えゐる薄暑かな　中村汀女
人々に四つ角広き薄暑かな　中村草田男
嵯峨豆腐買ふ客ならび薄暑かな　村山古郷
茶粥にも旬ありとせば薄暑かな　茨木和生
むかうへと橋の架かつてゐる薄暑　鴇田智哉
遮断機の今上りたり町薄暑　高浜虚子
帯解けば疲れなだるる夕薄暑　古賀まり子
指笛の指をはなれぬ夕薄暑　三田きえ子
生醤油の匂ひて佃島薄暑　今泉貞鳳
山頂に童児走れば薄暑光　飯田龍太
薄暑光強くあがれる藻の匂ひ　篠沢亜月

【麦の秋《むぎのあき》】　麦秋《むぎあき》　麦秋《ばくしゅう》

初夏に麦が黄金色に熟し、収穫を待つころ。「秋」は実りのときの意。→麦刈

新しき道のさびしき麦の秋　上田五千石
十一面観音堂へ麦の秋　矢島渚男
手のひらに馬の吐息よ麦の秋　鈴木太郎
跳ね橋の戻るを待ちぬ麦の秋　戸恒東人
教師みな声を嗄《から》して麦の秋　岩田由美
切手貼る一滴の水麦の秋　今瀬一博
駄菓子屋に空き瓶ひとつ麦の秋　涼野海音
麦秋の野を従へて河曲る　内藤吐天
麦秋のなほあめつちに夕明り　長谷川素逝
能登麦秋女が運ぶ水美し　細見綾子
麦秋のやさしき野川渡りけり　石塚友二
麦秋の大土間にある凹みかな　大峯あきら
麦秋の潮風鳶を吹き上げし　三森鉄治

【小満《せうまん》】

二十四節気の一つで、五月二十一日ごろにあたる。万物の気が満ちて、草木がしだいに枝葉を広げていく。

小満や一升壜に赤まむし　齊藤美規
小満や白磁の碗に湯を享けて　大石悦子
小満のみるみる涙湧く子かな　山西雅子

【皐月《さつき》】　五月《さつき》　早苗月《さなへづき》

旧暦五月の異称。田植を始める月とされた。皐月の名は早苗を植える意の早苗月の略といわれる。橘《たちばな》の花が咲くことから橘月とも。→五月《ごぐわつ》

笠島はいづこ五月のぬかり道　芭蕉
深川や低き家並のさつき空　永井荷風
漕ぎ出でて富士真白なる皐月かな　長嶺千晶
山越えて笛借りにくる早苗月　能村登四郎
早苗月暮れても青き木曾の空　森田かずを
目覚むれば沈香馨る早苗月　宇野皓三
井戸底に木桶のひびく早苗月　野中亮介

【六月《ろくぐわつ》】

六月は梅雨の時期にあたり、日本列島の南

から梅雨に入る。昼間が最も長い夏至は六月二十一日ごろである。↓水無月

六月を奇麗な風の吹くことよ　正岡子規
六月の風にのりくる瀬音あり　久保田万太郎
六月の女すわれる荒筵　石田波郷
六月の花のさざめく水の上　飯田龍太
六月の万年筆のにほひかな　千葉皓史
六月や身をつつみたる草木染　大石香代子
六月の葉ずれに眠り赤ん坊　石田郷子

【芒種《ぼうしゆ》】

二十四節気の一つで、六月五日ごろにあたる。芒《のぎ》のある穀物の種を播《ま》く時期の意から。このころから田植が始まり、天候は梅雨めいてくる。

芒種はや人の肌さす山の草　鷹羽狩行
朝粥や芒種の雨がみづうみに　秋山幹生
小包の軽きが届く芒種かな　森宮保子

【入《にふ》梅《ばい》】　**梅雨入《ついり》　梅雨に入る　梅雨きざす**

太陽の黄経が八〇度に達したときをいい、六月十一日ごろにあたる。❖必ずしもこの日から梅雨が始まるわけではなく、あくまでも時候の季語である。実際には、各地の過去の平年値を見ても六月初旬から中旬にかけて梅雨に入ることが多い。↓梅雨

焚火してもてなされたるついりかな　白雄
入梅や蟹かけ歩く大座敷　一茶
大寺のうしろ明るき梅雨入かな　前田普羅
みづなら林ぬけて信濃の梅雨入かな　村沢夏風
鱒の子に雨の輪ひらく梅雨入かな　石田いづみ
あはうみの汀かがやく梅雨入かな　名取里美
大津絵の墨色にじむ梅雨入りかな　宇多喜代子
世を隔て人を隔てゝ梅雨に入る　高野素十
枕木を叩くつるはし梅雨に入る　細見綾子
水郷の水の暗さも梅雨に入る　井沢正江
凡の墨すりて香もなし梅雨の入　及川貞

童謡《わらべうた》かなしき梅雨となりにけり　相馬遷子

【梅雨寒《つゆざむ》】　梅雨冷《つゆびえ》

梅雨のころの季節外れの寒さ。❖梅雨前線にオホーツク海高気圧の冷たい風が吹き付けると、前線が停滞し曇りや雨天が続く。この寒気団が特に強い日は一段と肌寒く、心もとない。

梅雨寒の砂丘の帰路はあらあらし　古舘曹人
梅雨寒や黄のあと青きマッチの火　鷹羽狩行
梅雨寒や背中合はせの駅の椅子　村上喜代子
梅雨寒や即身仏の前屈み　若井新一
梅雨冷や舌に朱のこる餓鬼草紙　三森鉄治

【夏至《げし》】

二十四節気の一つで、太陽の黄経が九〇度に達したとき。六月二十一日ごろにあたり、北半球では一年中で昼間が最も長い。

夏至ゆうべ地軸の軋む音少し　和田悟朗
夏至の日の手足明るく目覚めけり　岡本眸
夏至の夜の港に白き船数ふ　岡田日郎
地下鉄にかすかな峠ありて夏至　正木ゆう子
大いなる夏至の落暉を見届けぬ　松浦其國

【白夜《びやくや》】　白夜《はくや》

高緯度の地域で夏至の前後を中心に日没から日の出までの間、散乱する太陽光のために薄明を呈することをいう。❖北欧などの海外で詠まれることが多い。

菩提樹の並木あかるき白夜かな　久保田万太郎
街白夜王宮は死のごとく白　橋本鶏二
捨猫の群るる白夜の石畳　岩崎照子
眠らねば白夜の海の膨《ふく》れくる　竹中碧水史
帆を降す白夜の運河のぼり来て　有馬朗人
尖塔に月一つある白夜かな　倉田紘文

【半夏生《はんげしやう》】　半夏　半夏雨《はんげあめ》

二十四節気七十二候のうち、夏至の三候。七月二日ごろ。サトイモ科の半夏（烏柄《からすび》杓《しやく》の漢名）が生じるころの意。❖「半夏半作」といわれ、かつてはこの日までに田植を終えるものとされた。またこの日はさまざまな禁忌があり、物忌みをする風習があった。この日の雨を「半夏雨《あめ》」といい、降れば大雨が続くとされている。なお、ドクダミ科の多年草である半夏生は夏の植物季語。→半夏生（植物）

暗がりを抜けくる小川半夏生　加藤憲曠
半夏生北は漁火あかりして　千田一路
木の揺れが魚に移れり半夏生　大木あまり
猪牙繋ぐ大川端や半夏生　福神規子
父の声すこし嗄れたる半夏生　三吉みどり

【晩夏《ばんか》】　**夏深し　晩夏光**

梅雨が明ける七月下旬から八月上旬にあたる。一年のうちで最も暑い時期で、まだ酷暑が続くが、しだいに影も濃くなり、空の色、雲の形などに秋の気配を感じるようになる。❖生命力旺盛《おうせい》な季節が終わる物憂さを帯びる。

どれも口美し晩夏のジャズ一団　金子兜太
遠くにて水の輝く晩夏かな　高柳重信
白樺の林明るき晩夏かな　成瀬正俊
波はみな渚に果つる晩夏かな　友岡子郷
祈りとは膝美しく折る晩夏　攝津幸彦
人よりも山おとろへて晩夏かな　片山由美子
林中に広き道ある晩夏かな　山西雅子
木の瘤を鴉が摑む晩夏かな　村上鞆彦
楡の枝の夕星ひそと夏深し　村沢夏風
夏深しバット素振りの山の子に　飯島晴子
晩夏光穂高の襞の雪よごれ　石原八束
樹をはなれゆく走り根や晩夏光　津川絵理子

【水無月《みなづき》】　**風待月《かぜまちづき》　常夏月《とこなつづき》　青水無月**

旧暦六月の異称。水無月の名の由来は諸説ある。字義どおり梅雨が明けて水の無くなる月、田に水が必要となる月、水の月の転訛《てんか》など。青葉の茂る時期なので、青水無月

ともいう。↓六月

水無月や風に吹かれに古里へ　鬼貫
六月《ろくぐわつ》や峯に雲置くあらし山　芭蕉
戸口から青水無月の月夜かな　一茶
みなづきの酢の香ながるゝ厨かな　飴山實
みなづきの笹刈る人に出あひけり　小林篤子
水無月の古墳に拾ふ白き貝　天野さら
はじめての道も青水無月の奈良　皆吉爽雨
青水無月墓のうしろは甲斐の山　角川源義
本閉ぢて青水無月の山を前　名取里美

【七月《しちぐわつ》】

七月に入ると気温が急上昇する。下旬には学校の夏休みが始まり、海や山の行楽シーズンとなる。↓文月（秋）

七月の青嶺まぢかく熔鉱炉　山口誓子
七月や雨脚を見て門司にあり　藤田湘子
総帆展帆七月の雲かがやかす　須賀一惠
七月の夜に入る山のくるみの木　嶺治雄
七月や少年川に育まれ　山根真矢

【小暑《せうしよ》】

二十四節気の一つで、七月七日ごろにあたる。梅雨が明けるころで、暑さがだんだん本格的になる。

捨舟の喫水深き小暑かな　森宮保子
塩壺の白きを磨く小暑かな　山西雅子

【梅雨明《つゆあけ》】　梅雨明く

暦の上では入梅（六月十一日ごろ）から三十日後とされる。実際の梅雨明けは七月下旬ごろとなる。雷鳴が轟《とどろ》くと梅雨が明けるともいわれる。↓梅雨

富士かけて梅雨明け雲の深さかな　大場白水郎
梅雨明けや深き木の香も日の匂　林翔
庭石に梅雨明けの雷ひびきけり　桂信子
梅雨明けや胸先過ぐるものの影　吉田鴻司
梅雨明けの魚拓に目玉入れにけり　亀田虎童子
山並を引き寄せて梅雨明けにけり　三村純也

梅雨明けぬ猫が先づ木に駈け登る　相生垣瓜人

【夏の日《なつのひ》】
夏の一日をいう。照りつける日差しの眩しさと暑さが感じられる。↓夏の日（天文）

夏の日に寝物語や棒まくら　去　来
夏の日を或る児は泣いてばかりかな　中村汀女

【夏の暁《なつのあかつき》】　**夏暁《なつあけ》**　**夏の朝**
夏の夜は短く、東の空ははやばやと白《しら》みかける。暁のひんやりした空気に清涼感を覚える。

山雀の一番鳴きや夏の暁　長谷川かな女
夏暁の妻の睡りの一途なる　星野麥丘人
夏の朝病児によべの灯を消しぬ　星野立子

【炎昼《えんちゅう》】
真夏の灼《や》けつくように暑い昼をいう。日盛に近いが、語感の強さもあって、一日で最も暑いという印象を与える。❖比較的新しい季語で、山口誓子が昭和十三（一九三八）年刊行の句集名に『炎昼』を使って以来広まったという。↓日盛

みじろぎもせず炎昼の深ねむり　野見山朱鳥
口あけている炎昼のドラム缶　河合凱夫
炎昼をゆくや拳のなか暗く　北　光星
一瞥をくれ炎昼の銃器店　奥坂まや
炎昼の階段摑むところなし　辻内京子

【夏夕べ《なつゆふべ》】　**夏の夕べ**　**夏の暮**
夏の夕方。日中の暑さも薄らいでほっとした気分が漂う。

鯉痩せて指吸ひにくる夏ゆふべ　大石悦子
雲焼けて静かに夏の夕かな　高浜虚子
病床に鉛筆失せぬ夏の暮　石田波郷
しづかなる水は沈みて夏の暮　正木ゆう子
韓国《からくに》の靴ながれつく夏のくれ　小澤　實

【夏の夜《なつのよ》】　**夏の宵**
日中の暑さが去って過ごしやすくなるのが夜である。涼みがてら夜を更かす人も多い。

❖清少納言の『枕草子』には「夏は、夜。月のころはさらなり、闇もなほ、蛍の多く飛びちがひたる。また、ただ一つ二つなど、ほのかにうち光りて行くもをかし。雨など降るもをかし」とある。↓短夜

夏の夜やただ邯鄲のかり枕　立圃
夏の夜や崩れて明けし冷しもの　芭蕉
夏の夜や雲より雲に月はしる　闌更
夏の夜のふくるすべなくあけにけり　久保田万太郎
夏の宵うすき疲れのさざ波に　平井照敏

【熱帯夜《ねったいや》】

深夜になっても気温が下がらず寝苦しい夜のこと。気象用語としては、夜の気温が摂氏二十五度より下がらない場合をいう。

蛇皮線を鳴らし古酒飲む熱帯夜　堀古蝶
まつくらな中に階段熱帯夜　吉田汀史
手と足と分からなくなる熱帯夜　五島高資
身籠りて心臓二つ熱帯夜　西山ゆりこ

【短夜《みじかよ》】　明易《あけやす》し　明易《あけやす》

夏は夜が短く、暑さで寝苦しいのでたちまち朝になる。❖明けやすい夜を惜しむ心は、ことに後朝《きぬぎぬ》の歌として古来詠まれてきた。↓夏の夜

短夜や枕にちかき銀屏風　蕪村
短夜や空とわかるる海の色　几董
短夜や乳ぜり泣く児を須可捨焉乎《すてつちまをか》　竹下しづの女
短夜のあけゆく水の匂かな　久保田万太郎
短夜の看とり給ふも縁《えにし》かな　石橋秀野
短夜の重たき夜具や飛騨泊り　伊藤柏翠
短夜の出船入船かかはらず　大峯あきら
比良の水引きて軒端の明易し　右城暮石
草を踏む音のかすかに明易し　石田勝彦
明易し蚕は糸を吐きつづけ　村上喜代子
明け易き夢に通ひて濤の音　村沢夏風
わが消す灯母がともす灯明易き　古賀まり子
明易き森の中なる灯がともり　千葉皓史

明け易くむらさきなせる戸の隙間　川崎展宏
明易や花鳥諷詠南無阿弥陀　高浜虚子
明易や雲が渦巻く駒ヶ嶽　前田普羅

【土用《どよう》】　土用入　土用太郎　土用次郎　土用三郎　土用明

春夏秋冬の各季節の最後の十八日間をさすが、通常土用といえば夏の土用のことである。立秋前の七月十九日ごろからで、一年で最も暑い時期にあたる。土用一日目を「土用太郎」、二日目を「土用次郎」、三日目を「土用三郎」という。農耕との結びつきも強く、土用三郎の天候によって稲の豊凶を占ったりする。→土用鰻

すつぽんに身は養はん土用かな　松根東洋城
伽羅蕗をからく〱と土用かな　上川井梨葉
透《すきとほ》るまで指洗ひゐる土用　斎藤空華
桃の葉を煮るや土用の子の睡り　堀口星眠
葭束の日干しの艶や土用入り　松村日出子
土用太郎一日熱き茶でとほす　石川桂郎
働いて飯食ふ土用太郎かな　ながさく清江
笹刈つて土用太郎の蚕神　廣瀬直人

【盛夏《せいか》】　夏旺《なつさか》ん　真夏

梅雨が明けるといよいよ厳しい暑さとなる。活力がみなぎる季節である。

榕樹《がじゅまる》の気根のからむ盛夏かな　滝沢伊代次
地下街に円柱あまたあり盛夏　皆吉司
海神は海馬を駆りて夏旺ん　鷹羽狩行
うごけばひかる真夏の空を怖れけり　川島彷徨子
大仏の鼻梁真夏の黒びかり　高室有子

【三伏《さんぷく》】　初伏　中伏　末伏

陰陽五行説で、夏至後の第三の庚《かのえ》の日を初《しょ》伏《ふく》、第四の庚の日を中伏《ちゅうふく》、立秋後の第一の庚の日を末伏《まっぷく》といい、あわせて三伏という。庚に象徴される秋の気が盛り上がろうとしているが夏の気に抑えられて伏蔵していることを表す。一年で最も暑いころ。

三伏の月の穢に鳴く荒鵜かな　飯田蛇笏
三伏や提げて重たき油鍋　鈴木真砂女
三伏の白紙につつむ絵蠟燭　吉田汀史
三伏の大甕にある藜杖　岩月通子
三伏の石の目を読む石工かな　櫛部天思
捨畑の桑真青に初伏かな　木村蕪城
ぶつくさと声中伏の後架より　茨木和生
末伏や岬鼻に波立ち上り　橋本榮治

【暑し《あつし》】　暑さ　暑《しょ》

三夏を通じて暑さはそれぞれだが、梅雨明け、盛夏になって感じる暑さはことに印象的である。↓薄暑・極暑・炎暑・溽暑

暑き日を海に入れたり最上川　芭蕉
負うた子に髪なぶらるる暑さ哉　園女
大空の見事に暮るる暑さかな　一茶
暑き故ものをきちんと並べをる　細見綾子
蝶の舌ゼンマイに似る暑さかな　芥川龍之介
あれほどの暑さのこともすぐ忘れ　深見けん二
思ひきり影の縮まる暑さかな　亀田虎童子
奥能登の行き止りなる暑さかな　棚山波朗
マヨネーズおろおろ出づる暑さかな　小川軽舟
手のひらにひたひをさゝへ暑に耐ふる　阿波野青畝
世にも暑にも寡黙をもつて抗しけり　安住敦

【大暑《たいしょ》】

二十四節気の一つ。七月二十三日ごろ。

念力のゆるめば死ぬる大暑かな　村上鬼城
兎も片耳垂るる大暑かな　芥川龍之介
大暑なり能登黒瓦かがやけり　高島筍雄
暮れぎはも大暑の欅ゆるぎなし　藤田湘子
青竹に空ゆすらるゝ大暑かな　飴山實
胎の子が逆さにねむり大暑なる　中山純子
大暑の塀少年が爪擦つて行く　大高弘達
噴煙を鳥の横切る大暑かな　大峯あきら
ペリカンの水嚙みこぼす大暑かな　小島健
鬱々と山隆起して大暑かな　井上康明

【極暑《ごくしょ》】　酷暑　劫暑《ごふしょ》　猛暑

夏の暑さの極みを極暑という。暦の上では大暑のころが最も暑いとされるが、実際には大暑よりやや遅れて、七月下旬から八月初旬にかけて日本各地で最高気温が記録されることが多い。→暑し

月青くかゝる極暑の夜の町　高浜虚子
蓋あけし如く極暑の来りけり　星野立子
黙禱のうなじが並ぶ極暑かな　源　鬼彦
瀬戸物屋出でて極暑の神楽坂　木戸岡武子
静脈の浮き上り来る酷暑かな　横光利一
あいまいに一日過ごす酷暑かな　亀田虎童子
我を撃つ敵と劫暑を倶にせる　片山桃史

【炎暑《えんしょ》】　炎熱

真夏の燃えるような暑さをいう。ぎらぎらと照りつける太陽のまぶしさを思わせる。
→暑し

つよき火を焚きて炎暑の道なほす　桂　信子
馬を見よ炎暑の馬の影を見よ　柿本多映
城跡といへど炎暑の石ひとつ　大木あまり
炎熱や勝利の如き地の明るさ　中村草田男
炎熱の地獄円形闘技場　鷹羽狩行

【溽暑《じょくしょ》】

気温の上昇に高い湿度が加わったきわめて不快な暑さをいう。→暑し

くらやみに眼をひらきゐる溽暑かな　児玉南草
椰子の葉のざんばら髪の溽暑かな　鷹羽狩行
泣く赤子抱けばのけぞる溽暑かな　戸恒東人

【灼《や》く】　熱砂《ねっさ》　熱風《ねっぷう》　炎《も》ゆ

真夏の太陽の直射によってまさに焼け付くような暑さとなること。海岸の砂浜などは裸足で歩くことができないほどの熱さとなり、アスファルトの道路は足がめりこむほどに熱せられる。

柔かく女豹がふみて岩灼くる　富安風生
おのれ吐く雲と灼けをり駒ヶ嶽　加藤楸邨
石灼けて賽の河原に一穢なし　稲荷島人

松風の吹いてをれども灼けてをり　下村槐太
ただ灼けて玄奘の道つづきけり　松崎鉄之介
自転車のサドル灼けをりそれに乗る　山本一歩
菩提樹や灼けて大地のかぐはしき　長谷川櫂
これよりの炎ゆる百日セロリ嚙む　野澤節子

【涼し《すずし》】　朝涼《あさすず》　夕涼《ゆふすず》　晩涼《ばんりやう》　夜涼《やりやう》　涼《りやう》風《ふう》　涼風《すずかぜ》

夏の暑さの中にあってこそ感じられる涼気をいう。❖朝夕の涼しさ、水辺の涼しさなど、俳句では暑さの中のかすかな涼しさをとらえて夏を表現する。→新涼（秋）

此あたり目に見ゆるものは皆涼し　芭蕉
涼しさや鐘をはなるゝかねの声　蕪村
涼しさや八十島かけて月一つ　青蘿
大の字に寝て涼しさよ淋しさよ　一茶
風生と死の話して涼しさよ　高浜虚子
をみな等も涼しきときは遠《をち》を見る　中村草田男
どの子にも涼しく風の吹く日かな　飯田龍太
一筋の涼しき風を待ちにけり　大峯あきら
一燭の涼しさにあり伎芸天　伊藤通明
亀泳ぐ手足ばらばらの涼しさよ　鈴木貞雄
すずしさのいづこに坐りても一人　藺草慶子
涼しさや香炉ひとつが違ひ棚　長嶺千晶
朝涼や紺の井桁の伊予絣　清水基吉
みちのくのまつくらがりの夜涼かな　高野素十
吾子たのし涼風をけり母をけり　篠原鳳作
涼風を通す柱の黒光り　桂信子

【夏の果《なつのはて》】　夏果つ　夏終る　夏行く　夏逝く　夏惜しむ

夏の終わり。❖日本の詩歌の伝統では、去り行く季節を惜しむのは春・秋のものであったが、現代生活においては、夏もまた行動的な季節であり、海山のシーズンが去ることを惜しむ心から「夏惜しむ」という新しい季語もうまれた。

流れつつ靴裏返る夏の果　小川軽舟

夏果てのひかりうするる水の上　野見山朱鳥
夕潮の紺や紫紺や夏果てぬ　藤田湘子
夏終る人形の浮く船溜り　伊藤トキノ
行く夏の倉と倉との間かな　永島靖子
夏逝くや油広がる水の上　廣瀬直人
逝く夏や夕日あたれる松の幹　安住敦
一湾の弓なりに夏惜しみけり　片山由美子

【秋近し《あきちかし》】　秋待つ　秋隣《あきどなり》

秋がすぐそこまで来ていること。❖酷暑にあえいだ後だけに清澄《せいちょう》な秋を待ちわびる心持ちはひとしおである。

秋ちかき心の寄るや四畳半　芭蕉
変化めく雲や一夜の秋近し　浪化
水辺までつづく飛び石秋近し　鶴屋洋子
水のごとき夜気に寝返り秋近し　武田真紗子
瑠璃色の海を秋待つ心とし　細見綾子
箒木に一樹のかたち秋隣　斎藤玄
六甲に雲ひとひらや秋隣　谷迪子

【夜の秋《よるのあき》】　夜《よ》の秋《あき》

晩夏になると夜はすでに秋の気配が漂うことをいう。❖古くは秋の夜と同じ意味であったが、近代以降、夏の季語として使われるようになった。↓秋の夜（秋）

西鶴の女みな死ぬ夜の秋　長谷川かな女
涼しさの肌に手を置き夜の秋　高浜虚子
攻窯に残す一灯夜の秋　林十九楼
木綿着て肌よみがへる夜の秋　須賀一惠
白粥の湯気すぐに消ゆ夜の秋　福田甲子雄
卓に組む十指もの言ふ夜の秋　岡本眸
流木のふるさと知らず夜の秋　櫂未知子
街の灯を湖にたふして夜の秋　佐藤郁良
夜の秋のコップの中の氷鳴る　内藤吐天
夜の秋の誰かが水を捨ててをり　丸山しげる

天文

【夏の日《なつのひ》】　夏日　夏日影

夏のぎらぎらと輝く太陽、あるいはその日差しをいう。❖夏日影の「日影」はいわゆる影ではなく、陽光そのものをいう。↓夏の日（時候）

機と吾とあひだに夏の日差し満ち　仲村青彦
磐岩に水の腹這ふ夏日かな　不破博
禅林に夏日まともの夕餉かな　久保田月鈴子
夏日負ふ佐渡の赤牛五六頭　成田千空

【夏の空《なつのそら》】　夏空　夏の天

まぶしいほどに晴れ渡った夏空。エネルギーを感じさせる。

薬師寺の新しき塔夏の空　星野椿
どこまでが父の戦記の夏の空　宇多喜代子
夏空へ雲のらくがき奔放に　富安風生
夏空へクルスの楔打たれけり　真砂あけみ

【夏の雲《なつのくも》】　夏雲

積雲や積乱雲が代表的な夏の雲。青空に湧き上がる白い大きな雲は生命感にあふれる。

犬抱けば犬の眼にある夏の雲　高柳重信
あるときは一木に凝り夏の雲　原裕
夏雲の影動かざる樹海かな　髙橋水魚
父のごとき夏雲立てり津山なり　西東三鬼
夏雲の夜も旺んなる山泊り　細井みち

【雲の峰《くものみね》】　峰雲　入道雲　積乱雲　雷雲

入道雲ともいう積乱雲のことで、せりあがる様を山に譬《たと》えたもの。

雲の峰幾つ崩れて月の山　芭蕉
入相や野の果て見ゆる雲の峰　涼菟

厚餡割ればシクと音して雲の峰　中村草田男
立科《たてしな》の雲の峰なりこんじきに　岡井省二
雲の峰一人の家を一人発ち　岡本　眸
雲の峯いよいよ雲の力で立つ　鷹羽狩行
ひびかせて鹹《から》き指笛雲の峯　友岡子郷
人形のだらりと抱かる雲の峰　保坂敏子
一瞬にしてみな遺品雲の峰　櫂　未知子
雲の峯まぶしきところから崩る　加藤かな文
死の如し峰雲の峰かがやくは　飯島晴子
峰雲や仰ぐほど山高くなる　浅井陽子
育ちゆく入道雲に肩背中　本井　英
積乱雲北には暗き野もあらむ　菅原達也
雷雲の去りて風立つ野は広し　大輪靖宏

【夏の月《なつのつき》】　月涼し

暑い夜に青白く輝く夏の月は涼しげである。また、赤みを帯びてのぼる夏の月は、火照るような感じを与えることもある。↓月（秋）

蛸壺やはかなき夢を夏の月　芭　蕉
夏の月御油より出でて赤坂や　芭　蕉
市中はもののにほひや夏の月　凡　兆
あみもるる魚の光りや夏の月　闌　更
町中をはしる流れよなつの月　白　雄
おき上る草木の影や夏の月　蝶　夢
夏の月昇りきつたる青さかな　阿部みどり女
夏の月いま上りたるばかりかな　久保田万太郎
なほ北に行く汽車とまり夏の月　中村汀女
夏の月蔵の小窓をうごかすよ　澁谷　道
ウクレレに貝の象嵌月涼し　吉長道代
子を負へば涼しき月を負ふごとし　上田日差子

【夏の星《なつのほし》】　星涼し　旱星《ひでりぼし》

夏は高原や海岸で星空を仰ぐ機会も多く、ひとときの涼味を感じる。❖旱が続くころには、蠍《さそり》座のアンタレスや牛飼《うしかい》座のアルクトゥールスが赤々と見えることがある。これを旱星という。

アラビヤの空を我ゆく夏の星　星野立子
鎌倉に危篤の人や夏の星　亀田虎童子
蓼科の夜はしんしんと星涼し　鳥羽とほる
幕あひのごとき夕空星涼し　伊藤敬子
島畑は藷の葉白し旱星　羽田岳水
鶏小屋に鶏をさめて旱星　今瀬剛一

【南風《みなみ》】　南風《みなみかぜ》　南風《なんぷう》　南吹く　南風《はえ》　はえ　大南風《おほみなみ》　海南風《かいなんぷう》　まぜ　まじ

夏に吹く南寄りの風。西日本では「はえ」「まぜ」「まじ」などと呼び、地域によってさまざまな呼称がある。

笠の紐むすびなほせば南風吹く　加藤三七子
南風吹くカレーライスに海と陸　櫂　未知子
南国に死して御恩のみなみかぜ　攝津幸彦
南風《なんぷう》に乗り沖からの浪頭　鈴木六林男
荒南風《はえ》や揺るがぬ青き島一つ　野澤節子
日もすがら日輪くらし大南風　高浜虚子
大南風籠にしたたる海のもの　浅井民子
両肩に海南風の翼負ふ　山口誓子

【あいの風《あいのかぜ》】　土用あい　土用東風《どようごち》　青《あを》東風《ごち》

日本海沿岸で夏季に北または北東から吹くおだやかな風。土用あいは、もとは近畿や中国地方の船乗りの言葉で、土用のさなかに吹く北からの風。土用東風は青空を渡る東風で青東風ともいう。

道々の涼しさ告げよ土用東風　来　山
笠の下吹いてくれけり土用東風　一　茶
砂はこぶ小舟が着いてあいの風　能村登四郎
能登人があい吹くといふ日和かな　村山古郷
細やかな潮目の彩や土用あい　荒井千佐代
国引の注連《しめ》の太さよ土用東風　吉田鴻司
青東風の雲疾き中の昼の月　大谷句仏

【やませ】　山瀬風　山背風

北海道や東北地方で、夏に吹く冷たい北東寄りの風。冷たく湿ったオホーツク海気団によって発生するもので、冷湿な上に霧を伴うため日照量が不足し、農作物の被害がでる。❖長期にわたると冷害をもたらすため、餓死風、凶作風と呼ばれて恐れられてきた。

やませ来るいたちのやうにしなやかに　佐藤鬼房
やませ来る海見え海の果見えず　木附沢麦青
山瀬《やませ》風くるほとけに巨き絵蠟燭　澁谷道

【黒南風《くろはえ》】

梅雨時に吹く、湿った南風。暗く陰鬱《いんうつ》さが漂う。

黒南風の辻いづくにも魚匂ひ　能村登四郎
黒南風の波明らかに清州橋　深見けん二
黒南風の浪累々と盛り上がる　河野真

【白南風《しろはえ》】　白南風《しらはえ》

梅雨が明けた後あるいは梅雨の晴れ間の南風。明るく晴れやかな気分を感じさせる。

白南風やきりきり鷗落ちゆけり　角川源義
白南風や砂丘へもどす靴の砂　中尾杏子
白南風や錆に太りて捨錨　三田きえ子
白南風やマストにかはるがはる鳥　土肥あき子

【ながし】　茅花《つばな》流し　筍《たけのこ》流し

梅雨のころに吹く湿った南風で、雨を伴うことが多い。❖茅花流しは、白茅《ちがや》の花穂が出揃うころ、筍流しは、筍が生えるころに吹く「ながし」の意。

瀬田川の舟出はらへるながしかな　織田烏不関
茅花流し水満々と吉野川　松崎鉄之介
山河よく晴れたる茅花流しかな　三田きえ子
遅れゆくひとりに茅花ながしかな　片山由美子
父の忌の筍流し夜もすがら　宮岡計次
月山の裾の筍流しかな　水内慶太

【青嵐《あをあらし》】

青葉のころに吹き渡るやや強い南風。❖「せいらん」と音読すると「晴嵐」と紛らわしいため、「あおあらし」と読む慣わしになっている。

荒磯や月うちあげて青あらし　蓼太
其中に楠高し青嵐　正岡子規
高芦に打ち込む波や青嵐　臼田亜浪
濃き墨のかわきやすさよ青嵐　橋本多佳子
目の中に山が一ぱい青嵐　右城暮石
桟橋の板の弾力青嵐　沢木欣一
青嵐吹き残したる鷺の翔《た》つ　進藤一考
遮断機は棒一本よ青嵐　村上喜代子
青嵐軍鶏に生疵ありにけり　亀井雉子男
うごかざる一点がわれ青嵐　石田郷子

【風薫る《かぜかをる》】　薫風

木々の緑の香りを運ぶ心地よい風。❖和歌では、花や草の香りを運ぶ春風などの意であった。連歌では、「風薫る」が初夏の風として意識されはじめ、俳諧で「薫風」とも使われるようになった。

風薫る羽織は襟もつくろはず　芭蕉
やすらぎは眠りにひとし風薫る　上村占魚
海からの風山からの風薫る　鷹羽狩行
押さへてもふくらむ封書風薫る　八染藍子
風薫る森にニーチェを読みにゆく　遠藤若狭男
薫風や井伊の姫御の赤鎧　京極杜藻
寝れば広きわが胸を打つ野の薫風　香西照雄
薫風に草のさざなみ草千里　山口速
薫風や晴れて水田の方一里　三田きえ子
薫風の窓にフランス国旗かな　後閑達雄

【朝凪《あさなぎ》】

夏の朝、海岸近くで風がぴたりとやむこと。夜間の陸風から昼間の海風への変わり際に、陸地と海上とがほぼ等しい気温になるために起こる現象。

朝凪といへども浪は寄せてをり　平井照敏
朝凪や膝ついて選る市のもの　片山由美子

【夕凪《ゆふなぎ》】

夏の夕方、海岸近くで風がぴたりとやむこ

と。昼間の海風から夜間の陸風への変わり際に、陸地と海上とがほぼ等しい気温になるために起こる現象。息づまるような暑さになることがある。❖瀬戸内海沿岸の夕凪はよく知られている。

夕凪に乳啣ませてゐたるかな　久米三汀
夕凪や使はねば水流れ過ぐ　永田耕衣
夕凪を詑び遠来の客迎ふ　鷹羽狩行

【風死す《かぜしす》】　土用凪《どようなぎ》

凪の状態をいう。盛夏に著しい現象で、息苦しいほどの暑さは耐え難い。土用凪は、夏の土用中の凪をいう。

合はせ酢をつくる厨に風死せり　岡本差知子
風死すや非常階段宙に泛く　野村和代
風死せり13号地影もあらず　大石香代子

【夏の雨《なつのあめ》】　緑雨《りょくう》

夏に降る雨。❖背景に明るさがあり、特に新緑のころに降る雨は緑雨という。

夏の雨きらりきらりと降りはじむ　日野草城
高山寺夏の雨きて緑ぬらす　安養白翠
老の肘さぶくてならず夏の雨　辻田克巳
理科室の匂ひ混沌夏の雨　須佐薫子
たましひをしづかに濡らす緑雨かな　武藤紀子
嶺々に降り海に降り緑雨かな　片山由美子

【卯の花腐し《うのはなくたし》】　卯の花くだし

卯の花月（旧暦四月）のころ降り続く霖雨《りんう》をいう。❖卯の花を腐らせる意といわれるが、その名が白さを連想させる。↓卯の花

ひと日臥し卯の花腐し美しや　橋本多佳子
銀食器曇る卯の花腐しかな　山内貞子
但馬路は卯の花くだし夕列車　深川正一郎

【迎へ梅雨《むかえづゆ》】　走り梅雨《づゆ》

五月末頃の梅雨に似た天候で、本格的な梅雨を迎える前ぶれの意。そのまま梅雨入りすることもあるが、多くは晴天が戻り、しばらくして梅雨となる。❖走り梅雨の「走

り」は先駆けの意。

いちじくの広葉潮来《いたこ》の走り梅雨　井本農一
書架の書の一つ逆しまはしり梅雨　林　翔
味噌蔵のひしほの匂ひ走り梅雨　松本可南
花びらのやうに帆の寄る走り梅雨　名取里美

【梅雨《つゆ》】　梅雨《ばいう》　黴雨《ばいう》　荒梅雨《あらづゆ》　男梅雨
長梅雨　梅雨湿り　青梅雨　梅雨空　梅天
梅雨の月　梅雨の星　梅雨雲　梅雨の雷
梅雨曇り　梅雨夕焼

暦の上での入梅は六月十一日ごろ、実際に梅雨に入るのは六月初旬から中旬にかけたころで、年によって前後する。その後ほぼ一ヶ月間が梅雨となる。ただし北海道でははっきりとした梅雨はみられない。梅の実が熟すころなので梅雨、黴《かび》の発生しやすい時期なので黴雨という。↓入梅・梅雨明・空梅雨・五月雨

降る音や耳も酸うなる梅の雨　芭　蕉
樹も草もしづかにて梅雨はじまりぬ　日野草城
梅雨の夜の金の折鶴父に呉れよ　中村草田男
鯉こくや梅雨の傘立あふれたり　石川桂郎
ふところに乳房ある憂さ梅雨ながき　桂　信子
抱く吾子も梅雨の重みといふべしや　飯田龍太
梅雨深しらふそくに描く花びらも　柴田美佐
荒梅雨や山家の煙這ひまはる　前田普羅
荒梅雨の鵜の目あをあを飼はれたり　宮田正和
天窓の真昼の暗さ男梅雨　松永浮堂
青梅雨の深みにはまる思ひかな　石川桂郎
うたた寝の覚め青梅雨のバスの中　井出野浩貴
梅天に暮れゆく蔓のただよへる　大峯あきら
わが庭に椎の闇あり梅雨の月　山口青邨
またたきは黙契のごと梅雨の星　丸山哲郎
離れれば膨らむソファー梅雨曇　矢野玲奈

【空梅雨《からつゆ》】　**旱梅雨《ひでりづゆ》**

梅雨に入っても雨がほとんど降らない状態をいう。しばしば水不足になり、農作物な

どに大きな被害をもたらす。

空梅雨や子規晩年の写生帖　梶田悦堂
空梅雨の塔のほとりの鳥の数　宇佐美魚目
きびなごの酢味噌うましや早梅雨　角川源義

【五月雨《さみだれ》】　五月雨《さつきあめ》　さみだる

旧暦五月に降る長雨で、梅雨のことである。古くから和歌にも詠まれてきた。五月《さつき》の「さ」と水垂《みだ》れの「みだれ」が結びついたといわれる。❖梅雨がその時期のことも含むのに対して、五月雨は雨のみをいう。↓梅雨

五月雨はただ降るものと覚えけり　鬼貫
五月雨をあつめて早し最上川　芭蕉
五月雨の降り残してや光堂　芭蕉
空も地もひとつになりぬ五月雨　杉風
湖の水まさりけり五月雨　去来
髪剃や一夜に錆びて五月雨　凡兆
さみだれや大河を前に家二軒　蕪村
五月雨や上野の山も見あきたり　正岡子規
さみだれのあまだればかり浮御堂　阿波野青畝
さみだれや船がおくるる電話など　中村汀女
五月雨の宵の明るさ理髪店　横山香代子
孵卵器のつよき光や五月雨　髙柳克弘
さみだるる一燈長き坂を守り　大野林火

【送り梅雨《おくりづゆ》】　返り梅雨《づゆ》　戻り梅雨《づゆ》

梅雨の末期にまとまって降る雨で、多くは雷鳴を伴う。「送り」は、豪雨によって梅雨を終わらせると捉えたことから。❖「返り梅雨」「戻り梅雨」は、梅雨明けのあと梅雨のような雨が続くこと。

鐘撞いて僧が傘さす送り梅雨　森澄雄
塩倉にうねる太梁送り梅雨　飯島晴子
終電のスパーク青き送り梅雨　鷹羽狩行

【虎が雨《とらがあめ》】　虎《とら》が涙雨《なみだあめ》

旧暦五月二十八日の雨。虎が雨の「虎」は鎌倉時代の武士、曾我十郎祐成の愛人であった大磯の遊女、虎御前のこと。この日、

曾我兄弟が親の敵討ちを果したのち討たれたのを悼んで、涙の雨を降らせるという。

妹殊に哀がりけり虎が雨　嘯山
涙雨なりしどうやら虎が雨　後藤比奈夫
人知らぬ月日の立つや虎が雨　赤尾恵以

【夕立《ゆふだち》】 ゆだち　白雨《はくう》　驟雨《しうう》　夕立雲　夕立風　スコール　片降《かたふり》

夏の夕方に降る局地的かつ一時的な激しい雨。急に曇ってきたかと思うと、大粒の雨が激しく地面に叩《たた》きつけられる。雷鳴を伴うことも多い。短時間でやんだあとは、からりと晴れて涼気を感じさせる。❖武蔵野《むさしの》の夕立は馬の背を分けるといわれ、激しいことで知られる。また、沖縄ではスコールのことを片降《かたふり》ともいう。

夕立に独活の葉広き匂かな　其角
夕立や草葉を摑むむら雀　蕪村
夕立の修羅をはりたる柱かな　大木あまり
鏡中に夕立の来る祇園かな　小島　健
夕立の過ぎゆく燭を点しけり　山西雅子
夕立のあとの日のある厨かな　岩田由美
祖母山《そぼさん》も傾山《かたむくさん》も夕立かな　山口青邨
蓬生に土けぶり立つ夕立かな　芝　不器男
さつきから夕立の端にゐるらしき　飯島晴子
夕立避く舞台の袖に待つごとく　鈴木榮子
夕立あと土間へ新聞すいと来る　辻田克巳
足早な龍馬の国の夕立かな　伊藤伊那男
一滴の天王山の夕立かな　大屋達治
法隆寺白雨やみたる雫かな　飴山　實
最終便去り行く島の白雨かな　寺島ただし
すみずみを叩きて湖の驟雨かな　綾部仁喜
断食月《ラマダン》の明けてスコールなほ激し　明隅礼子
切通しにて片降に追ひ越され　当間シズ

【喜雨《うき》】 雨喜《あまよろこ》び

日照り続きで田が干からび、草木はしおれ、枯死しようとしているときに、ようやく降り出す恵みの雨。雨乞いなどをして待ちかねた雨が降ると喜びは大きい。

つまだちて見るふるさとは喜雨の中　加藤楸邨
口衝いて出る方言も喜雨の中　馬場移公子
翠黛に糸引く喜雨となりにけり　鷹羽狩行
大粒の熊野の喜雨に打たれけり　九鬼あきゑ

【夏の露《なつのつゆ》】　**露涼し《つゆすずし》**

露といえば秋の季語だが、夏も朝などは、空気中の水分が冷えて露となる。野辺に出て手足が濡れて驚くことがあり、涼しさが感じられる。→露（秋）

東雲や西は月夜に夏の露　来山
明けてゆく沙漠の町や夏の露　三溝沙美
病みて見るこの世美し露涼し　相馬遷子
露涼し山家に小さき魚籠吊られ　大串章
露涼し予定なき日は富むごとし　須賀一惠

【夏の霧《なつのきり》】　**夏霧《なつぎり》**　**海霧《じり》**　**海霧《うみぎり》**

霧は秋の季語だが、山地や海辺では夏にも発生する。海霧は太平洋上を南寄りの風に乗ってきた暖かく湿った空気が、親潮寒流の上で冷やされ発生する濃霧。→霧（秋）

夏霧に濡れてつめたし白い花　乙二
夏霧の海より湧きて海に去り　鈴木真砂女
夏霧のつばさ四五人さらひけり　角川照子
夏霧も燕もあらき信濃かな　青柳志解樹
夏霧に木立は蒼く匂ひけり　岩谷天津子
夏霧の走る音して羽黒杉　安藤章雄
海霧の奥の知人岬《しりと》を指さざる　加藤楸邨
花売の花にも海霧の流れけり　依田明倫

【夏霞《なつがすみ》】

霞は主に春に見られる現象だが、夏にも空の色・野面・山谷など遠くのものが霞んで見えることがある。→霞（春）

夏霞脚下に碧き吉野川　青木月斗
一戸より高き一樹の夏がすみ　廣瀬直人
神々の出雲に来たり夏霞　甲斐由起子

【雲海《うんかい》】
夏、高山に登った際、眼下に海原のように広がって見える雲のこと。白雲・彩雲が下界を覆い、峻厳《しゅんげん》な峰がその中に屹立《きつりつ》するさまは、厳かで美しい。❖飛行機から見た雲海は季語としては扱わない。

雲海のとよむは渦の移るらし　水原秋櫻子
月明のまま雲海の明けにけり　内藤吐天
雲海の音なき怒濤尾根を越す　福田蓼汀
雲海に朱を押入るる没日かな　八木林之助
雲海の仏塔めくを眼下にす　中村和弘

【御来迎《ごらいがう》】　御来光
高山で日の出・日没の時に太陽を背にして立つと、前面の霧に自分の影が投影され、影のまわりに光の輪が浮かび出る、いわゆるブロッケン現象がおきる。これを阿弥陀《あみだ》如来が光背を負うて来迎するのになぞらえて御来迎という。❖「御来光」は夏の高山で望む荘厳な日の出の景観を敬っていう語だが、御来迎と同じ意味で使う場合もある。

生涯にこの朝あり御来迎　野村泊月
岩と岩そこに動かず御来迎　藺草慶子
御来光明星はまだ光りゐて　橋本茶山
月読みの峰より出し御来光　成宮八栄子

【虹《にじ》】　朝虹　夕虹　二重虹《ふたへにじ》
雨上がりに日光が空中の雨滴にあたって屈折反射し、太陽と反対側に七色の光の弧が現れる現象。外側から赤・橙《だいだい》・黄・緑・青・藍《あい》・紫。夏に多く見られる。夕立のあと、さっと七彩の弧を描いた虹は、目の覚めるような美しさである。俗に、朝虹は雨の前兆、夕虹は晴れの前兆といわれる。❖普通は一重だが、二重のものもある。

虹立ちて忽ち君の在る如し　高浜虚子
虹消えてすでに無けれどある如く　森田愛子
いづくにも虹のかけらを拾ひ得ず　山口誓子

ゆけどゆけどゆけども虹をくぐり得ず　高柳重信
虹なにかしきりにこぼす海の上　鷹羽狩行
誰もゐぬ港に虹の立ちにけり　涼野海音
消えてゆくもののしづけさ夕虹も　三橋鷹女
夕虹を一人見てゐるベンチかな　三村純也
虹二重神も恋愛したまへり　津田清子
黒板に明日の予定虹二重　蘭草慶子

【雹《ひよう》】　氷雨《ひさめ》

積乱雲から降ってくる球形の氷塊。しばしば雷雨を伴う。大きさは直径数ミリの小粒のものから稀には数センチの鶏卵大のものまでさまざまで、農作物や家畜に被害を与えることがある。❖「氷雨《ひさめ》」は冬でなく夏の季語。また、気象用語は直径五ミリ以上の水塊を雹といい、直径五ミリ未満の氷の粒を霰《あられ》という。

取りあへず苗一籠や雹見舞　斎藤俳小星
四百の牛搔き消して雹が降る　太田土男

【雷《かみなり》】　神鳴《かみなり》　雷《らい》　いかづち　はたた神　鳴神《なるかみ》　雷鳴《らいめい》　迅雷《じんらい》　遠雷《ゑんらい》　軽雷　落雷　雷雨　日雷《ひがみなり》

雲と雲の間、雲と地表の間に起こる放電現象で夏に最も多い。積乱雲の内部の電位差によって引き起こされる。局地的に激しい雨や雹を伴うこともあり、時に落雷で停電や火災が起きる。❖日雷は晴天に起こる雷で、雨を伴わない。

雷や猫かへり来る草の宿　村上鬼城
雷の真只中の関ヶ原　太田土男
夜の雲のみづみづしさや雷のあと　原　石鼎
雷去りぬ雷のにほひの戸をひらく　篠田悌二郎
昇降機しづかに雷の夜を昇る　西東三鬼
白日のいかづち近くなりにけり　川端茅舎
はたゝ神七浦かけて響《とよ》みけり　日野草城
雷鳴の失せればふつとつまらなく　山田佳乃
迅雷に一瞬木々の真青なり　長谷川かな女

遠雷やはづしてひかる耳かざり　木下夕爾
落雷の一部始終のながきこと　宇多喜代子
生駒山鳴れるごとくに日雷　茨木和生

【五月闇《さつきやみ》】　梅雨の闇《つゆやみ》　梅雨闇《つゆやみ》
五月雨の降るころの厚い雲に覆われた、昼夜を問わぬ暗さをいう。

二三日蚊屋のにほひや五月闇　浪化
はら〳〵と椎の雫や五月闇　村上鬼城
纜《ともづな》の沈める水や五月闇　楠目橙黄子
みほとけの千手犇《ひしめ》く五月闇　能村登四郎
五月闇秘仏の闇は別にあり　井沢正江
切りこぼす花屑白し五月闇　長谷川櫂
梅雨の闇小さき星は塗りこめて　福永耕二

【梅雨晴《つゆばれ》】　五月晴《さつきばれ》　梅雨晴間
梅雨の最中に晴れ上がること。五月晴も同じ。梅雨晴は梅雨が明けて晴天が続くようになることをいう場合もある。❖五月晴を入梅前の五月の好天として使うのは誤用。
→梅雨

朝虹は伊吹に凄し五月晴れ　麦水
梅雨晴の飛瀑芯までかがやけり　野澤節子
かしは手の二つ目は澄み五月晴　加藤知世子
漕ぎ出でて水の広さや五月晴　岩田由美
梅雨晴間焼むすびなど匂はせて　星野麥丘人
飛驒の子の花いちもんめ梅雨晴間　松崎鉄之介
ひづめまで仔豚ももいろ梅雨晴間　満田春日

【朝曇《あさぐもり》】
夏の暑くなる日の朝の、どんより曇ったようす。❖季語として定着したのは近代以降。

朝曇港日あたるひとところ　中村汀女
ふるづけに刻む生姜や朝ぐもり　鈴木真砂女
鳩の脚芝にしづめり朝ぐもり　福永耕二
甕はその重みに坐り朝曇　村越化石
枕木に噴く錆色や朝ぐもり　平子公一
遮断機が人溜めてゐる朝曇り　梅田ひろし
切り立ての石の匂へる朝ぐもり　田代青山

【朝焼《あさやけ》】
日の出間際の東の空が紅く染まる現象で、夏に多い。朝焼の日は天気は下り坂になるといわれる。

朝焼によべのランプはよべのまま　福田蓼汀
朝焼や窓にあまれる穂高岳　小室善弘
朝焼の人工島の渚かな　亀割潔

【夕焼《ゆふやけ》】　夕焼《ゆやけ》　夕焼雲　夕焼空
日没前後、西空の地平線に近い部分から燃えるような紅色を現すこと。翌日は晴天になることが多い。❖四季を通じて見られるが単に夕焼といえば夏の季語である。

夕焼の中に危ふく人の立つ　波多野爽波
夕焼を頭《づ》より脱ぎつつ摩天楼　鷹羽狩行
夕焼を使ひはたして帆を降ろす　北村仁子
遠き帆に夕焼のある別れかな　永方裕子
暗くなるまで夕焼を見てゐたり　仁平勝
働いてこの夕焼を賜りぬ　櫂未知子
吉野川火の帯となる夕焼かな　上﨑暮潮
墳《つか》すでに闇に入りたる夕焼かな　鷲谷七菜子

【日盛《ひざかり》】　日の盛
夏の日中、日が最も強く照りつける正午ごろから午後二、三時ごろまでをいう。物の影が真下に落ち、眩《まぶ》しさと不思議な静けさがある。❖近代以降、好んで用いられるようになった。

日ざかりをしづかに麻の匂ひかな　大江丸
よき友のくすし見えけり日の盛　大魯
日盛りに蝶のふれ合ふ音すなり　松瀬青々
日盛の二時打つ屋根の時計かな　高浜虚子
日ざかりをすぎたる雲のうまれけり　久保田万太郎
日盛や松脂匂ふ松林　芥川龍之介
飲食のことりことりと日の盛　岡本眸
ばさと来し松の鴉や日の盛り　大峯あきら
米櫃にざくと枡入れ日の盛　押野裕

【西日《にしび》】

西に傾いた太陽、またはその日差しのこと。晩夏のころには強烈なものとなる。部屋や電車の中に差し込む西日は、昼にも増して暑苦しくやりきれない。

西日照りいのち無惨にありにけり　石橋秀野
浅草にかくも西日の似合ふバー　大牧　広
ベルリンの壁の落書西日濃し　塩川雄三
垂直の梯子西日に書を探す　栗田やすし
ダンススクール西日の窓に一字づつ　榮　猿丸
穴掘りの一人は穴に大西日　摂津よしこ
本棚のどこかに悪書大西日　寺井谷子

【炎天《えんてん》】

ぎらぎら太陽が照りつける真夏の空。燃えるばかりのすさまじさである。

炎天に照らさるる蝶の光りかな　太　祇
炎天の空美しや高野山　高浜虚子
炎天を槍のごとくに涼気すぐ　飯田蛇笏
炎天や死ねば離るゝ影法師　西島麦南
炎天の梯子昏《くら》きにかつぎ入る　橋本多佳子
炎天の遠き帆やわがこころの帆　山口誓子
しんかんと炎天ザイル垂るるのみ　三谷　昭
炎天より僧ひとり乗り岐阜羽島　森　澄雄
炎天や生き物に眼が二つづつ　林　徹
炎天へ打つて出るべく茶漬飯　川崎展宏
炎天を断つ叡山の杉襖　矢島渚男
炎天の熱きバイクにまた跨る　中村与謝男

【油照《あぶらでり》】　脂照

薄曇りで風がなく、脂汗が滲《にじ》むようなじっとりとした蒸し暑さをいう。不快なことこの上ない。❖晴天の日の暑さのことではない。

大阪や埃の中の油照　青木月斗
血を喀《は》いて眼玉の乾く油照　石原八束
かざしみる刃先うるはし油照り　鷲谷七菜子
じりじりと山の寄せくる油照り　福田甲子雄
人死して蛇口をひらく油照　奥坂まや

【片蔭《かたかげ》】　片陰　片かげり　夏陰

炎天下、建物や塀などに沿って道の片側にできる、くっきりとした日陰。道行く人は暑さを避けて、その陰になった涼しい所を通ったり、そこで休んだりする。❖「蔭」は樹木の陰に対して使うので用字は本来は「片陰」が適切だが、俳句では慣用的に「蔭」の字が多く用いられてきた。

片蔭を行き遠き日のわれに逢ふ　木村燕城
片蔭に入る半分の会葬者　岸田稚魚
片蔭を奪ひ合ふごとすれ違ふ　波多野爽波
片蔭へ子を入れ若き母が入る　川崎展宏
発車して片蔭もまた走り去る　八染藍子
片蔭を出て連れのなきことと思ふ　棚山波朗
鳴沙山片陰作りつつありぬ　稲畑汀子
軒下に繋げる馬の片かげり　高浜虚子

【旱《ひでり》】　旱天《かんてん》　旱魃《かんばつ》　旱害《かんがい》　大旱《たいかん》　大旱《おほひでり》
旱畑《ひでりばた》　旱田《ひでりだ》　旱川《ひでりがわ》　旱草　旱空　旱雲

雨の降らない暑い日が続き、水が涸《か》れること。田畑は作物が枯れ始め、都市部の水不足も深刻な問題となる。見渡すかぎり万物が乾ききった景色は殺伐とした思いを抱かせる。→雨乞《あまごい》

浦上は愛渇くごと地の旱　下村ひろし
暗き家に暗く人ゐる旱かな　福田甲子雄
尾燈赤く列車旱の町を出づ　市川　葉
旱魃や子の傷を舐め口甘し　岸田稚魚
旱魃や国境越ゆる救急車　朱　命玉
大旱の空をひそかに煤降りぬ　横山白虹
真白なる猫によぎられ大旱　加藤楸邨
南北の山の切り立つ旱川　井上康明
踏み甲斐のなき旱草ばかりかな　岩田由美
旱雲犬の舐めたる皿光る　原子公平

地理

【夏の山《なつのやま》】　夏山　夏の嶺《みね》　夏嶺《なつね》　青嶺《あをね》

青葉で覆われ、生命力に満ちあふれたみずみずしい山。登山や信仰の対象となる高山の雄大な景色も夏の山ならではのものである。↓山滴る

夏山や雲湧いて石横たはる　正岡子規
夏山の立ちはだかれる軒端かな　富安風生
夏山を洗ひ上げたる雨上る　今井つる女
青嶺もて青嶺を囲む甲斐の国　丁野　弘
青嶺あり青嶺をめざす道があり　大串　章
青嶺より青き谺の帰り来る　多胡たけ子

【山滴る《やましたたる》】

夏の山の青々とした様子をいう。❖北宋の画家郭熙《かくき》の『林泉高致』の一節の「夏山蒼翠として滴るが如し」から季語になった。↓山笑ふ（春）・山粧ふ（秋）・山眠る（冬）

頂きに神を祀りて山滴る　高橋悦男
耳成《みみなし》も滴る山となりにけり　川崎展宏

【五月富士《さつきふじ》】　皐月富士《さつきふじ》　雪解富士《ゆきげふじ》　夏富士　赤富士

旧暦五月のころの富士山。雪もおおむね消えて山肌を見せ、夏山らしい雄渾《ゆうこん》な姿となる。❖赤富士は朝日に映えて真っ赤に見える現象で、葛飾北斎「富嶽三十六景」の「凱風快晴」にも描かれている。晩夏に見られることが多い。

羽衣の天女舞ひ来よ五月富士　小倉英男
赤彦の夕陽の歌や雪解富士　角川照子
夏富士の裾に勾玉ほどの湖《うみ》　杉　良介

赤富士に露滂沱たる四辺かな　富安風生
赤富士のやがて人語を許しけり　鈴木貞雄

【雪渓《せっけい》】
高山の渓谷や斜面で、夏になっても雪がなお消え残り輝かしく見えるところ。夏山の頂上を目指す途中で雪渓がにわかに現れるのは登山の大きな魅力の一つである。

雪渓をかなしと見たり夜もひかる　水原秋櫻子
雪渓を仰ぐ反り身に支へなし　細見綾子
雪渓に山鳥花の如く死す　野見山朱鳥
登りゆく吾も雪渓の一穢《いちゑ》なる　山崎ひさを
雪渓の水汲みに出る星の中　岡田日郎
雪渓の風にあらがふ風のあり　木附沢麦青
雪渓のほかは紫紺に暮れにけり　若井新一

【お花畑《おはなばたけ》】　お花畠
盛夏のころ、高山のひらけた場所では色とりどりの高山植物が一時に開花して、美しく咲き乱れる。大雪山・白馬岳・八ヶ岳などのお花畑は有名である。❖単に「花畑」というと花を植えてある畑や秋の花圃《かほ》のことになる。

お花畑見下ろしつつも峰づたひ　野村泊月
お花畑霧湧くところ流れあり　本田一杉
お花畑なため登りに一路あり　岡田日郎

【夏野《なつの》】　青野
百草が生い茂り、草いきれでむせかえるような野原。『万葉集』にも〈夏野行く牡鹿の角の束の間も妹が心を忘れて思へや　柿本人麻呂〉とあるように和歌にも古くから詠まれてきた。青野も同義だが、季語として定着したのは、山口誓子の「青野ゆき馬は片眼に人を見る」以降。

一すぢの道はまよはぬ夏野かな　蝶夢
絶えず人いこふ夏野の石一つ　正岡子規
頭の中で白い夏野となつてゐる　高屋窓秋
たてよこに富士伸びてゐる夏野かな　桂信子

傷舐めてをれば脈打つ夏野かな　市堀玉宗
牛を置き羊を散らし夏野かな　片山由美子
濡紙に真鯉つつみて青野ゆく　福田甲子雄

【夏の川《なつのかは》】　夏川　夏河原

夏の川はさまざまな表情を見せる。梅雨の長雨で水嵩《みずかさ》の増した川、盛夏に水量が減り河原が広く現れた川、山峡の涼しげな川、都会の澱《よど》みがちな川と、さまざまである。

夏河を越すうれしさよ手に草履　蕪村
夏の河赤き鉄鎖のはし浸る　山口誓子
夏河を電車はためき越ゆるなり　石田波郷
廃線の鉄橋映す夏の川　小瀬里詩

【出水《でみづ》】　梅雨出水　夏出水　出水川

梅雨時の集中豪雨によって河川が氾濫《はんらん》すること。❖出水は台風が襲来する秋にも多いが、それは秋出水といって区別する。

夢の淵どよもしゐたる梅雨出水　藤本安騎生
草のさき出でて吹かるる梅雨出水　山上樹実雄
目のついてゆけぬ迅さの出水川　藤崎久を

【夏の海《なつのうみ》】　夏の波　夏怒濤《なつどたう》　夏の浜　夏の岬　青岬

強い日差しの降り注ぐ夏の海はひときわ目に鮮やかで、寄せくる白波にも夏の勢いが感じられる。海岸はレジャー客で賑わう。

島々や千々に砕けて夏の海　芭蕉
熊野路やわけつつ入れば夏の海　曾良
坂東太郎ここより夏の海となる　須佐薫子
一つづつ扉が開いて夏の濤　石田勝彦
乳母車夏の怒濤によこむきに　橋本多佳子
馬だつた頃のわれ立つ夏怒濤　遠山陽子
青岬遠くで別の汽笛鳴る　石崎素秋

【卯波《うなみ》】　卯月波《うづきなみ》　皐月波《さつきなみ》

卯月（旧暦四月）ごろに立つ波のこと。このころは天候が不安定で波が立ちやすい。波の白さを卯の花の白さに譬《たと》えたところから名付けられたといわれる。旧暦五月のころに立つ波は皐月波という。
散りみだす卯波の花の鳴門かな　蝶　夢
羽衣の松玲《れい》瓏《ろう》と卯波立つ　松野自得
あるときは船より高き卯浪かな　鈴木真砂女
卯月波白磁のごとく砕けたり　皆川盤水
崖下に残る番屋や卯月浪　山崎英子
引いてゆく長きひゞきや五月浪　鈴木花蓑

【土用波《どようなみ》】
夏の土用のころ、主に太平洋沿岸に押し寄せてくるうねりのある高波のこと。南方海上に発生した台風の影響によるものである。時に激しい海鳴りも起こる。

海の紺白く剝ぎつつ土用波　瀧　春一
土用波わが立つ崖は進むなり　目迫秩父
土用波舟小屋に舟はみだして　加藤憲曠
青年の膕《ひかがみ》くらし土用波　松村武雄
土用波夕日の力まだのこる　櫻井博道
引くときの音を大きく土用波　宇多喜代子
土用波一角崩れ総崩れ　本井　英

【夏の潮《なつのしほ》】　夏潮《なつじほ》　夏潮《なつしほ》　青葉潮　苦潮《にがしほ》　赤潮
夏の強い日差しの下を流れる潮。青葉潮は青葉のころの黒潮のこと。苦潮・赤潮は夏、海中のプランクトンが異常発生して潮の色が変わって見えることで、養殖の魚介などの被害が大きい。

夏の潮青く船首は垂直に　山口誓子
夏潮に雨は一粒づつ刺さる　後藤比奈夫
夏潮の谺がこだま生む岬　上村占魚
夏潮に道ある如く出漁す　稲畑汀子
ねむる子のまぶたのうごく青葉潮　藺草慶子
赤潮の帯突つきつて船すすむ　右城暮石

【代田《しろた》】
代掻《しろかき》が終わり田植ができるようになった田。
↓代掻く

幣たれてよき雨のふる代田かな　篠田悌二郎

水増して代田ひしひし家かこむ　上田五千石
ひたひたと星出てきたる代田かな　和田耕三郎
白日や一岳韻《ひび》く代田水　宇咲冬男

【植田《うゑた》】早苗田《さなへだ》

田植を終えて間もない田のことである。苗は整然と列をなし、水田に影を映している。一か月もすると青田となる。

懐しき榛の入日の植田かな　松崎豊
鴇色の夕雲放つ植田かな　小島健
雨ながら空の映れる植田かな　中坪達哉
月あげて植田のほかはみな暗し　本宮哲郎
みちみちて水の寝息の植田村　熊谷愛子
早苗田を静かに曲がる霊柩車　白濱一羊

【青田《あをた》】青田風　青田波　青田道

根づいた苗が生長し、青々と見える田のこと。風が吹き渡ると稲が揺れ、見るからに清々しい。→青稲

むら雨の離宮を過ぐる青田かな　召波
これぞ加賀百万石の青田かな　渋沢渋亭
青田には青田の風の渡りくる　星野椿
青田中ひそかに利根を置きにけり　小杉余子
青田中信濃の踏切唄ふごとし　大串章
良寛の月見坂まで青田風　本宮哲郎
まぎれなきふるさとの風青田波　西嶋あさ子
青田道新幹線とすれ違ふ　小野あらた

【田水《たみづ》沸《わ》く】

梅雨明けごろから気温が急上昇し、田の水が熱せられて泡が浮かび上がること。土中の刈敷や藁《わら》が分解される過程で出る泡で、あたかも一面に湯が沸いているように見える。

安来節安来の田水沸けるころ　大橋敦子
田水沸く岨の家より声とんで　岡井省二
田水沸く播磨に鍛冶の神多し　吉本伊智朗

【噴井《ふけゐ》】噴井《ふきゐ》

山麓《さんろく》などで清水が湧き出ているところを井

戸としたもの。夏の涼味はひとしおである。

白雲は動き噴井は砕けつゝ　中村汀女

しづかなる力漲る噴井かな　伊東　肇

草分けて噴井の底を覗きけり　篠沢亜月

【泉《いづみ》】

地下水が湧き出て湛《たた》えられているところ。湧き出る際のかすかな音が涼味を誘う。

掬ぶよりはや歯にひびく泉かな　芭　蕉

泉への道後れゆく安けさよ　石田波郷

刻々と天日くらきいづみかな　川端茅舎

わが影を金のふちどる泉かな　野見山朱鳥

生前も死後も泉へ水飲みに　中村苑子

草濡れてはたして泉湧くところ　井沢正江

人も草も項《うなじ》垂れゐる泉かな　永島靖子

泉噴く水に太古の樹の匂ひ　加藤耕子

水の中水を突き上げ泉湧く　岡田日郎

膝ついて己消したる泉かな　長浜　勤

音ひとつ立ててをりたる泉かな　石田郷子

【清水《しみづ》】　真清水　山清水　岩清水　苔清水　草清水

天然に湧き流れ出している清冽《せいれつ》な水。いかにも涼しげである。

さゞれ蟹《がに》足はひのぼる清水かな　芭　蕉

石工《いしきり》の鑿冷し置く清水かな　蕪　村

清水のむかたはら地図を拡げをり　高野素十

絶壁に眉つけて飲む清水かな　松根東洋城

顔ふつて水のうまさの山清水　河野南畦

父と子の水筒満たす山清水　山崎ひさを

山清水ひかりとなりて苔に沁む　加藤耕子

【滴り《したたり》】　滴《したた》る

地中から滲み出した水が山の崖《がけ》や岩肌などを伝って落ちる雫《しずく》のこと。❖涼しさを誘うところから近代以後に季語となった。雨水や水道の水が雫となって落下することではない。

滴りのきらめき消ゆる虚空かな　富安風生

したたりの音の夕べとなりにけり　安住　敦
滴りの金剛力に狂ひなし　宮坂静生
滴りをはねかへしたる水面かな　片山由美子
なき如き滴りにしてとどまらず　中田　剛
つく息にわづかに遅れ滴れり　後藤夜半
滴れり日の出前なる明るさに　茨木和生
苔の先光りてはまた滴れる　岩田由美

【滝《たき》】　瀑布《ばくふ》　飛瀑　滝壺《たきつぼ》　滝しぶき　滝　風　滝道　夫婦滝《めをとだき》　男滝《をだき》　女滝《めだき》　滝見　滝見茶屋

高い崖から流れ落ちる水。華厳《けごん》の滝（栃木県）・那智《なち》の滝（和歌山県）などの雄大な滝から、山道で出会う小滝まで、滝にはそれぞれの趣がある。滝壺付近に立てば肌にせまる涼しさを覚える。滝が季語となったのは近代になってからである。

神にませばまこと美はし那智の滝　高浜虚子
滝落ちて群青世界とどろけり　水原秋櫻子
滝の上に水現れて落ちにけり　後藤夜半
おほらかに滝の真中の水落つる　山口草堂
滝落ちて自在の水となりにけり　小林康治
滝の上に空の蒼さの蒐り来　後藤比奈夫
天日にせりあがりつつ滝落つる　上村占魚
滝落としたり落としたり落としたり　清崎敏郎
拝みたる位置退きて滝仰ぐ　茨木和生
大瀑布一さいの音なかりけり　山下幸枝
滝壺を流れ出て水無傷なり　津田清子
滝壺に滝活けてある眺めかな　中原道夫
滝道に何か言はるる何か言ふ　加藤かな文
その頃の懐しかりし滝見馬車　後藤比奈夫

生　活

【夏休《なつやすみ》】　暑中休暇　夏期休暇

学校では七月二十日ごろから八月中を夏休みとする所が多い。期間は地域によって異なる。→休暇明（秋）・冬休（冬）・春休（春）

忙しさをたのしむ母や夏休み　阿部みどり女
黒板にわが文字のこす夏休み　福永耕二
新聞に切り抜きの窓夏休み　佐藤和枝
山に石積んでかへりぬ夏休　矢島渚男
大きな木大きな木蔭夏休み　宇多喜代子
杉山に杉の雨降る夏休み　伊藤通明
夏休み親戚の子と遊びけり　仁平　勝
ひとりゐる蔵の二階や夏休　長浜　勤
夏休最後の日なるひかりかな　小澤　實
祖母の簞笥くろぐろとある夏休　森賀まり

【暑中見舞《しよちゆうみまひ》】　土用見舞　夏見舞

暑中に知人などを訪問したり手紙を出したりして安否を尋ねること。またその手紙や贈り物をいう。昔は土用の習慣だった。→寒見舞（冬）

来はじめし暑中見舞の二三枚　遠藤梧逸
夏見舞明治村より出しにけり　井上壽子
フィヨルドの風とどきけり夏見舞　星野一夫

【帰省《きせい》】　帰省子

学生や社会人が夏休みを利用して、郷里に帰ること。実際に帰省がピークを迎えるのは八月半ばの月遅れの盆前後で秋になる。❖帰省子の「子」は子どもに限らない。→盆帰省（秋）

桑の葉の照るに堪へゆく帰省かな　水原秋櫻子

流木に腰掛けてゐる帰省かな　古田紀一
うみどりのみなましろなる帰省かな　髙柳克弘
帰省子に石鹸淡く減りゆきぬ　八田木枯
帰省子を籠の小鳥のいぶかれる　青柳志解樹
帰省子に腹ばふ畳ありにけり　生田恵美子
まづ川を見に行くといふ帰省の子　山本一歩

【夏期講座《かきかうざ》】　夏期講習会　夏期大学

夏休みを利用して、集中的に行われる講習会。受験生を対象とする講座などもある。

学生の健やかな肘夏期講座　津田清子
夏期講座花鳥の襖とりはらひ　大島民郎
あまだれにききいることも夏期講座　山根真矢
開放の夏期大学を覗くもの　山口誓子

【林間学校《りんかんがくかう》】　臨海学校

夏休みを利用して、山などで行う特別学習。小中学校ではキャンプなどを通じて自然のなかで体験学習をするのが中心である。

林間学校汐引く如く山を去る　山田恵一
絵の具箱明日は林間学校へ　西村和子
林間学校山羊の子に囲まるる　井上弘美

【更衣《ころもがへ》】　衣更《ころもか》ふ

季節の推移にあわせて衣服を替えること。俳句では夏の衣服に替えることをいう。更衣は宮中で旧暦四月朔日《ついたち》に行われていたものが、一般に広まった。現在でも制服を着用するところでは五～六月に夏服への更衣を行う。❖もともとは和服の慣わしであった。↓後の更衣（秋）

一つ脱いで後ろに負ひぬ更衣　芭蕉
やはらかき手足還りぬ更衣　野澤節子
更衣かくて古りゆく月日かな　岡安仁義
しみじみと大樹ありけり更衣　廣瀬直人
更衣駅白波となりにけり　綾部仁喜
二の腕に山気の触るる更衣　若井新一
白波の豊かなる日や更衣　柴田佐知子
更衣して胸元の水明り　藤本美和子

みづぎはを水の押し来る更衣　井上弘美
人にやゝおくれて衣更へにけり　高橋淡路女
衣更へて白帆を沖の花と見る　神尾久美子

【夏衣《なつごろも》】　夏衣《なつぎぬ》　夏着　夏物　麻衣《あさごろも》　麻衣《あさぎぬ》　帷子《かたびら》

夏の和服の総称。❖近年では洋服にもいう。

着馴れても折目高しや夏衣　来山
かたびらにまばゆくなりぬ広小路　梅室
朝風に衣桁すべりぬ夏衣　青木月斗
難所とはいつも白浪夏衣　大峯あきら
胸もとの黒子の透けて夏衣　西宮舞
川波のことごとく急き麻衣　桂信子

【夏服《なつふく》】　白服　麻服　サマードレス　サンドレス　簡単服　あつぱつぱ　半ズボン　ショートパンツ

夏に着る衣服で、今では主に洋服にいう。涼しげな色や素材が中心。

夏服の前に硝子の扉あり　不破博
白服や海を見たりし釦はめ　加藤楸邨
麻服を着せかけらるゝ手をとほす　瀧井孝作
サマードレスの腕が伸びきり受話器とる　河野多希女
急流の匂ひさせたるサンドレス　川口真理
簡単な体・簡単服の中　櫂未知子
旅の荷の中より出して半ズボン　黒坂紫陽子

【袷《あはせ》】　綿抜《わたぬき》　初袷　古袷　素袷《すあはせ》

合わせ衣の意で、裏をつけて仕立てた着物のこと。綿入の綿を抜いた袷を綿抜といった。その年初めて着る袷を初袷、涼感を求めて直接素肌に着ることを素袷といった。

↓春袷（春）・秋袷（秋）

二日三日身の添ひかぬる袷かな　千代女
袷着て袂に何もなかりけり　高浜虚子
真向に比叡明るき袷かな　五十嵐播水
初袷流離の膝をまじへけり　飯田蛇笏
初袷青山窓に連れり　田村木国
初袷ひと日の皺をたゝみけり　奈良鹿郎

素袷やそのうちわかる人の味　加藤郁乎

【セル】

薄手のウールの着物地。オランダ語のセルジが語源。初夏の和服に用いられる。さらりとした肌ざわりで着心地がよいことから一時大流行した。

セル着れば夕浪袖に通ふなる　久米三汀
セルを着て手足さみしき一日かな　大野林火
かくすべき吐息あらはにセルの肩　鷲谷七菜子
セルの袖煙草の箱の軽さあり　波多野爽波
セル軽く荷風の六区歩きけり　加藤三七子
晩年の父のセル着てわが夕べ　藤田湘子
セルの背にひとひらの雲寄りくるや　友岡子郷
歌舞伎座やセルの匂ひのよぎりたる　酒井和子

【単衣《ひとへ》】　**単物《ひとへもの》**

裏のない一重の着物のこと。浴衣同様に涼し気であるが、単衣は外出着にもなるところが違う。

松籟に単衣の衿をかき合はす　阿部みどり女
単衣着て若く読みにし書をひらく　能村登四郎
単衣着て足に夕日のさしゐたり　橋本多佳子
会ひにゆく単衣の袖に風孕み　新船富久

【羅《うすもの》】　**絽《ろ》**　**紗《しや》**　**軽羅《けいら》**　**薄衣《うすぎぬ》**　**薄衣《うすごろも》**

紗・絽《ろ》・上布《じようふ》など、薄く軽やかに織った織物。またそれらで仕立てた単衣の総称。

羅をゆるやかに着て崩れざる　松本たかし
うすものを着て雲の行くたのしさよ　細見綾子
羅の消ゆる鎌倉文学館　神蔵　器
うすものの中より銀の鍵を出す　鷹羽狩行
羅の風のごときとすれ違ふ　高橋悦男
浮薄なる軽羅に浅間雲ふかし　大島民郎
身のところどころに黒子うすごろも　長谷川双魚

【縮《ちぢみ》】　**縮布《ちぢみふ》**　**白縮**　**藍縮《あゐちぢみ》**　**越後縮《ゑちごちぢみ》**

緯糸《よこいと》にやや強い撚糸《よりいと》を用いて織り、仕上げに練って表面に皺《しわ》を寄せた織物。素材によって麻縮・絹縮などがある。軽くて心地よい肌ざわりが喜ばれる。

縮着て一日家を離れざる　九鬼あきゑ

白縮片手上げたる別れかな　津幡龍峰

着ることもなくて逝きけり藍縮　浜　アヤ子

【上布《じやうふ》】　越後上布　薩摩《さつま》上布

薄地の良質な麻織物。雪晒《ゆきざらし》でも知られる越後上布や紺地絣・白地絣・赤縞《あかじま》を特徴とする薩摩上布が有名。

芸に身をたて通したる上布かな　杵屋栄美次郎

うち透きて男の肌《はだへ》白上布　松本たかし

謡ふなり越後上布の膝打つて　晏梛みや子

【芭蕉布《ばせうふ》】

芭蕉の皮の繊維で織った布。奄美《あまみ》・沖縄の特産。張りがあって肌につかないので夏の着物に用いられる。

芭蕉布や夕べましろき島の道　片山由美子

ゆふばえに座す芭蕉布の袂かな　井上弘美

芭蕉布干す軒は珊瑚の海明り　大城幸子

【甚平《じんべい》】　甚兵衛　じんべ

袖なしの甚平羽織を着物仕立てにした単衣。膝丈《ひざたけ》で、紐《ひも》を前で結ぶ。もっぱら男子の家庭着。

甚平を着て今にして見ゆるもの　能村登四郎

甚平や一誌持たねば仰がれず　草間時彦

甚平を着て雲中にある思ひ　鷹羽狩行

甚平のしまひどきなる山の雨　大牧　広

甚平をたたみ直して夫は亡し　八染藍子

【浴衣《ゆかた》】　湯帷子《ゆかたびら》　初浴衣　白浴衣　藍浴衣　染浴衣　古浴衣　浴衣掛

木綿で作られた単衣。昔、入浴時に用いた「湯帷子」の略。もともとは夏の家庭着で、浴衣で人前に出るようになったのは明治以降である。藍染や絞り染などがよく知られるが、現在では色彩も豊かになり、夏の略装として用いられるようになった。❖「宿浴衣」は季節感に乏しい。

浴衣著て少女の乳房高からず　高浜虚子
借りて着る浴衣のなまじ似合ひけり　久保田万太郎
浴衣着て誰に従ふでもなくて　榎本好宏
吾妻橋浴衣は風をよびやすく　須原和男
足もとの鯉も暮れたり湯帷子　綾部仁喜
少し派手いやこのくらゐ初浴衣　草間時彦
張りとほす女の意地や藍ゆかた　杉田久女
生き堪へて身に沁《し》むばかり藍浴衣　橋本多佳子
ひととせはかりそめならず藍浴衣　西村和子
貴船路の心やすさよ浴衣がけ　星野立子

【白絣《しろがすり》】　白地《しろぢ》

白地に紺・黒・茶などの絣模様を織り出したり染めたりした木綿・麻の織物。単衣に仕立てたものをいうことが多く、男女を問わず着用する。

妻なしに似て四十なる白絣　石橋秀野
来し方のよく見ゆる日の白絣　綾部仁喜
明け暮れを山見てすごす白絣　菊地一雄
濁りこそ川のちからや白絣　宮坂静生
白地着てせつぱつまりし齢かな　長谷川双魚
白地着てこの郷愁の何処よりぞ　加藤楸邨
つかの間の若さありけり白地着て　能村登四郎
白地着て雲に紛ふも夜さりかな　八田木枯
白地着て素描のごときをんなかな　小川匠太郎

【レース】　レース編む

レースの衣服やカーテン、テーブルクロスなどは涼しげなので夏に用いられる。

舟住みの女編みゐる白レース　有馬朗人
レース着て水の匂いをひるがえす　出口善子
レース着て森の時間をよぎるなり　長嶺千晶
レース編む夜とぶ鳥を思ひつつ　柴田佐知子

【夏シャツ《なつシャツ》】　白シャツ　開襟《かいきん》シャツ　アロハシャツ

涼しげな生地や色合いのシャツ。胸元の開いたデザインも多い。

少年の夏シャツ白き遠眼鏡　遠藤梧逸

夏シャツの白さ深夜の訪問者　野見山朱鳥
白蓮白シャツ彼我ひるがえり内灘へ　古沢太穂
海を見に行く白シャツの帆となつて　浅井民子
逢ひに行く開襟の背に風溜めて　草間時彦
アロハシャツ高き吊皮摑みけり　後閑達雄

【水着《みづぎ》】　海水着　水泳帽
　毎年、流行の色やデザインがあり、夏の海岸はカラフルな海水着の人びとであふれる。ワンピース、ビキニなどがある。

鞄より水着出すとてすべて出す　山口波津女
明日帰る子らさゝめきて水着干す　有働　亨
水着著て職員室は素通りす　樋笠　文
水着まだ濡らさずにゐる人の妻　鷹羽狩行
真水にて絞れば水着一とにぎり　新田祐久
水着干し遠流の島を隠しけり　高　千夏子
恋人となりたる頃の水着かな　和田耕三郎
ゆつくりと水這ひのぼる水着かな　櫂　未知子
少女みな紺の水着を絞りけり　佐藤文香
まつはりて美しき藻や海水着　水原秋櫻子

【サングラス】
　本来は強い紫外線から目を保護する眼鏡であるが、近年はファッションとしても用いる。

沖雲の白きは白しサングラス　瀧　春一
サングラス掛けて妻にも行くところ　後藤比奈夫
サングラス妻の墓石の上におく　神蔵　器
サングラスかけて目つむりゐたりけり　今井杏太郎
サングラス人の妻たること隠す　辻田克巳
夫《つま》を子をすこし遠ざけサングラス　木内怜子
サングラスかけて声まで変はりたる　高橋将夫

【夏帯《なつおび》】　単帯《ひとへおび》
　夏に用いる和服の帯のこと。絽、紗などは芯を入れ、模様が浮き出るように仕立てられていて涼しげである。一重に織りあげられたものもある。

どかと解く夏帯に句を書けとこそ　高浜虚子

夏帯や一途といふは美しく　鈴木真砂女
夏帯をしめ濁流をおもひをり　飯島晴子
夏帯と角帯と行く四条かな　岩城久治
肘張つて生きるでもなし単帯　稲垣きくの

【夏帽子《なつぼうし》】夏帽　麦稈帽子《むぎわらぼうし》　麦藁帽子
パナマ帽　カンカン帽

日焼を防ぎ、熱中症などから身を守るためにかぶる帽子の総称。→冬帽子（冬）

鎌倉へはや夏帽子かぶりそめ　吉屋信子
人生の輝いてゐる夏帽子　深見けん二
夏帽子水平線の上に置く　落合水尾
夏帽子木陰の色となるときも　星野高士
明眸を隠すでもなし夏帽子　松永浮堂
火の山の裾に夏帽振る別れ　高浜虚子
わが夏帽どこまで転べども故郷　寺山修司
夏帽を選る全身を写しけり　村上喜代子
過ぎし日のしんかんとあり麦藁帽　中山純子
パナマ帽脱げば砂上の影も脱ぐ　横山白虹

【夏手袋《なつてぶくろ》】夏手套《なつしゅとう》

夏用の手袋で、薄手の生地やレースのものが多い。近年は紫外線防止をうたったものも多い。

夏手袋旅は橋よりはじまれる　神尾久美子
メニュー見る夏手袋を脱ぎ乍《なが》ら　嶋田摩耶子

【夏足袋《なつたび》】単足袋《ひとへたび》

薄地のキャラコ・木綿・繻子《しゅす》・絹・麻などで作られた足袋。裏のない一重のものを単足袋という。→足袋（冬）

出稽古にゆく夏足袋をはきにけり　大場白水郎
畳踏む夏足袋映る鏡かな　阿波野青畝
夏足袋の白ささみしくはきにけり　成瀬櫻桃子

【白靴《しろぐつ》】

白は見た目に涼やかでいかにも夏らしい。昔は男性も白い革やメッシュの靴を履いた。

白靴の汚れが見ゆる疲かな　青木月斗
九十九里浜に白靴提げて立つ　西東三鬼

白靴を履けば佳きことあるごとし　文挾夫佐恵
白靴の中なる金の文字が見ゆ　波多野爽波
白靴に明月院の泥すこし　大屋達治
白靴や母の支度の遅きこと　小山玄黙

【サンダル】
甲の部分が紐《ひも》などでできている開放型のはきもの。古代よりの長い歴史を持つ。涼しげなため、洋装の普及と共に愛用されるようになった。

サンダルを脱ぐや金星見届けて　櫂　未知子
サンダルを履いて少女となりにけり　田中冬生

【ハンカチ】　ハンカチーフ　ハンケチ
汗拭《あせぬぐ》ひ　汗ふき
「汗拭」が明治以降「ハンカチ」と呼ばれるようになった。❖季語としては汗をぬぐうことを目的とする。

青空と一つ色なり汗拭ひ　一　茶
今日のこと今日のハンカチ洗ひつつ　今井千鶴子
きつかけはハンカチ借りしだけのこと　須佐薫子
ハンカチを小さく使ふ人なりけり　櫂　未知子
頭文字あるハンケチは返さねば　鈴木榮子

【粽《ちまき》】　茅巻《ちまき》　笹粽　粽結ふ
粳米《うるちまい》や糯米《もちごめ》などの粉を練ったものを笹の葉や竹の皮などで包んで蒸したもの。端午の節句に作って食べる。もとは茅の葉で巻いたことから粽の名がある。五月五日に汨羅《べきら》に投身自殺した楚《そ》の屈原《くつげん》を悼んで姉が五色の糸をつけた竹筒に米を詰めて水中に投じたことが粽の起源とされる。↓端午

粽結ふかた手にはさむ額髪　芭　蕉
賑かに粽解くなり座敷中　路　通
粽解く葭の葉ずれの音させて　長谷川　櫂
雨やみて山よく見ゆる粽かな　対中いずみ
白河の関まで三里笹粽　荻原都美子
流寓のみじかき茅に粽結ふ　木村蕪城
粽結う死後の長さを思いつつ　宇多喜代子

【柏《かしは》餅《もち》】

粳米《うるちまい》の粉で作った皮の間に餡《あん》を入れ、柏の葉で包んで蒸したもの。五月五日の端午の節句に粽とともに供える。↓端午

てのひらにのせてくださる柏餅　後藤夜半
折りし皮ひとりで開く柏餅　山口誓子
街道のこれで売切れ柏餅　星野椿

【夏《なつ》料理《れうり》】

暑さを忘れさせるような工夫を凝らした夏向きの料理。素材や盛り付けにも涼しさを感じるようこしらえる。

美しき緑走れり夏料理　星野立子
箸置も橋のかたちの夏料理　北光星
灯の映るもの、多くて夏料理　鈴木鷹夫
夏料理水かげろふを天井に　黛執
白海老も烏賊もかがやき夏料理　福井隆子
運ばるる氷の音の夏料理　長谷川櫂
夏料理箸を正しく使ふ人　後閑達雄

【筍《たけのこ》飯《めし》】

筍を炊き込んだご飯で、季節感が豊かである。

松風に筍飯をさましけり　長谷川かな女
雨ごもり筍飯を夜は炊けよ　水原秋櫻子
風呂敷で筍飯がとどきけり　中山ひろ

【豆《まめ》飯《めし》】　豆御飯
皮をむいた青豌豆《あおえんどう》や蚕豆《そらまめ》を炊き込んで薄い塩味をつけたご飯。豆の緑と白飯の白さが見た目にも美しい。

豆飯や軒うつくしく暮れてゆく　山口青邨
灯火の近江なりけり豆御飯　鈴木鷹夫
長崎も丸山にゐて豆御飯　有馬朗人
あをあをと雨の一日の豆御飯　関森勝夫
老人のひとり暮らしに豆の飯　青柳志解樹

【麦《むぎ》飯《めし》】

白米に大麦を混ぜて炊いた飯。少し水を多めにして炊く。麦だけを炊いたものを「す

むぎ」という。昔は夏にビタミン不足による脚気《かっけ》の症状が出ることが多かったので麦飯を食べた。

京まではまだ二日路や麦の飯　草　斧

麦めしや父の弱音の貌知らず　辻田克巳

大盛であり麦飯でありにけり　山田弘子

【鮓《すし》】　鮨《すし》　馴鮓《なれずし》　押鮓　早鮓《はやずし》　一夜鮓《いちやずし》　鮒鮓《ふなずし》　鯖鮓《さばずし》　鯛鮓　鮎鮓　笹鮓　柿の葉鮓　朴葉鮓《ほほばずし》

鮓は米と魚を自然発酵させて作る魚類保存食品であった。馴鮓はその古い形で鯖《さば》・鮒《ふな》・鮎などの腹を割いて、その中に飯を詰めて数日押しておき、発酵させて独特の風味を持たせたもの。滋賀名産の鮒鮓はこの類である。近世以降、飯に酢を加えて魚の身を薄く切って並べ、生姜《しょうが》をあしらった箱鮓が作られるようになり、関西で主流となった。❖江戸後期に食されるようになった握り鮓は季節感が乏しい。

鮓押して待事ありや二三日　嘯　山

川蓼や紅の茶屋が一夜ずし　紫　暁

鮒鮓や彦根の城に雲かゝる　蕪　村

仏間より風よく通ひ鮓馴るる　皆吉爽雨

鮓押すや貧窮問答口吟み　竹下しづの女

直会や御手塩にとりて一夜鮓　渡辺文雄

鯛鮓や一門三十五六人　正岡子規

鮎鮨や吉野の川は水瘦せて　佐藤鬼房

【水飯《すいはん》】　水飯《みづめし》　洗ひ飯　水漬《みづづけ》　飯饐《めしす》ゆ　汗の飯

夏は飯が饐えやすいので、洗って食べたりすることがあった。また、食欲の落ちた夏に冷水を掛けて食べることもある。

水飯やあすは出でゆく草の宿　乙　二

水飯のごろ〳〵あたる箸の先　星野立子

水飯や音をたてざる暮しむき　角　光雄

飯饐る畳のくらさ夜の如し　宇佐美魚目

濁流や水屋の闇に飯饐える　牧　辰夫

【冷麦《ひやむぎ》】

小麦粉を食塩水で練って延ばした麺《めん》を茹《ゆ》で上げ、冷水にさらして食べる。薬味と味の濃い汁につけて食べる。冷索麺《そうめん》とともに食欲のない時に喜ばれる。

冷麦は夜のものとて月のさす　宗　徳

冷麦を水に放つや広がれる　篠原温亭

冷麦に朱の一閃や姉遠し　秋元不死男

冷麦てふ水の如きを食うてをる　筑紫磐井

冷麦や風は葉音を先立てて　今瀬一博

【冷索麺《ひやさうめん》】　冷素麺　索麺冷やす　流し索麺

小麦粉を食塩水でこね、胡麻《ごま》油や菜種油をつけてごく細く引き延ばし天日で乾かした麺。茹でた後、冷水や氷で冷やし、薬味を添えて濃いめの汁につけて食べる。❖「索麺」だけでは季語としない。

うまうまと独り暮しや冷索麺　山田みづえ

築山を飽かずながめて冷さうめん　小島　健

ざぶ〳〵と索麺さます小桶かな　村上鬼城

左利き目立つさうめん流しかな　出口孤城

【冷し中華《ひやしちゆうくわ》】

冷やして食べる中華麺。胡瓜《きゆうり》・卵・肉類などを細く切ったものを具として載せ、たれをかける。

七彩の冷し中華やひとりの夜　加瀬美代子

冷し中華時刻表なき旅に出て　新海あぐり

仮通夜や冷し中華に紅少し　櫂　未知子

【冷奴《ひややつこ》】

冷やした豆腐を薬味とともに醬油《しようゆ》で食べる。

冷奴隣に灯先んじて　石田波郷

一卓に客は夕風冷奴　村越化石

ひと雨に草木洗はれ冷奴　佐藤和枝

杉を打つ雨脚の見え冷奴　今瀬剛一

けふよりは父亡き日々よ冷奴　澤井洋子

島がみな見えるさびしさ冷奴　永末恵子
日本に醤油ありけり冷奴　仲　寒蟬
屋久杉の箸の香ほのと冷奴　山田佳乃

【胡瓜揉《きうりもみ》】　瓜揉　瓜揉む

胡瓜を薄く刻んで、塩で揉み三杯酢などで和えたもの。越瓜《しろうり》などでも作る。魚介類をあしらって膾《なます》にしたものも涼を呼ぶ料理として喜ばれる。

物言はぬ独りが易し胡瓜もみ　阿部みどり女
山がすぐ前にあるなり胡瓜もみ　前澤宏光
男手の瓜揉親子三人かな　石橋秀野
鍵ひとつ恃《たの》むくらしの瓜をもむ　稲垣きくの

【冷し瓜《ひやしうり》】　瓜冷す

甜瓜《まくわうり》などを冷やしたもの。冷蔵庫のなかった時代には、清水や井戸などで冷やした瓜にさえ涼感を見出した。

瓜冷す井を借りに来る小家かな　几董
指一本出してつつきぬ冷し瓜　波多野爽波
市振の白波つづく冷し瓜　友岡子郷
冷し瓜回して水の流れ去る　大串章
冷し瓜若狭ことばのやはらかき　中山和子

【茄子漬《なすづけ》】　なすび漬　茄子漬ける

塩漬や糠漬《ぬかづけ》などにした茄子。暑い時期に、美しい色が食欲をそそる。

山国の夜空のいろの茄子漬　若井新一
星宿す茄子を漬け込む糠深く　殿村莵絲子
糠床の茄子に妙なる刻のあり　澁谷道

【鴫焼《しぎやき》】　焼茄子

二つ割りにした茄子に胡麻油などを塗って焼き、練り味噌《みそ》を塗ってさらに焼き上げたもの。

鴫焼や高野の坊の一の膳　松根東洋城
鴫焼や衣重ねたる雨の冷え　石川桂郎

【梅干す《うめほす》】　梅干　梅漬　夜干の梅　干梅　梅筵《うめむしろ》

梅の実を塩漬けにし、夏の土用のころに戸

板や笊《ざる》に並べて天日で干す。塩揉みした赤《あか》紫蘇《じそ》を加えたりする。

梅干して人は日陰にかくれけり　中村汀女
梅干して地の明るさのつづくなり榎本冬一郎
梅を干す真昼小さな母の音　榎本冬一郎
動くたび干梅匂ふ夜の家　飯田龍太
梅の無きところ反りをり梅莚　鈴木六林男
小野あらた

【麦酒《ビール》】　ビール　黒ビール　生ビール　地ビール　ビヤホール　ビヤガーデン　缶ビール

麦芽を主原料とし、ホップと酵母を加えて発酵させた酒。炭酸ガスを含んでいる。四季を問わず飲まれるが、特に夏には冷たさが好まれ、ビヤホールなどがにぎわう。

それぞれに何かを終へし麦酒かな　古川朋子
人もわれもその夜さびしきビールかな　鈴木真砂女
泡見つつ注いでもらひしビールかな　高田風人子
浅草の暮れかかりたるビールかな　石田郷子
ビヤホール背後に人の増えきたり　八木林之助
さまよへる湖に似てビヤホール　櫂未知子
ビヤガーデン最も暗き席を占む　山口誓子

【梅酒《うめしゆ》】

青梅を氷砂糖とともに焼酎に漬けたもの。ガラス瓶などに密閉して保存する。

わが死後へわが飲む梅酒遺したし　石田波郷
とろとろと梅酒の琥珀澄み来る　石塚友二
わが減らす祖母の宝の梅酒瓶　福永耕二

【焼酎《せうちう》】　麦焼酎　甘藷《いも》焼酎　蕎麦《そば》焼酎　泡盛

麦・薩摩芋・蕎麦・米などを原料とする蒸留酒。安価でアルコール度が高いため、暑気払いに喜ばれた。

静かなる闇焼酎にありにけり　岡井省二
黍焼酎売れずば飲んで減らしけり　依田明倫
泡盛に足裏まろく酔ひにけり　邊見京子
泡盛の一斗甕据ゑ婚の家　山本初枝

【冷酒《ひやざけ》】　冷酒《れいしゅ》　冷し酒

日本酒は燗《かん》をして飲むのが一般的であるが、夏は暑いのでそのまま、あるいは冷やして飲むことが多い。↓熱燗（冬）

冷酒やはしりの下の石だたみ　其角

冷酒や蟹はなけれど烏賊《いか》裂かん　角川源義

青笹の一片沈む冷し酒　綾部仁喜

まつくらな熊野灘あり冷し酒　伊佐山春愁

【甘酒《あまざけ》】　一夜酒《ひとよざけ》

柔らかく炊いた飯または粥《かゆ》に米麴《こめこうじ》を加え、発酵させて造る飲料。六〜七時間でできることから一夜酒ともいうが、アルコール分はほとんどない。かつては暑気払いに、温めて飲んだ。❖江戸時代には真鍮《しんちゅう》の釜《かま》を据えた箱を担いだ甘酒売が売り歩いた。

あまざけや舌やかれける君が顔　嘯山

御仏に昼供へけりひと夜酒　蕪村

甘酒屋打出の浜におろしけり　松瀬青々

飲みごろの熱さを味の一夜酒　鷹羽狩行

【新茶《しんちゃ》】　走り茶《はしりちゃ》　古茶《こちゃ》

その年の新芽で製した茶。走り茶ともいい、最も早い芽で作ったものを一番茶と呼ぶ。香気と味のよさで珍重される。新茶が出回ると、前年の茶は古茶となる。

宇治に似て山なつかしき新茶かな　支考

新茶汲むや終りの雫汲みわけて　杉田久女

日輪と新茶の小さき壺一つ　成田千空

まだ会はぬ人より新茶届きけり　村越化石

走り茶の針のこぼれの二三本　石田勝彦

水のごとき交りもよし古茶新茶　大橋櫻坡子

筒ふれば古茶さん〳〵と応へけり　赤松蕙子

波もまた引けば古ぶよ古茶新茶　大谷弘至

【麦茶《むぎちゃ》】　麦湯

炒《い》った大麦を煎《せん》じた飲料。香ばしさが喜ばれ、冷やして飲むことが多い。

どちらかと言へば麦茶の有難く　稲畑汀子

端正に冷えてをりたる麦茶かな　後藤立夫
相国寺さまの麦湯をいただきぬ　今井杏太郎

【ソーダ水《すい》】　クリームソーダ

炭酸ガスを水に溶かした、発泡性の清涼飲料水。無味のものをプレーンソーダといい、一般にはこれに種々のシロップを加え緑や赤の色を付ける。

一生の楽しきころのソーダ水　富安風生
空港のかかる別れのソーダ水　成瀬櫻桃子
ストローを色駆けのぼるソーダ水　本井英
沈黙やもう泡生まぬソーダ水　吉田千嘉子
ソーダ水方程式を濡らしけり　小川軽舟
クリームソーダ飲み干してなほ残るもの　安里琉太

【サイダー】

清涼飲料水の一種。元来は林檎《りんご》酒（シードル）を意味する英語であったが、日本では炭酸水にクエン酸・香料・砂糖などを加えたものをいう。

サイダーやしじに泡だつ薄みどり　日野草城
二階へ運ぶサイダーの泡見つつ　波多野爽波
サイダー瓶全山の青透き通る　三好潤子
叱られてサイダーの泡見つめゐる　井出野浩貴

【ラムネ】

炭酸水にレモンの香りや甘味を足した清涼飲料水。レモネードからの転訛《てんか》といわれる。ビー玉の入った独特の形のガラス瓶は郷愁を誘う。

唇にラムネの壜のいかめしき　相生垣瓜人
島去りぬラムネの玉を瓶に残し　中嶋鬼谷
ラムネ玉夕空どこか新しき　和田耕三郎
水の中なる水色のラムネ瓶　抜井諒一

【氷水《こほりみづ》】　かき氷　夏氷　氷小豆《こほりあづき》　氷《こほり》苺《いちご》　氷店《こほりみせ》　削氷《けづりひ》

削った氷に各種シロップ・茹《ゆで》小豆・餡《あん》・白玉・抹茶などを加えたもの。かつては氷を鉋《かんな》で削ったが、現在ではほとんどが機械削りになった。氷水が流行し始めたのは、明治四、五年以降。❖『枕草子』にも登場するように古くから削氷《けずりひ》として食されていた。

山里や母を養ふ夏氷　暁　台
氷水世間に疎くなりにけり　大場白水郎
浅草や昔のいろの氷水　鷹羽狩行
赤き青き舌ひらめかせ氷水　高橋睦郎
遠き木の揺れはじめけり氷水　藺草慶子
かなしみに終りありけり氷水　山西雅子
ここもまた誰かの故郷氷水　神野紗希
匙なめて童たのしも夏氷　山口誓子
氷店一卓のみな喪服なる　岡本　眸
削氷やふと恐ろしき父の齢　宇佐美魚目

【氷菓《ひようくわ》】　氷菓子　アイスキャンデー　アイスクリーム　ソフトクリーム　シャーベット

氷菓子の総称。果汁・糖蜜・クリームなどに香料を加えて凍らせて作る。

氷菓互ひに中年の恋ほろにがき　秋元不死男
氷菓舐めては唇の紅補ふ　津田清子
ふらふらと来る自転車は氷菓売　日原　傳
木の橋のあいまいな影氷菓売り　山崎　聰
アイスクリームおいしくポプラうつくしく　京極杞陽
ソフトクリーム唇少し沈みけり　小野あらた
シャーベット明石の雨を避けながら　須原和男

【葛餅《くずもち》】

葛粉を水に溶き、火にかけて練りあげたものを木枠に流し込み、冷やし固めたもの。三角に切り分けて蜜をつけ、黄粉《きなこ》をまぶして食べる。冷たさと弾力が喜ばれる。❖地方によって原料や製法に違いがある。

葛餅や老いたる母の機嫌よく　小杉余子
葛餅の黄粉の上を蜜すべる　上野章子
葛餅の三角といふよきかたち　片山由美子

【葛切《くずきり》】

葛粉を水に溶かし、加熱して固めたものを、細長く切ったもの。冷やしてから蜜をつけて食べる。上品な喉ごしの良さが特徴。

葛切に淡き交り重ねたる　後藤比奈夫
葛切や念仏寺へ坂がかり　石田勝彦
葛切を蜜の闇より掬ひ上げ　内田園生

【葛饅頭《くずまんぢゆう》】　**葛桜《くずざくら》**　**水饅頭《みづまんぢゆう》**

葛粉を水で溶いて火にかけ、練って作った葛練を皮にして、中に餡を入れ、蒸した夏の菓子が葛饅頭。葛桜はそれを桜の葉で包むもの。水饅頭は水に浮かべたもの。

ぶるぶると葛饅頭や銀の盆　千原草之
塗り盆に葛饅頭のふるへをり　櫂　未知子
宵は灯の美しきとき葛桜　森　澄雄
ひとりづつ来てばらばらに葛桜　古舘曹人
葛桜男心を人問はば　川崎展宏
水中に水饅頭の曇り失せ　片山由美子

【心太《ところてん》】　**こころぶと**

天草を洗って晒《さら》し、煮てから型に流し、冷やし固めたもの。心太突きで突き、酢醤油や黒蜜をかけて食べる。さっぱりした食感が親しまれる。

清滝の水汲ませてや心太　芭　蕉
ところてん逆しまに銀河三千尺　蕪　村
ところてん煙のごとく沈みをり　日野草城
むらぎもの影こそ見えね心太　安東次男
心太みじかき箸を使ひけり　古舘曹人
くみおきて水に木の香や心太　髙田正子

【水羊羹《みづやうかん》】

煮溶かした寒天に砂糖と餡を加え、冷やし固めた羊羹。水分が多く、つるんとした口当たりはまさに夏向き。

かげ口は寂しきものや水羊羹　長谷川春草
青年は膝を崩さず水羊羹　川崎展宏
まだ奥に部屋ありそうな水羊羹　五島高資

【ゼリー】

果汁などをゼラチンで冷やし固めた菓子。

心地よい食感と彩りを楽しむ。

うす茜ワインゼリーは溶くるかに　日野草城
ふるふるとゆれるゼリーに入れる匙　川崎展宏
好き嫌ひ多くてゼリー揺らしけり　大木あまり

【白玉《しらたま》】

米から作った白玉粉を水で練り、小さく丸めて茹でて作る団子。冷やして砂糖や蜜をかけて食べる。

白玉や浮舟の巻読み終へて　松本　旭
白玉は何処へも行かぬ母と食ぶ　轡田　進
白玉や子のなき夫をひとり占め　岡本　眸
白玉や茶の間は風の通りみち　伊藤節子
白玉や旧街道の松を見て　石井那由太
胃の中の白玉あかり根津谷中　中原道夫

【蜜豆《みつまめ》】　餡蜜《あんみつ》

賽《さい》の目に切った寒天に赤豌豆《えんどう》や求肥《ぎゅうひ》などを加え、蜜をかけて食べる。フルーツ蜜豆や餡蜜もある。

蜜豆をたべるでもなくよく話す　高浜虚子
蜜豆のくさ〴〵のもの匙にのる　亀井糸游
みつ豆はジャズのごとくに美しき　国弘賢治
蜜豆のみどりや赤や閑職や　北　登猛

【麨《はったい》】　麨粉《はったいこ》　麦こがし　麦香煎《むぎかうせん》

米または麦を煎《い》って細かく挽《ひ》いて粉にしたもの。砂糖を加えてそのまま食べたり、水に溶いて食べる。

麨や生き生きと死の話など　古賀まり子
はったいをこぼすおのれを訝しむ　八田木枯
亡き母の石臼の音麦こがし　石田波郷
麦こがし人に遅れず笑ふなり　桑原三郎
遠くよりさみしさのくる麦こがし　友岡子郷

【洗膾《あらひ》】　洗鯉《あらひごひ》　洗鯛《あらひだひ》

鯉・鯛・鱸《すずき》などの新鮮な魚を刺身にし、冷水や氷水で洗い、身を収縮させ、臭みを取ったもの。鯉の洗膾は酢味噌で、その他のものは山葵《わさび》醤油などで食べる。

山国の水匂ひ立つ洗膾かな　西山睦
橋灯り船灯りゐる洗膾かな　瀧澤和治
洗ひ鯉日は浅草へ廻りけり　増田龍雨
一日をほめて日暮や洗鯉　片山由美子

【泥鰌鍋《どぢやうなべ》】　泥鰌汁　柳川鍋

泥鰌を丸のまま味醂《みりん》と醬油で味付けした出汁《だし》で煮て、刻み葱《ねぎ》をあしらって食べる鍋料理。開いた泥鰌を笹掻き牛蒡《ごぼう》と一緒に煮て、卵でとじたものを柳川鍋といい、天保の初めごろ評判になった江戸の「柳川」という店の屋号にちなむ。❖泥鰌は歴史的仮名遣いでは「どぢやう」だが、江戸時代に「どぜう」と書くのが広まった。

泥鰌鍋のれんも白に替りけり　大野林火
川越せば川の匂ひやどぜう鍋　村山古郷
板敷に人を励ます泥鰌鍋　日原傳
対岸の雨を見てゐる泥鰌鍋　佐藤郁良
月島の夜を待つ人や泥鰌汁　長谷川かな女
どぢやう汁悪事企むこと楽し　山田真砂年

【土用鰻《どようなぎ》】

夏の土用の丑《うし》の日に食べる鰻。鰻は栄養価が高く、関東は背開き、関西では腹開きにし、白焼や蒲焼《かばやき》などにして食べる。土用の丑の日に鰻を食べる風習がいつ始まったかはっきりしないが、江戸時代に平賀源内が鰻屋から頼まれて看板を書いたことに由来するという説もある。↓土用

魚籠のまま土用鰻の到来す　亀井糸游
土用鰻店ぢゆう水を流しをり　阿波野青畝
土用鰻息子を呼んで食はせけり　草間時彦

【沖膾《おきなます》】

鰺《あじ》・鱸《すずき》・鰯《いわし》など、沖で取った魚をそのまま舟の上で、膾やたたきなどにして食べること。江戸時代には舟遊びの料理ではもっとも粋《いき》なものとされていた。

松遠み夕日うすづく沖鱠　角田竹冷

沖膾海上に酢の匂ふまで　野村喜舟
坐りよき水軍徳利沖膾　山内繭彦

【水貝《みづがひ》】
新鮮な生の鮑《あわび》の肉を磨いて薄切りや賽《さい》の目に切り、氷を入れた薄い塩水に浮かべたもの。薬味を添え、そのままあるいは山葵《わさび》醤油で食べる。❖見た目も涼やかで鮑の滋味と歯応えも楽しめる夏らしい料理。

水貝や一湾窓にかくれなし　浦野芳南
水貝やすなはち匂ふ安房の海　石塚友二
水貝のための夜空でありにけり　櫂　未知子

【夏館《なつやかた》】
夏らしい趣が感じられる邸宅のこと。↓冬館（冬）

夏館燈を吸ふ水の流れゐる　室積徂春
ロンロンと時計鳴るなり夏館　松本たかし
山上に強き燈洩らす夏館　桂　信子
夏館より楡眺め馬眺め　依田明倫
夏館古き時計を疑はず　岩田由美
スリッパを幾度も揃へ夏館　下坂速穂
花束の届けられたる夏館　後閑達雄

【夏の灯《なつのひ》】　夏灯《なつともし》　灯涼し
暑い夏は、夜になって灯火を見ると涼しさを覚える。

夏の灯にひらくや浪花名所図会　鷲谷七菜子
乾杯の指うつくしき夏灯　佐藤博美
うごく灯の中に動かぬ灯の涼し　片山由美子

【夏炉《なつろ》】　夏の炉
夏、北国や高地で暖をとるためにしつらえておく囲炉裏《いろり》や暖炉。↓春の炉（春）・炉（冬）

火の小さく夏炉大きくありにけり　粟津松彩子
こだはりて夏炉の炭を組み直す　飯島晴子
雨を来て夏炉の生の火に当たる　鷹羽狩行
大江山近々とある夏炉かな　山田弘子
夏炉焚く雲の崩れを湖に見て　野中亮介

家中の柱の見ゆる夏炉かな　中岡毅雄

【夏座敷《なつざしき》】

日本家屋では夏になると座敷のしつらえを替えてきた。襖《ふすま》・障子を取り外したり、簾《すだれ》を吊《つ》り簾戸《すど》をはめるなどして風通しを良くした。また、簟《たかむしろ》などの敷物に替え、涼しげな触感を楽しんだ。→冬座敷（冬）❖実際の涼しさとともに風情を味わう。

山も庭も動き入るゝや夏座敷　芭蕉
思ひ思ひに外を見てゐる夏座敷　細見綾子
夏座敷暮れつつ遠き灯のみゆる　木下夕爾
水牛の角つるしたる夏座敷　飯島晴子
真中に僧が帯解く夏座敷　柿本多映
雨音を野の音として夏座敷　廣瀬直人
夏座敷何か忘れてゐるやうな　水田むつみ

【露台《ろだい》】　バルコニー　バルコン　ベランダ

洋風建築の屋根のない張り出し。椅子やテーブルなどを据えて涼を楽しむ。❖露台の日本語訳はバルコニー、バルコンなどで、庇《ひさし》のあるものはベランダという。

宵浅し露台へのぼる靴の音　日野草城
灯の中に船の灯もある露台かな　福田蓼汀
蠍座の尾のちかぢかと露台かな　永島靖子
ベランダの椅子に大きな富士の闇　今井千鶴子

【滝殿《たきどの》】　泉殿　釣殿　水殿《みづどの》　水亭《すいてい》

平安時代の建築様式のひとつで、庭園の滝のほとりに作られた建物。水辺の涼しさを楽しむ。❖『源氏物語』や『後拾遺集』などにも見られる。

滝殿や運び来る灯に風見えて　田中王城
よりかゝる柱映れり泉殿　池内たけし

【噴水《ふんすい》】

公園や庭園に作られた水を噴き上げる装置。水の涼感を楽しむためのもの。

噴水をはなれたる人去りにけり　後藤夜半

噴水のしぶけり四方に風の街　石田波郷
噴水の影ある白き椅子ひとつ　木下夕爾
大噴水小噴水へ水分かつ　竹中碧水史
噴水の内側の水怠けをり　大牧　広
噴水の翼をたたむ夕べ来る　朝倉和江
噴水の玉が玉押す爆心地　西山常好
噴水のむこうの夜を疑わず　塩野谷仁
噴水は遠き花壇を濡らしけり　日原　傳

【夏蒲団《なつぶとん》】　夏掛《なつがけ》　麻蒲団

夏用の掛蒲団。綿《わた》も薄く、麻などの素材で涼しげに仕立てられ、色や柄もあっさりしたものが多い。

相談の結果今日から夏布団　池田澄子
夏蒲団夢も見ざるにはづれたる　島谷征良
明け方の手足にさぐる夏蒲団　北村貞美
夏掛のすぐ足元に行きたがる　仁平　勝
麻布団さらりと木曾の旅寝かな　新藤公子

【夏座蒲団《なつざぶとん》】　藺座蒲団《ゐざぶとん》　革蒲団　円座

夏用の座蒲団。麻や縮《ちぢみ》など肌ざわりの良い布地で作る。また、藺《い》座蒲団や革蒲団のひんやりとした感触も好まれる。❖「円座」は藁または蒲《がま》などの茎葉を渦巻き型に編んだもの。

夏坐ぶとんひとの全く来ぬ日あり　及川　貞
五枚づゝ夏座布団の十五枚　下田実花
忌を修す夏座布団の軽さかな　八木下　巌
藺座布団男の膝を余しけり　石田あき子
革布団青き畳に浮みけり　高浜虚子

【花茣蓙《はなござ》】　絵茣蓙　寝茣蓙

種々の色に染めた藺を花模様に織り出した茣蓙。畳の上はもちろん、板の間や縁側などにも敷いて涼感を楽しむ。

花茣蓙にわがぬくもりをうつしけり　阿部みどり女
また雨が降る花茣蓙の香なりけり　細川加賀
花茣蓙の花に影なき暮色かな　嶋田麻紀
花茣蓙の花のかたよる目覚めかな　片山由美子

花茣蓙の潮風に浮き上りけり　井上弘美
奥能登の一夜の宿の寝茣蓙かな　大橋越央子
かさなりて寝茣蓙の厚きところかな　小原啄葉

【簟《たかむしろ》】　竹筵　籐筵《とうむしろ》

竹を細く割いて編んだ敷物。籐で編んだものが「籐筵」。肌触りが冷やかで、見た目にも涼しげである。

漣《さざなみ》や近江表をたかむしろ　其角
棕梠の葉を打つ雨粗し簟　日野草城
簟眼にちから這入りけり　飯島晴子
さえざえと居て簷《のき》深き籐筵　砂子多鶴

【籠枕《かごまくら》】　籐枕《とうまくら》　陶枕《たうちん》

竹や籐で籠目に編んだ枕。円筒形で中が空洞で風通しが良い。夏の午睡《ひるね》に適当。陶製のものを陶枕という。

するすると涙《なむだ》走りぬ籠枕　松本たかし
谷音のにはかに近し籠枕　黛執
夢のなか風吹き抜けて籠枕　檜紀代
陶枕の青き山河に睡りけり　綾部仁喜
陶枕に夢の出てゆく穴ふたつ　中原道夫
亡き父を知る陶枕の唐子たち　上野一孝

【竹婦人《ちくふじん》】　竹夫人《ちくふじん》　抱籠《だきかご》

涼をとるため、抱きかかえて寝る竹籠。一〜一・五メートルほどの筒形の籠であることが多い。

くびれたるところがかたし竹婦人　小原啄葉
わが骨のありどをさぐり竹婦人　山上樹実雄
真昼間は立てて置くなり竹婦人　今瀬剛一
風のよく通るところに竹婦人　仁平勝
竹婦人にも相性といふがあり　福永法弘

【網戸《あみど》】

風を通し、蚊・蠅などの虫の侵入を防ぐために目の細かい網を張った戸のこと。

月さすや網戸に森の遠ざかる　水原秋櫻子
網戸入れ夜を鮮しくひとり住む　菖蒲あや
網戸して外より覗く己が部屋　柴田佐知子

島一つ暮れ残りたる網戸かな　水田光雄
団欒の灯のあをあをと網戸越し　片山由美子
ビクターの犬見えてゐる網戸かな　対中いずみ

【日除《ひよけ》】 日覆《ひおほひ》

真夏の鋭い日差しを避けるための布・簀・木製の覆い。日覆ともいう。

三日月にたたむ日除のほてりかな　渡辺水巴
ばた〱と夕風強き日除巻く　星野立子
仏具店日除の下に犬が寝て　斎藤朗笛
壺売の日除の中にひそみをり　宮坂静生
日蔽《ひおほひ》が出来て暗さと静かさと　高浜虚子

【青簾《あをすだれ》】 簾　竹簾　葭簾《よしすだれ》　伊予簾　絵簾　古簾

青竹を細く割って編んだもの。軒や縁先に吊して日を遮り、風通しを良くする。蘆の茎を用いたものを葭簾といい、絵模様を編み込んだものを絵簾という。❖青竹の青がいかにも涼感を漂わせる。→秋簾（秋）

青簾髪にさはりてつよからず　才　麿
起ちすわり誰が見てもよし青簾　岩木躑躅
東山すだれ越しなる楽屋かな　中村吉右衛門
日は遠く衰へゐるや軒簾　松本たかし
紺暗く夜空は簾ふちどりぬ　石田波郷
上賀茂の風のきてゐる簾かな　山本洋子
一人居の夜の簾を怖れけり　佐久間慧子
戸口まで湖《うみ》を湛えて葭簾　赤尾冨美子
絵すだれを潜り童女の消えゆけり　中村苑子
絵簾に海荒き日のつづきをり　石原八束

【夏暖簾《なつのれん》】 麻暖簾

夏の間用いる暖簾のこと。麻や木綿などの薄手の素材で作られた涼しげなものが多い。

夏暖簾垂れて静かに紋所　高浜虚子
大らかに孕み返しぬ夏のれん　富安風生
空地より風を貰ひて夏のれん　鈴木真砂女
父を知る祇園の女将夏暖簾　大橋敦子
カステラの老舗灯《ひとも》す夏暖簾　中尾杏子

男らに誘はれくぐる麻暖簾　伊藤トキノ

【葭簀《よしず》】　葭簀掛　葭簀茶屋

蘆を編んで作った簀《す》。庇《ひさし》などに立てかけて日除《ひよけ》にする。葭簀で囲うことを葭簀張という。

朝の海葭簀に青き縞なせり　内藤吐天
葭簀ごし月のさしゐる鯉の水　木村蕪城
影となりて茶屋の葭簀の中にをる　山口誓子

【葭戸《よしど》】　葭障子　簀戸《すど》　葭屏風《よしびやうぶ》

葭簀をはめこんだ戸または障子。夏は襖や障子に代えて用いる。また屏風にはめこんだものを葭屏風という。いずれも涼しさを呼ぶ夏の調度である。

葭戸過ぎ几帳も過ぎて風通る　山口誓子
灯が消えて耳さとくをり葭障子　林翔
簀戸入れて我家のくらさ野の青さ　橋本多佳子

【籐椅子《とういす》】　籐寝椅子

籐製の夏用の椅子で、ひんやりとして心地良い。大型の仰臥《ぎようが》用のものを籐寝椅子という。

籐椅子に母はながくも居たまはず　馬場移公子
籐椅子や一日かならず夕べあり　井沢正江
籐椅子に深く座れば見ゆるもの　星野高士
籐椅子にゐて満天の星の中　長谷川櫂
頭から足の先まで籐寝椅子　栗津松彩子
籐寝椅子夕闇すでに踝に　荒井千佐代

【ハンモック】　吊床《つりどこ》

樹木や柱など二本の支柱に吊って使用する、紐《ひも》を編んで作った寝具。熱帯地方で用いられていたが、のちに西欧に紹介され、主に船乗りの寝具となった。❖日本では夏に木陰などに張り、涼を楽しんだり午睡《ごすい》したりするのに用いられる。

腕時計の手が垂れてをりハンモック　波多野爽波
白樺の幹軋ませてハンモック　黒坂紫陽子
折れさうな水平線やハンモック　河内静魚

木を選ぶことから始めハンモック　佐藤郁良

【蠅除《はへよけ》】　**蠅覆《はへおほひ》**　**蠅帳《はひちやう》**　**蠅入らず**

蠅が入らないようにするための台所用品。蠅帳は蠅入らずともいい、紗《しや》や金網を張った戸棚。母衣蚊帳《ほろがや》状に作って食卓を覆うものもある。→蠅

蠅除の四隅の一ついつも浮く　後藤比奈夫
蠅帳といふわびしくて親しきもの　富安風生
蠅帳を置く場所として拭いてゐる　加倉井秋を
蠅帳に古漬その他母の昼　草間時彦

【蠅取《はへとり》】　**蠅叩**　**蠅捕器《はへとりき》**　**蠅捕リボン**　**蠅捕紙**　**蠅捕瓶**

蠅を捕る道具のことで、蠅叩や蠅捕紙・蠅捕リボンなどのことをいう。蠅叩はかつては棕櫚《しゆろ》の葉などで作っていたが、その後は金網やプラスチック製に代わった。

蠅叩一日失せてゐたりけり　吉岡禅寺洞
甲斐駒や定位置に吊る蠅叩　川上良子
営々と蠅を捕りをり蠅捕器　高浜虚子
軒の雨篠つく蠅取リボン垂れ　富安風生
蠅取紙飴色古き智慧に似て　百合山羽公

【蚊帳《かや》】　**蟵《かや》**　**蚊屋**　**青蚊帳**　**白蚊帳**　**母《ほ》衣蚊帳《ろがや》**

蚊を防ぐために、吊り下げて寝床を覆うもの。麻や木綿で作り、普通は緑色で、赤い縁布がついており、柱などの四隅の鐶《かん》に掛けて吊る。折り畳み式のものを母衣蚊帳という。→蚊・秋の蚊帳（秋）

水に入るごとくに蚊帳をくぐりけり　三好達治
帰り来て妻子の蚊帳をせまくする　石橋辰之助
蚊帳の中いつしか応えなくなりぬ　宇多喜代子
やはらかき母にぶつかる蚊帳の中　今井　聖
子の蟵に妻ゐて妻もうすみどり　福永耕二
白蚊帳にうすき寝嵩もひとりなる　鷲谷七菜子
母衣蚊帳の裾のみどりをにぎり寝る　目迫秩父

【蚊遣火《かやりび》】　**蚊火**　**蚊遣**　**蚊遣香**　**蚊取**

線香
蚊を追い払うために、かつては松・杉・榧《かや》の葉や蓬《よもぎ》などを焚いていぶした。その後除虫菊を主原料とする渦巻状の蚊取線香が普及し、さらに現在では化学薬品を用いた除虫器具が主流になっている。↓蚊

燃え立つて貌《かほ》はづかしき蚊やりかな　蕪村
うつくしや蚊やりはづれの角田川　一茶
蚊遣火の匂ひが通夜の席にあり　本宮哲郎
蚊遣火の灰美しく残りけり　和田順子
なきがらを守りて一と夜の蚊遣香　瀧春一

【香水《かうすい》】　オーデコロン　オードトワレ
香水瓶
動植物から抽出した天然香料や人工の合成香料をアルコールに溶かした化粧品。香水は四季を問わず、身だしなみとして用いられるが、汗をかく夏は特に使う人が多い。

香水の香ぞ鉄壁をなせりける　中村草田男
香水の一滴づつにかくも減る　山口波津女
香水は「毒薬《ポアゾン》」誰に逢はむとて　文挾夫佐恵
香水を分水嶺にしたたらす　櫂未知子
香水のなかなか減らぬ月日かな　岩田由美
漆黒の闇に香水こぼしけり　明隅礼子
触れぬものの一つに妻の香水瓶　福永耕二

【暑気払ひ《しよきばらひ》】
暑さを払いのけること。また、そのために酒や薬を飲むこともいう。

年とらぬ老人ばかり暑気払　小笠原和男
火の酒をもて火の国の暑気払ひ　杉良介
魚の絵のうつは選びて暑気払　長谷川久々子

【天瓜粉《てんくわふん》】　天花粉　汗しらず
黄烏瓜《きからすうり》（天瓜）の根から作った白色の澱粉《でんぷん》。汗しらずともいう。子供の汗疹《あせも》・ただれなどを防ぐのに用いる。現在では滑石を主原料にしている。

鏡にも手のあと白し天瓜粉　岡本松濱

天瓜粉額四角にたゝきやる　久保より江
かたちなき空美しや天瓜粉　三橋敏雄
天瓜粉まだ土知らぬ土踏まず　古賀まり子
天瓜粉しんじつ吾子は無一物　鷹羽狩行
天瓜粉叩き赤子の仕上がりぬ　土肥あき子

【冷房《れいばう》】　クーラー　冷房車

室内を冷やすこと。また、その装置。公共の乗り物やオフィスビル、デパートでは冷房が完備されている。一方、適温の設定などが問われる時代になっている。

冷房にゐて水母めくわが影よ　草間時彦
冷房の画廊に勤め一少女　岡田日郎
冷房を首筋に人悼みけり　辻　恵美子
冷房に冷えし釣銭渡されぬ　小野あらた
冷房車大河に沿ひてすぐ離る　岡本　眸

【花氷《はなごほり》】　氷中花　氷柱《ひようちゆう》

装飾に使われる氷の柱で、中に色とりどりの草花が閉じ込められている。冷房が今ほど普及していなかったころは、室内を冷やすために置かれていた。

正面といふもののなく花氷　森田　峠
三界に夕暮はあり花氷　藺草慶子
八方へそつなくひらき氷中花　檜　紀代
氷柱に真白き芯の通りけり　古舘みつ子

【冷蔵庫《れいざうこ》】

現在は電気冷蔵庫が四季を通じて使われるが、かつては氷を入れた冷蔵庫が使われた。生鮮品の保存のために夏の必需品となった。

妻留守の冷蔵庫さて何も無し　岡本圭岳
金塊のごとくバタあり冷蔵庫　吉屋信子
書き置きのメモにて開く冷蔵庫　右城暮石
冷蔵庫ひらく妻子のものばかり　辻田克巳
開けてみるホテルの部屋の冷蔵庫　笹原和子

【扇《あふぎ》】　扇子《せんす》　白扇《はくせん》　絵扇　古扇

扇は中国の団扇に対して平安時代初頭に日本で創案された。長年使っているものは古扇という。現在、扇の生産は京都が中心。
❖礼装用や舞扇は季語にならない。↓秋扇（秋）

富士の風や扇にのせて江戸土産　芭蕉
倖を装ふごとく扇買ふ　馬場移公子
いつせいに年忌の扇使ひけり　石田勝彦
応へねばならぬ扇をつかひけり　山尾玉藻
海わたるひとりの旅の扇子かな　及川貞
宗祇水汲むに扇子を落しけり　松崎鉄之介
白扇をひらけば山河生まれけり　鷹羽狩行
ひらかれて白扇薄くなりにけり　河内静魚

【団扇《うちは》】　白団扇　絵団扇　水団扇　渋団扇　古団扇　団扇掛

中国から伝わったものだが、江戸時代に岐阜・京都・丸亀・房州など各地で団扇製作が盛んになった。絹を張った絹団扇、絵が描かれた絵団扇、柿渋を塗って丈夫にした渋団扇などがある。古団扇は前年まで使用したもの。

さし向かふ別れやともに渋団扇　丈草
麦の穂を描きて白き団扇かな　後藤夜半
戦争と畳の上の団扇かな　三橋敏雄
手に団扇ありて夕風呼びにけり　村越化石
やはらかく胸を打ちたる団扇かな　片山由美子
三輪山の鳥のこゑ聞く団扇かな　押野裕
宵浅き灯に絵団扇の品さだめ　水原秋櫻子
絵団扇を持ちて夕べの隅田川　斎藤夏風
胡座《あぐら》して大きく使ふ渋団扇　小原菁々子

【扇風機《せんぷうき》】

数枚の羽を回転させ、風を起こす装置。天井扇風機、スタンド扇風機、卓上扇風機などがある。近年はクーラーが普及したが、室内に冷気を行き渡らせたり、心地良い風や風情が好まれ、特に家庭で愛用される。

扇風器大き翼をやすめたり　山口誓子
ひとり居のわれに首振り扇風機　細川加賀

扇風機提げて出てくる主かな　森田　峠
駄菓子屋の奥見えてゐる扇風機　斎藤夏風
扇風機ひとつの風に死者生者　今瀬剛一
居間にゐて見る食卓や扇風機　金原知典
エーゲ海色の翼の扇風機　月野ぽぽな

【風鈴《ふうりん》】　江戸風鈴　南部風鈴　貝風鈴　風鈴売

鉄・ガラス・陶磁器などの小さな鐘形または壺形の鈴。内部に舌があり、短冊などを吊り下げる。軒下や窓に吊すと風に揺らいで涼しげな音色を響かせる。釣忍《つりしのぶ》に下げたものなども売られている。風鈴を連ねて町を回って歩く風鈴売が登場したのは江戸時代中期。

風鈴を吊る古釘をさがしけり　増田龍雨
風鈴や浅きねむりの明けそめて　鈴木真砂女
風鈴の鳴らねば淋し鳴れば憂し　赤星水竹居
風鈴をしまふは淋し仕舞はぬも　片山由美子
鳴らしつつ探す風鈴吊るところ　下坂速穂
重さうに南部風鈴鳴りにけり　長沼紫紅
隧道に風鈴売の入りにけり　菅原鬨也

【釣忍《つりしのぶ》】　吊忍　釣葱　軒忍

忍草の根や茎を束ねて球形または月・小屋・船形などさまざまな形に作ったもの。軒下などに吊し、充分水を与えることで、緑葉の涼しさを楽しむ。

薄べりにつどふ葱《しのぶ》のしづくかな　一　茶
下町の今日も雨呼ぶ釣忍　水原春郎
子を海にやりて幾夜やつりしのぶ　安住　敦
来ればすぐ帰る話やつりしのぶ　西村和子
吊しのぶ小禽のやうに水貫ふ　坂巻純子
妻に聞く娘のはなし吊忍　小島　健
吊忍水やれば水たらしけり　辻　桃子

【走馬灯《そうまとう》】　回り灯籠

影絵仕掛の回り灯籠。紙や布を張った四角い外枠の内側で、人馬や草花などの絵を切り抜いて張りつけた筒状の部分が回転すると、影絵が走るように見える。中心の蠟燭《ろうそく》や電球をともすと、熱によりあたためられ上昇気流が生じて筒が回転するしくみ。

走馬燈消えてしばらく廻りけり　村上鬼城
走馬燈こゝろに人を待つ夜かな　高橋淡路女
みな飛んでゆくものばかり走馬燈　下田実花
走馬燈えにし濃しとも淡しとも　佐野美智
ひとところゆつくり見せて走馬灯　片山由美子
生涯にまはり灯籠の句一つ　高野素十

【日傘《ひがさ》】　ひからかさ　白日傘　絵日傘　パラソル

強い日差しを避けるために用いる傘。江戸時代には紙を張った日傘《ひからかさ》が流行した。絵日傘は小型で絵や模様のある美しいもの。明治時代以降、西洋式のパラソルが普及した。
↓春日傘（春）

降るものは松の古葉や日傘《ひからかさ》　嘯山
鈴の音のかすかにひゞく日傘かな　飯田蛇笏
飛火野の一人が日傘ひらきけり　田畑美穂女
たたみたる日傘のぬくみ小脇にす　千原叡子
運河とは日傘の遠くなるところ　青山丈
寺町を日傘のほかは通らざる　日美清史
母の忌や一つ日傘を姉とさし　渡辺恭子
祈りとは白き日傘をたたむこと　渡辺誠一郎
砂丘ゆくパラソルの色海の色　藤﨑久を

【風炉茶《ふろちや》】　風炉　風炉点前《ふろてまへ》　初風炉《しよぶろ》

茶道では旧暦三月晦日《みそか》に炉塞《ろふさ》ぎをし、四月一日から風炉による点前とする。現在では各茶道流派ともほぼ五〜十月が風炉の期間。風炉を用いて茶をたてるのが風炉点前である。↓風炉の名残（秋）・炉開（冬）

風炉かけて淋しき松の雫かな　支考
香合は堆朱を出して風炉支度　及川貞
風炉手前糸の細さに水使ひ　伊藤敬子

【蒼朮を焚く《さうじゆつをたく》】　をけらたく　うけら

焼く

山野に生える薬草である白朮《おけら》（キク科の多年草）の根を陰干ししたものを蒼朮といい、火にくべると特異な匂いがする。蒼朮は湿気を払い黴《かび》を防ぐ効果があるとされ、梅雨時や出水後などに屋内でいぶす風習があった。

をけら焚く香にもなれつつ五月雨　居　然
蒼朮を焚きひそやかにすまひけり　清原枴童

【虫干《むしぼし》】　虫払　風入《かぜいれ》　土用干　曝書《ばくしょ》

梅雨が明けた後、衣類や書物を陰干しし、湿気を取り、黴《かび》や虫の害を防ぐこと。年中行事として虫干を行う社寺も多い。土用の晴天の日を選んで行うことが多いので「土用干」ともいう。曝書は書物に風を通すこと。

亡き人の小袖も今や土用干し　芭　蕉
虫干や縞ばかりなる祖母のもの　草間時彦
虫干や太子ゆかりの寺々も　原田　暹
家ぢゆうが仏間の暗さ土用干　鷹羽狩行
漢籍を曝して父の在るごとし　上田五千石
書を曝し少年の日を曝したり　辻田克巳

【晒井《さらしゐ》】　井戸替《た》　井戸浚《ゐどさらへ》

井戸の底に溜まったさまざまな塵芥《じんかい》などを浚い、井戸を清浄にし、水の出をよくすること。

晒井や水屋の神の朝灯　岩谷山梔子
晒井の夜の賑へる山家かな　茨木和生
井戸替へてはじめの水は井の神へ　丹野麻衣子
井戸浚まづ電球を下ろしたる　永方裕子

【芝刈《しばかり》】　芝刈機

芝は梅雨どきあたりから、めざましく生長するので、それをきれいに刈り揃える必要がある。今では芝刈機を用いることが多い。

まつさをな微塵とびたち芝刈機　阿波野青畝
芝刈機海のぎりぎりまで押しぬ　山崎ひさを
芝刈機押す要領のわかるまで　千原叡子

芝刈機一と日堤に音を立て　深見けん二

【打水《うちみづ》】　水打つ　水撒《みづまき》　撒水車《さんすいしや》

夏の夕方などに、暑さや埃《ほこり》を抑えるため、道路や庭に水を撒くこと。水を打つと庭の木や草は蘇《よみがえ》ったように緑を増し、にわかに涼しさを覚える。

武士町や四角四面に水をまく　一茶
打水の拾ひ歩きや神楽坂　今井つる女
打水に夕べせはしき木挽町　武原はん
打水の流るる先の生きてをり　上野泰
打水のさなか夕刊すいと来る　辻田克巳
立山のかぶさる町や水を打つ　前田普羅
水を打つ水のかたまりぶつつけて　大橋敦子
豪華なる今日の眺めの撒水車　福永耕二

【日向水《ひなたみづ》】

日盛《ひざかり》に桶《おけ》や盥《たらい》に張った水を日向に出して置くと湯のようになる。それを行水などに使った。

死水と同じひかりに日向水　綾部仁喜
尾道の袋小路の日向水　鷹羽狩行
乳母車しづかに通る日向水　山本洋子

【行水《ぎやうずい》】

庭先などで盥に湯や水を満たし汗を流すこと。❖江戸時代の庶民は夏は銭湯へ行かず盥で行水というのが一般的で、秋の半ばになって盥をしまうのを行水名残といった。

行水や暮れゆく松のふかみどり　金尾梅の門
行水の膚に流るる緑かな　上野泰
行水のどこから洗ふ赤ん坊　原雅子

【シャワー】

夏は汗をかきやすいので、入浴をシャワーですませることも多い。

絵タイルの薔薇華やかにシャワー浴ぶ　赤尾恵以
シャワー浴ぶくちびる汚れたる昼は　櫂未知子
口開けて叫ばずシャワー浴びており　五島高資

【夜濯《よすすぎ》】

夏の夜に洗濯すること。その日の汗にまみれた衣類を夜風が立ってから洗濯して干しても、翌朝にはもう乾いてしまう。

夜濯にありあふものをまとひけり　森川暁水
夜濯ぎの水をながしてをはりけり　加藤覚範
夜濯やはつかなものに時かけて　藤田直子
夜濯や夜も明るき街に住み　鶴岡加苗

【麦刈《むぎかり》】　**麦車**　**麦扱《むぎこき》**　**麦打《むぎうち》**　**麦埃**　**麦殻焼**　**麦稈《むぎわら》**　**麦藁《むぎわら》**

麦は初夏に刈取をする。刈り取ったものを脱穀するのが「麦扱《こき》」。扱き落とした麦の穂から実を落とすのが「麦打」。その時に埃が立つので、「麦埃」という。実を取り去ったあとの「麦稈《わら》」は、色々な細工などに使われる。↓麦の秋

麦刈りて遠山見せよ窓の前　蕪村
麦扱や暫く曇る塀の先　非群
見付たり軒端の枇杷に麦埃　青牛
麦刈て近江の湖《うみ》の碧きかな　石井露月
麦刈りて墓の五六基あらはるる　細見綾子
麦車馬におくれて動き出づ　芝不器男
麦打の掃き浄めたる一ところ　軽部烏頭子
嚔《くさめ》して犬通りけり麦埃　内藤吐天
傾いてわたる日輪麦埃　涼野海音
麦殻を焼いて列車を見送りぬ　櫂未知子
麦稈の肌のひかりを籠に編む　佐野俊夫
麦藁の今日の日のいろ日の匂ひ　木下夕爾

【牛馬冷す《ぎうばひやす》】　**牛冷す**　**馬冷す**　**牛洗ふ**　**馬洗ふ**

夏、農耕用の牛馬を水辺に曳いていき、体に水をかけ、丹念に洗い、疲労回復させること。

絶海の死火山の裾牛冷す　野見山朱鳥
浜名湖の夕波たたむ冷し牛　有馬籌子
噴煙のかくす夕日や馬冷す　小路紫峡
冷し馬潮《うしほ》北さすさびしさに　山口誓子

冷し馬貌《かほ》くらくしてゆき違ふ　岸田稚魚
いつまでも暮天のひかり冷し馬　飯田龍太

【溝浚へ《みぞさらへ》】　溝浚ひ　堰浚へ《せきさらへ》　どぶさらひ

溝などの泥を除き、水の流れを良くすること。蚊の発生や悪臭を防ぐため、近隣で一斉に浚った。❖農村では、田植前に用水路を浚う。

朝靄の溝浚へとはなつかしや　八木林之助
あたらしき水走りくる溝浚へ　仁尾正文
いつ越して来し人ならむ溝浚へ　鷹羽狩行
溝浚ひなども手伝ひ住みつきぬ　福田蓼汀
溝浚ふ昼の祇園を通りけり　鈴木鷹夫

【代掻く《しろかく》】　代掻《しろかき》　田掻く　田掻馬　田掻牛　代馬　代牛

田植前の田に水を引いて掻きならし、田植ができる状態に整えること。代掻きがすみ、田植の準備ができた田を代田という。❖したがって、「代田掻く」とはいわない。↓代田

代かくやふり返りつつ子もち馬　一茶
代掻いてをるや一人の手力男　京極杞陽
代掻きの後澄む水に雲の影　篠田悌二郎
うながされまたひとしきり田掻馬　福田蓼汀
鞭もまた泥まみれなり田掻牛　若井新一

【田水張る《たみずはる》】　田水引く

代掻きが終わった田に水を引いて溜めること。↓代田・代掻く

半島の先へ先へと田水張る　加藤憲曠
みなもとは木曾の神山田水引く　滝藤萩露

【田植《たうゑ》】　田植笠《たうゑがさ》　田植歌　田植時　早《さ》乙女《をとめ》

代掻きがすみ、水を張った田に早苗を植えること。地域によって差があるが、五月初旬に行うところが多い。❖苗取や田植をする女性を早乙女という。農業の機械化が進

み、紺絣《こんがすり》の単衣や手甲・脚絆といった早乙女の姿は、近年では田植の神事以外では見られなくなった。↓早苗

田一枚植ゑて立ち去る柳かな　芭蕉
湖の水かたぶけて田植かな　几董
田植待つ田のさざなみや近江なる　押野裕
忽ちに一枚の田を植ゑにけり　高浜虚子
田を植ゑていちにち光る飛騨の国　日下部宵三
田を植ゑて家持の国水びたし　林徹
田を植ゑてあはき靄立つ石舞台　根岸善雄
田植笠紐結へたる声となる　中村汀女
みめよくて田植の笠に指を添ふ　山口誓子
葛城の木がくれ神や田植唄　米澤吾亦紅
田植歌途切れて能登は小昼どき　千田一路
早乙女のひとかたまりに下りたちぬ　軽部烏頭子
踏切を越え早乙女となりゆけり　波多野爽波
草摑み早乙女畦へ上がりけり　若井新一

【雨乞《あまごひ》】　祈雨《きう》　雨の祈《いのり》

旱魃《かんばつ》の際に農村などで氏神や水神に降雨を祈ること。雨の祈《いのり》ともいい、火を焚き、歌や踊で神を慰め、神社に籠《こも》ったりする。雨乞のあと降る雨を「喜雨《きう》」という。↓喜雨

雨乞ひの幾夜寝ぬ目の星の照り　太祇
雨乞の天照らす日を仰ぎけり　外川飼虎
雨乞の大幡かゝげ進みけり　滝沢伊代次
雨乞の手足となりて踊りけり　綾部仁喜
父いずこ雨乞いの輪の遠ざかる　宇多喜代子

【水喧嘩《みづげんくわ》】　水論《すいろん》　水争《みづあらそひ》　水敵《みづがたき》

旱魃の際、農民たちが自分の田に多くの水を引こうとして起きる争い。灌漑《かんがい》設備が整った現在では少なくなった。

水にをる自分の顔や水喧嘩　阿波野青畝
田の水を叩いて怒る水喧嘩　石井いさお
水論の先代にまでさかのぼる　足立幸信

【水盗む《みづぬすむ》】　水番　水番小屋　水守る

日照りが続くと、農民たちが田の水を確保

するために、夜陰に乗じてこっそり水を自分の田に多く引き入れようとする「水盗み」が起こる。これを防ぐために交代で水の番をする。

さりげなく来て隣田の水盗む　古河内　操
さそり座の真下に水を盗みけり　若井新一
水番の片手しばらく樹をたたく　桂　信子
水番の莚の上の晴夜かな　福田甲子雄
水を守る人たちらしくはなしごゑ　長谷川素逝

【早苗饗《さなぶり》】

田植が終わった祝いのことでサノボリともいう。もともとは田植始めに田の神を迎える「サオリ」（さ降り）に対し、田植後に神が帰るのを送る祭だった。転じて田植終わりの祝宴や田植休みの意になった。

早苗饗や神棚遠く灯ともりぬ　高浜虚子
ふる里の早苗饗すぎし田風かな　皆川白陀
早苗饗のあいやあいやと津軽唄　成田千空
早苗饗餅搗きたて犇《ひし》と笹衣　堀口星眠
馬も潔め早苗饗の酒はじまれり　木附沢麦青

【田草取《たぐさとり》】　田草引く　一番草　二番草　三番草

田植後に雑草を取り除くこと。早苗の根がついて十日前後に行うのが一番草で、ほぼ十日おきに二番草、三番草と行う。炎天下に屈《かが》み込んでの作業は重労働だったが、除草器具や除草剤の普及で労働は軽減された。

山ひとつ背中に重し田草取り　蓼　太
毛の国に真日の闌《た》くるや田草取　鷲谷七菜子
田草取立ち上らねば忘れられ　野見山ひふみ
水飲んでくづるる貌《かほ》や田草取　藤田湘子

【草刈《くさかり》】　草刈る　草刈籠

家畜の飼料や耕地の肥料にするために草を刈ること。草刈は通常は早朝に行い、露に濡《ぬ》れた草を刈った。大正以降に定着した季語。❖庭の雑草を刈ることではなく、農作

業である。↓干草

草刈の昨日刈りたる山を越ゆ　木附沢麦青

月山のこゝにも草を刈りしあと　中岡毅雄

眼前の刈る草のほか何も見ず　廣瀬町子

【草取《くさとり》】　草引く　草むしり

畑などの雑草をむしること。夏は雑草がすぐに伸び、頻繁に草取をしなければならないので、重労働である。

晴耕といふも草取より出来ず　三溝沙美

日の照れば帽子いただき草むしり　小沢青柚子

【豆蒔く《まめまく》】　豆植う　大豆蒔く　小豆蒔《あづきま》く

豆の種子を蒔くこと。畑や田植後の畦《あぜ》に大豆などの種を蒔く。かつては夏鳥の郭公《かっこう》を豆蒔《まめまき》鳥といい、郭公が鳴くころが豆を蒔くのに適当な時期とする地方が多かった。

豆を蒔くひとり往き来の没日なる　村上しゆら

豆蒔くや噴煙小さく駒ケ嶽　岡村浩村

豆植うや山鳩の鳴く森のかげ　沖田光矢

畦蒔きの大豆へ灰を一摑み　松浦敬親

【菊挿す《きくさす》】　菊《きく》の挿芽《さしめ》　挿菊

菊を増やす方法には、普通、根分と挿芽とがあるが、大型の菊は主として挿芽によっている。挿芽は五月上旬から六月中旬までに行うことが多い。↓根分（春）

菊挿して雨音つよき夜となりぬ　篠崎玉枝

大土間に菊の挿し芽の鉢並ぶ　岡田日郎

【竹植う《たけうう》】　竹植うる日　竹酔日《ちくすいじつ》

旧暦五月十三日に竹を植えると必ず根付くという中国の俗信が伝わり、行われるようになった。この日は新暦の梅雨どきにあたり、竹の移植に適しているといえる。俳諧においても、この日を竹の移植の日とした。

降らずとも竹植うる日は蓑と笠　芭蕉

竹酔日来合せ笛の竹もらふ　能村登四郎

【菜種刈《なたねかり》】　菜種干す　菜種打つ　菜種

殻　菜殻焚《ながらたき》　菜殻火《ながらび》

熟した油菜を刈ること。油菜は引き抜いて、天日で干す。十分に乾いたものから打って、種子を落とす。種子は菜種油の原料となる。種子を落としたあとの殻が菜種殻で、それを田畑の隅などで焼くことを菜殻焚《たき》という。この灰は肥料とした。❖手を焦がさんばかりに上がる炎は壮観であり、菜殻焚は九州などの風物詩だった。

足許に港の見ゆる菜種刈　齋藤朗笛
鶏小舎へ鶏呼び込んで菜種干す　青柳志解樹
人間に夜なくばさみし菜殻燃ゆ　野見山朱鳥
こなたなる闇にも菜殻燃えはじむ　大橋櫻坡子
鴟尾躍るしばし大和の菜殻火に　阿波野青畝
茶毘に似る山国伊賀の菜殻火は　右城暮石
菜殻火をふちどる雨の光りつつ　内藤吐天

【藺刈《ゐかり》】　藺草刈　藺干す　藺車

畳表の原料にする藺草の刈り取りは、梅雨末期から梅雨が明ける頃に行う。暑さが厳しくなる時期に泥の中で行われる厳しい作業である。刈り取った藺草は泥染めする。これにより乾燥が促され、緑色がよく残る。

颯々《さっさつ》と風切るごとく藺草刈る　向野楠葉
鎌の音しづかに藺草刈りすすむ　林徹

【藻刈《もかり》】　藻刈る　藻刈舟　刈藻《かりも》　刈藻《かるも》

夏は藻が舟足の邪魔になるため、これを刈り取る。刈り取った藻は干して主に肥料とする。藻刈のために藻の中に乗り入れていく小舟を藻刈舟といい、藻を棹《さお》でからめとったり、長柄の鎌で刈り取ったりする。↓藻の花

奈落より鎌を抜きたる藻刈かな　大石悦子
藻を刈ると舳に立ちて映りをり　杉田久女
舟倉にあまる舳や藻刈舟　水原秋櫻子
篊《ど》のあまた沈める上を藻刈舟　山口誓子
舟溜藻刈りの舟も来て憩ふ　能村登四郎

【昆布刈《こんぶかり》】　昆布刈る　昆布干す　昆布船

昆布はもっとも重要な海藻で、投げ鉤《かぎ》・曳《ひき》鉤《かぎ》・懸鉤《かけかぎ》などを用いてからめとる。採取の時期はおおむね六月から九月であり、北海道や東北が主産地。

両の目に余る昆布を刈りにけり　櫂　未知子
引上ぐる昆布に波が蹤いてくる　津田清子
干し昆布のごとくに折りたたむ　今井星女
音たてて日なたの昆布しまひけり　吉田千嘉子

【天草採《てんぐさとり》】　天草採る　石花菜《てんぐさ》とる　天草干す　天草海女《あま》

紅藻類の天草を採ること。天草海女が海中に潜って取る。採取した天草は浜で干される。これが寒天や心太《ところてん》の原料となる。

命綱まだまだ沈む天草採り　皆吉爽雨
いとけなく天草採りの海女といふ　清崎敏郎
天草《てぐさ》桶抛りし波に身を抛り　村松紅花
天草干す能登見ゆる日は風荒く　三村純也
磯着洗ふ泉のありて天草海女　松林朝蒼

【干瓢剝く《かんぺうむく》】　干瓢干す　新干瓢

干瓢を作るために夕顔の果肉をテープ状に剝くこと。現在ではほとんどが機械剝きで、天日に晒して乾燥させて仕上げる。栃木県が主産地で、七月から月遅れの盆のころにかけて、剝かれた干瓢がひらひら空に舞う光景が見られる。

息しづかに干瓢長く長く剝く　津田清子
干瓢のとりとめなきを剝きつづけ　成瀬櫻桃子

【袋掛《ふくろかけ》】

桃・梨・林檎《りんご》・葡萄《ぶどう》・枇杷《びわ》などの果実を病虫害・鳥害・風害などから守るために紙袋をかぶせる作業で、日本独自の技術。また袋をかぶせることで、外観の美しい良質の果実が得られる。

袋掛け一つの洩れもなかりけり　鮫島春潮子

袋掛け終へて夕づく桃の村　内山芳子
生まじめな顔あらはるる袋掛　井上康明
まだ形なさざるものへ袋掛　片山由美子
朝の日を包んでやりぬ袋掛　陽　美保子

【瓜番《うりばん》】 瓜守　瓜小屋　瓜番小屋　瓜盗人
甜瓜《まくわうり》や西瓜《すいか》などを盗まれないように瓜畑の番をすること。またその人。畑の中に瓜小屋と呼ばれる簡単な番小屋を建て、そこで寝ずの番をする。

瓜番に闇ふかぐ〳〵と土ほめく　田村木国
瓜番の少し大人になりにけり　星野高士
足早き瓜盗人に驚きぬ　松藤夏山

【干草《ほしくさ》】 乾草　草干す　刈干《かりぼし》
牛馬の冬の飼料にするため、夏、草を刈って乾燥させる。このころの草は生命力が旺盛で養分に富み、収量も多い。

干草の山が静まるかくれんぼ　高浜虚子
身を埋めて揺籃のごと乾草は　大野林火
乾草のにほひを花とあやまりぬ　篠原　梵

【漆掻《うるしかき》】 漆掻く
漆の木から樹液を採取する作業。漆は樹齢七〜十年になると採取可能となり、木の幹に傷をつけると乳液状の生漆《きうるし》が流れ出てくる。通常、六月から七月半ばころまで行われる。❖古くから漆は日本人の生活にとって重要なものであった。

谷深うまこと一人や漆掻　河東碧梧桐
空谷に木魂して掻く漆かな　岡本癖三酔
木を撫でて居りしが漆掻き始む　今瀬剛一

【誘蛾灯《いうがとう》】
虫が光に集まる習性を利用して、害虫などを捕らえるように工夫した装置。蛍光ランプなどで集めた虫をランプ下の水を湛《たた》えた器に落として殺すようになっている。稲田や果樹園などに多く設けられる。↓火取虫

死にさそふものの蒼さよ誘蛾燈　山口草堂
翼あるもの先んじて誘蛾燈　西東三鬼
遠《をち》にあるとき美しき誘蛾燈　遠藤若狭男
約束に少し間のあり誘蛾灯　五島高資
大き蛾は大回りして誘蛾灯　小野あらた

【繭《まゆ》】　**上蔟《じやうぞく》**　**蚕《こ》の上蔟《あがり》**　**繭掻《まゆかき》**　**新繭**　**白繭**　**黄繭**　**玉繭**　**繭干す**

春先から育てた蚕は四回の脱皮（四眠）を終え夏に繭を作る。蚕に繭を作らせるため蔟《まぶし》に入れるのを「上蔟《じようぞく》（上蔟《あがり》）」という。繭ができたら、蛹《さなぎ》の羽化を防ぐため、乾燥や煮沸して繭をとる。❖繭を作りはじめる直前の蚕を熟蚕《じゆくさん》と呼ぶ。↓蚕飼（春）

道ばたに繭干すかぜのあつさかな　許六
うす繭の中ささやきを返しくる　平畑静塔
かげぼうしこもりゐるなりうすら繭　阿波野青畝
悉く繭となりたる静けさよ　高野素十
上簇や馬立ち眠る星の下　林十九楼
老の手のしづかにはやし繭掻ける　市村究一郎
繭干してうすきひかりの信濃かな　高浦銘子
張り初めし糸にやすらふ蚕かな　中田みづほ

【糸取《いとり》】　**糸引**　**糸取歌**　**繭煮る**

繭を煮ながら生糸を取ること。煮立った鍋《なべ》の中の繭から糸を繰り出す作業は糸引ともいわれ、かつては座繰りであった。糸取の作業は女性が中心で、糸を繰りながら歌う糸取歌も伝わっている。↓繭・蚕飼（春）

糸取の目よりも聡き指持てる　廣瀬ひろし
十本の水のやうなる糸を取る　山田佳乃
神棚に鏡がひとつ糸を引く　茨木和生
一筋の糸引出すや繭躍る　沢木欣一

【鮎釣《あゆつり》】　**鮎漁**　**鮎掛**　**鮎狩**　**囮鮎《をとりあゆ》**

鮎釣解禁になると釣り人たちが一斉に川へ繰り出し釣果を競う。鮎釣は鮎の縄張り性を利用した友釣が有名だが、その他鵜飼《うかい》や、網、簗《やな》を用いた漁法もある。琵琶湖《びわこ》では魞《えり》

漁や沖掬《おきすく》い網漁などで、川を遡上《そじょう》せずに湖に残った鮎を獲る。↓鮎

激流を鮎釣竿で撫でてをり　阿波野青畝
鮎釣のひとり〳〵に川流れ　今井千鶴子
鮎釣の賑はつてゐて静かなり　吉田千嘉子
鮎釣の竿横たへて昼の飯　対中いずみ
遠目にも竿の長さは鮎を釣る　清崎敏郎
一人づつ流れ窪ませ鮎を釣る　柏原眠雨
囮鮎妙にいきいきしてゐたり　大牧　広

【川狩《かはがり》】　投網《とあみ》　川干《かはぼし》　瀬干《せぼし》　毒流し　換掘《かへぼり》　掻掘《かいぼり》

川で一挙に魚を獲ること。主に投網・叉手《さで》網《あみ》・四つ手網など網を用いる。また、川を堰《せ》き止め中の水を干して獲る「川干」、川に毒を流して漁獲する「毒流し」などがあり、堀や池の水を汲《く》み干して獲ることを「換堀」という。

川狩や帰去来《かへらなん》といふ声すなり　蕪　村
川狩の雑魚の力の魚籠鳴れり　米澤吾亦紅
川狩のあと山国の星そろふ　鷹羽狩行
掻掘やさわだつ水のつぎの堀　木津柳芽

【鵜飼《うかひ》】　鵜匠　鵜遣《うつかひ》　鵜縄《うなは》　荒鵜　疲れ鵜　鵜籠　鵜舟　鵜篝《うかがり》

飼い慣らした鵜に鮎を獲らせる漁法。鵜飼は『古事記』『日本書紀』『万葉集』などにも見られ、古くから各地で徒歩《かち》鵜《う》・昼鵜飼・夜《よ》鵜飼などが行われていた。岐阜の長良《ながら》川の鵜飼は有名で、伝統を今に伝えている。現在、長良川の鵜飼は五～十月、宇《う》治《じ》川の鵜飼は七～九月に行われている。❖鵜舟の舳《へさき》で篝火《かがりび》を焚き、それが川面に反映する光景は幻想的で美しい。↓鮎

おもしろうてやがてかなしき鵜舟かな　芭　蕉
鵜飼見る紅惨のこの絵巻物　鷹羽狩行
早瀬ゆく鵜綱のもつれもつるるまま　橋本多佳子
嘴の潰れてゐたる荒鵜かな　辻　恵美子

疲れ鵜の一羽が鳴けば皆鳴くよ　野見山朱鳥
疲れ鵜の喉のふるへのをさまらず　浅井陽子
舟音のこだまとなりて鵜飼果つ　長谷川久々子
夕影を待てるがごとき鵜籠かな　後藤夜半
宇治の月ここに懸れる鵜舟かな　和田華凜
全長を嘴のごとくに鵜飼舟　八染藍子
鵜篝のおとろへて曳くけむりかな　飯田蛇笏
鵜松明《たいまつ》川面の闇を切りすすむ　鷲谷七菜子

【夜振《よぶり》】　夜振火　火振　川灯《ともし》

闇夜に松明《たいまつ》や電灯などを打ち振り、その火影に寄ってくる川魚を獲ること。網で掬《すく》ったり、やすで突いて捕らえることが多かった。

静かにも近づく火ある夜振かな　清原枴童
国栖人《くずびと》の面をこがす夜振かな　後藤夜半
月に棹立てて夜振の終りけり　小島　健
夜振の火かざせば水のさかのぼる　中村汀女
あかあかと見えて夜振の脚歩む　軽部烏頭子
夜振の火遥かに二つ相寄れる　今井千鶴子

【夜焚《よたき》】　夜焚舟

夜、沖に停泊させた船の舳《へさき》に松明《たいまつ》や電灯をともし、寄ってくる魚を獲ること。光源は強い光を発するものに変化してきている。❖闇夜の海に点在する烏賊釣や鯖釣《さばつり》の漁船のともす夜焚の火はどこか幻想的。

水の面を鱵《さより》が走る夜焚かな　黒　湖
まつさをな魚の逃げゆく夜焚かな　橋本多佳子
夜焚の灯にはかにふえてきたりしよ　清崎敏郎
降り足らぬ夕立の沖へ夜焚舟　水原秋櫻子

【夜釣《よづり》】　夜釣人　夜釣舟

涼みを兼ねながら夜間にする釣り。黒鯛や鱸《すずき》などの夜行性の海魚や、鮒《ふな》や鯉などの川魚などが主な対象。明かりをつけて魚を集めたり、竿《さお》に鈴をつけて魚信を待ったりするのも楽しい。

夜釣りの灯なつかしく水の闇を過ぐ　富田木歩

夜釣の灯消えしところに又灯る　今井つる女
夜釣人しづかに声を掛け合へり　伊藤伊那男
夜釣舟片頰くらく漕ぎ出づる　大串　章

【箱眼鏡《はこめがね》】
箱の底にガラスを張ったもので、水中を透視する道具。これを用いて浅い海底を覗《のぞ》いて貝類や海藻類を獲ったり、岩陰にひそんでいる魚を突いたりして獲る。↓水中眼鏡
しつかりと水を抑へて箱眼鏡　山崎ひさを
己が足ときどき見えて箱眼鏡　鈴木鷹夫

【水中眼鏡《すいちゅうめがね》】　水眼鏡
潜水用具の一つで、水が入らないように縁にゴムがついている眼鏡。海女《あま》が水中に潜る時や水泳に用いる。↓箱眼鏡
水中眼鏡女すいすい近寄り来　清水基吉
海底のしづかな狂気水眼鏡　秋山卓三

【簗《やな》】　魚簗《やな》　簗さす　簗打つ　簗かく
簗瀬　簗守《やなもり》
河川に設ける漁獲用の仕掛け。川の流れを堰き止め、その一箇所だけを開けて魚を誘い込み簀棚《すだな》や筌《うけ》で捕える。主に鮎・鯉・鰻《うなぎ》を対象とし、現在では観光用がほとんど。簗のある瀬が簗瀬で、簗を設けることを「簗さす」または「簗打つ」「簗かく」という。↓上り簗（春）・下り簗（秋）
切尖のさみしき竹を簗に組む　神尾季羊
谷底に簗つくろへる砧かな　黒田桜の園
簗掛けの水をなだめてゐたりけり　草間時彦
簗守は峡の夜明けの火を抱く　有働木母寺
簗守の影あらふなり簗しぶき　堀口星眠

【烏賊釣《いかつり》】　烏賊釣火　烏賊火　烏賊釣舟
鯣《するめ》烏賊などは昼間深海に生息しているが、夜になると浅いところに浮上してくる。灯を慕う習性があるため、極めて強力な集魚灯を備えた船から疑餌鉤で釣る。❖水平線

に連なる幻想的な烏賊釣火は夏の風物詩となっている。

烏賊釣のわが灯ひとつにつゞく闇　米澤吾亦紅
烏賊火燃ゆ対馬に古き月ひとつ　岡部六弥太
烏賊火より遠き灯のなし日本海　吉原一暁

【避暑《ひしよ》】　避暑地　避暑の宿

炎暑にあえぐ都会を避けて、海岸や冷涼な高原に滞在すること。三、四日の短い滞在から別荘で一夏を過ごすものまでさまざま。この時期、軽井沢など各地の別荘地は大いに賑《にぎわ》う。↓避寒（冬）

みめかたち確かに避暑の子供かな　今井千鶴子
風に鳴るもののふえゆく避暑名残　片山由美子
避暑の子や白き枕を一つづつ　岸本尚毅
避暑楽し読まぬ雑誌を借りもする　岩田由美
鞄積み重ねて避暑の宿らしく　高浜虚子
けふもまた浅間の灰や避暑の宿　山口青邨

【納涼《すずみ》】　納涼《なふりやう》　門涼み　橋涼み　夕涼み　夜涼み　涼み台　涼み舟　納涼船《なふりやうせん》

涼を得るために水辺や木陰など涼しい場所を求めること。場所により門涼み・橋涼み・舟涼みなどといい、時間により夕涼み・宵涼み・夜涼みなどという。また涼み舟・涼み台なども用いる。

此の松にかへす風あり庭涼み　其角
梳《くしけづ》る人もありけり門すずみ　白雄
左右の山暮れて相似る橋涼み　富安風生
すぐそばに深き海ある夜の涼み　山口波津女
別々にゐるくらがりの涼みかな　赤尾恵以
橋裏を皆打仰ぐ涼舟　高浜虚子
納涼船海より陸の灯を眺む　延江金児

【川床《ゆか》】　川床《かはどこ》　床《ゆか》　川床涼《ゆかすず》み　納涼川床《すずみゆか》　川床座敷《ゆかざしき》　川床料理《ゆかれうり》

涼をとるために河原に張り出して作られる桟敷《さじき》。京都鴨川沿いの茶屋・料亭では「ゆか」と呼び、江戸時代から賑った。現在は二条～五条間の鴨川西岸沿いの禊《みそぎ》川に設けられ、祇園祭や大文字のころは特に賑う。貴船や高雄などでは京都の奥座敷という意味で「川床《かわどこ》」と呼ばれる。

川床つづくぽつかり開いてまたつづく　波多野爽波
ぎぎと川床きしませ芸妓来りけり　橋本美代子
南座におくれて川床に灯の入りぬ　榎本好宏
川床涼みだらりの帯を近く見て　辻田克巳
さはりよき酒や言葉や川床涼み　西村和子
箸ぶくろ風にさらはれ川床料理　檜　紀代

【船遊《ふなあそび》】　**船遊山《ふなゆさん》　遊船　遊び船**

夏のあいだ、海や川に船を出して遊ぶこと。江戸時代、隅田川《すみだ》では川開きの折など大いに賑ったという。現在、各地の川・湖・湾などでも納涼船が運航される。

満開の海の岩岩船遊び　山口誓子
近松の戯作の川を舟遊び　後藤綾子
遊船や醍醐の山に日の当る　青木月斗
遊船のさんざめきつつすれ違ひ　杉田久女
帯といて遊船にある女かな　下田実花
遊船や毛氈《もうせん》の上水の玉　大橋宵火
遊船に灯を入れ男座りかな　横井　遥

【船料理《ふなれうり》】　**生簀船《いけすぶね》　船生洲《ふないけす》　生洲料理**

船上で作られた料理を楽しむこと。船の中には生簀などがあり、新鮮で涼味豊かな料理を供する。大阪で盛んになった。❖沖《おき》膾《なます》と違って沖に出向いての料理ではなく、船は舫《もや》ってある。

立ち上る一人に揺れて船料理　高浜年尾
船料理水は夜へと急ぎをり　有働　亨
月の夜の水の都の生簀船　鈴木花蓑

【ボート】　**貸ボート**

オールで水を掻いて進む小舟。川や湖に浮かべて楽しむ。観光地の湖沼などでは貸ボートがあり、手軽に楽しめる。

ボート裏返す最後の一滴まで　山口誓子

【ヨット】

西洋式の帆船で、比較的小型のもの。クルージングやスポーツに利用される。❖飛沫《しぶき》を上げて、水上を傾きつつ疾走するさまは爽快《そうかい》感がある。

鏡中にヨット傾き子の熟寝《うまい》　秋元不死男
港出てヨット淋しくなりにゆく　後藤比奈夫
ヨットの帆寄する白波より白し　島　清子
帆を上げしヨット逡巡なかりけり　西村和子
競ふとも見えぬ遠さのヨットかな　三村純也

【登山《とざん》】　山登り　登山道　登山口　登山小屋　登山宿　登山杖　登山帽　登山靴　登山電車　登山馬　ケルン

日本の登山は本来信仰や修行のために行われたもので、富士山・御嶽《おんたけ》山・立山・白山・石鎚《いしづち》山など霊峰が対象であった。明治にヨーロッパからスポーツ登山が伝わり、今では主流となっている。最適なシーズンの夏ともなれば、登山帽・登山靴にピッケルを持った人々の姿が多数見られる。❖日本の近代登山の先駆者はイギリス人宣教師のウェストンで、長野県上高地に記念碑がある。

水筒の水大揺れに初登山　津川絵理子
髭白きまで山を攀ぢ何を得し　福田蓼汀
登山道なか〳〵高くなつて来ず　阿波野青畝
登山靴穿きて歩幅の決まりけり　後藤比奈夫
来世には天馬になれよ登山馬　鷹羽狩行
檸檬囓りゐたりケルンを積みゐたり　加藤三七子
切株の平らに開く登山地図　遠藤若狭男

【キャンプ】　テント　バンガロー　キャンプ村　キャンプ場　キャンプファイヤー　バーベキュー

野山や海辺にテントを張って泊まること。毎夏、景勝の地はキャンパーで賑い、テントが所狭しと張られる。また夜の焚火のことをキャンプファイヤーといい、火を囲んで歌ったり踊ったりする。

キャンプの水汲む急流の水選び　右城暮石
倒れ木にキャンプの朝のもの刻む　皆吉爽雨
嶺の星いろをかへたるキャンプかな　加藤楸邨
霧しづく柱をつたふキヤンプかな　篠原鳳作
膝を抱くことを覚えてキャンプ果つ　片山由美子
キャンプの子火熾すときの大人びて　対中いずみ
星空のととのふまでをバーベキュー　小山玄黙

【泳ぎ《およぎ》】　泳ぐ　水泳　水練　遊泳　遠泳　競泳　クロール　平泳ぎ　背泳ぎ　バタフライ　立泳ぎ　飛び込み　浮輪　ビーチボール

日本では武術の一種として発達し、日本泳法と呼ばれた。明治になって西洋式の泳法が伝わり、競泳及び娯楽としての水泳が盛んになった。

泳ぎ出て天の高きをたゞ怖る　大谷碧雲居
およぎつゝうしろに迫る櫓音あり　及川　貞
泳ぐ人あり月の波くだけをり　高浜年尾
暗闇の眼玉濡らさず泳ぐなり　鈴木六林男
首飾われに托して泳ぎ出づ　橋本美代子
愛されずして沖遠く泳ぐなり　藤田湘子
遠泳や高浪越ゆる一の列　水原秋櫻子
遠泳の列を追ひ越す雲の影　棚山波朗
遠泳や海動かすはわれらのみ　宮田　勝
競泳の勝者しづかにただよへり　小室善弘
クロールの腕白雲を崩しゆく　田中春生
遠景のゆらりと見えて平泳ぎ　櫂　未知子
背泳ぎの空のだんだんおそろしく　石田郷子
こんなにもさびしいと知る立泳ぎ　大牧　広
飛込の途中たましひ遅れけり　中原道夫
急流に近づいてゆく浮輪かな　辻　桃子
ビーチボール空に触れたる光かな　小山玄黙

【プール】　プールサイド

泳ぐために人工的に水を溜めたところ。縦

の長さ二十五メートルのものが一般的だが、その子ども用や波を起こせるプールなど、その形態はさまざまである。

ピストルがプールの硬き面《も》にひびき　山口誓子

夜の辻のにほひてどこかプールあり　能村登四郎

教室にプールの水の匂ひ来る　茨木和生

仰向けに夜のプールに泳ぎをり　森重昭

プールより生まれしごとく上がりけり　西宮舞

プールサイドの鋭利な彼へ近づき行く　中嶋秀子

【海水浴《かいすいよく》】　海開き　潮浴《しほあび》　波乗　サーフィン　サーファー　海の家

海水浴の習慣は西洋から伝わったもので、元来は療養や保養のためであった。明治十四年に愛知県千鳥ヶ浜、同十八年に神奈川県大磯に海水浴場ができた。その後各地で海辺の行楽が定着した。

歩き行く地が砂になり海水浴　古屋秀雄

富士暮るゝ迄夕汐を浴びにけり　大須賀乙字

汐浴の帽子大きく休み居る　篠原温亭

浪のりは鋭き口笛を鳴らしけり　横山白虹

天丼のかくも雑なり海の家　大牧広

トラックに積まれて消えぬ海の家　山根真矢

【砂日傘《すなひがさ》】　浜日傘　ビーチパラソル

海水浴場の砂浜で直射日光を避けるために立てる大型の日傘。

影遠く逃げてゐるなり砂日傘　松本たかし

脱ぎ捨ての羽衣ばかり砂日傘　日野草城

砂日傘ちよつと間違へ立ち戻る　波多野爽波

留守を守るタオル一枚砂日傘　龍野龍

砂日傘抜きたる砂の崩れけり　小野あらた

ビーチパラソルの私室に入れて貰ふ　鷹羽狩行

ビーチパラソルとびとびに同じ色　水田光雄

【釣堀《つりぼり》】

池や堀で鯉・鮒《ふな》などを飼い、料金を取って釣らせる施設。

いつまでも居て釣堀の客ならず　保坂伸秋

釣堀の四隅の水の疲れたる　波多野爽波
釣堀の平らな昼を見て飽かず　栗山政子
釣堀に一日二言三言かな　山田佳乃

【夜店《よみせ》】　箱釣《はこづり》

夜、縁日などで開く露店のこと。食べものを売る店やさまざまな遊びの店が並ぶ。浅い水槽の中の金魚を掬《すく》わせるのが「箱釣」である。

そくばくの水を守れる夜店かな　綾部仁喜
父の背が記憶のはじめ夜店の灯　黒崎かずこ
さみしさに夜店見てゆくひとつひとつ　篠崎圭介
少年の時間の余る夜店かな　山根真矢
四つ折の千円ひらく夜店かな　鶴岡加苗
箱釣や棚の上なる招き猫　富安風生

【金魚売《きんぎようり》】　金魚屋

金魚を売り歩く行商人のこと。かつては金魚の桶を天秤棒《てんびんぼう》で担い、独特の呼び声で街を流して歩いた。→金魚

踏切を一滴ぬらす金魚売　秋元不死男
金魚売り己れの影へ水零す　中村苑子
金魚売過ぎゆき水尾のごときもの　鷹羽狩行
金魚売消えて真水の匂ひかな　仁平勝
金魚屋が路地を素通りしてゆきぬ　菖蒲あや
金魚屋の水とんがりてゆれてをり　上野章子

【花火《はなび》】　打揚花火　揚花火　仕掛花火
手花火　庭花火　線香花火　ねずみ花火
遠花火　花火舟　花火師

夜空に高く打ち開く打揚花火や仕掛花火などの大型のものと、庭先で楽しむ線香花火などの玩具花火とに大別される。❖初期俳諧では花火は盆行事の一環と考えられ、秋の季語であったが、納涼が中心となった現代では夏の季語に分類している。昔から有名な両国の花火は隅田川の「川開き」に行われたもの。

暗く暑く大群集と花火待つ　西東三鬼

ねむりても旅の花火の胸にひらく　大野林火
宿の子を借りて花火を見にゆくも　田中裕明
揚花火二階灯してすぐ消して　長谷川かな女
くるぶしへぬるき風くる揚花火　小原啄葉
はじまりは紐のようなり揚花火　月野ぽぽな
落城のごとくに仕掛花火かな　片山由美子
舟に舟寄せて手花火わかちけり　永井龍男
手向くるに似たりひとりの手花火は　馬場移公子
手花火が昼間は見えぬもの照す　行方克巳
鎌倉の小路の鼠花火かな　石嶌岳
遠花火消えて岬の闇深し　石塚奇山
花火師も花火の筒も闇に立つ　山崎ひさを

【夏芝居《なつしばゐ》】　夏狂言　水狂言　水芸　土用芝居

旧暦六月から七月にかけては猛暑と祭礼月のため、歌舞伎役者は本興行を休み、避暑がてら地方巡業に出かけた。その留守に若手が水狂言や怪談狂言などの芝居を演じ、それが夏芝居・夏狂言と呼ばれるものになった。今では涼しさを呼ぶ演目を中心に上演される。

汗拭くや左袒《はだぬ》ぐ夏芝居　几董
殺し場の暗転ながき夏芝居　大堀柊花
夏芝居監物《けんもつ》某《なにがし》出てすぐ死　小澤實
灯跳る水狂言の水の先　松藤夏山
水芸に火の芸一つ見せにけり　森田峠

【ナイター】

夜間試合を意味する和製英語で、おもにプロ野球についていう。昨今はナイトゲームともいう。

ナイターの光芒大河へだてけり　水原秋櫻子
ナイターに見る夜の土不思議な土　山口誓子
ナイターの八回までは勝ちゐしを　大島民郎

【水遊《みづあそび》】　水鉄砲

河川や海辺、または庭先などで水を使って遊ぶこと。ビニールプールや水鉄砲、ビーチボールなどの玩具で楽しむ。

水遊とはだんだんに濡れること　後藤比奈夫
水遊びまだ出来ぬ子を抱いてをり　日原　傳
水遊びする子に先生から手紙　田中裕明
ちちははを水鉄砲の的に呼ぶ　井沢正江
見えてゐる水鉄砲の中の水　山口昭男

【浮人形《うきにんぎやう》】　浮いて来い　樟脳舟《しやうなうぶね》

水に浮かべて遊ぶ子供の玩具。人形・金魚・船・水鳥などの形をゴム・ブリキ・セルロイド・ビニールなどの素材で作ったもの。樟脳などを利用して水面を走るようにした小舟もあり、「樟脳舟」という。❖「浮いて来い」は密閉した容器に水を満たし、ガラス製の人形を浮かべ、水面への圧力を変えることによって浮き沈みさせる玩具。浮人形とはまったく別のものである。

そのたびにおどけ顔して浮人形　鷹羽狩行
浮いてこい浮いてこいとて沈ませて　京極杞陽
長子次子稚《わか》くて逝けり浮いて来い　能村登四郎
俳諧は屁のやうなもの浮いてこい　中原道夫

【水機関《みづからくり》】

水の落差を利用した手品の見世物。高い所に水槽を置き、細い管から水を落として水車を回し、玉を転がし、人形を動かして太鼓を叩《たた》かせる。江戸時代には大坂道頓堀で行われていた。

雨の夜の水からくりの音は淋し　内藤吐天
水足して水からくりの動き出す　山崎ひさを

【水中花《すいちゆうくわ》】　酒中花

水に入れると水を吸って開く造花。元来はかんな屑《くず》で作った。江戸時代、酒宴の席で杯に浮かべたことから「酒中花」ともいった。

泡ひとつ抱いてはなさぬ水中花　富安風生
ある日妻ぽとんと沈め水中花　山口青邨
水中花にも花了りたきこころ　後藤比奈夫

水中花けふ一日の水を足す　神蔵　器
水中花かたむくままに日の過ぎて　水田むつみ
覚めし夢まだ覚めぬ夢水中花　深谷雄大
動かざる水は老いゆく水中花　二川茂徳
いきいきと死んでゐるなり水中花　櫂　未知子

【金魚玉《きんぎよだま》】　金魚鉢

金魚を飼うガラス製の球形の器。藻を入れ金魚を泳がせ、軒先などに吊っておく。金魚鉢は底が平らなもので、置いて楽しむ。

金魚玉天神祭映りそむ　後藤夜半
金魚玉吊る繚乱を仰ぎたく　能村登四郎
窓にすぐひろがる港金魚玉　木下夕爾
夫へ来る便り少なし金魚玉　名村早智子
新しき色の加はる金魚玉　藤本美和子
金魚玉とほき木立を映したる　高浦銘子

【箱庭《はこには》】

底の浅い箱や浅鉢に土や砂を盛り、各地の名勝や名園を模したもの。草木を植え、小石を置き、亭・橋・灯籠《とうろう》・人形などを配して夏の景を作る。江戸時代に大流行した。

箱庭のとはの空家の涼しさよ　京極杞陽
箱庭にほんものの月あがりけり　小路紫峡
下京や箱庭の丹を濡らす雨　大屋達治
いつ見ても箱庭は夕暮の景　片山由美子
箱庭にさみしき町の出来あがる　加藤かな文

【捕虫網《ほちゆうあみ》】　捕虫網《ほちゆうまう》

飛んでいる蝶などの虫を捕獲する網。昔は夏休みに捕虫網を持った子供たちが山野に出かける姿がよく見られた。採集した昆虫を標本にしたりした。

捕虫網買ひ父がまづ捕へらる　能村登四郎
捕虫網を絞りて持てり駅の晴　田川飛旅子
捕虫網まだ使はれぬ白さもて　鈴木貞雄
垣越しにゆく大小の捕虫網　佐藤郁良
新神戸駅で降りたる捕虫網　涼野海音

【蛍狩《ほたるがり》】　蛍見　蛍舟

夏の夜、水辺で蛍を採る遊び。闇の中を飛び交う蛍の光は幻想的である。❖「狩」には蛍の美しさを追い求め、愛《め》でる気持ちが込められている。↓蛍

蛍見やこの宵闇に舟早し　蛾眉
身のなかのまつ暗がりの蛍狩り　河原枇杷男
闇にふむ地のたしかさよ蛍狩　赤松蕙子
渡るべき橋見付からず蛍狩　松森向陽子
蛍狩うしろの闇へ寄りかかり　正木ゆう子
蛍見の人みなやさし吾もやさし　飯島晴子

【蛍籠《ほたるかご》】

蛍を飼うための籠。竹や曲げ物の枠に紗《しゃ》などの布や、細かい目の金網を張ってある。軒先や縁側に置いて静かな蛍の光の明滅を楽しむ。↓蛍

ふりしきる雨となりけり蛍籠　久保田万太郎
蛍籠昏《くら》ければ揺り炎《も》えたたす　橋本多佳子
夜のなくば人の世いかに蛍籠　鷹羽狩行
蛍籠吊るす踵を見られけり　西村和子
夢を見るために置きたる蛍籠　山本一歩

【起し絵《おこしえ》】 組絵　立版古《たてばんこ》

紙工作の一つ。錦絵の人物や家屋などを描いたものを切り抜き、厚紙で裏打ちして枠の中に立てた絵で、いわば立体紙芝居のようなもの。夕涼みの時などに蠟燭《ろうそく》をともして子どもに見せた。近年は「立版古」の復刻版が多く出回っている。

起し絵の男をころす女かな　中村草田男
起し絵を見せて見送る仏かな　後藤比奈夫
起し絵のなかに浴びたき波すこし　櫂未知子
さし覗く舞子の顔や立版古　後藤夜半
立版古波また波をまづ組んで　能村登四郎

【蓮見《はすみ》】 蓮見舟

蓮は、夜明けに開き始める。暗いうちに起きて、その開き始めの蓮を見にゆくことを蓮見といい、そのために仕立てた舟を蓮見

舟と呼ぶ。

舳《へ》にしづむ花をあなやと蓮見舟　皆吉爽雨
蓮見舟蓮にうもれて巡りけり　松岡きよ
蓮見舟蓮をへだててすれ違ふ　岡崎桂子

【草矢《くさや》】

芒《すすき》・蘆《あし》・茅《ちがや》などの葉を裂いて、指に挟んで矢のように飛ばす遊び。

大空に草矢放ちて恋もなし　高浜虚子
日を射よと草矢もつ子をそそのかす　橋本多佳子
放ちたる草矢は水に漂へる　山田閏子

【草笛《くさぶえ》】

草の葉を折りとって作る笛。唇につけて吹くとするどい音が出る。

草笛を子に吹く息の短かさよ　馬場移公子
草笛で呼べり草笛にて応ふ　辻田克巳
踞《かが》みをり草笛を子に教へむと　伊藤通明
草笛を指太々と仕る　本井英
草笛を吹く四五人に加はりぬ　山西雅子

【麦笛《むぎぶえ》】

一方に節のある麦の茎の中ほどを破り、笛のように吹き鳴らすもの。

麦笛や一つ年上女の子　高浜虚子
麦笛の天を裂く音もありて吹く　井沢正江
麦笛を吹くや拙き父として　福永耕二
麦笛やいとこはとこもはや老いて　宮田正和

【裸《はだか》】　素裸　丸裸　裸子

冷房のない時代、暑さの盛りには裸でくつろぐこともあった。裸で嬉々《きき》として戯れる子供たちの姿は愛らしい。

晩年をうべなひてゐて裸かな　大井戸辿
海の闇はねかへしゐる裸かな　大木あまり
裸子をひとり得しのみ礼拝す　石橋秀野
裸子の尻らつきようのごと白く　本井英
裸子がわれの裸をよろこべり　千葉皓史
裸子や背よりこぼるる海の砂　吉田千嘉子
裸の子裸の父をよぢのぼる　津田清子

【跣足《はだし》】 跣《はだし》　素足

跣足《はだあし》の転で、履物を履かずに地上を歩くこと。またはその足。素足は靴下などを履いていない足のこと。暑い夏には素足で過ごすことが多い。

はればれと佐渡の暮れゆく跣足かな　藤本美和子
生きてゐる草のつめたき跣足かな　陽　美保子
曼荼羅図見上げてゐたる跣の子　井上康明
女の素足紅らむまでに砂丘ゆく　岸田稚魚
良寛の海に降り立つ素足かな　原　裕

【肌脱《はだぬぎ》】 片肌脱　諸肌脱《もろはだぬぎ》

暑い日に上半身の衣類を脱ぎ、肌を出すこと。片半身だけ脱ぐのを片肌脱、両肩の肌を出してしまうことを諸肌脱という。

いつも二階に肌ぬぎの祖母ゐるからは　飯島晴子
肌脱をさめて齢さびしめる　上田五千石
馬関なり老機関士の肌脱も　岩永佐保

【端居《はしゐ》】 夕端居

室内の暑さを避けて、縁先や風通しの良い端近《はしぢか》に座を占め涼をとることをいう。

端居してたゞ居る父の恐ろしき　高野素十
端居して濁世なかなかおもしろや　阿波野青畝
いふまじき言葉を胸に端居かな　星野立子
端居してかなしきことを妻は言ふ　村山古郷
端居せるこころの淵を魚よぎる　野見山朱鳥
考への断崖にをる端居かな　上野　泰
旅さきにあるがごとくに端居かな　鷹羽狩行

【髪洗ふ《かみあらふ》】 洗ひ髪

夏の髪を洗ったあとの心地良さは格別である。洗ったあと乾くまでの髪を「洗ひ髪」という。❖本来は女性の長い黒髪を洗うことに意味があった。

髪洗ひたる日の妻のよそ〳〵し　高野素十
せつせつと眼まで濡らして髪洗ふ　野澤節子
髪洗うまでの優柔不断かな　宇多喜代子
ぬばたまの夜やひと触れし髪洗ふ　坂本宮尾

髪洗ふ砂漠の起伏まならうらに　片山由美子
夕ぐれの黒き山なみ髪洗ふ　森賀まり
すぐ乾くことのさびしき洗ひ髪　八染藍子
落日のあたりに船や洗髪　中西夕紀

【汗《あせ》】　汗ばむ　玉の汗

夏はじっと動かずにいても汗がにじむ。運動や労働のあとにしたたる大粒の汗を「玉の汗」という。

突く杖を汗が握つてをりにけり　粟津松彩子
美しきものにも汗の引くおもひ　後藤比奈夫
今生の汗が消えゆくお母さん　古賀まり子
汗のシャツぬげばあらたな夕空あり　宮津昭彦
水族館汗の少女の来て匂ふ　ねじめ正也
汗拭いて腹壊しさうな河と思ふ　櫂　未知子
汗ばみて加賀強情の血ありけり　能村登四郎

【日焼《ひやけ》】　潮焼　日焼止め

夏の強い紫外線を浴びると肌が赤みを帯び、やがて黒くなる。小麦色に焼けた姿は健康的で美しいが、最近の医学では、日焼は好ましいことではないとされている。

虚を衝かれしは首すぢの日焼かな　飯島晴子
少女はも珊瑚の色に日焼して　行方克巳
純白の服もて日焼子を飾る　林　翔
日焼子は賢しき答へ返しけり　五十崎朗
潮焼にねむれず炎《も》えて男の眼　能村登四郎

【昼寝《ひるね》】　午睡《ごすい》　三尺寝《さんじやくね》　昼寝覚《ひるねざめ》

酷暑の折は熟睡できず睡眠不足になるので、疲れをとるために午睡をするとよい。職人や大工などが、仕事場で短時間寝るのを「三尺寝」という。

昼寝して手の動きやむ団扇かな　杉　風
ちらと笑む赤子の昼寝通り雨　秋元不死男
昼寝覚め青き潮路にわがゐたり　山口波津女
さみしさの昼寝の腕の置きどころ　上村占魚
昼寝より覚めてこの世の声を出す　鷹羽狩行
何はともあれと昼寝の枕出す　島谷征良

をさなくて昼寝の国の人となる　田中裕明
昼寝覚雲を目に入れまた眠る　大野林火
はるかまで旅してゐたり昼寝覚　森　澄雄
どの草のひかりと知れず昼寝覚　正木ゆう子

【寝冷《ねびえ》】　寝冷子《ねびえご》

蒸し暑い夜に油断して裸で寝たり、夏掛などをはいで寝たりすると、体が冷えて体調を崩すことがある。子供に多く、予防のために腹巻などをする。

寝冷子のまはりが昏《くら》しやはらかし　長谷川双魚
寝冷子の大きな瞳に見送られ　橋本多佳子
真青な雨の櫟《くぬぎ》と寝冷の子　神尾季羊

【夏の風邪《なつのかぜ》】　夏風邪

多くは鼻風邪程度の軽いものだが、治りが遅く、憂鬱《ゆううつ》なものである。近年は冷房のききすぎなどが原因で風邪をひく人が多い。
→風邪（冬）・春の風邪（春）

眠たさの涙一滴夏の風邪　野澤節子
夏風邪をひき色町を通りけり　橋　閒石
夏風邪の児の髪日向《ひなた》臭きかな　高野　芳

【暑気中《しょきあたり》】　暑さ負け　水中《みづあたり》

夏は身体の抵抗力が衰え体調を崩しやすい。また水物の取りすぎで下痢を起こすことを水中という。

重ねてはほどく足なり暑気中り　西山泊雲
暑気あたり大きな声のききとれず　阿部みどり女
一晩にかほのかはりぬ暑気中り　森川暁水
のぞきこむ父の面輪や暑気中　石田波郷
眥落ちてこめかみひびく暑気中　山﨑富美子
熊の胆《い》を殺《そ》いでくれたる水中り　茨木和生
にんげんは管でありけり水中り　中原道夫

【夏痩《なつやせ》】　夏負け

夏の暑さで食欲が衰え、体重が減少すること。「夏負け」ともいう。❖「夏痩せて」「夏負けて」とは使わない。

夏痩やほの〳〵酔へる指の先　久保田万太郎

おもかげやその夏瘦の髪ゆたか　水原秋櫻子
夏瘦も知らぬ女をにくみけり　日野草城
夏瘦や窓をあければ野のひかり　大木あまり
夏まけの妻子を捨てしごとき旅　能村登四郎

【日射病《にっしゃびょう》】　熱射病《ねっしゃびょう》　熱中症《ねっちゅうしょう》　霍乱《かくらん》

強い直射日光を長時間浴びた際に起こる急性の疾患。脱水状態が病因となる。高熱・眩暈《めまい》・倦怠《けんたい》・昏睡《こんすい》などの症状を呈する。戸外労働者や帽子をかぶらずに長時間スポーツをする人などがかかりやすい。屋外に限らず屋内でも気温の上昇により日射病と同様の症状をおこすことがあり、これを熱中症という。

日射病頂上見えて倒れけり　森田峠
日射病戸板にのせて運ばれぬ　滝沢伊代次
日射病戦跡巡りまだ半ば　広田祝世
人も樹も大揺れしたり日射病　寺井朴人
霍乱の一とき雲を追ふ目あり　和田暖泡

【汗疹《あせも》】　あせぼ

顔や胸、首などの発汗の多い部分に生じる粟粒《あわつぶ》のような紅《あか》い発疹。乳幼児に多い。

なく声の大いなるかな汗疹の児　高浜虚子
汗疹の子砂遊びしておとなしき　野村喜舟
征く父に抱かれ睡れりあせもの児　文挾夫佐恵

行事

【こどもの日《こどものひ》】

五月五日。国民の祝日の一つで、かつての端午の節句。子供の人格を尊重し、子供の幸福を図る目的で昭和二十三年に制定された。

子供の日小さくなりし靴いくつ　林　翔
子供の日すべり台よくすべりけり　成瀬櫻桃子
竹林の何故か明るく子供の日　蓬田紀枝子
子どもらの水に映りてこどもの日　藤本美和子
おとなしき馬駆り出され子供の日　佐藤博美

【母の日《ははのひ》】

五月の第二日曜日で、母に感謝をする日。一般的には赤いカーネーションを贈る。由来はアメリカの一女性が亡母を偲《しの》んで白いカーネーションを配ったことによる。のちにウィルソン大統領によって「母の日」に制定され、広まった。亡母を偲ぶには白、健在の母の場合は赤い花を胸につけた。大正時代に伝わったが、定着したのは戦後。❖カーネーションの花言葉は母の愛情。

母の日やそのありし日の裁ち鋏　菅　裸馬
母の日や大きな星がやや下位に　中村草田男
少し酔ひぬ母の日の波こまやかに　星野麥丘人
母の日のきれいに畳む包装紙　須賀一惠
樟絶えず風生む母の日なりけり　今村俊三
母の日の花に囲まれゐて淋し　今井千鶴子
母の日のてのひらの味塩むすび　鷹羽狩行

【愛鳥週間《あいちょうしゅうかん》】　バード・ウィーク　バード・デー　愛鳥日

五月十日からの一週間で、鳥類保護の運動

や催しが行われる。昭和二十二年、国土の復興と山野の緑化運動を目的として始まったもので、最初は四月十日からだったが、昭和二十五年に五月十日からになった。

愛鳥週間手を差しあげて鳩放つ　尾形嘉城
愛鳥日の孔雀に影を踏まれをり　桂　樟蹊子

【時の記念日《ときのきねんび》】　時の日

六月十日。天智天皇の十年（六七一）四月二十五日に大津宮に漏刻《ろうこく》（水時計）が設けられた。その日を新暦に換算すると六月十日にあたるので、大正九年、この日を時の記念日とした。❖滋賀県大津市の近江《おうみ》神宮では、毎年漏刻祭が行われる。

時の日や順風の帆の模型船　鷹羽狩行
時の日の時をゆるやか明治村　遠藤若狭男
時の日の花植ゑ替ふる花時計　太田静江
時の日や数字をもたぬ砂時計　柏木まさ

【父の日《ちちのひ》】

六月の第三日曜日。父に感謝する日。アメリカのJ・B・ドッド夫人の提唱によって設けられた。日本には第二次世界大戦後に取り入れられたが、母の日ほどには定着していない。

父の日の隠さうべしや古日記　秋元不死男
父の日の忘れられをり波戻る　田川飛旅子
父の日の橋に灯点る船のやう　成田千空
父の日や常の朝餉を常のごと　山崎ひさを
父の日や日輪かつと海の上　本宮哲郎
父の日やライカに触れし冷たさも　広渡敬雄
真つ白な雲湧く父の日なりけり　しなだしん

【海の日《うみのひ》】

七月の第三月曜日。国民の祝日の一つ。海の恩恵に感謝するとともに海洋国日本の繁栄を願う日。平成八年、七月二十日として定められ、平成十五年、現在の日となった。

「海の日」の日記のページ空白なり　横山房子

海の日の終るしばしの夕茜　深見けん二
海の日の海より月の上りけり　片山由美子
海の日の一番線に待ちゐたる　涼野海音

【端午《たんご》】　端午の節句　五月の節句　菖蒲《あやめ》の日《ひ》　旧端午　武者人形　五月人形　武具飾る　菖蒲葺《ふ》く　菖蒲挿す　軒菖蒲

五月五日の男子の節句で、菖蒲《しょうぶ》の節句ともいう。五節句の一つで平安時代には宮中で行われていたが、室町時代に武家の行事に取り入れられ、菖蒲を尚武にかけて男子の成長や武運長久を祈願するようになった。男子のある家では幟《のぼり》を立てたり武者人形などを飾り、この日を祝う。菖蒲を軒に挿す行事を「菖蒲葺く」「菖蒲挿す」「軒菖蒲」と呼ぶが、今ではあまり行われない。❖菖蒲はサトイモ科の常緑多年草で、花を観賞する花菖蒲とは別種。古くは「あやめ」とも呼んだが、近世以降は「しょうぶ」とも呼ぶようになった。

大原女の紺着のにほふ端午かな　石原舟月
雨がちに端午ちかづく父子かな　石田波郷
黒松の暮色の中の端午かな　中山純子
竹割つて竹の匂ひの端午かな　木内彰志
草の香の月空にある端午かな　廣瀬町子
海原のごとく山ある端午かな　甲斐由起子
噴煙の柱朝より旧端午　大岳水一路
武者人形兜の紐の花結び　高橋淡路女
次の間に武具飾りたる昼餉かな　石田郷子
日月をいたゞく兜飾りけり　大橋櫻坡子
菖蒲葺く千住は橋にはじまれり　大野林火
夕空や切先のぞく軒菖蒲　草間時彦

【幟《のぼり》】　五月幟《さつきのぼり》　座敷幟　初幟　鯉幟《こひのぼり》　五月鯉《さつきごひ》　吹流し　矢車

江戸時代には、定紋や鍾馗《しょうき》の絵を染め抜いた幟を兜・長刀《なぎなた》・吹流しなどとともに家の前に立てた。古くは紙製であったが、これが小さくなって座敷幟となっていった。武家の幟に対して、町人は、滝をも登るとする鯉を出世の象徴として鯉幟を立て、男子の成長を祈った。明治時代の末頃までは紙製だったが、今はほとんど布製で五色の吹流しとともに立てる。❖初節句に立てるのが初幟。

笈も太刀も五月にかざれ紙幟　芭蕉
矢車に朝風強き幟かな　内藤鳴雪
遠州は風の国とぞ幟立つ　米谷静二
幟立つ島はもとより潮の中　友岡子郷
鯉幟富士の裾野に尾を垂らす　山口誓子
畳まれて眼の金環や鯉幟　有働亨
鯉のぼり目玉大きく降ろさるる　上村占魚
鯉幟ゆらりと白き腹を見せ　深見けん二
立山に雲をとばして鯉のぼり　中山純子
力ある風出てきたり鯉幟　矢島渚男
やはらかき草に降ろして鯉のぼり　小島健
草を擦りつつ上りゆく鯉幟　広渡敬雄
降ろされて息を大きく鯉幟　片山由美子
裏道もよき風の吹く鯉幟　小野あらた
高空に青き山あり吹流し　相馬遷子
雀らも海かけて飛べ吹流し　石田波郷

【菖蒲湯《しやうぶゆ》】　**菖蒲風呂《しやうぶぶろ》**

端午の節句に菖蒲の茎や葉を入れて沸かした風呂。邪気を祓《はら》い、心身を清めるためのもので鎌倉時代からの風習。❖この菖蒲は花菖蒲とは違いサトイモ科の多年草で、独特の香気を放ちその根が薬用になる。

さうぶ湯やさうぶ寄りくる乳のあたり　白雄
日のさして菖蒲片寄る湯槽かな　内藤鳴雪
菖蒲湯の沸くほどに澄みわたりけり　鷹羽狩行
菖蒲湯に十指むすんでひらきけり　行方克巳
菖蒲湯にたがひちがひに沈みけり　鈴木庸子

【薬玉《くすだま》】　**長命縷《ちやうめいる》**　**五月玉《さつきだま》**

各種の香料を袋に入れ、蓬《よもぎ》・菖蒲・造花な

どを添えて五色の糸を垂らしたもの。端午の節句の日に柱などにかけ、邪気・悪疫祓いにした。朝廷で行った端午の節会《せちえ》の遺風である。中国では長命縷といい、五月五日に肘《ひじ》などにかけて邪気を祓う呪《まじな》いとした。

薬玉や五色の糸の香に匂ふ　嘯　山
薬玉のしづかにまはり戻るかな　安田蚊杖
薬玉や大きな星が一つ出て　片山由美子
長命縷かけてながるゝ月日かな　清原枴童

【薪《たきぎ》能《のう》】　興福寺の薪能　若宮能　芝能　薪猿楽《たきぎさるがく》

奈良の興福寺で行われる野外薪能。元来は二月の修二会《しゅにえ》の薪献進に始まる神事能だったが、明治二十年代以降中絶していた。戦後復活し昭和三十五年から簡略化して五月の第三金・土に行われるようになった。❖近年では夏のみならず薪能と称して各地で野外能が行われ季節感が失われた。

笛方のかくれ貌なり薪能　河東碧梧桐
鼓うてば闇のしりぞく薪能　石原八束
薪能五重の塔の黒装束　津田清子
曳くやうに笛吹き出せり薪能　茨木和生
火の影を踏む白足袋や薪能　小川軽舟
一笛に月の芝能はじまりぬ　大橋宵火

【夏場所《なつばしょ》】　五月場所

五月に東京の両国国技館で十五日間行われる大相撲本場所。神社仏塔の営繕の資金を募る勧進相撲の名残。天明年間から幕末までは毎年江戸両国回《え》向院《こういん》で行われた。↓初場所（新年）

夏場所やひかへぶとんの水あさぎ　久保田万太郎
煌々と夏場所終りまた老ゆる　秋元不死男

【ペーロン】　競渡《けいと》　ハーリー　ペーロン船　爬竜船《はりゅうせん》

和船で行われる競漕で、古く中国で五月五日に行われた競渡の風習が輸入されたもの。

もとは端午の節句の関連行事で、汨羅《べきら》で入水した中国の詩人屈原を弔う故事に基づいている。長崎市のものが最も規模が大きく、現在は七月の最終日曜日に行う。漕ぎ手二十八人、太鼓打ち・銅鑼《どら》叩《たた》き・舵《かじ》取り・あかとり・指揮者が乗り込み覇を競いあう。現代では長崎・熊本・沖縄・兵庫で行われる。

ペーロンに関りもなく巨船出づ　下村ひろし
ペーロンの舳先揃へてまだ発《た》たず　中村孝一
ハーリーやくろがねの胸水はじく　沢木欣一

【巴里祭《ぱりさい》】　**パリ祭　パリー祭**

七月十四日。一七八九年のフランス革命記念日の日本での呼び方。昭和八年、ルネ・クレールの映画『Quatorze Juillet（七月十四日）』の邦訳題名を「巴里祭」と訳したことに由来する。

汝が胸の谷間の汗や巴里祭　楠本憲吉
飾窓《ウィンド》に帽子の咲く木巴里祭　宮脇白夜
名詩には名訳ありて巴里祭　杉　良介
古きよき雨の映画やパリー祭　鷹羽狩行
七月十四日《ル・カトルズ・ジュイエ》海の彼方といふ言葉　三橋敏雄

【朝顔市《あさがほいち》】　**入谷《いりや》朝顔市**

東京入谷の鬼子母神境内で七月六日から八日まで開かれる市。江戸時代、このあたりで朝顔の栽培が盛んだったことから朝顔市が有名になった。

しまひ日の朝顔市に来てゐたり　深見けん二
ぼつぼつと朝顔市の荷がとどく　佐藤和夫
切り火もて朝顔市の紺の護符　鈴木太郎
ひと雨を朝顔市にやりすごす　片山由美子

【鬼灯市《ほほづきいち》】　**酸漿市《ほほづきいち》　四万六千日《しまんろくせんにち》**

七月九・十日の両日、東京浅草寺の境内に立つ市。子供の虫封じ、女の癪《しゃく》に効くとして鉢植えの鬼灯を売る。また十日の観世音《かんぜおん》菩薩《ぼさつ》の結縁日に参詣《さんけい》すると、四万六千日分に相当する功徳を授かるといわれる。

鬼灯市夕風のたつところかな　岸田稚魚
また少しこぼれて鬼灯市の雨　村沢夏風
したたかに踏まれ鬼灯市の土　藤本美和子
傘雫はらひて四万六千日　石井那由太
四万六千日人混みにまぎれねば　石田郷子

【山開《やまびらき》】　開山祭　ウエストン祭

夏の登山シーズンの初めに各山で行われる儀式で、鎮座する神により日は一定しない。富士山は麓《ふもと》では毎年七月一日に、山頂の富《ふ》士山本宮浅間大社奥宮《じさんほんぐうせんげん》では十一日に山開きがある。その他の山も多くこのころに行う。

↓川開

榊にて下天を払ふ山開　平畑静塔
神官の背を雲這へり山開き　岡田日郎
雨をもて木木を洗へり山開　瀧澤宏司
教会の鐘にはじまる山開　水田光雄
龍の棲む池も祓ひて山開　三村純也

【川開《かはびらき》】　両国の川開　両国の花火

各地の大きな川で、七月下旬から八月上旬にかけて行われる。河畔の納涼開始の幕開け。川開きと呼ぶのは川で泳ぐみそぎの風習があったことによる。とりわけ両国の川開きが有名。江戸名物の一つで、旧暦五月二十八日には、隅田川で花火が打ち上げられ、玉屋・鍵《かぎ》屋が互いにその技を競い、岸も水上も見物客で大いに賑った。昭和三十七年に中断されていたが、昭和五十三年から隅田川の花火大会として復活、江戸情緒の名残をとどめている。

↓山開

夕飯や花火聞ゆる川開　正岡子規
満ち汐にすでに灯つらね川開　原　石鼎
日のうちに一の花火や川開　福田素吾
川開水忘じたる時ありけり　星野石木

【祭《まつり》】　夏祭　祭獅子《まつりじし》　祭太鼓　祭笛
祭囃子《まつりばやし》　祭提灯《まつりちやうちん》　祭髪　祭衣　宵宮《よひみや》　夜宮

宵祭《よひまつり》　本祭　陰祭　山車《だし》　神輿《みこし》　渡御《とぎよ》　御《お》旅所《たびしよ》　祭舟

夏季に行われる各神社の祭礼の総称。古くは祭といえば京都の上賀茂神社・下鴨神社の祭礼である賀茂祭（葵祭《あおいまつり》）のことをさした。❖春や秋の祭は農作物豊穣の祈願や感謝のためのものがほとんどだが、夏の祭は疫病や水害その他の災厄からの加護を祈るものが多い。↓春祭（春）・秋祭（秋）

神田川祭の中をながれけり　久保田万太郎
ふるさとの波音高き祭かな　鈴木真砂女
昼の月あはれいろなき祭かな　安住　敦
ふえてくる祭支度の足の音　西山　睦
紅さして腕の中なる祭の子　深見けん二
まつ青な蘆の中から祭の子　中西夕紀
御祭の昼の太鼓は子が打ちぬ　髙田正子
祭笛吹くとき男佳かりける　橋本多佳子
帯巻くとからだ廻しぬ祭笛　鈴木鷹夫
祭笛吹き納めたる口を拭く　福神規子
夜すがらの祭囃子に遠くゐて　永方裕子
男らの汚れるまへの祭足袋　飯島晴子
祭足袋一雨あびて来たらしく　須原和男
魂抜けの祭浴衣を月に干す　須賀一恵
宵宮や幼なじみも子を連れて　三村純也
灯より灯へ膳をはこびぬ宵祭　山本洋子
棺かつぐときの顔ぶれ荒神輿　沢木欣一

【御柱祭《おんばしらまつり》】　御柱　諏訪《すは》の御柱祭　諏訪祭　木落し

長野県諏訪大社の寅《とら》・申《さる》にあたる年の大祭。上社（本宮・前宮）と下社（春宮・秋宮）の四社の社殿の周囲に立てられる樅《もみ》の巨木（御柱）を新たに取り替える行事。巨木を切り出す「山出し」の途中の急坂での「木落とし」は、男たちが巨木に跨《また》がって滑り落ち、豪壮雄大なことで有名。

御柱落すあめつち息をとめ　高木良多

御柱に叫《おら》びて縋る歓喜かな　矢島渚男
宮入りの傷だらけなる御柱　棚山波朗
曳綱に一夜の湿りおんばしら　伊藤伊那男
木落しの修羅場へ塩の撒かれたり　伊藤白潮

【競馬《くらべうま》】　賀茂《かも》の競馬《くらべうま》　きそひ馬

五月五日、京都市上賀茂神社で行われる神事。堀河天皇の治世に始まった競馬で、二十人の騎手が左方・右方の赤黒二手に分かれて、古式にのっとった衣冠姿で二頭ずつ競馬を行う。競馳《きょうち》に先立ち、一日に馬と騎手の組み合わせを決定する足汰式《あしぞろえしき》がある。❖故事により第一走だけは左方の勝ちが決まっていて、左方が走った後、右方が走る。

競べ馬一騎遊びてはじまらず　高浜虚子
樗より榎へ風や競べ馬　西村和子
競べ馬果てたる脚の洗はるる　井上弘美

【筑摩祭《つくままつり》】　鍋祭《なべまつり》　鍋冠祭《なべかんむりまつり》　鍋被《なべかぶり》　筑摩鍋　鍋乙女

五月三日、滋賀県米原市の筑摩神社の祭礼。「鍋冠祭」ともいわれる奇祭。薄緑の狩《かり》衣《ぎぬ》・緋袴《ひばかま》の平安朝装束をまとった少女らが、紙製の鍋や釜をかぶって祭神の還御に供奉《ぐぶ》する。里の女が契《ちぎ》りを交わした男の数だけ鍋釜を頭に載せて参詣《さんけい》させられたことが始まりとする説が有名。

小わらはも冠りたがるやつくま鍋　一茶
みめよくて浅くかむりぬ鍋祭　本田一杉
上ワ目して冠せてもらふ筑摩鍋　由山滋子
丸顔の八つならびて鍋乙女　岩崎照子

【葵祭《あふひまつり》】　賀茂祭《かもまつり》　加茂祭　賀茂葵　懸《かけ》葵《あふひ》　かざしぐさ

五月十五日の上賀茂・下鴨両社の祭。平安時代には祭といえば賀茂祭をさした。葵祭の名は近世以降のことで、人も馬や牛も葵を飾って参列する。午前十時半に平安朝の装束美々しい供奉の行列が御所を出発、下鴨神社で古式による祭儀を行った後、上賀茂神社に到着。それぞれの社前で「社頭の儀」といわれる牽馬《ひきうま》・東遊《あずまあそび》を行う。もとは旧暦四月の第二の酉《とり》の日に行った。❖石清《いわし》水《みず》八幡宮の祭を南祭、賀茂祭を北祭ともいった。

呉竹のよよにあふひの祭かな　樗良
大学も葵祭のきのふけふ　田中裕明
御車はうしろさがりや賀茂祭　後藤夜半
待つことも古きに倣ひ加茂祭　森宮保子
地に落ちし葵踏みゆく祭かな　正岡子規
牛の眼のかくるるばかり懸葵　粟津松彩子
行列に風の寄り添ふ懸葵　西宮舞
かざしぐさ若き勅使の冠に　谷中隆子
かざしぐさ乾き上社に近づけり　田中博一

【三社祭《さんじゃまつり》】　浅草祭《あさくさまつり》　びんざさら踊

東京の浅草神社の祭礼。現在は五月十七・十八日に近い金曜日に神輿御魂入れ、土曜日には町内神輿連合渡御《とぎょ》、日曜日には本社神輿渡御が行われる。神輿渡御は江戸第一の荒祭として知られ、今でも多くの人で賑う。びんざさら（打楽器の一つ。数十枚の札状の板を綴《つづ》りあわせ、両端の取手を握って動かすと板同士が打ち合って鳴る）を持って舞うびんざさら神事、木遣りや手古舞の大行列など多彩である。

結綿に花櫛に三社祭かな　野村喜舟
大団扇三社祭を煽ぎたつ　長谷川かな女
肝煎の雪駄あたらし三社祭　斎藤夏風
草々に三社祭の朝の露　石田勝彦
浅草の祭へかかる橋いくつ　岩崎健一

【三船祭《みふねまつり》】　舟遊祭《しういうさい》　扇流し　西祭

五月第三日曜日に行われる京都車折《くるまざき》神社の祭礼。平安時代の船遊びを再現したもので、社前での神儀のあと、大堰《おおい》川（桂川）に御座船《ござぶね》・竜頭船《りゅうとうせん》・鷁首船《げきすせん》の三船を中心に芸能船が繰り出される。詩歌・管弦・舞楽などさまざまな芸能が奉納される。❖流扇船からは芸能上達を祈願して奉納された扇が次々流され、川面を彩る。

神遊ぶ三船祭の水ゆたか　太田由紀
三船祭昨夜の濁りの消えぬまま　江口井子
扇流しの扇の中の花一図　津根元潮
遠目にも舸子《かこ》の水干西祭　後藤比奈夫

【御田植《おたうゑ》】　御田《おんだ》　御田祭《おんだまつり》　神植《かみうゑ》

多くの神社などで行われる御田植神事。田植はそれ自体、一種の祭儀であって、ここから田遊び・田楽《でんがく》・能などの芸能が発達した。現在の田植神事も多く田舞や田遊びなどの芸能を伴っている。大阪住吉《すみよし》大社の田植神事の「御田《おんだ》」は六月十四日に行われ、舞や踊で賑やか。伊勢神宮の「御田植」は、神宮の料田で五月上旬、神宮別宮の伊雑宮《いざわのみや》の「御神田《おみた》」は六月二十四日に行われる。

御田植に囃子鎮めのささら摺　桂　樟蹊子
一枚の空うすみどりお田植祭　伊藤敬子
投げ苗の御田《おんだ》の舞の上をとぶ　高野素十
植ゑる舞ふ囃す一つの御田にて　二川のぼる
御田植済みし和琴を抱へ去る　吉岡翠生

【富士詣《ふじまうで》】　富士道者　富士行者　富士《ふじ》禅定《ぜんぢやう》　山上詣　富士講　浅間講《せんげんかう》

富士山に登り、山頂の富士山本宮浅間《ふじさんほんぐうせんげん》大社奥宮に参ること。通常、七月一日の山開から行われる。参詣者は白衣をつけ、金剛杖を携え、「六根清浄お山は晴天」と唱和しながら山を登る。山開きにあわせて各地の浅間神社でも富士山の溶岩で作った境内の富士塚に登る。登頂によって行を修めることを「山上詣」「富士禅定」といった。

うすものに雲の匂やふじ詣　春　和
砂走《すばし》りの夕日となりぬ富士詣　飯田蛇笏
熱き茶をのこして発《た》てり富士道者　飯野燦雨

富士講者火を連ねつつ夜を登る　能見八重子

【厳島管絃祭《いつくしまくわんげんさい》】　厳島祭　管弦祭

安芸《あき》の宮島の厳島神社で行われる、平安絵巻さながらの神事。旧暦六月十七日に行われる。御霊代《みたましろ》を安置した御座船《ござぶね》は、多くの船を従えて管弦を奏しながら宮島の対岸の地御前《じごぜん》神社に向かい、神事を行う。夜の満潮時に篝火《かがりび》をつけて還御となり、見事な海の祭は幕を降ろす。

厳島管絃祭に月の波　皆川盤水
舟べりに酔ひ寝の漁夫や管絃祭　林　徹
大鳥居海に残して管弦祭　宮島英二
列柱に潮ひたひた管弦祭　西村和子
御座船の動くともなく動きそむ　清崎敏郎
篝火を先立て月の還御船　鷹羽狩行

【名越の祓《なごしのはらへ》】　御祓《みそぎ》　夏越《なごし》　夏祓《なつはらへ》　水《み》無月祓《なづきはらへ》　川祓《かははらへ》　川社《かはやしろ》　御祓川《みそぎがは》　形代流《かたしろなが》す　形代《かたしろ》　茅《ち》の輪《わ》　菅貫《すがぬき》

旧暦六月晦日《みそか》に行う祓の称。新暦となってからは六月三十日、七月三十一日に行う神社とさまざま。旧暦十二月の晦日を年越というのに対して六月の晦日を夏越と呼んだ。夏越神事は形代に半年間の穢《けが》れを託して川に流したり、茅の輪をくぐることが一般的である。なお川岸に斎串《いぐし》を立てて祭壇を設けることがあるが、これが川社である。❖管貫は茅の輪のこと。

山へ紙ひらひらとんで御祓かな　宇佐見魚目
神楽殿ずいと夏越の風通す　藤木倶子
山へ飛ぶ大きな鳥や夏祓　原　雅子
叡山のあたりに雨気や夏祓　上野一孝
形代の襟のあたりのかげりかな　深見けん二
形代にかけたる息のあまりけり　綾部仁喜
白に白重ね形代納めけり　落合水尾
形代の面濡らさず流れゆく　名村早智子
青葭を茅の輪に結へり湖の神　森　澄雄

神官のこわごわくぐる茅の輪かな　蓬田紀枝子
みづうみへゆらりと抜けし茅の輪かな　大石悦子
水ひびく糺の森の茅の輪かな　七田谷まりうす
暮れてより空の晴れ来る茅の輪かな　浅井陽子
誰もゐぬ夜の茅の輪をくぐりけり　島谷征良
くらき滝茅の輪の奥に落ちにけり　田中裕明
まつすぐに汐風とほる茅の輪かな　名取里美

【祇園祭《ぎをんまつり》】

祇園会《ぎをんゑ》　祇園御霊会《ぎをんごりやうゑ》　山鉾《やまほこ》　鉾　鉾立　二階囃子《にかいばやし》　祇園囃子《ぎをんばやし》　祇園太鼓　鉾祭　鉾町　屏風祭《びやうぶまつり》　無言詣《むごんまうで》　弦召《つるめそ》

京都東山《ひがしやま》の八《や》坂《さか》神社の祭礼。江戸時代には日本三大祭の一とされ、七月一日の吉符《きっぷ》入《いり》に始まり、前祭、後祭と繰り広げ、三十一日の疫《えき》神社の夏越祭に終わる。前祭、後祭では山鉾に提灯《ちようちん》をともし、祇園囃子が奏でられる。前祭は、十五・十六日の宵山、長《なぎ》刀鉾《なたぼこ》を先頭に祇園囃子も賑やかに練り歩く十七日の山鉾巡行まで。十八日からは後祭の山鉾を立て、平成二十六年に復活した大船鉾などが二十四日に巡行して終わる。二階囃子は祇園囃子の練習のこと。❖厄除けとして売られる鉾粽は各家庭で玄関に飾る。かつては巡行の時に鉾の上から観客に撒いたりしたが、現在では行っていない。「屏風祭」は鉾町の町家が秘蔵する屏風を飾り、道行く人々に披露する習わしのこと。

鉾にのる人のきほひも都かな　其角
祇園会や二階に顔のうづたかき　正岡子規
東山暮れて山鉾燦然と　小路智壽子
東山回して鉾を回しけり　後藤比奈夫
大車輪ぎくりととまり鉾とまる　山口波津女
鉾の稚児雨の袂を重ねけり　髙田正子
月鉾に夜空は雨を降らしけり　鈴木真砂女
船鉾の日和神楽のぞろと来し　大石悦子
荒縄をくぐる荒縄鉾組めり　井上弘美
ゆくもまたかへるも祇園囃子の中　橋本多佳子

祇園囃子ゆるやかにまた初めより　辻田克巳
その奥に屛風祭の人の影　藤本美和子
願《ね》ぎごとを恥ぢつつ無言詣かな　加藤三七子
まつすぐに我にとび来ぬ鉾粽　大橋櫻坡子

【博多祇園山笠《はかたぎをんやまかさ》】　山笠　博多祭

七月一～十五日（もとは旧暦六月一～十五日）に行われる博多（福岡市）の櫛田神社の夏祭。祭の起源は聖一国師が病気退散を祈禱《きとう》したことによる。七月一日に各町に飾り山笠が展示される。十日に舁《か》き山が始動し、水法被《みずはっぴ》の男たちが水を浴びながらかついで舁き山を豪快に走らせる。十五日は追山笠で祭は最高潮に達する。

山笠が立てば博多に暑さ来る　下村梅子
山笠見るや五寸の隙に身を入れて　小西和子

【野馬追《のまおひ》】

七月二十三～二十五日に行われる福島県相馬の太田神社・中村神社・小高神社の妙見三社の祭礼。甲冑《かっちゅう》に身を固めた騎馬武者が旗指物をなびかせて祭場の雲雀《ひばり》ケ原《はら》で戦国の合戦絵巻さながらの神旗争奪戦を繰り広げる。野馬追は相馬氏の始祖平将門《まさかど》が家臣に放馬を追わせて訓練したことに由来するという。

野馬追も少年の日も杳《はる》かなる　加藤楸邨
野馬追へ具足着け合ふ兄弟　松崎鉄之介
野馬追の神旗を奪ふ砂ぼこり　棚山波朗
みちのくは雲湧きやすし野馬祭　古賀まり子

【天神祭《てんじんまつり》】　天満祭《てんままつり》　鉾流《ほこながし》の神事《しんじ》　川《かは》渡御《とぎょ》　船渡御　神輿舟　どんどこ舟　御迎《おむかへ》人形《にんぎやう》　天満《てんま》の御祓《おはらひ》

七月二十五日、大阪天満宮の夏の大祭。鉾を流して豊穣を祈願する。前日の二十四日は宵宮で「鉾流神事」などが行われる。二十五日には陸渡御の後、この祭の圧巻である船渡御が行われる。神霊を載せた奉安船を中心に催太鼓《もよおしだいこ》や地車囃子《だんじりばやし》のどんどこ舟が供奉《ぐぶ》し、打ち上げ花火が揚げられる。

大阪の川の天神祭りかな　青木月斗
早鉦《はやがね》の執念き天満祭かな　西村和子
船渡御の波に団扇の流れけり　大橋宵火
おくれくるどんどこ舟は鉦迅し　河本　和

【安居《あんご》】 夏安居《げあんご》　雨安居《うあんご》　夏《げ》　一夏　夏行《げぎやう》　夏籠《げごもり》　夏断《げだち》　夏入《げいり》　結夏《けつげ》　解夏《げげ》　夏百日　夏書　夏花

旧暦四月十六日から七月十五日までの間、僧侶《そうりよ》が修道のため一室に籠《こも》り、精進修行すること。安居は梵語《ぼんご》の雨期の意で、万物が生長・発育するのを妨げたり、殺生しないようにとの釈迦《しやか》の教えによる。日本では古く宮中に始まり、一般仏家に広まった。期間を前安居・中安居・後安居の三つに分け、安居に入ることを結夏、安居の終了を解夏という。↓冬安居（冬）

しばらくは滝に籠るや夏の始め　芭　蕉
たもとして払ふ夏書の机かな　蕪　村
湯葉の香の一椀賜ふ安居かな　草間時彦
夏安居や石階塵もなく掃かれ　津田清子
半蔀をあげて夏安吾はじまりぬ　加藤三七子
奥山の滝に打たるる夏行かな　大石悦子
夏籠の箸がそろへてありにけり　井上弘美
まつすぐに一を引くなる夏書かな　高野素十
夏書了へ杉千本の夕日射　永方裕子
或時は谷深く折る夏花かな　高浜虚子

【練供養《ねりくやう》】 當麻練供養《たいまのねりくやう》　當麻法事　来《らい》迎会《がうゑ》　迎接会《げいせつゑ》　曼陀羅会《まんだらゑ》

阿弥陀《あみだ》如来と二十五菩薩《ぼさつ》の来迎のさまを演じるもの。奈良県葛城《かつらぎ》市の當麻寺で、阿弥陀如来の助けを借り、當麻曼陀羅を織り上げて極楽往生した中将姫の忌日とされる五月十四日に営まれる。二十五菩薩に扮《ふん》した菩薩講の人たちが中将姫の像に従い、来迎橋と呼ばれる長い渡廊下を練り進む。

茂りから鳥の音近し練供養　麦水
附き人が菩薩を煽ぐ練供養　右城暮石
練供養翠微の雨のなか進む　高木石子
菩薩みな頭でつかち練供養　成瀬櫻桃子

【伝教会《でんげうゑ》】 最澄忌《さいちようき》　伝教大師忌　延暦《えんりやく》寺《じ》六月会《みなづきゑ》　長講会《ちやうがうゑ》

天台宗の祖、伝教大師最澄（七六七～八二二）の命日の六月四日（もとは旧暦六月四日）に比叡山《ひえいざん》延暦寺浄土院で営まれる法要で、「長講会」ともいう。当日は大師の宝前に大津市坂本でとれた新茶が献上され、その後散華《さんげ》の斉唱や論義などが行われ、大師の遺徳を偲《しの》ぶ。

六月会雲母の雲も払けり　嘯山
最澄忌山へ入りゆく鐘一基　柿本多映

【鞍馬の竹伐《くらまのたけきり》】 竹伐会　竹伐《たけきり》　蓮華《れんげ》会《ゑ》

六月二十日、京都の鞍馬寺で行われる会式。水への感謝、五穀豊穣、破邪顕正《はじやけんしよう》を祈るもの。本堂の前に大蛇に見立てた太い青竹を置き、近江座《おうみざ》・丹波座二手に分かれた僧兵（姿の法師）がその青竹を五段に切り速さを競う。勝った方の地域がその年の豊作を約束されるといわれる。❖峯延《ぶえん》上人が修行中に現れた大蛇を仏法の力で倒した故事にちなむ。

竹伐会済みし谷川激《たぎ》ちけり　轡田進
僧兵の裔《すゑ》は美男よ竹伐会　浜明史
東西に荒法師立ち竹伐会　塩川雄三
竹伐や錦につつむ山刀　鈴鹿野風呂

【原爆忌《げんばくき》】 原爆の日　広島忌　長崎忌

昭和二十年八月六日。広島市に世界最初の原子爆弾が落とされ、最初の四か月間で十三万人以上の人命が失われた。八月九日には長崎にも投下され七万人余りの人命が失われたと推定される。両日を原爆忌といい、八月六日を「広島忌」、九日を「長崎忌」という。広島では平和祈念公園で平和記念式典が行われ、長崎でも平和公園で平和祈念式典が行われる。

子を抱いて川に泳ぐや原爆忌　林　徹
原爆忌一つ吊輪に数多の手　山崎ひさを
八月の月光部屋に原爆忌　大井雅人
噴水の高きに折れて原爆忌　池田秀水
手がありて鉄棒つかむ原爆忌　奥坂まや
道と道しづかに別れ原爆忌　川口真理
立葵朱に咲き上る広島忌　金箱戈止夫
下闇に鳩の目あまた広島忌　橋本榮治
広島忌振るべき塩を探しをり　櫂　未知子
首上げて水光天に長崎忌　五島高資

【沖縄忌《おきなはき》】　慰霊の日

六月二十三日。第二次世界大戦末期、沖縄では日米最後の地上戦が行われた。正規軍より一般市民の犠牲の方が多く、死者十数万人、住民の四分の一が亡くなった。昭和二十年六月二十三日、沖縄軍司令官が摩文《まぶ》仁《に》岬で自決し沖縄軍は壊滅。この日を「慰霊の日」と決め、摩文仁の平和祈念公園で沖縄全戦没者追悼式が行われる。

艦といふ大きな棺沖縄忌　文挾夫佐恵
草を擂りつぶし草魂《くさだま》沖縄忌　宮坂静生
映像に死ぬ前の顔沖縄忌　矢島渚男
青白き妊婦沖縄慰霊の日　岡村美江
折れやすきクレパス沖縄慰霊の日　鈴木ふさえ

【鑑真忌《がんじんき》】

旧暦五月六日。唐招提寺《とうしょうだいじ》開祖鑑真《がんじん》和上（六八八〜七六三）の忌日。現在、奈良の唐招提寺では新暦六月六日を命日として、御廟《ごびょう》に隣接する開山御影《かいさんみえい》堂で開山忌舎利会《しゃりえ》を行う。六月五〜七日の三日間、堂内では国宝の鑑真和上坐像を開扉する。

塵なきを掃く学僧や鑑真忌　肥田埜勝美
鑑真忌堂の油火昼も足す　橋本美代子
もろどりの山深くゐて鑑真忌　矢島渚男
ひとすぢの跡白波や鑑真忌　中嶋鬼谷

【蟬丸忌《せみまるき》】　蟬丸祭

旧暦五月二十四日。平安時代、琵琶・和歌の名手であった蟬丸の修忌。大津市の逢坂《おうさか》の関蟬丸神社上社・下社、それに同市大谷町の蟬丸神社の三か所に音曲芸道の始祖として祀《まつ》られ、上社・下社では五月二十四日に近い第三または第四日曜日、蟬丸神社では五月第三日曜日に祭礼が行われる。

山ゆけば花みなしろし蟬丸忌　三嶋隆英
みづうみの波高くなり蟬丸忌　岬　雪夫
逢坂の雨のさみどり蟬丸忌　山田弘子

【業平忌《なりひらき》】　在五忌

旧暦五月二十八日。在五中将在原業平《ありわらのなりひら》（八二五〜八〇）の忌日。六歌仙の一人で『古今和歌集』などに入集。日本の美男の代表で、『伊勢物語』のむかし男に擬せられる。京都の十輪寺で五月二十八日に営まれる業平忌には、三味線にあわせて経文を唱える三弦法要などの奉納がある。

山寺のはなやぐ一日業平忌　田畑美穂女
老残のこと伝はらず業平忌　能村登四郎
業平忌鷗のこゑの潮さび　永方裕子
在五忌の伝業平の山の墓　茨木和生
在五忌の樗は花を撒きそめし　西村和子
在五忌の雨むらさきに小塩山　徳永亜希

【万太郎忌《まんたろうき》】　傘雨忌《さんうき》

五月六日。俳人・小説家・劇作家久保田万太郎（一八八九〜一九六三）の忌日。東京浅草生まれ。俳句は初め岡本松濱、次いで松根東洋城に師事、暮雨または傘雨と号した。昭和二十一年「春燈」創刊、主宰。句集に『道芝』『流寓抄』ほか。

単衣着て胸元冷ゆる傘雨の忌　鈴木真砂女

死はある日忽然と来よ傘雨の忌　安住　敦

【たかし忌《たかしき》】 牡丹忌《ぼたんき》

五月十一日。俳人松本たかし（一九〇六〜五六）の忌日。本名孝。東京神田《かんだ》の宝生流座付能役者の家に生まれる。病弱のため俳句に専心、高浜虚子の花鳥諷詠《ふうえい》を信奉し、「ホトトギス」で川端茅舎・中村草田男らと一時期を画した。句集に『松本たかし句集』ほか。

たかし忌の芥子卓上に花散らす　大橋敦子

取出だす遺愛の鼓牡丹忌　松本つや女

【晶子忌《あきこき》】 白桜忌

五月二十九日。歌人、与謝野《よさの》晶子（一八七八〜一九四二）の忌日。現大阪府堺市《さかいし》生まれ。明治三二年創刊の「明星」を舞台に活躍、翌年刊行した歌集『みだれ髪』は、当時の女性としては先例をみない激しい情熱と大胆な表現で一躍脚光を浴びた。与謝野鉄幹《てつかん》と結婚し、五男六女をもうける。歌集に『小扇』『舞姫』『佐保姫』、古典の現代語訳に『新訳源氏物語』などがある。

晶子忌や両手にあます松ぼくり　永島靖子

晶子忌や壺にあふるる紅薔薇　片山由美子

【多佳子忌《たかこき》】

五月二十九日。俳人橋本多佳子（一八九九〜一九六三）の忌日。東京本郷生まれ。大正十一年杉田久女を知り、「ホトトギス」「破魔弓」「天の川」などに投句。山口誓子に師事し、「天狼」の主要同人として活躍した。昭和二十三年「七曜」を主宰。昭和三十八年、大阪にて没。句集に『紅絲』『命終』ほか。

百合伐つて崖を荒せり多佳子の忌　橋本美代子

北見れば星うすうすと多佳子の忌　門屋文月

誰よりも長き黒髪多佳子の忌　ながさく清江

【桜桃忌《あうたうき》】　太宰忌《だざいき》

六月十三日。小説家太宰治（一九〇九～四八）の忌日。本名津島修治。青森県生まれ。無頼派・破滅型と称され、『斜陽』『人間失格』などは戦後文学の代表作とされる。昭和二十三年六月十三日、玉川上水で入水自殺、十九日に発見された。毎年六月十九日に東京三鷹市の菩提寺《ぼだいじ》禅林寺で桜桃忌が修される。

黒々とひとは雨具を桜桃忌　石川桂郎
林道を深くも来たり桜桃忌　波多野爽波
東京をびしよ濡れにして桜桃忌　蟇目良雨
太宰忌の身を越す草に雨の音　飯田龍太
太宰忌の夕日まるごと沈みゆく　中村明子
太宰忌へバネつよき傘ひらきたり　大信田梢月

【楸邨忌《しうそんき》】　達谷忌《たつこくき》

七月三日。俳人加藤楸邨（一九〇五～九三）の忌日。本名健雄。達谷とも号した。東京生まれ。水原秋櫻子を知り、「馬酔木《あしび》」に投句するようになる。のち、馬酔木調を脱し、人間内面の表現を希求するところから、中村草田男・石田波郷らとともに人間探求派と呼ばれた。昭和十五年に「寒雷」を創刊主宰。句集に『寒雷』『野哭《やこく》』『まぼろしの鹿』ほか多数。

楸邨忌灯点し頃をともさずに　猪俣千代子
葉桜は天蓋となり楸邨忌　小檜山繁子
にごり江の夜の底ゆく楸邨忌　中嶋鬼谷
水中の桃ひかりをり楸邨忌　江中真弓

【鷗外忌《おうぐわいき》】

七月九日。軍医・小説家、森鷗外（一八六二～一九二二）の忌日。本名林太郎《りんたろう》。島根県津和野《つわの》の藩医の長男として出生。東大医学部を卒業後、軍医となる。ドイツに留学し、明治四十年（一九〇七）軍医総監陸軍省医務局長に就任。小説家としても夏目漱石とともに明治文壇に確固たる地位を築いた。代表作に、訳詩集『於母影《おもかげ》』、小説『舞姫』『雁』『阿部一族』『高瀬舟』『渋江抽斎』など多数。❖死に際して「石見《いわみ》人森林太郎トシテ死セント欲ス」という遺書を残して永眠。

復刻版限定五百鷗外忌　片山由美子

伯林《ベルリン》と書けば遠しや鷗外忌　津川絵理子

【茅舎忌《ばうしやき》】

七月十七日。俳人川端茅舎（一八九七～一九四一）の忌日。本名信一。東京生まれ。初め飯田蛇笏、のちに高浜虚子に師事して作句。約二十年間、病床にあった。句集に『華厳』『白痴』『川端茅舎句集』ほか。

茅舎忌の朝開きたる百合一花　高野素十

茅舎忌や芋の葉は露育てつつ　肥田埜勝美

【秋櫻子忌《しうあうしき》】　喜雨亭忌　紫陽花忌《あぢさゐき》　群《ぐん》青忌《じやうき》

七月十七日。俳人水原秋櫻子（一八九二～一九八一）の忌日。本名豊。東京神田生まれ。高浜虚子に師事し、四Sの一人として活躍したが、のち、「馬酔木」を主宰、虚子と訣別《けつべつ》した。近代的叙情を開拓。句集に『葛飾《かつしか》』『霜林』『余生』ほか多数。

炎天のわが影ぞ濃き喜雨亭忌　能村登四郎

朝顔の紺いさぎよし喜雨亭忌　水原春郎

紫陽花忌色なき夢に目覚めけり　徳田千鶴子

雲表は月夜なるべし群青忌　藤田湘子

【河童忌《かつぱき》】　我鬼忌《がきき》　龍之介忌

七月二十四日。小説家芥川龍之介（一八九二～一九二七）の忌日。東京京橋生まれ。漱石に認められて世に出た。独自の文学世界を築き、大正文壇の寵児《ちようじ》となった。代表作は『羅生門』『鼻』『地獄変』など。俳句も嗜《たしな》み、俳号は我鬼。昭和二年自殺。死後『澄江堂《ちようこうどう》句集』が刊行された。

河童忌や紙を蝕むセロテープ　小林貴子
蚊を打つて我鬼忌の厠ひゞきけり　飴山實
枡酒に我鬼忌の鼻を濡らしけり　木内彰志
踏切の音のしてゐる我鬼忌かな　武藤紀子
纜の引き合ふ力我鬼忌かな　髙橋富里

【不死男忌《ふじをき》】　甘露忌《かんろき》

七月二十五日。俳人秋元不死男（一九〇一〜七七）の忌日。本名不二雄。横浜市生まれ。新興俳句運動の第一線に立ち、生活に即したリアリズムを追求した。昭和十六年、新興俳句弾圧事件に連座し、二年間の獄中生活を送る。その間の俳句をまとめた句集に『瘤《こぶ》』がある。戦後は「天狼」に参加するとともに「氷海」を主宰する。句集に『街』『甘露集』ほか。

走馬灯廻らぬもあり不死男の忌　堀内一郎
甘露忌の蟬と怠けて山の中　鷹羽狩行
甘露忌に白き風呼ぶさるすべり　木内彰志

【草田男忌《くさたをき》】　炎熱忌

八月五日。中村草田男（一九〇一〜八三）の忌日。本名清一郎。外交官であった父の任地の中国廈門《アモイ》で生まれる。高浜虚子に師事。楸邨・波郷とともに人間探求派と称された。戦後「萬緑」を創刊主宰し、芸と文学の融合を提唱した。句集に『長子』『萬緑』『来し方行方』ほか多数。

草田男忌峡《かひ》の正座に北極星　平井さち子
炎天こそすなはち永遠《とは》の草田男忌　鍵和田秞子
浮雲に帰心ありけり草田男忌　井上閑子
海の上のあをき夕空草田男忌　友岡子郷

動物

【鹿の子《しかのこ》】　**鹿の子《かこ》　子鹿　親鹿**

鹿は秋に交尾し、翌年の四月中旬～六月中旬に子を一匹産む。雄鹿は二年目から角が生える。親鹿のあとについて甘えるように歩いている子鹿は可愛い。↓春の鹿（春）・鹿（秋）

萩の葉を咥へて寝たる鹿の子哉　一　茶
鹿の子にももの見る眼ふたつづつ　飯田龍太
鹿の子の耳より聡き肢もてる　後藤比奈夫
鹿の子のひとりあるきに草の雨　鷲谷七菜子
森深く月さしてゐる鹿の子かな　西嶋あさ子
せせらぎを渡り終へたる鹿の子かな　陽　美保子
ひと波に消えて子鹿の蹄あと　八染藍子

【袋角《ふくろづの》】　**鹿の袋角　鹿の若角**

鹿の角は毎年、春に付け根から落ち、晩春から初夏にかけて生えかわる。初めビロードのような柔毛の生えた皮をかぶっており、中は多数の毛細血管が満ちていて柔らかい。これが袋角で、再生するたびに角の枝が殖える。↓落し角（春）

袋角熱あるごとくあはれなり　中田みづほ
袋角鬱々と枝を岐《わか》ちをり　橋本多佳子
袋角夕陽を詰めてかへりゆく　澁谷　道
日輪のぼんやりとある袋角　ながさく清江
決然として触れしめず袋角　赤松蕙子
木漏れ日の影のからまる袋角　西宮　舞

【蝙蝠《かうもり》】　**かはほり　蚊喰鳥《かくひどり》**

頭が鼠のようで前肢が長い翼手目の哺乳《ほにゅう》類の総称。夜行性で屋根裏・巌窟《がんくつ》・樹洞などに棲息《せいそく》している。後肢で止まってぶら下がり休む。多くの種類が食虫性。初夏から晩秋にかけて、夕方になると盛んに外を飛び回り、蚊などを捕食するので蚊喰鳥ともいわれる。年一回、初夏に二、三匹の子を産む。翼と思われるものは前肢の長い指の間に発達した飛膜で、すすけた褐色をしている。❖超音波をレーダーのように使う種類が多く、闇夜でも障害物に衝突することがない。

蝙蝠やひるも灯ともす楽屋口　永井荷風
やはらかく蝙蝠あげぬ港町　秋沢猛
蝙蝠の黒繻子の身を折りたたむ　正木ゆう子
見失つてはかはほりの増ゆるなり　加藤かな文
羽音なほ夜空に残し蚊喰鳥　稲畑汀子
室生寺にかくれ道あり蚊喰鳥　山本洋子

【亀の子《かめのこ》】　銭亀《ぜにがめ》

亀には多くの種類があるが、日本特産の石亀の子はその形が銭に似ていて可愛いので銭亀といわれる。池や泉に固まって、甲羅を干したり、幼い様子で泳いだりしている亀の子は愛くるしい。

亀の子のその渾身の一歩かな　有馬朗人
亀の子のすつかり浮いてから泳ぐ　髙田正子
亀の子も小さき音して水に入る　金久美智子
銭亀売る必ず白き器にて　斎藤夏風

【雨蛙《あまがへる》】　枝蛙《えだかはづ》　青蛙《あをがへる》　夏蛙《なつがへる》　森青蛙

体長四センチぐらいで、目の後ろに黒線がある。木の葉や草の上に棲《す》み、夕立の前などにキャクキャクと鳴く。葉の上では緑色であるが、木の幹や地上では灰褐色になるなど環境に合わせて体の色を変化させる。枝の上にとまることができるので枝蛙ともいう。青蛙は丘陵や水辺に棲む緑色の蛙、森青蛙は本州の山地に棲み初夏、樹上に黄白色の卵塊を産み付ける。↓蛙（春）

葛城の雲のうながす雨蛙　水原秋櫻子

手を出せと言はれて受けぬ雨蛙　松浦加古
鳴く前の喉ふるはせて雨蛙　伊藤伊那男
やや高き枝に移りぬ雨蛙　長谷川櫂
青蛙おのれもペンキぬりたてか　芥川龍之介
青蛙ぱつちり金の瞼かな　川端茅舎

【河鹿《かじか》】　河鹿蛙　河鹿笛

山間のきれいな谷川に棲息する蛙。体長は雌が七、八センチで雄は四、五センチと小さい。すべての指先に吸盤があるので岩に吸い付き早瀬でも流されることがない。ヒョヒョ、フィフィフィ……と美しくよく響く声で鳴く。声を称美して河鹿笛と呼ぶ。
❖声を愛《め》でて山の鹿に対して河の鹿といったのが名の由来。

瀬の音のまさりゆきつゝ河鹿かな　星野立子
仮の世と思ふ河鹿の声の中　村沢夏風
河鹿聞くとて宿の灯を細うせり　上野燎
聴くほどに数の増えゆく夜の河鹿　加藤瑠璃子
水際まで山落ちてゐる河鹿笛　矢島渚男
滝音の遠のきてより河鹿笛　宮木忠夫

【蟇《ひきがへる》】　蟾蜍《ひきがへる》　蟾《ひき》　蝦蟇《がま》　がまがへる

日本産の蛙の最大のもので、肥えていて四肢が太く短い。背面は黄褐色または黒褐色で疣《いぼ》がたくさんある。動作が鈍重で、のっそり歩く。夕方庭先などに現れて、蚊などの昆虫を捕食する。「蝦蟇」は蟇の異名。

蟇誰かものいへ声かぎり　加藤楸邨
跳ぶ時の内股しろき蟇　能村登四郎
遅れたる足を引き寄せ蟇　石田勝彦
人の世の端に居座る蟇　村越化石
山風の響みに頓《ひた》と蟇　宮坂静生
蟾蜍長子家去る由もなし　中村草田男
裏山をゆすりて蝦蟇のつるみけり　那須淳男
大き蟇月ある方へ歩みけり　鍵和田秞子
土砂降りの泥の中なる蟇の恋　小島健
蟇交む似たやうな顔うち重ね　岩田由美

【山椒魚《さんせうを》】　はんざき

サンショウウオ目の両生類の総称。蜥蜴《とかげ》のような形で、体長四センチから一二〇センチくらいのものまでいる。山間の渓流や、水の湧く場所に棲息、水中の小魚・蟹・蛙などを捕食する。山椒に似た匂いがするのでこの名がある。❖大山椒魚は半分に裂いても死なないとのいわれから、はんざきと呼ばれる。特別天然記念物。

山椒魚動きて岩とけぢめつく　茨木和生
月光にもつとも近き山椒魚　すずき巴里
山椒魚百年生きて死ににけり　福永法弘
石にゐて石よりしづか山椒魚　大谷弘至
はんざきの傷くれなゐにひらく夜　飯島晴子
永劫を見つめはんざき動かざる　有馬朗人
はんざきは手足幼きままに老ゆ　日原傳

【蠑螈《ゐもり》】　井守《ゐもり》　赤腹《あかはら》

イモリ科の両生類。守宮《やもり》に似ているが、やや大きい。背が黒く腹が赤いので赤腹と呼ばれる。尾が平たいので遊泳に適している。池や溝、野井戸などに棲息、水面へ出ると肺呼吸する。五～六月ごろに産卵する。

浮み出て底に影あるゐもりかな　高浜虚子
浮き上がりきりたる蠑螈力抜く　茨木和生
石の上にほむらをさます井守かな　村上鬼城

【守宮《やもり》】　壁虎《やもり》　家守

ヤモリ科の爬虫類《はちゆうるい》。夜行性で小さな昆虫類を食べる。指の裏に吸盤を持ち、壁・天井・雨戸・門灯などに手を広げてぴったりと吸いつく。❖害虫を捕食する有益な動物である。

守宮出て全身をもて考へる　加藤楸邨
硝子戸の夜ごとの守宮とほき恋　鍵和田秞子
高床の家に棲みたる守宮かな　明隅礼子

【蜥蜴《とかげ》】　青蜥蜴　瑠璃蜥蜴《るりとかげ》　縞蜥蜴《しまとかげ》

全長二〇センチに達し、尾が長い。成体は

一様に茶褐色であるが、幼体は背が黒色で縦筋が走り、尾は鮮やかな青色をしている。夏、草むらや石垣の隙間などにいて小虫を捕食する。敏捷《びんしょう》で腹を地につけるようにして走る。敵に襲われると尾を切り捨てて逃げるが、尾は再生する。

しんかんと蜥蜴が雌を抱へをり　横山白虹
いくすぢも雨が降りをり蜥蜴の尾　橋本鶏二
はしり過ぎとまり過ぎたる蜥蜴かな　京極杞陽
蜥蜴と吾どきどきしたる野原かな　大木あまり
掌中にタクラマカンの蜥蜴の子　岩月通子
すりぬける蜥蜴の縞の流れかな　鴇田智哉
なめらかに地の罅わたる青蜥蜴　福田蓼汀
青蜥蜴オランダ坂に隠れ終ふ　殿村菟絲子
青蜥蜴石を冷たくしてゐたり　小島　健
瑠璃蜥蜴神に呼ばれて走るなり　前川弘明

【蛇《へび》】くちなは　ながむし　青大将　赤《やま》棟蛇《かがし》　山棟蛇《やまかがし》　縞蛇《しまへび》　烏蛇《からすへび》

胴が長く四肢のない爬虫類。日本に棲息するものは蝮《まむし》や飯匙倩《はぶ》、山棟蛇などの類を除けば無毒で、害を加えることはない。冬眠した蛇は啓蟄《けいちつ》のころ穴を出、夏になるとあたりを徘徊《はいかい》するが、水面も走る。❖顎の関節が緩く、大きく口を開いて自身より大きな動物を呑み込むことが出来る。↓蛇穴を出づ（春）・蛇穴に入る（秋）

水ゆれて鳳凰堂へ蛇の首　阿波野青畝
全長のさだまりて蛇すすむなり　山口誓子
畦草に乗る蛇の重さかな　飯島晴子
蛇のあとしづかに草の立ち直る　邊見京子
姫塚のほとりを蛇の去りやらず　古田紀一
まなじりへ滑り込みたる蛇の影　中坪達哉
一筋の冷気となりて蛇すすむ　山本一歩
いきほひの出て真直ぐに蛇泳ぐ　日原　傳
蛇の舌空気舐めつつ進むなり　村上鞆彦
青大将女の声にたぢろぎぬ　上野みのり

青大将実梅を分けてゆきにけり　岸本尚毅
まだそこに尾の見えてをり赤棟蛇　金久美智子
赤棟蛇流れの底に落ちにけり　石　寒太

【蛇衣を脱ぐ《へびきぬをぬぐ》】　蛇皮を脱ぐ　蛇の衣　蛇の殻　蛇《へび》の蛻《もぬけ》

蛇が成長のために表皮を脱ぐこと。食物などの条件を満たせば、温暖な時期に数回脱皮し、そのたびに体は大きくなる。その脱け殻は蛇の衣とも呼ばれ、草の中や垣根、石垣などに残っているのを見かけることがある。

髪乾かず遠くに蛇の衣懸る　橋本多佳子
袈裟がけに花魁草に蛇の衣　富安風生
蛇の衣吹かれ何とはなく急ぐ　鷲谷七菜子
蛇の衣一枚岩に尾が余り　廣瀬直人
地に置けば地の昂ぶれる蛇の衣　小泉八重子
眼の玉のところ破れて蛇の衣　大木あまり
カムイ坐す岩はいびつに蛇の殻　源　鬼彦

【蝮《まむし》】　蝮蛇《まむし》　赤蝮　蝮捕《まむしとり》　蝮酒

毒蛇で、四〇～七〇センチ。ずんぐりしていて尾が短く、灰褐色の地に赤褐色の斑点がある。頭が三角形で平たいのが特色。他の蛇と違って人が近づいても逃げず、飛びかかって来る。生きたまま焼酎につけた蝮酒など、昔から強壮剤に利用されている。

曇天や蝮生き居る罎の中　芥川龍之介
蝮の子頭くだかれ尾で怒る　西東三鬼
枕木をわたつて来る蝮捕　小原啄葉
蝮捕水のぬくもり見に来たる　茨木和生
鼈甲の色滴らしまむし酒　石塚友二

【羽抜鳥《はぬけどり》】　羽抜鶏《はぬけどり》

換羽期の鳥のこと。多くの鳥類は繁殖期の終わった夏から秋にかけて全身の羽毛が抜け換わる。大抵の鳥がみすぼらしく見えて滑稽であり、侘《わび》しい感じもする。羽抜鶏は羽の抜けた鶏をいう。鶏舎に行くとおびただしい抜け羽が散っていることがある。

寵愛のおかめいんこも羽抜鳥　富安風生
首伸ばし己たしかむ羽抜鶏　右城暮石
羽抜鶏片目にわれをとらへけり　古舘曹人
人間と暮してゐたる羽抜鶏　今井杏太郎
羽抜鶏五六歩駆けて何もなし　岡田日郎
羽抜鶏影を大きくして歩く　森下草城子
引潮とへだたるばかり羽抜鶏　友岡子郷

【時鳥《ほととぎす》】　子規《ほととぎす》　不如帰《ほととぎす》　杜鵑《ほととぎす》　蜀魂《ほととぎす》
杜宇《ほととぎす》

日本で繁殖するカッコウ科の小型の鳥。背面は暗灰色、風切羽はやや褐色、尾羽には黒色の地に白斑がある。五月中旬ごろに南から渡ってきて、低山帯から山地などに棲息し飛び回る。卵を鶯《うぐいす》などの巣に托《たく》す習性（托卵）がある。昼夜の別なく一種気迫のある鳴き方をし、「てっぺんかけたか」「本《ほん》尊《ぞん》かけたか」「特許許可局」その他いろいろに聞き做《な》す。古来、激しい鳴き声を「帛《きぬ》を裂く如し」といい、鳴くときに口中の鮮紅が見えるので「鳴いて血を吐くほととぎす」という。❖『道元禅師和歌集』の歌、〈春は花夏ほととぎす秋は月冬雪さえてすずしかりけり〉のとおり、雪月花に並ぶ夏の主要な季の詞《ことば》であり、鶯とともに、初音を待ちわびるものであった。

時鳥なくや湖水のさゝ濁り　丈草
野を横に馬牽き向けよほととぎす　芭蕉
ほととぎす平安城を筋違に　蕪村
水晶を夜切る谷や時鳥　泉鏡花
往くのみの戦のありし時鳥　伊藤通明
谺して山ほととぎすほしいまゝ　杉田久女
ほとゝぎすなべて木に咲く花白し　篠田悌二郎
村人に微笑仏ありほととぎす　秋元不死男
ほととぎす鳴くやあの世のあかるくて　中山純子
山荘に肘つく机ほととぎす　土屋未知

ほととぎす啼いて雨また降りはじむ　山本洋子
山城は山に還りぬほととぎす　藤田直子
井戸水にくもる庖丁ほととぎす　山下知津子
誰がこともいつか昔にほととぎす　髙田正子
母病めば父病む雨のほととぎす　名取里美

【郭公《くわくこう》】　閑古鳥

ホトトギスと似ているがやや大型の鳥。五月半ばに南方から飛来して秋に去る。低山や平地の樹林に棲息し、卵を頬白・鵙《もず》・葭切《よしきり》などに孵化《ふか》させる托卵《たくらん》の習性は時鳥と同じである。鳴き声はカッコウ、ハッポウなどと聞こえるのですぐに識別できる。羽色は雌雄同色。

うき我をさびしがらせよかんこ鳥　芭蕉
郭公や何処までゆかば人に逢はむ　臼田亜浪
郭公の己がこだまを呼びにけり　山口草堂
郭公の声のしづくのいつまでも　草間時彦
郭公や水の底まで石畳　廣瀬直人
郭公や湿原に水滅びつつ　矢島渚男
日の束の摑めさうなり夕郭公　小林貴子
閑古鳥耳成山に鳴《なき》にけり　松瀬青々
湖《うみ》といふ大きな耳に閑古鳥　鷹羽狩行
焼き上がるベーコンサンド閑古鳥　篠沢亜月
山寺のきざはし数へ閑古鳥　両角玲子

【筒鳥《つつどり》】

色彩・大きさ・習性など郭公とよく似た鳥。ポポポポ、ポンポンとあたかも筒を引き抜くような声で鳴く。低山帯・平地に多く棲息、四月中〜下旬に南方より飛来、秋に去る。他のホトトギス科の鳥同様、托卵の習性がある。地方によって名称はさまざま。

筒鳥を幽かにすなる木のふかさ　水原秋櫻子
筒鳥や山に居て身を山に向け　村越化石
筒鳥や風いくたびも吹き変り　山田みづえ
筒鳥のこゑ溜まりくる朝の月　藤本美和子
筒鳥の風の遠音となりにけり　三村純也

【慈悲心鳥《じひしんてう》】　十一《じふいち》

ホトトギス類四種のうちこの鳥だけは羽毛がはっきりと違う。頭から背面にかけて灰黒色で、尾羽は灰褐色、腹は錆びた赤色。ジュイチー、ジュイチー（十一）、もしくはジヒシン、ジヒシン（慈悲心）と鳴く。日本に渡って来る時鳥類では最も標高の高い所にまで棲息。五月に南方から飛来する。
❖鳥の名はジュウイチであるが季語としては慈悲心鳥が好んで使われる。

慈悲心鳥おのが木魂に隠れけり　前田普羅
岳人の寝顔をさなし慈悲心鳥　岡田貞峰
慈悲心鳥一族十戸の神祀る　岡部義男
十一や北壁見ゆる三の沢　桂樟蹊子
十一や牧の昼餉は木に寄りて　橋本榮治

【仏法僧《ぶつぽふそう》】　木葉木菟《このはづく》　三宝鳥

高野山、比叡山《ひえいざん》、身延山《みのぶさん》や愛知県の鳳来寺《ほうらいじ》山《さん》などの深山霊域で、夏の夜ブッポウソウと鳴くのはブッポウソウ科の仏法僧だと古来信じられてきた。しかし、昭和十年に、実はフクロウ科の木葉木菟であることが判明した。そこで仏法僧を「姿の仏法僧」、木葉木菟を「声の仏法僧」と呼ぶ。仏法僧は青緑色で赤い嘴《くちばし》が目立つ。木葉木菟は全体に褐色で金色の目をしている。幼鳥は共に純白。

仏法僧鳴くべき月の明るさよ　中川宋淵
仏法僧坊の時計はひとつ鳴りぬ　澤田緑生
仏法僧月下に杉の鉾尖り　渡邊千枝子
仏法僧寺の水桶蕗浸す　小川原嘘帥

【夜鷹《よたか》】　怪鴟《よたか》　蚊吸鳥《かすひどり》

五月中旬に飛来し、低山などに棲息してキョキョキョキョと鋭い声で鳴く。鳩くらいの大きさで全体に灰褐色、夜行性。飛びながら昆虫類、主として蛾や蚊などを捕食する。
❖夕方と払暁前後に鳴くことからヨメオコ

シ、鳴き声からキュウリキザミなどの地方名がある。

夜鷹鳴く鳥海までの真の闇　山口青邨
まぎれなく夜鷹と聴きて寝そびれし　千代田葛彦
夜鷹鳴き湖の彼方の灯に執す　馬場移公子
この辺り伊勢が近くて夜鷹啼く　鈴木鷹夫
真赤なる河内の月に夜鷹啼く　大峯あきら
夜鷹鳴きいつも何かに急かれゐる　棚山波朗

【青葉木菟《あをばづく》】

フクロウ科の鳥で青葉の頃に飛来し、秋に南方に去る。背部は黒く、尾羽には灰褐色の帯斑がある。山麓《さんろく》または平地の森林に多くいるが、村落・都会の神社などの木立にも棲息する。昼は梢で眠っているが、夜になるとホーッ、ホーッと一種特異な寂しい暗い声で鳴く。

夫《つま》恋へば吾に死ねよと青葉木菟　橋本多佳子
青葉木菟おのれ恃めと夜の高処　文挾夫佐恵
きつちり置くひとりの枕青葉木菟　河合照子
子を肩に載せて歩けば青葉木菟　福永耕二
一叢の草濡れてをり青葉木菟　望月百代
枕辺に父の来てゐる青葉木菟　ふけとしこ
真昼には真昼の暗さ青葉木菟　江崎紀和子
手紙よく書きたるむかし青葉木菟　片山由美子

【老鶯《らうあう》】　**老鶯《おいうぐひす》**　**夏鶯《なつうぐひす》**　**乱鶯《らんあう》**　**残鶯《ざんあう》**

夏の鶯。高原や山岳地帯では、繁殖のために山に上がった鶯が夏になっても鳴いている。これが老鶯で、老いた鶯をいうのではない。晩夏になり繁殖期を過ぎた鶯は鳴かなくなる。これを「鶯音を入る」という。

↓鶯（春）・笹鳴（冬）

老鶯や峠といふも淵のうへ　石橋秀野
老鶯や珠のごとくに一湖あり　富安風生
老鶯やしんしん暗き高野杉　石塚友二
老鶯や晴るるに早き山の雨　成瀬櫻桃子
老鶯の声の一滴ゆきわたり　金原知典

待つ明るさ夏うぐひすの次の声　加倉井秋を
夏うぐひす総身風にまかせゐて　桂　信子
乱鶯のこゑ谷に満つ雨の日も　飯田蛇笏

【雷鳥《らいてう》】

日本アルプスと新潟県火打山周辺の高山帯に棲息する留鳥。夏羽は褐色、冬羽は白色と、季節の環境に合わせて羽色を変える。犬鷲などの猛鳥を警戒して、朝夕の薄明時、また雷雨などがきそうな荒天を利用して採《さい》餌《じ》するのでこの名がある。❖子への愛情の強い鳥で、繁殖期の夏季には雛《ひな》をつれた親鳥が見られる。特別天然記念物。

雷鳥の声雪渓の風にのり　小原菁々子
登山綱《ザイル》干す我を雷鳥おそれざる　石橋辰之助
雷鳥がゐて薄明の霧ながる　山上樹実雄
夕闇に雷鳥まぎれ岩残る　岡田日郎
雷鳥や雨の来さうな山の色　田所節子

【燕の子《つばめのこ》】　子燕　親燕

燕は初夏から七月にかけて二度産卵する。それぞれ一番子、二番子と呼ぶ。五月になると、一番子が顔を並べて巣の中で親が運んでくる餌を待つ様子が見られる。六月に入ると飛翔を習い始めるほほえましい姿を見ることが出来る。→燕（春）・燕帰る（秋）

天窓の朝明けを知る燕の子　細見綾子
早鞆《はやとも》の風に口あけ燕の子　飴山　實
真つ暗な幾夜を経たる燕の子　廣瀬直人
ゆふかぜに頭吹かれて燕の子　井上弘美
つばめの子ひるがへること覚えけり　阿部みどり女
子燕のこぼれむばかりこぼれざる　小澤　實
子燕の口を数へて朝はじまる　津川絵理子

【鴉の子《からすのこ》】　烏《からす》の子《こ》　子烏　親烏

鴉の産卵期は三〜六月ごろで、この時期に鴉の巣を見かける。夏には若鳥が巣から地面に降り立って、親鳥と一緒に尻を振って歩いているのを見かける。
たべ飽きてとんとん歩く鴉の子　高野素十
白波の立ち上がりくる鴉の子　石井那由太
鳥の子一羽になりて育ちけり　村上鬼城
烈風の枝を歩いて鳥の子　山西雅子
子別れの鳥の落す羽根一つ　有馬朗人

【葭切《よしきり》】　行々子《ぎやうぎやうし》　葭雀《よしすずめ》

大葭切と小葭切があるが、よく見かけるのは大葭切である。大葭切は雀より少し大きく鶯に似ている。背面はオリーブ色を帯びた淡褐色、腹面は黄白色。五月はじめに中国南部から飛来し、沼沢・河畔の蘆《あし》の繁茂する所に巣を作る。ギョギョシギョギョギョシと鳴くので行々子とか葭原雀ともいわれる。小葭切は蘆原の他に乾燥した草原でも見られる。

よしきりや汐さす川の水遅し　几董
行々子大河はしんと流れけり　一茶
葭切のをちの鋭声や朝ぐもり　水原秋櫻子
月やさし葭切葭に寝しづまり　松本たかし
葭切やぽつと日の差す捨て小舟　三田きえ子
葭切や迂回して着く渡し舟　寺島ただし
夜は雨の堅田に眠り行々子　清水基吉
一本の芦よりひびく行々子　滝沢伊代次
まつさをな日暮来てをり行々子　今井杏太郎
葭雀二人にされてゐたりけり　石田波郷

【翡翠《かはせみ》】　川蟬　せうびん　翡翠《ひすい》

雀より大きい留鳥で、全体が青緑色。いわゆる翡翠《ひすい》の玉に似てきわめて美しい。嘴《くちばし》は黒くて鋭く長い。夏、渓流や池沼に沿った杭《くい》や岩・樹枝の上から魚を狙い、見つけると急降下して捕らえる。飛翔は直線的で、飛びながらツィーという声で鳴く。❖翡翠《ひすい》は異称で、雄を翡、雌を翠という。

翡翠の打ちたる水の平かな　松根東洋城
翡翠の影こん〳〵と溯り　川端茅舎

翡翠に杭置去りにされにけり　八木林之助
一身を矢とし翡翠漁れる　山口　速
合流の瀬を翡翠のひとたたき　石井那由太
翡翠の魚呑みし嘴まだ光る　辻　恵美子

【鷭】　**大鷭《おほばん》**

水鶏《くいな》よりやや大型。羽色は灰黒色で、嘴の基部が赤い。尾を高く上げクルルーとかキュックと鳴きながら水面を巧みに泳ぐ。首を前後に動かしながら泳ぐのが特徴。四〜九月に、水辺の草の間に枯草を重ね皿形の巣を作り、五〜十個の卵を産む。肉が美味で狩猟の対象とされる。大鷭は全身が黒くて鼻から嘴にかけて白い。

鷭鳴いてたそがれ近き沼ひかる　下村ひろし
鷭の子の親の水輪に溺れさう　藤木倶子
鷭の子を風が集めてゆきしかな　西山　睦

【浮巣《うきす》】　**鳰《にほ》の浮巣《うきす》**　**鳰の巣**

かいつぶり（鳰）が沼や湖に掛ける巣のこと。水生植物の茎を支柱とし、真菰《まこも》・蓮《はす》・藻などを利用して逆円錐《えんすい》形に作る。水の増減に応じて巣も上下するので、鷭や水鶏《くいな》の巣のようにめったに水中に沈むことはない。

五月雨に鳰の浮巣を見に行かむ　芭　蕉
朝雲の消えて遠のく浮巣かな　兆　映
濡れてゐる卵小さき浮巣かな　山口青邨
つゝがなく浮巣に卵ならびをり　阿波野青畝
舟出して浮巣見にゆく月の中　森　澄雄
雨にすぐ輪を生む池の浮巣かな　鷹羽狩行
降る雨を浮巣の上に見て戻る　相馬黄枝
舷の高さに浮巣上がりけり　佐久間慧子
青きもの根づいてゐたる浮巣かな　片山由美子
葦のひま鳰の浮巣を匿《かく》しけり　石川桂郎

【鳰の子《にほのこ》】

鳰は四〜七月に四〜六個を産卵し、雛は二十〜二十五日くらいでかえる。孵化《ふか》後、約一週間で泳げるが、しばらくは親鳥が背中に乗せて保温し外敵からまもる。雛は自分で餌がとれるようになるまで親鳥から餌の捕え方を教えられ、その後追われるように巣立つ。巣立ちまでおよそ六十～七十日である。

鳰たのし親が潜れば子も潜り　竹末春野人
浮御堂けふ鳰の子の孵りけり　伊沢　恵
鳰の子の母の水輪を離れざる　今橋眞理子

【軽鳧の子《かるのこ》】　軽鴨の子

軽鳧は四～七月に七～十二個を産卵し、雛は二十六日くらいでかえる。黄褐色の軽鳧の子は全身綿羽に覆われている。しばらくは母鳥の後を追うようによちよちと歩いたりして、あどけない姿が愛らしい。❖俳句で鴨の子と詠まれているのはほとんど軽鳧の子である。

かるのこがつぎつぎ残す水輪かな　村上鬼城
軽鳧の子の親を離るゝ水尾引いて　今井つる女
軽鳧の子もはばたくやうなことをして　髙田正子

【通し鴨《とほしがも》】　夏の鴨　軽鴨《かるがも》　夏鴨　黒鴨《くろがも》　鴨涼し

大方の鴨は春になると北方に帰るが、そのまま残っているものを夏の鴨といい、水に浮くさまを鴨涼しなどと詠む。これとは別に、留鳥の軽鴨を夏鴨ともいい、何羽もの子どもを連れて歩いている様子を見かける。❖「通し」とは、渡り鳥がそのまま日本に滞留することをいう。↓鴨（冬）

妙高の霽《は》るると羽搏《う》つ通し鴨　木村蕪城
水暗きところにをりぬ通し鴨　星野麥丘人
瑠璃沼の瑠璃のさざなみ通し鴨　阿部子峡
夏鴨へくらき敷居を跨ぎけり　摂津よしこ

【鵜《う》】　海鵜《うみう》　河鵜《かはう》

烏のような黒や緑黒色の羽毛に覆われたウ科の鳥で、嘴が長い。潜水が巧みでよく魚を捕らえる。河鵜・海鵜・姫鵜などがある。

河鵜は現在、繁殖地が激減しているが、海鵜は北海道から九州までの沿岸や小島で繁殖する。❖鵜飼に使われるのは海鵜。↓鵜飼

波にのり波にのり鵜のさびしさは　山口誓子
曇天に時に湧きたつ鵜なりけり　細見綾子
鵜が寄りて濡身をさらに濡らしあふ　藤井亘
北陸線鵜の礁《いは》鵜の礁暗くなる　森澄雄
昼は渚をひたすら歩み鵜と会ひぬ　金子兜太
昼寝鵜のさめたるまるき目なりけり　細川加賀

【水鶏《くひな》】　水鶏笛

クイナ科の鳥の総称。水鶏・緋《ひ》水鶏《くいな》などがあるが、和歌などに詠まれてきたのは緋水鶏で、顔面から腹にかけて赤栗色。足は赤色。沼や沢などの湿地に好んで棲息する。繁殖期の夜に、雄がキョッキョッキョッキョッと戸を叩《たた》くような声で鳴く。それを「水鶏叩く」という。水鶏笛は水鶏を誘い出す笛。

水鶏啼くと人のいへばや佐屋泊り　芭蕉
知らでなほ余所に聞きなすくひなかな　太祇
叩けども叩けども水鶏許されず　高浜虚子
水鶏なくさとのはやねと申すべし　室生犀星
みよしののくらき月夜の水鶏かな　下村梅子
朽舟の空を広げし水鶏笛　木山杏理

【青鷺《あをさぎ》】

日本のサギ類の中では最も大型で、背面が青灰色。産卵期は四～五月。北海道・本州・四国・対馬《つしま》で繁殖するが、北方のものは秋に南下し、冬季を暖地で過ごす。クァー、クァーと低い声で鳴き、ゆるく羽打ちながら飛ぶ。水辺や干潟に下りて、魚・蛙・貝・昆虫などを食べる。水辺などで塑像のように動かない姿を目にする。

夕風や水青鷺の脛をうつ　蕪村
青鷺の真中に下りる最上川　中西舗土
青鷺の草の深きをしのびあし　小島千架子

青鷺の一歩を待てず雲崩る　目黒十一
青鷺の嘴を斜めに漁《すなど》れり　加藤耕子

【白鷺《しらさぎ》】　大鷺　小鷺

サギ科の白色の鳥の総称で、大鷺《だいさぎ》・中鷺・小鷺がある。前二種は渡り鳥、小鷺は留鳥。いずれも初夏から巣を営む。沼沢や水辺を渡り歩いて餌をあさる渉禽《しょうきん》で、形は鶴に似ている。

白鷺の佇つとき細き草摑み　長谷川かな女
美しき距離白鷺が蝶に見ゆ　山口誓子
白鷺の風を抱へて降りにけり　西山睦
飛んでゐる白鷺の足そろひけり　清水良郎
白鷺のみるみる影を離れけり　小川軽舟

【鯵刺《あぢさし》】　小鯵刺

カモメ科で、頭と後ろ首が黒く、背と翼が灰色で腹面が白い。海や河川の水上を敏速に飛び、魚を発見すると急降下して捕らえるので、この名がある。鯵刺類では小さい小鯵刺は夏、河口に近い川原や海辺に集団で巣を営み、秋になると南方へ去る。鮎刺・鮎鷹とも呼ばれる。

鯵刺の搏つたる嘴のあやまたず　水原秋櫻子
鯵刺や空に断崖あるごとし　林翔
鯵刺の海光まとひ渓に消ゆ　角川源義
小鯵刺太平洋を穿ちたり　陽美保子

【大瑠璃《おほるり》】　瑠璃　小瑠璃

鳴き声の美しい鳥で大きさは雀ぐらい。雄の背面は目の覚めるような瑠璃色である。晩春、南方から渡ってきて五～七月ごろ繁殖期を迎える。高く澄んだ美声でピールリと囀《さえず》り続け、ジュッジュッという軋《きし》み声を混ぜる。❖声がよいので、古くから鶯・駒鳥とともに三鳴鳥といわれている。

大瑠璃や入江の深さ眼下にす　目黒十一
瑠璃鳥の色のこしとぶ水の上　長谷川かな女
瑠璃鳴くやなほ林中の夕明り　戸川稲村

水音を抜けて小瑠璃の声聞こゆ　茨木和生

【三光鳥《さんくわうてう》】

葭切くらいの大きさで、ツキ、ヒ、ホシ(月日星)ホイホイホイと鳴くことから三光鳥と呼ばれる。上胸以上が紺色、下胸と腹は白く、翼と尾は黒褐色。雄は尾が長く、嘴《くちばし》と目の周囲は美しい青色だが、雌は尾も短く雄ほど目立たない。繁殖期は五～七月ごろ。低山帯や平地の森林に棲息し、秋に南方に去る。

三光鳥鳴くよ梢《うれ》越す朝風に　伊東月草
三光鳥あそべる樹々の暗さかな　森田峠
月日星いづれがほろぶ三光鳥　土屋休丘
落葉松の枝より枝へ三光鳥　伊藤敬子

【夏燕《なつつばめ》】

春に南方から渡ってきた燕は、四～七月に通常二回産卵する。産卵後一か月余りで巣立ちをし、成鳥ともども各地で軽快に飛翔する姿が見られる。❖青田をかすめて飛ぶ姿はいかにも夏らしくすがすがしい。→燕(春)

山国の雨したたかに夏燕　瀧春一
夏燕かならず雲を置いてゆく　秋尾敏
夕暮は人に近づく夏つばめ　大井雅人
壁青きカフカの家や夏つばめ　栗田やすし
潮の香へ開く改札夏つばめ　奥名春江
駅裏にのこる運河や夏つばめ　坂本宮尾
安房は手を広げたる国夏つばめ　鎌倉佐弓

【目白《めじろ》】　眼白　目白籠

雀より小形の鳥で、頭部・背面は草緑色、腹部は白色。目の回りに光沢のある白い環があるのが特徴で愛らしい。集団で活動することが多く、一つの枝にいわゆる「目白押し」になって居並ぶことがある。鳴き声が良いので広く飼われていたが、現在は保護鳥。

見えかくれ居て花こぼす目白かな　富安風生
目白鳴く磧つづきの家の中　飯田龍太
三井寺の門にかけたり眼白籠　松瀬青々
波除の内なる軒や目白籠　中山世一

【四十雀《しじふから》】
雀とほぼ同じ大きさの鳥で、背面は灰青色で、黒い頭に白い頰、腹の中央を黒い筋が走っているのが特徴。四〜七月の繁殖期にツーツーピーと鳴く。秋や冬は小さい群を作って行動する。都会の庭園などでもよく見かける。

少年の影克明に四十雀　飯田龍太
山晴るる日は呼び合ひて四十雀　中島畦雨
四十雀絵より小さく来たりけり　中西夕紀

【山雀《やまがら》】
雀よりやや小さい鳥で、背と腹が赤茶色なので他の雀（カラ）類と区別できる。主に大木の多い常緑広葉樹に棲《す》む。芸を仕込むとよく覚え、かつては山雀に扉を開けさせ、おみくじを引かせる見世物などがあった。

人を見て山雀鳴くや籠の中　松根東洋城
山雀とあそぶさみしさこのみけり　徳永山冬子

【日雀《ひがら》】
四十雀よりやや小さい鳥で、背面は青みがかった灰色で腹は白い。特徴は頰と後頭部が白いこと。亜高山帯に棲んでいるが、秋や冬には人里近くに下りてくる。張りのある声でツッピンツッピンと囀る。地鳴きはチーチー。

松島の松をこぼるる日雀かな　成田千空
日雀鳴く或る日さみしさ火のやうに　神尾久美子

【緋鯉《ひごひ》】　色鯉《いろごひ》　白鯉　錦鯉
真鯉に対して色のついた鯉の総称。緋鯉をもとにして他の品種と交配してできたものが錦鯉《にしきごひ》。❖熱帯魚や金魚のように涼を呼ぶ観賞魚であることから、夏季の季題とする。

↓寒鯉（冬）

朝市の映れる川に緋鯉飼ふ　泉　春花
周防とや緋鯉の水に指ぬらし　飯島晴子

【濁り鮒《にごりぶな》】

鮒は梅雨のころになると、産卵のために、増水して濁った小流を遡ったり、水田に入ってきたりする。その鮒を濁り鮒といって、叉手《さ》《で》網《あみ》や手網で掬《すく》って捕る。濁った水から銀鱗《ぎんりん》をきらめかせてあがる鮒は美しい。↓乗込鮒（春）・寒鮒（冬）

濁り鮒腹をかへして沈みけり　高浜虚子
濁り鮒夕雲《ゆうつ》草に沈みつつ　大嶽青児

【鯰《なまづ》】　梅雨鯰《つゆなまづ》　ごみ鯰

淡水魚で、頭部と口が大きく、長短二対の口髭《くちひげ》が生えている。川や湖沼の砂泥底に棲息し体長は五〇センチにも及ぶ。五～六月ごろ水草に卵を産みつける。

大鯰じたばたせずに釣られけり　成瀬櫻桃子
ふる里は月を大きく梅雨鯰　斎藤梅子
よその田へつるりと逃げし梅雨鯰　本宮哲郎

【鮎《あゆ》】　香魚《かうぎよ》　年魚《ねんぎよ》　鮎の宿

万葉時代から賞美され、釣りや鵜飼《うかい》などによって漁獲されてきた。北海道西部を北限として砂礫《されき》の多い河川に分布する。秋、川で孵化《ふか》した幼魚は、海に下り冬は海中で棲息。春、五～七センチになった若鮎は川を遡り、上流で夏を過ごし、二〇～二五センチ、所によっては三〇センチに発育する。秋には川の中・下流域へ下り、砂礫に産卵すると多くは死んでしまう。一年の命であることから年魚、一種独特の香りがあることから香魚ともいう。❖鮎の腸または子を塩漬けにした「うるか」は珍重される。↓若鮎（春）・落鮎（秋）

鮎くれてよらで過ぎ行く夜半の門　蕪　村
足許の石に来てゐる鮎夕べ　瀧井孝作

鮎の骨強き吉野の坊泊り　百合山羽公
月のいろして鮎に斑のひとところ　上村占魚
せせらぎやきらりきらりと鮎の数　齊藤美規
いつまでも滴垂るるや鮎の笊　加藤三七子
鮎の腸《わた》口をちひさく開けて食ふ　川崎展宏
川音の方へ片寄り生簀鮎　黛　執
影色にもどり生簀の鮎となる　山下知津子

【岩魚《いはな》】　嘉魚《かぎよ》　巌魚《いはな》　岩魚釣

日光岩魚《いわな》・大和《やまと》岩魚などの総称で淡水魚。本州・北海道の山間渓流に棲息する。川釣りの対象とされ山宿や山小屋で膳《ぜん》にのぼり、山に親しむ人を喜ばせる。❖骨やひれを焼いて熱燗に浸し、骨酒《こつざけ》として賞味する。近似種の雨鱒《あめます》を岩魚と呼ぶこともある。

石狩の岩魚を炙る石積めり　長谷川かな女
岩魚焼く山国の星瞭《あきら》かに　西村公鳳
戸隠の神の炉に焼く岩魚かな　宮下翠舟
岩魚焼くうすくれなゐの炭火かな　佐川広治
岩魚焼く串削りゐて雨催　篠沢亜月
岩魚釣水濁さずに歩きけり　茨木和生

【山女《やまめ》】　山女釣

終生淡水にとどまって海に下らない桜鱒の河川陸封型をいう。体長は約四〇センチ。側線に沿って美しい紅色の筋と黒い斑点《はんてん》が散らばるのが特徴。渓流釣りの対象として知られ、肉は美味。

激つ瀬にうつぶし獲たる山女かな　木村蕪城
蕗の葉に山女三匹空青し　福田甲子雄
月いでて岩のしづまる山女魚《やまめ》釣り　松村蒼石
大粒の雨が肘《ひじ》打つ山女釣　飯田龍太

【金魚《きんぎよ》】　和金　琉金《りうきん》　蘭鋳《らんちう》　出目金
オランダ獅子頭《ししがしら》　金魚田

金魚は鮒を観賞用に改良したもので、室町時代末期に中国から伝えられたとされる。その後日本で品種改良が重ねられ、出目金・琉金・蘭鋳その他さまざまな新品種を

作り出した。→金魚売

水更へて金魚目さむるばかりなり　五百木飄亭
灯してさゞめくごとき金魚かな　飯田蛇笏
少し病む児に金魚買うてやる　尾崎放哉
死したるを棄てて金魚をまた減らす　山口誓子
金魚大鱗夕焼の空の如きあり　松本たかし
まだ赤といふにはあらず苗金魚　宮田正和
引越のたびに大きくなる金魚　星野恒彦
ビー玉を沈め金魚をよろこばす　那須淳男
金魚繚乱けふ何事もなかりけり　糸　大八
一瞬の眼力金魚躍り落とす　石井いさお
ゆるやかに尾ひれほどきて金魚かな　今橋眞理子
金魚の尾冷たく燃えてをりにけり　稲畑廣太郎
死ぬときも派手に和蘭陀獅子頭　櫂　未知子

【熱帯魚《ねったいぎょ》】　鬪魚　天使魚

熱帯地方に産する観賞用の魚の総称。グッピー、エンゼル・フィッシュ、ネオンテトラその他種類が多い。美しい形と鮮やかな色彩が賞美される。水温の調節などの管理が難しい。❖卵胎生魚はよく繁殖するが、天使魚はエンゼル・フィッシュのこと。

しづかにもひれふる恋や熱帯魚　富安風生
熱帯魚石火のごとくとびちれる　山口青邨
熱帯魚見るや心を閃かし　後藤夜半
熱帯魚縞あきらかにひるがへり　舘岡沙緻
さりげなき鬪魚のたたかひ見て倦まず　矢野野暮
天使魚も眠りそびれてをりにけり　永方裕子
天使魚の愛うらおもてそして裏　中原道夫

【目高《めだか》】　緋目高　白目高

体長三、四センチぐらいで、日本に産する淡水魚のなかで最も小さい。黒灰色の目高と、赤黄色の緋目高がいる。体のわりに目が飛び出していて愛らしい。水槽や水盤などに飼い、涼味を観賞する。❖かつては日本中どこでも見られたが、平成一一年に絶滅危惧《きぐ》種に指定された。

水底の明るさ目高みごもれり　橋本多佳子
目高ひねもす急発進急停止　上谷昌憲
緋目高の生れていまだ朱もたず　五十嵐播水

【黒鯛《くろだひ》】　ちぬ　ちぬ釣

黒色の鯛。関東ではクロダイ、関西ではチヌという。大阪湾一帯の古名、茅渟《ちぬ》の海にちなむもの。日本各地の水深の浅い沿岸部に多い。

黒鯛釣るや与謝の入海あをあをと　深見けん二
黒鯛の潮のしたたり虹色に　きくちつねこ
ちぬ釣の月光竿をつたひくる　米澤吾亦紅
ちぬ釣に潮引く速さありにけり　永方裕子

【初鰹《はつがつを》】　初松魚《はつがつを》

鰹は黒潮に乗って北上するが、遠州灘《なだ》を越えて伊豆《いず》半島を回るころになると、脂が乗ってくる。これが青葉の茂る五、六月ごろで、このころ獲れるはしりの鰹を初鰹という。江戸時代には初物好きの江戸っ子に珍重された。↓鰹

目には青葉山《やま》郭公《ほととぎす》初鰹　素堂
初鰹襲名いさぎよかりけり　久保田万太郎
初鰹糶《せり》の氷片とばしけり　皆川盤水
浅草もさみしくなりぬ初鰹　真鍋青魚
断つほどの酒にはあらず初鰹　鷹羽狩行
男らに畏友盟友初鰹　片山由美子
初鰹貫く光捌きけり　小野あらた

【鰹《かつを》】　松魚《かつを》　鰹釣　鰹船

鰹は黒潮に乗って北上し、二〜三月ごろに八重山・宮古海域に現れ、七〜八月に三陸沖に達する。鰹漁も鰹を追って順次北上していく。枕崎、高知、勝浦などは鰹漁の基地。また沿岸に回遊してくる鰹は一本釣りといわれる豪快な竿釣りで漁獲される。

鰹時男波重たき背をつらね　野澤節子
鰹来る大土佐晴れの濤高し　福田甲子雄
本潮に乗りて釣り来し鰹とぞ　茨木和生

鰹船飯くふ裸身車座に　瀧　春一
散らばるは十中八九鰹船　宇多喜代子

【鯖《さば》】　鯖釣　鯖火　鯖船

日本近海で鯖と称されるものには真鯖《まさば》・胡《ご》麻《ま》鯖《さば》などがある。後者は腹部に黒い斑点がある。真鯖は比較的沿岸近くを大群をなして回遊しているが、夏には産卵のため岸近く現れる。胡麻鯖は真鯖より南方をやはり大群で回遊している。秋季にはさらに脂が乗り美味となる。鯖は光に集まる習性があるので夜、火を焚いて漁をする。これを鯖火といい、かつてはおびただしい火が沖につらなる景が見られた。↓秋鯖（秋）

鯖寄るや日ねもす見ゆる七ツ岩　前田普羅
水揚げの鯖が走れり鯖の上　石田勝彦
壱岐の燈を鯖火たちまち奪ひけり　米澤吾亦紅
海中《わたなか》に都ありとぞ鯖火もゆ　松本たかし

【鯵《あぢ》】　真鯵《まあぢ》　室鯵《むろあぢ》　夕鯵

普通、鯵と呼んでいるのは真鯵で、日本各地の沿岸に分布している。味も良いことから干物などが食卓に上ることが多い。稜鱗《りようりん》と呼ばれる鱗《うろこ》が発達し、体長四〇センチに及ぶものもある。夕方の河岸に着いたばかりのものを売り歩くことを「夕鯵」と呼んだ。

あまぐもの鯵割いてゐるとき迅き　久保田万太郎
日の暮の空あをあをと鯵を割く　飯島晴子
海までの街の短し鯵を干す　神蔵　器
沖に雨けむれる鯵の叩きかな　鈴木鷹夫
夕河岸の鯵売る声や雨あがり　永井荷風

【鱚《きす》】　きすご　鱚釣

普通、鱚といえば白鱚《しろぎす》のことをいい、背は淡黄色、腹部は銀白色、体長一〇～三〇センチで、浅海に棲息する。上品であっさりとした味が喜ばれる。青鱚はかつては東京湾に多く、江戸時代から脚立釣《きやたつづり》で知られていたが、現在は見られない。

引潮の今がさかひや鱚を釣る　高浜年尾

手に軽く握りて鱚といふ魚　波多野爽波

荒磯の鱚直線に焼かれたり　小檜山繁子

鱚釣の竿先の鈴拭いてをり　今井聖

【べら】　べら釣

ベラ科の魚は種類が多いが、釣りの対象として知られるのは求仙《きゅうせん》である。体長二〇〜三〇センチで函館以南の各地に産する。赤・青などの色彩が毒々しいくらい美しいが、赤は雌、青は雄である。関西では雄を青べらと呼んで特に珍重する。

潮離るゝ寸前ベラのなまめきて　横山白虹

べらが出て鱪もおほかたすみにけり　三村純也

【飛魚《とびうを》】　とびを　つばめ魚《うを》　あご

体長三五センチで、蒼白《そうはく》。強大な胸鰭《むなびれ》を開いて海の上を滑空し、時には二百メートル以上も滑空することがある。主に南日本の海域に多く、初夏に産卵する。❖九州や伊豆諸島で飛魚を「あご」と呼ぶのは、顎が小さいことから「あごなし」を略しての名称。

飛魚や航海日誌けふも晴れ　松根東洋城

飛魚の波の穂を追ひ穂に落ちぬ　原柯城

飛魚の翼張りつめ飛びにけり　清崎敏郎

飛魚や昨日も今日も印度洋　山崎ひさを

飛魚《あご》とんで玄海の紺したたらす　片山由美子

【赤鱏《あかえひ》】　鱏　鱝《えひ》

菱形の平たい魚で、背面と尾部は黄赤色。体長一メートルに達するものがある。南日本に多く、海底の砂泥に棲息する。尾にある針には毒があり、これに刺されると激痛が走る。肉は美味で夏季が旬。

赤鱝の眼のひとつある切身かな　茨木和生

水槽の無音を鱏の横断す　奥坂まや

黒きもの動きて鱝となりにけり　岡田耿陽

【鱧《はも》】　水鱧　鱧の皮　祭鱧

鰻《うなぎ》や穴子に似るが、それらより大きく、体長二メートル以上のものもある。口が大きく、鋭い歯を持つ。背は灰褐色、腹は銀白色。本州中部以南、特に瀬戸内海から九州に多く、夏の関西料理には欠かせないが、小骨が多いので骨切りといわれる技術を要する。大阪湾や瀬戸内海で獲れる小ぶりのものを水鱧という。❖梅雨の時期の六月下旬から約一ヶ月が旬で、それが祇園祭や天神祭の頃であることから祭鱧とよばれている。

まつくらな山見て鱧の洗ひかな　住田榮次郎
すぐ手帳開く男と鱧食へり　小川軽舟
水鱧のこがねびかりをしてゐたり　茨木和生
大粒の雨が来さうよ鱧の皮　草間時彦
偏屈と言はれてをりぬ鱧の皮　日美清史
青竹の林を抜けて祭鱧　大木あまり
祭鱧逢ふときいつも雨もよひ　井出野浩貴
いちにちを下京にゐる鱧茶漬　橋本榮治

【穴子《あなご》】　海鰻《あなご》　うみうなぎ

普通、真穴子のことをいう。夜行性で昼間は海底の砂泥や岩間の穴に潜んでいる。灰褐色で白色の斑点があり、体長六〇センチ程度。春から夏にかけてが産卵期である。夜釣で獲る。穴子料理は関西が本場である。

ひらかれて穴子は長き影失ふ　上村占魚
裂かれたる穴子のみんな目が澄んで　波多野爽波
播州の海の明るき穴子かな　成瀬櫻桃子
穴子割く水のごとくに手を使ひ　和田順子

【鰻《うなぎ》】　鰻掻　鰻筒

古くから食用として重要な淡水魚。海で孵《ふ》化《か》した無色半透明の鰻の稚魚（白子鰻《しらすうなぎ》）は、発育して黒色小型の鰻となり、川を遡《さかのぼ》って成魚となる。移動範囲が広く、七、八年淡水中で過ごすと海に下り、産卵する。各地で白子鰻を捕獲し、養殖する。鰻筒は鰻を捕る道具で、約一メートルの竹筒などを何本も連ねて水底に沈め、鰻が入り込む頃合いを見計らって引き揚げる。❖鰻は『万葉集』の大伴家持の歌にも登場する馴染みの魚。産地としては浜名湖が有名。

宗右衛門町の裏見て鰻食ふ　浦野芳南
裏返る波見てゐたり鰻食ふ　廣瀬直人
摑まれて鰻一瞬真直なる　須川洋子
腰の辺に浮く丸桶や鰻掻　竹下竹人

【章魚《たこ》】　蛸　蛸壺

吸盤をもつ軟体動物。日本近海には三、四〇程度の種類が棲息しているが、真蛸がよく知られている。頭に二つの眼があり、その反対側に噴水孔をもち墨汁嚢から墨を吹いて敵から逃げる。❖古くから食され『出雲国風土記』に記述がある。明石海峡の蛸が有名で、それを干して作った蛸飯は美味。

金曜のテトラポッドは蛸まみれ　竹岡一郎
蛸壺を抱へ芭蕉の句を知らず　大串　章
蛸突の少年岩を跳びて来る　茨木和生

【烏賊《ゐか》】　真烏賊　やり烏賊　するめ烏賊　烏賊の墨　烏賊の甲

烏賊は日本を含む北西太平洋に九〇種類以上が棲息していると推定される。やり烏賊は体長四〇センチ、するめ烏賊は三〇センチくらい。肉食で触腕を伸ばして餌を捕える。良質のたんぱく質を含み、ビタミン、ミネラルも豊富なことからよく食膳にのぼる。❖肉の厚いもんごう烏賊などは焼きものに、肉の薄いするめ烏賊やけんさき烏賊は、蕗や大根などと炊き合わせると美味。

佐渡七里烏賊の来ている風の色　多賀啓子
烏賊墨の禁色の黒むさぼりぬ　大石悦子

【鮑《あはび》】　鮑取《あはびとり》　鮑海女《あはびあま》

巻貝で、大型のマダカ鮑・雌貝《めかい》鮑・黒鮑・

蝦夷《えぞ》鮑の総称。北海道南部西岸から九州に分布。若布《わかめ》などの褐藻類を好んで食べる。海女が潜ってとることが多いが網や突きでもとる。酢の物・水貝・蒸し鮑・粕《かす》漬けなどにして食べる。

口中に鮑すべるよ月の潟　野澤節子
うかみくる顔のゆがめり鮑採　伊藤柏翠
礁《いくり》飛びして波に消ゆ鮑海女《あま》　舘野翔鶴

【海酸漿《うみほほづき》】

赤螺《あかにし》や天狗螺などの巻貝卵嚢《らんのう》を、植物のホオズキのように吹き鳴らすことから海酸漿という。形や種類によって長刀酸漿《なぎなたほおずき》・軍配酸漿などの名がある。産卵期は初夏。いずれも黄白色で、皮が硬く、海中の岩や石に群がり付着する。❖縁日などで赤や緑に染めたものが売られる。針などで穴をあけ、中の卵を絞り出し、袋状にしたものを吹き鳴らす。

海の町うみほゝづきは美しき　山口青邨
海酸漿売る灯が映る潦　菖蒲あや
病む妻に海酸漿を見付けけり　松林朝蒼
海ほおずき鳴らして一の橋渡る　おぎ洋子

【蝦蛄《しゃこ》】

甲殻類で、蝦《えび》に似ているが、体は平たい。体長一五センチぐらい。白灰色で、暗色の小点が点在。脚が多く殻をかぶっている。泥深い海底に棲息する。天麩羅《てんぷら》や鮨《すし》種ともなり、卵を持つ初夏のころが美味である。

死者のため茹でたての蝦蛄手で喰らふ　飯島晴子
おほいなる蝦蛄の鎧のうすみどり　見学御舟
蝦蛄といふ禍々しくて旨きもの　長谷川櫂

【蟹《かに》】　山蟹　沢蟹　川蟹　磯蟹　ざりがに

夏の水辺で目にする小蟹の総称。磯の蟹、川の蟹、山の蟹、それぞれ種類も多く趣も違うが、螯《はさみ》をかざし横走りする姿は目を楽しませる。ザリガニは体長七センチ程度。体は赤みを帯びた暗緑色で殻表は平滑。後方にしざる性質があるからこの名前がついた。❖カニはカニ下目、ザリガニはザリガニ下目で、別の種類である。↓ずわい蟹（冬）

代る代る蟹来て何か言ひては去る　富安風生
蟹死んで潮少しづつ上りくる　加藤瑠璃子
腹の子をこぼして蟹の崖登る　北村　保
男の掌ひらけば山の蟹紅し　山田弘子
沢蟹のむらさき透いて甲斐の国　瀧澤和治
水を見てゐて沢蟹を見失ふ　対中いずみ
ザリガニの音のバケツの通りけり　山尾玉藻
蜊蛄の鋏ひとつで戦へり　坂本　緑

【土用蜆《どようしじみ》】

夏の土用に食べる蜆のこと。土用のころの蜆は滋養があるといわれ、味噌汁《みそしる》などにして食べる。↓蜆（春）

土用蜆母へも少し買ひにけり　星野麥丘人
振り声も土用蜆や明石町　小坂順子

【舟虫《ふなむし》】　船虫

海岸や岩礁・石垣・舟揚げ場などに棲む甲殻類。草鞋《わらじ》のような形をした黄褐色や黒褐色の虫で、長い触角を動かし、群れをなして行動する。体長三、四センチ。人の気配に敏感に反応する。

舟虫の微塵の足に朝日さす　百合山羽公
舟虫のちれば渚の夜もふけぬ　高屋窓秋
舟虫の失せて薄日を残しけり　角川照子
舟虫や一つ岩のみ浪攻むる　坂巻純子
のつけから舟虫勢揃ひしてをりぬ　九鬼あきゑ
船虫の顔がうごいてゐてあはれ　今井杏太郎

【海月《くらげ》】　水母《くらげ》　水海月

種類が多く、色や形などさまざま。多くは傘を開け閉じするような格好をして、寒天質の体を水中に漂わせて移動する。毒針を持っていて泳ぐ人を刺す電気クラゲ（カツオノエボシ）、食用となる備前クラゲや越前クラゲなどがある。

沈みゆく海月みづいろとなりて消ゆ　山口青邨
裏返るさびしさ海月くり返す　能村登四郎
海月漂ふ芥一切かかはらず　大澤ひろし
掬ひたる海月に重さありにけり　金子泰久
海へ還るくらげはくらげ色をして　雨宮きぬよ

【夏の蝶《なつのてふ》】　**夏蝶　梅雨《つゆ》の蝶《てふ》　揚羽蝶《あげはてふ》　鳳蝶《あげはてふ》　青筋揚羽　青条揚羽**

夏に見られる蝶のこと。特に大型のものが多い。黄色地に黒の複雑な模様を持つ揚羽蝶や黒揚羽、青筋揚羽など種類もさまざま。梅雨時に飛んでいる蝶を梅雨の蝶という。
↓蝶（春）・秋の蝶（秋）・冬の蝶（冬）

教会の木の扉から夏の蝶　熊谷愛子
摩周湖の隅まで晴れて夏の蝶　星野椿
沼に日のゆきわたりけり夏の蝶　井上弘美
夏の蝶空に大波あるやうに　森賀まり
夏蝶を追ひ湿原に深入りす　川崎慶子
夏蝶の踏みたる花のしづみけり　村上鞆彦
つまみたる夏蝶トランプの厚さ　髙柳克弘
梅雨の蝶人の訃いつもひらりと来　鈴木榮子
揚羽より速し吉野の女学生　藤田湘子
竹林を揚羽はこともなく抜ける　宗田安正
黙禱の影のなかより黒揚羽　佐藤きみこ
遠く来て夢二生家の黒揚羽　坪内稔典
磨崖仏おほむらさきを放ちけり　黒田杏子

【夏蚕《なつご》】　**二番蚕**

夏期に飼育する蚕のこと。春蚕の卵が孵ったもので二番蚕といわれる。四眠を経て繭を作るのは同じだが、暑いので飼育日数が短い。普通、七月上～中旬に上蔟《じょうぞく》するが、糸の量も質も春蚕に劣る。↓蚕飼（春）・蚕（春）

夏蚕いまねむり足らひぬ透きとほり　加藤楸邨

夏蚕飼ふ灯を水色に谷の家　福田甲子雄
母屋より高く夏蚕の部屋灯る　蓬田紀枝子
梁の闇のしかかる夏蚕かな　橋本榮治

【火取虫《ひとりむし》】　灯取虫　灯虫《ひむし》　火蛾《ひが》　燭蛾《しょくが》

夏の夜、灯火に集まってくる虫の総称。多くは蛾のことで、金亀虫《こがねむし》・甲虫などもいう。

すさまじや早瀬の舟に燈虫《ひとりむし》　梅室
はためくをやめてあゆみぬ火取虫　軽部烏頭子
火より人恋ひ山中の火取虫　鷹羽狩行
灯を消してしばらく音の火取虫　鹿野佳子
掃きよせて嵩なき昨夜の灯取虫　原柯城
灯虫さへすでに夜更のひそけさに　中村汀女
金粉をこぼして火蛾やすさまじく　松本たかし
火蛾とんで闇の一画のみ使ふ　星野高士

【蛾《が》】　天蛾《すずめが》　夕顔別当　山繭　天蚕《やままゆ》　樟《くす》蚕《さん》　蓑蛾《みのが》　白髪太郎

チョウによく似ているが、多くは夜間活動し、翅を開いて止まる。多くの種類があり、日本だけで五千種棲息する。夜、灯に集まってくるものが多いが、日中花に飛んでくるオオスカシバなどもある。天蚕や樟蚕からは糸を採る。天蚕の薄緑色の繭から採れるのが天蚕糸《てんさんし》で、光沢があり上質。夕顔別当はエビガラスズメの異称。白髪太郎は樟蚕の幼虫。

うらがへし又うらがへし大蛾掃く　前田普羅
蛾のまなこ赤光なれば海を恋う　金子兜太
甕に落つ蛾の銀粉のひろがれり　福田甲子雄
舷梯をはづされ船の蛾となれり　鷹羽狩行
新宮に帰る特急大きな蛾　杉浦圭祐
きれぎれの夢の中へも蛾の翅音　藤田湘子
蛾の翅の厚みに山雨きざしけり　陽美保子
山繭の白くなりたきうすみどり　後藤比奈夫

【毛虫《けむし》】　毛虫焼く

蛾の幼虫。松や梅などに無気味な毛虫がたかっているのを見る。茎や葉を食い荒らすので、焼き殺すなどして駆除する。各地方に異称が多い。

山刀伐峠《なたぎり》の栗の毛虫の大きさよ　細川加賀
もくもくと忙しくゆく毛虫の毛　矢島渚男
雨粒を運んでゐたる毛虫かな　陽　美保子
糸曳いて毛虫の降りてくるところ　日原　傳
ちと云うて炎となれる毛虫かな　高田正子
毛虫焼くちいさき藁火つくりけり　川島彷徨子

【尺蠖《しゃくとり》】　尺取虫　寸取虫　土壜割《どびんわり》

尺蛾の幼虫。体が細長く、歩く時は頭と尾で調子を合わせる。屈伸する格好があたかも指で尺をとるようなのでこの名がついた。休む時は二対の腹脚で枝葉につかまり、一直線になって小枝や葉と区別がつかないように擬態を示すことがある。❖土壜割はクワエダシャクの幼虫で、名前の由来はうっかり土壜を掛けて落としたことによるといわれる。

しやくとりのとりにがしたる虚空かな　加藤楸邨
尺蠖の哭《な》くが如くに立ち上り　上野　泰
尺蠖のたかが知れたる背伸びかな　亀田虎童子
尺蠖の一歩踏み出す山河かな　石井那由太
動く葉は尺蠖虫の居りにけり　高浜虚子

【夜盗虫《よたうむし》】　やたう　よたう

夜盗蛾の幼虫で、春と秋の二回孵化《ふか》する。昼間は土中に隠れ、夜出てきて、豌豆《えんどう》・白菜・キャベツなどを食い荒す。時に大発生して農作物に被害を及ぼすこともある。

夜盗虫いそぎ食ふ口先行す　加藤楸邨
月青し道にあふれて夜盗虫　足立原斗南郎

【蛍《ほたる》】　初蛍　蛍火　源氏蛍　平家蛍　夕蛍　蛍合戦　流蛍《りうけい》

六月の闇夜に、すいすいと光を放ちながら飛んでいる蛍は美しいばかりでなく、神秘的ですらある。蛍の名所も数多く、宇治の蛍合戦など、蛍にまつわる伝説も多い。古来蛍狩りの対象となってきたのは源氏蛍と平家蛍。流蛍は闇を飛ぶ蛍の光のこと。❖源氏蛍の明滅の周期について、気温や時間などで相違はあるが、関東は約四秒、関西は約二秒と東西で違いがあるとの調査報告がある。→蛍狩

人殺す我かも知らず飛ぶ蛍　前田普羅
霧ふいて数の増えたる蛍かな　阿部みどり女
蛍くさき人の手をかぐ夕明り　室生犀星
蛍獲て少年の指みどりなり　山口誓子
姿見にはいつてゆきし蛍かな　眞鍋呉夫
一の橋二の橋ほたるふぶきけり　黒田杏子
ゆるやかに着てひとと逢ふ蛍の夜　桂　信子
蛍の夜老い放題に老いんとす　飯島晴子
濡れ縁やほたるの闇に足を垂れ　恩田侑布子
ほうたるの闇膨れきて呑まれけり　照井　翠
くるぶしに草のつめたき初蛍　小原啄葉
蛍火の明滅滅の深かりき　細見綾子
蛍火や疾風のごとき母の脈　石田波郷
蛍火の乱舞とまではいかねども　猪俣千代子
蛍火や手首細しと摑まれし　正木ゆう子
蛍火や暗き水面の浮かびくる　長嶺千晶
蛍火の少なき方へ手を引かれ　望月　周

【兜虫《かぶとむし》】　甲虫《かぶとむし》　さいかち虫　源氏虫

角の形が兜の前立てに似ているのでこの名がある。長さ五センチ前後、黒褐色や赤褐色で光沢がある。硬い前翅の下に薄い後翅があり、これで飛ぶ。力も強く、子供が角に糸をつけて物を引かせて遊んだりする。櫟《くぬぎ》・楢《なら》などの他に皂莢《さいかち》にも集まることから皂莢虫の名もある。関西では源氏虫という。

兜虫漆黒の夜を率てきたる　木下夕爾
兜虫湖ひつさげて飛びにけり　大串　章
兜虫摑《つか》みて磁気を感じをり　能村研三
兜虫一滴の雨命中す　奥坂まや
ひつぱれる糸まつすぐや甲虫　高野素十

甲虫たゝかへば地の焦げくさし　富沢赤黄男

【天牛《かみきり》】　髪切虫　かみきり

最も普通に見られるのは胡麻斑天牛《ごまだらかみきり》で、四センチ前後の長楕円《だえん》形、鞭《むち》のように長い触角を持つ。前翅は硬く黒地に白い斑点《はんてん》がある。捕まえるとキイキイと鳴く。❖長い触角は牛の角を連想させ、空を飛ぶので天牛と書き、口器が髪の毛を噛み切るほどに鋭いのでこの名がついた。

天牛のぎいと音して日没りけり　佐藤鬼房
天牛の金剛力を手にしたる　大石悦子
天牛の髭にんげんを訝しむ　柘植史子
放つまで髪切虫の声を出す　右城暮石
きりきりと紙切虫の昼ふかし　加藤楸邨

【玉虫《たまむし》】

四センチ前後の紡錘《ぼうすい》形の虫で、あでやかな紅紫色の太い二本の模様があり、全体が非常に美しい金緑色の金属光沢に輝いている。七〜八月ごろに出現し、衰弱した榎《えのき》などにつき中を食い荒す。昔から装飾に用いられ、法隆寺の玉虫厨子《たまむしのずし》にはこの虫の翅《はね》が用いられている。❖幸運の吉兆とされ、簞笥《たんす》などにしまっておくと、着物が増えるという俗信がある。

たまの緒の絶えし玉虫美しき　村上鬼城
玉虫の羽のみどりは推古より　山口青邨
玉虫の死して光のかろさなる　野澤節子
雪舟の寺の玉虫飛びにけり　石田勝彦
玉虫のこの世の色を尽くしけり　馬場龍吉

【金亀子《こがねむし》】　金亀虫《こがねむし》　黄金虫《こがねむし》　かなぶん　ぶんぶん　ぶんぶん虫

甲虫の一種で、体長約二センチ。体色に特徴があり、金緑・黒褐色・紫黒などいろいろある。大きな羽音を立てて灯火などへ飛び込んでくる。電灯にぶつかってぽたりと落ち、死んだふりをしたりする。

金亀子擲《なげう》つ闇の深さかな　高浜虚子
金亀子父へ放れば母へ飛ぶ　有馬朗人
こがね虫葉かげを歩む風雨かな　杉田久女
モナリザに仮死いつまでもこがね虫　西東三鬼
金亀虫アッツに父を失ひき　榎本好宏
みちのくの強き引力黄金虫　中嶋秀子
かなぶんぶん生きて絡まる髪ふかし　野澤節子

【天道虫《てんとうむし》】　瓢虫《てんたうむし》　てんとむし
小型の甲虫。種類が多いが、みな卵形・楕円形で背が丸い。黒・赤・黄などの美しいさまざまな斑点を持ち光沢がある。枝や葉を這《は》うが、空も飛ぶ。七星天道など多くは益虫だが、二十八星天道《にじゅうやほしてんとう》などの害虫もいる。
翅わってでてんたう虫の飛びいづる　高野素十
天道虫その星数のゆふまぐれ　福永耕二
石抱へ天道虫の動かざる　稲田眸子
てんと虫一兵われの死なざりし　安住　敦
のぼりゆく草ほそりゆくてんと虫　中村草田男

【穀象《こくぞう》】　穀象虫　米の虫
約三ミリの甲虫で、穀類を食い荒す害虫。全体が黒褐色で赤黄褐色の斑点がある。穀物に口吻《こうふん》で穴をあけ、卵を産みつける。幼虫は穀物の内部に食い入り、成長する。米を干すと、ぞろぞろ出てくることがある。
❖小さな虫だが、頭部の先端が象の鼻のように突出しているのでこの名前がある。
穀象の群を天より見るごとく　西東三鬼
徒食の手もて穀象を掻き廻す　福田蓼汀
穀象の命の軽さ水に浮く　稲畑汀子
米櫃のこの穀象も生きてゐる　笹本千賀子

【斑猫《はんめう》】　道をしへ
赤・黄・紫・黒・緑などの斑点のある甲虫。地上にいて、人が来ると飛び立って少し先へ行き、近づくとまた飛ぶさまが、道を教えているようなので「道おしえ」の名がある。

斑猫のいふなりに墳巡りけり　辻田克巳
斑猫や松美しく京の終　石橋秀野
道をしへ一筋道の迷ひなく　杉田久女
いそがねば戻れぬ道のみちをしへ　加藤楸邨
傍らの納屋にもの音道おしえ　桂　信子
道をしへ真昼の道へ出てゐたる　武藤紀子
橋に乗るかなしき道を道をしへ　秋元不死男

【落し文《おとしぶみ》】　鶯の落し文　時鳥《ほととぎす》の落《おと》し文《ぶみ》

オトシブミという体長三〜一〇ミリの甲虫が、栗・櫟《くぬぎ》・楢などの広葉樹の葉を巻いて卵を産みつけ、幼虫は筒の中で育つ。それが落ちたものを、鶯や時鳥が落としたものと見立ててこの名が付けられた。❖季語としては落ちているものを言うが、虫の名前でもある。

音たてて落ちてみどりや落し文　原　石鼎
落し文端やや解けて拾へとや　皆吉爽雨
解きがたくして地に返し落し文　井沢正江
西行の道みな細し落し文　鷲谷七菜子
隣る世へ道がありさう落し文　手塚美佐

【米搗虫《こめつきむし》】　叩頭虫《こめつきむし》　ぬかづきむし

甲虫の一種で、種類が多く体長は微小なものから三センチに及ぶものまである。ひっくり返して机の上などに置くと、頭で地をたたきピシンと音を立てて飛び上がる。この動作と音が米搗きに似ていることからこの名がある。❖幼虫は土中で作物の根を食い荒らす針金虫。

鼻先に米搗虫や来て搗ける　石塚友二
象潟《きさかた》や米搗虫の手より立つ　加藤治美

【源五郎《げんごらう》】　源五郎虫《げんごらうむし》

楕円形で四センチ程度の黒色の甲虫。夏の池・沼・水田などによくいる。食肉性でお玉杓子《たまじゃくし》・やごなどを襲う。櫂《かい》の形に似た後脚を同時に動かして泳ぎ回る格好は滑稽である。陸にあげると滑って歩けない。

水口の幣汚したる源五郎　美柑みつはる
午後からの沼の波立ち源五郎　木内彰志

【鼓虫《まひまひ》】　水澄《みづすまし》　渦虫

一センチぐらいの紡錘形で、黒く光沢のある甲虫。夏の沼や池、川の水面を輪を描いてくるくるせわしく回っている。水に潜る時は尻に空気の玉をつける。背と腹に一対ずつ目があって空中と水中を同時に見ることができる。❖関西で水馬のことを「みずすまし」と言った。

まひ〳〵やかはたれどきの水明り　村上鬼城
まひ〳〵や雨後の円光とりもどし　川端茅舎
まひまひの水玉模様みづのうへ　上村占魚
まひ〳〵や己が天地に遊びをり　高田風人子

【水馬《あめんぼ》】　水馬《あめんぼう》　みづすまし　水蜘蛛《みづぐも》

小川や池・沼の水面に長い六本の足を張って、すいすいと滑走したり水面を跳ねたりしている灰褐色の昆虫の総称。飴《あめ》に似た匂いがするのでこの名があるといわれている。❖歴史的仮名遣いを、「飴棒」を語源として「あめんぼう」とする説もある。

しづまれば流るゝ脚や水馬　太　祇
あめんぼと雨とあめんぼと雨と　藤田湘子
松風にはらはらとぶ水馬　高浜虚子
水面の硬さの上の水馬　山上樹実雄
新しき水輪の中の水馬　倉田紘文
水馬この世の先へ走りたる　斎藤一骨
水すまし平らに飽きて跳びにけり　岡本　眸

【蟬《せみ》】　油蟬　みんみん　熊蟬　にいにい蟬　唖蟬《おしぜみ》　初蟬　朝蟬　夕蟬　夜蟬　蟬時雨《せみしぐれ》

初夏になると初蟬の声を聞く。梅雨が明ければ、一斉にいろいろな蟬の声が聞こえてくる。ジイジイと鳴く油蟬、ミーンミーンと鳴くミンミン蟬、シャーシャーと鳴く熊蟬、ニイニイと鳴くニイニイ蟬。蟬の降るような声を蟬時雨という。日中の声は暑苦しいが、朝夕聞く声は涼しい。啞蟬は鳴かない雌蟬のことである。→蜩（秋）・法師蟬（秋）

閑《しづか》さや岩にしみ入る蟬の声　芭蕉
やがて死ぬけしきは見えず蟬の声　芭蕉
蟬鳴けり泉湧くより静かにて　水原秋櫻子
子を殴ちしながき一瞬天の蟬　秋元不死男
身に貯へん全山の蟬の声　西東三鬼
一木の蟬そのほかは風に消え　友岡子郷
大地いましづかに揺れよ油蟬　富沢赤黄男
これもこれもこれもさうなり蟬の穴　高田風人子
生きものの通りし暗さ蟬の穴　宮田正和
そのあとも力を抜かず蟬の穴　落合水尾
蟬時雨子は担送車に追ひつけず　石橋秀野
蟬時雨もはや戦前かもしれぬ　攝津幸彦
蟬時雨人焼く煙など見えず　星野昌彦
蟬時雨校門閉めてありにけり　小笠原和男

【空蟬《うつせみ》】　蟬の殻　蟬の脱殻

地下に数年間棲息していた蟬の幼虫は、やがて成長し、夏、地上に這《は》い出してきて背を割り皮を脱ぎ、夜の間に成虫となる。この蟬の脱け殻を空蟬という。透明な脱け殻が木の幹をつかんでいたり、山道に転がっていたりする。

空蟬のいづれも力抜かずゐる　阿部みどり女
空蟬の一太刀浴びし背中かな　野見山朱鳥
空蟬やいのち見事に抜けゐたり　片山由美子
それぞれに空蟬となる高さかな　横井　遥
空蟬の背を月光のなほも裂く　中村正幸
握りつぶすならその蟬殻を下さい　大木あまり

【蜻蛉生る《とんぼうまる》】

卵から孵《かえ》った蜻蛉の幼虫は水中で孑孑《ぼうふら》やお玉杓子を食べて大きくなる。蜻蛉の幼虫を普通はやごというが、太鼓虫、やまめともいう。やごは十分成長すると、羽化のため

に水を出て岸辺の草の葉に這い上がって、そこで脱皮して成虫となる。❖蜻蛉生《あ》るとは詠まない。→蜻蛉（秋）

蜻蛉生れ水草水になびきけり　久保田万太郎
尾を上げてふるへてとんぼ生まれけり　落合水尾
蜻蛉生る四万十川の石透かしつつ　奥村和廣
池の底木もれ日差してやご歩む　小島國夫

【糸蜻蛉《いととんぼ》】　灯心蜻蛉《とうしんとんぼ》　とうすみ蜻蛉　とうすみ　とうしみ蜻蛉　とうしみ

体が糸のように細く三〜四センチのトンボ。初夏に各地の池や沼に発生し、弱々しく飛ぶ。止まっている時は翅を背中で合わせる習性がある。青や緑など美しい体の色をした種類が多い。体の形状を灯心にたとえて灯心蜻蛉とも呼ぶ。

しなやかなものにつかまり糸とんぼ　吉原一暁
糸蜻蛉夕べの色にまぎれけり　嶋田麻紀
とうすみの糸のいのちの交むかな　鈴木貞雄

【川蜻蛉《かはとんぼ》】　おはぐろとんぼ　おはぐろ　かねつけ蜻蛉

林間の小川などに発生し、水辺を飛ぶトンボ。六センチぐらいで種類が多い。よく見かけるのは雌雄ともに黒色の翅を持つ御歯《おは》黒蜻蛉《ぐろとんぼ》である。ひらひらとしなやかに飛んで水草の葉などに止まっている。

木洩日が翅をくすぐる川蜻蛉　松浦敬親
おはぐろに見えぬ糸ある水の上　鈴木鷹夫
おはぐろの方三尺を生きて舞ふ　邊見京子

【蟷螂生る《たうらううまる》】　蟷螂生る《かまきりうまる》　子かまきり

蟷螂は多く五月ごろから孵化する。数百の卵が固まりとなって葉や梢につき、やがてうようよと子が生まれる。生まれてすぐに斧《おの》をかざす格好をするのは愛嬌《あいきょう》がある。❖蟷螂生《あ》るとは詠まない。→蟷螂《かまきり》（秋）枯蟷螂（冬）

蟷螂や生れてすぐにちりぢりに　軽部烏頭子

蟷螂のわれもわれもと生れけり　原　雅子

【蠅《はへ》】　家蠅　青蠅　金蠅　銀蠅　蛆

種類が多く、病原菌を伝播《でんぱ》するものもあり嫌われている。山や野原で見かける蠅は大きく、追われても逃げない。❖幼虫を蛆と呼ぶ。↓蠅除・蠅取

生創に蠅を集めて馬帰る　西東三鬼
戦争にたかる無数の蠅しづか　三橋敏雄
一つ追ひをれば二つに夜の蠅　久保田万太郎
蠅とんでくるや箪笥の角よけて　京極杞陽
大きな目大きな口の蠅生まれ　今瀬剛一
金蠅の欄間をぬけてきたりけり　長浜　勤

【蚊《か》】　藪蚊《やぶか》　縞蚊　蚊柱《かばしら》

血を吸うのは雌で、なかには伝染病を媒介するものもある。生殖のために雌雄が一団になって飛ぶことを蚊柱という。❖清少納《せいしょうな》言《ごん》は『枕草子』に、眠たいと思って寝たところ蚊が「細声にわびしげに名のりて、顔のほどに飛びありく、羽風さへその身のほどにあるこそ、いとにくけれ」と描写している。↓蚊遣火・蚊帳

蚊柱に夢の浮橋かかるなり　其　角
蚊の声す忍冬の花の散るたびに　蕪　村
叩かれて昼の蚊を吐く木魚かな　夏目漱石
蚊が一つまつすぐ耳へ来つつあり　篠原　梵
ひるの蚊を打ち得ぬまでになりにけり　石橋秀野
顔の上蚊の声過ぎし夜明かな　加畑吉男
小さき蚊来る暗がりに乱れ籠　大木あまり
なつかしき法然院の藪蚊かな　中山世一
蚊柱を吹いて乱せる遊びかな　鈴木鷹夫

【孑孑《ぼうふら》】　ぼうふり　棒振虫

蚊の幼虫。棒振ともいうように夏、池や溝のよどんだ水や岩の窪《くぼ》みに溜《た》まった水の中で、棒を振るような格好で浮いたり沈んだりしている。驚かすと一斉に沈んでしまう。一週間のうちに四回脱皮して蛹《さなぎ》になる。

大寺や孑孑雨をよろこびて　波多野爽波
ぼうふらの水に階あるごとく攀づ　有馬籌子
さがるにもぼうふら力入れにけり　落合水尾
孑孑に生まれ棒振るほかはなし　名村早智子
ぼうふらの音無けれども賑やかな　西村麒麟

【蠛蠓《まくなぎ》】めまとひ　糠蚊《ぬかか》

ヌカカなど小型の蚊の総称で、ひと固まりになって上下にせわしく飛んでいる。夏の野道などで、目の前につきまとい、はなはだうるさい。黒色をしていることはわかるが、あまり近くで飛ぶため、はっきり見定めがたい。

遠会釈蠛蠓をうちはらひつつ　富安風生
蠛蠓といふ厄介なものに逢ふ　藤崎久を
まくなぎの阿鼻叫喚をふりかぶる　西東三鬼
まくなぎに目鼻まかして牛の貌　清崎敏郎
まくなぎの群はひつぱりあひにけり　藤本美和子

【蚋《ぶよ》】蟆子《ぶと》　ぶよ　ぶゆ

蚊と同じように人畜の血を吸う。長さ三、四ミリぐらいで脚が短く黒色。昼間に多く出て、山や野を歩いていると刺され、腫《は》れて痒《かゆ》みが長く続く。蚊と違って羽音はしないが、うるさくまとわりついてくる。

寂寞と庵結ぶや蚋の中　尾崎紅葉
雲を割る金色光に蚋の陣　加藤楸邨

【ががんぼ】蚊蜻蛉《かとんぼ》　蚊姥《かのうば》

糸状の長い触角と長い脚を持っている昆虫の総称。蚊に似ているがそれよりも大きいので、蚊の姥などともいわれる。夏の夜、襖《ふすま》や障子を打ちながら狂ったように飛び、かすかな音を立てているのを見かける。刺す虫ではない。

ががんぼにいつもぶつかる壁ありけり　安住　敦
ががんぼの脚あまた持ち地をふまず　長谷川双魚
ががんぼの脚狼狽《うろた》へるため長し　後藤比奈夫
ががんぼの溺るるごとく飛びにけり　棚山波朗

ががんぼをこはさぬやうに払ひけり　栗島　弘
ががんぼの夜の鏡を落ちてゆく　松野苑子
ががんぼや遅れて着きし旅役者　相原利生
蚊の姥の竹生島より来りしか　星野麥丘人

【草蜉蝣《くさかげろふ》】　臭蜉蝣《くさかげろふ》

小さい蜻蛉のような形で、緑色、顔面に黒い斑紋がある。動作も姿も弱々しい。主に樹枝上の蚜虫《ありまき》を食べる。一部の種類は触れると悪臭を放つので「臭蜉蝣」ともいわれる。卵は優曇華《うどんげ》といわれている。↓優曇華

草蜉蝣発たせて鳴らす花鋏　山口葭子
月に飛び月の色なり草かげろふ　中村草田男
草かげろふ夜をみづみづしくしたり　小島　健

【優曇華《うどんげ》】

草蜉蝣の卵。白くて一・五センチばかりの糸状で、柄があり先が丸い。木の枝や天井・壁などに産みつけられている。ちょっと見ると花のように見える。❖これが発生すると瑞兆あるいは凶事の兆とする俗信がある。↓草蜉蝣

優曇華や寂と組まれし父祖の梁　能村登四郎
うどんげや眠りおちたる深まつげ　長谷川久々子
優曇華やおもしろかりし母との世　西嶋あさ子
優曇華や人に会はざるやすけさに　岡本高明

【薄翅蜉蝣《うすばかげろふ》】

アリジゴクの成虫。三・五センチぐらいで透明な翅を持っている。↓蟻地獄

うすばかげろふ翅重ねてもぅすき影　山口青邨
とぶときのうすばかげろふ翅見えず　五十嵐播水

【蟻地獄《ありぢごく》】　あとずさり　擂鉢虫《すりばちむし》

薄翅蜉蝣の幼虫で一センチぐらい。体は土灰色で細い刺《とげ》があり、小さな砂粒をまとっている。縁の下や松原などの乾いた砂の中に、すり鉢状の穴を掘り、滑り込む蟻その他の小昆虫を捕らえて体液を吸う。地上を這《は》わせると後ずさりする。↓薄翅蜉蝣

蟻地獄寂寞として飢ゑにけり　富安風生
蟻地獄松風を聞くばかりなり　高野素十
蟻地獄すれすれに蟻はたらけり　加藤かけい
蟻地獄しづかにものを殺めけり　後藤比奈夫
待つものの静けさにゐて蟻地獄　桂　信子
じつと待ち死ぬまで待てる蟻地獄　齊藤美規
蟻地獄指一本で消されけり　西宮　舞
足垂らしをれば風吹く蟻地獄　加藤かな文

【ごきぶり】　油虫　御器齧《ごきかぶり》

台所などによく出てくる不快害虫。体は扁平で楕円形、褐色あるいは黒褐色が普通。長い髭《ひげ》を持ち、全体が油を塗ったように光っていることから油虫ともいう。走るのが速く、飛翔する。食物を選ばず、わずかな量でも生きながらえ、繁殖力も旺盛《おうせい》。❖もっとも古い昆虫のひとつであり、三億年ほど前から生き残っている。元来は野外の樹皮下に棲息していたが、都市部では暖かい家屋に多く棲みつく。

ごきぶりを打ち損じたる余力かな　能村登四郎
髭の先までごきぶりでありにけり　行方克巳
ゴキブリと知恵くらべして雨夜かな　鍵和田秞子
あるはずのなき隙間へと油虫　土生重次
書斎派と厨派のをり油虫　鈴木鷹夫

【蚤《のみ》】　蚤の跡

多くは体長二、三ミリ。跳躍力があり、雄は垂直距離で二五センチ、水平距離で四〇センチも跳ぶ。雌雄いずれも血をすい、刺されたあとが非常に痒い。

切られたる夢は誠か蚤の跡　其角
見事なる蚤の跳躍わが家にあり　西東三鬼

【紙魚《しみ》】　衣魚《しみ》　きらら　雲母虫《きららむし》

蝦《えび》をごく小さくしたような形をしていて、鱗毛《りんもう》がいっぱい生えている銀白色の一センチほどのシミ科の昆虫の総称。昆虫としてもっとも原始的で、翅はなく、紙でも衣服でも澱粉《でんぷん》のついたものは何でも食糧とする。日光を嫌い、暗い所を好み、走るのが速い。

紙魚ならば棲みてもみたき一書あり　能村登四郎
紙魚としてなほ万巻の書をあゆむ　橋本善夫
しろがねの鱗落して紙魚逃ぐる　高橋睦郎
ひもとける金槐集のきらゝかな　山口青邨

【蟻《あり》】山蟻　黒蟻　赤蟻　蟻の道　蟻の列　蟻の塔　蟻の巣　蟻塚

黒蟻や赤蟻などの俗称で呼ばれるが、種類が多い。日本では約二百種が発見されている。集団で生活し、甘いものを好み、強くて幼虫の世話もよくする。働き蟻で一〜二年、雌蟻で十年前後生きる。延々と列を作って進むことを「蟻の道」という。地面を掘って塚を作り、巣を営むが、これを「蟻の塔（蟻塚）」という。

蟻の道雲の峰よりつづきけん　一茶
一匹の蟻ゐて蟻がどこにもゐる　三橋鷹女
夜の蟻迷へるものは弧を描く　中村草田男
蟻這はすいつか死ぬ手の裏表　秋元不死男
蟻殺すしんかんと青き天の下　加藤楸邨
蟻殺す見失はざるため殺す　岡本眸
石階の蟻大いなる影はこぶ　原裕
影を出ておどろきやすき蟻となる　寺山修司
絵硝子のひかりの中へ山の蟻　朝倉和江
黒蟻の畳を這へる葬りかな　小島健
木陰より総身赤き蟻出づる　山口誓子
蟻の列曲る見えざるものを避け　河合照子
こまごまと大河の如く蟻の列　深見けん二

【羽蟻《はあり》】飛蟻《はあり》

交尾期に現れる有翅《ゆうし》の蟻。初夏から盛夏にかけて無数の蟻が、朽ちた柱や戸袋の隙間などからしきりに這い出したり、灯火を慕って家の中へ飛んできて困ることがある。羽蟻は巣を飛び立ち、結婚飛行を行い、交尾をする。地上に戻った雌蟻は石の下などに隠れ、ここで産卵し、やがて新しいコロニーを作ることになる。

暗やみの中に富士あり羽蟻の夜　高浜虚子
老斑の遂にわが手に羽蟻の夜　篠田悌二郎
終ひ湯をつかふ音して羽蟻の灯　清崎敏郎

【螻蛄《けら》】
三センチぐらいで暗褐色。昼は土中生活をし、夜になると地上に出て飛翔する。前翅は短く、後翅は長く燕尾《えんび》状。前脚は土を掘るのに適した形に発達している。俗に螻蛄の道といわれるトンネルを作って、その終点に卵を産む。→螻蛄鳴く（秋）

螻蛄の闇闇の力といふがあり　佐藤鬼房
灯りたる障子に螻蛄の礫かな　岡田耿陽
螻蛄の闇野鍛冶は粗き火を散らす　成田千空

【蜘蛛《くも》】　蜘蛛《くも》の囲《ゐ》　蜘蛛の巣　蜘蛛の糸
女郎蜘蛛　蜘蛛の太鼓　蜘蛛の子
種類が多く日本に約千種いる。木と木の間などに円形の巣を作る様をよく見る。その巣を蜘蛛の囲ともいう。女郎蜘蛛などが巣の中心で獲物を待つ姿は印象的。初夏に雌蜘蛛が大きな卵嚢《らんのう》をぶら下げている様子を蜘蛛の太鼓という。それが破れると無数の子蜘蛛が飛び出し、その様子が「蜘蛛の子を散らす」という譬《たと》えになっている。❖蜘蛛は昆虫とは別の仲間で節足動物クモ綱に属す。なお、蜘蛛の中には網状の巣を作らないものもいる。

蜘蛛の子はみなちりぢりの身すぎかな　一茶
大蜘蛛の虚空を渡る木の間かな　村上鬼城
影抱へ蜘蛛とどまれり夜の畳　松本たかし
脚ひらきつくして蜘蛛のさがりくる　京極杞陽
われ病めり今宵一匹の蜘蛛も宥さず　野澤節子
怒濤いま蜘蛛の視界の中にあり　保坂敏子
蜘蛛の囲や朝日射しきて大輪に　中村汀女
蜘蛛の囲の全きなかに蜘蛛の飢ゑ　鷹羽狩行

蜘蛛に生れ網をかけねばならぬかな　高浜虚子
眼前に蜘蛛の巣かゝり夕山河　川端茅舎
能の出の笛のごとくに蜘蛛の糸　宇佐美魚目
払はれしあとのひとすぢ蜘蛛の糸　下坂速穂
山雨過ぎ網を繕ふ女郎蜘蛛　大久保白村
蜘蛛の子のみな足もちて散りにけり　富安風生

【蠅虎《はへとりぐも》】　蠅捕蜘蛛《はへとりぐも》

蠅ぐらいの大きさで、八つの単眼を持つ。走り回ったり飛び上がったりするのが巧みで、蠅や小さな昆虫を敏捷に捕えて食べる。網を張らずに家のなかに住みついていて時折現れては飛び跳ねる。

蠅虎鉄斎の書にはしりけり　阿波野青畝
蠅取れぬ蠅虎と時過ぎぬ　加藤楸邨
文机の広さ蠅虎にあり　粟津松彩子
潮風の畳蠅虎飛べり　押野裕

【蜈蚣《むかで》】　百足虫《むかで》　百足《むかで》

節足動物で、体は細長く扁平。多くの環節をもち、各節に一対ずつの脚がある。黒褐色で光沢がある。石垣・木の根・床下・土中などの湿った所に棲息する。人に有害な種もあり、刺されると疼痛《とうつう》を伴い跡が腫《は》れあがる。

なにもせぬ百足虫の赤き頭をつぶす　古屋秀雄
百足虫ゆく畳の上をわるびれず　和田悟朗
百足虫這ふ五右衛門風呂の天井に　後閑達雄

【蚰蜒《げぢげぢ》】

節足動物。ゲジゲジはゲジの俗称。体は三センチほどで、細長い十五対の脚をぞろぞろと動かして速く走る。床下や朽木などの湿っぽい場所に棲息する。はなはだ気味の悪い虫であるが、屋内の虫を食べる。

蚰蜒を打てば屑々になりにけり　高浜虚子
蚰蜒を打てば雲散霧消しぬ　辻田克巳
遁走のげぢげぢの脚揃ひけり　村上喜代子

【蛞蝓《なめくぢ》】　なめくぢり　なめくぢら

蝸牛《かたつむり》に似ているが、貝殻がない。頭には伸縮自在な触角があって、ゆっくり這《は》う。朽木や台所などのじめじめした所にいて、這ったあとには銀色に光った粘液の道を残す。梅雨の上がり際などことに多く出る。❖野菜や果実を食べるので害虫。

蛞蝓といふ字どこやら動き出す　後藤比奈夫
なめくぢがなめくぢに触れ凹みをり　栗原利代子
花びらのごとくつめたくなめくぢり　山西雅子

【蝸牛《かたつむり》】　蝸牛《くわぎう》　ででむし　でんでんむし　まひまひ　かたつぶり

陸生の巻貝。木や草に這い上がり若芽や若葉を食う。螺旋《らせん》形の殻を負い、頭に屈伸する二対の角がある。その長い方の先端に目があり、明暗を判別する。食用になる種もある。❖ナメクジと同じマイマイ目の有肺類。野菜や果実を食べる害虫。

かたつぶり角ふりわけよ須磨明石　芭蕉
殻の渦しだいにはやき蝸牛　山口誓子
あかるさや蝸牛かたく〳〵ねむる　中村草田男
蝸牛いつか哀歓を子はかくす　加藤楸邨
思ひ出すまで眼を瞑り蝸牛　六本和子
愛されよこの最小の蝸牛　村越化石
蝸牛もとより遠き海のいろ　淺井一志
曲りたる時間の外へ蝸牛　花谷清
墓石に映るおほぞら蝸牛　山西雅子
かたつむり甲斐も信濃も雨の中　飯田龍太
かたつむりつるめば肉の食ひ入るや　永田耕衣
水やれば咲くかもしれずかたつむり　櫂未知子
でで虫や老いて順ふ子のなくて　大島雄作

【蛭《ひる》】　山蛭

環形動物。体長三、四センチ程度で、笹の葉に似て細長く扁平。前後両端に皿状の吸盤があり、前吸盤の奥に口をもつ。水田や池沼に棲息し、小動物を食べたり、人や動物の血を吸う。伸縮自在で、吸いつくと引っ張ってもなかなか離れない。渓谷に棲む山蛭、暗緑色をした一〇センチ余りの馬蛭などの種類がある。❖血を吸う習性を利用して瀉血《しやけつ》に用いられてきた。

一尺の馬蛭の匍《は》ふ港かな　上島清子
蛭ひとつ水縫ふやうに動きけり　花　史
浮草を押しながら蛭泳ぎをり　高野素十
頭やら口やら蛭の伸びゆくは　岸本尚毅

【蚯蚓《みみず》】

土中や水中に棲息する環形動物で、もっともよく見られるのは縞《しま》蚯蚓。種類によって大きさは異なるが、おおむね一〇センチ程度。光を嫌い、陸生の蚯蚓は夜になると地表に出て来ることもある。昔から釣りの餌に利用されてきた。❖蚯蚓は土を食べ、有機物や微生物、小動物を消化吸収して粒状の糞として排泄《はいせつ》する。それが、土地改良に役立つため農業では重要視される。↓蚯蚓鳴く（秋）

みちのくの蚯蚓短かし山坂勝ち　中村草田男
何をしにここに出てきて蚯蚓死す　谷野予志
ゆく方へ蚯蚓のかほの伸びにけり　鴇田智哉
ももいろのおほきな蚯蚓縮みけり　浜崎壬午

【夜光虫《やくわうちゆう》】

海中に浮遊するプランクトンの一種。体は直径一ミリぐらいの球形で、それに鞭状の触手をつけている。体内に発光体を持っていて、夜間青白い燐光《りんこう》を発し幻想的で美しい。

石段にのりくる潮よ夜光虫　今井つる女
夜光虫尚漕ぎ戻る船のあり　高野素十
一湾の縁のかなしみ夜光虫　鷹羽狩行
一本の櫂に集まり夜光虫　中村和弘

【余花《よくわ》】
初夏になってまだ咲く桜。❖山国や北国で、青葉若葉の頃にまだちらほらと咲く花の風情を詠む。↓残花（春）

余花に逢ふ再び逢ひし人のごと　高浜虚子
妻の禱りこのごろながし余花の雨　五十嵐播水
ホルン抱き青年が過ぐ余花の坂　飯村寿美子
余花といふ消えゆくものを山の端に　大串章

【葉桜《はざくら》】　花は葉に
桜は花が散ると葉が出始め、五月には美しい緑が広がり空を覆うようになる。日の光に透けた葉桜はことに美しい。❖桜の葉ではなく、青々と葉をつけた桜の木の意。その頃の明るさや風の心地よさも連想させる。

葉ざくらや南良《なら》に二日の泊り客　蕪村
葉桜の中の無数の空さわぐ　篠原梵
葉桜や天守さびしき高さにて　上田五千石
葉ざくらや鋏ひとつのほどきもの　檜紀代
葉桜の雨しづかなり豊かなり　九鬼あきゑ
葉ざくらや白さ違へて塩・砂糖　片山由美子
葉桜やたためば屋台ひと抱へ　内海良太
俯伏せのわれに海光花は葉に　金子兜太
花は葉に父に背きしこと数多　小河洋二

【桜の実《さくらのみ》】　実桜
桜の花のあとにつく果実。小豆《あずき》ほどの球形で、熟すると黒紫色になる。❖桜桃とは違うが、地方によってはさくらんぼという。↓さくらんぼ

来てみれば夕の桜実となりぬ　蕪村
実桜やいにしへきけば白拍子　麦水

桜の実赤し黒しとふふみたる　細見綾子
吹き降りの眉山に熟れて桜の実　林　徹
晩年の友を増やしぬ桜の実　諸角玲子
子の髪のつややかに濡れ桜の実　長嶺千晶
実桜や少年の目の海の色　永方裕子

【薔薇《ばら》】　薔薇《さうび》　紅薔薇　白薔薇　薔薇園　薔薇垣

薔薇の野生種は世界に約二百種、日本にも約十種がある。幹は叢生《そうせい》・蔓《つる》性とその中間に分けられる。古代から中近東や中国で色と香りが愛されてきたが、現在の園芸種はヨーロッパと東西アジアの原産種が複雑に交配されたもの。五月ごろに最盛期を迎える。

咲き切つて薔薇の容《かたち》を超えけるも　中村草田男
ばらの香のをり〳〵強し雨の中　楠目橙黄子
薔薇よりも濡れつつ薔薇を剪《き》りにけり　原田青児
薔薇よりも淋しき色にマッチの焔　金子兜太
大輪の薔薇剪り何か失へり　野見山ひふみ
薔薇切つて薔薇のことから手紙書く　岡崎光魚
薔薇剪るや深きところに鋏入れ　島谷征良
東京の夜景に薔薇を加へけり　櫂　未知子
路地奥のロシア語教室薔薇匂ふ　辻　美奈子
黒ばらに近き紅ばらかと思ふ　落合水尾
夕風や白薔薇の花皆動く　正岡子規
薔薇の園引返さねば出口なし　津田清子
薔薇園の薔薇整然と雑然と　須佐薫子
薔薇園に雨まだ誰も傘ささず　鶴岡加苗
薔薇垣の夜は星のみぞかがやける　山口誓子

【牡丹《ぼたん》】　ぼうたん　富貴草《ふうきさう》　白牡丹《はくぼたん》　緋牡丹《ひぼたん》　牡丹園

ボタン科の落葉低木の花。中国原産で、平安時代初期に薬用植物として渡来し、はじめは寺院で栽培された。花の王・花神・富貴花などの異名を持つ。晩春から初夏にかけて直径一〇〜二〇センチの豊麗な花をつける。❖牡丹色の名のごとく、原種は紅紫だったが、白・淡紅・黒紫・黄・絞りなどさまざまに改良された。散った花弁もまた美しい。↓寒牡丹（冬）

あたらしき宿の匂ひや富貴草　桃　隣
ぼうたんと豊かに申す牡丹かな　太　祇
牡丹散りて打かさなりぬ二三片　蕪　村
夜の色に沈みゆくなり大牡丹　高野素十
牡丹百二百三百門一つ　阿波野青畝
火の奥に牡丹崩るるさまを見つ　加藤楸邨
日の牡丹たちまち風の牡丹かな　藤岡筑邨
この世から三尺浮ける牡丹かな　小林貴子
牡丹《ぼうたん》の花に暈ある如くなり　松本たかし
ぼうたんの百のゆるるは湯のやうに　森　澄雄
牡丹の茎しなやかに花支ふ　加藤耕子
ぼうたんの吐息おほきく崩れけり　西宮　舞
白牡丹といふといへども紅ほのか　高浜虚子
白牡丹しんとひらきて無きごとし　西尾　一
奥の間に赤子の見ゆる牡丹園　菅原閧也

【紫陽花《あぢさゐ》】　**四葩《よひら》**　**七変化《しちへんげ》**

梅雨時を代表するユキノシタ科の落葉低木の花。額《がく》紫陽花を母種とし、日本原産といわれる。「四葩」の名は、花びらのように見える四枚の萼《がく》の中心に細かい粒のような花をつけることから。花色は酸性土では青、アルカリ性土では赤紫色となる。色が次第に変化することから「七変化」ともいう。❖一般には蕾がほころび始めた頃は葉に紛れそうな薄緑で、しだいに白くなり、徐々に青や赤紫に色づいていくので、白から緑に変化することはない。〈紫陽花に秋冷いたる信濃かな　杉田久女〉は、秋になっても美しく咲き残っている紫陽花を詠んだもの。↓額の花

あぢさゐや仕舞のつかぬ昼の酒　乙　二
紫陽花の末一色となりにけり　一　茶

紫陽花のあさぎのまゝの月夜かな　鈴木花蓑
あぢさゐやきのふの手紙はや古ぶ　橋本多佳子
あぢさゐの藍をつくして了りけり　安住　敦
紫陽花の雨に重さを持ちはじむ　嶋田一歩
あぢさゐの毬は一つも地につかず　上野章子
紫陽花剪るなほ美《は》しきものあらば剪る　津田清子
紫陽花や家居の腕に腕時計　波多野爽波
あぢさゐのどの花となく雫かな　岩井英雅
兄亡くて夕刊が来る濃紫陽花　正木ゆう子
由良の門に水銀《みずがね》色の四葩かな　小林貴子

【額の花《がくのはな》】　額紫陽花《がくあぢさゐ》

額紫陽花は紫陽花の花のように毬《まり》状にならず、枝先の散房花序にたくさんの小花をつけ、周囲を萼《がく》である装飾花が取り巻く。花色は青紫・紫・淡紅、まれに白。暖地の海岸沿いに自生し、古くから園芸用に栽培されてきた。→紫陽花

橋ありて水なかりけり額の花　高橋淡路女
数々のものに離れて額の花　赤尾兜子
雲間よりさつと日の射す額の花　小檜山繁子
いつまでも一人娘や額の花　柴原保佳
谷深く日のとどきゐて額の花　江中真弓
額の花日々の境のあはくなり　中岡毅雄
水よりも土が濡れゐて額咲けり　草間時彦

【石楠花《しゃくなげ》】

ツツジ科の常緑低木。晩春から初夏にかけて、枝先に鐘形の花が薬玉のように二〜十数個集まって咲く。日本には四種自生し、高山・亜高山生の種は六〜八月上旬が花期。近年栽培が盛んな西洋石楠花は、中国雲南省からヒマラヤにかけて自生する野生種を基本に改良されたもので、花色も大きさもさまざま。

石楠花に手を触れしめず霧通ふ　臼田亜浪
石楠花や朝の大気は高嶺より　渡辺水巴
石楠花や水櫛あてて髪しなふ　野澤節子

石楠花は富士の夕の色に咲けり　阿部完市
石楠花の女人高野に雨のすぢ　鍵和田秞子

【百日紅《さるすべり》】　百日紅《ひゃくじつこう》　白さるすべり　百《ひゃく》日白《じつはく》

ミソハギ科の落葉中高木。中国原産で庭園に植栽され、七〜九月に桃・紅・紅紫・白色などのちりめん状の花が群がり咲く。花期が長いため百日紅の漢名がある。樹皮が剥《は》がれやすく、滑らかな幹は猿も滑り落ちるというので、猿滑《さるすべり》と名づけられた。

袖に置くや百日紅の花の露　貞室
籠らばや百日紅の散る日まで　支考
散れば咲き散れば咲きして百日紅　千代女
百日紅ややちりがての小町寺　蕪村
咲き満ちて天の簪百日紅　阿部みどり女
百日紅雀かくるゝ鬼瓦　石橋秀野
女来と帯纏《ま》き出づる百日紅　石田波郷
奈良坂の家うち暗きさるすべり　桂信子
さるすべり美しかりし与謝郡　森澄雄
寺もまたいくさにほろぶ百日紅　石田勝彦
道化師に晩年長し百日紅　仁平勝
さるすべりしろばなちらす夢違ひ　飯島晴子
洗ふたび赤子あたらし百日紅　松本ヤチヨ
星生る百日白の花の上　粟津松彩子

【梔子の花《くちなしのはな》】

梔子はアカネ科の常緑低木で、多くは庭木として植栽される。花は直径五〜六センチの白色一重または八重で、六〜七月に強い芳香を放って咲く。❖単に梔子といえば実を意味するので、花であることがわかるように詠む必要がある。↓梔子の実（秋）

口なしの淋しう咲けり水のうへ　青蘿
くちなしの花びら汚れ夕間暮　後藤夜半
口なしの花はや文の褪せるごと　中村草田男
梔子の花見えて香に遠き距離　八木澤高原
くちなしの白きを園のあはれとす　田上石情

われ嗅ぎしあとくちなしの花の錆び　山口　速
錆びてより梔子の花長らへる　棚山波朗
山梔子の花びらに刷くうすみどり　雨宮能子

【杜鵑花《さつき》】　五月躑躅《さつきつつじ》

ツツジ科の常緑低木で、朱または紅紫色の漏斗状の花が五弁に中裂する。花期は五～七月。江戸時代以来多くの園芸品種があり、花色や形は変化に富む。盆栽としても好まれる。❖五月に咲く「さつきつつじ」の略であり、「杜鵑花《とけんか》」と書くのは、杜鵑《ほととぎす》が鳴くころ咲くことに由来する。

庭石を抱てさつきの盛りかな　嘯山
満開のさつき水面に照るごとし　杉田久女
濡れわたりさつきさつきの紅のしづもれる　桂信子

【繡線菊《しもつけ》】

バラ科の落葉低木で、五～八月、枝先の複散房花序に直径三～六ミリの小花を多数つける。色は濃紅・淡紅・白など。日当たりのよい草地などに自生するが、庭木や盆栽として観賞用にも栽培される。❖花が似ている下野草《しもつけそう》はバラ科の多年草。

繡線菊やあの世へ詫びにゆくつもり　古舘曹人
しもつけの花を小雨にぬれて折る　成瀬正俊
繡線菊やえんぴつ書きの母の文　山内八千代
繡線菊をぶつきらぼうに束ねけり　七田谷まりうす

【繡毬花《てまりばな》】　手《て》毬花《まりばな》　粉団花《てまりばな》　手毬の花
おほでまり

スイカズラ科の落葉低木の花。藪《やぶ》手《て》鞠《まり》の変種で、木は高さ一～三メートルになり、葉や花の形は紫陽花に似ている。四～五月、梢上に多数の白色の花を球形につける。

落ちてまたあがれ手まりの花の露　立圃
大でまり小でまり佐渡は美しき　高浜虚子
かたむきて傾く雨のおほでまり　八木林之助

【金雀枝《えにしだ》】　金枝花《えにしだ》　金雀児《えにしだ》

マメ科の落葉低木で、五月ごろ、葉腋《ようえき》ごと

に黄金色の蝶形《ちょうがた》の花を一～二個ずつつける。地中海沿岸原産で日本には江戸時代に渡来した。

えにしだの夕べは白き別れかな　臼田亜浪
金雀枝や日の出に染まぬ帆のひとつ　水原秋櫻子
金雀枝や基督に抱かると思へ　石田波郷
金雀枝の咲きあふれ色あふれけり　藤松遊子
金雀枝の午后有耶無耶に過しけり　田中良次

【泰山木の花《たいさんぼくのはな》】

泰山木はモクレン科の常緑高木で、六月ごろ直径一五センチほどの白い大輪の香り高い花を、空に向けて開く。葉は長さ一二～二五センチの長楕円《だえん》形で、艶《つや》がある。庭木・街路樹として栽培され、宝珠形の蕾《つぼみ》は茶花として用いられる。北米原産で、明治初期に渡来した。❖泰山木だけでは花のことにならない。

壺に咲いて奉書の白さ泰山木　渡辺水巴
夢殿や泰山木の花ひらく　穴井太
ロダンの首泰山木は花得たり　角川源義
あけぼのや泰山木は臘の花　上田五千石
泰山木の花にきのふとけふの白　村上喜代子
人拒む高さに泰山木の花　田中春生

【夾竹桃《けふちくたう》】

夾竹桃は六～九月、枝先に直径四～五センチの花を多数つける。花色は淡紅・白・紅・黄と種類が多い。八重咲きもある。インド原産で、江戸時代に渡来したといわれる。観賞用に栽培されるが、高速道路の分離帯や工場の周辺などにも植えられる。

夾竹桃しんかんたるに人をにくむ　加藤楸邨
夾竹桃日暮は街のよごれどき　福永耕二
夾竹桃白きは夕べ待つごとし　米谷静二
二階より見えて夜明けの夾竹桃　菖蒲あや
夾竹桃おなじ忌日の墓並ぶ　朝倉和江
ヒロシマの夾竹桃が咲きにけり　西嶋あさ子

夾竹桃白を激しき色とせり　正木浩一
夾竹桃踏切が開きまた歩く　加藤かな文

【南天の花《なんてんのはな》】　**花南天**

南天はメギ科の常緑低木で、五〜六月に白色の目立たない小花を多数つける。暖地には野生もあるが、多くは庭木として植えられる。→南天の実（秋）

花南天実る容《かたち》をして重し　長谷川かな女
花南天こぶりに妻の誕生日　本宮鼎三

【凌霄の花《のうぜんのはな》】　**凌霄《のうぜん》花**　**凌霄《のうぜん》**　**のうぜんかづら**

凌霄はノウゼンカズラ科の蔓性落葉樹で、七〜八月に橙色の漏斗状の花が咲く。花の先端は五裂して開き、直径六〜七センチ。中国原産で観賞用に植えられる。茎は長く伸びて付着根を出し、他のものに吸着して伸びる。❖通常は実を結ばない。

凌霄や水なき川を渡る日に　蒼虬
のうぜんの花は遠くに見ゆるなり　今井杏太郎
凌霄の花の燭台咲きさがり　本井英
日の残る空なまぐさし凌霄花　吉田成子
凌霄やギリシャに母を殺めたる　矢島渚男

【梯梧の花《でいごのはな》】　**海紅豆《かいこうず》**

梯梧はインド原産のマメ科の落葉高木で、四〜五月に葉よりも早く直径五〜八センチの真っ赤な蝶形の花を多数開く。幹や枝に太い刺《とげ》があり、花の盛りには木全体が赤く見えるほど。沖縄県の県花。❖梯梧の一種の海紅豆はブラジル原産でアメリカ梯梧ともいい、梯梧より寒さに強く、本州の暖地に植樹される。

デイゴ咲き口中赤き魔除獅子　中嶋秀子
海彦とふた夜寝ねたり花でいご　小林貴子
海紅豆咲き焼酎の甕ひとつ　草間時彦
散り敷きて焔くづさず海紅豆　米谷静二
海風にしたたかな色海紅豆　河野多希女

【仏桑花《ぶっさうげ》】　琉球木槿《むくげ》　ハイビスカス

アオイ科の常緑低木で、七～十月に、直径一〇センチの木槿に似た漏斗状の花が咲く。通常日本では温室栽培だが、大隅諸島以南では露地植えされ、四季を通じて花をつける。ふつう赤色であるが、白色、黄色や八重咲きなどもある。園芸では属名のハイビスカスと呼ぶことが多い。

赤屋根の漆喰しるし仏桑花　堀　古蝶
屋根ごとに魔除獅子置き仏桑花　轡田　進
家よりも墓ひろびろと仏桑花　深見けん二
渚まで続く白砂や仏桑花　古賀まり子
村人にハイビスカスの長き舌　有馬朗人
紬織る筬の間遠やハイビスカス　細川普士子

【茉莉花《まつりくわ》】　ジャスミン

モクセイ科の常緑低木で、西アジア原産の香料植物の花。夏に咲く直径三センチほどの白い花は香水の原料となる。中国のジャスミン茶は乾燥した花を香料として加えたもの。ジャスミンはモクセイ科ソケイ属の総称で、世界に約二百種ある。茉莉花もその一種。

茉莉花を拾ひたる手もまた匂ふ　加藤楸邨
茉莉花に帽子の鍔の触るるまで　西村和子
ヒンズーの神に茉莉花こぼれけり　明隅礼子
ジャスミンは伽藍の空へ咲きのぼる　唐澤南海子

【花橘《はなたちばな》】　橘の花

橘はミカン科の常緑低木で、六月ごろ葉腋《ようえき》に直径二センチの香り高い白い花を開く。暖地の沿岸地帯にまれに自生する。葉は蜜柑に似て、透明な小点がある。→橘（秋）

駿河路や花橘も茶の匂ひ　芭蕉
橘やむかしやかたの弓矢取り　蕪村
人にあふも花たちばなの香にあふも　山口青邨
嵯峨御所の橘薫る泊りかな　阿波野青畝
橘の花に夕日の濃かりけり　海老原真琴

【蜜柑の花《みかんのはな》】　花蜜柑

蜜柑は、五〜六月、枝先や葉腋に直径三センチ余りの香りのある白い花を開く。↓青蜜柑（秋）・蜜柑（冬）

駅降りてすぐに蜜柑の花の中　加倉井秋を
ふるさとはみかんのはなのにほふとき　種田山頭火
蜜柑咲きにはかに潮の濃く流る　中　拓夫
手に持ちて木よりも匂ふ花蜜柑　山口波津女
花蜜柑島のすみずみまで匂ふ　山下美典

【柚子の花《ゆずのはな》】　柚《ゆ》の花《はな》　花柚子《はなゆず》　花柚《はなゆ》

柚子は中国原産のミカン科の常緑小高木で、花期は五〜六月。葉腋《ようえき》に直径三センチほどの香りのある白い花をつける。↓柚子（秋）

柚の花や能き酒蔵す塀の内　蕪　村
色慾もいまは大切柚子の花　草間時彦
叱られて姉は二階へ柚子の花　鷹羽狩行
かにかくに逢へばやすらぐ花柚の香　野澤節子
朝ごとに散る花柚子の白さかな　小針京子

【栗の花《くりのはな》】　花栗

栗はブナ科の落葉高木で、花期は六〜七月。山野に自生するが、食用として早くから栽培されてきた。雌雄同株で、黄白色穂状の雄花がやや上向きに咲き、緑色の雌花はその基部に固まる。独特の強い青臭い匂いがする。

世の人の見付けぬ花や軒の栗　芭　蕉
売る馬は名づけぬといふ栗の花　後藤綾子
栗の花水の彼方に日は落ちて　斎藤夏風
犬老いて一日眠る栗の花　栗田やすし
栗の花丹波は雲の厚き国　茨木和生
ポケットに自転車の鍵栗の花　林　桂
栗咲く香この青空に隙間欲し　鷲谷七菜子
花栗のちからかぎりに夜もにほふ　飯田龍太

【柿の花《かきのはな》】

柿は六月ごろ葉腋に黄緑色の合弁花を開く。雌雄同株。↓柿（秋）

渋柿の花ちる里と成にけり　蕪村
役馬の立ち眠りする柿の花　一茶
柿の花こぼれて久し石の上　高浜虚子
ふるさとへ戻れば無冠柿の花　高橋沐石
百年は死者にみじかし柿の花　藺草慶子
呼鈴に声の返事や柿の花　小川軽舟

【石榴の花《ざくろのはな》】　花石榴

石榴は六月ごろ直径五センチほどの花をつける。朱赤色の花びらは薄くて皺《しわ》がある。結実しない八重咲きの園芸品種を花石榴と呼び、花の色は白・淡紅・朱・絞りなどさまざま。

水打てば妻戸にちりぬ花ざくろ　素丸
日のくわつとさして柘榴の花の数　小林篤子
花石榴雨きらきらと地を濡らさず　大野林火
花石榴老人のゐずなりし家　岸田稚魚
花ざくろ周防のうすく河面明け　古沢太穂
妻の居ぬ一日永し花石榴　辻田克巳
かつて坂あり花ざくろ満開に　金田咲子
墓碑銘はアリョーシャと読め花柘榴　西村和子
花石榴漱石を待つ子規がゐて　林桂

【青梅《あをうめ》】　梅の実　実梅　実梅もぐ

梅の実は五〜六月に急速に育つ。熟す前の硬くて青い実を「青梅」と呼ぶ。葉の色に紛れがちながら、梅雨時に雨粒を弾《はじ》いている様子はみずみずしい。❖近世に入り、俳諧で詠まれるようになった。

青梅の臀うつくしくそろひけり　室生犀星
青梅を落し丶後も屋根に居る　相生垣瓜人
青梅や影あるもののみなしづか　岡本高明
水のごとくに青梅を籠《こ》に移す　鷹羽狩行
青梅や母とふたりの箸洗ふ　対中いずみ
落ちてゐる実梅の一つ落着かず　京極杞陽
海賊の島の実梅の太りけり　櫛部天思
遠縁といふ男来て梅落とす　廣瀬直人

【青柿《あをがき》】

柿の実は夏のあいだ青いままひっそりと大きくなっていく。↓柿の花・柿（秋）

青柿落ちて疵つかざるはなかりけり　安住　敦
青柿や昼餉の茶碗洗ひ伏せ　瀧　春一
どこに落ちても青柿はひそかな音　保坂敏子
青柿の青き音して落ちにけり　北川英子
青柿のほとりの水の迅さかな　日原　傳

【青胡桃《あをくるみ》】　生胡桃

胡桃は夏になると青い核果が房状に実る。↓胡桃（秋）

青胡桃しなのの空のかたさかな　上田五千石
川音の空へ抜けゆく青胡桃　小島　健
青胡桃瀬音あふるる狐川　横井法子
鍵穴のやうな子の耳青胡桃　鶴岡加苗

【木苺《きいちご》】

バラ科の落葉低木で、山野に自生する。四月ごろ白い花が咲き、初夏、直径一～一・五センチの黄色の球形の実がつく。モミジイチゴ、ミヤマイチゴなど多くの種類があり、食用となる。↓木苺の花（冬）

書庫までの小径木苺熟れてゐる　山口青邨
木苺をふふめば雨の味のして　比田誠子
木苺のこころもとなき粒ひとつ　山本顕映

【青葡萄《あをぶだう》】

熟す前の青くて硬い葡萄。房状に小さな実がなり、次第に大きくなるが、夏のあいだは固くて食用にはならない。↓葡萄（秋）

青葡萄密なりあたり暗きまで　相馬遷子
青葡萄島の祭に映画あり　加倉井秋を
澄むものはたやすく濁り青ぶだう　友岡子郷
うつくしき吐息ぐもりの青葡萄　伊藤白潮
青葡萄玲瓏と昼過ぎにけり　菅原鬨也
月食やひそかにこぼれ青葡萄　蓑目良雨
子にだけは唄ふ父なり青葡萄　能村研三

【青林檎《あをりんご》】

夏のうちに出荷される早生種の林檎。酸味

と硬さが特徴。↓林檎（秋）

夜光るもの丶色なり青林檎　相生垣瓜人
刃を入れて拒む手ごたへ青林檎　鷹羽狩行
おのづから雲は行くもの青林檎　友岡子郷
等分に割りていづれも青林檎　池田秀水
鏡の中に青林檎置き忘れ　坂本宮尾
青林檎置いて卓布の騎士隠る　能村研三

【楊梅《やまもも》】　山桃　やまうめ

楊梅は温暖な地域の山地に自生し、雌雄異株。四月ごろ花が咲き、実は夏に赤く熟す。直径一～二センチの球形で、甘酸っぱい。常緑高木で樹形が良いので、公園や庭に植えられる。

磯ぎはをやまもも舟の日和かな　惟然
楊梅熟る青鬱然と札所寺　松崎鉄之介
楊梅の樹下に月夜の真くらがり　堀葦男
やまももの樹下におもはぬ深轍　大石悦子
やまももを頬張つて目の笑ひをり　大串章

【さくらんぼ】　桜桃《あうたう》の実《み》　桜桃

バラ科の落葉高木、西洋実桜の実をさすのが一般的。直径一・二～二・五センチの球形で、色は淡紅・赤黄・真紅。艶《つや》があり美味。栽培は冷涼な気候に適する。↓桜の実

茎右往左往菓子器のさくらんぼ　高浜虚子
さくらんぼと平仮名書けてさくらんぼ　富安風生
一つづつ灯を受け止めてさくらんぼ　右城暮石
さくらんぼさざめきながら量らるる　成瀬櫻桃子
一粒にゆきわたる紅さくらんぼ　伊藤敬子
幸せのぎゆうぎゆう詰めやさくらんぼ　嶋田麻紀

【山桜桃の実《ゆすらのみ》】　山桜桃《ゆすらうめ》　英桃《ゆすらうめ》

山桜桃はバラ科の落葉低木で、中国から江戸時代に渡来した。六月ごろ赤く熟す実は、直径一センチの球形で甘い。庭木としても植えられる。↓山桜桃の花（春）

泣きやめばみめよき子なりゆすら梅　風間八桂
つゞきたる雨の間に熟れゆすらうめ　五十嵐播水

ゆすらうめ実のほろほろと草の上　岩崎眉乃

【李《すもも》】
バラ科の落葉高木で、古く中国から渡来した。果実は球形。果皮は硬くて毛がない。赤紫色に熟したものは甘くて美味。西洋李（プラム）は楕円形で藍紫色に熟すものが多い。↓李の花（春）

葉隠れの赤い李になく小犬　一茶
雨つのる伊賀の李の昔かな　加藤楸邨

【杏《あんず》】　杏子《あんず》　唐桃《からもも》　杏の実
中国北部原産のバラ科の落葉高木で、日本に古く渡来した。果実は表面に密毛があり、直径三センチほどの球形で梅に似る。黄熟すると甘酸っぱい。生だけでなく乾燥したものを食べるほか、ジャム、シロップ漬けなどにもする。❖種子の中の胚《はい》は杏仁《きようにん》といい咳《せき》止めの薬とされる。↓杏の花（春）

あんずあまさうなひとはねむさうな　室生犀星
百年の杏熟れ落つ生家かな　大峯あきら
月一つ杏子累々熟れはじむ　青柳志解樹
すこやかに大地濡れゆく杏の実　井上弘美

【巴旦杏《はたんきやう》】
李の一種。果実は球形で緑黄色、果肉は黄色で甘い。

巴旦杏捥《も》ぐ庭にある八ヶ嶽　木村蕪城
賞与得てしばらく富みぬ巴旦杏　草間時彦
簀にあげてしづかな雫巴旦杏　斎藤夏風

【枇杷《びは》】　枇杷の実
バラ科の常緑高木で、石灰岩地帯に野生し、改良品種が栽培されている。六月ごろ倒卵形の果実が黄橙色に熟し、薄い皮を剝いて食べる。種が大きく、豊富な果汁が特徴。

枇杷買ひて夜の深さに枇杷匂ふ　中村汀女
船室の明るさに枇杷の種のこす　横山白虹
口中にふくらむばかり枇杷の種　右城暮石
種ありてこそなる枇杷のすすり甲斐　後藤比奈夫

選り抜きの枇杷うす紙につつまれて　亀田虎童子
枇杷の実を空からとつてくれしひと　石田郷子

【パイナップル】　鳳梨《ほうり》　アナナス
南米原産のアナナス科の多年草の果実。淡紫色の花のあと、七〜九月に長さ約二〇センチの集合果を結ぶ。生食のほか缶詰や乾燥させたものを食す。国内では沖縄県が主産地。
パイナップル日照雨《そばへ》が中の香はげし　関谷嘶風
パイナップル吾子にきびの二つ三つ　湯澤久美子
船下りてまつはる風と鳳梨売　福永耕二

【バナナ】
ほとんどが輸入でありながら、林檎や蜜柑と共に日常的な果物のひとつ。❖パイナップルやバナナのほかマンゴー、ドリアンなどを高浜虚子が熱帯季語として『新歳時記』に採用したことから、南国産の果物が季語になった。
海は照り青きバナナの店ならぶ　田村木国
バナナ熟れ礁《いくり》の月は夜々青し　神尾季羊
バナナ食ぶ午後の作戦練りながら　篠沢亜月

【夏木立《なつこだち》】　夏木
夏になり、青々と葉が茂った木立。一本の場合には夏木という。
先づ頼む椎の木も有り夏木立　芭蕉
いづこより礫打けむ夏木立　蕪村
塔ばかり見えて東寺は夏木立　一茶
門ありて唯夏木立ありにけり　高浜虚子
新宮の丹の美しき夏木立　遠藤梧逸
又雨の太き糸見え夏木立　星野立子
剣術のこえ羞かしき夏木立　和田悟朗
ひろしまや樹齢等しく夏木立　川崎慶子
夏木立抜けて全長見せる汽車　麓幸一郎
結ひ上げて黒髪に艶夏木立　井上康明
四五本の夏木が影をひとつにす　谷野予志

【新樹《しんじゆ》】

若葉におおわれた初夏のみずみずしい樹木を新樹と呼ぶ。↓新緑

夏山は目の薬なるしんじゆかな　季吟
白雲を吹尽したる新樹かな　才麿
大風に湧き立つてをる新樹かな　高浜虚子
夜の雲に噴煙うつる新樹かな　水原秋櫻子
新樹並びなさい写真撮りますよ　藤後左右
新樹の夜猫の集会あるらしき　清水基吉
夜の新樹詩の行間をゆくごとし　鷹羽狩行
新樹光人を悼みて甲斐に在り　丸山哲郎
新樹揺れ孔雀隠してをりにけり　坊城俊樹
その新樹一羽を吸ひて二羽をはき　金原知典
信濃いま触れ合ふ音のみな新樹　甲斐由起子

【若葉《わかば》】　谷若葉　里若葉　山若葉　若葉風　若葉雨　若葉寒　若葉冷

春に芽吹いた木々が五月ごろに広げる美しい新葉。柿若葉・蔦《つた》若葉など、それぞれの名を冠しても用いる。↓新樹・青葉・新緑・万緑

若葉して御目の雫拭はばや　芭蕉
あらたふと青葉若葉の日の光　芭蕉
不二ひとつうづみのこして若葉かな　蕪村
ざぶざぶと白壁洗ふわか葉かな　一茶
若葉して家ありとしも見えぬかな　正岡子規
若葉して手のひらほどの山の寺　夏目漱石
樟多き熊本城の若葉かな　京極杞陽
水音の透けてをりたる谷若葉　木暮陶句郎
若葉風ひとゆれで発つ小海線　土生重次
待つ人の一人来なくて若葉雨　岩城梅
病院に母を置きざり夕若葉　八木林之助
夕若葉まだ文字読めて灯《ひとも》さず　岡本眸
ゆつくりと一人の点前若葉冷　高畑浩平

【青葉《あをば》】　青葉山　青時雨　青葉時雨

若葉同様、初夏の木々の葉。若葉より緑の深まりを感じさせる。「青時雨」「青葉時雨」は、青葉のころに雨が上がったあとの

木の下を通ると、葉に溜《た》まっていた雫《しずく》がはらはら落ちてくることと。❖江戸時代に〈目には青葉山郭公初鰹　山口素堂〉と詠まれているが、この時代にはまだ季語ではなかった。↓若葉

青葉して浅間ヶ嶽のくもりかな　村上鬼城
鳥籠の中に鳥とぶ青葉かな　渡辺白泉
はこばるる太鼓青葉に触れて鳴る　今瀬剛一
きらきらと野望の育つ夜の青葉　柘植史子
ずぶ濡れの少年に会ふ青葉山　雨宮きぬよ
死者の目のみるみる乾く青時雨　白濱一羊
大原や青葉しぐれに髪打たす　鍵和田秞子

【新緑《しんりょく》】　緑さす　緑夜

初夏の若葉のあざやかな緑をいう。緑は、やや季節が深まった様子を思わせる。↓新樹

摩天楼より新緑がパセリほど　鷹羽狩行
新緑やまなこつむれば紫に　片山由美子
新緑の闇よりヨーヨー引き戻す　浦川聡子
新緑の木立を過ぐるフランス語　和田耕三郎
緑さす薄粥を花のごと余す　小林康治
遠国の船が水吐く緑夜かな　斎藤梅子

【茂《しげ》り】　茂み　茂る

夏の樹木が生い茂った状態。初夏の新樹の茂り、夏も深まり鬱蒼《うっそう》とした木々の茂りなどをいう。❖草叢《くさむら》の場合は「草茂る」として区別する。↓万緑

光り合ふ二つの山の茂りかな　去来
とある木の幹に日のさす茂りかな　久保田万太郎
灯ともせば雨音わたる茂りかな　角川源義
奔流の貫いてゐる茂りかな　赤尾冨美子
目かくしの子を一人置く茂りかな　渡辺純枝
胸像のはやくも馴染む茂かな　深見けん二
戛戛と馬身よぎれる茂かな　市川葉
茂みより茂みへ消える山の葬　小島花枝

【万緑《ばんりょく》】

木々の緑が深まり、生命力に溢れる様子。王安石の「万緑叢中紅一点」に基づく。中村草田男が用い、一般化した。

万緑の中や吾子《あこ》の歯生え初むる　中村草田男
万緑やわが掌に釘の痕もなし　山口誓子
万緑やわが額《ぬか》にある鉄格子　橋本多佳子
万緑にとべばましろき鳥ならむ　平井照敏
万緑のどこに置きてもさびしき手　山上樹実雄
万緑や木の香失せたる仏たち　伊藤通明
万緑や鳥は横貌より見せず　永島靖子
万緑の島へ舳先の水しぶき　鳥居三朗
万緑に一戸一戸の沈みゆく　西山睦
万緑や洋食店に客の列　皆吉司

【木下闇《こしたやみ》】　木の下闇　下闇　青葉闇

木々が鬱蒼と茂るようになると、樹下は昼とは思えぬ暗さである。それを木下闇という。明るい場所から急に入る時など、特に暗く感じる。

須磨寺や吹かぬ笛聞く木下闇　芭蕉
霧雨に木の下闇の紙帳かな　嵐雪
一塊の石を墓とす木下闇　田中王城
水音の落ち込んでゆく木下闇　今井つる女
名刹といふもおほかた木下闇　檜紀代
椅子売は椅子にねむりて木下闇　明隅礼子
下闇や朽舟水に還りつつ　不破博
青葉闇抜け出でしとき海動く　下鉢清子

【緑蔭《りょくいん》】

緑が茂った木立の陰をいう。炎天下とは別世界のような涼しさを感じさせる。❖木下闇ほどの鬱蒼とした暗さではなく、その下でくつろぐような趣がある。

緑蔭や矢を獲ては鳴る白き的　竹下しづの女
緑蔭に三人の老婆わらへりき　西東三鬼
緑蔭に顔さし入れて話しをり　橋本鶏二
緑蔭の戸毎に朝のミルクあり　石橋辰之助
ひと一人ゐて緑蔭の入りがたき　飯島晴子

緑陰といふには少し早き頃　深見けん二
緑蔭を大きな部屋として使ふ　岩淵喜代子
緑蔭にあり美しき膝小僧　加古宗也
緑蔭や日向のもののみな遠く　岩田由美
緑蔭や声よき鳥は籠の鳥　山根真矢

【結葉《むすびば》】

樹木の茂りが盛んなさまをいい、若葉が結ばれたように見えるというので結葉という。
❖江戸時代の歳時記には「葉を結ぶ」として夏木立に併出している。

結葉やひたひにさはる合歓の枝　木津柳芽
結葉に一痕もなき通り雨　森川光郎

【柿若葉《かきわかば》】

柿の若葉は明るい萌黄色で艶があり、まだ柔らかい。柿若葉を透ける日差しの美しさは、初夏ならではのものである。

しんしんと月の夜空へ柿若葉　中村汀女
七時まだ日の落ちきらず柿若葉　久保田万太郎
柿若葉重なりもして透くみどり　富安風生
月曜の新聞軽し柿若葉　片山由美子
一声に鯉の集まる柿若葉　須沢ふさゑ
自転車に昔の住所柿若葉　小川軽舟

【常磐木の若葉《ときはぎのわかば》】　椎若葉《しひわかば》　樫若葉《かしわかば》　樟若葉《くすわかば》

常緑樹は初夏に新葉が萌《も》え出る。椎・樫・樟などが代表的で、それぞれの名を冠して詠むことが多い。

椎若葉一重瞼を母系とし　石田波郷
教室にわつと歓声椎若葉　谷野予志
風摶つてわが血騒がす椎若葉　福永耕二
道化師の指の力や椎若葉　飯田悦子
樫若葉橘寺のいらか見ゆ　高木良多
神事近き作り舞台や樟若葉　河東碧梧桐
樟若葉樟一木のほとけかな　安東次男
樟若葉大きな雨の木となりぬ　森賀まり

【若楓《わかかへで》】　楓若葉　青楓

若葉の楓の略。青楓とともに古歌に詠まれてきた伝統をもつ言葉で、独立した季語となっている。↓楓の芽（春）・紅葉（秋）

弟子達の弓の稽古や若楓　中村吉右衛門
子を産みに子が来てゐるや若楓　安住　敦
さびしさも透きとほりけり若楓　永島靖子
雨の輪に次の雨の輪若楓　浦川聡子

【葉柳《はやなぎ》】　夏柳

柳は新芽のころが最も美しく、柳といえば春季だが、夏の葉の茂った柳も別の趣がある。↓柳（春）・枯柳（冬）

葉柳の寺町過ぐる雨夜かな　白　雄
宗祇水とや一幹の夏柳　高田風人子
夏柳風に吹き割れ古人見ゆ　宇佐美魚目
池の面に垂れて映らず夏柳　島谷征良
自転車を休ませておく夏柳　佐藤郁良

【梧桐《あをぎり》】　青桐《あをぎり》

アオギリ科の落葉高木。青い幹が涼しげなので庭木・街路樹として植えられる。大きな葉が茂って木陰を作り、涼しさを感じさせる。桐の花ほどには目立たないが、六〜七月ごろ黄色味を帯びた小花を多数開く。葉は長さ一五〜二五センチの大型の扁円形で、浅く三〜五裂する。

梧桐に少年が彫る少女の名　福永耕二
梧桐の遠き一樹を標とす　ほんだゆき
梧桐や勉強部屋のありしころ　佐藤博美
青桐の三本の影かたまりぬ　野村喜舟

【海桐の花《とべらのはな》】　花海桐《はなとべら》

海桐は関東以西の海岸に自生しているが、庭木としても栽培され、五〜六月に一センチほどの芳香のある五弁花を多数つける。白色の花だが後に黄変する。こんもり茂る常緑低木で、光沢のある厚い葉が特徴。↓海桐の実（秋）

海女のもの脱ぎ捨ててあり花海桐　仁尾正文

潮曇りものうく匂ふ花海桐　宮内幸子

【土用芽《どよううめ》】

土用のころ萌え出る新芽。梅雨の間生長の止まっていた芽が一度に伸びることがある。要糯《かなめもち》などの赤い芽は特に目立つ。

びつしりと樅の土用芽宙に出づ　石原舟月
土用芽の星のごとくにつらなれる　山口青邨
土用芽のわけてもばらは真くれなゐ　篠田悌二郎
土用芽の丈一寸にして赤し　伊藤晴子
土用芽や土葬の土のすこし余る　小原啄葉

【病葉《わくらば》】

青葉のころに、病害虫や風通しの悪さによって赤や黄色に変色した木の葉。❖病葉という言葉に詩情を誘うものがある。

わくら葉の小雨にくれるいほりかな　之角
病葉のいささか青み残りけり　野村喜舟
地におちてひびきいちどのわくらばよ　秋元不死男
病葉の渦にのりゆく迅さかな　石橋秀野
病葉の水になじまぬまゝ流れ　上野章子
病葉のはなやぎ落つる墓の上　村山古郷
櫨《はぜ》の木の火の病葉を舟の上　石田勝彦
病葉や鋼のごとく光る海　飴山實
病葉や産土に古る木の駅舎　老川敏彦

【常磐木落葉《ときはぎおちば》】　杉落葉　樫落葉　椎落葉　夏落葉　樟落葉

常緑樹の落葉の総称。初夏に新葉が生い始めると、古葉が静かに落ちる。杉・椎・樫・樟など、木の名を冠して詠むことが多い。

掃き集め常磐木落葉ばかりなる　高浜年尾
弾み落つ月の出頃の夏落葉　斎藤夏風
見れば降るくらやみ坂の夏落葉　藺草慶子
夏落葉水に流せば沈みけり　池田澄子
国病んで宮居に積もる夏落葉　藤田直子
いつまでも樟落葉掃く音つづく　山口青邨

【松落葉《まつおちば》】　散松葉

松も初夏に葉を落とす。風の強い日など、

松林で降るように青い松葉が散ってくることがある。↓敷松葉（冬）

清滝や波に散り込む青松葉　芭蕉
杜国の墓絶えず潮風松落葉　橋本美代子
人もなし木陰の椅子の散松葉　正岡子規
散松葉歩幅小さくなりにけり　飯島晴子

【卯の花《うのはな》】　空木《うつぎ》の花《はな》　花うつぎ　山うつぎ　姫うつぎ　卯の花垣

空木の花のこと。空木はユキノシタ科の落葉低木。種類が多い。山野に自生し、生垣などにも植えられる。五月ごろ、白色五弁の小花が密に垂れ下がって咲く。❖旧暦四月を「卯月」と呼ぶのは、この花の名に由来するとも。

卯の花の絶え間たたかん闇の門　去来
卯の花に蘆毛の馬の夜明かな　許六
山かけて卯の花咲きぬ須磨明石　支考
卯の花は日をもちながら曇りけり　千代女
卯の花に立てかけてある田搔棒　山口都茂女
屋根も垣も網干し卯の花月夜なり　古賀まり子
卯の花や肩にほろりと髪落ちる　大竹多加志
よく濡れるものに空あり花卯ッ木　八田木枯
夕刊の届く時間よ花卯木　星野椿

【茨の花《いばらのはな》】　花茨　花うばら　野茨の花

バラ科の落葉低木である野茨の花。茨は日本に古くから自生し、古歌にも歌われている。五月ごろ、枝先に芳香のある白い五弁花を多数つける。茎は叢生《そうせい》し、枝や梢上には多くの刺《とげ》がある。↓茨の実（秋）

愁ひつつ岡にのぼれば花いばら　蕪村
川原への道野茨の花のみち　青柳志解樹
茨《ばら》さくや根岸の里の貸本屋　正岡子規
茨咲く水の迅さよ旅をゆく　中村汀女
花いばらどこの巷も夕茜　石橋秀野
海へ出る砂ふかき道花いばら　大井雅人
夕空の匂いくるかに花茨　山田貴世

花茨散り坂道のはじまりぬ　山田径子
花うばらふたたび堰にめぐり合ふ　芝　不器男
引きあげて櫂のさみしや花うばら　岩永佐保
野ばら咲きぬ幼き唄はみな忘れ　橋　閒石

【桐の花《きりのはな》】　花桐

桐はゴマノハグサ科の落葉高木で、五月上旬、枝先に大型の円錐《えんすい》花序を直立させ、筒状の紫色の花を多数つける。❖桐の木は材が良質で、簞笥《たんす》などの家具用に古くから栽植されてきたが、自生しているものも見られる。

電車いままつしぐらなり桐の花　星野立子
桐の花朝日はあつくなりにけり　高屋窓秋
あを空を時の過ぎゆく桐の花　林　徹
くもりのち雨のあかるさ桐の花　山口　速
夕方の水に埃や桐の花　宮田正和
桐の花盥《たらひ》に曲る山の鯉　伊藤通明
押入にむかしの匂ひ桐の花　大木あまり
山々に麓ありけり桐の花　小島　健
桐の花らしき高さに咲きにけり　西村和子
自転車に乗ればひとりや桐の花　森賀まり
桐咲いて雲はひかりの中に入る　飯田龍太
桐咲くや泣かせて締むる博多帯　西嶋あさ子
鉈傷をもちたる桐の咲きにけり　前田攝子

【胡桃の花《くるみのはな》】　花胡桃

胡桃は雌雄同株の落葉高木で、五～六月に緑色のあまり目立たない房のような花をつける。山野の川沿いに自生するのは鬼胡桃、高冷地で栽培されるのは中国原産の手打《てうち》胡桃《ぐるみ》。種子が食用となる。

待ちくれて胡桃も花を垂れゐたり　村越化石
仏縁に垂れて胡桃の花みどり　宮津昭彦
のぼり来て富士失ひぬ花胡桃　角川源義
追分は風吹き抜けて花胡桃　井本農一
仔牛まだ親を離れず花胡桃　古賀まり子
花すべて流れに乗せて沢胡桃　片山由美子

【朴の花《ほほのはな》】　厚朴の花《ほほのはな》

朴はモクレン科の落葉高木で、五月ごろ枝先に直径一五センチほどの花を上向きに開く。花弁は六〜九枚。樹頭に咲くため、下からは見えにくいが、黄色味を帯びた白色の大きな花は強い芳香がある。

鞍馬より貴船へ下る朴の花　大橋越央子
壺にして深山の朴の花ひらく　水原秋櫻子
火を投げし如くに雲や朴の花　野見山朱鳥
月読の神の山なり朴の花　加藤三七子
雲に入る中仙道や朴の花　岡部六弥太
朴咲いて山の眉目のひらきけり　きくちつねこ
あり余る雲を離れて朴の花　廣瀬直人
山門の高きに揺れて朴の花　鈴木厚子
うつすらとこころに錆よ朴の花　岩井かりん
朴散華即ちしれぬ行方かな　川端茅舎

【橡の花《とちのはな》】　栃の花《とちのはな》　マロニエの花

日本の特産種トチノキの花。トチノキは山地に自生し、周囲約二メートル、高さ三〇メートルにもなる。五月ごろ黄白色の円錐花序を密集してつける。❖街路樹などとして植えられるマロニエは、ヨーロッパ原産のセイヨウトチノキ。→橡の実（秋）

橡の花きつと最後の夕日さす　飯島晴子
水中にしんと日を置く橡の花　ながさく清江
足許に橡の花咲く峠かな　坂本宮尾
見えてゐる遠くの風や栃の花　鈴木しげを
空の音空にて消ゆる栃の花　正木ゆう子

【槐の花《ゑんじゅのはな》】　花槐

中国原産のマメ科の落葉高木である槐は、初夏、梢上に黄白色の蝶形の花を円錐状につける。庭園や街路に植えられ、若葉も美しい。乾燥させた槐花《かいか》は止血薬となる。❖名前の紛らわしい針槐はニセアカシアのことで、全く別の植物。

風に舞ふ槐の花を避けられず　中西舗土

潮待ちのまた風待ちの花槐　宮岡計次
楼蘭の木乃伊をろがむ花槐　海老原真琴
槐咲く峡やさだかに雲のみち　西島麦南

【棕櫚の花《しゅろのはな》】　棕梠の花

棕櫚はヤシ科の常緑高木で、五月ごろ葉間から黄白色の細花を無数につづった肉穂花序を垂れる。庭園に植えられるが、暖地では自生している。

日当たりて黄金《こんじき》垂るゝ棕櫚の花　五十嵐播水
棕櫚の花沖より来たる通り雨　皆川盤水
棕櫚の花海に夕べの疲れあり　福永耕二
刻々と海の落日棕櫚の花　舘野　豊
現れて黄の塊や棕櫚の花　山西雅子
姉立てば母に似てゐる棕櫚の花　森賀まり

【水木の花《みづきのはな》】

水木はミズキ科の落葉高木で、山地に自生し、五〜六月、枝先の散房花序に小さな白い花を密につける。枝は扇形に広がり、遠望すると雪をかぶったようである。幹に樹液が多く、材は下駄、箸、器具などに用いられる。❖「花水木」（春）とは無関係なので注意したい。

尾根下だる水木の花を下に見て　川島彷徨子
花咲きて水木は枝を平らにす　八木澤高原
水木咲く高さ那須嶽噴く高さ　斎田鳳子

【ハンカチの木の花《はんかちのきのはな》】

ハンカチノキ科の落葉高木の花。五〜六月、包葉の中に多数の雄花と一個の両性花からなる頭状花序をつける。垂れ下がる大きな白い包葉がハンカチを思わせるところからこの名がついた。❖高さ二〇メートルにもなる木にたくさんのハンカチが揺れているようでロマンを誘う。ハンカチの花ではなく、「ハンカチの木の花」が正しい。

ハンカチの木の花洗濯日和かな　森尻禮子
ハンカチの木の花汚れてはならず　片山由美子

【ひとつばたごの花《ひとつばたごのはな》】　なんじゃもんじゃの木の花

ヒトツバタゴはモクセイ科の落葉高木で、高さ二〇メートルほどになる。五月ごろ、白く小さな花が円錐状花序に多数つく。❖何の木か分からないというところから「なんじゃもんじゃの木」といわれるようになり、その名で親しまれている。

うやむやにけむりひとつばたごのはな　須賀一惠
風やんでなんじやもんじやの落花急　小枝秀穂女

【山法師の花《やまぼふしのはな》】　山法師

山法師はミズキ科の落葉高木で山野に自生し、六〜七月、小枝の先に白い花びらのように見える苞《ほう》に囲まれた頭状花序をつける。最近は街路樹としてもよく見る。

山法師妻籠《つまご》は雨に変りけり　松本陽平
雲中にして道岐れ山法師　木内彰志
風音を過客と聞けり山法師　鈴木鷹夫
天心へ飛び立つかたち山法師　吉田千嘉子
山法師あたりのものの定まらず　星野高士

【忍冬の花《すひかづらのはな》】　忍冬《にんどう》　金銀花

スイカズラは半落葉の蔓性木本で、初夏、葉腋《ようえき》に細い筒形の合弁花を開く。花色は初め白色だが後に黄色に変わる。そこから金銀花の名がある。

忍冬の花うちからむくまでかな　白雄
忍冬の花折りもちてほの暗し　後藤夜半
忍冬の花のこぼせる言葉かな　後藤比奈夫
月光の昨夜のしづくの金銀花　橋本榮治

【アカシアの花《アカシアのはな》】　花アカシア　針槐《はりゑんじゆ》の花　ニセアカシアの花

日本でいうアカシアは針槐（別名ニセアカシア）のことで、初夏にマメ科特有の白色の蝶形花を房状に開き下垂する。香りがよく、札幌のアカシアは有名。

咲き充ちてアカシヤの花汚れたり　高浜年尾

アカシアの花のうれひの雲の冷え　千代田葛彦
いつも日暮アカシアの花仰ぐのは　石田郷子
満月に花アカシヤの薄みどり　飯田龍太
花アカシア月光を吸ふ高さかな　勝又星津女
たそがれの歩をゆるめゆく花アカシヤ　伊藤敬子
針槐風とどまればにほひたつ　深谷雄大

【大山蓮華《おほやまれんげ》】　**天女花《おほやまれんげ》**

モクレン科の落葉低木。五〜七月ごろに直径八〜一〇センチの匂いの良い白い花を開き、芯の紅色が美しい。本州中部以西の深山に自生し、庭木としても植えられる。

捲き移る霧に大山蓮華あり　大橋宵火
との曇る大山蓮華ひらかむと　神尾久美子
鳥たちし大山蓮華ゆるるかな　小澤　實
大樽の乾され大山蓮華咲く　今村博子
青空に天女花ひかりたれ　原　石鼎
月の出を待ちゐる天女花かな　森　澄雄

【楝の花《あふちのはな》】　**樗《あふち》の花《はな》　花樗　栴檀《せんだん》の花《はな》**

楝はセンダン科の落葉高木の花で、五〜六月ごろ白または淡紫色の小花を円錐花序に開く。暖地の海岸近くに多く自生するが、庭園にも植えられる。枝は太く四方に広がる。❖楝は栴檀の別名だが、「栴檀は双葉より芳し」といわれる栴檀は楝ではなく白檀のこと。

どむみりと樗や雨の花曇り　芭　蕉
玉桙の道の月夜や花あふち　来　山
むら雨や見かけて遠き花樗　白　雄
林中の暮色にまぎれ花楝　樋笠　文
樗咲き空は深さをうしなひぬ　福永耕二
ひろがりて雲もむらさき花樗　古賀まり子
花樗霧吹く如き盛りかな　西村和子
栴檀のありあまる花こぼさざる　鷹羽狩行

【黐の花《もちのはな》】

常緑高木のモチノキの花。雌雄異株で、初夏、黄緑色の小花を葉腋に密につける。モチノキは宮城県・山形県以南の海岸近くの山地に自生し、庭園などにも植えられる。❖樹皮からトリモチを作ったことからこの名がある。

黐の花しばらく遠嶺あかるくて　柴田白葉女
掌をあてて散る枝散らぬ枝黐の花　加倉井秋を
もち咲いてつねにたそがれ木歩の碑　野澤節子
茅屋根に隠し蔵あり黐の花　松ひろこ

【椎の花《しいのはな》】

椎はブナ科の常緑高木で、五〜六月ごろ雌雄の花序をつけ、一斉に淡黄色や黄色の小花をつける。雄花序は長さ八〜一二センチ、枝の下部に上向きに出て、青臭い強烈な匂いがする。つぶら椎とすだ椎があり、実が食用になる。

旅人の心にも似よ椎の花　芭蕉
男らの無口に椎の花ざかり　藤田湘子
夜も椎の花の匂へる無縁坂　江口千樹
坂に来て夜空の重き椎の花　渡邊千枝子
川魚の風に敏しよ椎の花　土屋未知
一舟は筌を沈めに椎の花　正木ゆう子

【えごの花《えごのはな》】　えご散る

落葉高木のエゴノキの花。五〜六月、長さ五〜六センチの花柄をつけて白い花が下垂する。林野に多いが、庭園などにも植えられているのを見る。葉は卵円形で先端がとがり、わずかに鋸歯《きょし》がある。❖花はサポニンを含み、むかしは子供が水につけてしゃぼん玉遊びをした。果皮には麻酔効果があり、搾汁を川に流して魚をとるのに使われた。えごは山苣《やまぢさ》ともいう。

えごの花住み古る人をまだ知らず　今井つる女
人声の水渡りくるえごの花　原田青児
奈良坂にわが身漂ふえごの花　山上樹実雄
咲きそめてはやこぼれつぐえごの花　片山由美子
えごの花散り敷く水に漕ぎ入りぬ　大橋越央子

えご散るや咲くやしづかに山の音　渡辺桂子
子に跼《かが》む妻を見てをりえご散れり　千代田葛彦
えご散るやうすくらがりに水奔《はし》り　鷲谷七菜子

【合歓の花《ねむのはな》】　ねぶの花　花合歓

マメ科落葉高木のネムノキの花。六〜七月の夕暮近く、枝先に十〜二十個の頭状花序を開く。雄しべの花糸が淡紅色で長く、紅《べに》刷毛《はけ》のようで美しい。葉は互生し二回羽状複葉で、非常に多数の小葉からなる。❖夜間、小葉が閉じて眠るように見えることから、ねむ、ねぶ、ねぶた、ねぶのき、ねぶり、ねぶりのきなど、さまざまに呼ばれる。

象潟や雨に西施がねぶの花　芭蕉
雨の日やまだきにくれてねむの花　蕪村
ねぶの花ちるやこはたの別れみち　大江丸
真すぐに合歓の花落つ水の上　星野立子
石鎚山《いしづち》の下に雲とび合歓の花　五十崎朗
合歓の花咲きては散りて城古りゆく　成瀬正俊
宇陀に入るはじめの橋のねぶの花　山本洋子
雨脚の音とはならず合歓の花　櫨木優子
海底は水にかくれて合歓の花　鳥居真里子
花合歓に夕日旅人はとどまらず　大野林火

【沙羅の花《しやらのはな》】　沙羅《さら》の花《はな》　夏椿　姫沙羅《ひめしやら》

ツバキ科落葉高木の夏椿の花だが、詩歌では沙羅の別名で親しまれている。六〜七月、直径五〜六センチの椿に似た白色の五弁花を開く。樹皮は黒を帯びた赤褐色で、薄く剝《は》がれる。❖インドで、仏陀がその木の下で悟りを開いたとされる沙羅双樹とは別。

地に落ちて沙羅はいよいよ白き花　山口草堂
頰杖という杖ふくよかに沙羅の花　澁谷道
夕暮はたたみものして沙羅の花　矢島渚男
拾ひたるところへ戻す沙羅の花　梅本豹太
降る前の山の近さよ沙羅の花　中野美代子
濡縁に夕べのひかり沙羅の花　藺草慶子
夏椿母の起居の水のごと　永方裕子

夏椿落ちてゆくとき目を開き　保坂敏子

【玫瑰《はまなす》】　浜茄子《はまなす》　浜梨《はまなし》

北地の海岸に自生するバラ科の落葉低木。六〜八月に、紅色五弁で直径六〜八センチの大型の美しい花を開き、香りが良い。浜梨が訛《なま》ったという説がある。白花もある。

玫瑰や今も沖には未来あり　中村草田男

はまなすや破船に露西亜文字のこり　原　柯城

玫瑰にまぬがれがたき雨となる　大峯あきら

玫瑰や親潮といふふかき紺　豊長みのる

玫瑰や舟ごと老ゆる男たち　正木ゆう子

【桑の実《くはのみ》】　桑いちご

桑は落葉高木で、実ははじめ赤色で、やがて七〜八月に紫黒色に変じて熟す。多汁で甘い。

黒く又赤し桑の実なつかしき　高野素十

桑の実や湖のにほひの真昼時　水原秋櫻子

桑の実ややうやくゆるき峠道　五十崎古郷

桑の実の紅しづかなる高嶺かな　飯田龍太

桑の実を食べたる舌を見せにけり　綾部仁喜

舟の上から桑の実へ手を伸ばす　高畑浩平

【夏桑《なつぐは》】

夏蚕《なつご》を飼うころの桑。夏の強い日に照らされた桑畑は、むんむんといきれがつよい。

↓桑（春）

御召列車過ぐ夏桑に巡査立ち　舘岡沙緻

夏桑に沿ひいきなりの汽笛かな　永方裕子

【竹落葉《たけおちば》】

竹は初夏に新葉が生じ始めると、常緑樹と同じく古葉が落ちる。↓竹の秋（春）

これほどに軽きものなし竹落葉　右城暮石

竹落葉時のひとひらづつ散れり　細見綾子

きりもみのひとひらまじへ竹落葉　佐藤和枝

かりそめに散るにはあらず竹落葉　渡辺恭子

水面に重なり乾く竹落葉　茨木和生

昼の月よりひらひらと竹落葉　倉田紘文

竹の葉の落ちゆく先も竹の谷　鷲谷七菜子

【竹の皮脱ぐ《たけのかはぬぐ》】　竹皮を脱ぐ

筍《たけのこ》は伸びるにつれて、下方の節から順に皮を脱いでいく。真竹の皮には斑点《はんてん》があるが、淡竹《はちく》にはない。❖竹の皮は葉鞘《ようしょう》が変化したもので、自然に脱落するころに採取し、ものを包むのに用いる。

脱ぎ捨ててひとふし見せよ竹の皮　蕪村
音たてゝ竹が皮脱ぐ月夜かな　小林康治
竹皮を脱いで光をこぼしけり　眞鍋呉夫
竹皮を脱ぎ月光をまとひをり　田村正義
手を貸してやりたや皮を脱ぐ竹に　森田純一郎
竹皮を脱ぐやわが家に姫ふたり　西宮舞

【若竹《わかたけ》】　今年竹

皮を脱いだ筍はたちまち生長して親竹をしのぐほどになる。幹も葉もすがすがしい緑で、一目で今年竹とわかる。❖今日広く見られる孟宗竹が中国から移植されたのは十八世紀になってからで、それ以前は真竹、淡竹などが多かった。したがって、現代の竹林のイメージは時代が下ってからのものということになる。

若竹やふしみの里の雨の色　闌更
若竹や鞭の如くに五六本　川端茅舎
若竹や雲に力の満ちて来し　鷲谷七菜子
若竹の揺らぎはじめの雨となる　雨宮きぬよ
若竹に雨の香の立ち上りけり　生駒大祐
闇ながらさだかに見えて今年竹　鈴木花蓑
いつかむかしの青空今年竹仰ぎ　友岡子郷
今年竹空をたのしみはじめけり　大串章

【篠の子《すずのこ》】　笹の子

篠竹の子。篠竹は常緑多年生の笹で、高さ一〜三メートル。群生する。横走した根茎の末端から出る細い筍が篠の子。山菜として食される。

篠の子や小暗き顔のふり返り　岸田稚魚

篠の子のなめらかに日を流しをり　きくちつねこ

【燕子花《かきつばた》】　杜若《かきつばた》

水辺・湿地に群生するアヤメ科の多年草の花。高さ四〇～九〇センチで、地下に長い根茎を持つ。葉は剣状にとがり、長さ三〇～七〇センチ。六月ごろ叢生《そうせい》した葉の中央から花茎を伸ばし、茎頭に濃紫色の花を開く。外層の三弁は垂れて大きく、内層の三弁は直立して細い。アヤメと比べ葉の巾が広く二、三センチ。❖アヤメは花弁の元のところも模様綾目を描き、カキツバタは、花弁の元から花弁の先に向って一本象牙色の線がある。

杜若語るも旅のひとつかな　芭蕉
息つめて蕊をきるやかきつばた　梅室
今朝見れば白きも咲けり杜若　蕪村
よりそひて静なるかなかきつばた　高浜虚子
絹糸のごとき雨なりかきつばた　笹本千賀子
天上も淋しからんに燕子花　鈴木六林男
燕子花高きところを風が吹き　児玉輝代
降出して明るくなりぬ杜若　山口青邨
晩年の波のかなたの杜若　橋閒石
葬のまた傘をさす杜若　岸田稚魚
あれこれと言ひておそらく杜若　山田佳乃

【渓蓀《あやめ》】　野あやめ　花あやめ

山野に生えるアヤメ科の多年草で、花期は五～六月。花茎の根元は赤紫色を帯び、叢生した葉の中央から直立して、先端に紫色の花をつける。葉の巾が狭く一センチほど。❖水生ではなく陸草である。

きのふ見し妹が垣根の花あやめ　暁台
一人立ち一人かゞめるあやめかな　野村泊月
あやめ咲く野のかたむきに八ヶ嶽　木村蕪城
鳥辺山ほどにぬれゐるあやめかな　柿本多映
死後のことそれとなく言ふ花あやめ　岡本差知子
花と花の間さびしき花あやめ　大井雅人

【花菖蒲《はなしやうぶ》】　白菖蒲　野花菖蒲　菖蒲園
菖蒲田

アヤメ科の多年草で六月ごろ色彩もさまざまに鮮麗な花を開く。水辺などの湿地に栽培される。茎は緑色で直立し、円柱形。葉は剣状でとがり、中央に隆起した脈がある。原種の野花菖蒲は山野の湿地に自生する。江戸時代初期に改良された国産園芸種。❖各地で催されるあやめ祭の「あやめ」は、実際には花菖蒲であることが多い。

はなびらの垂れて静かや花菖蒲　高浜虚子
むらさきのさまで濃からず花菖蒲　久保田万太郎
むらさきも濃し白も濃し花菖蒲　京極杜藻
花菖蒲夕べの川のにごりけり　桂　信子
花菖蒲しづかに人を集めをり　深見けん二
舟通ることなき水路花菖蒲　森田　峠
てぬぐひの如く大きく花菖蒲　岸本尚毅
莟《つぼみ》解く風を待ちをり白菖蒲　高島筍雄
白菖蒲剪つてしぶきの如き闇　鈴木鷹夫
菖蒲園隅より水の忍び出で　平畑静塔
菖蒲田の夕日に浮ぶ花となりぬ　松本たかし

【菖蒲《しやうぶ》】　白菖《しやうぶ》　あやめぐさ

サトイモ科の多年草で、湿地に群生する。根茎は白色多肉で紅色を帯びる。葉は平行脈が通り、長剣状で長さ六〇～九〇センチ、根茎とともに芳香がある。初夏のころ、淡黄色の小花多数を肉穂花序に開く。端午の節句にはこれを軒端にかけ、菖蒲酒を造り、菖蒲湯をたてる。↓端午

あやめ草足に結ばん草鞋の緒　芭　蕉
鎌の刃も菖蒲も雫してをりぬ　ふけとしこ
立ちながら流れてきたるあやめ草　中山世一
京へつくまでに暮れけりあやめぐさ　田中裕明

【グラジオラス】

アヤメ科の多年草で、六月ごろ剣状の葉間から六〇～九〇センチの花茎を伸ばし、六

弁の漏斗状の花を横向きに多数開く。江戸時代に、オランダ船がもたらしたことから和蘭《オランダ》菖蒲といわれた。現在栽培されているのは明治以後の輸入種で、多くの種類が出回っている。

グラジオラス妻は愛憎鮮烈に　日野草城
グラジオラス揺れておのおの席につく　下田実花
船室に活けて反り身のグラジオラス　高木公園
グラジオラス己が身丈をもて余す　佐藤みほ

【鳶尾草《いちはつ》】　一八《いちはつ》

アヤメ科の多年草で、五月ごろ、燕子花に似た形の白や紫の花が咲く。高さ三〇〜六〇センチ、葉はやや短広で剣状。火災を防ぐという俗信から、藁《わら》屋根の棟によく植えた。中国原産。

いちはつの花すぎにける屋根並ぶ　水原秋櫻子
袱紗解くごと一八の花ひらく　轡田進
一八に落ちてきさうな甍あり　大木あまり
一八や朝のやつれの羽根枕　岩永佐保

【芍薬《しゃくやく》】

ボタン科の多年生草本の花で、高さ六〇〜九〇センチ。一株から数本の茎が直立、分岐した茎頂に五月ごろ数個の大輪花を開く。花弁は十枚内外、花色は白や紅。花の姿が美しいところから、顔佳草《かおよぐさ》ともいう。根は薬用になる。❖中国では「花の宰相」と呼び、牡丹の「花の王」と対比される。

芍薬のつんと咲きけり禅宗寺　一茶
左右より芍薬伏しぬ雨の径　松本たかし
芍薬や剪りたての葉のぎしぎしと　佐野青陽人
芍薬のうつらうつらと増えてゆく　阿部完市
芍薬の花散るときは潔し　鈴木勘之

【ダリア】　天竺牡丹《てんぢくぼたん》　ポンポンダリア

キク科の多年草の花。葉は羽状に分裂する。葉腋《ようえき》から分枝した茎は茎頂で枝分かれし、先端に晩夏のころ美麗な頭花を開く。世界各地で三万種以上栽培され、花色や形はさまざま。中南米の高地が原産。

一滴の雨もとどめず緋のダリア　中村菊一郎
曇る日は曇る隈もつダリヤかな　林原耒井
海の雲海へしりぞけダリヤ園　鷹羽狩行
南浦和のダリヤを仮りのあはれとす　攝津幸彦
一掬の水をダリアに恋人に　小林貴子
週明の青空高きダリアかな　大石　弘

【サルビア】

シソ科の多年草の花。日本では一年草として栽培される。原産地はブラジル。茎は方形でよく分枝し、先に花穂《かすい》をつける。緋紅色の萼《がく》に包まれた唇形の花が数層に輪生する。花期は長く六〜十月。観賞用栽培種には青紫色・紫色・桃色などもある。❖地中海沿岸原産のセージは薬用種で、ハーブとして食用にもする。

サルビアの花の衰へ見れば見ゆ　五十嵐播水
サルビヤの咲く猫町に出でにけり　平井照敏
サルビアのどつと暮れたる海のいろ　黒田杏子
サルビアと雨しか見えぬ雨宿り　馬場公江

【向日葵《ひまはり》】　日車《ひぐるま》　日輪草　天蓋花《てんがいばな》

北米原産のキク科の一年草。盛夏、茎頂または枝頭に巨大な頭状花を横向きに開く。周辺は鮮黄色の舌状花《ぜつじようか》で、中央には褐色または黄色の管状花が密集する。高さ二〜三メートル。❖庭先に二、三本咲いているものだけでなく、油を採るために植えられた一面の向日葵畑が詠まれることがある。太陽の動きにつれて花の向きを変えるといわれるが、実際は蕾《つぼみ》が開く時だけ、太陽の方向を向く。

向日葵に剣の如きレールかな　松本たかし
黒みつつ充実しつつ向日葵立つ　西東三鬼
向日葵の一茎一花咲きとほす　津田清子
向日葵や遠まはりして日の沈む　亀田虎童子

向日葵の群れ立つは乱ある如し　大串　章
一面に咲き向日葵は個々の花　片山由美子
向日葵の百人力の黄なりけり　加藤静夫
向日葵や坂の高さに海がある　木村勝作

【葵《あふひ》】　立葵　花葵　蜀葵《からあふひ》　銭葵《ぜにあふひ》

一般に葵として詠まれるのは、中国原産の立葵の花。花葵ともいい、茎は高さ二メートル余りになり、下から順に花が開き梢に至る。花色は豊富で、濃紅・淡紅・白・紫など。花期は六～八月。ヨーロッパ原産の銭葵は高さ六〇～一五〇センチと小ぶりで、花は紫の筋のある淡紫色。

明星に影立ちすくむ葵かな　一　茶
蝶低し葵の花の低ければ　富安風生
七尾線どこの駅にも立葵　佐藤和夫
鶏鳴の終りかすれし立葵　山上樹実雄
夕刊のあとにゆふぐれ立葵　友岡子郷
立葵尺のあたりを木にくくる　伊藤敬子
ごみバケツ洗ひあげたる立葵　星野恒彦
雨脚のいきなりみえて立葵　上田　操
貧乏に匂ひありけり立葵　小澤　實
立葵雀くはへて猫戻る　押野　裕
こころ足る日は遠出せず花葵　福永耕二
銭葵運河へ開くどの窓も　有馬朗人

【紅蜀葵《こうしよくき》】　もみぢあふひ

北米原産のアオイ科の多年草の花。葉は掌状に三～五深裂し、七月ごろ緋紅色の大きな花を開く。

沖の帆にいつも日の照り紅蜀葵　中村汀女
花びらの日裏日表紅蜀葵　高浜年尾
雷鳴の一夜のあとの紅蜀葵　井上　雪
伊那へ越す塩の道あり紅蜀葵　宮岡計次
雄鶏の声粘る昼紅蜀葵　中野真奈美

【黄蜀葵《わうしよくき》】　とろろあふひ

中国原産のアオイ科の一年草の花。葉は掌状に五～九深裂し、七～八月に茎上部に直径約一〇センチの黄色の花をまばらな穂状につける。高さ一〜二メートル。❖根からは和紙を漉《す》く際の糊《のり》を採る。

母の家の水が甘しや黄蜀葵　皆川盤水
歩きゐて日暮るるとろろ葵かな　森　澄雄
満開といへどあはあは黄蜀葵　木内怜子

【罌粟の花《けしのはな》】　芥子《け》の花《はな》　白芥子　芥子畑

ケシ科の花の総称。四〜六月、茎頂に一重または八重の花を開く。色は真紅・紫・白・絞りなど多様。地中海沿岸・西南アジアの原産。高さ一メートル余り。茎は直立し、葉は長楕円《だえん》形で互生する。種類によっては阿片が採れるため、栽培は禁止されているものもある。↓罌粟坊主

散り際は風もたのまずけしの花　其　角
罌粟ひらく髪の先まで寂しきとき　橋本多佳子
罌粟畠の夜は花浮いて花浮いて　後藤比奈夫
風誘ひては厭ひては芥子の花　鈴木貞雄
芥子咲いて其日の風に散りにけり　正岡子規
芥子咲けばまぬがれがたく病みにけり　松本たかし
芥子赤きかたはら別の芥子くづる　野澤節子

【雛罌粟《ひなげし》】　虞美人草《ぐびじんさう》　ポピー

ヨーロッパ中部原産のケシ科の二年草の花。初夏、枝の先に花を開く。花は四弁で広円形または円形。色は朱・紅・白・絞りなど。高さ約五〇センチ、全体に粗毛があり、葉は羽状に分裂し互生する。楚《そ》の武将項羽《こうう》の寵姫《ちようき》虞美人が、死後この花に化したとの伝説から、「虞美人草」の名がある。

陽に倦《う》みてひな罌粟いよよくれなゐに　木下夕爾
雛罌粟のはらりと花になりにけり　今井肖子
虞美人草只いちにんを愛し抜く　伊丹三樹彦
すぐ散つてしまふポピーを買ひにけり　草間時彦

【罌粟坊主《けしばうず》】　芥子坊主　罌粟の実

罌粟の花の散ったあとの球形の実で、風に

揺れる様がユーモラスであることから、罌粟坊主と親しみをこめて呼ぶ。

揺るること花におくれず罌粟坊主　片山由美子
泣かぬこと覚えたる日や罌粟坊主　宮沢豊子
芥子坊主どれも見覚えある如し　右城暮石
青春が晩年の子規芥子坊主　金子兜太

【夏菊《なつぎく》】

六〜七月ごろに咲く菊の花。秋の花より小型である。高さ三〇センチほどで、色や形は多様である。↓菊（秋）

夏菊の黄はかたくなに美しき　富安風生
夏菊や遠き野川に油浮く　秋元不死男

【矢車草《やぐるまそう》】　矢車菊

ヨーロッパ原産のキク科の一・二年草の花。四〜七月に、長い茎の先に頭状花を開く。色は紫・赤・白・桃など多様で、形が矢車に似ている。細い茎が風に揺れやすく頼りなげなさまに趣がある。正しくは矢車菊のこと。❖これとは別に山中に自生する矢車草というユキノシタ科の植物がある。

茎弱き矢車草も混りをり　波多野爽波
驟雨来て矢車草のみなかしぐ　皆川盤水

【孔雀草《くじゃくそう》】　波斯菊《はるしゃぎく》　蛇の目草

北米原産のキク科一・二年草の花。六〜七月、細長い花柄の先に周辺が鮮黄色、中心部が赤褐色のコスモスに似た鮮やかな頭状花を開く。それが蛇の目傘に似ていることから蛇の目草ともいう。葉は羽状に裂ける。

蕋《しべ》の朱が花弁にしみて孔雀草　高浜虚子
孔雀草かがやく日照続くかな　水原秋櫻子

【石竹《せきちく》】　唐撫子《からなでしこ》　常夏《とこなつ》

ナデシコ科の多年草で、初夏、分枝した茎頂に紅・薄赤・薄紫の花を開く。中国原産。花の似ている常夏もナデシコの一種。

石竹や紙燭して見る露の玉　許六
石竹の揺れ合ふ丈の揃ひたる　上野さち子

石竹のどこに咲きても昔めく　片山由美子
常夏に水浅々と流れけり　松瀬青々

【カーネーション】

ナデシコ科の多年草で、露地栽培では五〜六月、真紅・淡紅・白などの花を茎頂に開く。オランダ原産。茎や細長い葉はやや白みを帯びた緑色。❖赤いカーネーションは母の日に母に捧げる花となっている。

灯を寄せしカーネーションのピンクかな　中村汀女
いつぽんは姑《しうとめ》のためカーネーション　櫂　未知子

【睡蓮《すいれん》】　未草《ひつじぐさ》

スイレン科の多年生水草で、七月ごろ細長い花柄の先に直径数センチの蓮に似た花を開く。色は白・黄・桃などさまざま。在来種の未草《ひつじぐさ》は沼沢地に自生し、六〜九月に、直径五センチほどの白い清楚《せいそ》な花をつける。花が未の刻（午後二時）に開くといわれ、この名がある。園芸品種が多い。

睡蓮や鬢に手あてゝ水鏡　杉田久女
睡蓮や鯉の分けゆく花二つ　松本たかし
睡蓮や聞き覚えある水の私語　中村苑子
睡蓮や水をあまさず咲きわたり　深見けん二
睡蓮の花の布石のゆるがざる　木内彰志
睡蓮のところどころの水まぶし　安藤恭子
漣の吸ひ込まれゆく未草　西村和子

【蓮の浮葉《はすのうきは》】　蓮の葉　蓮浮葉　浮葉　蓮の巻葉

初夏、根茎から出てしばらく水面に浮いている蓮の新葉。その形から中国では銭荷という。

浮葉巻葉立葉折葉とはちすらし　素　堂
飛石も三つ四つ蓮のうき葉哉　蕪　村
水よりも平らに蓮の浮葉かな　鷹羽狩行
くつがへる蓮の葉水を打ちすくひ　松本たかし
蓮の葉の隙間も見せず揺れにけり　柴田佐知子
蓮の葉のまぶしきものをこぼしけり　片山由美子

いつぺんに水のふえたる浮葉かな　千葉皓史

【蓮の花《はすのはな》】　白蓮《びやくれん》　白蓮《しろはす》　紅蓮《べにはす》　蓮華《れんげ》　蓮池《はすいけ》

蓮はハス科の多年生水草。観賞用・食用として池・沼・水田などで栽培される。七月ごろ根茎から長い花茎を水上に出して、その先端に大きく美しい花を開く。色は紅・白・紅紫など。香りが良く、早朝開く。❖季語では「はくれん」は「白木蓮」のことで「白蓮」の読みには使わない。

白蓮に人影さはる夜明けかな　蓼太
蓮の香や水をはなるる茎二寸　蕪村
蓮の花開かんとして茎動く　滝沢伊代次
抽んでて宙にとどまる蓮の花　手塚美佐
蓮の花遠くにばかり見えてをり　久保ともを
蓮咲いて風その上をその下を　伊丹三樹彦
白蓮の闇を脱ぎつつ膨らめり　小枝秀穂女
手にもてば手の蓮に来る夕かな　河原枇杷男
西方へ日の遠ざかる紅蓮　野澤節子
紅蓮つひの一花を見届けに　神尾久美子
水音の晴ればれとして大賀蓮　猿山木魂
蓮池のまひるの風の匂ふなり　五十嵐播水

【百合《ゆり》】　鉄砲百合《てつぽうゆり》　鬼百合　姫百合　鹿《か》の子百合《こゆり》　山百合　笹百合　白百合　カサブランカ

ユリ科の多年草の花で、きわめて種類が多く、匂いの強いものも多い。園芸用に植えられるもののほか、切花としては鉄砲百合、カサブランカなどに人気がある。

百合の花朝から暮るるけしきなり　一茶
起ち上る風の百合あり草の中　松本たかし
すぐひらく百合のつぼみをうとみけり　安住敦
百合咲くや海よりすぐに山そびえ　鈴木真砂女
百合ひらき甲斐駒ヶ岳目をさます　福田甲子雄
むき〳〵に花粉こぼして卓の百合　奈良鹿郎
献花いま百合の季節や原爆碑　後藤比奈夫

仏壇の中の暗きに百合ひらく　菖蒲あや
百合の香を深く吸ふさへいのちかな　村越化石
折り持てば首より動くかのこゆり　松藤夏山
稚児百合の丈のあはれに揃ひけり　吉田万里子
腕の中百合ひらきくる気配あり　津川絵理子
鉄砲百合一花は海の日をまとも　友岡子郷

【含羞草《おじぎさう》】 眠草《ねむりぐさ》

ブラジル原産のマメ科多年草で、夏から秋にかけて淡紅色の小さな花が球状に固まって咲く。日本では一年草。葉は合歓《ねむ》に似て夜に閉じるが、手で触れてもしばらく閉じているのでこの名がある。

おじぎ草眠らせてゐて睡うなりぬ　大石悦子
眠草静かにさめるところかな　山田美好
ねむり草眠らせてゐてやるせなし　三橋鷹女
ねむり草驚いてから眠るなり　加藤かな文

【金魚草《きんぎよさう》】

ゴマノハグサ科の多年草で、六月ごろ直立した茎の上に唇形花を穂状に多数つける。花色は赤・黄・紅・白などで、個々の花の形が金魚に似ている。ヨーロッパ原産で、江戸時代末期に渡来した。

金魚草よその子すぐに育ちけり　成瀬櫻桃子
いろいろな色に雨ふる金魚草　高田風人子
ふつくらと雨の零るる金魚草　宇野恭子

【花魁草《おいらんさう》】 草夾竹桃《くさけふちくたう》

ハナシノブ科の多年草で、七月ごろ、茎頂に夾竹桃に似た小花を毬《まり》状につづる。色は紅紫、または白。花かんざしに似るのでこの名がある。北米原産で、高さ六〇〜一二〇センチ。

花期ながきこともあはれや花魁草　堀　葦男
おいらん草笄《かうがい》散らし櫛散らし　樋笠　文

【縷紅草《るこうさう》】

ヒルガオ科の一年生蔓草で、長い花柄の先に小型漏斗状の深紅・白の花を開く。熱帯アメリカ原産。

縷紅草垣にはづれて吹かれ居り　津田清子
少女来て小犬を放つ縷紅草　古賀まり子

【松葉牡丹《まつばぼたん》】　日照草《ひでりぐさ》　爪切草

スベリヒユ科の一年草で、夏から秋にかけて紫・紅・白・黄などの五弁花を日中に開く。葉も茎も肉質。旱魃にも衰えを見せないので日照草ともいい、繁殖力が強い。

つゝましく松葉牡丹に住むらしく　高野素十
松葉牡丹日ざしそこより縁に来ず　大野林火
吾子目覚め松葉牡丹もめざめけり　轡田進
日照草麻疹のはやる村はずれ　三谷昭

【仙人掌の花《さぼてんのはな》】　覇王樹《さぼてん》　月下美人　女王花

サボテンは南北アメリカ原産の多年生植物で、盛夏のころ花を付ける。葉は刺状に変わり水分の蒸発を防いでいる。多くのサボテンの茎は深緑色で、扁平・円柱状・楕円形などさまざまな形のものがある。月下美人はメキシコ原産で、夜が更けるとともに白い花をひらき数時間で閉じるが、濃厚な香りがある。

仙人掌の花や倒るる浪の前　桂樟蹊子
仙人掌の針の中なる蕾かな　吉田巨蕪
ふくらめる月下美人を預れり　右城暮石
今一度月下美人に寄りて辞す　森田純一郎

【アマリリス】

ヒガンバナ科の球根植物で、太く長い花茎の先端に、百合《ゆり》に似た大きな花を開く。色は赤・橙《だいだい》・白など。熱帯アメリカ原産。園芸品種は複数の野生種の交配で生まれた。

首曲げて人を待つなりアマリリス　石井保
あまりりす妬みごころは男にも　樋笠文
目かくしの闇はなつかしアマリリス　杉山久子

【日日草《にちにちさう》】

キョウチクトウ科の一年草の花。一日花で、初夏から秋まで日々咲き替る。色は赤・白・桃。西インド、マダガスカル島原産。

日々草朝な夕なに門掃いて　西嶋あさ子
昨日けふ花おこたりて日日草　片山由美子
今日をもて日々草の花終る　富岡桐人

【百日草《ひやくにちさう》】

キク科の一年草で、七～九月、枝ごとに色鮮やかな頭状花をつける。一重・八重・ポンポン咲きの大輪・小輪があり、色も紅・紫・白など豊富。花期の長いのが特徴である。メキシコ原産。

これよりの百日草の花一つ　松本たかし
このごろの仏事つづきや百日草　川畑火川
百日草あらひざらしの色となり　本井　英
ああ今日が百日草の一日目　櫂　未知子

【鬼灯の花《ほほづきのはな》】　**酸漿《ほほづき》の花《はな》**

ナス科多年草の鬼灯は、六～七月に薄黄色の花が咲く。浅く五裂した萼《がく》がのちに大きくなり、中に漿果《しょうか》を蔵する。↓鬼灯（秋）

鬼灯の垣根くぐりて咲きにけり　村上鬼城
鬼灯や花のさかりの花三つ　水原秋櫻子
かがみ見る花ほほづきとその土と　皆吉爽雨
かはたれの庭に鬼灯花こぼす　岡田幸子

【青鬼灯《あをほほづき》】　**青酸漿**

未熟で、まだ外苞《がいほう》が青い鬼灯の実。↓鬼灯（秋）

青鬼灯武蔵野少し残りけり　加藤楸邨
青鬼灯少女も雨をはじきけり　石田波郷

【小判草《こばんさう》】　**俵麦**

ヨーロッパ原産のイネ科の一年草。夏、細い茎の上部に小判形の小穂をたくさん下げる。花穂《かすい》は初め緑色で、熟すと黄金色になる。鉢植にして、穂が風にゆれる風情を楽しむ。

小判草ゆつくりと揺れ迅く揺れ　清崎敏郎
小判草引けばたやすく抜けるもの　星野　椿

【鉄線花《てつせんくわ》】　てつせんかづら　クレマチス

キンポウゲ科の落葉性蔓植物、テッセンの花。五～六月、中心に暗紫色の蕊《しべ》が密集する直径五～八センチの六弁花を開く。その花弁に見えるのは萼片《がくへん》が平開したもの。原種は黄白色だが、園芸品種の花色には白・淡紫・桃などがある。茎が鉄線のように細く硬い。中国原産で江戸時代初期に渡来した。テッセンとカザグルマなどを交配したものがクレマチス。

鉄線の花の紫より暮るゝ　五十嵐播水
てつせんの花てつせんに巻きつける　林　徹
鉄線花うしろを雨のはしりけり　大嶽青児
一葉の路地一輪の鉄線花　栗田やすし

【岩菲《がんぴ》】

ナデシコ科の多年草で、五～六月、茎頂や葉腋《ようえき》に赤色・白色・黄色などの五弁花を開く。葉も花も撫子《なでしこ》に似た形である。中国原産で、古くから庭園などで栽培された。

一輪の記憶のまゝに岩菲咲く　今井つる女
花岩菲ゴンドラおそるおそる着く　榑沼けい一

【紅花《べにばな》】　紅藍花《べにばな》　紅粉花《べにばな》　紅の花　末摘花《すゑつむはな》

キク科の二年草で、六月ごろ紅黄色の薊《あざみ》に似た頭状花を開く。朝露の乾く前に花を摘んで紅の原料とする。ヨーロッパおよびアジアの原産。日本には古代に渡来し、山形などで紅を採取するため栽培されてきた。高さ八〇～一二〇センチ。

眉掃きを俤にして紅粉の花　芭　蕉
鏡なき里はむかしよ紅の花　二　柳
とりどりに人の夕べや紅粉の花　岡井省二
鳴いてくる小鳥はすずめ紅の花　三橋敏雄
雨の日のくらさあかるさ紅の花　吉田未灰
みちのくに来てゐる証紅の花　森田　峠

紅の花葉先するどく干されけり　百村美代女

【茴香の花《ういきやうのはな》】

茴香はセリ科の多年草で、六月ごろ、枝先に細かい五弁花が傘状に群がり咲く。薬用として古く渡来し、果実は香気が強く、香味料としても用いる。❖ヨーロッパ南部原産で、フェンネルの名でも知られる。

茴香のありとしもなく咲きにけり　増田手古奈
茴香の花の香こもる夜の雨　澤村昭代

【玉巻く芭蕉《たままくばせう》】　芭蕉の巻葉　玉解く芭蕉　青芭蕉

芭蕉の巻葉の美称。固く巻いたままの新葉は、初夏のころ伸びほぐれて長さ二メートルほどの広い葉になる。それを「玉解く芭蕉」という。若葉が解けるころ芭蕉は最も美しいので青芭蕉という。

芭蕉玉巻く石垣をもて軒隔ち　齊藤美規
玉解いて即ち高き芭蕉かな　高野素十
ことごとく風に玉とく芭蕉林　高野素十
筬の音しづかに芭蕉玉ときぬ　篠原鳳作

【芭蕉の花《ばせうのはな》】　花芭蕉

大型多年草の芭蕉は、夏から秋に、広大な葉の間から花茎を抜き、黄色味を帯びた卵円形の大きな苞《ほう》に包まれた花茎をつける。基部に雌花の房、先端に下垂した雄花の房がつく。→芭蕉（秋）

ひんがしに芭蕉の花の向きにけり　室生犀星
芭蕉咲き甍かさねて堂立てり　水原秋櫻子

【苺《いちご》】　覆盆子《いちご》　苺狩　苺畑　野苺　草苺

甘い果実が喜ばれるバラ科の多年草。現在ほとんどが温室栽培となり、季節を問わず店先に並ぶが、露地栽培では夏に熟す。栽培ものの中心はオランダ苺。食べる部分は花托《かたく》が肥大したもので、表面に散在するのが種子。→冬苺（冬）

青春のすぎにしこゝろ苺喰ふ　水原秋櫻子
苺買ふ子の誕生日忘れねば　安住　敦
苺の空函ためてどうする妻の智恵　有働　亨
ひかりこぼす苺にかける白砂糖　きくちつねこ
水の中指やはらかく苺洗ふ　大橋敦子
花びらの貼りついてゐる苺かな　足立幸信
胎の子の名前あれこれ苺食ぶ　西宮　舞
ねむる手に苺の匂ふ子供かな　森賀まり
死火山の膚つめたくて草いちご　飯田蛇笏

【茄子苗《なすなへ》】

初夏に植えつける茄子の苗。紫色の茎と濃緑の葉が美しい。

茄子苗を揺らして運ぶ鞍馬みち　石田勝彦
茄子苗にむらさきのゆきわたりけり　行方克己
青空の静まりかへり茄子の苗　千葉皓史

【瓜の花《うりのはな》】　**胡瓜《きうり》の花《はな》**

瓜類の花の総称。甜瓜《まくわうり》の花をはじめ、胡《きゅ》瓜《うり》・南瓜《かぼちゃ》・西瓜《すいか》・越瓜《しろうり》などで、黄色い花が多く雌雄別。↓瓜

美濃を出て知る人まれや瓜の花　支　考
湖《うみ》照りの眦《まなじり》にあり瓜の花　六本和子
過ぐるたび胡瓜の花の増えてをり　永島靖子

【南瓜の花《かぼちゃのはな》】　**花南瓜**

雌雄別のある合弁花。地を這《は》うように太い枝を伸ばし、葉腋《ようえき》に花をつける。

砂を這ふ南瓜の花に島の雨　今井千鶴子
恵那山に雲湧きやまぬ花南瓜　遠藤梧逸

【糸瓜の花《へちまのはな》】

ヘチマはインド原産のウリ科の一年草で、雌雄異花。どちらも黄色で雄花は房のように、雌花は独立して咲く。色は鮮烈だが花は小さい。

糸瓜咲いて痰のつまりし仏かな　正岡子規
古希以後のひと日大事に糸瓜咲く　岸　風三樓
鶏小屋の屋根に人をり花糸瓜　徳丸峻二

【茄子の花《なすのはな》】

茄子は、仲夏のころ、葉腋に先端が五裂した淡紫色の合弁花を下向きに開く。❖地味な花ではあるが、趣がある。↓茄子

うたたねの泪大事に茄子の花　飯島晴子
草木より目覚の早き茄子の花　福田甲子雄
妻呼ぶに今も愛称茄子の花　辻田克巳
あけがたの雨がからまる茄子の花　鈴木八洲彦

【馬鈴薯の花《じゃがいものはな》】　じゃがたらの花　馬《ば》鈴《れい》薯《しょ》の花《はな》

ジャガイモは六月ごろ、浅く五裂した星形の白または薄紫色の花を開く。❖畑一面に咲く光景は美しい。↓馬鈴薯《じゃがいも》（秋）

じゃがいもの花のさかりのゆふまぐれ　日野草城
じゃがいもの花の三角四角かな　波多野爽波
じゃがいもの花の起伏の地平線　稲畑汀子
じゃがたらの花裾野まで孀恋村　金子伊昔紅
馬鈴薯の花の日数の旅了る　石田波郷
馬鈴薯の花に日暮の駅があり　有働亨

【胡麻の花《ごまのはな》】

胡麻は盛夏のころ、葉は長楕円形で、葉腋に、花弁の先が五裂した淡紅紫色の筒状花《とうじょうか》を開く。上唇は短く下唇が少し長い。↓胡麻刈る（秋）

足音のすずしき朝や胡麻の花　松村蒼石
遍路みち白く乾きて胡麻の花　大中誉子
ちちははの声の中なる胡麻の花　神蔵器
山畑は垣など結はず胡麻の花　辻田克巳
人死んでそよりともせず胡麻の花　藤井貞子

【独活の花《うどのはな》】

独活は晩夏、茎先や葉腋に大きな散形花序の淡緑色の小花を多数開く。↓独活（春）

独活の花雨とりとめもなかりけり　古舘曹人
独活の枝ぎくしやく伸びて花持てり　夏目隆夫

【山葵の花《わさびのはな》】

山葵は初夏のころ、茎先や上部の葉腋から短い総状花序を出し、白い十字花を開く。

る。❖清冽《せいれつ》な水音のなかで咲く様は涼しげである。↓山葵（春）

夜の膳の山葵の花をすこし嚙み　能村登四郎
風立ちて山葵の花の紛れぬる　清崎敏郎
常念岳のかがやき見よや花山葵　加藤三七子
行く水に影もとどめぬ花わさび　渡辺恭子
花山葵摘むとき水のつむじなす　高尾峯人

【韮の花《にらのはな》】

韮は晩夏のころ長い花茎を伸ばし、先端に散形花序の白い小花を多数開く。❖園芸用の花韮（春）はこれとは別種。↓韮（春）

足許にゆふぐれながき韮の花　大野林火
人去つて風残りけり韮の花　岸田稚魚
雄鶏の勇みたつ首韮の花　河野南海

【豌豆《ゑんどう》】　莢豌豆《さやゑんどう》

豌豆はマメ科の一・二年生蔓性草本で、絹莢など若いうちに莢のまま食べる莢豌豆と、グリーンピースのように豆を食べる実豌豆がある。秋に蒔くと四～六月に収穫できる。

ひとづまにゑんどうやはらかく煮えぬ　桂信子
豌豆や子がそつと出す通知表　野中亮介

【蚕豆《そらまめ》】　空豆　はじき豆

秋に蒔き、五～六月、莢が硬くならないうちに収穫する豆。莢が茎に直立するのでソラマメという。莢の内側はクッションのようになっていて、実を守っている。青い実を取り出し茹でて食べる。加工用のものはよく熟してから収穫し乾燥させる。

そら豆はまことに青き味したり　細見綾子
父と子のはしり蚕豆とばしたり　石川桂郎
皿二つそらまめとそらまめの皮　行方克巳
そら豆のやうな顔してゐる子かな　星野高士
そらまめの青きにほひの湯気のなか　井出野浩貴
はじき豆出初めの渋さなつかしき　青木月斗

【筍《たけのこ》】　笋《たけのこ》　竹の子　たかんな　たかうな

竹の種類は多いが、食用にするのは孟宗《もうそう》竹《ちく》・淡竹《はちく》・真竹などである。早いものは三月上旬から収穫するが、初夏の味わいとして欠かせない。→春の筍（春）

笋はすゞめの色に生ひ立ちぬ　素　丸
筍の光放つてむかれけり　渡辺水巴
筍を茹でてやさしき時間かな　後藤立夫
困るほど筍もらふ困りをり　加藤かな文
いづこへも行かぬ竹の子藪の中　三橋敏雄
竹の子の小さければ吾子かがみこむ　大串　章
たかんなや吉良累代の墓所　加古宗也

【蕗《ふき》】　**蕗の葉　蕗畑　伽羅蕗《きゃらぶき》**

キク科の多年草。山野に自生するが、畑でも栽培される。葉は根生し、初夏、長い葉柄が食用となる。秋田蕗のように巨大なものもある。伽羅蕗は醤油で伽羅色に煮詰めたもの。

思ひ出し思ひ出し蕗のにがみかな　路　通
母の年越えて蕗煮るうすみどり　細見綾子
雨の日や指先ねむく蕗を剝く　井上　雪
蕗むいて一日むいてゐるやうな　山尾玉藻
刈る蕗の中より水の走りけり　小林輝子
蕗剝くや臨時ニュースを聞きながら　櫂　未知子
蕗の葉に雨の猛々しく匂ふ　辻　美奈子
伽羅蕗の滅法辛き御寺かな　川端茅舎
伽羅蕗や上がり框の坐り艶　水沼三郎

【瓜《うり》】　**初瓜　甜瓜《まくはうり》　真《ま》桑瓜《くはうり》　越瓜《しろうり》　瓜畑**

ウリ科の野菜の総称。甜瓜《まくわうり》・越瓜《しろうり》・胡瓜などがあるが、昔は瓜といえば甜瓜をさした。果実は丸・楕円・円筒形などがあり、果皮も熟すると白・黄・黄緑色・緑など種類によってさまざま。香気があって味が良く、甘瓜・味瓜などともいう。

初真桑たてにや割らん輪に切らん　芭　蕉
ならはしの塩茶飲みけり瓜の後　其　角
水桶にうなづきあふや瓜茄子　蕪　村

瓜貰ふ太陽の熱さめざるを　山口誓子
まんなかに種ぎつしりと真桑瓜　吉田汀史
たちまちに海の消えたる瓜畑　綾部仁喜

【胡瓜《きうり》】

他の瓜と同様に畑で栽培し、柵などにからませたり、地面に這《は》わせたりする。季節感が薄れかけているが、茄子とともに夏を代表する野菜。

どうしても曲る胡瓜の寂しさは　原田暹
夕影は一山売りの胡瓜にも　福神規子
青き胡瓜ひとり嚙みたり酔さめて　加藤楸邨

【夕顔《ゆふがほ》】　夕顔の花

ウリ科の一年生蔓草。夕刻に花冠五裂した大きな白花を開き、翌朝までにしぼむ。果実は長い円筒形のものと、大きく扁平のものがある。苦みがあるためそのままでは食用に適さず、薄く長くむいて干瓢《かんぴよう》にする。熟したものは、器や置物などの加工用にもなる。

夕顔の中より出づる主かな　樗良
淋しくもまた夕顔のさかりかな　夏目漱石
夕顔の一つの花に夫婦かな　富安風生
夕顔の花を数へにいくところ　九鬼あきゑ
あきらめて夕顔の花咲きにけり　五島高資

【メロン】　マスクメロン　プリンスメロン　アンデスメロン　アムスメロン　夕張メロン

ウリ科の一年草の果実。アフリカ原産のものがヨーロッパ南部で品種改良され、イギリスで温室栽培に成功、明治初年日本に導入された。露地ものは戦後の甜瓜などとの交配で一般に普及した。マスクメロンは網目メロンの代表的品種。❖メロンが紀元前中国に伝わって分化したのが甜瓜である。

メロンに刃入るるや沖に白帆置き　畠山譲二
メロン掬ふに吃水線をやや冒し　鈴木榮子

【茄子《なす》】　なすび　初茄子《はつなすび》　加茂茄子　丸茄子　長茄子《ながなす》

ナス科の一年草の野菜。紫紺色・紫黒色の茄子の実は、煮物・汁の実・揚物・油いため・漬物など用途が広い。

採る茄子の手籠にきゆァとなきにけり　飯田蛇笏
桶の茄子ことぐく水をはじきけり　原石鼎
茄子もぐや日を照りかへす櫛のみね　杉田久女
右の手に鋏左に茄子三つ　今井つる女
夕焼の海せりあがる茄子の紺　阪本謙二
夕空へ流れ出したる茄子の紺　佐藤郁良
茄子を捥ぎ清潔な朝始まりぬ　山崎祐子
初なすび水の中より跳ね上がる　長谷川櫂
日の余熱まだある茄子をもぎにけり　栗原憲司

【トマト】　蕃茄《とまと》　赤茄子《あかなす》

原産地は南アメリカ大陸のアンデス高地だが、世界各地で栽培される重要な野菜。扁球形の果実が赤熟または黄熟する。栄養に富み、生食だけでなくジュースやケチャップなどにも加工される。イタリア料理などには欠かせない食材。❖日本では明治初期に栽培がはじまったが、今ではハウス栽培が普及し、夏の野菜という実感が乏しくなっている。

トマト洗ふ蛇口全開したりけり　本井英
白昼のむら雲四方に蕃茄熟る　飯田蛇笏
子が捥いで太陽いつぱいになる蕃茄　細井啓司

【キャベツ】　甘藍《かんらん》　玉菜

ヨーロッパ原産で、アブラナ科の一・二年草の野菜。日本では明治末より一般に普及した。葉は広く滑らかで玉を巻き、大きな球状を呈する。

掌《て》に載せて夕日のキャベツ見よといふ　加藤楸邨
雷の下キャベツ抱きて走り出す　石田波郷
甘藍をだく夕焼の背を愛す　飯田龍太
甘藍の玉巻くまへの青さかな　佐川広治

【夏大根《なついだこん》】
大根はアブラナ科の二年草。夏大根は二年子大根を改良したもので小型、多汁にして辛味が強く、その辛さが暑い時期に食欲を増進させる。

轍また深みにはいり夏大根　桂　信子
ふるさとに父訪ふは稀れ夏大根　池上浩山人
ざつくりと夏大根を煮て日ぐれ　小檜山繁子

【新馬鈴薯《しんじやがが》】
じゃがいもは夏から秋にかけて本格的に収穫されるが、五、六月ごろからすでに新じゃがとして出荷される。

新じやがのゑくぼ噴井に来て磨く　西東三鬼
選り分けて新じやがの粒揃ひたる　廣瀬直人
新じやがに似て子の膝や土まみれ　村上喜代子

【新藷《しんいも》】　走り藷
晩夏に出るはしりのさつまいも。甘みは薄いが季節の先取りを楽しむ。

新藷の羞ひの紅洗ひ出す　能村登四郎
新藷の赤の火照つてをりにけり　後藤比奈夫
うつくしきもの献饌の走り藷　黒田杏子

【夏葱《なつねぎ》】　刈葱《かりぎ》
葱といえば冬のものだが、夏用に栽培されているものをいう。刈葱は夏葱の一種で、生長が早く、何度も刈ることができるのでこの名がある。

野の末やかりぎ畑をいづる月　鬼　貫
夏葱に鶏裂くや山の宿　正岡子規
夏葱の土寄せ済んでゐたりけり　星野麥丘人
土乾く胸に刈葱の青みけり　倉林篤子

【玉葱《たまねぎ》】
地下の鱗茎が球形になった部分を食用とし、夏に収穫する野菜。日本には明治初年に渡来した。

玉葱を吊す必ず二三落ち　波多野爽波
戦争をよけてとほりし玉葱よ　八田木枯

玉葱のくび玉葱で括りたる　早川志津子
新玉葱研ぎしばかりに刃に応ふ　岡本まち子
どの家も不在玉葱吊しゐて　谷口智行

【辣韮《らっきょう》】　薤《らっきょう》　らつきよ
ユリ科の多年草で、秋に植えた小鱗茎《りんけい》から細長い葉が多数出る。特有の香りを持ち、特に鱗茎は強い。六～七月に掘り上げて塩漬けや甘酢漬けにして食べる。

辣韮の無垢の白より立つにほひ　文挾夫佐恵
らつきようの白きひかりを漬けにけり　大石悦子
辣韮漬け愚かな母で通しけり　中野あぐり
砂熱く太陽熱く辣韮掘る　清水諒子
暖流の沖を遥かに辣韮掘り　東とき子

【茗荷の子《めうがのこ》】

茗荷はショウガ科の多年草。陰湿地に自生するが、多くは栽培され、独特の風味を持つ。七月ごろ地下の根茎から新しい茎を伸ばし、茎頂に花序をつける。これを茗荷の子という。一般に茗荷と呼んで食しているのはこの部分である。→茗荷竹（春）・茗荷の花（秋）

朝市や地べたに盛りて茗荷の子　西山誠
茗荷の子くきと音して摘まれけり　藤木倶子
朝刊をとりに茗荷の子をとりに　杉浦典子

【蓼《たで》】

タデ科の一年草で、種類が多い。柳蓼は本蓼・真蓼ともいわれ、高さ六〇センチほど。小川や沼などの水辺や田の畦《あぜ》などに生える。辛味のある柳蓼の葉は蓼酢にし、紅蓼・赤蓼は芽を刺身のつまや吸物などに使う。→蓼の花（秋）

捨水の波を打ちゆく蓼の溝　山口青邨
あとになり気付く蓼酢のありしこと　中原道夫

【紫蘇《しそ》】　紫蘇の葉　赤紫蘇　青紫蘇　大葉　花紫蘇
シソ科の一年草で、葉は楕円形で先がとが

り、縁に鋸歯がある。赤紫蘇は茎や葉が紫色で香りや辛みが強い。葉を塩もみし梅と一緒に漬けこみ、色と香りをつける。青紫蘇は刻んで薬味にしたり天麩羅《てんぷら》にしたりする。花紫蘇や穂紫蘇は、摘んで刺身のつま、天麩羅にする。

雑草に交らじと紫蘇匂ひたつ　篠田悌二郎
島へゆく船の畳に紫蘇の束　吉田汀史
青紫蘇の闇のつづきを家に在り　久保純夫
ひとうねの青紫蘇雨をたのしめり　木下夕爾
犬のあと猫のとほりし紫蘇畑　関戸靖子
紫蘇の花実に追はれつつ咲きのぼる　奥野美枝子

【青山椒《あをざんせう》】

山椒はミカン科の落葉低木。山地に自生するが、若葉や実を香味料に利用するため庭などにも植えられる。秋に熟するが、夏のまだ青く小粒のものを青山椒といい、辛味を楽しみ、佃煮《つくだに》にもする。

青山椒擂りをり雨の上るらし　村沢夏風
記紀の山いづれもかすみ青山椒　鷲谷七菜子
藪ふかく雨がふるなり青山椒　勝又一透
櫛に水つけて髪梳く青山椒　鈴木節子

【青唐辛子《あをたうがらし》】青唐辛《あをたうがらし》　青蕃椒《あをたうがらし》　葉唐辛子

唐辛子はナス科の一年草で、熱帯アメリカ原産。辛味のある未熟な青い実を青唐辛子といい、かすかに辛い実を茎や葉と共に煮物や油いためにする。葉にも辛味があり葉唐辛子として利用される。→唐辛子（秋）

つれなさの切なさの青唐辛子　三橋鷹女
丹念に青唐辛子青育て　北光星
きじやうゆの葉唐辛子を煮る香かな　草間時彦

【麦《むぎ》】大麦　小麦　麦の穂　穂麦　麦畑　麦生《むぎふ》　麦熟る　麦の黒穂　黒穂

イネ科に属す大麦・小麦・裸麦・ライ麦・燕麦《えんばく》などの総称で、古くから食用や飼料とされてきた。夏の季語になっているのは穂の出た麦。四月半ばに六〜九センチの花穂《かすい》が直立し、五月ごろに黄熟するので、それを刈り取る。麦は黒穂病菌の寄生によって黒穂病にかかることがあり、穂が黒くなった黒穂は収穫できない。↓麦蒔き（冬）・麦の芽（冬）・麦踏（春）・青麦（春）・麦の秋

行く駒の麦に慰むやどりかな　芭蕉
きらきらと雨もつ麦の穂なみかな　蝶夢
麦の穂のしんしんと家つつむなり　川本臥風
旅の顔上げて穂麦の風埃　村沢夏風
いくさよあるな麦生に金貨天降るとも　中村草田男
麦熟れてあたたかき闇充満す　西東三鬼
熟れ麦の香や海へ行く道下る　井本農一
遡る舟あり麦の熟れてをり　小林篤子
黒穂抜くさびしきことに力込め　西山禎一

【早苗《さなへ》】　早苗取　早苗束　早苗籠　苗運び　早苗舟　若苗　玉苗　余苗《あまりなへ》　捨苗

苗代から田へ移し植えるころの稲の苗。「若苗」は別称で、「玉苗」は美称。↓田植

二日月三日月早苗夜も育つ　百合山羽公
戦ぎたる早苗に水輪ひとつづつ　榮猿丸
早苗たばねる一本の藁つよし　福田甲子雄
早苗束投げしところに起直り　杉田久女
落ちてゐる早苗束にも風が吹く　高野素十
早苗束はふりたる手の残りけり　田村暁雨
苗束の双つ飛んだる水の空　石田勝彦
月山のうすうす見ゆる早苗籠　皆川盤水
屋敷門より玉苗を運びだす　山本洋子
法華寺の里に玉苗余りけり　大屋達治
余り苗伊吹の風を溜めてをり　関戸靖子
寄せられて風を呼びけり余り苗　島谷征良
あをあをとして生きてゐる余り苗　岩田由美

【青稲《あおいね》】

根を張り、青田をなすまでに生長した穂が

出る前の稲。風に吹かれて一斉になびくさまは美しい。❖従来の歳時記には項目がないが、青麦に対し、稲は青稲と呼んで差支えないだろう。↓青田

しみぐ\と青稲暮るゝ身のまはり　日野草城
青稲のうち揃ひたる剣の葉　若井新一

【帚木《ははきぎ》】　箒木《ははきぎ》　はうきぎ　箒草《ははきぐさ》　はうきぐさ

アカザ科の一年草で、多く分枝し、高さは一メートルほどになる。こんもりと丸みを帯び、茎・枝は硬く直立し、緑色から後に赤色に変わる。茎・枝は干して箒を作る。実は「とんぶり」と称し、若葉とともに食用になる。

帚木に影といふものありにけり　高浜虚子
帚木のつぶさに枝の岐れをり　波多野爽波
帚草ながき日暮を見てゐたり　森　澄雄
あを／＼とこの世の雨の箒木草　飴山　實

【棉の花《わたのはな》】　綿の花

棉はアオイ科の一年草または木本。七月ごろ、黄、白などの美しい五弁花を葉腋《ようえき》に開く。芙蓉に似た大きな花は二〜三日でしぼみ、卵形の先が尖った果実をつける。花を抱いていた三枚の包葉がそのまま果実を包み、完全に熟すと開裂する。↓棉（秋）

丹波路や綿の花のみけふもみつ　闌更
絆とは入日にしぼむ棉の花　福田甲子雄
雲よりも棉はしづかに咲きにけり　福島小蕾

【玉蜀黍の花《たうもろこしのはな》】　なんばんの花

玉蜀黍はイネ科の大型一年草で、茎頂に芒《すすき》の穂に似た大きな雄花をつける。雌花は葉腋上の大型の苞《ほう》の中から赤毛のような花柱を長く垂らし、自家受粉をせず、風で飛んでくる花粉を受ける。↓玉蜀黍（秋）

地平まで玉蜀黍の花畑　阿部月山子
南蛮の花綴りあふ夜空かな　八木林之助

なんばんの花に雨ふる山近み　轡田　進

【麻《あさ》】　大麻《おほあさ》　麻の葉　麻の花　麻刈　麻引　麻畠

麻は一年草で古くは苧《お》といい、広く栽培された。葉は長い柄のついた掌状複葉で、麻の葉模様として図案化されている。高さ二〜三メートルで、雌雄異株。夏に茎を収穫して皮から繊維を採る。葉や穂には幻覚物質が含まれるため、栽培は免許制である。

さそり座のそばまで麻の花ざかり　藤田湘子
麻咲いて坊主頭の子に朝日　小澤　實
あけがたの雨に濡れたる麻を刈る　町田勝彦
明るくて向う透けたる麻畠　田川飛旅子
まつすぐに雨とほしをり麻畑　きくちつねこ

【太藺《ふとゐ》】

カヤツリグサ科の大型多年草で、池や沼に群生する。茎は丸く、高さ一・五メートルほどで、筵《むしろ》を織るために栽培もされる。下部に褐色の鱗片葉があるだけで、葉を欠く。茎頂に黄褐色の花を数個開く。

太藺咲く隙間だらけの通り雨　苅谷敬一
太藺折れ水の景色の倒れけり　粟津松彩子

【夏草《なつくさ》】

繁茂する夏の草。野や山に広がる夏草は、生命力に満ちている。❖古くから歌に詠まれ、『万葉集』に〈玉藻刈る敏馬《みぬめ》を過ぎて夏草の野島《のしま》が崎に舟近づきぬ　柿本人麿〉とある。

夏草や兵《つはもの》共がゆめの跡　芭　蕉
夏草やベースボールの人遠し　正岡子規
わが丈を越す夏草を怖れけり　三橋鷹女
夏草に汽罐車の車輪来て止る　山口誓子
夏草の中に石段らしきもの　今井肖子
夏草の真つ只中の門扉かな　照井　翠
夏草やしとどに濡るる馬の脚　甲斐由起子

【草茂る《くさしげる》】

夏草の繁茂したさま。❖木々の茂ったさまは「茂《しげり》」という。↓茂

山羊の仔のおどろきやすく草茂る　西本一都
すぐそこに河口が迫り草茂る　山本たか緒

【草いきれ《くさいきれ》】

繁茂した夏草の醸しだす熱気。夏の日中の草原は草いきれで耐えられないほど。

残りゐる海の暮色と草いきれ　木下夕爾
草いきれ潮引く力遠きより　宇佐美魚目
戦争の記憶の端に草いきれ　奥名春江
その先に沼あるらしき草いきれ　寺島ただし
刈られたるものもはげしき草いきれ　遠藤若狭男

【青芝《あをしば》】　夏芝

青々と生長した夏の芝。始終新しい芽が出て、秋の半ばごろまで緑が絶えない。↓芝刈

臥して見る青芝海がもりあがる　加藤楸邨
見えぬ雨青芝ぬれてゆきにけり　中島斌雄
青芝を踏み高原の朝の弥撒《ミサ》　高橋照子
大学の夏芝に寝て雲摑む　八木三日女

【青蔦《あをつた》】　蔦茂る

夏の蔦をいう。蔦はブドウ科の落葉蔓性木本。日本・中国・朝鮮半島に自生する。木の幹、家の塀や壁面などに、巻きひげの先端の吸盤で張りつく。❖青々とした蔦の葉に覆われた洋館などは絵のようである。↓蔦（秋）

青蔦やもの問はむには窓高く　松尾静子
青蔦のがんじがらめに磨崖仏　菖蒲あや
蔦青し父となりゆくわが日々に　大嶽青児
蔦茂り壁の時計の恐しや　池内友次郎

【青芒《あをすすき》】　青薄

芒はイネ科の大型多年草。一〜二メートルの丈をなし青々と茂る。↓芒（秋）

しろがねの雨が走れる青芒　池田苦茗
青芒月いでて人帰すなり　橋本多佳子
息切らすまで分け入りし青芒　橋閒石

山彦は男なりけり青芒　山田みづえ

切先の我へ我へと青芒　行方克巳

【青蘆《あをあし》】　青葦　蘆茂る

蘆は水辺に生えるイネ科の大型多年草で、夏には人の丈を越えるほどに生長する。❖青々と茂って風にそよぐ姿は力強い。↓蘆の角（春）・蘆刈（秋）

青蘆に夕波かくれゆきにけり　松藤夏山

青蘆の触れ合ふ音の蘆出でず　宮坂静生

青葦のたけだけしきも常陸かな　上野　燎

しづけさの青芦原は日を返す　村田　脩

青芦や淡海《あふみ》を過ぐる通り雨　大久保白村

【夏蓬《なつよもぎ》】

蓬はキク科の多年草。春の柔らかい蓬と違い、丈をなして力強く茂る。↓蓬（春）

夏蓬あまりに軽く骨置かる　加藤楸邨

山風や人の背丈の夏蓬　勝又水仙

対岸の石切るこだま夏蓬　大中祥生

夏蓬ばりばり刈つて父葬る　渡辺　昭

父母の終焉の地や夏蓬　稲田眸子

【夏萩《なつはぎ》】　青萩

萩は夏のうちから咲きはじめるものがある。花をまだつけず青々と茂っているものを青萩という。↓萩若葉（春）・萩（秋）

夏萩やすいすい夕日通り抜け　大野林火

夏萩やそこから先は潮浸し　友岡子郷

夏萩のほつりと紅をきざしけり　西嶋あさ子

青萩や志士と呼ばれてみな若き　林　翔

青萩の袖染むばかり勿来《なこそ》越ゆ　野澤節子

【葎《むぐら》】　葎茂る　八重葎　金葎《かなむぐら》

普通、葎と呼ばれるのは金葎のことだが、詩歌で詠まれるのは、路傍や空き地などに絡み合って鬱蒼《うっそう》と繁茂する草のこと。↓枯葎（冬）

夜々あやし葎の月にあそぶ我は　原　石鼎

いづこより月のさし居る葎哉　前田普羅

絶海の蒼さ葎ののぼりつめ　野澤節子
眠るほかなき一日の青葎　綾部仁喜
山川をおほひ尽くして八重葎　山本一歩

【朝鮮朝顔《ちやうせんあさがを》】　曼荼羅華　ダチュラ

ナス科の一年草で、アジア熱帯地方が原産地。葉と種子に麻酔成分があり、江戸時代に薬用植物として輸入された。白い漏斗状の花を上向きにつける。園芸種のダチュラと呼ばれているものはキダチチョウセンアサガオのことが多く、花が下向きに垂れて咲き、別名エンジェルストランペットという。

うつむいて死者の声聴く曼荼羅華　浦　廸子
花ダチュラ妻の言葉に毒すこし　橋本榮治
花ダチュラ運河けだるく流れをり　山口みどり

【石菖《せきしやう》】　石菖蒲《いしあやめ》

石菖はサトイモ科の常緑多年草で、流れのふちに群生する。初夏、葉中から伸ばした茎先の肉穂花序に、淡黄色の小花を多数つける。変種が多く、小さいものは盆栽にされる。

結ぶ手に石菖匂ふながれかな　蝶　夢
石菖や水つきあたりつきあたり　泉　春花

【竹煮草《たけにぐさ》】　竹似草

山野の荒れ地に自生するケシ科の大型多年草で、高さ一〜二メートル。大きな葉が互生し、葉の裏と茎が粉を吹いたような白色である。盛夏のころ、茎の上部に大きな円錐花序を出し、白色や帯紅色の小花をつける。路傍や空地などに丈をなす姿は猛々しいまでの生命力を感じさせる。❖名の由来は、竹と一緒に煮ると柔らかくなる、茎が中空であるところが竹に似ているからなど諸説ある。

おろおろと晩年が見ゆ竹煮草　有働　亨
竹煮草たたきて山雨はじまりぬ　鷲谷七菜子
火の神は火をもて浄む竹煮草　神尾久美子

大き葉に大き雨粒竹煮草　月岡和子
竹煮草少し離れて腰下ろす　山本一進
いつよりを夕方といふ竹煮草　片山由美子

【紫蘭《しらん》】
ラン科の多年草で、五～六月ごろ葉心から長い茎に、赤紫の美しい花が連なるように咲く。関東以西の山地などの湿った所に自生し、庭園にも植えられる。高さ三〇～七〇センチ。

紫蘭咲いていささかは岩もあはれなり　北原白秋
雨を見て眉重くゐる紫蘭かな　岡本眸

【風蘭《ふうらん》】
ラン科の多年草で、関東以西の山地の樹幹や岩に着生する。多肉質の葉の間から一〇センチほどの花茎を伸ばし、微香のある白色の花を開く。鉢植にして軒先に下げて楽しんだりする。↓蘭（秋）

風蘭に隠れし風の見えにけり　後藤比奈夫
風蘭の根の伸びてくる夜の雨　我孫子日南子

【鈴蘭《すずらん》】　君影草《きみかげさう》
ユリ科の多年草で、六月ごろ葉の間から花軸を伸ばし、白い鐘のような可憐《かれん》な花をつける。山地や高原の草地に多く、葉は蘭に似て大きく匂いがよいが、全草に毒があり、薬にもなる。❖栽培されているものの多くは、ドイツスズランなどヨーロッパ原産。

すずらんのりりりりりりと風に在り　日野草城
晩鐘は鈴蘭の野を出でず消ゆ　斎藤玄
束でもち鈴蘭の花こぼしゆく　松崎鉄之介
鈴蘭とわかる蕾に育ちたる　稲畑汀子
鈴蘭はコップが似合ふ束ね挿す　鈴木榮子

【昼顔《ひるがほ》】　浜昼顔
ヒルガオ科の多年生蔓性草本の花で、野原や道ばたの他の草や木にからみ、初夏から初秋にかけて、朝顔に似た淡紅色の花を開く。主として日中に開花するので昼顔という。「浜昼顔」は海岸の砂地に見られるヒルガオ科の多年生蔓草。昼顔によく似た淡紅色の花が上向きに咲く。❖躑躅の植込などによく見られる。

昼顔に電流かよひゐはせぬか　三橋鷹女
昼顔のほとりによべの渚あり　石田波郷
昼顔や捨てらるるまで櫂痩せて　福永耕二
昼顔や真昼の海の鳴るばかり　伊藤晴子
昼顔や何かが錆びてゆくけはひ　佐藤博美
昼顔や砲台跡に石ひとつ　稲田眸子
浜昼顔タンカー白く過ぎゆける　瀧　春一浜昼顔病みては父をかなします　神尾久美子
浜昼顔風紋すこしづつ動き　小倉英男
きらめきて浜昼顔に次の浪　田島和生

【月見草《つきみさう》】　月見草《つきみぐさ》　待宵草《まつよひぐさ》

アカバナ科の二年草で、北米原産。夏の夕方、葉腋《ようえき》に直径三〜四センチの白い四弁花を開き、翌朝しぼむと紅変する。江戸時代の嘉永《かえい》年間に渡来し観賞用に栽培されたが、減少している。直立した茎は高さ六〇センチほど。❖一般に月見草と呼んでいるのは、黄色い花を開く待宵草や大待宵草。

開くとき蕋の淋しき月見草　高浜虚子
夕潮に纜張りぬ月見草　五十嵐播水
月見草夢二生家と知られけり　文挾夫佐恵
月見草鉄橋ながく鳴りわたる　林　徹
帆はいつも遠きところや月見草　下鉢清子
月見草ひらかんと身をよぢらせて　青柳志解樹
魚籠の中しづかになりぬ月見草　今井　聖

【水芭蕉《みづばせう》】

サトイモ科の多年草で、近畿以北の山間部の沼沢地に自生する。雪解けの頃、いっせいに咲く白い花のように見えるのは実際には仏焔苞《ぶつえんほう》で、その中に包まれるように黄色い肉穂花序をもつ。花のあと芭蕉に似た大きな葉を出す。❖歌にも歌われて親しまれるようになった花で、尾瀬が特に有名。

水芭蕉水さかのぼるごとくなり　小林康治
光みな遠へしりぞき水芭蕉　鷲谷七菜子
ひた濡れて朝のねむりの水芭蕉　堀口星眠
水はまだ声を持たざる水芭蕉　黛　執
水芭蕉遠きものより霧に消ゆ　藤崎久を
影つねに水に流され水芭蕉　木内怜子

【擬宝珠の花《ぎぼうしのはな》】　花擬宝珠《はなぎぼし》　ぎぼし

擬宝珠はユリ科の多年草。葉は先端がとがった楕円形《だえん》で、長さ一〇～二〇センチ。六～七月ごろ葉間から茎を伸ばし、淡紫色の筒状鐘形の花を総状につける。巻き葉の若いものは食用になるものもある。

睡き子のかたむきかゝる花擬宝珠　石田いづみ
擬宝珠咲く葬儀三日の夕間暮　廣瀬直人
形見とておほかたは古り花擬宝珠　大石悦子

【真菰《まこも》】　花かつみ　かつみ草　真菰刈

沼沢や川べりに生えるイネ科の多年草で、根茎は太く、横に這《は》って群生する。葉は蘆《あし》よりも柔らかく、端午の節句の粽《ちまき》を結ぶのに使うこともある。刈り取って菰筵《こもむしろ》や真菰馬などを作る。

干真菰乾ききりたる音をたて　清崎敏郎
真菰などばさと活けたる書見の間　森　澄雄
潮さして落日濁る真菰原　石田阿畏子
水べりは独りの居場所花かつみ　手塚美佐

【著莪の花《しやがのはな》】

著莪はアヤメ科の常緑多年草で、四～六月ごろ、葉間から抜き出た茎の先端が分かれ、白紫色で中心が黄色の美しい小さなアヤメのような花をつける。山地の湿った樹下などに群生。高さ約六〇センチ。葉は剣状、深緑色で光沢がある。

昼まではつづかぬ自負や著莪の花　能村登四郎
かたまつて雨が降るなり著莪の花　清崎敏郎
著莪のはな犬を叱りに尼の出て　川崎展宏

弓を射る立居清しや著莪の花　斎藤好子

【沢瀉《おもだか》】　花慈姑《はなくわゐ》

オモダカ科の多年草で、夏になると、へら状の葉の間から伸びた花茎に白色三弁の小花を穂状に咲かせる。水田や池など浅い水中に自生。食用の慈姑は沢瀉の変種。

沢瀉や芥流るゝ朝の雨　佐藤紅緑
沢瀉の一すぢ雨となりにけり　菊地一雄
おもだかに寄る漣《さざなみ》や余呉の湖《うみ》　内藤恵子

【河骨《かうほね》】　河骨《かはほね》

スイレン科の多年生水草で、七月ごろ太い花柄の先端に一個の鮮やかな黄色の玉のような花を開く。沼沢・河川の浅い場所に生える。葉は形が里芋の葉に似て、水が深ければ水中に沈み、浅ければ水面に抜け出る。

河骨に月しろがねをひらきつつ　柴田白葉女
河骨の高き莟を上げにけり　富安風生
河骨の金鈴ふるふ流れかな　川端茅舎
河骨や雨の切尖見えそめて　小林康治
河骨のところどころに射す日あり　桂信子
河骨の玉蕾まだ水の中　綾部仁喜
河骨の流れんとして流れざる　星野恒彦

【水葵《みづあふひ》】　水葱《なぎ》　菜葱《なぎ》

水田・沼沢に自生するミズアオイ科の一年草で、高さ三〇センチほど。夏に布袋草《ほていそう》に似た可憐な青紫色の花を開く。昔は葉を食用にしたので「菜葱」と呼び、栽培もした。

加茂川のするやながれて水葵　也有
藻畳にもり上りをり水葵　浅野白山
流れゆく水葱あり今日の花を咲き　有働木母寺

【菱の花《ひしのはな》】

菱は池沼に自生するヒシ科一年生の水草で、六～七月、約一センチの白い四弁の花を開く。艶がある菱形の葉は、葉柄がふくらんで浮袋状となり、水面に浮かぶ。↓菱の実（秋）

みづぎはの疲れてゐたり菱の花　大石悦子
陵《みささぎ》へ通ふ風見え菱の花　山尾玉藻
まつくろな藤原仏や菱咲ける　辻　桃子

【藺の花《ゐのはな》】　灯心草の花

藺は湿地に自生し、または栽培もされるイグサ科の多年草で、畳表や花筵などの材料になる。六月ごろ、真っ直ぐな緑色の茎の上部に淡褐色の細かい花が固まって咲く。❖昔は白い髄を灯心に用いたので「灯心草」の別名がある。

ふるさとやなびきつつ藺の花ざかり　永島靖子
水も糸ひくほど眠く藺の咲けり　筑紫磐井
暮色来て咲くとは見えず藺田青し　大島民郎
細藺田の裾濃の青さ目に残り　清崎敏郎
濁流の藺田の青さに迫りゐる　北川英子

【蒲の穂《がまのほ》】　蒲の花　蒲

蒲は大型多年草で葉・茎共に細長い。夏、茎上部に蒲の穂といわれる蠟燭形の花穂《かすい》をつけ、緑褐色の雌花穂の上に黄色の雄花穂が続く。花粉は蒲黄《ほおう》といい、利尿・止血の漢方薬。

蒲の穂は剪るべくなりぬ盆の前　水原秋櫻子
蒲の穂の打ち合ふ薄き光かな　髙田正子
古利根の今の昔の蒲の花　草間時彦

【藜《あかざ》】

路傍や空き地に自生する一年草。高さは一・五メートル以上。若葉は食用になり、紅紫色の粉が密につくことからアカザという。白い粉がつく種は白藜《しろざ》という。花は晩夏に開く。❖太い茎を乾燥させて杖にする。

やどりせむ藜の杖になる日まで　芭　蕉
生前の日の射してゐる藜かな　柿本多映
ふるさとの藜も杖となるころか　三田きえ子
藜長く空家のままの我が生家　棚山波朗

【虎杖の花《いたどりのはな》】

虎杖はタデ科の多年草で、七月ごろ、葉腋《ようえき》

および茎頂に多数の白い小花を密につける。雌雄異株。山野や路傍、荒地などいたるところに自生する。→虎杖（春）

虎杖の花昼の月ありやなしや　高浜虚子
いたどりの花月光につめたしや　山口青邨
虎杖の花に熔岩《らば》の日濃かりけり　勝又一透
虎杖の花しんかんと終るなり　新谷ひろし

【浜木綿の花《はまゆふのはな》】　浜木綿　浜万年青《はまおもと》

浜木綿は浜万年青ともいい、暖地の海岸に自生するヒガンバナ科の常緑多年草。夏に葉間から六〇～九〇センチの花茎を伸ばし、先端に芳香のある十数個の白い花を傘形に開く。高さ五〇センチ余りの鱗茎《りんけい》の先から、万年青に似た広い大型の葉を四方に開く。

浜木綿に流人の墓の小ささよ　篠原鳳作
浜木綿に潮風つよき枯木灘　中村苑子
大雨のあと浜木綿に次の花　飴山實
はまゆふや船に遅れて波が来る　友岡子郷
人麿の歌はともあれ浜おもと　右城暮石
雲はみな風の形や浜おもと　不破博

【夏薊《なつあざみ》】

薊はキク科アザミ属の総称。種類が多く春から秋にかけて花を見るが、夏に咲く薊を夏薊と呼んでいる。→薊（春）

夏あざみ音たててくる阿蘇の雨　中島稾火
夏薊揺れをり雲の湧きつぎぬ　山上樹実雄
夏薊渡らむ島を消して雨　和田暖泡
野の雨は音なく至る夏薊　稲畑汀子
夏薊雨の中にも日の差して　後閑達雄

【灸花《やいとばな》】　へくそかづら

ヘクソカズラの別名で、アカネ科多年生の蔓草。七月ごろに内側が紅紫色、外側が灰白色の小花をつける。花が灸の色や形に似ることから灸花という。山野の藪《やぶ》や樹林に多い。全体に悪臭があることから、屁糞葛《へくそかずら》の名がある。

引つぱつてまだまだ灸花の蔓　清崎敏郎
灸花にも散りどきのきてゐたる　大澤ひろし
灸花からめるままの道しるべ　野木一柚
表札にへくそかづらの来て咲ける　飴山實

【酢漿の花《かたばみのはな》】　酢漿草《かたばみ》

酢漿はカタバミ科の多年草で、晩春から初夏に可憐な黄色の花を開く。道ばたなどどこにでも自生する。茎の下部は地面を這《は》い、上部は立ち上がる。葉は苜蓿《うまごやし》に似た三枚の小型の小葉からなる。

かたばみや何処にでも咲きすぐ似合ひ　星野立子
かたばみを見てゐる耳のうつくしさ　横山白虹

【羊蹄の花《ぎしぎしのはな》】　ぎしぎし

羊蹄は湿地に生えるタデ科の多年草で、直立した茎は上部で枝に分かれる。五〜六月、枝先の節々に淡緑色の小花が多数輪生し、全体で細い円錐状をなす。葉は二五センチほどの長さで縁が波打つ。

雨呼んで羊蹄の花了りけり　星野麥丘人
羊蹄《ぎしぎし》花や仮橋長き干拓地　山田みづえ
ぎしぎしと見ればぎしぎしだらけかな　里見宜愁

【現の証拠《げんのしょうこ》】

山野に自生するフウロソウ科の多年草で、六月ごろ、花柄に五弁の梅に似た花を二、三個ずつ開く。色は白・紅紫・淡紅など。全草を陰干しし、煎《せん》じて下痢止めに用いる。

通り雨ありたる現の証拠かな　右城暮石
しじみ蝶とまりてげんのしようこかな　森　澄雄
雲とんで雨呼ぶげんのしようこかな　落合水尾

【萱草の花《くわんざうのはな》】　忘草《わすれぐさ》

萱草は原野に自生するユリ科の多年草。葉は剣状で、六月ごろ叢生《そうせい》した葉間から花茎を伸ばし、鬼百合《おにゆり》に似た黄赤色の重弁花を開く。一日花で昼間だけ開き、夜はしぼむ。八重のものが藪萱草《やぶかんぞう》、一重のものが野萱草。

萱草や浅間をかくすちぎれ雲　寺田寅彦

萱草の花にすつくと波がしら　村上しゆら
萱草が咲いてきれいな風が吹く　大峯あきら
萱草や林はづれに牧師館　友岡子郷
野に咲いて忘れ草とはかなしき名　下村梅子

【夕菅《ゆふすげ》】　黄菅《きすげ》

ユリ科の多年草。七月から九月にかけて淡黄色の花が咲く。夕方に開いて芳香を放ち、翌日の午前中にはしぼむ。高原に自生。

夕菅の一本足の物思ひ　石田勝彦
夕菅のぽつん〳〵と遠くにも　倉田紘文
夕菅の風通ひ来る司祭館　足立靖子
黄菅咲く父に小さき画帳あり　山西雅子

【車前草の花《おほばこのはな》】　大葉子《おほばこ》の花

オオバコは山野から都市まで広く自生する多年草。初夏から葉間に花茎を立て、白い小花を穂状に多数つける。❖名の由来は広い葉にちなんで大葉子、良薬として車の前板に植えて食べたなどという言い伝えから車前草と呼ばれた。

踏まれつつ車前草花を了りけり　勝又一透
おほばこの花に日暮の母の声　大嶽青児
車前草の花やでこぼこ道愛す　橋本豊月

【十薬《じふやく》】　蕺菜《どくだみ》　どくだみの花《はな》

ドクダミ科の多年草で、梅雨時に白い十字花が密集しているように見える。これはじつは総苞《そうほう》で、苞の中心に黄色い穂状についているのが花。暗緑色の葉は心臓形で先がとがり、特異な臭気を持ち、葉・茎・根は薬用になる。❖薬効が多いことから十薬の名がついた。

十薬の匂ひに慣れて島の道　稲畑汀子
十薬のさげすむたびに増えてをり　大牧広
十薬の花のかたちのやまひかな　永島靖子
どくだみの花の白さに夜風あり　高橋淡路女
毒だみや十文字白き夕まぐれ　石橋秀野

【蚊帳吊草《かやつりぐさ》】

高さ三〇～四〇センチの一年草で、一株から三稜形の茎が数条生じる。茎の両端から割いて四角い蚊帳の形を作って遊ぶことから、この名がある。晩夏に、茎の先に線香花火を思わせる黄褐色の花穂をつける。

行き暮れて蚊帳釣草にほたるかな　支考
淋しさの蚊帳釣草を割きにけり　富安風生
吾が弱気妻の強気や蚊帳吊草　鈴木鷹夫

【踊子草《をどりこさう》】　踊草　踊花

シソ科の多年草で、上部の葉腋《ようえき》に淡紅紫色または白色の唇形の花が輪状に開く。山野・路傍の半日陰に多く、高さ三〇～五〇センチ。茎は柔らかく根元から群がって直立し、葉は先がとがり鋸歯《きよし》がある。人が笠《かさ》をかぶって踊る姿に似た優美な花であることから、この名がある。

踊子草みな爪立てる風の中　岡部六弥太
きりもなくふえて踊子草となる　後藤比奈夫
散るときも踊るさまなる踊り花　石井青歩

【射干《ひあふぎ》】　檜扇《ひあふぎ》

山野に自生するアヤメ科の多年草で、盛夏のころ一茎を伸ばし、分枝した先に黄赤色で内側に紅点の多い六弁の花を開く。花は直径四～六センチほど。葉が剣状で扇のように広がることからこの名がついた。❖種子はぬばたまと呼ばれ、枕詞「ぬばたまの」の語源とも言われる。

射干も一期一会の花たらむ　石田波郷
子を産んで射干の朱を見て居りぬ　飯島晴子

【虎尾草《とらのを》】　岡虎尾《をかとらのを》

一般に虎尾草というのは岡虎尾のこと。日当たりの良い山野に生えるサクラソウ科の多年草で、六月ごろ、白い小花を穂状につける。下部から次第に咲き登っていき、その形が獣の尾に似る。❖トラノオソウとは言わないので注意。

掌に承けて虎尾の柔かき　富安風生
とらのをの尾の短きへ日が跳ねて　大石悦子
虎の尾を一本持つて恋人来　小林貴子

【姫女苑《ひめぢよをん》】

姫女苑は北アメリカ原産のキク科の越年草で、初夏から秋にかけて白い花を開く。高さ三〇～一〇〇センチ。明治初年ごろに渡来し、今では日本各地で自生している。

姫女苑しろじろ暮れて道とほき　伊東月草
ひめぢよをん美しければ雨降りぬ　星野麦丘人
ひめぢよをん路地は働く人ばかり　神尾季羊
石塀に午後の寠れや姫女苑　岡本眸

【都草《みやこぐさ》】　**黄金花《こがねばな》**

マメ科の多年草で、初夏に黄色の可憐《かれん》な蝶形花を開く。日当たりのよい草地などに多い。茎は地面を這い、葉は羽状複葉。

宇陀の野に都草とはなつかしや　高浜虚子
黄なる花都草とは思へども　松尾いはほ
その上《かみ》の遠流の島の都草　山崎ひさを

【宝鐸草の花《はうちやくさうのはな》】　**宝鐸草《はうちやくさう》**　**狐の提灯《きつねのちやうちん》**

宝鐸草は山野に自生するユリ科の多年草。五月ごろ枝分かれした茎の先に一～三個の緑白色の筒状花《とうじようか》を下げる。花の形が寺院の軒に下げる宝鐸に似るため、宝鐸草と呼ばれる。

ひかへ目に宝鐸草が花揺らす　青柳志解樹
狐の提灯古みち失せて咲きにけり　水原秋櫻子

【捩花《ねぢばな》】　**文字摺《もじずり》**　**文字摺草**

ラン科の多年草。六～七月ごろ、根生の細長い葉の間から長い茎を伸ばし、上部に多数の可憐な桃紅色の小花をつける。花序も茎もねじれ巻いているので、この名がある。右巻と左巻がある。❖捩花《ねじりばな》とは使わない。

捩花のまことねぢれてゐたるかな　草間時彦
捩花のもののはづみのねぢれかな　宮津昭彦
捩花をきりりと絞り雨上がる　浅田光喜

茎のびて文字摺草となりにけり　五十嵐播水
文字摺草の螺旋づたひに雨の玉　藤枝小丘

【破れ傘《やぶれがさ》】

山地の薄暗いところに生えるキク科の多年草で、高さ六〇〜九〇センチ。若葉は傘を半開きにした姿だが、生長するに従い破れた傘を広げたように見える。花よりも草の形がおもしろい。

破れ傘一境涯と眺めやる　後藤夜半
破れ傘花といふものありにけり　大久保橙青
群れ立ちて破れかぶれの破れ傘　山田みづえ

【靫草《うつぼぐさ》】　空穂草《うつぼぐさ》

日当たりの良い草地に生えるシソ科の多年草。六月ごろ、茎頂の短い穂に紫色の唇形花を開く。

尋ね行く武庫の山路や靫艸　素丸
雨に揺れ虻にゆれけりうつぼ草　堀口星眠
靫草少年暗く蜜を吸ふ　佐藤鬼房
水音のそこに夕づくうつぼ草　村田脩

【一つ葉《ひとつば》】

ウラボシ科の多年生常緑シダ類で、長楕円形の葉が一枚ずつ根茎から出る。新葉のできる夏は特に涼しげで、盆景などに作られる。

旅ひとり一つ葉ひけば根のつづき　山口草堂
ひとつ葉の群れて一葉をゆづらざる　長谷川久々子
月光に一つ葉ひとつづつ力　山尾玉藻

【蛍袋《ほたるぶくろ》】　釣鐘草　提灯花　風鈴草

山野に自生するキキョウ科の多年草。六〜七月ごろに、大型鐘状で白または淡紫色の、内側に紫斑《しはん》のある花を開く。この花に蛍を入れて遊んだことから名付けられたという。

蛍袋に指入れて人悼みけり　能村登四郎
山の雨蛍袋も少し濡れ　高田風人子
をさなくて蛍袋のなかに栖む　野澤節子
満月のほたるぶくろよ顔上げよ　花谷和子

夕風に提灯花やゝ睡し　星野麥丘人
提燈花要所に点《とも》る城の径　甲斐遊糸

【半夏生《はんげしやう》】片白草《かたしろぐさ》

半夏生はドクダミ科の多年草。水辺に白い根茎を伸ばして群生し、七月初旬に葉の付け根に花が咲く。名の由来は、半夏生のころ上部の葉が白くなるからとも、その白い部分を半分化粧した姿に譬えたともいう。

川すこし濁りて曲る半夏生　邊見京子
あやまちて片白草として白し　後藤比奈夫
夕ごころ片白草の化粧ふより　石田勝彦
片白草花より白き葉を重ね　吉川照子

【花茗荷《はなみやうが》】

ショウガ科の多年草で、茗荷に似た葉の上に抜きんでるように、五〜六月、紅色の筋が入った白色の花を穂状につける。食用の茗荷とは別属。関東以西、四国、九州地方に分布し、林中などに生えるが、観賞用にも栽培される。❖半日陰のところにひっそり咲き、風情がある。

羽搏つもの低く往き来す花茗荷　伊藤のり子

【浜豌豆《はまゑんどう》】

浜豌豆は海岸の砂地に生えるマメ科の多年草。豌豆に似た赤紫色の花は、やがて青紫色に変わる。

浜豌豆雨はらはらと灘光る　角川源義
くるぶしの砂におぼるる浜豌豆　片山由美子

【烏瓜の花《からすうりのはな》】

カラスウリはウリ科の多年生の蔓植物で雌雄異株。夏の夕暮れから夜にかけて白いレースのような幻想的な花を咲かせるが、翌朝には完全に萎んでしまう。

花見せてゆめのけしきや烏瓜　阿波野青畝
からすうりの花ゆらゆらと闇がくる　福谷俊子
ちらくと風に花あり烏瓜　井沢正江
烏瓜咲ききはまつてもつれなし　深見けん二

からす瓜造花とまがふ花ひらく　亀田虎童子
月かげを紡ぎて烏瓜の花　山田弘子
母の亡き夜がきて烏瓜の花　大木あまり

【蛇苺《へびいちご》】

路傍や草原に多いバラ科の多年草。四月ごろ黄色い五弁花を開き、初夏、苺に似た小さい赤い実をつける。茎は地上を這《は》う。その名から有毒だと誤解されている。

濡れ巌のしののめあかり蛇苺　松村蒼石
蛇苺遠く旅ゆくもののあり　富沢赤黄男
蛇苺踏んで溝跳ぶ小鮒釣　石塚友二
蛇の目の高さに熟るる蛇苺　名村早智子

【夏蕨《なつわらび》】

夏になって生える蕨のこと。標高の高い山地や高原では、五月末ごろが蕨の出盛りで、そのころ蕨狩が行われる。↓蕨（春）

くるしくも雨こゆる野や夏蕨　白雄
鳥啼いて谷静なり夏蕨　正岡子規
旅びとに古塔かたぶく夏わらび　稲垣きくの
夏わらび手に殖やしゆく塩の道　和知喜八

【鷺草《さぎさう》】

日当たりの良い山野の湿原などに生えるラン科の多年草で、花期は七月ごろ。白鷺が舞うさまに似た花が咲くためこの名がある。高さ三〇センチほど。

鷺草の花の窺ふ方位かな　後藤夜半
鷺草のそよげば翔つとおもひけり　河野南畦
鷺草の鉢を廻して見せにけり　森田公司
めざめれば鷺草ひとつ咲いて待つ　澁谷道
鷺草や足音もなく誰か来る　たまきみのる
鷺草にかげなきことのあはれなり　青柳志解樹

【鴨足草《ゆきのした》】　虎耳草《ゆきのした》　雪の下
山野の岩や石垣などの湿地に生えるユキノシタ科の常緑多年草で、六～七月に花茎から多数の五弁花を開く。花弁の上三枚は小さく淡紅色で濃い斑点があり、下二枚は白く大きく垂れる。茎の基部から紅紫色の長い枝が伸び、先端に新芽を出して増える。葉は丸く厚みがあり、葉も茎も毛を帯びる。

鴨足草薄暮の雨に殖えにけり　長谷川零余子
歳月やはびこるものに鴨足草　安住　敦
漸くに落つくくらし雪の下　深川正一郎
低く咲く雪の下にも風ある日　星野　椿
夢殿のほとりの別れゆきのした　八木三日女

【えぞにう】　**蝦夷丹生**

北日本・北海道に多いセリ科の多年草で、高さ一～三メートル。直径五～六センチの茎が直立して上部で枝を分け、七月ごろ白色小型の花が傘を開いたようにつく。

えぞにうの花咲き沼は名をもたず　山口青邨
えぞにうの太首ぬつと日本海　木村敏男
えぞにうやほつそりと立つ父の墓　櫂　未知子

【苔の花《こけのはな》】

苔の花といわれるのは、実際には雌雄の生殖細胞の入った胞子嚢であり、それが花のように見える。種類によって白色・紫色・赤色などがあり、形もさまざまである。

洛北の暮色をたたへ苔の花　長谷川双魚
膝ついてより苔の花つまびらか　田畑美穂女
城塁に下積みの石苔の花　山口　速
金閣にほろびのひかり苔の花　遠藤若狭男
仏ともただの石とも苔の花　森本林生

【松蘿《さるをがせ》】

地衣類のサルオガセ科の植物の総称。淡緑色の糸状で樹皮に付着し、樹間にとろろ昆布を広げたようにふわりと垂れさがる。空気中の水分を直接吸収して光合成を行っている。山中に不気味ともいえる幻想的な光景を呈する。

さるをがせ見えざる風も見ゆるなり　眞鍋呉夫
さるをがせ深山の霧の捲き来たり　矢島無月

【布袋草《ほていさう》】　**布袋葵**

ミズアオイ科の多年生水草で、夏に葉間から花茎を出し、淡紫色の六弁花が群がり開く。葉柄の下方が布袋腹のようにふくれる。熱帯アメリカ原産。暖地では帰化植物として池沼に繁茂する。

布袋草あげれば川のよりて来る　古賀ひさ

大甕に片寄り浮けり布袋草　重田青都

【水草の花《みづくさのはな》】

睡蓮・河骨《こうほね》・蓴菜《じゅんさい》・蛭蓆《ひるむしろ》・沢瀉《おもだか》・水葵その他、多くの水草は夏に花を開く。

古池に水草の花さかりなり　正岡子規

水草咲きうつうつ匂ふ神の池　有馬籌子

石組に滝跡ありて水草咲く　松本澄江

【藻の花《ものはな》】　花藻《はなも》

金魚藻・立藻・総藻《ふさも》・杉菜藻などの藻は春に繁茂し、夏になって水面に花を咲かせる。黄・白・緑など色はさまざま。水の増減や水流に左右されて、浮かび、あるいは沈む。

藻の花や小舟よせたる門の前　蕪村

藻の花や名もなき水の夕まぐれ　尾崎紅葉

これといふ話もなくて藻の花に　大場白水郎

藻の花や雨降りつのる西大寺　木下杢太郎

藻の花に人の暮しの水流れ　野見山ひふみ

藻の花の流れになびき流れざる　岸原清行

【萍《うきくさ》】　浮草　根無草　萍の花

ウキクサ属の一年生水草の総称。根は水面を漂い、水面を覆いかくすまでに繁茂する。六月ごろまれに白い小花をつける。普通は根の付け根に幼体をつけて増える。

萍やたちまち綴る竿の跡　素丸

静かなる町うきくさの水に沿ふ　瀧春一

萍のはじめや粉のごときもの　古屋秀雄

萍のひしめいてゐて押し合はず　池内けい吾

うきくさの余白の水の暮色かな　桑原立生

大魚浮く萍まみれなるままに　加藤かな文

【蛭蓆《ひるむしろ》】

池沼や水田などに生えるヒルムシロ科の多年生水草。沈水葉は小さく細いが、浮水葉は長楕円形で艶がある。七月ごろ穂状花序を立て、帯黄緑色の小花を密につける。

雨雲の風おろしくる蛭蓆　　石田波郷

ひるむしろ沼のなかばを占めにけり　加藤三七子

蛭蓆ときどき鯉が口を出す　　荒井竜才

【蓴菜（じゅんさい）】　蓴　蓴の花　蓴採る　蓴舟　沼縄（ぬなは）

古い池沼に生じるスイレン科の多年生水草。楕円形で光沢のある葉が水面に浮かぶ。初夏に伸びる若い茎や葉は寒天のような透明なゼラチン質のものに包まれ、吸物や酢の物にする。❖蓴菜採りは小舟や盥（たらひ）に乗って行われ、季節の風物詩になっている。

行ほどに江の底しれぬ蓴かな　　尚　白

仰向いて沼はさびしき蓴かな　　秋元不死男

吹かれ寄るごとく相寄り蓴舟　　林　翔

蓴舟櫂といふものなかりけり　　星野八郎

【木耳（きくらげ）】

広葉樹の生木や朽木に、梅雨のころに生えるキクラゲ科の茸。食感が水母に似ているのでキクラゲといい、形が耳に似るのでこの字をあてる。❖乾燥保存して炒めものや煮物にする。外側は淡褐色で内側は暗褐色。

木耳や母の遺せし裁鋏　　秋元不死男

木耳に色くる蔵王堂の晴　　岡井省二

【梅雨茸（つゆだけ）】　梅雨茸（つゆきのこ）　梅雨菌（つゆきのこ）

茸の多くは秋に生えるが、梅雨時に発生するものを総称している。朽木や陰湿なところに生え、ほとんどは食用にならない。

梅雨茸の紅のけぶれる鞍馬かな　　石嶌　岳

大形に崩れてしまふ梅雨茸　　殿村菟絲子

白塗りののつぺらばうの梅雨茸　　藤田湘子

梅雨茸日当たりながら雨たたへ　　岩田由美

【黴（びかび）】

青黴　毛黴　麹黴（かうぢかび）　黴の宿　黴の香

食物・衣類・住居などに生える青黴・黒黴などをいう。梅雨の湿度と温度により、発生しやすい。種類が多く、なかには麹黴など有用なものもある。❖梅雨時の鬱陶《うっとう》しさを象徴するものといえる。

かほに塗るものにも黴の来りけり　森川暁水
徐《おもむ》ろに黴がはびこるけはひあり　松本たかし
黴の花咲かせ国宝如来像　滝　佳杖
黴のアルバム母の若さの恐ろしや　中尾寿美子
見ゆる黴見えぬかび拭きひと日果つ　花谷和子
うからうかと黴にとられし夫の靴　和田祥子
黴の世や言葉もつとも黴びやすく　片山由美子
黴の宿寝すごすくせのつきにけり　久保田万太郎

【海蘿《ふのり》】　布海苔《ふのり》　海蘿干す

浅い海岸の岩などに生じる紅藻類フノリ科の海藻の総称。織物などの糊《のり》の原料となる。汁の実や刺身のつまなど食用にもなる。夏に採取・乾燥し、煮沸後に再び簀《す》の上に広げて干す。

サロマ湖の江の千畳に海蘿の座　原　柯城
修道女午後はふのりを干すいとま　高浜年尾
貝殻の先端立てて海蘿掻く　加藤幸恵

【荒布《あらめ》】　黒菜《くろめ》　荒布刈る　荒布干す

暖かな地域の海底の岩に群生するコンブ科の海藻。長さ二メートルに達し、夏に刈り取る。海浜で干し、粘結剤や乳化剤などに使われるアルギン酸を抽出する。乾燥したものは黒く、別名「黒菜」ともいう。

引き擦つて引き擦つて干す荒布かな　伊藤敬子
水ぎはに日没の宮荒布干す　佐野美智
膝締めて波やりすごす荒布刈　片田千鶴

秋

時候

【秋《あき》】　三秋　九秋　金秋　白秋　素秋　白帝

立秋（八月八日ごろ）から立冬（十一月八日ごろ）の前日までをいう。新暦ではほぼ八、九、十月にあたるが、旧暦では七、八、九月。三秋は初秋・仲秋・晩秋、九秋は秋九旬（九十日間）のこと。金秋・白秋・素秋は秋の異称。陰陽五行説《ごぎょう》で、秋は五行のうちの金にあたり、色は白を配するところから来たものである。素は白の意。白帝は秋を司《つかさど》る神。

夕暮は鐘を力や寺の秋　風国
秋なれや木の間木の間の空の色　也有
誰彼もあらず一天自尊の秋　飯田蛇笏
瀬の音の秋おのづからたかきかな　久保田万太郎
此石に秋の光陰矢のごとし　川端茅舎
秋の航一大紺円盤の中　中村草田男
蛇消えて唐招提寺裏秋暗し　秋元不死男
槙の空秋押移りゐたりけり　石田波郷
秋しのびよる金箔をおくごとく　千代田葛彦
しろがねの魚買ふ秋の小漁港　野澤節子
うしろより夕風が来るそれも秋　今井杏太郎
流寓の日日や空き缶蹴れば秋　有馬朗人
根もとより森林映し湖《うみ》の秋　鷹羽狩行
甲冑の眼窩に秋の気配かな　福神規子
三秋を病みて和服に親しみぬ　下村ひろし
金秋や人待つ駱駝膝を折る　岩淵喜代子
白秋と思ひぬ思ひ余りては　後藤比奈夫
竹林を手にひびかする素秋かな　安東次男
白帝は真白き船を沖に置き　友岡子郷

【初秋《しょしゅう》】　初秋《はつあき》　秋初め　新秋　孟秋　秋口《あきぐち》

秋の初めのころ、立秋を過ぎた八月にあたる。まだ暑さは続くものの、空の色や雲の様子、日差しや風などに秋の気配が少しずつ濃くなる。

鎌倉をぬけて海ある初秋かな　飯田龍太
初秋の火をいきいきと山の奥　柴田白葉女
初秋のまひるまぶしき皿割りぬ　桂　信子
初秋や草をくぐれる水のおと　鷲谷七菜子
昨日今日初秋の雲流れをり　佐久間慧子
初秋の口笛吹いて女の子　石田郷子
木賊には木賊のみどり秋はじめ　神尾久美子
水に手をつけて貴船の秋はじめ　山上樹実雄
新秋の声にして読む王維の詩　小林篤子
新秋の帆を巻くに胸つかひをり　山西雅子
秋口の藻畳の縁《へり》流れをり　宇佐美魚目
秋口の地獄絵の前とほりけり　井上弘美

【文月《ふみづき》】　文月《ふづき》　七夕月《たなばたづき》

旧暦七月の異称。文月の名の由来は諸説あるが、「文披月《ふみひろげづき》」の転とされてきた。短冊などを手向ける「七夕」の行事に結びつくものである。↓七月（夏）

文月や六日も常の夜には似ず　芭　蕉
文月や空にまたたるひかりあり　千代女
葉を洗ふ雨の音して文月かな　鷲谷七菜子

【八月《はちぐわつ》】

月の初めに立秋があるが、日差しは強く暑さもなお厳しい。月の終わりごろになるとようやく秋気が感じられるようになる。❖多くの地方では中旬に盆を迎える。終戦記念日などがあり、故人を偲ぶことも多い月である。↓葉月

八月の海辺に古き馬車通ふ　内藤吐天
八月や孔雀の声の凶々し　飯島晴子
八月の空やしづかに人並び　柿本多映

八月のダム垂直に水落とす　佐藤和枝
八月の赤子はいまも宙を蹴る　宇多喜代子

【立秋《りつしう》】　秋立つ　秋来《きた》る　秋来《あきく》　秋に入《い》る　今朝《けさ》の秋《あき》

二十四節気の一つで、新暦八月七日ごろにあたる。暦の上ではこの日から秋に入る。『古今集』の〈秋来《き》ぬと目にはさやかに見えねども風の音にぞおどろかれぬる　藤原敏行〉は「秋立つ日よめる」の詞書を持つ。この歌にもあるように、まだ暑さは厳しいころだが秋の気配を感じるというのが立秋で、それを感じさせる代表的なものが風である。

秋来にけり耳をたづねて枕の風　芭蕉
そよりともせいで秋たつ事かいの　鬼貫
秋たつや何におどろく陰陽師　蕪村
立秋の白波に逢ひ松に逢ひ　阿部みどり女
川半ばまで立秋の山の影　桂信子
立秋の草のするどきみどりかな　鷲谷七菜子
立秋や一つは白き加賀手鞠　大井雅人
草あをきまま立秋と思ふなり　金田咲子
秋たつや川瀬にまじる風の音　飯田蛇笏
青空のただ一ト色に秋立ちぬ　小島政二郎
草花を画く日課や秋に入る　正岡子規
髪を梳く鏡の中の今朝の秋　野木桃花
手のひらを水のこぼるる今朝の秋　陽美保子
キオスクの新聞抜くや今朝の秋　押野裕

【残暑《ざんしよ》】　残る暑さ　秋暑し　秋暑

立秋以降の暑さ。夏の暑さとはまた違う、やりきれなさがある。

牛部屋に蚊の声闇《くら》き残暑かな　芭蕉
秋暑し水札《けり》鳴く方の潮ひかり　暁台
朝夕がどかとよろしき残暑かな　阿波野青畝
窯たいて残暑のまなこくぼみけり　新田祐久
わが影の踏まれどほしに街残暑　田村正義
にはとりにこゑかけてゐる残暑かな　戸恒東人

刃物みな錆びて残暑の関所趾　島谷征良
辞書入れて残暑の重さ革鞄　山田真砂年
秋暑し鹿の匂ひの石畳　木村蕪城
道に干す漁網の匂ひ秋暑し　小路紫峡
吊革に手首まで入れ秋暑し　神蔵　器
紙切つて鋏おとろふ秋暑かな　片山由美子
からまりて蔓立ち上がる秋暑かな　三森鉄治

【秋めく《あきめく》】
目に見えるもの、感じるものが、なべて秋らしくなること。

書肆の灯にそぞろ読む書も秋めけり　杉田久女
秋めくとすぐ咲く花に山の風　飯田龍太
秋めくと言ひ夕風を諾へる　稲畑汀子
秋めくや一つ出てゐる貸ボート　高橋悦男
品書も箸割る音も秋めきて　天野紫音

【新涼《しんりやう》】　涼新た　秋涼し
立秋後に感じる涼しさ。❖暑い夏が過ぎ新しい季節を迎えた、ほっとした心地がただよう。夏の季語「涼し」が暑さを前提とし、その中で捉える一抹の心地よさを喜ぶものであるのに対して、「新涼」は暑さが去りゆくことを体感としてにわかに実感するものである。→涼し（夏）

新涼の身にそふ灯影ありにけり　久保田万太郎
新涼や白きてのひらあしのうら　川端茅舎
新涼の山々にふれ雲走る　今井つる女
新涼や起きてすぐ書く文一つ　星野立子
新涼や尾にも塩ふる焼肴　鈴木真砂女
新涼や蟹のさ走る能舞台　吉田鴻司
新涼や竹の籠編む灯に一人　きくちつねこ
新涼や船より仰ぐ嶺の丈　大岳水一路
新涼や素肌といふは花瓶にも　鷹羽狩行
新涼や濡らせば匂ふ磨き砂　中根美保
新涼やはらりと取れし本の帯　長谷川　櫂
新涼やうす紙に透くみすゞ飴　大石香代子
新涼や竹みがかれて笙となる　野中亮介

おのが突く杖音に涼新たなり　村越化石
釣竿の白き一すぢ涼新た　佐藤郁良

【処暑《しよしよ》】
二十四節気の一つで、八月二十三日ごろにあたる。「処」は収まるの意で、このころ暑さが一段落するとされる。
床柱すべらかにして処暑の家　田中幸雪
水平にながれて海へ処暑の雲　柿沼　茂

【二百十日《にひやくとをか》】　厄日《やくび》　二百二十日《にひやくはつか》
立春から数えて二百十日めの意で、九月一日ごろ。「二百二十日」とともに台風が襲来することが多い時期である。❖かつては稲の開花期にあたったことから、農家では「厄日」として、ことに警戒した。
窯攻めの火の鳴る二百十日かな　廣瀬町子
ひんがしへ雲飛ぶ二百十日かな　池内けい吾
紀の川の紺濃き二百十日かな　大屋達治
ひら〳〵と猫が乳呑む厄日かな　秋元不死男
釘箱の釘みな錆びて厄日なる　福永耕二
遠嶺みな雲にかしづく厄日かな　上田五千石
水中の石に魚載る厄日かな　吉田汀史
八方に二百二十日の湖《うみ》荒るる　稲荷島人

【仲秋《ちゆうしう》】　秋なかば　中秋
三秋の中の月で、新暦の九月にあたる。虫の声が聞かれ、月も美しくなる。中秋は旧暦の八月十五日のこと。
仲秋や赤き衣の楽人等　高野素十
仲秋や漁火は月より遠くして　山口誓子
仲秋や畳にものの影のびて　片山由美子
仲秋の一と日を使ふ旅路かな　稲畑廣太郎

【葉月《はづき》】　月見月　萩月　木染月《こそめづき》
旧暦八月の異称。葉月の名の由来は諸説あるが、「葉落ち月」の転とも、木の葉がようやく色づく月だからとも。↓八月
家遠くありて葉月の豆畑　飯田龍太
ひるよりも夜の汐にほふ葉月かな　鈴木真砂女

壇ノ浦上潮尖る葉月かな　野中亮介
どの波も果つる不思議や木染月　神尾久美子

【九月《くぐわつ》】

いよいよ秋の到来を感じる月である。地方により異なるが、多くの小中学校・高校では夏休みが終わる。上旬は台風に襲われがちだが、中旬ごろから残暑もやわらぐ。彼岸が過ぎると爽やかさを感じ、月を仰ぎ虫の音を愛でるようになる。↓長月・九月尽

松の幹みな傾きて九月かな　桂　信子
父の頭が見えて九月の黍畑　宮田正和
江ノ島のやや遠のける九月かな　中原道夫
嘶けば海なほ青き九月かな　山﨑照三

【八朔《はっさく》】

旧暦八月朔日《ついたち》の略。「田の実の節」などとも呼ばれ、農家では新穀を贈答するなどして祝う風習があった。また武家などの間でも吉日とされ、江戸時代には、徳川家康の江戸城入城がこの日だったため、元日と同じく重い式日とされた。また、夜業を始める日と定めていた地方もあった。

八朔の雲見る人や橋の上　内藤鳴雪
八朔の鴉物云ふごとく鳴く　大峯あきら
八朔といへ今様は何もせぬ　辻田克巳
八朔や雀ののぼる鬼瓦　大嶽青児
八朔の畳明るき方へ掃く　前田攝子

【白露《はくろ》】

二十四節気の一つで、九月七日ごろにあたる。露が凝って白くなる意。

草ごもる鳥の眼とあふ白露かな　鷲谷七菜子
姿見に一樹映りて白露かな　古賀まり子
耳照つて白露の瓶《みか》の原にあり　岡井省二
ゆく水としばらく行ける白露かな　鈴木鷹夫
荒草ののぎの影濃き白露かな　宇野恭子

【秋分《しうぶん》】

二十四節気の一つで、九月二十三日ごろ。

太陽が秋分点に達し、昼夜の時間がほぼ等しくなる日。秋の彼岸の中日にあたる。秋分から冬至まで夜の時間は徐々に長くなる。❖本格的な秋到来の時節である。↓秋彼岸・秋分の日

嶺聳《そばだ》ちて秋分の闇に入る　飯田龍太
秋分や午後に約束ふたつほど　櫂未知子

【秋彼岸《あきひがん》】　**後《のち》の彼《ひ》岸《がん》**

秋分の日を中日とする前後三日の七日間。「暑さ寒さも彼岸まで」というように、このころから秋爽の気が定まる。秋の彼岸を後の彼岸というのは、単に彼岸といえば春の彼岸をさすため。↓秋分・彼岸（春）

ひとごゑのさざなみめける秋彼岸　森　澄雄
戻りたる家の暗さも秋彼岸　岡本　眸
木の影は木よりも長く秋彼岸　友岡子郷
にはとりのにはとりとゐる秋彼岸　九鬼あきゑ
砂に手をおいてあたたか秋彼岸　石田郷子
まつすぐに来て鯉の浮く秋彼岸　山西雅子
人は灯をかこみて後の彼岸かな　三田きえ子

【秋社《しうしや》】

秋の社日。社日は、春分または秋分に最も近い戊《つちのえ》の日で、単に社日といえば、春の社日（春社）をさす。中国から入ってきた習俗で、田の神信仰と習合して各地に広まり節日となった。❖五穀の豊穣を祈る春社に対し、秋社は収穫を感謝する。↓春社（春）

唐黍の風や秋社の戻り人　石井露月

【晩秋《ばんしう》】

秋の終わりで新暦十月にあたる。晴れた日が多く空気が澄みわたり、野山は紅葉の季節を迎える。❖冬の近づく侘しさがある。

晩秋の夕靄あをき佐久平　篠田悌二郎
晩秋の音たてて竹運び出す　廣瀬直人
晩秋の水にしづんでゆく錨　柏原眠雨

帰るのはそこ晩秋の大きな木　坪内稔典
ただ長くあり晩秋のくらまみち　田中裕明

【長月《ながつき》】　菊月《きくづき》

旧暦九月の異称。夜が長くなる月の「夜長月」の略。↓九月

長月の空色袷きたりけり　一茶
ながつきの一樹かたむく星明り　柴田白葉女
子等に試験なき菊月のわれ愉し　能村登四郎
菊月や拭きたるごとき空の色　鷹羽狩行
菊月や晴れてほしき日みな晴れて　今橋眞理子

【十月《じふぐわつ》】

全国的に天気が安定し、朝晩は気温も下がってくる。収穫の時期であり、行楽やスポーツにも適している。北国では早くも初霜が降りる。↓神無月（冬）

十月や二夜の琴を聞くことも　葛田きみ女
十月の明るさ踏んで小松原　鷲谷七菜子
陽の匂ひして十月のほとけたち　児玉輝代
十月の紺たっぷりと画布の上　福永耕二
十月や竹の匂ひの酒を酌む　福島勲

【秋の日《あきのひ》】　秋日《しうじつ》

秋の一日をいう。澄んだ大気や明るい日差しが感じられる。↓秋の日（天文）

秋の日のずんずと暮て花芒　成美
秋の日の白壁に沿ひ影とゆく　大野林火
山門を出て秋日の谷深し　田村木国

【秋の朝《あきのあさ》】　秋暁《しうげう》

秋の朝は爽涼《そうりよう》な気分を感じさせる。晩秋にはひんやりとした「朝寒」の感じとなる。

アザーンに雀の和する秋の朝　片山由美子
秋暁や胸に明けゆくものの影　加藤楸邨

【秋の昼《あきのひる》】

秋の昼は爽やかで明るい。日中は遠くの物音もよく聞こえるなど、空間の広がりを感じさせる。↓春昼（春）

大鯉のぎいと廻りぬ秋の昼　岡井省二

秋の昼疾うに抜けたるガムの味　竹内秀治
鶏のとほく来てゐる秋の昼　井上弘美
水面に鯉のふれたる秋の昼　鴇田智哉

【秋の暮《あきのくれ》】　秋の夕　秋の夕べ

秋の夕べ、夕暮れ時。清少納言の『枕草子』には、「秋は夕暮。夕日のさして山の端いと近うなりたるに、烏の寝所へ行くとて、三つ四つ二つ三つなど、飛び急ぐさへあはれなり。まいて雁などのつらねたるが、いと小さく見ゆるは、いとをかし。日入り果てて、風の音、虫の音など、はた言ふべきにあらず」とある。❖秋の夕暮れはもののあわれの極みを感じさせるものとして、古来多くの詩歌に親しまれてきた。『新古今集』の三夕の歌はことに名高い。秋季の終わりは、「暮の秋」といって区別する。
→暮の秋

枯枝に烏のとまりたるや秋の暮　芭蕉
此の道や行く人なしに秋の暮　芭蕉
門を出れば我も行く人秋のくれ　蕪村
青空に指で字をかく秋の暮　一茶
日のくれと子供が言ひて秋の暮　高浜虚子
まつすぐの道に出でけり秋の暮　高野素十
我が肩に蜘蛛の糸張る秋の暮　富田木歩
秋の暮大魚の骨を海が引く　西東三鬼
渚まで砂深く踏む秋の暮　清水径子
秋の暮業火となりて秬《きび》は燃ゆ　石田波郷
百方に借あるごとし秋の暮　石塚友二
足もとはもうまつくらや秋の暮　草間時彦
あやまちはくりかへします秋の暮　三橋敏雄
牛の眼に雲燃えをはる秋の暮　藤田湘子
街の灯の偏り点る秋の暮　宮津昭彦
父とわかりて子の呼べる秋の暮　鷹羽狩行
ゆつくりと山が隠れて秋の暮　淺井一志
マンホール踏めば音して秋の暮　池田秀水
帰る家もどる巣ありて秋の暮　木内怜子

子らにまだボール見えゐる秋の暮　寺島ただし
渋滞の灯の増えてゆく秋の暮　三村純也
しづかなる尾の往き交ひて秋の暮　田中亜美
走り根に遠く幹あり秋の暮　村上鞆彦

【秋の夜《あきのよ》】　**秋夜《しうや》**　**秋の宵**　**夜半《よは》の秋《あき》**

「秋夜歳《とし》の如し」（江淹「灯賦」）というように秋の夜は長い。灯火や月光、虫の音、雨音などにもしみじみとした思いが深まる。
↓夜の秋（夏）

秋の夜もそぞろに雲の光りかな　暁台
秋の夜の雨すふ街を見てひとり　横山白虹
秋の夜を生れて間なきものと寝る　山口誓子
子にみやげなき秋の夜の肩ぐるま　能村登四郎
酒も少しは飲む父なるぞ秋の夜は　大串章
沈黙にジャズすべり込む秋の宵　木暮陶句郎

【夜長《よなが》】　**長き夜**

秋分を過ぎると、昼よりも夜の時間が長くなりはじめ、夜なべなどがはかどり、灯火で読書をするにもふさわしい。❖実際にもっとも夜が長いのは冬至の前後であるが、このころになると夜が長くなった感慨が強まる。

長き夜や目覚むるたびに我老いぬ　樗良
次の間へ湯を飲みに立つ夜長かな　岡本癖三酔
よそに鳴る夜長の時計数へけり　杉田久女
妻がゐて夜長を言へりさう思ふ　森澄雄
一つ置く湯呑の影の夜長かな　深見けん二
今日のこと妻と話して夜長かな　阿部静雄
知らぬ犬庭に来てゐる夜長かな　岩田由美
一つ点け一つ消したる夜長かな　金原知典
長き夜の楽器かたまりゐて鳴らず　伊丹三樹彦
長き夜の遠野に遠野物語　倉田紘文
長き夜の夢にふることぶみのこと　谷口智行

【秋澄む《あきすむ》】

秋になって大気が澄みきること。大陸から乾燥した冷たく新鮮な空気が流れ込むため、ものみな美しく見え、鳥の声、物音もよく響くように感じられる。

シャガールの金の雄鶏秋澄めり　永方裕子
鳴く鳥の上枝移りに秋澄みぬ　瀧澤和治
塔ふたつへだたりて秋澄みにけり　石嶌岳

【秋気《しゅうき》】

秋の気配。秋らしい清々しさをいう。「秋気南礀に集ひ、独り遊ぶ亭午の時」は中唐期の文人柳宗元の詩の一節。❖漢詩からきた引き締まった語感を活かしたい。

奥入瀬の水に木にたつ秋気かな　吉田冬葉
一筋に木曾谷をゆく秋気かな　森田かずや

【冷やか《ひややか》】　冷ゆ　秋冷《しゅうれい》

秋になって冷気を覚えること。↓冷たし（冬）

ひややかに人住める地の起伏あり　飯田蛇笏
ひやゝかに卓の眼鏡は空をうつす　渋沢渋亭
口中へ涙こつんと冷やかに　秋元不死男
冷やかに壺をおきたり何も挿さず　安住敦
冷やかに海を薄めるまで降るか　櫂未知子
冷やかや夕日のあたる沖の船　岩田由美
火の山にたましひ冷ゆるまで遊ぶ　野見山朱鳥
紫陽花に秋冷いたる信濃かな　杉田久女
秋冷や石畳ゆく馬車の音　野崎ゆり香
手を浸し秋冷ひしと貴船川　小川濤美子
秋冷の道いつぱいに蔵の影　廣瀬直人
秋冷の襞ふかくして裏比叡　木内彰志
秋冷や叩いて馬と別れたる　中田尚子

【爽やか《さはやか》】　爽涼《さうりやう》　さやけし　さやか

秋の清々しさをいう。大気が澄み、万物が晴れやかにはっきり見え、心身もさっぱりする。❖「爽やかな青年」のように、性格や物腰の形容に用いる場合は季語とはなりにくい。

爽やかやたてがみを振り尾をさばき　山口誓子
さはやかにおのが濁りをぬけし鯉　皆吉爽雨

爽やかや風のことばを波が継ぎ　鷹羽狩行
爽やかや流るるものを水といふ　村松ひろし
爽やかや畳めばものの四角なる　大石香代子
爽涼や杉一身に朝日浴び　村田脩
爽涼の山気寄りくるうなじかな　藤木倶子

【秋麗《あきうらら》】　秋麗《しうれい》

秋晴れの、まぶしいほどの太陽に万物が輝くさまである。春の「麗か」を思わせ、次に来る季節である冬をふと忘れるような美しさを感じさせる。↓麗か（春）

天上の声の聞かるゝ秋うらゝ　野田別天楼
秋うらら急須の蓋に穴一つ　河野邦子
秋うらら菓子の名前は電車みち　坪内稔典
秋麗ぴたりと止まる羊達　天野きらら
秋麗の産後まばゆき妻迎ふ　能村研三
秋麗の柩に凭れ眠りけり　藤田直子

【身に入む《みにしむ》】

秋のもののあわれや秋冷がしみじみと感じられることをいう。❖「身に入む」はもともとは身にしみ入るように深く感じることをあらわす語であり、とくに秋と結びつく季節感のある語ではなかった。それが次第に『詞花集』の〈秋ふくはいかなる色の風なれば身にしむばかりあはれなるらん　和泉式部〉、『千載集』の〈夕されば野辺の秋風身にしみてうづらなくなり深草のさと　藤原俊成〉などを経て、秋、ことに秋風と結びついて、もののあわれ、寂寥感をいう歌語となった。俳諧ではそれに加えて、秋の冷気を身にしみとおるようにしみじみと受け取る感じ方も詠まれるようになった。

野ざらしを心に風のしむ身かな　芭蕉
身にしむや亡妻の櫛を閨に踏む　蕪村
さり気なく聞いて身にしむ話かな　富安風生
佇めば身にしむ水のひかりかな　久保田万太郎
身に入むや星に老若ある話　蓬田紀枝子

身に入むや女黒服黒鞄　田中裕明

【寒露《かんろ》】

二十四節気の一つで、十月八日ごろにあたる。露が寒さで凝って霜になる意。

水底を水の流るる寒露かな　草間時彦
真上より鯉見ることも寒露かな　高野途上
目に見えぬ塵を掃きたる寒露かな　手塚美佐
咲き継げる花の小さき寒露かな　蘭草慶子

【秋寒《あきさむ》】　秋寒し　そぞろ寒《ざむ》　やや寒《さむ》
うそ寒《さむ》

「寒し」は冬の季語だが、秋のうちからすでに感じる寒さをいう。そぞろ寒の「そぞろ」は「漫ろ」と同じで、それとなく、わけもなくの意。やや寒の「やや」はいくらか、ようやくの意。うそ寒の「うそ」は「薄」の転訛《てんか》か。❖いずれも秋半ばから晩秋にかけての感覚。

秋寒むや行く先々は人の家　一茶
ややさむく人をうかがふ鼠かな　乙州
秋寒の濤が追ひ打つ龍飛崎　上村占魚
秋寒し此頃あるゝ海の色　夏目漱石
そぞろ寒兄妹の床敷きならべ　安住敦
縄文の土器に焦げ跡そぞろ寒　長田群青
やゝ寒や日のあるうちに帰るべし　高浜虚子
やや寒の人形焼きを老夫婦　深見けん二
やや寒の麒麟のかほに日はありぬ　山上樹実雄
うそ寒の起居の中の川の音　草間時彦
うそ寒の水銀玉となりたがる　和田悟朗

【肌寒《はださむ》】

羽織るものが欲しいような晩秋の寒さ。肌に感じる寒さである。

肌寒やうすれ日のさす窓障子　星野麦人
肌寒と言葉交せばこと足りぬ　星野立子

【朝寒《あささむ》】

晩秋の朝の寒さ。手足の冷たさにいよいよ冬の近いことが感じられる。

朝寒に鉈の刃にぶきひゞきかな　几　董
朝寒や柱に映る竈の火　佐藤紅緑
朝寒の膝に日当る電車かな　柴田宵曲
朝寒や花より赤き蓼の茎　内藤吐天
くちびるを出て朝寒のこゑとなる　能村登四郎
朝寒の身に引き寄せて旅鞄　千原草之

【夜寒《よさむ》】

晩秋の夜の寒さ。日暮とともに、ひたひたと寒さが忍びよってくる。

落雁の声のかさなる夜寒かな　許　六
椎の実の板屋を走る夜寒かな　暁　台
犬が来て水のむ音の夜寒かな　正岡子規
家近く夜寒の橋を渡りけり　高浜虚子
鯛の骨たたみにひらふ夜寒かな　室生犀星
あはれ子の夜寒の床の引けば寄る　中村汀女
枕辺に眼鏡を外す夜寒かな　山口誓子

【秋土用《あきどよう》】

秋の最後、立冬前の十八日間をさす。近づく冬を前に晴天の日が続き、作物の取り入れもすっかり終わった秋の名残の気分を覚える。

あら草の身の丈しのぐ秋土用　三田きえ子
眼光か灘のひかりか秋土用　宇多喜代子
種牛の塩なめてをり秋土用　亀井雉子男
一木に鴉の群れて秋土用　片山由美子

【霜降《さうかう》】

二十四節気の一つで、十月二十三日ごろにあたる。霜が初めて降りる意。

霜降や地にひゞきたる鶏のこゑ　滝沢伊代次
霜降や鳥の塒《ねぐら》を身に近く　手塚美佐

【冷まじ《すさまじ》】

晩秋に秋冷がつのる感覚をいう。❖「すさまじ」は、期待外れで白けた気分や、殺風景で興ざめなさま、心まで冷えるような寒さ、荒涼としたさまなどをいう語であった。『玉葉集』の〈冬枯のすさまじげなる山里に月のすむこそあはれなりけれ　西行〉では、冬のありさまに用いられている。晩秋の冷然・凄然とした感じをいうようになったのは連歌の時代以降。

冷まじや吹出づる風も一ノ谷　才麿
松島や日暮れて松の冷まじき　岸田稚魚
冷まじや竹幹の透く昼の闇　熊谷愛子
首塚は眼の高さにてすさまじき　北澤瑞史
冷まじや地中へ続く磨崖仏　川崎慶子
すさまじき雲の陸なす夜となりぬ　山西雅子

【秋深し《あきふかし》】　**深秋《しんしう》**

秋もいよいよ深まった感じをいう。草木は紅葉し、大気は冷やかに澄んで、寂寥の心持ちが深い。❖慣用的に用いられる「秋深む」は一考を要する。「深む」は「深める」の意であり、「深まる」の意ではない。

秋深き隣は何をする人ぞ　芭蕉
海二日見て三日目の秋深し　長谷川双魚
秋深き大和に雨を聴く夜かな　日野草城
秋深き隣に旅の赤児泣く　佐藤鬼房
もどる波呑みこむ波や秋ふかし　きくちつねこ
秋深し身をつらぬきて滝こだま　鷲谷七菜子
秋ふかし締めそびれたる鶏を飼ひ　遠山陽子
秋深し猫に波斯《ペルシャ》の血が少し　加藤静夫
光ひく雀らに秋深まれり　野中亮介
深秋や身にふるゝもの皆いのち　原　コウ子

【暮の秋《くれのあき》】　**秋暮る《あきくる》**

秋がまさに果てようとする意で、「秋の暮」ではない。↓行く秋・秋惜しむ・晩秋

能すみし面の衰へ暮の秋　高浜虚子
風紋をつくる風立ち暮の秋　鈴木真砂女
ちかぢかと馬の顔ある暮の秋　林　徹
次の間に人のぬくみや暮の秋　山上樹実雄

【行く秋《ゆくあき》】　**逝く秋　秋行く**

暮の秋と同様、秋の終わろうとするころをいう。❖「暮の秋」が静的な捉え方である

のに対し、「行く秋」には、去り行く秋を見送る思いがより強くこもる。↓秋惜しむ

蛤のふたみに別れ行く秋ぞ　芭　蕉
行く秋の草にかくるる流れかな　白　雄
行く秋や抱けば身に添ふ膝がしら　太　祇
行秋の鐘つき料を取りに来る　正岡子規
行秋や机離るゝ膝がしら　小澤碧童
行く秋の白樺は傷ふやしけり　赤塚五行
行く秋の風見えてくる登り窯　野木桃花
秋逝くや継目ごとんと小海線　土屋未知

【秋惜しむ《あきをしむ》】

過ぎ行く秋を惜しむこと。詠嘆がことば自体に強く表れていて、もの淋しさを感じさせる。❖日本の詩歌の伝統では、惜しむべき良き季節は春と秋であり、「春惜しむ」「秋惜しむ」とはいうが「夏惜しむ」「冬惜しむ」とはいわなかった。↓暮の秋・行く秋

秋惜しみをれば遥かに町の音　楠本憲吉
川に出て舟あり乗りて秋惜しむ　上村占魚
描く撮る詠むそれぞれに秋惜しみ　鷹羽狩行
秋惜しむ宿に荷物を置いてより　小野あらた

【冬近し《ふゆちかし》】　冬隣《ふゆどなり》

秋も終わりに近づくと、日差しは弱く薄くなり、冬の到来が間近であることを実感させる。❖厳しい季節へと移る心構えを迫られる気分がある。

冬近し黒く重なる鯉の水　桂　信子
焚く前の線香の香や冬近し　金原知典
大原女の三人行きて冬隣　庄中健吉
押入の奥にさす日や冬隣　草間時彦
まつ黒の鯉さげてゆく冬隣　小笠原和男
藁焼いて伊吹けぶらす冬隣　榎本好宏
硝子戸のすべる迅さや冬隣　仁平　勝

【九月尽《くぐわつじん》】

旧暦九月の晦日をいう。秋が尽きるという

感慨が強くこもり、秋を惜しむ情の深いことばである。❖古くから三月尽と九月尽が対のように用いられてきたのは、春と秋には心にしみる景物が多く、それらを惜しむ気持ちの現れである。現在では本来の意と異なり、新暦九月の終わりの意で使われることが増えてしまった。

九月尽はるかに能登の岬かな　暁台
雨降れば暮るる速さよ九月尽　杉田久女
白波が白波追へり九月尽　千田一路

天文

【秋の日《あきのひ》】　秋日《あきび》　秋日影　秋入日《あきいりひ》

まぶしく美しい秋の太陽、あるいはその日差しをいう。❖秋日影の「日影」は陽光のこと。↓秋の日（時候）

秋の日やちら〳〵動く水の上　荷兮
汐くみて秋の日光る桶のそこ　蝶夢
釣糸を投げ秋の日を煌めかす　大串章
戸を開けてまづ秋の日を招き入れ　岩田由美
白壁のかくも淋しき秋日かな　前田普羅
谿ふかく秋日のあたる家ひとつ　石橋辰之助
みささぎに畦のあつまる秋日かな　石田勝彦
好きな鳥好きな樹に来て秋日濃し　町春草
秋日濃し燈台守の事務机　棚山波朗
歩きつつ人遠ざかる秋日かな　倉田紘文
その人の影ある椅子に秋日濃し　今井千鶴子
窯開けの窯の余熱や秋没日《あきいりひ》　永井龍男
落ちてゆく重さの見えて秋没日　児玉輝代

【釣瓶落し《つるべおとし》】

秋の入日が一気に落ちていく様子。❖秋の日の暮れやすいことを「秋の日は釣瓶落し」という。昭和五十年代以後、この「釣瓶落し」だけを季語として使うようになった。

釣瓶落しといへど光芒しづかなり　水原秋櫻子
山の端のまぶしき釣瓶落しかな　鷹羽狩行

【秋色《しゅうしょく》】　秋の色　秋光　秋の光　秋望

秋景色・秋の風色のこと。❖和歌では「秋の色」といい、紅葉や黄葉などの具体的な色を念頭に置くが、今日では抽象的に使われることが多い。「秋の光」は、多くは月光を意味したが、陽光の明るさを籠《こ》めて、秋の風光を賞美する言葉として使われることが多い。

裏門に秋の色あり山畠　支考
秋色の南部片富士樹海より　西本一都
憩ふ人秋色すすむ中にあり　橋本鶏二
秋色や一弦琴の音の中　岡井省二
竹林に風止むときの秋の色　中路素童

【秋晴《あきばれ》】　秋日和《あきびより》　菊日和《きくびより》

秋空が澄んで高々と晴れ渡ること。「秋日和」も同じ意味だが穏やかな語感がある。「菊日和」は菊の花が盛りのころの日和。菊花展が催され、さまざまな式典も多い。
❖俳諧では「秋日和」が使われていたが、近代になり「秋晴」の季語が生まれた。

順礼が馬にのりけり秋日和　一茶
秋晴の口に咥《くは》へて釘甘し　右城暮石
秋晴の何処かに杖を忘れけり　松本たかし
秋晴や瀬多の唐橋一文字　下村槐太
秋晴や瞼をかるく合はせても　鷲谷七菜子
秋晴や宙にゐがきて字を教ふ　島谷征良
秋晴の炎をはなれゆく煙　片山由美子
山の日は強くて淋し秋日和　池内たけし
畳屋の肘が働く秋日和　草間時彦
歩くこと蝶にもありて秋日和　依光陽子
菊日和身にまく帯の長きかな　鈴木真砂女
息吹いて金箔のばす菊日和　山田春生

【秋の声《あきのこゑ》】　秋声《しうせい》

風雨の音、木々の葉擦れ、虫の音など、しみじみと秋の気配を感じさせる響きを声にたとえる。具体的な音だけでなく、心耳でとらえた秋の気配をもいう。

さゞ浪やあやしき迄に秋の声　嘯山
帛を裂く琵琶の流や秋の声　蕪村
人去れば林泉《しま》のいづこも秋の声　角田独峰
水べりを歩いてゆけば秋の声　黛執

秋の声振り向けば道暮れてをり　豊長みのる
白壁の向ぅ側から秋の声　渡辺鮎太
秋声を聴けり古曲に似たりけり　相生垣瓜人

【秋の空《あきのそら》】　秋空　秋天《しゅうてん》

澄みきった秋空をいう。秋は長雨に見舞われることもある一方、からりとした晴天に恵まれることも多い。台風の去った後などは、眩しいほどの青空が広がる。

にょつぽりと秋の空なる不尽の山　鬼貫
上行くと下くる雲や秋の天　凡兆
去るものは去りまた充ちて秋の空　飯田龍太
田畑の五穀いよいよ秋の空　猪俣千代子
空箱のきれいに燃えて秋の空　鳴戸奈菜
何番の出口を出ても秋の空　加藤かな文
流木に坐してしばらく秋の空　笹下蟷螂子
秋空につぶてのごとき一羽かな　杉田久女
秋空へ大きな硝子窓一つ　星野立子
秋空や展覧会のやうに雲　本井英
秋天に流れのおそき雲ばかり　星野高士

【秋高し《あきたかし》】　天高し　空高し

秋は大気が澄み、晴れ渡った空が高く感じられる。❖杜審言《としんげん》の詩に「秋高くして塞馬《さいば》肥ゆ」があり、それが転じて「天高く馬肥ゆる秋」となった。「秋高し」も「天高し」も好季節を表す季語である。↓馬肥ゆ

痩馬のあはれ機嫌や秋高し　村上鬼城
鳶の輪に斬り込む鳥秋高し　茂恵一郎
秋高し母を野合に生まれしめ　高橋睦郎
秋高し草の貼りつく乗馬靴　三森鉄治
天高し航跡消ゆるとき光り　竹下流彩
天高し分れては合ふ絹の道　有馬朗人
天高し松島は松育てつつ　桑原三郎
雲の影われらをとらへ天高し　千葉皓史

【秋の雲《あきのくも》】　秋雲《しゅううん》

高々と晴れ上がった空にくっきり浮かぶ白い雲は、いかにも秋らしい爽やかさを感じ

させ、どこか心を遠くへ誘うものがある。

ねばりなき空にはしるや秋の雲　丈草
あら海や波をはなれて秋の雲　暁台
山荘の鏡に移る秋の雲　松本澄江
秋の雲立志伝みな家を捨つ　上田五千石
山に襞あれば影置き秋の雲　森重昭
ライバルの校歌も憶え秋の雲　井出野浩貴
噴煙はゆるく秋雲すみやかに　橋本鶏二
杭打ちて秋雲ふやしゐたりけり　桂信子
秋雲やふるさとで売る同人誌　大串章

【鰯雲《いわしぐも》】　鱗雲《うろこぐも》　鯖雲《さばぐも》

巻積雲または高積雲で、さざ波に似た小さな雲片の集まりが空一面に広がる。鰯の群のように見えるから、あるいはこの雲が出ると鰯が大漁になるというので、その名がついた。魚の鱗のように見えるので鱗雲、鯖の背の斑紋のように見えるので鯖雲とも。

鰯雲人に告ぐべきことならず　加藤楸邨
妻がゐて子がゐて孤独いわし雲　安住敦
鰯雲甕担がれてうごき出す　石田波郷
鰯雲日かげは水の音迅く　飯田龍太
いわし雲空港百の硝子照り　福永耕二
鰯雲懸命に宙拡げたり　池田琴線女
熊笹に濁流の跡いわし雲　矢島渚男
槍投げの狙ひさだめる鰯雲　那須淳男
鰯雲夜もひろがる出雲崎　伊藤通明
うつくしき世をとりもどすうろこ雲　鷹羽狩行
うろこ雲ことばを減らしつつ老いる　対馬康子
鯖雲に入り船を待つ女衆　石川桂郎

【月《つき》】　初月《はつづき》　二日月《ふつかづき》　三日月《みかづき》　新月《しんげつ》　弦《げん》月《げつ》　上弦の月　下弦の月　夕月　宵月　夕月夜　有明月《ありあけづき》　遅月《おそづき》　月白《つきしろ》　月夜　月の出　月光　月明《げつめい》　月影

月は四季それぞれの趣があるが、そのさやけさは秋にきわまるので、単に月といえば秋の月をさす。初月は旧暦八月初めのころの月。二日月は八月二日の月、三日月は同三日の月。新月は天文学では朔《さく》の月をいうが、実際には見えないので俳句では三日月のこともいう。夕月は、新月から七、八日ごろまでの上弦の月のことで、夕方出て夜にはもう沈む。その月の出ているときを夕月夜という。月白は月が出ようとするころ空が白むこと。❖月はいわゆる雪月花の一つで、古来多くの詩歌に詠まれ、物語の背景を支えてきた。

月はやし梢は雨を持ちながら　芭蕉
鎖《ぢやう》あけて月さし入れよ浮御堂　芭蕉
昼からの客を送りて宵の月　曾良
三日月や膝へ影さす舟の中　太祇
われをつれて我影帰る月夜かな　素堂
月天心貧しき町を通りけり　蕪村
ふるさとの月の港を過《よぎ》るのみ　高浜虚子
父がつけしわが名立子や月を仰ぐ　星野立子
灯を消すや心崖なす月の前　加藤楸邨
徐々に徐々に月下の俘虜として進む　平畑静塔
月出でてしばらく沼のくらさかな　谷野予志
月すでに海ひきはなしつつありぬ　田畑美穂女
月の人のひとりとならむ車椅子　角川源義
をとひの月の丸さを言ひにけり　藤本草四郎
大寺を出て一本の月の道　大嶽青児
島国のはずれの島を月照らす　森田智子
かろき子は月にあづけむ肩車　石　寒太
月を待つ等間隔に箸を置き　金子　敦
月の海乳張る胸のしびれけり　名取里美
あかね雲ひとすぢよぎる二日月　渡辺水巴
滝津瀬に三日月の金さしにけり　飯田蛇笏
三日月やをみな子ひとり授かりて　岡本差知子
三日月がめそめそといる米の飯　金子兜太
月代や少し前行く妻の肩　草間時彦
月白や讃岐の山のうねりだす　今井誠人
月光にぶつかつて行く山路かな　渡辺水巴

月光にいのち死にゆくひとゝ寝る　橋本多佳子
風立ちて月光の坂ひらひらす　大野林火
やはらかき身を月光の中に容れ　桂　信子
月光の指より漏れ出づる悩み　櫂　未知子
子規逝くや十七日の月明に　高浜虚子
月明に鹿の遊べる干潟かな　野村泊月
月明や門を構へず垣ゆはず　片山由美子
月明やものみな影にかしづかれ　西宮　舞

【盆の月《ぼんのつき》】
旧暦七月十五日の盂蘭盆《うらぼん》の夜の月。中秋の名月の一か月前で、まだ暑さが厳しいころである。

浴《ゆあみ》して我が身となりぬ盆の月　一　茶
かゝげても燈火暗し盆の月　蝶　羽
裏口に草木の匂ひ盆の月　鷲谷七菜子
盆の月ひかりを雲にわかちけり　久保田万太郎
盆の月兄弟淡くなりにけり　岡澤康司
海へ出て海を照らして盆の月　佐藤和枝
盆の月島になきもの寺と墓　石河義介
ちちははと在れば娘や盆の月　今橋眞理子

【待宵《まつよひ》】小望月《こもちづき》
旧暦八月十四日の夜。名月を明日に控えた宵の意。小望月は望月に少し満たない意から。

待宵や立尽したる峰の松　乙　由
待宵をたゞ漕行くや伏見舟　几　董
待宵やしばらく広き家の中　増田龍雨
待宵や子もひとつづゝ影ひいて　高田正子
待宵や草を濡らして舟洗ふ　藺草慶子
まだ旅のよそほひ解かず小望月　松本雨生
高麗百戸眠りにつける小望月　小高和子

【名月《めいげつ》】望月《もちづき》　満月　今日の月《つき》　今宵《こよひ》　三五の月　十五夜　芋名月
旧暦八月十五日の中秋の名月のこと。一年中でこの月が最も澄んで美しいとされる。秋草や虫の音、夜露や秋風など、風物のたたずまいが一層月を明澄にする。❖農耕儀礼の遺風として、穂芒《ほすすき》を挿し、月見団子や新芋などその年の初物を供えて月を祀る。
→良夜

しみ〴〵と立ちて見にけりけふの月　鬼貫
名月や池をめぐりて夜もすがら　芭蕉
名月や畳の上に松の影　其角
名月をとつてくれろと泣く子かな　一茶
名月や笛になるべき竹伐らん　正岡子規
名月や門の欅も武蔵ぶり　石田波郷
木戸閉める音も静かに望の月　斎藤夏風
望月のやや欠けたるを許されよ　長谷川櫂
満月やふたたび泣くは隣りの子　金子兜太
満月や耳ふたつある菓子袋　辻田克巳
満月の闇分ちあふ椎と樫　永方裕子
けふの月長いすゝきを活けにけり　阿波野青畝
滲みよき紙を机に今日の月　浅井陽子
十五夜の雲のあそびてかぎりなし　後藤夜半
十五夜や母の薬の酒二合　富田木歩

【良夜《りやうや》】　**望《もち》の夜《よ》**

旧暦八月十五日の名月の夜をいう。❖『徒然草』に「八月十五日、九月十三日は婁宿《ろうしゅく》なり。この宿《しゅく》、清明なる故に、月を翫《もてあそ》ぶに良夜とす」とあるように、旧暦九月十三日の後《のち》の月の夜をさすこともある。→名月・後の月

渚なる白浪見えて良夜かな　高浜虚子
筆硯に多少のちりも良夜かな　飯田蛇笏
生涯にかかる良夜の幾度か　福田蓼汀
ひとそれ〴〵書を読んでゐる良夜かな　山口青邨
我庭の良夜の薄湧く如し　松本たかし
噴煙の立ちはだかれる良夜かな　森重昭
鰹木のふとぶととある良夜かな　西嶋あさ子
捨て船のぎいと相寄る良夜かな　山﨑千枝子
止め椀のころほひとなる良夜かな　佐藤博美
友を待つ田端の駅の良夜かな　和田耕三郎

望の夜のうなばら濡れてゐたりけり　篠崎圭介

【無月《むげつ》】
旧暦八月十五日の夜、雲が広がり、月が見えないこと。見えない月を思いつつ、月のあるほの明るいあたりを仰ぐ。↓雨月

いくたびも無月の庭に出でにけり　富安風生
無月なる杉の梢や瑞巌寺　高野素十
火を焚けば火のうつくしき無月かな　栗生純夫
舟底を無月の波のたたく音　木村蕪城
棕櫚を揉む風となりたる無月かな　桂　信子
目つむりて山河を想ふ無月かな　山口　速
浮御堂灯を奉る無月かな　小原弘幹
湖のどこか明るき無月かな　倉田紘文

【雨月《うげつ》】　雨名月　雨の月　月の雨
旧暦八月十五日の夜、雨のため、月が見えないことをいう。雨をうらめしく思いながら、空を仰ぐ。❖『徒然草』に「花はさかりに、月はくまなきをのみ見るものかは。雨にむかひて月を恋ひ、たれこめて春の行方知らぬも、なほあはれに情ふかし」とあるように、雨に閉ざされたゆえの情趣を覚えさせるものでもある。↓無月

葛の葉のかかる荒磯や雨の月　支　考
五六本雨月の傘の用意あり　日野草城
月の雨こらへ切れずに大降りに　高浜虚子
口に笛はこぶに作法月の雨　片山由美子

【十六夜《いざよひ》】　十六夜の月　既望《きばう》
旧暦八月十六日の夜、およびその夜の月をいう。満月よりも月の出が少し遅れるので、ためらう意の「いざよふ」から付いた名。既望は望月が既に過ぎた謂《いい》。

十六夜や囁く人のうしろより　千代女
十六夜の石湿りをりことごとく　石原舟月
草照りて十六夜雲を離れたり　橋本多佳子
十六夜の雨の日記をつけにけり　五所平之助
十六夜の水鳴る方はまだ暗し　村松ひろし

十六夜の船の寄り行く島三つ　有馬朗人
十六夜の地の香を放つ大欅　加藤耕子
深山の風にうつろふ既望かな　飯田蛇笏

【立待月《たちまちづき》】　立待

旧暦八月十七日の夜の月をいう。「立待月」は、月の出を立って待つ意から。立待はその夜のことも指す。❖名月を過ぎると月の出が徐々に遅くなり、少しずつ欠けていく。それを惜しみ、一夜ごとに名を変えて愛でる。

立待の夕べしばらく歩きけり　片山由美子
立待や明るき星を引き連れて　岩田由美

【居待月《ゐまちづき》】　居待

旧暦八月十八日の夜の月。立待月より月の出がさらに遅いので、座して待つ月の意。

わが影の築地にひたと居待月　星野立子
蒟蒻に箸がよくゆく居待月　加藤燕雨
野の駅の灯をつつしめる居待月　橋本榮治

【寝待月《ねまちづき》】　寝待　臥待月《ふしまちづき》　臥待

旧暦八月十九日の夜の月。月の出はますます遅くなる。寝ながら待つ月の意。

寝待月灯のいろに似ていでにけり　五十崎古郷
食後また何煮る妻か寝待月　本多静江
寝待月しとねのぶればまこと出づ　井沢正江

【更待月《ふけまちづき》】　更待　二十日月《はつかづき》

旧暦八月二十日の夜の月。寝待月よりもなお遅れて出るので、夜の更けるころまで待たねばならない。月はもう半ば欠けて光もほのかになり、寂しさがつのる。

更待や階きしませて寝にのぼる　稲垣きくの
男の児得ぬ今宵更待酒酌まな　石塚友二
更待の坂を下るや酒買ひに　檜山哲彦

【二十三夜《にじふさんや》】　二十三夜月　真夜中の月

旧暦八月二十三日の夜の月。夜中の十二時ごろに出る。

朱雀門暮れて二十三夜月　森宮保子

風に点く外灯二十三夜月　前田攝子

【宵闇《よひやみ》】

旧暦八月二十日過ぎともなれば、夜更けにならないと月は上らない。その月が上るまでの闇をいう。❖季語としては月の出を待つことに意味があり、単なる夕闇のことではない。

宵闇と聞く淋しさの今宵より　後藤夜半
宵闇に坐して内外のわかちなし　石田勝彦
宵闇に神の灯ほのとあるばかり　岡安仁義
宵闇や女人高野の草の丈　大峯あきら
宵闇の一舟つなぐ磧石　藤本美和子

【後の月《のちのつき》】　十三夜《じふさんや》　名残の月《なごりのつき》　豆名月《まめめいげつ》　栗名月

旧暦九月十三日の夜の月。名月に対して後の月という。吹く風ももう肌寒く感じられるころで、華やかな名月とは違い、もの寂びた趣がある。枝豆や栗などを供えて祀《まつ》る。❖中秋の名月か後の月のどちらかしか見ないことを片見月（片月見）という。

川音の町へ出づるや後の月　千代女
後の月須磨より人の帰り来る　士朗
補陀落の海まつくらや後の月　鷲谷七菜子
湖渡る迅さありけり後の月　吉年虹二
深川に生れて死んで後の月　石丸和雄
後の月宗祇の越えし山一つ　有馬朗人
月よりも雲に光芒十三夜　井沢正江
畠のものみな丈低し十三夜　小島花枝
祀ることなくて澄みけり十三夜　川崎展宏
十三夜しみじみ日曜名作座　井桁衣子
ひと拭きに布巾の湿る十三夜　馬場公江

【星月夜《ほしづきよ》】　星月夜《ほしづくよ》

よく晴れた秋の夜は空が澄むので星が美しい。ことに新月のころの星空の輝かしさを称えて星月夜という。

星月夜さびしきものに風の音　楓橋

星月夜空の高さよ大きさよ　尚白
われの星燃えてをるなり星月夜　高浜虚子
死顔のほのともゆれず星月夜　秦夕美
星月夜神父にならふ英会話　野中亮介
天窓に見ゆる夜空も星月夜　岩田由美
胎動のはじまりは星月夜かな　明隅礼子

【天の川《あまのがは》】　銀河《ぎんが》　銀漢《ぎんかん》　星河《せいが》

澄み渡った夜空に帯のように白々とかかる無数の恒星の集まり。北半球では一年中見られるが、秋が最も明るく美しい。❖七夕伝説と結びついて、万葉のころから詩歌に数多く詠まれてきた。俳諧以降は、天の川自体の美しさを詠むことが多い。→七夕

あらうみや佐渡に横たふ天の川　芭蕉
うつくしや障子の穴の天の川　一茶
天の川の下に天智天皇と臣虚子と　高浜虚子
妻二タ夜あらず二タ夜の天の川　中村草田男
天の川怒濤のごとし人の死へ　加藤楸邨
天の川柱のごとく見て眠る　沢木欣一
うすうすとしかもさだかに天の川　清崎敏郎
天の川礁のごとく妻子ねて　飴山實
列車みな駅に入りて天の川　杉野一博
長生きの象を洗ひぬ天の川　桑原三郎
いくたびも手紙は読まれ天の川　中西夕紀
寝袋に顔ひとつづつ天の川　稲田眸子
天の川漂流船の錆深く　照井翠
自転車の二つ並んで天の川　涼野海音
今日ありて銀河をくぐりわかれけり　秋元不死男
国境の銀河を仰ぎつつ眠る　白井眞貫
眠るたび父は銀河に近づきぬ　櫂未知子
妻と寝て銀漢の尾に父母います　鷹羽狩行
肩車して銀漢にやや近し　野中亮介
銀漢や史記にて絶えし刺客伝　日原傳

【流星《りうせい》】　流れ星　夜這星《よばひぼし》　星流る　星飛ぶ

夜空に突然現れ、尾を引いてたちまち消え

る光体。八月半ばにもっとも多いといわれる。宇宙塵《じん》が地球の大気中に入り込んで、摩擦によって発光するもの。❖流れ星は不吉な印といわれたりするが、一方では流れ星が消えないうちに願いごとをするとそれが叶《かな》うという言い伝えもある。

流星の使ひきれざる空の丈　鷹羽狩行
流星や音一つなき島の宿　稲畑汀子
流星は旅に見るべし旅に出づ　大串　章
父母のうすき縁《えにし》や流れ星　下田実花
これほどの星これほどの流れ星　今井肖子
真実は瞬間にあり流れ星　マブソン青眼
旅果てのたましひは風夜這星　丸山海道
死がちかし星をくぐりて星流る　山口誓子
星飛べり空に淵瀬のあるごとく　佐藤鬼房
わが信濃触れんばかりに星飛びて　村松紅花
星飛んで無音の白き渚あり　菅原閧也

【秋風《あきかぜ》】　秋風《しうふう》　秋の風　金風《きんぷう》　素風

色なき風　爽籟《さうらい》

秋の訪れを告げる「秋の初風」から、晩秋の蕭条《しょうじょう》とした風まで、秋の風にはしみじみとした趣がある。秋風は古来西風とされてきたが、実際には特に定まった方角はない。金風・素風は、陰陽五行《ごぎょう》説で秋は五行の金にあたり、色は白を配するところからきた語。色なき風は華やかな色が無い風の意で、漢語の「素風」を歌語にしたもの。『古今六帖』の〈吹きくれば身にもしみける秋風を色なき物と思ひけるかな　紀友則〉に由来する。爽籟は爽やかな風音のこと。

秋風の吹きわたりけり人の顔　鬼　貫
秋風やしらきの弓に弦はらん　去　来
あかあかと日は難面《つれなく》も秋の風　芭　蕉
石山のいしより白しあきの風　芭　蕉
物言へば唇寒し秋の風　芭　蕉
十団子《とをだご》も小粒になりぬ秋の風　許　六

釣鐘に椎の礫や秋の風　几董
淋しさに飯をくふなり秋の風　一茶
死骸《なきがら》や秋風かよふ鼻の穴　飯田蛇笏
秋風や模様のちがふ皿二つ　原石鼎
秋風や殺すにたらぬ人ひとり　西島麦南
ひとり膝を抱けば秋風また秋風　山口誓子
吹きおこる秋風鶴をあゆましむ　石田波郷
秋風や柱拭くとき柱見て　岡本眸
秋風を二三歩追へり見送れり　神蔵器
秋風や蠟石で書く詩のごとし　筑紫磐井
秋風や切り出して岩横たはり　井上康明
死は白き花もて悼む秋風裡　松之元陽子
どこからも川現はるる秋の風　廣瀬直人
みづうみの渚が痩せて秋の風　茨木和生
もういちど吹いてたしかに秋の風　仁平勝
檻の鵜も鵜籠も秋の風の中　島谷征良
肘あげて能面つけぬ秋の風　小川軽舟
機を織る色なき風の中に坐し　日原傳
山荘のけさ爽籟に窓ひらく　山口草堂

【初嵐《はつあらし》】　**秋の初風**

秋の初めの強い風のことで、台風期のさきぶれのように荒々しく吹く。秋の初風は、秋の到来を思わせる風。❖単に初風というと、新年の季語。↓野分

空をとぶ鴉いびつや初嵐　高浜虚子
戸を搏つて落ちし簾や初嵐　長谷川かな女
ひるがへり雀白しや初あらし　山口青邨
川波の白きを加ふ初あらし　上田五千石
赤ん坊の拳にちから初嵐　甲斐遊糸
みどりまだ残る箒や初嵐　野中亮介
浦の子に秋の初風吹きにけり　大石悦子
秋の初風橋の名を声に出し　片山由美子

【野分《のわき》】　**野わけ　野分だつ　野分後《のわきあと》　夕野分　野分雲　野分晴**

秋の暴風のことで、野の草を吹き分けるほどの風の意。特に二百十日・二百二十日前

後には猛烈な暴風が襲ってくることが多い。野分のあとは、草がなぎ倒されたり庭にものが飛び散ったりと荒々しい景を呈するが、古来それもまた風情あるものとして受けとめられてきた。『枕草子』で野分の翌日を評した一文「野分のまたの日こそ、いみじうあはれにをかしけれ」は有名。夜のうちに野分が去ったときなどは、ことさら朝の晴ればれとした気分を感じさせる。

芭蕉野分して盥に雨を聞く夜かな　芭蕉
鳥羽殿へ五六騎いそぐ野分かな　蕪村
大いなるものが過ぎ行く野分かな　高浜虚子
白墨の手を洗ひをる野分かな　中村草田男
色ヶ浜野分に黒き漁網干す　山口超心鬼
山中の一つ明かりや野分だつ　永方裕子
両親の遺髪の揃ふ野分かな　櫂未知子
独り刈る髪切りこぼす野分中　石川桂郎
漆黒の天に星散る野分あと　相馬遷子
家中の水鮮しき野分あと　正木ゆう子
夕野分祈るかたちの木を残す　小池文子
頰杖の指のつめたき夕野分　高柳重信
月山の天のかぎりを野分晴　内海良太

【台風《たいふう》】　颱風《たいふう》　台風圏《たいふうけん》　台風の眼

南洋やフィリピン沖で発生北上する大きな空気の渦巻きで、中心付近の最大風速が毎秒一七・二メートル以上の熱帯性低気圧。海難・風水害など甚だしい被害を生じさせる。台風の眼は台風の中心にある静かで風のない部分。❖外来語「タイフーン」が「台風」と訳されたのは明治四十年ごろ。季語とされたのは大正の初めである。

放課後の暗さ台風来つつあり　森田峠
台風のなか夫も子もよく眠る　西宮舞
台風を待つ佛壇の昏くあり　坊城俊樹
颱風の去つて玄界灘の月　中村吉右衛門
颱風の波まのあたり室戸岬　高浜年尾

灯の函の列車台風圏に入る　山口　速
先んじて風はらむ草颱風圏　遠藤若狭男
台風圏叩いて枕とどのふる　大島雄作

【盆東風《ぼんごち》】　盆北風《ぼんぎた》

旧暦の盂蘭盆《うらぼん》のころ吹く風で、地方によって東風・北風となる。❖季節風の向きが転換するきざしであり、この風が吹くと新涼の趣がある。

盆東風や駄菓子の芯の煎り大豆　中根美保

【高西風《たかにし》】

仲秋のころ、急に吹く西風。「高」とは子《ね》の方向、すなわち北の意で、地域によって、北西風・南西風と、やや風位が異なる。稲刈りを控えた農家では「籾《もみ》落し」と呼んで稲の被害を恐れ、船乗りたちも海が荒れるので警戒する。

高西風に秋闌けぬれば鳴る瀬かな　飯田蛇笏
高西風や流れて鴉羽搏かず　千葉玲子
高西風や出雲崎より千切れ雲　丹治美佐子

【鮭颪《さけおろし》】

鮭が産卵にやってくるころの強い風。東北地方で使われる言葉で、鮭漁は、この風の吹くころから始まる。

鮭おろし母なる河に濤押し入り　澤田緑生
この橋を渡れば十勝鮭颪　北　光星
灯もつけず番屋に一人鮭颪　斉藤凡太

【雁渡し《かりわたし》】　青北風《あをぎた》

初秋から仲秋にかけて吹く北風。もとは志摩や伊豆の漁師の言葉で、このころ雁が渡ってくるので、雁渡しという。青北風ともいう。❖この風が吹き出すと、潮も空も秋らしく青く澄むようになる。

草木より人翻《ひるがへ》る雁渡し　岸田稚魚
泊船のなべて傷もつ雁渡し　野見山ひふみ
めつむれば怒濤の暗さ雁渡し　福永耕二
あをあをと山ばかりなり雁渡し　廣瀬直人

揚げ舟の櫂より乾き雁渡し　西山常好
とりこはす家にピアノや雁渡　ふじむらまり
青北風が吹いて艶増す五島牛　下村ひろし
青北風や城の鬼門に椋一樹　柿沼　茂

【黍嵐《きびあらし》】　芋嵐

茎に対して穂が重い黍を倒さんばかりに吹く秋の暴風のこと。芋嵐は、里芋の葉を大きく揺らす風の意。

童顔の教師なりけり黍嵐　星野麥丘人
赤ん坊の捩れて泣けり黍嵐　雨宮きぬよ
木曾駒の尻美しき黍嵐　加古宗也
雀らの乗つてはしれり芋嵐　石田波郷
牛の貌四角に迫り芋嵐　立原修志
青空のままの一日芋嵐　加藤燕雨
棒持てば担ぐ癖ある芋嵐　星野紗一
ここいらの犬みな黒し芋嵐　遠山陽子

【秋曇《あきぐもり》】　秋陰《しういん》

秋の曇りがちの天候。曇った日が二、三日続くと、気分も沈みがちになる。

芦も鳴らぬ潟一面の秋ぐもり　室生犀星
汐上げてゐる流木の秋ぐもり　細川加賀
にはとりの飼はれて肥ゆる秋曇り　雨宮きぬよ
しくしくと揚巻掘りよ秋曇　緒方　敬

【秋湿《あきじめり》】

秋には雨が降り続くことも多く、部屋などが湿って感じられる。❖冷え冷えとしてやりきれない。

ひとりごと言うては答ふ秋湿り　深谷雄大
肖像の並ぶ廊下や秋湿り　片山由美子

【秋の雨《あきのあめ》】　秋雨《あきさめ》　秋霖《しうりん》　秋黴雨《あきついり》

秋といえば秋晴れを連想するが、雨の多い季節でもある。秋の雨は、『万葉集』にも〈秋の雨に濡れつつをれば賤しけど吾妹《わぎも》が屋戸《やど》し思ほゆるかも　大伴利上〉と、もの寂しいものとして詠まれてきた。「秋霖」「秋黴雨」は梅雨時のように降り続く秋の長雨のこと。
秋雨やともしびうつる膝頭　一　茶
秋の雨しづかに午前をはりけり　日野草城
踏切の燈にあつまれる秋の雨　山口誓子
振り消してマッチの匂ふ秋の雨　村上鞆彦
秋雨や夕餉の箸の手くらがり　永井荷風
秋雨の瓦斯が飛びつく燐寸かな　中村汀女
秋雨は無声映画のやうに降る　仁平　勝
秋霖に濡れて文字なき手紙かな　折笠美秋
秋霖ににじんできたる薄日かな　矢島渚男
秋霖や漆音なく塗り重ね　永方裕子
秋ついり炊いて二合のなつめ粥　小林篤子

【秋時雨《あきしぐれ》】
晩秋に降る時雨のことで、うら寂しさが漂う。↓時雨（冬）
秋しぐれ塀をぬらしてやみにけり　久保田万太郎
果樹園のほそみち光り秋時雨　比良暮雪
鶴ばかり折つて子とゐる秋時雨　文挾夫佐恵
石濡れて色よみがへる秋しぐれ　山﨑冨美子
寺町は三十三寺秋しぐれ　吉田未灰
花の香の朝市を抜け秋時雨　村田　脩

【稲妻《いなづま》】　稲光　稲つるび
空中に電気が放電されることによって閃《ひらめ》く電光をいう。遠くのために雷鳴が聞こえず、光だけが見えるものや、雨を伴わないものをさすことが多い。❖稲妻は稲の夫《つま》の意で、稲が雷光と交わって稔るとの言い伝えから生まれた名。夏の季語である雷は「神鳴り」、つまり音が中心であるのに対し、稲妻は光に注目した季語。
稲妻や闇の方行く五位の声　芭　蕉
稲妻のかきまぜて行く闇夜かな　去　来
稲妻のわれて落つるや山のうへ　丈　草
稲妻や浪もてゆへる秋津島　蕪　村
稲妻のぬばたまの闇独り棲む　竹下しづの女
稲妻のゆたかなる夜も寝べきころ　中村汀女

草の戸にかかる稲妻父を待つ　深川正一郎
稲妻の四方に頻りや山の湖《うみ》　松本たかし
海へ去る稲妻青し松の上　有働　亨
いなびかり北よりすれば北を見る　橋本多佳子
いなびかりひとと逢ひきし四肢てらす　桂　信子
稲光流木はいつ起ち上る　津田清子
働きて忽と死にたし稲びかり　古賀まり子
みちのくにさらに奥ありいなびかり　神蔵　器
馬小屋の戸が開いてゐる稲光　寺島ただし
国引の出雲の空のいなつるび　深谷雄大

【秋の虹《あきのにじ》】

秋の虹は色が淡く、はかなげである。❖虹は本来、夏の季語である。↓虹（夏）

ふた重なる間の暗き秋の虹　石田勝彦
秋の虹消えたるのちも仰がるる　山田弘子
秋の虹手を振ればはや消えてをり　永島靖子

【秋の夕焼《あきのゆふやけ》】　秋夕焼《あきゆふやけ》　秋夕《あきゆ》焼《やけ》

秋の夕焼はたちまち暮れていく寂しさを伴う。❖夕焼は本来、夏の季語である。↓夕焼（夏）

鷺たかし秋夕焼に透きとほり　軽部烏頭子
秋夕焼旅愁といはむには淡し　富安風生
秋夕焼わが溜息に褪せゆけり　相馬遷子
牛追って我の残りし秋夕焼　鈴木牛後

【霧《きり》】　朝霧　夕霧　夜霧　山霧　川霧　狭霧《さぎり》　霧襖《きりぶすま》　濃霧《のうむ》　霧時雨　霧笛《むてき》

水蒸気が地表や水面の近くで凝結し、大気中に煙のように浮遊しているものをいう。霧時雨は深く霧がかかった様子を時雨に見立てていう。❖古くは霞《かすみ》と霧に春秋の区別はなかったが、平安時代以降、春は霞、秋は霧と呼び分けるようになった。

風に乗る川霧軽し高瀬舟　宗因
霧しぐれ富士を見ぬ日ぞ面白き　芭蕉
山霧の梢に透ける朝日かな　召波
街の灯の一列に霧うごくなり　臼田亜浪

白樺を幽《かす》かに霧のゆく音か　水原秋櫻子
かたまりて通る霧あり霧の中　高野素十
霧の道現れ来るを行くばかり　松本たかし
ランプ売るひとつランプを霧にともし　安住　敦
噴火口近くて霧が霧雨が　藤後左右
霧の村石を投《ほ》うらば父母散らん　金子兜太
一切があるなり霧に距てられ　津田清子
杉山に吸はれゆくとき霧迅し　青柳志解樹
霧の道わづかにくだりつづけたり　平井照敏
見えざれば霧の中では霧を見る　折笠美秋
霧巻きて牛百頭を神かくし　太田土男
霧を出て馬の容《かたち》にかへりけり　角谷昌子
鐘ついて十万億土霧うごく　福永法弘
朝霧や山中にある国境　太田寛郎
街燈は夜霧にぬれるためにある　渡辺白泉
人ごゑのいきなり近し霧ぶすま　稲垣きくの
なほ母をうしなひつづけ霧ぶすま　櫂　未知子
還らざるものを霧笛の呼ぶ如し　伊藤柏翠

【露《つゆ》】　白露《しらつゆ》　朝露　夜露　露の玉　露けし　露時雨《つゆしぐれ》　露葎《つゆむぐら》　芋の露

水蒸気が地表近くの冷たいものの表面に凝結して水滴となったものをいう。風のない晴れた夜に発生する。秋に著しいので、単に露といえば秋の季語になる。露時雨は、草木の葉などに露が溜まって滴り落ちるさまが、あたかも時雨のようであることからいう。露葎は、荒れた野や庭などに生い茂る雑草が露を帯びた侘しげなさまのこと。❖日差しとともに消えることから、古来、「露の世」「露の命」などといって、はかないものの譬《たと》えに用いられる。

白露や茨の刺に一つづゝ　蕪　村
分けゆくや袂にたまる笹の露　蝶　夢
露の世は露の世ながらさりながら　一　茶
露の夜の一つのことば待たれけり　柴田白葉女
蔓踏んで一山の露動きけり　原　石鼎

金剛の露ひとつぶや石の上　川端茅舎
露なめて白猫いよよ白くなる　能村登四郎
玉をなす力の露にありにけり　粟津松彩子
露の夜や星を結べば鳥けもの　鷹羽狩行
露の世の長きプラットホームかな　星野高士
白露や死んでゆく日も帯締めて　三橋鷹女
露けさの弥撒のをはりはひざまづく　水原秋櫻子
露けさの指組む強く組みなほす　岡本眸
紀の山の一つ高野の露けさよ　山上樹実雄
十日町更けて露けき筵買ふ　小室善弘
「母」の字の点をきつちり露けしや　片山由美子
石に触れ草にも触れて露時雨　井桁衣子
芋の露連山影を正しうす　飯田蛇笏
なみなみと大きく一つ芋の露　岩田由美

【露寒《つゆさむ》】　露寒し

晩秋、葉末に光る露は、見るからに寒々と冷たい感じがする。❖時候季語の秋寒と同じような気分だが、露寒は冷たい露のもつ具体的な印象に結びついている。

大粒に置く露寒し石の肌　青蘿
露寒のこの淋しさのゆゑ知らず　富安風生
露寒や乳房ぽちりと犬の胸　秋元不死男
露寒や五行で終る死亡記事　安住敦
露寒の画集をひらく膝そろへ　石田あき子
露寒や髪の重さに溺れ寝る　長谷川秋子
露寒を少し怯えて鳴く雀　辻田克巳
露寒の探し当てたる墓ひとつ　三村純也

【秋の霜《あきのしも》】　秋霜《しうさう》　露霜《つゆじも》　水霜《みづしも》

秋のうちから降りる霜。露霜は露が寒さで凍って半ば霜となりうっすらと白くなっているもので、水霜ともいう。❖厳しいものの譬えとして、「秋霜烈日」という言葉もあるように、草木などを傷めつけることがある。→霜（冬）

百年の柱の木めや秋の霜　野坡
露霜や死まで黒髪大切に　橋本多佳子

露霜の結ばむとする微塵かな　斎藤空華
朝風や水霜すべる神の杉　幸田露伴
水霜と思ふ深息したりけり　草間時彦

【竜田姫《たつたひめ》】

奈良の平城京の西にある竜田山を神格化した女神のこと。秋の造化を司る神とされ、春の佐保姫と対をなす。『古今集』には〈竜田姫手向《たむ》くる神のあればこそ秋の木の葉の幣《ぬさ》と散るらめ　兼覧王〉がある。

竜田姫月の鏡にうち向ひ　青木月斗
麓まで一気に駆けて龍田姫　山仲英子

地理

【秋の山《あきのやま》】 秋山《あきやま》　秋山《しゅうざん》　秋嶺《しゅうれい》　秋の峰

秋は大気が澄むので、遠い山もくっきりと見える。秋が深まるにつれ紅葉に彩られた山は、華やかさの中にも寂しさを感じさせる。→山粧ふ

信濃路やどこ迄つゞく秋の山　正岡子規
鳥獣のごとくたのしや秋の山　山口青邨
山彦とゐるわらんべや秋の山　百合山羽公
いつ見てもどの木にも風秋の山　東條未央
秋山の襞を見てゐる別れかな　沢木欣一
秋嶺の闇に入らむとなほ容《かたち》　桂　信子
肩ならべあひ秋嶺を讃へあふ　和田耕三郎

【山粧ふ《やまよそほふ》】 山粧《やまよそ》ふ

秋の山が紅葉で彩られるさまをいう。❖北宋の画家郭熙《かくき》の『林泉高致』の一節の「秋山明浄にして粧ふが如し」から季語になった。→山笑ふ（春）・山滴る（夏）・山眠る（冬）

寂寞と滝かけて山粧へり　永作火童
搾乳の朝な夕なを山粧ふ　波多野爽波

【秋の野《あきのの》】 秋野　秋郊《しゅうかう》

秋の野原。草花が美しく咲き乱れ、爽やかな風が吹き、夜は虫の音に包まれる。秋郊は秋の郊外の野。❖『万葉集』の〈秋の野に咲ける秋萩秋風に靡ける上に秋の露置けり　大伴家持〉などの和歌にあるように、古来趣深いものとして捉えられてきた。

秋の野に鈴鳴らしゆく人みえず　川端康成
秋の野の妻へ口笛遠くより　中矢荻風
東塔の見ゆるかぎりの秋野行く　前田普羅

秋郊の葛の葉といふ小さき駅　川端茅舎

【花野《はなの》】

秋の草花が一面に咲き乱れる広々とした野原。華やかさとともに、次の季節には枯野となる寂しさもあわせ持つ。❖「花」といえば春の季語で桜を指すが、「花野」は秋の季語で草の花を前提とする。古来、詩歌においては秋の野の草の花を愛でてきた。『玉葉集』の〈村雨の晴るる日影に秋草の花野の露や染めてほすらむ　大江貞重〉は有名。↓お花畑（夏）

山臥の火を切りこぼす花野かな　野坡
岐れてもまた岐れても花野みち　富安風生
ふところに入日のひゆる花野かな　金尾梅の門
鳥銜へ去りぬ花野のわが言葉　平畑静塔
日陰ればたちまち遠き花野かな　相馬遷子
満目の花野ゆき花すこし摘む　能村登四郎
花野ゆく小舟のごとき乳母車　八染藍子
花野ゆく母を探しに行くごとく　廣瀬町子
夕月を花と仰ぎて花野去る　遠藤若狭男
人去りて花野に道の残りけり　成井侃
断崖をもつて果てたる花野かな　片山由美子
今ここにゐる遥けさの花野かな　三森鉄治
昼は日を夜は月をあげ大花野　鷹羽狩行
大花野ときどき雲の影に入る　加藤瑠璃子
夕花野風より水の急ぎけり　黛執
夕花野はてしなければ引き返す　池田澄子

【秋の園《あきのその》】　秋園《しゅうゑん》　秋苑

秋の公園や庭園のこと。さまざまな花が咲くが、紫の花などが多く、ひそやかなたたずまいが感じられる。

暮れかけてまた来る客や秋の園　上川井梨葉
秋苑の衰ふること俄かなり　池上浩山人
秋苑や風をいざなひ咲けるもの　西山春文

【花畑《はなばたけ》】　花畠　花壇　花園《はなぞの》　花圃《くわほ》

秋の草花を咲かせた畑。花壇や花圃も秋の

草花の咲くものをいう。❖花野、草の花が秋の季語とされるように、秋草の美しさを念頭に置く季語。秋以外の俳句で詠まれたものは季語としては扱わない。また「お花畑」は夏の季語。↓お花畑（夏）

イ《たたず》めば昴が高し花畑　松本たかし
おほかたは穂に出て花圃の軽くなる　鷹羽狩行

【秋の田《あきのた》】　稔《みの》り田《だ》　稲田

稲が熟した田。刈り入れを待つ田は豊かさを感じさせる。『万葉集』の〈秋の田の穂の上《へ》に霧《き》らふ朝霞いつへの方に我《あ》が恋止まむ　磐姫皇后〉など、古歌にも多く詠まれてきた。

秋の田の父呼ぶ声の徹るなり　田中鬼骨
秋の田に影落しゆく雲のあり　栗原憲司
みのり田に見えかくれして衣川　小泉暁村
宍道湖の波のかよへる稲田かな　大場白水郎
落日の燃えつきさうな稲田かな　本宮哲郎
晩稲田に音のかそけき夜の雨　五十崎古郷

【刈田《かりた》】　刈田道

稲を刈り取ったあとの田。にわかに広々として、一面、刈株が並ぶ。❖物寂しさとともに、開放感がある。

うつくしき松に遇ひけり刈田来て　京極杜藻
いちまいの刈田となりてただ日なた　長谷川素逝
うすうすと刈田の匂ひ日に残り　上村占魚
みちのくの星の近づく刈田かな　神蔵器
空のある限りを越の刈田かな　吉原一暁
家包む刈田の甘き香りかな　鈴木厚子
ごつごつと刈田を猫の渡りけり　日原傳

【穭田《ひつぢだ》】

稲刈りが終わったあと、刈株に伸びてくる細い茎を穭という。穭が出た田が穭田で、花をつけ短い穂を垂れていることもある。

穭田に鶏あそぶ夕日かな　内藤鳴雪
穭田に大社の雀来て遊ぶ　村山古郷

穭田や雲の茜が水にあり　森　澄雄

【落し水《おとしみづ》】　水落す　田水落す

稲に実が入り、穂を垂れ出すころ、畦《あぜ》の水口を払って水を落とすこと。音を立てて流れるその水もいう。稲に水が不要になるため、および田を固め稲刈りをしやすくするために行う。

暗き夜のなほくらき辺に落し水　木下夕爾
落し水闇もろともに流れをり　草間時彦
落柿舎の門前暗し落し水　北澤瑞史
草ぐさの影をふるはせ落し水　菊田一平
荒海へ千枚の田の水落とす　下村非文

【秋の水《あきのみづ》】　秋水《しゅうすい》　水の秋

秋は渓谷・河川・湖沼などの水が透明で美しい。その曇りのないさまは、「三尺の秋水」といって研ぎすました刀剣の譬えにも使われる。「水の秋」は水の美しい秋をたたえていう。❖淡水のことで、主に景色をいう。海水や飲む水などには使わない。↓水澄む

魚の眼のするどくなりぬ秋の水　佐藤紅緑
吹き飛んで袋立ちたる秋の水　川崎展宏
秋水や鯉やはらかく鯉を避け　今瀬剛一
秋水の昃《ひかげ》ることのまたはやし　倉田紘文
秋水がゆくかなしみのやうにゆく　石田郷子
秋水や日陰に立てば魚が見え　岸本尚毅
十棹とはあらぬ渡しや水の秋　松本たかし
棹さすは漂ふに似て水の秋　林　翔
船津屋に灯のひとつ入り水の秋　鷲谷七菜子
舟ばたに杖をこつんと水の秋　伊藤敬子
身になじむ紬の軽さ水の秋　西嶋あさ子
深吉野の草木すこやか水の秋　茨木和生
はるかより鶏鳴とどく水の秋　寺島ただし

【水澄む《みづすむ》】

秋はものみな澄みわたる季節であり、水もまた美しく澄む。水底まで見えるような湖

沼や川の美しさをいう。❖水溜まりや汲み置きの水などには使わない。→秋の水

水澄むや人はつれなくうつくしく　柴田白葉女
水澄んで遠くのものの声を待つ　谷野予志
水澄みて四方に関ある甲斐の国　飯田龍太
走り去る容《かたち》の水の澄みにけり　石田勝彦
正座してこころ水澄む方へ行く　村越化石
水澄めりけはひのごとき魚の影　鷹羽狩行
水澄むや死にゆくものに開く扉　藤田直子

【秋の川《あきのかは》】　秋川《あきかは》　秋江《しうかう》

秋空を映して広々と流れていく川、ひんやりとした水が急ぐ渓流など、いずれもいかにも秋らしい風景である。

秋の川真白な石を拾ひけり　夏目漱石
吾に近き波はいそげり秋の川　橋本多佳子
うらがへる音もまじりて秋の川　山上樹実雄
仰むけに流れて秋の大河かな　平井照敏
秋の川ほとけのものを洗ひけり　赤塚五行
覗き込む顔の流るる秋の川　白濱一羊
秋江に沿ひゆき蔵書売らんとす　森川暁水

【秋出水《あきでみづ》】

秋に集中豪雨や台風のため、河川が氾濫すること。❖単に出水といえば、梅雨時の豪雨による洪水をさす。→出水（夏）

柵の上に腰かけ居るや秋出水　高浜虚子
踏切を流れ退く秋出水　橋本多佳子
流れよる枕わびしや秋出水　武原はん
光つつ仏壇沈む秋出水　東條素香
駅舎にも灯の点らずに秋出水　茨木和生
一軒の家を貫く秋出水　白濱一羊
甲斐秩父分かつ闇より秋出水　三森鉄治
秋出水引きて水路の現はるる　今瀬一博

【秋の海《あきのうみ》】　秋の波　秋の浜　秋の渚　秋の岬

夏の間賑った海も、秋になると静けさを取り戻す。一夏の賑いのあとだけに、高い秋

空の下に広がる海は寂しさを誘う。

嘶きに秋の白波ただ遥か　中岡毅雄
幼子のひとりは背負ひ秋の浜　飯田龍太
秋の浜てのひら二枚暮れ残る　小檜山繁子
流木を撫でて人去る秋の浜　茂木連葉子
わが靴の跡ふみ戻る秋の浜　花谷　清

【秋の潮《あきのしほ》】　**秋潮《あきしほ》**　**秋潮《しうてう》**

秋の潮は春の潮と同じく、干満の差が大きい。人気のない海岸などで眺める澄んだ秋の潮は、しみじみと寂しさを感じさせる。秋が深まるにつれて潮の色は深まってゆく。

釣竿の先の暗さも秋の潮　後藤比奈夫
やはらかき枕へひびき秋の潮　沢木欣一
貝殻のささやき始む秋の潮　甲斐由起子
秋潮の音声《おんじやう》こもる窟《いはや》かな　鷲谷七菜子

【初潮《はつしほ》】　**葉月潮《はづきじほ》**　**望《もち》の潮《しほ》**

旧暦八月十五日の大潮をいう。夕刻あたりから潮位が高まる場所が多く、満々と差す潮が名月に照らされるさまなども見られる。葉月潮は葉月の潮の意。満月の夜であることから「望の潮」とも。

初潮や鵜戸《うど》の神岩たたなはり　下村梅子
葉月潮ふなべりに巫女腰かけて　神尾季羊
葉月潮満ちて真珠の筏揺る　宮田正和
葉月潮ひく美しき弧を残し　西宮　舞
神島に汐煙立て葉月潮　喜多真王
望の潮しづかに湛へ舟溜　大橋越央子

【盆波《ぼんなみ》】　**盆荒《ぼんあれ》**

旧暦の盂蘭盆《うらぼん》のころ、主に太平洋沿岸に押し寄せてくるうねりのある高波のこと。海辺の漁村の人などにとっては、盂蘭盆の行事と結びつき、海難で亡くなった人を思い出させる。盆荒は盆波が押し寄せる海の荒れをいう。

盆波やいのちをきざむ崕づたひ　飯田蛇笏
盆波にひとりの泳ぎすぐ返す　井沢正江

【不知火《しらぬひ》】　竜灯《りゅうとう》

旧暦八月一日ごろの夜中、九州の八代海《やつしろ》の沖合いに、無数の光が明滅し、横に広がって、灯火のようにゆらめく現象をいう。古くから、その神秘と詩的な情景に関心が持たれてきた。原因についても諸説があったが、現在は沖合の漁火が海面付近の冷気によって屈折し、変化して見えるという説が有力である。❖『日本書紀』には、景行天皇の筑紫行幸《つくしぎょうこう》の際、暗夜の海上にこの火を見、現れた火に従って船を進め、無事に岸につくことができたが、この火の主は誰かと天皇が尋ねたところ誰も知らなかったとある。

不知火を見てなほくらき方へゆく　伊藤通明
不知火の闇に鬼棲む匂ひあり　松本陽平

生　活

【休暇明《きうかあけ》】　休暇果つ

地域にもよるが、小・中・高等学校では普通九月に入ると長い夏期休暇が終わり、秋の新学期が始まる。大学では九月の終わりごろの所もある。→夏休（夏）

友死すと掲示してあり休暇明　上村占魚
教室のよそよそしさよ休暇明け　佐藤博美
黒板のつくづく黒き休暇明　片山由美子
押花に幼き文字や休暇果つ　堀口星眠
休暇果つ少女風視る目をしたり　岡本眸
茶の楉《すはえ》こもごも揺れて休暇果つ　柿沼茂

【盆帰省《ぼんきせい》】

「帰省」は学生が中心だが、「盆帰省」は社会人やその家族らが中心になる。大量の土産を抱えて列車や自動車で故郷へ向かうさまは、さながら民族大移動のようである。→帰省（夏）

キヨスクで土産買ひ足し盆帰省　矢野美羽
ぽつねんと新駅のある盆帰省　筏井遙

【運動会《うんどうくわい》】　体育祭

天高く空気の澄む秋はスポーツに適し、学校などでは運動会が行われる。

運動会村の自動車集まれり　右城暮石
運動会子の手握れば走りたし　加藤憲曠
手庇《てびさし》に子を追ひかけて運動会　土生重次
運動会消えたる国の旗つらね　戸恒東人
ねかされて運動会の旗の束　千葉皓史
運動会午後へ白線引き直す　西村和子
楡の木の風の湧きたつ体育祭　井上弘美

【夜学《やがく》】　夜学校　夜学生

夜学には、夜間に開かれる学校と夜間に勉強するという双方の意味があるが、季語としては、前者をいう。❖学校そのものは一年中あるが、灯火親しむ夜長の候は落ち着いて勉強するのに適しているので、秋の季語になっている。

ややありて遠き夜学の灯も消えぬ　谷野予志
音もなく星の燃ゆる夜学かな　橋本鶏二
くらがりへ教師消え去る夜学かな　木村蕪城
翅青き虫きてまとふ夜学かな　木下夕爾
夜学の灯消して俄にひとりなる　松倉久悟
雨のバス夜学終へたる師弟のみ　肥田埜勝美
新しき眼鏡をかけて夜学かな　深見けん二
昇降機声なく満ちて夜学果つ　中嶋秀子
夜学校小さな門の開いてをり　井上弘美
灯に遠き席から埋まり夜学生　今瀬剛一

【後の更衣《のちのころもがへ》】　秋の更衣

かつては旧暦十月一日に袷から綿入れに着替えた。現在では、夏の単衣から秋の袷に替えることを指すことが多くなっている。↓更衣（夏）

眉毛剃り落として後の更衣　茨木和生
醒ヶ井の水汲む後の更衣　井上弘美

【秋袷《あきあはせ》】　秋の袷　後《のち》の袷

裏地のついた着物を袷といい、秋冷のころに着る袷を秋袷という。秋らしい織りや配色のものが好まれる。↓春袷（春）・袷（夏）

ぬくもりのたゝむ手にあり秋袷　武原はん
人は憂《うれひ》を包むやうにも秋袷　細見綾子
木洩れ日の素顔にあたり秋袷　桂　信子
秋袷潮の流れの濃き日なり　摂津よしこ
喪主といふ妻の終《つひ》の座秋袷　岡本　眸

【新酒《しんしゆ》】　今年酒　新走《あらばしり》　利酒《ききざけ》

新米で醸造した酒。❖かつては収穫後の米をすぐ醸造したため、新酒は秋の季語とさ

れた。→古酒・寒造（冬）

風に名のついて吹くより新酒かな　園　女
袖口のからくれなゐや新酒つぐ　日野草城
杉玉の新酒のころを山の雨　文挾夫佐恵
先立ちし誰かれの顔新酒酌む　藤田枕流
三輪山の月をあげたる新酒かな　石　嶌　岳
とつくんのあととくとくと今年酒　鷹羽狩行
旅憂しと歯にしみにけり新走　宇田零雨
かたまつて鬼も暖とる新ばしり　中原道夫
上戸下戸ゐて利酒のにぎはひぬ　古賀雪江

【濁り酒《にごりざけ》】　どぶろく　どびろく　濁酒《だくしゅ》

発酵した醪《もろみ》を漉《こ》していない酒。通常は白く濁っている。新米を炊き、麹《こうじ》を加えて発酵させ、甘酒から辛酒に変わってから飲む。長くおくと酸っぱくなる。かつては密造酒のことをいった。

山里や杉の葉釣りてにごり酒　一　茶
藁の栓してみちのくの濁酒　山口青邨
くる浪の起つとき暗し濁酒　遠山陽子
更けて酌む羽黒の神の濁り酒　阿部月山子
濁醪は沸き高嶺星青くなる　佐々木有風
濁酒《どぶろく》に壮年の髭ぬらしけり　飯島晴子
どびろくに酔ひたる人を怖れけり　後藤比奈夫

【猿酒《さるざけ》】　ましら酒

猿が木の実や草の実を採り貯めておいた樹木の空洞や岩の窪《くぼ》みに、雨や露がかかり、自然に発酵して酒となったものといわれている。❖空想的な季語だが、深山の風情があっておもしろい。

猿酒や鬼の栖《す》むなる大江山　青木月斗
猿酒に酔ひては雨の飛驒泊　羽田岳水
猿酒不死とは言はず不老ほど　有馬朗人
赤い実の混じりてゐたる猿酒　千々和恵美子
生国は丹波も奥のましら酒　山田弘子

【古酒《こしゅ》】　古酒《ふるざけ》

新酒が出てもまだ残っている前年の酒。日

本酒は夏を越すと酸化しやすい。❖新茶に対して前年の茶を古茶というのに似ている。
↓新酒

古酒の壺筵にとんと置き据ゑぬ　佐藤念腹
古酒酌んで何かが足りぬ思ひかな　高橋将夫
岩塩のくれなゐを舐め古酒を舐め　日原傳

【新米《しんまい》】　今年米

今年収穫した米。早稲種《わせ》は早い所で七月下旬から出荷が始まる。米どころ新潟県では、中稲種《なかて》が九月二十日ごろにピークを迎え、晩稲種《おくて》は十月いっぱいに出荷が終わる。新米が出回ると前年の米は古米となる。↓稲刈・稲

新米もまだ艸の実の匂ひかな　蕪村
新米の其一粒の光かな　高浜虚子
新米を詰められ袋立ちあがる　江川千代八
新米を掬ふしみじみうすみどり　三嶋隆英
国東の新米と言ひはや届く　阿部ひろし
新米を積み込む揺れの舳かな　山尾玉藻
山よりの日は金色に今年米　成田千空
ひんやりと両手に応へ今年米　若井新一
よき名つけ姫やひかりや今年米　岩井英雅

【夜食《やしょく》】

収穫期、かつての農村では夜も家の中で仕事をしていたので、遅い時刻に空腹を覚え軽い食事を取った。現在は残業している会社員や遅くまで勉強している受験生などがとる軽食のことも指す。

所望して小さきむすび夜食とる　星野立子
夜食とる後姿の足重ね　福田蓼汀
夜食には夜食の贅のありにけり　高浜朋子
夜食とる机上のものを片寄せて　佐藤博美

【枝豆《えだまめ》】　畦豆《あぜまめ》　月見豆

熟す前の青い大豆。枝ごと採ることから枝豆という。莢《さや》のまま塩茹でにして食べる。通常は畑に植えるが、田の畦に植えること

も多く、畦豆と呼ばれる。月見豆は十五夜に供えることから。

枝豆やふれてつめたき青絵皿　猿橋統流子
枝豆を押せば生るるやうに豆　鳥居三朗
枝豆の莢をとび出す喜色かな　落合水尾

【零余子飯《むかごめし》】　ぬかご飯

零余子は自然薯《じねんじょ》や長芋などの腋芽《えきが》が養分を蓄えて球状となったもの。それを皮付きのまま炊き込んだものを零余子飯という。❖独特の風味で、野趣がある。

旅先の訛《なまり》親しきむかご飯　鈴木美智子
零余子飯遠くにかすむ鹿島槍　河西正克
さびしさのすでに過ぎたるぬかごめし　岡井省二
炊きあげてかすもの如しぬかご飯　角川照子

【栗飯《くりめし》】　栗ごはん　栗おこは

栗の鬼皮と渋皮を剝《む》き、炊き込んだご飯。子どももよろこぶ秋の味覚である。

栗飯のまつたき栗にめぐりあふ　日野草城
栗飯のほくりほくりと食まれけり　太田鴻村
栗飯を子が食ひ散らす散らさせよ　石川桂郎
栗飯や越後の薄日茫々と　廣瀬直人
栗の飯雲又雲の丹波かな　浜田喜夫
栗ごはんおひおひ母のこと話す　角　光雄

【松茸飯《まつたけめし》】　茸飯《きのこめし》

地方によって異なるが、松茸を薄切りにし、醬油《しょうゆ》・酒・味醂《みりん》などで炊き込んだご飯。香り高く、歯触り・風味が良い。初夏の筍《たけのこ》飯《めし》とともに、好んで作られる季節料理である。

松茸飯炊いてほとけをよろこばす　渡辺恭子
松茸飯炊くにぎやかに火を育て　茨木和生
ほんたうは松茸御飯炊いてをり　筑紫磐井
木の国の木の香なりけり茸飯　藤本美和子

【柚味噌《ゆみそ》】　柚子味噌《ゆずみそ》　柚子釜《ゆずがま》　柚釜《ゆがま》

練味噌に柚子の皮のすり下ろしや果汁を加え、酒・砂糖などと合わせたもの。柚子釜は柚子の上部を蓋《ふた》のように切って中身をえぐり取り、柚味噌を入れてもとのように蓋をしたもので、火にかけて香りを際立たせる。

青き葉をりんと残して柚味噌かな　涼　菟
一つ湧けば次々に湧く柚味噌かな　内藤鳴雪
旅びとに斎《とき》の柚味噌や高山寺　水原秋櫻子
柚味噌やひとの家族にうちまじり　岡本　眸
柚子釜の葉を焦さんと焔かな　皆吉爽雨
三輪山の箸にいただく柚釜かな　八木林之助

【干柿《ほしがき》】　柿干す　吊し柿《つるしがき》　串柿《くしがき》　甘干《あまぼし》　枯露柿《ころがき》　柿簾《かきすだれ》

渋柿の皮を剝《む》き、日に干したもの。吊し柿は縄に吊して干し、串柿は竹や木の串で貫いて干す。吊し連ねた柿が簾状に見えることから柿簾と呼ばれる。天日に晒した後、筵の上で転がして乾燥させたものを枯露柿という。❖砂糖が貴重品だったころは、秋から冬にかけて珍重された。↓柿

釣柿や障子にくるふ夕日影　丈　草
干柿の緞帳山に対しけり　百合山羽公
柿干してけふの独り居雲もなし　水原秋櫻子
完璧なあをぞら柿を干し終へて　佐藤郁良
吊し柿山窪の日は翳りがち　松村昌弘
山国や星のなかなる吊し柿　木内彰志
半日の陽を大切に吊し柿　甲斐遊糸
甘干に軒も余さず詩仙堂　松瀬青々
軍鶏籠を日向にうつし柿簾　藤木俱子

【菊膾《きくなます》】

菊の花びらを茹《ゆ》でて、三杯酢や芥子酢《からしず》などで和えたもの。香り高く甘味もあり、歯触りがよい。なお、食用菊には黄色系と桃色系とがある。↓菊

菊なます色をまじへて美しく　高浜年尾
菊膾てふやさしきを重の隅　細見綾子
空は散るものに満ちたり菊膾　斎藤　玄

乾盃の一言長し菊膾　水原春郎
烟《けむ》るごと老い給ふ母菊膾　山田みづえ
星屑の冷めたさに似て菊膾　大木あまり
さざめきに香り立ちたる菊膾　佐藤麻績
その後の便りもあらず菊膾　西嶋あさ子
爪汚す仕事を知らず菊膾　小川軽舟
大津絵の鬼に一献菊膾　山田佳乃

【衣被《きぬかつぎ》】

小ぶりの里芋を皮のまま茹で塩味で食べるもの。衣を脱ぐようにつるりと皮が剝《む》ける。もとは「きぬかづき」で衣を被《かづ》く意から。❖中秋の名月のお供えには欠かせない。

今生のいまが倖せ衣被　鈴木真砂女
子にうつす故里なまり衣被　石橋秀野
衣被しばらく湯気をあげにけり　八木林之助
夜ふかしの口さみしさに衣被　片山鶏頭子
夜と言ひ晩とも言ひて衣被　星野高士
妹に雨の匂いや衣被　折勝家鴨

【とろろ汁《じる》】　とろろ　麦とろ

自然薯《じねんじょ》・長芋・大和芋《やまと》などの皮を剝《む》き、すり鉢ですり下ろし、出汁を加えたもの。とろろ汁を麦飯にかけて食べるものを麦とろという。❖鞠子宿《まりこじゅく》（静岡市駿河区丸子）のとろろ汁は古くからの名物である。

とろろ汁鞠子と書きし昔より　富安風生
生家には凭《よ》る柱ありとろろ汁　小原啄葉
夫死にしあとのながいきとろろ汁　関戸靖子
甲冑をうしろに置いてとろろ汁　斎藤夏風
香の物添ふれば足りてとろろ汁　白濱一羊
とろろ吸ひ月光に肌すきとほる　檜山哲彦

【新蕎麦《しんそば》】　走り蕎麦

夏蒔きの熟しきっていない蕎麦を早刈りし、その粉で打った蕎麦。走り蕎麦ともいい、香りがよい。→蕎麦刈・蕎麦の花

新蕎麦やむぐらの宿の根来椀《ねごろ》　蕪村
新蕎麦や熊野へつゞく吉野山　許六

山国や新蕎麦を切る音迅し　井上　雪
新蕎麦をすりて旅も終りけり　森田かずや
新蕎麦のそば湯を棒のごとく注ぎ　鷹羽狩行
新蕎麦を待つに御岳の雨となる　宇咲冬男
昼酒の長くなりたり走り蕎麦　小島　健
来年のこと話しをり走り蕎麦　日下部太河

【新豆腐《しんどうふ》】

新しく収穫した大豆で作った豆腐。滋味が深いとされる。❖現在では取れたての豆が市場に出にくいため、なかなか見られなくなった。

はからずも雨の蘇州の新豆腐　加藤楸邨
新豆腐乗ったる板の雫かな　石田勝彦
ゆらゆらと母の齢《よはひ》や新豆腐　古賀まり子
谷風や布目を密に新豆腐　正木みえ子
まむかひに仏塔のある新豆腐　井上弘美

【秋の灯《あきのひ》】　秋灯《しうとう》　秋ともし

秋の夜の灯火のこと。❖春の灯の艶やかさに対して、秋の灯はどことなく懐かしく、家路を急ぐ気持ちを誘う。

あかすぎて寝られぬ秋のともしかな　大　蕪
秋の燈や山ふところに邑《むら》つくり　大野林火
秋の燈のいつものひとつともりたる　木下夕爾
秋の灯の琅玕は色深めたり　藤木倶子
秋の灯にひらがなばかり母の文　倉田紘文
秋灯や夫婦互に無き如く　高浜虚子
秋灯を明うせよ秋灯を明うせよ　星野立子
傷んだる辞書を抱きあげ秋燈下　川崎展宏
一つ濃く一つはあはれ秋灯　山口青邨
曲がる度路地狭くなり秋灯　須川洋子

【灯火親しむ《とうくわしたしむ》】　灯火親し

灯火のもとで読書などをすること。夜長の気分をともなう。❖韓愈《かんゆ》の「灯火稍親しむべく、簡編巻舒《けんじょ》すべし」を出典とするが、誤って「灯下親し」と書かれることがある。

灯火親しむ鳥籠に布かぶせ　鷹羽狩行

燈火親し声かけて子の部屋に入る　細川加賀
燈火親し琥珀の酒を注げばなほ　青柳志解樹
燈火親しもの影のみな智慧もつごと　宮津昭彦
燈火親し平家のあはれまだ半ば　武田花果

【秋の蚊帳《あきのかや》】　秋の幮《かや》　秋蚊帳　蚊帳の果　蚊帳の別れ　蚊帳《かや》の名残《なごり》

秋になってもまだ用いられている蚊帳。蚊がようやく姿を消すと「蚊帳の別れ」「蚊帳の果」になり蚊帳を仕舞う。↓蚊帳（夏）

干草のごとく押し込み秋の蚊帳　菊池緑蔭
ふるさとの暗き灯に吊る秋の蚊帳　桂信子
みづうみに雨ふる蚊帳の別れかな　神尾季羊

【秋扇《あきあふぎ》】　秋扇《しうせん》　秋団扇《あきうちは》　扇置く　団扇置く　捨扇　捨団扇

立秋を過ぎても残暑の厳しい間は、扇や団扇をしばらくは使う。しまわずに置かれたままになっているのが「捨扇」「捨団扇」で、何となく侘《わび》しい。❖秋扇は手にすることが稀な時季になっても手放しがたいものがある。↓扇（夏）

秋扇あだに使ひて美しき　田畑美穂女
秋扇しばらく使ひたたみけり　小林康治
秋扇もてなしうすく帰しけり　佐野美智
秋扇要に力なかりけり　沢ふみ江
秋扇や生れながらに能役者　松本たかし
人の手にわが秋扇のひらかれぬ　井沢正江
掃きとりて花屑かろき秋うちは　西島麦南
扇おくこゝろに百事新たなり　飯田蛇笏
絹の道西の果なる捨扇　有馬朗人

【菊枕《きくまくら》】

重陽に摘んだ菊の花びらを干して中身にした薄い枕。菊枕は邪気を払い、頭痛を治し、かすみ目に効果があるといわれる。↓重陽

ちなみぬふ陶淵明の菊枕　杉田久女
みちのくの黄菊ばかりの菊枕　瀧春一

野に摘みし菊も少しや菊枕　橋本鶏二
菊枕はづしたるとき匂ひけり　大石悦子
やはらかく叩いて均す菊枕　菊田一平

【灯籠《とうろう》】　盆灯籠　盆提灯《ぼんぢやうちん》　切子灯籠《きりこどうろう》
切子　切籠《きりこ》　絵灯籠　高灯籠　花灯籠

盆に、はるばると十万億土から還ってくる精霊を迎えるためにともす灯籠。新盆の家では一般に丁寧に飾り、期間も長い。非常に高い竿《さお》の先に灯籠を吊るす地方もあり、これを高灯籠という。切子灯籠は四角い立方体の角を切り取ったような切子形で、下に長い紙が下げてある。

かき立てて見てもさびしき燈籠かな　二柳
高燈籠消えなんとするあまたゝび　蕪村
かりそめに燈籠おくや草の中　飯田蛇笏
灯籠にしばらくのこる匂ひかな　大野林火
家のうちのあはれあらはに盆燈籠　富安風生
ぬれ縁をわづかに照らし盆燈籠　今井つる女
盆燈籠ともす一事に生き残る　角川照子
盆提灯みづいろ淡くともりけり　柴田白葉女
盆提灯たためば熱き息をせり　野中亮介
昼夜なき盆提灯をともしけり　蘭草慶子
大原の奥に風立つ切子かな　鷲谷七菜子
大切子匂ふばかりに新しく　星野椿
ひと夜母のふた夜は妻の切籠かな　石原八束

【秋簾《あきすだれ》】　簾名残《すだれなごり》　簾納む

立秋が過ぎてもなお吊してある簾。少し巻き上げられていたり、おろしたままにしてあったりするのも、いかにも秋の風情を感じさせる。↓青簾（夏）

おのづから世を隔てけり秋簾　大場白水郎
やゝ暗きことに落ちつき秋簾　今井つる女
秋簾とろりたらりと懸りたり　星野立子
一枚は日の当りたる秋簾　岸田稚魚
づかづかと日の射してをり秋簾　鷲谷七菜子
ささくれて秋の簾となりにけり　山﨑冨美子

【秋風鈴《あきふうりん》】

秋になっても吊られたままの風鈴。❖夏の涼しさを呼ぶ音と違い、いささか寂しくうすら寒い音がする。

くろがねの秋の風鈴鳴りにけり　飯田蛇笏

【障子洗ふ《しやうじあらふ》】　障子貼る

冬仕度の一つとして障子の貼り替えがある。庭先などで水をかけ、ごしごしこすって洗いながら紙を剝《は》がす。以前は川や池などにしばらく浸けておき、古い紙が剝がれるのを待ったものである。↓障子（冬）

湖へ倒して障子洗ひをり　大橋櫻坡子

洗ひをる障子のしたも藻のなびき　大野林火

みづうみに四五枚洗ふ障子かな　大峯あきら

障子洗へば桟に透く山河かな　鷹羽狩行

障子貼るひとり刃のあるものつかひ　橋本多佳子

障子紙まだ世にありて障子貼る　百合山羽公

次なる子はやも宿して障子貼る　波多野爽波

使ふ部屋使はざる部屋障子貼る　大橋敦子

ふるさとへ障子を貼りに帰りけり　大串章

独りなり障子貼り替へてはみても　奥名春江

【火恋し《ひこひし》】

晩秋ともなると、暖房が欲しくなる。いかにも冬が近いことを思わせる。

旅十日家の恋しく火恋し　勝又一透

火が恋し窓に樹海の迫る夜は　大島民郎

身ほとりの片付きてより火の恋し　武田澄江

火の恋しみちのく訛聞けばなほ　佐藤郁良

【松手入《まつていれ》】

松の木の手入れをすること。寺社などでは晩秋にかけて古葉を取り去り、枝をためて樹形を整える。庭木のなかで、松は手入れが難しいといわれる。❖晴れた日に鋏《はさみ》の音が聞こえてくるといかにも秋らしさを感じる。

大空に微塵かがやき松手入　中村汀女

きら〳〵と松葉が落ちる松手入　星野立子
まつすぐに物の落ちけり松手入　森田　峠
日和得て海坂藩の松手入　柏原眠雨
門柱にかかる枝より松手入　沢　ふみ江
松手入男の素手のこまやかに　西村和子
ばさと落ちはらはらと降り松手入　片山由美子
松手入晴天音を返したる　野中亮介

【風炉の名残《ふろのなごり》】　風炉名残　名残の茶

旧暦十月の亥の日の炉開きの前に、風炉に別れを惜しんで行われる茶会。→風炉茶(夏)・炉開(冬)

菊生けてめでたき風炉の名残かな　蓑　虫
一杓に湯気の白さよ風炉名残　井沢正江
風炉名残紬の帯を低く締め　谷口みちる

【冬支度《ふゆじたく》】　冬用意

冬の寒さに備えて晩秋に行うさまざまな準備。寒さに追いかけられるように心が急《せ》く。

納屋のもの取り出してあり冬支度　上村占魚
裏畑に穴掘ることも冬支度　小原啄葉
木の葉かと思へば鳥や冬仕度　下坂速穂
簞笥より猫の飛び出す冬用意　馬場公江

【秋耕《しゅうこう》】

収穫の後、田畑の土を上下に鋤《す》き返しておくこと。土の質を高めるためと、翌年の作業を容易にするためである。また、裏作のために耕すこともいう。裏作の作物は麦や菜種や蚕豆《そらまめ》が多い。→耕(春)・冬耕(冬)

ばさ〳〵と秋耕の手の乾きけり　飯田蛇笏
秋耕のひとりに遠きひとりあり　田村了咲
秋耕や鳥の影に鍬深く　加藤知世子
秋耕の終りの鍬は土撫づる　能村登四郎
秋耕の石くればかり掘つてゐる　安東次男
秋耕の了《をは》りし丘を月冷やす　野澤節子
離宮裏秋耕もまたしづかなり　丸山哲郎

【添水《そふづ》】　僧都《そうづ》　ばつたんこ　鹿威《ししおど》し

害獣を追い払うために水の流れを利用して、

竹筒が石にあたって大きな音を立てるようにした装置。もともとは鹿を脅かして追い払うものであったが、庭園に仕掛けて風流を楽しむようにもなった。別名「鹿威し」とも。

通夜の窓ことり〳〵と添水かな　内藤鳴雪
竹の音石の音とも添水鳴る　粟津松彩子
こころもちあはひ詰めたる添水かな　中原道夫
ばつたんこ何を威すとなけれども　瀧　春一
ばつたんこ水余さずに吐きにけり　茨木和生

【案山子《かがし》】　かかし　捨案山子

竹・藁《わら》などで作った人形で、鳥獣の害を防ぐため田畑に立てる。古くは鳥獣の肉や毛を焼き、その悪臭をかがせて追い払ったことから、「嗅《か》がし」といった。

棒の手のおなじさまなるかがしかな　丈　草
御所柿にたのまれ貌のかがしかな　蕪　村
落つる日に影さへうすきかがしかな　白　雄
夕空のなごみわたれる案山子かな　富安風生
あたたかな案山子を抱いて捨てにゆく　内藤吐天
倒れたる案山子の顔の上に天　西東三鬼
あけくれをかたぶき尽す案山子かな　安東次男
たゞしろき案山子の面倒れたり　八木林之助
案山子翁風に吹かるるものまとふ　大橋敦子
案山子よりからからと抜く竹の棒　今瀬剛一
肩を貸すやうに案山子をはこびけり　山本一歩
捨案山子海の紺青光りなし　金尾梅の門

【鳴子《なるこ》】　引板《ひた》　ひきいた　鳴竿《なるさを》　鳴子縄　鳴子綱

音を出して鳥を追い払うための装置。板に細い竹筒を掛け並べ、遠くから綱を引くとかたかたと鳴るようにしてある。引板ともいう。竿の先に鳴子をつけたものが鳴竿。

新らしき板もまじりて鳴子かな　太　祇
ひとしきり鳴子音して日は入りぬ　大　江　丸
鳴子鳴るあとを淋しき大河かな　松根東洋城

鳥立ちしあとも鳴子の鳴りやまず　中村汀女
火の山へ躍り上つて鳴子鳴る　村松紅花
鳴子縄たはむれに引くひとり旅　中村苑子

【鳥威し《とりおどし》】　威銃《おどしづつ》

実った作物を荒しにくる鳥を威して追い払う仕掛け。赤い小裂《こぎれ》やピカピカ光るガラス玉や合成樹脂の板などを無数に下げた紐《ひも》を張りめぐらしたりして、鳥を寄せつけないようにする。威銃は銃声音や爆発音などを使って鳥を追い払う仕掛け。

母恋し赤き小切の鳥威　秋元不死男
月明き夜は夜もすがら鳥威　岡本眸
これよりはみちのくに入る威し銃　菖蒲あや
日のさしてをり威し銃鳴るあたり　今瀬剛一
水の輪の中の水の輪威銃　藤本美和子

【鹿火屋《かびや》】　鹿火屋守

火を焚《た》き、獣が嫌う臭いものを燻《いぶ》らせたり、音や声を出すための小屋。鹿・猪などが山村の田畑を荒すのを防ぐ。→鹿垣

焚きそめて火柱なせる鹿火にあふ　皆吉爽雨
月落ちて鈴鹿の闇に鹿火ひとつ　下田稔
飲食のもののちらばる鹿火屋かな　武藤紀子
淋しさにまた銅鑼うつや鹿火屋守　原石鼎

【鹿垣《ししがき》】　鹿小屋《ししごや》　猪垣《ししがき》

山地で作物を荒す鹿・猪などの侵入を防ぐため、田畑の周辺に張りめぐらした低めの木柵《もくさく》・石垣・土手。鹿小屋は番人のいる小屋。→鹿火屋

鹿垣の門鎖し居る男かな　原石鼎
鹿垣と言ふは徹底して続く　後藤立夫
猪垣のひとところ切れ人通す　岡田日郎
猪垣をくぐりてゐるは流れのみ　中原道夫
猪垣の几帳面なる出入口　井上弘美
猪垣に金色の紐銀の紐　大西朋

【稲刈《いねかり》】　稲刈る　田刈る　刈稲　稲束
稲車　稲舟

実った稲を刈り取る作業。雨を避けて、いかに短期間に終えるかが重要となる。刈り取った稲を積んで運ぶための舟を稲舟という。❖農家の収穫の喜びが感じられる季語である。

世の中は稲刈る頃か草の庵　芭蕉
稲刈れば小草に秋の日のあたる　蕪村
立山に初雪降れり稲を刈る　前田普羅
稲刈のたけなはにして野はしづか　軽部烏頭子
稲刈つて飛鳥の道のさびしさよ　日野草城
墓一つ残して稲を刈りつくす　日下部宵三
稲刈つて鳥入れかはる甲斐の空　福田甲子雄
稲刈の空を拡げてをりにけり　仲寒蟬
沖に出て別るる雲や晩稲刈　山﨑冨美子
刈稲を置く音聞きに来よといふ　飯島晴子
湖沿ひの闇路となりぬ稲車　飯田蛇笏
稲車押すこと厭きてぶらさがる　福田蓼汀
夕雲ににぎはふころを稲車　友岡子郷
稲舟の音もなく漕ぎかはしけり　吉田冬葉

【稲架《はざ》】　はさ　稲掛　掛稲　稲木　稲城《いなぎ》　田母木《たもぎ》　稲棒《ぼっち》　稲干す

刈った稲を掛けわたし自然乾燥させるための木組み。出雲《いずも》地方などには段数の多いものもある。地域や形状により稲木や稲城、田母木や稲棒などともいう。

象潟や稲木も網の助杭　言水
稲架組むや相別れたる峰二つ　原裕
夜の稲架の甘き香を子の寝床まで　細見綾子
夕稲架のあはきほてりにしばし沿ふ　八木絵馬
くらがりの稲架を見てゐる喪の眼かな　草間時彦
稲架解くや雲またほぐれかつむすび　木下夕爾
新稲架の香のする星を見にゆかむ　千代田葛彦
稲架を組むうしろ真青に日本海　森田かずを
空稲架に老人が立つそれが兄　大牧広
整然と神話の国の稲架の列　川崎慶子
稲架日和家の奥まで見えにけり　亀井雉子男

空稲架の縄のたるみも越後かな　若井新一
棒稲架の棒が余つてゐたりけり　細川加賀
稲かけて天の香久山かくれたり　富安風生
掛稲のすぐそこにある湯呑かな　波多野爽波
掛稲の露の垣なす丹波かな　宇佐美魚目
稲高く架けて若狭の海かくす　畠山譲二

【稲扱《いねこき》】　脱穀　稲埃《いなぼこり》

刈り取って乾燥させた稲の穂から籾《もみ》を扱《こ》きとること。並べた竹の管の間を通して扱きとる原始的な方法から、鉄の櫛《くし》形の歯を使う千歯《せんば》扱き、回転式の脱穀機を経て、稲を刈りながら脱穀するコンバインへと、機械化が進んだ。

稲こきて藁となりたる軽さ投ぐ　吉野義子
競ひゐし脱穀音の一つ熄む　右城暮石
血が薄くなる脱穀の夕まぐれ　佐藤鬼房
来かかりし人ひきかへす稲埃　高野素十

【籾《もみ》】　籾干《もみほ》す　籾摺《もみすり》　籾筵《もみむしろ》　籾臼《もみうす》　籾摺歌　籾殻焼く

籾は扱《こ》き落としたまま殻のついた状態で筵干しにし、十分乾燥してから籾摺りをする。かつての農家では籾のまま俵に入れて保存する場合が多かったが、機械化が進んでからは俵が姿を消し、紙の米袋に籾摺りした玄米を保存するようになった。

籾かゆし大和をとめは帯を解く　阿波野青畝
電柱の影が乗りくる籾筵　辻田克巳
夕日にもひと日の疲れ籾筵　友岡子郷
籾むしろ撫でふるさとの日を均《なら》す　大串章
籾殻火千曲《ちくま》の暮色にはかなり　皆川白陀
籾殻のひとり燃えゐて日本海　神蔵器
籾埃とある納屋より吹き出せる　西山泊雲

【秋収《あきをさめ》】　田仕舞《たじまひ》

秋の取り入れや脱穀などの農事。また、収穫が終わったことを祝う宴のこと。❖宴の仕方は地方によってまちまちであり、呼び名も、「秋じまひ」「鎌をさめ」「秋忘れ」などさまざまである。近年では行う地域が少なくなった。

にはとりに飛ぶ宙のあり秋収め　宇多喜代子
一穂の長きを供へ秋収　若井新一
噴煙のけさは高きに秋収　大島雄作
京都より赤子来てゐる秋収め　前田攝子
田仕舞の焚き加へたるものが爆ぜ　鈴木多江子

【豊年《ほうねん》】　出来秋《できあき》　豊《とよ》の秋《あき》　豊作

風水害や病害もなく、五穀がよく実った年。品種改良や農耕技術の発達によって、豊作凶作の差は少なくなったが、豊作は現在でも農家にとって最大の喜びである。

豊年や切手をのせて舌甘し　秋元不死男
豊年やあまごに朱の走りたる　永方裕子
出来秋の人影もなき田圃かな　阿部慧月
出来秋の棚田一枚づつの色　片山由美子
寝台車明けゆくほどに豊の秋　すずき春雪
すぐそこといはれて一里豊の秋　八染藍子
修善寺線切分けすすむ豊の秋　大高霧海
飲食のあかりの灯る豊の秋　井上弘美

【凶作《きょうさく》】　不作　凶年

天候の異変や病虫害などによって、農作物の出来がひどく悪いこと。かつては人々の生存を脅かすほどの一大事であった。

草のごと凶作の稲つかみ刈る　山口青邨
凶作や人の眼鳶の眼と合へり　中西舗土
凶年や深空やうやうなつかしく　飯島晴子

【新藁《しんわら》】　今年藁《ことしわら》

その年に刈った稲の藁。うっすら青く、爽《さわ》やかに匂う。かつては秋の夜長の夜なべ仕事に新藁で新年用の注連飾《しめかざ》りを編み、縄を綯《な》い、俵を作り、草鞋《わらじ》や草履《ぞうり》などを編んだ。時代の変化により、現在では稲を刈る際に藁を細かく切ってしまうようになった。

新藁の香のこのもしく猫育つ　飯田蛇笏

新藁や永劫太き納屋の梁　芝　不器男
吹き晴れて新藁安曇野を飛ぶよ　大野林火
新藁を積みたる夜の酒利きぬ　宮田正和
今年藁積みて夜の庭ほのぬくし　古賀まり子
よろこびて馬のころがる今年藁　滝沢伊代次
天窓も隠さむばかり今年藁　寺島ただし

【藁塚《わらづか》】　藁塚《にほ》

稲扱《こ》きが済んだ新藁を積み上げたもの。地方により形や大きさはさまざま。

藁塚の同じ姿に傾ける　軽部烏頭子
藁塚に一つの強き棒挿さる　平畑静塔
藁塚をのこしてすでになにもなし　谷野予志
藁塚の父の胡坐のごとくあり　伊藤伊那男
うづくまるあまたの藁塚《にほ》の一つかな　富安風生

【蕎麦刈《そばかり》】　蕎麦干す

蕎麦は普通十月中～下旬に収穫される。良い蕎麦粉を取るためには、鎌で丁寧に刈り取り、石臼で粉にするのが理想的だが、刈り取り・脱穀・製粉まで機械まかせが昨今の実情である。↓新蕎麦

そば刈るやまだしら花の有りながら　曾良
蕎麦刈の三人《みたり》もをれば賑々し　小原啄葉
蕎麦刈るや晴れても風の北信濃　岡田貞峰
雁の束の間に蕎麦刈られけり　石田波郷

【夜なべ《よなべ》】　夜仕事　夜業《やげふ》

秋の夜長に昼間できなかった仕事の続きをすること。夜なべは、夜を延べるの意味の「夜のべ」であるとか、夜食をとる意味の「夜鍋」だとする説がある。夜業は会社や工場などでの残業の色合いが強い。

夜なべしにとんとんあがる二階かな　森川暁水
同じ櫛ばかりを作る夜なべかな　森田　峠
暗闇の先に海ある夜なべかな　伊沢　惠
飢ゑすこしありてはかどる夜なべかな　鷹羽狩行
さびしくて夜なべはかどりをりにけり　山田弘子
夜業人に調帯《ベルト》たわたわたわたわす　阿波野青畝

最終の校正といふ夜業かな　稲畑廣太郎

【砧《きぬた》】 碪《きぬた》　砧打つ　衣打つ

麻・藤・葛などで織った堅い布を柔らかくし艶《つや》を出すため、木や石の板にのせて槌《つち》などで打つこと。「衣板《きぬいた》」からの転訛《てんか》。❖李白の〈長安一片の月／萬戸衣を打つの聲(中略)何れの日か胡虜を平らげ／良人遠征を罷めん〉(「子夜呉歌」)を踏まえ、遠く離れた夫に対する妻の夜寒の情を詠む。

砧打て我に聞かせよや坊が妻　芭蕉
音添うて雨にしづまる碪かな　千代女
湖に響きて消ゆる砧かな　松根東洋城
山かげの月未だなる砧かな　嶋田青峰
白河の更けゆくものに小夜砧　後藤比奈夫

【渋取《しぶとり》】 柿渋取る　渋搗《しぶつ》く　新渋　生《き》渋《しぶ》　一番渋　二番渋　木渋桶《きしぶをけ》　渋桶《しぶをけ》

青い渋柿から防腐剤・補強剤用の渋を取る作業。糖分の少ない柿を選び、臼に入れ細かく搗く。これを樽《たる》に詰めて発酵させ、圧搾して生渋を取る。生渋を沈澱《ちんでん》させた透明な上澄み液が一番渋で、家屋・家具の漆下や傘に塗った。滓《かす》をさらに搾ったのが二番渋。

渋搗の渋がはねたる柱かな　橋本鶏二
渋を搗く音を労るやうに搗く　加倉井秋を
新渋の一壺ゆたかに山廬かな　飯田蛇笏
新渋の手を洗つても洗つても　田山耕村
煙り出しより風がきて二番渋　今瀬剛一
渋桶に月さしこんで澄みにけり　村上鬼城

【綿取《わたとり》】 綿摘　棉摘《わたつみ》　綿取る　綿車　綿干す　綿繰《わたくり》　綿打《わたうち》

開いた棉の実を摘み取る作業。棉の果実は晩秋に成熟すると、裂けて棉の部分を露出する。よく日に晒したものを綿繰・綿打などの作業を経て綿糸にする。❖綿車は綿を運ぶ車ではなく、綿繰車のことである。↓

棉

山の端の日の嬉しさや木綿とり　浪化
綿摘むや雲のさゞなみ空たかく　西島麦南
綿の実を摘みゐてうたふこともなし　加藤楸邨
棉摘んで湿りがちなる掌　坂本茉莉
箕と笊に今年の棉はこれつきり　中田みづほ
綿打の綿にまみれて了りけり　佐藤郁良
弓びゆんと鳴らし綿打はじめけり　永瀬十悟

【竹伐る《たけきる》】

「竹八月に木六月」といって、旧暦の八月が竹、六月が木の伐採の好期とされた。新暦では九月から十月が竹の伐り時であり、それは晩春から初夏にかけて筍を育てた親竹も、元気を取り戻すころだからという。

竹伐るやうち倒れゆく竹の中　田中王城
一本の竹を伐る音竹の中　榎本冬一郎
竹を伐る無数の竹にとりまかれ　鈴木六林男
一本の竹さわがせて伐りにけり　加藤三七子
竹を伐るこだまの中に竹を伐る　福神規子

【懸煙草《かけたばこ》】　煙草刈る　煙草干す　新煙草　若煙草

かつては夏から初秋にかけて採取した煙草の葉を、張りめぐらした縄の撚《よ》り目ごとに一枚ずつはさみ込んで干した。現在は乾燥室を使う。収穫したばかりの煙草の葉を新煙草・若煙草という。

門先は耶馬のたぎつせ懸煙草　田村木国
掛煙草日にけに匂ひ夜も匂ふ　金子伊昔紅
子供等の空地とられて懸莨　山口青邨
懸煙草音なき雨となりにけり　石橋秀野
軒に干す束はたばこの色得つつ　西垣脩

【種採《たねとり》】

秋に草花の種を取って、翌年に備え保存すること。

種を採る鶏頭林の一火より　皆吉爽雨
種採るや洗ひざらしのものを着て　波多野爽波

ゆふがほの誰へともなく種を採る　中尾杏子
束の間の日向の種を採りにけり　大峯あきら
たまゆらや夕顔の種採れば鳴る　大石悦子
朝顔の種採つて母帰りけり　鈴木しげを
日にぬくきおしろいの種採る児かな　松尾隆信
てのひらのよろこぶ種を採りにけり　岩岡中正
朝顔の種採りはじめ採り尽す　片山由美子

【秋蒔《あきまき》】　**菜種蒔く　大根蒔く　芥菜蒔《からしなま》く　蚕豆蒔《そらまめま》く　豌豆蒔《ゑんどうま》く　罌粟蒔《けしま》く　紫雲英《げんげ》蒔《ま》く**

秋に植物の種子を蒔くこと。冬や春に収穫する野菜の種は八月中旬〜十月に蒔くことが多い。↓物種蒔く（春）

秋蒔の土をこまかくしてやまず　吉本伊智朗
うしろから山風来るや菜種蒔　岡本癖三酔
大根蒔く戦《いくさ》に負けし貧しさに　山口青邨
大根蒔く短き影をそばに置き　加倉井秋を
さめやすき夕映の海大根蒔く　遠藤寛太郎
大根をきのふ蒔きたる在所かな　大峯あきら
風の吹くままに紫雲英を蒔きにけり　小松水花

【牡丹根分《ぼたんねわけ》】　**牡丹接木《ぼたんつぎき》　牡丹植う**

晩秋に牡丹の根元の小さな蘖《ひこばえ》をかき取り、植えなおすこと。接木は普通九〜十月ごろで、花の悪い牡丹を砧木《だいぎ》にし、丈夫な花の枝を切り接ぐ切接《きりつぎ》法を用いる。↓根分（春）

さびしくて牡丹根分を思ひ立つ　草間時彦
縁談をすゝめ牡丹の根分かな　滝沢伊代次
方丈に乞はれし牡丹根分かな　赤田松風

【薬掘る《くすりほる》】　**薬採る　薬草掘る**

晩秋、まだ草木が枯れ切らないうちに山野に出かけて、薬草の根を掘り上げること。

ほらねども山は薬のひかりかな　来山
薬掘蝮も提げてもどりけり　太祇
萱原の日にうづもれて薬掘る　木村蕪城
花言葉無きものばかり薬掘る　浦野芳南

ゲレンデとなるべき辺り薬掘る　森田　峠

【葛《くず》掘る《ほる》】　葛引く　葛根掘る

晩秋、澱粉を採るために葛の根を掘ること。葛の根は長いもので一・五メートルに達するという。→葛晒（冬）

松風も家督にしたり葛根掘　三　津　人
葛掘るはたたかひに似て吉野人　加藤知世子
葛掘にいろいろな葉のふりかかる　早川志津子
葛引の川より山に入りにけり　宇佐美魚目

【豆《まめ》引く《ひく》】　大豆《だいづ》引《ひ》く　小豆《あづき》引《ひ》く　豇豆《ささげ》引《ひ》く　大豆干す　豆稲架《まめはざ》　豆打つ　豆叩く　豆筵《まめむしろ》

豆類は葉が黄ばむようになると実が熟れて収穫期を迎える。莢《さや》や葉を付けたまま株ごと引き抜くので豆引くという。それを束ね、架け並べて乾燥させる。充分に乾いた莢を棒で打って実を取り出す。

菜も青し庵の味噌豆今や引く　一　茶
とやかくとはかどるらしや小豆引　星野立子
小豆引く言葉少き一日かな　細見綾子
山畑も三成陣址小豆干す　神蔵　器
光る瀬のひびきひねもす豆を干す　鍵和田秞子
日向へと飛び散る豆を叩きけり　森田　峠
豆筵かたはらに寄せ駐車場　五十嵐義知

【牛蒡《ごぼう》引く《ひく》】　牛蒡掘る

牛蒡は普通、春蒔きで秋に収穫する。根は細長く一メートルにもなり、周囲を鍬で掘って引き抜く。

老の息うちしづめつつ牛蒡引く　後藤夜半
半日は翳となる畑牛蒡引く　須佐薫子
相模野に雲厚き日や牛蒡引く　佐野美智
懐に夕風入れて牛蒡引　古賀まり子

【胡麻《ごま》刈る《かる》】　胡麻干す　胡麻叩く　新胡麻

胡麻の実は初秋から仲秋にかけて熟し、これを刈る。刈った後、干して叩くと細かな種子が採れる。白黒それぞれに食用に用いるほか、胡麻油の材料にもなる。

胡麻刈や青きもまじるひとからげ　村上鬼城
胡麻刈つていよよ澄みたる八ヶ岳　名和未知男
胡麻刈つて山影の濃き段畑　棚山波朗
秋篠寺四門の一つ胡麻を干す　田畑美穂女
胡麻干すや新羅造りといふ土塀　江川虹村
長生きをしきりに詫びて胡麻叩く　小原啄葉

【萩刈る《はぎかる》】

花期が終わると同時に、萩の株を根元から全部刈り取ってしまうこと。萩は花どきを終えても枝をさらに伸ばす性質を持っているからである。切り口を揃えてうすく土をかけておくと、翌年の発芽が良い。

萩刈つて多少の惜みなしとせず　鈴木花蓑
さきがけて一切経寺萩刈れり　安住　敦
萩刈つて思ひの一つ吹つ切れし　児玉輝代
萩刈つて土のあらはに百毫寺　伊藤敬子
萩刈つて金色の日を賜はりぬ　嶋田麻紀

【木賊刈る《とくさかる》】　砥草《とくさ》刈る《か》る

木賊は観賞用に庭などでよく見かけるが、本来は木材や器物を磨く研磨材とするために植えられていた。茎のもっとも充実している秋に刈り取り、茹でて乾燥させて使う。
↓木賊

ものいはぬ男なりけり木賊刈り　蓼太
木賊皆刈られて水の行方かな　高浜虚子
木賊刈憩ひたれども笠をとらず　安田蚊杖

【萱刈る《かやかる》】

晩秋のころに生長した萱を刈ること。萱は、よく乾燥させて屋根葺《ふ》きの材料にしたり、牛馬の飼料にしたり、炭俵を編んだりと用途が多かった。

萱刈の地色広げて刈進む　篠原温亭
頂に遊べる馬や萱を刈る　河野静雲
萱を刈るとき全身を沈めけり　稲畑汀子

刈り伏せの萱に日渡る裏秩父　上田五千石

【蘆刈《あしかり》】　蘆刈る　刈蘆　蘆舟　蘆火

湖や川に生える蘆を刈ること。晩秋から冬にかけて行われ、刈られた蘆は屋根葺《ふ》きや葭簀《よしず》の材料になる。蘆火は干した蘆を燃料として焚く火のこと。

蘆刈の置きのこしたる遠嶺かな　橋本鶏二
蘆刈のうしろひらける大和かな　加藤郁乎
蘆刈の音とほざかる蘆の中　黛　執
蘆刈の音より先を刈りてをり　大石悦子
また一人遠くの芦を刈りはじむ　高野素十
津の国の減りゆく蘆を刈りにけり　後藤夜半
束ねたる手のすぐにまた蘆を刈る　岡安仁義
束ねたる刈蘆の穂が吹かれゐる　大橋敦子
行暮れて利根の芦火にあひにけり　水原秋櫻子
蘆の火の美しければ手をかざす　有働木母寺
湖の中洲のくらき蘆火かな　長谷川櫂

【小鳥狩《ことりがり》】　小鳥網　霞網《かすみあみ》　鳥屋師《とやし》　高《たか》擌《はご》

秋に渡ってくる小鳥類を捕える猟法。見えないほどの糸で作った霞網や、鳥黐《とりもち》を使う方法がある。❖現在では全面的に禁止されており、季語としての存在感は薄い。

川上や黄昏かゝる小鳥あみ　召波
禁鳥の高きにかかり小鳥網　大橋宵火
鳥かかるまで美しく霞網　伊藤トキノ
袂より鶫《つぐみ》とり出す鳥屋師かな　大橋櫻坡子

【囮《をとり》】　囮籠

小鳥狩の際、小鳥をおびきよせる時に用いる鳥のこと。籠などに入れて擌《はご》や霞網の近くに置くと、鳴き声に誘われて他の鳥が寄ってきてかかる。❖野鳥保護の観点から現在ではこうした猟は禁止されている。

峠路のいづこか鳴ける囮かな　水原秋櫻子
日が翳り人も囮もさびしくなる　関　成美
啼き出して囮たること忘れゐむ　木附沢麦青

そのこゑの谺《こだま》ちかづく囮籠　福永耕二

【鳩吹《はとふき》】　鳩吹く

鳩の鳴き声をまね両手を合わせて吹くこと。山鳩を捕えるためとも、鹿狩の際、獲物を見つけたという合図に吹いたともいう。

鳩吹や己が拳のあはれなる　松根東洋城
鳩吹やけぶらふに足る峡の雨　岩永佐保
鳩吹きて顔とつぷりと暮れにけり　有馬朗人

【下り簗《くだりやな》】　崩れ簗

産卵を終えて川を下る魚を獲るための仕掛け。落鮎がその中心だが、地域によって魚の種類は異なる。晩秋になってその簗が崩れかかっているものを崩れ簗といい、いかにも侘《わび》しげである。↓上り簗（春）・簗（夏）

獺《かはうそ》の月に遊ぶや崩れ簗　蕪村
ほどほどの濁りたのもし下り簗　上村占魚
ふるさとの山河は老いず下り簗　水沼三郎
みちのくの山並暗し崩れ簗　阿波野青畝
紀の国の水にしたがひ崩れ簗　竹中碧水史
辛うじてそれとわかりぬ崩れ簗　森田峠
崩れ簗ときどき渦をつくりけり　原雅子

【鰯引く《いわしひく》】　鰯干す　鰯網　鰯船

網を引いて鰯を獲ること。漁期は秋から冬。普通は引網《ひきあみ》・刺網《さしあみ》・敷網《しきあみ》・定置網などで漁をするが、「鰯引く」という場合は砂浜での地引網漁をさし、古くから行われている。↓鰯

引き上げて平砂を照らす鰯かな　白扇
この先は大景ばかり鰯引　阿波野青畝
鰯網追へど離れぬ鷗かな　西山泊雲
鰯船火の粉散らして闇すすむ　山口誓子

【根釣《ねづり》】　岸釣

水温が下がる秋に、岩礁に潜む魚を狙う釣り。「根」は岩根の意味。根釣は時間をかけてじっくりと楽しむことが多い。

夕づける根釣や一人加はりぬ　笠原古畦
青森の夜半の港の根釣かな　轡田　進
ぶらぶらと根釣の下見とも見ゆる　石田郷子
いかめしき足拵への根釣人　高木良多

【踊《をどり》】　盆踊　踊子　踊笠《をどりがさ》　踊太鼓　踊唄　踊櫓《をどりやぐら》

盆踊のこと。盆とその前後に、広場や社寺の境内、砂浜などで行われる。本来は先祖の供養のためであったものがいつしか娯楽になり、浴衣がけの男女が音頭にあわせて夜の更けるのを忘れて踊るようになった。❖土地によっては町の中を歌い踊りながら練り歩くのもあるが、普通は輪踊が多い。

四五人に月落ちかかるをどりかな　蕪　村
うかと出て家路に遠き躍かな　召　波
提灯に海を照らして踊かな　原　月舟
一ところくらきをくゞる踊の輪　橋本多佳子
足もとに波のきてゐる踊かな　五十嵐播水
まつくらな橋渡り来て踊りけり　細川加賀
いくたびも月にのけぞる踊かな　加藤三七子
ひとりづつ灯を浴びてゆく踊かな　佐久間慧子
ひろがりて月を入れたる踊の輪　柴田佐知子
あと戻り多き踊にして進む　中原道夫
うなじよりかんばせくらき踊かな　山口昭男
くらやみに木は木とたてり盆踊　原田　喬
盆踊ほとけに留守を頼みけり　西嶋あさ子
盆踊り海峡の町風の町　七田谷まりうす
づか〳〵と来て踊子にさゝやける　高野素十
踊子にやはらかに足踏まれけり　西本一都
ほろほろと風に消えゆく踊唄　和田華凜
踊髪とけばもの落つはら〳〵と　高浜年尾

【相撲《すまふ》】　角力《すまふ》　宮相撲　草相撲　秋場所　九月場所

日本の国技。本来は神事と縁が深く、宮中にて旧暦七月に相撲節会《すまいのせちえ》が行われたため、秋の季語となった。また、農耕儀礼では七夕に神前で相撲をとって豊凶を占った。室町時代には職業相撲が発達、興行化された。神社の境内などで相撲をとるのは宮相撲・草相撲という。❖現代俳句では相撲取、力士、関取、土俵などだけでは季語としない。

やはらかに人分け行くや勝角力　几董

相撲見てをれば辺りの暮れて来ぬ　髙澤良一

合弟子は佐渡へかへりし角力かな　久保田万太郎

少年の尻輝けり草相撲　金澤諒和

【地芝居《ぢしばゐ》】　村芝居

秋の収穫後に土地の人々が集まって歌舞伎の演目などを披露すること。あくまでも素人芝居ではあるが、かつて歌舞伎役者が地方巡業した名残から、各地にさまざまな演目が残っている。

地芝居のお軽に用や楽屋口　富安風生

地芝居の松にはいつも月懸り　茂惠一郎

出番待つ馬話し合ふ村芝居　桂信子

奉納の米俵積む村芝居　茨木和生

【月見《つきみ》】　観月　月まつる　月の宴　月見酒　月見団子　月見舟

旧暦八月十五日の中秋の名月と、九月十三日の月を眺めて賞することをいうが、単に「月見」といえば前者を指す。この日は薄を活け、月見団子や芋などを供えてまどかなる月を愛でた。各地に月見に関するさまざまな風習が残っている。❖月見の風習は中国から伝わったが、九月十三夜の月見は日本独特のもので、「後の月見」という。かつては、どちらか一方しかしないことを「片月見」といって嫌った。

岩はなやこゝにもひとり月の客　去来

此の秋は膝に子のない月見かな　鬼貫

一本の芒が強し月まつる　馬場移公子

月祀る家の冷たき畳かな　渡辺純枝

濡れ縁に座を移したる月見酒　伊藤康江

やはらかく重ねて月見団子かな　山崎ひさを
河岸にも灯連ねて宇治の月見舟　竹中碧水史

【海羸廻し《ばいまはし》】　海羸打《ばいうち》　ばい独楽《ごま》　べい独楽

海羸《ばい》貝《がい》を用いた独楽廻し。独楽を茣蓙《ござ》で作った円形の座の上で回しあい、相手をはじき出した方が勝ちとなる子どもの遊びである。巻貝のばいを真ん中で切断し、中に蠟《ろう》や鉛などを詰めたのが貝独楽《ばいごま》であるが、現在は「べいごま」といって、貝の代わりに鋳物製のものを用いる。↓独楽（新年）

家々のはざまの海や海羸回し　富安風生
海羸打つてかくしことばのやりとりも　軽部烏頭子
ポケットに海羸の重さや海羸を打つ　後藤比奈夫

【菊人形《きくにんぎやう》】　菊師　菊人形展

菊の花を衣装に擬して作った人形。当たり狂言や世相・花鳥を写し出して、見世物として興行する。明治末期までは東京千駄木《せんだぎ》の団子坂が有名だったが、現在は各地の公園などで行われている。

菊人形たましひのなき匂かな　渡辺水巴
菊人形小町世にふる眺めして　百合山羽公
菊人形足元に灯を賜りし　森川光郎
菊人形胸もと花のやや混みて　福永耕二
菊人形武士の匂ふはあはれなり　鈴木鷹夫
菊人形恥ぢらふ袖のまだ蕾　沢田早苗
落城の姫に菊師のかしづけり　太田土男

【虫売《むしうり》】

秋の夜に鳴く虫を売ること、またその人。かつては縁日や薄暗い橋際などに、市松障子の荷を下ろして、籠《かご》に入ったいろいろな虫を売った。現在でも夜店などで売られることがある。↓虫

虫売も舟に乗りけり隅田川　内藤鳴雪
虫売や宵寝のあとの雨あがり　富田木歩
虫売りのふいに大きな影法師　中村和弘

虫売の頤ほそくゐたりけり　大野崇文
虫売の帽子かぶれば雨が落ち　岸本尚毅

【虫籠《むしかご》】　虫籠《むしこ》

美しい声で鳴く秋の虫を入れて飼う籠のこと。

虫籠に虫ゐる軽さゐぬ軽さ　西村和子
虫籠の置かれて浮くや草の上　本多燐
虫籠を湖の暗さの物置より　鈴木総史

【茸狩《たけがり》】　茸狩《きのこがり》　茸とり《きのこ》　菌狩《きのこがり》　茸籠《きのこかご》
茸山《たけやま》　茸山《きのこやま》

山林に自生する食用の茸を採ること。秋の行楽の一つにもなった。松茸はいうまでもなく、占地《しめじ》など種々の茸を求めて山に入る。

↓茸

たけがりや見付けぬ先のおもしろさ　素堂
瀬戸うちの帆が見ゆるなりきのこ狩　及川貞
一本は神に残して茸狩　仲寒蟬
風の香を聞き過たず茸採　三村純也
斯くなれば濡るゝ外なし菌狩　松藤夏山
鷲の巣の下を行きたる菌狩　相生垣瓜人
茸山を淋しき顔の出て来たる　飯田龍太
傘さしてまつすぐ通るきのこ山　桂信子
あやしきも持ちて下りけり茸山　須原和男
その奥の目立たぬ山が茸山　岸本尚毅

【紅葉狩《もみぢがり》】　紅葉見　観楓《くわんぷう》　紅葉酒　紅葉茶屋

紅葉の名所を訪ね歩き、その美を賞すること。❖紅葉狩の「狩」は美しいものを訪ね歩くことを意味する。

紅葉見や用意かしこき傘二本　蕪村
仁和寺を道の序《ついで》や紅葉狩　松根東洋城
峡の日にまぶたぬらして紅葉狩　太田鴻村
六甲の青空に着く紅葉狩　古賀しぐれ
観楓船曳く波うすくうすく展《の》べ　堀葦男

【芋煮会《いもにくわい》】

秋の行楽の一つ。川原で里芋・肉・蒟蒻《こんにやく》・

葱《ねぎ》・茸などを煮込み、鍋《なべ》を囲んで楽しむ。山形県、宮城県、福島県の会津《あいづ》地方で盛んに行われ、肉の種類と味付けの仕方はさまざま。里芋の季節には川原のあちこちに大鍋を囲んだ円陣ができる。

芋煮会寺の大鍋借りて来ぬ　細谷鳩舎
初めより傾く鍋や芋煮会　森田峠
芋煮会凪にさからふかまど口　青柳志解樹
蔵王より日照雨《そばへ》走れり芋煮会　荏原京子
蔵王嶺の晴れて始まる芋煮会　高橋悦男
芋煮会誰も山河の晴を言ひ　大畑善昭
月山を指呼に車座芋煮会　阿部月山子
芋煮会ひとり遊びの子を呼びぬ　田中冬生

【鯊釣《はぜつり》】 鯊舟

鯊を釣ること。河口や遠浅の海などで行われる秋の代表的な釣り。仕掛けが簡単で女性や子どもにも釣れることから、行楽としても人気がある。→鯊

鯊釣れず水にある日のうつくしく　山口青邨
鯊釣や不二暮れそめて手を洗ふ　水原秋櫻子
鯊釣の女に負けて戻りけり　橋閒石
鯊釣の並びてひとりひとりかな　今井千鶴子
鯊舟の小錨砂に据りけり　永井龍男

【秋思《しゅうし》】

秋の寂しさに誘われる物思い。中国唐代の杜甫《とほ》の「秋思雲鬢《うんぴん》を抛《なげう》ち、腰肢《ようし》宝衣に勝る」に発する漢語。孟郊《もうこう》や菅原道真《すがわらのみちざね》の詩にも例がある。❖「秋あはれ」「秋さびし」「秋思濃し」「秋思せり」などとは用いない。春愁と違い、思索にふけるような趣がある。

この秋思五合庵よりつききたる　上田五千石
この秋思断つべく海に足濡らす　北澤瑞史
秋思とも齢ともただ坐してをり　村越化石
藍甕の藍にはじまる秋思かな　市村究一郎
秋思斯く深し屈原像に触れ　有馬朗人
鳴き砂の秋思の一歩にも鳴けり　今瀬剛一

二上山《ふたかみ》を見しが秋思のはじめかな　大石悦子
新書判ほどの秋思といふべしや　片山由美子
貝殻の内側光る秋思かな　山西雅子

行事

【重陽《ちようやう》】 重九《ちようきう》　菊の節句　菊の日　今日の菊　菊酒　菊の被綿《きせわた》　重陽の宴　菊の宴

旧暦九月九日の節句。五節句の一つで、中国から伝わった。九は陽数（奇数）で九を重ねるから重陽または重九という。古くは菊の節句と呼んで、菊の花を浮かべた酒を飲んで邪気を払うなど盛んであったが、明治以降急速に廃《すた》れた。❖菊の被綿は菊の花に綿をおおいかぶせたもの。節句の前夜、綿に露や香を移し取り、翌朝その綿で身体を拭うと長寿を保つという。

人心しづかに菊の節句かな　召波
重陽や海の青きを見に登る　野村喜舟
重陽や子盃なる縁の金　鷹羽狩行
重陽の膳なる豆腐づくしかな　藤本美和子
菊の日や水すいと引く砂の中　宇佐美魚目
菊の酒口許ほのと明るうす　山田真砂年
菊に着す伊勢の新棉よろしけれ　大石悦子

【高きに登る《たかきにのぼる》】 登高《とうかう》　茱萸《ぐみ》の酒《さけ》

中国から伝わった重陽の行事の一つ。旧暦九月九日に茱萸（中国では山椒のこと）を入れた袋をもち、茱萸の枝を髪にさして小高い丘や山に登り、厄払いをした。頂上で茱萸や菊花を浮かべた酒を飲むと邪気が払われ齢が延びるとされていた。❖現在では単に秋に高い所に登ることを詠むようになってしまった。

菊の酒醒めて高きに登りけり　闌更
行く道のままに高きに登りけり　富安風生

登高や浪ゆたかなる瀬戸晴れて　村山古郷
登高の国見ヶ丘と申しけり　下村梅子
登高の即ち風の佐久平　斎藤夏風

【後の雛《のちのひな》】　秋の雛　菊雛

三月三日の雛祭に対して、旧暦九月九日の重陽の節句、または八月朔日に飾る雛。大阪の一部や徳島、伊勢地方で九月九日に雛を飾った。八朔に飾る八朔雛も西日本の広い地域で行われていた。現在もその伝統を受け継いでいる地域がある。重陽に飾る雛を菊雛という。

蔵町は雨に暮れゆく後の雛　上谷昌憲
ひむがしに潮なだるる後の雛　井上弘美

【温め酒《あたためざけ》】

旧暦九月九日の重陽の日に温めた酒を飲むこと。また、その酒。この日は寒暖の境目とされ、酒を温めて飲むと病にかかることがないとの言い伝えがあり、この日から酒は温めて飲むものとされていた。❖五音にするために「ぬくめ酒」と詠んでいる句を見掛けるが望ましくない。

嗜《たしな》まねど温め酒はよき名なり　高浜虚子
夜は波のうしろより来る温め酒　永方裕子
かくて吾も離郷のひとり温め酒　中村与謝男

【終戦記念日《しゅうせんきねんび》】　終戦日　終戦の日　敗戦日　敗戦忌　八月十五日

八月十五日。日本は連合国側のポツダム宣言を無条件で受諾し、昭和二十年のこの日、天皇はラジオを通じて第二次世界大戦の終戦を国民に伝えた。以後、「終戦記念日」として、戦争の根絶と平和を誓い、戦没者を追悼する日となっている。

堪ふることいまは暑のみや終戦日　及川　貞
終戦日妻子入れむと風呂洗ふ　秋元不死男
暮るるまで蟬鳴き通す終戦日　下村ひろし
終戦日沖へ崩るる雲ばかり　渡邊千枝子

痛かりし母のバリカン終戦日　須原和男
敗戦日少年に川いまも流れ　矢島渚男
濡縁のとことん乾く敗戦日　宇多喜代子
屋根叩く雨となりたる敗戦日　白濱一羊
大空の深さを言へり敗戦忌　阪田昭風
割箸の割れのささくれ敗戦忌　辻田克巳
いつまでもいつも八月十五日　綾部仁喜

【震災記念日《しんさいきねんび》】　震災忌

九月一日。大正十二年のこの日、相模灘《さがみなだ》一帯を震源とする大地震が関東一円を襲い、各地ともはなはだしい被害を受けた。とりわけ京浜地区に甚大な被害をもたらし、死傷者は二十万人にものぼった。本所被服廠《ほんじよひふくしよう》跡に建てられた東京都慰霊堂で犠牲者に対する慰霊祭が営まれる。❖防災の意識を喚起する日となっている。

江東にまた帰り住み震災忌　大橋越央子
震災忌大鉄橋を波洗ふ　松村蒼石
十二時に十二時打ちぬ震災忌　遠藤梧逸
万巻の書のひそかなり震災忌　中村草田男
路地深き煮ものの匂ひ震災忌　平川雅也
水の上に赤き毬浮く震災忌　舘岡沙緻
あをき火のあをき影生む震災忌　福谷俊子

【敬老の日《けいろうのひ》】　老人の日　年寄の日

九月の第三月曜日。国民の祝日の一つ。九月十五日であったが、平成十五年に現在のように改定された。この日は、多年にわたり社会につくしてきた老人を敬愛し、長寿を祝う催しが行われる。

敬老の日のわが周囲みな老ゆる　山口青邨
雀来て敬老の日の雨あがり　吉田鴻司
敬老の日の公園の椅子に雨　星野高士
老人の日よ晩学の書架貧し　馬場移山子
年寄の日と関はらずわが昼寝　石塚友二

【秋分の日《しゆうぶんのひ》】

九月二十三日ごろ。昭和二十三年に制定さ

れた国民の祝日の一つ。祖先を敬い、亡くなった人々を偲《しの》ぶ日。戦前の秋季皇霊祭の日で、秋の彼岸の中日でもある。↓秋分・秋彼岸

山かがし秋分の日の草に浮く　松村蒼石
秋分の日の音立てて甲斐の川　廣瀬町子

【赤い羽根《あかいはね》】愛の羽根

社会福祉運動の一環として、毎年十月一日から街頭その他で行われる共同募金。募金をした人の胸に赤い羽根が付けられる。募金は福祉事業などに使われる。

赤い羽根つけらるる待つ息とめて　阿波野青畝
赤い羽根つけて背筋を伸ばしたる　塩川雄三
心臓のところにとめて赤い羽根　鈴木伸一
赤い羽根つけて電車のなか歩く　加藤静夫
駅頭の雨滝なせり愛の羽根　水原秋櫻子
半日にして失ひぬ愛の羽根　片山由美子

【体育の日《たいいくのひ》】

十月の第二月曜日。国民の祝日の一つ。東京オリンピック大会（昭和三十九年）の開会式の日を記念して、同四十一年にスポーツに親しみ健康な心身をつちかうという趣旨で、十月十日が祝日に制定された。平成十二年より、現在の日になった。

体育の日なり青竹踏むとせむ　草間時彦
体育の日や父の背を攀ぢ登る　甲斐遊糸

【文化の日《ぶんかのひ》】明治節

十一月三日。国民の祝日の一つ。かつては明治天皇の生誕を祝う「天長節」「明治節」であったが、昭和二十三年、日本国憲法の公布を記念して「自由と平和を愛し、文化をすすめる」ための日と定められた。文化の発展や向上に貢献した人に文化勲章が授与される。各地で文化祭・芸術祭が開催される。

カレーの香ただよふ雨の文化の日　大島民郎

叙勲の名一眺めして文化の日　深見けん二
文化の日幹は画鋲をあまた刺す　福永耕二
深錆に吸はるるペンキ文化の日　奈良文夫

【硯洗《すずりあらひ》】　硯洗ふ　机洗《つくゑあら》ふ
七夕の前日に、手習いの上達を祈って、硯や机を洗い清めること。京都北野天満宮の、硯に梶《かじ》の葉を添えて神前に供える御手洗《みたらし》祭（現在では新暦七月七日）にならったもの。七日の朝、洗い清めた硯に芋の葉や稲の朝露をうけて墨をすり、七夕竹に吊《つる》す短冊の色紙《いろがみ》に字をしたためる。

山水の迅きに洗ふ硯かな　大橋越央子
硯洗ふ墨あをあをと流れけり　橋本多佳子
いにしへの硯洗ふや月さしぬ　加藤楸邨
今年より吾子《あこ》の硯のありて洗ふ　能村登四郎
硯洗ふてのひらほどの一つ得て　神蔵器
夕風のまつはる硯洗ひけり　黛執
ねんごろに贋端渓を洗ひけり　草間時彦

【七夕《たなばた》】　棚機《たなばた》　棚機つ女《め》　七夕祭　乞巧奠《きこうでん》　星祭　星祭る　星合《ほしあひ》　星の恋　星の契　星迎《ほしむかへ》　星今宵《ほしこよひ》　二星《にせい》　牽牛《けんぎう》　織女《しよくぢよ》　彦星　織姫　七夕竹　七夕流し　願の糸　五色の糸　鵲《かささぎ》の橋
七月七日、またその日の行事。五節句の一つ。現在は新暦七月七日や月遅れの八月七日に行う所が多い。この行事は中国の牽牛・織女の伝説とそこから派生した乞巧奠の行事が伝わり、日本の棚機つ女《め》の信仰と習合したものとされる。笹竹《ささだけ》に詩や歌を書いた短冊形の色紙を吊し、軒先や窓辺に立てて文字や裁縫の上達を祈る。昔は願いの糸（五色の糸）を竹竿《たけざお》にかけて願いごとをした。仙台の七夕祭はよく知られる。❖棚機つ女とは、水辺に機を設けて、一夜神を待つ乙女のこと。「七夕」をタナバタと読むのは「棚機」に由来するという説がある。

七夕や野にもねがひの糸すすき　一茶
七夕の一粒の雨ふりにけり　山口青邨
七夕や渚を誰も歩み来ず　遠藤若狭男
二条家の招きがきたる乞巧奠　成瀬櫻桃子
ぬばたまのくろ髪洗ふ星祭　高橋淡路女
希《ねが》ふこと少なくなれり星祭　品川鈴子
星祭明るきうちの家路かな　稲畑廣太郎
便箋を折る星合の夜なりけり　藤田直子
大濤のとどろと星の契りかな　飯田蛇笏
冷泉家二星をうつす角盥　立原修志
彦星のしづまりかへる夕かな　松瀬青々
うれしさや七夕竹の中を行く　正岡子規
七夕竹惜命の文字隠れなし　石田波郷
巌壁より投げて七夕竹流す　馬場移公子
自転車に七夕笹と子を二人　星野恒彦
みちのくの雨に七夕かざりかな　小澤　實
汝が為の願の糸と誰か知る　高浜虚子

【梶の葉《かぢのは》】

七夕の日に、七枚の梶の葉に歌を書いて星にたむける風習。昔は前日に梶の葉を売り歩いた。梶の葉を用いるのは天の川の渡し船の楫《かじ》と梶とをかけたためと思われる。❖梶の木はクワ科の落葉高木で、その樹皮は和紙の原料ともなる。

梶の葉を朗詠集のしをりかな　蕪村
梶の葉の文字うす〳〵と乾きけり　飯島みさ子
梶の葉の文字瑞々と書かれけり　橋本多佳子

【真菰の馬《まこものうま》】　七夕馬　迎馬　草刈馬《うま》

関東、東北南部、新潟県などでは七月七日に真菰や麦藁《むぎわら》で馬を作る。それを、七夕の笹に吊したり、二つ作って七夕竹の横木の両端に載せたりした。七夕様の乗る馬とも、農耕馬の安全を祈るためのものであるともいわれ、草刈馬の名がある。❖古くは魂《たま》祭《まつり》が七日から始まると考えていた土地も多いことから、精霊迎えのためのもので、盆

の茄子《なす》や瓜《うり》の牛馬と同様の意味をもっとも
考えられている。

ふんばれる真菰の馬の肢《あし》よわし　山口青邨
真菰馬たてがみ立てて吊られたる　和田暖泡
象潟《きさかた》や紅絹《もみ》着せ真菰馬流す　岡井省二
匂ひては細うなりゆく真菰馬　鍵和田秞子

【佞武多《ねぶた》】　ねぷた　ねぶた祭　ねぶた
流す　ねむた流し　眠流し《ねむりながし》　跳人《はねと》

青森県の代表的な七夕行事。青森市で八月
二〜七日、弘前《ひろさき》市で八月一〜七日、五所川
原市で八月四〜八日に行われる。ねぶたは
睡魔のことで、秋の収穫を控えて仕事の妨
げとなる睡魔を防ぐ祭とされる。青森市の
「ねぶた」は歌舞伎人形灯籠《とうろう》で、跳人が勇
ましく跳びはね、弘前市の「ねぷた」は扇
灯籠が主、五所川原市は高さ二十メートル
にも及ぶ立佞武多《たちねぷた》が町を練る。

今生を燃えよと鬼の佞武多来る　成田千空
佞武多去るくれなゐが去る総て去る　鈴木鷹夫
跳ねるたび鈴振り落す佞武多かな　戸恒東人
つかのまの若さを跳ねて佞武多かな　仙田洋子
父祖の血を騒がしねぶた太鼓打つ　新谷ひろし
太刀かざす出雲阿国や立佞武多　後藤比奈夫
月の出やはねとの鈴の鳴り急ぐ　吉田鴻司

【竿灯《かんとう》】

秋田市で八月三日から六日に行われる伝統
行事。ねぶり流し、ねぶたの一種。竿灯は
太い竹の先端に厄除けの御幣を付け、たく
さんの横竹に俵に見立てた提灯《ちょうちん》を四十六個
または四十八個吊り下げたもので「光の稲
穂」と呼ばれる。大通りには二百本以上の
竿灯がひしめき、勇壮な太鼓の囃子《はやし》にあわ
せて、腰や肩、額や顎《あご》、手などで操る妙技
が披露される。

竿灯の撓《しな》ふにつれて身を反らす　中村苑子
竿灯のいづれも昏く帰りゆく　山口速

竿灯が揺れ止み天地ゆれはじむ　鷹羽狩行
竿灯の息抜くやうに倒れたる　鈴木節子
酒吹いて竿燈支ふ肩浄め　木内彰志
竿灯のはじめ寝かせて進むなり　杉浦典子

【草市《くさいち》】　草の市　盆市　盆の市

盆の行事に用いる品々を売る市のことで、かつては七月十二日の夕方から夜通し町中のそこここに立った。土地によって扱う品は異なるが、盂蘭盆《うらぼん》の魂棚《たまだな》に供える蓮《はす》の葉・真菰筵《まこもむしろ》・茄子・鬼灯《ほおずき》・溝萩《みそはぎ》や灯籠・土器《かわらけ》・膳《ぜん》などの品々、門火に使う苧殻《おがら》などを売る。❖京都の六道珍皇寺の六道参りの草市では、高野槇《こうやまき》や蓮の花などを売る。

まづ匂ふ真菰《まこも》むしろや艸の市　白雄
艸市と申せば風の吹きにけり　一茶
草市のあとかたもなき月夜かな　渡辺水巴
草市や雨こぼれては更けまさり　石田波郷
草市の荷を解けばすぐ蝶きたる　皆川盤水
草市へおろして軽き桐の下駄　中山純子
草市のひとつ売れては整へて　きちせあや
草市の風に呼び止められしかな　三森鉄治
草市の手にして軽きものばかり　岩岡中正
草市や束ねて淡きものばかり　櫂未知子
身を濡らすほどには降らず草の市　牧辰夫

【盆用意《ぼんようい》】　盆支度　盆道

盂蘭盆《うらぼん》が近づいてくると、墓や仏壇を掃除したり、仏具を清めたり、膳や盆提灯《ぼんぢょうちん》を取り出したりして盂蘭盆会の準備をする。墓参のために道の草を刈って盆道を整えることも盆用意の一つである。

畦《あぜ》草を刈つてありしも盆用意　清崎敏郎
山住みの風入れてゐる盆用意　廣瀬町子
鉈鞘の転がつてゐる盆用意　井上弘美
いづくにもとゞろく濤や盆支度　石田波郷
盆路のはじめは橋を渡りけり　櫨木優子
遠くより子に呼ばれけり盆の道　田中裕明

【苧殻《をがら》】
皮を剝《は》ぎ取ったあとの麻の茎を干したもの。盆の供物の箸《はし》、門火の燃料として草市で売られる。

悲しさやをがらの箸も大人なみ　惟然
子をつれて夜風のさやぐをがら買ふ　大野林火
苧殻より軽き仏のもののなし　粟津松彩子
ひとたばの苧殻のかろさ焚きにけり　轡田進
苧殻買ふ象牙の色の五六本　木田千女
苧殻折る力を母が出しにけり　山尾玉藻

【阿波踊《あはをどり》】
徳島で行われる盆踊で、全国的に知られている。かつては旧盆に行われていたが、現在では八月十二〜十五日に行われる。蜂須《はちす》賀《か》家政が徳島城の落成を祝って許した無礼講を阿波踊の起源とする俗説が広く信じられている。三味線・笛・太鼓の鳴り物にあわせての「ぞめき踊」で町中が大いに賑《にぎわ》う。

手をあげて足をはこべば阿波踊　岸風三樓
夕立の上るを待たず阿波踊　上崎暮潮
緋の蹴出し流れるやうに阿波踊　鈴木石夫
黒塗りの下駄爪立てて阿波をどり　見浦町子

【風の盆《かぜのぼん》】
越中八尾《えっちゅうやつお》（現富山県富山市）で九月一〜三日に行われる盆の行事。二百十日の風よけの風祭と盂蘭盆の納めの行事とが習合したもので、「おわら節」を歌い、踊り明かす。❖三味線、胡弓《こきゅう》、笛太鼓の哀愁を帯びた囃《はや》子《し》に乗って、菅笠を被って辻々《つじつじ》を流す踊は、しみじみとした情緒がある。

日ぐれ待つ青き山河よ風の盆　大野林火
踊の手ひらひら進み風の盆　福田蓼汀
風の盆八尾は水の奔《はし》る町　沢木欣一
町裏の灯なき吊橋風の盆　野澤節子
胡弓ひく手首の太き風の盆　舘岡沙緻
風の盆風のかたちに指反らせ　伊藤敬子

足音の静かに混むは風の盆　落合水尾
風の盆鼻緒の芯に昨夜の雨　藤田直子
格子戸を風の盆唄流しゆく　三村純也
胡弓の音風に揺るがず風の盆　和田華凜

【中元《ちゆうげん》】　お中元　盆礼　盆見舞

中国では正月十五日を上元、七月十五日を中元、十月十五日を下元と称していろいろな行事を行っていたが、日本では中元に際しての贈り物をいうようになった。「盆供《ぼんく》」「盆歳暮」という土地もある。近親のものが祖先の霊に捧《ささ》げ物をし、あわせて人にも分かちあうという思想の表れであったが、しだいに範囲が広げられ贈答習俗として広まった。

中元のきまり扇や左阿弥より　山口誓子
中元やからびて白き村の道　太田寛郎
中元や萩の寺より萩の筆　井上洛山人
中元の礼状書きもして家居　稲畑廣太郎

【鹿の角伐《しかのつのきり》】　角切　春日《かすが》の角伐　鹿《しか》寄《よ》せ

奈良の春日《かすが》大社では、十月の毎日曜日と祭日に神鹿《しんろく》の角を切り落とすことになっている。周りを囲った鹿苑に集められた鹿を、勢子《せこ》が追い回して捕らえ、鋸《のこぎり》で角を切る。これは交尾期を前に気の立っている雄鹿同士が傷つけあったり、観光客に害を加えたりするのを防ぐためである。切り落とした角は春日大社の神前に供えられる。❖奈良公園にいる約一二〇〇頭の鹿は春日大社の神鹿として尊ばれ、国の天然記念物に指定されている。

恋すてふ角切られけり奈良の鹿　一　茶
起きあがる牡鹿もう角伐られゐて　右城暮石
老鹿の痩せたる角も伐られけり　名和紅弓
老鹿の闘はぬ角伐られけり　小川軽舟
角切の波打つ腹を仰向かす　広渡敬雄

鹿寄せの喇叭夕べは長く吹く　後藤比奈夫

【べったら市《べつたらいち》】べったら漬

旧暦十月十九日、江戸の大伝馬《おおでんま》町から小伝《こでん》馬《ま》町までの通りに立った浅漬け大根の市。浅漬けはこの日から売り出されるものとされ、麹《こうじ》がべったりついている大根を売ることからこの名がある。もとは日本橋の宝田《たからだ》恵比寿《えびす》神社の宵宮で恵比寿講用の恵比寿・大黒の神像や器物などを売る市であった。現在も近辺に新暦十月十九・二十日に市が立つ。

雨のこるべったら市の薄れ月　水原秋櫻子
べったら市秤《はかり》も糀《かうぢ》まみれなる　谷口忠男
べつたら市甘き香りの中をゆく　鈴木榮子
はからずもべつたら市の夕嵐　岸本尚毅
人の出やべつたら漬のほか提げず　山崎ひさを

【秋祭《あきまつり》】　里祭　村祭　浦祭　在祭

秋季に行われる祭の総称。❖春祭は豊作祈願の祭であるのに対して、秋祭は収穫を感謝し、守護してくれた神が田から山に帰るのを送る。→春祭（春）・祭（夏）

浦浪に土蔵かゞやく秋まつり　佐野まもる
石段のはじめは地べた秋祭　三橋敏雄
ばらばらに賑ってをり秋祭　深見けん二
秋祭道ひとところ潮を浴び　友岡子郷
夜の雲は海に集まる秋祭　対馬康子
箒目に白き羽根浮く秋祭　山口昭男
何やかや潮に清むる秋祭　岩田由美
いろいろの帯が行くなり里祭　須原和男
鉄道は永久《とは》に通らず在祭　櫂未知子

【吉田火祭《よしだひまつり》】　火祭　火伏祭

山梨県富士吉田市の浅間《せんげん》神社と境内社の諏《す》訪《わ》神社両社の秋祭で、八月二十六・二十七日に行われる。火防・安産・盛業を願うものとされる。見ものは神輿が御旅所《おたびしょ》に到着したのを合図に一斉に点火される松明《たいまつ》で、約二キロにわたって町筋は火に包まれる。またこの祭は富士山の山じまいの祭とも考えられ、山小屋でも篝火《かがりび》を焚いて、山に感謝する。富士山の怒りを鎮める祈願の祭であることから火伏祭ともいう。

火祭や山水闇にほとばしり　富安風生
火祭の戸毎ぞ荒らぶ火に仕ふ　橋本多佳子
火祭の夜空に富士の大いさよ　伊藤柏翠
火祭の闇にひそみて火伏せ役　井沢正江
火祭に立ちはだかりて太郎杉　堀口星眠
山仕舞ふ火祭の火をうちかぶり　福田甲子雄
火祭にはぐれて前もうしろも火　須賀一惠
火祭の火を熾したる山の音　渡辺和弘
火伏祭の一の火つきし鳥居前　肥田埜勝美

【松上げ《まつあげ》】

京都から丹後、若狭にかけて概ね八月二十四日に行われる火祭。愛宕信仰に基づく火伏行事の流れを汲むもので、地域によって違いはあるが、中央に約二十メートルの高さの檜の柱（灯籠木《とろぎ》）を立て、柱の先端に取り付けた籠に、手松明を投げ入れて点火する。❖京都市北部の花背《はなせ》では八月十五日に、広河原《ひろがわら》では八月二十四日に行われ、地松（高さ約一メートルくらいの松明）約千本が灯籠木を囲み、山間部の深い闇の中に炎が浮かび上がる。勇壮にして幻想的な火祭である。

松上げの千の火揃ふ暗さかな　前田攝子
松上げや松明砕く山の闇　宇野恭子

【芝神明祭《しばしんめいまつり》】　だらだら祭　生姜市《しやうがいち》

東京都芝大門《しばだいもん》の芝大神宮の祭礼。九月十一日から二十一日まで続くことから俗に「だらだら祭」ともいわれる。十六日が大祭で神輿渡御が行われる。江戸時代には境内に生姜市が立つことでも知られるようになり、生姜や千木筥《ちぎばこ》が売られる。

だら〳〵とだら〳〵まつり秋淋し　久保田万太郎
朝夕が冷えてだらだらまつりかな　細川加賀
芝浦の浦より昏るる生姜市　鈴木真砂女
花街の昼湯が開いて生姜市　菖蒲あや

【八幡放生会《やはたはうじやうゑ》】　放生会　石清水祭《いはしみづまつり》
男山祭《をとこやままつり》　南祭《みなみまつり》

各地の八幡宮で魚や鳥を放って供養する行事。京都府の石清水八幡宮で九月十五日に行われる「石清水祭」が有名。石清水八幡宮のある男山の麓《ふもと》の放生池に魚を放つ。宇佐八幡宮（大分県）にならって始めたもので、古来葵祭《あおいまつり》、春日祭《かすがまつり》とともに三大勅祭《ちよくさい》として知られる。❖葵祭を北祭というのに対し南祭と呼ばれる。

重さうに運ぶ水桶放生会　山崎ひさを
放生会待てる静かな水面かな　山田弘子
放生の泥鰌《どぢやう》こぼるる草の上　廣瀬ひろし

【時代祭《じだいまつり》】

十月二十二日、京都の平安神宮の祭典。平安神宮は京都に遷都した桓武《かんむ》天皇を祭神とする神社で、明治二十八年に創建された。祭礼も祭神にふさわしく、明治から逆時代順に延暦《えんりやく》までの歴史風俗を再現し、各時代の著名な文武官、女性に扮した市民の行列が約二キロにわたって市中を練り歩く。❖時代考証に基づいた装束は壮麗である。

時代祭華か毛槍投ぐるとき　高浜年尾
茶道具の一荷も時代祭かな　岸風三樓
替への牛牽かるゝ時代祭かな　森田峠
時代祭雨を懼れず和宮　森宮保子

【鞍馬の火祭《くらまのひまつり》】　火祭　鞍馬祭

十月二十二日の夜に行われる京都市鞍馬本町の由岐《ゆき》神社の祭礼。山門に至る街道に篝火を連ね、午後六時半ごろより松明を担いだ行列が「サイレヤ、サイリョウ」と掛け声をかけて練り歩き、山門の広場に集結する。一面火の海のようになる。九時ごろ、山門の石段に張られた注連《しめ》を切り落とす注連切りの儀のあと、同社および八所《はっしょ》明神の神輿が山を下り、御旅所《おたびしょ》へ渡御する。御旅所で神楽《かぐら》松明の賑いがあり、深夜十二時ごろに神事が終了する。❖牛祭、安良居《やすらい》祭と並ぶ京都三大奇祭の一つ。

火祭や焔の中に鉾進む　高浜虚子
火まつりの果て鞍馬川音もどす　能村登四郎
男衆の肌火祭の色となる　後藤立夫
火祭の火屑を川に掃き落とす　太田穂酔
火祭の終の火屑の夥し　中岡毅雄

【秋遍路《あきへんろ》】

秋に四国の札所巡りをする遍路。秋の晴天が続くころに遍路に出る人も多い。❖単に遍路というと春の季語。↓遍路（春）

ついと出づうしろすがたの秋遍路　阿波野青畝
身の丈の杖は漕ぐさま秋遍路　井沢正江
補陀落の海きらきらと秋遍路　古賀まり子
逆光の水辺ばかりを秋遍路　野中亮介

【盂蘭盆会《うらぼんゑ》】盂蘭盆　盆　新盆《にひぼん》　魂《たま》祭《まつり》　精霊祭《しやうりやうまつり》　魂棚《たまだな》　霊棚《たまだな》　棚経　盆僧　盆供《ぼんく》　瓜の牛　瓜の馬　茄子の牛　茄子の馬　旧盆

旧暦七月十三〜十六日に行われる先祖の魂祭。灯籠を吊り、精霊棚をしつらえ真菰《まこも》を敷き、野菜などを供え、祖先の霊を弔う。僧侶が盆棚に経をあげることを棚経という。東京など都市部では主として新暦で行うが、地域によっては月遅れの新暦八月十三日から行うなど一定していない。❖瓜や茄子で作った馬、牛は精霊の乗りもの。迎えは馬で早く、帰りは牛でゆっくりとの意味をもつ。

数ならぬ身となおもひそ玉祭り　芭蕉
御仏はさびしき盆とおぼすらん　一茶

はらからの順には逝かず盂蘭盆会　佐藤喜仙
盆の客みんな帰つてしまひけり　藤本安騎生
日が暮れて草のにほひの盆の寺　今井杏太郎
木には木の草には草の盆の風　青柳志解樹
盆のもの河原に燃ゆること速し　有馬朗人
独り出て道眺めゐる盆の父　伊藤通明
盆果ての独りにうるむ星の数　藤木倶子
新盆や旅のごとくに日を重ね　朝妻力
魂祭生者は熱きもの食べて　宮田正和
ひるがへる葉裏の白し魂祭　大石香代子
棚経の僧にくらしのこと聞かれ　関戸靖子
山川に流れてはやき盆供かな　飯田蛇笏
運河くろし投げては盆供漂はせ　石田波郷
根の国にたてがみあづけ茄子の馬　鈴木蚊都夫
瀬しぶきに洗ひて盆の瓜なすび　鷲谷七菜子
旧盆のはたと淋しき一と間あり　綾部仁喜

【生身魂《いきみたま》】　**生御魂《いきみたま》**　**生盆《いきぼん》**　**蓮《はす》の飯《めし》**

盂蘭盆会には故人の霊を供養するばかりでなく、生きている目上の人に対しても礼を尽くす。敬うべき年長者のことを生身魂と呼び、食物を贈るなどしてもてなすことも生身魂という。新たに迎える新精霊もなく、一族が健康であることを祝う気持ちから出たものと思われる。蓮の飯は蓮の葉にもち米を包んで蒸したもの。

古里にふたりそろひて生身魂　阿波野青畝
奥の間に声おとろへず生身魂　鷲谷七菜子
生身魂ひよこひよこ歩み給ひけり　細川加賀
生身魂生くる大儀を洩らさるる　大橋敦子
生身魂海より鯛のとどきけり　松本ヤチヨ
対の箸まあたらしくて生身魂　若井新一
姿見の奥に映れる蓮の飯　松本澄江

【六道参《ろくだうまゐり》】　**精霊迎《しやうりやうむかへ》**　**迎鐘《むかへがね》**

八月七日から十日までの間に、京都の珍皇寺に詣でる盆の精霊迎の行事。本堂の前には多数の石地蔵があり、ここから冥土《めいど》へと道が通うというので、俗に「六道の辻《つじ》」と呼ばれる。参道で売られている高野槙《こうやまき》などの盆花を求め、迎鐘を撞《つ》く。この鐘は堂内に納められているため見えず、小さな穴から垂れている綱を曳いて鳴らすと音が地面に響き、冥界まで届くとされている。❖精霊は槙の葉の滴に宿って戻るといわれる。

迎鐘ならぬ前から露のちる　一茶
建仁寺抜けて六道詣りかな　高浜年尾
金輪際わりこむ婆や迎鐘　川端茅舎
曳けとこそ綱一本の迎鐘　井上弘美

【門火《かどび》】　門火焚く　迎火　送火　魂迎《たまむかへ》　魂送《たまおくり》　苧殻《をがら》焚く　苧殻火

盂蘭盆会の最初の日の夕方、祖先の霊を迎えるために苧殻などを焚くのが迎火、盂蘭盆会の最後の日の夜に精霊を送るために焚くのが送火。両者を総称して門火という。家の門口ばかりでなく、墓・川岸・浜辺などで焚く地域、また提灯を捧げて墓場まで迎えに行く地域もある。

迎火や風に折戸のひとり明く　蓼太
信濃路は白樺焚いて門火かな　大橋越央子
あひふれし子の手とりたる門火かな　中村汀女
橋過ぎてよその門火に照らさるゝ　黒田杏子
炎の中に青さの見ゆる門火かな　佐藤博美
門火焚き終へたる闇にまだ立てる　星野立子
門川にうつる門火を焚きにけり　安住敦
富士にまだ明るさ残る門火焚く　加倉井秋を
波音の常とかはらぬ門火焚く　原雅子
長生きの父と門火を焚きにけり　髙田正子
迎火の苧殻をほきと折りにけり　大石悦子
送り火の跡ある門を閉ざしけり　上野章子
送り火の途中風向き変はりけり　宮谷昌代
父に似る伯父を上座に魂迎　福永耕二

【墓参《はかまゐり》】　墓詣《はかまうで》　墓参《ぼさん》　展墓《てんぼ》　掃苔《さうたい》　墓洗ふ

盂蘭盆に祖先の墓に参って、香花をたむけること。❖墓参は季節を問わないものだが、盆の行事であることから、秋の季語となっている。

墓詣り済ませし人とすれ違ふ　星野　椿
わが影に母入れてゆく墓参り　遠藤若狭男
長子我長子ともなひ墓詣　福田蓼汀
きやうだいの縁うすかりし墓参かな　久保田万太郎
野の風にながく憩ひて展墓かな　橋本鶏二
掃苔やありし日のごとかしづける　阿部みどり女
掃苔や母の話を聞くばかり　今井千鶴子
持てるもの皆地におきて墓拝む　山口波津女
墓洗ふ空あをあをと信濃口　井上康明

【施餓鬼《せがき》】　施餓鬼会　施餓鬼寺　施餓《せが》鬼幡《きばた》　川施餓鬼　船施餓鬼《ふなせがき》

盂蘭盆、またはその前後の日に寺で無縁仏の霊を弔うこと。その供養のため檀家《だんか》を呼んで精進料理を饗応《きようおう》することもある。水死者を弔うのを川施餓鬼・船施餓鬼という。各宗それぞれ異なった様式の儀式を行うが、浄土真宗では行わない。

竹林の深きところに施餓鬼かな　松瀬青々
雛僧の下駄並べゐる施餓鬼かな　星野立子
施餓鬼の灯一つ消ゆれば一つ点《つ》く　野澤節子
おんおんと山つづきけり施餓鬼寺　児玉南草
島人のまばらに坐り施餓鬼堂　清崎敏郎
施餓鬼棚組む島人の高梯子　渡辺幸恵
施餓鬼棚打ちそこねたる釘見えて　岩城久治
川へ火の出たがる施餓鬼太鼓かな　関戸靖子
川施餓鬼提灯水に落ちて燃ゆ　宮下翠舟
線香の石に焼け付く川施餓鬼　亀井雉子男
施餓鬼舟浅瀬は闇の淡くして　馬場移公子

【灯籠流し《たうらうながし》】　流灯《りうとう》　流灯会《りうとうゑ》　精霊流《しやうりやうなが》し　精霊舟

盂蘭盆会の最後の日の夕方、大きな精霊舟や、多数の灯籠を作って川や海に流し、精霊を送る行事。❖精霊に心を寄せる行事であり、無数の送火が海や川を流れてゆく美しい光景は寂寥感がある。

流燈や一つにはかにさかのぼる　飯田蛇笏
流灯のまばらになりてより急ぐ　阿部みどり女
流燈を燈して抱くかりそめに　橋本多佳子
荒き瀬の流燈並ぶこともなし　馬場移公子
沖に出てよべの流燈漂へる　清崎敏郎
流すべき流灯われの胸照らす　寺山修司
流灯におのづと道の生れけり　鈴木貞雄
夕焼は一瞬にさめ流灯会　山口青邨
流燈会高野の燭を賜はりて　民井とほる
暮るるまで雨を怺へて流燈会　倉橋羊村
燈籠のわかれては寄る消えつつも　臼田亜浪
燈籠の消ぬべきいのち流しけり　久保田万太郎
ひたすらに精霊舟のすゝみけり　吉岡禅寺洞
なほ揺れて精霊舟の燃え尽きず　奥村和廣

【大文字《だいもんじ》】　妙法の火　船形の火　左大文字　鳥居の火　五山送り火　施火《せび》

京都市で行われる盆行事の一つ。八月十六日の夜、京都市東方の如意ヶ岳の山腹に焚かれる盆の送火で、松の割木を井桁《いげた》に組んで大の字を作り、夜八時に一斉に点火する。忽然《こつぜん》として大の字が空中に浮かび出て壮観。起源は諸説あるが、大文字の字形になったのは寛永年間と思われる。如意ヶ岳の「大文字」に続き、松ヶ崎の「妙法」、西賀茂の「船形」、衣笠《きぬがさ》大北山の「左大文字」、奥《おく》嵯《さ》峨《が》の「鳥居形」が次々とともされる。これらをあわせて「五山の送り火」という。❖送火が消えて五山に闇が戻ると、今年の盆も終わったというしみじみとした感慨がもたらされる。

大文字やあふみの空もただならね　蕪村
大文字の火のかゞよふや雲赤し　青木月斗
大文字第一画の衰へそむ　山口誓子

大文字の火勢の大の真中より　野澤節子
木屋町に馴染みの宿や大文字　長谷川浪々子
はじめなかをはり一切大文字　岩城久治
その一角が大文字消えし闇　田中裕明
送り火の法も消えたり妙も消ゆ　森　澄雄
帆からともなく船形の火となりぬ　粟津松彩子
施火果てて更なる闇の深さかな　真隅素子

【解夏《げげ》】　**夏明《げあき》**　**夏《げ》の果《はて》**　**夏書納《げがきをさめ》**　**送行《そうあん》**

安居《あんご》を解くこと。旧暦七月十五日。安居中の夏書の経を寺の堂塔に納めることを「夏書納」といい、翌十六日に安居が終わった僧たちが各地に別れ去るのを「送行」という。→安居（夏）

雲疾し月山下る解夏の僧　後藤虹児
送行の風吹きかはる草の丈　ながさく清江

【地蔵盆《ぢざうぼん》】　**地蔵会《ぢざうゑ》**　**地蔵詣**　**地蔵幡《ぢざうばた》**

八月二十四日は地蔵菩薩《ぼさつ》の縁日で、この日を中心にした祭を地蔵盆という。特に盛んなのは京都をはじめとした近畿地方で、地蔵は子供を守るということから子供中心に行われる。町辻に寂しく立っている地蔵に新しい衣装を着せたり、土地によっては白粉《おしろい》をつけたりする。地蔵を前に子供たちは福引きをしたり菓子を貰《もら》ったりして一日を過ごす。

柳川は水辺水辺の地蔵盆　江口竹亭
子らが囃す夜空のまろさ地蔵盆　山田みづえ
蕗の葉に蠟燭ともす地蔵盆　宮岡計次
湯上がりの項匂ふよ地蔵盆　三村純也
眠る子の足裏見えて地蔵盆　井上弘美
下京や下駄突つかけて地蔵盆　福永法弘
茄子南瓜煮えてとろとろ地蔵盆　岸本尚毅
行き過ぎて胸の地蔵会明りかな　鷲谷七菜子

【虫送《むしをくり》】　**虫流し**　**実盛送り**　**田虫送り**　**稲虫送り**　**虫追ひ**　**虫供養**　**実盛祭**

晩夏から初秋に、農作物、特に稲の害虫を

追いやる行事。イナゴ、ウンカ、ズイムシなどの稲の害虫を駆除する願いを込めて、害虫の悪霊を追い払うために行う。村人や子どもたちが集まり、松明をともし人形を押し立てて鳴り物を鳴らし「稲虫、送らんか」などと囃して村境へと虫を追い立てる。❖『平家物語』に、斎藤別当実盛が稲株に足をとられて首をかかれた話があることから、その怨霊が稲の害虫を発生させるという伝承がある。実盛祭は怨霊を鎮めるためのもの。

生きるもの闇に影なす虫送り　鍵和田秞子
虫送りうしろ歩きに鉦打つて　小笠原和男
虫送すみたる稲のそよぎかな　三村純也
虫追ひの大きな闇にまぎれけり　田口紅子

【太秦の牛祭《うずまさのうしまつり》】　**牛祭**

十月十日の夜、京都太秦の広隆寺《こうりゅうじ》で行われてきた奇祭。摩吒羅神《まだらじん》に扮した男が赤鬼青鬼の四天王を従え、牛に乗って境内に入り、祭壇に上り、奇妙な口調で、中世風の変わった祭文《さいもん》を読み、四天王が唱和する。約一時間もかけて朗読を終えた途端、摩吒羅神と四天王は薬師堂に逃げ込む。神々を捕らえるとその年の厄を逃れるというので、かつては参詣者が殺到したからである。稚拙な面や長々しい祭文など滑稽味《こっけいみ》があり、奇祭と呼ぶにふさわしい。❖近年は中断されている。

消し廻る灯に果て行くや牛祭　大谷句仏
月のなき夜道となりぬ牛祭　名和三幹竹
大牛を恐るゝ児あり牛祭　五十嵐播水
子供らにねむき呪文や牛祭　岸　風三樓
寺を出て寺に戻れり牛祭　三島晩蟬
高張に祭文長し牛祭　石地まゆみ

【菊供養《きくくやう》】

十月十八日に東京の浅草寺で行う菊花の供

養。かつては旧暦九月九日の重陽《ちょうよう》の日に行われていた。参詣する人は菊の枝を携えて仏前に供え、すでに供養された菊を頂いて帰ってくる。それを家の中に供えると災難よけになり延命長寿がかなうといわれる。
この日、境内では金竜の舞が奉納される。

知らで寄ることのゆかしき菊供養　永井龍男
菊供養進む金竜鳩翔たせ　福田蓼汀
落日の中に灯ともる菊供養　能村登四郎
賜りて蕾ばかりや菊供養　草間時彦
こぼれ葉を僧が掃き寄せ菊供養　片山由美子
くらがりに供養の菊を売りにけり　高野素十

【宗祇忌《そうぎき》】

旧暦七月三十日。連歌師宗祇（一四二一〜一五〇二）の忌日。姓は飯尾氏、自然斎《じねんさい》などと号した。幼時から和歌を学び、連歌に長じ、半生を旅に暮らした。室町時代の連歌全盛期に第一人者となり、『新撰菟玖波集《しんせんつくばしゅう》』などを編んだ。文亀二年、箱根湯本で没した。

宗祇忌や旅の残花の白木槿　森澄雄
宗祇忌の筆ざんばらに筆立てに　上野さち子

【鬼貫忌《おにつらき》】　槿花翁忌《きんくわをうき》

旧暦八月二日。上島鬼貫（一六六一〜一七三八）の忌日。本名宗邇《むねちか》。伊丹《いたみ》の酒造家の出身。早くから松江重頼の門に入り、のちに西山宗因に師事し、自由闊達な伊丹風俳諧の指導者として活躍した。編著は『大悟《だいご》物狂《ものぐるい》』など多数。元文三年、大坂で没した。

摂津より奥の栗酒鬼貫忌　森澄雄
鬼貫忌風がくすぐる耳の裏　伊藤白潮
蕎麦打ってひとをもてなす鬼貫忌　片山由美子
酒倉の霤に明けゆく鬼貫忌　奥田節子

【守武忌《もりたけき》】

旧暦八月八日。伊勢神宮禰宜《ねぎ》の荒木田守武（一四七三〜一五四九）の忌日。「守武千

句」によって俳諧を文芸にまで高めるのに貢献。山崎宗鑑とともに俳諧の祖として並び立つ。

祖を守り俳諧を守り守武忌　高浜虚子
守武忌浄めの雨のすぎにけり　松崎鉄之介
五十鈴川もとより澄みて守武忌　鷹羽狩行
神杉《かんすぎ》は上枝《ほつえ》を見せず守武忌　櫂　未知子

【西鶴忌《さいかくき》】

旧暦八月十日。井原西鶴（一六四二～九三）の忌日。大坂の町人で、平山藤五と称した。西山宗因に俳諧を学んだ。住吉《すみよし》社の社前で、矢数俳諧に挑戦し、一昼夜二万三千五百句を独吟して世を驚かせた。のち浮世草子作者に転じ『好色一代男』『世間胸算用』などを版行、近松門左衛門・松尾芭蕉と並んで元禄期の文学者の最高峰をなした。

西鶴忌うき世の月のひかりかな　久保田万太郎
新宿に会ふは別るる西鶴忌　石川桂郎
灯のなかに夕映落ちる西鶴忌　岡井省二
止り木のどれも艶出て西鶴忌　緒方　敬
西鶴忌きつねうどんに揚げ一まい　土生重次

【去来忌《きょらいき》】

旧暦九月十日。俳人向井去来（一六五一～一七〇四）の忌日。長崎の人。京都洛西《らくせい》嵯峨《さが》に住み、庵を落柿舎《らくししゃ》と称した。蕉門《しょうもん》十哲の一人で、凡兆と『猿蓑《さるみの》』を共選。また『去来抄』などの俳論集を著した。宝永元年没。❖篤実な人柄で、蕉門の「西の俳諧奉行」といわれた。高浜虚子が〈凡そ天下に去来ほどの小さき墓に参りけり〉と詠んだように、落柿舎にある小さな墓が知られている。

去来忌や菊の白きを夜のもの　野村喜舟
去来忌や月の出に雨すこし降り　藤田湘子
去来忌の篁を風離れざる　宇野恭子

猿蓑の後刷りもよし去来の忌　池上浩山人
鞍馬より嵯峨野の冷ゆる去来の忌　黒田杏子

【白雄忌《しらおき》】
旧暦九月十三日。天明中興期に活躍した加《か》舎《や》白雄（一七三八～九一）の忌日。信州上田の人。江戸に春秋庵をひらいた。技巧を排した繊細で飾りけのない句風で、蕉風への復古を唱えた。著書に『俳諧寂栞』、句集に『白雄句集』などがある。

磨る墨に酒の一滴白雄の忌　竹中龍青
火の欲しき膝のあたりや白雄の忌　渡辺古鏡

【普羅忌《ふらき》】　立秋忌《りっしゅうき》
八月八日。俳人前田普羅（一八八四～一九五四）の忌日。本名忠吉。立秋の日に没したので立秋忌ともいう。報知新聞富山支局長として赴任以来、生涯の大半を富山で過ごし、俳句に打ち込んだ。俳誌「辛夷《こぶし》」を主宰。句集に『定本普羅句集』など。

走り咲く萩に普羅忌の来りけり　飯原雲海
鯉こくの食ひたき日なり普羅忌なり　石田波郷
野を行けば風に声あり立秋忌　中坪達哉
ひと雨のまた笹に鳴る立秋忌　井上雪

【水巴忌《すいはき》】　白日忌《はくじつき》
八月十三日。俳人渡辺水巴（一八八二～一九四六）の忌日。本名義《よし》。東京浅草生まれ。内藤鳴雪に俳句を学び、大正五年、「曲水」を創刊主宰。また高浜虚子選『ホトトギス』雑詠の代選などを行った。句集に『水巴句集』など。

水巴忌の一日浴衣着て仕ふ　渡辺桂子
水巴忌やかなかなを待つ今戸橋　渡辺恭子

【林火忌《りんかき》】
八月二十一日。俳人大野林火（一九〇四～八二）の忌日。本名正《まさし》。横浜生まれ。抒情性あふれる俳句を作る一方、現代俳句の紹介・啓蒙《けいもう》に尽力した。戦後、「濱《はま》」を創刊主宰。句集に『冬雁』『潺潺集《せんせんしゅう》』など。

林火忌の湖北に萩と吹かれけり　松崎鉄之介
林火忌やニスの匂ひの模型船　鷹羽狩行
林火忌の烈しき雨に打たれをり　大串　章

【夜半忌《やはんき》】　底紅忌《そこべにき》

八月二十九日。俳人後藤夜半（一八九五～一九七六）の忌日。本名潤。大阪生まれ。幼時から俳句に親しみ、高浜虚子に師事。客観写生を得意とし、戦後は「花鳥集」（のちに「諷詠《ふうえい》」と改題）を創刊主宰した。句集に『翠黛《すいたい》』『底紅』など。

底紅忌うすむらさきに昏れにけり　肥塚艶子
底紅の花に傅《かしず》く忌日かな　後藤比奈夫

【夢二忌《ゆめじき》】

九月一日。画家・詩人の竹久夢二（一八八四～一九三四）の忌日。岡山県生まれ。哀愁漂う甘美でモダンな作風で若い人々を魅了した。代表作に日本画「黒船屋」「竜田姫」、詩に「宵待草」などがある。

夢二忌を偲ぶよすがの湖畔宿　内田恵梨
菓子つつむ伊勢千代紙や夢二の忌　稲垣冨子
括られて露まとふもの夢二の忌　長嶺千晶

【迢空忌《ちょうくうき》】

九月三日。民俗学者・国文学者・歌人・詩人であった折口信夫《おりくちしのぶ》（釈《しゃく》迢空）（一八八七～一九五三）の忌日。大阪生まれ。民俗学の方法論を国文学にとり入れ、新境地を開き、歌人としては釈迢空の名で独自の歌風をなした。歌集『海やまのあひだ』、著作に『古代研究』『死者の書』など。

サルビヤのさかる療舎や迢空忌　角川源義
森番のごと祠あり迢空忌　宮田逸夫
迢空忌柞の空を仰ぎけり　藤本美和子
迢空の忌やくらがりに山と河　篠崎圭介

【鏡花忌《きょうかき》】

九月七日。小説家泉鏡花（一八七三～一九

三九）の忌日。本名鏡太郎。石川県生まれ。尾崎紅葉に師事し、明治・大正・昭和を通じて独自の幻想文学を構築した。代表作に『高野聖』『婦系図』『歌行燈』などがある。

鏡花忌の水にいろさす加賀錦　井上弘美
真夜に覚め夢に色ある鏡花の忌　長嶺千晶

【鬼城忌《きじやうき》】

九月十七日。俳人村上鬼城（一八六五～一九三八）の忌日。本名荘太郎。初期ホトトギスを代表する作家の一人。青年期に聴力をほとんど失ってしまった失意から本格的に俳句に打ち込み、境涯を詠み続けた。句集に『定本鬼城句集』など。

鬼城忌や芳墨惜しみなくおろす　上村占魚
鬼城忌の耳に入りくる音あまた　鈴木節子
熊蜂の羽音鬼城の忌なりけり　加古宗也

【牧水忌《ぼくすいき》】

九月十七日。歌人若山牧水（一八八五～一九二八）の忌日。本名繁《しげる》。宮崎県生まれ。旅と酒を愛する歌人として知られ、平明で浪漫的な作品は広く愛唱されている。歌誌「創作」を主宰。歌集に『海の声』『別離』『路上』がある。

砂浜へひびく足音牧水忌　鈴木良戈
海も山も雲を育てて牧水忌　戸恒東人
傘へこむばかりに山雨牧水忌　青野敦子

【子規忌《しきき》】　糸瓜忌《へちまき》　獺祭忌《だつさいき》

九月十九日。正岡子規（一八六七～一九〇二）の忌日。本名常規《つねのり》、幼名升《のぼる》。伊予松山生まれ。新聞記者・俳人・歌人・随筆評論家として活躍した。愛媛県の松山中学で学んだ後、上京。『獺祭書屋俳話』で俳句の独立を説き、俳句革新に着手、長い病床生活から「墨汁一滴」「病牀《びようしよう》六尺《ろくしやく》」などの主要な作品が生まれた。明治三十五年、東京根岸で没。墓は東京田端《たばた》の大竜寺にある。

俳句はもとより短歌に関しても革新的偉業を残した。

叱られし思ひ出もある子規忌かな　高浜虚子
伏して見る子規忌の草の高さかな　南　うみを
子規の忌と思ふ畳を拭きをりて　佐藤博美
健啖のせつなき子規の忌なりけり　岸本尚毅
糸瓜忌や俳諧帰するところあり　村上鬼城
糸瓜忌の紅茶に消ゆる角砂糖　秋元不死男
糸瓜忌や虚子に聞きたる子規のこと　深見けん二
糸瓜忌の朝のきれいな目玉焼　森田智子
枝豆がしんから青い獺祭忌　阿部みどり女
月並の句をな恐れそ獺祭忌　茨木和生
昼食を少し奢りぬ獺祭忌　岩田由美

【汀女忌《ていぢよき》】

九月二十日。俳人中村汀女（一九〇〇〜八八）の忌日。本名破魔子。熊本県生まれ。高浜虚子に師事し、みずみずしい感性で家庭生活を詠み「ホトトギス」で頭角を現した。昭和を代表する女性俳人の一人。「風花」を創刊主宰。句集に『汀女句集』『紅白梅』など。

汀女忌のせめて机上の書を正す　村田　脩
一壺《いっこ》には野の花挿して汀女の忌　大津信子
明日たのむ思ひあらたや汀女の忌　小川濤美子
祖母と来し湯宿なつかし汀女の忌　小川晴子

【賢治忌《けんじき》】

九月二十一日。詩人・児童文学者宮沢賢治（一八九六〜一九三三）の忌日。岩手県生まれ。盛岡高等農林学校を卒業。農業研究者として農村指導に献身。風土に根ざした独特の宇宙観、宗教観をもつ幻想的な作品を書いた。詩に「春と修羅」「雨ニモマケズ」、童話に『銀河鉄道の夜』『風の又三郎』などがある。

賢治忌の柱時計の振子かな　永島靖子
賢治忌の草鉄砲を鳴らしけり　大西　朋

【秀野忌《ひでのき》】

九月二十六日。俳人石橋秀野（一九〇九〜四七）の忌日。旧姓藪《やぶ》。奈良県生まれ。山本健吉と結婚。横光利一の十日会、石田波郷の「鶴」に加わって作句。格調の高い抒情的な作品で注目された。句文集に『桜濃く』がある。

秀野忌のいとども影をひきにけり　石田波郷
秀野忌のやがて刈り込む白芙蓉　和田佳子

【蛇笏忌《だこつき》】　山廬忌《さんろき》

十月三日。俳人飯田蛇笏（一八八五〜一九六二）の忌日。本名武治。山梨県境川村生まれ。小説家を目指し上京。早稲田大学に学び、初期ホトトギスの代表的作家の一人となり、主情的作風によって知られた。その後生まれ故郷に帰り、「雲母」を主宰。風土に根ざした重厚な作風を確立した。句集に『山廬《さんろ》集』『霊芝《れいし》』など、その他随筆・評論など多数。❖句集名になった山廬は別号。庵名でもあり現在も引き継がれている。

蛇笏忌や振つて小菊のしづく切り　飯田龍太
蛇笏忌の田に出て月のしづくあび　福田甲子雄
蛇笏忌と思へり粗朶を束ねをり　廣瀬町子
蛇笏忌の露凝る石のしるべ石　井上康明
裏山にひかる雲積み蛇笏の忌　廣瀬直人
山廬忌の秋は竹伐るこだまより　西島麦南

【素十忌《すじふき》】　金風忌《きんぷうき》

十月四日。俳人高野素十（一八九三〜一九七六）の忌日。本名与巳《よしみ》。茨城県生まれ。高浜虚子に師事し、「ホトトギス」四Sの一人に数えられる。新潟大学医学部などで教鞭《きょうべん》を執る傍ら、虚子の客観写生を忠実に実践。俳誌「芹」を創刊主宰。句集に『初鴉』『野花集』など。

廻し酌む形見の酒杯素十の忌　小路紫峡

両膝に両手を正し素十の忌　倉田紘文
素十より継ぎし選して素十の忌　鷹羽狩行

【源義忌《げんよしき》】　秋燕忌《しゅうえんき》

十月二十七日。俳人角川源義（一九一七～七五）の忌日。富山県生まれ。大学時代、折口信夫《おりくちしのぶ》に教えを受け、民俗学・国文学を学んだ。角川書店を創立し、短歌・俳句の発展に寄与、俳誌「河」を創刊主宰した。句集に『西行の日』『ロダンの首』など。

朝夕のめつきり冷えて源義忌　草間時彦
東京の一日静か源義忌　片山由美子
松ぼくりかぞへて歩く秋燕忌　吉田鴻司
秋燕忌近し蕪を甘く煮て　角川照子
てのひらのえごの実鳴れり秋燕忌　本宮哲郎
篁に日のさらさらと秋燕忌　小島　健

動物

【鹿《かし》】 牡鹿《をじか》　牝鹿《めじか》　小牡鹿《さをしか》　鹿の声

晩秋、鹿は交尾期を迎えると、雄同士激しく争う。雌の気を引こうとして盛んに鳴く声は、聞くと哀れをもよおす。その声の寂しさに情趣を覚え、古来、和歌に詠まれてきた。小牡鹿は雄鹿のこと。❖『百人一首』に〈奥山に紅葉踏み分け鳴く鹿の声聞くときぞ秋はかなしき　猿丸太夫〉とあるように、鹿といえば声であった。また古来、紅葉との組み合わせでよく詠まれた。

びいと啼く尻声悲し夜の鹿　芭蕉
鹿の眼のわれより遠きものを見る　高木石子
おばしまは汐満ち鹿も眠るらし　清水基吉
若き鹿跳ねとぶ足へ潮さし来　新田祐久
貫禄のかくも汚れて鹿の秋　八染藍子
一枚の絹の彼方の雨の鹿　永島靖子
濃き影を幹に寄せ合ふ夜の鹿　柘植史子
鹿の目にまつすぐ上る煙かな　森賀まり
ゆふぐれの顔は鹿にもありにけり　山根真矢
雄鹿の前吾もあらあらしき息す　橋本多佳子
小牡鹿の斑を引き緊めて海に立つ　鷹羽狩行
鹿の声ほつれてやまぬ能衣装　野澤節子
鹿鳴くと言ふ風の音ばかりかな　千代田葛彦
飛火野の没日の鹿のかうと啼く　岡井省二
奥宮の鹿里宮にきて鳴けり　谷口智行

【猪《ゐのしし》】 猪《しし》　瓜坊《うりばう》

猪は晩秋になると、夜、山から里へ下りてきて、田や畑を荒す。稲穂や芋・豆などを食い荒したり、土を掘り返して野鼠や蚯蚓《みみず》などをも食う。そこで山近い田畑には猪垣《ししがき》を作り猪の入るのを防ぐ。❖肉は脂肪が豊富で美味。獣肉を食べることを忌んだ江戸時代には山鯨と称して冬に賞味した。

夜の瀬音猪の声もあるかな　金子兜太
内臓《わた》ぬかれたる猪のなほ重し　津田清子
猪の荒肝を抜く風の音　宇多喜代子
どろんこの猪逃げてゆきにけり　茨木和生
猪檻の猪に臥処のなかりけり　谷口智行

【馬肥ゆ《うまこゆ》】　秋の馬　秋の駒

寒帯や温帯に棲息する鳥獣は、秋になると皮下脂肪が増えて太るのが一般で、馬も清明な秋空の下で豊かに肥える。

馬肥えてかがやき流る最上川　村山古郷
丘の上に雲と遊びて馬肥ゆる　森田峠
陽関や天馬《てんば》たらむと馬肥ゆる　有馬朗人
藁しべの括り髪なる秋の駒　中村苑子

【蛇穴に入る《へびあなにいる》】　秋の蛇　穴惑《あなまどひ》

夏の間活動していた蛇は、晩秋になると穴に入って冬眠する。穴に入るのは秋の彼岸ごろだといわれるが、実際にはもっと遅い。数匹から数十匹がどこからともなく集まって一つ穴に入り、からみ合って冬を過ごす。彼岸を過ぎてもまだ穴に入らず、徘徊《はいかい》している蛇を穴惑という。↓蛇穴を出づ（春）

穴に入る蛇あかあかとかがやけり　沢木欣一
蛇穴に入りたるあとの湿りかな　瀬戸美代子
秋の蛇美しければしばし蹤く　井沢正江
金色の尾を見られつつ穴惑　竹下しづの女
山畑の草動きゆく穴まどひ　滝沢伊代次
穴まどひ丹波は低き山ばかり　日美清史
穴まどひ大仏裏に道のあり　酒井和子
側溝の水の濁りや穴まどひ　大木あまり

【鷹渡る《たかわたる》】　鷹の渡り　鷹柱《たかばしら》

鷹が越冬のために南方へ渡ること、または冬鳥の鷹が北方から日本に渡ってくること。日本に棲息するワシタカ目のほとんどは冬鳥で、秋に中国大陸その他から渡ってくる。一般に「鷹の渡り」とは、刺羽《さしば》という種類が群れをなして南方に帰ってゆくことである。❖鷹柱は鷹、特に刺羽の群が南方に渡るのに先だって、上昇気流をとらえて上昇する様子をいう。↓鷹（冬）

鷹渡る真珠筏は揺れもせず　伊達甲女
金印の島の真上を鷹渡る　栗田やすし
鷹渡る砕けては濤にごりつつ　長嶺千晶
海へやや曲りて聳え鷹柱　鷹羽狩行

【色鳥《いろどり》】

秋、渡ってくる小鳥類のうち、花鶏《あとり》・真鶸《まひわ》・尉鶲《じょうびたき》など色とりどりの美しい鳥を総称して色鳥という。❖春に渡ってくる鳥は囀りが美しいが、秋に渡ってくる鳥は姿の美しさが詠まれてきた。

色鳥の残してゆきし羽根一つ　今井つる女
色鳥や潮を入れたる浜離宮　宇田零雨
色鳥や森は神話の泉抱く　宮下翠舟
色鳥やきらきらと降る山の雨　草間時彦
水際にきて色鳥の色こぼす　津根元潮
色鳥や朝の祈りを食卓に　山田弘子
色鳥の入りこぼれつぐ一樹かな　朝妻力

【渡り鳥《わたりどり》】　鳥渡る

秋になって北方から渡ってくる鳥。白鳥・鶴・雁・鴨など、群れをなして渡ってくる鳥のこと。↓鳥帰る（春）

木曾川の今こそ光れ渡り鳥　高浜虚子
わたつみのなみのつかれよ渡り鳥　三橋敏雄
葬列や数人あふぐ渡り鳥　高柳重信
渡り鳥みるみるわれの小さくなり　上田五千石
鳥わたるこきこきこきと罐切れば　秋元不死男
人はみな旅せむ心鳥渡る　石田波郷
鳥渡る山々影を重ねあひ　桂信子
鳥渡る空の広さとなりにけり　石塚友二
新宿ははるかなる墓碑鳥渡る　福永耕二

鳥渡る海のひかりを曳きながら　奥名春江
遠ざかるものは影濃く鳥渡る　宮田正和
はらわたの熱きを恃み鳥渡る　宮坂静生
今生の別れは一度鳥渡る　橋本榮治
箒の柄艶増すころを鳥渡る　野中亮介
雁塔に一夜明かせし坂鳥か　安住　敦

【小鳥《ことり》】　**小鳥渡る　小鳥来る**

俳句で小鳥といえば、秋、日本に飛来する小鳥、また留鳥のカラ類など山地から平地に下りてくる小鳥のことをいう。尉鶲《じょうびたき》や連《れん》雀《じゃく》、花《あ》鶏《とり》、鶸、鶫などの小鳥は十月上旬から下旬にかけて、日本に渡ってくる。これらの鳥が飛び交う光景はいかにも秋らしい。❖古典では「小鳥渡る」として使われていた。「小鳥来る」は口語表現として広まった。

小鳥来る音うれしさよ板びさし　蕪　村
小鳥来て午後の紅茶のほしきころ　富安風生
小鳥早や来てをり朝が始りぬ　高木晴子
白髪の乾く早さよ小鳥来る　飯島晴子
追憶はおとなの遊び小鳥来る　仁平　勝
いい手紙ふつうの手紙小鳥来る　加藤かな文

【燕《つばめ》帰る《かへる》】　**帰燕《きえん》　秋燕《あきつばめ》　秋燕《しゅうえん》**

春に南方から渡ってきた燕が子育てを終え、九月ごろに南方へ帰っていくこと。山里や町空を飛び交っていた燕もいつのまにか見なくなる。❖帰る燕を見送る寂しさを感じさせる季語である。→燕（春）

燕はやかへりて山河音もなし　加藤楸邨
雨過ぎて帰燕の空の濡れにけり　波多野爽波
破船より翔ちて帰燕に加はれり　鷹羽狩行
燈台の高さを飛んで秋燕　細見綾子
篁《たかむら》に一水まぎる秋燕　角川源義
草に音立てて雨来る秋燕　深見けん二
大陸の日にくろがねの秋燕　蟇目良雨
おのおのに空をつかひて秋燕　前田攝子

高浪にかくるる秋のつばめかな　飯田蛇笏
中空に秋の燕となりにけり　相馬遷子
峡《かひ》の空秋燕高くひるがへる　岡本松濱
秋燕や河口は広き空を抱き　三原白鴉

【海猫帰る《うみねこかへる》】　海猫《ごめ》帰る　海猫残る

繁殖期の二月初旬に渡ってきた海猫は、八月中旬から南方へ帰ってゆく。弱ったり傷ついたりした海猫が残っていることがあり、哀れである。

あら草の雨はひかりに海猫帰る　坂本昭子
海猫残る軒端不漁のにごり空　村上しゆら

【稲雀《いなすずめ》】

稲が実ると、田圃《たんぼ》や掛稲に雀が群れをなしてやってくる。鳥威しなどで脅すと一斉に逃げるが、すぐまた戻ってくる。↓鳥威し

稲雀ぐわらん〳〵と銅羅が鳴る　村上鬼城
稲雀散つてかたまる海の上　森　澄雄
松島や海へ吹かるる稲雀　角川照子
稲雀飛鳥の風にひろがれり　中　拓夫
日本に稲ある限り稲雀　今瀬剛一
稲雀散りて羽音の散らばれり　石井いさお
玄海の端にこぼれて稲雀　柴田佐知子
稲雀空にぶつかっては沈む　月野ぽぽな

【鵙《もず》】　百舌鳥《もず》　鵙の声　鵙《もず》の贄《にへ》　鵙の速《はや》贄《にへ》　鵙日和《もずびより》

山野・平野、都会付近にも繁殖し、秋、高い木の頂や電柱に止まって、尾を上下に振りながらキーッ、キーッと鋭い声で鳴く。これは縄張りの確保のためといわれる。大きさは雀の二倍ぐらい。猛禽類で、昆虫や蛙、蛇や鼠なども捕らえる。獲物をとがった木の枝や有刺鉄線などに刺して蓄えたものを「鵙の贄」「鵙の速贄《はやにえ》」という。❖鋭い声は澄んだ大気によく響き、秋らしさを実感させる。↓冬の鵙（冬）

百舌鳥なくや入日さし込む女松原　凡　兆

われありと思ふ鵙啼き過ぐるたび　山口誓子
かなしめば鵙金色の日を負ひ来　加藤楸邨
ある朝の鵙きゝしより日々の鵙　安住　敦
たばしるや鵙叫喚す胸形変　石田波郷
鵙啼くや倉の紋章あきらかに　星野恒彦
百舌に顔切られて今日が始まるか　西東三鬼
鵙の贄かくも光りて忘らるる　熊谷静石
驚きのまなこそのまま鵙の贄　角谷昌子
越中の田が焦げくさし鵙日和　本宮哲郎
パレットに乾く絵具も鵙日和　大石香代子

【鶫《つぐみ》】

鵙より少し大きい鳥で、十月の終わりごろ、大挙して大陸から渡ってきて、主に山地の森林に棲息。冬は田園に現れる。キイキィー、クイックイッと鳴く。❖肉が美味なため、古来捕食されたが、現在は捕獲が禁じられている。

人の顔俄にさむし鶫とぶ　右城暮石
鶫死して翅拡ぐるに任せたり　山口誓子
鶫来るふもとの村の赤子かな　大峯あきら

【鵯《ひよどり》】　鵯《ひよ》

鶫よりやや大きく尾が長い鳥。全体に灰色で、ピーヨ、ピーヨ、ピルルと甲高い声で鳴く。留鳥であるが、本州中部以北に棲息するものは、秋になると温暖な地方に移り、山に棲息するものは人里近くへ下りてくる。雑木林で群れをなし、庭などへもやって来て、南天・八手《やつで》・青木など色のついた実を好んでついばみ、山茶花《さざんか》・椿の花蜜を吸う。

鵯のこぼし去りぬる実のあかき　蕪　村
鵯の花吸ひに来る夜明かな　抱　一
鵯の大きな口に鳴きにけり　星野立子
鵯や墓ありて行く深大寺　藤田湘子
鵯の声松籟松を離れ澄む　川端茅舎
飛び鳴きの鵯や山川晴るゝ空　松根東洋城
しんがりの鵯の速さを見失ふ　古舘曹人

【懸巣《かけす》】　樫鳥《かしどり》　橿鳥《かしどり》

鳩より少し小型の鳥で、全体に葡萄色、翼が黒・白・藍色の三段模様で美しい。人を恐れず、秋の山麓や平野の樫の林などでジャー、ジャーとやかましく鳴きながら枝移りして飛ぶ。他の鳥の鳴き声をまねることでも知られる。枯枝などで作った巣を樹木にかけることから懸巣の名がある。樫鳥の名は樫の実を好むことから。

木を倒す音しづまれば懸巣啼く　五十嵐播水
夕暮の莨はあましかけす鳴く　横山白虹
降り通す雨やかけすの啼き通し　村山古郷
かけす鳴きひかりしたしき楢林　杉山岳陽
懸巣鳴く天の岩戸を霧ごめに　木村風師

【鶸《ひは》】　真鶸《まひは》　河原鶸　紅鶸

雀と同じくらいの大きさの鳥で、色は緑がかった褐色に、黄色い羽毛が鮮やか。河原《かわら》鶸《ひわ》、それよりもやや小さい真鶸《まひわ》がいる。真鶸は秋に大陸から日本全国に渡ってくる。河原鶸はツィー、ツィーと鳴き、真鶸はチュイン、チュインと鳴く。❖鶸色は鎌倉時代のころに現れた色名で、この鳥の色からつけられたといわれている。

砂丘よりかぶさつて来ぬ鶸のむれ　鈴木花蓑
人来ねば鶸の来てゐる石舞台　松崎鉄之介
大たわみ大たわみして鶸渡る　上村占魚
北の空暗し暗しと鶸が鳴く　飯田龍太
鶸渡る雨の峠の草伝ひ　堀口星眠
さざめきのありて真鶸の枝うつり　斎藤夏風
河原鶸点となるまで啼いてをり　久保千恵子

【鶲《ひたき》】　尉鶲《じょうびたき》　瑠璃鶲　火焚鳥《ひたきどり》

広義にはヒタキ科の鳥の総称だが、元来は尉鶲をさした。尉鶲は雀ぐらいの大きさで、腰と尾が錆赤色で美しく、黒い翼には大きな白い斑があるので紋付鳥《もんつきどり》ともいう。人を恐れず、森・畑地・庭園などにも多く現れ、尾を上下に振ってヒッヒッヒッ、カタカタと鳴く。その鳴き声が火打ち石を打つ音に似ていることから火焚鳥ともいう。

幾朝の声の鶲ぞ垣に来る　阿部ひろし
ひるがへり去りし鶲の紋の白　坊城としあつ
山の学校鶲の好きな木がありぬ　中澤康人
今年また紋見せに来し鶲かな　鷹羽狩行
いしぶみの色より翔《た》ちて鶲かな　榎本好宏
風と来て風が連れ去る夕鶲　加藤燕雨
一羽来てすぐ一羽来て尉鶲　坂本宮尾
美はしき山を零れて尉鶲　井口さだお
吹き来たる風に遅れて尉鶲　岩田由美

【鶺鴒《せきれい》】　石叩き　庭叩き　背黒鶺鴒《せぐろせきれい》　白鶺鴒《はくせきれい》

セキレイ科の鳥の総称。長い尾を持ち、尾を上下に振って石や地面を叩くように見えるところから石叩きや庭叩きの別名がある。都会の近郊にもよく現れる。❖チチン、チチンと高く通る声で鳴きながら地すれすれのところを波状飛行するのが特徴。

鶺鴒のとゞまり難く走りけり　高浜虚子
鶺鴒のひるがへり入る松青し　水原秋櫻子
石叩き激流ここに折れ曲り　大峯あきら
すべすべの石をよろこび石叩　大石悦子
羽たたみいま空にあり石たたき　金原知典

【椋鳥《むくどり》】　椋鳥《むく》

体が黒っぽいので、黄色い嘴《くちばし》と脚が鮮やかな印象を与える鳥。秋から冬にかけて椋の実やその他の木の実を食べるが、稲田の害虫もよく食べる益鳥である。❖都会でも夕暮れになると駅前などの木にたくさん群れてやかましく鳴き合う。

遁《のが》れとぶ鵼《むく》一群や森の月　召波
旅たのし椋鳥あまたわれとゐて　五所平之助
椋鳥の黄色の足が芝歩く　坊城としあつ
椋鳥に膨らむ夜の大欅　西村渾

椋鳥わたる羽音額にふるるほど　皆吉爽雨
双塔の暮れゆく椋鳥を浴びにけり　加藤楸邨

【鶉《うずら》】　鶉籠

体長約二十センチとキジ科の鳥の中では最も小さく、丸みを帯びた形で羽色は枯草色。グワッ、クルルルと高く響く声で鳴き、声が美しいので籠に飼われる。肉も卵も美味。草むらに隠れていてなかなか姿を見せない。
❖草深い野に棲むので「古《ふ》り」の枕詞「鶉鳴く」として古歌に詠まれてきた。

鶉鳴くばかり淋しき山の畑　佐藤紅緑
川底の日のうらゝかに鶉なく　金尾梅の門
鶉食つて月の出遅き丸子宿　斎藤夏風
茶畑の畝に潜りし鶉かな　三森鉄治
野鶉の籠に飼はれて鳴きにけり　日野草城
ずんずんと瀬の昏れてゆく鶉籠　中岡毅雄

【啄木鳥《きつつき》】　けら　けらつつき　赤げら　青げら　小げら　山げら　熊げら

キツツキ科の鳥の総称で、小《こ》啄木鳥《げら》・赤《あか》啄木鳥《げら》・青《あお》啄木鳥《げら》などがいる。羽はそれぞれ美しく、雀から鳩の大きさである。秋、山林を歩いていると、タラララ、タラララという音が聞こえてくることがある。これはドラミングといって、啄木鳥が嘴《くちばし》で素早く樹木を叩き、虫を捕食したり巣穴を作ったりする音である。

啄木鳥の月に驚く木の間かな　樗堂
啄木鳥の腹をこぼるゝ木屑かな　池内たけし
啄木鳥や落葉をいそぐ牧の木々　水原秋櫻子
啄木鳥や日の円光の梢より　川端茅舎
啄木鳥に俤も世もとどまらず　加藤楸邨
啄木鳥よ汝も垂直登攀者　福田蓼汀
啄木鳥や落葉の上の日のしづか　伊藤柏翠
啄木鳥の影ながらすぐ声となる　堀口星眠
はるかなる谺の芯のけらつつき　鳥居おさむ

【鴫《しぎ》】　田鴫　磯鴫

シギ科の鳥の総称だが、普通、鴫といえば田鴫のことをさす。稲の実るころから渡ってきて田地・沼地の泥湿地に多く棲息し、泥中の小虫を捕食する。人が近づくとジャーッと鳴きながら飛び立ち、非常な速さで直線状に飛び去る。鴫がじっと立っている様子を経を読んでいるさまに見立てて鴫の看経《かんきん》という。❖『新古今集』の西行の和歌〈心なき身にもあはれはしられけり鴫立つ沢の秋のゆふぐれ〉がよく知られている。

鴫立ちてゆふ風わたる古江かな　闌　更
歩き出す鴫に大きな伊勢の海　古舘曹人
磯鴫や砂丘静かに崩れゆく　有馬朗人
磯鴫の脚跡にとりかこまるる　千葉皓史
歩くたび背高鴫の足が邪魔　片山由美子

【雁《かり》】 **雁《がん》　かりがね　真雁《まがん》　初雁　雁渡る　雁来《く》る　雁《かり》の列《つら》　雁《かり》の棹《さを》　雁行《がんかう》　雁の声　落雁《らくがん》**

一般には真雁のことをいう。北方で繁殖した雁は十月初めごろに飛来、翌春三月ごろ北へ帰る。越冬中は主として湖沼に群生する。飛び方が特殊で、十羽ぐらいずつ鉤《かぎ》状になったり竿状になったりして飛ぶ。その姿に、古来秋の深まりとともに天地の寂寥を感じてきた。夜間は多く水上に下りて眠る。その下りてくるさまを落雁という。現在では数が減り、太平洋側では宮城県伊豆沼、日本海側では新潟県北部が南限といわれている。❖鳴き声は遠くまでよく響き、ことに夜空に響く声は哀れが深い。→帰る雁（春）

病雁の夜寒に落ちて旅寝かな　芭　蕉
初鴈の砂に落ち込むつばさかな　闌　更
羽音さへ聞えて寒し月の雁　青　蘿
小波の如くに雁の遠くなる　阿部みどり女
古九谷の深むらさきも雁の頃　細見綾子

雁の数渡りて空に水尾もなし　森　澄雄
雁ゆきてまた夕空をしたたらす　藤田湘子
雁やのこるものみな美しき　石田波郷
かりがねの棹片雲に紛れざる　小宅容義
かりがねのこゑと思へばはるかなる　茂　恵一郎
かりがねやそよろと立ちて近江富士　山上樹実雄
かりがねや水底見せて水急ぎ　大石悦子
さびしさを日々のいのちぞ雁わたる　片山由美子
みな大き袋を負へり雁渡る　橋本多佳子
旅に買ふ切手一枚雁渡る　西東三鬼
一列は一途のかたち雁渡る　八染藍子
水分《みくまり》の峯にかかりて雁の棹　西嶋あさ子
雁のこゑすべて月下を過ぎ終る　木内彰志
天に満ちやがて地に満ち雁の声　山口誓子
雁鳴くやひとつ机に兄いもと　鷹羽狩行
　安住　敦

【初鴨《はつがも》】　鴨渡る　鴨来《きた》る

鴨は冬の季語であるが、鴨の渡りは八、九月に始まるので、その年一番に飛来したものを初鴨と呼ぶ。→引鴨（春）・鴨（冬）

遥けさの初鴨の声聞きとむる　皆川盤水
初鴨といふべき数が水の上　冨田正吉
鴨渡る明らかにまた明らかに　高野素十
鴨渡る鍵も小さき旅カバン　中村草田男

【鶴来る《つるきたる》】　鶴渡る　田鶴渡《たづわた》る

鶴が渡ってくるのは十月中旬ごろで、快晴の日、北方から飛んでくる。代表的なものは鍋鶴や真鶴《まなづる》で、鹿児島県出水《いずみ》市には世界の鍋鶴の九割、真鶴の四割が飛来するといわれる。北海道の釧路湿原にも丹頂《たんちょう》が棲息するが、これは留鳥である。田鶴は歌語で鶴のこと。→鶴（冬）

鶴の来るために大空あけて待つ　後藤比奈夫
鶴守のはがき一片鶴来ると　林　十九楼
鶴来るや干拓海へすすみつつ　神尾季羊
青々と鶴来る空のかかりけり　落合水尾

曳く脚のさやかにぞ田鶴わたるなり　大橋櫻坡子
子持鮎　秋の鮎

【落鮎《おちあゆ》】　鮎落つ　錆鮎《さびあゆ》　渋鮎《しぶあゆ》　下《くだ》り鮎《あゆ》

夏の間清冽な川の上流にいた鮎は、秋も半ばを過ぎると産卵のために川を下る。これを落鮎という。鮎は産卵期になると刃物の錆びたような斑点が体に現れる。その状態の鮎を錆鮎・渋鮎という。↓若鮎（春）・鮎（夏）

一とせの鱎《あゆ》もさびけり鈴鹿川　鬼　貫
落ち鮎や日に日に水のおそろしき　千　代　女
落鮎や山容かくす雨となり　三谷いちろ
落鮎の鰭美しく焼かれけり　桜木俊晃
落鮎のたどり着きたる月の海　福田甲子雄
落鮎の落ちゆく先に都あり　鈴木鷹夫
落鮎や流るる雲に堰はなく　鷹羽狩行
落鮎や定かならざる日の在り処　片山由美子
岸よりに落ちゆく鮎のあはれかな　三好達治
鮎落ちて美しき世は終りけり　殿村菟絲子
山々は鮎を落して色づきぬ　森　澄雄
鮎落ちて山家は薪を積みはじむ　西山　睦
錆鮎の焼くる間に山晴れにけり　山田春生
轟音を落しゆく貨車下り鮎　奈良文夫
灯点せば山の遠のく子持鮎　野中亮介

【紅葉鮒《もみぢぶな》】

秋、紅葉のころになると、琵琶湖に棲息する源五郎鮒は鰭《ひれ》が赤く変色するといわれてきた。それを紅葉鮒と呼んだ。❖季節にちなんだ文学的な表現であり、実際に色づくわけではない。

目に見えて魞ゆるびそむ紅葉鮒　能村登四郎
紅葉鮒草に跳ねゐて傷つかず　皆川盤水
かたまつて日の斑つつけり紅葉鮒　関戸靖子

【鰍《かじか》】

鯊《はぜ》に似た一五センチ余の淡水魚。水の澄んだ川に棲息し、浅瀬の石などの間にひそんでいて、なかなか姿を見せないので石伏《いしぶし》ともいう。❖東京では鰍と呼ぶが、北陸では鮴《ごり》と呼ぶ。

山高く鰍突く魚扠《やす》かざしけり　吉田冬葉
青笹に頬刺し鰍提げ来る　宮岡計次
晴れてゐて見えざる山や鰍突き　長崎玲子

【鯔《ぼら》】鯔《ぼら》飛ぶ

近海に棲息するボラ科の骨硬魚。幼魚は夏の間汽水域から淡水域で過ごし、水温の低下とともに海に戻る。成長にしたがってハク（約三センチ）、オボコ・スバシリ（三〜一八センチ）、イナ（一八〜三〇センチ）、ボラ（三〇センチ以上）と名が変わる出世魚で、特に大型のものをトドという。秋になると泥臭さが抜け、脂ものってきて美味。水面を飛び跳ねる姿をしばしば見ることができる。❖「とどのつまり」という慣用表現はボラが最終的にトドになることに由来するといわれている。

鯔さげて篠つく雨の野を帰る　飯田龍太
鯔釣に波の曙うまれけり　水原秋櫻子
鯔跳んで西空の雲早きかな　右城暮石
鯔の飛ぶ夕潮の真ツ平かな　河東碧梧桐
河口まで満ち来る潮に鯔はねて　山内繭彦
すばしりと呼ぶ鯔ならん飛べるなり　矢野景一

【鱸《すずき》】

北海道から九州に至る沿岸ないし近海に棲息する魚。出世魚の一種で、秋に産卵し、東京付近では最小の稚魚をコッパ（約一〇センチ）、次いでセイゴ（約二五センチ）、フッコ（約三五センチ）、スズキ（約六〇センチ）と呼ぶ。鯛に劣らず賞味される魚で、刺身・膾・洗い・塩焼きなどにされる。

鱸得て月宮に入るおもひかな　蕪村
網打のしぼりよせたる鱸かな　村上鬼城
まつすぐに鱸の硬き顔が来ぬ　岡井省二

ふなばたの尚月明り鱸釣　今井つる女
鱸舟出てゐて金華山遥か　岡安迷子
鎌倉を後ろへ回し鱸舟　長谷川　櫂

【鯊《はぜ》】沙魚《はぜ》　鯊の秋　鯊の潮　鯊日和《はぜびより》

ハゼ科の魚の総称。内湾や川の河口の汽水域などに棲息する真鯊は二〇センチ前後で、体は上下にやや扁平、頭と口が大きく、目が頭の背面に寄っている。日本全国に分布し、秋から冬にかけてよく太る。天麩羅や甘露煮などにする。→鯊釣

松島の鯊の貌見て旅了る　山口青邨
うち晴れて鯊の八郎潟となる　上村占魚
空缶にきよとんと鯊の眼がありぬ　下田稔
水中に石段ひたり鯊の潮　桂　信子
潮のいろ重なる沖や鯊日和　小島千架子
船端に両足垂らす沙魚日和　西山　睦
ひらひらと釣られて淋し今年鯊　高浜虚子
今年鯊はねて快晴浜離宮　鈴木鷹夫

【秋鯖《あきさば》】

鯖は夏の魚だが、秋の産卵後、ふたたび脂がのり味がよくなる。→鯖（夏）

秋鯖を心祝ひのありて買ふ　宮下翠舟
秋鯖や上司罵るために酔ふ　草間時彦
船団に秋鯖の沖まだ明けず　寺島ただし
近江へと秋鯖運ぶ峠道　能村研三

【秋鰹《あきがつを》】戻り鰹

鰹は二月下旬に九州南方海域に現れ、黒潮にのって日本の太平洋岸を北上、三月下旬に四国へ、五〜六月には伊豆、房総沖に到達する。その後、十月ごろに三陸沖に姿を現すが、これが秋鰹である。脂がのっていて美味。鰹漁はこのころが終期にあたる。

藁灰のほのぼの白し秋鰹　藤本美和子
みちのくの地酒に戻り鰹かな　尾池和夫

【鰯《いわし》】鰮《いわし》　真鰯《まいわし》

真鰯・片口鰯などの総称。地方によって呼

び名が違う。東京でシコと呼ぶのは片口鰯のこと。多くは日本沿岸に棲息し、回遊している。季節に応じて北上したり南下したりするが、特に秋は味も良く大漁となる。❖かつては漁場や浜辺は「鰯引」で賑った。
→鰯引く・潤目鰯（冬）

うつくしや鰯の肌の濃さ淡さ　小島政二郎
暮色濃く鰯焼く香の豊かなる　山口誓子
鰯食ふ大いに皿をよごしては　八木林之助
大漁旗鰯の山のてつぺんに　森田峠
小鰯をうり歩きけり須磨の里　松瀬青々

【太刀魚《たちうを》】　たちの魚

体が平たく細長く、体長が約一・五メートルに達する魚。銀灰色で、太刀のような形をしているのでこの名が付いたといわれる。本州沿岸の各地で獲れるが、関西でとくに珍重する。塩焼きや照焼きにして美味。

たち魚の影やひらりと磯の波　無諍
太刀魚を抜身のごとく提げて来る　石塚友二
トロ箱に太刀魚の立ち曲げにけり　清水諄子
太刀魚をくるりと巻いて持つて来る　原雅子

【秋刀魚《さんま》】　さいら　初さんま

刀に似て細長く、背は蒼黒色、腹は銀白色の海産魚。九月ごろ北方から南下する群れは、十月ごろには九十九里沖まで来る。❖脂ののった秋刀魚は大衆的な魚として家々の食膳を賑す。

荒海の秋刀魚を焼けば火も荒ぶ　相生垣瓜人
黒潮のうねりて秋刀魚競《せ》る町に　阿波野青畝
火だるまの秋刀魚を妻が食はせけり　秋元不死男
火より火を奪ひ烈しく秋刀魚もゆ　天野莫秋子
妻のごとし夕べ秋刀魚を買ひ戻り　樋笠文
全長に回りたる火の秋刀魚かな　鷹羽狩行
氷塊の中から秋刀魚抜きにけり　広渡敬雄

【鮭《さけ》】　初鮭　秋味《あきあじ》　はららご　鮭漁　鮭打ち　鮭小屋

鮭は九月ごろから卵を産むため、群れをなして故郷の川を遡ってくる。この時、体に赤色または暗色の雲の影のような斑紋が現れる。上流で産卵し、孵化《ふか》した稚魚は海に下って成長する。北日本、特に北海道西海岸に多い。秋味はアイヌ語に由来する語。❖肉は淡紅色で、塩引《しおびき》・燻製・缶詰にする。卵の「はららご」も美味。↓乾鮭（冬）

鮭のぼる川しろじろと明けにけり　皆川盤水
鮭のぼり来る撲《う》たれても撲たれても　道山昭爾
月明の水盛りあげて鮭のぼる　渡部柳春
よく晴れて川も海いろ鮭のぼる　成田千空
さざなみの光りは空へ鮭のぼる　花谷和子
水裂いて今生の鮭のぼりけり　大串　章
一塊のくろがねとなり鮭のぼる　菅原鬨也
ビル街を貫き鮭ののぼる川　白濱一羊
鮞《はららご》をぬかれし鮭が口を開け　清崎敏郎
鮭打棒濡れたるままに焚かれけり　小原啄葉
鉄橋を夜汽車が通り鮭の番　草間時彦
鮭番屋柱時計の鳴つてゐる　加倉井秋を

【秋の蛍《あきのほたる》】　秋蛍　残る蛍

立秋を過ぎても残っている蛍のこと。季節外れの憐れさが漂う。↓蛍（夏）

ゆら〳〵と秋の蛍の水に落つ　寺田寅彦
たましひのたとへば秋の蛍かな　飯田蛇笏
瀬をのぼるうすきひかりの秋蛍　石原八束
掌を妃とおもふ秋蛍　清水径子
世に疎きたつき愉しむ秋蛍　根岸善雄

【秋の蠅《あきのはへ》】　残る蠅

蠅は一年に何回も発生するが、さすがに秋冷が加わるにつれ元気を失い、勢いなく日向などを飛んでいる。↓蠅（夏）

秋の蠅一つ真水の上に死す　中村草田男
照らされて一粒の金秋の蠅　早野和子
秋の蠅顔をよぎりてあたたかく　石田郷子

【秋の蚊《あきのか》】　残る蚊　別れ蚊《が》　後れ蚊《が》

蚊《か》の名残《なごり》　溢蚊《あぶれか》

まだ暑さが残っているころには、夕方などに蚊が飛んできて刺すことも多いが、秋が深まるにつれて数も減り弱々しくなる。↓蚊（夏）

秋の蚊のよろ〳〵と来て人を刺す　正岡子規
くはれもす八雲旧居の秋の蚊に　高浜虚子
秋の蚊を払ふかすかに指に触れ　山口誓子
秋の蚊の写経の筆を掠めけり　石鍋みさ代
音もなく来て残り蚊の強く刺す　沢木欣一
あぶれ蚊や去り難くゐて翁塚　見市六冬

【秋の蜂《あきのはち》】　残る蜂

秋が深まっても生き残っている蜂。一般には晩秋に大方は死んでしまうが、雌の中には生き残って冬を越すものもある。蜜蜂のように成虫のまま越冬する蜂もいる。

年輪の渦にさまよふ秋の蜂　秋元不死男
喪ごころや花粉まみれの秋の蜂　林　徹
蛸壺の吸つて吐き出す秋の蜂　野中亮介
棘強きものを離れず秋の蜂　前田攝子

【秋の蝶《あきのてふ》】　秋蝶

八・九月のころは盛んに飛び回っていた蝶も、晩秋になるとめっきり数が減り、飛び方にも力がなくなる。↓蝶（春）・夏の蝶（夏）・冬の蝶（冬）

しらじらと羽《は》に日のさすや秋の蝶　青　蘿
高浪をくゞりて秋の蝶黄なり　村上鬼城
金堂の柱はなるゝ秋の蝶　前田普羅
山麓や黄ばかり多き秋の蝶　有馬籌子
草にある午前のしめり秋の蝶　鷲谷七菜子
火口湖のさざなみ固し秋の蝶　岡田貞峰
大宰府や人に親しき秋の蝶　大峯あきら
我が影の伸びゆく先の秋の蝶　星野　椿
逢はざればこころ離れて秋の蝶　三森鉄治
秋蝶にすぐ風荒ぶ信濃かな　藤田湘子

【秋の蟬《あきのせみ》】　秋蟬《しゅうせん》　残る蟬

蜩や法師蟬のように秋になって鳴き始める蟬もいるが、夏から引き続き鳴く蟬もまだ多い。↓蟬（夏）

秋の蟬たかきに鳴きて愁ひあり　柴田白葉女
川越えてしまへば別れ秋の蟬　五所平之助
遠き樹に眩しさ残る秋の蟬　林　翔
師を恋へば城山に湧く秋の蟬　山田みづえ
喪の幕の端に風ある秋の蟬　岡本　眸
鉛筆の書込み淡し秋の蟬　森賀まり
秋蟬や島に古りたる神楽面　荒川優子
秋蟬をふたたび啼かす水あかり　原　和子

【蜩《ひぐらし》】日暮《ひぐらし》　茅蜩《ひぐらし》　かなかな　寒蟬

緑と黒の斑点がある黒褐色の体に、透明な翅《はね》をもつ中型の蟬。晩夏から鳴き出し、明け方や夕刻にカナカナと哀調のある美しい声が遠くまで響く。❖森や林から聞こえてくる声には、はかなさとともに透明感があり、秋にふさわしい。↓蟬（夏）

日ぐらしや急に明るき湖の方《かた》　一　茶
蜩や浪もきこゆる一の谷　高田蝶衣
たちまちに蜩の声揃ふなり　中村汀女
蜩の揃へば月も上りけり　星野　椿
ひぐらしに肩のあたりのさみしき日　草間時彦
八方のひぐらし四方の鞍馬杉　神尾久美子
ひぐらしの幹の一本づつ奥へ　鷹羽狩行
ひぐらしをきく水底にゐるごとく　木内怜子
蜩のこゑが空ゆく淡海かな　田島和生
蜩の敷居に坐る子供かな　山西雅子
蜩や刃を研ぐ水の二三滴　石嶌　岳
暁蜩みとりに果てのありしなり　宮津昭彦
かな〳〵と鳴きまた人を悲します　倉田紘文
かなかなや掬えば消える海の青　対馬康子
旧館は夕かなかなの中にあり　佐藤郁良

【法師蟬《ほふしぜみ》】つくつく法師　つくつくし

立秋のころになると鳴き始める比較的小型の蟬。緑がかった黒い体をしており、透き通った美しい翅《はね》を持つ。鳴き声はツクツクホウシ、オーシツクツクなどと聞こえる。❖古くは「筑紫恋《つくしこい》し」と聞きなした。↓蟬（夏）

鳴き移り次第に遠し法師蟬　寒川鼠骨
死出の足袋足にあまるや法師蟬　角川源義
この夕べ力つくせり法師蟬　森　澄雄
法師蟬捨身の声といふべしや　小倉英男
鳴き終るときの確かに法師蟬　稲畑汀子
滝までを水すべりゆく法師蟬　下山芳子
ツクヽヽボーシヽヽボーシバカリナリ　正岡子規
また微熱つくつく法師もう黙れ　川端茅舎
下野の奥のつくつく法師かな　前澤宏光
どの木よりつくつくぼうし始まるか　杉浦圭祐
泥眼の金泥を溶くつくつくし　山口都茂女

【蜻蛉《とんぼ》】とんばう　あきつ　やんま
赤蜻蛉　秋茜《あきあかね》　麦藁《むぎわら》とんぼ　塩辛《しほから》とんぼ
精霊蜻蛉《しやうりやうとんぼ》

トンボ目に属する昆虫の総称で、夏から秋遅くまでいろいろな種類が見られる。成虫・幼虫ともに肉食で他の昆虫を捕食する。大きな複眼が特徴。❖都市部では数が減り、蜻蛉釣りをする子どもの姿も見られなくなった。↓蜻蛉生る（夏）・糸蜻蛉（夏）・川蜻蛉（夏）

蜻蛉やとりつきかねし草の上　芭蕉
白壁に蜻蛉過《よぎ》る日影かな　召波
引潮にいよ〳〵高き蜻蛉かな　原石鼎
とどまればあたりにふゆる蜻蛉かな　中村汀女
翅となり目玉となりて蜻蛉とぶ　林　徹
水に来て蜻蛉が翳となる日暮れ　山上樹実雄
夕月も蜻蛉も天にとどまれり　岡田日郎
水を釣るさみしきことを夕とんぼ　手塚美佐
空遠しとんぼが水輪つくるころ　高畑浩平
蜻蛉がくる蜻蛉の影がくる　藤本美和子
蜻蛉の力をぬいて葉先かな　粟津松彩子

蜻蛉のあとさらさらと草の音　古舘曹人
大利根の水を見にゆく銀やんま　火村卓造
銀やんまジュラ紀の空の青さかな　有馬朗人
赤蜻蛉筑波に雲もなかりけり　正岡子規
赤とんぼ夕暮はまだ先のこと　星野高士
薬師寺の長き和釘や赤蜻蛉　石嶌　岳
九頭竜は逆潮どきの秋あかね　石田勝彦
みづうみの風の精霊蜻蛉かな　友岡子郷

【蜉蝣《かげろふ》】

カゲロウ目の昆虫の総称で、蜻蛉より細く、長い尾を持ち、美しい透明な翅《はね》を背中に立てている。つまむとつぶれそうな弱々しい虫で、羽化して卵を産むと数時間で死ぬものが多い。しかし幼虫時代は長く、二～三年も水中で過ごす。蜉蝣の群れが水面を乱舞しているのは生殖の営みである。上下に飛ぶさまが陽炎《かげろう》がゆらめくように見えるので、この名がついたといわれる。❖古来、散文や歌に、はかないもののたとえとして用いられてきた。

一すぢに飛ぶ蜉蝣や雨の中　増田手古奈
かげろふの歩けば見ゆる細き髭　星野立子
命短かき蜉蝣の翅脈透く　津田清子
蜉蝣やわが身辺に来て死せり　和田悟朗
鏡の面蜉蝣の居て落着かず　岡本　眸

【虫《むし》】　虫の声　虫の音　虫集《すだ》く　虫時雨《むししぐれ》　虫の秋　虫の闇　昼の虫　残る虫　すがれ虫

秋に鳴く虫の総称。鳴くのは雄で、音色にはそれぞれ風情があり、鳴いている場所や時間、数によって趣も違う。虫の声を聞くと秋の寂しさが身に迫って感じられる。虫時雨は虫の鳴き競う声を時雨にたとえた語。残る虫は「すがれ虫」ともいい、盛りの時期を過ぎて衰えた声で鳴いている虫のこと。

行水のすて所なき虫の声　鬼　貫

ゆふ風や草の根になくむしの声　野梅
其中に金鈴をふる虫一つ　高浜虚子
鳴く虫のたゞしく置ける間なりけり　久保田万太郎
雨音のかむさりにけり虫の宿　松本たかし
自転車の灯のはづみくる虫の原　波多野爽波
月光を溯りゆく虫のこゑ　鈴木貞雄
書込みのわが文字若し虫すだく　坂本宮尾
父通り過ぎたるこの世虫時雨　小檜山繁子
闇深きところは湖ぞ虫時雨　片山由美子
門をかけて見返る虫の闇　桂信子
虫の闇紙を燃せば紙の音　秋篠光広
万の翅見えて来るなり虫の闇　高野ムツオ
隣り家も灯を消すころやすがれ虫　村山古郷

【竈馬《いとど》】　竈馬《かまどうま》

カマドウマ科の昆虫の総称で、昔は蟋蟀《こおろぎ》と混同されていたが、竈馬は翅《はね》がないので鳴かない。海老のように体が曲がり、長い触角と大きな後肢を持ち、跳ねるのが得意である。「かまどうま」の名は、竈付近に棲みつくからで、おかま蟋蟀の名もある。❖「いとど」は古称。古歌などで「いとど鳴く」と詠まれたのは蟋蟀と混同されたため。

海士の屋は小海老にまじるいとどかな　芭蕉
藁焚けば灰によごるる竈馬かな　丈草
壁のくづれ竈馬が髭を振つてをり　臼田亜浪
一ト跳びにいとどは闇へ皈《かへ》りけり　中村草田男
酢の甕のうち並びたりいとど跳び　清崎敏郎
大山《だいせん》に脚をかけたる竈馬かな　大屋達治
かまどうま午前零時は真の闇　片山由美子

【蟋蟀《こほろぎ》】　ちちろ　ちちろ虫　つづれさせ　えんま蟋蟀

コオロギ科の昆虫の総称で、種類が多い。日本で一番大きい閻魔《えんま》蟋蟀は寂しい声でコロコロと鳴き、三角《みつかど》蟋蟀はキチキチキチ、綴刺《つづれさせ》蟋蟀はリリリリと美しく鳴く。好んで暗い所に棲み、よく鳴くので親しみ深い。

❖かつては、秋に鳴く虫を総称して蟋蟀と呼んだので注意が必要。

こほろぎのこの一徹の貌《かほ》を見よ　山口青邨
こほろぎに拭きに拭込む板間かな　川端茅舎
蟋蟀が深き地中を覗き込む　山口誓子
こほろぎや厨に老いてゆくばかり　有馬籌子
こほろぎやいつもの午後のいつもの椅子　木下夕爾
こほろぎの一夜滅びのこゑ激し　馬場移公子
こほろぎの暗がりに置く火消壺　関　成美
こほろぎや農事暦に火山灰埃《よなぼこり》　福永耕二
音がして蟋蟀のゐる畳かな　岩田由美
ひとり臥てちちろと闇をおなじうす　桂　信子
灯を消せば二階が重しちちろ鳴く　小川軽舟
髪を梳きうつむくときのちゝろ虫　橋本多佳子
音立てて燈芯尽きぬちちろ虫　皆川白陀
酒蔵の酒のうしろのちゝろ虫　飴山　實

【鈴虫《すずむし》】　**月鈴子《げつれいし》**

スズムシ科の昆虫。体は長卵形で暗褐色または黒褐色。触角と脚が長く発達している。リーンリーンと鈴を振るように澄んだ美しい声で鳴くので、よく飼育される。かつては松虫のことを鈴虫と呼んだ。❖江戸時代に飼育が盛んになり、虫売りが売り歩いた。

鈴虫のからりと死にし小籠かな　原田浜人
鈴虫のいつか遠のく眠りかな　阿部みどり女
鈴虫のひげをふりつつ買はれける　日野草城
鈴虫にいくらも降らず暮色なる　目迫秩父
鈴虫とひとりの闇を頒ち合ふ　野見山ひふみ
鈴虫の声の全き朝餉かな　原　裕
一病のあとや鈴虫野へ返す　井上　雪
鈴虫や手熨斗にたたむややの物　朝妻　力

【松虫《まつむし》】　**ちんちろ　ちんちろりん**

コオロギ科の昆虫で昔は鈴虫といっていたが、鈴虫とは鳴き声が異なり、体がやや大きく舟形をしている。普通、赤褐色で腹は黄色い。松林や川原に多く、八月ごろチンチロリン、チンチロリンと澄んだ声で鳴く。

松虫や夜風のすさぶ山の樹々　高橋淡路女
松虫といふ美しき虫飼はれ　後藤夜半
松虫や暮るる波濤に空つづく　千代田葛彦
比叡より下りくる闇やちんちろりん　前田攝子
ちんちろりん鳴けば波音遠ざかる　長山あや

【青松虫《あをまつむし》】

鮮やかな草緑色をしていて、体長約二・五センチ。外来種で、一九七〇年代から増え始めた。街路樹や庭木などの樹上に棲み、リーリーと途切れることなく甲高く鳴く。❖在来種の松虫とは姿も鳴き声も異なる。

青松虫時雨新宿三丁目　片山由美子
ふりかぶる青松虫の闇の色　坂本昭子

【邯鄲《かんたん》】

コオロギ科の昆虫で体が細長く、淡い黄緑色をしている。体長は一・五センチ前後だが、その三倍に達する線状の触角を持っている。八月ごろから草むらで鳴く。ルルルという鳴き声は美しく情緒的である。多くは寒地に棲み、関東以北では平地でもよく見かけられるが、西日本では高地のみ。❖昔、中国の邯鄲《かんたん》の町で、盧生《ろせい》という青年が一眠りの間に一生の栄枯盛衰を経験し、人生のはかなさを痛感したという「邯鄲の夢」の故事からこの名が付けられた。

玲瓏として邯鄲のむくろかな　富安風生
邯鄲や翳さしやすき草の山　鷲谷七菜子
袖囲ひして邯鄲を聴きゐたり　山田みづえ
邯鄲のこゑ月光をのぼるらし　三嶋隆英
邯鄲の鳴き細りつつすきとほり　西村和子
邯鄲や飯はしづかに炊き上がり　櫂未知子
邯鄲や夜風に羽織る絹のもの　脇本千鶴子

【草雲雀《くさひばり》】　朝鈴《あさすず》　金雲雀《きんひばり》

淡い灰褐色の昆虫で、体長約一センチと小さいが、体長の四倍近い触角がある。フィリリリリと、小さな鈴を細かく震わしたような澄んだ声で、草むらで鳴き続ける。関西では朝鈴と呼ぶ。朝方に、はかないほどの美しい声で鳴く。

大いなる月こそ落つれ草ひばり　竹下しづの女
声の糸繰り出し流す草雲雀　右城暮石
草ひばりまだもののせぬ朝の皿　きくちつねこ
灯台の一途に白し草雲雀　奥坂まや
朝鈴や母屋へ赤子抱きゆく　井上弘美

【鉦叩《かねたたき》】

長楕円形の黒褐色の昆虫。体長一センチぐらいで、雄は長い触角を持つ。雌は雄より大きく、触角が短く翅《はね》がない。灌木や垣根、植え込みなどに棲む。秋にチンチンと鉦を叩くようにかすかな美しい澄んだ声で鳴くが、姿はめったに見られない。

ふるさとの土の底から鉦たたき　種田山頭火
鉦叩風に消されてあと打たず　阿部みどり女
十ばかり叩きてやめぬ鉦叩　三好達治
暁は宵より淋し鉦叩　星野立子
野の闇を人ゆく早さ鉦叩　藤田湘子
まつくらな那須野ヶ原の鉦叩　黒田杏子
黒塗りの昭和史があり鉦叩　矢島渚男
鉦叩一打も弛みなかりけり　倉田紘文

【螽蟖《きりぎりす》】　ぎす　機織《はたおり》

体長四〜五センチの昆虫で、チョンギースと鳴く。雄の左翅には微細な鋸《のこぎり》の歯のような突起が並んでいて、もう一枚の右翅と擦りあわせて音を出す。主に昼間鳴く。❖古くは、現在の蟋蟀《こおろぎ》のことを螽蟖と呼んだので注意が必要。

むざんやな甲《かぶと》の下のきりぎりす　芭蕉
わが影の壁にしむ夜やきりぎりす　蓼太
きりぎりす腸の底より真青なる　高橋淡路女
火薬箱匂いもたてずきりぎりす　加藤かけい
しばらくは風を疑ふきりぎりす　橋閒石

纜《ともづな》のうづたかく朽ちきりぎりす　能村登四郎
わが胸の骨息づくやきり〴〵す　石田波郷
大木の肌も真昼やきりぎりす　飯田龍太
能登見える風の中よりきりぎりす　齊藤美規
きりぎりす夕日は金の輪を累ね　友岡子郷
きりぎりす海くろがねの真昼かな　永方裕子
白濤に乗る何もなしきりぎりす　千葉皓史
津軽まで海平らなりきりぎりす　中岡毅雄
風が草分けて通りぬきりぎりす　瀬谷博子
ぎすの声たかぶることもなくつづく　右城暮石

【馬追《うまおひ》】すいつちよ　すいと　馬追虫

全体に緑色の昆虫で、体の二倍近い触角を持っている。灯火を慕って家の中に入ってきて鳴いていたりする。❖スイッチョという鳴き声が、馬子が馬を追うときの舌打ちに似ているので馬追の名があるといわれる。

馬追や海より来たる夜の雨　内藤吐天
馬追の髭ひえびえとしたがへり　木下夕爾
馬追のうしろ馬追来てゐたり　波多野爽波
馬追の部屋の火影に鳴きはじむ　岡安仁義
馬追ひが闇抜けて来し羽たたむ　廣瀬直人
馬追がきてゐる風呂のぬるさかな　尾形不二子
放ちたるすいとが庭で鳴きにけり　邊見京子

【轡虫《くつわむし》】がちやがちや

黄褐色または緑色の六センチほどの大きな昆虫。体より長い糸状の触角を持ち、脚が長いので跳躍に適している。ガチャガチャと騒がしく鳴く音が、馬の轡が鳴る音に似ているのでこの名がある。

城内に踏まぬ庭あり轡虫　太祇
森を出て会ふ灯はまぶしくつわ虫　石田波郷
この崋ことに暗しや轡虫　上﨑暮潮
がちや〳〵や瀬音も聞え真暗闇　鈴木花蓑
一匹の居てがちやがちやの闇となり　物種鴻両

【蟋蟀《ばった》】飛蝗《ばつた》　螇蚸《はたはた》　きちきち　きち
きちばつた　殿様ばつた

バッタ科に属する昆虫の総称。細長い体で淡緑色。「はたはた」という異名もある。俗にキチキチ螇蚸と呼ばれる精霊《しょうりょう》螇蚸は、跳びながらキチキチと翅《はね》を鳴らす。細長い繊細な体で、淡緑色。殿様螇蚸は翅が緑色と褐色の種があり、黒い斑点がある。イネ科の植物を食し、農作物に被害を与えることもある。

暗幕にぶら下りゐるばつたかな　波多野爽波
しづかなる力満ちゆき螇蚸とぶ　加藤楸邨
はたはたのをりをり飛べる野のひかり　篠田悌二郎
はたはたはわぎもが肩を越えゆけり　山口誓子
はたはたの脚美しく止りたり　後藤比奈夫
はたはたのとべるや渚までとほし　岡田貞峰
聖書置く棚にはたはたとびきたり　友岡子郷
きちきちといはねばとべぬあはれなり　富安風生
きちきちと鳴いて心に入りくる　大木あまり
明け方や濡れて精霊ばつたゐる　児玉輝代

【蝗《いなご》】　螽《いなご》　稲子《いなご》　蝗採《いなごとり》

バッタ科イナゴ属の昆虫の総称。螇蚸よりもやや小さく、約三センチ。田圃《たんぼ》や草原などで多く発生し、稲を食べてしまう害虫。後肢が発達していてよく飛び、鳴かない。❖炒《い》ったり、佃煮にしたりして食べられるので、かつては秋になるとこぞって蝗取りに出かけたものだが、近年は農薬の影響で激減した。

ふみ外づす蝗の顔の見ゆるかな　高浜虚子
蝗また流れて伊賀の月あかり　宇佐美魚目
ざわざわと蝗の袋盛上がる　矢島渚男
輝いて水の張りゐる蝗かな　千葉皓史
筑波嶺を蹴つて逃げたる蝗かな　長浜徳三
秬《きび》焚くや青き螽を火に見たり　石田波郷
電柱に手を触れてゆくいなご捕り　桂　信子
手拭で縫ひたる袋蝗捕り　滝沢伊代次

【浮塵子《うんか》】　糠蝿《ぬかばへ》

ウンカ科やヨコバイ科の昆虫の総称。体長三ミリぐらいで、蟬のような形をしている。口吻《こうふん》がとがっているので植物の汁を吸うのに適している。大群をなして飛んできて、稲の柔らかい葉や花の汁を吸って被害を与える。雲霞《うんか》のごとく群がり来ることからこの名がついたといわれる。

浮塵子とぶ楽器をみがく青年に　皆川盤水
浮塵子来て鼓打つなり夜の障子　石塚友二

【蟷螂《かまきり》】　蟷螂《たうらう》　鎌切　斧虫《をのむし》　いぼむしり

カマキリ科の昆虫の総称。頭は三角形で小さいが、前胸が長く肥大している。鎌のように鋭い前肢で獲物を捕らえ、長い後肢は跳躍に適している。怒らせると前肢をかざして向かってくる。害虫を食べる益虫である。❖雌は目の前のものを食べてしまう習性があり、交尾の時に雄を食べることはよく知られているが、昆虫では珍しいことではない。→蟷螂生る（夏）

蟷螂の真青に垣の雨晴るゝ　内藤鳴雪
かまきりの畳みきれざる翅吹かる　加藤楸邨
かりかりと蟷螂蜂の皃《かほ》を食《は》む　山口誓子
蟷螂のをりをり人に似たりけり　相生垣瓜人
蟷螂の翔びて怒りをさめけり　加藤かけい
逆光に透く蟷螂がこちら向く　川崎展宏
蟷螂に怒号のなきを惜しむなり　中原道夫
すがりたる草に沈みていぼむしり　稲畑汀子
山風に顔の削がるるいぼむしり　若井新一

【螻蛄鳴く《けらなく》】　おけら鳴く

ケラはコオロギに似た体長三センチぐらいの土中に棲む昆虫。夜になると、ジーと沈んだ重い声で鳴く。❖ケラは雌もかすかな声を出す。→螻蛄（夏）

螻蛄鳴いてをるや静に力無く　京極杞陽
螻蛄鳴くや薬が誘ふわが眠り　楠本憲吉

螻蛄鳴くや潮被りし田畑に　岸原清行
ふりむけば虚空がありておけら鳴く　田沼文雄

【蚯蚓鳴く《みみずなく》】　地虫鳴く

秋の夜、何の虫ともわからず、道ばたなどの土中からジーと鳴く声が聞こえてくることがある。じつは螻蛄の鳴く声であるが、蚯蚓が鳴いているものと取り違えたのである。❖蚯蚓には発音器がないので鳴かないが、蚯蚓が鳴くと感じることには、秋らしいしみじみとした趣がある。→蚯蚓（夏）

蚯蚓鳴く六波羅蜜寺しんのやみ　川端茅舎
みみず鳴く引きこむやうな地の暗さ　井本農一
みみず鳴く夜は暁へすこしづつ　坊城俊樹
地虫鳴くつくべき声をたしかめつ　中村汀女

【蓑虫《みのむし》】　鬼の子　蓑虫鳴く

ミノガ科の蛾の幼虫。木の葉や小枝を糸で綴《つづ》って巣を作り、その中にひそみ、あたかも蓑を纏《まと》っているかのような姿をしている。雄は成虫になると巣を離れるが、雌は成虫も無翅で、一生巣から離れない。木の枝にぶら下がって風に揺れているさまは寂しい。❖蓑虫は鳴かないが、『枕草子』に鬼の捨て子である蓑虫が「ちちよ、ちちよ」とはかなげに鳴く、と書かれている。

蓑虫の音を聞きに来よ草の庵　芭蕉
蓑虫のあやつる糸のまづ暮れぬ　木津柳芽
蓑虫や滅びのひかり草に木に　西島麦南
蓑虫にうすうす目鼻ありにけり　波多野爽波
蓑虫の留守かと見れば動きけり　星野立子
蓑虫や思へば無駄なことばかり　斎藤空華
蓑虫の蓑あまりにもありあはせ　飯島晴子
蓑虫の光の中に糸伸ばし　星野椿
芭蕉以後みのむしの聲は誰も聞かず　島谷征良
鬼門とも知らぬ鬼の子下りけり　三田きえ子
鬼の子の宙ぶらりんに暮るるなり　大竹多可志
蓑虫の父よと鳴きて母もなし　高浜虚子

【茶立虫《ちゃたてむし》】 あづきあらひ

チャタテムシ科の昆虫の総称で、体長二～三ミリで種類が多い。最もよく見られるのは粉茶立虫。夜、障子などに止まり、大顎《おおあご》で紙を掻いてサッサッサッという茶を立てるような音を立てる。これが小豆を洗う音にも似ていることから、小豆洗《あずきあらい》という名もある。

茶立虫茶をたてゝゐる葎かな　吉岡禅寺洞
茶たて虫俤はやや遠くなる　加藤楸邨
安心のいちにちあらぬ茶立虫　上田五千石
手枕や小豆洗ひを聞きとめて　阿波野青畝

【放屁虫《へひりむし》】 へつぴりむし　へこきむし　亀虫

歩行虫《ごみむし》や亀虫などの総称だが、特にホソクビゴミムシ科の三井寺《みいでら》歩行虫《ごみむし》をさすことが多い。黄色の斑点のある約二センチの扁平な甲虫。危機にあうと悪臭のあるガスを放つ。このガスが肌につくと染みとなってなかなか落ちない。

放屁虫青々と濡れゐたりける　山口青邨
放屁虫あとしざりにも歩むかな　高野素十
亀虫のはりついてゐる山水図　藺草慶子

【芋虫《いもむし》】 柚子坊

毛のない蝶蛾の幼虫の総称。緑色が多いが褐色や黒色のものもいる。植物の葉を食べる害虫で、時として農作物に大きな被害を与える。揚羽蝶の幼虫は、柑橘類の葉に産みつけられた卵が孵ったもので、柚子坊ともいう。

芋虫の一夜の育ち恐ろしき　高野素十
芋虫の何憚らず太りたる　右城暮石
芋虫のまはり明るく進みをり　小澤實
芋虫にして乳房めく足も見す　山西雅子

【秋蚕《あきご》】

秋に掃き立てる蚕のこと。新芽が再び伸び

てきて葉をつけた桑を利用して、初秋蚕《しょしゅうさん》・晩秋蚕《ばんしゅうさん》を飼う。秋蚕は上蔟《じょうぞく》までの日数が短く、手数もかからないが、品質は春蚕《はるご》や夏蚕《なつご》に比べると劣る。↓蚕（春）・夏蚕（夏）

月さして秋蚕すみたる飼屋かな　村上鬼城
年々に飼ひへらしつゝ秋蚕飼ふ　大橋櫻坡子
屋根石に雨さだめなし秋蚕飼ふ　皆吉爽雨
裏山に日が赤々と秋蚕かな　小笠原和男
風来れば風を見上ぐる秋蚕かな　小林千史
蒼きまで月に透きゐる秋蚕かな　梶本佳世子

植物

【木犀《もくせい》】 金木犀《きんもくせい》 銀木犀《ぎんもくせい》

中国原産の常緑小高木で、仲秋のころ葉腋《ようえき》に香りの強い小花を多数つける。橙色の花を開くのが金木犀、白いものは銀木犀という。高さ三～六メートル、時には一〇メートルに達する。枝が多く、葉が密に茂る。❖春の沈丁花とともに香りのよい花の代表。その香りを模した芳香剤が作られている。

木犀をみごもるまでに深く吸ふ　文挾夫佐恵
木犀の匂の中ですれ違ふ　後藤比奈夫
木犀やしづかに昼夜入れかはる　岡井省二
木犀の香や外燈の圏外に　鈴木蚊都夫
おのが香にむせび木犀花こぼす　髙崎武義
匂はねばもう木犀を忘れたる　金田咲子
木犀や同棲二年目の畳　髙柳克弘
金木犀風の行手に石の塀　沢木欣一
この路地の金木犀も了りけり　中岡毅雄
見えさうな金木犀の香なりけり　津川絵理子
銀木犀文士貧しく坂に栖み　水沼三郎
山麓の百年の家銀木犀　坪内稔典

【木槿《むくげ》】 花木槿 白木槿 底紅《そこべに》

アオイ科の落葉低木で、初秋に五弁の花を開く。普通は赤紫色だが、園芸品種では白・絞りなどもある。「槿花《きんか》一日の栄」と、栄華のはかなさにたとえられる一日花。茶《ちゃ》花《ばな》によく用いられる。白の一重で中心が赤いものを底紅という。❖底紅は茶人の千宗旦が好んだことから「宗旦木槿」とも呼ばれる。

道のべの木槿は馬にくはれけり　芭蕉

掃きながら木槿に人のかくれけり　波多野爽波
木槿垣とぼしき花となりゆくも　島谷征良
墓地越しに街裏見ゆる花木槿　富田木歩
老後とは死ぬまでの日々花木槿　草間時彦
一日のまた夕暮や花木槿　山西雅子
町中や雨やんでゐる白木槿　松村蒼石
逢へぬ日は逢ふ日を思ひ白木槿　木村敏男
母の間に風すこし入れ白木槿　日下部宵三
白木槿夕日に触れて落ちにけり　浅井民子
底紅の咲く隣にもまなむすめ　後藤夜半
底紅や黙ってあがる母の家　千葉皓史

【芙蓉《ふよう》】　花芙蓉　白芙蓉　紅芙蓉　酔《すい》芙蓉《ふよう》

アオイ科の落葉低木で、初秋の朝、淡紅色の五弁花を開き夕方にはしぼむ。暖地では自生することもあるが、主として庭園などに植えられる。酔芙蓉は園芸品種で、朝は白いが、午後になると紅を帯び、次第に色が深まる。

芙蓉さく今朝一天に雲もなし　紫　暁
反橋の小さく見ゆる芙蓉かな　夏目漱石
物かげに芙蓉は花をしまひたる　高浜虚子
美しき芙蓉の虫を爪はじき　後藤夜半
おもかげのうするゝ芙蓉ひらきけり　安住　敦
芙蓉咲く風の行方の観世音　桂　樟蹊子
箸つかふやすらぎ雨の芙蓉かな　大木あまり
朝な梳く母の切髪花芙蓉　杉田久女
やや水のやさしさもどる花芙蓉　能村登四郎
白芙蓉朝も夕も同じ空　阿部みどり女
白芙蓉暁けの明星らん／＼と　川端茅舎
白芙蓉誰か立ち去る気配あり　六本和子
呪ふ人は好きな人なり紅芙蓉　長谷川かな女
はなびらを風にたゝまれ酔芙蓉　川崎展宏
白といふはじめの色や酔芙蓉　鷹羽狩行
暮れてなほ空のみづいろ酔芙蓉　徳田千鶴子

【椿の実《つばきのみ》】

椿はツバキ科の藪椿や雪椿、またはそれらを改良した園芸品種の総称で、いずれも実は果皮が厚く艶があり、熟すと開いて暗褐色の種子が二〜三個出る。種子を搾ると椿油が採れる。→椿（春）

午《ひる》の雨椿の実などぬれにけり　松瀬青々
椿は実に黒潮は土佐離れたり　米澤吾亦紅
椿の実滝しろがねに鳴るなべに　橋閒石
椿の実拾ひためたる石の上　勝又一透
椿の実割れてこの世に何の用　市堀玉宗
医王寺や乙女椿に実のたわわ　磯野充伯

【南天の実《なんてんのみ》】　実南天《みなんてん》　白南天《しろなんてん》

南天はメギ科の常緑低木で、晩秋から冬にかけて茎の先に直径六〜七ミリの球形の赤い実が熟す。白い実のものもある。❖雪が降るころになっても実ったままのため、雪兎の目玉にして遊んだりする。

南天の実に惨たりし日を憶ふ　沢木欣一
鷗外の生家北向き実南天　松崎鉄之介
億年のなかの今生実南天　森　澄雄
実南天十二神将眉あげて　野澤節子
不退寺の実南天また実南天　石田勝彦
涸れしらぬ井戸水ぬくし実南天　平井和楸
たましひの抜けしにあらず白南天　片山由美子

【梔子の実《くちなしのみ》】　山梔子《くちなし》の実

梔子はアカネ科の常緑低木で、実は長さ約二センチの楕円形をなし、縦に五〜七筋の稜《りょう》が走る。オレンジ色に熟し、染料・生薬用・食品着色料となる。熟しても口を開けないためこの名がある。❖クチナシの漢字表記には梔子のほか山梔子、巵子などがあるが、中国での最も古い記述では梔子あるいは梔。「山梔子」の日本での初出は十五世紀と思われる。染料や薬として用いられていたことから、いずれも実を意味する文字であり、梔子、山梔子だけで実のことに

なる。↓梔子の花（夏）

山梔子の実のみ華やぐ坊の垣　貞弘　衛
山梔子の実のつややかに妻の空　庄司圭吾

【藤の実《ふぢのみ》】

藤はマメ科の蔓性植物で、実は長さ一二～一九センチの莢状をなす。硬い果皮は細毛に覆われる。↓藤（春）

藤の実に小寒き雨を見る日かな　暁　台
藤の実やたそがれさそふ薄みどり　富田木歩
藤の実や鹿を彫りたる春日墨　大島民郎
藤の実の下は白波竹生島　須原和男
藤の実の垂るる昏さのありにけり　鈴木貞雄

【秋果《しうくわ》】

秋に熟す果実を総称して呼ぶ。桃、梨、葡萄、柿、林檎など、彩りが豊かである。❖木に生るものの多くが実りの季節を迎えることを象徴する季語。

秋果盛る灯にさだまりて遺影はや　飯田龍太
秋果盛り合はす花より華やかに　原田紫野
終電まで灯して秋果商へり　藤田まさ子

【桃《もも》】　桃の実　白桃《はくたう》　水蜜桃《すいみつたう》

単に桃といえば花ではなく実のこと。大型の球形で、香り高く、果汁が多くて甘い。夏から秋にかけて出回る。表皮にビロード状の細毛が密生。水蜜桃から多くの改良種が生まれた。↓桃の花（春）

中年や遠くみのれる夜の桃　西東三鬼
桃冷す水しろがねにうごきけり　百合山羽公
指ふれしところ見えねど桃腐る　津田清子
桃食べて眠りの奥はしんのやみ　友岡子郷
まだ誰のものでもあらぬ箱の桃　大木あまり
白桃をよよとすゝれば山青き　富安風生
白桃に入れし刃先の種を割る　橋本多佳子
白桃を剝くねむごろに今日終る　角川源義
磧《かはら》にて白桃むけば水過ぎゆく　森　澄雄
白桃の荷を解くまでもなく匂ふ　福永鳴風

白桃の皮引く指にやゝちから　川崎展宏
白桃をもいで葉叢《はむら》の下に置く　廣瀬直人
相触れぬやう白桃を二つ置く　牧　辰夫
白桃の思ひの色となりにけり　伊藤通明
白桃を吸い山国の空濡らす　酒井弘司

【梨《なし》】　有《あり》の実《み》　長十郎　二十世紀　新水　幸水　豊水　洋梨　ラ・フランス　梨園　梨狩《なしがり》　梨売《なしうり》

バラ科の落葉高木の果実で、果汁に富む。明治中期以降、赤梨の長十郎、青梨の二十世紀が主な品種であったが、昭和三十年代以降、甘味の強い新水・幸水・豊水が栽培の主流になった。最近では洋梨も消費が伸びている。❖有の実はナシが「無し」に通じることを嫌った忌み言葉。

梨むくや甘き雫の刃を垂るゝ　正岡子規
勉強部屋覗くつもりの梨を剝く　山田弘子
梨を剝く家族に昔ありにけり　出口善子
梨食うてすつぱき芯にいたりけり　辻　桃子
古くさき二十世紀の多汁なり　加藤かな文
洋梨が版画のやうに置いてある　長谷川　櫂
洋梨とタイプライター日が昇る　髙柳克弘
横顔は子規に如くなしラ・フランス　広渡敬雄
梨狩や遠くに坐りゐるが母　細川加賀
梨売りの頰照らし過ぐ市電の灯　沢木欣一

【柿《かき》】　甘柿　渋柿　富有柿《ふいうがき》　次郎柿《じらうがき》　熟柿《じゆくし》　柿《き》　木守柿《きもりがき》　柿日和《かきびより》

秋を代表する果物。東北地方以南で古くから栽培されてきた。甘柿と渋柿があり、甘柿では富有・次郎がよく知られる。渋柿は焼酎《しようちゆう》などで渋を抜くほか、干柿に加工して食す。木になったまま完全に熟したものが熟柿。木守柿は梢に一、二個捥《も》がずに残しておくもので、翌年もよく実るようにというまじない。木守柿《こもりがき》とも。

里古りて柿の木持たぬ家もなし　芭　蕉

別るるや柿喰ひながら坂の上　惟　然
寂しさの嵯峨より出たる熟柿かな　支　考
柿くへば鐘が鳴るなり法隆寺　正岡子規
よろ〳〵と棹がのぼりて柿挟む　高浜虚子
柿食ひぬ少年の日もかく食ひし　木下子龍
柿赤し美濃も奥なる仏たち　畠山譲二
柿うましそれぞれが良き名を持ちて　細谷喨々
写真機をごつごつ構へ柿の秋　奥坂まや
渋柿の如きものにては候へど　松根東洋城
かじりたる渋柿舌を棒にせり　小川軽舟
切株においてて全き熟柿かな　飯田蛇笏
いちまいの皮の包める熟柿かな　野見山朱鳥
くちばしの一撃ふかき熟柿かな　津川絵理子
山柿や五六顆おもき枝の先　飯田蛇笏
村見尽して夕晴れの木守柿　廣瀬直人
旅人に奈良茶粥あり柿日和　清水杏芽

【林檎《りんご》】　林檎園　林檎狩

バラ科の落葉高木の実で、柿とともに日本の秋を代表する果実。紅玉、ふじ、王林、津軽、ジョナゴールドなど種類が多いが、さらに新種も次々に生み出されている。❖栽培用は作業に合わせて低めに仕立てられているので、収穫もしやすい。

星空へ店より林檎あふれをり　橋本多佳子
空は太初の青さ妻より林檎うく　中村草田男
刃を入るる隙なく林檎紅潮す　野澤節子
母が割るかすかながらも林檎の音　飯田龍太
岩木嶺やどこに立ちても林檎の香　加藤憲曠
もぐときの林檎の重さ指先に　稲畑汀子
林檎もぎ空にさざなみ立たせけり　村上喜代子
林檎一つ投げ合ひ明日別るるか　能村研三
制服に林檎を磨き飽かぬかな　林　桂
父と呼びたき番人が棲む林檎園　寺山修司

【葡萄《ぶだう》】　デラウェア　マスカット　巨峰　ピオーネ　葡萄園　葡萄棚　葡萄狩

ブドウ科の蔓性落葉低木の実で古くから食

用にされてきた。多くは棚を作り、房が垂れ下がるように作る。種類は多く、紫・緑・黒など、粒の色や大きさも様々である。❖葡萄酒用の栽培は棚を作らないことが多い。

枯れなんとせしをぶだうの盛りかな　蕪村
黒葡萄天の甘露をうらやまず　一茶
黒きまで紫深き葡萄かな　正岡子規
葡萄うるはしまだ一粒も損はず　高浜虚子
葡萄食ふ一語一語の如くにて　中村草田男
夜の雨葡萄太らせゐる斜面　見學玄
葡萄洗ふ粒ぎつしりと水はじき　星野恒彦
国境の丘また丘や葡萄熟れ　小路智壽子
一粒をはづし葡萄の房ゆるぶ　中根美保
マスカット剪るや光りの房減らし　大野林火
亀甲の粒ぎつしりと黒葡萄　川端茅舎
黒葡萄鋏を入るる隙のなし　嶋田麻紀
葡萄狩山々移るごとくなり　中島月笠

【栗《くり》】 山栗　柴栗　丹波栗　毬栗《いがぐり》　笑栗《ゑみぐり》　落栗　虚栗《みなしぐり》　焼栗　ゆで栗　栗山　栗林　栗拾

ほぼ全国の山地に自生するブナ科の落葉高木の実。外側に刺《とげ》が密生する毬《いが》の中で育ち、成熟すると毬の裂け目からこぼれる。栽培もされ、焼いたり茹でたりして中の胚乳を食べる。硬く光沢のある皮や渋皮を剝《む》き、栗飯などの料理に使うほか、菓子の原料にもする。丹波栗など大粒種もある。❖笑栗は毬が開いた状態を微笑みになぞらえた言い方。虚栗は皮ばかりで中に実のない栗。

行く秋や手をひろげたる栗のいが　芭蕉
栗備ふ恵心の作の弥陀仏　蕪村
三つほどの栗の重さを袂にす　篠田悌二郎
死の見ゆる日や山中に栗おとす　秋元不死男
栗焼く香ただよへば船灯し合ふ　友岡子郷
栗食むや背山にこもる風の音　老川敏彦

家よりも古き栗の木栗実る　岩田由美
間道はいづれも京へ丹波栗　渕上千津
一粒の大粒の艶丹波栗　中山純子
栗の毬割れて青空定まれり　福田甲子雄
落栗の座を定めるや窪溜り　井上井月
灯の暗き丹波の郷や虚栗　赤尾恵以
抛《はふ》られて音もたてずに虚栗　松田美子
栗山に在れば落日慌し　高浜虚子
栗山の空谷ふかきところかな　芝　不器男
栗売の声が夜となる飛騨盆地　成瀬櫻桃子

【石榴《ざくろ》】　柘榴《ざくろ》　石榴の実　実石榴

ザクロ科の落葉小高木の実で、拳大の球形をしている。熟すと厚く硬い果皮が裂け、鮮紅色の多数の種子が現れる。食用にされる透明な外種皮は甘酸っぱい。❖無数の粒が実ることからヨーロッパでは繁栄と豊穣（多産）の象徴とされ、絵画によく描かれてきた。

恍惚たりざくろが割れて鬼無里《きなさ》なり　岡井省二
露人ワシコフ叫びて石榴打ち落す　西東三鬼
ひやびやと日のさしてゐる石榴かな　安住　敦
大津絵の鬼出て喰ふ柘榴かな　黒田桜の園
柘榴紅し都へつづく空を見て　柿本多映
くれなゐの泪ぎつしりざくろの実　和田知子
実ざくろや妻とは別の昔あり　池内友次郎
実ざくろや古地図に水の冥き途　花谷　清

【棗《なつめ》】　棗の実　青棗

クロウメモドキ科の落葉小高木で、実は二〜三センチの楕円形。紅熟したものを砂糖漬けや生で食べたり、乾かして薬用にする。熟す前の青棗も食べることができ、青林檎に似た味と香りがする。中国北部原産。❖茶道具の棗はこの実の形からついた名。

よもすがら鼠のかつぐ棗かな　暁　台
棗盛る古き藍絵のよき小鉢　杉田久女
ふるさとや昨日は棗ふところに　長谷川双魚

朝風の棗はひかるばかりなり　川島彷徨子
なつめの実青空のまま忘れらる　友岡子郷

【無花果《いちじく》】

西南アジア原産のクワ科の落葉小高木の果実。日本には江戸時代初期に渡来した。食用になるのは花嚢《かのう》といわれる部分で、小さな花が集まったもの。生食のほか、煮たりジャムにしたりする。乾燥させたものは保存食にもなる。

無花果のゆたかに実る水の上　山口誓子
少年が跳ねては減らす無花果よ　高柳重信
無花果の皮あやふやに剝きをはる　大串　章
無花果をなまあたたかく食べにけり　津川絵理子

【オリーブの実《オリーブのみ》】

モクセイ科の常緑高木であるオリーブは、十月ごろ青い実が大きくなる。これを採取し、塩漬けにしたあとピクルスにしたり、オリーブオイルを搾《しぼ》ったりする。そのまま木に残しておくと赤紫に色づく。

神宿るてふオリーブの実の苦かりき　赤尾兜子
オリーブの実のひまひまに瀬戸の海　河野美奇

【胡桃《くるみ》】　胡桃の実　姫胡桃　鬼胡桃　沢胡桃　胡桃割る　胡桃割

クルミ科の落葉高木の実。日本に自生するのは鬼胡桃で、山野の川沿いに生える。秋に熟すと青い果皮が裂けて核果が顔を出す。その硬い殻には深い皺《しわ》があり、中の子葉の部分は栄養価が高く美味である。姫胡桃は変種で、殻の表面に皺がほとんどない。菓子など、さまざまに加工される。近年は特に健康食品として注目度が高まっている。

温もらぬ胡桃よ旅の掌中に　鷲谷七菜子
胡桃二つころがりふたつ音違ふ　藤田湘子
夜の卓智慧のごとくに胡桃の実　津田清子
胡桃割る聖書の万の字をとざし　平畑静塔
胡桃割る胡桃の中に使はぬ部屋　鷹羽狩行

胡桃割る崑崙山脈はるかなり　片山由美子

【青蜜柑《あをみかん》】

まだ熟していない蜜柑で皮は濃い緑色。十月になると、わずかに色づいた露地栽培早生種が出回る。❖蜜柑本来の甘さは乏しいが、味よりも季節の先取りを楽しむ。↓蜜柑の花（夏）・蜜柑（冬）

行く秋のなほ頼もしや青蜜柑　芭蕉

子の声の風にまじりて青みかん　服部嵐翠

朝市の朝の香りの青蜜柑　中村和子

伊吹より風吹いてくる青蜜柑　飯田龍太

船はまだ木組みのままや青蜜柑　友岡子郷

【酸橘《すだち》】　かぼす

ミカン科の常緑低木の実。柚子の近縁種で果実は小さい。八～十月ごろまだ緑色のうちに収穫し、汁を搾《しぼ》って料理に味と香りを添える。別種にやや大形のかぼすがあり、やはり料理に添える。❖焼き秋刀魚や土瓶蒸しの味を引き立てるのに欠かせない。

夕風や箸のはじめの酢橘の香　服部嵐翠

すだちてふ小つぶのものの身を絞る　辻田克巳

年上の妻のごとくにかぼすかな　鷹羽狩行

眉寄せてかぼす絞るもうつくしく　三島広志

【柚子《ゆず》】　柚子の実　木守柚子《きもりゆず》

ミカン科の常緑小高木の実で、外皮に凹凸がある。黄熟した実の独特の芳香と酸味が好まれる。果皮は吸い物に浮かせたりして香りを楽しみ、果肉は搾《しぼ》って酸味料とする。

柚子摘むと山気に鋏入るるかな　大橋敦子

ことごとく暮れたる柚子をもぎくれぬ　市村究一郎

柚子を摘む人の数だけ梯子立つ　里川水章

鈴のごと星鳴る買物籠に柚子　岡本眸

柚子すべてとりたるあとの月夜かな　大井雅人

柚子酸橘かぼすを使ひ分けて母　名村早智子

柚子の香のはつと驚くごと匂ふ　後藤立夫

柚子の香の動いてきたる出荷かな　西山睦

柚子の実に飛行機雲のあたらしき　石田郷子
木守柚子一つ灯りて賢治の居　松本澄江

【橙《だいだい》】

中国から渡来したミカン科の常緑高木の実。晩秋に橙々色に熟したものを冬になってから捥《も》ぐ。正月飾りに欠かせず、果汁は酸味料にする。❖取らずにおくと、次の夏に再び緑色になるので回青橙《だいだい》という。↓橙飾る（新年）

葉籠りに橙垂れて夥し　篠原温亭
橙や火入れを待てる窯の前　水原秋櫻子
橙のころがるを待つ青畳　桂　信子
橙に黄が走る日の寺詣　曾根けい二
橙をうけとめてをる虚空かな　上野　泰

【九年母《くねんぼ》】

ミカン科の常緑低木の実。六センチほどの球形で、香りが強く、外皮が厚い。甘くて生食できる。❖九年母の語源は諸説があるが、柑橘類をいう古いインドの言葉の音に漢字をあてたものと思われる。

雨はじく九年母捥《も》ぎてきたりけり　八木林之助
九年母や死者は訪はるるばかりにて　石田勝彦

【金柑《きんかん》】

ミカン科の常緑低木の実。小型の球形または長球形。果肉は酸味が強いが果皮に甘味と香りがある。砂糖漬けや砂糖煮にしたものは咳止めになる。近年、糖度の高い生食用を栽培している地域もある。

金柑の実のほとりまで暮れてきぬ　加藤楸邨
宝石のごと金柑を掌の上に　宇田零雨
どの枝の先にもきんかんなつてゐる　高木晴子
金柑を煮含めまこと金の艶　岩本あき子

【檸檬《れもん》】　レモン
ミカン科の常緑低木の実で、秋に黄熟する。果汁が多く、香りと酸味が強いだけでなく、ビタミンCが豊富。❖料理に用いるほか、レモンスカッシュなどにして飲むが、四季を通じて出回っているので季節感が希薄になりがちである。俳句に詠む場合は注意が必要。

暗がりに檸檬浮かぶは死後の景　三谷　昭
嵐めく夜なり檸檬の黄が累々　楠本憲吉
檸檬ぬくし癒えゆく胸にあそばせて　鷲谷七菜子
絵葉書の巴里の青空レモン切る　下山芳子

【榠樝の実《くわりんのみ》】　花梨《くわりん》の実《み》

榠樝は中国原産のバラ科の落葉高木で、長さ一〇〜一五センチの楕円形の実が秋に黄熟する。肉は硬く、酸味と渋味があって生食には適さないが、かりん酒のほか、砂糖や蜂蜜漬けにしたりする。咳止めにもなる。

くらがりに傷つき匂ふくわりんの実　橋本多佳子
くわりんの実傷ある方を貰ひたり　細見綾子
ふるさとは板戸の昏《くら》さ榠樝の実　中尾寿美子
己が木の下に捨てらる榠樝の実　福田甲子雄
榠樝の実いづれ遜色なくいびつ　黒崎かずこ
何となき歪みが親し榠樝の実　渡辺恭子
おのが香を庭に放ちて榠樝熟れ　金子伊昔紅
花梨の実高きにあれば高き風　池上樵人

【紅葉《もみぢ》】　紅葉《こうえふ》　もみづ　夕紅葉　谷紅葉　紅葉山　紅葉川

秋の半ばより木の葉が赤く色づくこと。「もみじ」の名は、赤く染めた絹地を意味する紅絹《もみ》に由来する。楓《かえで》が代表的である。
❖動詞の「もみづ」は紅葉するの意。「もみづれり」「もみづれる」などの誤用が多いので注意したい。已然形は「もみづれ」だが、上二段活用の動詞なので助動詞「り」（連体形は「る」）は接続しない。「もみづる」は連体形であり終止形ではない。

静かなり紅葉の中の松の色　越　人
山くれて紅葉の朱をうばひけり　蕪　村
かざす手のうら透き通るもみぢかな　大江丸

青空の押し移りゐる紅葉かな　松藤夏山
障子しめて四方の紅葉を感じをり　星野立子
恋ともちがふ紅葉の岸をともにして　飯島晴子
全山のもみぢ促す滝の音　山内遊糸
手に拾ふまでの紅葉の美しき　和田順子
紅葉《こうえふ》にあたらしき紺空にあり　伊藤敬子
御仏をふかく蔵して紅葉晴　今瀬剛一
この樹登らば鬼女となるべし夕紅葉　三橋鷹女
大津絵の鬼が手を拍つ紅葉山　桂　信子
すさまじき真闇となりぬ紅葉山　鷲谷七菜子
乱調の鼓鳴り来よ紅葉山　木内怜子
伊予晴れて海の匂ひの紅葉寺　井本農一

【初紅葉《はつもみぢ》】

楓をはじめとして、色づきはじめたばかりの紅葉をいう。

どぶろくといふ名の神社はつもみぢ　渋沢渋亭
初紅葉はだへきよらに人病めり　日野草城
初紅葉一羽の鳥の踏みわたり　水田清子
振り返るこの世短し初紅葉　水原春郎
海光の山門を入り初紅葉　梶山千鶴子
ひとごゑのかへる深山の初紅葉　菊地一雄
谷越えて雨が近づく初紅葉　井上康明

【薄紅葉《うすもみぢ》】

紅葉する木々が、十分に色づいていない状態をいう。淡い色にもまた味わいがある。

山里や烟り斜めにうすもみぢ　闌　更
宇治川に映れる山の薄紅葉　池内たけし
谷下りて水に手ひたすうすもみぢ　細見綾子
薄紅葉マリアの像を島うらに　飯塚樹美子
薄紅葉いま安達太良の山気かな　雨宮きぬよ
釣り橋のふんはり揺れて薄紅葉　望月　稔

【黄葉《くわうえふ》】　黄葉《もみぢ》

種類によっては、晩秋に木の葉が黄色くなり、紅葉とはまた違う趣がある。黄葉が美しいのは銀杏《いちよう》・欅《けやき》・櫟《くぬぎ》・プラタナス・ポプラなど。

黄葉の一樹に山の影及ぶ　嶋田麻紀
病室の中まで黄葉してくるや　石田波郷
黄葉してポプラはやはり愉しき木　辻田克巳
黄葉より谷川岳の始まりぬ　稲畑廣太郎

【照葉《てりは》】　照紅葉《てりもみぢ》
　日差しに照り映える紅葉をいい、ことのほか美しい。❖晴天ならではの輝きである。
から堀の中に道ある照葉かな　蕪村
ひもすがら外に作務ある照葉かな　飴山實
祝ひ餅湖《うみ》にも投げて照葉かな　小原樗才

【紅葉且つ散る《もみぢかつちる》】
　木々の紅葉には遅速があり、絶頂を迎えているものがある中で早くも散りだすものも見られる。その同時進行の状態を楽しむ。表現じたいに妙味がある。
紅葉かつ散りて神さびたまひけり　清原枴童
紅葉かつ散りぬ自在に水走り　菖蒲あや
たまきわる紅葉かつ散るがらんどう　五島高資

【黄落《くわうらく》】　黄落期
　黄葉した銀杏《いちよう》・櫟《くぬぎ》などの葉がとめどなく落ちること。❖眼前で散っていることが前提だが、地面に散り敷いた葉の美しさも視界にある。
黄落や或る悲しみの受話器置く　平畑静塔
黄落や風の行手に地獄門　宮下翠舟
黄落に立ち光背をわれも負ふ　井沢正江
黄落のはじまる城の高さより　野見山ひふみ
黄落や人形は瞳を開けて寝る　堀井春一郎
黄落といふこと水の中にまで　鷹羽狩行
病室の窓黄落の百号よ　辻田克巳
黄落の中のわが家に灯をともす　高橋睦郎
黄落や庭の木椅子の背の温み　西嶋あさ子
黄落のそこより祈り湧くごとし　嶋田麻紀
唐寺の鐘よくひびく黄落期　植村通草
翼欲しい少年街は黄落期　高野ムツオ

【柿紅葉《かきもみぢ》】

晩秋の柿の葉は朱・紅・黄の入り交じった美しい色の紅葉となる。

あと先に人声遠し柿紅葉　暁台
鍬を取る人の薄著や柿紅葉　井上井月
柿紅葉正倉院の鴟尾《しび》遥か　野村喜舟
柿紅葉貼りつく天の瑠璃深し　瀧春一

【雑木紅葉《ざふきもみぢ》】

楢《なら》・櫟《くぬぎ》・欅《けやき》などさまざまな木が色づくこと。楓《かへで》類の紅葉ほど鮮やかではないが、素朴な美しさがある。

暫くは雑木紅葉の中を行く　高浜虚子
甘橿の丘の雑木のもみぢかな　山口青邨
すゝきより低き雑木の紅葉あり　高木晴子

【漆紅葉《うるしもみぢ》】

中国原産の落葉高木である漆は晩秋、燃えるように紅葉する。葉の表面は真紅で裏面は黄色い。

滝の前漆紅葉のひるがへり　中谷朔風
藪の中殊に漆の紅葉せり　榎本冬一郎

【櫨紅葉《はぜもみぢ》】

関東以西の低山に自生する櫨の木は秋に激しく色づく。古くは実から蠟を採るために栽培されていた。暖地で庭木や街路樹として栽植される南京黄櫨の紅葉は一段と鮮やかである。

遠くより見て近づきぬ櫨紅葉　山口青邨
櫨紅葉見てゐるうちに紅を増す　山口誓子
枝で受ける鳥の重みや櫨紅葉　高橋沐石
櫨紅葉牛は墓標につながれて　石原八束
櫨紅葉酒呑童子を祭りけり　土田祈久男
櫨紅葉屋号残せる蠟の蔵　上原白水

【銀杏黄葉《いちやうもみぢ》】

銀杏は中国原産のイチョウ科の落葉高木で晩秋鮮やかに黄葉する。高いものは三〇メートルに及び、巨木となることもまれではなく、黄金色に黄葉したさまは荘厳でさえある。❖「銀杏」には慣用的に「いてふ」の仮名が使われてきた。

いてふ葉や止まる水も黄に照す　嘯　山

とある日の銀杏もみぢの遠眺め　久保田万太郎

黄葉して思慮ふかぶかと銀杏の木　鷹羽狩行

【桜紅葉《さくらもみぢ》】

桜の紅葉は他の木に比べて早く、九月の末にはすでに赤みがさし、秋のうちに落ちてしまうものもある。

早咲の得手を桜の紅葉かな　丈　草

桜紅葉しばらく照りて海暮れぬ　角川源義

桜紅葉まぬがれ難き寺の荒れ　村田　脩

城史読む桜紅葉を栞とし　大屋達治

掃寄せてすくなき桜紅葉かな　田中裕明

【色変へぬ松《いろかへぬまつ》】

晩秋に落葉樹が紅葉するのに対し、松が変らず緑のままでいることを賞する。❖神の依代《よりしろ》となっている松ならではの表現。

色かへぬ松や主は知らぬ人　正岡子規

色変へぬ松したがへて天守閣　鷹羽狩行

色変へぬ松の支ふる大手門　廣瀬倭子

太幹をくねらせて色変へぬ松　片山由美子

【新松子《しんちぢり》】　青松毬《あをまつかさ》

その年新しくできた松毬。受粉後一年以上かけて成熟する。初めは鱗片を固く閉ざしているが、開いた鱗片から種をこぼし、やがて木質化する。まだ青くて固いものを新松子という。→松の花（春）

古道は濤音ごもり新松子　六本和子

山水の一気に暮るる新松子　大澤ひろし

竹生島つねに正面新松子　井沢正江

霧いつか雨音となる新松子　古賀まり子

夜は夜の波のとよもす新松子　三田きえ子

新松子この単線を小諸まで　大井雅人

商家みな清らに住みき新松子　友岡子郷

さざなみは暮れて光りぬ新松子　落合水尾

【桐一葉《きりひとは》】一葉　一葉落つ

秋の初め、桐の葉がふわりと落ちて、秋の到来を告げる。中国前漢の『淮南子』説山訓に「一葉の落つるを見て、歳のまさに暮れなんとするを知り、瓶中の氷《こおり》を睹て、天下の寒きを知る。近きを以て遠きを論ずるなり」とある。これを基に唐代にいくつかの詩賦が見られ、「一葉落ちて天下の秋を知る」という詩句が生まれた。これらの「一葉」はいずれも梧桐のことであった。

❖梧桐が日本ではなぜ桐になったかについては、大坂城落城を扱った坪内逍遥の『桐一葉』が関わっていると思われる。豊臣家の家紋と、忠臣片桐且元の名から、桐が重要だったのである。

在りし世のままや机にちる一葉　蝶夢
夕暮れやひざをいだけば又一葉　一茶
大空をあふちて桐の一葉かな　村上鬼城
桐一葉日当りながら落ちにけり　高浜虚子
静かなる午前を了へぬ桐一葉　加藤楸邨
夜の湖の暗きを流れ桐一葉　波多野爽波
桐一葉下総に水ゆきわたり　黛執
桐一葉水中の日のゆらめきぬ　豊長みのる

【柳散る《やなぎちる》】

柳は、秋に黄色く色づき、やがて静かに葉を落とす。細い葉が音もなくはらはら散るさまは侘しさが漂う。↓柳（春）

船よせて見れば柳の散る日かな　太祇
柳散り清水涸れ石処々　蕪村
立ち並ぶ柳どれかは散りいそぐ　阿波野青畝
あげてくる汐の静けさ柳散る　三宅応人
柳ちる辻占ひの小机に　河原地英武

【銀杏散る《いちょうちる》】

銀杏は晩秋、一斉に黄金色の葉を落とす。青空を背景に輝きながら散る光景は、秋の終わりを象徴する美しさである。

銀杏散るまつたゞ中に法科あり　山口青邨
銀杏ちる兄が駈ければ妹も　安住　敦
銀杏散る一切放下とはこれか　村松紅花
いてふ散るすでに高きは散りつくし　岸　風三樓

【木の実《このみ》】　木の実落つ　木の実降る　木の実雨　木の実時雨　木《こ》の実《み》独楽《ごま》

樫・椎・椋《むく》・榧《かや》・橡《とち》などの団栗《どんぐり》の総称。秋に熟して自然に地上に落ちる。❖木の実がさかんに落ちる様子を雨になぞらえて木の実雨・木の実時雨という。

妻の手に木の実のいのちあたたまる　秋元不死男
風の日のよく弾みたる木の実かな　北村　保
香取より鹿島はさびし木の実落つ　山口青邨
よろこべばしきりに落つる木の実かな　富安風生
水中をさらに落ちゆく木の実かな　鈴木鷹夫
森に降る木の実を森の聞きゐたり　村越化石
棒で線引けば陣地や木の実降る　山西雅子
木の実独楽影を正して回りけり　安住　敦
夜は音のはげしき川や木の実独楽　桂　信子

【七竈《ななかまど》】

バラ科の落葉高木で山地に自生し、庭木や街路樹としても植えられる。秋に鮮やかに紅葉する。実も真っ赤に色づく。

噴煙の空迫り来つなゝかまど　水原秋櫻子
枝の芯までくれなゐのななかまど　大坪景章
七竈散るをこらへて真つ赤なり　林　徹
淋代やいろのはじめのななかまど　鷹羽狩行
ななかまど岩から岩へ水折れて　櫻井博道
雲にまで色を移せりななかまど　木内彰志

【櫨の実《はぜのみ》】

櫨の実は大豆ほどの大きさで秋に色づく。山黄櫨《やまはぜ》の実は黄色く、黄櫨の実は乳白色となる。❖実から蠟を採取するのは黄櫨、別名琉球櫨と南京黄櫨である。

櫨は実に女の守る能舞台　小島千架子
櫨の実の乾ぶ筑前国分寺　松本　学

【橡の実《とちのみ》】 栃《とち》の実《み》

橡はトチノキ科の落葉高木で、果実はほぼ球形。熟すと三裂し、光沢のある黒褐色の大きな種子が出る。❖種子の澱粉は灰汁《あく》が強いが、何度も晒《さら》して、餅や団子を作る。

橡の実やいく日ころげて麓まで　一茶
禰宜《ねぎ》の沓《くつ》とどまり橡の実をひろふ　大橋櫻坡子
橡の実の熊好む色してゐたり　右城暮石
橡の実に屈めば妻も来てかがむ　栗田やすし
栃の実がふたつそれぞれ賢く見ゆ　宮津昭彦

【樫の実《かしのみ》】

ブナ科の常緑高木の樫の実。椀型のはかまのついた大型の団栗《どんぐり》で、熟すと茶色になる。

樫の実や猿石風を聴きすます　須賀一惠
樫の実の落つる羅漢のみぎひだり　秋篠光広
樫の実の水に落つるにいきいきす　新谷ひろし

【椎の実《しひのみ》】 落椎　椎拾ふ

ブナ科の常緑高木スダジイ・ツブラジイの実。細い団栗のような硬い実がつき、翌年の秋に熟すると、殻が裂けて堅果が露出する。内部の白く肥厚した子葉を食べる。

椎の実の落ちて音せよ檜笠　几董
椎の実の落ちて音なし苔の上　福田蓼汀
椎の実の沈める川に嗽《くちすす》ぐ　勝又一透
一粒ずつ拾う椎の実の無数　花谷和子
椎の実を嚙みたる記憶はるかなり　大竹多可志
わけ入りて孤りがたのし椎拾ふ　杉田久女

【団栗《どんぐり》】 櫟《くぬぎ》の実《み》

樫・楢・橅などの実を一般には団栗と呼んでいるが、狭義には櫟の実のことをいう。椀型のはかまをもつ球形の実で固い。成熟すると茶色くなる。

団栗や倶利迦羅《くりから》峠ころげつゝ　松根東洋城
どんぐりのところ得るまでころがれり　成瀬櫻桃子
山を出るときどんぐりは皆捨てる　北登猛
どんぐりの落ちかねてゐる水の照り　中嶋秀子

【一位の実《いちゐのみ》】　あららぎの実　おんこの実

イチイ科の常緑高木である一位の実。種子を覆う肉質の部分は甘いので食べられるが、中の緑色の種子には毒がある。「あららぎ」は一位の古名、「おんこ」は主に北海道・東北地方での呼称。

老懶《らうらん》の胸を飾れり一位の実　飯島晴子
手にのせて火だねのごとし一位の実　飴山實
幾つ食べれば山姥となる一位の実　山田みづえ
一位の実赤は日に透け雨に透け　後藤立夫
おんこの実口に遊ばせユカラ聞く　有馬朗人

【檀の実《まゆみのみ》】　真弓の実

檀はニシキギ科の落葉低木で秋に実がなる。蒴果《さくか》は一センチ弱の四角形で、淡紅色に熟すると四裂して中から赤い種子が現れる。落葉後も長く枝上にあって美しい。

まなかひに高千穂立てる檀の実　米谷静二
山の音聴き尽したる檀の実　渡邊千枝子
檀の実割れて山脈ひかり出す　福田甲子雄
真弓の実昔の赤はこんな赤　後藤立夫

【楝の実《あふちのみ》】　樗の実《あふちのみ》　栴檀の実《せんだんのみ》

楝はセンダン科の落葉高木で、固い殻に包まれた小さな実が十月ごろ黄熟する。核は数珠に用い、中の実は薬になる。↓楝の花（夏）

手が見えてやがて窓閉づ楝の実　柴田白葉女
栴檀の実に風聞くや石だたみ　芥川龍之介
城址去る栴檀の実の坂下りて　星野立子
海荒れに栴檀の実の落ちやまず　山口誓子
栴檀は実ばかりとなり風の音　坂本宮尾

【榧の実《かやのみ》】

榧はイチイ科の常緑高木で、長さ二～四センチの楕円形の実がなり、一年後の秋に紫褐色に熟して裂ける。種子は油分が多く、食用にしたり油を採ったりする。

榧の木に榧の実のつくさびしさよ　北原白秋
榧の実は人なつかしく径《みち》に降る　長谷川素逝
榧の木は榧の実降らす雨降らす　中村明子

【紫式部《むらさきしきぶ》】　実紫　紫式部の実　式部の実　小式部　白式部

紫式部は山野に自生するクマツヅラ科の落葉低木で、晩秋、紫色の美しい腋果《えきか》を結ぶ。❖小粒の小式部、白い実の白式部は別種。

うち綴り紫式部こぼれける　後藤夜半
実むらさき老いて見えくるものあまた　吉野義子
三人の手を渡り来て実紫　須原和男
色を得し雫紫式部の実　日原傳
降りつづく雨のつめたさ式部の実　髙田正子

【橘《たちばな》】

ミカン科の常緑小高木である橘の実で、日本特産種。果実は扁球形で直径二〜三センチ。果皮は黄色く熟す。酸味が強く生食には適さない。↓花橘（夏）

青き葉の添ふ橘の実の割かれ　日野草城
一院の月引離す橘より　古舘曹人
橘は黄を深めつつ天の鈴　長谷川秋子

【銀杏《ぎんなん》】　銀杏《いちやう》の実《み》

銀杏《いちょう》は中国原産の雌雄異株の木で、九月ごろ球形の種子が熟し、その後落下する。実を包む種皮は黄色く悪臭があり、中の白くて硬い部分がいわゆる銀杏《ぎんなん》である。

銀杏を焼きてもてなすまだぬくし　星野立子
銀杏の苦みの数を食みにけり　岡井省二
鬼ごつこ銀杏を踏みつかまりぬ　加藤瑠璃子
茶碗蒸しより銀杏の二粒目　宮田勝

【菩提子《ぼだいし》】　菩提樹の実

中国原産のシナノキ科の落葉高木である菩提樹の実。直径七〜八ミリの球形で細毛が密生する。釈迦がこの木の下で生まれ、成道し、没したことからこの名がある。実から数珠を作る。❖実と葉のついた小枝が風に乗ってプロペラのように回転しながら落下する。

菩提子や人なき所よく落つる　井　眉
菩提子を玉と拾ひぬ峰の寺　神戸茂堂
菩提子のそよぐ宮居や婚の列　徳重知恵子
菩提子を拾ひ仏心には遠し　後藤比奈夫
菩提樹の実のからからと売られけり　小坂順子

【無患子《むくろじ》】　無患子の実

ムクロジ科の落葉高木の実。直径約二センチの球形で、熟すると黄褐色となる。中に黒くて硬い種子があり、羽子つきの羽子の玉や数珠にする。かつては果皮を煎じて石鹸の代用にした。

無患子降る寺を高所に明日香村　松崎鉄之介
無患子の降る伊賀の空晴れがたき　飴山　實
悼むとは無患子の実を拾ふこと　山本洋子

【臭木の花《くさぎのはな》】　常山木《くさぎ》の花《はな》

クマツヅラ科の落葉低木の花。山野に自生するほか庭木としても植えられる。枝や葉に悪臭があるためこの名があるが、花はよい匂いがする。長さ二センチあまりの筒状で、先が五裂し白い花弁と赤い萼《がく》が独特の美しさをなす。

逃ぐる子を臭木の花に挟みうち　波多野爽波
水懈《たゆ》く臭木の花を浮べをり　轡田　進
行き過ぎて常山木の花の匂ひけり　富安風生
ぺかぺかと午後の日輪常山木咲く　飯田蛇笏

【臭木の実《くさぎのみ》】　常山木《くさぎ》の実

紅色に変わって平たく開いた五枚の萼片の真ん中に、晩秋、直径六〜七ミリの藍色のつぶらな実が熟する。❖光沢があり、見た目に美しく、小鳥が好んで食べに来る。

常山《くさぎ》の実こぼれ初めけり夜の雨　魯　竹
臭木の実山も掃かれてありにけり　八木林之助
林中の木椅子の湿り臭木の実　高橋さえ子
美女谷や髪に飾りて常山木の実　嶋田麻紀

【枸杞の実《くこのみ》】

ナス科の落葉低木の実。秋になると葉腋《ようえき》に真っ赤な実が熟し、それで枸杞酒を作ったりする。↓枸杞（春）

枸杞の実を容れて緩やかなる拳　丹間美智子
紅涙をこぼさむばかり枸杞熟るる　青柳志解樹

【樝子の実《しどみのみ》】　草木瓜《くさぼけ》の実《み》
樝子はバラ科の落葉小低木で、夏に実を結んだ果実が秋になると黄熟するが、硬く酸味が強くて生食には適さないため果実酒などにする。↓樝子の花（春）

しどみの実無念の相にころげをり　高瀬亨子
草木瓜の実に風雲の深空あり　飯田龍太

【瓢の実《ひょんのみ》】　ひょんの笛
マンサク科の常緑高木蚊母樹《いすのき》、別名ひょんの木の葉に生じるアブラムシの一種の虫癭《ちゅうえい》（虫こぶ）。大きいものは鶉《うずら》の卵大にもなる。中に産みつけられた卵が孵って生長すると、穴をあけて出てくる。中は空洞となり、その穴に口を当てて吹き鳴らすと、ひょうひょうと音が出ることから「ひょんの笛」という。

瓢の実といふ訝しきものに逢ふ　後藤夜半
瓢の実を上手に吹けば笑はるる　上野章子
ひょんの実が机にひとつ夫病めり　邊見京子
ひょんの実のどれも届かず落ちてこず　和田順子
ひょんの実を掌にころがしてまだ吹かず　金久美智子
ひょんの笛さびしくなれば吹きにけり　安住敦
ひょんの笛力まかせに吹かずとも　茨木和生

【桐の実《きりのみ》】

桐はゴマノハグサ科の唯一の落葉高木で、秋になると固い果実が鈴生りになる。熟すと固くなって二つに裂け、翼《よく》のある多数の種子を飛ばす。↓桐の花（夏）

桐の実のおのれ淋しく鳴る音かな　富安風生
桐の実や金色堂へきつね雨　小林康治

桐の実の落ちてきさうな山の径　星野麥丘人
桐の実は空の青さにもう紛れず　栗原米作
黄昏れてゆく桐の実の鳴りやまず　三村純也
鳴らざれば気づかざりしに桐は実に　加倉井秋を
桐は実に巫女の舞ひ振る鈴のごと　河野頼人

【海桐の実《とべらのみ》】
夏、たくさんの白い花をつけた海桐は、十月ごろ熟した実が裂開。中から粘液質のものでつながった赤い種子があらわれる。これが遠くからでもよく見えるので、鳥などを引き寄せる。
海桐の実ニライカナイの海荒れて　邊見京子
北限の島に赤しや海桐の実　谷口和子

【飯桐の実《いひぎりのみ》】　南天桐
飯桐は北海道を除く地域の山野に自生する落葉高木で、十月ごろ南天に似た真っ赤な実が房状に垂れる。一五メートルにも達する木で、葉が落ちても実が残っているため遠くからでも目に付く。❖飯桐の名は、実の中の種子が米粒に似ているからとも、二〇センチにもおよぶ心臓型の葉で飯を包んだからともいう。
日が遠しいゝぎりの実を仰ぎては　岸田稚魚
深空より飯桐の実のかぶさり来　長嶺千晶

【山椒の実《さんせうのみ》】　実山椒《みざんせう》
山椒は山地に自生するミカン科の落葉低木で、雌雄異株。実は直径五ミリほどの球形をなし、秋に紅熟すると割れて種子が顔を出す。種子は光沢のある黒色で辛く、香辛料となる。→山椒の芽（春）
山椒の実昼を人居ぬ家ばかり　望月たかし
裏畑に朱を打つて熟れ実山椒　飴山實
実山椒木のかげ雲のかげに冷ゆ　河野友人
実山椒雨音によく睡りたる　渡辺純枝

【錦木《にしきぎ》】　錦木紅葉《にしきぎもみぢ》
ニシキギ科の落葉低木で、紅葉が際立って

美しいので秋の季語となっている。枝にコルク質の翼《よく》が発達するのが特徴。

錦木のもの古びたる紅葉かな　後藤夜半
錦木に田上げの鯉の水しぶき　飯田龍太
錦木や鳥語いよいよ滑らかに　福永耕二
錦木の闇にまぎれて了ひたる　倉田紘文
袖ふれて錦木紅葉こぼれけり　富安風生
池の辺のことに錦木紅葉かな　山崎ひさを

【梅擬《うめもどき》】 落霜紅《うめもどき》

山中や湿地に生えるモチノキ科の落葉低木で、秋になると赤や朱色の実が色づく。❖葉が落ちた後も実が長く枝に残り美しい。

残る葉も残らず散れや梅もどき　凡兆
鎌倉のいたるところに梅もどき　中川宋淵
澄むものは空のみならず梅擬　森澄雄
大空に風すこしあるうめもどき　飯田龍太
まなじりに雨の一粒うめもどき　小島千架子
無頼派の誰彼逝きて落霜紅　七田谷まりうす

【蔓梅擬《つるうめもどき》】 つるもどき

ニシキギ科の蔓性落葉低木で、秋に雌花にできる豌豆《えんどう》ほどの球形の果実は熟すると三つに裂け、黄赤色の種が顔を出す。生け花の花材によく用いられる。

蔓として生れたるつるうめもどき　後藤夜半
風が来て蔓梅擬の朱をこぼす　頼田幸子
墓原のつるもどきとて折りて来ぬ　山口青邨
寺町にけふの足る日の蔓もどき　藤村克明

【ピラカンサ】 ピラカンサス

バラ科の常緑低木で、晩秋、南天のような実をびっしりつける。色は鮮紅色が多いが、黄色味を帯びたものもある。実を楽しむために庭によく植えられ、冬に入っても赤い実が盛り上がるように生っているのが目につく。鳥は、ほかの木の実を食べ尽くすとピラカンサの実をついばみにくる。❖漢名は火棘。日本にはトキワサンザシ、ヒマラヤトキワサンザシ、タチバナモドキの三種と、それらの交配種がある。

明け方に引けし子の熱ピラカンサ　上野一孝
ピラカンサ祈ることばのひとつづつ　小山遥

【皂角子《さいかち》】　さいかちの実　皂莢《さいかち》

皂角子は山野や川原に生えるマメ科の落葉高木で、花の後、三〇センチもある細長い扁平な豆莢が垂れ下がる。秋になると種子が熟れ、豆莢が褐色になってくる。種は薬用になる。古くは「さいかし」といった。

さいかしや吹きからびたる風の音　呉江
皂角子のあまたの莢の梵字めく　太田嗟
つつがなし皂角子の莢日に捩れ　毛利令
皂角子や鞍馬に星の湧き出づる　鎌田俊

【玫瑰の実《はまなすのみ》】　実玫瑰　浜茄子の実　はまなしの実

玫瑰はバラ科の落葉低木で秋に実がなる。直径約二センチで、トマトに似ているが、先端に萼片を残す。熟れたものはそのまま食べることができ、ジャムにしたりもする。

→玫瑰（夏）

玫瑰の実やさびさびと津軽線　井上弘美
はまなすの実へ惜しみなく日の差しぬ　櫂未知子

【茱萸《ぐみ》】　秋茱萸

茱萸は日当たりの良い川原や原野に群生するグミ科の落葉低木で、夏に実が生るものと秋に生るものがある。秋茱萸は初夏に花が咲き、直径六〜八ミリの球形の果実が十月ごろ紅熟する。実に白い斑点がたくさんあり、少し渋みを感じるが、甘酸っぱい。

いそ山や茱萸ひろふ子の袖袂　白雄
人棲みし名残りの茱萸の島に熟れ　上村占魚
いくたびも風がとほりて茱萸のいろ　細川加賀
秋茱萸も掌もふつくらと差し出しぬ　森賀まり

【茨の実《いばらのみ》】　野茨の実　野ばらの実

バラ科の落葉低木である野茨は夏のころ、

匂いの良い白花を開き、実は直径六〜九ミリの球形。秋になると真っ赤に熟し光沢があって美しい。薬用になる。↓茨の花（夏）

茨の実うましといふにあらねども　宮部寸七翁
懸命に赤くならむと茨の実　右城暮石
叩き割るように雨来る茨の実　河合凱夫
野茨の実のくれなゐに月日去る　飯田龍太

【蝦蔓《えびづる》】　蘡薁《えびづる》　えびかづら

山野に生えるブドウ科の落葉蔓性木本で、葉も果実も葡萄に似る。雌雄異株。七月ごろ淡緑色五弁の小花が密集して咲き、実を結んだものが房をなす。秋に黒く熟すと食べられる。葉は紅葉して美しい。

蘡薁のここだく踏まれ荼毘の径　飯田蛇笏
蘡薁にはじめをはりのなき如く　後藤立夫
足音をたのしむ橋やえびかづら　山田みづえ

【山葡萄《やまぶだう》】　野葡萄

山地に生えるブドウ科の落葉蔓性木本の実で、直径約八ミリの球形液果が房状に垂れる。十月ごろ黒く熟し食べられるが、酸味が強いので果実酒やジュースに加工される。野葡萄は紫、碧、白色など美しく熟すが食べられない。↓葡萄

山葡萄からめる木々も見慣れつゝ　星野立子
山葡萄故山の雲のかぎりなし　木下夕爾
あをぞらをのせて雲ゆく山葡萄　清水衣子
家遠き思ひ野葡萄手に摘むは　有働亨
野葡萄のむらさきあはき思ひかな　島谷征良

【通草《あけび》】　木通《あけび》　通草の実

山野に生えるアケビ科の蔓性落葉木本の実。約六センチの楕円形で、熟すると果皮が裂けて、黒い種子を多く含んだ白い果肉が見える。果肉は甘い。❖よく似たものに郁子《むべ》があるが、実が裂けない。↓通草の花（春）

一夜さに棚で口あく木通《あけび》かな　一　茶
通草熟れ消えんばかりに蔓細し　橋本鶏二
通草蔓ひつぱつてみて仰ぎけり　深見けん二
あけび垂れ風の自在を楽しめり　藤木倶子
八方に水の落ちゆく通草かな　大嶽青児
山国の空引き寄せて通草捥ぐ　三森鉄治
割るる線うすうす見ゆる通草かな　照井　翠
あけびの実軽しつぶてとして重し　金子兜太

【蔦《つた》】　蔦かづら　蔦紅葉

ブドウ科の落葉蔓性木本で、秋の紅葉が美しい。葉に対生してできる巻きひげの先端に吸盤があり、木や壁面に張りつく。葉は中ほどから三つに分かれているものが多い。

↓蔦の芽（春）、青蔦（夏）

蔦の葉は昔めきたる紅葉かな　芭　蕉
落葉松を駈けのぼる火の蔦一縷　福永耕二
蔦すがる古城の石の野面積み　千田一路
教会や蔦紅葉して日曜日　五十嵐播水
トルソーの冷え身に移る蔦紅葉　横山房子
馬車道に瓦斯燈ともる蔦紅葉　古賀まり子

【竹の春《たけのはる》】　竹春《ちくしゅん》

竹は夏の間著しく生長し、秋には親竹とも枝葉が繁茂する。他の植物が色づく時期に青々と茂ることから竹の春という。↓竹の秋（春）

一むらの竹の春ある山家かな　高浜虚子
坂かけて夕日美し竹の春　中村汀女
天上に風あるごとし竹の春　佐藤和夫
雨の日も日暮のありて竹の春　佐藤博美
竹春の日につつまれてゐたりけり　岡井省二

【芭蕉《ばせう》】　芭蕉葉《ばしようば》　芭蕉林《ばしようりん》

バショウ科の大型多年草。葉は長さ二メートルもあり、それが風に吹かれるさまを松尾芭蕉は愛した。庭に植えて葉を観賞する。❖中国南部原産で、日本に渡来したのは古く『古今集』の歌にも見られ、鎌倉後期の

『夫木和歌抄』の〈秋風にあふ芭蕉葉のくだけつつあるにもあらぬ世とは知らずや〉が知られる。室町時代の連歌では秋の景物とされている。↓玉巻く芭蕉（夏）

此の寺は庭一盃の芭蕉かな　芭蕉
曙や芭蕉をはしる露の音　蝶夢
うちつけに芭蕉の雨の聞えけり　日野草城
芭蕉葉の雨音の又かはりけり　松本たかし
火の国の水は美し芭蕉林　大久保橙青

【破芭蕉《やればせう》】

夏の間青々としていた芭蕉は、秋になると風に吹かれて葉脈に沿って裂け始める。大きな葉であるだけに傷ましい。↓枯芭蕉（冬）

破れ芭蕉月にはためきをりにけり　下村梅子
起き出でてすぐのたそがれ破芭蕉　角川源義
破芭蕉一気に亡びたきものを　西村和子
小気味よきまでに破れたる芭蕉かな　八染藍子
破れたる芭蕉を更に破る雨　星野高士
まつさをな空が芭蕉の裂け目より　鴇田智哉

【サフラン】　泊夫藍《さふらん》

南欧およびアジア原産のアヤメ科の球根植物で、九月に植えると、十月から十一月ごろ、短い新葉の上に淡紫色の漏斗状の花をつける。花柱は鮮やかな橙黄色。摘んで乾燥した赤い雌しべは香辛料や染料や薬となる。❖春に咲くクロッカスも同種で、こちらは観賞を目的に栽培される。↓クロッカス（春）

サフランを摘みたる母も叔母も亡し　青柳志解樹
サフランや映画はきのふ人を殺め　宇多喜代子
泊夫藍に晩鐘ひくく届きけり　坂本宮尾
泊夫藍や死後の時間の長きこと　波戸岡旭

【カンナ】　花カンナ

熱帯地方に広く分布するカンナ科の多年草の花。交配園芸種が明治年間に渡来し、観賞用に栽培されている。花弁は筒型で、色は紅・黄など。花期は七～十一月と長い。

鶏たちにカンナは見えぬかもしれぬ　渡辺白泉
本屋の前自転車降りるカンナの黄　鈴木しづ子
あかくあかくカンナが微熱誘ひけり　高柳重信
どの道も日本を出でずカンナの朱　池田澄子
カンナ咲き畳古りたる天主堂　大島民郎
花カンナ高架とならず駅古び　三村純也

【万年青の実《おもとのみ》】

万年青は山野の樹下に自生するユリ科の常緑多年草で、晩秋に熟す赤い実が美しい。観賞用に古くから栽培されている。

万年青の実楽しむとなく楽しめる　鈴木花蓑
実をもちて鉢の万年青の威勢よく　杉田久女

【蘭《らん》】　蘭の花　蘭の香　蘭の秋

秋に開花する東洋蘭のこと。古く和歌では藤袴のことを蘭といっていた。❖温室栽培されたり東南アジアなどから輸入されている洋ランのことではない。

夜の蘭香にかくれてや花白し　蕪村
月落ちてひとすぢ蘭の匂ひかな　大江丸
紫の淡しと言はず蘭の花　後藤夜半

【朝顔《あさがほ》】　牽牛花《けんぎうくわ》　蕣《あさがほ》

熱帯アジア原産のヒルガオ科の一年生蔓草の花。奈良時代に遣唐使が中国から薬用として種子（牽牛子《けんごし》）を持ち帰った。鎌倉時代以後、観賞用に栽培され、江戸時代に広く親しまれるようになった。牽牛花は漢名。

蕣や昼は錠おろす門の垣　芭蕉
朝顔に釣瓶とられてもらひ水　千代女
朝がほや一輪深き淵のいろ　蕪村
朝顔や濁り初めたる市の空　杉田久女
朝顔や百たび訪はば母死なむ　永田耕衣
身を裂いて咲く朝顔のありにけり　能村登四郎
朝顔の紺のかなたの月日かな　石田波郷
朝顔のみな空色に日向灘　川崎展宏

朝顔や玄関に置く回覧板　磯村光生
朝顔や板戸にしみて釘のさび　長谷川櫂
牽牛花浅間の霧の晴れず萎ゆ　深谷雄大
糠雨や日々をこぶりに牽牛花　朝妻力

【朝顔の実《あさがおのみ》】　朝顔の種

花が終わった後、玉のような実が生り、初めは緑色だが熟すにつれて茶色になる。中は三室に分かれ、それぞれに黒い種が二つずつ入っている。乾くと触れただけでこぼれるようになる。

朝顔も実勝ちになりぬ破れ垣　太祇
ひきほどく朝顔の実のがら〳〵に　内藤鳴雪
実ばかりの朝顔おのれ巻きさがる　西東三鬼

【野牡丹《のぼたん》】

一般に野牡丹と呼ばれているのはブラジル原産の紫紺野牡丹のことで、古くから栽培されてきた。初秋に深い紫色の美しい花を多数つける。

野牡丹の色まぎれつゝ暮れてをり　高浜年尾
野牡丹の江戸紫を散らしけり　阿波野青畝

【鶏頭《けいとう》】　鶏頭花

熱帯アジア原産のヒユ科の一年草の花。九月上旬ごろビロードのような紅・赤・紅紫・黄・白などの花が咲く。鶏の鶏冠《とさか》を思わせることから鶏頭の名がついた。仏花や生け花用としても広く親しまれている。槍鶏頭をはじめ様々な種類があり、花汁をうつし染めに使ったことから古名を韓藍《からあい》という。

秋風の吹きのこしてや鶏頭花　蕪村
鶏頭の十四五本もありぬべし　正岡子規
鶏頭の黄色は淋し常楽寺　夏目漱石
鶏頭に日はさしながら雨の降る　臼田亜浪
鶏頭を三尺離れもの思ふ　細見綾子
嘆くたび鶏頭いろを深めたる　馬場移公子
鶏頭をたえずひかりの通り過ぐ　森澄雄

鶏頭に乾ききつたる影ありぬ　里見　梢
鶏頭の影地に倒れ壁に立つ　林　徹
鶏頭に鶏頭ごつと触れゐたる　川崎展宏
朝の舟鶏頭の朱を離れたり　大串　章
火に投げし鶏頭根ごと立ちあがる　大木あまり
鶏頭にざらついてゐる日差しかな　井上弘美
身のなかに種ある憂さや鶏頭花　中村苑子
亡き人に元気な頃や鶏頭花　遠藤由樹子
槍鶏頭からりと山の日ざし濃し　古賀まり子

【葉鶏頭《はげいとう》】　雁来紅《がんらいこう》　かまつか

熱帯アジア原産のヒユ科の一年草。葉の形が鶏頭に似ている。雁が飛来するころ葉が美しく色づくので、雁来紅ともいう。茎は太く直立して二メートルにもなり、多数の葉をつける。花芽が分化する晩夏から初秋にかけて、枝先の葉が黄・紅・赤などに変わる。花は淡緑・淡紅色で目立たない。かまつか（鎌束）は古名。

かくれ住む門に目立つや葉鶏頭　永井荷風
湖国より雨の近づく葉鶏頭　吉田鴻司
根元まで赤き夕日の葉鶏頭　三橋敏雄
くれなゐに暗さありけり葉鶏頭　廣瀬直人
十日まり雨を忘れて葉鶏頭　島谷征良
アパートの階段昏し葉鶏頭　仁平　勝
この世へと抜けてすつくと葉鶏頭　佐怒賀正美
なみなみと盥に水や葉鶏頭　山西雅子
きのふけふかまつかの丹もさだまりぬ　加藤楸邨
かまつかやふいに抜けたる眼のちから　檜山哲彦

【コスモス】　秋桜《あきざくら》

メキシコ原産のキク科の一年草の花。高さ二メートルに達し、葉はいくつにも羽状に裂ける。初秋から枝頭に咲く頭状花は、白・淡紅・紅など色とりどりで美しい。風雨で倒れてもまた起き上がり花を付け、晩秋まで咲き続ける。❖日本へ渡来したのは明治時代だが、日本人好みの花でたちまち

栽培が広がった。「秋桜」と呼んだことも
イメージの定着に寄与した。

コスモスや遠嶺は暮るゝむらさきに　五十崎古郷
ゆれかはしゐてコスモスの影もなし　大橋宵火
燈台のコスモスコスモス海になだれおつ　石原八束
コスモスのまだ触れ合はぬ花の数　石田勝彦
コスモスや子がくちずさむ中也の詩　大島民郎
コスモスの押しよせてゐる厨口　清崎敏郎
コスモスの揺れ返すとき色乱れ　稲畑汀子
風つよしそれより勁し秋桜　中嶋秀子
秋ざくら倉庫とともに運河古る　赤塚五行

【皇帝ダリア《こうていダリア》】

メキシコから中南米が原産地の多年草で、晩秋になって花を開く。茎が木質化し、人の背丈をはるかに超えるほどになり、花の乏しくなった時期に薄紫系の花が目を引く。近年、栽培が増えている。

皇帝ダリア畏るるもののなき高さ　片山由美子
おほぞらへ皇帝ダリアしんとたつ　櫂未知子

【白粉花《おしろいばな》】 おしろいの花　花白粉　おしろい　夕化粧

熱帯アメリカ原産のオシロイバナ科の多年草の花。古くに渡来し、庭に植えられる。紅・白・黄・絞りなどの小型の花は良い香りで、夕方から開き翌朝しぼむ。黒く硬い種子の中にある白い粉の胚乳が白粉のようなのでこの名がある。子どもたちがこれで遊んだりした。こぼれた種子は翌年芽を出し育つなど、繁殖力が旺盛である。

本郷に残る下宿屋白粉花　瀧春一
白粉花吾子は淋しい子かも知れず　波多野爽波
白粉花妻が好みて子も好む　宮津昭彦
タクシーの止まる白粉花の家　鳥居三朗
畳屋とおしろい花が暮れにけり　榎本好宏
おしろいが咲いて子供が育つ路地　菖蒲あや
白粉花や子供の髪を切つて捨て　岩田由美

おしろいや家に入れよと猫の鳴く　下坂速穂

【鬼灯《ほほづき》】　酸漿《ほほづき》

アジア原産のナス科の多年草の実。庭などに栽培されるが、野生状態のものも見られる。六～七月ごろ淡黄白色の花が咲き、花後に萼《がく》がしだいに大きくなって球形の漿果《しょうか》を包み、熟するとともに赤く色づく。これを盆棚の飾りにも用いる。漿果は珊瑚《さんご》の玉のように艶やか。❖漿果の中の種と芯を取り除き、袋状にした皮を口に含んで吹き鳴らして遊ぶ。種を揉み出す過程もまた楽しみとなる。

鬼灯に娘三人しづかなり　大江丸
少年に鬼灯くるる少女かな　高野素十
鬼灯の虫喰穴も些事ならず　飯島晴子
酸漿の秘術尽してほぐさるる　鈴木榮子
ほほづきのぽつんと赤くなりにけり　今井杏太郎
ほほづきや母にちひさな泣きぼくろ　矢地由紀子

【鳳仙花《ほうせんくわ》】　つまくれなゐ　つまべに

南アジア原産のツリフネソウ科の一年草の花。茎は多肉で太く、葉は細くて縁に鋸歯《きよし》がある。花は夏から秋にかけて葉腋《ようえき》に花柄を出し、横向きに垂れて咲く。色は赤・白・紫・絞りなど。紅色の花の汁を搾って爪を染めたことから、「つまくれなゐ」「つまべに」などの別名がある。花後結ぶ蒴果《さくか》は熟すと弾けて、黄褐色の種子を飛ばす。

汲み去つて井辺しづまりぬ鳳仙花　原石鼎
正直に咲いてこぼれて鳳仙花　遠藤梧逸
湯の街は端より暮るる鳳仙花　川崎展宏
鳳仙花がくれに鶏の脚あゆむ　福永耕二
レバノンの空はまっさお鳳仙花　坪内稔典
一葉に子規に妹鳳仙花　片山由美子
姉母似妹母似鳳仙花　坊城俊樹
洗ひ場の砥石乾きぬ鳳仙花　日原傳
風なきにつまくれなゐのほろと散る　仁尾正文

つまべにの詮なきちから種とばす　長谷川久々子

【秋海棠《しうかいだう》】 断腸花《だんちやうくわ》

中国原産の多年草の花。湿地を好み庭園などに栽培されるが、野生化もしている。高さ四〇～六〇センチで、ややゆがんだ卵形の葉は緑色。茎から紅色の節《ふし》と花柄が垂れ、その先に俯きがちに淡紅色の花を付ける。雌雄異花。

花伏して柄に朝日さす秋海棠　渡辺水巴
刈り伏せて節々高し秋海棠　原　石鼎
筆洗ふ水を切りたり秋海棠　中西舗土
秋海棠冷えたる影を砂のうへ　高田正子
父母逝きて鍵のさまざま秋海棠　長嶺千晶
断腸花妻の死ははや遠きこと　石原八束

【菊《きく》】 菊の花　白菊《しらぎく》　黄菊　大菊　小菊
初菊　厚物咲《あつものざき》　懸崖菊《けんがいぎく》　菊畑

春の桜と並び称される日本の代表的な花。古代に中国から渡来したといわれる。菊には延命長寿の滋液が含まれるという伝説があり、平安時代に宮廷で菊酒を賜る行事が行われた。園芸用の多彩な品種が栽培されるようになったのは、江戸時代中期以降。

❖各地で催される菊花展は秋の風物詩となっている。

菊の香やならには古き仏達　芭蕉
白菊の目に立てて見る塵もなし　芭蕉
黄菊白菊其の外の名はなくもがな　嵐雪
有る程の菊なげ入れよ棺の中　夏目漱石
菊咲けり陶淵明の菊咲けり　山口青邨
どの部屋もみな菊活けて海が見え　吉屋信子
菊の鉢提げて菊の香のぼりくる　蓬田紀枝子
花鋏入れてこぼるる菊の雨　山田佳乃
白菊の花のほつれも玲瓏と　藺草慶子
菜に混ぜて小菊商ふ嵯峨の口　飴山　實
こころもち懸崖菊の鉢廻す　橋本美代子
山坂の影に入りけり菊車　吉田成子

【残菊《ざんぎく》】　残る菊　十日の菊

晩秋、ひっそり咲き残っている菊。旧暦九月九日の重陽の日は「菊の節句」ともいい、それに間に合わなかった菊のことを「十日の菊」という。時期はずれで役に立たないことのたとえである。

三井寺や十日の菊に小盃　許六
残菊や老いての夢は珠のごと　能村登四郎
地にふれてより残菊とよばれけり　岩岡中正
貴船茶屋十日の菊をならべけり　岩崎照子
化粧して十日の菊の心地かな　櫂未知子

【紫苑《しをん》】　しをに

キク科の多年草の花。庭園に植えられるが、九州などには自生する。茎は直立して高さ二メートルに達し、九月初旬ごろ上部で多くの枝を分け、直径三センチほどの野菊のような淡紫色の花を多数つける。

栖より四五寸高きしをにかな　一茶
夕空や紫苑にかゝる山の影　閑斎
紫苑にはいつも風あり遠く見て　山口青邨
山晴れが紫苑切るにもひびくほど　細見綾子
ゆるるとも撓むことなき紫苑かな　下村梅子
蓼科は紫苑傾く上に晴れ　木村蕪城
沈みたる日が空照らす紫苑かな　小川軽舟

【木賊《とくさ》】　砥草

シダ植物の一種。スギナと同属別種で、葉のない茎だけが直立する。常緑で、その姿が異質であるところが観賞の対象となり、門のまわりや茶庭に植えられる。茎を干して煎じたものは下痢止めや解熱剤となる。

❖細工物などを磨くのに用いるところから「砥草」の字を当てる。→木賊刈る

三日月のかかる木賊の雫かな　起龍
手拭のはらと落ちたる木賊かな　中原道夫

【弁慶草《べんけいさう》】　血止草《ちどめぐさ》

ベンケイソウ科の多年草で、直立した茎の

頂に淡紅色の小花を散房状につけるが、種子はできない。互生の多肉性の葉が特徴で、引き抜いて折ってもしおれず、土に挿せば簡単に根づく。その生命力の強さが武蔵坊弁慶を思わせるというところからついた名。

雨つよし弁慶草も土に伏し　杉田久女
明方の滝のよき音血止草　飯田龍太
首塚の影のうごかぬ血止草　渡辺　昭

【風船葛《ふうせんかづら》】

ムクロジ科の多年草で、蔓性の茎は巻きひげで何かに絡みついて生長する。七月ごろ白い花が咲いた後、小さな風船のような緑色の果実となる。風船葛といえばこの実を意味し、風に吹かれるさまが愛される。

風の吹くままの風船葛かな　飴山　實
風船かづら吹かれて猫の手が伸びる　磯村光生

【敗荷《やれはす》】　破蓮《やれはす》　破蓮《やればちす》

葉の破れた蓮のこと。蓮池や蓮田一面を覆った大きな葉が晩秋、風などで吹き破られた景は無残である。↓蓮の浮葉（夏）・枯蓮（冬）

敗荷の中の全き一葉かな　清崎敏郎
ふれ合はずして敗荷の音を立て　深見けん二
敗荷や夕日が黒き水を刺す　鷲谷七菜子
敗荷の水切れぎれに溜りをり　石河義介
ひとさめと雨をかぞへて敗荷　中原道夫
破蓮の葛西や風のひゞきそめ　水原秋櫻子
破蓮となりて水面に立ち上がり　片山由美子

【蓮の実《はすのみ》】　蓮の実飛ぶ

蓮は花期が終わると、蜂の巣状に穴があいた円錐形の花托《かたく》になり、熟れた実が、この穴から飛び出して水中に落ちる。実の皮は黒く固い。その中の白い子葉の部分は甘く生のままで食べられる。↓蓮の花（夏）

さつぱ舟蓮の実採つてゐたりけり　伊藤素広
極楽へ蓮の実飛んでしまひけり　星野麥丘人

実を飛ばしきるまで蓮の直立す　伊藤政美
風騒ぐ蓮の実ひとつ飛んでより　和気久良子
鑑真の寺の蓮の実飛びにけり　塩谷　孝
湖畔ゆく蓮の実売りの屋台かな　明隅礼子

【西瓜《すいくわ》】　西瓜畑　西瓜番
ウリ科の蔓性一年草である西瓜の実。熱帯アフリカ原産。世界中で広く栽培され、夏から秋にかけての代表的な果菜。栽培法の進歩で初夏のころから出回るが、もとは初秋のものであった。球形または楕円形で大きく、ほとんどは果皮に縞模様がある。果肉は赤色が普通で、まれに黄色もある。多汁で甘い。

畠から西瓜くれたる庵主かな　太　祇
風呂敷のうすくて西瓜まんまるし　右城暮石
冷されて西瓜いよいよまんまるし　伊藤通明
階段をどどどどと降り西瓜食ふ　古田紀一
地獄絵の前にごろんと西瓜あり　岡崎桂子
刃に触れて罅《ひび》走りたる西瓜かな　長谷川　櫂
三人に見つめられゐて西瓜切る　岩田由美

【冬瓜《とうがん》】　冬瓜《とうが》
熱帯アジアまたはインド原産とされるウリ科の蔓性一年草の実。薄緑色の円形または長楕円形で、抱えきれないほどの大きさになるものもある。果皮には白粉がついている。中の果肉は白く味が淡白。汁物や餡かけにして食べることが多い。❖他のウリ科の実と同様秋のものだが、「冬瓜」と呼ぶのは長期保存が可能で、冬季の食用にもなることから。

冬瓜を円座に迎へ十日たつ　矢島渚男
冬瓜の途方に暮るる重さにて　駒木根淳子
人生の透きとほりゆく冬瓜汁　鷹羽狩行

【南瓜《かぼちや》】　たうなす　なんきん
ウリ科の蔓性一年草の実。日本南瓜・西洋南瓜と観賞用の南瓜の三種がある。日本種はアメリカ大陸原産で十六世紀に渡来、実は扁球形で、肉質が柔らかく粘りけがある。西洋種は中南米の高地原産で明治以降に渡来し、肉質が硬く粉質。

ずつしりと南瓜《たうなす》落ちて暮淋し　素　堂
南瓜煮てこれも仏に供へけり　高浜虚子
赤かぼちや開拓小屋に人けなし　西東三鬼
大南瓜這ひのぼりたる寺の屋根　中川宋淵
雁坂の関所の址の大南瓜　遠山陽子
唐茄《たうなす》に箸戸惑うてをりにけり　稲畑廣太郎

【糸瓜《へちま》】　いとうり　糸瓜棚

糸瓜はウリ科の蔓性一年草で秋に実がなる。熱帯アジア原産で十七世紀に渡来した。軒先に棚を設け日陰を作りながら実をならすことが多い。成熟した実から採り出した繊維質はたわしになる。茎の切り口から採った糸瓜水は痰きりや化粧水として用いる。

糸瓜より糸瓜の影の長きかな　無　事　庵
痰一斗糸瓜の水も間に合はず　正岡子規
長短を定めず垂れて糸瓜かな　宇多喜代子
暮れてゆく糸瓜に長さありにけり　雨宮きぬよ
夕風のあをく流れて糸瓜棚　小島　健
死にたての死者でありけり糸瓜棚　正木ゆう子
糸瓜棚この世のことのよく見ゆる　田中裕明

【夕顔の実《ゆふがほのみ》】

夕顔はインド原産のウリ科の蔓性一年草で、秋に実り、重さ一五キロにもなる。未熟果は煮物・漬物にするが、熟したものは干《かん》瓢《ぴよう》にし、さらに熟して固くなった果皮は器に加工する。↓夕顔（夏）

夕顔の実の垂れてをり湖《うみ》の宿　森　澄雄
寂寥の夕顔の実を抱きかかへ　山上樹実雄
ほがらかに夕顔の実の剝かれけり　菅原鬨也
夕顔の存外軽き実なりけり　辻　桃子

【瓢《ふくべ》】　ひさご　瓢簞《へうたん》　青瓢《あをふくべ》　種瓢

ウリ科の蔓性一年草である瓢簞の実。古く

から世界中で栽培されてきた。成熟した実の中身を腐らせて中空とし、干して酒などを入れる容器とした。現在は磨いて賞玩用にしている。

もの一つ我が世はかろきひさごかな　芭蕉
ふくべ棚ふくべ下りて事もなし　高浜虚子
くゝりゆるくて瓢正しき形かな　杉田久女
くぐらねばならぬところに瓢かな　石田勝彦
ほつておいても瓢箪になりにけり　木村淳一郎
へうたんの影もくびれてゐたりけり　高橋悦男
瓢箪の尻に集まる雨雫　棚山波朗
青ふくべ一つは月にさらされて　日野草城
坐りよきことのをかしき青瓢　大橋敦子
夕方はひとのこゑして種ふくべ　星野麦丘人
嘆くとき顔の前なる種瓢　草間時彦

【茘枝《れいし》】　苦瓜《にがうり》　ゴーヤー

ウリ科の蔓性一年草である蔓茘枝の実。インド原産で、江戸時代に中国から渡来した。果実は長円筒形で苦みがあり、表面が小さいこぶ状の突起に覆われている。未熟の果実は食用にされ、沖縄料理のゴーヤーチャンプルーはよく知られている。❖楊貴妃が好んだという茘枝（ライチー）はムクロジ科の常緑高木で別種。

沖縄の壺より茘枝もろく裂け　長谷川かな女
いつしかに割けて風生む蔓茘枝　中村奈美子
苦瓜を噛んで火山灰《よな》降る夜なりけり　草間時彦
苦瓜の路地より手織り機の音　栗田やすし
苦瓜を食つていぢ悪してみるか　岩城久治

【秋茄子《あきなす》】　秋茄子《あきなすび》

秋になって実を採る茄子。秋闌《た》けると実はやや小粒になり、色も紫紺を深める。美味で漬物に向く。「秋茄子は嫁に食わすな」などということわざもある。→茄子（夏）

庭畑の秋茄子をもて足れりとす　富安風生
秋茄子の露の二三顆草がくれ　西島麦南

秋茄子の尻キチキチと塩の中　長谷川秋子
秋茄子にこみあげる紺ありにけり　鈴木鷹夫
日にほてりたる秋茄子もぎにけり　川上梨屋
この茄子はもう秋茄子と申すべく　小西昭夫
その尻をきゆつと曲げたる秋茄子　清崎敏郎

【種茄子《たねなす》】　種茄子《たねなすび》

種を採取するために、熟れきるまで捥《も》がずに残しておく茄子。紫褐色になり、畑の隅などに残っている。

種茄子やほつたらかしの鶏一羽　植松深雪
種茄子尻を鍛へてをりにけり　石田勝彦
退屈な日を退屈に種なすび　亀田虎童子
だんだんに強情の気や種茄子　寺井谷子

【馬鈴薯《じやがいも》】　馬鈴薯《ばれいしよ》　ばれいしよ

南米高地原産のナス科の一年生作物で、地下に生じた大小多数の塊茎が食用になる。十六世紀末にジャカルタから渡来したというので「ジャガタラ芋」と呼ばれ、それを略した名が「ジャガ芋」となった。栽培が容易で、救荒食料として広まった。❖馬鈴薯の名は、いくつもの塊茎が連なっている様子が馬の鈴に似ていることから。

じやがいもの北海道の土落す　中田品女
掘るほどに広き馬鈴薯畑なる　石倉京子
馬鈴薯を掘る羊蹄山の根つこまで　今野広人

【甘藷《さつまいも》】　薩摩薯　甘藷《かんしよ》　甘藷《いも》　藷《いも》

ヒルガオ科の多年草で、肥大した塊根を食用にする。中南米原産で、日本には十六世紀末に宮古島に入ったのが最初という。琉球から薩摩へ伝わり、関東には享保年間に青木昆陽が普及させた。↓焼藷（冬）

甘藷掘りしその夜の雨を聞きにけり　山口波津女
ほの赤く掘起しけり薩摩芋　村上鬼城
藷太る島のうしろの多島海　谷野予志
ほつこりとはぜてめでたしふかし藷　富安風生
ほやほやのほとけの母にふかし藷　西嶋あさ子

あつあつの金時を割る力抜き　川崎展宏

【芋《いも》】 里芋　親芋　子芋　八頭《やつがしら》　芋の葉
芋畑　芋水車　芋の秋

芋といえば季語では里芋のこと。東南アジア原産のサトイモ科の多年草球茎で、十月上旬ごろ地中よりこれを掘り上げて食用とする。❖伝統行事に多く登場する食品で、↓名月・月見の供え物として欠かせない。
芋煮会

むら雨を面白さぅに芋畠　暁台
父の箸母の箸芋の煮ころがし　川崎展宏
芋と芋ぶつかりあつて洗はるる　日比野里江
あの山のうしろが故郷八つ頭　佐藤鬼房
八頭いづこより刃を入るるとも　飯島晴子
スコップを突き刺してある芋畑　寺島ただし
湖へ水は韋駄天芋水車　森田峠
芋水車はじめは泥をとばしけり　酒本八重
身心に太き首のる芋の秋　岡井省二

【芋茎《ずいき》】 いもがら　芋茎干す

里芋の茎のこと。生のものはそのまま調理するが、乾燥させると保存がきく。通常はこの干芋茎《ほしずいき》のことをいい、水でもどして酢の物・和え物・煮物などにする。

先反つて乾く芋茎や陶焼く村　花谷和子
板の間に芋茎一束雨が来る　廣瀬直人
山国の日のつめたさのずいき干す　長谷川素逝

【自然薯《じねんじょ》】 山の芋　山芋　薯蕷《ながいも》　長薯

ヤマノイモ科の蔓性多年草の根茎。栽培される長芋に対し、山野に自生していることから自然薯の名がある。葉腋《ようえき》に零余子《むかご》を生じる。食用になる根は長大で多肉、地下に深く下りていて、掘り出すのに技術を要する。栽培される薯蕷より粘りが強い。

この橋を自然薯掘りも酒買ひも　高野素十
自然薯の全身つひに掘り出さる　岸風三樓
自然薯を暴れぬように藁苞《つと》のなか　杉本雷造

自然薯を掘る手始めの蔓探し　棚山波朗
高々と自然薯吊りてひさぎをり　谷口智行
山の芋供へてありぬ閻魔堂　滝沢伊代次
山芋を摺りまつしろな夜になる　酒井弘司
長薯に長寿の髯の如きもの　辻田克巳

【牛蒡《ごばう》】

ヨーロッパ原産のキク科の越年草で、若芽や葉柄も食べられるが、主に根の部分を食用にする。習慣としてこれを食べるのは中国と日本のみだった。独特の風味があり、食感も楽しむ。金平やささがきなどの煮物、天ぷらほか、日常の食卓にしばしばのぼる。❖晩夏のうちに掘り出したものが若牛蒡、新牛蒡として出回る。近年、健康食として注目度が高まり、牛蒡茶なども市場に出ている。↓牛蒡掘る

牛蒡など炊いて一日を肯ひぬ　片山由美子
笹掻きの最後は牛蒡薄切りに　山西雅子
暗がりに束ねられたる牛蒡かな　櫂　未知子

【零余子《むかご》】ぬかご

自然薯《じねんじよ》・薯蕷《ながいも》などの葉腋《ようえき》に生じる暗緑ないし暗褐色の玉芽。種類によって形や大きさが異なる。熟したものを食すが、風味が豊かで野趣に富む。塩茹でや炊込飯にする。

ほろほろとむかご落ちけり秋の雨　一茶
零余子一つ摘まんとすればほろと落つ　小沢碧童
音にして夜風のこぼす零余子かな　飯田蛇笏
零余子落つ夜風の荒き伊賀の奥　北村　保
手をこぼれ土に弾みて零余子かな　藺草慶子
蔓にある零余子の見えて夜道かな　岸本尚毅

【貝割菜《かひわりな》】貝割《かひわれ》

蕪や大根などアブラナ科の蔬菜《そさい》類の、芽が出て二葉になったばかりのもの。二枚貝が開いたような形なのでこの名がある。❖現在はプラスチック容器の中で水耕栽培やミスト栽培したものが商品として出回ること

がほとんどで、畑で土に直に生えているところを想像することが稀になっている季語。

籠の目にからまり残る貝割菜　富安風生
ひら〳〵と月光降りぬ貝割菜　川端茅舎
貝割菜根といふものゝありにけり　細見綾子
明け方に小雨ありたる貝割菜　村上杏史
すぢかひに雨ひかりだす貝割菜　鷲谷七菜子
一対はいのちのはじめ貝割菜　髙崎武義
なだらかな山から夕日貝割菜　茨木和生
人いつも何かを祈り貝割菜　倉田紘文
貝割や風ふきわたる家の中　山西雅子

【間引菜《まびきな》】　摘《つま》み菜　抜菜《ぬきな》　虚抜菜《うろぬきな》

アブラナ科の蔬菜類の種を隙間なく蒔き、芽が出たあと、通風・採光を良くするために、一週間から十日ごとに間引いたもの。お浸し・汁の実などに使う。❖貝割菜から本葉が生じて伸び、密集状態になったものを間引く。

三日月や影ほのかなる抜菜汁　曾良
間引菜の少しを妻に手渡すも　市村究一郎
まばらなる間引菜をなほ間引きをる　三村純也
海荒れてをり間引菜を洗ひをり　安倍真理子
鈴振るやうに間引菜の土落とす　津川絵理子
椀に浮くつまみ菜うれし病むわれに　杉田久女

【紫蘇の実《しそのみ》】　穂紫蘇

アジア原産のシソ科の一年草の実。日本に渡来したのは古く、栽培が盛んになった。全草に芳香があり赤い色素を含む赤紫蘇系と含まない青紫蘇系がある。初秋のころ、花のあとに穂状につく実は小粒で風味が良く、刺身のつまや佃煮のほか塩漬けにもする。❖穂紫蘇をしごくと実がぽろぽろ落ちる。→紫蘇（夏）

紫蘇の実を鋏の鈴の鳴りて摘む　高浜虚子
紫蘇の実や母亡きあとは妻が摘み　成瀬櫻桃子
とりあへず紫蘇の実しごく喜寿の酒　亀田虎童子

紫蘇の実の匂へば遠き母のこと　伊藤伊那男
簗守の小さき畑の穂紫蘇かな　丹羽　勝

【唐辛子《たうがらし》】　蕃椒《たうがらし》　鷹の爪

熱帯アメリカ原産のナス科の一年草の実。はじめ緑色で、のちに紅熟し、激しい辛みの香辛料として知られる。本来は細長い卵形だが、栽培変種が多く、さまざまな形がある。鷹の爪は猛禽類のタカの爪の形に似ていることから。→青唐辛子（夏）

きざまれて果まで赤し唐がらし　許　六
うつくしや野分の後のたうがらし　蕪　村
とり入るる夕の色や唐辛子　高浜虚子
今日も干す昨日の色の唐辛子　林　翔
吊されてより赤さ増す唐辛子　森田　峠
晴るる日の軒のくらさや唐辛子　百瀬美津
渾身の色となりゆく唐辛子　大野崇文
中原をゆく満載の唐辛子　日原　傳
きび〱と爪折り曲げて鷹の爪　村上鬼城
縁側の日和に乾く鷹の爪　伊東　肇

【茗荷の花《めうがのはな》】

茗荷はショウガ科の多年草で湿地に自生している。繁殖力旺盛だが食用として栽培もする。春の若芽が茗荷竹で、夏に出る花序が茗荷の子。いずれも独特の香りがあり、食用にする。茗荷の子が生長すると、苞《ほう》の間から淡黄色の唇形花が咲き、一日でしぼむ。❖「花茗荷」は別種で食用ではない。→茗荷竹（春）・茗荷の子（夏）・花茗荷（夏）

つぎつぎと茗荷の花の出て白き　高野素十
人知れぬ花いとなめる茗荷かな　日野草城
眠れぬ夜あけて茗荷の花を見に　中嶋鬼谷

【生姜《しやうが》】　新生姜　葉生姜　薑《はじかみ》

インド原産とされるショウガ科の多年草。暖地でまれに花をつけるが、結実しない。茎の根元の基部の地下茎が肥大した部分が食用となる。香辛料としてだけでなく、生薬にも用いられる。秋の新生姜は繊維が柔らかく、特に好まれる。生で食する葉つき生姜は、やや小型種。薑は古名。

てんぷらの揚げの終りの新生姜　草間時彦
白山の雨きらきらと新生姜　日美清史
新生姜身の丈ほどの暮らしかな　七田谷まりうす
葉生姜や山うごかして水を汲む　宇佐美魚目
はじかみの薄紅見ゆる厨かな　松瀬青々
はじかみのはぢらふごとき肌かな　片山由美子

【稲《ねい》】初穂　稲穂　陸稲《をかぼ》　稲穂波　稲の香　稲の秋

熱帯アジア原産のイネ科の一年草。季語では、実った穂が垂れ黄金色に輝く秋の稲をいう。❖日本での稲作は縄文時代の終わりに始まったといわれ、長い時間の経過のなかで日本人の精神文化の形成にも大きな影響を与えてきた。

美しき稲の穂並の朝日かな　路通
ところどころ家かたまりぬ稲の中　正岡子規
稲稔りゆつくり曇る山の国　廣瀬直人
とんと丈揃へて稲を束ねけり　阿部静雄
堪へがたし稲穂しづまるゆふぐれは　山口誓子
うねりゐて月の稲穂のかぎりなし　新田祐久
あかつきの山気をはらむ稲穂かな　若井新一
稲の波案山子も少し動きをり　高浜虚子
ちちははの墓のうらまで稲穂波　本宮哲郎
稲の香や屈めば水の音聞こゆ　矢島房利
稲の香や継ぎ目あらはに飛鳥仏　角谷昌子
建ちてまだ住まぬ一棟稲の秋　日野草城

【稲の花《いねのはな》】早稲の花

稲の穂が葉鞘から伸び、籾《もみ》となるひと粒ひと粒が別々に花を咲かせる。舟形の籾の中には一本の雌蕊《しべ》と六本の雄蕊があり、籾の上部が割れると雄蕊が急に伸びて花粉を出し、雌蕊がこれを受ける。花粉の寿命は数分といわれ、受粉には天候が大きくかかわる。炎暑の日の午前中咲くことが多い。いっせいに花を付ける光景は実りを予感させ、農家にとって大きな喜びである。❖

白河はひくき在所や稲のはな　蝶夢
湖のみづのひくさよ稲のはな　士朗
ひねもすの山垣曇り稲の花　芝不器男
遠くほど光る単線稲の花　桂信子
すぐ上る雨のまぶしさ稲の花　茬原京子
ふところにとび込む雨や稲の花　山本洋子
月山は隠れやすくて稲の花　加古宗也
しずけさは死者のものなり稲の花　渡辺誠一郎
二の腕に風の来てゐる稲の花　林桂
水口に石ひとつ置き稲の花　長谷川櫂
空へゆく階段のなし稲の花　田中裕明
東の空の明るく稲の花　大西朋
東大寺裏なる小田の早稲の花　北澤瑞史
未来図は直線多し早稲の花　鍵和田秞子

【早稲《せわ》】　早稲の香　早稲田　早稲刈る

早く収穫できる品種の稲。北日本や北陸では早生種が普及し、一時期は早場米が奨励され、各地で盛んに栽培されたが、現在では作付けは多くない。農業技術の進歩にともない、品種にかかわらず出荷が早まっている。

早稲の香や分け入る右は有磯海　芭蕉
家めぐり早稲にさす日の朝なく　松瀬青々
早稲の穂に能登より寄する波幾重　河北斜陽
早稲の香のしむばかりなる旅の袖　橋本多佳子
陵は早稲の香りの故郷かな　石橋秀野
早稲の香におぼるるばかりささら獅子　落合水尾
早稲の香や大地はほてりさめやらず　藺草慶子
葛飾や水漬《みづ》きながらも早稲の秋　水原秋櫻子

【中稲《てなか》】

収穫の晩早による分類で、中間期に実る稲。稲の大部分はこれに該当する。

魚沼や中稲の穂波うち揃ひ　若井新一
遠山の晴れつづく夜の中稲かな　塩谷半僊

【晩稲《おくて》】　晩稲刈る

収穫期の最も遅い稲。日が短くなり始めてからの収穫であり、晩稲刈りの時期は追われるようで慌ただしい。

みちのくや何処も晩稲のまだ青し　細木芒角星
刈るほどに山風のたつ晩稲かな　飯田蛇笏
橋に架け木にかけ晩稲刈りいそぐ　篠田悌二郎
杉山の影の来てゐる晩稲刈　草間時彦
晩稲刈るその傍らに父祖の墓所　吉岡桂六

【落穂《おちぼ》】　落穂拾ひ

稲を刈り、稲架《はざ》掛けが済んだあとの田に落ちている穂のこと。❖落穂を拾うことは救《きゅう》恤《じゅっ》慣行として、社会的弱者に認められていたといわれる。ミレーの絵画「落穂拾い」に描かれているのは麦畑の光景だが、ヨーロッパでも同様のことが行われていた。

落穂拾ひ日あたる方へあゆみ行く　蕪村
暮るるまで田ごとの落穂ひろはばや　諸九尼
豊かなる年の落穂を祝ひけり　河東碧梧桐
うしろ手をときては拾ふ落穂かな　松藤夏山
つかれては落穂を拾ふこともなし　加藤楸邨
月出でてぬくき落穂の一にぎり　新田祐久
漂鳥の啄む酒米の落穂　尾池和夫
沖濤の立ちあがりくる落穂かな　山尾玉藻
遠き灯の落穂拾ひにまたたけり　野中亮介

【穭《ひつぢ》】　穭の穂

稲を刈り取ったあと、切り株から再び萌え出た稲。放っておくと穂が出て晩秋の田の面を青く彩る。

ひた〱とさゝ波よする穭かな　村上鬼城
らんらんと落日もゆる穭かな　富安風生
沼風や穭は伸びて穂をゆすり　石田波郷

【稗《ひえ》】

イネ科の一年草。茎の高さは一〜一・八メ

ートル。かつては救荒作物として、畑や水田に栽培された。九月ごろ実を結ぶ。実は小さく、現在では小鳥の餌としたり、藁は青刈りして飼料としたりする。長期保存が可能。❖食べられるようにするまでに手間がかかることから、「稗搗節」などの労働歌が生まれた。

ぬきんでて稲よりも濃く稗熟れぬ　篠原　梵
日照雨来や峡田は稗を躍らしめ　石田波郷
稗を抜くぶつきらぼうな顔が来て　茨木和生
稗の穂の金色の音陸奥の国　高野ムツオ

【玉蜀黍《たうもろこし》】 もろこし　唐黍

イネ科の大型一年生作物で、茎は太く高さ二・五メートルに達する。葉腋《ようえき》の雌花穂が受精し、太い軸を中心に三〇センチほどのトーチ状にびっしりと実をつける。焼いても茹でても美味で、いかにも秋らしい食べ物の一つ。→玉蜀黍の花（夏）

もろこしを焼くひたすらとなりてゐし　中村汀女
唐黍の葉も横雲も吹き流れ　富安風生
唐黍に織子のうなじいきいきと　金子兜太
唐黍を折り取る音のよく響く　岩田由美

【黍《きび》】 黍の穂　黍畑

畑に栽培されるイネ科の一年草。実は淡黄白色で、粟よりも大粒である。茎の高さが一・三メートルに達し、葉は粟・稗に比べ幅が広い。栄養価が高く、五穀の一つで主食用に栽培されていたが、現在は限られた地域で菓子などの材料用にわずかに栽培されるだけである。

ずぶぬれの黍ずぶぬれの身に負へる　西本一都
まつすぐに山より降つて黍の雨　森　澄雄
黍高く熟れ一片の雲遠し　清崎敏郎
噴煙の低くながるる黍を刈る　稲島帚木
五島灘暮れて黍の葉音立つる　正林白牛
そこばかり風の休める黍畑　清水基吉

【粟《あは》】　粟の穂　粟畑

畑に栽培されるイネ科の一年草。九月ごろ、茎頂の傾いた大きな穂に無数の小花が密生し、黄色を帯びた小球状の実を結ぶ。茎の高さ九〇～一二〇センチ。葉は玉蜀黍に似る。五穀の一つ。現在は主に餅や菓子用に栽培され、小鳥の餌にもなる。

よき家や雀よろこぶ背戸の粟　芭蕉
粟畑の奥まであかき入日かな　空芽
山畑の粟の稔りの早きかな　高浜虚子
粟の穂や越中八尾まで十里　長田等

【蕎麦の花《そばのはな》】　花蕎麦

立秋前後に蒔いた蕎麦は秋に開花する。葉《よう》腋《えき》から出た枝の先に白色の五弁の小さな花が総状に咲き、畑一面真っ白な綿を置いたようになる。淡紅色の種類もある。風に揺れると柔らかい茎の根元の赤さが覗く。❖蕎麦は高原や山間の畑で栽培されることが多く、人界を離れてひっそりと咲く美しさが目を引く。→新蕎麦・蕎麦刈

蕎麦はまだ花でもてなす山路かな　芭蕉
山畑や煙りのうへのそばの花　蕪村
月光のおよぶかぎりの蕎麦の花　柴田白葉女
遠山の奥の山見ゆ蕎麦の花　水原秋櫻子
蕎麦の花火山灰《よな》の山畑暮れ残る　羽田岳水
ふるさとは山より暮るる蕎麦の花　日下部宵三
そこだけが光りてをりぬ蕎麦の花　加藤瑠璃子
揺れそめて揺れひろがりて蕎麦の花　本井英
鬼太鼓《おんでこ》の響き渡れり蕎麦の花　岡橋啓二
戸隠は雲凝るならひ蕎麦咲けり　山上樹実雄
蕎麦咲いて関東平野果てにけり　五島高資
花蕎麦や谷におくれて峠の灯　長田等

【隠元豆《いんげんまめ》】　莢隠元　花豇豆《はなささげ》　藤豆

中国から隠元禅師がもたらした豆という。マメ科の一年草で蔓性と蔓無しの品種がある。未熟な実を莢《さや》ごと収穫するのが莢隠元

で、どじょう隠元はその専用品種である。完熟したうずら豆・金時豆・白隠元などは煮豆にして食べる。関西では藤豆を隠元豆と呼び、やはり未熟な実を莢隠元として食べる。隠元禅師が伝えたのはこの藤豆という説もある。花豇豆は紅花隠元のこと。

摘み〳〵て隠元いまは竹の先　杉田久女
いんげんも回覧板も笊の中　田村清子
糸ほどの莢隠元の筋を取り　若井新一
藤豆の垂れて小暗き廊下かな　高浜虚子
山国の空や藤豆生り下り　青木綾子

【豇豆《ささげ》】 十六豇豆　十八豇豆

マメ科の一年草。若い莢《さや》の先端がやや持ち上がり、物を捧げ持つ形に似ることからつけられた名という。蔓性や矮性など、品種がたいへん多い。熟した豆は煮豆や餡にするほか、皮が裂けにくいので慶事の赤飯に炊き込む。十六豇豆は長さ三〇～八〇センチで、若い莢を食べる。十八豇豆は十六豇豆の異名。

二三日しては又摘む豇豆かな　増田手古奈
新しき笠をかむりてさゝげ摘む　高野素十
白和は飛騨の十六さゝげかな　清水基吉
もてゆけと十六ささげともに捥ぐ　篠原梵

【刀豆《なたまめ》】 鉈豆《なたまめ》

莢が鉈の形に曲がっているマメ科の一年草。花は白または紅色でやや大きい。若いうちに莢のまま塩漬け・糠漬・福神漬などにして食べる。

刀豆やのたりと下がる花まじり　太祇
なた豆や垣もゆかりのむらさき野　蕪村
刀豆の鋭きそりに澄む日かな　川端茅舎
刀豆を振ればかたかたかたかたと　高野素十

【落花生《らくくわせい》】 南京豆《なんきんまめ》

マメ科の一年草。南米の中央高地原産で、江戸時代初期に渡来したという。花の基部が伸びて地中にもぐり込み莢《さや》を結ぶため、この名がある。晩秋に実を掘り上げる。蛋白質と脂肪を多く含み、栄養に富む。❖産地では採れたてのものを莢ごと茹でて食べる。未熟な豆も塩茹でにすると美味となる。

落花生みのりすくなく土ふるふ　百合山羽公
落花生抜き了へ畑裏返る　中台信子
灯台の下に蔭干し落花生　延平いくと

【新小豆《しんあづき》】

小豆は日本人にもっとも親しみのある豆。秋に収穫したばかりのものが新小豆で、煮て食べるが、餡などに加工することも多い。

いつまでも父母遠し新小豆　石田波郷
内赤き古椀に盛り新小豆　中村草田男
新小豆叺の耳のつんと立ち　高畑浩平

【新大豆《しんだいづ》】

大豆はマメ科の一年草で、東アジアに広く自生する野豆が原種という。八月ごろ葉腋《ようえき》に短い花枝を出して、白・淡紫・紅色の蝶形の小花を開く。花後の莢《さや》には二〜四個の種子が入る。種皮の色は黄・緑・茶・黒など、形も球形・楕円球・扁平など種類によって違う。収穫直後のものを新大豆という。

奥能登や打てばとびちる新大豆　飴山實
山越えの日に輝ける新大豆　若井新一

【藍の花《あゐのはな》】

藍はタデ科の一年草で、茎葉から藍色の染料を採るために栽培される。晩夏のころ、茎頂や葉腋《ようえき》から長い花柄を伸ばし、紅または白色の小花を穂状につづる。開花直前に茎葉を収穫する。徳島県で主に栽培されている。→藍蒔く（春）

野に落つる日の大きさよ藍の花　上﨑暮潮
古木偶《でく》のさんばら髪や藍の花　吉田汀史
沈みたる一蝶白し藍の花　星野高士

【煙草の花《たばこのはな》】　花煙草

煙草は南アメリカ原産のナス科の一年草で、高さは二メートルにもなる。茎頂に初秋のころ淡紅色の花をたくさんつける。三センチほどの漏斗状の愛らしい花だが、葉を収穫するために早く摘み取ってしまう。

わが旅路たばこの花に潮ぐもり　阿波野青畝
たばこ咲き雲鬱々と出羽の国　細谷鳩舎
残照の壱岐はるかなり花煙草　山﨑冨美子
峠より本降りとなる花煙草　堀　古蝶
花煙草最上濁流かがやけり　堀口星眠
棄てらるる身をうす紅に花たばこ　渡辺恭子
弥彦嶺へ日照雨過ぎゆく花たばこ　小谷延子

【棉《わた》】　**棉の実　棉実る　棉吹く　桃吹く**

夏に開花した棉は、秋に卵形の果実を結び、熟すと三裂して白色の綿毛をつけた種子を吐く。これを「綿（棉）吹く」「桃吹く」といい、この実綿が繊維に加工される。↓綿取・棉の花（夏）

名月の花かと見えて綿畠　芭蕉
しろがねの一畝の棉の尊さよ　栗生純夫
棉の実のはじけて風の軽くなる　大西比呂
綿吹くや遠き思ひは遠きまま　板津　堯
蕾あり花あり桃を吹けるあり　三村純也

【秋草《あきくさ》】　**秋の草　色草　千草　八千草**

秋の七草をはじめ、秋に咲くさまざまな花のこと。吾亦紅《われもこう》・刈萱《かるかや》・竜胆《りんどう》など姿が美しいばかりでなく、ゆかしい名前を持つものも多い。それらを総称して秋草という。

あきくさをごつたにつかね供へけり　久保田万太郎
秋草を活けかへてまた秋草を　山口青邨
秋草にいちいち沈み山の蝶　及川　貞
籠あふれつつ秋草の影淡き　渡邊千枝子
吹かれ吹かれて秋草となりにけり　福井隆子
秋草をねぢり取りたる牛の舌　柴田佐知子
秋草を踏んで集まる朝の弥撒《みさ》　井上弘美
秋草のいづれも供花として立ちぬ　櫂　未知子

淋しきがゆゑにまた色草といふ　富安風生
色草に夕日の荒ぶ信濃口　黛　執
八千草や乱るるといふ褒めことば　八染藍子
ひざまづく八千草に露あたらしく　坂本宮尾
八千草に柱の天地印し置く　対馬康子

【草の花《くさのはな》】

秋の野には、名も知れぬ草までさまざまな花を付ける。紫・青などの淡い色のものが多く、ひっそりとした美しさがある。❖秋草との違いは、名もない草や雑草の花を思わせるところである。

草いろいろおのおの花の手柄かな　芭　蕉
名はしらず草毎に花あはれなり　杉　風
牛の子の大きな顔や草の花　高浜虚子
風の丘咲き替りたる草の花　塚原麦生
やすらかやどの花となく草の花　森　澄雄
人形のだれにも抱かれ草の花　大木あまり
影だけが触れ合っている草の花　山﨑十生
犬の仔の直ぐにおとなや草の花　広渡敬雄
大岩に石を供へて草の花　山西雅子
死ぬときは箸置くやうに草の花　小川軽舟
みづうみは陸を侵さず草の花　日下部太河

【草の穂《くさのほ》】　穂草　草の絮《くさのわた》　草の穂絮　穂絮飛ぶ

カヤツリグサ科やイネ科の雑草は秋に花穂を出し、実をつける ものが多い。蓬《ほお》けた実を草の絮といい、風に乗って遠くへ運ばれていく。

草は穂にダムは一気に水吐けり　宇咲冬男
人の背をふと恃みたる穂草の野　橋本多佳子
晴天に身の軽くなり草の絮　清水径子
還らざる旅は人にも草の絮　福永耕二
今日は今日のかぎりをとんで草の絮　鷹羽狩行
草の絮万葉の野を飛びきたる　大串　章
イエスよりマリアは若し草の絮　大木あまり
草の絮ころがつてゆく水の上　鈴木貞雄

草の絮飛ぶどこからも遠い町　坂本宮尾
木の股を素通りしたる草の絮　永末恵子
穂絮とぶ臨港線のゆきどまり　栗田せつ子

【草の実《くさのみ》】
秋は野山の雑草も実をつける。自然にはじけたり、小鳥に食べられて種が遠くへ運ばれたりするものもある。牛膝《いのこずち》・草虱《くさじらみ》などは人の衣服や動物の毛に付きやすいように棘をもっている。

払ひきれぬ草の実つけて歩きけり　長谷川かな女
草の実や海は真横にまぶしくて　友岡子郷
草の実や一粒にして日の熱さ　鷹羽狩行
草の実の浮きたる水に靴洗ふ　安部元気

【草紅葉《くさもみぢ》】
木々の紅葉に対し、野の草の色づくことをいう。❖道ばたの小さな草が真紅に色づいているのに立ち止まることもある。

肥後赤牛豊後黒牛草紅葉　瀧　春一
帰る家あるが淋しき草紅葉　永井龍男
吾が影を踏めばつめたし草紅葉　角川源義
島かげの牡蠣殻みちの草紅葉　石原八束
湖《うみ》の波寄せて音なし草紅葉　深見けん二
みちのくへ野はとびとびに草紅葉　山田みづえ
一閃の白波を恋ひ草紅葉　廣瀬直人
晴天や水の中まで草紅葉　今瀬剛一
御嶽の噴煙はるか草紅葉　栗田やすし
ひとところ一つの色に草もみぢ　宇野さかゐ

【末枯《うらがれ》】　末枯る
草木の先の方から色づいて枯れはじめること。「うら」は「すえ」の意。晩秋の侘びしさがただよう光景である。

夜道にも野のうら枯を覚けり　嘯　山
海へむく山末枯をいそぎけり　如　毛
末枯の原をちこちの水たまり　高浜虚子
末枯や日当れば水流れゐる　篠原温亭
末枯や墓に石置く石の音　岡本眸

末枯に子供を置けば走りけり　岸本尚毅
名を知らぬまま末枯のうつくしき　有澤榠樝
末枯れて流水は影とどめざる　鷲谷七菜子
末枯れてまた廃坑の現れる　穴井　太
鳴き細るものを宿して末枯るる　須藤常央

【秋の七草《あきのななくさ》】　秋七草

秋に花が咲く代表的な七種の植物。萩・芒（尾花）・葛《くず》・撫子《なでしこ》・女郎花《おみなえし》・桔梗《ききょう》・藤袴《ふじばかま》のことである。❖『万葉集』の山上憶良の歌〈萩の花尾花葛花瞿麦《なでしこ》の花女郎花また藤袴朝貌の花〉には桔梗の代わりに「朝貌《あさがお》」が入る。ただし、この「朝貌」は今の桔梗または木槿《むくげ》のことという。

膝までの秋の七草分けすすむ　鷹羽狩行
秋の七草揺るるものより数へたる　鍵和田秞子
風受けて秋の七草らしくなる　村上喜代子
子の摘める秋七草の茎短か　星野立子
教室や馬穴にあふれ秋七草　秋沢　猛

【萩《はぎ》】　萩の花　白萩《しらはぎ》　紅萩　小萩　山萩　野萩　こぼれ萩　乱れ萩　括り萩　萩日和

秋の七草の一つで、マメ科ハギ属の落葉低木または多年草。代表的な種は宮城野萩《みやぎのはぎ》。山野に自生し、庭園にもよく植えられる。自生種も多く古来秋を代表する花だったので、草冠に秋と書いて「はぎ」と読ませた。

一家《ひとつや》に遊女もねたり萩と月　芭　蕉
浪の間や小貝にまじる萩の塵　芭　蕉
行き行きてたふれ伏すとも萩の原　曾　良
あら〳〵と帚のあとや萩の門　阿部みどり女
萩の風何か急かるる何ならむ　水原秋櫻子
萩に手をふれて昔の如く訪ふ　深見けん二
風立つや風にうなずく萩その他　楠本憲吉
萩散つて地は暮れ急ぐものばかり　岡本　眸
萩の影映る障子を開けて萩　渡辺鮎太
萩の雨傘さして庭一廻り　中村吉右衛門
左京より右京に親し萩の風　明隅礼子

七草の数へはじめは萩の花　長谷川久々子
城にみな昔のありて萩の花　片山由美子
白萩のしきりに露をこぼしけり　正岡子規
白萩の雨をこぼして束ねけり　杉田久女
白萩のみだれも月の夜々経たる　篠田悌二郎
白萩のつめたく夕日こぼしけり　上村占魚
白萩を植ゑてさびしきこと殖やす　中村路子
ひるの雨来て紅萩を人離る　きくちつねこ
夜の風にこの白萩の乱れやう　桂　信子
神苑を掃く気比の巫女萩日和　加藤水万

【芒《すすき》】　薄《すすき》　尾花　花芒　鬼芒　糸芒　十寸穂《ますほ》の芒《すすき》　真赭《まそほ》の芒《すすき》　縞芒　鷹の羽芒　芒原

イネ科の大型多年草で、日当たりの良い山野のいたるところに自生する。屋根を葺くのに使用したため、カヤともいう。秋、稈《かん》頭《とう》に中軸から多数の枝を広げ、黄褐色か紫褐色の花穂を出す。花穂が開くと真っ白な獣の尾を思わせるような形となり尾花と呼ばれる。花穂の長さは一五〜四〇センチで、秋の七草の一つ。風に一斉になびくさまは美しい。細長い葉は刃物のように鋭く、触れると指を切る。十寸穂《ますほ》の芒は十寸（約三〇センチ）もあるもの。真赭《まそほ》は穂が赤みを帯びて輝いているという意。縞芒・鷹の羽芒は葉に白い模様がある。❖かつて外来種のセイタカアワダチソウに駆逐されて芒原が消えかけたが、近年は勢力を回復している。→青芒（夏）・枯芒（冬）

眼の限り臥しゆく風の薄かな　大　魯
夕闇を静まりかへるすすきかな　暁　台
この道の富士になり行く芒かな　河東碧梧桐
をりとりてはらりとおもきすすきかな　飯田蛇笏
まん中を刈りてさみしき芒かな　永田耕衣
雨の糸とき〴〵見ゆる芒かな　星野立子
金の芒はるかなる母の禱りをり　石田波郷

うつすらと月光を脱ぐ芒かな　鈴木章和
夕風を真赭の芒生けて待つ　和田華凜
薄活けて一と間に風の湧くごとし　佐野美智
象潟の尾花を波と見る日かな　佐藤春夫
花薄風のもつれは風が解く　福田蓼汀
穂芒や山の夕影倒れくる　徳永山冬子
鎮魂の手の切り傷よ芒原　原　裕
灯台へ一本道の芒原　山田閏子

【萱《かや》】　萱の穂　萱原　萱野

屋根を葺くのに用いるイネ科の草本の総称で、芒のほか茅萱《ちがや》（白茅《ちがや》）・菅《すげ》などを萱と呼ぶ。秋に刈り取る。

萱鳴らす山風霧を晴らしけり　金尾梅の門
萱活けて夕日をあかく壁に受く　村上冬燕
おのづから急流に触れ萱育つ　廣瀬直人
阿蘇を去る旅人小さき萱野かな　野見山朱鳥

【刈萱《かるかや》】　雌刈萱　雄刈萱

日当たりの良い草地に生えるイネ科の多年草。葉は稲よりも細く、下部には粗毛が生える。秋、葉腋《ようえき》に総状花序をなして開く褐色の禾《のぎ》も、格別目立つものではない。❖刈り取ったものは屋根を葺く材料とするため重要であった。

刈萱にいくたびかふれ手折らざる　横山白虹
かるかやかすすきか橋の影とどく　池田澄子
隠国の雨の刈萱紅葉かな　大石悦子
めがるかやをがるかやとて踏みまよふ　飯島晴子
飲食の音のかそけく雌刈萱　藤田直子

【蘆の花《あしのはな》】　蘆の穂　蘆の穂絮　蘆原

蘆はイネ科の大型多年草。十月ごろ茎頂に大きな穂を伸ばし、紫色、のちに紫褐色になる小花を円錐花序をなして群がるようにつける。花の下に白い毛がついていて実を飛ばすのに役立つ。穂は芒よりもふさふさとしていて豊かな感じである。↓蘆の角（春）・青蘆（夏）

蘆の花舟あやつれば水匂ふ　山口誓子
町なかのまひるさびしや蘆の花　木下夕爾
蘆の花がくれとなりぬ竹生島　桜木俊晃
蘆の穂に家の灯つづる野末かな　富田木歩
蘆の穂の片側くらき夕日かな　古沢太穂

【荻《をぎ》】　荻の風　荻の声　荻原

水辺や湿地に生えるイネ科の大型多年草。根は地中を這って蔓延し、芒に似るが、株立ちにならず一本ずつ茎を立てて群生する。古歌にも詠まれている荻の声は荻の葉を吹きわたる風音のこと。

荻吹くや燃ゆる浅間の荒れ残り　太祇
荻さわぐ秋篠川に月待てば　民井とほる
古歌にある沼とて荻の騒ぐなり　森田峠
頬ずりに子は目を閉づる荻の声　秋元不死男
風よりも遠いところを荻のこゑ　今井杏太郎

【数珠玉《じゆずだま》】　ずず珠　ずずこ

水辺に生える熱帯アジア原産のイネ科の多年草で、通常その実をいう。高さ一メートル前後となり、幅のやや広い葉の腋《えき》から花穂を立てる。長さ約一センチの壺形の苞《ほう》鞘《しよう》の中に雌性の小穂があり、その先に雄性の小穂を下向きに付ける。熟すと苞鞘が固くなり緑色から灰白色へと変化し光沢が出る。これに子どもたちが糸を通して首飾りにしたり、お手玉に入れたりして遊ぶ。

数珠玉や小さく乾く母のもの　古賀まり子
数珠玉の日照雨二たび三たびなる　大峯あきら
数珠玉や月夜つづきて色づける　新田祐久
数珠玉やひらひらとくる近江の子　武藤紀子
数珠玉をあつめて色のちがふこと　小川軽舟
数珠玉に山の夕日の絡みたる　井出渉

【葛《くず》】　真葛　真葛原　葛の葉　葛の葉裏　葛嵐

マメ科の大型蔓性多年草で茎は一〇メートル以上になる。縦横に延びて地を覆い、木や電柱に絡みつくなど繁殖力が旺盛である。根から葛粉を採り、薬用や食用にする。蔓は行李を編んだり、繊維を織物にも用いたりした。❖葉裏が白く、風に吹かれるとそれが目立つことから「裏見葛の葉」といわれ、和歌では「恨み」に掛けて詠まれた。

葛の葉のうらみ皃《がほ》なる細雨《こさめ》哉　蕪村
あなたなる夜雨の葛のあなたかな　芝不器男
白河の夜雨の葛を見て過ぎぬ　細川加賀
日の沈む前のくらやみ真葛原　深見けん二
真葛原ことりと人を通しけり　柿本多映
うつしみのしじまとなれり真葛原　水野真由美
海よりも平らに月の真葛原　髙田正子
山の雨葛の葉に音たてにけり　池上浩山人
索道の奈落へさそふ葛あらし　能村登四郎
鳥影を鳥影が追ひ葛あらし　藺草慶子

【葛の花《くずのはな》】

秋の七草の一つ。八月の終わりごろ葉腋《ようえき》に約一七センチの穂を出して、総状花序に紫赤色の蝶形花をびっしりつける。花が終わると扁平なマメ科特有の実がなる。❖花は食べることができ、天ぷらにするとほのかに葛の香りがただよう。

葛の葉の吹きしづまりて葛の花　正岡子規
わが行けば露とびかかる葛の花　橋本多佳子
山川のある日濁りぬ葛の花　五十嵐播水
高館へ風吹き上ぐる葛の花　加藤知世子
葛の花のにほひの風を過ぎて知る　篠原梵
葛の花くぐりて響く流かな　石昌子
葛の花むかしの恋は山河越え　鷹羽狩行
葛の花引けば卑弥呼の空が寄る　岸原清行
灯籠にかくれクルスや葛の花　足立和信
新しき供花に散りくる葛の花　満田春日
落ちてくる雨の大粒葛の花　山西雅子
葛咲くやいたるところに切通《きりどほし》　下村槐太
葛咲くや嬬恋村の字いくつ　石田波郷

【郁子《むべ》】　うべ　郁子の実

アケビ科の郁子の実は晩秋に暗紫色に熟す。形は通草と似ているが、自ら裂けることはない。五〜八センチの卵円形で常磐通草《ときわあけび》ともいい、食用になる。↓郁子の花（春）

郁子の門くゞりてつねのごと帰る　長谷川素逝
郁子一つ芭蕉生家の文机に　宮下翠舟
喪の家の郁子にふれたるうなじかな　細川加賀

【藪枯らし《やぶからし》】　貧乏かづら

随所に生えるブドウ科の多年生蔓草。他のものにからみつき、生い茂る。夏、黄赤色を帯びた小花を群がり咲かせ、秋に小さな漿果《しょうか》を結ぶ。全草特異な臭気を持ち、地下茎から掘り起こしても根絶やしは困難な害草。植物名はヤブガラシ。

藪からし振り捨て難く村に住む　百合山羽公
やぶからし已れも枯れてしまひけり　辻田克巳
藪枯らしきれいな花を咲かせけり　後閑達雄
貧乏かづら手ぐれば雨滴重りして　河野多希女

【撫子《なでしこ》】　川原撫子《かはらなでしこ》　大和撫子《やまとなでしこ》

秋の七草の一つ。ナデシコ科の多年草で、植物名はカワラナデシコ。山野の日当たりの良い草原や川原に生える。高さは三〇〜八〇センチ。茎の上部で分枝し、その先に淡紅色の花を群がるようにつける。花期は七〜十月。

かさねとは八重撫子の名なるべし　曾良
撫子やただ滾々と川流る　山口青邨
茎ながき撫子折りて露に待つ　篠田悌二郎
岬に咲く撫子は風強ひられて　秋元不死男
撫子や波出直してやや強く　香西照雄
大阿蘇の撫子なべて傾ぎ咲く　岡井省二
壺に挿して河原撫子かすかなり　田村木国

【野菊《のぎく》】　野紺菊　嫁菜

山野に自生している菊に似た花を総称していう。その中にはキク属・コンギク属・ヨメナ属などの植物が含まれている。白から薄紫などのものが多い。

足元に日のおちかかる野菊かな　一　茶
玉川の石の河原の野菊かな　岡本癖三酔
頂上や殊に野菊の吹かれ居り　原　石鼎
はなびらの欠けて久しき野菊かな　後藤夜半
行人にかゝはり薄き野菊かな　星野立子
野菊にも雨ふりがちの但馬住　京極杞陽
いつまでも野菊が見えてゐて暮れず　黛　執
金網に吹きつけらるる野菊かな　岸本尚毅
まづ風は河原野菊の中を過ぐ　福田甲子雄
陶工の言葉少なに野菊晴　野木桃花
野紺菊一日家を忘れゐる　北沢瑞史

【めはじき】

路傍に自生するシソ科の二年草。初秋、葉《よう》腋《えき》に淡紅紫色の唇形花を集めて開く。子どもが茎を短くしたものを瞼《まぶた》に張って目を開かせて遊んだのでこの名がある。❖産前産後の薬になり、益母草《やくもそう》ともいう。

めはじきの瞼ふさげば母がある　長谷川かな女
めはじきをしごけば花のこぼれけり　坊城中子
めはじきや愚かさをすぐ口にして　辻田克巳

【狗尾草《ゑのころぐさ》】　猫じやらし　ゑのこ草

イネ科の一年草。花穂を子犬の尾に擬してこの名がある。その穂で猫をじゃらすことから「猫じゃらし」ともいう。茎の長さは六〇センチくらいで、葉は細く麦や粟に似る。

風にゆるるゑのころ草を見て憩ふ　岡安迷子
浜ははやゑのころ草の穂に出でて　清崎敏郎
ゑのころの金となるまで吹かれをる　下坂速穂
父の背に睡りて垂らすねこじやらし　加藤楸邨
いつも靡いて空港の猫じやらし　池田秀水
君が居にねこじやらしまた似つかはし　田中裕明

【牛膝《ゐのこづち》】

ヒユ科の多年草で、道ばたや野原などに見

られる。葉は楕円形で対生し、晩夏・初秋のころ、葉腋《ようえき》に穂をなして緑色の小花をつける。実を包む苞と外側の萼片《がくへん》は先のとがった針状で、衣類などに付着する。根は利尿・強精剤となる。

ゐのこづち川原の小石踏めば鳴る　荒川優子
ゐのこづち誰も通らぬ日なりけり　野路斉子
ゐのこづち淋しきときは歩くなり　西嶋あさ子
少年をことに好みてゐのこづち　吉田千嘉子
ゐのこづち父の背中に移しけり　山本一歩

【藤袴《ふぢばかま》】

秋の七草の一つ。中国原産で、山中や河畔の草むらなどに自生するキク科の多年草。八〜九月、淡紅紫色の小花が梢上に群がって咲く。高さ一〜二メートルになり、葉は三つに裂け、茎と葉は多少紅色を帯びる。独特の芳香があり、乾かすと特に強く香るのは、桜の葉と同じクマリンを含むため。かつては乾燥した花を箪笥に入れたりした。❖渡りをする蝶のアサギマダラは藤袴の蜜を好む。この蜜には毒があり、これを胎内に蓄積することで鳥に食べられずに長距離の渡りをするといわれている。

雁坂の方は雲なり藤袴　村沢夏風
藤袴手折りたる香を身のほとり　加藤三七子
丹波けふいづこも照りぬ藤袴　岡井省二
すがれゆく色を色とし藤袴　稲畑汀子
想ひごとふと声に出づ藤袴　永方裕子
一泊を京にある日の藤袴　林　桂

【藪虱《やぶじらみ》】　草虱

セリ科の越年草。実は棘状の毛が密生し、衣服や動物に付着して運ばれて行く。原野・路傍に多く自生する。

人影や息を殺せる藪じらみ　相生垣瓜人
子の服にうつしやるわが藪虱　福永耕二
ふるさとのつきて離れぬ草じらみ　富安風生

草虱つけて払はぬこと愉し　後藤夜半
草じらみ一つつまみて旅の果て　志城　柏
みちのくのいづこで付きし草じらみ　大峯あきら
草じらみ行を同じうせし証し　上田五千石

【曼珠沙華《まんじゆしやげ》】　彼岸花　死人花《しびとばな》　天蓋《てんがい》花《ばな》　幽霊花　捨子《すてご》花《ばな》　狐花

ヒガンバナ科の多年草で、彼岸ごろ、地下の鱗茎《りんけい》から三〇～五〇センチの花茎を伸ばし、赤い炎のような花をいくつも輪状に開く。花後、細い葉が出て、翌年春に枯れる。地方によってさまざまな呼び名がある。白花曼珠沙華は近縁種。❖鱗茎は澱粉を多量に含み、有毒だが晒して救荒食物とするため、畑の傍らや墓地など人里に近い所に植えられた。

曼珠沙華消えたる茎のならびけり　後藤夜半
曼珠沙華不思議は茎のみどりかな　長谷川双魚
空澄めば飛んで来て咲くよ曼珠沙華　及川　貞
つきぬけて天上の紺曼朱沙華　山口誓子
曼珠沙華落暉も蘂をひろげけり　中村草田男
曼朱沙華どこそこに咲き畦に咲き　藤後左右
人の世を遠巻にして曼珠沙華　角川源義
西国の畦曼珠沙華曼珠沙華　森　澄雄
曼珠沙華どれも腹出し秩父の子　金子兜太
青空に無数の傷や曼朱沙華　藤岡筑邨
他の花は世になきごとし曼珠沙華　橋本美代子
一島を潮の支ふる曼珠沙華　大木あまり
むらがりていよいよ寂しひがんばな　日野草城
影法師ながし天蓋花の径　藤田ひろむ
このあたり同姓多し狐花　阿川燕城

【桔梗《ききやう》】　きちかう　白桔梗

秋の七草の一つ。山野の日当たりの良い所に生えるキキョウ科の多年草の花。観賞用に庭などにも植えられる。八～九月ごろ、枝上に青紫色の鐘形五裂の鮮麗な花を開く。園芸品種には、白い花もある。

桔梗の蕾をぽんと鳴らしけり　阿部みどり女
かたまりて咲きて桔梗の淋しさよ　久保田万太郎
桔梗を焚きけぶらしぬ九谷窯　加藤楸邨
桔梗や水のごとくに雲流れ　岸　風三樓
われ遂に信濃を出でず桔梗濃し　小林俠子
桔梗咲き晩年といふ見えぬもの　高橋謙次郎
ふつくりと桔梗のつぼみ角五つ　川崎展宏
桔梗や夕べの風は地より湧く　櫻井博道
桔梗の空のひろがる信濃なり　阿部誠文
桔梗の裁りひらかれて咲けるかな　本井　英
忘れたきことは忘れず桔梗濃し　今井　豊
仏性は白き桔梗にこそあらめ　夏目漱石
山中に一夜の宿り白桔梗　野澤節子
日暮とも雨けむるとも白桔梗　藤田湘子
白桔梗百日経を写しては　寺井谷子
みづうみは朝のひかりの白桔梗　大屋達治

【千屈菜《みそはぎ》】　鼠尾草《みそはぎ》　溝萩《みぞはぎ》

山野の水辺や湿地に生えるミソハギ科の多年草。高さ一メートル前後、上方で枝を分ける。葉は対生。八月ごろ、葉腋《ようえき》ごとに淡紅紫色の六弁花が三〜五個ずつ集まって開き、長穂状となる。精霊棚に供えて水を掛けるのに使う。ミソハギの名は禊萩《みそぎはぎ》が転じたともいわれる。

鼠尾草や身にかからざる露もなし　暁　台
千屈菜の咲き群れて湧く水の翳　石原八束
千屈菜や若狭小浜《をばま》の古寺巡り　湯下量園
新しき水にみそはぎ浸しをり　嶋田麻紀
ながき穂の溝萩いつも濡るる役　能村登四郎

【女郎花《をみなへし》】　をみなめし

秋の七草の一つ。オミナエシ科の多年草で、茎の上部が多数に分かれ、黄色い小花を散房状に無数につける。茎は直立して高さ一メートルほど。葉は羽状に深く裂け対生する。

手折りてははなはだ長し女郎花　太　祇

網棚に寝かせ高野の女郎花　猿橋統流子
旅にをるおもひに折るや女郎花　森　澄雄
古稀すぎて着飾る日あり女郎花　津田清子
雨がまた濡らしに来たる女郎花　麻　里伊
をみなめし遥かに咲きて黄をつくす　松崎鉄之介
ことごとく坊の跡なりをみなへし　黒田杏子
天涯に風吹いてをりをみなへし　有馬朗人
をみなへし越路の雨滴肩に散る　鍵和田秞子

【男郎花《をとこへし》】　をとこめし

オミナエシ科の多年草。女郎花によく似た白い花をつけるが、丈がやや高く、茎も太い。根に異臭がある。❖女郎花同様、呼称の妙がある。

男郎花白きはものの哀れなり　内藤鳴雪
相逢うて相別るゝも男郎花　高浜虚子
暁やしらむといへば男郎花　松根東洋城
小笹吹く風のほとりや男郎花　北原白秋
不退転とは崖に咲くをとこへし　鷹羽狩行

【吾亦紅《われもかう》】

山野に多いバラ科の多年草の花。九月ごろ上部で枝分かれし、枝先に暗赤色で花弁のない無数の花を円筒状の直立した穂状花序につける。高原の風に吹かれているさまなどは少し寂しげで、その名とともに趣を感じさせる。

吾亦紅霧が山越す音ならむ　篠田悌二郎
吾亦紅ぽつんぽつんと気ままなる　細見綾子
夕風は絹の冷えもつ吾亦紅　有馬籌子
吾亦紅谿へだて行く影とわれ　千代田葛彦
金婚のけふを妻なき吾亦紅　有働　亨
山の日のしみじみさせば吾亦紅　鷲谷七菜子
甲斐駒の返す木霊や吾亦紅　山下喜子
吾亦紅しづかに花となりにけり　日下野由季
そのままのかたちにからび吾亦紅　井出野浩貴

【水引の花《みづひきのはな》】　水引草

山野の林縁などに多いタデ科の多年草の花

で、八月ごろ枝上に数条の細長い花軸を伸ばし、赤い小花を無数につける。高さ五〇〜九〇センチ程度で、茎は細く硬い。葉は先のとがった楕円形。花軸は上から見ると赤く、下から見ると白く見える。白花の銀水引、紅白混じった御所水引などがある。
❖植物名はミズヒキであり、水引草《そう》は俳句特有の言い方。

水引の花の人目を避くる紅　後藤比奈夫
水引の花は動かず入日さし　山西雅子
水引のまとふべき風いでにけり　木下夕爾
水引の紅は見えねど壺に挿せり　高浜年尾
山刀伐《なたぎり》を越ゆ水引の銀を手に　安藤五百枝
水引の雨こまやかに降りはじむ　荏原京子
今年また水引草の咲くところ　原田浜人
水引草風がむすびてゆきにけり　遠藤正年
水引草いまはの際にこゑのなし　中岡毅雄

【美男葛《びなんかづら》】　実葛《さねかづら》

モクレン科の常緑蔓性植物。植物名はサネカズラ。皮には粘液が含まれるため、古くは枝ごと煮出して得た液を整髪に用いたことから美男葛の名がある。葉は長楕円形で柔らかく、裏面は紫色。八月ごろ直径約一・五センチの花が垂れ下がって咲く。雌雄異花。花のあと雌花の花床がふくらみ、球形の赤い漿果《しょうか》をつける。

神木へ美男かづらの走りたり　高木良多
年ちがふ尼二人住むさねかづら　阿波野青畝
あだし野の陽はさらさらとさねかづら　鍵和田秞子
又の名の投込寺のさねかづら　矢島久栄

【竜胆《りんだう》】　笹竜胆　深山竜胆《みやまりんだう》

リンドウ科の多年草の花の総称。種類が多く、笹竜胆、深山竜胆、蔓竜胆、蝦夷竜胆などがある。鐘状で先が五裂した青紫色の花をつける。❖秋晴れの空の下で咲く花は、ひときわ美しい。古くから乾燥した根を健胃薬として用いていた。

りんどうに白雲うごき薄れけり　柴田白葉女
竜胆を畳に人のごとく置く　長谷川かな女
竜胆のこの径夢に見たる径　橋　閒石
朝市や竜胆ばかり抱へ売り　中西舗土
りんだうや机に倚れば東山　岡本　眸
竜胆や声かけあひてザイル張る　望月たかし
竜胆や風のあつまる峠口　木内彰志
りんだうや宗谷の沖の紺深し　佐藤郁良
山上のことに晴れたる濃竜胆　池上浩山人
大姉の男まさりや濃竜胆　伊藤トキノ
壺の口いつぱいに挿し濃竜胆　川崎展宏

【みせばや】　たまのを

十月ごろ岩の上に生えるベンケイソウ科の多年草。茎の先端に淡紅色の簪《かんざし》のような花が球状に群がり垂れ下がるのを楽しむ。古くから観賞用に栽培されてきた。強靭な茎は長さ三〇センチほどで、紅色を帯びる。三枚ずつ輪生する薄緑色の葉は、サボテンのように肉厚である。

みせばやのむらさき深く葉も花も　山口青邨
みせばやの花のをさなき与謝郡　鈴木太郎
たまのをの咲いてしみじみ島暮し　星野　椿

【杜鵑草《ほととぎす》】　時鳥草《ほととぎす》　油点草《ほととぎす》

ユリ科の多年草で、秋、百合を小さくしたような花をつける。花の内側には濃い赤紫の斑点が密にある。山地の半日陰や湿り気の多い所に生える。葉は互生し、笹の葉に似て先が少し曲がる。斑点が鳥のホトトギスの胸毛の模様に似ているので、この名がある。

墓の辺や風あれば揺れ杜鵑草　河野友人
殉教の土の暗さに時鳥草　後藤比奈夫
さなきだに湖尻はさびし時鳥草　上田五千石
林中に雨の音満つ油点草　清崎敏郎

【松虫草《まつむしさう》】

高原に自生するマツムシソウ科の二年草で、八～九月に青紫色の頭状花を茎頂に開く。茎の高さ六〇～九〇センチ。羽状に分裂した葉は対生する。花野を代表する花の一つ。❖かつては松虫の声が聞こえはじめるころ、山野のあちこちで花が盛りとなった。

蓼科のまつむし草のあはれさよ　山口青邨
富士淡し松虫草の花の上　阿波野青畝
霧ひかる松虫草の群落に　相馬遷子
山の風松虫草を吹き白め　深見けん二
松虫草雨の中より夕日さす　岡田日郎
松虫草ケルンに走る雲の影　永井由紀子

【露草《つゆくさ》】　月草　蛍草《ほたるぐさ》

道ばたや空地などどこでも見られるツユクサ科の一年草で、朝露に濡れながら可憐な青い花を開く。茎は三〇センチ以上になるが柔らかく地に伏して増えていく。葉は長卵形で互生する。❖古名を「つきくさ」というのは、花の汁を衣に擦り付けて染めたことに由来する。

月草や澄みきる空を花の色　蓼太
露草の露千万の瞳かな　富安風生
露草や飯噴くまでの門歩き　杉田久女
露草のまはりの暮色后陵　長谷川双魚
露草も露のちからの花ひらく　飯田龍太
人影にさへ露草は露こぼし　古賀まり子
くき〳〵と折れ曲りけり蛍草　松本たかし

【鳥兜《とりかぶと》】　鳥頭《とりかぶと》

中国原産のキンポウゲ科の多年草の花。薬用、切り花用として栽培されるが有毒植物。九月ごろ茎頂や上方の葉腋《ようえき》に総状や円錐状の花序を出し、一〇～三〇個の濃紫色の花をつける。花の形が舞楽や能の冠物「鳥兜」に似ていることからつけられた名。全国に三〇種ほどの自生種もある。

紫の花の乱れやとりかぶと　惟然

とりかぶと紫紺に月を遠ざくる　長谷川かな女
妄想の草深ければ鳥兜　清水径子
火の山にかぶさる雲や鳥兜　高橋悦男
鳥かぶと神の山にもけもの径　河村祐子
今生は病む生なりき鳥頭　石田波郷

【蓼の花《たでのはな》】　**蓼の穂　桜蓼　ままこのしりぬぐひ**

蓼はタデ科の一年草の総称。種類が多く、冬以外の各季に花を開いているものが見られる。秋に咲くのは犬蓼・花蓼・大犬蓼・大毛《おおけ》蓼《たで》・柳蓼・桜蓼・ぼんとく蓼など。大方は高さ六〇～九〇センチだが、大毛蓼は一・八～二・二メートルに達する。花蓼は茎が直立し、花がまばら。桜蓼は淡紅色の花が愛らしい。→蓼（夏）

蓼の花溝が見えぬに音きこゆ　柴田白葉女
食べてゐる牛の口より蓼の花　高野素十
空あをく魚に旬あり蓼の花　八田木枯
末の子とひるは二人や蓼の花　石田いづみ
下駄履いて人呼びに出る蓼の花　吉田汀史
蓼の花揺れゐて海の夕明り　澤村昭代
蓼咲いて余呉の舟津は杭一つ　三村純也
伏流は岩に現はれさくら蓼　岡部六弥太
可憐なる色やままこのしりぬぐひ　吉田千嘉子

【赤のまんま《あかのまんま》】　**赤のまま　赤まんま　犬蓼の花**

タデ科の一年草犬蓼の花。粒状で紅色の花を赤飯になぞらえたこの名のおもしろさから、俳句によく詠まれる。夏から秋にかけて、赤い小花を枝先に群がるようにつける。花びらはなく萼が五つに深裂する。高さは二〇～五〇センチほど。

長雨のふるだけ降るや赤のまゝ　中村汀女
さゞ波のここまでよする赤のまゝ　池上不二子
晩年の景色に雨の赤のまま　今井杏太郎
いとこ皆ばらばらに生き赤のまま　櫂　未知子

きのふの子けふはもう来ず赤のまま　守屋明俊

【溝蕎麦《みぞそば》】

タデ科の一年草の花。山野・路傍の水辺に多い。茎の高さ三〇～八〇センチ。葉は矛形で互生し、八月ごろ茎上に分枝して、十個ほどの小花が群がって開く。白や淡紅色のものが多い。

みぞそばのかくす一枚の橋わたる　山口青邨
町中に溝蕎麦の堰く流あり　高浜年尾
みぞそばの水より道にはびこれる　星野立子
みぞそばの信濃の水の香なりけり　草間時彦

【烏瓜《からすうり》】

ウリ科の蔓性多年草の実。秋になると林中の木々や藪にからんだ蔓に実がなる。赤く熟して、葉が落ち尽くしたあともぶら下がっている。❖種子は結び文の形をしているので玉章《たまずさ》の名がある。

をどりつつたぐられて来る烏瓜　下村梅子
日は墓の家紋をはなれ烏瓜　古舘曹人
烏瓜枯れなむとして朱を深む　松本澄江
掌《て》の温み移れば捨てて烏瓜　岡本眸
危ふきに己をつるしからす瓜　雨宮抱星
いまそこに在るは夕日と烏瓜　友岡子郷

【蒲の絮《がまのわた》】　蒲の穂絮

池や沼に生える多年草の蒲は、夏、茎の先に花穂を出すが、その実が熟れると穂がほぐれ、穂絮となって飛散する。❖「因幡の白兎」の赤裸になった兎はこれにくるまったという。

いつさいのちからを抜かれ蒲の絮　藤田湘子
蒲の絮雨の向かうに日射しあり　竹内秀治
海山の神々老いぬ蒲の絮　田中裕明
くだけ落つ蒲の穂わたのはなやかに　星野立子

【菱の実《ひしのみ》】　菱採る

菱は池や沼に生える一年草。夏に白色の四弁花を水面に開き、花後結ぶ実は菱形で、

左右に二個の角がある。若いうちは生で食べられるが、熟したものは茹でたり蒸したりして食べる。→菱の花（夏）

佐賀は水ゆたかに菱の実となりぬ　宮下翠舟
菱の実を包みて濡るゝ新聞紙　飴山　實
菱の実売る水の城市の石の橋　福永法弘
菱採りしあとの菱の葉うらがへり　高浜虚子
菱採りのわらべ手掻きの盥舟　下村ひろし
みちのくの菱の実採りの紺づくめ　松崎鉄之介
そもそもは菱の実採って呉れしより　大石悦子
青空の傾ぐ菱の実採るたびに　後藤立夫

【水草紅葉《みづくさもみぢ》】　水草紅草《みくさもみぢ》　萍紅葉《うきくさもみぢ》　菱紅葉《ひしもみぢ》

菱・萍の類は秋の終わりになると紅葉し、水の上にも彩りが見られる。❖水草紅葉という場合、種類は特定しない。むしろ、何かは分からないが色づいている水草に趣を見出すのである。

水草紅葉広瀬となりて川やさし　山田みづえ
紅葉して汝は何といふ水草ぞ　鷹羽狩行
水草にはじまる園の紅葉かな　片山由美子
塔をうつす水の萍もみぢかな　稲垣きくの
竜安寺池半分の菱紅葉　高浜年尾

【茸《きのこ》】　菌《きのこ》　茸《たけ》　椎茸《しひたけ》　初茸《はつたけ》　毒茸《どくたけ》　毒《どく》茸《きのこ》　茸汁

大型の菌類の俗称。食用部分は胞子を作るための子実体である。古くは「たけ」「くさびら」と呼ばれ、「きのこ」が季語になったのは江戸初期から。猛毒の茸もある。

はつ茸のひとつにゐくぼひとつづゝ　水　国
爛々と昼の星見え菌生え　高浜虚子
椎茸のぐいと曲がれる太き茎　林　　徹
初茸のどこか傷つくところあり　嶋田麻紀
毒茸の人の気配のうちにあり　岸田稚魚
月光に毒を貯へ毒きのこ　遠藤若狭男
月夜茸今宵はねむる瀞の雨　堀口星眠

笑ひ茸山気の渦をなせりけり　伊藤白潮
生国の昼へ蹴り出す煙茸　柿本多映
舞茸の襞のあはひのうつそりと　辻　美奈子
一日はおまけのごとし茸汁　宇多喜代子

【松茸《まつたけ》】

マツタケ科の食用茸。赤松林に多く生える。「匂い松茸、味占地」といい、芳香が高く風味が優れている。国内で採れるものは数が少なく高価である。❖関西では特に、季節の味わいに欠かせないものとして松茸を珍重する。

紙のごとき松茸碗に旅なかば　中山純子
松茸の椀のつつつと動きけり　鈴木鷹夫
躊躇なく焼松茸として喰らふ　板谷芳浄
ややありて松茸もつていけといふ　早川志津子
松茸をこれほど採つて不作とは　茨木和生
松茸は京の荒砂こぼしけり　長谷川　櫂

【占地《しめぢ》】　湿地《しめぢ》　湿地《しめじ》茸

シメジ科の食用茸。秋に広葉樹林内に群生または単独に生える。風味が豊かで広く好まれる。茎が癒着していて一株となって生えるので、株占地・千本占地・百本占地などという。

わがこゑは占地の陰に入りにけり　鴇田智哉
山しめぢ買へば済みけり初瀬《はせ》詣　岡井省二
晩年といへばむらさき湿地など　三田きえ子
しめぢなます吾が晩年の見えてをり　草間時彦

冬

時候

【冬《ふゆ》】三冬《さんとう》　九冬《きうとう》　玄冬　冬帝《とうてい》　冬将軍

立冬（十一月八日ごろ）から、立春（二月四日ごろ）の前日までをいう。新暦ではほぼ十一、十二月と翌年の一月にあたるが、旧暦では十、十一、十二月。三冬は初冬・仲冬・晩冬、九冬は冬九旬（九十日間）のこと。玄冬は陰陽五行説で黒を冬に配するところから来た冬の異称。玄は黒の意。冬帝・冬将軍は寒さの厳しい冬を擬人化していう。

冬といふもの流れつぐ深山川　飯田蛇笏
鳥の名のわが名がわびし冬侘し　三橋鷹女
中年や独語おどろく冬の坂　西東三鬼
冬に負けじ割りてはくらふ獄の飯　秋元不死男
冬すでに路標にまがふ墓一基　中村草田男
山河はや冬かがやきて位に即けり　飯田龍太
冬と云ふ口笛を吹くやうにフユ　川崎展宏
温めるも冷ますも息や日々の冬　岡本眸
白髪は絹の手ざはり母に冬　きちせあや
聖堂の木の香奪はれつつ冬へ　廣瀬直人
病院の廊下つぎつぎ折れて冬　津川絵理子
何といふ淋しきところ宇治の冬　星野立子
天龍も行きとどこほる峡の冬　松本たかし
葡萄棚一望に透け甲斐の冬　秋山花笠
三冬や身に古る衣のひとかさね　西島麦南
玄冬の鷹鉄片のごときかな　斎藤玄
冬帝先づ日をなげかけて駒ヶ嶽　高浜虚子
冬帝を迎へて雲はしろがねに　鍵和田秞子
冬帝の日ざしの中を歩み出す　今橋眞理子
冬将軍竜飛《たっぴ》崎あたりを根城とす　小原啄葉

北壁に迫り来るもの冬将軍　鷹羽狩行

【初冬《はつふゆ》】　初冬《しょとう》　冬初め

冬の初めのころ。立冬を過ぎた新暦の十一月にあたる。まだ晩秋の感じも残るが、寒さに向かう引き締まった気分を感じさせる。

初冬の木をのぼりゆく水のかげ　長谷川双魚
初冬の音ともならず嵯峨の雨　石塚友二
はつ冬の丹波木綿を重く着る　中山純子
惜別や初冬のひかり地に人に　赤城さかえ
水に靄動きはじめて初冬かな　永方裕子
ひと筋の潮目や越の冬はじめ　六本和子
暁紅の海が息づく冬はじめ　佐藤鬼房
粥煮ゆるやさしき音の冬はじめ　和田祥子
フルートの唇たひら冬はじめ　柘植史子
あら汁の骨透き通る冬初め　甲斐由起子

【神無月《かんなづき》】　かみなづき　神去月《かみさりづき》　神在月《かみありづき》　時雨月《しぐれづき》　初霜月

旧暦十月の異称。この月、八百万《やおよろず》の神々が出雲《いずも》大社に集まり出雲以外では神がいなくなることからこの名がある。あるいは雷のない月だからとも。❖神々が集う出雲では神在月と呼び、神迎祭・神在祭、神等去出《からさで》祭などが行われる。↓十月（秋）

神無月旅なつかしき日ざしかな　太祇
捨ぶねに雨たまりけり神無月　梅室
空狭き都に住むや神無月　夏目漱石
桑山を風吹き抜ける神無月　有泉七種
降つてまた空深くなる神無月　廣瀬町子
藻の色の残れる塩や神無月　中山世一
金星の神在月の高さかな　井上弘美
飲食のうとましきまで時雨月　長谷川久々子

【十一月《じふいちぐわつ》】

月の初めに立冬がある。天候が定まり、穏やかな日も多いが、下旬には冬の気配が濃くなる。↓霜月

あたゝかき十一月もすみにけり　中村草田男

峠見ゆ十一月のむなしさに　細見綾子
しくしくと十一月の雨が降る　後藤綾子
桃の木に十一月の日ざしかな　篠崎圭介
灯台に十一月の濤しぶき　伊藤敬子
としよりにひととせ迅し十一月　辻田克巳
波へ翔ぶ十一月の荒鵜かな　宮田正和
雀の斑すこし濃くなり十一月　遠藤由樹子

【立冬《りっとう》】　**冬立つ**　**冬に入る**　**冬来《ふゆきた》る**　**冬来《ふゆく》**　**今朝《けさ》の冬《ふゆ》**

二十四節気の一つで、十一月七日ごろにあたる。暦の上ではこの日から冬に入る。❖厳しい冬の季節を迎える緊張感がある。

立冬のことに草木のかがやける　沢木欣一
立冬や青竹割れば中の白　鷹羽狩行
堂塔の影を正して冬に入る　中川宋淵
塩甕に塩ぎつしりと冬に入る　福永耕二
灯を消して匂う本棚冬に入る　渋川京子
分校の低き鉄棒冬に入る　田邉富子
投函の封書の白さ冬に入る　片山由美子
回転木馬つぎつぎ高し冬に入る　藺草慶子
突堤のあをぞら冬に入りにけり　中岡毅雄
冬来る稲佐の浜の流砂飛砂　和田順子
跳箱の突き手一瞬冬が来る　友岡子郷

【冬浅し《ふゆあさし》】

冬になったものの、寒さはまだそれほどではない。穏やかに晴れた日も多く、残る紅葉も楽しめるころである。

蛍光灯唄ふごと点《つ》き冬浅し　藤田湘子
冬浅し埴輪の口の蕾ほど　宮坂静生
冬浅し水かげろふの道の神　小林篤子
冬浅き靴の埃を払ひけり　川崎展宏

【冬ざれ《ふゆざれ》】　**冬ざるる**

見渡す限り冬の景色で、荒れさびた感じをいう。❖古語の「冬されば」から生じた誤用が定着したもの。「さる」はやってくるの意で、「夕さる」「春さる」などと使う。

「冬されば」は本来「冬がやってきたので」の意であるが、「冬され」の部分が「冬ざれ」として独立して名詞化し、「曝《さ》る」（日光や風雨にあたって色があせる）と混同されて現在の意味が生じた。動詞化した「冬ざるる」という形も慣用化している。

冬ざれや小鳥のあさる韮畠　蕪村
冬ざれの厨に赤き蕪かな　正岡子規
冬ざれやつく〴〵松の肌の老　松根東洋城
冬ざれや墓となるまで石削り　山口速
冬ざれや卵の中の薄あかり　秋山卓三
水底の石しんしんと冬ざるる　山本一歩

【小雪《せうせつ》】

二十四節気の一つで、十一月二十二日ごろにあたる。

小雪といふ野のかげり田のひかり　市村究一郎
小雪や津軽の藍の小巾刺《こぎんざし》　井上弘美

【小春《こはる》】　**小春日《こはるび》**　**小春日和《こはるびより》**　**小六月《ころくぐわつ》**

小春・小六月ともに旧暦十月の異称。小春日・小春日和は、立冬を過ぎてからの春のように暖かい晴れた日のこと。❖「小春」は中国の『荊楚歳時記』の「天気和暖にして、春に似る。故に、小春《しようしゆん》と曰ふ」に由来する語。『徒然草』にも「十月は小春の天気」とある。また、「小春風」「小春凪《こはるなぎ》」「小春空」なども用いられる。

暮れそめて馬いそがする小春かな　几董
海の音一日遠き小春かな　暁台
小春とは箕に乾きゆくものの音　吉本伊智朗
飴のごと伸びて猫跳ぶ小春かな　今瀬一博
峡の馬首擦り合へる小春かな　押野裕
小春日や鳴門の松の深みどり　高浜年尾
小春日やりんりんと鳴る耳環欲し　黒田杏子
小春日や色鉛筆に金と銀　岩田由美
大淀や水の光も小六月　日野草城
白絹で碁石を磨く小六月　浅井陽子

半眼の大鹿坐る小六月　井上康明
小六月呼び込みのこゑ歌となり　檜山哲彦

【冬暖か《ふゆあたたか》】　冬ぬくし

冬のさなかでありながら気温が上昇する日がある。寒さを忘れるような日の暖かさが嬉しい。

校庭の柵にぬけみち冬あたたか　上田五千石
冬あたたか掃溜菊が花のこす　島谷征良
弓形に海受けて土佐冬ぬくし　右城暮石
茶畑の丘まろやかに冬ぬくし　道山昭爾
樽で樽押してころがし冬ぬくし　神蔵器
山々に坂が寝そべり冬ぬくし　佐藤和枝
牛小屋の奥まで夕日冬ぬくし　大串章

【冬麗《とうれい》】　冬うらら

おだやかに晴れ渡り、春の「麗か《うらら》」を思わせるようなさまである。寒さが続く中にこのような日が訪れると、冬の日差しのまばゆさが恵みのように感じられる。↓麗か（春）

冬麗の不思議をにぎる赤ン坊　野澤節子
冬麗のたれにも逢はぬところまで　黒田杏子
冬麗富士の頂むらさきに　安食彰彦
京よりの湯葉のかるさや冬麗　石嶌岳
身ふたつのなんの淋しさ冬麗　辻美奈子
冬うらら鶏のまなぶたくしやと閉ぢ　津川絵理子

【冬めく《ふゆめく》】

万象が冬らしくなってくること。気温が下がり、草木も枯れはじめる。

冬めくや透きて遠のく峠の木　鷹羽狩行
口に袖あてゝゆく人冬めける　高浜虚子
枝葉鳴るあした夕べに冬めきぬ　室積徂春
石鹼のネットに砂や冬めきぬ　小野あらた

【霜月《しもつき》】

旧暦十一月の異称。霜降月《しもふりづき》の略という。↓十一月

霜月や雲もかゝらぬ昼の富士　正岡子規

霜月の川口船を見ぬ日かな　藤野古白
霜月の口ひらきゐる串の鮒　中島凜火
霜月や朱の紐むすぶ壺の口　神尾久美子
霜月のはじめを雨の伊豆にをり　鈴木鷹夫
霜月の奥処《おくが》や藍の深ねむり　斎藤梅子

【十二月《じふにぐわつ》】
一年の最後の月。日ごとに寒さが加わり、草木は枯れ、蕭条《しようじよう》とした景色が広がるが、街はクリスマスや歳末を迎える人出で賑わいを見せる。↓師走

亡き母を知る人来たり十二月　長谷川かな女
浚渫船杭つかみ出す十二月　秋元不死男
武蔵野は青空がよし十二月　細見綾子
棚吊ればすぐ物が載り十二月　岡本差知子
削るほど紅さす板や十二月　能村登四郎
とかくして風に聴き入る十二月　堀　葦男
風の日の雲美しや十二月　有働　亨
青空を海に拡げて十二月　伊藤通明
立てて売る鮪のあたま十二月　奥名春江
白髪を華髪と讃へ十二月　鈴木太郎

【大雪《たいせつ》】
二十四節気の一つで、十二月七日ごろにあたる。小雪に対して、雪が多い意。

大雪や暦に記す覚え書き　椎橋清翠

【冬至《とうじ》】　一陽来復
二十四節気の一つで、太陽の黄経が二七〇度に達したとき。十二月二十二日ごろにあたり、北半球では一年中で昼が最も短い。❖この日に粥や南瓜を食べたり、柚子湯に入ったりする習慣がある。古代中国では、陰が極まり陽が復するとして、「一陽来復」と呼んだ。

行く水のゆくにまかせて冬至かな　鳳朗
山国の虚空日わたる冬至かな　飯田蛇笏
酒になる水やはらかき冬至かな　大屋達治
玲瓏とわが町わたる冬至の日　深見けん二

寮生の長湯は誰ぞ冬至の夜　野中亮介
一陽来復雑木林に射す薄日　棚山波朗

【師走《しはす》】　極月《ごくげつ》　臘月《らふげつ》

旧暦十二月の異称。僧（師）が忙しく走る月だからなど、語源には諸説がある。極月は一年が極まる月の意から。臘月の「臘」は年の暮、年末、また十二月そのものも指す。十二月八日に主に禅寺で行われる法会を「臘八会」と呼ぶのもそのためである。「臘月」はその「臘」に月を添えたもの。❖一年の終わりの月であるため、新暦十二月の名称としても通用している。↓十二月

なかなかに心をかしき臘月《しはす》かな　芭蕉
大黒の小槌の塵も師走かな　加藤耕子
一食を車中に済ます師走かな　いのうえかつこ
十字路の十字の往き来街師走　粟津松彩子
うすうすと紺のぼりたる師走空　飯田龍太
極月やかたむけすつる枡のちり　飯田蛇笏
極月の水もらひけり鋏研　安東次男
極月の山彦とゐる子供かな　細川加賀
極月の水を讃へて山にをり　茨木和生

【年の暮《としのくれ》】　歳暮《さいぼ》　歳暮《せいぼ》　歳晩《さいばん》　歳末《さいまつ》
年末　年の瀬　年《とし》の果《はて》　年《とし》暮《く》る　年詰まる

一年の終わり。街は歳末売出しで賑わい、家庭では新年を迎える用意に忙しい。すべてが慌ただしく、活気を帯びてくる。

年暮ぬ笠きて草鞋《わらぢ》はきながら　芭蕉
旧里《ふるさと》や臍《へそ》の緒に泣く年の暮　芭蕉
去ね去ねと人にいはれつ年の暮　路通
ともかくもあなた任せのとしの暮　一茶
藁苞を出て鯉およぐ年の暮　宇佐美魚目
松原はつねの波音年の暮　日美清史
捨てられぬ本動かして年の暮　小島健
山が山押して夜の来る年の暮　和田耕三郎
思はざる道に出でけり年の暮　田中裕明
歳晩やひしめく星を街の上　福永耕二

歳晩の水を見てゐる橋の上　加藤耕子
歳晩のよけつつ人にあたりつつ　檜山哲彦
年の瀬や浮いて重たき亀の顔　秋元不死男
山の背に雲みな白し年の果　原　裕
町工場かたことと年暮るるかな　星野石雀
喪の花輪すぐにたたまれ年つまる　菖蒲あや
次の間に紙を切る音年詰まる　津久井紀代

【数へ日《かぞへび》】

年内の日数が指折り数えるほどになったことをいう。新年を迎える年用意の慌ただしさが背後にある。

数へ日や昼の木立に子の遊び　岡本　眸
数へ日の数へるほどもなくなりぬ　鷹羽狩行
数へ日と言へる瑞々しき日かな　後藤立夫
数へ日や一人で帰る人の群　加藤かな文
数へ日といふいちにちの暮れにけり　齋藤朝比古

【年の内《としのうち》】　**年内《ねんない》**　**年内立春**

一年の終わり。年内立春は旧暦一月一日より前に立春を迎えること。『古今集』の〈年のうちに春は来にけり一とせを去年とやいはむ今年とやいはむ　在原元方〉は有名。❖年の暮と同じころだが、年の内はまだ日数が残っていることを意識させるため、年の暮ほどの切迫感はない。

としのうちに春は来にけり茎の味　大　魯
母子にて出る事多し年の内　岩木躑躅
竹藪のなかの起伏も年の内　飯島晴子
年の内無用の用のなくなりぬ　星野麥丘人
海苔買ふや年内二十日あますのみ　田中午次郎

【行く年《ゆくとし》】　**年《とし》逝《ゆ》く**　**年歩む**　**年流る**　**年送る**

暮れてゆく年、また、年末をいう。❖「年の暮」が静的な捉え方であるのに対し、「行く年」には去り行く年を見送る思いがより強くこもる。

行く年やわれにもひとり女弟子　富田木歩

行年の浅草にあり川を見て　田川飛旅子
行く年の水に動かぬ塔の影　ながさく清江
行く年や草の中より水の音　小島　健
船のやうに年逝く人をこぼしつつ　矢島渚男
お隣の窓も灯ともり年歩む　深見けん二
年を以て巨人としたり歩み去る　高浜虚子
文机のほかは灯を消し年送る　上野一孝

【小晦日《こつごもり》】

一年の最後の日にあたる大晦日《おおみそか》（大つごもり）に対して、その前日を小晦日という。

翌ありとたのむもはかな小晦日　蝶　夢
妻すこし昼を睡りぬ小晦日　星野麥丘人
小包の紐とく膝やこつごもり　蓬田紀枝子
さし来る日かくも斜めや小晦日　岩田由美

【大晦日《おほみそか》】　大三十日《おほみそか》　大年《おほとし》　大年《おほどし》　大つごもり　除日《ぢよじつ》

十二月の末日。旧暦・新暦いずれにも用いられる。❖晦日も、つごもり（月隠《つきごもり》の変化したもの）も、月の末日の意で、一年の終わりであるため、大の字を付けて大晦日・大つごもりという。

大晦日定なき世の定かな　西　鶴
父祖の地に闇のしづまる大晦日　飯田蛇笏
林中を陽は駆け廻り大晦日　和田耕三郎
漱石が来て虚子が来て大三十日　正岡子規
大年の夕陽当れる東山　五十嵐播水
大歳の暮れてゆく山仰ぎけり　茨木和生
大年の夢殿に火のにほひかな　井上弘美
またたきておほつごもりの燈なりけり　七田谷まりうす
闇を来て闇へ除日の大河かな　櫨木優子

【年惜しむ《としをしむ》】

過ぎゆく年を惜しむこと。一年を振り返るしみじみとした感慨が強く表れている。❖かつては正月と共に年を取る数え年の習慣があったので、加齢への思いもこもっていたのだろう。

大海の端踏んで年惜しみけり　石田勝彦
年惜しむ大きな山に真向ひて　藤本安騎生
年惜しむ眼鏡のうちに目をつぶり　鷹羽狩行

【年越《としこし》】　**年越す**

大晦日から元旦へ年が移り行くこと。また、その間の行事や風習をもいう。

年越や使はず捨てず火消壺　草間時彦
あをあをと年越す北のうしほかな　飯田龍太
しばらくは藻のごときとき年を越す　森　澄雄
がつたんと年越す寝台車の中で　依田明倫

【除夜《ぢょや》】　**年《とし》の夜《よ》**

大晦日の夜。夜半十二時を期して、人の百八の煩悩を去る百八つの鐘が、各地の寺院で撞《つ》かれる。古い年は去り、新しい年がやって来る。→年守る・年籠

京泊り除夜の火桶をうちかこみ　大橋越央子
澎湃《はうはい》と除夜の枕にひびくもの　京極杜藻
みほとけに一盞献ず除夜の燭　木村蕪城
除夜の妻白鳥のごと湯浴みをり　森　澄雄
立てかけてある年の夜の箒かな　岸田稚魚
年の夜の咳もて何を責めらるる　野澤節子
年の夜のしづかなる尾にしたがへり　落合水尾
年の夜の灯をふんだんに使ひをり　山本一歩

【一月《いちぐわつ》】

一年の最初の月。寒に入るのはこの月の初旬で、冬の一番寒いころ。さまざまな新年の行事が行われる。→睦月（春）

一月や日のよくあたる家ばかり　久保田万太郎
一月の川一月の谷の中　飯田龍太
一月や錐もみとなる鳥の空　八田木枯
しろじろと一月をはる風の畦　綾部仁喜
一月の空に静止の観覧車　本宮哲郎
一月の雲の自浄の白さかな　友岡子郷
一月や山の樒《しきみ》のこんもりと　高畑浩平

【寒の入《かんのいり》】　**寒に入る**

寒に入ること、またその日のことをいう。

小寒の日（一月五日ごろ）と同じ。この日から節分までの約三十日間が寒の内で、寒さも本格的になる。↓寒・寒明（春）

よく光る高嶺の星や寒の入り　村上鬼城
わが十指われにかしづく寒の入　岡本眸
水光に順ふ水や寒の入　綾部仁喜
秩父嶺の吹き晴れ寒に入りにけり　水田清子
寒に入る親しきものに会ふごとく　石田勝彦
合掌のゆびやわらかく寒に入る　瀬間陽子

【小寒《せうかん》】

二十四節気の一つで、一月五日ごろにあたる。寒の入の日。いよいよ厳しい寒さに向かう。↓寒

小寒や枯草に舞ふうすほこり　長谷川春草
小寒のさゞなみ立てて木場の川　山田土偶

【大寒《だいかん》】

二十四節気の一つで、一月二十日ごろにあたる。一年で最も気温が低い時期である。↓寒

大寒の埃の如く人死ぬる　高浜虚子
大寒の一戸もかくれなき故郷　飯田龍太
大寒の竹のこゑきくゆふべなり　古賀まり子
大寒の紅き肉吊り中華街　池田秀水
大寒や日のいろ透けて鉋屑　木内彰志
大寒の畳刺しぬく針の照り　鈴木貞雄
大寒や柱のひびに綿埃　山田真砂年
大寒や星のなまへの店を出て　小林すみれ

【寒《かん》】　寒中　寒の内　寒四郎　寒九《かんく》　寒土用

寒の入から立春（二月四日ごろ）の前日までの、およそ三十日間をいう。寒に入って四日目を寒四郎、九日目を寒九といい、寒九の雨は豊年の前兆といわれる。寒土用は冬の最後の十八日間のこと。

から鮭も空也の痩も寒の内　芭蕉
約束の寒の土筆を煮て下さい　川端茅舎

原爆図中口あくわれも口あく寒　加藤楸邨
寒といふ弩《いしゆみ》をひきしぼりたる　友岡子郷
寒四郎目玉の動く木偶吊られ　後藤綾子
老の眼のものよく見えて寒四郎　小松崎爽青
ちいちいと山を鶸とぶ寒九かな　岡井省二
水舐めるやうに舟ゆく寒九かな　奥名春江
竹が竹打つ音を聴く寒九かな　鈴木太郎
寒土用墨の香顕《た》つてきたりけり　星野麥丘人

【冬の日《ふゆのひ》】

冬の一日をいう。冬は日の暮れが早く、そこはかとない心細さを覚える。↓冬の日（天文）

冬の日の言葉は水のわくように　鈴木六林男
冬の日や臥して見あぐる琴の丈　野澤節子
冬の日や繭ごもるごと母睡り　鍵和田秞子
冬の日や風を囃して雑木山　西田　孝

【冬の朝《ふゆのあさ》】　**冬暁《ふゆあかつき》**　**寒暁《かんげう》**　**冬曙《ふゆあけぼの》**

冬の朝の寒さはひとしおであり、身が引き締まる思いがする。❖清少納言の『枕草子』には、「冬は、つとめて。雪の降りたるはいふべきにもあらず。霜のいと白きも、またさらでも、いと寒きに火など急ぎおこして炭もてわたるも、いとつきづきし」とある。

線香の函美しき冬の朝　宇佐美魚目
散る濤に冬暁のきざしけり　米澤吾亦紅
寒暁を起きて一家の火をつくる　阿部完市
寒暁のみな独りなる始発かな　兼城　雄

【短日《たんじつ》】　**日短《ひみじか》**　**暮早し**

冬の日の暮れが早いこと。秋分を過ぎると、すこしずつ昼の時間が短くなり、冬至のころには極限に達する。一日がたちまち過ぎてしまう気ぜわしさがある。❖秋の季語「夜長」と意味の上では同じだが、秋は趣き深く夜なべも捗《はかど》る夜を喜んで「夜長」、冬は暖かい日中の短さを嘆いて「短日」と

いう。→日脚伸ぶ

短日の梢微塵にくれにけり　原　石鼎
短日の水のひかりや浮御堂　久保田万太郎
短日や仏の母に留守たのみ　古賀まり子
短日や長靴逆さまに干され　山本一歩
少しづゝ用事が残り日短　下田実花
為すことの多ししみじみ日短　星野　椿
絵を運ぶ大勢の肩日短か　白石喜久子
湯気の出るものを売り買ひ日短　金原知典
自転車にちりんと抜かれ日短　齋藤朝比古
厨の灯おのづから点き暮早し　富安風生
古町の小さき銀行暮早し　轡田　進

【冬の暮《ふゆのくれ》】　冬《ふゆ》の夕《ゆふ》　冬《ふゆ》の夕《ゆふ》べ　冬夕べ
寒暮《かんぼ》

冬の日の夕方。日が短いので早くから灯りがともり、空には寒々とした星が輝き出す。

あだし野や顧みすれば冬の暮　松根東洋城
冬の暮われを呼びとめゐる道も　河原枇杷男
機関車の寒暮炎えつつ湖《うみ》わたる　山口誓子
寒暮の灯点けて雨音身を離る　鷲谷七菜子
斧一丁寒暮のひかりあてて買ふ　福田甲子雄
杉谷に檜山かぶさる寒暮かな　宮坂静生
白き蝶寒暮の松を越えにけり　山西雅子

【冬の夜《ふゆのよ》】　夜半《よは》の冬《ふゆ》　寒夜《かんや》

冬の夜は寒気が厳しく物寂しいだけに、外から帰って灯火を囲む団欒のひと時などには、心身が温まる思いがする。

ふゆの夜や針うしなうておそろしき　梅　室
冬の夜や小鍋立して湖《うみ》の魚　草間時彦
冬の夜や玩具に残る子の匂ひ　田中春生
わが生きる心音トトと夜半の冬　富安風生
繰り難き古書の頁や夜半の冬　吉岡桂六
寒夜覚め何を待つとて灯したる　野澤節子
燈に遇ふは瀆るるごとし寒夜ゆく　津田清子

【霜夜《しもよ》】

霜の降りる寒い夜。気温が低くてよく晴れ

た風のない夜は、霜が降りやすい。しんしんと冷え、あたりは静まりかえる。

独り寝のさめて霜夜をさとりけり　千代女
我骨のふとんにさはる霜夜かな　蕪村
霜夜子は泣く父母よりはるかなものを呼び　加藤楸邨
ひとつづつ霜夜の星のみがかれて　相馬遷子
霜夜読む洋書大きな花文字より　田川飛旅子
手さぐりに水甕さがす霜夜かな　福田甲子雄
子等がねて妻ねて霜夜更けにけり　鈴木貞雄
父と子の会話濃くなる霜夜かな　小島健
吸呑に手の届かざる霜夜かな　中岡毅雄

【冷たし《つめたし》】　底冷《そこびえ》

皮膚に直接感じる寒さ。「底冷」は身体の真底まで冷える寒さをいう。盆地の底冷はひとしおである。❖秋の季語「冷やか」とは異なり、本格的な冷気である。↓冷やか（秋）

日のあたる石にさはればつめたさよ　正岡子規
手で顔を撫づれば鼻の冷たさよ　高浜虚子
生前も死後もつめたき箒の柄　飯田龍太
手が冷た頰に当てれば頰冷た　波多野爽波
鯖の道冷たき手足もていそぐ　柿本多映
働いて耳を冷たく戻りけり　西嶋あさ子
冷たしよ草の青さもその丈も　ふけとしこ
畳の目粗し仏間の底冷に　岡本差知子
底冷の底といふ日の京にあり　粟津松彩子
底冷えの仏の花をあたらしく　きちせあや
底冷や叡山の灯の突き刺さり　西村和子
狩野派の松しんしんと底冷す　佐藤郁良

【寒し《さむし》】　寒さ　寒気　寒冷

皮膚感覚、あるいは目に見えるもの、耳に聞こえるものなどを通して、さまざまに感じる寒さをいう。❖秋の季語「肌寒」「朝寒」「夜寒」などとは異なる本格的な寒さである。↓肌寒（秋）・朝寒（秋）・夜寒（秋）

塩鯛の歯ぐきも寒し魚の店《たな》　芭蕉
葱《ねぶか》白く洗ひたてたる寒さかな　芭蕉
藍壺にきれを失ふ寒さかな　丈草
易水にねぶか流るる寒さかな　蕪村
次の間の灯で膳につく寒さかな　一茶
面影の囚《とら》はれ人に似て寒し　富田木歩
水枕ガバリと寒い海がある　西東三鬼
齢来て娶るや寒き夜の崖　佐藤鬼房
日をのせて川波寒く流れをり　清崎敏郎
日の差せる小径が見えてゐて寒し　石田郷子
みとりする人は皆寝て寒さかな　正岡子規
しん〳〵と寒さがたのし歩みゆく　星野立子
鯛は美のおこぜは醜の寒さかな　鈴木真砂女
くれなゐの色を見てゐる寒さかな　細見綾子
街の灯のかたまり動く寒さかな　岸田稚魚
水のんで湖国の寒さひろがりぬ　森澄雄
父死して厠の寒さ残しけり　有働亨
直火欲し山の寒さを戻り来て　茨木和生
新しき墓にもの言ふ寒さかな　橋本榮治
明るくて雀一羽も来ぬ寒さ　小林千史

【凍《こほ》る】　**氷《こほ》る　凍《い》つ　冱《い》つ　凍《し》む**

寒気のため物が凍ること、また、凍るように感じること。

氷る夜や諸手かけたる戸のはしり　白雄
流れたき形に水の凍りけり　髙田正子
揺れながら照りながら池凍りけり　藺草慶子
谷氷り日輪空の青とありぬ　石橋辰之助
すぐ氷る木賊の前のうすき水　宇佐美魚目
サーカスの去りたる轍氷りけり　日原傳
駒ヶ岳凍てて巌を落しけり　前田普羅
獄凍てぬ妻きてわれに礼《いや》をなす　秋元不死男
この世よりこぼるるものの凍てにけり　石嶌岳
夕凍みの京より戻る宮大工　清水青風

【冴《さ》ゆ】　**鐘冴ゆ**

冷え切った空気のなかで感じる透徹した寒さ。❖「月冴ゆ」「星冴ゆ」「鐘冴ゆ」のよ

うに光や音がくっきりと寒々しく感じられることにもいう。↓冴返る（春）

山辺より灯《ひとも》しそめて冴ゆるかな　前田普羅
冴ゆる夜のレモンをひとつふところに　木下夕爾
冴ゆる夜の抽斗に鳴る銀の鈴　小松崎爽青
冴ゆる夜の噴煙月に追ひすがる　米谷静二
冴ゆる夜の涙壺とはぬくきもの　田部谷紫

【寒波《かんぱ》】　寒波来《く》

日本付近を西から東へ低気圧が通り抜けたあと、大陸からの寒気団が南下してもたらす厳しい寒さ。波のように次々に押し寄せて来るので寒波という。日本海側は雪、太平洋側は晴れになることが多い。

寒波きぬ信濃へつゞく山河澄み　飯田蛇笏
寒波来るや山脈玻璃の如く澄む　内藤吐天
寒波来ぬ職員室の鍵の束　辻内京子

【三寒四温《さんかんしをん》】　三寒　四温　四温日和《しをんびより》

厳寒のころの冬の大陸性気候の特徴。三日間厳しい寒さが続いたあとに、四日間やや寒さがゆるむという現象が繰り返される。❖春に向けて季節が一進一退するという意味ではないので注意が必要。

三寒四温赤ん坊泣いて肥るのみ　岡部六弥太
土笛の穴も三寒四温かな　野中亮介
三寒の四温を待てる机かな　石川桂郎
三寒と四温の間に雨一日　林十九楼
三寒を安房に四温を下総に　大屋達治
三寒の鯉が身じろぐ泥けむり　能村登四郎
黒板に三寒の日の及びけり　島谷征良
青鳩は木のふところに四温かな　邊見京子
日本海けふ力抜く四温かな　辻桃子

【厳寒《げんかん》】　極寒《ごくかん》　酷寒《こくかん》　厳冬《げんとう》

骨を刺すような厳しい寒さ。水道が凍って水が出なくなったり、氷柱《つらら》が垂れたりする。北国では、人と自然との酷烈な戦いが繰り広げられる。↓大寒

厳寒の駅かんたんな時刻表　仲　寒蟬
極寒のちりもとどめず巌ふすま　飯田蛇笏
身を捨てて立つ極寒の駒ヶ岳　福田甲子雄
極寒のをさなき寝息ふけてゆく　保坂敏子
極寒の炎の中に立つごとし　松永浮堂
厳冬の一燈洩らす翁堂　近藤一鴻
厳冬を越す物のたね無尽蔵　三橋敏雄

【しばれる】

北海道・東北地方において、特に厳しく冷え込む時や、ものみな凍るように感じられるほど寒い時にいう。❖北国の方言が季語になったものである。

しばれるとぼつそりニッカウヰスキー　依田明倫
しばれるといふにはほどの過ぎにけり　笹原和子
しばれると皆言ひ交はす夜空かな　櫂　未知子

【冬深し《ふゆふかし》】　真冬

冬もいよいよ深まり、寒さが極まる。自然も人の暮らしもすっかり冬一色である。

冬深し海も夜毎のいさり火も　八木絵馬
冬深し手に乗る禽の夢を見て　飯田龍太
冬ふかしどの幹となく日当りて　綾部仁喜
冬深し地を蹴つて啼く鳥のこゑ　井上康明
冬深し柱の中の濤の音　長谷川　櫂
銀山や真冬の清水たばしりぬ　辻　桃子

【日脚伸ぶ《ひあしのぶ》】

冬至を過ぎて昼の時間が少しずつ伸びてゆくこと。それを実感するのは、一月も半ばになってからである。❖春が近づく喜びをともなう。

糸屑のひとすぢも塵日脚のぶ　阿部みどり女
日脚伸ぶ夕空紺をとりもどし　皆吉爽雨
日脚伸ぶ何かせねばと何もせず　亀田虎童子
日脚伸ぶ電車の中を人歩き　神蔵　器
日脚伸ぶ亡夫の椅子に甥が居て　岡本　眸
球蹴る子縄を回す子日脚伸ぶ　朝妻　力
母に杖三本ありて日脚伸ぶ　岩月通子

【春待つ《はるまつ》】　待春《たいしゅん》

近づく春を心待ちにすること。❖暗く鬱陶《うっとう》しい冬を耐えてきた雪国の人々の、春を待つ思いは切実である。

春待つや一幹の影紺を引き　井沢正江
春待つは妻の帰宅を待つごとし　鈴木鷹夫
時ものを解決するや春を待つ　高浜虚子
九十の端《はした》を忘れ春を待つ　阿部みどり女
春を待つおなじこころに鳥けもの　桂　信子
法螺貝の内のくれなゐ春を待つ　岸原清行
少年を枝にとまらせ春待つ木　西東三鬼
待春の水よりも石静かなる　倉田紘文

【春近し《はるちかし》】　春隣《はるどなり》　春遠からじ

春がすぐそこまで来ていること。

玄関に縄跳びの縄春近し　皆川盤水
叱られて目をつぶる猫春隣　久保田万太郎
六甲の端山に遊び春隣　高浜年尾
春隣吾子の微笑の日日あたらし　篠原　梵
地を搏つて雀あらそふ春隣　堀口星眠
釘箱に小部屋いくつも春隣　平井さち子
井戸水に杉の香まじる春隣　福田甲子雄
春隣古地図は川を太く描き　友岡子郷
児に玩具増えことば増え春隣　伊藤トキノ
早鞆の潮目縞なす春隣　坂本宮尾
春隣時を計るに日を仰ぎ　髙田正子
粉ミルク両手に提げて春隣　鎌田　俊
またたきて春遠からじ湖北の灯　遠藤若狭男

【冬終る《ふゆをはる》】　冬尽く　冬去る　冬果つ

冬が終わること。❖北国では長かった冬が去っていくという安堵が感じられる。

ひそかなる亀の死をもち冬終る　有馬朗人
冬尽きて曠野の月はなほ遠き　飯田蛇笏

【節分《せつぶん》】

立春の前日で、二月三日ごろにあたる。もともと四季それぞれの分かれ目をいう語だが、現在は冬と春の境をいう。❖この夜、寺社では邪鬼を追い払い春を迎える意味で追儺《ついな》が行われる。各家でも豆を撒いたり、鰯の頭や柊《ひいらぎ》の枝を戸口に挿したりして、悪鬼を祓《はら》う。↓追儺・柊挿す

節分の高張立ちぬ大鳥居　原　石鼎
節分や灰をならしてしづごころ　久保田万太郎
節分の宵の小門をくゞりけり　杉田久女
節分の水ふくるるよ舟溜　村沢夏風
ざわざわとせる節分の夜空かな　今井杏太郎
節分や梢のうるむ楢林　綾部仁喜
節分や海の町には海の鬼　矢島渚男
節分や駅に大きな夕日見て　村上鞆彦

【冬の日《ふゆのひ》】　冬日《ふゆひ》　冬日向《ふゆひなた》　冬日影

寒気の中の輝かしい冬の太陽、あるいはその日差しをいう。❖冬日影の「日影」は陽光のこと。↓冬の日（時候）

冬の日のさし入る松の匂ひかな　暁台
冬の日のあたる篁風に割れ　山口青邨
冬の日の海に没る音をきかんとす　森澄雄
旗のごとなびく冬日をふと見たり　高浜虚子
汐木拾へば磯べに冬日したゝれり　原石鼎
母の忌のこの日の冬日なつかしむ　高野素十
山門をつき抜けてゐる冬日かな　高浜年尾
大仏の冬日は山に移りけり　星野立子
手鏡を冬陽の中にさゝへ持つ　柴田白葉女
石に置く本に冬日の届きけり　森賀まり
砂擦つて浅き水ゆく冬日かな　小川軽舟
昼過ぎのやや頼もしき冬日かな　岩田由美
冬日中牛の骨格あふれをり　岡井省二
鋸の刃の音とほる冬日向　牧辰夫

【冬晴《ふゆばれ》】　寒晴　冬日和《ふゆびより》　寒日和

晴れわたった日は、冬でも日差しが眩《まぶ》しい。太平洋側では晴れの続く日が多い。↓小春

家一つ畠七枚冬日和　一茶
冬晴に応《こた》ふるはみな白きもの　後藤比奈夫
冬晴のきはみ川底まで透かす　市場基巳
冬晴やできばえのよき雲ひとつ　岡田史乃
冬晴やきしりきしりと空へ鳶　山西雅子
寒晴やあはれ舞妓の背の高き　飯島晴子
寒晴やわれも一樹となりて立つ　西嶋あさ子
寒晴や高さ貪るビルの群　奥坂まや
人よりも人影しるく冬日和　星野恒彦

死は狎れを許さぬものぞ寒日和　飯田龍太

【冬旱《ふゆひでり》】　寒旱

冬季は太平洋側では降雨量が少なく、空気が乾燥し、川などの水が涸れることもある。

葬列の前向いてゆく冬旱　長谷川双魚
星うるむ一夜もあらず冬旱　馬場移公子
電柱の影が田に伸び冬旱　廣瀬直人
山深き瀬に沿ふ道の寒旱　飯田蛇笏

【冬の空《ふゆのそら》】　冬空　冬青空　冬天《とうてん》　寒天　寒空《さむぞら》　凍空《いてぞら》

曇りや雪の日の暗鬱で寒々とした空。逆に、晴れわたった日の透徹した青空も冬ならではのものである。

寒空やただ暁の峰の松　暁台
夕方がいちばんきれい冬の空　上野章子
冬空や猫塀づたひどこへもゆける　波多野爽波
冬空に摑《つか》まれて富士立ち上る　伊藤通明
雲詰めて冬空といふ隙間あり　山西雅子
懸垂にたましひ鍛へ冬青空　大石悦子
本ひらくやうに冬青空仰ぐ　奥坂まや
倒立の足を揃へぬ冬青空　井上弘美
巨石文明滅びてのこる冬青空　仲寒蟬

【冬の雲《ふゆのくも》】　冬雲　凍雲《いてぐも》　寒雲《かんうん》

冬空を一面に覆う雲、固まって凍りついたように動かない雲、入日に照らされた雲など、いずれも寒々しい。

冬の雲なほ捨てきれぬこころざし　鷲谷七菜子
冬雲は薄くもならず濃くもならず　高浜虚子
冬雲の迅き流れへ足場組む　神原栄二
凍雲を夕日貫き沈みけり　福田蓼汀
寒雲の燃え尽しては峡を出づ　馬場移公子
寒雲の影をちぢめてうごきけり　石原八束
寒雲の充ち来る宇陀の日暮かな　茨木和生

【冬の月《ふゆのつき》】　寒月《かんげつ》　冬満月　冬三日月　月冴《つきさ》ゆ

冴えわたった大気の中で冬の月は磨ぎ澄ま

されたように輝く。

此木戸や鎖のさゝれて冬の月　其角
寒月の門へ火の飛ぶ鍛冶屋かな　太祇
寒月や僧に行き合ふ橋の上　蕪村
あかるさや風さへ吹かず寒の月　樗良
我影の崖に落ちけり冬の月　柳原極堂
冬の月あまり高きをかなしめり　山本洋子
戸口まで道が来ており冬の月　鳴戸奈菜
寒月やひとり渡れば長き橋　高柳重信
寒月の山を離れてすぐ高し　永方裕子
寒月や猫の夜会の港町　大屋達治
寒月下あにいもうとのやうに寝て　大木あまり
霊寄せの冬満月の上り来ぬ　井上弘美
これやこの冬三日月の鋭きひかり　久保田万太郎
冬三日月高野の杉に見失ふ　桑島啓司

【冬の星《ふゆのほし》】　寒星《かんせい》　凍星《いてぼし》　寒昴《すばる》　寒オリオン　寒北斗　冬北斗　冬銀河　星冴《ほしさ》ゆ

冬は大気が澄み、凍空の星の光は鋭い。❖昴やオリオン座はすぐに見つけることができる。銀河は秋の季語だが、寒天に冴え冴えとかかる冬銀河も趣が深い。

浅草に売る舞踏靴冬の星　日原傳
ことごとく未踏なりけり冬の星　高柳克弘
立ち止まるとき寒星の無尽蔵　木村敏男
鳴り出づるごとく出揃ひ寒の星　鷹羽狩行
凍星を組みたる神の遊びかな　須佐薫子
寒昴天のいちばん上の座に　山口誓子
寒昴幼き星を従へて　角川照子
粒選りの星を揃へて寒北斗　佐藤和枝
生きてあれ冬の北斗の柄の下に　加藤楸邨
再びは生れ来ぬ世か冬銀河　細見綾子
聖堂はまだ灯を消さず冬銀河　岬雪夫
冬銀河砂曼荼羅を地に描く　山崎祐子
冬銀河かくもしづかに子の宿る　仙田洋子

【冬凪《ふゆなぎ》】　寒凪《かんなぎ》

冬は風が強く海が荒れることが多いが、太

平洋側や内海などは波も立たず穏やかな好天の日もある。

冬凪や鳶一つ舞ふ浜の空　寒川鼠骨
冬凪やひたと延べあふ岬二つ　井沢正江
冬凪や置きたるごとく桜島　轡田　進
冬凪や鉄の匂ひの坐礁船　柏原眠雨
寒凪や積木のごとき山の墓　岡本高明
寒凪や樟に日の裏日の表　長田群青

【御講凪《おかうなぎ》】
浄土真宗の開祖親鸞上人の忌日である旧暦十一月二十八日ごろの、風のない穏やかな日和。御講凪の名は、その忌日の大法要を御講ということから。↓報恩講

東西の両本願寺御講凪　高浜虚子
北嶺の近々とある御講凪　井上弘美

【凩《こがらし》】　木枯《こがらし》
初冬に吹く北西寄りの強い風。木々を枯らすほど吹きすさぶことからこう呼ばれる。烈しく吹いて冬の到来を告げる。❖初冬に限定して使う季語。また、「凩」は日本で作られた国字。↓北風

凩の果はありけり海の音　言　水
狂句木枯の身は竹斎《ちくさい》に似たるかな　芭　蕉
木がらしに二日の月の吹きちるか　荷　兮
木枯や更け行く夜半の猫の耳　北　枝
凩の夜の鏡中に沈みゆく　柴田白葉女
凩を来てしばらくはもの言はず　青柳志解樹
ふたりして岬の凩きくことも　大木あまり
木がらしや目刺にのこる海の色　芥川龍之介
一番と言はず一号木枯吹く　右城暮石
海に出て木枯帰るところなし　山口誓子
木の家のさて木枯らしを聞きませう　高屋窓秋
木枯や耳張りづめに馬眠り　六本和子
木枯や星より先に家灯る　井桁衣子
妻へ帰るまで木枯の四面楚歌　鷹羽狩行
木枯や星置といふ駅に降り　片山由美子

星空を吹く木枯しの匂ひかな　村上鞆彦

【寒風《かんぷう》】

身に刺さるような寒い風。冬は風が吹く日が多く、北風にかぎらず、寒さがひとしおである。

寒風の砂丘今日見る今日のかたち　山口誓子
寒風に吹きしぼらるる思ひかな　星野立子
寒風や砂を流るる砂の粒　石田勝彦

【北風《きたかぜ》】　北《き》風《た》　北吹く

北または北西から吹く、冷たい冬の季節風。大陸の冷たい高気圧から、日本の東海上の低気圧に向けて吹いてくる。

北風にあらがふことを敢てせじ　富安風生
北風の身を切るといふ言葉かな　中村苑子
北風にたちむかふ身をほそめけり　木下夕爾
北風やイエスの言葉つきまとふ　野見山朱鳥
北風に吹かれて星の散らばりぬ　今井杏太郎
北風吹くや鳴子こけしの首が鳴る　菖蒲あや
北吹くと種になりたるもの光る　山西雅子

【空風《からかぜ》】　空つ風

冬に北または北西から吹く、乾燥した強い季節風。❖太平洋側、なかでも関東地方に多く、上州名物とされる。

から風の吹きからしたる水田かな　桃　隣
信濃より音曳いてくる空つ風　廣瀬直人
目に入れて太陽痛し空つ風　桑原三郎
釜の湯のうまくなる夜ぞ空つ風　落合水尾

【北颪《きたおろし》】　北下《きたおろ》し

山から吹き下ろしてくる空風。❖山の名を冠して、浅間颪・赤城颪・筑波颪・男体颪・伊吹颪・比叡颪・六甲颪などともいう。

寝られずやかたへ冷えゆく北下し　去　来
一族の滅びの墓群北下し　柴田白葉女
北おろし一夜吹きても吹きたらず　福田甲子雄
息荒く浅間颪にまむかへる　相馬遷子
辻神の供米へ比叡颪かな　鈴木鷹夫

【神渡《かみわたし》】

旧暦十月（神無月）に吹く風で、出雲大社に参集する諸国の神々を送る風とされる。

↓神の旅

きらきらとうごける星や神渡し　室積波那女
雲ひとつなき葛城の神渡し　朝妻力

【ならひ】　北風《ならひ》
東日本の海沿いで主に北から吹く寒冷な風。「ならひ」は「並ぶ」「倣う」が語源かといわれるように、山並に沿って吹く。したがって地域により、風の向きは異なる。❖山や地方の名を冠して「筑波ならひ」「下総ならひ」などともいう。

ならひ吹く葬儀社の花しろたへに　飯田蛇笏
白波や筑波北風の帆曳き船　石原八束

【隙間風《すきまかぜ》】

戸障子や壁の隙間から吹き込んでくる風。かつての日本家屋では、それを防ぐために目貼りをした。

寸分の隙間うかがふ隙間風　富安風生
隙間風その数条を熟知せり　相生垣瓜人
隙間風兄妹に母の文異《ちが》ふ　石田波郷
すぐ寝つく母いとほしや隙間風　清崎敏郎
隙間風さまざまのもの経て来たり　波多野爽波
灯を消してより明らかに隙間風　小出秋光
隙間風屏風の山河からも来る　鷹羽狩行

【虎落笛《もがりぶえ》】

柵や竹垣などに吹きつける強い風が発する笛のような音。「もがり」は、枝のついた竹を立て並べた物干しや、竹を斜めに編んだ垣や柵などのこと。それに、中国で虎を防ぐために組む柵をいう「虎落」の字をあてた。

樹には樹の哀しみのありもがり笛　木下夕爾
虎落笛いつの世よりの太き梁　廣瀬町子
琴糸を縒《よ》る灯も消えて虎落笛　細井みち

もがり笛風の又三郎やあーい　上田五千石
ふるさとの闇より来たる虎落笛　柴田佐知子
赤子泣く声に交じりて虎落笛　白濱一羊

【鎌鼬《かまいたち》】

冬季、突然皮膚が裂けて、鋭利な刃物で切られたような傷ができること。信越地方で多く発生した。昔の人は鼬に似た妖獣の仕業と信じたのでこう呼ばれる。原因は不明だが、気象現象のはずみで空気中に真空状態が生じ、その境目に触れると起きるともいう。

三人の一人こけたり鎌鼬　池内たけし
鎌鼬萱負ふ人の倒れけり　水原秋櫻子
かまいたち大国ひとつ忽と消え　三森鉄治

【初時雨《はつしぐれ》】

その冬初めての時雨。❖「初」には賞美の意もこもる。

旅人と我名よばれん初しぐれ　芭蕉
初しぐれ猿も小蓑をほしげなり　芭蕉
鳶の羽も刷《かいつくろ》ひぬはつしぐれ　去来
初時雨これより心定まりぬ　高浜虚子
山中の巌うるほひて初しぐれ　飯田蛇笏
陸橋に遠山を見て初時雨　深見けん二
初時雨家のまはりの藁にほふ　児玉輝代
小包を母につくらむ初しぐれ　黒田杏子
街道は若狭へ下るはつしぐれ　水内慶太
石仏に石の齢や初時雨　野中亮介

【時雨《しぐれ》】　時雨《しぐ》る　朝時雨　夕時雨　小《さ》夜《よ》時雨《しぐれ》　片時雨　横時雨　村時雨

冬の初め、晴れていても急に雨雲が生じて、しばらく雨が降ったかと思うとすぐに止み、また降り出すということがある。これを時雨という。「北山時雨」「能登時雨」のように本来は限られた地域で使われていたが、しだいに都会でも冬の通り雨を時雨と呼ぶようになった。村時雨はひとしきり強く降って通りすぎる雨。❖『後撰和歌集』に〈神無月ふりみふらずみ定めなき時雨ぞ冬のはじめなりける　よみ人知らず〉とあるように、時雨はその定めなさ、はかなさが本意とされ、歌語から発したもの。

幾人かしぐれかけぬく勢田の橋　丈草
新しき紙子にかかるしぐれかな　許六
ささ竹にさやさやと降るしぐれかな　士朗
しぐるるや我も古人の夜に似たる　蕪村
天地《あめつち》の間にほろと時雨かな　高浜虚子
翠黛の時雨いよいよはなやかに　高野素十
赤多き加賀友禅にしぐれ来る　細見綾子
道あるがごとくにしぐれ去りにけり　鷹羽狩行
敦賀より北に用ある時雨かな　山本洋子
灯ともせる醤の町の時雨かな　吉田七重
しぐるるや目鼻もわかず火吹竹　川端茅舎
しぐるるや駅に西口東口　安住敦
手から手へあやとりの川しぐれつつ　澁谷道
聞香に一本の松しぐれけり　大石悦子
白味噌の椀の洛中しぐれけり　大屋達治
しぐるるやほのほあげぬは火といはず　片山由美子
しぐるるや松は雀をひそませて　南うみを
生麩買ひひろうすを買ひしぐれけり　西村和子
しぐるるや一山青き竹ばかり　加古宗也
俎板に刻む脂や夕しぐれ　山西雅子
小夜時雨上野を虚子の来つゝあらん　正岡子規
うつくしきあぎととあへり能登時雨　飴山實

【冬の雨《ふゆのあめ》】　寒の雨

冬に降る雨。寒い中、細かに降る雨はうら寂しい。寒の雨は、寒の内に降る雨のこと。

面白し雪にやならん冬の雨　芭蕉
冬の雨柚の木の刺の雫かな　蕪村
人の世の窓打ちにけり冬の雨　西嶋あさ子
葛飾の鯉の黒さや寒の雨　野村喜舟
足もとの草に音して寒の雨　柴崎七重

【霰《あられ》】　玉霰　夕霰　初霰

雪の結晶に水滴が付いて凍り、白い不透明の氷の塊になって地上に降るもの。玉霰は霰の美称。❖『金槐和歌集』の〈もののふの矢なみつくろふ籠手の上に霰たばしる那須の篠原　源実朝〉の「たばしる」に見られるように、霰には勢いの良い動的な印象がある。

いざ子ども走り歩かん玉霰　芭蕉
城崎に必ず逢ひし霰かな　岡井省二
水の面を打つて消えたる霰かな　綾部仁喜
はらからのみるみる遠し夜の霰　正木浩一
とけるまで霰のかたちしてをりぬ　辻　桃子
満目の霰に旅装解きにけり　田中裕明
旅のわが青き帽子に玉霰　秋元不死男
夕市や蟹の眼を打つ玉あられ　東條素香
神の田の祭のごとし初霰　永方裕子
犬のせて舟下り来る初霰　秋篠光広

【霙《みぞれ》】　霙《みぞ》る

雨混じりの雪で、シャーベット状で降ってくる。冬の初めや終わりに多い。明け方の霙は雪に変わりやすい。❖勢いが良く、時に華やぎも感じさせる霰に対して、霙は陰鬱な印象が強い。

淋しさの底ぬけてふるみぞれかな　丈草
さらさらと烹《に》よや霙の小豆粥　鳳朗
てのひらの未来読まるる夜の霙　福永耕二
静かなるもの耳に降り霙降る　本多静江
踏切の開くときしづか霙降る　加藤かな文
棕梠の葉のばさり〳〵とみぞれけり　正岡子規

【霧氷《むひょう》】　霧氷林　樹氷《じゅひょう》　樹氷林

樹木の表面に霧が昇華してつき、木のかたちのまま真っ白になったもの。多くは高原や山地、寒い地方では平地でも見られる。樹氷は、樹木・樹枝に霧氷とさらに雪などが貼りつき、もとの樹木のかたちがわからなくなるほどさまざまなかたちに育ったもの。❖蔵王の樹氷は有名である。

霧氷咲き日は銀環をなしにけり　岡田貞峰
落葉松の霧氷にひびき鳥の声　青柳志解樹
あをあをと日輪座る霧氷かな　櫛部天思
吹きとべる霧の音して霧氷林　下村非文
樹氷凝る汝は何の木と知れず　山口誓子
こまやかに咲きことごとく樹氷林　大橋敦子
樹氷林はぐれ鴉が来て漂ふ　岡田日郎
少年は小鳥の動き樹氷林　茨木和生

【初霜《はつしも》】

その冬初めて降りた霜のこと。

初霜や小笹が下のえびかづら　惟然
初霜や物干竿の節の上　永井荷風
初霜や斧を打ちこむ樹の根ッこ　秋元不死男
初霜のあるかなきかを掃きにけり　鷹羽狩行
初霜や墨美しき古今集　大嶽青児
山頂の樹々初霜の来たる色　茨木和生
初霜や千本の糸染め上がり　水田光雄

【霜《しも》】　霜の花　霜の声　青女《せいぢょ》　大霜《おほしも》　深《ふか》霜《しも》　強霜《つよしも》　朝霜《あさしも》　夜霜《よしも》　霜晴《しもばれ》　霜雫《しもしづく》　霜解《しもどけ》

空気中の水蒸気がそのまま凍り、屋外の建造物や地表などに付着する氷晶。気温が低くよく晴れた夜に多い。夜が明けると一面に白く輝き、日が高くなるにつれ、溶けて雫となる。霜の花は降りた霜の美しさを花にたとえたもの。霜の声は心耳でとらえた霜夜の気配。青女は、霜・雪を降らすという女神で、転じて霜の異称となった。

夜すがらや竹凍らするけさの霜　芭蕉
ひき起す霜の薄や朝の門　丈草
かや船も一夜の霜の入江かな　路通
橋立や霜一すぢの朝朗《あさぼらけ》　大魯
つやつやと柳に霜の降る夜かな　暁台
霜降れば霜を楯とす法の城　高浜虚子
月光をさだかに霜の降りにけり　松村蒼石
霜掃きし箒しばらくして倒る　能村登四郎

霜白し死の国にもし橋あらば　清水径子
観音へ近江の霜を踏みゆける　須原和男
ふるさとの声のひとつに霜の声　鷹羽狩行
大霜の枯蔓鳴らす雀かな　臼田亜浪
大霜のまがきめぐらしひとすめり　中尾白雨
強霜の富士や力を裾までも　飯田龍太
霜強し蓮華と開く八ケ岳　前田普羅
霜晴や素手に磨きて杉丸太　井沢正江
霜晴の山々空を拡げけり　茨木和生
霜晴や汽車はレールにみちびかれ　鶴岡加苗
薪投げて登り窯たく霜日和　石原八束

【雪催《ゆきもよひ》】

雲が重く垂れ込め、今にも雪が降ってきそうな空模様のことをいう。❖「雪催ふ」と動詞化するのは避けたい。

悪相の魚は美味し雪催　鈴木真砂女
綾取の橋が崩れる雪催　佐藤鬼房
まうしろに蠟燭のある雪催ひ　柿本多映
薪割りの枕がとんで雪催　鷹羽狩行
雪催ひ背中合はせの椅子ふたつ　四方万里子
斧噛んで暮るる一幹雪もよひ　野中亮介
手の中に小さき手のある雪催　辻　美奈子

【初雪《はつゆき》】

その冬初めて降る雪のこと。

初雪や水仙の葉の撓むまで　芭蕉
うしろより初雪降れり夜の町　前田普羅
初雪の忽ち松に積りけり　日野草城
初雪に日のゆきわたる雑木山　行方寅次郎
命ありて見る初雪の新しや　樋笠　文
初雪や仏と少し昼の酒　星野　椿
初雪にして一尺となることも　三村純也

【雪《ゆき》】

六花《むつのはな》　六花《りくくわ》　小雪《こゆき》　大雪《おほゆき》　深雪《みゆき》
粉雪《こなゆき》　粉雪《こゆき》　細雪《ささめゆき》　小米雪《こごめゆき》　新雪　根雪
飛雪《ひせつ》　雪明り　暮雪《ぼせつ》　雪晴《ゆきばれ》　深雪晴

大気中の水蒸気が冷えて結晶となり、地上に降ってくるもの。また、それが降り積もったもの。北海道や北陸、東北の日本海に面した地方は有数の多雪地帯で、数か月のあいだ雪に閉じ込められることもある。雪のために被る被害は大きいが、半面豊かな水資源となり豊穣をもたらす。雪の結晶は多く六方晶系の結晶となるため六花ともいう。❖古来、「雪月花」の一つとして愛でられてきた。

我が雪と思へばかろし笠の上　其角
応々といへど敲くや雪の門　去来
下京や雪つむ上の夜の雨　凡兆
是がまあつひの栖か雪五尺　一茶
いくたびも雪の深さをたづねけり　正岡子規
奥白根彼の世の雪をかがやかす　前田普羅
降る雪や玉のごとくにランプ拭く　飯田蛇笏
雪に来て美事な鳥のだまりゐる　原　石鼎
雪はげし抱かれて息のつまりしこと　橋本多佳子
限りなく降る雪何をもたらすや　西東三鬼
降る雪や明治は遠くなりにけり　中村草田男
雪の水車ごつとんことりもう止むか　大野林火
落葉松はいつめざめても雪降りをり　加藤楸邨
地の涯に倖せありと来しが雪　細谷源二
山鳩よみればまはりに雪がふる　高屋窓秋
雪はしづかにゆたかにはやし屍室　石田波郷
音なく白く重く冷たく雪降る闇　中村苑子
窓の雪女体にて湯をあふれしむ　桂　信子
雪の日暮れはいくたびも読む文のごとし　飯田龍太
雪しづか碁盤に黒の勝ちてあり　澁谷　道
美しき生ひ立ちを子に雪降れ降れ　村上喜代子
街に雪この純白のいづこより　橋本榮治
雪霏々と越後の方位消えにけり　若井新一
まだもののかたちに雪の積もりをり　片山由美子
母の死のととのつてゆく夜の雪　井上弘美
雪まみれにもなる笑つてくれるなら　櫂　未知子
泥に降る雪うつくしや泥になる　小川軽舟
雪の日のそれはちひさなラシャ鋏　中岡毅雄

雪降れり空ともつかぬあたりより　鶴岡加苗
みづうみは雪の帳の中にあり　佐藤郁良
深雪なり灯の数だけの家の数　今瀬剛一
そこそこの根雪となれば安らけし　小原啄葉
雪晴れの立ち止まるとは仰ぐこと　陽　美保子
深雪晴酢をうつ香り二階まで　中戸川朝人

【雪女郎《ゆきぢよらう》】　雪女

積雪に長く封じ込められる雪国の伝説や昔話に現れる雪の精。❖白ずくめの女の姿だとされ、幻想的な季語である。

みちのくの雪深ければ雪女郎　山口青邨
ひとの世の遊びをせんと雪女郎　長谷川双魚
雪女郎おそろし父の恋恐ろし　中村草田男
簪の星も消えゆき雪女郎　鷹羽狩行
絹鳴りの闇ふかぶかと雪女郎　浅井民子
雪女鉄瓶の湯の練れてきし　小川軽舟

【風花《かざはな》】

冬晴の日に、青空から舞い降りる雪片のこと。山岳地帯の雪が上層の強風に乗って風下に飛来するものである。❖降りはじめの雪のことではない。

風花の大きく白く一つ来る　阿波野青畝
風花を美しと見て憂しと見て　星野立子
風花の御空のあをさまさりけり　石橋秀野
眼の高さにて風花を見失ふ　今瀬剛一
風花の散り込む螺鈿尽くしの間　藺草慶子
旅にあり風花に手をさしのべて　井出野浩貴

【吹雪《ふぶき》】　吹雪く　地吹雪　雪煙《ゆきけむり》

激しい風とともに降る雪。降り積もった雪が風に吹き上げられるものが地吹雪、強風で視界を閉ざすほどに雪が舞い上がるのが雪煙である。

宿かせと刀投げ出す雪吹《ふぶき》かな　蕪村
降り止めば月あり月を又ふぶき　闌更
橇やがて吹雪の渦に吸はれけり　杉田久女
郵袋の吹雪と共に投げ込まれ　今井千鶴子

妻いつもわれに幼し吹雪く夜も　京極杞陽
たましひの繭となるまで吹雪きけり　斎藤　玄
地吹雪や胴擦りあへる寒立馬　小原啄葉
地吹雪に村落ひとつ眠りけり　小畑柚流
地吹雪や蝦夷はからくれなゐの島　櫂　未知子

【雪しまき《ゆきしまき》】　雪しまく

雪まじりの強風。「しまき」の「し」は風の意で、「巻く」と重ねて風が激しく吹き荒れるさまをいう。

廃坑の煙突二本雪しまき　柏原眠雨
雪しまき列車は一人のみ吐きぬ　櫂　未知子
丸太曳く馬子に唄なし雪しまく　小原啄葉
雪しまきつつ金星の在りどころ　山田弘子

【冬の雷《ふゆのらい》】　寒雷《かんらい》

寒冷前線の発達によって積乱雲が発達し、冬でも雷が鳴ることがある。↓雷（夏）

鋳のせて画鋲は壁に冬の雷　細谷喨々
原石に未完のひかり冬の雷　松之元陽子
寒雷やセメント袋石と化し　西東三鬼
寒雷やびりりびりりと真夜の玻璃　加藤楸邨
寒雷のふたたびを待つ背を正し　山田みづえ

【雪起し《ゆきおこし》】

日本海側では雪が降る前に雷が鳴ることがあり、それを雪起しと呼ぶ。

雪起し海のおもてをたゝくなり　阿部慧月
雪起し夜すがら沖を離れざる　安藤五百枝
海沿ひの一筋町や雪起し　小峰恭子
生湯葉のほのと甘しや雪起し　関　成美

【鰤起し《ぶりおこし》】

日本海沿岸で鰤漁が盛んになるころの雷。この雷は豊漁の前兆といわれている。↓冬の雷

一湾の気色立ちをり鰤起し　宮下翠舟
流人墓地みな壊《つひ》えをり鰤起し　石原八束
舟屋へと波殺到す鰤起し　森田　峠
底知れぬ佐渡の闇より鰤起し　水沼三郎

鰤起し白山へ雨ともなひ来　新田祐久
山よりも海の尖がりて鰤起し　長田　等
轟きの天地つらぬく鰤起し　片山由美子

【冬霞《ふゆがすみ》】　**寒霞《かんがすみ》**

単に霞といえば春の季語であるが、冬でも暖かい日には霞が立つことがある。↓霞(春)

大仏は猫背におはす冬霞　大橋越央子
ねんねこから片手出てゐる冬霞　飯島晴子
町の名の浦ばかりなり冬霞　古賀まり子
子のうたを父が濁しぬ冬霞　原　裕
冬霞この山もまた歌枕　伊藤伊那男

【冬の靄《ふゆのもや》】　**冬靄《ふゆもや》**　**寒靄《かんあい》**

空気中の水蒸気が凝結してうっすらと漂う現象。霧が乳白色であるのに対して薄青く見える。

冬の靄クレーンの鉤《かぎ》の巨大のみ　山口青邨
東京を愛し冬靄の夜を愛す　富安風生

【冬の霧《ふゆのきり》】　**冬霧《ふゆぎり》**

単に霧といえば秋の季語であるが、冬でも朝夕などは濃い霧がかかることがある。↓霧（秋）

月光のしみる家郷の冬の霧　飯田蛇笏
橋に聞くながき汽笛や冬の霧　中村汀女
冬の霧アルミの如き日かかれり　松崎鉄之介
塔一つ灯りて遠し冬の霧　蘭草慶子
冬霧の夜を徹して市場の灯　西山　睦

【冬の夕焼《ふゆのゆふやけ》】　**冬夕焼《ふゆゆふやけ》**　**冬夕焼《ふゆゆやけ》**　**寒夕焼《かんゆやけ》**　**冬茜《ふゆあかね》**　**寒茜**

冬は空気が冴えているので、鮮やかで美しい夕焼が見られる。裸木を染め、西空を燃え立たせるが、たちまち薄れてしまう。❖夕焼は本来、夏の季語である。↓夕焼(夏)

浦上や冬夕焼にわが染まり　大竹孤悠
冬夕焼下山の僧と声交はす　松本　旭

明星の銀ひとつぶや寒夕焼　相馬遷子
いつせいに鐘鳴るごとし寒夕焼　辻内京子
手元まで闇の来てゐる冬茜　廣瀬町子
山彦のかすれてわたる寒茜　早川志津子

【冬の虹《ふゆのにじ》】

冷え冷えとした大気の中で見る冬の虹は、はかなげで美しい。❖虹は本来、夏の季語である。↓虹（夏）

冬の虹とびもからすも地をあゆみ　金尾梅の門
冬の虹消えむとしたるとき気づく　安住　敦
夕暮れは物をおもへと冬の虹　中山純子

地　理

【冬の山《ふゆのやま》】　冬山　枯山　雪山　雪嶺《せつれい》
冬山路《やまぢ》

草木が枯れて遠目にも蕭条としている冬の山。また、雪をかぶった山は神々しいまでの静けさを感じさせる。↓山眠る

かくれなく重なり合ふや冬の山　蝶　夢
めぐり来る雨に音なし冬の山　蕪　村
城は燃え寺は残りぬ冬の山　大峯あきら
銃口にひかりあつめて冬の山　那須淳男
鯉もまた日ざし好めり冬の山　茨木和生
冬山の倒れかかるを支へ行く　松本たかし
鶴啼きて枯山は枯深めけり　古賀まり子
枯山に鳥突きあたる夢の後　藤田湘子
雪山を匐ひまはりゐる谺かな　飯田蛇笏
雪山のかへす光に鳥けもの　木村蕪城
雪山の底なる利根の細りけり　草間時彦
雪嶺よ女ひらりと船に乗る　石田波郷
雪嶺のひとたび暮れて顕《あら》はるる　森　澄雄
雪嶺の中まぼろしの一雪嶺　岡田日郎
雪嶺の裏側まつかかも知れぬ　今瀬剛一
手のとどきさうに雪嶺はるかなり　松永浮堂
雪嶺の光をもらふ指輪かな　浦川聡子

【山眠る《やまねむる》】

冬の山の静まりかえったさまをいう。❖北宋の画家郭熙の『林泉高致』の一節の「冬山惨淡として眠るが如し」から季語になった。↓山笑ふ（春）・山滴る（夏）・山粧ふ（秋）

山眠り火種のごとく妻が居り　村越化石
山眠るまばゆき鳥を放ちては　山田みづえ

炭窯に赤き火封じ山眠る　大串　章
水晶を包む天鵞絨《ビロード》山眠る　朝吹英和
落石の余韻を長く山眠る　片山由美子
山眠る細き蛇口のサモワール　満田春日
軒に吊る金糸雀《カナリヤ》の籠山眠る　押野　裕
山眠る命名の字は濃く太く　佐藤郁良

【冬野《ふゆの》】
冬の野原。荒涼とした光景は枯れた田畑にまで及ぶ。↓枯野

手も出さずもの荷ひ行く冬野かな　来　山
玉川の一筋光る冬野かな　内藤鳴雪
手庇《てびさし》をそれて鳶舞ふ冬野かな　板谷芳浄
冬野より父を呼ぶ声憚らず　福永耕二

【枯野《かれの》】 枯野道
草の枯れ果てた野。枯れ一色とはいえ、夕日を浴びて輝くさまは侘しいなかにも華やぎを感じさせる。↓冬野

旅に病んで夢は枯野をかけ廻る　芭　蕉
蕭条として石に日の入る枯野かな　蕪　村
吾が影の吹かれて長き枯野かな　夏目漱石
遠山に日の当りたる枯野かな　高浜虚子
土手を外《そ》れ枯野の犬となりゆけり　山口誓子
空色の水飛び飛びの枯野かな　松本たかし
火を焚くや枯野の沖を誰か過ぐ　能村登四郎
つひに吾も枯野の遠き樹となるか　野見山朱鳥
よく眠る夢の枯野が青むまで　金子兜太
床下に枯野続けり能舞台　沢木欣一
現在地不明枯野に地図拡ぐ　津田清子
小鳥死に枯野よく透く籠のこる　飴山　實
舞ひあがるもの何もなき枯野かな　白濱一羊
外燈に浮かぶ枯野のはづれかな　寺島ただし
モノレールの影来て止まる枯野かな　山尾玉藻
白毫の如き夕星大枯野　伊東　肇
一対か一対一か枯野人　鷹羽狩行

【雪原《せつげん》】 雪の原　雪野　雪の野
雪が一面に降り積もって平原のように見え

るところ。❖白一色の光景は美しいが、長い冬の厳しさを象徴する。↓冬野

没日の後雪原海の色をなす　有働　亨
雪原に雪原の道ただ岐《わか》る　八木林之助
雪原の二本の杭の呼び合へる　遠藤由樹子
雪野来て雪野を帰る訃の使ひ　小畑柚流
雪野へと続く個室に父は臥す　櫂　未知子
雪の野のふたりの人のつひにあふ　山口青邨

【冬田《ふゆた》】　冬田道

冬の田。秋に稲を刈り取ったあと、放置されて荒涼としている。

雨水も赤くさびゆく冬田かな　太　祇
やまのべのみちの左右の冬田かな　高野素十
家にゐても見ゆる冬田を見に出づる　相生垣瓜人
刈りあとの正しかりける冬田かな　酒井土子
冬田へも打ちて葬《はふ》りの集ひ鉦　宮田正和
青空の高々とある冬田かな　太田土男
うごかせぬ巌あらはなる冬田かな　日原　傳
まつすぐな声のやりとり冬田道　加藤かな文

【枯園《かれその》】　冬の園　冬の庭

草木が枯れた冬の庭園。見通しがよくなり、木や石にも趣が感じられる。

いたづらに石のみ立てり冬の庭　蝶　夢
枯園や神慮にかなふ薔薇一つ　中田みづほ
枯園の何にさはりし手の匂ひ　辻田克巳
わが胸をあたたかにして枯るる園　阿部みどり女

【冬景色《ふゆげしき》】　雪景色

見渡す限り蕭条とした冬の景色をいう。山々は静まり返り、野は枯色を深め、湖や海も寒々しさが極まる。

帆かけ舟あれや堅田の冬げしき　其　角
冬景色はなやかならず親しめり　柴田白葉女
松青きほか唐崎の冬景色　辻田克巳
真ん中を由良川のゆく冬景色　武藤紀子
大臼を運び入れたる冬景色　石田郷子

【水涸る《みづかる》】　川涸る　沼涸る　滝涸る

冬は降雨量が少なく、沼や川が底を見せ、滝が細くなって止まることもある。

昼の月でゝゐて水の涸れにけり　久保田万太郎
水涸れて昼月にある浮力かな　大峯あきら
水涸るや廻ればにほふ糸車　吉本伊智朗
涸川に鳥たつ木曾の夕ぐれは　桂　信子
ライターの火のポポポポと滝涸るる　秋元不死男
涸滝の巌にからみて落つるかな　山口草堂
涸滝を日のざらざらと落つるかな　赤尾冨美子
涸滝の雨に光りてゐたりけり　望月　周

【冬の水《ふゆのみづ》】　冬の泉　寒泉

冬の湖沼や池などの水は、透徹し静まりかえっている。一方、蕭条とした景色のなかで滾々《こんこん》と湧く冬の泉は生命感を感じさせる。❖淡水のことで、主に景色をいう。海水や飲む水などには使わない。

冬の水すこし掬む手にさからへり　飯田蛇笏
冬の水一枝の影も欺かず　中村草田男
冬の水鳳凰堂を映しをり　高木良多
命あるものは沈みて冬の水　片山由美子
羽虫みな微塵のひかり冬の水　長嶺千晶
浮かびくる如く石あり冬の水　山西雅子
鳥も稀の冬の泉の青水輪　大野林火
わが指紋冬の泉に残しけり　坂本宮尾
冬泉夕映うつすことながし　柴田白葉女
寒泉の眼に見えて湧く水纖《ほそ》し　橋本鶏二
寒泉に一杓を置き一戸あり　木村蕪城

【寒の水《かんのみづ》】　寒九の水

寒中の水。冷たく、研ぎ澄まされたかのようである。神秘的な効力があるとされ、滋養強壮のために飲んだり、酒造に用いたりする。また、布や食物を晒す。寒九の水は寒に入って九日目の水で、ことに滋養に富むという。❖本来は湧水や井戸水など自然の水をいい、飲料水などとして生活に用いる。「冬の水」のような景色のことではない。

見てさへや惣身にひびく寒の水　一　茶
寒の水飲み干す五臓六腑かな　細見綾子
寒の水荒使ひして鯉を切る　新田祐久
焼跡に透きとほりけり寒の水　石田波郷
寒の水筧に棒となりにけり　上野章子
寒の水こぼれて玉となりにけり　右城暮石
ひたひたと寒九の水や厨甕　飯田蛇笏
寒九の水山国の血を身に覚ます　野澤節子
棒のごと寒九の水を呑みくだす　大石悦子

【冬の川《ふゆのかは》】　冬川《ふゆかは》

冬の川は渇水期のため流れが細くなる。また、水量が豊かな川も寒々しくみえる。

冬川や木の葉は黒き岩の間　惟　然
ふゆ河や誰が引き捨てし赤蕪　蕪　村
流れ来るもの一つなき冬の川　五十嵐播水
冬の河われに嗅ぎより犬去れり　加藤楸邨
流れ来て鉄路に沿へり冬の川　林　徹
冬の河渡舟《わたし》に犬を立たせ来る　岡部六弥太
冬の川薄き光が流れゆく　佐藤喜仙
冬川にかゝりて太し石の橋　高野素十
冬河に新聞全紙浸り浮く　山口誓子
鶏捲るべく冬川に出でにけり　飯田龍太
冬川につきあたりたる家族かな　千葉皓史

【冬の海《ふゆのうみ》】　冬の浜　冬の渚　冬の岬

日本海側の冬の海は暗く、荒涼として時化《しけ》ることが多い。太平洋側でもうねりが大きく荒れた海をみることがある。

燈台のまたゝき長し冬の海　富安風生
身も透くやただ一望の冬の海　中村苑子
靴の砂返して冬の海を去る　和田祥子
冬の海流木の芯紅のさす　神蔵　器
やあといふ朝日へおうと冬の海　矢島渚男
冬の浜骸は鴉のみならず　森田　峠

【冬の波《ふゆのなみ》】　冬波《ふゆなみ》　冬濤《ふゆなみ》　冬怒濤《ふゆどたう》　寒濤《かんたう》

北西の季節風が強い冬は、波が高い。日本

海側では海鳴りをともない怒濤となる。

冬の浪炎の如く立ち上り　上野　泰
冬の浪よりはら〳〵と鵜となりて　村松紅花
冬の波冬の波止場に来て返す　加藤郁乎
冬波に松は巌を砦とす　松野自得
冬波の刃のことごとくわれにくる　石田勝彦
冬濤はその影の上にくつがへる　富安風生
冬濤に捨つべき命かもしれず　稲垣きくの
冬濤の摑みのぼれる巌かな　橋本鶏二
冬濤の白きたてがみ日本海　林　徹
冬浪の立ち上るとき翡翠《ひすい》色　高木晴子
冬浪をいくつ数へて戻らむか　本井　英
天日も鬣吹かれ冬怒濤　野澤節子
冬怒濤岬に果つるけものみち　辻内京子
寒濤のあがりそこねてくづれけり　岸田稚魚

【寒潮《かんてう》】　冬潮《ふゆじほ》　冬の潮

冬の海の潮の流れ。寒々とした光景であるが、力強く迫力がある。

寒潮の濤の水玉まろびけり　飯田蛇笏
寒潮や一艘あをき大島へ　吉岡桂六
ふゆしほの音の昨日をわすれよと　久保田万太郎

【霜柱《しもばしら》】

地中の水分が寒さのため凍って、細い柱状の固まりになり地表の土を押し上げるもの。関東ローム層のような湿気を含む柔らかな土質に生じる。❖日陰の気温が低いところでは、日中も溶けず何日も重なって成長し、数十センチに及ぶものもある。

霜柱伸び霜柱押し倒す　右城暮石
霜柱倒れつつあり幽かなり　松本たかし
霜柱俳句は切字響きけり　石田波郷
霜柱はがねのこゑをはなちけり　石原八束
石ひとつすとんと沈め霜柱　石田勝彦
戦没の友のみ若し霜柱　三橋敏雄
霜柱少しこの世に遅れ来て　柿本多映
分校を持ち上げてゐる霜柱　伊藤伊那男

あたらしき墓のまはりの霜柱　蘭草慶子

【凍土《いてつち》】

厳寒地で地面が凍りつくこと。❖地中深くまで凍りつき、地面が隆起して、家が傾いたり、線路を浮き上がらせて曲げたりすることもあり、これを「凍上《とうじょう》」という。

凍土につまづきがちの老の冬　高浜虚子
凍て土をすこし歩きてもどりけり　五十崎古郷
凍土に起ち上がりをり葱の屑　北村　保

【初氷《はつごほり》】

その冬初めて氷が張ること。地方や年によって遅速がある。↓氷

朽蓮《くちはす》や葉よりもうすき初氷　麦　水
夕やけや唐紅の初氷　一　茶
二上山《ふたかみ》の雀いろどき初氷　後藤綾子
初氷夜も青空の衰へず　岡本　眸
初氷草の匂ひのしてゐたる　中山世一
いには野の月の育てし初氷　村上喜代子
初氷手をさしのべてみたくなり　星野高士

【氷《こほり》】　厚氷《あつごほり》　氷面鏡《ひもかがみ》　結氷《けつぴよう》　氷橋《こほりばし》　氷湖《ひようこ》　凍湖《とうこ》　氷海　海凍る　氷江　川凍る

水が氷点下で凝固したもの。水溜りや手水鉢などに張った氷がまず目につく。厳寒地では河川や湖沼、さらに海水まで凍る。氷の張った湖ではスケートや穴釣りを楽しむところもある。晴れた日に氷の表面が光って鏡のように見えることを氷面鏡という。氷橋は河川や湖沼が凍り、人が歩けるようになったもの。

くらがりの柄杓にさはる氷かな　太　祇
鶏の觜《はし》に氷こぼるる菜屑かな　白　雄
ひる過ぎや氷の上のはしり水　大江丸
湖に鴨の片寄る氷かな　松根東洋城
叩きたる氷の固さ子等楽し　中村汀女
山河けふはればれとある氷かな　鷲谷七菜子
悪女たらむ氷ことごとく割り歩む　山田みづえ

一枚を氷より剝がす氷かな　西宮　舞
もの焚けば人の寄りくる氷かな　田中裕明
氷上にかくも照る星あひふれず　渡辺水巴
氷上のまつしぐらなる轍かな　辻　桃子
火掻棒もて割りにけり厚氷　中村雅樹
大和美し厚氷踏む音も　大島雄作
鶴立ちておのが影研ぐ氷面鏡　古賀まり子
どこからか水の乗り来る氷面鏡　小原啄葉
黒雲の縁《ふち》金色に氷橋　柴田白葉女
眼に妻を促しわたる氷橋　橋本鶏二
氷湖ゆく白犬に日の殺到す　岡部六弥太
星殖ゆるたびに氷湖の軋みけり　野中亮介
月一輪凍湖一輪光りあふ　橋本多佳子
氷海や日の一粒の珊瑚色　金箱戈止夫
氷海に覚めをり鶏のうすまぶた　秋本敦子
氷海のどこかゆるびてゐる音ぞ　大石悦子
凍る河見ればいよいよしづかなり　山口誓子
うなだるる馬に凍河の砂利積み上ぐ　斎藤　玄
凍江や渡らんとして人遅々と　高浜年尾

【氷柱《つらら》】　垂氷《たるひ》

水の滴りが凍って棒状に垂れ下がったもの。軒端や木の枝、崖などに見られる。大小さまざまで、北国では屋根から地上に届くような太く長い氷柱もできる。垂氷は氷柱の古称。❖『源氏物語』には、「日さし出で て、軒の垂氷の光り合ひたるに」とある。

朝日かげさすや氷柱の水車　鬼　貫
みちのくの町はいぶせき氷柱かな　山口青邨
崖氷柱日の差して来て崩れけり　山中弘通
余呉人に月の出おそき氷柱かな　大峯あきら
みちのくの星入り氷柱われに呉れよ　鷹羽狩行
宿までは氷柱明りの峠道　斎藤夏風
一夜さの氷柱の丈に目覚めけり　山田弘子
月光をこぼして氷柱折られけり　今瀬剛一
青空の流れてゐたる氷柱かな　茨木和生
棺出すと軒の氷柱を払ひけり　西畠　匙

鶏小屋につららの太りゆく月夜　根岸善雄
誰そ彼をいちはやく知る氷柱かな　中原道夫
大空に根を張るつららだと思へ　櫂　未知子
草氷柱草より抜けて流れけり　中嶋鬼谷
吐息よりかそけきものに草氷柱　長嶺千晶

【冬の滝《ふゆのたき》】　凍滝《いてだき》　氷瀑《ひょうばく》　滝凍《い》つ　滝凍る

冬は滝の水量が減り、かすかな音を立てて落ちるさまは心細げである。氷点下の日が続くと凍結することもある。周辺の岩にかかったしぶきも凍りつき、神秘的な姿を呈する。↓滝（夏）

八方に音捨ててゐる冬の滝　飯田龍太
なかばよりほとばしり落つ冬の滝　井上康明
冬滝のきけば相つぐこだまかな　飯田蛇笏
冬滝の真上日のあと月通る　桂　信子
音を生みけり凍滝の一とかけら　行方克巳
氷瀑を拝む十指を火に浄め　浦野芳南
滝凍てて金剛力のこもりけり　小島花枝
大岩を乗り出して滝凍てにけり　永島靖子
みづからの丈に凍りて滝全し　伊藤通明
大瀧や凍らんとしてなほしぶき　岩井英雅
滝凍る木つ端微塵の光秘め　守屋明俊

【波の花《なみのはな》】

冬の越前海岸など、岩石の多い海辺で見られる波の白い泡の塊《かたまり》。岩場から高く舞い上がったり、飛び散ったりする。❖海水がプランクトンの粘性によって泡状になるといわれ、一帯に花が群がり咲くように見えることからこの名がある。

幻の過ぐるは速き波の花　前田正治
海はがれ宙へ舞ひ立つ波の花　小原啄葉
飛びそめて高くは飛ばず浪の華　清崎敏郎
能登瓦越えて舞ひけり浪の花　林　徹
波の花ぶつかり合ひて松が枝に　千田一路
この世へと吹き戻されて濤の花　坂巻純子

【狐火《きつねび》】　狐の提灯《ちやうちん》

冬の夜、山野や墓地などで見られる正体のはっきりしない青白い火。狐火の名は、狐が口から吐くからなどといわれる。❖かつて大晦日の夜、江戸の王子稲荷付近で多くの狐火が見られた。これを「王子の狐火」といい、関八州の狐が官位を定めるため集まるものと伝えられた。人々は燃え方で翌年の豊凶を占ったといい、冬の季語とされたのはその影響であろう。蕪村の作例などはあるが、狐火が歳時記に記載されたのは大正時代である。

狐火や髑髏《どくろ》に雨のたまる夜に　蕪村
狐火を信じ男を信ぜざる　富安風生
狐火に河内の国のくらさかな　後藤夜半
狐火やまこと顔にも一とくさり　阿波野青畝
狐火の減る火ばかりとなりにけり　松本たかし
狐火や鯖街道は京を指す　加藤三七子
狐火や土蔵にかます楔石　山本洋子
狐火や叺《かます》より塩こぼれをり　菅原闕也
都府楼址暮れて狐火ともるかも　坂本宮尾

【御神渡り《おみわたり》】　御渡り《みわたり》

長野県の諏訪湖が全面結氷し、その氷が寒暖差により膨張と収縮を繰り返して長い山脈状の隆起を呈する現象。御神渡りの出現が近づくと氷の下から音がしたり、氷同士が大音響で激突して盛り上がったりする。❖御神渡りは古来諏訪大社上社の男神建御名方《たけみなかた》が、下社の女神八坂刀売《やさかとめ》のもとへ通った道といわれ、その出現の判定を司るのは八剱《やつるぎ》神社。同社は、筋や方向を正式に定め、それを基にその年の豊凶や世相を占う。

御渡りも過ぎてや湖に鳥の声　梅珠
湖岸より赤子の声や御神渡り　磯貝碧蹄館
響きつつ一夜を駆けて御神渡　小松麗
御渡の鋼の風となりにけり　小野美智子

【年末賞与《ねんまつしやうよ》】　年末手当　ボーナス

毎月の給料とは別に、暮れに支給される官庁や会社の賞与金。かつては年を越すために必要な一時金を餅代といい、年末に少額が支給された。❖現在は労働組合と経営者側とが団体交渉して、金額が決められる。

懐にボーナスありて談笑す　日野草城
ボーナスの封固くあり誇りあり　佐藤兎庸
ボーナス待つ深く林檎の傷抉《えぐ》り　有働亨

【年用意《としょうい》】　春支度《はるじたく》

新年を迎えるためにさまざまな支度を整えること。煤払・畳替、外回りの繕い、正月用品の買い物、松飾や注連飾《しめかざり》の手配、餅搗《もちつき》、年木取《としぎとり》、春着縫いなどがそれに当たる。

小半日山の出入や年用意　方水
年用意霰あたたかき日なりけり　久保田万太郎
木がくれにうぶすなともる年用意　伊東月草
夢殿へ白砂敷き足す年用意　山田孝子
年用意てのひらつかふこと多し　小原啄葉
年用意牛舎に藁を敷き詰めて　小畑柚流
山国にがらんと住みて年用意　廣瀬直人
子らの間に坐つて居りて春支度　長谷川かな女

【ぼろ市《ぼろいち》】　世田谷ぼろ市

正月準備のための年の市の一つ。各地で行われるが、なかでも東京都世田谷区の旧代官屋敷門前一帯に立つ「世田谷のボロ市」は歴史が長く、天正六年（一五七八）に始まったとされる。かつては農具が市の中心だったが、日清戦争後に古着やつぎあてに使うぼろが盛んに売られるようになり、ぼろ市と呼ばれるようになったという。今では十二月と一月の十五、十六日に開かれ、古着以外にも植木、雑貨などさまざまなものが扱われ、七百以上の露店が並ぶ。

ぼろ市の嵐寛《あらかん》のブロマイドかな　飯島晴子
ぼろ市の古レコードの山崩れ　行方克巳
ぼろ市の日射しが溜まる瓶の底　川崎清明
ぼろ市にトルコの青き涙壺　矢島惠

【年の市《としのいち》】 歳《とし》の市　暮市《くれいち》　がさ市

新年のための品物を売る市。十二月中ごろから大晦日《おおみそか》まで、各地の社寺の境内に大きな市が立つ。❖東京の浅草寺・深川八幡・神田明神、大阪の黒門市場などの賑わいが知られる。浅草寺では、ガサ市として親しまれている。

水仙の香も押し合ふや年の市　千代女
不二を見て通る人あり年の市　蕪村
さわ〳〵と霰いたりぬ年の市　吉岡禅寺洞
知りつくす抜け裏さびし年の市　長谷川春草
年の市ここのみ静か仏具買ふ　河府雪於
年の市まぶしきものの売られけり　藤木倶子
年の市煙を昇る火の粉疾《と》し　小川軽舟
田の端を踏み暮市の笊を買ふ　手塚美佐
がさ市や昼の薬缶のひゆると噴き　遠藤由樹子

【飾売《かざりうり》】

社寺の境内や街角に天幕張りの仮店を作り、注連飾《しめかざり》・門松などの正月用の飾を売ること。

→飾（新年）

飾売まづ暮れなづむ大欅《けやき》　皆川盤水
雪となる大樹の下の飾売り　福田甲子雄
一灯に一炉を抱き飾売　金箱戈止夫
傍にをさな子ねむる飾売　中嶋鬼谷
その前をきれいに掃いて飾売る　山口青邨

【煤払《すすはらひ》】 煤掃《すすはき》　煤竹　煤籠《すすごもり》　煤逃《すすにげ》　煤湯《すすゆ》

新年を迎えるために、年末に家屋・調度の

塵埃《じんあい》を掃き清める風習。かつては朝廷や幕府で、十二月十三日に行う年中行事の一つであった。現在は寺社などは別として、押し詰まってから行う家が多い。煤払に使う篠竹を煤竹、老人・子供が邪魔にならないように別室に籠るのを煤籠、手伝わずにどこかへ出かけてしまうことを煤逃、その日に入る風呂を煤湯という。❖大晦日に煤払を行うと、注連等を飾るのも当日になってしまう。これは「一夜飾《いちやかざり》」といって忌むべきこととされているので、煤払は小晦日《こつごもり》（十二月三十日）までに済ませるのがよい。

一函の皿あやまつやすす払ひ　召波
煤払終へ祖父の部屋母の部屋　星野立子
四方の景見えて天守の煤払ひ　岡部六弥太
回廊に潮の匂へる煤払ひ　鈴木厚子
仏の手握りて煤を払ひけり　木内彰志
朝採りの笹もて煤を払ひけり　甲斐由起子
煤掃のすめば淋しきやまひかな　石田波郷
煤逃げと言へば言はるる旅にあり　能村登四郎
煤逃げの隣村まで来てをりぬ　黛執
景品を抱へ煤逃げより戻る　杉良介
煤逃げの入江に雲の浮かびたる　浦川聡子
ゆつくりと入りてぬるき煤湯かな　下田実花

【門松立つ《かどまつたつ》】　松飾る

年末、新年の用意に門松を立てること。門松は元来歳神《としがみ》の依代《よりしろ》と信じられ、十二月十三日ごろ、「松迎《まつむかえ》」といって山から伐り出してきた。十二月半ば過ぎに飾るが、近年では月初めから立てるところもある。↓門松（新年）

門松の立ち初めしより夜の雨　一茶
人住みて門松立てぬ城の門　高浜虚子
門松を立てたる夜の旨寝かな　山西雅子
海鳴りや旧日銀の松立てて　櫂未知子
松飾り終へたる街の風荒し　片山由美子

【社会鍋《しやくわいなべ》】　慈善鍋

年の暮に、キリスト教の一派の救世軍が行う募金運動。日本では街角に鍋を吊し、その中に集まった献金で慈善事業を行う。一九〇九年、山室軍平らが始めた。❖歳末助け合い街頭募金の元祖といえる。

社会鍋横顔ばかり通るなり　岡本眸
風の出て楽のとぎるる社会鍋　鷹羽狩行
星空へ口を大きく社会鍋　木内彰志
社会鍋に五歩程離れ待ち合はす　松尾隆信
三角の頂点慈善鍋を吊り　森田峠

【年木樵《としぎこり》】　節木樵《せちぎこり》　年木伐《き》る　年木積む　年木売

正月に飾る年木を、年の暮に山へ入って伐ること。年木を家の内外に飾るのは、歳神《としがみ》の依代《よりしろ》とするためで、門松がその代表的なもの。繭玉の挿木や門松の根元の割木などを年木という場合もあり、いずれもあとで燃料とする。また、正月用の薪を年内に伐ることも年木樵という。→年木（新年）

谷越に声かけ合ふや年木樵　太祇
年木樵日ざし讃《たた》へてとほりけり　児玉輝代
しなやかなみどりを踏みぬ年木樵　山本洋子
年木伐るひびきに暮るる山ひとつ　黛執
甲斐駒の北壁しろし年木積む　岡田貞峰
年木売櫺子《れんじ》に馬をつなぎけり　中村草田男

【餅搗《もちつき》】　餅　餅米洗ふ　餅搗唄　賃餅《ちんもち》　餅筵《もちむしろ》　餅配《もちくばり》

年の瀬の二十五日から二十八日ごろにかけて正月用の餅を搗くこと。家で搗く場合と、賃餅といって餅屋や米屋に注文して搗いてもらう場合がある。かつては、道具をかついで市中を回り、餅搗唄に合わせて餅を搗く稼業があった。❖近年は各家庭や町内会などに出張して餅搗をする業者がいる。また、二十九日の餅搗は九が「苦」に通じるので行わないことが多い。

有明も三十日に近し餅の音　芭蕉
我が門へ来さうにしたり配り餅　一茶
餅搗のみえてゐるなり一軒家　阿波野青畝
餅搗きの響き山河を喜ばす　小島　健
餅つきのかたはらに子の泣いてをり　石田郷子
ちん餅や托して軽き米二升　石塚友二
林中に日がさし入りて餅筵　柴田白葉女
ひろびろとうしろ日暮れて餅筵　廣瀬直人
次の間にはみ出してゐる餅筵　鷹羽狩行
餅配大和の畝のうつくしく　大峯あきら
餅配夕べ明るき山を見て　伊藤通明

【注連飾る《しめかざる》】　注連張る

門や玄関、神棚などに注連を飾りつけること。注連は正月の歳神《としがみ》が来臨する神聖な区域であることを示すもので、藁縄に白紙の御幣《ごへい》や藁やほんだわらを下げ、橙《だいだい》や裏白《うらじろ》などをつける。→注連飾（新年）

注連飾る間も裏白の反りかへり　鷹羽狩行
村役は雪にとび降り注連飾る　辻　桃子
注連はるや神も仏も一つ棚　阿部みどり女

【御用納《ごようをさめ》】　仕事納

十二月二十八日に、官公署がその年の仕事を終えること。翌日から正月三日までは休みとなることが明治六年（一八七三年）に定められた。民間では仕事納という。→御用始（新年）

煙吐く御用納の煙出し　山口青邨
真顔して御用納の昼の酒　沢木欣一
ガラス拭く御用納めの気象台　辻田克巳

【年忘《としわすれ》】　忘年会

年の暮に、職場の同僚や親戚、友人が集まって、一年の労をねぎらい無事を祝い合う宴のこと。

そばきりのまづ一口やとし忘　宗因
満月の川波見つゝ年わすれ　水原秋櫻子

窓の下を河流れゐる年忘れ　草間時彦
この町に料亭ひとつ年忘　上﨑暮潮
膝抱きて荒野に似たる年忘れ　山田みづえ
またひとり海を見に出る年忘　黛　執
むらさきを着ると決めたり年忘　宇多喜代子
古書街に立飲みをして年忘れ　蟇目良雨
先生が時々笑ふ年忘れ　名村早智子
片減りの靴がずらりと年忘　白濱一羊
遅参なき忘年会の始まれり　前田普羅
スリッパの数見事なり忘年会　右城暮石
忘年会果てて運河の灯影かな　小川濤美子
電飾の街に踏み入り忘年会　吉田千嘉子

【掃納《はきをさめ》】

大晦日も更けてから、その年最後の掃除をすること。❖元日は「福を掃き出す」といって一日中掃除をしない風習があったため、旧年中に清掃を済ませておく。↓掃初（新年）

掃納して美しき夜の宿　高浜虚子
起き臥しの一と間どころを掃納め　富安風生
掃納めしたり静かに床のべよ　林　翔

【年守る《としまもる》】　年守る《としもる》

除夜に眠らずに元旦を迎えること。❖かつては家に籠ったり、新年の用意の整った神社に詣でて歳神《としがみ》を迎える風習があった。↓年越詣

年守るや乾鮭の太刀鱈の棒　蕪　村
はるかなる灯台の灯も年守る　遠藤若狭男
榧の木を神とし仰ぎ年守る　石　嶌　岳
手を組めば指おとなしく年守る　小川軽舟

【晦日蕎麦《みそかそば》】　年越蕎麦《としこしそば》

大晦日の夜に食べる蕎麦。麺状の蕎麦（蕎麦切）が広まった江戸時代中期以降の風習だとされる。細く長くという願いがこめられている。

書斎より呼び出《いだ》されて晦日蕎麦　遠藤梧逸

家中を点してふたり晦日蕎麦　中村保典
宵寝して年越蕎麦に起さるる　水原秋櫻子
年越蕎麦終の数なるこの三人《みたり》　高澤良一

【冬休《ふゆやすみ》】

正月をはさんだ二週間ほどの学校の休み。❖北国ではもっと長い休みとなり、そのぶん夏休みが短い。↓春休（春）・夏休（夏）

湯の町の小学校や冬休　高田風人子
叱られてばかりゐる子や冬休　青野卯
鍵束のひかりを投げて冬休　鈴木鷹夫
たかむらの風のあかるき冬休み　岡本高明

【寒施行《かんせぎやう》】　野施行《のせぎやう》　穴施行《あなせぎやう》

餌の乏しい寒中に、狐狸《こり》などに食べ物を恵み与えること。林のはずれ、野のほとりなどに、豆腐・油揚げ・握り飯などを置いておく。狐狸の穴と思われるところに食物を置くことを穴施行という。❖動物愛護というよりも、狐狸に対する土俗的信仰の色合いが強い。

山風に押されて暮るる寒施行　福田甲子雄
裏門は白木のままに寒施行　満田春日
野施行や石に置きたる海の幸　富安風生
野施行の籾撒いてある渚かな　茨木和生
野施行や高くしつらへ雪の膳　若井新一
走り根に膳を結はへて穴施行　谷口智行

【寒稽古《かんげいこ》】

寒中の一定期間に行われる柔道や剣道などの稽古。寒さの厳しい時期の早朝や夜に集まり、激しい稽古を重ねて心身を鍛練する。

大ぶりの椀の湯漬や寒稽古　水原秋櫻子
切りむすびたきひとのあり寒稽古　桂信子
角立ててたたむ手拭ひ寒稽古　戸恒東人
天狼をはっしと仰ぎ寒稽古　須佐薫子
海の砂つけて戻りぬ寒稽古　藺草慶子
黒帯が先に来てゐる寒稽古　島野紀子

【寒復習《かんざらひ》】　寒ざらへ

寒中に行う音曲・歌舞などの芸事の稽古。❖精神修養の意味合いが濃い。

芸に身を立てて稽古や寒ざらひ　上村占魚
すたれたる奥浄瑠璃や寒復習　宮野小提灯
半分は泣いてゐる声寒復習　浅野白山

【寒声《かんごゑ》】

寒中に歌や読経などの発声を錬磨すること。また、その声。寒中の厳しい修練は、声を良くし芸を上達させるといい、早朝や深更に行う。

かん声や身をそらし行く橋の上　素丸
寒声は虚空の月にひゞきけり　松瀬青々
寒声や目鼻そがるる向う風　青木月斗
寒声や辰巳といへば橋いくつ　野村喜舟
寒声を使ふ始めは低うして　藤本美和子
寒声や金春流といふ艶に　稲畑廣太郎

【寒弾《かんびき》】

寒中にする三味線などの稽古。師匠の家に住み込んで修業している弟子などは、寒中の未明から練習に励む。

寒弾のねぢに幼き手をのぶる　下田実花
すすみ出て寒弾の膝揃へけり　種田歌子
寒弾の糸をきりりと張りにけり　安田源二郎

【寒中水泳《かんちゅうすいえい》】　寒泳

日本泳法を伝える各流派の水練道場が寒稽古を行うこと。寒中に川や海で泳いで心身を鍛えることもいうようになった。❖現在は、一日だけ日を定めて、イベントとして行うことが多い。

寒中水泳初陣のととのひて　井上弘美
寒泳の身よりも黒眸《くろめ》濡れてくる　能村登四郎
寒泳の端のひとりのやや逸り　久保田　博
すれちがひざま寒泳の髪雫　福永耕二
橋の上より寒泳の頭かず　山尾玉藻
陸続と来る寒泳の眼かな　大島雄作

【寒紅《かんべに》】　丑紅《うしべに》

寒中に作られる紅のこと。色があざやかで美しい。丑紅は寒中の丑の日に買ったりつけたりしたもので、種々の薬効があるとされた。現在では高級品として僅かに生産されるのみである。❖本来は紅花から製した紅のことであるが、現在では単なる口紅が詠まれるようになってしまった。

寒紅の皿糸底の古りにけり　京極杞陽
寒紅の燃え移りたる懐紙かな　池上不二子
寒紅を引く表情のありにけり　粟津松彩子
寒紅や鏡の中に火の如し　野見山朱鳥
寒紅や妻より若き妻の客　大久保白村
丑紅を皆濃くつけて話しけり　高浜虚子

【寒灸《かんきう》】　寒灸《かんやいと》

寒中にすえる灸のことで、効き目が著しいとされた。❖寒灸同様、炎暑のさなかの土用灸も効き目があるといわれるが、科学的には解明されていない。

寒灸や痩身に火を点じたり　村山古郷
脳天にきりきり沁みて寒灸《かんやいと》　上林白草居
そくばくの余命を惜しみ寒灸　西島麦南
わが肩に上る煙や寒灸　下田実花

【寒見舞《かんみまひ》】　寒中見舞

寒中に、親戚・友人などの安否を見舞うこと。喪中で年賀欠礼した人が、年賀状の返事として葉書を出したり、歳暮の品を贈る機を逸し、年が明けてから贈る場合などにこのことばを使うことが多い。❖儀礼的な年賀に比べ、より個人的な感がある。↓暑中見舞（夏）

寒見舞古江の鯉をさげきたる　水原秋櫻子
しもふりの肉ひとつつみ寒見舞　上村占魚
藁苞《つと》のまたも動くや寒見舞　平松竈馬
美しき富士を見たりと寒見舞　和田順子
潮さして川のふくるる寒見舞　藤本美和子
煙草やめよと書き添へて寒見舞　片山由美子

【冬服《ふゆふく》】　冬着　冬シャツ

冬に着る衣服全般をいう。厚地で防寒効果の高いものが多い。冬シャツは防寒用の下着のこと。❖かつては冬服は洋服、冬着は和服という使い分けをしていたようだが、近年その区別は曖昧になっている。

さむざむと着れど冬服瀟洒にも　石原舟月
冬服の衣嚢《かくし》が深く手を隠す　山口誓子
冬服と帽子と黒し喪にはあらぬ　谷野予志
取り出だす冬服喪章佩きゐたり　田中灯京
冬服のみんなに見える木の校舎　杉野一博
山国の闇冬服につきまとふ　茨木和生
阿波に入る父の形見の冬着きて　加藤憲曠

【綿入《わたいれ》】　布子《ぬのこ》　綿子《わたこ》

保温のため、表地と裏地の間に綿を入れた着物。木綿綿を入れたものを布子、絹綿をいれたものを綿子という。

綿入の肩あて尚も鄙びたり　河東碧梧桐
日あたつて来ぬ綿入の膝の上　臼田亜浪
綿入の絣大きく遊びけり　金尾梅の門
野に干せる四五歳の子の布子かな　高野素十

【夜着《よぎ》】　掻巻《かいまき》　小夜着《こよぎ》

掛布団の一種で袖と襟がある。普通の着物より大型で厚く綿を入れる。掻巻は綿が薄めで身丈も短く、小夜着ともいう。

しつとりと雪もつもるや木綿夜着　許六
昔の友夜着から頭だけ出して　金子兜太
掻巻にふたつの顔の寝てゐたり　茨木和生

【衾《ふすま》】　紙衾《かみぶすま》

寝るときに体の上に掛ける薄い夜具。普通、四角に縫い、袖も襟もない。のちには掛蒲団と同義に使われるようになった。❖『古事記』などにも記述があり、古来用いられている。

かぶり居て何もかも聞く衾かな　樗堂
人吉《ひとよし》の雨にわびしき衾かな　阿波野青畝

一日を心に描く衾かな　池内友次郎
衾引けば独語の息の顔蔽ふ　岸田稚魚
そのかみの伊吹颪や紙衾　斎藤梅子
あかときの湖は墨色紙衾　鈴木総史

【蒲団《ふとん》】　布団　干蒲団　蒲団干す

袋状に縫った布の中に綿や鳥の羽毛などをつめた寝具。敷蒲団と掛蒲団がある。❖蒲団は、もともとは座禅の時に敷いて座る、蒲の葉を編んだ円座のこと。→夏蒲団（夏）

星空をふりかぶり寝る蒲団かな　松根東洋城
更けて寝る蒲団に嵩のなきおのれ　山口草堂
くちもとに風の吹いたる蒲団かな　鴇田智哉
佐渡ヶ島ほどに布団を離しけり　櫂　未知子
どの家もみな仕合せや干蒲団　鈴木花蓑
頭上より垂れてきたるは干蒲団　小圷健水
干蒲団うすむらさきに沖はあり　菅原鬨也
名山に正面ありぬ干蒲団　小川軽舟
天竜に落ちむばかりに干布団　阿波野青畝
蒲団ほす家の暮しのみられけり　西島麦南
葬りあと湖に向け蒲団干す　宇多喜代子
一望の港の照りに蒲団干す　寺島ただし
鳥籠の日向を残し蒲団干す　後閑達雄

【ちゃんちゃんこ】　袖無《そでなし》

防寒用の袖のない羽織で、綿が入っている。動きやすく、重ね着に向いている。

脱いでみて着てみてやはりちゃんちゃんこ　小畑柚流
峡深く住む家族みなちゃんちゃんこ　鍵和田秞子
ほろ酔ひの昼の漁師のちゃんちゃんこ　三村純也
持ち帰り仕事の妻のちゃんちゃんこ　井出野浩貴
袖なしや水仕すみたる朝つとめ　河野静雲

【背蒲団《せなぶとん》】　肩蒲団　腰蒲団　負真綿《おひまわた》

背に当てる小さな蒲団で、紐をつけてずり落ちないようにしてある。肩蒲団・腰蒲団はそれぞれの部位を温める座布団状のもの。負真綿は真綿（屑繭などから取った絹綿）

を直接負うもので、いずれも大変温かい。

わが世すでに終つてゐたる肩布団　草間時彦
よき夢を見よと姉より肩布団　堀田政弘
腰布団身にあて念《おも》ふ母の恩　宮下翠舟
負ひ真綿して大厨司る　高野素十
負真綿しんそこ家に仕へけり　寶子山京子

【ねんねこ】　**ねんねこばんてん**

乳幼児を背負う際に用いる防寒用の子守半纏《こもりばんてん》で、膝上まですっぽり覆う。親も子も温かく気持ちがよい。赤ん坊を俗に「ねんねこ」といったことからの呼び名ともいわれる。和服仕立てと洋服仕立てがある。近年は乳幼児を背負う姿が少なくなった。❖「ねんねこから赤ん坊の足が覗く」という内容の句は、形状からしてあり得ない。

ねんねこの子の眼も沖を見てゐたり　畠山譲二
ねんねこの中で歌ふを母のみ知る　千原叡子
ねんねこの中の寝息を覗かるる　稲畑汀子
ねんねこの手が吊革を握りたがる　塩川雄三
ねんねこや鈍間色《のろまいろ》なる佐渡の海　岸孝信
ねんねこを解きほんたうに小さき子　佐藤博美

【重ね着《かさねぎ》】　**厚着**

寒さを防ぐために着物や洋服を何枚も重ねて着ること。↓着ぶくれ

重ね着の模様重なる襟周り　原子公平
よんどころなく世にありて厚着せり　能村登四郎
胸元を牛に嗅がれて厚着の子　木附沢麦青

【着ぶくれ《きぶくれ》】

何枚も重ね着したり、分厚いものを着たりして体が膨れて見えること。❖重ね着同様、動作が鈍くなり、無精な印象を与える。

着ぶくれて我が一生も見えにけり　五十嵐播水
着ぶくれて怖ろしきものなくなりぬ　原田喬
通夜の座にあり誰よりも着ぶくれて　山崎ひさを
着ぶくれて神の姿に近くなる　大牧広
着ぶくれてよその子どもにぶつかりぬ　黒田杏子

着ぶくれて他人のやうな首がある　二川茂徳
着ぶくれて祈りの人に遠くをり　片山由美子
着ぶくれて人の流れに逆らはず　西宮　舞
着ぶくれてエレベーターに重なれり　白濱一羊
残照はわがうちにあり着ぶくれて　櫂　未知子
着ぶくれてビラ一片も受け取らず　髙柳克弘

【褞袍《どてら》】　**丹前《たんぜん》**

ふつうの着物よりもやや長く大きめに仕立てられた、広袖で綿の入ったくつろぎ着。家庭では近年ほとんど見られないが、旅館などで浴衣の上に着るように備えてあることが多い。丹前は主に関西地方の呼び名。

昨今の心のなごむ褞袍かな　飯田蛇笏
声高に湯の町をゆく褞袍かな　渋沢渋亭
褞袍着てさて何もなき日曜日　伊藤伊那男
丹前を着れば馬なり二児乗せて　目迫秩父

【紙子《かみこ》】　**紙衣《かみこ》**

紙製の着物。上質の厚い和紙に柿渋を塗って天日に乾かすことを数回繰り返した後、一夜露に当ててから揉んで柔らかくし、衣服に仕立てる。軽く丈夫で温かいが、近年はほとんど見られない。

あるほどの伊達仕尽して帋子かな　園　女
めし粒で紙子の破れふたぎけり　蕪　村
うつらうつら紙衣仲間に入りにけり　一　茶
放埒の顔美しき紙子かな　野村喜舟
紙子着て古人の旅につながれり　大野林火
我死なば紙衣を誰に譲るべき　夏目漱石
この紙衣なりひらの古歌散らしたる　鈴木幸子

【毛衣《けごろも》】　**裘《かはごろも》**　**皮衣**

獣の毛皮で作った防寒用の衣。寒冷地の猟師などは、動物の毛皮で作った腰当や袖無を身につける。

毛衣を尻まで垂らし杣《そま》通る　高浜年尾
海は夕焼裘《けごろも》のぼる坂の町　角川源義
鏡中にわが髯白し裘　島田五空

裘一番星と呟けり　飯島晴子
ポケットの底はるかなり裘　佐藤和枝
驪馬《せりうま》のどれが売り手や皮衣　嶋田摩耶子

【毛皮《けがは》】　毛皮売　毛皮店　敷皮

毛のついた獣皮をなめしたもの。防寒用に衣服の襟や袖口につけたり、襟巻や外套に仕立てたり、そのままの形で敷物にしたりする。『万葉集』や『源氏物語』にも鹿や黒貂《くろてん》などの毛皮が出てくる。❖毛皮は古くから使用され珍重されたが、動物保護が叫ばれる近年、人気が衰えた。

毛皮夫人にその子の教師として会へり　能村登四郎
毛皮着て臆する心なくもなし　下村梅子
いちまいの毛皮が人をいつくしむ　後藤比奈夫
毛皮着てけものの慈悲をもらひけり　鈴木榮子
青き眼のさびしき毛皮売に逢ふ　中村若沙
寛げと豹の毛皮の四肢を張る　山口誓子

【毛布《もうふ》】　ケット　電気毛布

毛や化繊で織った寝具。軽くて温かいので、膝掛けとしても使われる。ケットはブランケットの略。

志摩ホテル白き毛布の目ざめかな　車谷弘
毛布買ひ一夜は早く寝まりたり　石塚友二
いまさらに一人旅めく毛布かな　岡本眸
もぐり込む毛布老には老の明日　辻田克巳
メビウスの輪かと毛布を掛け直す　櫂未知子
毛布からのぞくと雨の日曜日　加藤かな文
電気毛布にも青空を見せむとす　中原道夫

【角巻《かくまき》】

雪国の女性が用いる、四角い毛布のような防寒衣。頭から膝までをすっぽり覆う。

角巻のもたれあひつゝ二人行く　阿波野青畝
角巻を展《ひろ》げて雪を払ひをり　原田青児
角巻をとめたる襟の銀の蝶　上村占魚
乗り降りのとき角巻の羽搏けり　福永耕二
角巻の手に角巻の子の手かな　柏原眠雨

角巻や駅の端から日本海　杉　良介

【セーター】　カーディガン　ジャケツ

毛糸で編んだ防寒用の上着の総称で、本来は汗（スウェット）をかかせるものの意。かぶって着るものをセーター、前開きのものをカーディガン、ジャケツと呼ぶ。素材は羊毛・化繊など。

老いぬれば夫婦別なきスエタかな　松尾いはほ
としよりやとつくりセーターまへうしろ　草間時彦
セーターをかむりいつもの顔を出す　落合水尾
セーターの上にセーター街古りぬ　小宅容義
橋渡り来るセーターの黒い胸　坂本宮尾
カーディガン語学教師の胸薄き　櫂　未知子
ジャケツの端のどをつつみて花とひらく　中村草田男
跫音高し青きジャケツの看護婦は　石田波郷

【ジャンパー】　ブルゾン　皮ジャンパー

袖口と裾を絞った防寒用の短い上着。労働やスポーツ、遊び着などに用いる。フランス語ではブルゾンと呼ぶ。

青年の顎ジャンパーが突き上ぐる　今村俊二
ジャンパーを脱ぎ捨ててすぐ仲良しに　髙田正子
ブルゾンや茶房の隅の指定席　片山由美子
胸隆き皮ジャンパーの女馭者　鷹羽狩行

【外套《ぐわいたう》】　オーバーコート　オーバーコート　被布　東《あづま》コート

防寒のために服の上に着る衣服の総称。厚手のウール生地が多い。かつてはコートというと和装用のものをさした。❖「套」は「被《おお》い」の意。東コートは明治時代に百貨店が売り出した和装用の外套。

外套の裏は緋なりき明治の雪　山口青邨
外套の釦あたらし熔岩《ラバ》に落ち　山口誓子
外套やすみれ色なる比叡見ゆ　草間時彦
脱ぎ捨てし外套の肩なほ怒り　福永耕二
晩年か最晩年か黒外套　大牧　広
外套を預け主賓の顔になる　森野　稔

外套のポケットの深きを愛す　片山由美子
エンドロール膝の外套照らし出す　柘植史子
外套は神話の如く吊られけり　日原傳
外套が長くて海は遠すぎて　櫂未知子
横町をふさいで来るよ外套《オーバ》着て　藤後左右
板の間に置きしオーバー膨みぬ　宮崎夕美
コート古る思ひのほかの速さにて　井上信子

【マント】　二重廻《にぢゆうまは》し　とんび　インバネス

ケープのついた釣鐘形で袖のない、ゆったりした外套。日本では着物の上に着るものとして普及し、かつては旧制高校の生徒も愛用した。女性用や子供用もある。インバネスはスコットランドの地名にちなむ。

修道尼の吊鐘マント戸がはさむ　田川飛旅子
ひと憎むこころをつつむ黒マント　文挾夫佐恵
弥撒《みさ》にゆく母のマントにつつまれて　津田清子
背に老いのはやくも二重廻しかな　久保田万太郎
鎌倉を知りつくしたるインバネス　吉本和子

【雪合羽《ゆきがつぱ》】　雪蓑《ゆきみの》

雪の降る時に着る合羽で、マントのように裾が広く長い。防水加工を施してある。江戸中期以降に普及し、その多くは木綿や油紙製であったが、現代ではビニール製や化繊で防水仕様にしたものが多い。雪蓑は藁などで作ったもの。

雪合羽汽車にのる時ひきずれり　細見綾子
雪蓑の子が立つ道のまん中に　中田みづほ
雪蓑の藁のどこからでも出る手　後藤比奈夫

【冬帽子《ふゆぼうし》】　冬帽

冬にかぶる防寒用の帽子。素材や形はさまざま。❖もともとは、大正時代以降に紳士が被った帽子をさした。→夏帽子（夏）

よこはまに近づく紺の冬帽子　長谷川双魚
居酒屋のさて何処に置く冬帽子　林翔
別れ路や虚実かたみに冬帽子　石塚友二

くらがりに歳月を負ふ冬帽子　石原八束
冬帽子低く来るなり上野駅　石田勝彦
幾つかは遺品とならむ冬帽子　藤田湘子
産土の苗字に還る冬帽子　山田みづえ
ふくらませへこませて選る冬帽子　有吉桜雲
大阪に慣れて淋しき冬帽子　西村和子
旅の絵に囲まれてゐる冬帽子　谷口摩耶
霊園といふ日だまりや冬帽子　山田径子
冬帽を脱ぐや蒼茫たる夜空　加藤楸邨

【頰被《ほほかむり》】　ほほかぶり

屋外で寒風を防ぐために、頭から頰にかけて手拭いなどをすっぽりかぶること。

そこにあるありあふものを頰被　高浜虚子
見かけよりぬくきものなり頰被　右城暮石
種馬のふところに入る頰被　佐野鬼人
頰被口が何やら嚙んでをり　鈴木鷹夫
まつさきに白き歯が見え頰被　櫛部天思

【耳袋《みみぶくろ》】　耳掛　耳当

兎の毛皮や毛糸などで作られた、耳にかぶせる袋状のもの。耳は寒風に触れると凍傷を起こしやすいので、それを防ぐ。すっぽりと耳だけ覆うものと、耳・頰・顎《あご》全部を覆うものとがある。イヤーマフなどと称し、今でも使われている。

耳飾少し見えゐて耳袋　恵利嘯月
一対のものにいろいろ耳袋　鷹羽狩行
耳袋とりて生きものめく耳よ　伊藤トキノ
木菟《づく》めきて木登りの子の耳袋　村上喜代子

【襟巻《えりまき》】　マフラー

首に巻いて寒さを防ぐもの。絹・毛織物・毛皮・毛糸などで作られる。

襟巻の狐の顔は別に在り　高浜虚子
襟巻やほのあたたかき花舗のなか　中村苑子
襟巻の狐くるりと手なづけし　中原道夫
巻き直すマフラーに日の温みあり　岡本眸
マフラーの先余るとも足らぬとも　和田順子

マフラーを巻いてやる少し絞めてやる　柴田佐知子
マフラーの子の牛小屋を覗きをり　井上弘美
マフラーを巻いて下校の顔となる　今瀬一博

【ショール】 肩掛　ストール

女性が外出する時の防寒用肩掛。絹・毛織物を縫い合わせたり、毛糸や絹糸を編んで作る。かつてはショールといぅと和服用のものをいう場合が多かった。❖語源はペルシア語のシャール。

身にまとふ黒きショールも古りにけり　杉田久女
真白なるショールの上の大きな手　今井つる女
人恐れ人を恋ふ日の白ショール　木田千女
肩かけやどこまでも野にまぎれずに　橋本多佳子
肩掛を家のうちよりして出づる　山口波津女
肩かけの臙脂《えんじ》の滑り触れしめよ　石塚友二
肩掛をゆるめロマンスカーの人　吉田　瞳
ストールに包みおほせぬ心かな　片山由美子

【手袋《てぶくろ》】 手套《しゅとう》　皮手袋

防寒・保温のために手指を覆うもの。布・皮革・毛糸製がある。❖親指のみ分かれたミトンや指先のないものもある。儀式や業務に用いられる手袋は季語にならない。

手袋の左許《ばか》りになりにける　正岡子規
手袋の右ぬいで持つ左かな　奈倉梧月
漂へる手袋のある運河かな　高野素十
手袋の十本の指を深く組めり　山口誓子
手袋をぬぐ手ながむる逢瀬かな　日野草城
手袋に五指を分ちて意を決す　桂　信子
手袋の赤きを少し後悔す　岡村敏子
手をつながむと手袋を脱ぎにけり　荒井千佐代
手袋や或る楽章のうつくしく　山西雅子
哀しみのごとやはらかし革手套　永島靖子

【ブーツ】 ロングブーツ

踝《くるぶし》より上、あるいは膝まで覆う深靴。革製が多い。日本では昭和三十年代以降、防寒を兼ねたお洒落用の靴として流行した。

ブーツ履く潮時てふはこんな時　櫂　未知子
折り合へぬ同士やブーツ直立す　田中冬生

【足袋《たび》】　白足袋　色足袋

和装のときの保温用の履物。木綿や化繊でつくった白足袋のほか、繻子《しゅす》織りの黒布で作った黒足袋があり、絹や別珍製もある。こはぜをつけて留めるようになったのは江戸時代中期で、それ以前は紐で結んだ。❖舞踊などで履く足袋は季節感が薄い。

足袋はいて寝る夜ものうき夢見かな　蕪　村
足袋つぐやノラともならず教師妻　杉田久女
石の上花のごとくに足袋を干す　柏　禎
足袋脱いで眠りは森に入るごとし　神尾久美子
足袋履くや誰にともなく背をむけて　吉田千嘉子
いつの世も足袋の白さは手で洗ふ　朝倉和江
平凡な妻の倖はせ色足袋はき　柴田白葉女
女面打つ黒足袋を穿きにけり　山口都茂女

【マスク】

白いガーゼなどで作り、風邪の感染予防や、寒さや乾燥から喉や鼻を守るために用いる。近年では防塵用のものも増え、使い捨てタイプも多くなった。❖医療の現場で医師等が使うものは季節感が薄い。また、花粉症対策用のマスクは含めない。

美しき人美しくマスクとる　京極杞陽
純白のマスクを楯として会へり　野見山ひふみ
マスクして人に遠ざけられてをり　大橋　晄
マスクして他人のやうに歩く街　山田佳乃

【毛糸編む《けいとあむ》】　毛糸　毛糸玉

毛糸でセーター・マフラー・手袋などを編むこと。

毛糸あむ指の小さな傷がじやま　今井つる女
毛糸編みつづけ横顔見せつづけ　右城暮石
毛糸編はじまり妻の黙《もだ》はじまる　加藤楸邨
わが思ふそとに妻ゐて毛糸編む　宮津昭彦
白指も編棒のうち毛糸編み　鷹羽狩行

一人編み女生徒のみな毛糸編む　楠　節子
揺り椅子を折々揺らし毛糸編む　柏原眠雨
坐る位置少し移して毛糸編む　鬼形むつ子
すこしずつ人のかたちに毛糸編む　齋藤朝比古
毛糸編む娘をとほく見てをりぬ　佐藤郁良
毛糸選る欲しき赤とはどれも違ふ　山下知津子
毛糸玉声ある方へ転がれり　市堀玉宗

【水餅《みづもち》】

餅は黴《かび》が生えたり乾燥したりしやすいので、甕などに水を張り、その中に沈めて保存した。❖生活様式の変化に伴い、見ることも稀になった季語である。

水餅の水深くなるばかりかな　阿波野青畝
水餅の真夜すこし殖ゆ水の嵩　能村登四郎
この暗さ水餅の甕あれば置く　岡本　眸
水餅や母の応《いら》へのあるところ　山本洋子

【寒餅《かんもち》】　寒の餅

寒中に搗いた餅。餅は寒中に搗くと黴が生えにくいといわれる。乾燥させ、かき餅やあられにして保存したりもする。

湖に響く寒餅搗きにけり　室積徂春
寒餅のとゞきて雪となりにけり　久保田万太郎
寒餅を搗く音きこえすぐやみぬ　水原秋櫻子
寒餅の反りて乾くはなつかしき　後藤比奈夫
寒の餅切る日あたりの古畳　松村蒼石

【熱燗《あつかん》】　燗酒《かんざけ》

燗をつけた酒。❖寒さの厳しい夜は、冷えきった体に沁《し》みわたり、まことに嬉しい。

熱燗に焼きたる舌を出《いだ》しけり　高浜虚子
熱燗に落ちついてゆく雨の宴　星野　椿
熱燗やさざなみは灯のいろを湛へ　廣瀬町子
熱燗の夫にも捨てし夢あらむ　西村和子

【鰭酒《ひれざけ》】　身酒《みざけ》

切り落とした河豚《ふぐ》の鰭をこんがり焼いて、熱燗を注いだもの。鰭の代わりに刺身の一片を入れたのが身酒。❖酔いの回りが早いとされる。

鰭酒のすぐ効きてきておそろしや　皆川盤水
ひれ酒や雨本降りの花川戸　星野麥丘人
鰭酒や畳の上で死ぬつもり　亀田虎童子
旅なれや鰭酒に気を許したる　山田弘子
鰭酒の鰭くちびるにふれにけり　中岡毅雄

【玉子酒《たまござけ》】卵酒

酒に卵と砂糖を加えて火にかけ、酒精分を飛ばしたもので、子どもでも飲める。風邪気味の時に飲む。❖滋養があり、古くから風邪の民間療法として伝えられてきた。

玉子酒するほどの酒ならばあり　菅　裸馬
母の瞳《め》にわれがあるなり玉子酒　原子公平
玉子酒妻子見守る中に飲む　高木良多
独り居の灯を閉ぢ込めて玉子酒　片山由美子
志ん生の火焔太鼓や玉子酒　加藤　潤

【寝酒《ねざけ》】

寒い夜、寝る前に体を温めるために飲む酒。❖冷えた体を芯から温めてくれる。

手さぐりの寝酒の量をあやまたず　鷹羽狩行
灯に透かしブランディなる寝酒かな　小澤　實

【葛湯《くずゆ》】

葛粉に砂糖と少量の水を入れ、よく掻き混ぜながら熱湯を加えた飲み物。体を温め消化も良い。❖滋養や発汗解熱作用があることから、風邪をひいた際にもよく飲まれてきた。

薄めても花の匂ひの葛湯かな　渡辺水巴
あはあはと吹けば片寄る葛湯かな　大野林火
しみじみとひとりの燈なる葛湯かな　岡本　眸
花びらを散らすかに吹き葛湯かな　山上樹実雄
横顔はさびし葛湯を吹けばなほ　大石悦子
匙あとへゆつくりもどる葛湯かな　仲　寒蟬
恋の句の一つとてなき葛湯かな　岩田由美

【蕎麦掻《そばがき》】

蕎麦粉を熱湯で練ったもの。つゆに浸した

り、醤油をかけたりして食べる。簡単に食べられ、体が温まるため、重宝された。

蕎麦掻くと男の箸を探し出す　上野さち子
そばがきやきのふのことをなつかしみ　黒田杏子

【湯豆腐《ゆどうふ》】

豆腐を四角に切り、昆布を敷いた水に入れて温め、醤油・薬味をつけて食べる。❖夏の冷奴とともに古くから広く親しまれてきた。

湯豆腐の一と間根岸は雨か雪　長谷川かな女
湯豆腐やいのちの果てのうすあかり　久保田万太郎
湯豆腐の一つ崩れずをはりまで　水原秋櫻子
湯豆腐にうつくしき火の廻りけり　萩原麦草
湯豆腐や男の歎ききくことも　鈴木真砂女
永らへて湯豆腐とはよくつきあへり　清水基吉
湯豆腐に咲いて萎れぬ花かつを　石塚友二
湯豆腐やほのと老母の恋がたり　久保千鶴子

【寒卵《かんたまご》】　寒玉子

寒中に鶏が産んだ卵。鶏卵は完全食品に近く、特に寒卵は栄養豊富で、生で食べるのが良いとされる。かつては珍重された。

寒卵どの曲線もかへりくる　加藤楸邨
白粥に宝珠とおとす寒卵　谷野予志
寒卵二つ置きたり相寄らず　細見綾子
寒卵わが晩年も母が欲し　野澤節子
籠青し翳かさねたる寒卵　草間時彦
寒卵割つて左右の手が分る　中嶋秀子
はれやかに佐渡は近しや寒卵　黒田杏子
誰からも好かれて独り寒卵　吉田成子
絶海のしづけさにあり寒卵　中村正幸
曙光まだ天にのみあり寒卵　山下知津子
老いて慈悲ふかき妹寒玉子　成田千空

【薬喰《くすりぐひ》】　紅葉鍋《もみぢなべ》

養生のため、栄養食を摂《と》ること。古くは仏教の普及により獣肉には穢れがあるなどとされ、肉食が禁止されていたが、寒中には薬と称して獣肉を食べた。鹿は美味なので特に好まれ、その鍋は鹿と紅葉の縁で紅葉鍋という。❖広義には獣肉に限らず、寒中に滋養になるものを食べることをいう。

きつさきを立てて葱煮ゆ薬喰　亀井糸游
まつくらな山を背負ひぬ薬喰　細川加賀
熊笹に血ののこりたる薬喰　藤本安騎生
曲り家の一夜泊りの薬喰　小畑柚流
鉈彫の座敷柱や薬喰　山本洋子
上物の熊と誘はれ薬喰　茨木和生
旨酒《うまさけ》のことに吉野の薬喰　小島　健
一灯の低きを囲み薬喰　若井新一
紐ながき換気扇なり薬喰　中原道夫

【雑炊《ざふすい》】おじや

野菜や魚介類を入れ、塩・醬油・味噌などで味付けした粥《かゆ》。米から炊く場合と飯を煮て作る場合がある。鍋料理の残り汁に飯を加えてさっと煮た雑炊もおいしい。

雑炊や庇《ひさし》あらはに湖《うみ》の風　石橋秀野
雑炊の浄土へ卵落しけり　大牧　広
雑炊のあと何となくにぎやかに　鷹羽狩行
門司の灯のふゆる雑炊すすりけり　西嶋あさ子
韮《にら》雑炊いよいよ素なる我が暮し　小原菁々子
かき雑炊太白すでに海の方　星野麥丘人

【柚子湯《ゆずゆ》】冬至湯《とうじゆ》　柚子風呂　冬至風呂

冬至の日に、香りの高い柚子の実を風呂に浮かべて入浴すること。柚子湯に入ると無病息災でいられるという俗信がある。❖この風習は江戸時代から銭湯で行われていた。

柚子湯して柚子とあそべる独りかな　及川　貞
柚子湯沁む無数の傷のあるごとく　岡本　眸
柚子風呂に浸す五体の蝶番《てふつがひ》　川崎展宏
濤音をあひまあひまの冬至風呂　飯島晴子

【冬至粥《とうじがゆ》】冬至南瓜《かぼちゃ》

冬至の日に、災厄を祓うために食べる小豆

入りの粥。❖生命力のもっとも弱くなるとされる冬至に、いろいろなものを食べる俗信のひとつ。→冬至

頰杖を解く冬至粥食はんため　佐藤鬼房
長江の岸を旅行き冬至粥　有馬朗人
一刷毛の夕映えとあり冬至粥　金箱戈止夫
選ばれて冬至南瓜となりにけり　山本一歩

【焼藷《やきいも》】　焼芋《やきいも》　石焼藷　焼藷屋

焼いた甘藷《さつまいも》。石焼藷を売り歩く声には独特の季節感がある。焼藷は栗に近い味ということで八里半、または「栗より（九里四里）うまい十三里」などという。❖屋台の焼藷屋は、関東大震災で店舗が激減した後に盛んになった。

焼藷や歌劇の町に笛高く　森田峠
焼藷を割つて話を切り出せり　老川敏彦
青空に焼藷の煙立ちのぼる　平田洋子
焼芋の大きな湯気を渡さるる　網倉朔太郎
焼芋屋いつもの闇に来てゐたり　児玉仁良
焼芋屋行き過ぎさうな声で売る　後藤立夫

【鯛焼《たいやき》】　今川焼　太鼓焼　大判焼

生地を鯛の焼型に流し込み、餡を入れて焼いた菓子。鯛の形が何ともめでたい。今川焼は、神田今川橋付近で売り始めたことによるといわれる。

鯛焼をふたつに頒けて尾がさみし　ながさく清江
鯛焼は鯛焼同士ぬくめあふ　大牧広
鯛焼にある糊しろに似たるもの　岡崎るり子
鯛焼を割つて五臓を吹きにけり　中原道夫

【夜鷹蕎麦《よたかそば》】　夜鳴蕎麦《よなきそば》　夜鳴饂飩《よなきうどん》

夜、屋台を引いて売り歩く蕎麦。江戸時代に街角で客引きをした最下級の遊女「夜鷹」の値段と同じことから、この名がついたという。関西では夜鳴饂飩。チャルメラを鳴らしてくる中華蕎麦もある。

竹筒に竹箸なんど夜鷹蕎麦　原石鼎

みちのくの雪降る町の夜鷹蕎麦　山口青邨
夜鷹蕎麦これより曳いてゆくところ　岸本尚毅
灯を点けて塔の全貌夜鳴蕎麦　鈴木総史

【鍋焼《なべやき》】　鍋焼饂飩《なべやきうどん》

古くは、土鍋に鶏肉・魚介類・芹・慈姑《くわい》などを入れ、醤油や味噌の味で煮ながら食べるものを指した。現代では鍋焼饂飩をいう場合が多い。❖近代になり、夜鷹蕎麦の衰退と共に盛んになったとされる。

鍋焼ときめて暖簾《のれん》をくぐり入る　西山泊雲
鍋焼や泊ると決めて父の家　篠田悌二郎
ねもごろに鍋焼饂飩あましけり　村上麓人

【河豚汁《ふぐじる》】　ふぐと汁　ふぐ鍋　ふぐちり　てつちり　河豚の宿

河豚の身を入れた味噌汁。江戸時代の河豚料理はほとんどこれで、中毒をおこすことが多かった。現代では資格を持った料理人が河豚をさばき、刺身を作ったあとの骨や頭などを鍋料理にする。

あら何ともなや昨日は過ぎて河豚汁　芭蕉
逢はぬ恋おもひ切る夜やふぐと汁　蕪村
花嫁の父と二次会ふぐと汁　嶋田一歩
海峡に神事待つ夜のふぐと汁　河野頼人
てつちりや道頓堀のぬめ灯り　老川敏彦
河豚宿の古き柱を背にしたる　三村純也

【狸汁《たぬきじる》】

狸の身とたっぷりの野菜を入れて作った味噌汁。狸は雑食の野生動物特有の臭みがあるが、冬は脂肪が乗っておいしいといわれる。

方正を守る豆腐や狸汁　石井露月
狸汁喰べて睡たうなりにけり　大橋越央子
段々に部屋暖かく狸汁　高木晴子
一つしか打たぬ時計や狸汁　小笠原和男

【納豆汁《なっとじる》】

納豆をすり鉢ですり、汁でのばして野菜や

豆腐などと一緒に煮立てた味噌汁。体がよく温まる。❖古くは、納豆はそのまま食するよりも、汁仕立てにして食べることが多かった。

朱にめづる根来《ねごろ》折敷《をしき》や納豆汁　蕪村

納豆汁杓子に障る物もなし　石井露月

箸割れば響く障子や納豆汁　石塚友二

【のつぺい汁《じる》】　のつぺ汁

里芋を中心に鶏肉・人参・大根・椎茸・蒟《こん》蒻《にやく》・油揚げ・豆腐などを好みの大きさに切り揃え、出汁《だし》で柔らかく煮た郷土料理。塩と醤油などで味付けをし、煮上がったら片栗粉や葛粉でとろみをつける。新潟県・島根県・山口県ほか、各地に伝えられる。

わかたれて湯気のつながるのつぺい汁　鷹羽狩行

風の夜は風の音降るのつぺ汁　伊藤虚舟

夜は佐渡をかくしてしまふのつぺ汁　永方裕子

百年の柱を前にのつぺ汁　水田光雄

【根深汁《ねぶかじる》】　葱汁

葱を実にした味噌汁。舌の焼けるほど熱くなった半煮え加減の葱がおいしい。根深は関東での葱の異称。❖風邪をひきやすい季節に好まれる。

母病みて一人にあまる根深汁　下田実花

根深汁一日寝込めば世に遠し　安住敦

夕空の寧日つづき根深汁　櫻井博道

腰強き湯気たちのぼり根深汁　片山由美子

【蕪汁《かぶらじる》】

蕪を具にした味噌汁。❖蕪は株が上がるようにという商売繁盛の縁起物としても好まれた。

白河に風がうがうと蕪汁　福原十王

母すこやか蕪汁大き鍋に満つ　目迫秩父

まだ尾根の見ゆる明るさ蕪汁　小山玄黙

【干菜汁《ほしなじる》】

干菜を具にした味噌汁。干菜は大根や蕪の

切り落とした葉を陰干しにした、冬場の保存食料。❖鄙《ひな》びた味わいがある。

家郷いつも誰かが病めり干菜汁　関戸靖子

めつきりと友減つてゐし干菜汁　大牧　広

長生きの眉毛をぬらす干菜汁　角　光雄

【粕汁《かすじる》】

酒粕を混ぜた味噌汁。塩鮭や塩鰤《しおぶり》に野菜を加え、柔らかくなったところに酒粕を加える。こってりした味で、体が温まる。❖北国でよく作られる。また、関西では粕汁定食があるほど一般的な食べ方。

粕汁を吹き凹《くぼ》めてはたうべけり　金子杜鵑花

粕汁にあたたまりゆく命あり　石川桂郎

粕汁や裏窓にある波がしら　千田一路

粕汁や夫に告げざることの殖ゆ　大石悦子

粕汁や疵古るままに夫婦椀　水口泰子

【闇汁《やみじる》】　闇夜汁　闇鍋

闇汁会などといって、灯を消した室内で、持ち寄った食べ物の名を教えぬまま鍋の中に入れ煮て食べる。食べたものの名を当てたり、思いがけぬものが箸にかかったりするのを楽しむ。❖娯楽の少なかった時代の名残か。

闇汁の杓子を逃げしものや何　高浜虚子

闇汁やさのみならざる外の闇　阿波野青畝

闇汁のわが入れしものわが掬《すく》ひ　草野駝王

闇汁の闇のつづきに渡し舟　澁谷　道

闇汁をはつと点してしまひけり　鈴木鷹夫

闇汁に持ち来しものの鳴きにけり　大石悦子

闇夜汁電話の鳴つてしまひけり　小山玄黙

曲り家のごとき暗さの闇汁会　鷹羽狩行

闇汁会をんなの靴のひしめける　櫻井博道

【鋤焼《すきやき》】　牛鍋

牛肉に、葱・焼豆腐・白滝・麩《ふ》・白菜・春菊などを加え、砂糖・味醂・醬油などで作った割《わ》り下《した》で、煮ながら食べる。❖関東と関西では作り方が異なる。

横額は八一の書なり鋤焼す　右城暮石
すき焼や浄瑠璃をみて泣いてきて　長谷川櫂
すき焼やいつか離れてゆく家族　花野くゆ
牛鍋に一悶着を持ち込めり　村山古郷

【牡丹鍋《ぼたんなべ》】猪鍋《ししなべ》

猪肉の鍋料理。猪鍋ともいう。昔は薬喰の一種だった。関西で好まれ、野菜と一緒に煮込み、味噌で味付けする。❖牡丹に似た赤い色の猪肉は、獣肉を嫌った時代には山鯨と呼ばれた。

大根が一番うまし牡丹鍋　右城暮石
ぼたん鍋食べし渇きか雪を食ふ　橋本美代子
鍋底を火のはひまはる牡丹鍋　岬　雪夫
牡丹鍋みんなに帰る闇のあり　大木あまり
言葉尻湯気にかき消え牡丹鍋　片山由美子
猪鍋の大山詣くづれかな　石田勝彦
猪鍋やとなりの部屋のまくらがり　細川加賀
猪鍋の佳境もなくて終りけり　関森勝夫
猪鍋や山の見ゆるを上座とし　井上弘美
猪鍋や簞笥の上に物を積み　山西雅子

【桜鍋《さくらなべ》】

馬肉の鍋料理。馬肉は桜色なので桜鍋という。葱・牛蒡などを入れ、味噌仕立てまたは鋤焼風の味付けをする。

二階より素足降り来る桜鍋　鈴木鷹夫
ぶちぬきの部屋の敷居や桜鍋　綾部仁喜
さくら鍋箸やすめれば噴きこぼれ　檜　紀代

【鴨鍋《かもなべ》】

鴨の肉を用いる鍋物。もともとは真鴨を用いていたが、近年は家鴨との雑種の合鴨が主流になった。葱、白菜、牛蒡、豆腐などとともに煮込み、味付けはさまざまである。❖鴨肉と相性のよい葱がそろえばすぐにでも鍋ができることから、「鴨が葱を背負って来る」ということわざが生まれた。

鴨鍋やたびたび人が背を通り　角　光雄
鴨鍋や甲斐甲斐しくて左利き　山田弘子
鴨鍋を囲むころより湖暮るる　細川子生

【鮟鱇鍋《あんかうなべ》】

鮟鱇は見た目はグロテスクだが、味は美味で、ことに鍋が好まれる。旬は冬から早春にかけて。身が柔らかく、粘りが強く切りづらいので吊し切りという方法で捌く。鍋には、ほかに焼豆腐・葱などを加え、醬油・味醂・酒などを入れた薄味の汁で煮る。

ほかの部屋大いに笑ふ鮟鱇鍋　深川正一郎
鮟鱇鍋戸の開けたてに風入りぬ　舘岡沙緻
沖の灯と見えて星出づ鮟鱇鍋　中　拓夫
鮟鱇鍋廊下灯してなほ暗し　藤田直子
灯台の光の届く鮟鱇鍋　永瀬十悟
襖絵の波に囲まれ鮟鱇鍋　三浦美穂
鮟鱇もわが身の業も煮ゆるかな　久保田万太郎

【牡蠣鍋《かきなべ》】　土手鍋

冬季においしくなる種類の牡蠣を主な材料として楽しむ鍋料理。土手鍋は、味噌を鍋の周囲に塗り、その味噌を出汁に溶かし入れながら、野菜と共に牡蠣を煮て食べる。

牡蠣鍋の葱の切つ先そろひけり　水原秋櫻子
土手鍋の土手のさびしくなりにけり　櫂　未知子

【寄鍋《よせなべ》】

薄味のだし汁で魚貝・鶏肉・野菜などの季節の材料を煮込んだ鍋物。決まった具材は特になく自由に楽しむ。

舌焼きてなほ寄鍋に執しけり　水原秋櫻子
寄せ鍋の一人が抜けて賑はへり　千田一路
寄鍋や蓋の重たき唐津焼　斎藤朗笛
寄鍋にもつとも遠き席当る　中原道夫
寄鍋の大げさに開く貝の口　福神規子

【おでん】　関東煮《くわんとだき》

もともとは豆腐を串に刺して味噌をつけてあぶった味噌田楽の田に「お」をつけたも

ので、のちにその変形である煮込み田楽をおでんというようになった。江戸時代末期に始まったといわれ、関西では関東煮と称する。蒟蒻《こんにゃく》・白滝・大根・はんぺん・竹輪・玉子・生揚げなどの種を煮込む。❖かつては田楽には菜飯、おでんには茶飯がつきものとされていた。

夫あらば子あらばこそのおでん種　角川照子
別るるに東京駅のおでんかな　岬　雪夫
おでん食ふよ轟くガード頭の上　篠原鳳作
おでん煮えさまざまの顔通りけり　波多野爽波
おでん煮る新らの杉箸割りたくて　鈴木八洲彦
おでん屋に同じ淋しさおなじ唄　岡本　眸
おでん屋に昼の輩となりにけり　三村純也
おでん酒一期一会の肘ぶつかる　大牧　広
こんにやくのはればれとある関東煮　川名将義

【煮凝《にこごり》】　凝鮒《こごりぶな》

魚の煮汁が冷えてゼリー状に固まったもの。また煮魚の身をほぐして煮汁とともに固めた寄せ物。ゼラチン質に富んだ鰈《かれい》・鮃《ひらめ》・鮟《あん》鱇《こう》などの魚はよく固まり味も良い。寒鮒を用いたものは、凝鮒《こごりぶな》といって賞味される。❖かつての日本家屋は室内温度が低く、自然と煮凝ができた。

煮こゞりの魚の眼玉も喰はれけり　西島麦南
煮凝やなにもかもはや過ぎしこと　小川匠太郎
煮凝やにぎやかに星移りゐる　原　裕
煮凝の山河端より崩しけり　宗田安正
煮凝にするどき骨のありにけり　大牧　広
山際の茜消えゆく凝鮒　福田甲子雄

【焼鳥《やきとり》】

鳥肉を串に刺して直火で焼いたもの。冬は鳥類のおいしい季節。かつて、焼鳥にするのは野鳥に限られていた。雁、鴨、雉《きじ》、山鳥などが好まれた。❖近年の町なかで食べる鶏肉の焼鳥は、季語として成立しにくい。

大鬮に焼鳥の串落としけり　長谷川かな女
焼鳥の血のしたたりも中津川　藤澤清子
看板に山鳥つるや焼鳥屋　中山稲青

【風呂吹《ふろふき》】　風呂吹大根

大根や蕪を茹でて、味噌だれなどをかけて食べるもの。熱いものを吹きながら食べるので風呂吹という。

風呂吹の一きれづつや四十人　正岡子規
風呂吹に杉箸細く割りにけり　高橋淡路女
風呂吹や妻の髪にもしろきもの　軽部烏頭子
風呂吹や闇一塊の甲斐の国　廣瀬直人
箸入れて風呂吹の湯気二つにす　山田佳乃

【茎漬《くきづけ》】　菜漬　茎の桶《をけ》　茎の石　茎の水

蕪や大根、野沢菜などの漬物。葉・茎を樽に入れ、塩を加え、重石《おもし》を載せておく。麹を用いることもある。数日で熟し、酸味があって美味。漬ける桶を茎の桶といい、重石とする石を茎の石、上がってきた水を茎の水などという。

茎漬や妻なく住むを問ふおうな　太　祇
水あげて茎漬はもう食べ頃か　小川匠太郎
石一つたす茎漬の手くらがり　長谷川久々子
茎の石土間の暗さにならし馴染む　後藤比奈夫
億劫なところより出す茎の石　北村仁子
茎の石母の力の底知れず　片山由美子

【酢茎《すぐき》】　酢茎売

蕪の一種の酢茎菜を塩漬けにしたもの。京都上賀茂地方の特産である。

加茂川の日々に涸れゆく酢茎かな　岸　風三樓
筆置ける石あり酢茎桶ならぶ　皆吉爽雨
ずりずりと路地へ押し出す酢茎樽　南　うみを
酢茎売来て賑やかや台所　谷野予志
胸深く財布しまひぬ酢茎売　森田　峠
残り火を暗きに捨つる酸茎売　井上弘美

【乾鮭《からざけ》】　干鮭

北海道、東北地方北部などでは鮭を塩漬けにするばかりでなく、軒下にぶら下げ素干しにして保存した。食べるときには木槌で打って柔らかくし、火にあぶったり煮たりする。❖現代ではあまり見られない。

雪の朝独り干鮭を噛《か》み得たり　芭蕉
乾鮭の切口赤き厨かな　正岡子規
乾鮭の下顎強くもの言へり　嶋田麻紀
乾鮭を鍛へ上げたる海の風　若井新一

【塩鮭《しほざけ》】　新巻《あらまき》　荒巻《あらまき》　塩引《しほびき》

鮭の塩蔵品のこと。生鮭の鰓《えら》を取り除き、腹部を開き、内臓などを除いたあと、口腔、腹腔に塩を入れ、回りにも塩を撒き、積みあげる。塩引ともいわれる。甘塩の鮭を縄で巻いた上等品を新巻という。

塩引や蝦夷の泥まで祝はるる　一茶
塩鮭の塩きびしきを好みけり　水原秋櫻子
新巻の荷にちがひなき長さかな　唐笠何蝶
さしあたり箱へ戻しぬ新巻鮭　池田澄子
骨董市荒巻提げて通りけり　七田谷まりうす

【海鼠腸《このわた》】

海鼠《なまこ》の腸を塩漬けにした、塩辛の一種。そのまますすったり、三杯酢で食べたりする。主に酒の肴とする。

このわたの壺を抱いて啜りけり　島田五空
海鼠腸が好きで勝気で病身で　森田愛子
このわたを立つて啜れる向ぅむき　飴山實
海鼠腸の一尋ほどをひと啜り　岡田董也

【新海苔《しんのり》】　寒海苔

海苔は本来春のものだが、冬のうちから出回るものを新海苔という。暮の贈答品などにする。色が鮮やかで柔らかく香りもよい。

新海苔や午前の便にも午後の便にも　相島虚吼
新海苔の艶はなやげる封を切る　久保田万太郎
新海苔買ふ仲見世の灯のはなやぎに　加藤松薫

【寒造《かんづくり》】

寒中の水で、酒を醸すことおよび醸したその酒をいう。酒造りは大体十一月から始まり三月に終わる。清酒は酛《もと》を仕込み、醪《もろみ》を発酵させ、粕を搾って造る。寒の水を用いて造った酒は味が良く、長期間の貯蔵に耐えられるといわれる。❖冬期の季節労働者を使えることも、寒造が盛んになる要因となった。↓新酒（秋）

碓《からうす》の十梃だてや寒づくり　召波
寒造りしたたる甕のひびきかな　田中王城
湯気ひいてはしる蔵人寒造　大橋櫻坡子
むかしめくくらき灯や寒造　五十嵐播水
佇めばつぶやく醪寒造　岸風三樓
一燈を神にともして寒造り　岬雪夫
能登杜氏のなべて小柄や寒造　福井貞子
かぐはしき湯気くぐりては寒造　三森鉄治

【寒晒《かんざらし》】 寒曝《かんざらし》

寒中に白玉粉などを製すること。石臼で粉砕した糯米《もちごめ》などの粉を清水につけ、濁りがとれるまで何度も水を替える。これを数日続けたのち、布の袋に入れて絞って水分を取り去り、木箱や筵《むしろ》に広げて天日で乾かす。糯米で作ったものが白玉粉であり、現在は機械化され、菓子の材料として広く用いられている。

毎夜さの槇の嵐や寒晒　子静
水が責めぬきし白さよ寒晒　右城暮石
なだるる日簀にせきとめて寒晒　木村蕪城
寒曝富嶽大きく裏に聳つ　西村公鳳

【葛晒《くずさらし》】

粉砕した葛の根を、何度も水を替えながら晒し、澱粉をとる作業。寒中の水を用いるのがよいとされた。

氷張る桶の重たし葛晒　岩根壽美
雪白に劣らじと葛晒しけり　江口井子
葛晒す男に匂ひなかりけり　広渡敬雄

【凍豆腐《しみどうふ》】　凍豆腐《こほり》　氷豆腐　寒豆腐　高野豆腐《かうやどうふ》

伝統的な保存食の一つで、豆腐を戸外に出して凍らせて乾燥させたもの。豆腐を四角に切って冬の晴天の夜、氷点下の屋外で簀《す》の上に並べて氷結させる。それを二、三週間低温で寝かせたものを藁で編み竹竿に掛け、天日で乾かす。高野山（和歌山県）の僧侶が考案したといわれ、高野豆腐とも呼ぶ。現在では機械化され、長野県で多く生産されている。

凍豆腐今宵は月に雲多し　松藤夏山
雪すこしかかりて暁けの凍豆腐　細見綾子
天竜のひびける闇の凍豆腐　木村蕪城
どれほどを星と語りし凍豆腐　大牧　広
荒星のこぼるる軒の凍豆腐　山田弘子
しばらくは嶺の薔薇色凍豆腐　柿沼　茂
田の畦の凍豆腐に月させり　加藤楸邨

【沢庵《たくあん》】　沢庵漬　沢庵漬く　大根漬く

天日に干した大根を糠《ぬか》に漬けたもの。沢庵の名は、禅僧の沢庵が考え出したことからとも、「たくわえ漬け」の訛《なま》ったものからともいわれている。米糠と塩の加減、重石《おもし》などによって味が決まる。

沢庵を漬けたるあとも風荒るる　市村究一郎
運ばれてすぐに沢庵石と呼ぶ　加倉井秋を
沢庵石てこでも島を出ぬ気なり　黛　執
大根を漬けてしまへば真暗がり　大峯あきら

【切干《きりぼし》】　切干大根

多くは大根を細く切って寒風に晒し、乾燥させたものをいう。三杯酢で和えたり、醬油に漬けたり、油揚げや人参と一緒に煮たりする。

切干のむしろを展《の》べて雲遠し　富安風生
切干やいのちの限り妻の恩　日野草城
切干も金星もまだ新しく　大峯あきら

切干や人の往来のまれにあり　九鬼あきゑ
切干にまぶしき山の旭かな　中山世一
世をしのぶかたちじわじわ切干に　中原道夫
山峡の切干に日の当たりけり　佐藤郁良

【冬構《ふゆがまへ》】 冬囲《ふゆがこひ》

本格的な防寒・防雪の備えをすること。家々では北窓を塞いだり、風除けを設けたり、また庭木を藁《わら》で囲ったり、田畑の作物や花卉《かき》を保護したりする。

山畑や青みのこして冬構へ　去来
あるだけの藁かゝへ出ぬ冬構　村上鬼城
格子戸の奥の格子戸冬構　加藤憲曠
棕梠縄をたつぷり使ひ冬構　山崎ひさを
石垣の高さ湖国の冬構　友岡子郷
冬構へ味噌樽の箍きりきりと　たなか迪子
冬構括りきれざるものは伐り　三村純也
冬構いくつも神を祀りたる　岸本尚毅
蘇鉄とは分らぬまでに冬囲　児玉輝代

【冬籠《ふゆごもり》】 雪籠《ゆきごもり》

冬の寒さを避けて家にこもっていること。東北・北陸・北海道などの寒冷地、特に豪雪地帯では、冬は家にこもりがちになる。

金屏の松の古さよ冬籠り　芭蕉
一ぱいに日のさす屋根を冬ごもり　鳳朗
薪をわるいもうと一人冬籠　正岡子規
待つものに郵便ばかり冬籠　宮部寸七翁
いまは亡き人とふたりや冬籠　久保田万太郎
読みちらし書きちらしつつ冬籠　山口青邨
返信のおほかたを否に冬ごもり　橋閒石
夢に舞ふ能美しや冬籠　松本たかし
背に触れて妻が通りぬ冬籠　石田波郷
兵糧のごとくに書あり冬籠　後藤比奈夫
冬籠ひとりの智慧はひとり分　星野麥丘人
身ほとりをかろやかにして冬籠　藤本美和子

【冬館《ふゆやかた》】

冬景色の中の洋館。❖ひっそりとした佇ま

いに詩的な趣がある。↓夏館（夏）

冬館訪ふ近道や廃墟の中　中村草田男
ベル押せば深きにいらへ冬館　長谷川浪々子
鳥影や遠き明治の冬館　角川源義
造花よりほこりのたちぬ冬館　津川絵理子

【北窓塞ぐ《きたまどふさぐ》】　北塞ぐ

北風を防ぐために、北向きの窓を塞ぐこと。戸を下ろしたり、板を打ちつけたりする。かつては筵《むしろ》で覆う地域もあった。❖窓をふさいだ家屋は閉じ込められたような陰鬱さがある。↓北窓開く（春）

北窓をふさぎ怒濤を封じけり　徳永山冬子
まなこまで北窓塞ぎたるおもひ　鷹羽狩行
こころにも北窓のあり塞ぐべし　片山由美子
ことごとく北塞ぎたる月夜かな　大峯あきら
バス停にバスの来る頃北塞ぐ　櫂未知子

【目貼《めばり》】

東北・北海道方面では、雪や風が吹き込まないように紙やテープなどを貼って隙間ができないようにする。現代家屋ではアルミサッシなどが普及したため、目貼りの必要は少なくなった。↓目貼剝ぐ（春）

目張して空ゆく風を聞いてゐる　伊東月草
首の骨こつくり鳴らす目貼して　能村登四郎
渚なき海をさびしと目貼しぬ　岡本眸
目貼して音なき夜となりにけり　茂惠一郎

【霜除《しもよけ》】　霜覆《しもおほひ》　霜囲《しもがこひ》

寒さに傷みやすい果樹・庭木・花卉《かき》類を藁や菰《こも》・筵などで囲って、霜害を防ぐこと。寒冷紗を用いることも多い。

山畠や菜に笹さして霜覆ひ　宗居
霜除の藁に降る雨だけ見えず　後藤比奈夫
霜囲めをとのごとくそれは牡丹　山口青邨

【風除《かざよけ》】　風垣《かざがき》　風囲《かざがこひ》

農村や漁村で寒風を防ぐために設けたもの。多くは北西の季節風の強い日本海沿岸の地方で、家の周りに板や藁・葭《よし》・竹などで塀のように高い囲いをする。大規模なものもあれば、簡単で粗末なものもある。❖北陸地方などに多く見られる。

風除やくぐりにさがるおもり石　村上鬼城
風除の砂に埋もれて少し見ゆ　高浜虚子
風除の裡に雨降る砂地かな　木村蕪城
櫂かつぎ風除垣を出で来る　岡安迷子
風垣を甲斐駒の日が照らすなり　村山古郷
風垣のくくり縄嚙む放ち鶏　皆川盤水
風垣の内なる風の吹きにけり　今井杏太郎
風垣をつらねて能登の海見せず　片山由美子

【雪囲《ゆきがこひ》】　雪垣《ゆきがき》　雪構《ゆきがまへ》　雪除《ゆきよけ》　墓囲《はかかこ》ふ

雪国で風雪の害を防ぐため、家の入り口や周囲、庭木などを藁・薦《こも》・簀《す》・竹・板などで囲うこと。またその囲い。↓雪囲とる（春）

御社雪囲ひして雪すくな　高野素十
雪囲して三百の僧住めり　伊藤柏翠
長縄は放りて捌き雪囲　嶋田摩耶子
飯粒の流れ出でけり雪囲　山本洋子
逃げたがる枝を封じて雪囲ひ　村上沙央
荒縄を男結びに雪囲　棚山波朗
雪囲ひして松の丈黄楊の丈　藤本美和子
青空の沖荒れてゐる雪囲　中町恵美子

【雁木《がんぎ》】

新潟・北陸・山陰および東北地方などの雪の深い土地では、町の家々の軒から頑丈な庇《ひさし》を歩道に張り出して、大雪の日でも自由に通行できるようにしてある。これを雁木という。アーケードに代わってしまった所が多いが、昔ながらのものが残っている地域もある。❖採光や通風の便より雪中の通行を優先させている。

来る人に灯影ふとある雁木かな　高野素十
雁木とふ急に静かなところかな　中村たかし

大寺の庫裡へとつづく雁木かな　佐久間慧子
ゆきかひのさざめきさびし雁木道　上林天童

【藪巻《やぶまき》】　菰巻《こもまき》
雪折れなどを防ぐために竹や樹木に縄や筵などを巻きつけること。

藪巻の松千本や法隆寺　細川加賀
藪巻やこどものこゑの裏山に　星野麥丘人
菰巻いて松は翁となりにけり　大石悦子
菰巻をしてことごとく傾ぎけり　藤本美和子

【雪吊《ゆきつり》】
雪の重みで果樹や庭木の枝が折れないように、樹形に合わせて縄を張り、枝を吊り上げておくこと。松など、その庭園において重要な木に施されることが多い。金沢市の兼六園の雪吊は、冬の風物詩となっている。
❖近年は雪の少ない地域でも飾りとして雪吊を施すことがある。

雪吊に白山颯《さつ》とかがやけり　阿波野青畝
雪吊をして貰ひたる小松かな　轡田進
風に鳴るほど雪吊の弦張つて　中村青路
雪吊や旅信を書くに水二滴　宇佐美魚目
雪吊を見てゐて背丈伸びにけり　山田みづえ
雪吊の縄のいつぽん怠けをり　伊藤白潮
雪吊りや吊つて三日の縄匂ふ　加藤耕子
雪吊の縄雪空を引き絞る　藤木倶子
雪吊のはじめの縄を飛ばしけり　大石悦子
雪吊りの雪を弾いて中に鳥　西山睦
その下を掃き雪吊の仕上がりぬ　片山由美子
雪吊の縄途中から新しき　山口昭男

【雪搔《ゆきかき》】　除雪　除雪車　ラッセル車
雪国で家ごとに周辺の雪を搔いて除く作業。鉄道や道路では除雪作業用の車両で雪を取り除くが、降雪に追いつかない年もある。
❖近年は地方の過疎化が進み、雪搔ボランティアを募ったり、雪搔ツアーを募集することも増えている。

雪掻きのまばらと見えて総出なり　宮津昭彦
雪道へ出るための雪掻きにけり　山本一歩
雪のほかは見る物がなき雪を掻く　菅　裸馬
歩くだけ生きるだけの幅雪を掻く　寺田京子
昼よりも明るき夜の雪を掻く　北　光星
除雪車の地ひびき真夜の胸の上　黒田桜の園
除雪車のたむろしてゐる駅に着く　福永鳴風

【雪下し《ゆきおろし》】　**雪卸《ゆきおろし》**

雪の多い地方では、屋根の雪を時々除く必要がある。雪の重みで、戸や障子の開けたてができなくなったり、屋根が崩落したりする恐れがあるためである。❖現在では屋根に傾斜や融雪装置をつけたりと、省力化も進んでいるが、依然として冬季の重労働であることに変わりはない。

飛びたつは夕山鳥かゆきおろし　白　雄
雪下し夕空碧くせまり来る　金尾梅の門
雪下し影切り落し切り落し　若井新一
雪卸し能登見ゆるまで上りけり　前田普羅
ほつほつと空に人でて雪卸　永田耕一郎
命綱付け大空の雪卸　藤原静思
青空に声あらはれて雪卸す　落合水尾

【冬の灯《ふゆのひ》】　**冬灯《ふゆともし》**　**寒灯**　**寒灯《かんともし》**

寒さの厳しい冬の灯火のこと。必ずしも寒中の灯火のことだけを指すわけではない。❖早々ともされた灯には、寂しさとともに人懐かしさがある。→春灯《しゅんとう》（春）・夏の灯（夏）・秋の灯（秋）

大阪の冬の灯ともる頃へ出る　後藤夜半
峡《かひ》住みの言葉置くごと冬灯《ともし》　有馬籌子
図書館に知恵の静けさ冬灯　秋尾　敏
冬灯二つ一つと消えて山　坊城俊樹
辞書割つて一字を寒燈下に拾ふ　佐野まもる
寒燈の消えて乾坤闇に落つ　星野立子
寒灯の下の落雁まだ食はず　鈴木鷹夫
寒灯の真下に据ゑて面打てり　三森鉄治

在はすやと訪ひて戸ぼその寒灯　田畑美穂女

【冬座敷《ふゆざしき》】

襖や障子を閉めきり、冬のしつらえをした座敷。❖整然としていて、居間など日常的に使う部屋とはちがう趣がある。↓夏座敷（夏）

日の筋に微塵浮かすや冬座敷　小杉余子
あか〳〵と熾《おこ》りたる火や冬座敷　久保田万太郎
冬座敷くぬぎ林の中にあり　大峯あきら
亡き人の先にきている冬座敷　宇多喜代子
門の音のここまで冬座敷　榎本好宏
結納の紅を拡げて冬座敷　桑島啓司
その昔学問寺や冬座敷　稲田眸子

【畳替《たたみがへ》】

正月を迎える年用意の一つとして、汚れたり傷んだりした畳表を取り替えること。青々とした畳表を敷き詰めた部屋には、藺《い》草《ぐさ》の匂いが立ちこめ、快い。

畳替すみたる箪笥据わりけり　久保田万太郎
一枚を灯下に仕上げ畳替へ　鷹羽狩行
敲《たた》いてはのし歩いては畳替　千葉皓史

【障子《しやうじ》】　腰障子　明り障子　白障子　雪見障子

片側にのみ和紙を貼り、光を採り入れつつ寒さを防ぐ、日本家屋の建具。古くは障子といえば襖も含んだが、現在では採光のできる明り障子を単に障子といっている。❖障子を通してほのかに光の入った部屋は落ち着きを感じさせる。↓葭戸《よしど》（夏）

嵯峨絵図を乞へば障子の開きにけり　五十嵐播水
うしろ手に閉めし障子の内と外　中村苑子
一亭の障子ましろく池に向く　村上冬燕
女弟子ふえて障子の小づくろひ　北村仁子
一枚の障子明りに伎芸天　稲畑汀子
覚めてまだ今日を思はず白障子　岡本眸
午後といふ不思議なときの白障子　鷹羽狩行

みづうみに舟の出てゐる白障子　大串　章
またひとつ記憶のもどる白障子　今井　豊
ちちははへ雪見障子を上げておく　和田順子

【襖《ふすま》】　唐紙《からかみ》　白襖　絵襖

襖障子の略で、細木の骨を組み、両面から紙や布を張った建具。部屋を仕切ると共に防寒に役立つ。唐紙を用いることから唐紙障子や唐紙というようにもなった。

震度2ぐらいかしらと襖ごしに言ふ　池田澄子
次の間へ襖の松のつづきをり　奥坂まや
唐紙の山河はづして通夜の家　岬　雪夫
星空をもどれば白き襖かな　鴇田智哉

【屏風《びやうぶ》】　金屏風　金屏　銀屏風　銀屏　枕屏風

風除けのために立てる調度。古く中国から入ってきたもので、はじめは現在の衝立《ついたて》のようであったが、改良されて折りたためる形になった。高さ五尺（約一・五メートル）のものを本間屏風、三尺前後のものを小屏風といい、六曲一双を基準とする。❖装飾品として利用されることが多く、実用性は薄れている。式場などに置かれる金屏風、銀屏風はとりわけ季節感が乏しい。

今消ゆる夕日をどつと屏風かな　山口青邨
屏風の図ひろげてみれば長恨歌　下村梅子
運ばむと四枚屏風に抱きつきぬ　後藤綾子
あかあかと屏風の裾の忘れもの　波多野爽波
畳まれてひたと吸ひつく屏風かな　長谷川櫂
銀屏の古鏡の如く曇りけり　高浜虚子
六面の銀屏に灯のもみ合へる　上村占魚
絵屏風の隅に描かれて芹その他　宇多喜代子
屏風絵の鷹が余白を窺《うかが》へり　中原道夫

【絨緞《じゆうたん》】　絨毯《じゆうたん》　緞通《だんつう》　カーペット

獣毛などを用いた毛織物の一種で、美しい文様や絵が織り込まれている。❖本来は保温用の冬の敷物だが、近年は一年中敷いたままの家もあり、季節感が薄れている。

絨毯に坐せる少女を見下すも　草間時彦
絨毯は空を飛ばねど妻を乗す　中原道夫

【暖房《だんぼう》】　煖房　床暖房　スチーム　ヒーター　暖房車

室内を暖めること。またその器具。従来、日本では火鉢などのように身体の一部分を温めるに留まり、部屋そのものを温めるという発想は近代になって欧米の生活から取り入れられたものである。

暖房や肩をかくさぬをとめらと　日野草城
暖房のぬくもりを持ち鍵一房　有馬朗人
空青し床暖房のしづけさに　市古美香
スチームや中世の色濃きホテル　千原叡子
煖房車荒涼たる河をわたりたり　山口誓子
大陸の綺羅星の夜を煖房車　福田蓼汀
身ひとつの旅すぐ睡く暖房車　菖蒲あや
暖房車青年チエロを立てて坐す　大山さちを

【ストーブ】　暖炉　ペチカ　温突《オンドル》

ガス・石油・電気・石炭・薪などを用いた暖房装置をストーブという。洋館には暖炉も設けられた。❖北欧やロシアのペチカ、朝鮮半島・中国北部の温突《オンドル》などは、小説などを通して日本に知られるようになったが、戦前、大陸で過ごした人などは実体験に基づいて俳句に詠んでいる。

ストーブの口ほの赤し幸福に　松本たかし
ストーブの中の炎が飛んでおり　上野泰
風の声火の声ストーブ列車発つ　成田千空
父も来て二度の紅茶や暖炉燃ゆ　水原秋櫻子
一片のパセリ掃かるる暖炉かな　芝不器男
夜の海見て来て寄れる暖炉かな　安住敦
室内を暖炉煙突大まがり　藤後左右
チェスの二人読書の一人暖炉の夜　牛田修嗣
またひとつ話のもどる暖炉かな　明隅礼子
動かしてペチカにほぐす十の指　石川桂郎

ペーチカに蓬燃やせば蓬の香　沢木欣一

【炭《すみ》】　炭火　燻炭《いぶりずみ》　跳炭《はねずみ》　炭の尉《じょう》　埋火《うづみび》　枝炭　堅炭　備長《びんちやう》炭　佐倉炭　桜炭　火消壺　消炭　炭斗《すみとり》　炭籠《すみかご》　炭俵

木炭のこと。火鉢や炬燵が暖を取る手段だった時代には、欠かすことのできない燃料だった。材料となる木はさまざまである。堅炭、白炭など炭の性質によって分けたり、雑丸《ぞうまる》・雑割《ぞうわり》・楢丸《ならまる》・楢割《ならわり》・楓丸《かえでまる》など原料の樹種や形によって分類したりする。茶道で使う炭には枝炭・花炭などがある。❖跳炭のことは、走り炭ともいう。

更くる夜や炭もて炭をくだく音　蓼太
はしり炭用のなき身を驚かす　闌更
切口に日あたる炭や切り落とす　原石鼎
学問のさびしさに堪へ炭をつぐ　山口誓子
炭はぜてうつつにかへる夜の畳　福島小蕾
しづけさに加はる跳ねてゐし炭も　鷹羽狩行
炭の尉《じょう》驚ろかしたる湯玉あり　中原道夫
埋み火やまことしづかに雲うつる　加藤楸邨
掘りあてし埋火紅く透きとほり　眞鍋呉夫
埋み火や直会いまだ始まらず　森田峠
埋火の一語大事に育てけり　西嶋あさ子
枝炭の骨の音して山あかり　大木あまり
おもむろに尉となりつつ桜炭　児玉輝代
母の亡き世にも慣れたり桜炭　伊藤通明
くらがりに置かれて火消壺といふ　今井杏太郎
消炭を夕べまつかな火に戻す　三橋鷹女
炭斗や母の手届く置きどころ　草間時彦
地に一度置いてかつぐや炭俵　京極杞陽
炭俵ほどきはじめの川明り　花谷和子

【炭団《たどん》】　豆炭《まめたん》

木炭の粉をふのり液などで球形に固め、乾燥させた固体燃料のこと。一定温度を保つことができるので火鉢や炬燵に使われた。❖煉炭は火力が強く煮炊きに向くが、炭団の方が硫黄分が少なく、灰の出も少ない点で燃料としてはまさっているといえる。

寄り合うて焔上げゐる炭団哉　青木月斗
昼からの日ざしに乾くたどんかな　荻野忠治郎

【石炭《せきたん》】コークス

太古の植物が、地中に埋蔵されて炭化したもの。燃料として用いられ、冬季は保温・暖房に利用される。コークスは石炭を高温で乾留し、揮発分を除いたもの。石炭は安価で発熱も良いため大量に採掘されたが、次第に石油が主流となり、石炭産業は衰微してしまった。❖燃料としては現在ほとんど顧みられない石炭だが、季語としての存在感はいまだにある。

手に重し大塊りの石炭は　橋本鶏二
石炭や二十世紀は移りつつ　京極杞陽

【煉炭《れんたん》】

木炭・石炭などの粉末を円筒状に固めたもので、明治時代末期に日本で発明された。内部に燃焼を良くするための空気孔が縦にあいている。火持ちが良いので、暖房用燃料や煮炊きなどに使われたが、かつては煉炭中毒をおこすことがあった。現在ではあまり用いられない。

濤高き夜の煉炭の七つの焔　橋本多佳子
煉炭の火口へ種子を突きおとす　秋元不死男
煉炭の火の絶壁を風のぼる　斎藤空華
煉炭の穴より炎あがりけり　鳥居三朗
練炭の灰練炭の形で立つ　中村与謝男

【炬燵《こたつ》】切炬燵《きりごたつ》　置炬燵　掘炬燵

日本独特の採暖用具。部屋の中に炉を切り、その上に格子に組んだ木製の櫓《やぐら》を掛け、櫓の中に炭火などを入れて暖を取るものが切炬燵。移動可能なものを置炬燵という。さらに床に深く掘り下げて腰掛けられるようにしたものが掘炬燵である。近年は電気炬燵が主流。❖極寒地では、炬燵では間に合わないため、ほとんど用いられない。

淀舟やこたつの下の水の音　太祇
住みつかぬ旅のこゝろや置火燵　芭蕉
よき衣を着てあたりゐる炬燵かな　山口波津女
炬燵出て歩いてゆけば嵐山　波多野爽波
どつぷりとつかりてこその炬燵かな　中嶋秀子
世の中の炬燵の中といふ処　池田澄子
脚すこし弱くなりたる炬燵出す　柴田佐知子
折鶴の嘴《はし》うつくしき炬燵かな　馬場龍吉
切札のひらりと出たる炬燵かな　津川絵理子
つくづくと出雲訛の炬燵の子　京極杞陽
茶を出しぬ炬燵の猫を押落し　金子伊昔紅
うたゝねの夢美しやおきごたつ　久保より江
別々のことして愉し置炬燵　杉田菜穂
猫が出て子が出て来たる掘炬燵　千原叡子

【炉《ろ》】　囲炉裡《ゐろり》　囲炉裏《ゐろり》　炉火　炉《ろ》明《あか》り
炉話《ろばなし》　炉《ろ》語《がた》り

家の土間や床の一部を方形に切って設けた、火を焚く所。農村の昔ながらの住宅では、大きい炉を切り、薪や榾《ほた》を燃やした。そこで煮炊きをしたり、暖を取ったりした。火を囲んでの炉辺の語らいは楽しいものだが、近年では炉は少なくなっている。❖囲炉裏は家族の団欒の中心であり、座る場所など、さまざまな決まりごとがあった。↓炉開

大原女の足投げ出してゐろりかな　召波
炉の部屋を常に散らかし親しめり　山口波津女
詩の如くちらりと人の炉辺に泣く　京極杞陽
炉辺の母昨日と同じ話かな　有馬籌子
松笠の真赤にもゆる囲炉裏かな　村上鬼城
火の色の夕間暮来る囲炉裏かな　小杉余子
囲炉裏辺の熊皮北海道の形　奈良文夫
雨音の強まりて炉火盛んなり　大峯あきら
いろいろのものに躓《つまづ》き炉火明り　高野素十
炉話のところどころに風の声　八染藍子

炉話へ一人二人と加はれり　小畑柚流

炉話のやがて静かに火を見つめ　白石渕路

炉語りを長押《なげし》の槍を見つゝ聞く　伊藤柏翠

【榾《たほ》】　榾火《ほたび》　榾明《ほたあか》り　榾の宿　榾の主

太めの木の枝や幹、根株などを干して、囲炉裏に用いる焚きもの。柴や小枝を焚き付けとして燃やす。「ほだ」とも。

妻も子も榾火に籠る野守かな　白雄

大榾をかへせば裏は一面火　高野素十

大榾の突きはなしたる焰かな　橋本鶏二

大榾の骨ものこさず焚かれけり　斎藤空華

大榾木己が重みに崩れけり　石井いさお

ふとしたることより榾火よく燃ゆる　星野立子

年輪のからうからうと榾明りかな　喜多明美

ひといろの火のゆらぎをる榾の宿　上村占魚

【火鉢《ひばち》】　火桶《ひをけ》　手焙《てあぶり》　手炉《しゅろ》

灰を入れ、中に炭などをいけて、暖を取ったり、煮炊きなどに使う器具。木製・金属製・陶磁器製などがある。古くは火桶を用いたが、のちに木製の箱火鉢・角火鉢・長火鉢が使われ、やがて陶製のものが主流となった。

うき時は灰かきちらす火鉢かな　青蘿

金沢のしぐれをおもふ火鉢かな　室生犀星

動かせば火鉢に爺がついてくる　伊藤伊那男

手をおいて心落つく大火鉢　五十嵐播水

死病得て爪美しき火桶かな　飯田蛇笏

火桶抱く三時といへば夕ごころ　皆吉爽雨

刈込みのよき庭を見る火桶かな　森田峠

かの巫女の手焙の手を恋ひわたる　山口誓子

手炉撫でゝ山の嵐をきゝにけり　宇田零雨

【行火《あんくわ》】　猫火鉢

炭火を入れて手足を温める道具。上部がやや丸くなった箱型で、火種を出し入れする開口部があり、他の三面には穴が開いている。蒲団などを掛けて用いる。猫火鉢は小型の行火で、寝床に入れて用いる。❖「行」は持ち運びできるという意味。

ペンの走り固しとおもひ行火抱く　臼田亜浪
ありがたや行火の寝床賜ひしは　石塚友二
猫火鉢すでに足より遠くあり　片山由美子
三毛猫とわかちあひけり猫火鉢　櫂　未知子

【懐炉《くわいろ》】　**温石《をんじやく》**

懐に入れて、体の冷えを防ぎ、暖を取る道具。金属などで作った容器に火をつけた懐炉灰を入れて用いるものや、揮発油を用いるものがあり、近年は使い捨ての紙懐炉が主流となっている。懐炉は元禄期の発明で、それ以前は石などを火で温め、布で包んだ温石を用いていた。❖形態の大きく変わった季語のひとつである。

ほこほこと身を焼きいやす懐炉かな　細木芒角星
むら肝のおとろへを知る懐炉かな　阿波野青畝
懐炉して臍からさきにねむりけり　龍岡　晋
みぞおちの懐炉があつし川を見る　田中午次郎
亡き母がふところにゐる懐炉かな　国弘賢治
温石の抱き古びてぞ光りける　飯田蛇笏
温石や山の端を飛ぶ鳥の群　野中亮介

【湯婆《たんぽ》】　**湯たんぽ**

寝床で用いる陶製・金属製などの保温器。中に熱湯を入れて使う。行火などに比べ、比較的安全な道具といえる。

起さるる声も嬉しき湯婆かな　支　考
寝がへりに音をあやしむ湯婆かな　嘯　山
寂寞と湯婆に足をそろへけり　渡辺水巴
みたくなき夢ばかりみる湯婆かな　久保田万太郎
湯婆より足が離れて睡り落つ　福永耕二
湯たんぽを抱き波乗りの夢見んか　高　千夏子
湯たんぽを抱へ二階へゆくところ　佐藤博美
湯たんぽに揃へてのせる母の足　井上弘美
ゆたんぽのぶりきのなみのあはれかな　小澤　實

【炉開《ろびらき》】

炉を中心に生活していた時代は本格的な寒さに備えて炉を開いた。現在、家庭から炉が消えてしまった中で、茶道では、行事としての炉開きが重要である。旧暦十月朔日《ついたち》または十月中の亥《い》の日を選んで、風炉を閉じ、炉を開く。↓炉

炉開や昼の紙燭の影よはき　路人
炉開きや漆黒のピアノ次の間に　及川貞
炉開やまらうどはみづうみを来し　野中亮介
人泊めてもてなしの炉を開きけり　鈴木花蓑
炉開いて重き火箸を愛しけり　後藤夜半
富士隠す雨となりたり炉を開く　下村非文

【口切《くちきり》】

炉開きの日に、その年の新茶の茶壺の封を切ること。また、その茶で行う茶事のこと。
❖茶壺を密封しておき、秋を越して風味が増すのをこの日まで待つのである。

口切に堺の庭ぞなつかしき　芭蕉
口切やふるきまじはりまた重ね　及川貞
口切や招かれて行く誰々ぞ　岩谷山梔子

【敷松葉《しきまつば》】

庭の苔などが、霜に損なわれないように松の枯葉を敷いて保護する。また庭園に雅趣を添えるため、枯松葉を敷き詰めたものもいう。

北向の庭にさす日や敷松葉　永井荷風
上京や雨の中なる敷松葉　鷲谷七菜子
敷松葉紅志野紅を深めけり　浅野洋子
霧雨の後の木洩日敷松葉　瀧澤和治

【湯気立て《ゆげたて》】　湯気立《ゆげた》つ　加湿器

室内の空気の乾燥を防ぐため、ストーブや火鉢の上に鉄瓶ややかんを載せて湯気を立てること。適度な湿度が保たれ、身体によい。近年は加湿器をよく見かけるようになった。

湯気立てゝひそかなる夜の移りゆく　清原枴童

ほしいまゝ湯気立たしめて独ゐむ　石田波郷
湯気立てて大勢とゐるやうに居り　岡本　眸
湯気たてて宿題の子の眠くなる　山西雅子

【賀状書く《がじやうかく》】

新年に届くように、年内に賀状を用意すること。十一月になるとお年玉付きの年賀はがきが売り出され、暮れの忙しい中で、暇を見て書き続けていく。❖賀状は新年、「賀状書く」は冬の季語。→賀状（新年）

みささぎの梢の見ゆる賀状書く　波多野爽波
一つ灯を妻と分け合ひ賀状書く　高村寿山
賀状書くけふもあしたも逢ふ人に　藤沢樹村
美しき名の誰かれへ賀状書く　片山由美子

【日記買ふ《につきかふ》】　古日記　日記果つ
年末に来年の日記を買うこと。新年を迎える用意のひとつ。一年間書き綴った古日記にも愛着はあるが、残り少なくなると買い換える。❖新たな年への決意めいた思いも滲む。→初日記（新年）

人波のここに愉しや日記買ふ　中村汀女
こころにも風吹く日あり日記買ふ　保坂伸秋
来し方の美しければ日記買ふ　赤松蕙子
われ買へばなくなる日記買ひにけり　池上浩山人
日記買ひ雪新しき山に向く　岩崎健一
日記買ひ夜の雑踏に紛れけり　星野高士
空白をそのまま閉ぢぬ古日記　大野建三
日月を束ねるやうに日記果つ　的場秀恭

【古暦《ふるごよみ》】　暦果《は》つ　暦の果　暦売
正確には新年になってから、旧年の暦をさしていうのだが、十二月も押しつまって、新しい暦が売られたり配られたりすると、使用中のものでも古暦という感じがしてしまう。→初暦（新年）

大安の日を余しけり古暦　高浜虚子
古暦少しくこげて炉辺にあり　清原枴童
古暦水はくらきを流れけり　久保田万太郎

古暦焚くユトリロを惜しみつつ　下村ひろし
人波の流れやまぬに暦売　富安風生
街灯の影の二重に暦売　米澤吾亦紅
暦売恋の二人を見送れる　轡田進
高波をうしろにしたり暦売　大峯あきら

【焚火《たきび》】　朝焚火　夕焚火　夜焚火　落葉焚

暖を取るために、枯木や枯草を燃やすこと。社寺の境内での落葉焚、野山で木の枝や枯蔦を燃やす焚火、また建築現場で木屑や塵を燃やす焚火など、いかにも冬らしい光景である。❖近年は防火意識の高まりにより、ほとんど見かけなくなった。

焚火かなし消えんとすれば育てられ　高浜虚子
八ヶ岳見えて嬉しき焚火かな　前田普羅
火になりて松毬見ゆる焚火かな　吉岡禅寺洞
一人退き二人よりくる焚火かな　久保田万太郎
なめらかに煙伸びゆく焚火かな　阿波野青畝
焚火離る誰にともなく会釈して　鈴木鷹夫
夕闇のうつくしかりし焚火かな　今井杏太郎
ヨルダンの岸の焚火の濃かりけり　有馬朗人
歪みたり焚火の向う側の人　矢島渚男
軍港をあぶり出したる焚火かな　中村和弘
囲みたる焚火の主を誰も知らず　大類つとむ
流木をねぎらふ焚火はじめけり　中原道夫
色々のてのひらのある焚火かな　塩田博久
焚火跡暖かさうに寒さうに　後藤比奈夫
浜焚火してゐて遠流めきにけり　岩岡中正
訪《おとな》ひを待つとはいはず夕焚火　上田五千石
落葉焚空をけぶらす遊びして　手塚美佐
てつぺんにまたすくひ足す落葉焚　藺草慶子

【火の番《ひのばん》】　夜番　夜廻《よまはり》　夜警《やけい》　寒柝《かんたく》

火事の多い冬季に火の用心のために夜廻りをすることで、江戸時代には各町ごとに火の番を雇っていた。拍子木（柝）を叩いて歩くのが普通だが、金棒を曳く者と一緒に廻ることもあった。今でも「火の用心」と声を上げながら柝を打って歩くこともある。この柝を「寒柝」とよぶ。

町を行く夜番の灯あり高嶺星　松本たかし
夜番の折ひびきて湖の漁師町　鈴木しげを
水枕中を寒柝うち通る　山口誓子
寒柝の終の一打は湖へ打つ　大石悦子

【火事《くわじ》】　大火　小火《ぼや》　近火　遠火事　昼火事　火事見舞

冬は空気が乾燥しているので、暖房器具の扱いの不適切さや寝煙草などにより火事が起きやすい。

白鳥のごときダンサー火事を見て　百合山羽公
暗黒や関東平野に火事一つ　金子兜太
火事を見し昂り妻に子に隠す　福永耕二
浅草にレコード探し昼の火事　福島　勲
棒立ちのものばかりなり火事の跡　北村仁子
火事跡に海見えゐたるあはれかな　藤田湘子
火事跡の鏡に余るほどの空　板倉ケンタ
東京や遠火事は一輪の花　櫂　未知子
火事見舞あかつき近く絶えにけり　西島麦南

【雪沓《ゆきぐつ》】　藁沓《わらぐつ》

雪中を歩くために履《は》く沓。藁で作られたものが多いので藁沓ともいい、北陸などの豪雪地帯で用いられた。浅沓から深沓までさまざまな形がある。↓ブーツ

雪沓を履かんとすれば鼠行く　蕪　村
雪沓や土間の広さを踏みて待つ　石島雉子郎
雪沓の音なく来たり湖《うみ》の際　桂　信子
雪沓穿く広き背にいふ頼みごと　村越化石
雪沓の挟まつてゐる薬師の戸　西野文代
荒磯まで雪沓の径ありにけり　今井杏太郎
雪沓といふ暗闇が立つてをり　仲　寒蟬

【樏《かんじき》】　輪樏

雪の中に足を踏み込んだり、滑ったりするのを防ぐために、雪深い地方で靴や藁沓な

どの下につけるもの。円形や楕円形のものが多い。材料は竹・木の皮・麻縄など、土地によってさまざまである。

かじき佩《は》いて出でても用はなかりけり　一茶
かんじきの一歩はやはりやや沈む　安藤五百枝
樏の危ふき歩幅たのしめる　岸田稚魚
道ゆづりたる樏のあと深し　中戸川朝人
樏をためすは空の蒼きゆゑ　橋本末子
落慶の寺へと急ぐ輪樏　小畑柚流

【橇《そり》】　**馬橇《ばそり》**　**犬橇《のそ》**　**手橇《てそり》**　**雪車《そり》**　**雪舟《そり》**

雪や氷の上を滑らせて、人や荷物を運ぶ運搬具。古くは雪国の主要な移動手段でもあった。普通馬に曳かせるが、犬に曳かせるものもある。❖物資を運ぶほかに、子どもたちの遊び道具としての役割もあった。

ぬつくりと雪舟《そり》に乗りたる憎さかな　荷兮
城うらや橇《そりこ》の道に星光る　白雄
橇がゆき満天の星幌にする　橋本多佳子
旅二日すでにさみしき橇の鈴　栗生純夫
一人づつ死し二体づつ橇にて運ぶ　松崎鉄之介
空に抛《はふ》らるる子もあり橇の丘　依田明倫
馬の足太く短く橇行けり　稲畑廣太郎
地響きのごとき海鳴り橇を曳く　中岡毅雄
さいはての町の馬橇に鈴もなし　上村占魚

【すが漏り《すがもり》】

屋根から屋内に溶けた氷が染み出してくること。寒冷地で屋根から軒にかけて雪が帯状になって凍りつき、それが室内の暖かさで溶けて屋根裏や天井に流れ込み、隙間から染みる。「すが」は氷や氷柱をさす方言。❖家屋自体を脅かすものとして、雪以上に恐れられた。

すが漏の天井低く住ひけり　松原地蔵尊
すが漏りや暁《あけ》の夢の間父生きて　村上しゆら

【冬耕《とうかう》】

冬に田畑を耕すこと。稲刈りの済んだあと、麦蒔などに備えて鋤き起こしたり、土を運び入れて土壌改良をする客土をしたりする。

↓耕（春）

冬耕の畝長くしてつひに曲る　山口青邨

冬耕の一人となりて金色に　西東三鬼

冬耕の鍬の高さのくるひなし　稲荷島人

冬耕の顔に大きく没日《いりひ》来る　秋山幹生

冬耕の影ふえもせず減りもせず　岬　雪夫

耳成《みみなし》山へ冬耕の畝立てにけり　大石悦子

冬耕のはるかな先にまたひとり　中田水光

遠くより冬耕の息見えてをり　高木瓔子

【甘蔗刈《かんしよかり》】　甘蔗刈る　甘蔗刈《きびかり》

甘蔗（砂糖黍）を収穫すること。甘蔗は沖縄や鹿児島県島嶼部などの暖地で栽培される。沖縄では十二月から三月に収穫する。刈り取った茎の搾り汁を煮詰めて黒砂糖を作る。

左右《さう》の海展くるところ甘蔗刈　中島南北

大鎌を荒使ひして甘蔗刈る　塩川雄三

甘蔗刈るさやぎやまざる葉に埋れ　伊藤とし子

【大根引《だいこんひき》】　大根引《だいこひき》　大根引《だいこひ》く　大根抜《だいこぬ》く　大根馬《だいこうま》

冬期に大根を収穫すること。青首系の大根は根が地表に突き出していて引くのが容易なのに対し、白首系の大根は地中に深く張っているので抜くのに技術がいる。かつては馬などに積んで収穫した大根を運んだ。

↓大根

鞍壺に小坊主乗るや大根引　芭蕉

大根引き大根で道を教へけり　一茶

たら〳〵と日が真赤ぞよ大根引　川端茅舎

もう山の影がとゞいて大根引　飴山實

噴煙の高き日大根引きにけり　伊藤通明

ぬくもりの雨となりたる大根引　橋本榮治

大根抜くとき大根に力あり　青柳志解樹

土が力ゆるめ大根抜けにけり　黛　執

大根引馬おとなしく立眠り　村上鬼城
吾も老いぬ汝も老いけり大根馬　高浜虚子

【蒟蒻掘る《こんにゃくほる》】　蒟蒻玉掘る　蒟蒻干す
蒟蒻玉

初冬に蒟蒻玉を掘り起こすこと。収穫した蒟蒻玉を、洗って皮を除き乾かし、粉末にする。この粉を水に溶かし、石灰液を加えて蒟蒻にする。❖コンニャクはサトイモ科の多年生作物で、主産地は群馬県。

蒟蒻を掘るや甘楽《かんら》の山日和　佐々木有風
三日月に蒟蒻玉を掘る光り　萩原麦草
山々に照る日を貰ひこんにやく干す　大野林火
蒟蒻玉ころがしてある入日かな　黛　執

【蓮根掘る《はすねほる》】　蓮根掘《はすねほり》　蓮掘《はすほり》　蓮根《れんこん》掘る

冬季に蓮根を収穫すること。正月用に需要が多いため、十二月が収穫の最盛期となる。葉が枯れたあとの蓮田で行われる大変な重労働である。近年では機械で行うところもある。↓蓮根

顔上げてからかはれをり蓮根掘　高野素十
蓮根掘田の面這ひ来て這ひ上がる　小原啄葉
蓮根掘モーゼの杖を摑み出す　鷹羽狩行
蓮根掘り畦《あぜ》をつかみて上がりけり　稲富義明
荒縄で手足を洗ふ蓮根掘り　館　容子
ふんばりていよよ深みへ蓮根掘　檜　紀代
泥の上に泥のひろごる蓮根掘　千葉皓史
蓮根掘膝をたよりに動きをり　山田真砂年
蓮根掘虚空摑みて上がりけり　野中亮介
蓮掘りが手もておのれの脚を抜く　西東三鬼

【麦蒔《むぎまき》】　麦蒔く

初冬に麦の種子を蒔くこと。麦は稲作や夏作の裏作とすることが多い。冬のあいだ多数分蘗《ぶんけつ》し、初夏に収穫期を迎える。↓麦踏（春）

麦蒔の伊吹をほめる日和かな　支　考
麦蒔の蒔いてしまひぬ日は高し　星野麦人

村の名も法隆寺なり麦を蒔く　高浜虚子
麦を蒔く二つの村のつゞきをり　大峯あきら

【藺植う《ゐうう》】　**藺草植う**　**藺苗植う**

夏に藺代に種を蒔き、そこで育てておいた苗を十二月ごろに藺田に植え替える作業。寒さの中、手植え作業が中心のため、昔も今も重労働である。❖熊本県が全国の生産量の多くを占める。→藺刈（夏）

藺植うや田の面に氷る人の影　北河
もろの手にしんじつ青き藺を植うる　山口草堂
藺を植うる筑後国原日一つ　兒玉南草
藺の神の苑より藺草植ゑはじむ　赤尾冨美子
五六人水明りして藺苗植う　高野素十

【大根洗ふ《だいこんあらふ》】　**大根洗《だいこあら》ふ**

畑から引き抜いた大根は、用水堀や川などで、たわしや藁縄などでごしごし強く洗う。洗い終わった大根は真っ白で、見た目にも快い。現在では、この作業も機械化が進んでいる。

夕月に大根洗ふ流かな　正岡子規
街道に大根洗ふ大盥　富安風生
大根洗ふ日向の水のやはらかに　小杉余子
大根を洗ひ終ればもとの川　太田正三郎
大根を水くしや〳〵にして洗ふ　高浜虚子

【大根干す《だいこんほす》】　**大根干《だいこほ》す**　**懸大根《かけだいこん》**　**掛大根**　**干大根《ほしだいこん》**

沢庵漬けなどにする大根を干すこと。しんなりとするまで十日ほど干す。大根がいっせいに干される光景は眩しいばかりである。

柿といはず桜といはず大根干す　山本洋子
大根干す父亡き家に日の当たり　小橋末吉
大根をどこかに干せりどの家も　右城暮石
かかはりなき樹よ大根を干すまでは　津田清子
真白な懸大根の一日目　太田土男
立山へ日は傾きぬ懸大根　田島和生
曲り家の曲りを隠す懸大根　森岡正作

三日過ぎ三日のしなひ掛大根　きくちつねこ
掛大根寺の籬《まがき》に細りけり　澤村昭代
干大根人かげのして訪はれけり　橋本多佳子
雲行くは山際ばかり干大根　廣瀬直人

【干菜《ほしな》】　懸菜《かけな》　吊菜《つりな》　干葉《ひば》　干菜風呂　干菜湯

初冬に収穫した大根や蕪の葉の部分を首から切り取って軒先などに吊して干すこと。また、干しあがったものもいい、保存食とする。体が温まるため、風呂に入れたりもする。❖鄙《ひな》びた味わいのある季語。

かけそめし日からおとろふかけ菜かな　一茶
釘くらく打ちて干菜のひとつらね　長谷川双魚
遠山に雪来てゆるぶ干菜綱　渡辺文雄
干菜吊るあをぞらながら雨ながら　加藤逸風
焚口に山風あそぶ干菜風呂　黛執
湯に浮ける干菜の葉先までひらく　中村与謝男

【寒肥《かんごえ》】

寒中に施す肥料のこと。冬は草木は活動していないが、春に備えて、樹木や果樹などに適宜肥料を施す。

寒肥を皆やりにけり梅桜　高浜虚子
寒肥や花の少き枇杷の木に　高野素十
寒肥に一鍬の土かけて踏む　本田一杉
風の中寒肥を撒く小走りに　松本たかし
寒肥を吸ひきつてまた土眠る　横澤放川

【温室《をんしつ》】　温床《をんしやう》　フレーム　ビニールハウス

寒さから植物を保護し、また野菜や草花を促成栽培するために設けた保温装置、あるいは温熱を補給する設備のこと。ガラスで囲った大型のものからビニールで作った簡素なものまでいろいろある。❖人工的なものではあるが、明るい雰囲気がある。植物園などで熱帯植物を栽培するために通年用いられるものは季語にはならない。↓室咲

温室の明るさ戸外ともちがふ　山口波津女
温室のうつすら濁る夜なりけり　櫂　未知子
フレームの出荷の一花づつ親し　岡安仁義
フレームや万の蕾に紅兆し　山崎ひさを
方舟となるや夜のビニールハウス　笠原みわ子

【狩《かり》】　猟　狩猟　猟解禁　猟期　猪狩《ししがり》　鹿狩《しかがり》　兎狩《うさぎがり》　熊突　熊打　狩人《かりうど》　猟夫《さつを》　猟銃　猟犬　狩座《かりくら》　狩の宿

種々の猟具を用いて鳥獣を捕獲することをいう。解禁日は、地方や動物の種類によって異なるが、十一月中が多い。猟銃を肩に、猟犬を伴った狩猟家が山野に繰り出す。鴨・水鶏《くいな》・鷭《ばん》・鴫《しぎ》などの水鳥や雉などの山鳥、熊・鹿・猪などの獣が主な対象。❖かつては単に狩といえば鷹狩のことをさした。

狩の天青し発砲寸前か　兒玉南草
猟の沼板の如くに轟けり　阿波野青畝
林中に火の香が走り猟期来る　白岩三郎
柵に干す軍手一対猟期くる　船越淑子
猪狩の衆を恃《たの》みて押通る　細川加賀
勃海に傾ける野の兎狩り　石田波郷
兎狩隣の国も山ばかり　大峯あきら
学校をからつぽにして兎狩　茨木和生
熊突の石狩川を渡りけり　深見桜山
熊撃ちに鹿撃ち道を譲りけり　鶴田玲子
行きずりの銃身の艶猟夫の眼　鷲谷七菜子
鼻すこし曲りてゐたる猟師かな　肥田埜勝美
一湾をたあんと開く猟銃音　山口誓子
猟銃音湖《うみ》氷らんとしつつあり　相馬遷子
猟犬をまつ白樺のほとりかな　水原秋櫻子
猟犬は他所《よそ》ものの峡の犬吠ゆる　馬場移公子
ぴつたりと猟犬を着け若き腰　熊谷愛子
耳うごくときはつきりと狩の犬　後藤比奈夫
たちざまにぬくみはらへり狩の犬　原　裕
しなやかに吊橋わたる狩の犬　三田きえ子
狩くらや氷柱《つらら》をはらふ山刀　橋本鶏二

狩座の径のすりきれたるところ　鷹羽狩行
階段が土間へすとんと狩の宿　見學　玄
熊を貼り猪を敷き狩の宿　若井菊生

【罠掛く《わなかく》】　**兎罠《うさぎわな》**　**兎網《うさぎあみ》**　**狸罠《たぬきわな》**　**狐罠《きつねわな》**　**鼬罠《いたちわな》**

兎・狸・狐などを捕るための罠を掛けること。動物によって仕掛けは異なる。

朴の葉をいちまい嚙みて兎罠　木内彰志
遠まきに杣《そま》のぞきをり兎罠　美柑みつはる
木に結ぶ赤き布切れ兎罠　大島雄作
狸罠かけて後生も願はざる　清原枴童
牧場に置く新しき狸罠　田丸富子
狐罠かけて百年待つ構へ　林　友次郎
日ざらしにして四五日の鼬罠　廣瀬直人
いたちわな一番星の出てゐたり　七田谷まりうす

【鷹狩《たかがり》】　**放鷹《はうよう》**　**鷹野《たかの》**　**鷹匠《たかじやう》**

飼い慣らした鷹を放って小動物や野鳥を捕らえる狩。放鷹・鷹野ともいう。鷹狩の歴史は古く、春・秋にも行うが、単に鷹狩といえば冬のものをさし、これを大鷹狩ともいう。勢子を使って獲物を飛び出させ、鷹を放つと、鷹は一直線に獲物に向かい、捕らえる。仁徳天皇の時に朝鮮半島より伝わったという。江戸時代に武家の間で盛んになり、幕府は江戸近郊に鷹場を設けた。❖寒の入りに三河島・小松川・品川の鶴の飼付場で行った鷹狩で得た鶴は朝廷に献上する習わしで、「鶴の御成《おなり》」といった。

装束は黒にきはむる鷹野かな　浪化
鷹狩の闇の底より鷹の鈴　松井慶太郎
鷹狩の鷹となるまで闇に置く　村上喜代子
放鷹の鈴の音天を翔りけり　鞠絵由布子
鷹匠のにぎりこぶしは鷹支ふ　阿波野青畝
鷹匠の手首に残る爪の痕　濱田規子

【網代《あじろ》】　**網代木**　**網代床《あじろどこ》**　**網代守《あじろもり》**

網代は網の代わりの意で、古く冬季に行わ

れた漁法の一つ。木・柴・竹などを網のように編んで水中に立て連ね、その終端に設けた簀《す》に誘い入れて魚を捕る。これの番人を網代守という。京都府の宇治川、滋賀県の田上川《たなかみ》の網代は名高い。

松風や膝に波よるあじろ守り　闌　更
網代木のそろはぬかげを月夜かな　白　雄
蘆深く人も網代も隠れけり　石井露月
橋ゆく灯ある夜なき夜や網代守る　奈倉梧月

【柴漬《ふしづけ》】

冬季の漁法のひとつ。柴《しば》（小さな雑木やその枝）の束をいくつも固めて水中に沈めておくと、寒さを避ける小魚がたくさん集まってきてひそむ。この柴の外側を簀などで囲ってから柴を取り去り、その中に集まっている魚を叉手網《さであみ》・たも網・四つ手網などを入れて掬《すく》い捕る。今でいう人工漁礁のようなもの。❖柴《ふし》は柴《しば》の古語。

柴漬に古椀ぶくりぶくりかな　一　茶
柴漬をおもむろに去る海老のあり　本田あふひ
柴漬や簀建《すだて》の中の波こまか　高野素十
柴漬や夕富士夙《つと》に見失ふ　石橋辰之助
柴漬や根こそぎの草流れゆく　寺島ただし

【竹瓮《たっぺ》】

川や湖沼、浅い海で魚などを捕るための漁具。細い竹を筒のように簀編みにして、一端は紐などで閉じ、もう一方の口から小魚が入ると、外に出られない仕掛けになっている。水に沈めておき、魚が入ったころを見計らって引き上げる。単独で用いるほか、数十個連ねる場合もある。

沈みたる竹瓮が濁す水の底　前田普羅
客あれば竹瓮をあげて廻りけり　古川迷水
水郷の竹瓮の真向きそ向きして　岡本春人
綱たぐり竹瓮なかなか現れず　木下雪洸
ただよひて引佐《いなさ》細江《ほそえ》の竹瓮船　松崎鉄之介

【藁仕事《わらしごと》】　縄綯《なはな》ふ　筵織《むしろお》る

俵・縄・筵・畚《もつこ》・蓑《みの》などを藁で作ること。農家では長い冬籠りの期間中に、藁仕事に精を出した。雪国では藁沓《わらぐつ》なども作った。

出稼の留守のわづかの藁仕事　大島鋸山
おほいなる日向の家の藁仕事　渡辺純枝
風軽くなりたる午後の藁仕事　井上かほり
縄綯ひの身体を叩《はた》き終りけり　滝沢伊代次

【捕鯨《ほげい》】　勇魚取《いさなとり》　捕鯨船

日本では、江戸時代から網捕式（銛と網による漁法）の捕鯨が紀伊・土佐・長門・肥前などで組織的に行われていた。その後、近代化され、大船団を組んで、南氷洋に赴いて捕鯨を行うようになった。現在、商業捕鯨は世界的に禁止され、わずかに調査捕鯨と沿岸の小型クジラを対象としたもののみが行われている。❖勇魚は鯨の古名。

突き留めた鯨や眠る峰の月　蕪村
勇魚とる船見送りのテープこれ　山口青邨
鯨より小さかりけり捕鯨船　小林貴子

【泥鰌掘る《どぢやうほる》】　泥鰌掘

冬、田や浅い沼の水が少なくなった時に、泥を掘り返して泥鰌を捕ること。泥鰌は水田や細流・池・沼などに棲む魚で、食用とされる。

泥鰌掘る手にちよろ〳〵と左右《さう》の水　阿波野青畝
泥鰌掘泥そのままに立ち去れり　棚山波朗
下総の人と泥鰌を掘りにけり　今井杏太郎

【牡蠣剝く《かきむく》】　牡蠣割る　牡蠣打

牡蠣の殻を剝くこと。牡蠣は殻が固く鋭く、素人では簡単に剝くことができない。産地では牡蠣割女が、すばやく牡蠣を剝いていく光景が見られる。

蠣むきや我には見えぬ水かがみ　其角
牡蠣むきの殻投げおとす音ばかり　中村汀女
牡蠣打に日和の声をかけにけり　飴山實

牡蠣を打つ貝の如くに押し黙り　光野昌平

【炭焼《すみやき》】　炭焼小屋　炭焼竈《すみやきがま》　炭竈《すみがま》

燃料用の木材を蒸し焼きにして、木炭を生産すること。かつては主要な燃料だったので各地の山中には炭焼小屋が見られた。中には土竈や石竈があり、橅《ぶな》や櫟《くぬぎ》をはじめとする木を一週間ほどかけて焼くため、小屋に寝泊りするのが普通であった。はじめは水分が多いため白い煙があがるが、焼きあがりに近づくと紫色に変わる。❖炭焼の煙が上がっているさまは、いかにも冬らしい風情であった。↓炭

炭竈のほとりしづけき木立かな　蕪村
寄りゆけば炭焼く人がひとりゐる　山口草堂
山そこに落ちこんでゐて炭をやく　藤後左右
山すこし片附けるとて炭を焼く　後藤比奈夫
炭窯の口塗り込めし指の痕　右城暮石

【池普請《いけぶしん》】　川普請

冬、池の水の少ない時期を選んで、塵芥や落葉、泥などを取り除いたり、水漏れを直したりすることをいう。❖かつては村を挙げての作業だった。鯉・鮒・鰻なども取り上げられた。

蘆《あし》焚いて顔のそろひぬ池普請　亀井糸游
すつぽんを摑みあげたり池普請　滝沢伊代次
なかぞらへ鯉投げあぐる池普請　飴山實
鯉と鮒深みへ移し池普請　池内けい吾
赤松に日の当りをり池普請　藤田あけ烏

【注連作《しめつくり》】　注連作る　注連綯《な》ふ

藁を用いて注連縄を作ること。まだ穂の出ない時期の稲を刈り取り、青さが失われないように保存し、それを水に浸し、槌で叩いて柔らかくしてから綯《な》う。❖年男の仕事にする地域もある。↓注連飾る・注連飾（新年）

納屋に盛る浄めの塩や注連作　堺祥江

注連作るしづかに藁の音かさね　松尾美穂
はね癖の藁をなだめて注連を綯ふ　石井いさお

【歯朶刈《しだかり》】　羊歯刈《しだかり》　歯朶刈る

正月の飾りに使う歯朶を刈ること。形や色のよいものを選んで、鎌で刈る。❖主に関東以南の温暖な地方の仕事とされている。

→歯朶（新年）

歯朶刈りにゆきて戻らぬ祖《おや》ひとり　吉本伊智朗
歯朶振つて歯朶刈の禰宜応へけり　櫛部天思
羊歯刈やむかしのことを少し言ひ　大石悦子
歯朶刈るや山の昔を知り尽くし　児玉輝代
歯朶刈るやこほりの雫うち払ひ　南うみを

【味噌搗《みそつき》】　味噌焚《みそたき》　味噌搗《つ》く　味噌作る　味噌仕込む

味噌を作るため、煮たり蒸したりした大豆を搗くこと。麴・塩を混ぜ、発酵させて作る。麴には米と麦があり、塩の分量など地方によって作り方が異なる。❖個人で行ったり数軒による共同作業であったり、さまざまである。

三年は囲ふつもりの味噌を搗く　後藤比奈夫
味噌焚の大竈《おほへつつい》や燃え上る　川島奇北
老いてより夫婦気の合ふ味噌仕込み　古賀まり子
大安のついたちなりと味噌仕込む　川端富美子

【寒天造る《かんてんつくる》】　寒天干す　寒天晒《さら》す

寒天を造る作業。天草を水に晒し、煮てから型に流し込んで凝固させる。これを屋外に出し、夜は凍らせ、昼間は天日に晒して溶かす作業を数日間続けると、寒天が出来上がる。→天草採（夏）

粉雪舞ふ闇に寒天造りの燈　堤俳一佳
寒天を干すはすかひに水平に　右城暮石
畑中に海の匂ひの寒天干す　西村和子
寒天干す風の漣痕きざみつつ　奥村和廣
寒天干場厄除神の吹かれをり　米澤吾亦紅
寒天を晒すや日没り月のぼる　大橋櫻坡子

晒し場に寒天しろし昼の月　桂　樟蹊子

【紙漉《かみすき》】寒漉《かんすき》　紙干す　紙漉場　楮蒸《かうぞむ》す　楮干す　楮晒《さら》す　楮踏む

和紙を漉くこと。和紙の原料となる楮《こうぞ》・雁《がん》皮《ぴ》・三椏《みつまた》などの樹皮を水に浸け、煮熟《しゃじゅく》してさらに精製し、黄蜀葵《とろろあおい》の根から採った液を加えて一枚一枚漉いていく。最後に貼板上に広げて、天日乾燥を行う。❖寒中は雑菌が繁殖しにくく、よい紙が漉けるとされる。

紙漉のはじまる山の重なれり　前田普羅
水責めの道具揃ひて紙を漉く　後藤夜半
紙を漉く唱ふごとくに首ふつて　野見山朱鳥
まだ水の重みの紙を漉き重ね　今瀬剛一
新しき波を育てて紙を漉く　稲田眸子
漉き紙のほの暗き水かさねたり　矢島渚男
漉く紙のまだ紙でなく水でなく　正木ゆう子
紙一重水の一重と漉きあがる　中原道夫
天日を仰いで紙を干しにけり　石田勝彦
天窓に残れる光紙漉場　足立幸信
火の神の棚に湯気上げ楮蒸す　皆川盤水
揉みあげて橋の手摺りに楮干す　森田公司
楮踏む瀬に湧水のけぶり立つ　馬場移公子
楮踏みたちまち頰の紅潮す　沢木欣一

【避寒《ひかん》】避寒宿　避寒地

寒気を避けて、暖かい海岸や温泉地などへ出かけること。❖夏の避暑地の華やぎとは異なり、静かな温泉地などの雰囲気を詠むことが多い。↓避暑（夏）

葉ばかりの浜木綿ならぶ避寒かな　森田　峠
暗がりの急坂下り避寒宿　星野立子
漁り火の沖を賑はす避寒宿　鈴木真砂女
何もなき海見つくして避寒宿　桂　信子
避寒宿夜は蘇鉄に風しきり　皆川盤水
降り立てば松のにほひや避寒宿　辻　桃子

【雪見《ゆきみ》】雪見舟　雪見酒

雪を眺めて賞すること。花見・月見と並ぶ

風流な遊びである。江戸時代には庶民にまで広がって盛んになり、上野や隅田川などは江戸の雪見の名所だった。❖豪雪地帯の雪を見にゆくことではなく、ふだんそれほど降らない地域での愉しみ。

いざさらば雪見にころぶ所まで　芭蕉
門を出て行先まどふ雪見かな　永井荷風
船頭の唄のよろしき雪見かな　斎藤梅子
さりさりと雪見の舟を押し出す　平井洋子
やがてまた雪の降り出す雪見酒　小笠原和男

【探梅《たんばい》】 梅探《うめさぐ》る　探梅行《たんばいかう》

早梅を探って山野を巡るのが探梅、または探梅行である。❖春の梅見とは異なり、咲いているかどうかわからない時期に花を求めて歩く、風趣に富んだ季語である。→梅見(春)

探梅のこころもとなき人数かな　後藤夜半
探梅やみさゝぎどころたもとほり　阿波野青畝
探梅の橋なくて引き返へしけり　秋篠光広
探梅の空ばかり見て歩きけり　髙田正子
探梅や鞄を持たぬ者同士　櫂未知子
築地塀いつしかとぎれ梅探る　山本洋子
日の当る方へと外れて探梅行　鷹羽狩行
聞くたびに道細くなる探梅行　大牧広
探梅行こころおぼえの橋わたり　北村仁子

【牡蠣船《かきぶね》】

江戸時代、広島産の牡蠣を積んで大坂に来て河岸につなぎ、牡蠣料理を客に供した船。現在ではほとんど残っていない。→牡蠣

牡蠣舟の舳《へ》をゆく月の芥かな　岸風三樓
牡蠣舟とわかる一つが帰り来る　児玉輝代
牡蠣船の障子や波をひからせて　角光雄
灯をともし牡蠣舟さらに暗くなる　後藤立夫
牡蠣船に窓際と云ふ上座あり　吉川堤歩

【寒釣《かんづり》】 穴釣《あなづり》

寒中の魚釣りをいう。魚類は冬季には深い

所で群れてあまり動かずにいることが多いが、日和《ひより》や潮の干満などによって動き出すことがあり、それを狙って釣るのである。穴釣は結氷した湖などの表面に穴を開けて釣るもの。

寒釣のいでたちしかと見えにけり　石原舟月
寒釣の一人動きて二人なる　右城暮石
寒釣へ声かける人なかりけり　高橋沐石
寒釣やただひとことのあと無口　岬　雪夫
寒釣のきのふの背中見せにけり　大嶽青児
穴釣の小さな焚火匂ひけり　坂巻純子

【顔見世《かほみせ》】　歌舞伎正月

新しく契約した俳優を披露する興行のこと。江戸中期から幕末にかけて、興行主は俳優と毎年十一月（旧暦十月）に契約を更新した。狂言の組み方などに厳しい決まりがあった。❖明治以降、顔見世の形式は急速に廃れていくが、今でも京都四条大橋の袂にある南座の十二月興行は顔見世と呼ばれ、往時の名残をとどめている。

顔見世の楽屋入まで清水に　中村吉右衛門
顔見世の京に入日のあか〳〵と　久保田万太郎
顔見世や名もあらたまる役者ぶり　水原秋櫻子
顔見せや京に降りれば京ことば　橋本多佳子
顔見世のまねきの掛かる角度かな　後藤比奈夫
顔見世や百合根ふつくらお弁当　草間時彦
顔見世や団十郎の大髻　金久美智子
顔見世や身を乗り出せば帯の音　横井理恵

【青写真《あをじやしん》】　日光写真

半透明の種紙を感光紙の上に置き、日光に当てて焼き付けたもの。種紙には、その時代のヒーローや芸能人などが描かれた。子どもの遊びである。❖寒い季節の太陽の光のありがたさゆえ、季語になったか。

現れて邪魔をせぬ雲青写真　依田明倫
青写真兄のかしこくありし日ぞ　大石悦子

かつてララ科学の子たり青写真　小川軽舟
しんしんと濁る日光写真かな　笠原悠路

【竹馬《たけうま》】　高足　鷺足《さぎあし》

冬の子どもの遊び道具の一つで、長い青竹に、薪などの横木を結びつけたもの。それに足を踏みかけ、竹の上端を握り、歩行して遊ぶ。高足・鷺足などともいい、竹馬は高馬《たかうま》の転訛《てんか》といわれる。❖もともとは、川を渡ったり、深い雪を漕いでゆく時に実用にされたものである。

竹馬の別るゝ声のしてゆふべ　清原枴童
垣の内竹馬の子に覗かるゝ　池内たけし
竹馬やいろはにほへとちりぐに　久保田万太郎
竹馬に土まだつかず匂ふなり　林　翔
竹馬に土ほこほこと応へけり　山田みづえ
遠野へ行きたし竹馬で行きたし　塩野谷　仁
竹馬や朝日を運ぶ波がしら　小野恵美子
竹馬を担いで戻る渚かな　中岡毅雄

【縄飛《なはとび》】　縄跳

縄を使って行う遊び。縄の両端を持ち、回しながらくぐったり飛んだりするもので、一人もしくは数人で行う。❖屋外の遊びで、身体があたたまる。

縄跳びの大波に入りかねてをり　藤崎　実
縄とびの子等に大きくなる夕日　高橋謙次郎
縄とびの子が戸隠山《とがくし》へひるがへる　黒田杏子
さびしいぞ縄跳の地を打つ音は　大石悦子
空中へ大縄飛びの子ら揃ふ　津川絵理子

【雪遊《ゆきあそび》】　雪礫《ゆきつぶて》　雪合戦　雪丸《ゆきまろ》げ

降り積もった雪を使って遊ぶこと。雪国はもちろん、雪の少ない地方でも、子どもたちは雪合戦に興じる。雪丸げは、雪の塊を転がして大きな雪の玉にする遊び。❖『源氏物語』の浮舟に「わらはべの雪遊びしたるけはひ」とある。

君火を焚けよきもの見せむ雪まるげ　芭蕉

靴紐を結ぶ間も来る雪つぶて　中村汀女

雪礫湖《うみ》に抛《はふ》りて掌《て》がさびし　猿橋統流子

雄ごころの萎《な》えては雪に雪つぶて　川崎展宏

手の熱くなるまで固め雪礫　深谷鬼一

雪合戦休みてわれ等通らしむ　山口波津女

【雪達磨《ゆきだるま》】　雪仏　雪布袋《ほてい》　雪兎《ゆきうさぎ》　雪釣

大小二つの雪玉を作って積み重ね、達磨に見立てたもの。木炭や薪または笹の葉などで目鼻を作って興じる。雪で兎をかたどり盆に載せたものを雪兎という。赤い実の目と青い葉の耳が愛らしい。また紐の先に木炭などをぶら下げ、軒下の雪を付着させて塊を大きくしていく遊びを雪釣という。❖いずれも、ふだんあまり雪の降らない地域で降雪を楽しむ遊びである。

御ひざに雀鳴くなり雪仏　一茶

家々の灯るあはれや雪達磨　渡辺水巴

雪だるま星のおしやべりぺちやくちやと　松本たかし

朝の日に濡れ始めたる雪達磨　稲畑汀子

村の灯のことごとく消え雪達磨　木内彰志

雪だるま小さい方を頭とす　加藤かな文

ゆきうさぎ雪のはらわた蔵したる　中原道夫

良き耳をもらひてしづか雪うさぎ　明隅礼子

雪釣の糸を窓より垂らしけり　片山由美子

【スキー】　スキー場　スキーヤー　ゲレンデ　シャンツェ　シュプール　スキー列車　スキーバス　スキー宿　スキーウエア　雪眼鏡　スキー帽　スノーボード

細長い板を用いて雪上を滑るスポーツ。冬季競技の花形の一つ。滑降・回転・ジャンプ・距離・バイアスロン・モーグルなど多彩な競技がある。近年はスノーボードも人気。

スキー長し改札口をとほるとき　藤後左右

わが座席なり頭の上にスキー吊る　橋本美代子

スキーヤー曲る速さに木立あり　嶋田一歩

われの妻みるみるスキーヤーとなる　田中春生
シュプールをいたはるごとし夕映は　香西照雄
全車両全スキー揺れスキー列車　山口誓子
紅茶のむ少女ら夜もスキー服　中島斌雄
貸スキー貸靴若さ借りられず　津田清子
雪眼鏡紫紺の岳と相まみゆ　谷野予志

【スケート】　スケート場　スケーター　スケート靴

底に刃状の金具を取り付けた靴を履いて氷上を滑るスポーツ。スキーと並ぶ冬季競技の花形の一つ。結氷する湖沼・池などがスケート場として開放されるほか、人工のスケートリンクが設置されている。スピード・フィギュア・アイスホッケーなどの競技がある。❖テレビなどで観た試合を詠むことは、臨場感に欠けるので避けたい。

スケートや右に左に影投げて　鈴木花蓑
スケートの紐むすぶ間も逸りつゝ　山口誓子
スケートの濡れ刃携へ人妻よ　鷹羽狩行
スケートの両手ただよひつつ止まる　森賀まり
スケートの花となるまで回りけり　名取里美
スケート場リボンのやうに楽流る　坂本宮尾
わが身抱くやうに止まりぬスケーター　田中春生

【ラグビー】　ラガー　ラガーマン

フットボール競技の一種で、サッカー同様、イギリスが発祥の地。秋から冬にかけて盛んに行われる。一チーム十五人で、楕円形のボールを奪い合う競技であり、サッカーとは違いボールを手に持って走ることができる。タックルやスクラム等、まことに力強いスポーツ。❖ラグビー選手のことは本来ラガーマンと呼ぶが、俳句では「ラガー等のそのかち歌のみじかけれ　横山白虹」の句から、ラガーというのが一般的になった。

ラグビーのスクラム解かれ一人起たず　牧野寥々

眉の根に泥乾きゐるラガーかな　三村純也

【風邪《かぜ》】

感冒《かんぼう》　流行風邪《はやりかぜ》　流感　風邪声《かざごゑ》　鼻風邪　風邪心地　風邪籠《ごもり》　風邪薬　風邪の神

主にウイルスによってもたらされる炎症性の病気の総称。冬は空気が乾燥し気温が低いため風邪をひく人が多い。ウイルス性のインフルエンザ（流感）も風邪といわれることが多い。

風邪の子に八犬伝はむつかしき　今井つる女
風邪の眼に解きたる帯がわだかまる　橋本多佳子
風邪おして着る制服の釦《ぼたん》多し　榎本冬一郎
風邪の身を夜の往診に引きおこす　相馬遷子
風邪の身の大和に深く入りにけり　波多野爽波
何をきいても風邪の子のかぶりふり　小路智壽子
風邪に寝て壁の白さを見尽くせり　吉田七重
風邪心地部屋の四隅の遠さかな　遠山陽子
いつもより家路の遠く風邪心地　水田むつみ
風邪気味の採点甘くなりてをり　森田公司
大人しく叱られてをる風邪籠　富安風生
温もるは汚るるに似て風邪ごもり　岡本眸
白湯ふふむくちほのぼのと風邪薬　石原舟月
店の灯の明るさに買ふ風邪薬　日野草城
風邪薬つぎつぎ代へて風邪久し　下村ひろし

【湯ざめ《ゆざめ》】

入浴後、温かくしていなかったがために身体が冷え、寒さを感じること。風邪の引き金にもなりやすい。

亡き母に叱られさうな湯ざめかな　八木林之助
つぎつぎに星座のそろふ湯ざめかな　福田甲子雄
湯ざめして或夜の妻の美しく　鈴木花蓑
湯ざめして急に何かを思ひつく　加倉井秋を
湯ざめして顔の小さくなりにけり　雨宮きぬよ
湯ざめしておのれの影につまづけり　根岸善雄
湯ざめしてくるぶし遠くなりにけり　柴田佐知子
刻々と湯ざめしてゆく膝頭　山田佳乃

【咳《せき》】　咳《しはぶき》　咳《しはぶ》く　咳《せ》く

喉や気管の粘膜が刺激された時に起こる激しい呼気運動。冬は乾燥や風邪の炎症などによって、咳の出ることが多い。

行く人の咳こぼしつゝ遠ざかる　高浜虚子
咳をして祝ふ咳して祝はるる　嶋田一歩
咳をして死のかうばしさわが身より　山上樹実雄
咳の子のなぞなぞあそびきりもなや　中村汀女
咳の子の咳きつつ言ふや今日のこと　森下秋露
しはぶける男に鍵を返しけり　大木あまり
咳き込むやこれが持薬のみすず飴　水原秋櫻子
咳き込めば我火の玉のごとくなり　川端茅舎

【嚏《くさめ》】　くしやみ　はなひる

鼻の粘膜が寒気に刺激されて出る生理現象。❖くしゃみの際に発する音がそのまま名前となったともいわれる。また、くしゃみをした時に唱えるまじないの言葉とも。

三日月のひたとありたる嚏かな　中村草田男
美しき眼をとりもどす嚏の後　小川双々子
汁の椀はなさずおほき嚏なる　中原道夫
くさめして身体のどこか新しき　御子柴弘子
くしやみして生れたての子驚かす　西宮舞
鼻ひりて翁さびたる吾等かな　高浜虚子

【水洟《みづばな》】　鼻水

水のようにしたたる薄い鼻汁。冬は、風邪をひいていなくても、冷たい空気に刺激されて水洟が出る。

水洟や仏具をみがくたなごころ　室生犀星
水洟や鼻の先だけ暮れ残る　芥川龍之介
念力もぬけて水洟たらしけり　阿波野青畝
山向けに水洟の子も連れてゆく　宇多喜代子
水洟やことりと停まる秩父線　大嶽青児
水洟やいづこも黒き浪ばかり　高千夏子

【息白し《いきしろし》】　白息《しらいき》

冬季、大気が冷えることによって吐く息が白く見えること。❖季語としては人間の息

については使わない。馬や犬など動物につい
てはのみいい、使わない。

戦あるかと幼な言葉の息白し　佐藤鬼房
息白く問へば応へて息白し　稲畑汀子
泣き止まぬ子もその母も息白し　柏原眠雨
息白き人重なつて来りけり　山口青邨
息白くやさしきことを言ひにけり　後藤夜半
ある夜わが吐く息白く裏切らる　加藤楸邨
死者の他みな息白く門を出づ　仲　寒蟬
身籠りてより白息の濃くなれり　木内怜子
泣きしあとわが白息の豊かなる　橋本多佳子
山国に来て白息を言ひ合へり　大串　章

【木の葉髪《このはがみ》】

冬の抜け毛を落葉にたとえていうことで、「十月の木の葉髪」などともいわれる。❖人間の頭髪が、特別、初冬に多く抜け落ちることはないのだが、木の葉の落ちるころにはなぜかそう感じる。冬ざれの景色の中、散った木の葉と老いを重ね合わせているような、多分に感覚的な季語である。

ほのぐと酔つて来りぬ木の葉髪　久保田万太郎
指に纏《ま》きいづれも黒き木葉髪　橋本多佳子
音たてて落つ白銀の木の葉髪　山口誓子
よき櫛の我が身と古りぬ木の葉髪　松本たかし
そのむかし恋の髪いま木の葉髪　鈴木真砂女
落莫と拾ひておのが木の葉髪　馬場移公子
熱の夜の指輪にからみ木の葉髪　神尾久美子
われのものならぬ長さの木の葉髪　鷹羽狩行

【胼《ひび》】 胼薬《ひびぐすり》

寒気のために血行が阻害され、皮膚の表皮が乾燥して細かい亀裂が生じること。重症になると血がにじみ出てきて、見るも痛々しい。薬としてワセリンやビタミンAを含む軟膏などを使う。❖栄養状態が改善された現在では少なくなった。

胼の手を真綿に恥づる女かな　几董

空の蒼さしん〳〵と胼口をあけ　大谷碧雲居
胼の妻銀婚式のことをいふ　橋本鶏二
胼の手を比べどの子が又三郎　小室善弘
谷に夜が来て胼薬厚く塗る　村越化石
匂はざる胼薬なり疑へり　大牧広

【皸《あかぎれ》】　皹《あかぎれ》　あかがり

胼の症状がさらに進んだもので、皮膚に深い亀裂が生じた状態。ぱっくりと赤く口をあけているように見える裂傷は、みるからに痛々しい。「あかがり」は皸の古称。❖水仕事をする人がなりやすい。栄養状態の改善によって、現在では少なくなった。

皸をかくして母の夜伽かな　一茶
皸といふいたさうな言葉かな　富安風生
皸の母のおん手に触れにけり　宮部寸七翁
風つよき夜は皹の口ひらく　福田甲子雄
あかがりや哀れ絹地に引つかかり　三橋敏雄
あかがりやどんみり暮れてゐて仄か　八田木枯

【霜焼《しもやけ》】　凍傷《とうしやう》　霜腫《しもばれ》

寒気が厳しい時、頻繁に外気に晒される手足・耳たぶ・頰などの血液の循環障害から生じるもので、局所性凍傷の第一度をいう。小児に多く、霜焼けにかかった部分は赤紫色に変色して膨張し、激しい痒《かゆ》みをともなう。❖防寒具の発達や栄養状態の改善などによって、目にすることは減った。

霜やけをこすり歩きぬ古畳　長谷川かな女
父祖の血を承けけり頰の霜焼も　不破博
汽車へ乗る頰しもやけの佐久乙女　岡田日郎
霜焼の吾子の手挙がる参観日　名村早智子

【雪焼《ゆきやけ》】

雪に反射する紫外線にあたって皮膚が黒くなること。❖夏の日焼けの場合と同じ現象であるが、より落ちにくい。

雪焼の首《かうべ》を垂れて黙礼す　福田蓼汀
雪焼の笑みのこぼるる八重歯かな　有泉七種

酒酌むや雪焼しるき出羽の人　三嶋隆英

【雪眼《ゆきめ》】

晴天の雪上に長時間いて、強い紫外線に当たったため、結膜や角膜が炎症を起こすこと。目が充血し、涙が止まらなくなる。また眩《まぶ》しくて目が開けられず、痛みも加わってくる。ゴーグルや雪眼鏡をかけて防ぐ。❖かつて雪国では、雪眼を繰り返すうちに目が不自由になることもあった。

こゝろもとなき雪眼して上京す　阿波野青畝
駅蕎麦の湯気やはらかき雪眼かな　細川加賀
雪眼診て山の天気を聞いてをり　岩垣子鹿

【悴む《かじかむ》】

寒気のために、手足、ことに手の指などが感覚を失い、自由に動かない状態をいう。❖俳句では単に手足だけでなく、心身ともに寒さで縮み上がったような感じを「悴む」として詠む場合もある。

心中に火の玉を抱き悴めり　三橋鷹女
悴みて針見失ふ夜の畳　文挾夫佐恵
結び目の解けぬかなしさ悴める　馬場移公子
悴むや注連《しめ》を引きあふ陰の石　古舘曹人
悴みておのれのほかはかへりみず　井沢正江
悴むはひとりになるといふことか　田中裕明

【懐手《ふところで》】

寒いときに手を懐に入れていること。多くは不精者のすることとされ、あまり見てくれの良いものではないが、和服特有の季節感はある。❖腕組とは別のものである。

懐手あたまを刈つて来たばかり　久保田万太郎
懐手人に見られて歩き出す　香西照雄
ふところ手袖といふものありにけり　吉田鴻司
ふところ手縞の財布が混沌と　加藤郁乎
解けば子のものなり父の懐手　鷹羽狩行
懐手解くべし海は真青なり　大牧広
対岸の浮子《うき》に眼がゆく懐手　加藤憲曠

日向ぼつこ日向がいやになりにけり　久保田万太郎
ふりかかる火の粉に解きし懐手　柴田佐知子
老いてゆく国の行く末懐手　福永法弘

【日向ぼこ《ひなたぼこ》】　日向ぼつこ　日向ぼこり

日向で温まること。❖風のない冬の昼間の、貴重な日差しを喜ぶ気持ちのこもる季語。

うとうとと生死の外や日向ぼこ　村上鬼城
日向ぼこ汽笛が鳴れば顔もあげ　中村汀女
胸もとを鏡のごとく日向ぼこ　大野林火
日向ぼこしてはをらぬかしてをりぬ　京極杞陽
日向ぼこして雲とあり水とあり　伊藤柏翠
弥陀のごと耳目をやすめ日向ぼこ　井沢正江
ひとの釣る浮子《うき》見て旅の日向ぼこ　山口いさを
日向ぼこあの世さみしきかも知れぬ　岡本眸
ここちよき死と隣りあひ日向ぼこ　鷹羽狩行
どちらかと言へば猫派の日向ぼこ　和田順子
大いなる雑念とあり日向ぼこ　須藤常央
大寺のいくつほろびし日向ぼこ　小澤實
日向ぼこ小さきばねの外れけり　森賀まり

【勤労感謝の日《きんろうかんしゃのひ》】
十一月二十三日。国民の祝日のひとつ。勤労を尊び、生産を祝い、国民が互いに感謝しあう日。新嘗祭《にいなめさい》が起源である。

何もせぬことも勤労感謝の日　京極杜藻

旅に出て忘れ勤労感謝の日　鷹羽狩行

ペン胼胝を撫でて勤労感謝の日　三村純也

【開戦日《かいせんび》】　十二月八日
昭和十六年（一九四一）十二月八日、太平洋戦争の開戦日。この日、米国太平洋艦隊に対して日本海軍の航空隊、特殊潜航艇がハワイ真珠湾へ奇襲攻撃を行い、太平洋戦争が始まった。

明星の一粒燃ゆる開戦日　湯本牧人

十二月八日味噌汁熱うせよ　櫻井博道

十二月八日鏡の中も雨　久保純夫

【亥の子《ゐのこ》】　玄猪《げんちょ》　亥の子餅
旧暦十月亥の日の行事。かつては年中行事として宮中や武家で行われた。それが主に西日本の農村に広がり、稲の収穫祭と結びついた。猪が多産であることから、子孫繁栄や豊穣祈願の性格をもつともいわれる。この日は新穀で餅を搗《つ》く習わしがあり、これを亥の子餅という。地方によって、子供たちが唄をうたいながら縄で縛った石（亥の子石）で地をたたく、「亥の子突き」という招福の遊びが行われる。玄猪は亥の子の祝いのこと。❖この日から炉や炬燵を開き、火鉢を出すことを慣わしとした地方もある。

三か月のをぐらきほどに玄猪かな　其角
昼になつて亥の子と知りぬ重の内　太祇
臼音は麓の里の亥の子かな　内藤鳴雪
炉を開く二番亥の子の暖き　高浜虚子
ふるさとの亥の子といへば波の音　木村蕪城
藁灰に風筋見ゆる亥の子かな　岡本高明
山茶花の紅つきまぜよ亥の子餅　杉田久女
あかあかと月の障子や亥の子餅　服部嵐翠
薄墨のどこか朱を引く亥の子餅　有馬朗人
餅搗いてにはかに寒き亥の子かな　田中雨城
玄猪餅牛の口へも二つ三つ　西山泊雲
階段に児のひしめける亥の子唄　櫛部天思

【七五三《しちごさん》】　**七五三祝《しめいはひ》**　**千歳飴《ちとせあめ》**

十一月十五日。男子は三歳・五歳、女子は三歳・七歳を祝う行事。髪置・袴着・帯解などの祝いがひとつになって江戸時代中期以降、江戸などの大都市で行われたのが始まり。今日では十一月中旬に着飾った子供が親に連れられて神社などに参詣する。千歳飴は長寿にちなんだもの。❖かつては、七歳前後に氏神へ参り、はじめて神からも社会からも氏子として承認された。現在では子どもの成長を祝福する行事になっている。

ネクタイは鳩の空色七五三　後藤夜半
七五三日向日蔭に鳩をまじへ　永井龍男
攫《さら》はれるほどの子ならず七五三　亀田虎童子
樹の上を風船の飛ぶ七五三　吉田汀史
花嫁を見上げて七五三の子よ　大串章
七五三道を濡らさぬほどの雨　雨宮きぬよ
身の丈の日を浴びてをり七五三　野木桃花
筥狭子《はこせこ》のなかをいぶかる七五三　中原道夫
千歳飴一段ごとに音たてて　岩崎俊

【牡丹焚火《ぼたんたきび》】　**牡丹焚く**　**牡丹供養《ぼたんくやう》**

十一月第三土曜日の夜に、福島県須賀川《すかがわ》市の牡丹園で行われる行事。牡丹の枯木を焚き、供養する。老木の枯木はかすかな芳香とともに紫色の煙を上げて燃え上がる。❖原石鼎の句によって一般に知られるようになり、昭和五十年代に季語として定着した。

つぶやきて牡丹焚火の終りの火　山田みづえ
金色の焔の牡丹焚火かな　山崎ひさを
暗闇のかぶさり牡丹焚火果つ　鷹羽狩行
音もなくあふれて牡丹焚火かな　黒田杏子
牡丹焚く百花千花をまぼろしに　鈴木真砂女
牡丹焚く火のおとろへに執しをり　飯島晴子
みちのくの闇をうしろに牡丹焚く　原　裕
牡丹焚くいちにち母のものを着て　山元志津香
紫の闇となりゆく牡丹焚く　市野沢弘子
煙なき牡丹供養の焔かな　原　石鼎

【針供養《はりくやう》】　針祭　針祭る　針納　針納む　納め針

針仕事を休み、使い古した針を供養する日。関西や九州では十二月八日に行うところが多い。古針を豆腐や蒟蒻《こんにやく》に刺して供養し、技芸の上達を願う風習が各地に残る。関東、和歌山市加太では二月八日に行われる。↓針供養（春）

ふるさとに帰りて会へり針供養　村山古郷
空手部の人も来てゐる針供養　荻原都美子
仲麿も真備も遠し針祭る　後藤比奈夫
富士の嶺の光あまねし針祭る　有馬朗人

【事始《ことはじめ》】　正月事始

主に近畿地方で十二月十三日に正月の準備を始めること。正月事始ともいう。分家から本家へ、弟子から師匠へ年末の挨拶に回り、歳暮を贈答する習わしがある。❖京都祇園の事始は有名。この日を正月始め・正月起こし・節搗きなどという地方もある。

いささかの塵もめでたや事始　森川暁水
事始めなる祇園町通りけり　村山古郷

【羽子板市《はごいたいち》】

年末に羽子板を売る市のこと。羽子板の歴史は室町時代に遡るが、年の市で売られるようになったのは江戸時代から。のちにその年の当たり狂言や、当たり役の役者の似顔を押し絵にした押し絵羽子板が作られるようになった。十二月十七～十九日に東京浅草の浅草寺境内で開かれる市が有名。❖縁起物として扱うので、商売が成立すると手締めをして景気をつける。灯が入ってからの市はいっそう華やかである。↓羽子板（新年）

うつくしき羽子板市や買はで過ぐ　高浜虚子
中々に羽子板市を去《い》にがたく　阿部みどり女
あをあをと羽子板市の矢来かな　後藤夜半
二天門から近道や羽子板市　宇田零雨
羽子板市切られの与三は横を向き　石原八束
やはらかく押され羽子板市にゐる　北澤瑞史
よその子に買ふ羽子板を見て歩く　富安風生
羽子板の薄きは重ね売られけり　鈴木鷹夫

【熊祭《くままつり》】　熊送り　イオマンテ

アイヌの人々が冬に熊を祭神にして行う祭。アイヌ民族は熊を神の化身であると信じ、捕獲した熊の子を家族の一員のように大切に育て、一、二年成長したところで、一族知己を招いて神の国に帰すことを告げる。冬の狩の始まる前に、荘重な儀式を行って殺し、血を飲み、肉を食して、三日三晩の大宴会をした。殺された熊の霊を天に送り返すことをイオマンテ（物送り）またはカムイオマンテ（神送り）という。現在は観光化した祭として行われる。

篝火の火の粉か星か熊祭　北光星
星を打つ矢を何本も熊祭　岩淵喜代子

【追儺《ついな》】　鬼やらひ　なやらひ　豆撒　豆打　鬼打豆　年の豆　福豆　鬼は外　福は内　年男

宮中の年中行事のひとつ。もとは大晦日《おおみそか》の夜に行われていた。大舎人《おおとねり》が楯と矛とをもって鬼を追い、群臣が桃弓で蘆矢を放つ。のちには各地の寺社でも盛んに行うようになり、日取りも節分に変わった。年男が「鬼は外、福は内」と唱えながら、豆を撒き、縁起物として人々が豆を取り合う。豆撒きは家庭の年中行事としても定着している。❖豆撒きは本来農村の予祝行事であったものが、追儺の行事と習合したものと考えられる。

山国の闇おそろしき追儺かな　原　石鼎
面とりて追儺の鬼も豆を撒く　大橋宵火
追儺の灯大きな森の木を照らす　廣瀬直人
芦の矢のふはりと飛びぬ追儺式　田中王城
八方へ射る芦の矢や追儺式　五十嵐播水
末社とて追儺神楽もなかりけり　下村ひろし
あをあをと星が炎えたり鬼やらひ　相馬遷子
鬼やらひ二三こゑして子に任す　石田波郷
鬼やらひ金堂黒く浮き出でぬ　林　徹
十粒ほど打ちて仕舞や鬼やらひ　角川照子
鬼やらひ夕べ音なく雨が降る　中田　剛
父を待ちゐしが小声に鬼やらふ　木内怜子
裸電球鬼やらふ影巨きくす　山根真矢
なやらひの夕べは赤い火を焚きぬ　飯田　晴
子が触れたがる豆撒きの父の桝　鷹羽狩行
使はざる部屋も灯して豆を撒く　馬場移公子
山神に供へし豆を山へ撒く　殿村菟絲子
豆打ちし闇へしばらく眼を凝らす　黛　執
鬼の豆たんと余つてしまひけり　片山由美子
あたゝかく炒られて嬉し年の豆　高浜虚子
年の豆わが半生のひと握り　長田蘇木
天平の礎石に弾む年の豆　近藤文子
わがこゑののこれる耳や福は内　飯田蛇笏

【柊挿す《ひひらぎさす》】

節分に、焼いた鰯の頭を刺した柊の枝を戸

口に挿す風習。鬼や邪気が家に紛れ込むのを防ぐ呪《まじな》いで、全国的に行われている。これを「焼嗅《やきかが》し」といって、鰯のほかに葱・辣韮《らっきょう》・大蒜《にんにく》などの臭気の強いものを挿したり、髪の毛を焼いたりする地方もある。

烈風の戸に柊のさしてあり　石橋秀野
柊挿す若狭の水の通ふ井戸　沢木欣一
柊を挿して寒天小屋閉ざす　野崎ゆり香
よく掃いてあり柊を挿してあり　山本洋子
柊を挿し町の名は白毫寺　山田弘子
柊を挿し海光の遍しよ　藤本美和子
誰も来ぬ戸に柊を挿しにけり　岸本尚毅

【厄払《やくはらひ》】　厄落《やくおとし》　厄詣《やくまうで》　ふぐりおとし

節分の日の晩に行われた門付。「厄払いましょう、厄払いましょう」という声が聞こえると、厄年の人がいる家では呼び止めて豆と銭を与えた。すると「ああらめでたいな、めでたいな。今晩今宵の御祝儀にめでた尽くしで払いましょう……」と縁起の良い文句を並べ、最後に「悪魔外道を掻いつかみ、西の海へさらり」といったことを唱えて去った。また厄年の人が厄落としのためにする呪《まじな》いや、神社で薪を火にくべたりする方法などもいう。ふぐりおとしは、日常身につけているもの（男は褌《ふんどし》、女は櫛）を落とし、厄を落とすことをいった。

声よきも頼もし気《げ》也《なり》厄払　太祇
厄払ひ女あるじに呼ばれけり　岡本松濱
厄払一人通りて夜は更けぬ　大島二宵
夜も白き雲浮いてをり厄落し　森　澄雄
厄落しきて木屋町に待ち合はす　吉年虹二
二まはり下の妻とか厄詣　茨木和生
この雨にふぐりおとしぞつかまつる　西野文代

【神の旅《かみのたび》】　神の旅立

旧暦十月には全国の神々が出雲《いずも》大社（島根県）に参集するといい、これを神の旅と見立てた。地域によって多少のずれはあるが、九月晦日《みそか》出立、十月晦日帰還が通例である。こうした伝承は鎌倉時代以前にも存在したとみられるが、出雲に定まったのは近世になってから。一堂に会した神々は翌年の男女の縁組を定めると信じられてきた。

夜々月のかけてゆくなり神の旅　高木晴子
乗捨ての雲の一片神の旅　あかぎ倦鳥
風紋は蹄のかたち神の旅　延広禎一
落葉松の金の針降る神の旅　岡崎桂子
峰の神旅立ちたまふ雲ならむ　水原秋櫻子

【神送《かみおくり》】

出雲に旅立つ神々を送る行事。神々の旅立ちは旧暦九月晦日ごろといわれ、その前に参詣する風習が各地に残る。出雲に行かない神もあり、それらの神は留守神とよぶ。
↓神の旅

神送り出雲へ向ふ雲の脚　正岡子規
神送る鳥居の上の虚空かな　野村喜舟
竹寺の竹総揺れに神送る　松原地蔵尊
神を送る峰又峰の尽るなき　石井露月

【神の留守《かみのるす》】　留守の宮　留守詣

各神社の神が旧暦十月に出雲へ行ってしまい、社を留守にすること。その間、竈《かまど》神や恵比寿神が守るとされた。❖神が留守だといわれると、あたりの景色もどことなくがらんとしているように感じられる。

藪原に風こもるなり神の留守　橋本鶏二
風神の衝立《ついたて》立てて神の留守　下村梅子
二の節を指輪通らず神の留守　小檜山繁子
湧水の砂噴きやまぬ神の留守　木内怜子
箒目のおろそかならず神の留守　松田美子
国道を竹曳いてゆく神の留守　岸野曜二
水際の松うつくしき神の留守　しなだしん
神留守のいさかひもして湖の鳥　能村登四郎
神留守の素焼の肌のうすじめり　辻　美奈子

鳩に餌を撒いて帰りぬ留守詣　柏原眠雨

【神在祭《かみありまつり》】　神在　神集《かみつど》ひ

旧暦十月、出雲の神社数社で全国の神を迎えて行う神事。出雲大社と佐太神社が知られる。出雲大社では旧暦十月十日夜、稲佐《いなさの》浜で神迎神事があり、翌十一日から七日間が神在祭。そこで神々は人生諸般の事柄や縁を神議《かむはか》りにかけて決めるといわれる。佐太神社では新暦十一月二十〜二十五日に行われる。❖神在祭のあいだ、出雲では一切の歌舞音曲を慎み静粛にしているので「御《お》忌祭《いみまつり》」とも呼ばれる。

神在《かみあり》のはうばうにうつくしき夜道　飯島晴子
神在の顔おのづから出雲びと　藤田湘子
新米を紅絹《もみ》の袋に神集　遠所るり実
勾玉の翠さらなる神集　坂本昭子

【神等去出の神事《からさでのしんじ》】　からさで祭《まつり》　神等去出

旧暦十月に出雲に参集した神々が、各地の神社に帰っていくのを送る神事。出雲大社や佐太神社の神事が知られる。佐太神社では新暦十一月二十五日の神在祭の最終日の夜が「神等去出の神事」で、神社の西にある神目山《かんのめ》に神々を送り、山中の池で船出式を行う。

袈裟がけに神等去出の雷海を裂く　石原八束
神等去出の湖《うみ》惜しみなく晴れにけり　織部正子
神等去出や畑一面靴の跡　湯浅洋子
神等去出のともしび洩らす築地松　卜部純栄

【神迎《かみむかへ》】　神還《かみかへり》　神帰《かみかへり》

旧暦十月晦日《みそか》、または十一月朔日《ついたち》、神々が出雲から帰ってくるのを迎えること。その日仕事を休んで、神社に籠ったり、祭を行ったりする土地もあった。

野々宮や四五人よりて神迎　野村泊月
はらはらとはしる雑仕や神迎　阿波野青畝

湖の月あきらかに神迎へ　前田圭史
海鳥の目覚めよきこゑ神迎へ　木内彰志
三宝に鯉の息づく神迎　角　淳子
青海波なす箒目や神迎　小路智壽子
神の木の揺れひとしきり神迎へ　遠藤若狭男

【恵比須講《えびすかう》】　**夷講《えびすかう》**　**蛭子《えびす》市《いち》**　**恵比須切《えびすぎれ》**

旧暦十月二十日・十一月二十日・正月十日・正月二十日などに恵比須神を祭る行事。日付は地方により異なる。商家では、商売繁盛の神である恵比須を祭り、親類知人を招いて祝う。売り出しなどをする店も多い。恵比須切は恵比須講の日に呉服屋が安売りする端切れ。また、農山村では山の神・田の神、漁村では漁の神として信仰するなど地方によってさまざまな行事が残っている。

❖「えびす」が正しいが、慣用的に「ゑびす」も使われている。

振売の雁《がん》あはれなりゑびす講　芭蕉
行きかかり客に成りけりえびす講　去来
夷講の中にかかるや日本橋　許六
方々で魚撥ねる音恵比須講　九鬼あきゑ
夷講に大福餅もまゐりけり　高浜虚子
夷講火鉢の灰の深さかな　野村喜舟
奥白根晴れてとどろく夷講　福田甲子雄
柱巻く幟に風のゑびす講　能村登四郎
何買はむ甲斐の城下のゑびす講　小島千架子
するめ焼くにほひも恵比須祭かな　瓜生和子
小銭もて一枚買ひぬ夷切れ　久保田育代

【松明あかし《たいまつあかし》】　**松明《まつあか》し**

十一月第二土曜日に、福島県須賀川《すかがわ》市五老山で行われる火祭。戦国時代、伊達政宗に攻め込まれた須賀川二階堂家の家臣と領民が、城を守るために松明を手に丘に集まったのが起源。約四百二十年の歴史をもつ。「あかし」は「証」の意。高さ十メートルに及ぶ大松明三十本に点火されると、山は火の海と化し、初冬の夜空を焦がす。

火の柱の火の壁の松明あかし　金子兜太
松明あかし果て真っ白な月残る　永瀬十悟

【御火焚《おひたき》】　**御火焚《おほたき》**

旧暦十一月または十二月に京都を中心にした近畿地方の神社で行われる火を焚く祭。鎮火祭ともいう。一般に神楽《かぐら》・祝詞《のりと》を奏して庭前に積み上げた薪の中の笹に火をつけ、神酒をふり注ぎ、爆竹が三度鳴ると終わる。神職が「ターケー、ターケー」と音頭を取り、子供たちが「オヒターケ、ノーノー」とうちはやした。

御火焚《おほたき》や霜うつくしき京の町　蕪村
お火焚きやあたり更けゆく杉檜　佐藤紅緑
お火焚の幣燃えながら揚りけり　鈴鹿野風呂
御火焚や饅頭に押す火焔紋　飯村中

【鞴祭《ふいごまつり》】　**蹈鞴祭《たたらまつり》**　**火床祭《ほどまつり》**　**鍛冶祭《かぢまつり》**

旧暦十一月八日、鍛冶屋や鋳物屋など鞴を用いたり火を使ったりする所で、仕事を休み、鞴を浄めて祀《まつ》る祭事。かつては火・鉄業の神、金屋子神《かなやごがみ》を祀る神社で盛んだったが、現在ではいずれもあまり行われない。❖京都伏見稲荷が鍛冶の守り神と信じられてきたことから、鞴祭は稲荷のお火焚の日におこなわれる。

屛風絵の鞴祭の絵ときなど　松本たかし
鞴祭砂鉄の山に塩を撒く　藤井艸眉子
風神を祝詞が讃へ鞴祭　岡本欣也
鞴まつり切幣の白炉に散つて　石地まゆみ
神殿も御簾《みす》巻きあげる蹈鞴祭　村上冬燕
迦具土《かぐつち》の護符の厚さよ鍛冶まつり　和田孝子

【酉の市《とりのいち》】　**お酉さま**　**酉の町**　**一の酉**　**二の酉**　**三の酉**　**おかめ市**　**熊手市**　**熊手**

十一月の酉の日に各地の神社で行われる祭礼。最初の酉の日を一の酉、二番目を二の酉といい、年によっては三の酉まである。

三の酉がある年は火事が多いといわれる。客と金をかき集める熊手を模した「かっこみ」「はっこみ」などと呼ばれる縁起物を売る市が境内に立ち、多くの人で賑わう。

酉の市一筋裏を戻りけり　鈴木榮子
一の酉夜空は紺のはなやぎて　渡邊千枝子
賑はひに雨の加はり一の酉　木内彰志
一の酉もまれて厄を貰ふまじ　大木あまり
二の酉の裏側川の流れをり　原田青児
たか〴〵とあはれは三の酉の月　久保田万太郎
一と二はしぐれて凪の三の酉　百合山羽公
三の酉母の縫糸買ひに出て　古賀まり子
てのひらをひらけば雨や三の酉　藤本美和子
人波に高く漂ふ熊手かな　嶋田青峰
かつぎ持つ裏は淋しき熊手かな　阿部みどり女
大熊手荒稲《あらしね》こぼさぬやうに持ち　和田順子

【神農祭《しんのうさい》】　神農の虎

毎年冬至の日に、医師や薬種問屋が、医薬を初めて民に伝えたとされる古代中国の伝説上の人物神農氏を祀《まつ》る神事。日本では少《すくな》彦《びこ》名神《なのかみ》を薬の神としていたため、これを「神農さん」として祀っていた。製薬会社などが軒を並べている大阪市道修町《どしょうまち》の少彦名神社では十一月二十二・二十三日に行う。❖祭礼では、五枚笹をつけた張り子の虎のお守りが授与される。

廟を打つ銀杏を売り神農祭　秋山朔太郎
かんなぎの声の明るき神農祭　西村和子
神農の虎ほうほうと愛《め》でらるる　後藤夜半
神農の虎のうなづく笹の先　金久美智子
神農の豆虎御符の中にあり　百合山羽公
寄り道や神農さんの虎さげて　田畑美穂女

【秩父夜祭《ちちぶよまつり》】

秩父神社（埼玉県秩父市）の例大祭。十二月一〜六日に行われる。祭のハイライトは三日夜の大祭。提灯や雪洞《ぼんぼり》をともした笠鉾・屋台・神輿・連台などの他に約百基の高張り提灯が、秩父囃子《ばやし》も賑やかに、神社から団子坂、御旅所《おたびしょ》へと曳き上げられる。

秩父夜祭石もて焚火消しにけり　小川原嘘帥
秩父夜祭乾繭《かんけん》の振れば鳴る　坂本昭子
夜祭の秩父別して真赤なり　落合水尾
秩父祭供物の繭の大袋　飯島晴子

【春日若宮御祭《かすがわかみやおんまつり》】　御祭　掛鳥

春日大社の摂社若宮（奈良市）の祭礼。十二月十五日から四日間行われる。奈良の年中行事の最後を飾るもので、十七日に絢爛《けんらん》たる時代行列が繰り広げられ、お旅所で神楽・東遊《あずまあそび》・田楽などが演じられる。掛鳥は贄《いけにえ》となる鳥獣のこと。❖八百八十年余も続く祭で、現在、国の重要無形民俗文化財に指定されている。

お出ましもお還りも夜やおん祭　右城暮石
浄闇を押し来る声や御祭　西村和子
沈香の闇を供奉せりおん祭　前田攝子
懸鳥の杉あをあをとおん祭　中御門あや

【神楽《かぐら》】　御神楽《みかぐら》　神楽歌　神遊《かみあそび》

古代より続く神事芸能。神遊ともいう。毎年十二月吉日に宮中で行われるものを御神楽と呼ぶ。千年以上続いており、天の岩戸の前で行われた舞が起源といわれる。笏拍《しゃくびょう》子《し》・和琴《わごん》・笛・篳篥《ひちりき》などの楽器を用いて神楽歌が披露される。その時に庭で焚く篝火を庭燎《にわび》という。❖神遊の「あそび」は鎮魂の意味である。

土器《かはらけ》にともしびもゆる神楽かな　飯田蛇笏
なだらかな父祖の山山神楽歌　福谷俊子
杉ごめに灯のうつくしき神遊　晏梛みや子
三日月に強く吹くなり神楽笛　阿波野青畝

【里神楽《さとかぐら》】　神楽面　夜神楽

御神楽《みかぐら》以外で、諸国の神社で行う奉納の神楽のこと。笛や太鼓ではやし、仮面をつけて演じる。主に無言劇である。宮崎県の高千穂などが特に有名。

夜かぐらやおし拭ひたる笛の霜　蝶　夢
里神楽懐の子も手をたたく　一　茶
里神楽森のうしろを汽車通る　高浜虚子
あをあをとをはりのとばり里神楽　加倉井秋を
足許に月のさし込む里神楽　稲荷島人
里神楽てらてら赤き天狗面　大橋敦子
大いなるたぶの幹あり里神楽　加藤三七子
あめつちの濡れて灯の泛《う》く里神楽　鍵和田秞子
甲斐駒に月のしたたる里神楽　橋本榮治
馥郁と闇のきりたつ里神楽　今井　豊
神楽面ことりと月に置かれけり　佐野鬼人
夜神楽の死にゆく鬼に手を叩く　野見山ひふみ
神楽大蛇尾のさきまでも怒りたる　居升白炎

【終大師《しまひだいし》】　納《をさめ》の大師　終弘法《しまひこうぼふ》

十二月二十一日に行われる縁日。弘法大師の命日は旧暦三月二十一日なので真言宗の各寺院では毎月二十一日（新暦）を縁日としている。十二月二十一日はその年の最後の縁日なので納の大師・終弘法として参詣者が多い。関東では川崎大師や西新井大師、関西では京都の東寺が多くの参詣者で賑わう。

日は霧の中なる終大師かな　太田　嗟
拳玉も終大師の袖土産　朝妻　力
みごもれる人来て納大師かな　湯口昌彦

【終天神《しまひてんじん》】

十二月二十五日に行われる縁日。毎月二十五日は天満宮の祭神、菅原道真の忌日で縁日。京都の北野天満宮では、境内を露店が埋め尽くし、元日の大福茶に使う梅干を授かる人など、多くの参詣者で賑わう。

筆買うて終ひ天神果たしけり　仁藤稜子
終天神裏門の早や賑はへる　飯村　中

【札納《ふだをさめ》】　納札《をさめふだ》

年越し行事のひとつ。新しいお札を年末に社寺から授かると、古いお札を元の社寺に納める。納められた札は、神職や僧が浄火にかける。

伸び上り高く抛《はふ》りぬ札納　高浜虚子
大香炉火を噴きにけり札納　山口青邨
大鷺の胸の夕日や札納　小島千架子

【年越の祓《としこしのはらへ》】 大祓

旧暦十二月晦日《みそか》に行う祓の称。これに対し旧暦六月の晦日に行う祓を夏越《なごし》という。新たな年を迎えるために心身を清める神事で、茅の輪をくぐったり、穢れを託した形代を忌火にかけて焚き上げしたりする。↓名越の祓(夏)

山伏は俄か仕度や大祓　園部庚申
湯のあとを父と歩きぬ大祓　鈴木太郎

【和布刈神事《めかりのしんじ》】 和布刈禰宜《めかりねぎ》

北九州市門司《もじ》区の和布刈神社に伝わる神事。毎年旧暦大晦日《おおみそか》の深更から元旦未明のもっとも潮が引いた時刻に、狩衣《かりぎぬ》を身につけた三人の神職が、それぞれ松明・桶・鎌を持って海に入り、若布《わかめ》を刈り取って神前に供え、その年の豊漁を祈願する。この日から若布漁が解禁となる。❖古来、和布刈神事は秘事であったが、現在は公開されており、参詣人で賑わう。

潮迅し和布刈神事のすゝみをり　高浜年尾
音たてて潮の差し来る若布刈禰宜　金久美智子
狩衣の裾を短かく和布刈禰宜　千々和恵美子
若布《めかり》刈炬《び》のずいと舐めたる夜の潮　西村和子

【年越詣《としこしまうで》】 除夜詣《ぢよやまうで》　年越参《としこしまゐり》

大晦日の夜に社寺に参詣すること。本来は翌年の歳徳神に詣でた。❖古くは立春の前夜である節分の夜に詣でたので、節分詣といった。

ぬばたまの出雲の闇を除夜詣　福田蓼汀

暗きより暗きにもどる除夜詣　能村登四郎
星空に張りつく火の粉除夜詣　若林蕗生
漆黒の闇は海なり除夜詣　荒井千佐代

【年籠《としごもり》】大晦日《おおみそか》の夜、神社や仏寺に参籠して新しい年を迎えること。また一般に大晦日は起き明かすものとされ、寝ることを忌む風習があった。

月もなき杉の嵐や年籠　召波
年ごもり鏡の中にすわりけり　暁台
みづうみの風の荒《すさ》める年ごもり　木村蕪城
火に翳す指の節くれ年籠　宇野恭子

【春日万灯籠《かすがまんとうろう》】春日の万灯

奈良市の春日大社で、参道の石灯籠と回廊の釣り灯籠、合わせて三千基と称する灯籠に一斉に火を灯す行事。節分の夜に行われる。まず、平安期の藤原頼通の寄進と伝える木製の瑠璃釣り灯籠に、鑽火《きりび》によって点火してから全体に火を移す。❖室町時代の夏の雨乞い祈願が点灯の起源といわれ、八月十四・十五日の夜も点灯される。

なんといふ暗さ万灯顧みる　橋本多佳子
幾度もつまづく木の根万燈会　細見綾子
万灯やわが一灯は神近く　田畑美穂女
万燈会人の暗さはかたまつて　津田清子
万燈の一燈点ず子をさし上げ　矢島渚男

【十夜《じゅや》】十夜法要　お十夜　十夜粥《がゆ》　十夜婆《ばばや》　十夜鉦《がね》　十夜寺

主として浄土宗の寺院で行われる十日十夜の念仏法要のこと。旧暦十月五日から十日間、無量寿経の教えに基づいて、誦経《ずきょう》し念仏を修するもので、平貞国によって京都の真如堂《しんにょ》で始められたといわれる。現在の真如堂では十一月五～十五日に行われている。ほかにも多くの寺で月遅れで行われているが、期間を短くしている寺もある。十五日の結願《けちがん》日に供される粥を十夜粥という。

灯の数のふえて淋《さび》しき十夜かな　松本たかし
狭山茶を賜はり戻る十夜かな　村山古郷
お十夜の柿みな尖る盆の上　波多野爽波
十夜粥箸のまはりの灯影かな　桂　信子
つかみたるものは離さず十夜婆　鷲谷七菜子
かんじんのところで眠り十夜婆　木田千女
十夜婆一度にどつと笑ひけり　東條素香
十夜僧つと長老に耳打す　八木林之助
ちん〳〵と黄泉《よみ》の底《そこ》より十夜鉦　河野静雲
十夜鉦ひとりが遅れ又遅れ　西村和子
灯ともして闇のはじまる十夜寺　北村仁子
庭先を月が通りて十夜寺　中山純子

【御命講《おめいかう》】　御会式《おゑしき》　日蓮忌《にちれんき》　万灯《まんどう》

旧暦十月十三日に行われる日蓮上人（一二二二〜八二）の忌日法会。日蓮宗の諸寺で法要を営む。日蓮は弘安五年、武蔵国池上で入滅。東京池上本門寺では新暦十月十一〜十三日に御命講が営まれ、十二日の万灯行列は勇壮なことで知られる。

御命講や油のやうな酒五升　芭　蕉
御命講日本海のうねりかな　若井新一
御会式の母の手にぎり歩きけり　細川加賀
地鳴りしてお会式太鼓近づけり　伊藤伊那男
万燈の花ふるへつゝ山門へ　山口青邨
鉦太鼓聞こえ万燈まだ見えず　後藤図子

【鉢叩《はちたたき》】

京都の空也堂の半僧半俗の僧たちが、鉦《かね》を打ち鳴らし、念仏を唱えて洛中洛外を練り歩いた行事。十一月十三日の空也忌から大《おお》晦日《みそか》までの四十八日間行われていたが、現在は絶えてしまった。❖『空也上人絵詞伝』によれば、上人に仕えていた鹿を平定盛が殺してしまったので、上人が嘆き悲しみ、その皮を求め仏道を説いたところ、定盛が発心して念仏を唱えて歩いたことによる。

千鳥なく鴨川こえて鉢たたき　其角
鉢叩き月下の門をよぎりけり　闌更
なき父に似た声もあり鉢叩　正岡子規
清水の灯は暗うして鉢叩　藤野古白
東寺まで道濡れてゐる鉢叩　西田栄子

【報恩講《ほうおんかう》】　御正忌《ごしやうき》　御七夜《おしちや》　御講《おかう》　親《しん》鸞忌《らんき》

浄土真宗諸寺で行われる開祖親鸞（一一七三～一二六二）の忌日法要。親鸞は弘長二年十一月二十八日、九十歳で入滅。京都市の東本願寺は新暦十一月二十一～二十八日、西本願寺では新暦一月九～十六日に行う。いずれも各地から多くの門徒が参集する。

野に山に報恩講のあかりかな　前田普羅
山の闇報恩講の灯を洩らす　津田清子
烟が出て報恩講の大廂　大嶽青児
箱膳を拭き揃へたり報恩講　三村純也
寺の柿とり遅れたり親鸞忌　黒田桜の園
くらがりに女美し親鸞忌　大峯あきら
裸木の肌のぬくみや親鸞忌　山上樹実雄

【臘八会《らふはちゑ》】　臘八　成道会《じやうだうゑ》　臘八接心《らふはちせつしん》　臘八摂心《らふはちせつしん》　臘八粥《らふはちがゆ》

釈迦が苦難に耐え、成道を果たした臘月（十二月）八日に修する法会。成道会ともいう。現在では主として禅宗の諸寺で営まれる。釈迦の難行苦行を偲《しの》ぶ座禅が一週間から八日間にわたって行われる。これを臨済宗では臘八大接心、曹洞宗では臘八大摂心という。八日に釈迦の故事にならって食べる粥を臘八粥という。

高きより日のさしてゐる臘八会　長谷川双魚
おほらかに墨の撥ねたり蠟八会　中村苑子
一燭の消ゆる香はしる臘八会　角　光雄
湯ざましをふふめば甘し臘八会　藤本美和子
搔き立てる燠火に檜の香臘八会　三森鉄治

臘八の巨いなる雲動きをり　中川宋淵
臘八の粥の梅干種大き　羽田岳水
臘八や粥炊きにゆく星の下　市堀玉宗

【大根焚《だいこたき》】 鳴滝《なるたき》の大根焚

十二月九・十日、京都市鳴滝の了徳寺で行われる行事。親鸞上人が建長四年（一二五二）十一月、八十歳の時、この地に足を止めて法を説いたところ、土地の人は随喜して大根を煮て奉った。上人は非常に喜んで、芒の穂で十字の名号（帰命尽十方無礙光如来）を記して残した。これが今でも寺宝として残っている。この故事を記念し、二日間庭前に大釜を据えて大根を炊き、参詣者にふるまい、上人の徳を偲ぶ。

舌焼いて母ぞ恋しき大根焚　岸田稚魚
日だまりは婆が占めをり大根焚　草間時彦
大《おほ》笊《ざる》も大《おほ》樽《たる》も空《から》大根焚　磯野充伯
食べ終へし碗からも湯気大根焚　中村与謝男

【冬安居《ふゆあんご》】 雪安居

夏安居《げあんご》に対して冬に行われる安居をいう。期間は旧暦十月十六日～一月十五日が原則であるが、地方や寺院によって異なる。寒冷の時期に集まって座禅などの修行に努める。→安居（夏）

昼からは日のとどかざる冬安居　五十嵐哲也
消炭の火のいろうかぶ雪安居　三田きえ子
万灯を立ててはじまる雪安居　山田春生
夜もすがら山の明るき雪安吾　須原和男
風呂敷を繕ふことも雪安居　高原　桐

【除夜の鐘《じよやのかね》】

大晦日《おおみそか》の夜に鐘をつくこと。またその鐘の音。十二時近くになると、あちこちの寺の鐘が鳴りはじめる。百八煩悩を除去すると して、その数にあたる百八回鐘を撞《つ》くもので、闇の中に殷々《いんいん》と鳴り響く。

旅にしていづかたよりぞ除夜の鐘　福田蓼汀

しんがりは東大寺かや除夜の鐘　高岡智照尼
除夜の鐘闇はむかしにかへりたる　五十嵐播水
浜の寺山の寺より除夜の鐘　きくちつねこ
水を掃く音一としきり除夜の鐘　宇佐美魚目
一斉に鎌倉五山除夜の鐘　星野　椿
山国の闇うごき出す除夜の鐘　鷹羽狩行
また一つ風の中より除夜の鐘　岸本尚毅

【寒参《かんまゐり》】　寒詣《かんまうで》　裸参《はだかまゐり》

寒の三十日間の夜、神社や仏寺に参詣すること。かつては裸や白装束に裸足でお参りする者が多く、裸参とも呼ばれた。お百度を踏む者、水垢離《みずごり》を行う者、護摩を焚いてもらう者など、それぞれ寒さや苦難に耐え、神仏に真心を捧げたのである。

寒まゐり闇の深さを手で測る　戸恒東人
提灯に我影さむし寒詣　田中王城
寒詣かたまりてゆくあはれなり　久保田万太郎
蠟燭の金ンの焔や寒詣　村上杏史

【寒垢離《かんごり》】　寒行

寒中に水垢離を行うこと。寺社に参詣して水を浴びたり、滝に打たれたりして祈願することは昔からあったが、現在は一部の行者などが行うだけである。

寒垢離に滝団々とひかり墜つ　山口草堂
寒垢離の肘を正しく張り直す　森田　峠
寒垢離の白衣すつくと立ちあがる　福田甲子雄
寒行が歩むちひさき埃立て　草間時彦
寒行に蹤《つ》きて小暗き小名木川　外川飼虎
寒行の草鞋《わらぢ》の五指の開ききり　鈴木鷹夫

【寒念仏《かんねんぶつ》】　寒念仏《かんねぶつ》

寒の三十日間、明け方に大声で念仏を唱える修行。修行僧の間で行われていたものだが、のちには僧俗を問わず行われるようになった。京都では各宗本山の修行僧が、草鞋《わらじ》履きで托鉢をする姿が見られる。

細道になり行く声や寒念仏　蕪　村

にぎやかに提灯つらね寒念仏　河野静雲
鎌倉はすぐ寝しづまり寒念仏　松本たかし
ふるさとを訪《と》ひ遇ひにけり寒念仏　行方寅次郎
子の頭さすりて過ぎぬ寒念仏　齋田鳳子
陸橋をひらひら越えて寒念仏　古賀まり子
うしろから闇のつきゆく寒念仏　成瀬櫻桃子
朝市のにぎはひをゆく寒念仏　市堀玉宗

【クリスマス】 降誕祭　聖樹　聖夜　聖夜劇　聖菓　サンタクロース

十二月二十五日。キリストの誕生日。ただし実際にいつ生まれたかは不明。ヨーロッパにおいて土俗の冬至の祭と習合したもの。教会や各家庭では聖樹（クリスマスツリー）を飾り、祝う。前夜を聖夜（クリスマスイブ）という。翌二十五日、教会では、聖歌を歌ったり、さまざまな行事を行ってキリストの生誕を祝う。❖クリスマスのころの町は華やかなイルミネーションに彩られ、活気に満ち、クリスマスソングが流れる。家庭でもサンタクロースに贈り物をもらったり、クリスマスプレゼントを交換したりと、すっかり生活に溶け込んでいる。

大阪に出て得心すクリスマス　右城暮石
へろへろとワンタンすするクリスマス　秋元不死男
すずかけの幹のまだらもクリスマス　今井杏太郎
屑籠に金の紙切れクリスマス　岡崎光魚
犬小屋に扉のなくてクリスマス　土生重次
花舗の燈や聖誕祭の人通る　大野林火
降誕祭讃へて神を二人称　津田清子
聖樹の灯心斎橋の灯の中に　石原八束
行きずりに聖樹の星を裏返す　三好潤子
聖樹より少し離れて人を待つ　鷹羽狩行
クリスマスツリー地階へ運び入れ　中村汀女
子へ贈る本が箪笥に聖夜待つ　大島民郎
灯の奥に楽鳴らしゐる聖夜かな　赤尾恵以
蠟涙の一すぢならず聖夜ミサ　木内怜子

沖へ出てゆく船の灯も聖夜の灯　遠藤若狭男
おほかたは星の子の役聖夜劇　伊藤トキノ
ナイフなほ聖菓の中に動きをり　山口波津女
ひとひらの花瓣のごとく聖菓享く　立原修志
小窓より覗く聖菓の家の中　辻田克巳
あれを買ひこれを買ひクリスマスケーキ買ふ　三村純也
クリスマスカードで壁を埋めつくす　阿波野青畝

【達磨忌《だるまき》】　**初祖忌《しよそき》**　**少林忌**

旧暦十月五日。インドの、禅宗の初祖菩提達磨（?〜五二八?）の正忌。中国の嵩山《すうざん》少林寺で九年間面壁《めんぺき》座禅をしたことは有名。伝記には不明な点が多いが、この日に入寂したといわれ、各地の禅宗寺院で法会が営まれる。

達磨忌や寒うなりたる膝がしら　白雄
鳥栖みて木をからしけり少林忌　松瀬青々
塔頭《たつちゆう》の皆代かはり少林忌　河野静雲

【芭蕉忌《ばせうき》】　**時雨忌《しぐれき》**　**桃青忌《たうせいき》**　**翁忌《おきなき》**　**ばせを忌**

旧暦十月十二日。俳人松尾芭蕉（一六四四〜九四）の忌日。伊賀上野（三重県）の人。貞門や談林の言語遊戯的な俳諧を革新、風雅の誠《まこと》を追求して蕉風を樹立した。「おくのほそ道」の旅では、辺境の歌枕に漂泊の詩心を探り、自然との感応を句作に打ち出した。元禄七年、上方の旅の途次、病を得、大坂で没。亡骸は遺言により近江膳所《ぜぜ》（大津市）の義仲寺《ぎちゆう》に葬られた。❖十月の異称時雨月にちなむとともに、時雨の風情を好んだ芭蕉には時雨の名句が多いことから、時雨忌ともいう。

芭蕉忌や香もなつかしきくぬぎ炭　成美
ばせを忌と申すも只《たつた》一人かな　一茶
芭蕉忌に芭蕉の像もなかりけり　正岡子規
芭蕉忌を一日おくれてしぐれけり　加藤楸邨
芭蕉忌や今も難所の親不知　三村純也

時雨忌の人居る窓のあかりかな　前田普羅
時雨忌やつかのまの星海に見て　岡本　眸
時雨忌の片寄りて濃き近江の灯　鍵和田秞子
一壺酒を温めて我が桃青忌　遠藤梧逸
湖の寒さを知りぬ翁の忌　高浜虚子
山国のまことうす日や翁の忌　長谷川素逝
榛の木に雲の吹かるる翁の忌　三田きえ子
もの知りのどつと集まる翁の忌　宇多喜代子

【嵐雪忌《らんせつき》】

旧暦十月十三日。蕉門の俳人服部嵐雪（一六五四〜一七〇七）の忌日。若くして芭蕉の門に入り、芭蕉は「両の手に桃と桜や草の餅」と其角と嵐雪を桃・桜にたとえるほどだった。都会風の軽妙かつ平明な人事句が特徴。芭蕉の死後、法体となり師の喪に服し、禅を修めて江戸俳壇の主流から退き、宝永四年に没した。

笹群に風のあつまる嵐雪忌　柴田白葉女
老残の鶏頭臥しぬ嵐雪忌　石田波郷
嵐雪忌湯島へのぼる坂いくつ　成瀬櫻桃子
嵐雪忌水にうつりて塔しづか　飯村　中

【空也忌《くうやき》】

旧暦十一月十三日。空也上人（九〇三〜七二）の忌日。空也は平安中期の僧で、諸国を巡り、常に市井《しせい》にあって諸人に念仏をすすめ、市聖《いちのひじり》・阿弥陀聖などと呼ばれた。天禄三年、入寂。晩年、「寺を出る日を以て忌日とせよ」といい残して東国に向かったので、それに従いこの日を忌日とする。❖京都市の空也堂（光勝寺）では、十一月の第二日曜日に法要が営まれ、踊躍《ゆやく》念仏と重要無形民俗文化財の六斎念仏が奉修される。

空也忌やうやうやしげに古瓢　蝶　夢
空也忌の腹あたためぬ豆腐汁　清水基吉
空也忌の波立ち上がり立ち上がる　雨宮きぬよ
下京の夜のしづもり空也の忌　森　澄雄

桶底の木目のさだかに空也の忌　丸山哲郎

【貞徳忌《ていとくき》】

旧暦十一月十五日。俳人松永貞徳（一五七一～一六五三）の忌日。号は逍遊軒・長頭丸・延陀丸など。京の人。幼いころから細川幽斎・里村紹巴らに和歌・連歌を学び、貞門の祖と称された。俳諧をひとつの文芸様式として確立し普及に努めた。

茶柱がたちて閑かや貞徳忌　柴田白葉女
築庭の世に存《なが》ふる貞徳忌　西村和子

【一茶忌《いっさき》】

旧暦十一月十九日。俳人小林一茶（一七六三～一八二七）の忌日。信濃柏原（長野県信濃町）生まれ。本名弥太郎。十五歳で江戸に出て、さまざまな職業を転々とした。文化九年（一八一二）に帰郷し、五十二歳で初めて妻を迎えたあと二度の妻帯により三男一女をもうけたが、次々と子供に死なれ、晩年は中風を病んで六十四歳で没した。『父の終焉日記』『おらが春』などの著作のほか、総数二万句に及ぶ作品を遺した。俳諧に方言や俗語を交え、不幸な境遇を反映した作品は、現在も広く親しまれている。

一茶忌の雀四五羽のむつまじき　清水基吉
一茶忌の川底叩く木の実かな　石田勝彦
一茶忌の七つ下りの山雨かな　三田きえ子
一茶忌の薪割る音のしてゐたり　池田秀水
ガスの火の紫もゆる一茶の忌　富安風生
越後からも四五人は来て一茶の忌　齊藤美規

【近松忌《ちかまつき》】

旧暦十一月二十二日。浄瑠璃・歌舞伎脚本作者近松門左衛門（一六五三～一七二四）の忌日。芭蕉・西鶴とともに元禄文化を代表する一人。本名を杉森信盛といい、巣林子・平安堂などとも号した。福井藩士の杉森信義の次男に生まれ、青年期、京に出て公家に仕えたのち、歌舞伎や竹本座付き作者として多くの浄瑠璃を書いた。作品は主に義理と人情に挟まれた人間の悲劇を主題とし、のちの演劇に大きな影響を与えた。代表作に「国性爺《こくせんや》合戦《かっせん》」「曾根崎心中」「女《おんな》殺《ころし》油地獄《あぶらのじごく》」「心中天の網島」など。

久々の下り役者や近松忌　中村吉右衛門
夕月に湯屋開くなり近松忌　石田波郷
人肌の匂ふ日暮れや近松忌　中村苑子
水のあるところ靄たち近松忌　鷲谷七菜子
大阪に来て夕月夜近松忌　大峯あきら
舟二つ見えて日暮るる近松忌　関戸靖子
赤子よく泣く日なりけり近松忌　榎本好宏
大阪を地下に乗り継ぎ近松忌　小川軽舟
咽に塗る薬の甘し近松忌　望月周

【蕪村忌《ぶそんき》】　**春星忌《しゅんせいき》**　**夜半亭忌《やはんていき》**

旧暦十二月二十五日。俳人・画人与謝蕪村（一七一六〜八三）の忌日。摂津《せっつ》国毛馬《けま》（大阪市）生まれ。早くから画・俳の両道にその天分を発揮し、主とした画業は池大雅と並び称せられる。春星は画号。代表作に「夜色楼台図」など。俳句は、江戸で早野巴《は》人《じん》に師事し精進を深め、次第に俳壇での衆望を集めて、明和七年（一七七〇）夜半亭二世を継いだ。浪漫的な作風で俳諧を刷新し、俳諧中興の祖といわれる。天明三年、京で没。俳諧にとどまらず和詩「春風馬堤曲」など幅広い作品を残した。❖正岡子規が俳論『俳人蕪村』によって再評価したことで、改めてその名を高めた。

蕪村忌や旅もをはりの濁り酒　原裕
蕪村忌の蒔絵の金のくもりけり　鍵和田秞子
蕪村忌の硯海に灯のうつりたる　大石悦子
蕪村忌の舟屋は雪をいただけり　井上弘美
長堤に雲を追ひたり蕪村の忌　奥坂まや
瓶に挿す梅まだかたし春星忌　大橋越央子

味噌漬のぐちが食べごろ春星忌　草間時彦

【亜浪忌《あらうき》】

十一月十一日。俳人臼田亜浪（一八七九〜一九五一）の忌日。長野県小諸《こもろ》生まれ。本名卯一郎。長くジャーナリズムの世界に身を置いていたが、大正三年、石楠社を創立。翌年三月、大須賀乙字の援助を得て俳句雑誌「石楠」を創刊、一句一章論を唱えた。句集に『旅人』『定本亜浪句集』など。

死ぬものは死に亜浪忌も古りにけり　松崎鉄之介
亜浪忌や峡の日輪水に浮く　杉山羚羊
亜浪忌の青き空より木の葉降る　小野純子

【波郷忌《はきやうき》】

十一月二十一日。俳人石田波郷（一九一三〜六九）の忌日。愛媛県温泉郡垣生《はぶ》村（松山市）生まれ。本名哲大《てつお》。昭和五年「馬酔木」に入会、昭和七年上京、同八年最年少の同人に推され、同九年から「馬酔木」編集に携わる。同十二年「鶴」を創刊、没年まで主宰した。中村草田男・加藤楸邨らと並んで人間探求派と称された。韻文精神の徹底を唱え、昭和俳句史に一時代を画し、多くの俳人を育てた。昭和四十四年、宿痾《しゆくあ》の結核のため逝去。句集に『鶴の眼』『風切』『惜命《しやくみやう》』『酒中花』など多数。❖風鶴忌・惜命忌などとも称される。

波郷忌や白玉椿蕊見せて　水原秋櫻子
波郷忌の風の落ちこむ神田川　秋元不死男
波郷忌や波郷好みの燗つけて　鈴木真砂女
波郷忌の二合の酒をあましけり　清水基吉
波郷忌の無患子の空軽くなる　石田勝彦
波郷忌のひよどりすこし虔めよ　星野麦丘人
潮引いて波郷忌近き小名木川　伊藤白潮
よき顔をして波郷忌の雀たち　今井杏太郎
波郷忌の手にあたたむる柚子一つ　戸川稲村
波郷忌の落葉火となり風となり　田部谷紫

波郷忌や溝に濡れ羽の川千鳥　五十崎　朗
波郷忌や大榾焚いて我ら酌む　小島　健

【一葉忌《いちえふき》】
十一月二十三日。樋口一葉（一八七二〜九六）の忌日。東京生まれ。本名奈津。明治中期の女流作家。中島歌子・半井桃水《なからいとうすい》からそれぞれ和歌・小説を学び、明治二十八年に発表した「たけくらべ」が森鷗外らに認められた。肺を病んで亡くなるまでのわずかな時期に、「にごりえ」「十三夜」などの名作を一挙に書き上げたので、奇跡の一年半といわれる。

一葉忌冬ざれの坂下りけり　安住　敦
暮れて聴く枯葉に雨の一葉忌　千代田葛彦
日本語の乙張《めりはり》しんと一葉忌　川崎展宏
廻されて電球ともる一葉忌　鷹羽狩行
指添へてとぎ汁こぼす一葉忌　八染藍子
風呂敷は布に還りて一葉忌　櫂　未知子

【漱石忌《そうせきき》】
十二月九日。文豪夏目漱石（一八六七〜一九一六）の忌日。東京生まれ。本名金之助。東京帝国大学英文科を卒業、英国留学から帰国後、東京帝大で教鞭を執る一方、「ホトトギス」に「吾輩は猫である」を発表し、一躍文壇の寵児となった。のちに東京朝日新聞社に入り、同紙に多くの小説を発表した。大正五年、宿痾の胃病のため没。作品は「坊っちゃん」「三四郎」「それから」『漱石俳句集』など多数。❖大学予備門で正岡子規と出会い、俳句の手ほどきを受ける。漱石はその時の俳号。

書斎出ぬ主に客や漱石忌　長谷川かな女
漱石忌戻れば屋根の暗きかな　内田百閒
漱石忌余生ひそかにおくりけり　久保田万太郎
うす紅の和菓子の紙や漱石忌　有馬朗人
菊判の重きを愛し漱石忌　西嶋あさ子

塩羊羹厚切りにして漱石忌　中島真理
新聞に雨の匂ひや漱石忌　片山由美子

【青邨忌《せいそんき》】

十二月十五日。俳人山口青邨（一八九二〜一九八八）の忌日。岩手県盛岡市生まれ。本名吉郎。仙台二高を経て東京帝大に進学し、のちに同大の教授となった。大正十一年、高浜虚子に教えを乞い、「ホトトギス」の黄金時代を築いた水原秋櫻子・高野素十・阿波野青畝・山口誓子の四人を四Sと名づけた。「夏草」を創刊主宰。句集に『雑草園』『露団々』『日は永し』など。

武蔵野の松風聞かな青邨忌　深見けん二
ドイツ製鉛筆を愛で青邨忌　有馬朗人
青邨忌暮の挨拶はじまりぬ　斎藤夏風
青邨忌なり暮れがたの雪も映え　大畑善昭
青邨忌近づく石蕗《つは》の花あかり　古舘みつ子
雪積みて汽車すべりこむ青邨忌　石地まゆみ

【青畝忌《せいほき》】

十二月二十二日。俳人阿波野青畝（一八九九〜一九九二）の忌日。奈良県高取町生まれ。本名敏雄。「ホトトギス」同人として、水原秋櫻子や高野素十、山口誓子らとともに四Sの一人として活躍した。のちに「かつらぎ」を創刊主宰。独特の俳味豊かな世界を展開した。句集に『万両』『紅葉の賀』『甲子園』など。

青畝忌や今年の萩はまだ刈らず　小路紫峡
青畝忌の葛城山に雲ひとつ　渡辺政子
柚子山の柚子よく匂ふ青畝の忌　皆川盤水
樅の木の伐り口にほふ青畝の忌　加藤三七子

【一碧楼忌《いっぺきろうき》】

十二月三十一日。俳人中塚一碧楼（一八八七〜一九四六）の忌日。岡山県倉敷市生まれ。本名直三。「日本俳句」で頭角を現し、河東碧梧桐に師事したが、のちに決別する。

「海紅」を主宰し、自由律俳句の普及に努めた。句集に『はかぐら』『海紅』など。

大粒の雪の一碧楼忌かな　須並一衛
一碧楼忌びわの木びわの葉ひゆる雨空　山崎多加士
冬怒濤一碧楼の忌なりけり　神戸周子

【寅彦忌《とらひこき》】

十二月三十一日。科学者・随筆家の寺田寅彦（一八七八〜一九三五）の忌日。東京生まれ。筆名吉村冬彦・藪柑子《やぶこうじ》・寅日子《とらひこ》など。東京帝大教授として物理学・地震学を教える傍ら漱石門に入り、「ホトトギス」に小作品を発表するなど、随筆家としても名を高めた。俳句は『寺田寅彦全集』に収録。

椋鳥の森尾長の森や寅彦忌　山田みづえ
珈琲の渦を見てゐる寅彦忌　有馬朗人
雪よりも雨滴つめたし寅彦忌　宇野恭子

【乙字忌《おつじき》】

一月二十日。俳人大須賀乙字（一八八一〜一九二〇）の忌日。福島県相馬市生まれ。本名績《いさお》。河東碧梧桐に認められ碧門黄金時代を築き、新傾向の旗手となったが、のちに伝統回帰、古典重視の立場を取るようになる。また俳論でも活躍し、二句一章・音調論・季題論などを発表した。没後、『乙字俳論集』『乙字句集』などが編まれた。

乙字忌の滅法寒くなりにけり　川崎展宏
室咲の菜の花活けて乙字の忌　鈴鹿野風呂
玻璃窓の夜空うつくし乙字の忌　金尾梅の門

【久女忌《ひさぢよき》】

一月二十一日。俳人杉田久女（一八九〇〜一九四六）の忌日。鹿児島市生まれ。本名ひさ。沖縄・台湾で幼時を過ごしたのち上京し、東京女子高等師範学校付属高女に学ぶ。上野美術学校出身の杉田宇内と結婚後、中学校教師の夫とともに福岡県小倉市（現北九州市）近郊に居住。大正五年から俳句を始め、昭和初年には「ホトトギス」の有力俳人となった。写生を基本におく端麗な俳句で、句柄の大きさ、格調の高さは群を抜く。七年に同誌同人となるが、四年後に突如同人より削除され、句集刊行を熱望しながら没した。没後に長女の手により『杉田久女句集』が刊行された。

久女忌の髪を重しと思ひけり　佐藤博美
久女忌の髪の根痛きほどに結ひ　荒井千佐代
枯菊のくれなゐふかき久女の忌　林　十九楼
雪晴にこゑ吸はれゆく久女の忌　坂本宮尾
あたらしき湯の胸をさす久女の忌　藤田直子
帰らねばならぬ家あり久女の忌　片山由美子
どの椅子も飛ぶ鳥待ちぬ久女の忌　川口真理

【草城忌《さうじやうき》】

一月二十九日。俳人日野草城（一九〇一～五六）の忌日。東京下谷《したや》に生まれ、韓国で育つ。本名克修《よしのぶ》。三高、京都帝大時代に俳句に親しみ、「ホトトギス」同人を経て、昭和十年「旗艦」を創刊主宰、新興俳句を推し進め、「ホトトギス」同人を除名された。戦後、「青玄」を創刊主宰、亡くなるまで十年に及ぶ病臥生活の中で、静謐な作品を生んだ。句集に『花氷』『人生の午後』など。

雨の音に覚めてしづかな草城忌　横山白虹
ばら色のままに富士凍て草城忌　西東三鬼
全集の濃き藍色や草城忌　桂　信子
あかつきの咳に覚めたり草城忌　百瀬美津
残月の薄紅に草城忌　岩田由美

【碧梧桐忌《へきごとうき》】　寒明忌

二月一日。俳人河東碧梧桐（一八七三～一九三七）の忌日。愛媛県松山市生まれ。本名秉《へい》五《ご》郎《ろう》。高浜虚子と並び正岡子規門の双《そう》璧《へき》といわれた。子規没後、虚子と袂を分かち、新傾向俳句へと進み、無季・自由律・

口語俳句などを試みた。進歩派の巨匠として異彩を放ちながら、昭和八年、還暦を期に俳壇を引退した。句集に『碧梧桐句集』、著作に『三千里』『続三千里』など。

二月先づ碧梧桐忌や畑平ら　泉　天郎

今昔をけふも読み居り寒明忌　瀧井孝作

動物

【熊《くま》】 月の輪熊　羆《ひぐま》　熊の子　熊穴に入る

日本に棲息する熊は、月の輪熊と羆で、月の輪熊は本州・四国に、羆は北海道に棲息している。月の輪熊は体長約一・二メートルで胸部の月の輪形の大白斑が特徴。羆は体長約二メートル。夏季が活動期で、冬は洞穴に籠り、その間に一頭から三頭の子を産む。❖毛皮・肉・胆嚢《たんのう》などそれぞれ用途に応じて使われてきた。

月光の分厚きを着て熊眠る　高野ムツオ
てのひらをやはらかく熊眠れるか　井上弘美
月の輪のあらはに熊の担がるる　長谷川耿子
羆見て来し夜大きな湯にひとり　本宮銑太郎
熊の子が飼はれて鉄の鎖舐む　山口誓子
粉雪に灯して熊の腑分けかな　小原啄葉

【冬眠《とうみん》】

蛙・蜥蜴《とかげ》・蛇・亀などの変温動物や、栗《り》鼠《す》・蝙蝠《こうもり》などの小型の哺乳類が冬季に食事を摂ることを中止して、地中や巣のなかで眠ったような状態で過ごすこと。❖熊などは完全に冬眠するわけではなく、極度に活動を低下させた「冬ごもり」といわれる状態になる。

冬眠の蝮《まむし》のほかは寝息なし　金子兜太
子がひとりゆく冬眠の森の中　飯田龍太
冬眠のはじまる土の匂ひかな　小島　健
冬眠の蛇の眼を思ふべし　仙田洋子
草の根の蛇の眠りにとどきけり　桂　信子

【狐《きつね》】 北狐

イヌ科の哺乳類で、本州・四国・九州には本土狐が、北海道には北狐が棲息する。体色は赤褐色あるいは黄褐色で、いわゆる狐色をしている。尾は太くて長く、口はとがっている。普通、地面に穴を掘り生活する。夜行性で、野兎・野鼠・鳥・果実などを食べる。怜悧《れいり》で、注意深く巧みに獲物を襲い、天敵を避ける。十二月下旬から一月ごろに交尾し、四月ごろ三〜五頭の子を産む。❖古来、狐は人をだます、ずるいものの象徴とされてきたが、稲荷神の使いでもある。「きつ」は狐の古名で「ね」は美称ともいわれる。

母と子のトランプ狐啼く夜なり　橋本多佳子
すつくと狐すつくと狐日に並ぶ　中村草田男
蒼然と山の月の出狐啼く　茂　惠一郎
狐啼く野に星の降る夜なりけり　美柑みつはる
青空へ狐のあげし雪けむり　押野　裕
北狐頭の雪は払はざる　後藤比奈夫

【狸《たぬき》】

イヌ科の哺乳類で、全国の山地草原などの穴や岩間に棲む。夜行性で小動物・魚・虫・果実などを食べ、木に登る。毛皮は防寒用に、毛は毛筆などに利用し、肉は狸汁などにして食されてきた。❖「文福茶釜」「かちかち山」などのお伽噺で親しまれている。古くは「むじな」と混同されていた。

山宿へことづかりたる狸かな　原　石鼎
晩成を待つ顔をして狸かな　有馬朗人
日の暮の青き狸と目の合ひぬ　櫂　未知子
足跡をたぬきと思ふこのあたり　石田郷子

【鼬《いたち》】

イタチ科の哺乳類の総称。雄は体長三〇センチほどで、雌はそれより小さい。胴が長く四肢は短い。夏は焦茶色に、冬は黄赤褐色となって美しい。全国の平原から山地にかけての田や水辺に棲み、蛙や鼠などの小動物を捕えて食べる。鶏舎を襲って大きな損害を与える一方、野鼠の駆除に役立つ。敵に追われて進退きわまると、肛門腺から悪臭のある分泌液を発射して逃げる。

罠かけてより鼬来ず昼の月　堀口星眠
鼬みちありぬ夕日の磧草　木村房子
鼬出て腓返りの夜となりぬ　橋本榮治

【鼯鼠《むささび》】　ももんが　晩鳥《ばんどり》

リス科の哺乳類で、栗鼠に似ているがはるかに大きく、太く長い尾を背に担いでいるので、一名尾被《おかずき》ともいう。無害で温和な動物。前肢と後肢のあいだに大きな飛膜があり、木から木へと滑空する。昼は樹洞にひそみ、夜に出て果実などを食べる。北海道を除く各地の森林に分布する。鼯鼠より小さいのがももんがで、寒冷地の高山に棲む。夜行性なので鼯鼠とともに晩鳥と呼ばれる。

甲斐駒のほうとむささび月夜かな　飯田龍太
むささびや大きくなりし夜の山　三橋敏雄
むささびにくまなく星の粒立てる　矢島渚男
切り倒す杉をむささび飛び出せり　阿部月山子

【兎《うさぎ》】　野兎

ウサギ目の動物の総称。体長四〇～六〇センチで、一般に耳が長く、前肢は短い。冬毛が白くなる種類もある。毛皮をとったり、肉を食べるために、狩猟の対象になってきた。草や木の皮などを食し、一年に数回、子を産む。「因幡の白兎」「兎と亀」などの民話でも親しまれている。❖飼育している兎は季節感に乏しいので季語としない。

突として山道よぎりゆく兎　渋沢渋亭
二羽と言ひ兎は耳を提げらるる　殿村菟絲子
女にも兎を屠る力かな　宇多喜代子
野兎のすこぶる聡き眼をしたり　佐藤郁良

【竈《かまど》猫《ねこ》】　炬燵《こたつ》猫　かじけ猫

猫は寒がりで、冬は暖かい場所を探してうずくまる。火を落としたあとの暖かさの残る竈の中へ入って、ぬくぬくと灰にまみれて寝ている光景が見られたりした。現在では竈が少なくなったのでほとんど見られない。❖ユーモラスな語感があることから季語として愛されている。富安風生の造語である。

何もかも知つてをるなり竈猫　富安風生
しろたへの鞠のごとくに竈猫　飯田蛇笏
かまど猫家郷いよいよ去りがたし　鈴木渥志
きつちりと脚をさめてかまど猫　櫂未知子
竈猫その手をとつて話しかけ　岸本尚毅
薄目あけ人嫌ひなり炬燵猫　松本たかし

【鯨《くじら》】　勇魚《いさな》

クジラ目に属する海棲で大型の哺乳類の総称。白長須鯨《しろながすくじら》は体長二五メートルにもなり、現存する動物中最も大きい。抹香鯨《まっこうくじら》は十数メートルで、腸内の結石から竜涎香《りゅうぜんこう》と称する貴重な香料を採取した。ほかに長須鯨・鰯鯨・座頭鯨《ざとうくじら》などがある。肉はかつては貴重な蛋白源であり、鯨油は燃料などに用いられた。勇魚は鯨の異称。❖「鯨の潮吹き」とは、鯨が浮き上がって呼吸する際に、鼻孔から呼気とともに海水を噴き上げること。→捕鯨

白浜や紀の国人とみる鯨　久米三汀
鯨来る土佐の海なり凪《な》ぎわたり　今井千鶴子
大航海時代終りし鯨かな　橋本榮治
鯨の尾祈りのかたちして沈む　仲寒蟬

【鷹《たか》】　大鷹　刺羽《さしば》　鵟《のすり》　蒼鷹《もろがへり》　隼《はやぶさ》

タカ科のうち中小型のものをさし、大型のものは鷲という。精悍な猛禽で俊敏。鋭い嘴《くちばし》をもち、鋭い脚の爪で小型の動物を捕える。→鷹狩（冬）・鷹渡る（秋）

鷹一つ見付てうれしいらご崎　芭蕉

鷹のつらきびしく老いて哀れなり　村上鬼城
鳥のうちの鷹に生れし汝かな　橋本鶏二
絶海に崖隆起して鷹呼べり　野澤節子
日の鷹がとぶ骨片となるまで飛ぶ　寺田京子
鷹とめて月光の巌ほそりけり　白澤良子
鷹よぎる大雪山の夜明けかな　秦　夕美
かの鷹に風と名づけて飼ひ殺す　正木ゆう子
潮満つるやうに琉歌や鷹の頃　山崎祐子
神々の高さに鷹の光りをり　山田佳乃
大鷹のぴたりと宙に止まれり　中村苑子
霞ヶ浦一望の木に刺羽かな　亀田虎童子
隼を見失なひたる比叡の空　千原叡子

【鷲《しわ》】　**大鷲　尾白鷲**

タカ科のうち大型のもの。大鷲・尾白鷲・犬鷲などがいる。強大な翼と獲物を裂くのに適した鉤型の嘴、鋭い爪をもち、鳥獣を捕食する。❖棲息数が少なく、国の天然記念物に指定されているものもある。

わが而立《じりつ》握り拳を鷲も持つ　鷹羽狩行
風荒ぶ鷲の視界に身を曝し　角谷昌子
北溟の風より速く鷲下り来　佐藤郁良
城塞の山へ大鷲到りけり　前田攝子
潮ごと何をか摑み尾白鷲　須原和男

【冬の鳥《ふゆのとり》】　**寒禽《かんきん》　冬鳥**

山野・水辺を問わず、冬に目にする鳥。食料の欠乏する時季なので、南天や青木など住宅地の庭木を啄む姿がよく見られる。冬鳥は冬に渡ってくる渡り鳥のこと。

空映す水のほとりに冬の鳥　岸本尚毅
寒禽の声のこぼるる摩崖仏　皆川盤水
寒禽や火が廻り出す登り窯　田中水桜
寒禽しづかなり震度7の朝　戸恒東人
寒禽の取り付く小枝あやまたず　西村和子
寒禽の嘴《はし》をひらきて声のなき　長谷川　櫂

【冬の雁《ふゆのかり》】　**寒雁《かんがん》**

秋に飛来した雁は、冬のあいだ、海辺・池

沼・湿地などに棲みつく。早朝に餌をあさりに出かけ、稲の落穂などを食べる。かつては移動する姿もよく見られたが、現在は飛来数が減少してしまった。↓春の雁(春)・帰る雁(春)・雁(秋)

何もなき海坂を指す冬の雁　殿村菟絲子
誰かまづ灯をともす町冬の雁　飴山　實
冬の雁くろがねの空残しけり　伊藤通明
冬の雁二三羽とほき田へ移る　永方裕子
寒雁のいきなり近く真上なり　正木ゆう子

【冬の鵙《ふゆのもず》】

鵙は秋の鳥だが、初冬になっても晴れた日に猛々しい声で鳴く。↓鵙(秋)

檣頭にこゑ切り落す冬の鵙　山口誓子
天辺に個をつらぬきて冬の鵙　福田甲子雄
向きかへて梢に光る冬の鵙　髙田正子
冬の鵙好める一樹直指庵　茨木和生
すずかけの神の定座に冬の鵙　土方公二
冬鵙のゆるやかに尾をふれるのみ　飯田蛇笏
おちつきのある冬鵙となりにけり　阿波野青畝
冬鵙や風が磨ける石畳　大岳水一路

【冬の鶯《ふゆのうぐひす》】　藪鶯《やぶうぐひす》　笹子《ささご》

鶯は、秋の終わりになると山から人里に降りてくる。冬のあいだは茂みや笹原などにいることから藪鶯あるいは笹子と呼ぶ。❖笹子は幼鳥の意ではない。

冬鶯ふり向く先の竹明り　青木綾子
伊勢みちの伊勢にちかづく笹子かな　鷲谷七菜子
叢雲は日を抱き藪は笹子抱く　檜　紀代

【笹鳴《ささなき》】

冬の鶯が藪をくぐったり、雑木の低い枝を飛び移ったりしながら、チャッ、チャッと舌打ちするように鳴くこと。また、その鳴き方。雌雄ともにこの地鳴きをし、春になると雄だけがホーホケキョと鳴くようになる。❖笹鳴は幼鳥の鳴き声ではない。この時期の鶯はすべて成鳥である。

笹鳴きも手持ぶさたの垣根かな　一茶
笹鳴や深山たびたび日をかくす　長谷川双魚
笹鳴きに枝のひかりのあつまりぬ　長谷川素逝
笹鳴や雪に灯ともす東大寺　中川宋淵
笹鳴を疎林のひかり弾き合ふ　相馬遷子
笹鳴や磨きて覚ます杉の肌　本多静江
笹鳴の顔まで見せてくれにけり　綾部仁喜
笹鳴は袂に溜まるごとくなり　友岡子郷
笹鳴のまことしづかな間のありて　早野和子
笹鳴きの鳴き移りつつ笹揺らす　村上鞆彦

【冬雲雀《ふゆひばり》】

冬の河原などで、暖かい日に雲雀が鳴きながら舞い上がる姿を見かける。↓雲雀（春）

冬雲雀そのさへづりのみじかさよ　橋本多佳子
三輪山のしろがねの日に冬ひばり　山本古瓢
出雲なる風土記の丘の冬雲雀　小野淳子
冬雲雀まぶしき声をこぼしけり　片山由美子
冬ひばり影を作らぬ歩みかな　真隅素子

【寒雀《かんすずめ》】　冬雀　ふくら雀

雀はもっとも人家近くに棲む鳥である。特に冬場は餌を求めて庭先までやってくる。寒い時に羽の中に空気を入れて膨らんでいる姿をふくら雀という。↓雀の子（春）・初雀（新年）

寒雀身を細うして闘へり　前田普羅
寒雀顔見知るまで親しみぬ　富安風生
とび下りて弾みやまずよ寒雀　川端茅舎
糸屑のくれなゐ咥へ寒雀　中尾寿美子
ネクタイの黒が集ひぬ寒雀　鈴木鷹夫
てのひらのごとき日向に寒雀　牧　辰夫
立山に晴れのおよびぬ寒雀　榎本好宏
寒雀一羽となりて光り出す　高野ムツオ
雪降れば雪を啄み寒雀　中坪達哉
ついばめる塵や光や冬雀　小川軽舟

両頰に墨つけふくら雀かな　川崎展宏
佳き名つけふくらすずめを飼ひたしや　大石悦子

【寒鴉《かんがらす》】 寒鴉《かんあ》　冬鴉

冬の鴉のこと。枯木の枝や電線などに動かずにじっとしているさまは、いかにも荒涼とした光景である。時おり嗄《か》れた声を発し、夕暮れなどは特に侘しい姿を見せる。

寒鳥かはいがられてとられけり　一茶
かわ〳〵と大きくゆるく寒鴉　高浜虚子
首かしげおのれついばみ寒鴉　西東三鬼
寒鴉己《し》が影の上におりたちぬ　芝不器男
太き声水に落して寒鴉　吉田成子
濁らざる色とも思ふ寒鴉　二川茂徳
動かんとするもの圧さへ寒鴉　依田善朗
冬鴉サイロに声を落とし去る　大串章

【梟《ふくろふ》】 ふくろ

フクロウ科の鳥の総称で、羽角《うかく》（飾羽）のない丸い顔をしている。全体に灰白色か褐色で、目の上部に眉斑状の黒斑がある。ゴロスケホーホーと聞こえる鈍い声で鳴く。低山帯の森林に棲息するが、近年は数が減少した。夜間、音もなく巣から飛び立ち、野鼠や昆虫などを捕食する。❖梟は留鳥だが、冬の夜に聞く声がいかにも侘しく寒々しいので冬の季語になっている。世界には梟を不吉な鳥とみなす文化圏、知恵と技芸の象徴とみなす文化圏がともに存在する。

梟のねむたき貌の吹かれける　軽部烏頭子
黒谷の夜を鳴き交はす梟かな　五十嵐播水
梟がふはりと闇を動かしぬ　米澤吾亦紅
梟や机の下も風棲める　木下夕爾
梟の次の声待ち書を膝に　千代田葛彦
梟や燠にちらりと炎立ち　鷲谷七菜子
梟やいまらふそくの燈のゆらぐ　柿本多映
風の木となる梟の去つてより　黛執
梟の目玉みにゆく星の中　矢島渚男

梟を泊めて樹影の重くなる　ふけとしこ
己を視むと梟の顔廻す　大島雄作
梟の闇嘗めてゐるやうなこゑ　石嶌　岳
ふくろふの目玉のほかは山の闇　田村正義
ふくろふの闇のふくらむばかりなる　佐藤博美

【木菟《みみづく》】　づく

フクロウ科の鳥のうち、羽角《うかく》（飾羽）がある大木葉木菟《おおこのはずく》などの総称。丸い頭にある羽角が兎の耳に似ているので「木菟」と書く。夜行性で野鼠や小鳥を捕食する。低山帯の木の洞などに巣を作り、ホッ、ホッと低く鳴く。❖留鳥だが、梟と同様に声がいかにも侘しく寒々しいので冬の季語になっている。→青葉木菟《あをばづく》（夏）

木菟や上手に眠る竿の先　一　茶
木菟のほうと追はれて逃げにけり　村上鬼城
木菟の耳をのぞいてゆきし子ら　森賀まり
身じろぎて木菟また元の如く居る　篠原温亭
青天に飼はれて淋し木菟の耳　原　石鼎
うつうつと木菟の瞼の二重かな　軽部烏頭子
木菟の夜を沖かけてくる波がしら　斎藤梅子
月の出を忘じて木菟に鳴かれけり　橋本榮治

【鷦鷯《みそさざい》】　三十三才《みそさざい》

体長一〇センチほどの非常に小さい鳥。全体に褐色がかっていて、黒く細かい斑点がある。普段は山地に棲息する。❖日本産の鳥では最小形種のひとつ。活発で声がよく、冬は人家の近くに現れるので人目にふれやすい。

みそさざいちつといふても日の暮るる　一　茶
東京に出なくていゝ日鷦鷯　久保田万太郎
世に遠きことのごとしや鷦鷯　加藤楸邨
あをぞらも夕べに近しみそさざい　岩井英雅
何時も来て何時も一羽や三十三才　石　昌子
降りて来よ伽を聞かせに三十三才　榎本好宏
水べりの樹間あかるし三十三才　福谷俊子

【水鳥《みづとり》】　**浮寝鳥《うきねどり》**

冬の水上にいる鳥の総称。鴨・鳰《かいつぶり》・百合鷗・鴛鴦《おしどり》など。水に浮いたまま眠っている鳥を浮寝鳥という。❖古来詩歌では「浮き寝」に「憂き寝」をかけて、恋の独り寝の侘しさを詠んだ。

水鳥やむかふの岸へつういつうい　惟然
水鳥や夜半の羽音をあまたたび　高浜虚子
水鳥や夕日きえゆく風の中　久保田万太郎
水鳥のしづかに己が身を流す　柴田白葉女
水鳥の二羽寝て一羽遊びをり　清水基吉
水鳥のあさきゆめみし声こぼす　青柳志解樹
水鳥の羽撃ちて朝日子を呼べり　大串章
一日の終はり水鳥はなやかに　浦川聡子
浮寝鳥一羽さめゐてゆらぐ水　水原秋櫻子
全景に雨が斜めや浮寝鳥　岡本眸
浮寝鳥月は対馬に移りつゝ　須原和男

【鴨《かも》】　**真鴨　鴨の声　鴨の陣**

カモ科の鳥の総称。真鴨・小鴨・葭鴨《よしがも》・尾長鴨・嘴広鴨《はしびろがも》・金黒羽白《きんくろはじろ》などは河川や湖沼で、鈴鴨・黒鴨・海秋沙《うみあいさ》などは海上・江湾・荒磯などで見られる。秋、雁と同じころに飛来し、春に北方に帰る。早朝や夜間に草の実などの餌を取りに行き、昼間は群をなして水に浮いていることが多い。これを鴨の陣という。鴨は肉が美味で、冬のあいだ狩猟が許されている。❖鴨は日本に二十九種類いるが、鴛鴦《おしどり》と軽鴨だけが留鳥。
→春の鴨（春）・引鴨（春）・通し鴨（夏）・初鴨（秋）

海くれて鴨のこゑほのかに白し　芭蕉
水底を見て来た顔の小鴨かな　丈草
鴨の中の一つの鴨を見てゐたり　高浜虚子
一湾や吹きをさまりて月の鴨　田村木国
海に鴨発砲直前かも知れず　山口誓子
鴨群るるさみしき鴨をまた加へ　大野林火

抜け目なささうな鴨の目目目目目目　川崎展宏
鴨眠るひとつの波をひきながら　今井杏太郎
吹き晴れて吹きはれて鴨寄辺なし　岡本眸
鴨の居るあたりもつとも光る湖　稲畑汀子
日のあたるところがほぐれ鴨の陣　飴山實
空と湖自在に占める鴨の陣　小川晴子
眦《まなじり》に乱るる日差し鴨の湖《うみ》　正木ゆう子

【鴛鴦《をしどり》】　をし　鴛鴦《をし》の沓《くつ》

カモ科の留鳥で、山間の渓流や山地の湖などに棲息しており、雄の美しい色彩によって知られている。水に浮かんでいる姿が、神主の木沓のように見えるので、「鴛鴦の沓」という。つがいで行動し、常に離れないところから「鴛鴦《おし》の契《ちぎり》」「おしどり夫婦」などのことばが生まれた。雌雄どちらかが捕えられると、残された方が焦がれ死にするという伝説がある。❖留鳥だが、求愛期である冬の間オスの飾り羽（繁殖羽）が美しく目立つので冬の鳥と思われている。

里過て古江に鴦《をし》を見付たり　蕪村
鴛鴦に月のひかりのかぶさり来　阿波野青畝
円光を著《き》て鴛鴦の目をつむり　長谷川素逝
鴛鴦やこもごも上げる水しぶき　高木良多
おのが影乱さず浮いて鴛鴦の水　楠目橙黄子
白き胸ぶつけて鴛鴦の諍へる　山田閏子
鴛鴦の沓波にかくるることもあり　山口青邨

【千鳥《ちどり》】　鵆《ちどり》　磯《いそ》千鳥　浜千鳥　川千鳥　夕千鳥　小《さ》夜《よ》千鳥《ちどり》　群千鳥

チドリ科の鳥の総称。昼は海上、夜は渚や浜辺を歩き回る。嘴《くちばし》が短く、趾《あしゆび》が三本で、左右を踏み交えたいわゆる千鳥足で歩く。夜更けに聞こえる声が寂しげである。❖『万葉集』以来詩歌に詠まれてきたが、夜の寒さや風の冷たさなどと重なり、冬の鳥と意識されるようになった。

打ちよする浪や千鳥の横ありき　蕪村

吹き別れ吹き別れても千鳥かな　千代女
吹かれ来て障子に月の千鳥かな　樗堂
上汐の千住を越ゆる千鳥かな　正岡子規
ありあけの月をこぼるゝ千鳥かな　飯田蛇笏
裏となり表となりて千鳥飛ぶ　五十嵐播水
雨の消すものに千鳥の足跡も　後藤比奈夫
彳亍《てきちょく》と渚の雪に千鳥かな　大石悦子
追ふ千鳥追はるる千鳥こゑもなく　行方克巳
潮満ちてくれば鳴きけり川千鳥　上村占魚
波の手をあはやと躱し夕千鳥　奈良文夫
群千鳥渚に下りてより見えず　阿部みどり女
群千鳥紙のごとくに返し来る　岡部六弥太

【鳰《かいつぶり》】　鳰《にほ》　にほどり　かいつむり

鳰よりやや小さい、褐色の水鳥。水中に巧みに潜って魚を獲《と》る。キリッ、キリッ、キリリリとかフィリリリなどと鳴く声は美しい。❖留鳥だが、冬の池沼で目につくことから冬の季語とされる。↓浮巣（夏）

声立てて月にしづむかかいつぶり　闌更
冥きより暗きへこゑのかいつぶり　今井杏太郎
かいつぶり浮かび横顔見せにけり　宮津昭彦
さざなみに消されてしまひかいつぶり　鷹羽狩行
上げ潮を率ゐて川へかいつぶり　大屋達治
湖や渺々として鳰《にほ》一つ　正岡子規
鳰《にほ》がゐて鳰の海とは昔より　高浜虚子
鳰くぐるくぐる手古奈のむかしより　村上喜代子
淡海いまも信心の国かいつむり　森　澄雄

【都鳥《みやこどり》】　百合鷗《ゆりかもめ》

一般に百合鷗をさす。百合鷗は冬鳥として日本に飛来し、本州以南で越冬する。嘴と脚が赤く、羽は純白で、群れをなしている姿はことに美しい。❖都鳥は、もともと関東の呼び方で、『伊勢物語』の主人公が隅田川で「名にし負はばいざ言問はむ都鳥わが思ふ人はありやなしやと」と詠んだことにちなむ。

都鳥より白きものなにもなし　山口青邨
都鳥空は昔の隅田川　福田蓼汀
都鳥下町まつる神多く　有馬籌子
寄るよりも散る華やぎの都鳥　石鍋みさ代
かよひ路のわが橋いくつ都鳥　黒田杏子
ゆりかもめ白刃となりて吾に降り来《く》　大石悦子
ゆりかもめ来るやまねきの上がるころ　名村早智子
ゆりかもめ胸より降りて来たりけり　井上弘美
百合鷗よりあはうみの雫せり　対中いずみ
百合鷗海神のこゑ挙げにけり　石田郷子

【冬鷗《ふゆかもめ》】

鷗はよく知られた海鳥で、海辺や潮入川で一年を通して見かけるが、多くは冬にシベリアから日本に渡って来る。季語としては「冬」を冠して「冬鷗」の形で用いる。

冬鷗黒き帽子の上に鳴く　西東三鬼
冬かもめ小さき漁港に小さき船　文挾夫佐恵
あげ潮の舞を大きく冬かもめ　岡本眸
冬鷗ちかぢかと目をあはせくる　矢島渚男
冬鷗一羽が生れ一羽死す　宇多喜代子
波に乗るほかなくて乗る冬かもめ　伊藤トキノ
打ちあぐるものなき浜を冬鷗　勝又民樹
ポケットに拳の熱し冬鷗　山下知津子
わが視野の外から外へ冬かもめ　恩田侑布子
冬鷗海の青さを奪ひあふ　日下野由季

【鶴《つる》】凍鶴《いてづる》

ツル科の鳥の総称。鍋鶴・真鶴は秋にシベリアから飛来し、田や沼で冬を越す。丹頂は北海道東部で年間を通して棲息するが、ほかの鶴と同様、冬の季語として扱われる。凍ったようにじっと動かず片足で立っている鶴を凍鶴という。❖鶴は容姿の美しさもあり、古来、瑞鳥とされてきた。

鶴舞ふや日は金色の雲を得て　杉田久女
高熱の鶴青空に漂へり　日野草城
二三歩をあるき羽搏《はう》てば天の鶴　野見山朱鳥

夕空を鋭く鶴の流れけり　中岡毅雄
鶴啼くやわが身のこゑと思ふまで　鍵和田秞子
青天のどこか破れて鶴鳴けり　福永耕二
鶴唳《かくれい》の響けば山河緊《しま》りけり　福田蓼汀
鶴のこゑ天に集まりゆきにけり　勝又一透
海照るやくをん久遠と鶴のこゑ　角谷昌子
丹頂に薄墨色の雪降り来　西嶋あさ子
丹頂の紅一身を貫けり　正木浩一
凍鶴のやをら片足下しけり　高野素十
凍鶴に忽然と日の流れけり　石橋秀野
鶴凍てて花の如きを糞《ま》りにけり　波多野爽波
一歩踏み出だす容に鶴凍てぬ　野中亮介

【白鳥《はくてう》】　鵠《くぐひ》

大型の水鳥で、大白鳥や小白鳥などの種類がある。嘴と脚を除き全身純白で、水に浮くさまはいかにも優美である。冬、シベリアから日本に渡ってきて湖などで越冬する。北海道の風蓮湖、宮城県の伊豆沼、新潟県の瓢湖《ひよう》、島根県の宍道湖《しんじ》などが白鳥の飛来地として有名。鵠は古称。❖倭健命が死後白鳥となった神話はよく知られている。

白鳥といふ一巨花を水に置く　中村草田男
白鳥の声のなかなる入日かな　桂　信子
千里飛び来て白鳥の争へる　津田清子
白鳥といふやはらかき舟一つ　鍵和田秞子
白鳥や空には空の深轍　高野ムツオ
白鳥の首やはらかく混み合へり　小島　健
白鳥の汚れて強く鳴きにけり　日原　傳
ふぶくごとくに白鳥のもどりくる　中岡毅雄
白鳥のまぶしき羽ををさめけり　甲斐由起子
白鳥のこゑ白鳥を貫けり　辻　美奈子
八雲わけ大白鳥の行方かな　沢木欣一

【鮫《さめ》】　鱶《ふか》

軟骨魚のうち、主に鱏《えい》を除いたものの総称。関西では鱶、山陰では鰐《わに》ともいう。頭部の下に口がある。表面はいわゆる鮫肌。鮫は人を襲う凶暴なものもあるが、多くは危害を与えない。肉は練製品の材料に、尾鰭《おびれ》はフカヒレと呼ばれ中華料理の高級素材になる。

日輪のかゞよふ潮の鮫をあぐ　水原秋櫻子

鮫を裂くうしろをすべり氷の荷　宇佐美魚目

鱶の鰭しばらく見ゆる右舷かな　岩月通子

【鰰《はたはた》】　雷魚《はたはた》　鱩《はたはた》　かみなりうを

体長一五センチ前後の扁平の魚。体表に鱗《うろこ》はなく褐色の斑紋がある。秋田近海などが主な漁場だが、現在は捕獲制限をしている。初冬の雷の多いころに獲《と》れるため雷魚《かみなりうお》の異名がある。❖秋田名物の塩汁《しょつつる》を作るには鰰が欠かせない。卵はぶりこと呼ぶ。

鰰に映りてゐたる炎かな　石田勝彦

日が没りてより鰰の海光る　平井さち子

水揚げのはたはた腹に金刷けり　宮津昭彦

鰰のみひらきし目にまた雪来　山上樹実雄

鰰や雫石まで僧の伴　宮坂静生

【魴鮄《はうぼう》】

体長四〇センチ前後の赤くて美しい魚。胸《むな》鰭《びれ》が大きく発達し、そのうち下部の三本の鰭は指のように互いに遊離し、これを用いて海底を這《は》うことができる。鰾《うきぶくろ》を用いて大きな音を出す。食用魚として冬季が美味。

根の国のこの魴鮄のつらがまへ　有馬朗人

味噌焚きの魴鮄の眼のあはれかな　木内彰志

魴鮄のつばさに瑠璃の斑を隠す　大屋達治

魴鮄に小骨の数や沖荒れて　遠藤由樹子

【鮪《まぐろ》】

サバ科マグロ属の硬骨魚で、黒鮪や黄肌《きはだ》などの総称。黄肌は熱帯産で、主として南日本に回遊してくる。黒鮪は本鮪ともいい、日本近海に広く分布している。肉は赤く、冬から初春の産卵期にかけてが美味。成長にしたがってメジ→ヨコワ→マグロなどと呼び方が変わる。成魚は体長三メートルにも達する。漁法は現在ではほとんど延縄《はえなわ》。❖鮪が冬の季語になったのは近海物が主流だったころの名残で、現在はインド洋、大西洋で獲れたものが出回っている。

大鮪ひと蹴りで躍り落としたり　千田一路
捌かれて鮪は赤き尾根をなす　佐藤郁良
鮪船実習生を先づ降ろす　片田末子

【鱈《たら》】　雪魚《たら》　真鱈《まだら》　介党鱈《すけたうだら》　助宗鱈《すけそうだら》　鱈《たら》場《ば》　子持鱈《こもちだら》

タラ科の魚の総称あるいは真鱈のこと。食卓に上がる真鱈は日本海や北日本の太平洋岸に分布し、介党鱈（助宗鱈）は北太平洋に分布している。どちらも寒流系の魚。冬に産卵のため群れをなして浅い沿岸に現れる。これを刺網や延縄《はえなわ》で獲る。ちり鍋にしたり、塩鱈・干鱈にするほか、塩漬けにした卵を鱈子、精巣を白子として食する。❖北国の冬の生活に欠かせない代表的な魚。

はらら子のこぼるるもあり鱈を揚ぐ　岩崎照子
鱈一本北方の空の縞持てり　新谷ひろし
鱈船に海盛りあがる日の出かな　岸　孝信
能越の山わかちなき鱈場かな　大橋越央子
船去って鱈場の雨の粗く降る　寺山修司

【鰤《ぶり》】　寒鰤　鰤網　鰤釣る　鰤場《ぶりば》

鰤は体長約一メートルで、紡錘形の回遊魚。産卵のために冬季に南下してくる鰤は特に美味で、大敷網と呼ばれる大規模な定置網などで漁獲する。いわゆる出世魚で、成長とともに関東ではワカシ→イナダ→ワラサ→ブリ、関西ではツバス→ハマチ→メジロ→ブリなどと名称が変化する。❖刺身・照焼・塩焼などにして食すが、脂ののった寒鰤がもっとも美味である。→鰤起し

寒鰤は虹一条を身にかざる　山口青邨
日の柱立つ寒鰤の定置網　神蔵　器

手秤りの寒鰤の潮雫かな　友岡子郷
寒鰤を買へばたちまち星揃ふ　山本洋子
寒鰤に稲妻の色走りけり　白石喜久子
鰤網に大きな波の立ち上り　上村占魚
陽を中に引きしぼりゆく鰤の網　星野恒彦

【金目鯛《きんめだひ》】　錦鯛

体長三〇～四〇センチで、鮮やかな紅色の魚。眼が大きく黄金色に耀いている。三陸海岸以南の太平洋側の深海に棲息。白身の魚で脂肪に富んでおり、たいへん美味。刺身・煮魚・干物・ちり鍋などにして賞味する。

水揚げの水赤からず金目鯛　池田幸利
金目鯛水を惜しまず糶られけり　川崎清明

【甘鯛《あまだひ》】　興津鯛《おきつだひ》　ぐじ

体長三〇～五〇センチで、頭がやや円錐形の魚。赤甘鯛・黄甘鯛・白甘鯛の三種があり、もっとも美味なのは白甘鯛といわれる。味噌漬けのほか、塩焼や照焼にする。興津鯛は駿河湾で獲れるもので、主に生干しにし、若狭湾で獲れるものは一塩のぐじとして賞味する。

甘鯛の鰭きらきらと若狭富士　森ちづる
甘鯛にオーロラの色ありにけり　宮崎夕美
ぐじの尾にことほぎの金ありにけり　飯村中

【鮟鱇《あんかう》】

海底深く棲むアンコウ科の硬骨魚。体長三〇センチから一・五メートルくらいになる。頭が大きく扁平で口が広いのが特徴。「鮟鱇の餌待《えまち》」といって背鰭《せびれ》の変形した誘引突起で小魚をおびきよせて飲み込む。身が柔らかく俎板《まないた》で料理をするのが難しいため、鉤に口を掛けて、いわゆる「鮟鱇の吊し切り」にする。❖内臓が美味で、とも・ぬの・肝・水袋・えら・柳肉・皮を「鮟鱇の七つ道具」という。→鮟鱇鍋

鮟鱇のよだれのなかの小海老かな　阿波野青畝
鮟鱇の骨まで凍《い》ててぶちきらる　加藤楸邨
吊されて鮟鱇らしくなりにけり　亀田虎童子
鮟鱇の腹たぶたぶと曳かれゆく　角川照子
ずたずたの鮟鱇のなほ吊られをり　遠山陽子
一喝に似て鮟鱇を覊りおとす　今瀬剛一
群肝《むらぎも》を抱いて鮟鱇吊るさる、　須原和男
鮟鱇の肝の四角の揺れてをり　山尾玉藻
覊られたる鮟鱇どれも口あけて　三村純也

【杜父魚《かくぶつ》】　杜夫魚《かくぶつ》　霰魚《あられうを》　杜父魚《とふぎよ》　あ**られがこ**

カジカ科の淡水魚で、鎌切などともいう。体長二〇センチぐらいで、色は暗灰色に褐色の紋が走る。❖福井県九頭竜川《くずりゆう》の棲息地は国の天然記念物に指定されていて、産卵のため川を下るころ霰がよく降ることから「あられがこ」ともいわれる。

杜父魚や流るる蘆に流れ寄り　高田蝶衣
杜父魚の背鰭凍りて量《はか》らるる　河北斜陽
杜父魚やいよいよざらめ雪の相　岡井省二
九頭竜の月に網しぬあられ魚　吉田冬葉

【氷下魚《こまい》】　氷下魚釣《こまいつり》　氷下魚汁

タラ科の硬骨魚で、体長三〇センチ前後。北海道に分布している。氷海に穴をあけて釣ったり、網を入れて捕ったりする。味は淡白で、生干しにしたものは美味。❖北海道では一般に「かんかい」と呼ぶ。

橇行や氷下魚の穴に海溢る　山口誓子
湖《うみ》の青氷下魚の穴にきはまりぬ　斎藤玄
氷下魚みなひとたび跳ねて凍りたる　小原啄葉
透明な火をなだめては氷下魚釣　北光星
うすうすと火の香のしたる氷下魚釣　大石悦子
夕空の紺まさりたる氷下魚釣り　三森鉄治
韃靼の風呼び込んで氷下魚干す　橋本和男

【柳葉魚《ししやも》】　ししやも

体長約一五センチの硬骨魚。アイヌ語で

「柳の葉の形をした魚」が語源といわれる。秋から冬にかけて産卵のために大群で川を遡る。戦前は北海道だけで食されていたが、戦後、全国に広まった。❖現在、市場に出回っているのは、よく似た輸入品である。

海と山別ちて柳葉魚すだれかな　岡本敬子
一湾の光束ねて柳葉魚干す　南たい子

【潤目鰯《うるめいわし》】

真鰯《まいわし》に似た形の硬骨魚。丸みを帯び、目が潤んだように見える。上部は暗青色、下部は銀白色で美しい。脂肪が少なく、味は淡白で干物にすることが多い。❖脂を蓄える産卵期の冬から春先が旬。→鰯（秋）

火の色の透りそめたる潤目鰯《うるめ》かな　日野草城
一合を愉しむ潤目鰯かな　山崎ひさを
乾きたるかほをきりりと潤目かな　坂本ふく子
奥能登は日射し逃さず潤目干す　橋本彰夫

【鮃《ひらめ》】　寒鮃

体長約八〇センチで、日本各地の沿岸、または内湾の砂泥底に棲息している魚。体色を周囲に合わせて変化させる。体は楕円形で平たく、鰈《かれい》に似ているが、眼は両眼とも左側にある。刺身にするほか、煮魚・蒸物などにして幅広く賞味する。

真黒に濡れたるいろに寒鮃　今井杏太郎
夕暮れのはかりに重き寒鮃　有馬朗人

【河豚《ふぐ》】　ふぐと　ふく

フグ科とその近縁種の魚の総称。体が長くてやや側扁、口は小さく、危険を感じると腹を毬《まり》のようにふくらませて威嚇《いかく》する種類が多い。虎河豚が最も美味とされ、刺身・ちり・汁にして食べたり、鰭を酒に浸して飲むなどする。しかし多くの種は肝《きも》や卵巣に猛毒があるため、調理には特別な免許が必要である。→河豚汁・鰭酒

壇の浦を見にもゆかずに河豚をくふ　高浜虚子

河豚の皿赤絵の透きて運ばるる　内藤吐天
とらふぐの鰭の先まで虎の柄　後藤比奈夫
箱河豚の鰭は東西南北に　森田峠
水揚げの河豚に鳴く声ありにけり　児玉輝代
河豚食つてをり大潮に逢ひてをり　廣瀬直人
河豚刺しのまだ一弁も損はず　矢島久栄
河豚を喰ふ顔をひと撫でしたりけり　岡本高明

【寒鯉《かんごひ》】

寒中の鯉のこと。冬になると鯉は水底でじっとしている。このころが滋養に富み、美味だといわれる。東日本では長野・群馬・茨城の各県で養殖が盛ん。→緋鯉（夏）

寒鯉の居るといふなる水蒼し　前田普羅
寒鯉はしづかなるかな鰭を垂れ　水原秋櫻子
山動くかに寒鯉の動きけり　藤﨑久を
生簀より抜く寒鯉の水しぶき　本宮哲郎
寒鯉に力満ちきて動かざる　中嶋秀子
寒鯉の臓腑ぬくしと捌きをり　北村保
寒鯉の深きところを進みけり　日原傳

【寒鮒《かんぶな》】

寒中の鮒のこと。川や池沼の枯れた水草の陰などにひそんでいる。冬季の鮒は脂が乗って美味である。→乗込鮒（春）・濁り鮒（夏）・紅葉鮒（秋）

藁苞《づと》に寒鮒生かし送りけり　長谷川かな女
寒鮒を殺すも食ふも独りかな　西東三鬼
寒鮒の一夜の生に水にごる　桂信子
寒鮒の息づく濁りありにけり　大石悦子
日だまりの石に寒鮒釣の来る　山本一歩

【魦《いさざ》】　魦舟　魦網

琵琶湖特産のハゼ科の淡水魚。体長五〜八センチほどの小魚。佃煮にして食べる。❖古来、詩歌では冬の琵琶湖の景物として魦漁をする舟や網が詠まれてきた。

道さむく量りこぼしの魦踏む　阿波野青畝
売れ残る魦の凍ててしまひけり　草間時彦

波音を掬ひてゐたり鯋舟　関戸靖子
鯋網雲のごとくに干されたり　加藤三七子

【ずわい蟹《ずわいがに》】　松葉蟹　越前蟹

クモガニ科の蟹。山陰や京都では松葉蟹、福井県では越前蟹ともいう。日本海やベーリング海などに分布。丈夫で長い脚をもち、雄の方が雌より大きい。冬が美味で、珍重される。雌はせいこ・香箱（こうばこ・こうばく）などとも呼ぶ。↓蟹（夏）

若狭より入洛したるずわい蟹　鵜澤利朗
荒海の能登より届く松葉蟹　星野椿
大輪の越前蟹を笹の上　鷹羽狩行
大皿に越前蟹の畏まる　檜紀代

【海鼠《なまこ》】　海鼠舟

棘皮《きよくひ》動物に属するナマコ類の総称。普通、真海鼠をいう。体長約四〇センチ。円筒状で口の周りに環状の触手が並んでいる。真海鼠は三杯酢で生食される。腸は海鼠腸《このわた》、卵巣は海鼠子《このこ》といって酒客に好まれる。煮干しにしたものを海参（いりこ・きんこ）といい、中華料理の材料に用いる。

生きながら一つに氷る海鼠かな　芭蕉
引き汐のわすれて行きしなまこかな　蝶夢
海鼠噛むそれより昏き眼《まなこ》して　中村苑子
夜の色となりゆく海鼠すすりけり　草間時彦
海鼠切りもとの形に寄せてある　小原啄葉
糶声に何か呟く海鼠かな　大橋敦子
押してみていちばん縮む海鼠買ふ　伊藤白潮
硝子戸に夜の貼りつく海鼠かな　大島雄作
火を焚くや入り江痩せたる海鼠舟　土方公二

【牡蠣《かき》】　真牡蠣　酢牡蠣　牡蠣飯

イタボガキ科の二枚貝類。天然の牡蠣は海岸の石垣や岩礁などに付着している。それを「牡蠣打」といって手鉤《てかぎ》で取る。肉は滋養に富み美味。寒中が旬。生食・酢の物・鍋物・フライ・かき飯などにして食べる。

❖昔から広島の牡蠣が有名だが、現在では北海道・宮城・岡山などでも養殖が盛ん。
↓牡蠣船・牡蠣剝く・牡蠣鍋

呉《くれ》線の小さき町も牡蠣の浦　富安風生
松島の松に雪ふり牡蠣育つ　山口青邨
生きてゐる牡蠣その殼のざらざらに　山口誓子
橙の灯いろしぼれり牡蠣の上　飴山實
牡蠣提げて夜の広島駅にあり　山崎ひさを
傾ぐ舟牡蠣一連をひきあぐる　中西夕紀
あたらしき声出すための酢牡蠣かな　能村登四郎
酢牡蠣喰べけむりのごとき雨に遭ふ　吉田鴻司

【寒蜆《かんしじみ》】

蜆は春の季語であるが、寒中にとれるものを寒蜆という。肝臓の機能をよくするなど滋養に富む。

寒蜆ひとつつみして檜葉青し　森ちづる
火柱のごとき没日や寒蜆　中岡毅雄
寒蜆売にふたりの子がをりぬ　今井杏太郎

【蟷螂枯る《たうろうかる》】　枯蟷螂

蟷螂を植物のように枯れると見立てた季語。
❖カマキリには最初から緑色と褐色のものがあって、色は変化しない。したがって、「蟷螂枯る」という季語は事実には反するが、季節感を感じさせる言葉として今も使われている。

蟷螂の眼の中までも枯れ尽す　山口誓子
蟷螂の枯れゆく脚をねぶりをり　角川源義
蟷螂の六腑に枯れのおよびたる　飯田龍太
蟷螂の首傾げつつ枯れゆける　名和未知男
蟷螂の風喰ふほどに枯れにけり　石嶌岳
枯蟷螂落ちても構ふ石の上　山口草堂
枯蟷螂大きく揺れてから一歩　田中春生

【冬の蝶《ふゆのてふ》】　冬蝶　凍蝶《いててふ》

冬に見られる蝶。ほとんどの蝶は春から秋までに発生し、卵や蛹《さなぎ》で越冬するが、タテハチョウなど成虫のまま越年するものもあ

る。寒さで凍えたようにじっとしているものを凍蝶という。↓蝶（春）

冬の蝶日溜り一つ増やしけり　小笠原和男
日向へと畦ひとつ越す冬の蝶　木内怜子
骨片の白くくだけて冬の蝶　長谷川久々子
冬蝶や夕日しばらく野をぬくめ　斎藤道子
冬蝶や硝子きよらに路地住ひ　岩永佐保
凍蝶に指ふるるまでちかづきぬ　橋本多佳子
凍蝶の上ると見えて落ちにけり　下村梅子
凍蝶や朝は縞なす伊豆の海　原田青児
凍蝶に満月ほうと出でにけり　有働亨
凍蝶を過《あやまち》のごと瓶に飼ふ　飯島晴子
右手つめたし凍蝶左手へ移す　澁谷道
凍蝶に火柱の立つ没日かな　西嶋あさ子
凍蝶に輝やき失せぬ石一つ　星野高士
ひと揺れの後凍蝶となりにけり　立村霜衣

【冬の蜂《ふゆのはち》】　冬蜂《ふゆばち》

冬に生き残っている蜂。足長蜂などの蜂は交尾後、雌だけが生き残って越冬し、翌春一匹で巣を作り卵を産む。冬のあいだにたよりなげに動いているものを見かけることがある。↓蜂（春）

冬の蜂花買ふは金惜しまずに　石田あき子
ふたゝび見ず柩《ひつぎ》の上の冬の蜂　山田みづえ
冬の蜂這ふ漉き紙の生乾き　栗田やすし
冬蜂の死にどころなく歩きけり　村上鬼城
冬蜂の死ぬ気全くなかりけり　原田喬
冬蜂の胸に手足を集め死す　野見山朱鳥
冬蜂の事切れてすぐ吹かれけり　堀本裕樹

【冬の蠅《ふゆのはへ》】　冬蠅《ふゆばへ》

冬に生き残っている蠅。冬の暖かい日、日だまりにじっと止まっている蠅を見ることがある。↓蠅（夏）

冬の蠅逃せば猫にとられけり　一茶
日のあたる硯の箱や冬の蠅　正岡子規
すがりゐて草と枯れゆく冬の蠅　臼田亜浪

冬の蠅紺美しくあはれかな　野村喜舟
飛びたがる誤植の一字冬の蠅　秋元不死男
冬の蠅動くことなき山の家　日下部宵三
しんしんと眼澄みをり冬の蠅　松下千代
翅はしろがね脚はくろがね冬の蠅　高野ムツオ
歩くのみの冬蠅ナイフあれば舐め　西東三鬼

【綿虫《わたむし》】　**大綿《おほわた》**　**雪蛍**　**雪婆《ゆきばんば》**

アリマキ科の虫で、体長約二ミリ。白い綿のような分泌物をつけて、初冬のどんよりと曇った日などに、空中を青白く光りながらゆるやかに浮遊する。北国ではこの虫が飛ぶと雪が近いということから雪虫の俗称がある。❖早春に雪の上で活動する川螻《かわげ》蛄《ら》・跳虫《とびむし》なども雪虫と呼ぶが、これとは別である。→雪虫（春）

綿虫や夕べのごとき昼の空　阿部みどり女
綿虫の死しても宙にかがやくや　内藤吐天
晩年に似て綿虫の漂へる　福田蓼汀
綿虫やそこは屍《かばね》の出でゆく門　石田波郷
綿虫の双手ひらけばすでになし　石田あき子
綿虫の夕空毀《こは》れやすきかな　佐藤鬼房
綿虫にあるかもしれぬ心かな　川崎展宏
綿虫を放ちつづける日暮の木　早川志津子
綿虫の失せたる杉の青さかな　今瀬剛一
綿虫を壊さぬやうに近づきぬ　佐藤郁良
大綿は手にとりやすしとれば死す　橋本多佳子
大綿やしづかにをはる今日の天　加藤楸邨
大綿やだんだんこはい子守唄　飯島晴子
おほわたの触れ合はずして群るるなり　永方裕子
ひだまりのなかをたゆたひ雪螢　西宮　舞
紙漉いて村に雪ばんばを殖《ふ》やす　長谷川双魚
雪婆ふはりと村が透きとほる　黛　執
山ひとつ越えれば近江雪婆　橋本榮治

【冬の虫《ふゆのむし》】

冬になっても弱々しく鳴いている虫のこと。単に虫といえば秋に鳴く虫のことであるが、

蟋蟀《こおろぎ》など冬になってもまだ鳴いているものもあり、哀れをさそう。↓虫（秋）

冬の虫ところさだめて鳴きにけり　松村蒼石
火と水のいろ濃くなりて冬の虫　長谷川双魚
冬の虫しきりに翅を使ひをる　石田勝彦
木洩日に厚さのありて冬の虫　山田美保
冬ちちろ磨る墨のまだ濃くならぬ　河合照子

植物

【冬の梅《ふゆのうめ》】　寒梅《かんばい》　寒紅梅　冬至梅《とうじばい》

冬のうちから咲き出す梅。種類によっては十二月から咲くものもある。↓梅（春）・探梅

ゆつくりと寝たる在所や冬の梅　惟然
冬の梅あたり払つて咲きにけり　一茶
寒梅や雪ひるがへる花のうへ　蓼太
寒梅や昼はながるる埋れ水　紫暁
千駄木に隠れおほせぬ冬の梅　正岡子規
わが胸にすむ人ひとり冬の梅　久保田万太郎
表札の新しき家冬の梅　広渡敬雄
寒梅の固き蕾の賑しき　高浜年尾
寒梅や日曜の子ら薪を負ふ　馬場移公子
寒梅や十津川村は崖ばかり　矢島渚男
寒梅や社家それぞれに石の橋　那須淳男
寒梅の日向に人の入れ替はる　村上鞆彦
寒の梅挿してしばらくして匂ふ　ながさく清江
朝日より夕日こまやか冬至梅　野澤節子

【早梅《さうばい》】　梅早し

春の到来に先駆けて咲く梅。年により開花に遅速がある。

早梅や日はありながら風の中　原石鼎
遺戸より見る早梅の遥かなり　能村登四郎
早梅に風の荒ぶる浅間かな　皆川盤水
早梅の発止発止と咲きにけり　福永耕二
早梅の雲に溶けさうなる白さ　池内けい吾
梅早し眠りて赤子昼湯浴ぶ　秋元不死男

【蠟梅《らふばい》】　臘梅《らふばい》　唐梅《からうめ》

ロウバイ科の落葉低木の花。中国原産なので唐梅ともいう。高さ二～五メートル。一

～二月、葉が出る前に香りの良い黄色い花を下向きまたは横向きに開く。蠟細工のように半透明で光沢があるので蠟梅というが、臘月（旧暦十二月）に咲くことから臘梅とも書く。

風往き来して臘梅のつやを消す　長谷川双魚
臘梅に日ざしなければ良く匂ふ　小原菁々子
臘梅を無口の花と想ひけり　山田みづえ
臘梅へ帯のごとくに夕日影　川崎展宏
臘梅やいつか色ます昼の月　有馬朗人
臘梅に人現はれて消えにけり　倉田紘文
臘梅を月の匂ひと想ひけり　赤塚五行
臘梅や子どもの声の散るはやさ　柘植史子

【帰り花《かへりばな》】　返り花　忘れ花　狂ひ花
狂ひ咲き

小春日和《こはるびより》に誘われて咲く季節外れの花のこと。俳句では桜を指す場合が多いが、山吹・躑躅《つつじ》など、ほかの花についてもいう。

何の木ととふまでもなし帰り花　来　山
二三日ちらでゐにけりかへり花　太　祇
日に消えて又現れぬ帰り花　高浜虚子
薄日とは美しきもの帰り花　後藤夜半
海流のぶつかる匂ひ帰り花　櫂　未知子
返り花まばゆき方にありにけり　軽部烏頭子
返り花きらりと人を引きとゞめ　皆吉爽雨
仮りの世のかりそめならぬ返り花　青柳志解樹
返り花妻に呼ばるることもうなく　宮津昭彦
人の世に花を絶やさず返り花　鷹羽狩行
蜜をわずかに山国の返り花　池田澄子
約束のごとくに二つ返り花　倉田紘文
返り花海近ければ海の色　九鬼あきゑ
返り花ひとりになればまたひとつ　中岡毅雄
足跡のここに途切れし狂い花　出口善子

【寒桜《かんざくら》】　緋寒桜《ひかんざくら》　寒緋桜《かんひざくら》　冬桜

冬季に咲く種類の桜。寒桜は鹿児島・沖縄地方で栽培されてきた緋寒桜のことで、寒緋桜ともいわれる。冬桜は山桜と富士桜の交配種といわれ、十二月ごろ花を開く。群馬県藤岡市鬼石《おにし》の桜山公園の冬桜は天然記念物に指定され一斉に花を付ける。❖寒桜と冬桜は本来別種のものであるが、俳句では冬季に咲く桜として両者を寒桜・冬桜と呼ぶことが慣用になっている。↓桜（春）

山の日は鏡のごとし寒桜　高浜虚子
寒桜交り淡くして長し　古賀まり子
うす〳〵と島を鋤くなり寒桜　飴山實
雨雫よりひそやかに寒桜　稲畑汀子
あはあはと日は暈を被て冬桜　岩崎健一
水音のそこだけ消えて冬桜　清水衣子
痛さうに空晴れてをり冬ざくら　黛執
月の出に風をさまりぬ冬桜　茂惠一郎
母癒えて言葉少なや冬桜　岡田日郎
ひとゆれに消ゆる色とも冬ざくら　平子公一
冬桜けふ恙なく目の覚めて　山田真砂年

【冬薔薇《ふゆさうび》】　冬薔薇《ふゆばら》　寒薔薇《かんさうび》

冬に咲いている薔薇のこと。薔薇の開花時期は初夏と秋だが、暖地では十二月中旬まで咲きつづける。寒気のなかで鮮やかに咲いている花や、開ききらない蕾も見かける。↓薔薇（夏）

冬薔薇石の天使に石の羽根　中村草田男
冬薔薇紅く咲かんと黒みもつ　細見綾子
冬さうび咲くに力の限りあり　上野章子
冬薔薇鏡の中の見慣れぬ部屋　津川絵理子
冬薔薇の咲くほかはなく咲きにけり　日野草城
冬ばらの蕾の日数重ねをり　星野立子
ぎりぎりの省略冬薔薇蕾残す　津田清子
冬薔薇や海に向け置く椅子二つ　舘岡沙緻
孤高とはくれなゐ深き冬の薔薇　金久美智子
冬薔薇に触れて妬心を楽しめり　川崎陽子

【寒牡丹《かんぼたん》】　冬牡丹

観賞用として、厳冬期に咲くよう栽培され

た牡丹の花をいう。また寒中に限らず冬に咲く牡丹のこと。牡丹は初夏と初冬の二季に咲く性質をもっているが、初夏は蕾を摘み取って力を蓄えておき、冬だけ咲かせるようにしたもの。一木ずつ藁を着せかけるように囲み、その中で咲く花を楽しむ。❖花の少ない季節なので、艶やかな花が珍重され、各地の牡丹園はこの時期も開園する。

↓牡丹（夏）

ひうひうと風は空ゆく冬ぼたん　鬼貫
冬ぼたん手をあたたむる茶碗かな　才麿
開かんとしてけふもあり冬牡丹　千渓
寒牡丹白光たぐひなかりけり　水原秋櫻子
しんかんとあめつちはあり寒牡丹　安住敦
藁の先いつも吹かれて寒牡丹　桂信子
寒牡丹菰の浮足立ちにけり　石田勝彦
寒牡丹夕影まとふこと迅し　有馬朗人
みづからの深紅にふるへ寒牡丹　山上樹実雄
日と月のごとく二輪の寒牡丹　鷹羽狩行
狂はねば恋とは言はず寒牡丹　西嶋あさ子
寒牡丹ひらけば背き合ふ花よ　中根美保
死ぬるまでかくてひとりや冬牡丹　有馬籌子
開かむと気息ととのふ冬牡丹　松本澄江
冬牡丹蘭学の世のこころざし　遠藤由樹子

【寒椿《かんつばき》】　冬椿

冬のうちから咲き出す椿を寒椿・冬椿と呼んでいる。寒中に限定しない。❖園芸品種のひとつに、山茶花のように花弁が散る「寒椿」もあるが、これは季語の寒椿とは別である。↓椿（春）

寒椿落ちたるほかに塵もなし　篠田悌二郎
齢にも艶といふもの寒椿　後藤比奈夫
くれなゐといふ重さあり寒椿　鍵和田秞子
毬つけば唄がおくれて寒椿　長谷川久々子
初めてのまちゆつくりと寒椿　田中裕明
竹藪に散りて仕舞ひぬ冬椿　前田普羅

ふるさとの町に坂無し冬椿　鈴木真砂女
葉籠りの花の小さきは冬椿　清崎敏郎
冬椿岬細りて人を断つ　中村石秋
石としてきらめく墓や冬椿　岸本尚毅

【侘助《わびすけ》】　**侘助《わびすけ》**

唐椿の園芸種の花。一重咲きで全開しない。千利休と同時代の茶人侘助が愛したところからこの名がある。白侘助・紅侘助・有楽《うらく》椿《つばき》などの種類がある。❖茶花として特に好まれる。

侘助のひとつの花の日数かな　阿波野青畝
侘助に風収まりし夕べかな　森田かずを
侘助の花の俯《うつむ》き加減かな　星野高士
侘助のいまひとたびのさかりかな　中村若沙
侘助の落つる音こそ幽《かす》かなれ　相生垣瓜人
すぐくらくなる侘助の日暮かな　草間時彦

【山茶花《さざんくわ》】

ツバキ科の常緑小高木である山茶花の花。日本特産種で四国・九州・沖縄に自生種があり、十～十二月、枝先に白い一重の花が咲く。園芸種には鮮紅色・桃色・絞りのものや八重咲きもある。椿のように花が落ちるのではなく、花弁が散る。

山茶花や雀顔出す花の中　青蘿
山茶花や金箔しづむ輪島塗　水原秋櫻子
さざん花の長き睫毛を蘂《しべ》といふ　野澤節子
仏滅や山茶花の紅寺に咲く　中山純子
山茶花に咲き後れたる白さあり　宮田正和
山茶花の散りしく月夜つづきけり　山口青邨
山茶花のこぼれつぐなり夜も見ゆ　加藤楸邨
山茶花は咲く花よりも散つてゐる　細見綾子
こぼれても山茶花薄き光帯び　眞鍋呉夫
山茶花の散るとき人の起ちあがる　林　徹
山茶花を掃くや朝日の芳しき　山西雅子

【八手の花《やつでのはな》】　**八つ手の花　花八手**

ウコギ科の常緑低木である八手の花。八手

は暖地の海岸近くの山林に自生するが、多くは観賞用に植えられ、七〜九裂した天狗の団扇《うちわ》といわれる葉が特徴。初冬のころ、直径約五ミリの多数の白い花が固まって咲き、毬状をなす。翌年の四〜五月に黒い球形の果実となる。❖地味だが、ひっそりと咲く姿に冬の花らしい味わいがある。

一ト本の八つ手の花の日和かな　池内たけし
昼の月泛くところ得て花八ツ手　長谷川双魚
いつ咲いていつまでとなく花八手　田畑美穂女
花八つ手日蔭は空の藍浸みて　馬場移公子
蔵町の昏きより声花八手　長峰竹芳
花八手夕日とどかぬまま暮れて　齋藤朝比古
喪の家に布巾干さるる花八手　片山由美子
花八ツ手励むことなき吾が月日　中岡毅雄
硝子戸のまぶしさに触れ花八手　白石渕路
みづからの光りをたのみ八ツ手咲く　飯田龍太
八つ手咲く父なきことを泰しとも　友岡子郷

【茶の花《ちやのはな》】

茶の木の花。茶は中国南西部原産のツバキ科の常緑低木で、初冬のころ、葉腋《ようえき》に小さめの白色五弁の花が一〜三個下向きに開く。濃い黄色の蕊《しべ》が特徴で良い香りがする。❖植物名は「茶」。「お茶の花」と詠んでいる句を見かけるが、「お茶」は飲むものにしかいわない。

茶の花や乾ききつたる昼の色　桃　隣
茶の花に押しつけてあるオートバイ　飯島晴子
茶の花のするすると雨流しをり　波多野爽波
茶の花のなかの大きなひとつかな　西野文代
茶の花や父晩年の子たるわれ　向笠和子
茶の花や青空すでに夕空に　嶺　治雄
茶の花やあかりがつけば日のしまひ　上田五千石
茶の花や母の形見を着ず捨てず　大石悦子
茶の花の包みきれざる黄を零す　山田佳乃
茶が咲けり働く声のちらばりて　大野林火

茶が咲いて肩のほとりの日暮かな　草間時彦

【寒木瓜《かんぼけ》】

木瓜は中国原産のバラ科の落葉低木。普通春咲きだが、早咲きや四季咲きもあり、冬に咲く花を寒木瓜として愛でる。❖木瓜の花には赤・白・絞りがあるが、寒木瓜は赤いものが多く、花の少ない時期だけに鉢植えなどにして珍重される。→木瓜の花（春）

寒木瓜や先きの蕾に花移る　及川貞
寒木瓜の咲きつぐ花もなかりけり　安住敦
寒木瓜や日のあるうちは雀来て　永作火童
寒木瓜に予報たがへずいつか雨　村田脩
寒木瓜や人よりも濃き土の息　福永耕二

【室咲《むろざき》】　室の花

春に咲く花を温室の中で促成栽培して咲かせたもの。シクラメンが代表的である。→温室・シクラメン（春）

室咲きの花のいとしく美しく　久保田万太郎
室咲きに水やることも旅支度　片山由美子
室咲の色を揃へて売られけり　小野あらた
やはらかに反れる花びら室の花　清崎敏郎
厨房に母のためなる室の花　上田日差子

【ポインセチア】

中米原産のトウダイグサ科の常緑低木。初冬のころ、茎先の苞葉《ほうよう》が鮮紅色に変わり、クリスマス用の装飾花として普及してきた。茎の先端に小さい黄緑色の花を付けるが目立たない。鮮やかな色から猩々木《しょうじょうぼく》の別名もある。

ポインセチアどの窓からも港の灯　古賀まり子
客を待つ床屋のポインセチアかな　亀田虎童子
ポインセチアその名を思ひ出せずゐる　辻田克巳
言はでものこと言ひポインセチア赤　七田谷まりうす
抱へくるポインセチアが顔隠す　本井英
星の座の定まりポインセチアかな　奥坂まや

診察券ポインセチアの横に出す　加藤かな文
ポインセチア日なたに出して開店す　津川絵理子

【枯芙蓉《かれふよう》】

芙蓉はアオイ科の落葉低木。秋が過ぎると大きな葉を落とし、枝先に残っている実が乾いて風に吹かれたりする。その侘しさも冬の庭の趣のひとつである。↓芙蓉（秋）

老女とはかゝる姿の枯芙蓉　松本　長
夕影の散らばつてくる枯芙蓉　岸田稚魚
芙蓉枯れ枯るるもの枯れつくしたり　富安風生
芙蓉枯れ朝の書斎に運河の日　木村蕪城
芙蓉枯る晩節汚すこともなく　西嶋あさ子

【青木の実《あをきのみ》】

ミズキ科の常緑低木である青木の実。青木は若い枝が緑色をしているのでこの名がある。秋、厚い光沢のある葉の陰に、楕円形の真紅の実が房状に垂れて翌年春まで残り、冬の庭を彩る。↓青木の花（春）

青木の実紅をたがへず月日経る　柴田白葉女
青木の実こぼれて土に還るのみ　瀧　春一
青木の実青きを経たる真紅　貞弘　衛
弓弦の響きかすかや青木の実　星野恒彦
みささぎの木立かくれに青木の実　岡本虹村
浅草に習ひごとあり青木の実　辻内京子

【蜜柑《みかん》】　蜜柑山
ミカン科の常緑低木の実。代表的なものは鹿児島県原産の温州蜜柑《うんしゅうみかん》で、暖地に広く栽培される。❖以前は炬燵を囲む団欒風景に欠かせなかった。日本の代表的な果物のひとつ。

下積の蜜柑ちひさし年の暮　浪　化
蜜柑摘む隣りの山と声交し　北　さとり
共に剝きて母の蜜柑の方が甘し　鈴木榮子
子の嘘のみづみづしさよみかんむく　赤松蕙子
テーブルの蜜柑かがやきはじめたり　鳴戸奈菜
伊予の蜜柑花のかたちに剝きたまへ　森賀まり

蜜柑山の中に村あり海もあり　藤後左右
どの山の影ともならず蜜柑山　辻田克巳
近景に蜜柑遠景に蜜柑山　宇多喜代子
みかん山九九を唱へて子の通る　山崎祐子
海見えずして海光の蜜柑園　野澤節子

【朱欒《ざぼん》】　うちむらさき　文旦《ぶんたん》　文旦《ぼんたん》

南アジア原産のミカン科の常緑低木である朱欒の実。実も葉も柑橘類中最大。果皮肉が一～二センチと厚く、砂糖漬けにする。薄黄色の果肉は生食するが、「うちむらさき」と呼ばれる薄紫色のものもある。文旦は朱欒の一品種で、瑞々しくやや小ぶりである。❖近年は高級品種の水晶文旦が、贈答用を中心に暮れから出回っている。

ざぼん売り居留地跡を守るなり　後藤比奈夫
泊船の水夫提げゆく朱欒かな　皆川盤水
甲板へ朱欒投げやる別れかな　太田嗟
空港に朱欒輝き雨上る　高橋悦男
這ひ這ひのおもはぬ速さ朱欒まで　正木ゆう子
文旦や長崎の空あをかりき　森澄雄
文旦にうるはしき臍《ほぞ》ありにけり　片山由美子

【冬林檎《ふゆりんご》】

冬に出荷され市場にでまわる林檎。林檎の収穫は遅くとも十一月中旬までには終わるが、特に味のよい、はだの美しい林檎は冬に多く出荷される。冬から春までの長期間の需要に応えるため、農家などは露地や土蔵などに貯蔵、近年では大規模な低温貯蔵庫が作られている。国光、ふじなどが冬林檎の代表的な品種。❖ミカンとともに冬のくだものとして喜ばれる。

はればれと真二つに割る冬林檎　川崎陽子
冬林檎祈りのごとく一つ置く　福井隆子
冬林檎地軸ほどには傾がざる　大野鵠士

【枇杷の花《びはのはな》】　花枇杷

バラ科の常緑高木である枇杷の花。十一～

十二月、枝先に円錐花序をなして白色五弁の花が多数開き、芳香を放つ。全体は淡褐色の絨毛《じゅうもう》に包まれている。↓枇杷（夏）

蜂のみの知る香放てり枇杷の花　右城暮石
故郷に墓のみ待てり枇杷の花　福田蓼汀
水汲みに僧が出てきぬ枇杷の花　星野麦丘人
裏口へ廻る用向き枇杷の花　山崎ひさを
枇杷の花見えてゐる間の夕支度　岡本眸
青空にひと日の贅や枇杷の花　安立公彦
硝子戸に月のぬくもり枇杷の花　矢島渚男
暮らしむき似たる二人や枇杷の花　阿部静雄
満開といふしづけさの枇杷の花　伊藤伊那男
日の暮のごとき真昼や枇杷咲いて　野路斉子
遠ざけし人恋ふ枇杷の咲きてより　鷲谷七菜子

【冬紅葉《ふゆもみぢ》】

冬になっても見られる紅葉。カエデ類に限らず、鮮やかな葉を残しているものがあるが、雨や霜で傷んだ姿は哀れを誘う。↓紅葉（秋）

夕映に何の水輪や冬紅葉　渡辺水巴
沈む日を子に拝ませぬ冬紅葉　長谷川かな女
冬紅葉冬のひかりをあつめけり　久保田万太郎
日おもてにあればはなやか冬紅葉　日野草城
赤寺は魚板も赤し冬紅葉　福田蓼汀
一と日づつ一と日づつ冬紅葉かな　後藤比奈夫
朱よりもはげしき黄あり冬紅葉　井沢正江
寺清浄朝日清浄冬紅葉　高田風人子
冬紅葉いろはにほへど水の上　渡辺恭子
梵妻と立話して冬紅葉　松田美子
嫁がせて日々に濃くなる冬紅葉　山田径子
だんだんに雨の光の冬紅葉　名取里美
歩みゆく明るき方に冬紅葉　岩田由美

【紅葉散る《もみぢちる》】　散紅葉《ちりもみぢ》

秋に野山を染めた紅葉も冬に入ると散り急ぐ。しかしその散り敷いた紅葉もまた美しい。❖「紅葉且つ散る（秋）」との違いは、

散るいっぽうであること。→紅葉且つ散る（秋）

行きあたる谷のとまりや散る紅葉　許六
雲早し水より水に散るもみぢ　紫暁
毎日が去る日ばかりや散紅葉　百合山羽公
散紅葉しきりにて散り尽さざり　八木澤高原
山を出て山に入る川散紅葉　山口昭利
岩へ散り紅葉のなほも日を透かす　八木絵馬

【木《こ》の葉《は》】　木の葉散る　木の葉雨　木の葉時雨

散り行く木の葉、散り敷いた木の葉、また落ちようとして木に残っている葉を含めていう。木の葉雨・木の葉時雨は、木の葉が雨のように降るさまをたとえた伝統的な表現。

人待つや木葉かた寄る風の道　素堂
水底の岩に落ちつく木の葉かな　丈草
うら表木の葉浮べるさび江かな　白雄
木の葉をり〱病の窓をうつて去る　正岡子規
木の葉一枚水引つぱつて流れをり　和田順子
木の葉ふりやまずいそぐないそぐなよ　加藤楸邨
まのあたり闇を落ちゆく木の葉かな　池内友次郎
木の葉散る別々に死が来るごとく　津田清子
木の葉散り昨日と今日がまぎらはし　右城暮石
木の葉散り高層ビルは灯の柱　大島民郎
耳さとき籠の鶉に木の葉舞ふ　上村占魚
木の葉舞ふ天上は風迅きかな　太田鴻村

【枯《かれ》葉《は》】

草木の枯れた葉。地に落ちた葉は時間がたつとかさかさに乾き、文字通り枯葉になってしまう。枯れたまま枝に残っているものもある。

しがみ付く岸の根笹の枯葉かな　惟然
枯葉のため小鳥のために石の椅子　西東三鬼
日だまりの枯葉いつとき芳しき　石橋秀野
枯葉舞ふ死にも悦楽あるごとく　林翔

小窓より見る世の中は枯葉のみ　後藤恒子
枯葉走れる正門のほか門いくつ　高柳重信
地の枯葉枝の枯葉に飛びかかる　白岩三郎
地の色となるまで枯葉掃いてゐる　野木桃花
走り根にとどこほりたる枯葉かな　山西雅子

【落葉《おちば》】　落葉時《どき》　落葉搔《かき》　落葉籠《かご》

落葉樹は冬のあいだに葉を落としつくす。その散り敷いた葉のこと。❖天気のよい日の芳ばしいような匂い、散り重なったものを踏む音など、俳句にとどまらず詩情を誘う。

岨《そば》行けば音空を行く落葉かな　太祇
待人の足音遠き落葉かな　蕪村
昼間から錠さす門の落葉かな　永井荷風
むさしの空真青なる落葉かな　水原秋櫻子
起き上り又倒れたる落葉かな　上野泰
日溜りへ落葉も吹かれきし溜る　村越化石
礼拝に落葉踏む音遅れて着く　津田清子
手が見えて父が落葉の山歩く　飯田龍太
野外劇木椅子の下を落葉駈け　橋本美代子
湖底まで続く落葉の径のあり　斎藤梅子
とめどなき落葉の中にローマあり　大峯あきら
うしろにも人なき夜の落葉かな　矢島渚男
この岸のまだあたたかき落葉かな　永末恵子
鎌倉の町を埋める落葉かな　長谷川櫂
てのひらにすくへば落葉あたたかし　中岡毅雄
この夜を落葉の走る音ならむ　森賀まり
拾得は焚き寒山は掃く落葉　芥川龍之介
掃かれゆく落葉の中に石の音　上野章子
落葉明りに岩波文庫もう読めぬ　安住敦
落葉踏む山は見えねど山の中　見學玄
漱石の墓訪《と》ふ欅《けやき》落葉かな　肥田埜勝美
落葉籠百年そこにあるごとく　大串章

【柿落葉《かきおちば》】

柿はカキノキ科の落葉高木で、美しく色づいた柿の葉は地に落ちてもなお鮮やかである。❖豊かな色の柿落葉は掃くのがためらわれるほどである。

畑中は柿一色の落葉かな　士朗
柿落葉一葉もらさず掃きにけり　相島虚吼
庭木戸を出て柿落葉踏みてゆく　星野立子
いちまいの柿の落葉にあまねき日　長谷川素逝

【朴落葉《ほほおちば》】

朴はモクレン科の落葉高木で、葉の長さは三〇センチ以上あって芳香がある。初冬の山道に大きな葉が落ちているのは目を引く。❖お面のように目や口のところに穴をあけて、子供が遊んだりする。木の葉を用いた飛驒の朴葉味噌なども郷土料理として有名。

朴落葉手にしてゆけば風あたる　篠原梵
径あれば待たるるごとし朴落葉　岡本眸
山国は味噌焼くころか朴落葉　杉良介
下草に日は満ちゆきて朴落葉　須原和男
朴落葉裏しろがねに水弾く　正木ゆう子
しき重ね朴の落葉の夥《おびただ》し　高野素十
山に入るいきなり朴の落葉かな　山田みづえ

【銀杏落葉《いちやうおちば》】

銀杏はイチョウ科の落葉高木で、黄葉や落葉はほかの落葉樹に比べ遅い。並木道や公園を金色に染めている銀杏落葉は初冬の美しい光景である。→銀杏散る（秋）

一色に大樹の銀杏落葉かな　小沢碧童
蹴ちらしてまばゆき銀杏落葉かな　鈴木花蓑
花の如く銀杏落葉を集め持ち　波多野爽波
銀杏落葉一枚咬みて酒場の扉　土生重次
夕月の奢りに銀杏落葉かな　今野福子

【冬木《ふゆき》】　**冬木立《ふゆこだち》**　**冬木影《ふゆきかげ》**　**冬木道**

常緑樹・落葉樹ともに冬の景色として、冬木・冬木立と詠む。❖すっきりとした情景は寂しげだが、詩情を誘うものがある。

斧入れて香におどろくや冬木立　蕪村
灯せば影は川こす冬木立　紫暁

大空に伸び傾ける冬木かな　高浜虚子
冬木中一本道を通りけり　臼田亜浪
冬樹伐る倒れむとしてなほ立つを　山口誓子
つなぎやれば馬も冬木のしづけさに　大野林火
凭《もた》れたる冬木我よりあたたかし　加藤楸邨
あせるまじ冬木を切れば芯の紅　香西照雄
くらやみの冬木の桜ただ黒し　三橋敏雄
冬木描くいきなり赤を絞り出し　橋本美代子
冬木の枝しだいに細し終に無し　正木浩一
冬木みなつまらなさうにしてをりぬ　仁平　勝
夢殿を冬木の影の離れけり　田中春生
一羽去り二羽去り冬木残さるゝ　森田純一郎
夜は星を梢に散りばめ冬木かな　市堀玉宗
冬木立ランプ点して雑貨店　川端茅舎
口笛のまつすぐに来る冬木立　坂本宮尾
一本はうしろ姿の冬木立　和田耕三郎
母子像の父はいづこや冬木立　山根真矢

【寒林《かんりん》】　寒木

冬枯の林。落葉樹が葉を落としつくした様子をいう。❖言葉の響きからも「冬木立」より厳しさが感じられる。

寒林を来てかなしみのいつかなし　三橋鷹女
寒林の一樹といへど重ならず　大野林火
寒林や手をうてば手のさみしき音　柴田白葉女
寒林や星を育み人を育み　和田悟朗
寒林を見遣るのみにて入りゆかず　星野麥丘人
寒林に散るもののなほ残りをり　岡安仁義
寒林へ馬を曳き出す女の子　廣瀬直人
寒林に寒林の空映す水　野中亮介
寒木にひとをつれきて凭らしむ　石田波郷
寒木の一枝一枝やいのち張る　西嶋あさ子

【名の木枯る《なのきかる》】　銀杏《いちやう》枯る　欅《けやき》枯る　桑《くは》枯る　葡萄《ぶだう》枯る　蔦《つた》枯る

銀杏や欅など、親しみのある木が葉を落とした姿をいう。「枯る」にそれぞれの木の名を冠して用いる。

蔦かれて壁に音する嵐かな　軒　秋
銀杏枯れ星座は鎖曳きにけり　大峯あきら
桑枯れて日毎に尖る妙義かな　石橋辰之助
蔦枯れて一身がんじがらみなる　三橋鷹女
聖堂の北側蔦の枯るる声　佐野まもる

【枯木《かれき》】　裸木《はだかぎ》　枯枝　枯木立《かれこだち》　枯木道
枯木山　枯木星

冬になって葉を落としつくした木。あたかも枯れたかのように見えるが、枯死した木ではない。枝々があらわになった姿を裸木ともいう。枯木星は枯木ごしに見える星のこと。

あまねき日枯木の幹もその枝も　深見けん二
教会と枯木ペン画のごときかな　森田　峠
省くもの影さへ省き枯木立つ　福永耕二
裸木となりて樹齢を偽らず　早野広太郎
裸木や落日は朱をひとしぼり　平子公一
裸木に神話の星のまたたけり　山田貴世
裸木となる太陽と話すため　高野ムツオ
裸木の誰もが触れたがるところ　藤本美和子
淋しさや松のまじりて枯木立　松瀬青々
枯木立月光棒のごときかな　川端茅舎
父母の亡き裏口開いて枯木山　飯田龍太
橋かけてさびしさ通ふ枯木山　岡本　眸
枯木山人声が径ひらきけり　津川絵理子
吊されてゐるかに揺れて枯木星　西宮　舞

【枯柳《かれやなぎ》】　柳枯る

葉が落ちつくした冬の柳。糸のようになった枝が水に映っているさまは、ことのほか侘しい。↓柳（春）

鶏を盗みしは誰かれやなぎ　白　雄
板前の出てきて憩ふ枯柳　廣瀬ひろし
雑沓や街の柳は枯れたれど　高浜虚子
柳枯れ剛き雨降る眼鏡橋　下村ひろし

【枯蔓《かれづる》】

藤・野葡萄・通草《あけび》・忍冬《すいかずら》・蔓梅擬《つるうめもどき》など蔓性

植物の枯れたもの。木に絡みついたまま枯れている姿は侘しい。

枯蔓を引けば離る丶昼の月　中村汀女
枯蔓の螺旋描けるところあり　上村占魚
確かめてみる枯蔓を引つぱつて　足立幸信
枯蔓を切る枯れざるも少し切る　富吉　浩
枯蔓の下をゆくとき後手に　田中裕明
太蔓の金剛力も枯れにけり　上野　泰

【宿木《やどりぎ》】 寄生木《やどりぎ》

榎、山毛欅などの高木落葉樹に寄生する常緑小低木。野鳥がこの実を食べ、種の残った糞を枝に付着させることによってふえる。こまかく枝分かれして全体が球形になり、寄生している木が葉を落とした冬は特に目につく。❖ヨーロッパでは白い実の西洋宿木をクリスマスの飾りにする。

宿木も夢見る頃か北信濃　前澤宏光
宿木を宿し大樹は村の神　蓮見淳夫
寄生木やしづかに移る火事の雲　水原秋櫻子
寄生木の寂しからずや実をつけて　村越化石
昼月や寄生木に血の通ふころ　中原道夫

【冬枯《ふゆがれ》】 枯《かれ》　枯る

冬が深まり木や草が枯れはて、野山が枯一色となった蕭条たる光景。一本の木や草についてもいう。近代以後は「枯る」という動詞も季語として使われるようになった。

冬枯や雀のありく樋《とひ》の中　太祇
冬枯や星座を知れば空ゆたか　小川軽舟
冬枯やときをり遠き木の光る　井出野浩貴
草山の奇麗に枯れてしまひけり　正岡子規
枯すすむ木と草となく香ばしき　片山由美子
きしきしと帯を纏《ま》きをり枯るる中　橋本多佳子
鳥うせて烟のごとく木の枯るる　富澤赤黄男
国東《くにさき》や枯れていづくも仏みち　能村登四郎
枯といふこのあたたかき色に坐す　木内彰志
火をつけてやりたきほどに枯れしもの　後藤比奈夫

鳥寄せの口笛かすか枯峠　佐藤鬼房
よく枯れてたのしき音をたてにけり　髙田正子
枯れきつて育む命ありにけり　西宮舞

【霜枯《しもがれ》】霜枯《しもが》る

霜によって草木が萎れてしまうさま。寒々しく哀れである。❖見ていると心が萎縮してしまいそうな思いに駆られる。

霜がれて鳶の居る野の朝曇り　暁台
霜枯を全うしたる力草　岸田稚魚
霜枯れの野に遊びゐる日の光　青柳志解樹
霜枯の臙脂ぢごくのかまのふた　辻田克巳

【雪折《ゆきをれ》】

降り積もった雪の重さによって木や竹が折れること。雪の降り積もる夜など、木や竹の裂ける音に続いて、どさりと雪の落ちる大きな音を聞くことがある。

雪折れも聞えてくらき夜なるかな　蕪村
雪折の竹かぶさりぬ滑川《なめりがは》　高浜虚子
雪折れの竹生きてゐる香をはなつ　加藤知世子
雪折れの音に一夜の眠られず　山中弘通
雪折れの音にもまたぎ銃構ふ　松村富雄
月光を浴ぶ雪折の白樺　山田弘子

【冬芽《ふゆめ》】冬木の芽

冬のあいだ休眠している落葉樹の芽。しかし、小さな芽を育んでいる。それがふくらんでくると春は近い。❖木の芽のことで、草にはいわない。

雲割れて朴の冬芽に日をこぼす　川端茅舎
真直ぐに行けと冬芽の挙《こぞ》りけり　金箱戈止夫
冬木の芽光をまとひ扉をひらく　角川源義
冬木の芽水にひかりの戻りけり　角川照子
冬木の芽しづくを月に返しけり　鹿又英一
冬木の芽ことば育ててゐるごとし　片山由美子

【冬苺《ふゆいちご》】寒苺《かんいちご》

西日本の山地を中心に自生するバラ科の常緑小低木の実。❖季語としては温室栽培さ

れている大粒のオランダ苺のことも冬苺と呼ぶ。↓苺（夏）

あるときは雨蕭々と冬いちご　飯田蛇笏
蔓ひけばこぼるゝ珠や冬苺　杉田久女
余生なほなすことあらむ冬苺　水原秋櫻子
冬いちご森のはるかに時計うつ　金尾梅の門
冬苺海一枚となり光る　深見けん二
石垣の上に軍鶏《しやも》飼ふ冬苺　宮岡計次

【柊の花《ひひらぎのはな》】　花柊

山地に自生するモクセイ科の常緑小高木である柊の花。十一月ごろ、葉腋《ようえき》に芳香のある白い花をつける。木は雌雄異株。ひっそり咲いているさまは清楚で美しい。散りはじめて地にこまかな花をこぼすところもまた趣がある。「柊」は「ひらぎ」とも。❖「柊の花」「柊咲く」のように、花であることをはっきりいう必要がある。

柊の花一本の香かな　高野素十
ひひらぎの花こまごまと孝不孝　鷹羽狩行
ひひらぎの花まつすぐにこぼれけり　髙田正子
花柊朝に残れる雨少し　松崎鉄之介
仏像に仏師のこころ花柊　鈴木貞雄
柊の葉の間より花こぼれ　高浜虚子
粥すくふ匙《さじ》の眩しく柊咲く　長谷川かな女

【寒菊《かんぎく》】　冬菊《ふゆぎく》　霜菊《しもぎく》

キク科の多年草である油菊を園芸化したもの。十二〜一月ごろ黄色い花をつける。冬菊・霜菊は寒菊の別名。❖俳句では遅咲きの菊が咲き残っているのを寒菊・冬菊として詠むことが多い。また霜菊は霜をいただいた菊の姿をいうこともある。

寒菊の気随に咲くや藪の中　来山
寒菊を憐みよりて剪りにけり　高浜虚子
寒菊の霜を払つて剪りにけり　富安風生
寒菊のくれなゐふかく昃《かげ》りけり　金尾梅の門
寒菊のあとも寒菊挿しにけり　橋本末子

寒菊のほか何もなき畑かな　山本一歩
冬菊や時計の針の午後急ぐ　阿部みどり女
冬菊のまとふはおのがひかりのみ　水原秋櫻子
冬菊となりて闇負ふ白さかな　五十崎朗
冬菊の括られてまたひと盛り　横澤放川
霜菊や岸に及べる舟の波　岡本眸

【水仙《すいせん》】　水仙花　野水仙

ヒガンバナ科の多年草である水仙の花。海岸近くに群生するが、多くは切花用に栽培される。白緑色を帯びた細い葉のあいだから花茎が伸び、その先に芳香のある白花を数個つける。福井県の越前岬や静岡県伊豆の爪木崎《つめきざき》は群生地として有名。❖黄水仙や喇叭水仙など大型の園芸種の花は春の季語。
→黄水仙（春）・喇叭水仙（春）

家ありてそして水仙畠かな　一茶
水仙の束解くや花ふるへつつ　渡辺水巴
一茎の水仙の花相背く　大橋越央子
水仙に光微塵の渚あり　水原秋櫻子
水仙や古鏡の如く花をかかぐ　松本たかし
水仙や来る日来る日も海荒れて　鈴木真砂女
水仙の葉先までわが意志通す　朝倉和江
水仙が水仙をうつあらしかな　矢島渚男
水仙の葉の愬ろによじれたる　宇多喜代子
水仙のひとかたまりの香とおもふ　黒田杏子
水仙に蒼き未明の来てゐたり　島谷征良
水仙やあしたは海の向うから　大島雄作
水仙の小さなかほの犇めきぬ　石田郷子
なかなかに墨濃くならず水仙花　右城暮石
玄関は家族にひとつ水仙花　辻内京子
明るさは海よりのもの野水仙　稲畑汀子
遠きまま船の去りゆく野水仙　櫨木優子

【葉牡丹《はぼたん》】

葉牡丹はアブラナ科の多年草で、その名は冬に上部の葉が渦巻くように色づくことから、牡丹の花にたとえたもの。園芸上は一年草となる。江戸時代に渡来した不結球のキャベツを、花の乏しい冬の花壇の観賞用に改良した。赤紫や白などが多く、近年は矮性のものもある。

葉牡丹にうすき日さして来ては消え　久保田万太郎
葉牡丹の渦一鉢にあふれたる　西島麦南
葉牡丹の小ぶりに簡易裁判所　池田琴線女
葉牡丹を植ゑて玄関らしくなる　村上喜代子
葉牡丹の渦に禍福の動き初む　弓場汰有

【千両《せんりやう》】　仙蓼《せんれう》　実千両《みせんりやう》

暖地の林に生えるセンリョウ科の常緑低木で、高さ五〇～一二〇センチ。夏、枝先に黄緑色の小花が群がり咲いたものが、冬に入ると小球果として赤熟する。緑の葉との対照が鮮やかなので、鉢植えや生け花の材料として好まれる。

千両の実をこぼしたる青畳　今井つる女
千両の赤に満ちたる愁ひかな　山田みづえ
半日にして千両の啄《つい》ばまれ　木内彰志
山より日ほとばしりきぬ実千両　永田耕一郎
猫たちも夢をみるらし実千両　森田緑郎
いにしへを知る石ひとつ実千両　伊藤敬子

【万両《まんりやう》】　実万両《みまんりやう》

ヤブコウジ科の常緑低木である万両で、高さ三〇～一〇〇センチ。七月ごろ白花が散房状に下向きに垂れて咲き、球形の果実が冬、深紅色に熟する。千両とともに冬枯れの庭に彩りを添える。❖千両は葉の上に実がつくのに対し、万両は葉の下に垂れるように実をつける。

万両にかゝる落葉の払はるゝ　高浜年尾
万両の揺るるけはひのなかりけり　清崎敏郎
万両に日向移りて午後の景　岡本眸
万両の万の瞳の息づきて　永方裕子
万両の実にくれなゐのはいりけり　千葉皓史
万両の濡るゝと見ゆるひかりかな　金原知典

実万両やとび石そこに尽きてゐる　五十崎古郷
苔の地の起伏のかぎり実万両　金久美智子

【藪柑子《やぶかうじ》】

ヤブコウジ科の常緑低木で、高さ一〇〜二〇センチ。山地の木陰に地下茎を伸ばして群生し、冬、光沢のある葉のあいだに丸い小さな赤い実をつける。盆栽にも仕立て、千両・万両などとともに冬の庭を彩る。

佳き友は大方逝けり藪柑子　草間時彦
流寓の先にて娶り藪柑子　仁尾正文
藪柑子夢のなかにも陽が差して　櫻井博道
城山に海の日とどく藪柑子　棚山波朗
奥山の昼は短し藪柑子　岩津厚子
町深く潮入川や藪柑子　小澤　實

【枯菊《かれぎく》】　菊枯る

寒さや霜で傷つき、やがて枯れてゆく菊。葉が枯れていくなかで花はまだ色を残しているさまなど、かえって哀れをさそう。↓菊（秋）・残菊（秋）

菊かれてすらくと日の暮るゝなり　布　舟
枯菊を刈らんと思ひつゝ今日も　西島麦南
枯菊やこまかき雨の夕まぐれ　日野草城
枯菊に鏡の如く土間掃かれ　星野立子
枯菊に午前の曇り午後の照り　桂　信子
枯菊を焚きて焰に花の色　深見けん二
枯菊焚くうしろの山の暗さ負ひ　長沼紫紅
枯菊の折れ口ことに香を放つ　鷹羽狩行
日輪のがらんどうなり菊枯るる　橋本鶏二
むらさきは紫のまま菊枯るる　片山由美子

【枯芭蕉《かればせう》】　芭蕉枯る

破れて枯れてしまった芭蕉。大きな葉が無惨に垂れ下がり、立ちつくしているさまは哀れである。↓玉巻く芭蕉（夏）・芭蕉（秋）・破芭蕉（秋）

枯芭蕉いのちのありてそよぎけり　草間時彦
烈風の地の明るしや枯芭蕉　有働　亨

枯芭蕉その枯れざまのつつがなし　渡辺恭子
枯芭蕉折れたる茎の支へあふ　棚山波朗
芭蕉枯れんとして其音かしましき　正岡子規
大芭蕉従容《しょうよう》として枯れにけり　日野草城
芭蕉枯れて水面はネオン散らしけり　五島高資
枯れざまを争うてをる芭蕉かな　早野和子

【枯蓮《かれはす》】　枯蓮《かれはちす》　蓮《はす》枯る　蓮《はす》の骨《ほね》

枯れてしまった蓮。冬になると、折れて水中に没したり、泥中に折れ曲がった葉柄をつき立てたりと、哀れな姿をさらすようになる。❖水の涸れた蓮田で蓮根掘りがはじまるのはこのころである。→蓮の浮葉（夏）・敗荷（秋）

枯蓮や本郷台に日が当る　佐藤紅緑
枯蓮のうごく時きてみなうごく　西東三鬼
枯蓮の水漬きゐて水動かざる　加藤水万
枯蓮の折れたる先を水に刺す　池田秀水
枯蓮の水に気弱な日が映る　杉　良介
水月に雨がきらりと枯れ蓮　飯田蛇笏
枯はちす月光更けて矢のごとし　岡本　眸
おもしろうなりゆくところ枯蓮　山尾玉藻
ひとつ枯れかくて多くの蓮枯るる　秋元不死男
たつぷりと日を使ひては蓮枯るる　石田勝彦
夜に入りてさらに静かに蓮枯るる　辻田克巳
蓮枯るる直線太く交へつつ　吉田汀史
凭れ合ふ事も叶はず蓮枯るる　星野　椿
揺るるものぶら下げて蓮枯れにけり　三村純也
蓮の骨浚《さら》うて水の重さかな　西山　睦

【冬菜《ふゆな》】　冬菜畑

九月ごろ種を蒔き、冬に収穫する菜類の総称。小松菜・野沢菜などがある。❖あたりが枯れすすむなかで、冬菜の緑はひときわ目を引く。

月光に冬菜のみどり盛りあがる　篠原　梵
残りゐる冬菜に風の集まれる　嶋田一歩
人のかげ冬菜のかげとやはらかき　桂　信子

冬菜畑よりもどりたる神父かな　岬　雪夫
冬菜畑より突き出でて藁の稭　宮田正和
ところどころ抜かれて冬菜畑となり　今瀬一博

【白菜《はくさい》】
中国原産のアブラナ科の一・二年草の蔬菜《そさい》。変種が多く、結球性・半結球性・不結球性に大別される。漬物のほか、鍋や煮物にしても美味。

白菜の山に身を入れ目で数ふ　中村汀女
洗ひ上げ白菜も妻もかがやけり　能村登四郎
洗はれて白菜の尻陽に揃ふ　楠本憲吉
何のむなしさ白菜白く洗ひあげ　渡邊千枝子
真二つに白菜を割る夕日の中　福田甲子雄
白菜の荷を降ろしるる法隆寺　角　光雄
白菜を洗ふ双手は櫂の冷え　大木あまり

【ブロッコリー】
アブラナ科の野菜で、緑色の花蕾が固まった状態のところが食用になる。炒め物などにして食べるが、栄養価が高く、健康ブームの昨今、注目されている食品のひとつ。❖小房が星型に見えるロマネスコという近緑種も出回っている。

ブロッコリーの堅き団結解き放つ　諸角直子
ブロッコリ小房に分けて核家族　清水裕子

【カリフラワー】　花椰菜《はなやさい》
アブラナ科の野菜のひとつで、花蕾の固まっているところを食す。ブロッコリーから突然変異で生じたもので花蕾が白い。明治時代初期に日本へ入ってきた。独特の匂いがある。❖灰汁《あく》が強いので、米の磨ぎ汁で茹でるなど調理の下処理が必要である。

花椰菜サラダテームズ河畔かな　井上閑子
大空にひろごる湯気や花椰菜　田中政子
花咲きしところもすこし花野菜　長谷川　櫂

【葱《ぎね》】　一文字《ひともじ》　根深《ねぶか》　葉葱　葱畑
ユリ科の多年草で、冬季の主要な野菜のひ

とつ。独特の香りと辛みがあり、日本料理に欠かせない。中空で細長い緑の葉と、多数の葉鞘《ようしょう》が重なった白い部分とを食べる。関東では根深と称して葉鞘の部分を地中に深く作る。これを白葱という。関西では葉葱が好まれ、葉を長く作り青い部分を食べる。年間を通して市場に出回っているが、旬は冬。古名を葱《き》といい、一文字の名もそこから。保存のため土を浅く掘って埋《い》けたり、周りを囲ったりする。

葱買うて枯木の中を帰りけり　蕪　村
あさ風やかもの川原の洗ひ葱　大　江　丸
葱屑の水におくれず流れ去る　中村汀女
幸不幸葱をみぢんにして忘る　殿村菟絲子
折鶴のごとくに葱の凍てたるよ　加倉井秋を
赤城嶺へ幾すぢ葱の畝走り　斎藤一骨
葱剝けば光陰ひそと光りすぎ　眞鍋呉夫
母の灯のとどくところに葱囲ふ　神　蔵　器
葱焼いて世にも人にも飽きずをり　岡本眸
葱伏せてその夜大きな月の暈　廣瀬直人
葱抜くや人をはるかとおもひつつ　山上樹実雄
白葱のひかりの棒をいま刻む　黒田杏子
かわくことたましひにあり葱の泥　角谷昌子
一もじの丈組にあまりけり　高田蝶衣

【海老芋《えびいも》】　京芋

京都特産の里芋の一品種。先端が細くてやや曲り、海老の尾を思わせるところからこの名がある。収穫期は十一月ごろ。灰汁が強く、下処理に手間を要するが、いわゆる里芋のような粘りが少なく、あっさりとした味に特徴がある。京芋は味が似ているが別種で、地上に出ている茎の部分のかたちから筍芋とも。❖棒鱈とともに煮つける京都の名物料理「芋棒」には欠かせない。

ほの酔うてきぬ海老芋の煮ころがし　大石悦子
えびいもに適ふ丹の箸丹塗椀　松井淑子

【人参《にんじん》】　胡蘿蔔《にんじん》

セリ科の一年草または二年草の根菜。アフガニスタン原産で、中国を経て渡来した。根は黄橙色の円錐形で、比較的短いものと長いものがある。肉質は緻密で芳香と甘味があり、カロチンも豊富である。

浮雲が来ては人参太るなり　橋　閒石

ロシア映画みてきて冬のにんじん太し　古沢太穂

人参を人参色に洗ひあげ　小島花枝

人参を抜き大山《だいせん》を仰ぎけり　庄司圭吾

【大根《だいこん》】　大根《だいこ》　大根《おほね》　青首大根　大根《だいこん》畑《ばたけ》　大根畑《だいこばた》

中央アジア原産とみられるアブラナ科の二年草。主に地下の多汁・多肉質の長大な根を食べるが、葉も食べられる。根の形と大きさは種類によって多様で、桜島大根などは直径三〇センチ、重さ一五キロ余りのものも珍しくない。沢庵漬をはじめとして漬物の材料としても欠かせない。「おほね」「すずしろ」は古名。❖春の七草としては「すずしろ」という。→大根引・大根洗ふ・大根干す

大根に実の入る旅の寒さかな　園　女

流れ行く大根の葉の早さかな　高浜虚子

すつぽりと大根ぬけし湖国かな　橋　閒石

大根の青首がぬと宇陀郡　大石悦子

ずつしりと大根ほんたうの重さ　廣瀬悦哉

鳴滝の大根甘しと思ひけり　後藤比奈夫

燈台につゞく一枚大根畑　有働木母寺

【蕪《かぶら》】　蕪《かぶ》　赤蕪《あかかぶ》　緋蕪《ひかぶら》　蕪畑《かぶらばた》　蕪畑《かぶばたけ》

南欧やアフガニスタンが原産地のアブラナ科の二年草。主として根を食べ、冬季が美味。古名は「あおな」「すずな」で、古代から食用にされてきた。葉も食べられる。根は球形・円錐形など、表皮の色は白・紅・赤紫などがある。漬物や煮物、蕪蒸し

など、食卓に冬の味わいを添える。「かぶな」とも。❖春の七草としては「すずな」という。

あけぼのや霜にかぶなの哀れなる　杉　風
瀬田川の夕日に洗ふ蕪かな　大嶽青児
蕪洗ふ鞍馬の水の早さかな　赤塚五行
うす青き雪の色して京蕪　佐藤郁良
赤蕪を一つ逸しぬ水迅く　山口青邨
まだ濡れてゐる夕市の紅蕪　新田祐久
赤蕪を切なきまでに洗ひをり　友岡子郷
風の日の水さびさびと赤蕪　長谷川久々子
ひとかどの蕪畠となりにけり　飯島晴子
母の忌はかならず晴れる蕪畑　澁谷　道
上賀茂や土塀の中の蕪畑　南　うみを

【蓮根《はすね》】　蓮根《れんこん》

蓮の地下茎。塊茎となった部分を食用にする。中に穴が開いているのが特徴。煮物や酢の物、天ぷらなど、さまざまに調理できるので、食卓に上ることが多い。❖磨り下ろして水気をしぼったものを海老のすり身などに混ぜて汁の浮き実にするなど、本格的な料理にも用いる。↓蓮根掘る

洗ひ上ぐ蓮根の肌《はだへ》はや透けて　片山由美子
れんこんのくびれくびれのひげ根かな　岡井省二

【麦の芽《むぎのめ》】

初冬に蒔いた麦の種子から出た芽。寒さや霜に耐えながらすこしずつ葉を広げて伸びてゆく姿は、冬枯れの中に希望を見出すようで印象深い。↓青麦（春）・麦（夏）

麦の芽や風垣したる砂畠　吉田冬葉
麦の芽に汽車の煙のさはり消ゆ　中村汀女
麦の芽が光る厚雲割れて過ぐ　西東三鬼
麦の芽や妙義の裏へ日が廻り　宮津昭彦
麦の芽が風筋を知り始めけり　廣瀬直人
麦の芽やいまランナーのひとり行き　佐久間慧子
葛飾の土は黒しも麦芽ぐむ　五十嵐播水

【冬草《ふゆくさ》】　冬の草

冬に見られる草の総称。枯れない草、枯れかかった草、わずかに青さをとどめている草などさまざまである。

冬草やはしごかけ置く岡の家　乙二
冬草に日のよく当たる売り地かな　渋沢渋亭
冬草に黒きステッキ挿し憩ふ　西東三鬼
大阿蘇の冬草青き起伏かな　稲荷島人
ふゆくさや大学街は石坂がち　西垣脩
冬草を踏んで蕪村の長堤　星野麥丘人
青といふ色の靭《つよ》さの冬の草　後藤比奈夫
荷車を曳く冬の草見つづけて　斎藤夏風
追ひついて並んで歩く冬の草　矢島渚男
木々の間に輝く日あり冬の草　山西雅子
葬の旗冬青草に挿しにけり　山崎祐子

【名の草枯る《なのくさかる》】　名草《なぐさ》枯る　鶏頭《けいとう》枯る

薊《あざみ》枯る

庭などで身近に見る草が枯れること。通常は、それぞれの草の名をつけて用いる。

まぎれぬや枯れて立つても女郎花　一茶
鶏頭のいよいよ赤し枯るる時　長閑
蕭条と名の草枯るゝばかりなり　大場白水郎
枯れつくすまで鶏頭を立たせおく　安住敦
寸ほどの枯鶏頭や墓の裏　清水基吉
枯鶏頭種火のごとき朱をのこす　馬場移公子
起きぬけの身に水通す枯鶏頭　岡本眸
長き影曳きて鶏頭枯れにけり　伊藤伊那男
残りたる絮飛ばさんと枯薊　中村汀女
枯荻や日和定まる伊良古崎　正岡子規
枯萱に峠の鷹の沈みけり　水原秋櫻子
まつくろに蓬枯れたる伊吹かな　阿波野青畝
いたゞきの結ばれてあり枯菖蒲　星野立子
数珠玉の枯れて固まるこころざし　大石悦子

【枯葎《かれむぐら》】

蔓性の金葎などが絡まったまま枯れている様子。夏のあいだ繁茂するが、冬は見る影

もなく枯れ果てる。↓葎（夏）

あたゝかな雨がふるなり枯葎　正岡子規
枯葎蝶のむくろのかかりたる　富安風生
箱根路の旧道知らず枯葎　秋元不死男
ゆめにてゆめならぬよのかれむぐら　津根元　潮
枯葎こむらがへりの予感せり　亀田虎童子
つれ立ちて神来る音や枯葎　宇佐美魚目
枯葎猫の出入りを許しけり　山本一歩
すぐそこにゐる子の見えぬ枯葎　岩田由美

【枯蘆《かれあし》】　枯芦《かれあし》　枯葦《かれあし》　蘆枯る　枯蘆原《かれあしはら》

枯れた蘆のこと。葉が枯れても茎を水中や湿地に残し、冬の水辺の風景をいっそう侘しく見せる。↓蘆の角（春）・青蘆（夏）・蘆の花（秋）

枯芦や難波入江のささら波　鬼　貫
枯芦や低う鳥たつ水の上　麦　水
枯蘆や夕を浪の尖りつゝ　野村喜舟
四五本の枯蘆なれど隅田川　加藤楸邨
枯蘆のゆたかに今日の日を止む　皆川盤水
枯蘆の沖へ沖へと耳立つる　山田みづえ
枯蘆は吹き寄せられし月光か　高野ムツオ
枯蘆のなびき鷺はうごかざる　島谷征良
枯芦の中に火を焚く小船かな　正岡子規
枯芦を金色の日がつつむなり　柴田白葉女
枯芦の川わかれゆく波紋あり　斎藤夏風
枯芦の西は太陽のほか行かず　鷹羽狩行
枯葦にひと日平らな空と水　桂　信子
枯葦にくれなゐ残るはつかかな　高橋睦郎
日当つて枯蘆原のかげもなし　高浜年尾
枯蘆原杜国《とこく》のゆきし跡をゆく　九鬼あきゑ

【枯萩《かれはぎ》】　萩枯る

枯れた萩のこと。萩はマメ科ハギ属の落葉低木の総称で、冬は葉が落ちて侘しい姿になる。栽培している場合は、葉が落ちると根元から刈り取り、翌春の芽出しに備えるのが普通。↓萩（秋）

枯萩にわが影法師うきしづみ　高浜虚子
新薬師寺枯萩にまだ手をつけず　安住　敦
枯萩の白き骨もて火を創る　中村苑子
枯萩といへどもあれば心寄る　島谷征良
葉をふるふ力も尽きて萩枯るゝ　大橋櫻坡子
園の風高きをわたり萩枯るる　梶井枯骨

【枯芒《かれすすき》】　枯薄《かれすすき》　冬芒　枯尾花《かれをばな》

枯れつくした芒のこと。枯れた穂が風に吹かれているさまもまた趣がある。❖侘しさの象徴として歌謡曲などの題材にもなっている。→芒（秋）

枯きつて風のはげしき薄かな　杉　風
水際の日にく〳〵遠しかれを花　暁　台
狐火の燃えつくばかり枯尾花　蕪　村
枯芒朝日夕日をよろこべり　秋山牧車
枯芒ただ輝きぬ風の中　中村汀女
枯すすき海はこれより雲の色　平畑静塔
遠富士に乙女峠は枯芒　後藤比奈夫
川幅を追ひつめてゆく枯芒　鷲谷七菜子
冬芒洗ひざらしの軽さして　右城暮石
冬芒日は断崖にとどまれり　岡田日郎
枯尾花淋しきことも夢の如　京極杞陽
枯尾花すつくと孤立せるがあり　佐藤鬼房
人通りふと賑やかに枯尾花　波多野爽波
枯尾花夕日とらへて華やげる　稲畑汀子
残照をほしいままなり枯尾花　平井岳人

【枯草《かれくさ》】　草枯る

草が枯れている様子。冬が深まると、野山はいうにおよばず、庭の草もみな枯れてゆく。その姿も色も侘しい。

いささかな草も枯れけり石の間　召　波
枯草と一つ色なる小家かな　一　茶
枯草も華やぐ雨の通りけり　阿部ひろし
枯草を踏めばふはりと応へくる　加藤耕子
枯草のうすくれなゐや西の京　山本洋子
枯草のそれらしき香を手に包む　中田　剛

子等のものからりと乾き草枯るゝ　中村汀女
草枯のそこらまぶしく鞄置く　木村蕪城
よみがへる寝墓の嵩《かさ》や草枯れて　朝倉和江
枯れてゆく草の終りはてらてらと　廣瀬直人

【枯芝《かれしば》】
枯れた芝のこと。家の庭や庭園の枯れた芝生は見るからに寒々しい光景だが、晴れた日にはどこかぬくもりを感じさせる。↓若芝（春）

枯芝にうはさのかげのさしにけり　久保田万太郎
よき傾斜せる枯芝に腰おろす　山口波津女
枯芝に円陣若く爆笑す　木下夕爾
枯芝に柩の夫を連れ還る　横山房子
枯芝へ犬放ちたり吾も駈け　蓬田紀枝子
枯芝に子供のものをあづかりぬ　山西雅子
枯芝をゆくひろびろと踏み残し　望月周

【石蕗の花《つはのはな》】　櫜吾の花《つはのはな》　石蕗の花《つはぶきのはな》
海岸や海辺の山に自生するキク科の常緑多年草である石蕗《つわぶき》の花。葉は蕗に似て厚く、深緑色で光沢がある。花期は十～十二月。高さ約六〇センチになり、菊に似た頭状花を散房状に開く。❖石蕗は植物名であり、それだけでは花のことにならない。また、「石蕗日和」ではなく「石蕗の花日和」という必要がある。

静かなる月日の庭や石蕗の花　高浜虚子
沖荒れてひかり失ふ石蕗の花　柴田白葉女
母の目の裡にわが居り石蕗の花　石田波郷
静かなるものに午後の黄石蕗の花　後藤比奈夫
明るさのしばらく胸に石蕗の花　深見けん二
人住むを大地といへり石蕗の花　神尾久美子
暮れてゆくものに手を藉す石蕗の花　八田木枯
華やぎといふ寂しさや石蕗の花　岡安仁義
海へ出て曲る鉄道石蕗の花　落合水尾
寿福寺に下駄の音して石蕗の花　小圷健水
朝より沙《いさご》の音す石蕗の花　山西雅子

石蕗咲いていよいよ海の紺たしか　鈴木真砂女
つはぶきはだんまりの花嫌ひな花　三橋鷹女

【冬菫《ふゆすみれ》】

冬に咲いている菫のこと。菫は春の花だが、日当たりの良い野山では冬の半ばから咲きはじめるものもある。けなげに咲く花は心を和ませる。

わが影のさして色濃き冬菫　右城暮石
海の日が眠たさ誘ふ冬すみれ　五所平之助
ふるきよきころのいろして冬すみれ　飯田龍太
生涯のをはりの山の冬すみれ　宇佐美魚目
山住は日和を頼む冬すみれ　村田脩
仮の世のほかに世のなし冬菫　倉橋羊村
冬すみれこころのうちの日なたにも　友岡子郷
日だまりはここよここよと冬すみれ　檜紀代
花街に抜け道ありぬ冬菫　蟇目良雨
喉元の釦の固し冬菫　山本菫
冬菫こゑを出さずに泣くことも　日下野由季

【冬蒲公英《ふゆたんぽぽ》】

冬の日溜りなどに咲いているタンポポのこと。ロゼットといわれる、地面に張りつくように放射状に広げた葉が目につく。花は茎が短く、寒風を避けるようになっている。❖あたりの草が枯れているなかで、黄色の花が輝いて見える。→蒲公英（春）

冬蒲公英に駿馬の息の触れにけり　加藤千枝子
冬たんぽぽ母子の会話海を見て　椿文恵
冬たんぽぽ独りのときの日溜りに　中川雅雪

【冬蕨《ふゆわらび》】　冬の花蕨　寒蕨

シダ植物であるフユノハナワラビのこと。形が春の野草の蕨に似ているが、別種である。花のように見えるのは胞子葉で、その先端の胞子嚢が晩秋から初冬にかけて黄褐色に熟す。❖観賞用としても人気があり、鉢植えにして楽しむ。

冬蕨もっとも素なる土の宮　鈴木理子

冬の花蕨渦なす煙上ぐ　小林千史

【カトレア】

ラン科の多年草で、中米や南米の熱帯原産。多くの種類があるが交配種も含め、カトレアと総称する。独特の形をした大輪の花で、色は赤紫や白などが中心。いずれも華やかで、コサージュにするなど装飾性の高さに人気がある。温室栽培され、切り花や鉢植えは一年中市場に出回っているが、十二～三月がピーク。

古稀を祝ぐとてカトレアの胸飾　辻田克巳

カトレアを置きし出窓や湖光る　島田愃平

【クリスマスローズ】

キンポウゲ科の常緑多年草。葉柄をもつ鳥の脚のような形の葉がたくさん伸び、その間から出た一五センチほどの花茎の先に俯《うつむ》くように花がつく。内側は白いが、外側は淡紫紅色。十二～二月に開花する。❖一般的にクリスマスローズの名で呼ばれているのは同属別種のレンテンローズで、開花時期は二月から四月。色は白、ピンク、赤、緑などがある。

クリスマスローズの雪を払ひけり　長谷川　櫂

クリスマスローズ疾く日の没りにけり　富山広志

【アロエの花《なは》】　花アロエ

南アフリカ原産のユリ科の多肉植物であるアロエの花。鮮紅色の花が房状に固まって咲く。アロエの種類は多いが、日本で栽培されているのはほとんどが木立アロエである。暖地では地植えのまま越冬し、株が大きくなると花をつけるようになる。

アロエ咲く風の酷しき流人島　鈴木理子

宗祇みち早も紅濃く花アロエ　小枝秀穂女

【竜の玉《りゅうのたま》】　竜の髯《ひげ》の実　蛇《じゃ》の髯《ひげ》の実

ユリ科の常緑多年草である蛇の髯（竜の髯）の実。冬になると瑠璃色に色づく。線形の叢生《そうせい》する葉の深い緑が美しいことから、植え込みのあしらいに植えたりするが、冬枯れの庭の彩りとなる実が珍重される。硬くてよく弾むので、子供たちが弾み玉といってそれで遊んだりした。❖色も形も、古代エジプト以来、装飾品や顔料として珍重されたラピスラズリを思わせる。

竜の玉深く蔵すといふことを　高浜虚子
塔の影およぶところに竜の玉　村沢夏風
ひとり出てひとり帰るや竜の玉　石田勝彦
老いゆくは新しき日々竜の玉　深見けん二
丈草の墓より貰ふ竜の玉　飴山實
竜の玉旅鞄よりこぼれ出づ　山崎ひさを
生きものに眠るあはれや龍の玉　岡本眸
竜の玉いと楽しげに掃かれたる　蓬田紀枝子
残り生は忘らるるため龍の玉　山上樹実雄
虚空より色を貰ひて龍の玉　石嶌岳
蛇のひげの玉や摘まれて逸散す　百合山羽公

【冬萌《ふゆもえ》】

冬のうちから草が芽ぐむこと。かすかな緑が目を引き、春が近いことを思わせる。↓下萌（春）

冬萌や歌ふにも似て子の独語　馬場移公子
冬萌や五尺の溝はもう跳べぬ　秋元不死男

新年

時候

【新年《しんねん》】 年新た　新玉《あらたま》の年　年始《ねんし》　年《とし》始《はじめ》　年立つ　年立ち返る　年明く　年改まる　年来《きた》る　年迎ふ

新しい年。一年の初め。見るものすべてがめでたく改まって感じられる。❖「新玉の年」の「新玉の」は「年」にかかる枕詞だが、「新年の」の意で使うこともある。↓初春《はつはる》・正月

入り船や年立帰る和田の原　言水
年立つやもとの愚がまた愚にかへる　一茶
新年の山襞にたつ烟かな　室生犀星
新年の謎のかたちに自在鉤　平井照敏
オリオンの楯新しき年に入る　橋本多佳子
我家の水音に年新たなり　石井露月
をのこ子の小さきあぐら年新た　成田千空
路地の子が礼して駆けて年新た　菖蒲あや
階段をきつちりと踏み年新た　小檜山繁子
あらたまのちからあめつちより貰ふ　茨木和生
搾乳のあらたまの白ほとばしる　大野崇文
あらたまのこゑのはじめの息太し　石嶌岳
女の手年の始の火を使ふ　野澤節子
犬の鼻大いにひかり年立ちぬ　加藤楸邨
木に石に注連かけて年改まる　右城暮石
わたつみも綾なして年改まる　中島月笠
古きよき言の葉をもて年迎ふ　富安風生
山に立ち山に礼して年迎ふ　岡田日郎
年迎ふ故人の部屋に灯を点し　中嶋秀子

【初春《はつはる》】 春　新春　迎春　明《あけ》の春　今《け》朝《さ》の春　花の春

新しい年。旧暦では新年と春がほぼ同時に

来たので、初春といえば新年のことであった。新暦になってもその習慣が残り、新年を「初春」と呼ぶ。❖新年をたたえる「御代の春」「千代の春」「四方《よも》の春」「浦の春」「島の春」「庵《いほ》の春」「老の春」などの「春」は初春の意。なお、「しょしゅん」と音読みにはしない。初春《しょしゅん》は、春を三つに分けた「初春・仲春・晩春」のひとつで春の季語。

日の春をさすがに鶴の歩みかな　其角
兎角して旅の夜明ぞ花の春　言水
初春や家に譲りの太刀はかん　去来
袖口に日の色うれし今朝の春　樗良
目出度さもちう位なりおらが春　一茶
初春や眼鏡のままにうとうとと　日野草城
初春の金剛・葛城大いなる　横山美代子
はつはるや金糸銀糸の加賀手毬　田村愛子
初春の風にひらくよ象の耳　原　和子
初春や酒に国の名峠の名　永島靖子
酒もすき餅もすきなり今朝の春　高浜虚子
いでてゆく船に犬吠え浦の春　岸　風三樓
一対の京の福鈴庵の春　渡辺桂子
生くることやうやく楽し老の春　富安風生
女人の香亦《また》めでたしや老の春　飯田蛇笏
こけし古り埴輪あたらし年の春　百合山羽公

【正月《しやうぐわつ》】　お正月

一年の最初の月。お正月と呼び習わしているように、特別な月に対する祝意と親しみがこめられている。❖「太郎月」「祝月《いわいづき》」「元月《がんげつ》」など異称も多い。→旧正月（春）

正月の子供に成つて見たきかな　一茶
正月にちよろくさい事お言やるな　松瀬青々
正月の白波を見て老夫婦　桂　信子
正月や楷書のごとき山の晴れ　林　徹
正月の雪真清水の中に落つ　廣瀬直人
正月の地べたを使ふ遊びかな　茨木和生
正月の船の生簀に潮満たす　鈴木太郎

正月や若狭の日和すぐ崩れ　遠藤若狭男
正月の来る道のある渚かな　長谷川　櫂
ふるさとの古へ見たりお正月　松根東洋城
大き樹に大き鳥ゐてお正月　雨宮きぬよ
いづくにも和紙の白さやお正月　小島　健

【今年《ことし》】
新しく迎える年。年が改まったという感慨がこもる。

しら〴〵と今年になりぬ雪の上　伊藤松宇
旅先に鶴見て今年はじまりぬ　鈴木真砂女
加茂川の流れつづきて今年かな　村山古郷
くらがりに野鍛冶今年の火を起す　松本陽平
水のごと平らに今年来てをりぬ　小原啄葉

【去年今年《こぞことし》】
元日の午前零時を境に去年から今年に移り変わること。年の行き来がすみやかなことへの感慨がこもる。❖「去年も今年も」という意ではない。

去年今年貫く棒の如きもの　高浜虚子
去年今年闇にかなづる深山川　飯田蛇笏
星よりも噴煙重し去年今年　阿波野青畝
赤福の茶屋の灯煌《くわう》と去年今年　宮下翠舟
大いなる闇うごきだす去年今年　桂　信子
埋火の生きてつなぎぬ去年今年　森　澄雄
去年今年変らぬ杖の置きどころ　村越化石
遠山の寄らず離れず去年今年　神蔵　器
暗きより火種をはこぶ去年今年　柿本多映
一打一打鐘を離るる去年今年　伊藤敬子
去年今年月浴びて山睦み合ふ　井上康明
天窓を過ぎ行く星座去年今年　片山由美子
去年今年海のきはまで星満ちて　前田攝子
去年今年抱きとる鯉の弓なりに　中田　剛
おほかたの部屋は灯さず去年今年　杉田菜穂

【去年《こぞ》】　**去年《きよねん》**　**古年《ふるとし》**　**旧年**　**初昔《はつむかし》**
昨年のこと。一瞬にして旧年となった一年を振り返っていう。初昔は新年になってから振り返る旧年のこと。

餅焼いて去年がはるけくなりにけり　細川加賀
雀あそぶ去年の筋目の畑かな　寺島ただし
旧年を坐りかへたる机かな　志田素琴
竹林に旧年ひそむ峠かな　橋本鶏二
雲表にみゆる山巓《さんてん》初昔　飯田蛇笏
磯神のはるかなる灯も初昔　神尾久美子
こころの火落して睡る初昔　鈴木鷹夫
彗星の去りたる空や初昔　有馬朗人
彼の世にて揃ふちちはは初昔　佐藤博美

【元日《ぐわんじつ》】　お元日　鶏日《けいじつ》

一月一日、一年の最初の日。新年を迎え、めでたさもひとしおである。屠蘇《とそ》を酌み、雑煮とお節料理を食べる風習が今でも受け継がれている。初詣をして新年を寿《ことほ》ぐ。鶏日は元日のこと。❖元日から七日までを順に「鶏日・狗日・猪日・羊日・牛日・馬日・人日」と呼ぶのは、中国の古い慣わしで、元日から七日までの各日に鶏・狗・猪・羊・牛・馬・人を当てて、占ったりしたことから。『荊楚歳時記』には元日から六日までは当該の禽獣を殺さず、七日には人に刑を行わないとある。

元日や神代のことも思はるる　守武
元日は田毎の日こそこひしけれ　芭蕉
元日や袴をはいて家に在る　松根東洋城
元日を飼はれて鶴の啼きにけり　臼田亜浪
元日や軒深々と草の庵　原石鼎
元日の端山にたてる烟かな　久保田万太郎
元日や手を洗ひをる夕ごころ　芥川龍之介
元日の雨元日の田にそそぐ　原田喬
元日の日向ありけり飛鳥寺　石田勝彦
元日の松はやさしき木でありぬ　今井杏太郎
元日や四五人のこゑ山路より　廣瀬直人
元日といふ日だまりをたまはりぬ　桑原まさ子
夕刊の来ぬ元日のいつまでも　高橋睦郎

昼深く元日の下駄おろすなり　千葉皓史
元日や乳に酔ひたる赤ん坊　小川軽舟
客あればあがる二階やお元日　堤　俳一佳
かぐはしき磯の香ありてお元日　草間時彦
暮るるまで窓に富士ありお元日　藤村克明

【元朝《ぐわんてう》】 元旦《ぐわんたん》　大旦《おほあした》　鶏旦《けいたん》　歳旦《さいたん》

元日の朝のこと。元旦・大旦・鶏旦・歳旦も同じ。❖「旦」は朝の意。

元朝の吹かれては寄る雀二羽　加藤知世子
元旦やふどしたゝんで枕上ミ　村上鬼城
元旦や分厚き海の横たはり　大串　章
覚めてわが息静かなる大旦　下村ひろし
ひたすらに風が吹くなり大旦　中川宋淵
一歩またいつぽをしかと大旦　雨宮抱星
星もまた潮引くごとく大旦　鷹羽狩行
鴉一羽静かに過り大旦　寺井谷子
湧き水のつぶやきを汲む大旦　若井新一
鶏旦の一村いまだ靄の中　小倉英男
磐座に鶏旦の日の届きけり　茨木和生
歳旦の海凪《な》ぐと見て戻りけり　福永耕二

【三が日《さんがにち》】

一月一日・二日・三日の総称。官公庁や会社などはこの三日間業務を休むところも多く、正月らしい特別な気分が続く。❖元日・二日・三日にはそれぞれの趣があるものの、三が日と纏めて呼ぶと特別な時間が続くゆったりとした気分に焦点があたる。

三が日遊びて躍る荷馬かな　木　朶
机上メモまだ白きまま三ケ日　吉屋信子
虚しさに似て倖や三ケ日　柴田白葉女
ふるさとの海の香にあり三ケ日　鈴木真砂女
酒少し楽屋に出たる三ケ日　田中午次郎
三ケ日やはらかきみち竹山に　岡井省二
三ヶ日家居楽しむ心あり　稲畑汀子
三ケ日書斎は隠れ部屋めきて　山田弘子
里帰りといふも二駅三が日　戸恒東人

【二日《ふつか》】狗日《くじつ》

一月二日。昔からこの日に何かを始めるのが吉であるとされていて、初荷・初湯・掃初・書初などが行われた。❖元日は家族で過ごす厳かな趣が強いが、二日は活動的で活気がある。

元日は嬉し二日は面白し　丈　左
老しづかなるは二日も同じこと　高浜虚子
鞆の津や既に二日の船出ある　松根東洋城
留守を訪《と》ひ留守を訪はれし二日かな　五十嵐播水
庭隅の幹に日のある二日かな　桂　信子
ゆるやかにとぶ鳥見えて二日かな　永田耕一郎
客のあと硯開きぬわが二日　石塚友二
鶏鳴の空へ抜けたる二日かな　赤尾冨美子
戸締りをいささか早く二日かな　鷹羽狩行
みちのくの二日の雨を聴きゐたり　石嶌　岳

【三日《みっか》】猪日《ちょじつ》

一月三日。官公庁や会社などはこの日まで業務を休むことが多い。❖厳粛な元日、活動的な二日に比べ、はや三日を迎えて正月気分もこの日までといった趣がある。

三日はや雲おほき日となりにけり　久保田万太郎
誰も来ぬ三日や墨を磨り遊ぶ　殿村菟絲子
石舞台めぐる三日の畦匂ふ　古賀まり子
三日はや汐木焚く炎を高く上げ　児玉輝代
引き絞るごとき夕陽の三日かな　津川絵理子
無為にして首回したる猪日かな　矢島渚男

【四日《よっか》】羊日《ようじつ》

一月四日。この日を仕事始めの日とするところが多い。❖正月の晴れやかさを残しつつ、平常の生活が始まる。

うとうとと炬燵の妻の四日かな　今井つる女
夕刊を夜更けて取りに出て四日　鷹羽狩行
ふるさとの新聞を買ふ四日かな　山口都茂女
火の気なき官舎に戻る四日かな　戸恒東人
ふるさとの土産をもらふ四日かな　仁平　勝

四日はや子に作りたる握り飯　谷川理美子
羊日の机に重き黙示録　有馬朗人

【五《いっ》日《か》】　**牛日《ぎうじつ》**

一月五日。四日に次いで仕事始めの日とするところが多い。

きらめける藪美しき五日かな　今井つる女
水仙にかかる埃も五日かな　松本たかし
金色のものの減りたる五日かな　櫂　未知子

【六《むい》日《か》】　**馬日《ばじつ》**

一月六日。六日の夜は、節日である七日正月の前夜であり、六日年越と称してさまざまな行事が行われてきた。翌日の七種粥のために七草の準備も行われる。

凭らざりし机の塵も六日かな　安住　敦
髪剪つて六日の風の新しく　黒田杏子
倒木に座して鳥呼ぶ六日かな　井上弘美

【七《なぬ》日《か》】　**七日《なのか》**　**七日正月《なぬかしやうぐわつ》**

一月七日。七種粥《ななくさがゆ》を食べ息災を祈る風習がある。六日年越の翌七日は年改まる日と考えられていたため、元日から始まった正月の終りの日とも、小正月の準備を始める日ともされる。❖正月気分に区切りをつける日という趣が強い。↓人日

山畑に火を放ちをる七日かな　大峯あきら
日のぬくみ欅にありて七日かな　永方裕子
眼鏡おく音に七日も暮れにけり　今野福子
七日正月噴き湯の虹を窓辺より　臼田亜浪

【人《じん》日《じつ》】　**人《ひと》の日《ひ》**

一月七日。古くは宮中で邪気を払うという白馬《あおうま》の節会《せちえ》が行われた。また江戸時代には五節句の一つとされ、将軍以下が七種粥《ななくさがゆ》を食べて祝った。人日の名は中国の古い慣わしで、元日から六日までの各日に禽獣《きんじゅう》を、七日には人を当てて占ったりしたことから。↓七日・七種

人の日と思へばをしき曇りかな　梅　室

人日の人影さして竹そよぐ　菅　裸馬
人日のこころ放てば山ありぬ　長谷川双魚
人日の女ばかりの集りに　星野立子
人日の椀に玉子の黄味一つ　野澤節子
人日の雨にいくつか文を書く　山本洋子
人日や江戸千代紙の紅づくし　木内彰志
耳さとくゐて人日の雑木山　菅原鬨也
人日の赤き実こぼす床の花　櫨木優子
人日の坂降りて来る乳母車　徳丸峻二

【松の内《まつのうち》】　松七日《まつなぬか》　注連の内《しめのうち》

門松を立てておく期間をいう。関東では元日から六日または七日まで、関西では同じく十四日または十五日までが慣習になっている。松のあるうちは正月気分が続く。↓門松

銭湯に善き衣著たり松の内　正岡子規
三日程富士も見えけり松の内　巖谷小波
幕あひのさゞめきたのし松の内　水原秋櫻子
浅草によき空のあり松の内　京極杜藻
葛飾の水辺光れり松の内　松崎鉄之介
出雲へも来よと手紙や松の内　藤田湘子
湯治場に母を送りて松の内　中山純子
それらしく暮れてゆくなり松の内　宇多喜代子
かばかりの電車の揺れも松の内　陽　美保子
誘はるるやうに山路へ松七日　廣瀬直人
松七日過ぎて雪駄の緒のなじむ　朝妻　力

【松過《まつすぎ》】　松明《まつあけ》　注連明《しめあけ》

門松が取り払われたあとの時期をいう。まだ新年の気分が残っていると同時に、平常の生活が戻ってくるという感慨がある。↓松の内

松過の又も光陰矢の如く　高浜虚子
松すぎのはやくも今日といふ日かな　久保田万太郎
松過の海へ出てみる夕ごころ　稲垣きくの
松過の子が来て妻とあそびをり　安住　敦
松過ぎの鵯《ひよどり》に蹤《つ》く雀かな　綾部仁喜

松過ぎの葉書一枚読む日暮　廣瀬直人
松過ぎの畑のものを見つつゆく　石田郷子
松明けのしぶきを高く舳先かな　須原和男
松明けの港離るる豪華船　田邉富子
松明けの空存分に一つ星　今瀬一博

【小正月《こしやうぐわつ》】望正月《もちしやうぐわつ》　花正月

一月十五日を中心にして祝われる正月。元日から七日までの大正月に対する呼び名である。望《もち》（満月）の日を正月として祝った古い時代の名残で、餅を搗《つ》いたり団子を作って祝う習慣が残る。地方によって、削《けず》掛《りかけ》や餅花を飾って農作物の豊作を祈り、成《なり》木責《きぜめ》・嫁叩《よめたたき》などさまざまな行事が行われる。また、外した注連飾などを焚き上げる左義長も各地で行われる。小正月から月末までを花正月という地方もある。↓鳥追・餅花・成木責・土竜打《もぐらうち》・左義長

小正月そそのかされて酔ひにけり　中村苑子
浪華《なには》津《づ》の白浪見たり小正月　桂　信子
煮こんにやくつるりと食へば小正月　松本　旭
日を浴びてさざめく樟や小正月　米谷静二
時かけて生木燃えだす小正月　廣瀬直人
味噌漬の鮭の赤き身小正月　菅原多つを
蒔絵筆ぎつしり壺に小正月　井上　雪
木挽《こびき》師の煮〆を食うて小正月　斎藤夏風
小正月路傍の石も祀らるる　鍵和田秞子
夕霧よ伊左衛門よと小正月　宇多喜代子
渓音に乾く産着や花正月　平井さち子

【女正月《をんなしやうぐわつ》】

大正月を男正月というのに対し、小正月を女正月という。年末年始のあいだ多忙だった女性が十五日ころになってようやく手があき、年始廻りに出かけたり、女性だけで慰労をかねた集まりをする。二十日を女正月とする地方もある。❖「めしょうがつ」と読むことは避けたい。

女正月つかまり立ちの子を見せに　中野三允
八十の媼と遊ぶ女正月　佐野美智
玄関に日の差してゐる女正月　宮津昭彦
女正月祝ひ引越はじまりぬ　稲畑汀子
お座敷も納戸も灯り女正月　山本洋子
粗炊の魚の目白き女正月　山口昭男

【花の内《はなのうち》】

東北地方などで小正月から月末までをいった。門松を立てる大正月の「松の内」に対して、削り花（削掛《けずりかけ》）などを飾るためという。❖『霞む駒形』の岩手県の記事に「いつも花の内は雪の降れるものなりといへり。十五日の削り花、またくろぎの稗穂、あかき木の粟穂、または麻からなどを庭の雪に睦月晦日まで飾り立てれば、しか花の内とは言へるなり」とある。

花の内なるみちのくの鮫膾　松村富雄
酒粕をあぶる火色も花の内　板垣美智子

【二十日正月《はつかしょうがつ》】　骨《ほね》正月

正月の祝い納めの日とされる一月二十日を二十日正月と呼ぶ。土地によってさまざまな異称がある。関西から九州にかけては骨正月といい、これは正月用の魚の残りの骨で料理を作ったことから。

文楽に二十日正月とて遊ぶ　大橋敦子
ものがたき骨正月の老母かな　高浜虚子
骨正月鰤の頭を刻みけり　野村喜舟
母の世の骨正月のうすあかり　宇多喜代子
骨正月九絵の粗なら何よりと　茨木和生

天　文

【初空《はつぞら》】 初御空《はつみそら》

元日の空。次第に明けていく空には、いかにも清新な気が満ちる。

初空や大悪人虚子の頭上に　高浜虚子
初空や大和三山よきかたち　大橋越央子
初空や武蔵に秩父晴れ渡り　野村喜舟
はつそらのたま〱月をのこしけり　久保田万太郎
初空の藍と茜と満たしあふ　山口青邨
初空のなんにもなくて美しき　今井杏太郎
大那智の滝の上なる初御空　野村泊月
いまさらに富士大いなり初御空　酒井絹代
限りなく妙義澄みたる初御空　雨宮抱星
さながらに古鏡のひかり初御空　伊藤敬子
山なみと紛ふ雲あり初御空　藺草慶子
初御空みづのあふみの揺るぎなし　明隅礼子

【初日《はつひ》】 初日の出　初日影《はつひかげ》

元日の日の出、または、その太陽。年が改まった感懐が伴い、神々しさがある。❖初日を拝むために暗いうちから海辺や高い土地にでかけることもある。一年の精進を誓い、平安を祈る。

うちはれて障子も白し初日影　鬼貫
ふるさとの伊勢なほ恋し初日かげ　樗良
初日さす硯の海に波もなし　正岡子規
夢殿の夢の扉《とぼそ》を初日敲《う》つ　中村草田男
木綿縞着たる単純初日受く　細見綾子
大初日海はなれんとして揺らぐ　上村占魚
暁闇に褌《たふさぎ》代えて初日待つ　金子兜太
初日待つガンジス川の舟の数　片山由美子
初日出づ一人一人に真直ぐに　中戸川朝人

大濤にをどり現れ初日の出　高浜虚子
わが庭の藪はむらさき初日の出　山口青邨
しばらくは雲に滲める初日の出　深見けん二
やうやくに谷の十戸へ初日影　佐藤和枝

【初明り《はつあかり》】
元日に東の空からほのぼのと差してくる曙光《しょこう》。荘厳な光に新しい年の始まりを実感する。

初明りわが片手より見え初むる　長谷川かな女
カーテンの隙一寸の初明り　瀧　春一
初明りふたり暮しのひとり起き　高島筍雄
初あかりそのまま命あかりかな　能村登四郎
ちちははも夫も仏や初明り　上野章子
影といふものまだ曳かず初明り　鷹羽狩行
聖鐘や海へひろがる初明り　朝倉和江
初明り渚をのばす伊良湖岬　伊藤敬子
初明り机上のものを浄めけり　西村和子
まだ何の影とも知れず初明り　片山由美子
山脈の裾にも届き初明り　星野高士

【初東雲《はつしののめ》】初曙《はつあけぼの》
元日の明け方の空、また、明け方そのものをいう。❖「東雲」は東の雲と書くが、雲の有無とは関係がない。

おごそかに初しのゝめに海の音　野田別天楼
徐々に徐々に初東雲といへる空　後藤比奈夫
ふくらかにしなふ浦波初しののめ　谷口智行

【初茜《はつあかね》】
初日の上る直前に空が茜色に染まること。❖冬の季語「冬茜」「寒茜」が夕焼を指すので、夕焼と誤らないようにしたい。

初茜波より波の生れけり　小島花枝
馬小屋に馬目ざめゐて初茜　有働　亨
明星を消し忘れたる初茜　鷹羽狩行
相聞のごとくに天地初茜　岩岡中正
林中にわが泉あり初茜　小澤　實

【初晴《はつばれ》】

元日の晴天のこと。❖『日次紀事《ひなみきじ》』に「今日晴るればすなはち五穀必ず熟す」とあるように、初晴は五穀豊穣の兆しとされる。

初晴のどこにも人の見当らぬ　鷲谷七菜子
初晴や安房の山々みな低き　畠山譲二
初晴や沖の白帆も白波も　三田きえ子

【初東風《はつごち》】

新年に初めて吹く東風。↓東風（春）

初東風の嵯峨や筏の飾吹く　大谷句仏
初東風に沖黒潮の帯太く　富安風生
初東風や水平線へ真帆高し　浅井民子

【初風《はつかぜ》】　初松籟《はつしょうらい》

元日に吹く風。初松籟の「松籟」は松を吹きわたる風のことで、新年はことさらめでたさを感じる。

初風や燭より小さき念持仏　神崎忠
初風や一矢を待てる白き的　西尾一
海光や初松籟のひもすがら　戸川稲村
野火止に赤松多し初松籟　沢木欣一
初松籟西行岩を尋め行きぬ　鍵和田秞子
母が家は初松籟のあるところ　山本洋子
松よりも高きところを初松籟　片山由美子

【初凪《はつなぎ》】

元日に風がなく、海が穏やかに凪ぎわたること。

初凪の島は置けるが如くなり　高浜虚子
初凪の真つ平なる太平洋　山口誓子
初凪やもの丶こほらぬ国に住み　鈴木真砂女
初凪の宇多の松原うちつれて　下村梅子
初凪の湾一枚となりにけり　千葉仁
初凪の安房の礁《いくり》のこむらさき　草間時彦
初凪の港も船も華やげる　山田みづえ

【御降《おさがり》】

元日、あるいは三が日に降る雨や雪のこと。雨は涙を連想させ、「降る」は「古」にもつながることから正月の忌《いみ》ことばとされ、

「御降」と言い換えた。御降があると富正月といって豊穣の前兆とされた。

御降にあらかねの土匂ひけり　蘆　芳
御降りの雪にならぬも面白き　正岡子規
お降りや暮れて静かに濡るゝ松　嶋田青峰
お降りといへる言葉も美しく　高野素十
おさがりのきこゆるほどとなりにけり　日野草城
御降りの松青うしてあがりけり　石田波郷
お降りを来て濡れてゐず女客　鷹羽狩行
お降りのすぐ止むことのめでたさよ　稲畑汀子
御降りや木賊の節の美しく　蟇目良雨
御降りの何も濡らさず止みにけり　白濱一羊
お降りの水輪立てつつ音もなし　中村与謝男
御降やほのかに香る楠の幹　佐藤郁良

【初霞《はつがすみ》】

新年に棚引く霞。絵巻物に描かれた景色のようなめでたさがある。↓霞（春）

地に遊ぶ鳥は鳥なり初がすみ　千代女
山も川も神のこころに初霞　山口青邨
初霞棚引く野山ありてこそ　後藤比奈夫
雲を抽く天山まさに初霞　小原啄葉
山が山を恋せし昔初霞　長谷川櫂

【淑気《しゆくき》】

新年の天地に満ちる清らかで厳かな気。めでたい気配が四方に漂う。❖元来は春のなごやかな気をいう漢詩由来の語。『増山の井』で新春の季語とされて定着した。

葛飾は男松ばかりの淑気かな　能村登四郎
観音の頤《おとがひ》仰ぐ淑気かな　森　澄雄
天地に戸口をひらき淑気かな　村越化石
朱の橋を渡れば淑気自づから　小畑柚流
瘤立てて松の根走る淑気かな　廣瀬直人
冷泉流披講のあとの淑気かな　鷹羽狩行
みづうみのくろがね色の淑気かな　山本洋子
遠山の折り目正しき淑気かな　伊藤敬子
闇抜けて立つ山脈の淑気かな　井上康明

地理

【初景色《はつげしき》】　初山河《はつさんが》

元日に眺める晴れ晴れとした景色。

大き鳥きて止りけり初景色　永田耕一郎
初景色川は光の帯として　宮本径考
山国の長き停車の初景色　木内彰志
くれなゐのひろがつてゆく初景色　伊藤通明
三輪山へ畝のびのびと初景色　田中春生
母もまたこの町に住む初景色　千葉皓史
船の丸窓の中なる初景色　牛田修嗣
をちこちに灯のともりをり初山河　木内怜子
はらわたへ息を大きく初山河　須原和男

【初富士《はつふじ》】

元日に仰ぎ見る富士山。日本を代表する名峰は、より一層の神々しさと気高さを感じさせる。❖江戸近郊の年中行事を記した『東都歳事記』には、「初富士　東都景物の最初たるべし。されば江戸の中央日本橋のあたりを以て佳境とするにや。（中略）元日の見るものにせむ富士のやま　宗鑑」とある。歳時記に載るのは明治以降。作例を多く見るのは大正以降である。「初筑波」「初比叡」「初浅間」は「初富士」にならった季語。

初富士のかなしきまでに遠きかな　山口青邨
初富士の裾をひきたる波の上　深見けん二
初富士のせり上りくる峠道　藤崎　実
初富士にふるさとの山なべて侍す　藤田湘子
初富士の浮かび出でたるゆふべかな　鷹羽狩行
初富士の裾野入れたる海の音　中原道夫

【初筑波《はつつくば》】

元日に望む筑波山。❖茨城県の筑波山は「西の富士、東の筑波」と並び称される。男体山と女体山のふたつの峰をもつ山容は秀麗で、歌枕として古くから親しまれてきた。

初筑波利根越えてより隠れなし　水原秋櫻子
ほのぼのと二つ峰あり初筑波　清崎敏郎
初筑波午後へむらさき深めけり　神原栄二
ひたち野のどこからも見え初筑波　小室善弘
父の峰母の峰あり初筑波　戸恒東人
梓弓引き絞りけり初筑波　岡崎桂子
峰二つつなぐ薄雲初筑波　山崎祐子

【初比叡《はつひえい》】

元日に望む比叡山。東国の「初富士」と呼応する季語である。❖京都府と滋賀県との境に聳《そび》える比叡山は関西の名山で、延暦寺や日吉《ひえ》大社があり、京の鬼門（北東）を守る王城鎮護の山として信仰を集めてきた。

初比叡鎮護の尖《とが》りひとしほに　豊田都峰
晴れきつて三十六峰初比叡　朝妻力

【初浅間《はつあさま》】

元日に望む浅間山。❖群馬県と長野県にまたがる浅間山は日本有数の活火山で、南北に広く裾野を引き、俳諧の時代からよく詠まれた名山。

稜線も襞も女神や初浅間　西本一都
初浅間しなやかに煙ひろげをり　皆川盤水
胸高にかすみの帯や初浅間　矢島渚男

【若菜野《わかなの》】

七種粥の若菜を摘みに出かける野。七種の前日の一月六日に摘む。↓若菜・七種

若菜野の濃みどり若菜のみならず　皆吉爽雨
若菜野や果なる山も朗らかに　服部嵐翠
若菜野や八つ谷原の長命寺　石田波郷
水音に添ひ行き若菜野に出でぬ　菖蒲あや
みどり敷く彼方なほあり若菜の野　井沢正江

生活

【若水《わかみづ》】 福水《ふくみづ》　若井　井華水《せいくわすい》

元日の早暁に汲む水のこと。選ばれた年男が恵方の井戸に行き、汲んだ水を歳神《としがみ》に供え、口をすすいだり、雑煮などの料理に用いたり、福茶を沸かしたりした。古くは宮中で立春の朝に汲む水のことをいい、これを井華水ともいった。若水を汲みに行く者は身なりを清め、厳粛な気持ちで井戸に赴き、水神に餅や米を供えてから、水を汲む。その際、土地ごとにさまざまな縁起のよい唱え言をした。若水を汲む新しい桶《おけ》が若水桶。九州では元日早朝に年男が海水を汲んできて神に供える。これを若潮・若潮迎えという。

若みづや迷ふ色なき鷺の影　千代女
若水や人汲み去れば又湛ふ　赤木格堂
若水や人のこゑする垣の闇　室生犀星
若水や星うつるまで溢れしむ　原田種茅
若水にざぶと双手やはしけやし　星野立子
若水を汲むやまだある月明り　那須乙郎
六波羅に若水を汲む石畳　松本澄江
若水の両手に珠と弾けたる　深見けん二
若水のひとくちに身の引き締まる　岡安仁義
若水といふを平らにして運ぶ　鷹羽狩行
若水のこぼれて濡らす生駒石　柏原眠雨
若水の一滴に筆おろしけり　水田むつみ
一睡のあと暁闇の若井汲む　福田甲子雄
井華水おもき袂を濡らさざる　澁谷道

【門松《かどまつ》】 松飾　飾松　竹飾　飾竹

新年を祝って、戸口や門前に立てておく一

対または一本の松。家々に門松のある風景はいかにも正月らしい。由来には種々の説があるが、歳神《としがみ》の降臨する依代《よりしろ》と考えられる。江戸城の各城門を飾った三本の竹に松を添えて根元を割木で囲った形が今では一般的。松や竹のほか、楢《なら》・椿・朴《ほお》・栗・榊《さかき》・樒《しきみ》・椎《しい》なども用いられ、様式も地域によってさまざま。↓門松立つ（冬）・松納

幾霜に心ばせをの松飾り　芭　蕉
とかくして松一対のあしたかな　移　竹
門松にひそと子遊ぶ町の月　富田木歩
門松も根曳きのままに城下町　福田蓼汀
呉竹の根岸の里や松飾り　正岡子規
大いなる門のみ残り松飾り　高浜虚子
掘割をまへの門なる松飾　久保田万太郎
松よりも竹美しき松飾　後藤比奈夫
若松の二本のみなる松飾　松崎鉄之介
風音を伊賀に聞きをり松飾　鈴木鷹夫
蕭々と出雲の雨や松飾　山本洋子
松飾松は山よりたまはりぬ　小　澤　實
太古より宇宙は霽《は》れて飾松　正木ゆう子
浜風の絶ゆることなき竹飾　清崎敏郎

【藁盒子《わらがふし》】　幸籠《さいはひかご》

藁で蓋《ふた》のついた椀の形に編んだものを門松に結びつけて、正月のあいだ、これに雑煮などの供物を入れて門神《かどのかみ》に供えるもの。幸籠ともいう。幸木と同種の風習である。

出入りのたびに覗いて藁盒子　宇多喜代子
藁盒子明るき星の流れけり　大石悦子
しづくするもののこほれる藁盒子　茨木和生

【幸木《さいはひぎ》】　幸木《さいぎ》

正月飾りの一種。長崎などで見られるものが代表的で、長さ六尺ほどの棒に飾り縄を十二本結んで下げ、それぞれの縄に鯛《たい》・鰤《ぶり》・鯣《するめ》・焼飛魚《やきあご》などの海の魚と、昆布や野菜を吊り下げる。これらは、正月用の食料

になるという。また、門松のまわりに立てて飾る薪《まき》のことをもいう。❖幸木を粥杖《かゆづえ》と同義としている地域もある。↓粥杖

かけ添へて昆布めでたし幸木　呼子無花果
当歳の猪を吊りたる幸木　茨木和生
いざ祝へ鶴をかけたる幸木かな　松瀬青々

【飾《かざり》】　お飾　輪飾

注連飾をはじめとする新年の飾り。古くは注連縄と鏡餅が代表的だった。飾のうち、藁を輪の形に編んで数条の藁をたらしたものが輪飾で、橙、蜜柑、裏白、穂俵などを添える。神棚・玄関・床の間・井戸・台所などのほかに、車や工場の機械にも飾る。

一管の笛にもむすぶかざりかな　飯田蛇笏
波の間に見えて生簀の飾かな　岡田耿陽
草の戸といふにあらねど飾かな　長谷川櫂
お飾りの荒稲《あらしね》はやも雀来て　和田順子
輪飾りや竈の上の昼淋し　河東碧梧桐
輪飾の五つ六つほどあれば足る　清崎敏郎
輪飾の影月光に垂れてあり　深見けん二
輪飾をくぐるや遠き風の音　鈴木鷹夫
輪飾りや暗きに馴れて神の馬　鷹羽狩行
輪飾の楪飛ばす灘の風　柴田佐知子
輪飾の藁の香こもる仏間かな　大門麻子

【注連飾《しめかざり》】　注連縄　七五三縄《しめなは》　牛蒡注連《ごばうじめ》　大根注連《だいこじめ》

注連縄の「しめ」は、占めるの意で、神が占有している場所を明らかにする縄である。左綯《な》いが定式で、七本、五本、三本の順に藁の切り下げを垂らすので「七五三縄」とも書く。切り下げの間には白紙で作った幣《へい》を添える。その形状によって牛蒡注連・大根注連などの名があり、年棚・神棚をはじめ、台所や玄関などそれぞれにふさわしいものをかけて正月を迎える。

春立つとわらはも知るや飾り縄　芭蕉

古井戸のつかはぬままに注連飾　山口青邨
洗はれて櫓櫂《ろかい》細身や注連飾　大野林火
まだ誰も来ぬ玄関の注連飾　神尾季羊
注連飾きりりと谷戸の一社かな　波多野爽波
狛犬の首に真青な注連飾　藤本安騎生
落ちぎはの山の日のある注連飾り　福島　勲
海光のまつすぐに来る注連飾　吉田成子
火の香りしてゐて留守や注連飾り　西山　睦
天へ跳ね山の祠《ほこら》の牛蒡注連　近藤一鴻
藁の香の籠るあをさや牛蒡注連　島田万紀子

【蓬萊《ほうらい》】　掛蓬萊《かけほうらい》　蓬萊飾

蓬萊山の形に作った新年の飾り。蓬萊は中国の伝説の三神山の一つで、渤海《ぼっかい》の東の海上にあり、不老不死の仙人が住む地とされる。主に関西での風俗で、三方《さんぼう》の上に白紙・歯朶《しだ》・昆布・楪《ゆずりは》を敷き、その上に米・餅・橙《だいだい》・蜜柑・柚子《ゆず》・榧《かや》の実・搗栗《かちぐり》・野老《ところ》・穂俵・伊勢海老・梅干しなどを盛って飾った。

蓬萊の麓にかよふ鼠かな　西　鶴
蓬萊に聞かばや伊勢の初便　芭　蕉
蓬萊や海のあなたの貢もの　蝶　夢
一人ゐて蓬萊に日があまりけり　大谷碧雲居
蓬萊や東にひらく伊豆の海　水原秋櫻子
蓬萊に能登の荒磯のほんだはら　鈴木宣弘
蓬萊の初穂の裾のそろひたる　後藤比奈夫
蓬萊に氷るはじめの湖《うみ》の音　佐野美智
吉兆の箸蓬萊の竹とせむ　角川照子
広間ただ懸蓬萊のあるばかり　野村泊月
亀の尾のながながしきを懸蓬萊　長谷川　櫂
学僧のふるさと遠し絵蓬萊　大島民郎

【鏡餅《かがみもち》】　御鏡《おかがみ》　飾餅　具足餅　鎧餅《よろひもち》

神仏や祖霊に供える円形で扁平な餅のことで、一般には正月用の飾り餅をいう。鏡のように丸いことから鏡餅とする説があるが、これは昔の鏡が青銅製の丸形で、神事に用いられたため。大小二個の餅を重ねて正月に神前に供え、古くはそれを歯固《はがため》に用いた。のちに床飾りとして発達し、武家時代には床の間に甲冑《かっちゅう》を飾り、その前に供えた。これを具足餅や鎧餅といった。❖神仏に餅を供えることは平安時代の『延喜式』にも見えるが、一般に普及したのは室町時代からという。

正月を出して見せうぞ鏡餅　去来
おごそかにある伊勢海老や鏡餅　野村喜舟
鏡餅暗きところに割れて坐す　西東三鬼
生家すなはち終の栖家や鏡餅　下村ひろし
つぎつぎに子等家を去り鏡餅　加藤楸邨
家々に鏡餅のみ鎮座せり　桂　信子
神占のごと罅《ひび》はしる鏡餅　津田清子
城山が撒く星粒や鏡餅　波多野爽波
鏡餅前山の凪しづまれり　菅原鬨也
二夜経て家の重石の鏡餅　友岡子郷
ひび割れをうしろへ廻す鏡餅　嶋田麻紀
鏡餅昔電話は玄関に　小川軽舟
おかがみの歪つやさしき闇のなか　櫂　未知子

【飾《かざり》海老《えび》】 海老飾る

鏡餅・蓬莱または注連飾などに添えて飾る海老をいう。長い髭《ひげ》と尾部が曲がっている姿が長寿の老人を思わせることから、めでたいものとして飾られる。❖伊勢海老が特に好まれる。

飾海老ひんがしへ向け安房《あは》の端　木村蕪城
伊勢といふ字のさながらに飾海老　鷹羽狩行
落日の他は急がず飾海老　星野高士
飾海老古希の珍らしからぬ世に　中村与謝男

【飾《かざり》臼《うす》】 臼飾る

農家で、臼に注連縄を張り、上に鏡餅を供えること、またその臼。稲作が重要なわが国において、臼は特に大切なものである。そこで、正月を迎えるにあたって、洗い清めて飾る。

薪水の引き水あふれ飾臼　藤本安騎生
あかねさす近江の国の飾臼　有馬朗人
国生みの双嶺を上ミに飾臼　松田雄姿
ぽつかりと口開けてをり飾り臼　今瀬剛一
飾りたる臼の家紋も古りにけり　大島鋸山

【飾米《かざりごめ》】　米飾る

蓬莱《ほうらい》台の上に敷きつめる白米のこと。飾る米の量は各地で違いがある。❖米は富草《とみくさ》ともいわれ、繁栄の象徴でもあった。

白妙の雪にまがふや飾り米　吉田冬葉
いくつぶか床にもこぼれ飾米　木内怜子
飾米一粒嚙んでみたりけり　上谷昌憲

【歯朶飾る《しだかざる》】　裏白飾る

歯朶の葉を注連縄や蓬莱、鏡餅などに飾り新年を祝うこと。葉が対で、表が鮮やかな緑色で裏が白いので裏白ともいう。❖古くから縁起の良いものとして正月飾りに用いられてきた。

棚の歯朶天の裏白と申すべう　鶯笠
三方を真直に匡す歯朶飾　道山昭爾
山神に分けて貰ひし歯朶飾る　中村ひろ子

【橙飾る《だいだいかざる》】

橙の実を注連縄や蓬莱、鏡餅などに添えたり載せたりして新年を祝うこと。年を越しても実がついていることから、橙は「代々」の意とされ、永続を表す縁起物として正月の飾りに添えられる。

背を正し葉つき橙飾りをり　高木良多
軒の灯にまさる橙飾りけり　中根美保
橙のたゞひと色を飾りけり　原石鼎
山と真向ひ橙を飾りけり　鷲谷七菜子

【野老飾る《ところかざる》】

野老を蓬莱《ほうらい》などに飾ること。野老は山芋に似た植物で、長い鬚根《ひげね》が老人を想起させ、めでたいものとされた。毎年掘り出すふつうの芋に比べ、野老は、土中に長期間置くほど長く大きくなることから、長命を連想させるようになった。❖海の海老に対して野老、すなわち「野の老人」ということである。

正すべき向きなき野老飾りけり　片山由美子
ひんがしの明るし野老飾りたる　櫂　未知子
白鬚を飾り野老を飾りけり　上羽津由子
ひげの砂こぼし野老を飾りけり　沢木欣一

【穂俵飾る《ほだはらかざる》】　ほんだはら飾る
穂俵を蓬萊《ほうらい》に用いること。穂俵は海藻の一種で、葉にある気泡が米俵に似ていることから、縁起物として用いられるようになった。干してから藁で束ね、これをそのまま、あるいは藁で俵の形に整えたものを正月の飾りや蓬萊飾などに用いる。

穂俵の纏《もつ》れをほぐし飾りけり　小林狸月
ほんだはら黒髪のごと飾り終る　山口青邨

【福藁《ふくわら》】　福藁敷く　ふくさ藁
門口や庭に敷いた新しい藁。正月の神を祀るあいだ、不浄を除くためとも、賀客を迎えるためともいわれる。

福藁や塵さへ今朝のうつくしき　千代女
福藁に降りて雀の見えぬなり　今瀬剛一
福藁や風ひとつなき裏の山　太田寛郎
福藁や鼻梁をすべる眼鏡あり　中原道夫
福藁の沈み心地を福とせり　馬場龍吉
雨あしのにぎにぎしくもふくさ藁　鷹羽狩行

【年男《としをとこ》】
家々の正月の行事を司る男。元旦の若水汲み、炊事の火の焚きつけ、歳神《としがみ》への供物の取扱いなどをする。❖近年では、その年の干支に生まれた節分の豆撒き役の人をいうことが多い。

真白にかしらの花や年男　許六
かしこまる腰の高さよ年男　扇甫

年男松のしづれをあびにけり　高田蝶衣
年男らしき立居を井のほとり　宇多喜代子

【年賀《ねんが》】　年始　年礼《ねんれい》　廻礼《くわいれい》　年始廻《まは》り
賀詞《がし》　賀詞《よごと》

元日から三日までのあいだに、知人や親戚、近隣を訪問して新年の賀詞を述べあうこと。❖古くは正装し威儀を正して訪ね、喰積《くいつみ》や蓬莱《ほうらい》などの食礼を行い、大いに賑った。

礼受けて春めき居るや草の庵　太祇
御年初の返事をするや二階から　一茶
武蔵野の芋さげてゆく年賀かな　佐野青陽人
深大寺蕎麦を啜りて年賀かな　星野麦丘人
年賀の子小犬もらつて戻りけり　嶋本波夜
廻礼や村内ながら雪の坂　松根東洋城
舟に舟寄せねんごろに賀詞交す　吉原一暁
とうとうたらりと春の賀詞《よごと》かな　能村登四郎

【御慶《ぎょけい》】

新年にお互いに述べあう祝いのことば。❖普段は親しみ馴《な》れた間柄でも、御慶だけは改まって行うところがおもしろい。

新春の御慶はふるき言葉かな　宗因
三条の橋を越えたる御慶かな　許六
長松が親の名で来る御慶かな　野坡
丁寧に妻に御慶を申しけり　浦野芳南
末の子の折目正しき御慶かな　上野泰
歌舞伎座の廊下にながき御慶かな　喜多みき子
ほほゑみのまづ頬にでて御慶かな　鷹羽狩行
みづうみの水を負ひたる御慶かな　大石悦子
日のあたる二階へ御慶申しけり　髙田正子
入国の列に並びて御慶かな　山田佳乃
自転車を互ひに止めて御慶かな　牛田修嗣

【礼者《れいじゃ》】　門礼《かどれい》　門礼者　賀客　年賀客
年始客　女礼者　礼受《れいうけ》

正月三が日に訪ねてきて、祝いのことばを述べる客をいう。玄関先で急いで辞する客を門礼といい、その客を門礼者という。また、玄関で祝辞を受けることを礼受といった。❖この儀礼を通信の様式にしたのが年賀状だといってもよい。

雪掻けば直ちに見ゆる礼者かな　前田普羅
ひそと来てひそと去りたる礼者かな　久保田万太郎
松ヶ根の雪踏み去ぬる礼者かな　富田木歩
鈴の音して玄関に礼者かな　豊長みのる
門礼や草の庵にも隣あり　正岡子規
ややありて女のこゑや門礼者　岸田稚魚
枝のべて賀客にふるる門の松　山口青邨
鎌倉の松の緑に賀客かな　星野立子
靴大き若き賀客の来て居たり　能村登四郎
父のせしごとく賀客をもてなしぬ　山口いさを
大風の畦より賀客むかへけり　市村究一郎
風呂敷をふはりと解きて年始客　佐藤博美
女礼者らしく古風につゝましく　高浜虚子
女礼者汐ひくごとく帰りけり　牧野寥々
風呂敷も女礼者もすたれたる　三村純也
礼受や雲水の礼うつくしく　岡村浩村

【年玉《としだま》】　お年玉

新年の贈り物をいう。歳神《としがみ》に供えられたものが人々に分けられる、すなわち神から配られるものが年玉だと考えられていた。古くはさまざまな物を贈ったが、のちには餅を贈るようになった地域が多い。現在ではもっぱら子どもなどに与える金銭や物品をいう。❖歳暮が目下の者から目上に贈る物であるのに対し、年玉はその逆。

年玉に梅折る小野の翁かな　言水
年玉をならべておくや枕許　正岡子規
年玉や水引かけて山の芋　村上鬼城
年玉の襟一トかけや袂より　久保田万太郎
年玉を妻に包まうかと思ふ　後藤比奈夫
年玉を姪よりもらふめでたさよ　菖蒲あや
年玉の化けてつまらぬものばかり　中原道夫
風呂敷の色をひろげてお年玉　上野章子

預けには来ぬ子となりぬお年玉　鷹羽狩行
いただいて何やら香るお年玉　甲斐由起子

【賀状《がじやう》】　年賀状

年賀の意を記した封書やはがきをいう。❖元旦に届けられる年賀状の束には、独特の喜びを感じる。

草の戸に賀状ちらほら目出度さよ　高浜虚子
猫に来る賀状や猫のくすしより　久保より江
〃長命寺さくらもち〃より賀状かな　久保田万太郎
賀状うづたかしかのひとよりは来ず　桂　信子
峠の名よみがへりたる賀状かな　菅原闊也
希望が丘緑ヶ丘より賀状くる　宇多喜代子
手鏡のごとく賀状をうらがへす　岩淵喜代子
賀状来るまた聞き慣れぬ任地より　井出野浩貴
嵩なして男ざかりの年賀状　大島民郎

【書初《かきぞめ》】　筆始《ふではじめ》　試筆《しひつ》　吉書《きつしよ》

新年に初めて毛筆で文字を書くこと、また書いたもの。正月二日にめでたいことばを選んで書初にすることが多く、室内に張って祝ったりする。書いたものを吉書と呼ぶ。学校教育の普及で、毛筆を使う機会の少ない現代でも広く行われている。❖「書き始む」など、動詞化は避けたい。

筆ひぢてむすびし文字の吉書かな　宗　鑑
書初や紙に落ちたる竹の影　方　明
書初や平仮名一人一字づつ　久保田万太郎
書初やうるしの如き大硯　杉田久女
書初の龍は愈々《いよいよ》翔たむとす　有馬朗人
吉野紙うちひろげたり筆始　深見けん二
くれなゐの色紙を選ぶ筆始　野見山ひふみ
文鎮の位置定まれる筆始　藤木倶子
腰浮かし試筆くたびれ易きかな　阿波野青畝
一字なほにじみひろごる試筆かな　皆吉爽雨
沖荒の見ゆる二階に試筆かな　茨木和生
百代と書き損じたる吉書かな　大石悦子

【初硯《はつすずり》】

新年になって初めて硯を使って墨を磨《す》ること。またその墨で字を書くこと。❖儀礼というより、実際に字を書くことに主眼がある。

百ばかり年といふ字を初硯　園女
ましろなる筆の命毛初硯　富安風生
初硯うなじをのべて磨りにけり　橋本鶏二
海よりも陸《をか》のかがやき初硯　鷹羽狩行
一滴に匂ひたちたる初硯　西山睦

【読初《よみぞめ》】　読始《よみはじめ》

新年になって初めて書物を読むこと。かつて読初は朗々と音読するものだったが、現代では座右愛読の書をその年初めてひもとくことをいう。❖もとは読書始として宮中や将軍家などで新年初めての講読をいい、江戸時代に一般の人々も行うようになった。男子は『孝経』を読み、女子は御伽草子の『文正草子』を読んだ。

読初や読まねばならぬものばかり　久保田万太郎
読初や用ありて読む源氏など　山口青邨
読初の春はあけぼののなるくだり　下村梅子
読初や比翼連理の長恨歌　松崎鉄之介
読みぞめに古今和歌集春の哥《うた》　川崎展宏
読初の巻の十四の東歌　大石悦子
読初の江戸を離るる翁かな　若井新一
栞りたるところを開き読始　山崎ひさを
現代語訳をたよりに読始　牛田修嗣

【仕事始《しごとはじめ》】　事務始　初仕事

新年、各人が初めてそれぞれの仕事に取りかかること。❖もともとは、正月に仕事を始める儀式を指した。近年では、官庁の御用始および会社の仕事始の日はさまざまだが、独特のめでたい雰囲気が残っている。

船曳《ひ》くを仕事始の男かな　鈴木真砂女
風の街見てゐる仕事始かな　村沢夏風
柝《き》を入れて仕事始の兜町　村瀬水螢

文鎮の重たき仕事始めかな　永方裕子
手を洗ふことより仕事始かな　津久井紀代
事務始青き文字飛ぶ電算機　猿橋統流子
漂泊の想ひ濃くなる事務始　乾　燕子
遠富士がビルの間にある初仕事　寺島ただし

【初旅《はつたび》】　旅始

新年になって初めての旅行のこと。❖改まった気分で出かける旅は、ふだんと異なり、新鮮な気分で風景を味わうことができる。

初旅や福の字つらね下関　阿波野青畝
初旅や駅弁うまき予讃線　草間時彦
初旅や島の昼餉《ひるげ》の鯛茶漬　轡田　進
初旅の搭乗券を胸にさし　山崎ひさを
初旅や富士見えてより富士を見て　鷹羽狩行
初旅や音もたへなるささら滝　三田きえ子
初旅の宿は妻籠《つまご》に定めけり　磯野充伯
初旅の富士より伊吹たのもしき　西村和子
初旅の船しろがねの水を吐く　小山玄黙

【乗初《のりぞめ》】　初乗　初電車　初飛行

新年になって初めて電車・自動車・船・飛行機などの乗り物に乗ること。❖季語としては、新調した乗り物に初めて乗ることではない。

乗初や酒くみかはす蜑《あま》小舟　左　文
おとなしく人混みあへる初電車　武原はん
初電車子の恋人と乗り合はす　安住　敦
空席もちらほらあるや初電車　波多野爽波
初電車待つといつもの位置に立つ　岡本　眸
初電車膝にたもとの花かさね　佐藤和枝
機嫌よき赤児の声の初電車　吉田成子
海見えてすこし揺れたり初電車　河内静魚
初電車雪の近江に着きにけり　日原　傳

【御用始《ごようはじめ》】

官公庁で一月四日に仕事を始めること。↓御用納（冬）

うつうつと御用始めを退けにけり　細川加賀

宮内庁書陵部御用始かな　山崎ひさを
振袖が御用始の階のぼる　小畑柚流

【初市《はついち》】　初市場《はつしぢやう》　初立会《はつたちあひ》　初相場《はつさうば》　初糶《はつせり》

新年初めて開く、魚・青果などの市場。初取引である。以前は二日に行われたが、近年では四日に行われるところが多い。この日の初取引の値段が、初相場である。また証券取引所でその年初めての取引を大発会《だいはっかい》、または初立会という。❖この日はいわゆる御祝儀相場といい、買手の方で買値を弾んだりして、お祝い気分に包まれる。

初市にどっかと坐る島豆腐　平良雅景
初市のうしろは加茂の流れかな　金子　晉
初市の大き海鼠を摑み出す　宮田正和
初市の祝儀値弾む瀬田蜆　斎藤朗笛
初市の鯛売れしこゑ高めたり　大串　章
初糶や山も港もまだ明けず　長沼紫紅
初糶を待つ翻車魚《まんばう》の二畳程　小澤　實

【初商《はつあきなひ》】　商始《あきなひはじめ》　売初《うりぞめ》　初売

新年になって初めての商売をいう。❖かつて、商家では大晦日《おおみそか》の夜まで働き、元日は福が逃げぬようにと店を閉じて商売をせず、二日から営業するのが習わしだった。近年では元日から営業している店も多い。

束子《たはし》より初商のしづくかな　奥坂まや
玩具屋の物みな動き初商　朱　月英
売初や管の先なる飴細工　百合山羽公
控へ目に初売のもの仕入れけり　鈴木真砂女
初売りの五寸角材抛《はふ》り出す　村山古郷
初売の奥に灯《とも》して古書の店　鈴木蚊都夫
初売りのお辞儀の列の中通る　若井菊生

【初荷《はつに》】　初荷舟　初荷馬　飾馬

新年になって初めての商品を送りとどけること、またその荷物。かつては正月二日に卸問屋や大商家などが注文の荷を華やかに飾り立てた荷馬車で回って得意先に届けた。初荷馬は、初荷を積んだ車を曳《ひ》く馬のこと。❖現在でも仕事始の日に、幟旗《のぼりばた》や紅白の幕で飾られた車やトラックが、初荷を運ぶ。

村百戸海老《えび》を栄螺《さざえ》を初荷とす　鈴木真砂女
地に下ろす大吟醸の初荷かな　丸山しげる
風が飛ばす仙台訛初荷ゆく　山田みづえ
淡路より着きて初荷の水仙花　谷　迪子
初荷着く解かざるうちの縄匂ふ　神蔵　器
紐赤く伊勢の初荷の届きけり　伊藤通明
赤道を越え行く船の初荷かな　大串　章
踏切に止められてゐる初荷かな　山本一歩
橋いくつくぐる隅田の初荷舟　宇都木水晶花
初荷船島へ合図の笛鳴らす　木内彰志
おとなしくかざらせてゐぬ初荷馬　村上鬼城
初荷橇《ぞり》まつ毛の長き馬に逢ふ　本宮哲郎

【買初《かひぞめ》】　初買

新年になって初めてものを買うこと。❖初商・初売などと同様、かつては二日とされていた。

買初に雪の山家の絵本かな　泉　鏡花
買初の小魚すこし猫のため　松本たかし
買初の花菜つぼみを一とつかみ　宮岡計次
買初や文字くれなゐの筆の銘　鈴木鷹夫
買初の大き袋に尖るもの　星野恒彦
買初の花屋の水をまたぎけり　小島　健
買初のどれも小さきものばかり　仁平　勝
買初の赤鉛筆の五六本　三村純也
初買の鶯笛もその一つ　伊藤柏翠

【新年会《しんねんくわい》】

新年を祝うために宴会を開くこと。❖地域によっては同窓会を兼ねることもある。

福耳のはなしになりぬ新年会　菊池隆子
夜は夜の顔ぶれとなり新年会　菊池共子
新年会大人の卓と子らの座と　小倉京佳

【初句会《はつくくわい》】

その年最初の句会。❖新年の気分さめやらぬうちの句会であり、独特のめでたさや華やかさが詠まれることが多い。

上人と一つ火桶に初句会　原田浜人
折詰の紐の赤房初句会　猿橋統流子
御僧の紬を召して初句会　上﨑暮潮
根付鈴かすかに鳴れる初句会　古賀まり子
一回も名乗りをあげず初句会　荒川　実
窓近く東山あり初句会　岩崎照子
誰も富士詠まむと黙す初句会　福田甲子雄
初句会土佐大神の軸掛かり　松林朝蒼
誰が袖の香のこぼるるや初句会　藤田直子
入魂の一句採られず初句会　井出野浩貴

【薺打つ《なづなうつ》】　薺はやす　七種《ななくさ》打つ　七種はやす

七種粥に入れるための若菜を刻むこと。六日夜または七日早朝に、右手に包丁、左手に杓子を持って、俎《まないた》に載せた若菜を叩く。春の七草を薺に代表させて「薺打つ」という。❖若菜を刻むとき、「七種なずな　唐《とう》土《ど》の鳥が日本の土地に渡らぬ先に」などと、節をつけて唱え言をする。

八方の岳しづまりて薺打　飯田蛇笏
薺打つ荒磯の町をとほりけり　飴山　實
いましがた止みたる雨や薺打つ　雨宮きぬよ
日本のあちこちに富士なづな打つ　奥坂まや
薺打つ仏間に香り届くまで　前田攝子
母よりは高き声上げ薺打ち　九鬼あきゑ

【若菜摘《わかなつみ》】　若菜摘む　若菜狩　若菜籠

七種粥に入れる若草を摘むこと。古くは新年初めての子《ね》の日の行事だったが、後には、六日に七種のために草を摘むことを指すようになった。❖『百人一首』の〈君がため春の野にいでて若菜摘むわが衣手に雪は降りつつ　光孝天皇〉でも知られる。

草の戸にすむうれしさよわかなつみ　杉田久女

山すその風を踏みしめ若菜摘　江崎紀和子
摘み来たる若菜見せあふ姉妹　津田清子
若菜籠抱いて訪れくれし人　今井つる女
若菜籠すずなすずしろ秀いでけり　山田みづえ
若菜籠腰にはづませ畦移る　西村和子

【七種粥《ななくさがゆ》】　七草粥　七日粥《なぬかがゆ》　薺粥

七種の若菜を入れて炊いた粥。正月七日の朝に食べる。これを食べると万病を除くと信じられ、平安時代の初めから宮中で行われていたものが一般に広まった。

濤音の七草粥を吹きにけり　飯島晴子
七草粥冷えそめたるはあはれかな　きくちつねこ
七草粥欠けたる草の何何ぞ　鷹羽狩行
七草粥川の明るさ背にのこり　友岡子郷
吾が摘みし芹が香に立つ七日粥　小松崎爽青
吹くたびに緑まさりて七日粥　小沢初江
山腹に日の当たりゐる七日粥　藤田枕流
七日粥息やはらかく使ひけり　土肥あき子
薺粥独りの音を立てにけり　渡辺桂子
なづな粥吹きよせて野のあさみどり　稲島帚木
煮え立ちてはるけき色の薺粥　廣瀬直人
ゆつくりと空見てよりの薺粥　田村正義

【七種爪《ななくさづめ》】　七草爪　薺爪

正月七日に爪を切ること。薺は邪気を祓《はら》うことから、それを浸した水や茹でた汁などに爪をつけてから切った。→薺打つ

あかんぼの七種爪もつみにけり　飴山實
摘むほどもなき薺爪つみにけり　室積波那女
薺爪ほろほろ一人にも慣れて　角川照子
藍染めの藍をとどめて薺爪　八染藍子

【福達磨《ふくだるま》】　達磨市

開運や厄除けを願い、神棚に飾る達磨。願いごとがあると片目のみに墨で目を入れ、後日、願いがかなうと両目を入れる。年末から正月にかけて各地で達磨を売る市が立つ。❖正月六〜七日に群馬県高崎市の達磨

寺の境内に立つ達磨市は有名。

福達磨豊旗雲の輝きに　有馬朗人
福だるま妙義は雲を飛ばしけり　大嶽青児
福達磨瞳なければばけがれなし　福神規子
大風の森ゆるがせり達磨市　水原秋櫻子
逞しき樫の走り根達磨市　柿沼　茂
突立ちて達磨のなかの達磨売り　飯塚樹美子

【鏡開《かがみびらき》】　鏡割　鏡餅開く

正月に歳神《としがみ》に供えた鏡餅を割ること。十一日にするところが多い。鏡餅は刃物で切ることを忌み、槌《つち》などを用いて割る。開いた餅は汁粉やかき餅などにして食べる。❖「割る」の忌《いみ》ことばとして「開く」を用いる。

銀行の嘉例の鏡びらきかな　久保田万太郎
鏡開明日となりぬ演舞場　水原秋櫻子
野の雲のまばゆき鏡開きかな　友岡子郷
鉈の背で打つては杣の鏡割　青柳志解樹
罅《ひび》に刃を合せて鏡餅ひらく　橋本美代子
鏡餅ひらくや潮の満ちきたり　林　徹
しろがねの手応へ鏡餅ひらく　遠藤若狭男

【蔵開《くらびらき》】　御蔵開

新年に吉日を選んで蔵を初めて開く祝い。江戸の数え歌にも「十一日は蔵開き、お蔵を開いて祝いましょう」とあるように、十一日に行うことが多かった。❖ほとんどが鏡開の日でもあり、開いた餅で雑煮や汁粉を作り、酒肴《しゅこう》の用意をして、蔵の中や周りで祝った。

風に向いて並ぶ雀や蔵開　青木月斗
腰に鳴る錠にぎやかな蔵開き　宮田戊子
大鍋にとびこむ火の粉蔵開き　太田寛郎

【年木《としぎ》】　若木　節木《せちぎ》　祝木《いはひぎ》

新年に歳神《としがみ》を迎えるための薪。小正月の粥《かゆ》杖《づえ》や鳥追《とりおい》棒・削掛《けずりかけ》・餅花など、さまざまな行事の材料としても用いられる。→年木樵《としぎこり》

（冬）

その家の年木を誉めて通りけり　飯島晴子
上木を選び為成《しな》せし年木かな　茨木和生
祝木の燃えてひゆるひゆる泡噴けり　三森鉄治

【鬼打木《おにうちぎ》】鬼木

正月十四日や小正月に門口に立てる木。胡桃《くるみ》・合歓《ねむ》・樫《かし》の木などを伐り、その一面を削って、十二月という字や十二本の横線を書く。それを神仏に供え、門口に立てる。鬼や悪疫を祓うとされた。❖地域によって鬼打木のほか、鬼除木・新木《にゅうぎ》・門入道など、さまざまな呼び方がある。

鬼打木門安かれと思ふかな　広江八重桜
鬼打木雪道あけて立てらるる　清水渓石

【十五日粥《じふごにちがゆ》】小豆粥《あづきがゆ》　粥柱《かゆばしら》

正月十五日の朝に、粥を作って神に供え、人も祝い食すること。小豆の持つ霊力が信じられていたので小豆を入れて作ることが多い。餅を入れることもあり、この餅を粥柱と呼ぶ。また、粥でその年の豊凶や天候を占う地方も多い。満月の日の粥という意味で「望《もち》の粥」ともいう。

十五日粥のかなたや風の色　宇多喜代子
小豆粥祝ひ納めて箸白し　渡辺水巴
杉箸のほのかに染まり小豆粥　猿橋統流子
色うすきことのめでたし小豆粥　深見けん二
ほのぼのと山辺なりけり小豆粥　綾部仁喜
亡き母の正坐思へり小豆粥　中嶋鬼谷
粥柱しづかに老を養はむ　富安風生
垂直に湯気を上げたる粥柱　鷹羽狩行

【万歳《まんざい》】三河《みかは》万歳　大和《やまと》万歳　加賀万歳

正月に家々を訪れて祝言を述べる門付けの一種。万歳太夫《たゆう》と才蔵の二人一組が通例である。鎌倉・室町時代には千秋《せんず》万歳といって、御所などに赴いた。江戸時代には三河万歳が江戸城へ参入した。主役の太夫は正式には大紋に風折烏帽子《かざおりえぼし》で、脇役の才蔵は素袍《すおう》に侍烏帽子《さむらいえぼし》で、門ごとにおもしろく節をつけて賀詞を述べ、立舞をする。❖正月の街頭の光景には欠かせないものだったが、現在では秋田県・石川県・愛知県などわずかに残るのみである。

万歳の烏帽子さげ行く夕日かな　闌更
万歳の里見廻して山ばかり　百合山羽公
万歳や合点々々の鼓打つ　八木林之助
万歳の冠初めよりゆるむ　森田峠
万歳に陽ざしの深き一間あり　児玉輝代
万歳の舞の手富士をゑがきけり　茂惠一郎
一島をあげて万歳もてなせり　茨木和生
万歳の袖をひらけば二羽の鶴　片山由美子
万歳の間に玄界のどよもしぬ　野中亮介
三河万歳東京行は混みにけり　加藤かけい
大盃を加賀万歳は飲み干しぬ　細川加賀

【獅子舞《ししまひ》】 獅子頭《ししがしら》

新年の門付けの一種。獅子頭をかぶり、笛太鼓などではやしながら、家々を訪れて舞い歩き、子どもの頭を噛《か》む真似などをして厄払いをする。家々ではこの年頭の旅芸人をめでたいものとして喜んだ。❖二人立ちと一人立ちのものがあり、土地によって演じ方や曲目に特徴がある。

獅子舞のきて昼ちかくなりにけり　久保田万太郎
獅子舞は入日の富士に手をかざす　水原秋櫻子
獅子舞の獅子さげて畑急ぐなり　森澄雄
獅子舞の口かたかたと子を泣かす　小林都史子
獅子舞のしばらくをりし古江かな　山本洋子
獅子舞の楽すすみゆく山河かな　伊藤敬子
獅子頭背にがつくりと重荷なす　西東三鬼
足裏を舐めて寝に入る獅子頭　水沼三郎

【猿廻し《さるまはし》】 猿曳《さるひき》　猿使ひ

新年の門付けの一種。猿を背負って家々を

回り、太鼓を打ちつつ芸をさせる。古くから猿は廏《うまや》の守りとされ、馬と関係の深い武家や農家の廏の祓いをして、一年間の無事を祈るのが本来の姿であった。のちに正月の祝福芸となり、宮中などに出入りするようになった。

つながるる三尺の世やさるまはし　大江丸
猿廻し去る時雪の戸口かな　原石鼎
回廊に潮引いてゐる猿回し　山田弘子
人波の上の青空猿廻し　星野高士
結び目の確とありけり猿廻し　堀切克洋
猿曳や猿より深き礼をして　日原傳

【春駒《はるこま》】　春駒舞　春駒万歳

新年の門付けの一種。木で作った馬の首にまたがり、頬被《ほおかぶり》、裁着袴《たつつけばかま》のいでたちで「めでたやめでたや春の初めの春駒なんぞや、夢に見てさえよいとや申す」などと節おもしろく歌いはやして歩く。❖江戸時代には諸国で見られたが、現在では、二人で行う新潟県佐渡市の相川地区のもの、山梨県甲州市、沖縄県などに残るのみ。

春駒や男顔なる女の子　太祇
春駒の子にさし櫛を与へけり　松瀬青々
春駒の氷柱くぐりて来りけり　小宮山政子

【鳥追《とりおひ》】

新年の門付けの一種。編笠をかぶった女が三味線を弾き歌って、町家の店頭に立って歩いた。起源は、農家の小正月の行事から。正月十四日または十五日の暁に子どもが中心になって田畑の害鳥を追い払う呪《まじな》いとして鳥追歌を歌った。これが職業化し、正月の門付け芸になった。

鳥追や笠のぞかるる女声　亀兮
鳥追の手甲の紺の饐えにけり　八田木枯
鳥追のひるがへりゆく渚かな　大石悦子

【傀儡師《くわいらいし》】　傀儡師《くぐつし》　傀儡《くわいらい》　傀儡《くぐつ》　夷廻《えびすまはし》

し　木偶《でく》廻《まは》し

新年の門付けをして歩いた者。首に人形箱をかけて各戸を訪れ、種々の人形を舞わせて歩いた。「くぐつし」などともいう。一種の漂泊民の集団だが、のちに職能集団を作り、摂津《せっつ》国（兵庫県）西宮《にしのみや》の夷舁《えびすか》きなどが名高かった。江戸時代には門付け芸となり、諸国を巡り歩いた。現在では、ほとんど見られない。

傀儡師しの田の森に入りにけり　梅室
みな見せて寂しうなりぬ傀儡師　藤太郎
傀儡師波の淡路の訛《なまり》かな　永田青嵐
傀儡師鰤《ぶり》大漁の町に入る　森田峠
傀儡師は不意に傀儡と入れ替はる　柿本多映
傀儡のこときれたるは糸放す　長谷川双魚
傀儡の頭がくりと一休み　阿波野青畝
玉の緒のがくりと絶ゆる傀儡かな　西島麦南
一息に魂を入れ木偶廻し　有馬朗人

【着衣始《きそはじめ》】

新年に初めて新しい着物を着ること、またその儀式。❖江戸時代には、正月三が日のうち吉日を選んで着衣始の祝いをした。現在では、春着を初めて着る時などにも用いられる。

物堅く祇園に住むや著衣始　小沢碧童
佩香にとほき日かよふ着衣始　榊原敏子
姿見を日向に出せる着衣始　井上弘美

【春着《はるぎ》】　春著《はるぎ》　正月小袖《しやうぐわつこそで》　春小袖　花小袖　春襲《はるがさね》

新年に着る晴着のこと。❖かつての正月は、外出時だけでなく家庭内でも改まった衣装を身に着けた。春の花衣同様、季節のめりはりを強く意識した季語である。春の着物のことではない。

老いてだに嬉し正月小袖かな　信徳
うき人に蜜柑つぶてや春小袖　銀獅

一軒家より色が出て春着の児　阿波野青畝
誰《た》が妻とならむとすらむ春着の子　日野草城
膝に来て模様に満ちて春着の子　中村草田男
少年や春着の姉をまぶしとも　藤松遊子
竹生島行きの桟橋春着の子　山本洋子
春着の子見越しの松の下に立つ　田邉富子
松風に吹かれてをりぬ春着の子　荒木かず枝
かりそめの襷かけたる春著かな　久保田万太郎
遊びみな春著の袂ひるがへし　後藤比奈夫
教へ子に逢へば春著の匂ふなり　森田峠
からたちの垣に沿ひけり春著の子　加藤三七子
三才の春著を翅のごとひらく　辻田克巳
春著きてすこしよそよそしく居りぬ　山田弘子
春著の子古き言葉をつかひけり　田中裕明

【屠蘇《とそ》】　屠蘇祝ふ　屠蘇酒《とそしゅ》　屠蘇散《とそさん》　屠蘇袋

元旦の祝膳で飲む薬酒。山椒《さんしょう》・肉桂《にっけい》・防風・桔梗《ききょう》・白朮《びゃくじゅつ》などを調合したものを三角形の紅の帛《きぬ》の屠蘇袋に入れ、酒や味醂に浸して飲む。無病息災を願い、一年の邪気を祓《はら》う。❖中国の名医華陀が処方し、日本には平安時代に渡来したという。邪悪なものを「屠り」、新しく「蘇る」の意で屠蘇の字が当てられたとも。

指につくとそも一日匂ひけり　梅室
屠蘇飲んでほろと酔ひたり男の子　原田浜人
沈金の鶴を見て屠蘇干しにけり　阿波野青畝
次の子も屠蘇を綺麗に干すことよ　中村汀女
祖母も母も並びて小さし屠蘇を受く　古賀まり子
屠蘇注ぐや紅絹の匂ひをなつかしみ　伊藤敬子
屠蘇祝ふ長幼の序のありにけり　松崎鉄之介
屠蘇祝ふ傘寿の母を戴きて　大橋敦子
我が家には過ぎたる朝日屠蘇祝ふ　戸恒東人
屠蘇の酒絹の小袋のこしけり　澁谷道

【年酒《ねんしゅ》】　年酒《としざけ》　年の酒　年始酒

新年の酒、また年始廻りの客にすすめる酒

のこと。

供部屋がさわぎ勝ちなり年始酒　一茶
温顔のたとへやうなき年酒かな　中村若沙
年酒酌む大人のうしろにて遊ぶ　野村慧二
切箔の鬱金しづめる年酒かな　鷹羽狩行
息づかひしづかに父の年の酒　滝沢伊代次
婿となる青年と酌む年の酒　広渡敬雄
はらわたの紆余曲折を年の酒　中原道夫

【大服《おほぶく》】　大福《おほぶく》　福茶　大福茶《おほぶくちゃ》

元日に若水を沸かして飲む茶。山椒《さんしょう》・梅干し・昆布・黒豆などを入れた煎茶《せんちゃ》で、一家全員で飲み、邪気を祓《はら》う。大服を大福にかけて縁起物とする。村上天皇の治世に京の都で疫病がはやり、空也《くうや》上人に命じて、茶を上下貴賤《きせん》を問わず服用させるとたちまち平癒《へいゆ》し、天皇みずからも茶を飲んだという。その故事にちなんで、京都の六波羅蜜《ろくはらみつ》寺では毎年、正月三が日に皇服茶《おうぶくちゃ》をたて、参詣者に授与している。❖現在では京都のみならず、時期が来れば各地で売られる茶であり、実際に味わってみたい。

大服の底に沈める福いろいろ　佐藤郁良
金婚の夫婦《めおと》茶碗に福茶注《つ》ぐ　力石郷水
膝に日のあたる福茶をいただきぬ　西山　誠
株安きままの今年の大福茶　草間時彦

【福沸《ふくわかし》】　福鍋《ふくなべ》

若水を沸かすこと。それに用いる鍋を福鍋という。新年初めて鍋をかけることを祝ってのことばである。正月四日などに鏡餅や年棚に供えたものを下げて雑煮にすることや、七草粥を炊くこともいう。

楢山の馥郁とある福沸　綾部仁喜
鉄釜のやがて音に出て福沸し　鷹羽狩行
福鍋に耳かたむくる心かな　飯田蛇笏

【花弁餅《はなびらもち》】　葩餅《はなびらもち》　菱葩餅《ひしはなびらもち》　御焼餅《おやきかちん》

新年に食べる餅菓子。白餅もしくは求肥を

丸く平らにし、小豆汁で染めた菱形の餅を薄く重ね、甘く煮た牛蒡を二本のせ、白味噌の餡を挟んで二つ折りにする。御焼餅は女房詞。❖元は皇室の節料理のひとつ。正月行事用に作り、神前に供えた。民間の鏡餅にあたる。現在では茶道の初釜にも用いる。

あけぼのの色とも見えて花びら餅　能村登四郎
花びら餅女系家族に一女増え　下村志津子
葩びら餅長子の嫁となる人や　大石悦子

【雑煮《ざふに》】　雑煮祝ふ　雑煮餅　雑煮《ざふに》椀《わん》

新年を祝って食べる汁物。餅を主にして野菜や魚介、肉などを取り合わせるが、地域によってさまざまである。丸い餅や四角い餅を煮たり焼いたりし、魚介や肉で出汁をとったすまし仕立てや味噌仕立ての汁に入れる。具材の野菜は根菜類が多く、地域色の濃い葉物を添える。

立山の日の出を祝ふ雑煮かな　金尾梅の門
丸餅のどかつと坐る雑煮かな　草間時彦
井戸神の遠くに見ゆる雑煮かな　斎藤夏風
根《こん》のもの厚く切つたる雑煮かな　大石悦子
人参の捻《ね》ぢ梅ぅれし京雑煮　高島筍雄
馴染むとは好きになること味噌雑煮　西村和子
鰰《はららご》のみちのくぶりの雑煮祝ふ　山口青邨
朱の椀に白妙一つ雑煮餅　粟津松彩子
国生みのはじめの島の雑煮餅　川崎展宏
父の座に父居るごとく雑煮椀　角川春樹
国ひとつふるさとふたつ雑煮椀　荻原都美子

【太箸《ふとばし》】　祝箸　柳箸　孕《はら》み箸　雑煮《ざふに》箸　箸紙

新年の膳《ぜん》に用いられる白木の太い箸。多くは柳で作られ、家族それぞれの名を書いた箸紙に入れて出す。❖武家では箸が折れるのは落馬の前兆として忌むため、新年の箸は折れないように太くしたことが起源になっている。

太箸やころげ出でたる芋の頭《かみ》　籾山梓月
太箸に遠つ淡海の光かな　有馬朗人
昔より細うなりけり柳箸　高本時子
神路《かみぢ》山の焼印あるや雑煮箸　鈴鹿野風呂
これは〱腰がある餅雑煮箸　川崎展宏
箸紙の名の墨色が濃かりけり　榎本冬一郎
箸紙に来ぬかも知れぬ子の名書く　後藤比奈夫

【喰積《くひつみ》】　重詰《ぢゅうづめ》　節《せち》料理　お節

年賀の客をもてなすために飾る重詰料理。もとは儀礼的な取り肴《ざかな》で、賀客は実際に食べることはなく、食べる真似をするだけだった。現在では重箱に昆布巻き・田作《たづくり》・きんとん・叩き牛蒡・煮染《にしめ》・膾《なます》・数の子などの料理を詰めた節料理を用意しておいて、客に出すことが多い。

食積に堅田生れの諸子かな　阿波野青畝
食積や朱きは海老とたうがらし　草間時彦
喰積や甘きものとて軽んぜず　神尾季羊
食積や日がいっぱいの母の前　山田みづえ
喰積や白く峙つ甲斐の山　瀧澤和治
海見えてきんとん残る節料理　川崎展宏
金銀にまさるくろがね節料理　片山由美子

【草石蚕《ちょろぎ》】　ちょうろぎ

縁起物として正月料理に用いられるチョロギの地下茎。巻貝のような独特の形をしており、梅酢で染めて黒豆に混ぜることが多い。❖彩りの美しさ、「長老木」とも聞こえる名前がめでたく正月にふさわしい。

草石蚕といふ夕あかりたまひけり　岡井省二
ちよろぎてふをかしきものを寿《ことほ》げり　千葉仁
紅ちよろぎ箸にはさめば君美し　山口青邨
めでたさはちよろぎの紅の縒《よぢ》れかな　梅村すみを

【数の子《かずのこ》】

鰊《にしん》の胎子《はらこ》を乾燥または塩漬けにした食品。乾燥品も塩漬けも水につけて戻し、出汁《だし》につけてから食べる。鰊がおびただしい卵を持っていることから、子孫繁栄を祈って正月の節料理に用いる。❖アイヌ語のカド、あるいは子孫繁栄を願う気持ちから数の子になったなど、語源は諸説ある。

数の子にいとけなき歯を鳴らしけり　田村木国
数の子を噛み壮年の心ばへ　山口青邨
なほ口にある数の子の音楽し　阿波野青畝
数の子を噛めばはるかに父の声　深見けん二
数の子の歯ごたへ数を尽くしつつ　鷹羽狩行

【田作《たづくり》】 ごまめ　小殿原《ことのばら》

片口鰯《いわし》の乾燥したものを炒ってから飴煮にしたもの。五万米《ごまめ》ともいい、正月の料理には欠かせない。小型の片口鰯をまず洗い、乾燥させたものを乾煎りし、醬油・砂糖・味醂《みりん》を煮立てた濃い甘辛の汁を、さっと絡める。田植えの祝儀肴《ざかな》として用いられたことから田作という説があり、また数が多いことや小さいながらも尾頭がついていることから武家では小殿原と呼んだ。

田作や碌々として弟子一人　安住　敦
独酌のごまめばかりを拾ひをり　石川桂郎
どれもこれも目出度く曲るごまめかな　角川照子
減りしともなく減つてゆくごまめかな　三村純也
天日より得たる色艶小殿原　茨木和生

【切山椒《きりざんせう》】

正月用の餅菓子。しん粉に白砂糖を加えてこね合わせたものに山椒の汁を混ぜ合わせて作る。白や薄紅色で、ほのかな山椒の香りが喜ばれる。

わかくさのいろも添へたり切山椒　久保田万太郎
青空の冷え込んでくる切山椒　岸田稚魚
切山椒指につまんで淡きかな　小池文子
鎌倉の小町通りの切山椒　星野　椿
つまみたる切山椒のへの字かな　行方克巳
下町に住むもよきかと切山椒　佐藤博美

【俎始《まないたはじめ》】 包丁始

新年になってから初めて俎や包丁を使うこと。❖元日はできるだけ家事をしないものとされてきたが、家族のためにはそうもいかないのが現実である。

俎始鯛が睨《にらみ》を効かせけり　鈴木真砂女
白波へ向かひ俎始めかな　友岡子郷
男の手ごつと俎始かな　須原和男
銀鱗のしぶく包丁はじめかな　三田きえ子

【初手水《はつてうづ》】

元日の朝に汲み上げた若水で、手や顔を洗い清めることをいう。初手水を済ませてから、神仏に祈る土地が多い。❖冷たい水で心身が清まる感慨は格別である。

白樺に湖《うみ》に雪飛ぶ初手水　渡辺水巴
杓の水揺れるを鎮め初手水　村上冬燕
沖雲に朱のひとすぢ初手水　奥名春江
生涯のてのひらをもて初手水　山尾玉藻

【掃初《はきぞめ》】 初箒《はつばうき》

正月二日に初めて掃除をすること。江戸の商家などでは、元日は福を掃き出すといって掃除を忌み、箒を用いなかった。これは正月の式日を守って家に籠もっていた風習の名残と思われ、現在でも元日は掃除をしない家庭が多い。

掃きぞめの帚にくせもなかりけり　高浜虚子
山の辺のみちを掃初仕る　阿波野青畝
掃初やうつすら青き京畳　鷹羽狩行
二三羽の雀と遊ぶ初箒　岸田稚魚
ひとりにはひとりの塵や初箒　山田弘子

【初暦《はつごよみ》】 新暦《しんごよみ》

年が明けてから使い始める暦、あるいは新しい暦を使い始めること。昔の暦は京都の大経師暦《だいきやうじごよみ》、伊勢神宮の伊勢暦、江戸の江戸暦など、各地に特色あるものがあり、年末に売られた。❖ごく簡単なものから凝った

美しいものまで、種類はさまざま。→古暦
（冬）

一年も見るには安し初暦　宗　雨
人の手にはや古りそめぬ初暦　正岡子規
とぢ絲のいろわかくさやはつ暦　久保田万太郎
改まる一間一間の初暦　石川風女
初暦真紅をもつて始まりぬ　藤田湘子
初暦大きく場所をとつてをり　星野　椿
しばらくは反りたるままに初暦　池田秀水
日輪を金のふちどる初暦　木内怜子
一枚はナイルの没日新暦　中原道夫

【初《はつ》湯《ゆ》】　初《はつ》風《ぶ》呂《ろ》　初《はつ》湯《ゆ》殿《どの》

新年になってから初めて風呂を立てて入ること。かつての銭湯では二日が初湯で、江戸時代には祝儀を包んで番台に置く習慣があった。❖若湯とも呼ばれ、若返りの願いもこめられた。

わらんべの溺るるばかり初湯かな　飯田蛇笏
海うつる鏡あふいで初湯かな　皆吉爽雨
にぎやかな妻子の初湯覗きけり　小島　健
星々を煙らせてゐる初湯かな　佐藤郁良
初風呂をすこし賢くなりて出る　能村登四郎
惜しげなく初風呂の湯を溢れしむ　三村純也
初湯殿卒寿のふぐり伸ばしけり　阿波野青畝
初湯殿母をまるまる洗ひけり　大石悦子

【初《はつ》刷《ずり》】　刷《すり》初《ぞめ》

新聞・雑誌などの印刷物を新年になってから初めて刊行すること。元日の新聞をさすことが多い。❖カラーページなども多く、いかにも新春の気分にふさわしい。

初刷をぽつてりと置く机辺かな　松崎鉄之介
初刷りの少し湿りて配らるる　飛鳥雅子
初刷やぽんと飛び出す戎紙　馬場公江
初刷のわけても松の色にほふ　鶴岡加苗

【初《はつ》写《しゃ》真《しん》】

新年になって初めて写真を撮ること。また

その時撮った写真のことをもいう。❖かつては一家揃って毎年、正月に写真館で撮影などをしたものだが、近年はデジタルカメラや携帯電話などの著しい普及によって家庭で撮ることが多い。

初写真もつとも高き塔入れて　山口青邨
初写真妻子をつつむさまに立つ　久保田博
初写真われより母のうつくしく　片山由美子
初写真初写真とて二度三度　羽根木椋
亡き人の話を少し初写真　山西雅子
オホーツク海を背に負ひ初写真　櫂未知子
母は杖置きて写りぬ初写真　上野一孝

【初便《はつだより》】

年が変わってから初めて出したり、受け取ったりする便りをいう。❖年賀状は通常、初便とはいわない。

初便り一子を語るつまびらか　中村汀女
ちちははへ出雲より出す初便り　小島花枝
罫赤き用箋に書く初便り　大石悦子
ふくらんでゐるが嬉しき初便　岩田由美

【初電話《はつでんわ》】

新年になってから初めて電話で話すこと。

初電話巴里よりと聞き椅子を立つ　水原秋櫻子
ひと弾みつけて鳴り出す初電話　鷹羽狩行
百歳の母の声澄む初電話　両角玲子
いくたりも声をつなぎて初電話　中納弓生子

【笑初《わらひぞめ》】　初笑

新年になって初めて笑うこと。❖正月のなごやかな笑い声はめでたいものとされた。

泪すこしためたる父の笑初め　石原八束
その頰にしづかにたたへ初笑　富安風生
よき庭に嵐山あり初笑　波多野爽波
初笑ひ夫の笑ひと合はぬなり　大木あまり

【泣初《なきぞめ》】　初泣

新年になって初めて泣くこと。かつては元日から泣くと一年中泣き暮らすことになる

と、子をたしなめたものである。❖米《よね》こぼすという忌《いみ》ことばもある。↓米こぼす

泣初の子に八幡の鳩よ来よ　宮下翠舟
泣初の両手握ってやりにけり　山西雅子
初泣の子供を抱けばあたたかく　今井杏太郎
初泣の抱けば涙に夕日かな　村田　脩

【米こぼす《よねこぼす》】　若水あぐ

三が日に泣くこと。涙ということばを忌み、米粒に見立ててこう呼んだ。初泣きを汲み上げる意味で「若水あぐ」ともいった。↓泣初

琴を弾き終へたるひとり米こぼす　茨木和生
遙拝の海のあかるさ米こぼす　井上弘美

【初鏡《はつかがみ》】　初化粧

新年になって初めて鏡に向かい化粧をすること。またはその際用いる鏡をもいう。

初鏡竹の戦《そよ》ぎに身の緊り　阿部みどり女
初鏡娘のあとに妻坐る　日野草城
母ひとり先に起出で初鏡　波多野爽波
かんざしの向き決めかねて初鏡　鷹羽狩行
空容れて旅の乙女の初鏡　大串　章
向き変へて山を入れたり初鏡　川上良子
階下より呼ぶ声しきり初化粧　佐藤博美

【初髪《はつがみ》】　初結《はつゆひ》　初島田　結初《ゆひぞめ》　梳初《すきぞめ》

新年になって初めて結い上げた髪。正月の街頭などでは日本髪の女性も見かけられ、華やかな和服姿と調和して美しい。❖現在では洋髪についてもいう。

初髪のふせてなまめく目もとみよ　久保田万太郎
初髪のひとり娘のありにけり　後藤比奈夫
初髪の往来もありてこのあたり　清崎敏郎
抱擁や初髪惜し気なくつぶす　品川鈴子
初髪の妻のなかなか帰り来ず　桑島啓司
晴々と崩して来たる初島田　中原道夫

【初日記《はつにっき》】　日記始　新日記

新年になって初めて日記を書き始めること。

新しい日記帳を前にすると、すがすがしい緊張感を覚える。↓日記買ふ（冬）

志すこし述べたり初日記　下村非文
記すこと老いて少き初日記　中　火臣
晴天と書きしばかりや初日記　中村苑子
初日記一日がもうなつかしく　小川軽舟
雨あしの加はる日記はじめかな　三田きえ子
新日記三百六十五日の白　堀内　薫
新日記修正液をもう使ふ　大牧　広

【縫初《ぬひぞめ》】　縫始　初針《はつばり》

新年になって初めて針を持ち、裁縫をすること。かつては正月二日を縫初の日としている地域もあった。

縫初めの糸白くまだ街を見ず　神尾久美子
縫初は産着のしろき背守かな　榊原敏子
初針の浮き沈みゆく布の上　上野　泰

【初竈《はつかまど》】　焚初《たきぞめ》

元日になって初めて煮炊きをすること。かつては竈の火を焚きつけることを言ったが、今では竈に限らず、炊事することを指す。

松かさの火が廻りたる初竈　萩原麦草
初竈葛飾の野は近きかな　村山古郷
豆殻の音の加はる初竈　小澤慶子

【初釜《はつがま》】　初茶湯《はつちゃのゆ》　初点前《はつてまへ》　釜始《かまはじめ》

新年初めての茶の湯のこと。初点前・釜始などともいう。茶道の家元や師匠の家で催される稽古《けいこ》始めをも含める。またこの茶会の際に炉にかける釜を初釜ということもある。その年初めて茶杓《ちゃしゃく》を削ることを「初削り」「削初《けずりぞめ》」「初茶杓」という。❖独特の華やかさがこの季語の身上。

初釜のはやくも立つる音なりけり　安住　敦
初釜の薄雪を踏みお正客　佐野美智
初釜や秘色のごとき炎立ち　大野崇文
初茶の湯鏡花にちなむ菓子添へて　大島民郎
菓子の名は下萌といふ初点前　片山由美子

みちのくの南部の音や釜始　阿波野青畝
火に仕へゐるがごとくに釜始　関森勝夫

【機始《はたはじめ》】　**織初《おりぞめ》**　**初機《はつはた》**

新年になって初めて機織りをすること。通常、二日に行うことが多い。かつて機織りは農家の女性にとって大切な仕事であった。
❖機始のときには機織りの音が各家から響いたものであったが、現在ではほとんど聞かれない。

古き機ふるき燭置き機始　水原秋櫻子
さざなみは光をはこび機始　鍵和田秞子
織ぞめや機神様へ窓あけて　松根東洋城
織初の紬《つむぎ》は強打して終る　橋本鶏二
織初めの筬音《をさおと》まぎれ深山川　鷲谷七菜子
織初の一打をつよくやはらかく　神尾久美子

【鍬始《くははじめ》】　**鍬初《くはぞめ》**　**鋤始《すきはじめ》**　**初田打**

新年になって初めて田畑に鍬を入れること。正月十一日に行われる所が多いが、三日や十五日など、地域によってまちまちである。田に鍬を入れ、豊作を願うめでたいことばを唱え、畦《あぜ》に幣《へい》や門松の松の枝を立てたりする。その時、餅などを供えて烏を誘い、豊凶を占う地方もあった。

ねむる田にひと声かけて鍬始　能村登四郎
神々のたたかひし野に鍬始　大峯あきら
三山の真中に打つ鍬始　有馬朗人
雲よりの太き日柱鍬始　鷹羽狩行
見慣れたる山を仰ぎて鍬始　阪本謙二
雪に挿す幣の影濃き鍬始　古市枯声
鍬初めに出てゐるたつた一人かな　阿波野青畝
初田打ここは海彦ばかりなり　友岡子郷

【山始《やまはじめ》】　**初山**　**初山入《やまいり》**　**斧始《をのはじめ》**　**木樵初《きこりぞめ》**

年の初めに山に入ること。またその儀式。一年木を伐り、米・餅・酒などを供えて、一年間の無事を祈る。日取りは二日や十一日など地域によってまちまちであり、呼び名も異なる。刈り取ってきた小枝で火を焚いたり、田植の時の煮炊きに用いたりする。また鳥に神供《じんく》を供える鳥呼びといわれる儀式を行うところもある。

わが影の木々に睦《むつ》みて山始め　加藤憲曠
一瀑のしづかに懸り山始　大峯あきら
音すべて谺となれり山始　黛　執
斧に吹く浄めの酒や山始　湯本牧人
落石のこだまを一つ山始　鷹羽狩行
ちらちらと子の蹤《つ》いてゆく山始　辻田克巳
しわしわと打つ柏手や山始　高橋睦郎
山始饑《だる》神にと餅を投げにけり　茨木和生
馬の眉間の白ひとすぢや山始　小澤　實
初山のよき松にゐる懸巣かな　大峯あきら
裏谷は歯《し》朶《だ》ばかりなり斧始　堀口星眠
日の底を人の動ける斧始　斎藤梅子

【初漁《はつれふ》】　漁始　初網

新年に初めて漁に出ること。二日に行われる漁師の仕事始は「船乗初《ふなのりぞめ》」「乗出し」などといい、沖で漁をする真似をして帰ってくるものである。❖正月二日の初漁に際して酒宴を催し、得た魚や御神酒、餅などを恵比須《えびす》神、漁の神、船霊《ふなだま》などに供える行事を「船祝い」「船起し」「起舟」などという。

初漁も古事記の浦に舫《もやひ》せる　平畑静塔
初漁や海境《うなさか》の青一文字　木内彰志
初漁のはなから太き水脈《みを》を曳き　檜　紀代
初漁の船霊さんに赤い餅　大石悦子
方違へして初漁の船を出す　茨木和生
漕ぎ出でて利島と並《な》みぬ漁はじめ　井沢正江
船に撒き海に酒撒く漁始　阿部月山子

【歌留多《かるた》】　骨牌《かるた》　歌がるた　花がるた　いろは歌留多　歌留多会

正月の屋内での遊びの一種。小倉百人一首に代表される歌がるたは和歌を書いた読み札を読み手が朗詠し、下の句が書かれた取り札を一同が取り合うもの。江戸時代に成立し、新年には競技会が行われる。いろは歌留多は代表的な絵がるたで、わかりやすく子どもたちの楽しみである。❖群馬県の上毛かるたや北海道の下の句かるたなど、「ご当地歌留多」と呼んでもいいほど、さまざまな種類の歌留多がある。

封切れば溢れんとするかるたかな　松藤夏山
かるた読む妻には妻のふしありぬ　下村ひろし
歌留多読む声のありけり谷戸の月　松本たかし
かるた読むはじめしばらく仮の声　大牧　広
まづこれやこのを覚えし子の歌留多　安原　葉
かるた飛ぶ畳にうすき音立てて　糸屋和恵
歌留多いま華冑の恋を散らしけり　岡田一実
座を挙げて恋ほのめくや歌かるた　高浜虚子
年々に古りゆく恋や歌かるた　久保田万太郎
読み札のいちまいを欠く歌がるた　伊藤白潮
さまざまに世を捨てにけり歌かるた　綾部仁喜
歌かるた掠め取られし恋の札　辻田克巳
ひらかなの散らかつてゐる歌留多会　後藤立夫

【双六《すごろく》】　絵双六《ゑすごろく》

正月の子供の遊びの一種。現在では主に絵双六のことをいう。一枚の紙面に多くの区画を作り、数人で順番にさいころを振り、出た目だけ「振り出し」から区画を進む。これを繰り返し、早く「上がり」に達した者を勝ちとする。❖古く双六と呼ばれていたものは盤双六《ばんすごろく》といわれるインドから中国を経由して伝わったもので、現在ではほとんど行われていない。

双六の賽振り奥の細道へ　水原秋櫻子
ばり〳〵と附録双六ひろげけり　日野草城
双六の母に客来てばかりをり　加藤楸邨
双六の花鳥こぼるる畳かな　橋本鶏二
双六の振出しのまづ花ざかり　後藤比奈夫
双六の大津はいつも寄らで過ぐ　高橋睦郎

一振りで越ゆ双六の箱根山　大石悦子
双六の川止め一夜長きかな　中原道夫
広重の富士はみ出せる絵双六　和田華凜
見えてゐて京都が遠し絵双六　西村麒麟

【十六むさし《じふろくむさし》】

正月の遊戯の一種。一個の親駒と十六個の子駒で縦横に線が引かれた盤上で行う。子駒で親駒を囲んで動けないようにした場合は子の勝ち、親駒は子駒と子駒の間に入ると子駒を取ることができ、親駒を囲めないまでに子駒を獲得した場合は親の勝ちとなる。❖平安時代に日本に伝来し、世界中に類似のゲームがある。

幼きと遊ぶ十六むさしかな　高浜虚子
筆措いて妻と十六むさしかな　後藤比奈夫

【投扇興《とうせんきよう》】　投扇《とうせん》　投扇《なげあふぎ》

主に正月に行われる座敷遊戯の一種。江戸後期に流行した。まず、台の上に銀杏の葉の形をした器具を立てておく。これを二メートルぐらい離れた所から、開いた扇を飛ばして落とし、的の落ち具合や扇の開き具合によって勝敗を競う。明治のころ盛んに行われたが、現在では花街にその名残を見ることができるのみである。

投扇興みんな花散る里と散る　阿波野青畝
強運は投扇興の遊びにも　千原叡子
二の腕も見せて二十歳の投扇興　鈴木淑子
投扇逸れてひらめき落ちにけり　原田種茅

【福笑《ふくわらひ》】

正月に行う家庭の遊戯のひとつ。大きな紙にお多福の面の輪郭だけを描き、目隠しをした者に紙で作った眉目鼻口を置かせる。目や鼻をとんでもないところに置くことによって、ときに珍妙な顔に仕上がり、座が笑い興じる。

袖摺りて鼻の行方や福笑ひ　増田龍雨

福笑ひ寂しき顔となりにけり　内田美紗
花びらを置くここちして福笑ひ　大木あまり
目のうへにあがる口あり福笑　中原道夫

【羽子板《はごいた》】

羽子《はね》つきに用いる長方形で柄のついた板のこと。古くは胡鬼板《こぎいた》とも呼ばれた。初期の羽子板は単純な絵が描かれた簡素なものだったが、やがて京風の雅な内裏羽子板が現れた。江戸後期から当たり狂言を取った役者の似顔絵を押し絵にした羽子板が喜ばれるようになっていく。押し絵羽子板は遊戯用ではなく、床飾りあるいは初正月を祝う女の子への贈り物とされる。→羽子板市（冬）

羽子板や唯にめでたきうらおもて　嵐雪
羽子板や母が贔屓《ひいき》の歌右衛門　富安風生
羽子板の重きが嬉し突かで立つ　長谷川かな女
羽子板の押絵の帯の金匂ふ　山口青邨
羽子板や子はまぼろしのすみだ川　水原秋櫻子
羽子板の裏絵てふこの淡きもの　金久美智子
羽子板に胸のふくらみありにけり　櫨木優子

【羽子《はね》つき】　羽子《はね》　羽子《はご》　追羽子《おひばね》　遣《や》り羽子《ばね》　揚羽子《あげばね》　羽子《はね》つき

女児の代表的な新春の遊びのひとつ。羽根を羽子板で突いて競う。無患子《むくろじ》の実に穴を開け、彩色した鳥の羽を差し込んで用いる。遊び方は二人以上でひとつの羽子をつき上げては送りあい、競いあう追羽子や遣羽子と、一人で数え歌を口ずさみながらつく揚羽子がある。❖もとは胡鬼《こぎ》の子遊びという蚊を追い払う呪いで、羽根は蚊を食べる蜻蛉の頭を模したものだったという説がある。

やり羽子は風やはらかに下りけり　支考
羽子つきのうしろが空いてゐたりけり　藤本美和子
羽子つくや母と云ふこと忘れをり　池上不二子
羽子をつくとき長身の妻にして　波多野爽波

大空に羽子の白妙とどまれり　高浜虚子
羽子の白いまだ暮色にまぎれず突く　野澤節子
東京もここらは静か羽子の音　今井つる女
うちあげし羽子の高きに構へけり　大橋宵火
羽子の音聞こゆる路地に入りけり　大串章
つく羽子の天より戻る白さかな　西宮舞
噴煙はなびき追羽子ながれがち　皆吉爽雨
追羽子や日の尾を引いて落ちきたる　川崎展宏
逸羽子のまた落日を急がせる　星野高士

【手毬《てまり》】　手鞠《てまり》　手毬つく　手毬唄

丸めた綿や糸を芯にして作った毬のこと。またそれを用いた女児の遊び。表面に美しい色糸を施したものや、芯に鈴などを入れて音の出るようにしたものなどもある。それほど弾まないので、縁側などで立て膝の姿でついて遊んだ。その時に歌われた毬つき歌には可憐《かれん》な歌詞のものが多く、「本町二丁目の糸屋の娘、姉は二十一、妹ははたち……」など江戸時代から歌われてきたものもある。明治になってゴム毬が普及するようになり、糸巻きの毬はほぼ姿を消し、毬つき遊びの形も変化した。しかし、各地に手毬製作の伝統は受け継がれている。❖鎌倉時代の『東鑑』に記述があるように手毬遊びは古くから行われていたが、起源についてははっきりしない。新春の季題となったのは江戸時代になってからである。

鳴く猫に赤ん目をして手まりかな　一茶
手毬つく顔のだんだんおそろしく　京極杞陽
それぞれに手毬の高さついてをり　岡安仁義
手毬つく紅唇すこしゆるみをり　髙柳克弘
手毬唄かなしきことをうつくしく　高浜虚子
忘れたるところはとばし手毬唄　今井つる女
手毬唄次第に早きひぐれどき　加藤楸邨
手毬唄それも忘るるもののうち　後藤比奈夫
手毬唄日向のひとつづつ消えて　関戸靖子

ふくいくと雲の生まるる手毬唄　三田きえ子
手毬唄あとかたもなき生家より　友岡子郷
湖の沖よく晴れて手毬唄　茨木和生
はりまにははりまのくにのてまりうた　松尾隆信
数ふるははぐくむに似て手毬唄　片山由美子

【独楽《こま》】　**独楽廻《まは》し　独楽打つ　独楽の紐　勝独楽　負独楽　喧嘩《けんくわ》独楽《ごま》**

男児の玩具、またそれを用いた遊び。紐を巻き付けて回転力を生み出すものが一般的である。独楽の古名は「こまつぶり」（「つぶり」は回転するものの意）といい、奈良時代以前に高麗《こま》から伝わったといわれる。種類も遊び方も多彩で、日本でもっとも古い独楽の胴は竹製で、回りながら音を出すように作られ、これはのちに「ごんごん独楽」と呼ばれた。小さな木の実に竹ひごなどの心棒をつけた独楽や、穴あき銭に心棒をつけた銭独楽もあった。江戸時代に鉄棒を芯にして木の胴に鉄輪をはめた鉄胴独楽が現れ、全国に広まった。↓海嬴《ばい》廻《まは》し（秋）

たとふれば独楽のはぢける如くなり　高浜虚子
かしぎつゝ独楽の金輪の搏ちあへる　百合山羽公
一片の雲ときそへる独楽の澄み　木下夕爾
筒袖の藍匂ひけり独楽遊び　榎本好宏
独楽強しまた新しき色を生み　橋本榮治
りんりんと独楽は勝負に行く途中　櫂　未知子
ひとり独楽まはす暮色の芯にゐて　上田五千石
ひとしきりふるへて独楽の廻り出す　山本一歩
独楽打つて夕日に紐を垂らしたる　大串　章
少年のこぶしが張れる独楽の紐　長谷川かな女
勝独楽のなほ猛れるを手に掬ふ　福田蓼汀
勝独楽も遠嶺も肩をあげにけり　大嶽青児
勝独楽を放りあげたる光かな　西山　睦
大木に負独楽の子の凭れをり　上野　泰
負独楽のしたたかに土抉りたる　角谷昌子

藁へ飛び藁巻きこめる喧嘩独楽　小原啄葉
弟を外ではかばひ喧嘩独楽　八染藍子

【正月の凧《しやうぐわつのたこ》】　凧《いかのぼり》　凧揚《たこあげ》

正月の代表的な男児の遊び。❖春の凧は、長崎の凧揚（ハタ揚）などのように大人の競技性の強いものもあるのに対し、正月の凧は子どものののんびりとした遊びの要素が強い。↓凧（春）

正月の凧や子供の手より借り　百合山羽公
正月の凧の一つの睥睨す　鷲谷七菜子
遠き日のごとく遠くにいかのぼり　鷹羽狩行
凧あげの空や秩父嶺あきらかに　及川貞
兄いもと一つの凧をあげにけり　安住敦

【福引《ふくびき》】　宝引《ほうびき》

籤引《くじびき》きの一種。籤を引いてさまざまな品物を取り合うもの。数本の長い糸のうちの一本に景品を結びつけ、それを束ねて手に持ち、端を引かせて、引き当てた者を勝ちとする宝引が変化したものである。その年の運試しとして挑戦する人が多く、今日でも盛ん。❖語源は正月に二人で一つの餅を引き合って、ちぎれた餅の大小によってその年の禍福を占ったことからだという。

ふく引きの順にあたりてものさびし　大江丸
福引の紙紐の端ちよと赤く　川端龍子
宝引の紐の汚れてゐたりけり　茨木和生

【稽古始《けいこはじめ》】　初稽古

その年初めて種々の稽古を行うこと。茶道・謡曲・舞踊・音曲などの芸事のほか、柔剣道などの武道にもいう。

長廊下踏みゆく稽古始かな　西沢十七里
松蒼き切り戸くゞるや初稽古　佐野青陽人
手拭の紺を折りたる初稽古　大嶽青児
白扇を発止と打ちて初稽古　根岸善雄

【吹初《ふきぞめ》】　籟初《ふきぞめ》　吹始

新年初めて、笛・尺八・笙《しょう》などを奏するこ

と。

吹初の人揃うたる一間かな　松野自得

吹初はいづこの家や賀茂の橋　渡辺水巴

【弾初《ひきぞめ》】　初弾　琴始

新年に琴・三味線などを初めて弾くこと。もともとは師の家に門弟たちが集まって弾くのが慣例だった。❖近年ではバイオリン・ギター・ピアノなどの西洋楽器を弾く場合にも用いられる。

弾初に指のふとりや琴の爪　佳　茗

弾初の灯ともしごろとなりけるや　久保田万太郎

弾初を﨟たけて見せ北明かり　澁谷　道

弾初めの少女のうしろ母がゐる　神原栄二

風の音やがて瀬の音琴始　木内怜子

【能始《のうはじめ》】　初能

新年になって初めての能楽の舞台のこと。「翁」「高砂」など新年にふさわしいめでたいものが厳かに演じられる。❖江戸時代には正月十一日に江戸城中で行われた。

白洲ある古き舞台の能始　松本たかし

息ながき男のこゑや能始　伊藤通明

摺足に白進み来る能始　高橋睦郎

衣擦の淋漓とありぬ能始　大庭紫逢

音たてて雪の降り出す能始　井上弘美

床下に丹波大甕能始　福永法弘

【舞初《まひぞめ》】　仕舞始《しまひはじめ》　舞始《まひはじめ》

新年になって初めて舞うこと。宮中では正月十七日に舞楽の舞初を行うのを恒例とした。現在では、仕舞や日本舞踊についてもいう。

梅の精狂ふ舞初うつくしく　山口青邨

舞初の二人扇を重ねけり　滝沢伊代次

舞初の海を見渡す所作に入る　宮津昭彦

舞初めのひとり丹柱がくれかな　八染藍子

舞初の袖に夜明の星あかり　山田弘子

舞初の仙台平のさやぎけり　望月みどり

白扇を日とし月とし舞始め　木内怜子

【初鼓《はつつづみ》】　鼓始

新年初めて鼓を打つこと、またその鼓。家元などのもとに集う場合と、個人的に楽しむ場合とがある。

天守なき城のそらより初鼓　川崎展宏
父祖の世をよびいだすかに初鼓　伊藤敬子
初鼓からくれなゐの緒を捌き　三村純也

【謡初《うたひぞめ》】　初謡

新年に初めて謡曲を謡うこと。江戸時代には江戸城中で行われ、これを松囃子《まつばやし》といった。正月三日の夕刻に一門・譜代の大名が登城し、御三家と将軍の杯ごとの時、観世《かんぜ》太夫《だゆう》が拝伏しながら「四海波《しかいなみ》」を謡った。

都鳥近くに遊ぶ謡初め　深川正一郎
直会の酒は小鼓謡初　茨木和生

【初芝居《はつしばゐ》】　初春狂言　春芝居　初曾我《はつそが》　二《に》の替《かはり》

正月に行われる歌舞伎などの芝居興行のこと。春芝居とも呼び、京阪では二の替とも。出し物も正月らしい派手で華やかなもの、めでたい狂言などが選ばれる。❖かつての初芝居には、必ず曾我狂言を加えるなどさまざまなしきたりがあったが、現在ではそれほど厳密ではない。集う人々の晴れやかな雰囲気が感じられる季語。

編笠は花にぬぐべし初芝居　言水
日の本のその荒事や初芝居　松根東洋城
柝の入りてひきしまる灯や初芝居　水原秋櫻子
ひとひらの雪をともなふ初芝居　三田きえ子
風呂敷の柄の鶴亀初芝居　宇多喜代子
太棹で幕上りたり初芝居　高畑浩平
初芝居嘆きの息を吐き切りぬ　小林貴子
竹皮の鮓一本や初芝居　小川軽舟
初曾我や灯にひるがへる蝶千鳥　吉田冬葉
手拭の紙屋治兵衛も二の替　後藤比奈夫

空席の緋いろ深しや二の替　鷹羽狩行

【初音売《はつねうり》】　初音笛

大晦日《おおみそか》夜から元日にかけて竹製の鶯笛《うぐいすぶえ》を吹きながら売り歩くこと。この笛を初音笛と呼び、福を招く縁起物とされてきた。❖現在では、長野県の四柱神社などにその名残がある。

水硲深き夜明けの初音売　臼田亜浪
子を抱くと反身の母に初音売　石川桂郎

【初夢《はつゆめ》】　夢祝　貘枕《ばくまくら》　初寝覚《はつねざめ》

新年になって初めて見る夢。元日の夜から、二日にかけて見る夢をいう。ただし、かつての江戸では大晦日の夜、京坂では節分の夜の夢を初夢といった。吉夢《きちむ》であることを願って枕の下に宝船の絵を敷いて寝る。夢祝は吉夢を祝うこと。また悪夢を夢食いの貘に食わせてしまうといって貘の絵を敷いて寝たりもした。❖「一富士、二鷹、三なすび」がめでたい夢の順番で、縁起のよい夢を見れば、その年は幸運が授かるとされた。

初夢やさめても花ははなごころ　千代女
初夢の扇ひろげしところまで　後藤夜半
初夢に一寸法師流れけり　秋元不死男
初夢を追ひてしばらくうす瞼　馬場移公子
初夢のなかをどんなに走つたやら　飯島晴子
初ゆめのさめかかりたる糸紅し　八田木枯
初夢をさしさはりなきところまで　鷹羽狩行
初夢のさだかならざるぬくみあり　永方裕子
初夢のいくらか銀化してをりぬ　中原道夫
初夢に山気まとへるもの来たり　正木ゆう子
初夢の辻褄合つてしまひけり　片山由美子
祇園へと誘ひ出されて夢祝　茨木和生
貘枕子のよき夢をつゆ知らず　赤尾兜子
貘枕夢みて夢を忘れけり　柿本多映
耳許に猫の鈴鳴り初寝覚　木田千女

部屋にまだ墨の香残り初寝覚　古賀まり子

【宝船《たからぶね》】

元日か二日の夜によき夢を望んで宝船を枕の下に敷いて寝ること、また、その絵。宝船の図案は、帆を張った船に宝物を積み、七福神が乗ったものが多く、それに有名な廻文《かいぶん》の歌「長き世（夜）のとをのねぶりの皆めざめ波乗り舟の音のよきかな」が書き込まれている。室町時代に始まり、江戸時代に盛んになった。江戸では、正月早々から「お宝、お宝」と呼んで宝船売りが売り歩いた。悪夢であると翌朝早く川へ流した。❖宝船の絵は、現代でも各地の神社などで手に入れることができる。→初夢

敷いて寝る百万両の宝舟　富安風生
つくづくと寶はよき字宝舟　後藤比奈夫
宝船皺寄つてゐる目覚めかな　千原叡子
赤ん坊に敷く大いなる宝舟　有馬朗人
難波津に潮のぼりぬ宝船　山上樹実雄
人麻呂の乗り込んでくる宝船　塩野谷仁

【寝正月《ねしやうぐわつ》】

元日、家に籠もって寝ていること。普段忙しく働いている人も元日だけはゆっくりと起き、一日家の中でくつろぎ、骨休めをした。❖病気で臥している場合も、縁起をかついでこういった。

襖絵の鶴舞ひ遊び寝正月　田村木国
ははそはの母にすすむる寝正月　高野素十
雨降つてうれしくもあり寝正月　佐藤鬼房
昼過ぎの水汲みに出て寝正月　鷹羽狩行
心はや花の吉野に寝正月　長谷川櫂
鼠ゐぬ天井さびし寝正月　小川軽舟

【寝積む《いねつむ》】　稲積む
忌《いみ》ことばの一種で元日に就寝することをいう。「寝る」は病臥《びょうが》につながることから、「寝る」の古語「寝《い》ぬ」「寝《い》ね」と同じ音の

稲に掛け、さらに稲の縁語の「積む」を用いて寝積むというようになった。

寝積や大風のなる枕上ミ　村上鬼城
寝積や布団の上の紋どころ　阿波野青畝
海見ゆるところまで寝積むとせむ　小山玄黙

【初場所《はつばしょ》】　一月場所　正月場所

大相撲興行の一月場所のこと。❖本場所と呼ばれる大相撲の公式興行は現在では一年に六回行われる。一月（東京）、三月（大阪）、五月（東京）、七月（名古屋）、九月（東京）、十一月（福岡）。

初場所やかの伊之助の白き髯　久保田万太郎
初場所の砂青むまで掃かれけり　内田哀而
初場所や花と咲かせて清め塩　鷹羽狩行
初場所も十日の幟《のぼり》きそひをり　木村美保子
初場所や稲穂挿したる妓の近く　植村章子
川風に一月場所の太鼓かな　島田五空

【箱根駅伝《はこねえきでん》】　駅伝

一月二〜三日に行われる大学対抗の駅伝競走。正式名は東京箱根間往復大学駅伝競走で、一九二〇年に始まった。東京と箱根の間の約二〇〇キロメートルを往路・復路それぞれ五区に分け、一チーム十人の選手で走る。沿道の応援風景は、新春の風物詩となっている。❖駅伝は日本発祥といわれる。

箱根駅伝友の母校といふだけで　片山由美子
襷匂ふ箱根駅伝なればこそ　櫂　未知子

行事

【朝賀《てうが》】 朝拝　参賀　拝賀《はいが》

天皇・皇后が大極殿《だいごくでん》で、玉冠礼服《らいふく》を身につけた群臣の賀を受ける元日の大礼。明治時代以降は大礼服に身を固めた文武百官が元日および二日に皇居に参内し拝賀の礼を行ったが、戦後に廃止された。❖現在は一月二日に天皇一家が宮殿のバルコニーに数回立ち、国民の参賀に応える。

朝拝や春は曙一の人　内藤鳴雪
参賀記帳筆おごそかに執《と》りにけり　米田双葉子
参賀へと人一斉に歩き出す　西尾照子
ほほゑみて拝賀の列の中にあり　成瀬正俊

【四方拝《しはうはい》】

元日の早朝、天皇が天地四方ならびに山陵を遥拝し、平和を祈念する行事。宮中の神《しん》嘉殿《かでん》前の南庭に、屛風をめぐらした御座で行われる。江戸時代までは寅の刻（午前四時）に清涼殿の東庭で行われた。❖宇多天皇の寛平二年（八九〇）に始まったという。一般に、元旦に庭に出て四方を拝することもいう。

鳥の声花ある方へ四方拝　園女
四方拝其時初日のぼりつゝ　正岡子規
またたける灯に明け近し四方拝　岡本圭岳
松原のかたむきやまず四方拝　永田耕衣
四方拝いづかたも神います国　宮崎華蒐
しののめや博士まうづる四方拝　筑紫磐井
紋服の祖父にならひて四方拝　村山道子

【歯固《はがため》】

正月三が日に長寿延命を願って、固い餅な

どを食べる行事。宮中では正月三が日に鏡餅・大根・瓜・押し鮎・猪肉《ししにく》・鹿肉などを料理して食べた。『枕草子』『源氏物語』などにその儀式の様子が描かれている。のちに民間に広まると餅が主となり、栗などを添えるようになった。❖室町時代後期の仮名草子『世諺問答《せげんもんどう》』に「人は歯をもつて命とするゆゑ、歯の字をよはひと訓《よ》むなり。歯固は、よはひをかたむる心なり」とある。

歯固の千載の榧ふくいくと　大石悦子
歯固や短かく朱きをんな箸　中村堯子

【騎馬始《きばはじめ》】 騎初《のりぞめ》　馬騎初《うまのりぞめ》　初騎《はつのり》　馬場《ばば》始《はじめ》

新年に初めて馬に乗ることをいう。江戸時代には武家の年中行事のひとつとして、正月五日に行うものとされていた。

騎馬始怒濤の端を行きにけり　山田径子
騎初の馬上に火口壁めぐる　向野楠葉
騎初の拍車やさしく当てにけり　平賀扶人

【鞠始《まりはじめ》】 蹴鞠始《けまりはじめ》　初蹴鞠《はつけまり》

新年に初めて蹴鞠をする儀式。蹴鞠は古代中国から伝わった遊戯で、鹿の革で作った鞠を革沓《かわぐつ》で蹴る。平安時代末期から鎌倉時代にかけて京都で盛んに行われた。❖現在は蹴鞠保存会が技を伝承。正月四日、京都下鴨神社では王朝装束に身を包んだ毬人によって蹴鞠始が行われる。

大空に蹴あげて高し鞠始　山崎ひさを
まつすぐに禰宜の一蹴鞠始　茢谷曳杖
けふことに比叡の晴るる鞠始　野口喜久子
相似たる顔もて蹴鞠始かな　鈴木太郎
蕪大根そなへて蹴鞠始かな　片山由美子
紺ふかき装束翁や初蹴鞠　桂　樟蹊子

【弓始《ゆみはじめ》】 初弓　的始《まとはじめ》

新年に初めて弓を射ること。宮廷行事であったが、武家の行事として引き継がれた。

江戸時代には正月十一日に行われ、将軍の上覧もあって盛大であった。また各神社で正月に行われる弓の神事も弓始といわれる。

ひかへたる稚児も凜々しや弓始　山口青邨
的遠く雪降りかくす弓始　大橋宵火
笛籐《ふえどう》のよく撓ひたる弓始　福田甲子雄
一本の矢が音となる弓始　吉原一暁
的中の矢が震へをり弓始　新田祐久
黒髪を和紙で束ねて弓始　栗田やすし
振袖に鳳凰飛んで弓始　辻　桃子
青年に青年の肱《ひぢ》弓始　大島雄作
弓始雪の端山となりゐたり　瀧澤和治
大釜に白湯《さゆ》たぎらせて弓始　西川雅文
初弓の振袖しぼる白だすき　岸川素粒子

【国栖奏《くずのそう》】　国栖奏《くずそう》　国栖舞《くずまひ》　国栖笛《くずぶえ》
国栖歌《くずうた》　国栖人《くずびと》　国栖翁《くずのおきな》

旧正月十四日に浄見原《きよみはら》神社（奈良県吉野町）で奉納される歌舞。かつて宮中の元日《がんじつ》節会《のせちえ》に国栖人が参内して歌舞や笛を奏した。❖歌笛を演奏する十二人の翁が、右手を口に当てて上体を反らす「笑いの古風」を行って終了する。

国栖笛や梅も柳も舞の曲　一　峨
国栖の奏風の吹き消すごと終る　前内木耳
神饌《みけ》なべて山川の幸国栖の奏　山田みづえ
笛方に陽の斑ゆかしき国栖の奏　石地まゆみ
国栖奏や葛《かづら》巻き締む丸柱　野澤節子
国栖奏の二の歌あたり淡雪に　角　光雄
国栖奏の笛涸谿《かれだに》にひびきたり　塩川雄三
国栖奏の喉ひらかず唄ひをり　大石悦子
国栖舞の二人まことの翁顔　二塚元子
岩襖国栖の翁の舞ひはじむ　森田　峠

【歌会始《うたくわいはじめ》】

宮中で行われる新年最初の歌会。現在は一月十日前後の吉日に行われ、勅題による和歌が詠進される。最初に一般国民の入選歌が披講され、次いで召人《めしうど》・選者・皇族・皇后の歌、最後に御製（天皇の歌）の順で朗詠が進む。❖和歌を尊重する国民性や文化のよく表れた行事で、優雅に行われる歌会の様子がテレビで放映される。

松の間に歌会始すすみいづ　坊城としあつ
起立して燕尾ずらりと歌会始　鷹羽狩行

【講書始《かうしよはじめ》】
明治二年に恒例となった宮中の新年行事のひとつ。現在は一月の中・下旬の吉日に、天皇・皇后・各皇族のほか、総理大臣や最高裁判所長官も招かれ、学者の講義を受ける。人文科学・社会科学・自然科学の三分野から毎年三科目が選ばれ、文部科学省から推薦された学者が担当する。

皇子《みこ》の座の明るく講書始かな　成瀬正俊
粛として講書始の椅子一つ　有馬朗人

【成人の日《せいじんのひ》】　成人式

一月の第二月曜日。国民の祝日のひとつで、二十歳になった青年男女を祝い励ます儀式が全国各地で行われる。平成十一年までは一月十五日だった。❖「成人日」とは使わない。

足袋きよく成人の日の父たらむ　能村登四郎
帆柱に成人の日の風鳴れり　原田青児
成人の日をくろがねのラッセル車　成田千空
色あふれ成人の日の昇降機　斎藤道子
成人の日やはるかなる山の照り　蓬田良雨
成人の日の雪霏々と吾をつつむ　島谷征良
成人の日の献血の列にをり　山口素基
成人の日のどこまでも街尽きず　星野高士
成人式済みたる男女腕をくみ　里見宜愁

【小松引《こまつひき》】　初子《はつね》の日《ひ》　子の日　子の日の遊び

新年最初の子の日の行事。平安時代の宮中では、この日に野に出て小松を引いた。引いてくる松を子の日の松、子日草《ねのひぐさ》という。

❖『古今六帖』に「千年てふ小松引きつつ春の野の遠きも知らずわれは来にけり　紀貫之」とある。松の生命力にあやかって、千代の寿を祝うのである。↓子日草

手を添へて引かせまゐらす小松かな　几董

雪嶺の襞濃く晴れぬ小松曳　杉田久女

清滝に火を焚いてゐる小松曳　茨木和生

蜑《あま》の子の小松に遊ぶ子の日かな　野村喜舟

防砂林抜けて子の日の海たひら　本井英

【出初《でぞめ》】　出初式　梯子乗《はしごのり》

新年の初めに、消防士が集まって種々の消防演習などを行う儀式。一月六日朝に行うところが多い。江戸時代から行われたが、明治以降、大仕掛けになった。新しい装備の消防自動車が多数出動して放水し、その後に、江戸の火消しの伝統を伝える妙技である梯子乗を披露する。

太陽のしたたりやまず出初式　鷹羽狩行

出初式終り平らな海となる　稲畑汀子

梯子から梯子が伸びて出初式　岩本あき子

手間取れる一斉放水出初式　茨木和生

青空に用あるごとく出初式　櫂未知子

早池峰山に雲一つなき梯子乗　小原啄葉

仰向けの顔に雨浴び梯子乗　柏原眠雨

【七種《ななくさ》】　七草

五節句のひとつ。正月七日の人日の節句で、七草の節句の略。七種粥《がゆ》を食べる。↓春の七草

七くさや袴の紐の片むすび　蕪村

七種や沖より雨の強まり来　貞弘衛

七種や人訪ふに舟に乗り　山西雅子

波の上に七草の雨のこりけり　大峯あきら

七草の土間の奥より加賀言葉　井上雪

七草や空うつくしき飛騨の国　遠藤若狭男

七草や霙まじりの風も吹き　対中いずみ

川見つつゆくななくさの雨の中　岡本　眸

【松納《まつをさめ》】　**松取る**　**門松取る**

門松を取り払うこと。松の内の終わる七日前後に取る地方と、小正月の十五日前後に取る地方がある。江戸では六日の夕方に取る習わしであったが、伊達《だて》藩では四日に門松を取り「仙台様の四日門松」といわれた。同様に四日に門松を取る地方もあった。❖取り除いて不用になった門松は小正月の左《さ》義長《ぎちょう》で焼く。→門松立つ（冬）・門松

柴門に結びし松を納めけり　富安風生
鎌倉の雪かゝる松納めけり　久保田万太郎
橙を机にとって松納　山口青邨
夕月の光を加ふ松納　深見けん二
月の出はいつも古風に松納め　向笠和子
安曇野の果ての見えをる松納　きちせあや
松納夕べの山に星ひとつ　嶺　治雄
日の暮の背戸に風立ち松納　棚山波朗
松とるや伊勢も大和も昼の月　大峯あきら
松とりて常の出入りとなりにけり　嶋田青峰
松取れて夕風遊ぶところなし　角川照子

【飾納《かざりをさめ》】　**飾取る**　**注連《しめ》取る**　**飾卸《かざりおろし》**

正月の飾りを取ってしまうこと。松の内の終わる七日前後または十五日前後に行うところが多い。これで正月の行事が終了したことを表す。取った飾りは、多くは氏神の境内や寺院など一か所に集め、左義長の火に掛けて焼く。→左義長

松飾りとれて小さき船ばかり　山下和人
海女小屋の作り棚より飾取る　小松温美
注連とりてことに鶏の目夕景色　飯田龍太
細帯に着替へ飾をおろしたり　きくちつねこ

【鳥総松《とぶさまつ》】

門松を取り払った跡に、松の梢を折って挿したもの。元来、鳥総とは、樵夫《きこり》が木を伐ったあとの株に、樹霊を祀るために挿す梢

のことといわれる。鳥総松も門松を取ったあとに挿すことから、これと同義と思われる。

門深く行く人見ゆる鳥総松　高浜虚子
星ひとつのこる大路や鳥総松　永田耕衣
宵の灯に赤き灯もあり鳥総松　中村草田男
夕月の銀のさばしる鳥総松　飯田龍太
結び目のかたき故里鳥総松　小島花枝
鳥総松潮の早さに雲ながれ　友岡子郷
山はるか空をはるかに鳥総松　宇多喜代子
荒波の湾の小さし鳥総松　西山睦

【宝恵駕《ほゑかご》】宝恵籠《ほゑかご》　ほい駕　戎籠《えびすかご》

正月十日、大阪市の今宮戎《いまみやえびす》神社の十日戎の際に、南新地の芸妓《げいぎ》たちが駕籠《かご》に乗って参詣する行事。駕籠の四柱を紅白の布で巻き、提灯《ちょうちん》を下げ、新調の黒紋付裾模様の駕衣装に身を包み、友禅の座蒲団《ざぶとん》に深々と身を沈める。揃いの衣装の幇間《ほうかん》たちが駕籠を担ぎ、「ほいかご、ほいかご」の掛け声で練り歩く。

宝恵駕やくゝり添へたる梅一枝　高橋淡路女
宝恵駕の髷《まげ》がつくりと下り立ちぬ　後藤夜半
宝恵駕の紅白の紐いのち綱　橋本美代子
宝恵駕の着きたる雨のかぐはしき　坂本昭子
宝恵駕の妓のかんざしの揺れどほし　屋代ひろ子
宝恵籠をはみ出て厚き緋座蒲団　森薫花壇
宝恵籠やちらつく雪も宵のほど　岸風三楼
戎籠腰を落としてなまめける　日野草城

【餅花《もちばな》】繭玉《まゆだま》　団子花

稲を模した小正月の飾り木。柳・榎《えのき》などの枝に餅や団子を小さく丸めてつけ、神棚近くの柱などに飾って、豊作を祈る。近年は大判小判や宝船も金銀の箔《はく》で作って下げ、華やかに飾るものもある。繭玉の名は、養蚕の盛んな地方で米粉で繭の形を作ってつけたことからこう呼ばれた。❖餅花には紅白に染めたものや、赤・黄・緑など色とりどりのものがあり、飾り終えた後、焼いたり油で揚げたりして食べることもある。

餅花の賑やかに垂れ静もれる　鈴木花蓑
餅花や静かなる夜を重ねつつ　阿部みどり女
夜は楽し餅花の影にぎやかに　池内たけし
餅花のなだれんとして宙にあり　栗生純夫
餅花に畳あをあを匂ひけり　加藤楸邨
餅花の枝垂れて髪にかかりけり　勝又一透
餅花に入日の絡みつきてをり　波多野爽波
餅花の買はるるまでを風の中　蓬田紀枝子
餅花や暮れてゆく山ひとつづつ　廣瀬町子
ささめごとめきて餅花揺れ交す　三村純也
繭玉をうつせる昼の鏡かな　久保田万太郎
繭玉のもつれ直して吊しけり　安住　敦
繭玉の下に赤児を寝かせ置く　野崎ゆり香
繭玉や人の立居に風生まれ　八染藍子
繭玉の打ち合ひて音なかりけり　井上弘美
繭玉の火影にぎはふ柱かな　野中亮介
壁の影ほどには揺れず団子花　佐藤和枝
万蕾のままなるがよし団子花　鷹羽狩行

【粥占《かゆうら》】　粥占祭　粥占神事　管粥《くだがゆ》　筒粥《つつがゆ》

正月十五日に小豆粥や米の粥を炊くとき、粥の中に筒や管を入れ、その中に入った粥の状態によって農作物の豊凶などを占うもの。農家の小正月の行事として行われてきたが、現在多くは地方の神社で神事として行われている。大阪府の枚岡神社が有名。

薪足して粥占神事始まりぬ　清水和子
粥占や五穀のほかに梨と棉　前田攝子

【粥杖《かゆづゑ》】　粥の木

正月十五日の粥を煮るとき竈《かまど》にくべた燃えさしや、年木の一部を削った杖。女の尻を打つと男児を産む、あるいは子が多く産まれるという俗信があった。この木が成木責

に用いられるのも、同じ信仰に基づく。↓

十五日粥・成木責

粥杖の笑うて弱き力かな　吐月

みす几帳逃ぐるを追うて粥木かな　松根東洋城

【綱引《つなひき》】綱曳《つなひき》

綱を引き合って行う年占の行事。地域対抗で行われ、勝ったほうが豊作になるといわれる。東日本では主として小正月の一月十五日ごろに行われる。

綱引や双峰の神みそなはす　石井露月

綱引を待てり一直線の綱　舘野烈風

綱引きのまんなかに挿す島椿　堀内夢子

綱曳の声山籟となりにけり　吉本伊智朗

【成木責《なりきぜめ》】

果樹、特に柿の木に対して、その年の豊熟を約束させる呪《まじな》い。小正月の行事で、普通は二人で組み、棒などを持った一方が「成るか成らぬか、成らねば切るぞ」と脅すと、一方が「成ります、成ります」と答える。誓わせたのち、木に傷をつけ、小豆粥や団子汁をかける。

成木責日照雨に濡れて終りけり　皆川盤水

打つたびに朝日こぼせり成木責　佐野鬼人

成木責いとけなき手の加はりて　丁野弘

塩味の濃き粥かけて成木責　若井新一

成木責古き傷にも粥かくる　篠沢亜月

風ここに集ふ近江の成木責　古川砂洲男

【ちやつきらこ】

正月十五日に、神奈川県三浦市三崎町で行われる左義長の後祭。朱の袴《はかま》の上に水干《すいかん》と烏帽子《えぼし》を着けた少女たちが、海南神社の拝殿前で舞を納めたあと、町内を回り舞い歩く。踊り子は少女のみで、「ちゃっきらこ」という綾竹と扇を手に持ち、清楚《せいそ》な歌に合わせて振りも美しく踊る。❖国の重要無形民俗文化財に指定されている。

ちやつきらこ白き残月沖の上　小枝秀穂女
魚干して唄ひ手となるちやつきらこ　金子篤子
女童の鈴に波音ちやつきらこ　小泉友紀恵

【なまはげ】　生身剝《なまみはぎ》　なもみ剝《はぎ》

秋田県の男鹿半島に伝わる大晦日の晩の行事。かつては小正月に行われた。おそろしい異形の面をかぶり、蓑を着て木製の刃物や御幣を持った男たちが奇声を発し、「ナマミコはげたか」などと唱え家々を訪れる。「なまみ」は火斑《ひがた》のことで、火の傍で怠けている者の肌にできるしみ。それを包丁で剝ぎ取るぞと威し、懲らしめるのである。❖国の重要無形民俗文化財で、数百年の歴史をもつ。「来訪神」のひとつとしてユネスコ無形文化遺産にも登録。類似の行事が東北各地や能登半島に伝わっている。

なまはげに持ち込まれたる土間の雪　川瀬一貫
なまはげを襖のかげで見る子かな　中村苑子
なまはげに父の円座の踏まれけり　小原啄葉
なまはげの訪ふさきざきの杉と月　宮津昭彦
なまはげの吼え星空を沸き立たす　川口襄
なまはげになりきつてゐる地声かな　荻原都美子
なまはげに声かけられてゐたりけり　黒坂光博
生身剝二人逢ひけり枯木立　石井露月
なごめ剝戸に包丁を鳴らしけり　島田五空

【土竜打《もぐらうち》】　土竜追

農作物に害をなす土竜を追い、豊作を祈願する小正月の行事。一種の呪《まじな》いで、子どもの行事として各地に残る。棒や束ねた藁《わら》で地面を叩いたり、金盥《かなだらい》を叩いたり、杵《きね》で土餅を搗いたり、土竜が嫌うとされる海鼠《なまこ》や、その代用品の槌《つち》を引っ張って回ったりする。子どもたちは家々を打って回り、褒美として餅や菓子などをもらう。

みちのくは根雪の上の土竜打　長谷川浪々子
土龍打大きな夕日入るところ　山本洋子

荒縄に頰打たれたり土竜打　安倍真理子
土竜打つをりをり月の覗きけり　山県瓜青

【注連貰《しめもらひ》】

門松を取り外し注連飾を下ろす日に、子どもたちが家々をめぐってそれをもらいあつめること。正月飾は粗末に扱えないため、左義長で燃やす。農村などでは、歌ったりはやしたりしながら賑やかに注連をもらい歩き、褒美をもらう。

注連貰風の巷を通りけり　徳永山冬子
注連貰ひ声かたまつて散らばつて　石地まゆみ
注連貰ふ子についてゆく仔犬かな　三村純也

【左義長《さぎちやう》】　どんど　とんど　どんど焼　どんど焚く　飾焚く　注連焚く　吉書揚《きつしよあげ》　さいと焼

正月に行われる火祭の行事。小正月を中心に、十四日夜または十五日朝に行われるところが多い。松飾や注連飾などを燃やす。火勢の盛んなのが喜ばれ、「どんど、どんど」とはやし立てる地方もある。左義長の火は神聖な火とされ、餅や団子を焼いて食べると、その一年を無病息災で過ごせるといわれる。また、書初を燃やすことを吉書揚といい、燃えながら高く舞い上がると、書道の腕が上がるなどという俗信がある。東日本の各地では、左義長の行事が道祖神や塞の神を祀《まつ》る風習と結びついていることが多く、左義長をさいと焼（塞灯焼）と呼ぶ。→注連貰

どんど焼きどんどと雪の降りにけり　一茶
左義長の火の入る前の星空よ　高田風人子
左義長の闇を力に火の柱　檜紀代
左義長の焚き跡にまだ五六人　市堀玉宗
山神にどんど揚げたり谷は闇　長谷川かな女
谷水を撒きてしづむるどんどかな　芝不器男
雪の上をころげどんどの火屑かな　岸田稚魚

浜どんど渚の白を浮きたたす　きくちつねこ
対岸と火の丈競ふどんどかな　福田甲子雄
雪空へすひあげらるるどんどかな　矢島渚男
抛られしものに吸ひつくどんどの火　清水道子
のしかかる夜空ささへてどんどの火　片山由美子
均されて炎みじかきどんどかな　山西雅子
金星の生まれたてなるとんどかな　大峯あきら
火の丈のすぐに追ひつき二のとんど　八染藍子
燃え残るもの雪に刺しとんど果つ　棚山波朗
どんど焼きときに怒濤のしぶき浴び　本宮哲郎
海風の裏返したるどんど焼　野中亮介
風呂敷の中より出して飾り焚く　増田手古奈
おほわだは闇なほ解かず吉書揚　岡本　眸
金箔の剝がれとびたる吉書揚　茨木和生
みそなはす天の三ツ星さいと焼　西村和子

【上元の日《じやうげんのひ》】　**上元**　**上元会《じやうげんゑ》**　**上元祭**

正月十五日のこと。七月十五日の中元、十月十五日の下元《かげん》と合わせて三元と称する。中国では元宵節《げんしようせつ》といい、春の到来を喜ぶ祭として色とりどりの灯籠を掛け連ね、華やかな夜の風景を楽しんだ。長崎の崇福《そうふく》寺と唐人屋敷の元宵節では、華僑《かきよう》によって一年の健康と商売繁盛を祈願して、朱蠟燭《ろうそく》や提灯が数多くともされる。

上元やまぶしき数の朱蠟燭　中村やす子
上元の灯りはじめの闇にゐる　藤野律子

【梵天《ぼんてん》】　**梵天《ぼんでん》**

正月十七日に行われる、秋田県の行事。現在は神社によって一月十七日または二月十七日に行われる。梵天は杉の丸太に円筒形の籠をかぶせ、小さな籠の頭をつけ、五色の紙や布で飾り包み、太い鉢巻を巻いたもの。これを若者たちが担ぎ、先を争って神社に奉納することで、風神・悪魔・虫などを祓《はら》う。

傾ぎてはきほふ梵天雪しまく　和田暖泡

梵天を振り翳《かざ》し息ぶつけ合ひ　水田むつみ
ぼんてんの千切れ落ちたる雪の上　田川紅道
揉み上げて雪つのらすや荒梵天　大類木公子
掛ごゑのそろへば駆くる荒梵天　小原啄葉

【藪入《やぶいり》】

正月十六日に、奉公人や他家にある者が一日の休暇をもらい、親元に帰ったり自由に外出したりすること。結婚した者が親元に帰る日でもあった。七月十六日も藪入だが、これは「後の藪入」といって区別する。かつて奉公人の公休日は一年にこの二日しかなく、一番楽しい日であった。❖藪入の慣習は戦前まで続き、浅草などの繁華街は鳥打帽をかぶった奉公人たちで賑った。

やぶ入の寝るやひとりの親の側　太祇
藪入の母が焚く炉の煙たさよ　高野素十
藪入のをとめさびたる簪かな　西島麦南
藪入りのいづこも屋根の雪卸す　川上季石
藪入といふなつかしき日なりけり　細川加賀
藪入や磐梯白き裾を展べ　斎藤節子
藪入りの暦に朝日当りけり　鈴木節子
藪入や古き港に鷗舞ひ　山本洋子

【かまくら】

秋田県横手市を中心に行われる、小正月の子どもの行事。横手市のかまくらは水神信仰と結びついたもので、現在では二月十五・十六日に行われる。小高く積んだ雪を踏み固め、中をくりぬいて造った雪室に水神を祀り、子どもたちが火鉢で温めた甘酒を道行く人にふるまう。❖角館《かくのだて》町の「火振りかまくら」は、雪の竈で燃やした薪の火を、縄のついた俵に移し、豪快に振り回す。

かまくらの灯影のまるく雪の上　今井つる女
かまくらの雪の祠に幣白し　山口誓子
城に灯が入りかまくらもともるなり　大野林火

身半分かまくらに入れ今晩は　平畑静塔
かまくらの中より餅を焼く匂ひ　吉川信子
燭足してかまくらに子らまだ遊ぶ　橋本美代子
かまくらの灯の輪町角曲るたび　三好潤子
かまくらは和紙の明るさ雪しんしん　坂本宮尾
かまくらの入口沓《くつ》の凭《もた》れあふ　片山由美子

【えんぶり】　えぶり

もとは小正月の行事であったが、現在では二月十七日から四日間、青森県八戸《はちのへ》市を中心に行われる豊年予祝の行事。一年の農耕の過程を歌と踊で表現する「田遊」が芸能化したもの。神社で当年の豊作を祈願した後、市中を練り歩き、家々の門口で豊年予祝のさまざまな歌舞を披露する。「えんぶり」は、土を掻きならす農具の「朳《えぶり》」から出た名。田に霊力を込める田遊びの重要な呪器であり、その語源は揺り動かす意の「動《いぶ》る」である。❖明治維新直後に中断し、明治十四年に二月十七日の行事として復活して以来、地元ではむしろ春を呼ぶ祭として定着している。↓田遊

えんぶりの笛いきいきと雪降らす　村上しゆら
土も覚めよとえんぶりの鈴鳴らす　鷹羽狩行
えんぶりや雪の鍛冶町大工町　藤木倶子
敷きつめし雪えんぶりの影を吸ふ　吉本伊智朗
えんぶりの首華やかに振ることよ　櫂　未知子
雪しづる音の加はるえぶりかな　片山由美子
篝火やえぶり摺る影地に長く　吉田千嘉子
馬となり田の神となり朳摺る　髙田美津子
母の背に嬰がえぶりの音頭とる　河本修子

【田遊《たあそび》】

当年の豊作を予祝する正月の神事芸能。寺社の境内に田に見立てた聖域を設け、一年間の田の労働の次第を、太鼓を打ち、歌に仕種を交えながら演じるのが基本形態。❖東京では徳丸北野神社（二月十一日）、赤

塚諏訪神社（二月十三日）に伝わるものが国の重要無形民俗文化財に指定されている。

田遊びの天狗を囃す地を叩き　久保田月鈴子
田遊の紅つけて酔ふ男衆　福田甲子雄
ぬかるみへ田あそびの夜の闇やさし　宮津昭彦
御酒吹いて結ふ田遊びの花の籠　松浦俊子

【延年の舞《えんねんのまひ》】　二十夜祭《はつかやさい》　老女舞

正月二十日の夜、岩手県平泉町毛越寺《もうつうじ》で行われる神事。慈覚大師円仁伝来の常行三昧《ざんまい》供《く》の修法のあと、法楽に延年の舞が奉納される。「延年」は長寿の意で、八百年の伝統をもつ。もっとも重要な「祝詞《のっと》」は秘文であるためにつぶやくように唱え、「老女」は腰を深く折ったまま舞うなど、さまざまな曲趣で構成されている。❖国の重要無形民俗文化財に指定されている。

雪嬉々と延年舞の堂つつむ　矢島渚男
延年舞鈴ふる神のふたはしら　恩田侑布子
延年の舞ひるがへる衣《きぬ》へ雪　照井翠
底冷えの床板とんと老女舞　岩渕洋子

【初詣《はつまうで》】　初参《はつまゐり》　初社《はつやしろ》　初神籤《はつみくじ》

元日に、氏神またはその年の恵方《えほう》に当たる方角の神社仏閣にお参りすること。新しい一年の息災を祈願する。→恵方詣

御手洗《みたらし》の杓の柄青し初詣　杉田久女
住吉に歌の神あり初詣　大橋櫻坡子
土器《かはらけ》に浸みゆく神酒や初詣　高浜年尾
日本がここに集る初詣　山口誓子
子を抱いて石段高し初詣　星野立子
門を出て星の高さや初詣　池上浩山人
きざはしに一刷けの雪初詣　勝又水仙
踏みしむる一歩々々や初詣　水原春郎
人踏まぬ雪道えらび初詣　白岩てい子
初詣なかなか神に近づけず　藤岡筑邨
鴨川の風いさぎよし初詣　岩崎照子
磯の鵜を車窓にかぞへ初詣　中山純子

一身を静かに運ぶ初詣　宇多喜代子
初詣火の穂も上総一の宮　宮坂静生
鳶親し荒磯伝ひの初詣　内海良太
鎌倉を日照雨が通る初詣　西山睦
巫女らみな黒髪長き初社　野見山ひふみ
初みくじ大国主に蝶むすび　平畑静塔
海光の眩《まぶ》しさに解く初みくじ　藤木倶子

【歳徳神《としとくじん》】年神《としがみ》

正月、家々に迎えて祀る神で年神・正月様ともいう。屋内の清浄な一室に歳徳棚・年棚などと呼ぶ棚を吊って祭壇とし、注連《しめ》縄《なわ》・小松・鏡餅・雑煮・神酒《みき》などを供える。年神が来訪する方角の恵方に向けて棚を吊るので恵方棚ともいう。❖床の間に三方《さんぼう》を置いて祀るのは新しいやり方である。

火の数や歳徳棚のにぎやかに　鬼貫
歳徳神野に出て遊び夜は戻る　加倉井秋を
歳神に越後の藁を差し出せり　松本春蘭
藁屋根の家から訪ね歳の神　木内彰志
年の神この木の梢に降り給う　宇多喜代子

【恵方詣《ゑはうまゐり》】恵方　吉方《えはう》　恵方道《ゑはうみち》

歳徳神《としとくじん》の来訪するめでたい道が、その年の「恵方」または「明きの方」で、その方角にある神社仏閣に年頭の参詣をすること。福が授かるという。↓初詣

恵方詣り大原までは行かぬなり　長谷川かな女
白雲のしづかに行きて恵方かな　村上鬼城
ひとすぢの道をあゆめる恵方かな　阿波野青畝
恵方へとひかりを帯びて鳥礫　佐藤鬼房
赤ん坊を抱いていでたる恵方かな　細川加賀
恵方とて山の祠の灯《とも》さるる　つじ加代子
恵方とて闇抜けてくる声ばかり　廣瀬直人
恵方とて海の上にも道を延べ　鷹羽狩行
淡水に潮の入り来る恵方かな　中原道夫
行く水にわれも従ふ恵方道　中村汀女
橋二つ越えて日のさす恵方道　福田甲子雄

恵方道かたまつて世の人のこゑ　山上樹実雄
恵方道小さき木橋にはじまれり　新田祐久
箒目に鳥の足あと恵方道　小島　健
日の当る幹にふれゆき恵方道　中根美保

【白朮詣《をけらまゐり》】　白朮火　白朮縄　火縄売

年が変わってすぐに京都市の八坂神社で行われる白朮祭（「祇園削り掛けの神事」）に参詣すること。神事のあと、鑽《き》り出した火を柳の削り掛けに移し、江戸時代にはこの煙が流れる方向で、その年の近江《おうみ》国と丹波国の豊凶を占った。今も削り掛けの火に薬草の白朮《びゃくじゅつ》（キク科の多年草）を加えて篝火《かがりび》を焚く。参詣の人々はその火を吉兆縄に移して持ち帰り、元旦の雑煮を煮る火種とした。吉兆縄を売る人たちの「吉兆、吉兆」の呼び声で大晦日《おおみそか》の晩から賑い、「白朮火貰い」をした人々は火を消さないように縄をぐるぐる回しながら帰宅する。❖かつては、元日早暁に社前の灯籠以外の灯はすべて消され、参詣人たちが暗闇の中で、口々に他人の悪口を言い合う風習があった。

白朮詣のだらりの帯とすれ違ふ　清水基吉
白朮火の妻のほとりをゆきにけり　古舘曹人
をけら火の大渦小渦ゆきし道　鷹羽狩行
をけら火にとびつく雪となりにけり　風間八桂
白朮火の一つを二人してかばふ　西村和子
少年がまはして逸《はや》るをけらの火　村上冬燕
白朮の火闇夜の風に消すまじく　金子　晉
くらがりに火縄売る子の声幼な　大橋越央子

【破魔矢《はまや》】　破魔弓

正月の厄除けの縁起物として、神社で授ける弓矢のこと。もとは「はまころ」という競技に用いる弓矢を称した。扁平な円盤を転がしたり空中に投げたりして、それを弓で射た。これを綺麗にして飾り物として作り、前年生まれた男児の健やかな成長を祈って初正月に贈答した。

破魔弓と斧と並ぶや山の家　東　明
をりからの雪にうけたる破魔矢かな　久保田万太郎
幸矢とて袖をあてがふ破魔矢かな　後藤夜半
松風の小径《こみち》となりぬ破魔矢持ち　吉屋信子
掌に享けて鈴の止みたる破魔矢かな　加倉井秋を
破魔矢受く暁光すでに沖にあり　向野楠葉
破魔矢もつ父子の影を浜に曳き　宮下翠舟
肩車されて破魔矢を握りしむ　山崎矢寸尾
いただきし破魔矢の鈴の鳴りにけり　深見けん二
笹山に入りて破魔矢の鈴さわぐ　宮岡計次
鈴鳴って鞍馬を越ゆる破魔矢かな　鈴木鷹夫
教へ子の巫女より破魔矢受けにけり　甲斐遊糸

【七福神詣《しちふくじんまゐり》】　七福詣《しちふくまゐり》　福神詣《ふくじんまゐり》　福神巡り　福詣

元日から七日までの間に、七福神を祀ってある寺社を次々と巡り歩いて参拝し、一年の福運を祈ること。七福神は恵比須《えびす》・大黒天・毘沙門《びしゃもん》天・福禄寿《ふくろくじゅ》・弁財天・布袋《ほてい》・寿《じゅ》老人《ろうじん》の七神で、福徳の神として崇敬される。
❖東京でもっとも有名な隅田川七福神詣は、向島三囲《むこうじまみめぐり》神社の恵比寿・大黒天、弘福寺の布袋、多聞寺の毘沙門天、白鬚《しらひげ》神社の寿老人、百花園の福禄寿、長命寺の弁財天。

七福神詣妻子を急がせて　安住　敦
拾ふ神ありや七福神詣　清水基吉
竹青き秩父七福詣かな　西嶋あさ子
墨堤の風の福神詣かな　皆川盤水
真帆ゆくや七福神の隅田川　野村喜舟

【初神楽《はつかぐら》】　神楽始

新年に初めて各神社で神楽を奏すること。
❖奈良市の春日大社では神楽始と称し、正月三日朝にその年初めての神楽を奏する。
→神楽（冬）

初神楽吹かねば氷る笛を吹く　加藤かけい
初神楽太く神慮に叶ひたり　山口誓子

初神楽扇の紐を地に垂らし　下村非文
暮れがたの松風の音初神楽　皆川盤水
初神楽大蛇のとぐろ隆々と　飯島晴子
早池峰山のふところ深く初神楽　小原啄葉
伊那谷の杉の真闇の初神楽　太田　嗟
杉はなほ夜の高さに初神楽　鷹羽狩行
初神楽うしろの山に礼《いや》なして　大石悦子

【繞道祭《ねうだうさい》】

奈良県桜井市の大神《おおみわ》神社の元旦の祭。午前零時、暗い境内に鑽《き》り出した火で御神火《ごしんか》がともされる。神事のあと、神火を移した大《おお》松明《たいまつ》を氏子の若者たちが担いで境内を練り歩く。参拝者は手にした小松明や火縄に争ってその火を移し、家に持ち帰って神棚に上げ、雑煮を炊く。大松明はさらに付近の摂社・末社十八か所を巡拝し、三輪山麓を繞《めぐ》ることから繞道の名がある。

御神火の火屑掃き寄す繞道祭　村上冬燕
繞道祭火屑を蹴つて禰宜《ねぎ》走る　民井とほる
柿畑へ繞道祭の火屑とぶ　浅場芳子
繞道の炎の別れゆく檜原かな　堀　古蝶
国原を繞道の火のはしりをる　阿波野青畝
昂《たかぶ》りて繞道の火を頒《わか》ちあふ　大橋敦子

【初伊勢《はついせ》】　初参宮

新年に初めて伊勢神宮に詣でること。外《げ》宮《くう》・内宮《ないくう》の順で参拝する。→伊勢参（春）

初伊勢や二見泊りに子を連るゝ　名和三幹竹
初伊勢の絵馬を置きたる机かな　細川加賀
初伊勢や火柱すぐに立ち上がり　岬　雪夫
初伊勢や真珠のいろに神饌《みけ》の海　伊藤敬子
初伊勢や神鶏のとき樹上より　植村章子
初伊勢の晴れて白馬のまたたけり　福谷俊子
初伊勢の松の中なる三番《さんば》叟《そう》　渡辺純枝

【玉せせり《たませせり》】　玉せり　玉取祭　玉競《たませせり》祭《まつり》

正月三日に福岡市筥崎《はこざき》宮で行われる神事。

締め込み一本の競子《せりこ》と呼ばれる男たちが霊玉を奪い合い、本宮まで駆ける勇壮な神事。激しいもみ合いの中、水を浴びせると湯気が立ち上がる。最後に玉を手にし、本宮に納めた人の地区が陸組ならばその年は豊作、浜組なら豊漁になるという。❖恵比須信仰に由来するという玉取祭は、西日本の各地で行われる。

屈強の胸に水受け玉せせり　岡部六弥太
降る雪に裸身まぶしき玉せせり　井田満津子
玉競の裸を叩く霰かな　富安風生
玉取祭済みし参道ずぶ濡れに　鮫島春潮子

【鷽替《うそかへ》】
正月七日の酉の刻、福岡県太宰府《だざいふ》市の太宰府天満宮で催される神事。参拝の人々は手に木製の鷽を持ち、「替えましょ、替えましょ」と唱えて互いに替える。「昨年の凶事を嘘にして、今年の吉に鳥替える」意味だという。中には神社が出す金製の鷽が十二個混じっていて、それに当たるとその年は幸運が授かるという。❖大阪の大阪天満宮や東京の亀戸《かめいど》天神でも、太宰府にならって初天神の日に行われる。

鷽替の渦にしたしく歩み入る　山田みづえ
鷽替や夕べ吹かるる橋の上　福島　勲
鷽替の人中にゐて真顔なり　角　光雄
鷽替ふる大き太鼓を一つ打ち　栗田せつ子
うそ替の月夜の道を帰りけり　仲田益子
鷽かへて大きな鷽となりにけり　長野蘇南
鷽替ふるならば徹頭徹尾替ふ　後藤比奈夫

【十日戎《とをかえびす》】　初戎　初恵比須　宵戎《よひえびす》　戎祭　戎笹　福笹　吉兆　残り福
新年になって最初の戎祭。九日を宵戎、十日を本戎、十一日を残り福という。恵比須神は福の神、商売繁盛の神として信仰を集める。大阪の今宮戎《いまみやえびす》神社をはじめ、京都の恵美須神社、福岡の十日恵比須神社などが有名。宵戎から三日間はもっとも参拝客が多く、吉兆とよばれる銭袋や小判、米俵などいろいろな縁起物を買って吊るして帰り、家の神棚に飾る。→宝恵駕

菓子買ふや十日戎の風の中　桂　信子
南座もはねたる十日戎かな　杉岡せん城
初戎曲れば四条通の灯　辻田克巳
目の前を小判が通る初戎　丁野　弘
昼酒の許されてをり初えびす　榎本好宏
大阪の寒さこれより初戎　西村和子
堀川の水の暗さや宵戎　青木月斗
七星のしだり尾あをき戎笹　ほんだゆき
福笹をかつげば肩に小判かな　山口青邨
福笹を置けば恵比寿も鯛も寝る　上野章子
旅の手に福笹しなふ重さあり　有働　亨
福笹のしなふは鯛の重さなる　鷹羽狩行
福笹を担ぐ俵の浮き沈み　西池冬扇
吉兆の覗く大きな袋持つ　工藤泰子
裏門の雀が囃す残り福　桑田和子

【懸想文売《けそうぶみうり》】　懸想文

江戸時代の京都の招福行事。正月元旦から一五日まで、八坂神社の犬神人《いぬじにん》が、立烏帽子に紅梅の素袍を着て、白い布で覆面をし、梅の枝に文箱を吊るしたり、文包を首から掛けたりして売り歩いた。商売繁盛や良縁に御利益があるとされ、娘たちはこれを買い求めて鏡台や簞笥にしのばせた。❖明治時代以後すたれたが、現在は京都の須賀神社で節分の前日と当日に売られている。懸想文は和紙に雅文体で書かれ、奉書紙に包まれた優美なもの。当時を模した姿の懸想文売が境内に立つ。

懸想文売る水干の夕かげり　江口井子
淡雪を讃ふることも懸想文　後藤比奈夫

【初金毘羅《はつこんぴら》】　初金刀比羅《はつことひら》　初十日

正月十日に新年初めて金毘羅に参詣すること。またその縁日。香川県琴平町の象頭山《ぞうずさん》金刀比羅宮をはじめ、各地の金毘羅様は参詣者で賑う。金刀比羅宮は薬師如来の十二神将の一つ、宮毘羅大将《くびらたいしょう》を祀るといわれ、航海安全の守り神として信仰される。❖東京では、虎ノ門の金刀比羅宮が有名である。

下駄ひきて初金比羅の石だたみ　村沢夏風
初金比羅耳かき売も出てゐたり　永方裕子
灯を入るゝ初金比羅の仁王かな　井川水仙子
初金比羅みな舞台より海を見る　斉部薫風
潮の香を風運びたる初十日　篠沢亜月

【初卯《はつう》】　**初卯詣《はつうまうで》**　**卯の札《ふだ》**　**卯杖《うづゑ》**　**卯槌《うづち》**

正月最初の卯の日、また、その日に神社に詣でること。またその縁日。この日に受ける神符が厄除けの「卯の札」。大阪の住吉大社の初縁日が名高い。東京の亀戸天神境内の御嶽神社では、火防の御符や魔除けの卯槌を授ける。卯杖は長さ約一五〇センチ。要黐・棗・梅・桃などの枝を白く削り、杖の頭を白紙で包んだもの。京都の上賀茂神社ではこれを本殿入り口に掲げる。

足袋屋からたび履いて出る初卯かな　蓼太
前髪に初卯戻りの御札かな　高田蝶衣
弟子つれて初卯詣の大工かな　村上鬼城

【初天神《はつてんじん》】　**宵天神**　**残り天神**　**天神花《てんじんばな》**

正月二十五日に新年初めての天満宮に参詣すること。またその縁日。福岡県の太宰府天満宮、大阪の大阪天満宮、京都の北野天満宮、東京の亀戸天神社などがことに賑う。境内では紅白の梅の造り枝に小判などを吊した、天神花・天神旗《ばた》を売っている。大阪天満宮などでは鷽替《うそかえ》の神事が行われる。↓鷽替

日おもてに雀群れたり初天神　柴田白葉女
初天神黒き運河を越えて来ぬ　村山古郷

初天神妻が真綿を買ひにけり　草間時彦
鈴の緒がひねもす振られ初天神　品川鈴子
初天神女ばかりが来てをりぬ　石田郷子
初天神弥彦より来し刃物売　山下昌子

【初勤行《はつごんぎやう》】 初読経《はつどきやう》　初諷経《はつふぎん》　初灯明《はっとうみやう》　初灯《はつともし》　初鐘《はつかね》　初太鼓《はつたいこ》　初開扉《はつかいひ》　初護摩《はつごま》

新年に初めて各寺院や仏前で読経その他のお勤めをすること。宗派によりさまざまな儀式が行われる。

老の声不思議に徹り初諷経　後藤比奈夫
初灯明こぞりて九体阿弥陀仏　竹中碧水史
荒神の昏き方にも初灯　高田蝶衣
初開扉きりりきりりと軋みつつ　東條素香
初護摩の火を僧の手のわしづかみ　井沢正江
剣もて初護摩の火をなだめたり　塚越志津枝
初護摩に羽黒の法螺のとどろけり　玉澤幹郎

【初寅《はつとら》】 一の寅　福寅

正月最初の寅の日に毘沙門天《びしやもんてん》に詣でること。またその縁日。毘沙門は福徳開運、商売繁盛の霊験がある。ことに京都では、鞍馬寺《くらまでら》の毘沙門天に参詣する人が多い。参詣人には御剣《みつるぎ》の印・福富の印・牛王《ごおう》の宝印などを授け、また、福掻《ふくかき》・燧石《ひうちいし》・鞍馬小判（大判小判を模したもの）が売られる。東京では神楽坂の善國寺の毘沙門天が賑う。❖中世のころ、京都の鞍馬寺ではお福蜈蚣《むかで》といって生きた蜈蚣が売られたという。これは、お足が多いという洒落による。

初寅や院々はまだ雪籠り　月　居
初寅の護符をかざして貴船へも　中田余瓶
初寅の雪のきざはし鞍馬寺　岸　風三樓
初寅や葛飾の道野川沿ひ　皆川盤水
鈴一つ拾ふ初寅神楽坂　肥田埜恵子
初寅や鞍馬はいつも雪の舞ひ　三村純也
講中の人につき行く一の寅　鈴木敬子
福寅の口真赤なる鞍馬かな　辻田克巳

【初弁天《はつべんてん》】　初巳《はつみ》

新年最初の巳の日に弁財天に詣でること。またその縁日。東京では上野の不忍池《しのばずのいけ》の辯《べん》天堂《てんどう》に参詣する人が多い。弁財天は福徳・知恵・財宝を司る仏教の女神で、七福神の一つ。❖広島県の宮島、奈良県の天川《てんかわ》、滋賀県の竹生《ちくぶ》島、宮城県の金華山、神奈川県の江の島などの弁財天が有名。

登るほど海がきらめく初弁天　中村明子
舟着きも靄の佃の初巳かな　長谷川春草

【初薬師《はつやくし》】

正月八日に新年初めて薬師に詣でること。またその縁日。薬師は薬師《やくし》瑠璃《るり》光如来《こうにょらい》の略称で、衆生の病患を救い、慢性の病気に効く法薬を授ける如来として信仰される。正月にお参りすると平常の三千日分の御利益があるといわれる。❖縁日は毎月八日と十二日。

初薬師かへりの芹を摘みにけり　岸　風三樓
護摩祈禱待つ日溜や初薬師　富田潮児
むさし野の土の香にたつ初薬師　沢木欣一
杉の雪しきりに落ちぬ初薬師　大峯あきら
湯どころの山ふところの初薬師　本井　英
初薬師より青空を連れ帰る　小澤克己

【会陽《ゑやう》】　西大寺参《さいだいじまゐり》　裸押し　修正会《しゆしやうゑ》

寺院の年頭の法会である修正会の結願《けちがん》の行事で、一年の繁栄を祈るために行われる。もっとも有名な岡山市の西大寺観音院の会陽は奇祭として知られる。従来、旧暦正月十四日の行事だったが、現在は新暦二月第三土曜日の夜に行われる。締め込み一本の男たち八千人が水垢離《みずごり》を取って揉み合い、午後十時を期して陰陽二本の宝木《しんぎ》の争奪戦が繰り広げられる。会陽に締めた褌《ふんどし》は、安産のお守りとして妻の出産の際の腹帯にする。❖香川県善通寺でも行われている。

水掛けて掛けて会陽を昂《たか》ぶらす　牧　恵子
なだれつつ宝木の行方裸押　媛井苔青
仏心のふどし一筋裸押し　久保田博
争ひを仏嘉《よみ》する裸押し　宮津昭彦
裸押し肩ぐるまして子も裸身　渡辺昭
乱声も加持の一法修正会　西田誠

【初閻魔《はつえんま》】　斎日《さいにち》

正月十六日に新年初めて閻魔に詣でること。またその縁日。この日と七月十六日とは、地獄の獄卒も休むといい、奉公人が休む藪入でもあるため、閻魔堂や十王堂へ参詣することが多かった。諸寺では地獄変相の図や十王図などの画幅を掲げる。十王は冥府《めいふ》で亡者の罪を裁く十の王で、閻魔はその中の一人。↓藪入

初閻魔赤い風船飛んでをり　多田薙石
初閻魔天網雪をこぼしけり　岩崎健一
母の背に舌を出す子や初閻魔　岡部六弥太
笏《しやく》にまで及ぶ虫喰ひ初閻魔　大堀柊花
うしろより紙のつぶてや初閻魔　下田童観

【初観音《はつくわんおん》】

正月十八日に新年初めて観世音菩薩《かんぜおんぼさつ》に詣でること。またその縁日。東京では浅草観音、京都では清水観音が特に有名で、参詣者で賑う。❖毎月十八日が観音の縁日である。

仲見世や初観音の雪の傘　増田龍雨
初観音人形焼を買ふ列に　瀧　春一
雑踏にしるべの顔や初観音　稲垣きくの
風荒れて初観音の湖国かな　永井由紀子
目立たざる初観音の小商ひ　星野高士

【初大師《はつだいし》】　初弘法《はつこうぼふ》

正月二十一日に新年初めて弘法大師に詣でること。またその縁日。弘法大師は真言宗の開祖空海のこと。厄年にあたる男女が厄除けのお参りをする。首都圏では川崎大師、近畿圏では京都の東寺が最も賑う。

香煙に降りこむ雪や初大師　五十嵐播水
初大師東寺に雪のなかりけり　百合山羽公
初大師曇ればすぐにしぐれきて　草間時彦
地べたに火焚くしたしさや初大師　小川軽舟
売れさうもなきもの並べ初弘法　片山由美子
七輪のうるめに楊子初弘法　押野　裕

【初不動《はつふどう》】

正月二十八日に新年初めて不動尊に詣でること。またその縁日。不動尊は不動明王のことで、五大明王の主尊。暴悪忿怒《ふんぬ》の形相をしており、一切の悪魔を降伏させる。関東では千葉県の成田不動尊が最も有名。弘法大師の開眼で、平将門《たいらのまさかど》の乱に霊験があったといわれ、信仰する者が多い。❖画幅では大津市の園城寺《おんじょう》の黄不動、和歌山県の高野山明王院の赤不動、京都市青蓮院《しょうれんいん》の青不動の三幅が知られる。

前髪にちらつく雪や初不動　石田波郷
むさし野の雲ふはふはと初不動　村沢夏風
ぬかるみにうるむ灯のあり初不動　八木林之助
佃煮《つくだに》の漆光りや初不動　岡本　眸
滝道の風に杉鳴る初不動　柏原日出子

【初弥撒《はつミサ》】　弥撒始

正月元日に新年初めてカトリック教会で行われるミサ。

初弥撒や落葉松はみな直なる木　石田勝彦
初弥撒に君の座のあり君の亡く　依田明倫
初弥撒や祷りのほかの灯は消され　鷹羽狩行
初弥撒へ旅人ひとり加はれり　内藤恵子
初弥撒や息ゆたかなる人集ひ　福永耕二
初弥撒の鐘に応ふる波高し　柴田佐知子
初弥撒の木彫りのマリア足小さき　岡本恵子
初弥撒やまつげ豊かに祈りたる　市川浩実
燦々とステンドガラス弥撒始　阿波野青畝
燭の火の細きに睦み弥撒始　村田　脩

動物

【嫁が君《よめがきみ》】

正月三が日に鼠を呼ぶ忌《いみ》ことば。関西で使われた。嫁御《よめご》・嫁御前《よめごぜ》・嫁女《よめじょ》などと呼ぶ地方もある。❖鼠は大黒様の使いとして、米や餅を供えるなど、正月にもてなす習俗も広く行われていた。

明くる夜もほのかに嬉しよめが君　其角
三宝に登りて追はれ嫁が君　高浜虚子
どこからか日のさす閨《ねや》や嫁が君　村上鬼城
ぬば玉の閨かいまみぬ嫁が君　芝不器男
嫁が君全き姿見られけり　野口里井
嫁が君この家の勝手知りつくし　轡田進
磨きたる廊下の長さ嫁が君　中坪達哉

【初鶏《はつどり》】

元日の明け方に鳴く一番鶏《いちばんどり》。新しい年の始まる事触れの声。❖常に聞くのとちがい、めでたさがひとしおである。

初鶏や日の梁《うつばり》のあなたより　蓼太
初鶏にこたふる鶏も遠からぬ　阿部みどり女
初鶏やひそかにたかき波の音　久保田万太郎
木曾に来て初鶏のこの勁《つよ》き声　所山花
初鶏の声を遠くに火を使ふ　柿本多映
初鶏の閧高らかに尾を引けり　岡安仁義
初鶏やあめつちはなほ真の闇　鷹羽狩行
初鶏や神代のままの星の数　杉良介
初鶏の次の声待つ山河かな　遠藤若狭男
初鶏のながながと日の神を呼ぶ　大野崇文

【初声《はつこゑ》】

元日の早暁に聞くはじめての鳥の声。諸鳥の鳴き声をいう。❖鳥に限っていい、犬や猫などについてはいわない。

初声の戒壇院の石叩　岡井省二
初声の雀の中の四十雀　青柳志解樹
帆柱に来て初声を高めけり　茨木和生
初声や向ひの山の薄明り　小山あきお
初声や笹叢に日の射し入りぬ　佐々木潤子

【初雀《はつすずめ》】
元日の雀。身近にあっていつも聞き慣れている雀の鳴き声も、新年にはめでたく聞こえる。軒先などで見る姿も愛らしく感じられる。

みつめて居ていよよ小さし初雀　澤井我来
お手玉のごとくにあそぶ初雀　下村梅子
初雀日輪いまだつばさなし　千代田葛彦
初雀嘴《はし》よりひかりこぼしけり　岸田稚魚
初雀非常階段落ちるなよ　小笠原和男
舞殿の屋根に弾みて初雀　木暮剛平
花蕊のごとき足跡初雀　金箱戈止夫
あさくさの雷門の初雀　今井杏太郎
群れ飛んで一羽残りぬ初雀　稲畑汀子
つぎつぎに松よりこぼれ初雀　柏原眠雨
水の上の影の小粒や初雀　冨田正吉
初雀来てをり玉の水浴びに　島谷征良
松の葉の氷啄む初雀　岩井英雅
初雀吹き戻さるゝ渚かな　中岡毅雄

【初鳩《はつばと》】
正月に見る鳩。初詣の寺社の境内などで見かける姿を愛《め》でていう。

由比ヶ浜の風が初鳩ちらしけり　西　宇内
初鳩のくぐもり鳴くや塔の下　浅野草人
初鳩や海光届く一の宮　石川千代子

【初鴉《はつがらす》】
元日の鴉で、姿と鳴き声にいう。❖鴉は姿も声も不気味で不吉な鳥の印象を与えるが、八咫烏《やたがらす》・三足《さんぞく》の烏などは瑞兆とされ、元日の鴉は神鳥《しんう》として愛でられた。

ばら〳〵に飛んで向ふへ初鴉　高野素十
背山よりいつもの声の初鴉　後藤比奈夫
噴煙のあたりを去らず初がらす　米谷静二
松島の佳き松にゐる初鴉　小原啄葉
道に出て人のごとくに初鴉　山田みづえ
地に降りて声つつしめる初鴉　宮岡計次
初鴉吹かるる風の結び目に　神蔵器
初鴉声ごと吹かれ森を越ゆ　本宮哲郎
二羽たちて三羽となりぬ初烏　鷹羽狩行
声少しづつ初鴉らしくなる　上井正司
初鴉その漆黒を称え合う　宇多喜代子
夕されば常のこゑなり初鴉　小島健
みづうみへこゑ伸びてゆく初鴉　井上康明

【伊勢海老《いせえび》】

イセエビ科の甲殻類。太平洋岸に棲息するが、日本海には少ない。雄渾《ゆうこん》な姿と色が正月の賀宴にふさわしく、昔から祝膳を飾る正月用の海の幸として珍重されてきた。❖茹で上がった色がいかにもめでたい。↓飾海老

木屑より出て伊勢海老の髭うごく　福田甲子雄
伊勢海老のどことは言はず菫いろ　角川照子
これやこの伊勢海老の舵紅に　鷹羽狩行
伊勢海老の二藍の色誉めにけり　中西夕紀
伊勢海老の髭の先まで蒸されたり　山本一史

植　物

【楪《ゆづりは》】

正月飾りに用いるユズリハ科の常緑高木、楪の葉。楪は暖地の山に自生するが、多くは庭木として植えられる。葉は大型の長楕《だ》円《えん》形で、長さ十五センチほど。その表面は艶のある緑色で肉厚。裏面は白みがかっていて、長い葉柄は紅色を帯びる。常緑樹の常として新しい葉が生長してから古い葉が落ちるさまを、順に世代を譲ることに見立て、縁起が良いとする。

楪をもう二三枚欲しきかな　中田みづほ
ゆづり葉にのせて大和の焼肴　大島民郎
楪の紅に心のある如く　町　春草
楪の柄のくれなゐに雪紬ぐ　古賀まり子
楪や高処の一戸よく見ゆる　児玉輝代
楪に日和《ひより》の山を重ねけり　大峯あきら
楪を流るる日ざし高野口　友岡子郷
楪の下の親しき歩みかな　中山世一

【歯朶《しだ》】　羊歯《しだ》　裏白《うらじろ》

シダは種類が多いが、正月の歯朶といえば裏白のことで、葉の表は艶やかな緑色だが裏が白い。葉が対になっているので諸向《もろむき》ともいい、夫婦和合の象徴とする。裏が白いのを白髪の長寿になぞらえ、縁起のよいものとして注連縄やお飾りに使う。またそこから、齢《よわい》（＝歯）を延べるとして「歯朶」の字を用いる。❖山中や路傍などに生えているものは新年の季語とはしない。→歯朶刈（冬）・歯朶飾る

歯朶の葉の右左あるめでたさよ　高野素十

歯朶の塵こぼれて畳うつくしき　大峯あきら
裏白に映えて神世の灯かな　野村泊月
裏白と一夜明くれば古稀の父　百合山羽公
うらじろの反りてかすかに山の声　髙崎武義

【福寿草《ふくじゆさう》】　元日草《ぐわんじつさう》

キンポウゲ科の多年草で、江戸時代から鑑賞用に栽培が行われており、正月に花が咲くように鉢植えにしたことから元日草とも呼ぶ。その名とともに黄金色の花がいかにもめでたさを感じさせる。❖自生しているものの開花は二〜三月。

福寿草家族のごとくかたまれり　福田蓼汀
日の障子太鼓の如し福寿草　松本たかし
福寿草ひらきてこぼす真砂かな　橋本鶏二
妻の座の日向ありけり福寿草　石田波郷
下町や軒端の鉢の福寿草　石塚友二
裏山にゐくぼの日ざし福寿草　成田千空
ゆるみつつ金をふふめり福寿草　深見けん二
どの子にも母似の笑窪福寿草　板橋美智代
その字画ほぐすごとくに福壽草　鷹羽狩行
針山も日にふくらみて福寿草　八染藍子
福寿草母なる子なる蕾かな　山田弘子
見回して空ばかりなり福寿草　友岡子郷
福寿草雛がつばさを張るやうに　須原和男
朝日まだよそよそしくて福寿草　山本一歩
母ひとりには広き家福寿草　佐藤郁良
玄関の白砂青苔元日草　鷹羽狩行

【若菜《わかな》】　粥草《ななくさがゆ》　七草菜

正月七日の七種粥に入れる春の若草をさす。

↓七種

雪の戸や若菜ばかりの道一つ　言水
初若菜三筋四すぢとかぞへけり　鳳朗
粥草や葛飾舟の朝みどり　蕪村
嵯峨へ行き御室《おむろ》へ戻り若菜かな　正岡子規
籠の目に土のにほひや京若菜　大須賀乙字
初若菜うらうら海にさそはれて　長谷川かな女

ふるさとは白波の磯初若菜　村田　脩

【春の七草《はるのななくさ》】

正月七日に食べる七種粥に入れる若菜。根白草・薺・御行・繁縷《はこべら》・仏の座・菘《すずな》・蘿蔔《すずしろ》の七種。↓七種・若菜

あをあをと春七草の売れのこり　高野素十
七草の名札新らし雪の中　鈴木花蓑
折々に七草籠の置き処　池内たけし
七種のみどり細《くは》しき一籠かな　野澤節子
苞とけば七草の菜の青ひらく　能村登四郎
七草のはこべら莟もちてかなし　山口青邨
七種のすずしろなれば透き通る　佐藤麻績

【根白草《ねじろぐさ》】

春の七草のひとつ。芹の異称。

根白草仏の山の日だまりに　高木良多
指細くしては摘みけり根白草　今泉陽子
三代の俎にほふ根白草　新田祐久
根白草ばらまかれたる薄日かな　井出　渉
師も父母も在さぬこの世根白草　池田澄子
播磨野の夢前《ゆめさき》川の根白草　松尾隆信

【薺《なづな》】　初薺　薺売

春の七草のひとつ。

下京やさざめき通る薺うり　蝶　夢
濡縁や薺こぼるゝ土ながら　嵐　雪
ふるさとの不二かゞやける薺かな　勝又一透
千枚田より摘みきたる薺なる　斎藤梅子
俎板に散らばつてゐるなづなかな　山本一歩
松島の松いろいろや初なづな　長谷川　櫂

【御行《おぎやう》】　御形《ごぎやう》　五形《ごぎやう》

春の七草のひとつ。母子草《ははこぐさ》のことで、御《お》行《ぎよう》・御行《ごぎよう》という古い呼び名が用いられている。↓母子草（春）

雨に野は相生すべき五ぎやうかな　季　吟
古都に住む身には平野の御行かな　名和三幹竹
こもごもに二人子の唄御行摘む　石田波郷
高麗の里御行の畦に風移る　広瀬一朗

御形摘む大和島根を膝に敷き　八田木枯

【仏の座《ほとけのざ》】　田平子《たびらこ》

春の七草のひとつ。キク科の越年草、小鬼《こおに》田平子《たびらこ》のこと。蓮華の円座に似た形から仏の座の名がある。❖春に花をつけるシソ科の越年草ホトケノザとは別の植物。

油屋の千本格子ほとけの座　松本澄江
日のひかりひとときどき仏の座　山口速
しつかりとひつそりとあり仏の座　有馬朗人
日の中に浮んでゐたる仏の座　高橋将夫
たびらこや洗ひあげおく雪の上　吉田冬葉
田平子や午後より川に人の出て　岡井省二

【菘《すずな》】　菁《すずな》

春の七草のひとつ。蕪のことだが、菘と呼んで新年のものとしている。古くは鈴菜と書いたが、鈴は小さいものの意という。

山口につくる生駒の鈴菜かな　言水
早池峰の日のゆきわたる菘かな　菅原多つを

【蘿蔔《すずしろ》】

春の七草のひとつで、大根のことを蘿蔔と呼んで新年のものとしている。

すずしろや春も七日を松の露　鳳朗
すずしろと書けば七草らしきかな　井沢修

【子日草《ねのひぐさ》】　姫小松　子《ね》の日《ひ》の松《まつ》

子の日の遊びに引き抜く小松のこと。↓小松引

根づかせて見せばやけふの子の日草　暁台
湖見ゆる丘に来て引く子の日草　田中平洲
子日草海原の日に手をかざし　則近文子
絵巻物ひろげし如く姫小松　成瀬正俊

付録

行事一覧／忌日一覧
二十四節気七十二候表／二十四節気略暦
助数詞表／文語文法活用表
間違えやすい旧仮名遣い

行事一覧

吟行にお出かけの場合には、かならず日時をお確かめください。

《1月》

1日 弥彦神社正月夜宴神事(〜3) 新潟県弥彦村
浅草寺修正会(浅草寺・12/31〜1/6) 東京都台東区
隅田川七福神詣(白鬚神社など6社寺・〜7) 東京都墨田区
鶴岡八幡宮御判行事(〜6) 神奈川県鎌倉市
蛙狩神事・御頭御占神事(諏訪大社上社) 長野県諏訪市
初伊勢〈歳旦祭〉(伊勢神宮) 三重県伊勢市
白朮祭《おけらさい》(八坂神社) 京都市
東本願寺修正会(〜7) 京都市
繞道祭《にょうどうさい》(大神神社《おおみわ》) 奈良県桜井市
橿原神宮歳旦祭 奈良県橿原市
四天王寺修正会(〜14) 大阪市
大御饌祭《おおみけさい》(出雲大社) 島根県出雲市
2日 大日堂舞楽(大日霊貴神社《おおひるめむち》) 秋田県鹿角市
北野の筆始祭(北野天満宮) 京都市
3日 寺野のひよんどり 静岡県浜松市
吉備津神社の矢立神事 岡山市
玉取祭〈玉せせり〉(筥崎宮) 福岡市
4日 中宮祠武射祭《ちゅうぐうしぶしゃさい》(二荒山《ふたらさん》神社) 栃木県日光市
下鴨神社蹴鞠はじめ 京都市
住吉大社踏歌《とうか》神事 大阪市
5日 浅草寺牛玉《ごおう》加持会 東京都台東区
大山祭(伏見稲荷大社) 京都市
五日戎〈南市の初戎〉(南市恵比須神社) 奈良市

上旬　加賀鳶出初め式　石川県金沢市
6日　少林山七草大祭だるま市（少林山達磨寺・～7）　群馬県高崎市
　びんずる廻し（善光寺）　長野市
7日　白馬祭（鹿島神宮）　茨城県鹿嶋市
　善光寺御印文頂戴（～15）　長野市
　三島御田打ち神事（三嶋大社）　静岡県三島市
　清水寺の牛玉《ごおう》　京都市
　住吉の白馬神事《あおうましんじ》（住吉大社）　大阪市
　太宰府天満宮鷽《うそ》替え・鬼すべ　福岡県太宰府市
　鬼夜（大善寺玉垂宮）　福岡県久留米市
9日　西本願寺報恩講（～16）　京都市
第4土曜　若草山焼き　奈良市
第2月曜　鬼走（常楽寺）　滋賀県湖南市
10日　今宮戎神社十日戎・宝恵駕《ほえかご》（9～11）　大阪市
　金刀比羅宮初こんぴら　香川県琴平町
11日　御札切り（遊行寺）　神奈川県藤沢市
　熱田神宮踏歌神事〈あられぱしり〉　愛知県名古屋市
　枚岡神社粥占神事　大阪府東大阪市
　大宝の綱引き　長崎県五島市
12日　坂東報恩寺まないた開き　東京都台東区
　伏見稲荷大社奉射祭　京都市
13日　住吉のお弓始め〈御結鎮《みけち》神事〉（住吉大社）　大阪市
14日　新野の雪祭り（新野伊豆神社）　長野県阿南町
15日　チャッキラコ（本宮、海南神社）　神奈川県三浦市
15日頃　三十三間堂の楊枝浄水加持・通し矢（15日に近い日曜）　京都市
16日　上賀茂神社武射神事　京都市
　藤森神社御木始・御弓始　京都市
　白毫寺閻魔もうで　奈良市
17日　三吉梵天祭（三吉神社）　秋田市
18日　浅草寺亡者送り　東京都台東区
20日　常行堂二十日夜祭〈延年の舞〉（毛越寺）

岩手県平泉町
百手祭《ももてさい》〈厳島の御弓始〉（大元神社）　広島県廿日市市
21日　川崎大師初大師　神奈川県川崎市
東寺初弘法　京都市
第4日曜　篦岳白山祭《ののたけはくさん》〈篦宮祭〉（篦岳山篦峯寺）　宮城県涌谷町
24日　亀戸天神社うそ替え神事（～25）　東京都江東区
愛宕神社初愛宕　京都市
とげぬき地蔵大祭（高岩寺）　東京都豊島区
25日　篠原踊（篠原天神社）　奈良県五條市
北野天満宮初天神　京都市
太宰府天満宮初天神祭　福岡県太宰府市
27日　道了尊大祭（最乗寺・～28）　神奈川県南足柄市

《2月》

1日　王祇祭〈黒川能〉（春日神社・～2）　山形県鶴岡市
尾鷲ヤーヤ祭り（尾鷲神社・～5）　三重県尾鷲市
2日　御縄掛け神事（花窟《はなのいわや》神社）　三重県熊野市
3日　あまめはぎ　石川県能登町
茗荷祭（阿須々伎神社）　京都府綾部市
節分　金峯山寺節分会　奈良県吉野町
節分鬼おどり（本成寺）　新潟県三条市
成田山節分会（新勝寺）　千葉県成田市
鬼鎮神社節分祭　埼玉県嵐山町
五條天神参（五條天神社）　京都市
吉田神社節分祭（前後3日）　京都市
節分万灯籠（春日大社）　奈良市
第1日曜　飛鳥坐神社おんだ祭　奈良県明日香村
8日　淡嶋神社針供養　和歌山市
10日　刈和野の大綱引き　秋田県大仙市
竹割まつり（菅生石部神社）　石川県加賀市
安久美神戸神明社鬼祭（～11）　愛知県豊橋市

初午　王子凧市（王子稲荷神社・二の午）　東京都北区
東福寺懺法会　京都市
11日　徳丸北野神社田遊び　東京都板橋区
紀元祭〈橿原祭〉（橿原神宮）　奈良県橿原市
第2日曜　大室山山焼き　静岡県伊東市
鳥羽火祭　愛知県西尾市
14日　角館火振りかまくら（13～）　秋田県仙北市
長谷のだだおし（長谷寺）　奈良県桜井市
金剛峯寺常楽会（～15）　和歌山県高野町
15日　横手のかまくら〈雪まつり〉（～16）　秋田県横手市
黒森歌舞伎（黒森日枝神社・17）　山形県酒田市
四天王寺涅槃会　大阪市
中旬　黒石寺蘇民祭《こくせきじそみんさい》（旧暦1／7～8）　岩手県奥州市
椿神社椿まつり（旧暦1／7～9）　愛媛県松山市
国栖奏《くずそう》（浄見原《きよみはら》神社・旧暦1／14）　奈良県吉野町
長崎ランタンフェスティバル（～下旬の15日間）　長崎市
17日　八戸えんぶり（～20）　青森県八戸市
旭岡山ぼんでん（旭岡山神社）　秋田県横手市
伊勢神宮祈年祭　三重県伊勢市
18日　谷汲踊り（華厳寺）　岐阜県揖斐川町
20日　一夜官女祭（野里住吉神社）　大阪市
第3土曜　西大寺会陽《えよう》　岡山市
25日　北野天満宮梅花祭〈梅花御供〉　京都市
下旬　西浦田楽《にしうれでんがく》（旧暦1／18）　静岡県浜松市
鵜殿のヨシ原焼き　大阪府高槻市
第4土曜　善通寺大会陽（～翌日曜）　香川県善通寺市
第4日曜　八坂神社華鎮祭《けちんさい》　奈良県田原本町
最終土曜　勝山左義長（～翌日曜）　福井県勝山市

《3月》

1日　宝鏡寺ひなまつり　京都市
東大寺二月堂修二会〈お水取り・お松明〉（～14）奈良市
2日　若狭のお水送り（神宮寺）福井県小浜市
3日　浦佐毘沙門堂裸押合大祭　新潟県南魚沼市
淡嶋神社雛流し　和歌山市
第1日曜　太宰府天満宮曲水の宴　福岡県太宰府市
9日　祭頭祭（鹿島神宮）茨城県鹿嶋市
10日　帆手祭（塩竈《しおがま》神社・志《し》波《わ》彦《ひこ》神社）宮城県塩竈市
13日　春日祭〈申祭〉（春日大社）奈良市
第2日曜　高尾山薬王院大火渡り祭　東京都八王子市
14日　泉涌寺涅槃会（～16）京都市
東福寺涅槃会（～16）京都市
15日　清涼寺涅槃会・お松明式〈嵯峨の柱炬〉京都市
中旬　春日御田植祭（春日大社）奈良市
日《ひ》牟《む》礼《れ》八幡宮左義長祭（14、15日に近い土・日曜）滋賀県近江八幡市
18日　平国祭（氣《け》多《た》大社・～4／3）石川県羽《は》咋《くい》市
21日　金剛峯寺正御影供《しょうみえく》　和歌山県高野町
22日　法隆寺御会式〈太子会〉（～24）奈良県斑鳩町
25日　安倍文殊院文殊お会式（～26）奈良県桜井市
河内の春ごと〈菜種御供〉（道明寺天満宮）大阪府藤井寺市
薬師寺修二会〈花会式〉（～31）奈良市
27日　千躰荒神春季大祭（海雲寺・～28）東京都品川区
仙石原湯立獅子舞（仙石原諏訪神社）神奈川県箱根町
第4日曜　泥打祭り（阿蘇神社）福岡県朝倉市

《4月》

1日　**赤穂義士祭**（泉岳寺・～7）　東京都港区
廿日会祭（静岡浅間神社・～5）　静岡市
都をどり（祇園甲部歌舞練場にて・～24）
※平成29年以降一時休館のため京都芸術劇場春秋座にて開催　京都市
ちゃんちゃん祭り〈大和神幸祭〉（大和神社）　奈良県天理市
2日　**輪王寺強飯式**　栃木県日光市
5日　**水谷神社鎮花祭**（春日大社）　奈良市
上旬　**御柱祭**（諏訪大社・～5月上旬、6年ごと）　長野県諏訪市
第1土曜　**香取神宮御田植祭**（～翌日曜）　千葉県香取市
犬山祭（針綱《はりつな》神社・～翌日曜）　愛知県犬山市
第1日曜　**西方寺踊り念仏**　長野県佐久市
7日　**青柴垣《あおふしがき》神事**（美保神社）　島根県松江市
10日前の日曜　**天津《てんづ》司《し》の舞**（天津司神社）　山梨県甲府市
10日　**糸魚川けんか祭り**（天津神社・～11）　新潟県糸魚川市
桜祭神幸祭（平野神社）　京都市
花供《はなく》懺法会《せんぽうえ》〈吉野花会式〉（金峯山寺・～12）　奈良県吉野町
13日　**法輪寺十三まいり**（～5／13）　京都市
長浜曳山まつり（長浜八幡宮・～16）　滋賀県長浜市
第2日曜　**安良《やすら》居《い》祭**（今宮神社）　京都市
吉野太夫花供養（常照寺）　京都市
14日　**春の高山祭**〈山王祭〉（日枝神社・～15）　岐阜県高山市
第1日曜・第2土・日曜　**嵯峨大念佛狂言**（清涼寺）　京都市
中旬　**鞍馬の花供養**（鞍馬寺・15日間）　京都市
もちがせ流しびな（旧暦3／3）　鳥取市
18日　**大神《おおみわ》神社鎮花祭**　奈良県桜井市
知恩院御忌大会（～25）　京都市
19日　**古川祭**〈起し太鼓と屋台行列〉（気多若宮

神社・～20）岐阜県飛驒市
清凉寺御身拭式　京都市
20日頃の日曜　伏見稲荷大社稲荷祭（～5／3）京都市
20日以降の日曜　松尾大社神幸祭（三週間後に還幸祭）京都市
21日　靖國神社春季例大祭（～23）東京都千代田区
東寺正御影供　京都市
22日　四天王寺聖霊会　大阪市
25日　大阪天満宮鎮花祭　大阪市
27日　上高地開山祭　長野県松本市
道成寺鐘供養会式　和歌山県日高川町
29日　壬生大念佛狂言（壬生寺・～5／5）京都市
第4日曜　孔子祭〈釈奠〉（湯島聖堂）東京都文京区
30日　くらやみ祭（大国魂神社・～5／6）東京都府中市

《5月》

くらやみ祭（大国魂神社4／30～5／6）東京都府中市
1日　春の藤原まつり（～5）岩手県平泉町
高岡御車山祭（関野神社）富山県高岡市
ゑんま堂狂言（引接寺《いんじょうじ》・～4）京都市
福野夜高祭（～2）富山県南砺《なんと》市
鴨川をどり（先斗町歌舞練場にて・～24）京都市
2日　先帝祭（赤間神宮・～4）山口県下関市
神泉苑祭（神泉苑・～4）京都市
3日　那覇ハーリー（～5）沖縄県那覇市
筑摩祭（筑摩神社）滋賀県米原市
大原志（大原神社）京都府福知山市
博多どんたく港まつり（～4）福岡市
沖端水天宮祭り（沖端水天宮・～5）福岡県柳川市
品川寺《ほんせんじ》鐘供養及び俳句の会　東京都品川区
5日　賀茂競馬（上賀茂神社）京都市

今宮祭（今宮神社・～15日に近い日曜） 京都市
藤森祭（藤森神社） 京都市
地主祭り〈神幸祭〉（地主神社） 京都市
8日 **豊年祭**（熱田神宮） 名古屋市
11日 **長良川鵜飼開き** 岐阜市
12日 **御蔭《みかげ》祭**（下鴨神社） 京都市
14日 **神御衣《かんみそ》祭**（伊勢神宮） 三重県伊勢市
練供養会式（當麻寺） 奈良県葛城市
出雲大社例祭 島根県出雲市
15日頃 **大垣まつり**（大垣八幡神社・15日に近い土日） 岐阜県大垣市
葵祭〈賀茂祭〉（上賀茂・下鴨両社） 京都市
第2巳 **寳生辨財天例祭**（水天宮） 東京都中央区
五月中旬の木曜 **神田祭**（神田明神・～翌火曜） 東京都千代田区
五月中頃の土・日曜 **三井寺千団子祭**（園城寺） 滋賀県大津市
17日 **日光東照宮例大祭**〈百物揃千人武者行列〉（～18） 栃木県日光市
第2日曜 **和歌祭**（紀州東照宮） 和歌山市
19日 **うちわまき**（唐招提寺） 奈良市
第3金・土曜 **春日大社・興福寺薪御能** 奈良市
第3土曜 **浅草三社祭**（浅草神社・前後3日間） 東京都台東区
黒船祭（前後3日間） 静岡県下田市
三船祭（車折《くるまざき》神社） 京都市
第3日曜 **嵯峨祭**（野々宮神社 愛宕神社・第4日曜） 京都市
25日 **化物祭**（鶴岡天満宮） 山形県鶴岡市
楠公祭（湊川神社） 兵庫県神戸市
最終土・日曜 **植木市**（浅間神社・6月最終土日も） 東京都台東区

《6月》

1日 **貴船祭**（貴船神社） 京都市
第2土曜 **相内の虫送り** 青森県五所川原市
上高地ウェストン祭（～日曜） 長野県松本市
呼子大綱引（～日曜） 佐賀県唐津市

4日　**伝教会**（比叡山延暦寺）　滋賀県大津市
5日　**熱田祭**（熱田神宮）　名古屋市
　県祭《あがたまつり》（県神社・～6）　京都府宇治市
7日頃　**品川神社例大祭**〈北の天王祭〉（品川神社・日曜含む3日間）　東京都品川区
　荏原神社天王祭〈南の天王祭〉（荏原神社・日曜含む3日間）　東京都品川区
旧暦5月4日　**糸満ハーレー**　沖縄県糸満市
上旬　**山王祭**（日枝神社・～中旬）　東京都千代田区
　漏刻祭（近江神宮）　滋賀県大津市
第2土曜　**チャグチャグ馬コ**　岩手県盛岡市
　金沢百万石まつり（尾山まつり）（前後3日間）　石川県金沢市
14日　**住吉の御田植**《おんだうえ》（住吉大社）　大阪市
　札幌まつり（北海道神宮・～16）　札幌市
17日　**三枝祭**《さいくさのまつり》（率川《いさがわ》神社）　奈良市
20日　**竹伐り会式**（鞍馬寺）　京都市
24日　**伊勢の御田植**《みたうえ》（皇大神宮）　三重県志摩市
30日　**愛染まつり**（愛染堂勝鬘院・～7／2）　大阪市

《7月》

1日　**祇園祭**（八坂神社・～31）　京都市
2日　**肥土山**《ひとやま》**虫送り**（多聞寺・肥土山離宮八幡神社）　香川県土庄町
6日　**入谷朝顔まつり**（入谷鬼子母神・～8）　東京都台東区
7日　**蓮華会**〈蛙飛び行事〉（金峯山寺蔵王堂）　奈良県吉野町
9日　**四万六千日**〈ほおずき市〉（浅草寺・～10）　東京都台東区
第2土曜　**三井寺札焼**（園城寺）　滋賀県大津市
　お手火神事（沼名前神社・第2日曜の前夜）　広島県福山市
10日　**鹽竈神社例祭**〈藻塩焼神事〉（鹽竈神社）　宮城県塩竈市
旧暦6月17日　**管絃祭**（厳島神社）　広島県廿日市市
14日　**那智の扇祭り**（熊野那智大社）　和歌山県

那智勝浦町
15日 出羽三山花祭（出羽三山神社） 山形県鶴岡市
天王祭（宇都宮二荒山神社・～20） 栃木県宇都宮市
別所温泉岳の幟（15日に近い日曜） 長野県上田市
博多祇園山笠〈追い山笠〉（櫛田神社） 福岡市
16日 志度寺の十六度市（志度寺） 香川県さぬき市
第3土・日曜 関山神社火祭り 新潟県妙高市
17日 祇園祭山鉾巡行〈前祭《さきまつり》巡行〉（八坂神社） 京都市
土用丑日 御手洗祭（下鴨神社・前後5日間） 京都市
20日 恐山大祭（～24） 青森県むつ市
弥栄《やさか》神社祇園祭〈鷺舞神事〉（・27） 島根県津和野町
22日 うわじま牛鬼まつり（～24） 愛媛県宇和島市
海の日 住吉祭神輿洗神事（住吉大社） 大阪市
23日 相馬野馬追（太田神社 中村神社 小高神社・～25） 福島県相馬市・南相馬市
24日 文珠堂出船祭（智恩寺） 京都府宮津市
25日 弥彦神社灯籠神事 新潟県弥彦村
天神祭（大阪天満宮） 大阪市
28日 唐崎参〈みたらし祭〉（唐崎神社・～29） 大津市
牛越まつり（菅原神社） 宮崎県えびの市
阿蘇の御田《おんだ》祭（阿蘇神社） 熊本県阿蘇市
第4土曜 津島祭（津島神社・～翌日曜） 愛知県津島市
最終土曜 粉河祭（～翌日曜） 和歌山県紀の川市
最終日曜 長崎ペーロン 長崎市
31日 御陣乗《ごじんじょ》太鼓（名舟白山神社・～8／1） 石川県輪島市
愛宕の千日詣《まいり》（愛宕神社・～8／1） 京都市
住吉祭（住吉大社・～8／1） 大阪市

《8月》

1日　**弘前ねぷたまつり**（～7）　青森県弘前市
2日　**青森ねぶた祭**（～7）　青森市
3日　**秋田竿燈まつり**（～6）　秋田市
4日　**五所川原立佞武多**（～8）　青森県五所川原市
5日　**山形花笠まつり**（～7）　山形市
　　北野祭（北野天満宮）　京都市
6日　**仙台七夕まつり**（～8）　仙台市
7日　**御嶽山御神火祭**　長野県御嶽山
　　六道まいり（珍皇寺・～10）　京都市
立秋前日　**夏越神事**〈矢取りの神事〉（下鴨神社）　京都市
9日　**清水寺千日詣り**（～16）　京都市
12日　**阿波おどり**（～15）　徳島市
13日　**郡上おどり**（～16）　岐阜県郡上市
14日　**中元万燈籠**（春日大社・～15）　奈良市
　　中尊寺薪能（中尊寺白山神社）　岩手県平泉町
15日　**南部の火祭り**〈百八たい〉　山梨県南部町
　　三嶋大祭り（三嶋大社・～17）　静岡県三島市
　　曝涼〈薪寺の虫干〉（酬恩庵一休寺・～16）　京都府京田辺市
16日　**精霊流し**　長崎市
　　西馬音内《にしもない》盆踊り（～18）　秋田県羽後町
　　鬼来迎《きらいごう》（広済寺）　千葉県横芝光町
　　京都五山送り火〈大文字〉　京都市
旧盆明け最初の週末　**沖縄全島エイサーまつり**　沖縄市
17日　**船幸祭**（建部大社）　滋賀県大津市
19日　**花輪ばやし**（幸《さきわい》稲荷神社・～20）　秋田県鹿角市
20日　**大覚寺万灯会**〈宵弘法〉　京都市
22日　**六地蔵巡り**（地蔵寺ほか・～23）　京都市
下旬　**玉取祭**（嚴島神社・管弦祭の約2週間後）　広島県廿日市市
　　延生《のぶ》の夜祭り（城興寺）　栃木県芳賀町
23日　**千灯供養**（化野念仏寺・～24）　京都市

元興寺地蔵会万灯供養（～24）　奈良市
25日頃　亀戸天神社例大祭（亀戸天神社・金曜～日曜）　東京都江東区
鳴無《おとなし》神社御神幸お舟遊び　高知県須崎市
26日　吉田の火祭り〈鎮火祭〉（北口本宮冨士浅間神社・～27）　山梨県富士吉田市
御射山祭（諏訪大社・～28）長野県諏訪市

《9月》

1日　神幸祭（鹿島神宮・～2）　茨城県鹿嶋市
おわら風の盆（～3）　富山市
八朔牛突き大会　島根県隠岐の島町
2日　気比祭（氣比神宮・～15）　福井県敦賀市
5日　夫婦岩大注連縄張神事（二見興玉神社）三重県伊勢市
11日　だらだら祭（芝大神宮・～21）　東京都港区
12日　放生会（筥崎宮・～18）　福岡市
第3月曜　岸和田だんじり祭（岸城神社・月曜前日前々日）　大阪府岸和田市

14日　遠野まつり（遠野郷八幡宮・～15）　岩手県遠野市
例大祭（鶴岡八幡宮・～16）　神奈川県鎌倉市
15日　石清水祭（石清水八幡宮）　京都府八幡市
18日　例祭・献茶祭（豊国神社）　京都市
19日頃　生子神社の泣き相撲（近い日曜）　栃木県鹿沼市
20日　神幸式大祭（太宰府天満宮・～25）　福岡県太宰府市
川内《せんだい》大綱引　鹿児島県薩摩川内市
下旬　糸満大綱引（旧暦8／15）　沖縄県糸満市
26日　日前国懸例大祭（日前《ひのくま》神宮・國懸《くにかかす》神宮）和歌山市
27日　御船祭り（穂高神社・～27）　長野県安曇野市
吉野神宮大祭（吉野神宮）　奈良県吉野町
29日　恵那神社例大祭（恵那文楽奉納）　岐阜県中津川市
最終土曜　孔子祭〈釈奠《せきてん》〉（長崎孔子廟）　長崎市

《10月》

初旬　**たけふ菊人形**（〜11月初旬）　福井県越前市

1日　**北野ずいき祭**（北野天満宮・〜5）　京都市

上旬　**大津祭**（天孫神社・体育の日の前々日〜前日）　滋賀県大津市

7日　**長崎くんち**（諏訪神社・〜9）　長崎市

9日　**秋の高山祭**（桜山八幡宮・〜10）　岐阜県高山市

金刀比羅宮例大祭（〜11）　香川県琴平町

11日　**池上本門寺御会式**（〜13）　東京都大田区

12日　**芭蕉祭**　三重県伊賀市

15日　**石上《いそのかみ》祭**（石上神宮）　奈良県天理市

熊野速玉大祭〈御船祭〉（熊野速玉大社・〜16）　和歌山県新宮市

18日　**菊供養会**（浅草寺）　東京都台東区

第3土曜　**川越祭**（〜翌日曜）　埼玉県川越市

第3日曜　**城南祭**（城南宮）　京都市

19日　**日本橋恵比寿講べったら市**（宝田恵比寿神社・〜20）　東京都中央区

20日　**冠者殿社祭**〈誓文払い〉（冠者殿社）　京都市

二十日ゑびす大祭〈ゑびす講〉（京都ゑびす神社）　京都市

22日　**時代祭**（平安神宮）　京都市

鞍馬の火祭（由岐神社）　京都市

法隆寺夢殿秘仏開扉（〜11／22）　奈良県斑鳩町

《11月》

1日　**秋の藤原まつり**（中尊寺／毛越寺・〜3）　岩手県平泉町

2日　**唐津くんち**（唐津神社・〜4）　佐賀県唐津市

3日　**けまり祭**（談山神社）　奈良県桜井市

5日　**十日十夜別時念仏会**（真如堂・〜15）　京都市

10日　**尻摘祭**（音無神社）　静岡県伊東市

第2土曜　松明あかし（五老山）　福島県須賀川市
第2日曜　松尾芭蕉祭（瑞巌寺）　宮城県松島町
　岩井将門まつり（國王神社）　茨城県坂東市
12日　誕生寺お会式　千葉県鴨川市
15日　七五三宮詣り　各地
17日　じゃぼんこう（西光寺）　福井県鯖江市
第3土曜　牡丹焚火（須賀川牡丹園）　福島県須賀川市
　原の天狗まつり　埼玉県秩父市
19日　西宮神社えびす講市（～20）　静岡県焼津市
第三土～日曜　豊川稲荷秋季大祭　愛知県豊川市
20日　三嶋大社恵比須講祭　静岡県三島市
　佐太神社神在祭（～25）　島根県松江市
21日　東本願寺報恩講（～28）　京都市
22日　戸隠神社新嘗祭〈太々神楽献奏〉（～25）　長野市
　石上神宮鎮魂祭　奈良県天理市
　神農祭（少彦名神社・～23）　大阪市
　八代妙見祭（八代神社・～23）　熊本県八代市
23日　出雲大社新嘗祭　島根県出雲市
25日　佐太神社神等去出神事　島根県松江市
下旬　高千穂の夜神楽（～翌年2月）　宮崎県高千穂町
11月～12月　柴又帝釈天納の庚申　東京都葛飾区

《12月》

1日　永平寺臘八大摂心会（～8）　福井県永平寺町
3日　秩父夜祭（秩父神社）　埼玉県秩父市
　諸手船神事（美保神社）　島根県松江市
第1土曜　児原稲荷神社例大祭〈夜神楽〉　宮崎県西米良村
第1日曜　木幡の幡祭り　福島県二本松市
4日　保呂羽堂の年越し祭（千眼寺）　山形県米沢市
　香取神宮内陣神楽　千葉県香取市
5日　あえのこと　石川県輪島市・珠洲市・穴水町・能登町

6日　秋葉山火防祭（秋葉山量覚院）　神奈川県小田原市
7日　団碁《だんき》祭（香取神宮）　千葉県香取市
千本釈迦堂大根焚き（～8）　京都市
第1申　厳島鎮座祭（厳島神社）　広島県廿日市市
8日　石上神宮お火焚祭　奈良県天理市
祐徳稲荷神社お火たき神事　佐賀県鹿島市
9日　鳴滝大根焚（了徳寺・～10）　京都市
第2土曜　池ノ上みそぎ祭（葛懸神社）　岐阜市
10日　大湯祭（氷川神社）　さいたま市
大頭祭（武水別神社・～14）　長野県千曲市
金刀比羅宮納の金毘羅　香川県琴平町
11日　冬報恩講〈智積院論議〉（～12）　京都市
13日　常磐神社煤払祭　茨城県水戸市
空也踊躍念仏厳修（六波羅蜜寺・～除夜）　京都市
14日　赤穂義士祭（泉岳寺他）　東京都港区・兵庫県赤穂市

やっさいほっさい（石津太神社）　大阪府堺市
15日　冬渡《おたりや》祭（二荒山神社）　栃木県宇都宮市
おかめ市（川口神社）　埼玉県川口市
世田谷のボロ市（～16・1／15～16）　東京都世田谷区
舘山寺火祭り　静岡県浜松市
春日若宮おん祭（春日大社若宮神社・～18）　奈良市
15日頃　古式祭（宗像大社・15日に近い日曜）　福岡県宗像市
16日　鵜祭（氣多大社）　石川県羽咋市
秋葉の防火祭（秋葉神社）　静岡県浜松市
宝山寺大鳥居大注連縄奉納　奈良県生駒市
中旬　浅草ガサ市（～下旬）　東京都台東区
17日　早池峰神楽舞い納め（早池峰神社）　岩手県花巻市
七日町観音堂だるま市　山形県鶴岡市
浅草羽子板市（～19）　東京都台東区
第3土曜　白糸寒みそぎ（白糸熊野神社）　福岡

県糸島市
第3日曜　長松寺どんき　愛知県豊川市
18日　若宮神社後日の能　奈良市
20日　西本願寺御煤払　京都市
21日　西新井大師納めの大師　東京都足立区
川崎大師納めの大師　神奈川県川崎市
東寺終い弘法　京都市
22日　御火焚串炎上祭（笠間稲荷神社）　茨城県笠間市
冬至　加波山《かばさん》三枝祇《さえなづみ》神社火渉祭　茨城県桜川市
23日　来迎院火防大祭　茨城県龍ヶ崎市
矢田寺かぼちゃ供養　京都市
25日　亀戸天神社納め天神祭　東京都江東区
北野天満宮終い天神　京都市
知恩院御身拭式　京都市
枚岡神社注連縄掛神事　大阪府東大阪市
28日　成田山新勝寺納め不動・お焚き上げ　千葉県成田市
善光寺すす払い　長野市
29日　薬師寺お身拭い　奈良市
31日　松例祭（出羽三山神社・～1／1）　山形県鶴岡市
王子の狐火〈狐の行列〉（王子稲荷神社他）　東京都北区

忌日一覧

忌日・姓名（雅号）・職業・没年の順に掲載。俳人・俳諧作者であるという記述は省略した。

俳句の事績がある場合には代表句を掲げた。

忌日の名称は名に忌が付いたもの（芭蕉忌・虚子忌など）は省略した。

《1月》

1日　**高屋窓秋**　平成11年
頭の中で白い夏野になつてゐる

2日　**檀一雄**　小説家　昭和51年
もがり笛いく夜もがらせ花に逢はん

5日　**中村苑子**　平成13年
春の日やあの世この世と馬車を駆り

8日　**松村蒼石**　昭和57年
星空のうつくしかりし湯ざめかな

9日　**松瀬青々**　昭和12年
日盛りに蝶のふれ合ふ音すなり

10日　**宮津昭彦**　平成23年
今年竹年年《としどし》に空はるかなり
　　綾部仁喜　平成27年
寒木となりきるひかり枝にあり

11日　**山本有三**　小説家　昭和49年

12日　**野村喜舟**　昭和58年
天平に如く世はあらぬ菫かな

15日　**上野章子**　平成11年
福笹を置けば恵比寿も鯛も寝る

17日　**小川双々子**　平成18年
亡郷やてのひらを突く麦の禾

18日　**福田蓼汀**　昭和63年
神の山仏の山も眠りけり

19日　**佐藤鬼房**　平成14年
風光る海峡のわが若き鳶

20日　**大須賀乙字**　寒雷忌・二十日忌　大正9年
妙高の雲動かねど秋の風

21日　**杉田久女**　昭和21年

22日　**河竹黙阿弥**　歌舞伎狂言作者　明治26年
　谺して山ほととぎすほしいまゝ
24日　**火野葦平**　小説家　昭和35年
26日　**藤沢周平**　小説家　平成9年
　残照の寒林そめて消えんとす
27日　**野口雨情**　詩人　昭和20年
29日　**日野草城**　凍鶴忌・銀忌・鶴唳忌　昭和31年
　物の種にぎればいのちひしめける
　井上靖　翌檜忌　小説家・詩人　平成3年
　石昌子　平成19年
　茶の花の気韻地味なる葉隠れに
30日　**渡辺白泉**　昭和44年
　戦争が廊下の奥に立つてゐた
　大峯あきら　平成30年
　日輪の燃ゆる音ある蕨かな
旧2日　**椎本才麿**　元文3年〔1738〕
　笹折りて白魚のたえだえ青し
旧3日　**志太野坡**　元文5年〔1740〕
　長松が親の名で来る御慶かな
旧6日　**夕霧太夫**　遊女　延宝6年〔1678〕
　良寛　禅僧・歌人　天保2年〔1831〕
旧13日　**源頼朝**　鎌倉幕府初代将軍　建久10年〔1199〕
　英一蝶　画家　享保9年〔1724〕
　清く凄く雪の遊女の朝ゐ顔
旧18日　**服部土芳**　享保15年〔1730〕
　桐の葉に光り広げる蛍かな
旧19日　**遍昭**　歌人・僧　寛平2年〔890〕
　荻生徂徠　儒学者　享保13年〔1728〕
旧20日　**源義仲**　武将　寿永3年〔1184〕
　加藤暁台　寛政4年〔1792〕
　九月尽はるかに能登の岬かな
旧25日　**法然**　御忌　浄土宗開祖　建暦2年〔1212〕
　契沖　国学者　元禄10年〔1701〕
旧27日　**源実朝**　金槐忌　鎌倉幕府第三代将軍　建保7年〔1219〕

《2月》

1日　河東碧梧桐　寒明忌　昭和12年
赤い椿白い椿と落ちにけり
3日　福沢諭吉　思想家　明治34年
小林康治　平成4年
たかんなの光りて竹となりにけり
5日　武原はん女　平成10年
小つづみの血に染まりゆく寒稽古
6日　大谷句仏　東本願寺法主　昭和18年
人の世へ儚なき花の夢を見に
7日　相生垣瓜人　昭和60年
家にゐても見ゆる冬田を見に出づる
8日　長塚　節　小説家・歌人　大正4年
石塚友二　昭和61年
百方に借あるごとし秋の暮
9日　殿村菟絲子　平成12年
鮎落ちて美しき世は終りけり
12日　司馬遼太郎　菜の花忌　小説家　平成8年
古賀まり子　平成26年
15日　木下利玄　歌人　大正14年
紅梅や病臥に果つる二十代
村上霽月　昭和21年
朝鵙に夕鵙に絣織りすすむ
17日　坂口安吾　小説家　昭和30年
馬場移公子　平成6年
寒雲の燃え尽しては峡を出づ
18日　岡本かの子　小説家　昭和14年
19日　阿部完市　平成21年
いたりやのふぃれんつえとおしとんぼ釣り
20日　内藤鳴雪　老梅忌・二十日忌　大正15年
初冬の竹緑なり詩仙堂
小林多喜二　虐殺忌　小説家　昭和8年
21日　大橋敦子　平成26年
天仰ぎつづけて雛流れゆく
22日　富安風生　艸魚忌　昭和54年
まさをなる空よりしだれざくらかな
23日　和田悟朗　平成27年
寒暁や神の一撃もて明くる
24日　芝不器男　昭和5年

25日　あなたなる夜雨の葛のあなたかな
斎藤茂吉　童馬忌・赤光忌　歌人　昭和28年
飯田龍太　平成19年
大寒の一戸もかくれなき故郷
26日　**野見山朱鳥**　昭和45年
火を投げし如くに雲や朴の花
28日　**坪内逍遥**　小説家　昭和10年
29日　**久米正雄**　三汀忌・海棠忌　小説家　昭和27年
小諸なる古城に摘みて濃き菫
旧3日　**本阿弥光悦**　工芸家　寛永14年〔1637〕
旧4日　**平　清盛**　武将　養和元年〔1181〕
大石内蔵助良雄　良雄忌　浅野家家老　元禄16年〔1703〕
旧14日　**妓王**　祇王忌　白拍子　没年未詳
旧15日　**吉田兼好**　随筆家　没年未詳
旧16日　**西行**　円位忌・山家忌　歌人・僧　建久元年〔1190〕
旧24日　**内藤丈草**　元禄17年〔1704〕
大原や蝶の出て舞ふ朧月
旧28日　**千　利休**　宗易忌　茶人　天正19年〔1591〕
旧30日（29日説も）　**宝井其角**　晋翁忌・晋子忌　宝永4年〔1707〕
この木戸や鎖のさされて冬の月

《3月》

1日　**岡本綺堂**　劇作家　昭和14年
昼も寝て聞くや師走の風の音
島津　亮　平成12年
怒らぬから青野でしめる友の首
大島民郎　平成19年
夜々おそく戻りて今宵雛あらぬ
2日　**古沢太穂**　平成12年
ロシヤ映画みてきて冬のにんじん太し
3日　**星野立子**　昭和59年
美しき緑走れり夏料理
山口草堂　昭和60年

散る花の宙にしばしの行方かな

6日　**菊池　寛**　作家　昭和23年

7日　**富沢赤黄男**　昭和37年

蝶墜ちて大音響の結氷期

8日　**村越化石**　平成26年

茶の花を心に灯し帰郷せり

10日　**鈴鹿野風呂**　昭和46年

嵯峨の虫いにしへ人になりて聞く

13日　**高橋淡路女**　昭和30年

天上の恋をうらやみ星祭

14日　**千家元麿**　詩人　昭和23年

鈴木真砂女　平成15年

羅や人かなします恋をして

15日　**堀口大学**　詩人・翻訳家　昭和56年

16日　**飴山　實**　平成12年

うつくしきあぎととあへり能登時雨

村松紅花　平成21年

シベリアの月の射し入る汽車に寝む

17日　**青木月斗**　昭和24年

春愁や草を歩けば草青く

吉岡禅寺洞　昭和36年

アドバルーン冬木はづれに今日はなき

赤尾兜子　昭和56年

帰り花鶴折るうちに折り殺す

19日　**八田木枯**　平成24年

黒揚羽ゆき過ぎしかば鏡騒

20日　**角田竹冷**　大正8年

夕立や四山とどろく水の上

林　徹　平成20年

翅となり目玉となりて蜻蛉とぶ

21日　**宮下翠舟**　平成9年

鎌倉に雪降る雛の別れかな

24日　**梶井基次郎**　檸檬忌　小説家　昭和7年

25日　**伊藤松宇**　昭和18年

凩や浪の上なる佐渡ヶ島

26日　**与謝野鉄幹**　歌人　昭和10年

室生犀星　詩人・小説家　昭和37年

鯛の骨たたみにひらふ夜寒かな

山口誓子　平成6年

海に出て木枯帰るところなし

27日　**尾形　仂**　国文学者　平成21年
28日　**島木赤彦**　歌人　大正15年
28日　**瀧　春一**　平成8年
　みごもりてさびしき妻やヒヤシンス
29日　**立原道造**　詩人　昭和14年
30日　**清水基吉**　平成20年
　御油過ぎて赤坂までや油照り
旧2日　**俊寛**　僧　治承3年〔1179〕
旧6日　**源　為朝**　武将　没年未詳
旧15日　**梅若丸**　梅若忌　謡曲「隅田川」の主人公　貞元元年〔976〕
旧18日　**柿本人麻呂**　人麿忌・人丸忌　万葉歌人　没年未詳
　小野小町　歌人　没年未詳
旧21日　**空海**　御影供　真言宗開祖・弘法大師　承和2年〔835〕
旧25日　**蓮如**　中宗会・蓮如輿　本願寺第八世　明応8年〔1499〕
旧28日　**西山宗因**　連歌師・談林俳諧の祖　天和2年〔1682〕
　さればここに談林の木あり梅の花

《4月》

1日　**西東三鬼**　昭和37年
　水枕ガバリと寒い海がある
2日　**高村光太郎**　連翹忌　彫刻家・詩人　昭和31年
　暉峻康隆　国文学者　平成13年
　涅槃図やあの世を知らぬけもの哭く
5日　**三好達治**　鷗忌　詩人　昭和39年
　街角の風を売るなり風車
7日　**尾崎放哉**　大正15年
　咳をしても一人
　三橋鷹女　昭和47年
　鞦韆は漕ぐべし愛は奪ふべし
8日　**高浜虚子**　椿寿忌　昭和34年
　遠山に日の当りたる枯野かな
9日　**武者小路実篤**　小説家　昭和51年
　田宮虎彦　小説家　昭和63年
　野澤節子　平成7年

春昼の指とどまれば琴も止む

安東次男　詩人・比較文学研究者　平成14年

10日　鈴木鷹夫　平成25年

むらぎもの影こそ見えね心太

12日　伊藤月草　昭和21年

起つときの脚の段取り孕鹿

13日　石川啄木　歌人　明治45年

目張して空ゆく風を聞いてゐる

15日　藤田湘子　平成17年

天山の夕空も見ず鷹老いぬ

16日　川端康成　小説家　昭和47年

20日　内田百閒　百鬼園忌・木蓮忌　小説家　昭和46年

21日　篠田悌二郎　春蟬忌　昭和61年

暁やうまれし蟬のうすみどり

下村ひろし　昭和61年

浦上は愛渇くごと地の旱

23日　五十嵐播水　平成12年

初暦めくれば月日流れそむ

25日　田川飛旅子　平成11年

遠足の列大丸の中とおる

福田甲子雄　平成17年

生誕も死も花冷えの寝間ひとつ

30日　永井荷風　偏奇館忌　小説家　昭和34年

正月や宵寝の町を風のこゑ

丸山海道　平成11年

焰《ほ》をつつく白朮の縄の尖《さき》ともる

旧3日　隠元　黄檗宗開祖　寛文13年（1673）

旧15日　出雲の阿国　女歌舞伎の祖　没年未詳

旧17日　徳川家康　江戸幕府初代将軍　元和2年（1616）

旧18日　葛飾北斎　浮世絵師　嘉永2年（1849）

旧30日　源　義経　武将　文治5年（1189）

《5月》

6日　久保田万太郎　傘雨忌　小説家・戯曲家　昭和38年

神田川祭の中をながれけり
7日　佐藤春夫　慵斎忌　小説家・詩人　昭和39年
たちまちに六月の海傾きぬ
山本健吉　評論家　昭和63年
赤松蕙子　平成24年
眠りみなこの世にさめて桜どき
8日　中　拓夫　平成20年
迎火や海よりのぼる村の道
9日　岩野泡鳴　小説家・評論家　大正9年
10日　二葉亭四迷　小説家　明治42年
下村梅子　平成24年
屏風の図ひろげてみれば長恨歌
11日　萩原朔太郎　詩人　昭和17年
松本たかし　牡丹忌　昭和31年
夢に舞ふ能美しや冬籠
12日　清崎敏郎　平成11年
コスモスの押しよせてゐる厨口
13日　田山花袋　小説家　昭和5年
16日　北村透谷　文学者　明治27年

中川四明　大正6年
茶の花や細道ゆけば銀閣寺
坂本四方太　大正6年
畑打の語りあふなり国境
加藤郁乎　平成24年
句には句の位ありけり江戸桜
18日　山田みづえ　平成25年
いつか死ぬ話を母と雛の前
19日　文挾夫佐恵　平成26年
九十の恋かや白き曼珠沙華
20日　荻原井泉水　昭和51年
かごからほたる一つ一つを星にする
星野麥丘人　平成25年
手つかずの一壺酒春も闌けにけり
24日　平塚らいてう　社会運動家　昭和46年
能村登四郎　平成13年
火を焚くや枯野の沖を誰か過ぐ
25日　栗林一石路　昭和36年
メーデーの腕組めば雨にあたたかし
26日　草間時彦　平成15年

28日　**堀辰雄**　小説家　昭和28年
足もとはもうまつくらや秋の暮
29日　**田畑美穂女**　平成13年
秋扇あだに使ひて美しき
与謝野晶子　歌人　昭和17年
橋本多佳子　昭和38年
いなびかり北よりすれば北を見る
31日　**嶋田青峰**　昭和19年
日輪は筏にそゝぎ牡蠣育つ
旧6日　**鑑真**　帰化僧　天平宝字7年〔763〕
旧12日　**立花北枝**　趙子忌　享保3年〔1718〕
初夢や半ばきれたる唐にしき
旧16日　**井上士朗**　枇杷園忌　文化9年〔1812〕
大蟻の畳をありく暑さかな
旧23日　**石川丈山**　漢詩人　寛文12年〔1672〕
旧24日　**蟬丸**　琵琶法師の祖　没年未詳
旧28日　**在原業平**　在五忌　歌人　在五中将　元慶4年〔880〕

《6月》

2日　**加倉井秋を**　昭和63年
折鶴のごとくに葱の凍てたるよ
3日　**佐藤紅緑**　小説家　昭和24年
朝寒や柱に映る竈の火
5日　**眞鍋呉夫**　平成24年
花冷えのちがふ乳房に逢ひにゆく
6日　**飯島晴子**　平成12年
寒晴やあはれ舞妓の背の高き
森田峠　平成25年
子に跳べて母には跳べぬ芹の水
9日　**有島武郎**　小説家　大正12年
11日　**倉田紘文**　平成26年
蕾はや人恋ふ都忘れかな
12日　**朝倉和江**　平成13年
水仙の葉先までわが意志通す
13日　**太宰治**　桜桃忌　小説家　昭和23年
目崎徳衛　国文学者　俳号志城柏　平成12

年
もとほるや遅き日暮るる黒木御所
14日　林田紀音夫　平成10年
鉛筆の遺書ならば忘れ易からむ
16日　神尾季羊　平成9年
浜木綿の花の上なる浪がしら
17日　山口波津女　昭和60年
毛糸編み来世も夫にかく編まん
23日　国木田独歩　小説家　明治41年
25日　香西照雄　昭和62年
あせるまじ冬木を切れば芯の紅
福永鳴風　平成19年
白桃の荷を解くまでもなく匂ふ
27日　今井杏太郎　平成24年
つぶやけば雪めつむれば白い船
28日　林芙美子　小説家　昭和26年
29日　皆吉爽雨　昭和58年
日脚伸ぶ夕空紺をとりもどし
30日　有働　亨　平成22年
風にまだ芯が残つて浮氷

旧2日　織田信長　武将　天正10年〔1582〕
尾形光琳　画家　正徳6年〔1716〕
旧4日　最澄　伝教会　天台宗開祖　弘仁13年〔822〕
旧10日　源信　恵心忌　僧　寛仁元年〔1017〕
旧13日　明智光秀　武将　天正10年〔1582〕
杉山杉風　鯉屋忌　享保17年〔1732〕
がつくりと抜け初むる歯や秋の風
旧15日　北村季吟　古典学者・連歌師　宝永2年〔1705〕
まざまざといますが如し魂祭
旧16日　横井也有　天明3年〔1783〕
秋なれや木の間木の間の空の色
旧27日　上田秋成　小説家・国学者　文化6年〔1809〕

《7月》

2日　岸風三楼　昭和57年
手をあげて足を運べば阿波踊

3日　**加藤楸邨**　達谷忌　平成5年
落葉松《からまつ》はいつめざめても雪降りをり

8日　**高柳重信**　昭和58年
身をそらす虹の／絶巓／処刑台

安住敦　昭和63年
しぐるるや駅に西口東口

9日　**上田敏**　詩人・翻訳家　大正5年

森鷗外　小説家　大正11年

石田勝彦　平成16年
大海の端踏んで年惜しみけり

10日　**井伏鱒二**　小説家　平成5年

11日　**長谷川春草**　昭和9年
楪の紅に心のある如く

吉屋信子　小説家　昭和48年
秋灯下机の上の幾山河

13日　**吉野秀雄**　艸心忌　歌人　昭和42年

16日　**石原八束**　平成10年
くらがりに歳月を負ふ冬帽子

17日　**川端茅舎**　昭和16年
ひら〳〵と月光降りぬ貝割菜

水原秋櫻子　喜雨亭忌・紫陽花忌・群青忌
昭和56年
瀧落ちて群青世界とどろけり

24日　**芥川龍之介**　俳号澄江堂　河童忌・我鬼忌
小説家　昭和2年
元日や手を洗ひをる夕ごころ

25日　**秋元不死男**　甘露忌　昭和52年
鳥わたるこきこきこきと罐切れば

26日　**吉行淳之介**　小説家　平成6年

神蔵器　平成29年
棒落つ樹下に余白のまだありて

27日　**長谷川零余子**　昭和3年
一つ杭に繋ぎ合ひけり花見船

角光雄　平成26年
母の日の母の身支度みな待てり

28日　**中山純子**　平成26年
過ぎし日のしんかんとあり麦藁帽

伊藤左千夫　歌人・小説家　大正2年

30日　**幸田露伴**　小説家　昭和22年

谷崎潤一郎　小説家　昭和40年

旧1日　支倉常長　仙台藩士　元和8年〔1622〕
旧5日　栄西　臨済宗開祖　建保3年〔1215〕
旧12日　角倉了以　高瀬川開発者・豪商　慶長19年〔1614〕
旧17日　円山応挙　絵師　寛政7年〔1795〕
旧26日　太田道灌　武人・歌人　文明18年〔1486〕

《8月》

1日　村山古郷　昭和61年
端居してかなしきことを妻は言ふ
3日　竹下しづの女　昭和26年
短夜や乳ぜり泣く児を須可捨焉乎《すてつちまをか》
4日　木下夕爾　詩人　昭和40年
家々や菜の花いろの灯をともし
松本清張　小説家　平成4年
5日　中村草田男　昭和58年
万緑の中や吾子の歯生え初むる
6日　山上樹実雄　平成26年
傘《からかさ》のねばり開きや谷崎忌
8日　前田普羅　立秋忌　昭和29年
雪解川名山けづる響かな
柳田国男　柳叟忌　民俗学者　昭和37年
金子青銅　平成22年
満月にかたまりねむり蜥蜴の子
9日　右城暮石　平成7年
風呂敷のうすくて西瓜まんまるし
村田　脩　平成22年
白雲の立ちつぐ山の破魔矢かな
10日　江國　滋　小説家　俳号滋酔郎　平成9年
おい癌め酌みかはさうぜ秋の酒
11日　三遊亭円朝　落語家　明治33年
古泉千樫　歌人　昭和2年
12日　中上健次　小説家　平成4年
伊藤白潮　平成20年
来歴のやうにいつぽん冬の川
13日　渡辺水巴　白日忌　昭和21年
かたまつて薄き光の菫かな

16日　松澤　昭　平成22年
雪山を手玉にとつてみたくなる
岡本松濱　昭和14年
春眠や覚むれば夜着の濃紫
18日　寒川鼠骨　昭和29年
月大きく枯木の山を出でにけり
森　澄雄　平成22年
ぼうたんの百のゆるるは湯のやうに
19日　中山義秀　小説家　昭和44年
20日　永田耕一郎　平成18年
気の遠くなるまで生きて耕して
21日　石橋辰之助　昭和23年
朝やけの雲海尾根を溢れ落つ
大野林火　昭和57年
ねむりても旅の花火の胸にひらく
斎藤夏風　平成29年
これよりは辻俳諧や花の門
22日　島崎藤村　詩人・小説家　昭和18年
松崎鉄之助　平成26年
野馬追へ具足着け合ふ兄弟

25日　永田耕衣　平成9年
夢の世に葱を作りて寂しさよ
26日　島村　元　大正12年
囀やピアノの上の薄埃
29日　後藤夜半　底紅忌　昭和51年
滝の上に水現れて落ちにけり
皆川盤水　平成22年
月山に速力のある雲の峰
旧2日　上島鬼貫　槿花翁忌　元文3年〔1738〕
によつぽりと秋の空なる不尽の山
旧8日　世阿弥　能作者・能役者　没年未詳
雪舟　画家・禅僧　永正3年〔1506〕
荒木田守武　俳諧の祖　天文18年〔1549〕
旧9日　炭　太祇　不夜庵忌　明和8年〔1771〕
元日や神代の事も思はるる
旧10日　井原西鶴　小説家　元禄6年〔1693〕
ふらこゝの会釈こぼるや高みより

3）
大晦日定めなき世のさだめかな
旧15日　**山口素堂**　享保元年〔1716〕
目には青葉山郭公はつ鰹
旧18日　**豊臣秀吉**　太閤忌・豊公忌　武将　慶長3年〔1598〕
旧20日　**藤原定家**　歌人　仁治2年〔1241〕
旧23日　**一遍**　遊行忌　時宗開祖　正応2年〔1289〕
旧25日　**吉野太夫**　京の名妓　寛永20年〔1643〕
旧26日　**森川許六**　五老井忌・風狂堂忌　正徳5年〔1715〕
十団子も小粒になりぬ秋の風
旧28日　**道元**　曹洞宗開祖　建長5年〔1253〕

《9月》

1日　**富田木歩**　大正12年
我が肩に蜘蛛の糸張る秋の暮
竹久夢二　画家　昭和9年
傾ける赤城の尾根や青嵐
2日　**伊藤柏翠**　平成11年
うかみくる顔のゆがめり鮑採
岡倉天心　思想家・美術行政家　大正2年
篠原温亭　大正15年
冷麦の箸を辷りて止まらず
上田五千石　平成9年
貝の名に鳥やさくらや光悦忌
3日　**折口信夫**　迢空忌　歌人・国文学者　昭和28年
5日　**五十崎古郷**　昭和10年
晩稲田に音のかそけき夜の雨
6日　**細見綾子**　平成9年
女身仏に春剝落のつづきをり
黒澤　明　映画監督　平成10年
7日　**泉　鏡花**　小説家　昭和14年
露草や赤のまんまもなつかしき
吉川英治　小説家　昭和37年
8日　**水上　勉**　小説家　平成16年

10日　**阿部みどり女**　昭和55年
九十の端《はした》を忘れ春を待つ
11日　**篠原鳳作**　昭和11年
しんしんと肺碧きまで海のたび
平畑静塔　平成9年
徐々に徐々に月下の俘虜として進む
13日　**乃木希典**　軍人　大正元年
棟方志功　版画家　昭和50年
15日　**西山泊雲**　昭和19年
鹿の足よろめき細し草紅葉
17日　**若山牧水**　歌人　昭和3年
村上鬼城　昭和13年
冬蜂の死にどころなく歩きけり
18日　**徳冨蘆花**　小説家　昭和2年
石井露月　山人忌・南瓜忌　昭和3年
草枯や海士が墓みな海に向く
19日　**正岡子規**　獺祭《だっさい》忌・糸瓜忌　俳人・歌人・評論家　明治35年
柿くへば鐘が鳴るなり法隆寺
20日　**中村汀女**　昭和63年
外にも出よ触るるばかりに春の月
21日　**宮沢賢治**　詩人・童話作家　昭和8年
22日　**長谷川かな女**　昭和44年
羽子板の重きが嬉し突かで立つ
23日　**岡井省二**　平成13年
大鯉のぎいと廻りぬ秋の昼
児玉輝代　平成23年
落ちてゆく重さの見えて秋没日
24日　**西郷隆盛**　南洲忌　軍人　明治10年
26日　**小泉八雲**　英文学者・小説家　明治37年
石橋秀野　昭和22年
蟬時雨子は担送車に追ひつけず
伊藤通明　平成27年
鷹の座は断崖にあり天の川
29日　**遠藤周作**　沈黙忌　小説家　平成8年
旧6日　**安藤広重**　浮世絵師　安政5年〔1858〕
旧7日　**大島蓼太**　天明7年〔1787〕
世の中は三日見ぬ間に桜かな
旧8日　**千代尼**　安永4年〔1775〕

朝顔に釣瓶とられてもらひ水
旧10日　**向井去来**　宝永元年〔1704〕
玉棚の奥なつかしや親の顔
旧12日　**塙保己一**　国学者　文政4年〔1821〕
旧13日　**加舎白雄**　寛政3年〔1791〕
人恋し灯ともしころをさくらちる
旧20日　**喜多川歌麿**　浮世絵師　文化3年〔1806〕
旧24日　**池西言水**　享保7年〔1722〕
木枯の果はありけり海の音
旧29日　**本居宣長**　鈴の屋忌　国学者　享和元年〔1801〕
旧30日　**夢窓疎石**　天竜寺開山　観応2年〔1351〕

《10月》

2日　**橋本鶏二**　平成2年
鳥のうちの鷹に生れし汝かな
原　裕　平成11年

はつゆめの半ばを過ぎて出雲かな
3日　**飯田蛇笏**　山廬忌　昭和37年
くろがねの秋の風鈴鳴りにけり
4日　**高野素十**　金風忌　昭和51年
方丈の大庇より春の蝶
5日　**滝沢伊代次**　平成22年
茸狩のきのふの山の高さかな
9日　**橋本夢道**　昭和49年
大戦起るこの日のために獄をたまわる
10日　**井本農一**　国文学者　平成10年
ビルを出て遅日の街にまぎれ入る
11日　**種田山頭火**　昭和15年
分け入っても分け入っても青い山
12日　**永井龍男**　東門居忌　小説家　平成2年
藺玉に宵の雨音籠りけり
13日　**石原舟月**　昭和59年
死をおもふこと恍惚と朝ざくら
攝津幸彦　平成8年
南国に死して御恩のみなみかぜ
15日　**木下杢太郎**　葱南忌　詩人・劇作家　昭和

20年
秋雨やみちのくに入る足の冷

17日　**篠原　梵**　昭和50年
葉桜の中の無数の空さわぐ

18日　**波多野爽波**　平成3年
チューリップ花びら外れかけてをり

清水径子　平成17年
渚まで砂深く踏む秋の暮

19日　**土井晩翠**　詩人　昭和27年

21日　**志賀直哉**　小説家　昭和46年

22日　**高木晴子**　平成12年
新緑の樟よ椎よと打ち仰ぐ

22日　**中原中也**　詩人　昭和12年

百合山羽公　平成3年
桃冷す水しろがねにうごきけり

24日　**小池文子**　平成13年
夕野分禱るかたちの木を残す

26日　**高浜年尾**　昭和54年
紫は水に映らず花菖蒲

吉田鴻司　平成17年
蓮の実の跳びそこねたる真昼かな

神尾久美子　平成26年
竹筒に山の花挿す立夏かな

27日　**角川源義**　秋燕忌　国文学者・民俗学者
昭和50年
花あれば西行の日とおもふべし

28日　**松根東洋城**　城雲忌・東忌　昭和39年
山からの雨潔き夏野かな

古館曹人　平成22年
花冷えの底まで落ちて眠るかな

30日　**尾崎紅葉**　十千万堂忌　小説家　明治36年
ごぼ〳〵と薬飲みけりけさの秋

旧2日　**山崎宗鑑**　連歌師　没年未詳
手をついて歌申しあぐる蛙かな

旧3日　**小西来山**　享保元年〔1716〕
行水も日まぜになりぬ虫の声

旧5日　**達磨**　初祖忌・少林忌　禅宗始祖　没年
未詳

旧12日　**松尾芭蕉**　桃青忌・翁忌・時雨忌　元禄
7年〔1694〕

閑かさや岩にしみ入る蟬の声
旧13日　**日蓮**　御命講　日蓮宗開祖　弘安5年〔1282〕
服部嵐雪　雪中庵忌　宝永4年〔1707〕
梅一輪一輪ほどの暖かさ
旧20日　**二宮尊徳**　農政家　安政3年〔1856〕
旧23日　**高井几董**　晋明忌・春夜楼忌　寛政元年〔1789〕
やはらかに人分け行くや勝角力
旧27日　**吉田松陰**　武士・思想家　安政6年〔1859〕

《11月》

2日　**北原白秋**　詩人・歌人　昭和17年
5日　**島村抱月**　小説家・演出家　大正7年
沢木欣一　平成13年
塩田に百日筋目つけ通し
6日　**鈴木花蓑**　昭和17年
大いなる春日の翼垂れてあり
石川桂郎　昭和50年
昼蛙どの畦のどこ曲らうか
8日　**京極杞陽**　昭和56年
浮いてこい浮いてこいとて沈ませて
長谷川双魚　昭和62年
曼珠沙華不思議は茎のみどりかな
9日　**林翔**　平成21年
今日も干す昨日の色の唐辛子
11日　**臼田亜浪**　昭和26年
郭公や何処までゆかば人に逢はむ
14日　**原月舟**　大正9年
提灯に海を照らして踊かな
15日　**伊藤整**　批評家・小説家　昭和44年
17日　**小沢碧童**　昭和16年
行秋や机離るゝ膝がしら
成田千空　平成19年
佞武多みな何を怒りて北の闇
18日　**徳田秋声**　小説家　昭和18年
森に来れば森に人あり小六月

横山白虹　昭和58年
夕桜折らんと白きのど見する
19日　**吉井勇**　かにかく忌・紅燈忌　歌人　昭和35年
21日　**会津八一**　秋艸忌・渾斎忌　歌人・書家　昭和31年
石田波郷　忍冬忌・風鶴忌・惜命忌　昭和44年
プラタナス夜もみどりなる夏は来ぬ
瀧井孝作　折柴忌　小説家　昭和59年
蛍かごラジオのそばに灯りけり
23日　**樋口一葉**　小説家　明治29年
岡部六弥太　平成21年
二階より妻の声して月今宵
24日　**岸田稚魚**　昭和63年
鬼灯市夕風のたつところかな
25日　**三島由紀夫**　憂国忌　小説家　昭和45年
26日　**橋閒石**　平成4年
銀河系のとある酒場のヒヤシンス
市村究一郎　平成23年
み仏のほかゐたまはず春障子
29日　**村沢夏風**　平成12年
赤松にこもる夕日や籐寝椅子
川崎展宏　平成21年
大和よりヨモツヒラサカスミレサク
旧6日　**滝沢馬琴**　戯作者　嘉永元年〔1848〕
旧13日　**空也**　僧　天禄3年〔972〕
旧15日　**松永貞徳**　歌人・貞門俳諧の祖　承応2年〔1653〕
しほるるは何かあんずの花の色
旧16日　**良弁**　東大寺開山　宝亀4年〔773〕
旧19日　**小林一茶**　文政10年〔1828〕
これがまあつひの栖か雪五尺
旧21日　**一休**　禅僧　文明13年〔1481〕
旧22日　**近松門左衛門**　巣林子忌　浄瑠璃作者　享保9年〔1725〕
旧28日　**親鸞**　報恩講　浄土真宗開祖　弘長2年〔1263〕

《12月》

1日　**三橋敏雄**　平成13年
いつせいに柱の燃ゆる都かな

3日　**増田龍雨**　昭和9年
洗ひ鯉日は浅草へ廻りけり

4日　**福永耕二**　昭和55年
新宿ははるかなる墓碑鳥渡る

8日　**猪俣千代子**　平成26年
婚の荷をひろげるやうに雛飾る

9日　**夏目漱石**　小説家　大正5年
菫程な小さき人に生れたし

きくちつねこ　平成21年
白粉花過去に妻の日ありしかな

12日　**小津安二郎**　映画監督　昭和38年

鈴木六林男　平成16年
天上もさびしからんに燕子花

14日　**成瀬櫻桃子**　平成16年
空港のかかる別れのソーダ水

阪本謙二　平成27年
一教師たりし生涯薄氷

15日　**山口青邨**　昭和63年
銀杏散るまつたゞ中に法科あり

16日　**桂信子**　平成16年
ふところに乳房ある憂さ梅雨ながき

17日　**楠本憲吉**　昭和63年
三田二丁目の秋ゆうぐれの赤電話

18日　**轡田進**　平成11年
かげろふの中へ押しゆく乳母車

本宮哲郎　平成25年
雛の灯を消せば近づく雪嶺かな

20日　**岸田劉生**　画家　昭和4年

原石鼎　昭和26年
頂上や殊に野菊の吹かれ居り

22日　**阿波野青畝**　万両忌　平成4年
水澄みて金閣の金さしにけり

25日　**下村槐太**　昭和41年
死にたれば人来て大根煮きはじむ

26日　**和辻哲郎**　哲学者　昭和35年

齊藤美規　平成24年

可惜夜《あたらよ》の桜かくしとなりにけり

30日　**横光利一**　小説家　昭和22年

衣更はるかにやしの傾けり

田中裕明　平成16年

大学も葵祭のきのふけふ

31日　**寺田寅彦**　冬彦忌・寅日子忌　科学者・随筆家　昭和10年

墓守の娘に会ひぬ冬木立

中塚一碧楼　昭和21年

病めば蒲団のそと冬海の青きを覚え

旧11日　**沢庵**　禅僧　正保2年〔1646〕

旧15日　**吉良義央**　高家の忌　幕臣高家　元禄15年〔1703〕

旧25日　**与謝蕪村**　春星忌・夜半亭忌　俳人・画家　天明3年〔1784〕

菜の花や月は東に日は西に

二十四節気七十二候表

四季	二十四節気	現行暦の大略の日	七十二候	現行暦の大略の日	中国	意味	日本	意味
初春	立春	2月4日	初候	4—8	東風解凍《とうふうこおりをとく》	春風が吹き始め氷を解かす	東風解凍《とうふうこおりをとく》	春風が吹き始め氷を解かす
			二候	9—13	蟄虫始振《ちっちゅうはじめてふるう》	地中の虫が動き始める	黄鶯睍睆《こうおうけんかんす》	鶯が鳴き始める
			三候	14—18	魚上氷《うおこおりにのぼる》	氷の間から魚が姿を見せる	魚上氷《うおこおりにのぼる》	氷の間から魚が姿を見せる
	雨水	2月19日	初候	19—23	獺祭魚《だつうおをまつる》	獺《かわうそ》が捕った魚を岸辺に並べ祭をしているように見える	土脉潤起《どみゃくうるおいおこる》	雨が降って土が潤う
			二候	24—28	鴻雁来《こうがんきたる》	雁が飛来する	霞始靆《かすみはじめてたなびく》	霞がたなびき始める
			三候	1—4	草木萌動《そうもくほうどうす》	草木が芽吹き始める	草木萌動《そうもくきざしうごく》	草木が芽吹き始める
仲春	啓蟄	3月5日	初候	5—9	桃始華《ももはじめてはなさく》	桃が咲き始める	蟄虫啓戸《ちっちゅうこをひらく》	虫が地中から這い出す
			二候	10—14	倉庚鳴《そうこうなく》	鶯が鳴き始める	桃始笑《ももはじめてわらう》	桃が咲き始める
			三候	15—19	鷹化為鳩《たかかしてはととなる》	鷹が鳩に姿を変える	菜《な》虫化蝶《むしちょうとかす》	青虫が蝶となる
	春分	3月20日	初候	20—24	玄鳥至《げんちょういたる》	燕が来る	雀始巣《すずめはじめてすくう》	雀が巣を作り始める
			二候	25—29	雷乃発声《かみなりすなわちこえをはっす》	雷鳴がとどろき始める	桜始開《さくらはじめてひらく》	桜が咲き始める

四季	二十四節気	現行暦の大略の日	七十二候	現行暦の大略の日	中国	意味	日本	意味
			三候	30—4	始電《はじめていなびかりす》	稲妻が光り始める	雷乃発声《らいすなわちこえをはっす》	雷鳴がとどろき始める
晩春	清明	4月5日	初候	5—9	桐始華《きりはじめてはなさく》	桐が咲き始める	玄鳥至《げんちょういたる》	燕が飛来する
			二候	10—14	田鼠化鴽《でんそかしてうずらとなる》	田鼠《もぐら》が鶉となる	鴻雁北《こうがんきたす》	雁が北へ渡る
			三候	15—19	虹始見《にじはじめてあらわる》	虹が初めて現れる	虹始見《にじはじめてあらわる》	虹が初めて現れる
	穀雨	4月20日	初候	20—24	萍始生《うきくさはじめてしょうず》	浮草が生い始める	葭始生《よしはじめてしょうず》	葦が芽を出す
			二候	25—29	鳴鳩払羽《めいきゅうはねをはらう》	斑鳩《いかるが》が羽を清める	霜止出苗《しもやんでなえいず》	霜が終わり苗が生長する
			三候	30—4	戴勝降桑《たいしょうくわにくだる》	戴勝《やつがしら》が桑に降りる	牡丹華《ぼたんはなさく》	牡丹が咲く
初夏	立夏	5月5日	初候	5—9	螻蟈鳴《ろうこくなく》	蛙が鳴く	鼃始鳴《かえるはじめてなく》	蛙が鳴く
			二候	10—14	蚯蚓出《きゅういんいず》	蚯蚓《みみず》が出てくる	蚯蚓出《きゅういんいず》	蚯蚓《みみず》が出てくる
			三候	15—20	王瓜生《おうかしょうず》	烏瓜が実をつけ始める	竹笋生《ちくかんしょうず》	筍が生える
	小満	5月21日	初候	21—25	苦菜秀《くさいひいず》	苦菜が茂る	蚕起食桑《かいこおこってくわをくらう》	蚕が桑を食べ始める
			二候	26—30	靡草死《びそうかる》	田の草が枯れる	紅花栄《こうかさかう》	紅花が咲く
			三候	31—4	麦秋至《ばくしゅういたる》	麦が熟す	麦秋至《ばくしゅういたる》	麦が熟す

仲夏	芒種	6月5日	初候	5―9	螳螂《とうろう》生《しょうず》	蟷螂《かまきり》が産まれる	蟷螂《とうろう》生《しょうず》	蟷螂《かまきり》が産まれる
			二候	10―14	鵙始鳴《もずはじめてなく》	鵙が鳴く	腐草為蛍《ふそうほたるとなる》	腐った草が蛍になる
			三候	15―20	反舌無声《はんぜつこえなし》	百舌が鳴かなくなる	梅子黄《うめのみきなり》	梅の実が黄色になる
	夏至	6月21日	初候	21―26	鹿角解《しかのつのおつ》	鹿の角が落ちる	乃東枯《ないとうかるる》	靫草《うつぼぐさ》が枯れる
			二候	27―1	蟬始鳴《せみはじめてなく》	蟬が鳴き始める	菖蒲華《あやめはなさく》	菖蒲《あやめ》が咲く
			三候	2―6	半夏《はんげ》生《しょうず》	烏柄杓が生える	半夏《はんげ》生《しょうず》	烏柄杓が生える
晩夏	小暑	7月7日	初候	7―11	温風至《おんぷういたる》	温風が吹き始める	温風至《おんぷういたる》	温風が吹き始める
			二候	12―16	蟋蟀居壁《しっしゅつかべにおる》	螽蟖《きりぎりす》が壁を這う	蓮始開《はすはじめてひらく》	蓮が咲き始める
			三候	17―22	鷹乃学習《たかすなわちがくしゅうす》	鷹の子が飛び始める	鷹乃学習《たかすなわちがくしゅうす》	鷹の子が飛び始める
	大暑	7月23日	初候	23―27	腐草為蛍《ふそうほたるとなる》	腐った草が蛍になる	桐始結花《きりはじめてはなをむすぶ》	桐の実が出来る
			二候	28―1	土潤溽暑《つちうるおいてじょくしょす》	土が湿り暑くなる	土潤溽暑《つちうるおいてじょくしょす》	土が湿り暑くなる
			三候	2―6	大雨《たいう》時行《ときどきおこなう》	しばしば大雨が降る	大雨《たいう》時行《ときどきおこなう》	しばしば大雨が降る
初秋	立秋	8月7日	初候	7―12	涼風至《りょうふういたる》	涼風が吹き始める	涼風至《りょうふういたる》	涼風が吹き始める
			二候	13―17	白露《はくろ》降《くだる》	白露が降りる	寒蟬鳴《かんせんなく》	蜩《ひぐらし》が鳴く

四季	二十四節気	現行暦の大略の日	七十二候	現行暦の大略の日	中国	意味	日本	意味
			三候	18—22	寒蟬鳴《かんせんなく》	蜩《ひぐらし》が鳴く	蒙霧升降《もうむしょうごう》	深い霧が立ち籠める
初秋	処暑	8月23日	初候	23—27	鷹乃祭鳥《たかすなわちとりをまつる》	鷹が鳥を並べて食べ祭をしているように見える	綿柎開《めんぷひらく》	綿の萼《がく》が開き始める
			二候	28—1	天地始粛《てんちはじめてしゅくす》	暑さがおさまってくる	天地始粛《てんちはじめてしゅくす》	暑さがおさまってくる
			三候	2—7	禾乃登《かすなわちみのる》	稲が実る	禾乃登《かすなわちみのる》	稲が実る
仲秋	白露	9月8日	初候	8—11	鴻雁来《こうがんきたる》	雁が飛来する	草露白《そうろしろし》	草に降りた露が白く光る
			二候	12—16	玄鳥帰《げんちょうかえる》	燕が南方へ帰る	鶺鴒鳴《せきれいなく》	鶺鴒が鳴く
			三候	17—22	群鳥養羞《ぐんちょうしゅうをやしなう》	鳥たちが冬に備える	玄鳥去《げんちょうさる》	燕が南方へ帰る
	秋分	9月23日	初候	23—27	雷始収声《らいはじめてこえをおさむ》	雷鳴がしなくなる	雷乃収声《らいすなわちこえをおさむ》	雷鳴がしなくなる
			二候	28—2	蟄虫坏戸《ちっちゅうとをふさぐ》	地に入る虫がその穴を塞ぐ	蟄虫坏戸《ちっちゅうとをふさぐ》	地に入る虫がその穴を塞ぐ
			三候	3—7	水始涸《みずはじめてかる》	水田の水が涸れ始める	水始涸《みずはじめてかる》	水田の水が涸れ始める
晩秋	寒露	10月8日	初候	8—12	鴻雁来賓《こうがんらいひんす》	雁が飛来する	鴻雁来《こうがんきたる》	雁が飛来する
			二候	13—17	雀入大水為蛤《すずめたいすいにいりてはまぐりとなる》	雀が海に入り蛤となる	菊花開《きくかひらく》	菊が咲き始める

			三候	18—22	菊有黄華《きくにこうかあり》	菊の黄色い花がある	蟋蟀在戸《しつしゅつこにあり》	蟋蟀《きりぎりす》が戸口で鳴く
	霜降	10月23日	初候	23—27	豺乃祭獣《さいすなわちけものをまつる》	狼が獲物を並べて食べて祭をしているように見える	霜始降《しもはじめてふる》	霜が降り始める
			二候	28—1	草木黄落《そうもくこうらくす》	草木が黄葉し落葉する	霎時施《しぐれときどきほどこす》	ときどき時雨がある
			三候	2—6	蟄虫咸俯《ちっちゅうことごとくふす》	土中に虫が隠れる	楓蔦黄《ふうかつきなり》	楓や蔦が色づく
初冬	立冬	11月7日	初候	7—11	水始氷《みずはじめてこおる》	水が凍り始める	山茶始開《さんちゃはじめてひらく》	山茶花が咲き始める
			二候	12—16	地始凍《ちはじめてこおる》	大地が凍り始める	地始凍《ちはじめてこおる》	大地が凍り始める
			三候	17—21	雉入大水為蜃《きじたいすいにいりてしんとなる》	雉が海に入って大蛤となる	金盞香《きんせんこうばし》	水仙が咲く
	小雪	11月22日	初候	22—26	虹蔵不見《にじかくれてみえず》	虹が現れなくなる	虹蔵不見《にじかくれてみえず》	虹が現れなくなる
			二候	27—1	天気升地気降《てんきしょうしちきこうす》	天の気が上り地の気が下がる	朔風払葉《さくふうはをはらう》	北風が木の葉を落とす
			三候	2—6	閉塞成冬《へいそくしてふゆとなる》	天地の気が閉塞して冬となる	橘始黄《たちばなはじめてきなり》	橘が黄葉し始める
仲冬	大雪	12月7日	初候	7—11	鶡鴠不鳴《かったんなかず》	山鳥も鳴かなくなる	閉塞成冬《へいそくしてふゆとなる》	天地の気が閉塞して冬となる
			二候	12—16	虎始交《とらはじめてつるむ》	虎が交尾を始める	熊蟄穴《くまあなにちっす》	熊が穴に籠る
			三候	17—21	茘挺出《れいていいずる》	大韮が芽を出す	鱖魚群《けつぎょむらがる》	鮭が群がり川を上る

四季	二十四節気	現行暦の大略の日	七十二候	現行暦の大略の日	中国	意味	日本	意味
仲冬	冬至	12月22日	初候	22—26	蚯蚓結《きゅういんむすぶ》	蚯蚓《みみず》が地中にこもる	乃東生《ないとうしょうず》	靫草《うつぼぐさ》が芽を出す
			二候	27—31	麋《び》角解《かくげす》	大鹿が角を落とす	麋《び》角解《かくげす》	大鹿が角を落とす
			三候	1—4	水泉動《すいせんうごく》	地中で凍った泉が解けて動く	雪下出麦《せっかむぎをいだす》	雪の下で麦が芽を出す
晩冬	小寒	1月5日	初候	5—9	雁北郷《かりきたにむかう》	雁が北へ渡る	芹乃栄《せりすなわちさかう》	芹が生長する
			二候	10—14	鵲始巣《かささぎはじめてすくう》	鵲が巣を作り始める	水泉動《すいせんうごく》	地中で凍った泉が解けて動く
			三候	15—19	雉始雊《きじはじめてなく》	雉が鳴き始める	雉始雊《きじはじめてなく》	雉が鳴き始める
	大寒	1月20日	初候	20—24	雞始乳《にわとりはじめてにゅうす》	鶏が卵を産み始める	款冬華《かんとうはなさく》	蕗の薹が咲き始める
			二候	25—29	征鳥厲疾《せいちょうはやくとし》	鷲や鷹が飛翔する	水沢腹堅《すいたくふくけん》	沢の氷が厚くなる
			三候	30—3	水沢腹堅《すいたくふくけん》	沢の氷が厚くなる	鶏始乳《にわとりはじめてにゅうす》	鶏が卵を産み始める

- 七十二候については、中国のものは宣明暦により、日本のものは宝暦暦により掲げた。
- 読み方はさまざまあるが、同じ表記には同じ読み方を当てるなどわかりやすくした。
- 季語として使われる七十二候は、句の中で使いやすい形に変えてあることがある。

二十四節気略暦

・立春から大寒までの二十四節気の現行暦の日付を、二〇一九年から二〇三八年までの二十年間について示した。

・算出は定気法を用い、日付は中央標準時で示した。正確には、国立天文台が発表している暦要項を参照されたい。

晩春	仲春		初春		四季
清明	春分	啓蟄	雨水	立春	二十四節気
節気	中気	節気	中気	節気	節気 / 中気
4月5日	3月21日	3月6日	2月19日	2月4日	2019年
4月4日	3月20日	3月5日	2月19日	2月4日	2020年
4月4日	3月20日	3月5日	2月18日	2月3日	2021年
4月5日	3月21日	3月5日	2月19日	2月4日	2022年
4月5日	3月21日	3月6日	2月19日	2月4日	2023年
4月4日	3月20日	3月5日	2月19日	2月4日	2024年
4月4日	3月20日	3月5日	2月18日	2月3日	2025年
4月5日	3月20日	3月5日	2月19日	2月4日	2026年
4月5日	3月21日	3月6日	2月19日	2月4日	2027年
4月4日	3月20日	3月5日	2月19日	2月4日	2028年
4月4日	3月20日	3月5日	2月18日	2月3日	2029年
4月5日	3月20日	3月5日	2月19日	2月4日	2030年
4月5日	3月21日	3月6日	2月19日	2月4日	2031年
4月4日	3月20日	3月5日	2月19日	2月4日	2032年
4月4日	3月20日	3月5日	2月18日	2月3日	2033年
4月5日	3月20日	3月5日	2月18日	2月4日	2034年
4月5日	3月21日	3月6日	2月19日	2月4日	2035年
4月4日	3月20日	3月5日	2月19日	2月4日	2036年
4月4日	3月20日	3月5日	2月18日	2月3日	2037年
4月5日	3月20日	3月5日	2月18日	2月4日	2038年
太陽黄経 15度	太陽黄経 0度	太陽黄経 345度	太陽黄経 330度	太陽黄経 315度	定気法における太陽の位置

晩夏		仲夏		初夏		晩春	四季
大暑	小暑	夏至	芒種	小満	立夏	穀雨	二十四節気
中気	節気	中気	節気	中気	節気	中気	節気 / 中気
7月23日	7月7日	6月22日	6月6日	5月21日	5月6日	4月20日	2019年
7月22日	7月7日	6月21日	6月5日	5月20日	5月5日	4月19日	2020年
7月22日	7月7日	6月21日	6月5日	5月21日	5月5日	4月20日	2021年
7月23日	7月7日	6月21日	6月6日	5月21日	5月5日	4月20日	2022年
7月23日	7月7日	6月21日	6月6日	5月21日	5月6日	4月20日	2023年
7月22日	7月6日	6月21日	6月5日	5月20日	5月5日	4月19日	2024年
7月22日	7月7日	6月21日	6月5日	5月21日	5月5日	4月20日	2025年
7月23日	7月7日	6月21日	6月6日	5月21日	5月5日	4月20日	2026年
7月23日	7月7日	6月21日	6月6日	5月21日	5月6日	4月20日	2027年
7月22日	7月6日	6月21日	6月5日	5月20日	5月5日	4月19日	2028年
7月22日	7月7日	6月21日	6月5日	5月21日	5月5日	4月20日	2029年
7月23日	7月7日	6月21日	6月5日	5月21日	5月5日	4月20日	2030年
7月23日	7月7日	6月21日	6月6日	5月21日	5月6日	4月20日	2031年
7月22日	7月6日	6月21日	6月5日	5月20日	5月5日	4月19日	2032年
7月22日	7月7日	6月21日	6月5日	5月21日	5月5日	4月20日	2033年
7月23日	7月7日	6月21日	6月5日	5月21日	5月5日	4月20日	2034年
7月23日	7月7日	6月21日	6月6日	5月21日	5月6日	4月20日	2035年
7月22日	7月6日	6月21日	6月5日	5月20日	5月5日	4月19日	2036年
7月22日	7月7日	6月21日	6月5日	5月21日	5月5日	4月20日	2037年
7月23日	7月7日	6月21日	6月5日	5月21日	5月5日	4月20日	2038年
太陽黄経120度	太陽黄経105度	太陽黄経90度	太陽黄経75度	太陽黄経60度	太陽黄経45度	太陽黄経30度	定気法における太陽の位置

初冬		晩秋		仲秋		初秋	
小雪	立冬	霜降	寒露	秋分	白露	処暑	立秋
中気	節気	中気	節気	中気	節気	中気	節気
11月22日	11月8日	10月24日	10月8日	9月23日	9月8日	8月23日	8月8日
11月22日	11月7日	10月23日	10月8日	9月22日	9月7日	8月23日	8月7日
11月22日	11月7日	10月23日	10月8日	9月23日	9月7日	8月23日	8月7日
11月22日	11月7日	10月23日	10月8日	9月23日	9月8日	8月23日	8月7日
11月22日	11月8日	10月24日	10月8日	9月23日	9月8日	8月23日	8月8日
11月22日	11月7日	10月23日	10月8日	9月22日	9月7日	8月22日	8月7日
11月22日	11月7日	10月23日	10月8日	9月23日	9月7日	8月23日	8月7日
11月22日	11月7日	10月23日	10月8日	9月23日	9月7日	8月23日	8月7日
11月22日	11月8日	10月24日	10月8日	9月23日	9月8日	8月23日	8月8日
11月22日	11月7日	10月23日	10月8日	9月22日	9月7日	8月22日	8月7日
11月22日	11月7日	10月23日	10月8日	9月23日	9月7日	8月23日	8月7日
11月22日	11月7日	10月23日	10月8日	9月23日	9月7日	8月23日	8月7日
11月22日	11月8日	10月23日	10月8日	9月23日	9月8日	8月23日	8月8日
11月22日	11月7日	10月23日	10月8日	9月22日	9月7日	8月22日	8月7日
11月22日	11月7日	10月23日	10月8日	9月23日	9月7日	8月23日	8月7日
11月22日	11月7日	10月23日	10月8日	9月23日	9月7日	8月23日	8月7日
11月22日	11月7日	10月23日	10月8日	9月23日	9月8日	8月23日	8月8日
11月22日	11月7日	10月23日	10月8日	9月22日	9月7日	8月22日	8月7日
11月22日	11月7日	10月23日	10月8日	9月23日	9月7日	8月23日	8月7日
11月22日	11月7日	10月23日	10月8日	9月23日	9月7日	8月23日	8月7日
太陽黄経 240度	太陽黄経 225度	太陽黄経 210度	太陽黄経 195度	太陽黄経 180度	太陽黄経 165度	太陽黄経 150度	太陽黄経 135度

晩冬		仲冬		四季
大寒	小寒	冬至	大雪	二十四節気
中気	節気	中気	節気	節気 / 中気
1月20日	1月6日	12月22日	12月7日	2019年
1月20日	1月6日	12月21日	12月7日	2020年
1月20日	1月5日	12月22日	12月7日	2021年
1月20日	1月5日	12月22日	12月7日	2022年
1月20日	1月6日	12月22日	12月7日	2023年
1月20日	1月6日	12月21日	12月7日	2024年
1月20日	1月5日	12月22日	12月7日	2025年
1月20日	1月5日	12月22日	12月7日	2026年
1月20日	1月5日	12月22日	12月7日	2027年
1月20日	1月6日	12月21日	12月6日	2028年
1月20日	1月5日	12月21日	12月7日	2029年
1月20日	1月5日	12月22日	12月7日	2030年
1月20日	1月5日	12月22日	12月7日	2031年
1月20日	1月6日	12月21日	12月6日	2032年
1月20日	1月5日	12月21日	12月7日	2033年
1月20日	1月5日	12月22日	12月7日	2034年
1月20日	1月5日	12月22日	12月7日	2035年
1月20日	1月6日	12月21日	12月6日	2036年
1月20日	1月5日	12月21日	12月7日	2037年
1月20日	1月5日	12月22日	12月7日	2038年
太陽黄経300度	太陽黄経285度	太陽黄経270度	太陽黄経255度	定気法における太陽の位置

助数詞表

・日常目にするもののうち、俳句に現れる主なものの助数詞（数量呼称）を示した。
・上段の読みの五十音順に並べた。

足	一本・片足・両足
油	一缶・一樽・一滴
穴	一個・一穴・一本（細長いもの）
油揚げ・がんもどき	一枚・一丁・一袋〈油揚げのみ〉
飴	一個・一粒・一籠
雨	一雨・一降り・一回
家・建物	一戸・一軒・一棟・一宇・一邸
烏賊	一杯
生け花	一鉢・一瓶・一杯
囲碁	一局・一番・一戦
遺骨	一体・一柱・一片

漁火	一基・一灯
椅子	一脚・一台・一個
泉	一泉
糸	一本・一筋・一巻き・一綛（かせ）
井戸	一本・一基
犬	一匹・一頭
衣類	一重ね・一領・一枚・一着・一揃い
色	一いろ・一しょく
植木	一鉢・一株
兎	一羽・一匹
牛	一蹄・一匹・一頭
臼	一基・一据え
うどん	一重・一玉・一杯・一丁
馬	一蹄・一匹・一頭・一騎〈人が乗っている場合〉
絵・図	一点・一枚・一幅・一図
映画	一本・一コマ・一巻
液体	一滴・一匙・一瓶

演芸	一本・一席・一番
斧	一挺
帯	一本・一筋・一条
折詰	一折
織物	一反・一才
音楽	一曲・一齣（くさり）
温泉	一湯（とう）・一湯（ゆ）
会合・宴席	一回・一会・一席・一場
階段	一段
鏡	一面・一枚
鏡餅	一重ね・一据わり
花器	一個・一口（こう）・一鉢
額	一面・一架
掛け軸	一幅・一軸・一対
駕籠	一挺・一台・一具
傘	一本・一張り
笠	一蓋（かい）・一笠・一枚
菓子	一個・一袋・一折り・一

	箱・一切れ
河川	一条・一本・一筋
刀	一刀・一剣・一口（こう）・一振り・一腰
かつお節	一連・一節・一折り・一台・一本
学校	一校
門松	一門・一対・一揃い
鐘	一口（こう）
鎌	一挺
釜	一口（こう）
紙	一枚・一葉・一束
剃刀	一挺・一口（こう）
髪の毛	一本・一筋・一茎
蚊帳	一張
皮	一枚・一坪
鉋（かんな）	一挺
看板	一枚
木	一本・一株・一樹
汽車・電車	一列車・一本・一両

絹	一疋（ひき）
記念碑	一基
切り身	一切れ
草	一本
鯨	一頭
薬	一剤・一服・一回・一包・一盛り・一錠・一粒〈錠剤〉
果物	一顆（か）・一個・一籠・一皿・一山・一箱
靴	一足
雲	一片・一本・一筋・一条・一抹・一座・一塊・一朶
倉	一戸前・一棟
鞍	一具・一口（こう）・一背
グラス	一個・一脚・一客
車	一両・一台・一乗
鍬	一口（こう）・一挺

軍勢	一番手・一陣・一軍
劇場・劇団	一座
袈裟	一領
煙	一筋・一条
弦	一掛け
香炉	一基
コーヒー	一杯
小刀	一本・一挺
琴	一張・一揃い・一面
子ども	一人・一男・一女・一児
蒟蒻	一枚
焜炉（こんろ）	一口・一台〈全体〉
材木	一木・一本・一石
竿	一本
魚	一尾・一匹・一籠・一喉（こう）・一本〈新巻鮭〉
酒	一本・一樽・一杯・一献（こん）〈飲む場合〉
匙（さじ）	一本・一匙〈すくう場

	合〉
座敷	一間・一席〈宴席〉
砂糖	一袋・一箱・一叺（かます）
皿	一枚・一口（こう）
ざるそば	一枚
詩	一編・一什（じゅう）・一聯（れん）
試合	一勝負・一戦・一本・一節・一回・一試合
寺院	一寺・一宇・一堂・一山
塩	一つまみ・一包み
栞	一枚・一葉・一片・一本
鹿	一蹄・一匹・一頭
事件	一件
雫	一滴・一点
質問	一問
芝居	一景・一場・一幕
写真	一枚・一葉
三味線	一棹・一挺
重箱	一組・一重ね・一の重〈部分〉
宿泊	一泊・一宿
手術	一回・一針〈縫合〉
数珠	一具
順番	一番・一着・一等・一位・一級
将棋	一番・一局・一試合・一戦・一手〈指し手〉
小説	一編・一巻・一文・一章
食事	一膳・一杯・一口・一かたき・一かたけ
書籍	一冊・一巻・一部・一編・一套（とう）・一帙（ちつ）一本・一函
書類	一通・一札・一籍
神社	一座・一社
神体	一柱・一座・一体
汁物	一椀
鋤	一挺
頭巾	一枚
鮓（すし）	一貫・一巻・一折・一桶
厨子	一基
硯	一面
簾	一垂れ・一張・一連
墨	一挺
相撲	一番
線香	一本・一束
扇子・団扇	一本・一面・一柄・一把・一対〈二本〉
線路	一本・単線・複線
膳椀	一人前・一客
素麺	一把・一重
算盤	一面
太鼓	一面・一張〈鼓も同様〉
大砲	一門
竹	一本・一筋
畳	一枚・一畳
煙草	一箱・一本・一服
足袋	一束

卵	一個・一粒・一束〈百個単位〉
箪笥・長持	一棹・一組〈箪笥〉・一枚〈長持二棹〉
ダンス	一曲
反物	一反
チケット	一枚・一片・一綴り
茶	一袋・一封・一缶・一服〈飲む場合〉
茶屋	一軒
茶碗	一個・一口（こう）・一組
蝶	一頭・一匹・一羽
銚子	一提（ちょう）・一本
提灯	一張
つくだ煮	一曲げ・一折り
葛籠（つづら）	一合
土	一簣・一盛・一山・一握
壺	一口
手	一本・片手・両手
手紙・封書	一通・一封・一本・一札
鉄砲	一挺・一弾〈弾丸〉・一発〈弾丸〉
手ぬぐい	一本・一条・一筋
手袋	一足・一双・一対
テレビ	一台
電灯	一灯・一本・一玉
砥石	一挺
塔婆	一層・一基
豆腐	一丁
灯籠	一挺・一基・一茎
年	一年・一歳・一載・一周年・一紀（十二年）・一世（三十年）・一世紀（百年）
扉	一枚・一扇
鳥	一羽・一翅（し）・一翼・一つがい
鳥居	一基
荷物	一荷・一駄〈馬につけた場合〉・一荷〈車につけた場合〉
布	一枚・一締め・一幅
ネクタイ	一本・一掛け
猫	一匹
能・舞	一手・一差し
ノート・本	一冊
鋸・のみ	一挺
海苔	一枚・一帖・一缶
バイオリン	一挺
墓・碑	一基
葉書	一通・一葉・一枚〈書いていないもの〉
袴	一具・一下げ・一腰・一裄（ゆき）
箱	一箱・一函・一折・一合
箸	一膳・一揃い・一具
旗・幟	一流・一旒（りゅう）
花	一本・一輪・一株・一朶（樹木）・一むら（群生）

日	一日・両日・一周・一旬・一月
ピアノ	一台
光	一本・一筋・一幅・一条
人	一人・一方・一柱
火箸	一具・一揃い〈二つ〉
火鉢	一個・一対
拍子	一拍
瓢箪	一本・一株・一瓢
屏風	一架・一局・一隻・一扇・一帖・一双〈二架〉
琵琶	一揃い・一面
瓶	一本・一瓶
鞴（ふいご）	一口
笛	一本・一管
副菜	一皿・一汁・一菜
襖	一領
仏像	一軀（く）・一体・一頭
筆	一本・一管・一茎・一対〈二本〉

葡萄	一房・一粒
布団	一枚・一組・一揃い・一重ね
船	一杯・一艘・一隻・一艇
風呂桶	一据（すえ）・一桶
文章	一編・一文・一章・一節・一行・一くだり
法帖	一帖
宝石	一顆（か）
包丁	一柄（え）・一挺
盆	一枚・一組
薪	一把・一駄・一車
巻物	一軸・一巻
幕	一枚・一帳・一垂れ・一帖〈二帳〉
松飾	一門・一対・一揃い
マッチ	一本・一箱・一包み
祭	一つ・一回・一度
豆	一粒・一莢
ミルク	一匙・一本・一缶・一瓶

筵	一枚
目	一目・片目・両目・一双眼・両眼
飯	一膳・一よそい・一杯・一飯・一度〈食事〉
面	一面・一頭
餅	一枚・一個・一臼
矢	一本・一筋・一条・一手〈二本〉
野菜	一把・一籠・一山・一皿・一玉〈キャベツ・玉ねぎ〉・一株〈白菜など〉
槍	一本・一筋・一条
弓	一張
羊羹	一本・一棹・一箱
夜	一夜・一晩
鎧	一領・一着・一点
鎧兜	一具
料理	一品・一人前
綿	一枚・一包み

文語文法活用表

動詞

種類	行	例語	語幹	未然形	連用形	終止形	連体形	已然形	命令形
四段活用	カ行	書く	か	か	き	く	く	け	け
	ガ行	騒ぐ	さわ	が	ぎ	ぐ	ぐ	げ	げ
	サ行	話す	はな	さ	し	す	す	せ	せ
	タ行	持つ	も	た	ち	つ	つ	て	て
	ハ行	言ふ	い	は	ひ	ふ	ふ	へ	へ
	バ行	浮かぶ	うか	ば	び	ぶ	ぶ	べ	べ
	マ行	詠む	よ	ま	み	む	む	め	め
	ラ行	売る	う	ら	り	る	る	れ	れ
上一段活用	カ行	着る	○	き	き	きる	きる	きれ	きよ
	ナ行	煮る	○	に	に	にる	にる	にれ	によ
	ハ行	干る	○	ひ	ひ	ひる	ひる	ひれ	ひよ
	マ行	見る	○	み	み	みる	みる	みれ	みよ
	ヤ行	射る	○	い	い	いる	いる	いれ	いよ
	ワ行	居る	○	ゐ	ゐ	ゐる	ゐる	ゐれ	ゐよ
上二段活用	カ行	起く	お	き	き	く	くる	くれ	きよ
	ガ行	過ぐ	す	ぎ	ぎ	ぐ	ぐる	ぐれ	ぎよ
	タ行	落つ	お	ち	ち	つ	つる	つれ	ちよ
	ダ行	恥づ	は	ぢ	ぢ	づ	づる	づれ	ぢよ
	ハ行	恋ふ	こ	ひ	ひ	ふ	ふる	ふれ	ひよ
	バ行	詫ぶ	わ	び	び	ぶ	ぶる	ぶれ	びよ
	マ行	恨む	うら	み	み	む	むる	むれ	みよ
	ヤ行	報ゆ	むく	い	い	ゆ	ゆる	ゆれ	いよ
	ラ行	古る	ふ	り	り	る	るる	るれ	りよ
下一段活用	カ行	蹴る	○	け	け	ける	ける	けれ	けよ
下二段活用	ア行	得	○	え	え	う	うる	うれ	えよ
	カ行	掛く	か	け	け	く	くる	くれ	けよ
	ガ行	告ぐ	つ	げ	げ	ぐ	ぐる	ぐれ	げよ
	サ行	伏す	ふ	せ	せ	す	する	すれ	せよ
	ザ行	混ず	ま	ぜ	ぜ	ず	ずる	ずれ	ぜよ
	タ行	果つ	は	て	て	つ	つる	つれ	てよ
	ダ行	出づ	い	で	で	づ	づる	づれ	でよ
	ナ行	寝	○	ね	ね	ぬ	ぬる	ぬれ	ねよ
	ハ行	経	○	へ	へ	ふ	ふる	ふれ	へよ
	バ行	食ぶ	た	べ	べ	ぶ	ぶる	ぶれ	べよ
	マ行	眺む	なが	め	め	む	むる	むれ	めよ
	ヤ行	消ゆ	き	え	え	ゆ	ゆる	ゆれ	えよ
	ラ行	遅る	おく	れ	れ	る	るる	るれ	れよ
	ワ行	植う	う	ゑ	ゑ	う	うる	うれ	ゑよ
ラ行変格	ラ行	をり	を	ら	り	り	る	れ	れ
ナ行変格	ナ行	去ぬ	い	な	に	ぬ	ぬる	ぬれ	ね
サ行変格	サ行	す	○	せ	し	す	する	すれ	せよ
	ザ行	通ず	つう	ぜ	じ	ず	ずる	ずれ	ぜよ
カ行変格	カ行	来	○	こ	き	く	くる	くれ	こ（こよ）

形容詞

種類	例語	語幹	未然形	連用形	終止形	連体形	已然形	命令形
ク活用	高し	たか	く／から	く／かり	し	き／かる	けれ	かれ
シク活用	寂し	さび	しく／しから	しく／しかり	し	しき／しかる	しけれ	しかれ

形容動詞

種類	例語	語幹	未然形	連用形	終止形	連体形	已然形	命令形
ナリ活用	静かなり	しづか	なら	なり／に	なり	なる	なれ	なれ
タリ活用	堂々たり	だうだう	たら	たり／と	たり	たる	たれ	たれ

主な助動詞

接続	種類		主な意味	未然形	連用形	終止形	連体形	已然形	命令形
未然形	受身・自発・可能・尊敬	る	受身・自発・可能・尊敬	れ	れ	る	るる	るれ	れよ
		らる		られ	られ	らる	らるる	らるれ	られよ
	使役・尊敬	す	使役・尊敬	せ	せ	す	する	すれ	せよ
		さす		させ	させ	さす	さする	さすれ	させよ
		しむ		しめ	しめ	しむ	しむる	しむれ	しめよ
	打消	ず	打消	(ず)／ざら	ず／ざり	ず	ぬ／ざる	ね／ざれ	ざれ
	打消推量	じ	打消推量	○	○	じ	(じ)	(じ)	○
	推量	む	推量・意志・適当・仮定	○	○	む(ん)	む(ん)	め	○
連用形	過去	き	過去	(せ)	○	き	し	しか	○
		けり	過去・詠嘆	(けら)	○	けり	ける	けれ	○
	完了	つ	完了・強意	て	て	つ	つる	つれ	てよ
		ぬ		な	に	ぬ	ぬる	ぬれ	ね
		たり	完了・存続	たら	たり	たり	たる	たれ	たれ
	願望	たし	願望	たく／たから	たく／たかり	たし	たき	たけれ	○
終止形	推量	べし	推量・意志・可能・当然・命令・適当	べく／べから	べく／べかり	べし	べき／べかる	べけれ	○
		らし	推定	○	○	らし	らし	らし	○
	打消推量	まじ	打消の推量・当然・意志・禁止	まじく／(まじから)	まじく／まじかり	まじ	まじき／まじかる	まじけれ	○
連体形	断定	なり	断定	なら	なり／に	なり	なる	なれ	(なれ)
		たり		たら	たり／と	たり	たる	たれ	(たれ)
	比況	ごとし	比況・例示	(ごとく)	ごとく	ごとし	ごとき	○	○
他	完了	り	完了・存続	ら	り	り	る	れ	(れ)

間違えやすい旧仮名遣い

- 書き誤りやすい旧仮名遣いを上段の読みの五十音順に並べた。
- 上段に現代仮名遣い、下段に旧仮名遣いを平仮名で示した。

あ

語	現代仮名遣い	旧仮名遣い
藍	あい	あゐ
間	あい	あひ
間	あいだ	あひだ
青	あお	あを
葵	あおい	あふひ
仰ぐ	あおぐ	あふぐ
煽ぐ	あおぐ	あふぐ
紫陽花	あじさい	あぢさる
危うし	あやうし	あやふし
間	あわい	あはひ
哀れ	あわれ	あはれ
言う	いう	いふ
癒える	いえる	いえる
雷	いかずち	いかづち
出ず	いず	いづ
泉	いずみ	いづみ
愛おしむ	いとおしむ	いとほしむ
古	いにしえ	いにしへ
牛膝	いのこずち	ゐのこづち
猪	いのしし	ゐのしし
坐す	います	ゐます
蠑螈	いもり	ゐもり
居る	いる	ゐる
祝う	いわう	いはふ
飢える	うえる	うゑる
植える	うえる	うゑる
鶯	うぐいす	うぐひす
縁	えにし	えにし
狗尾草	えのころぐさ	ゑのころぐさ
笑む	えむ	ゑむ
豌豆	えんどう	ゑんどう
老いる	おいる	おいる
終う	おう	をふ
扇	おうぎ	あふぎ
近江	おうみ	あふみ
鸚鵡	おうむ	あうむ
狼	おおかみ	おほかみ
大きなり	おおきなり	おほきなり
多し	おおし	おほし
拝む	おがむ	をがむ
置く	おく	おく
幼し	おさなし	をさなし
収まる	おさまる	をさまる
惜しむ	おしむ	をしむ
白粉	おしろい	おしろい
遠近	おちこち	をちこち
音	おと	おと
弟	おとうと	おとうと
一昨日	おととい	をととひ
乙女	おとめ	をとめ
己	おのれ	おのれ
居り	おり	をり
折る	おる	をる

終（お）わる	をはる
か	
鳰（かいつぶり）	かいつぶり
楓（かえで）	かへで
顔（かお）	かほ
香（かお）り	かをり
香（かお）る	かをる
芳（かぐわ）し	かぐはし
陽炎（かげろう）	かげろふ
蜉蝣（かげろう）	かげろふ
悴（かじか）む	かじかむ
片方（かたえ）	かたへ
乾（かわ）く	かわく
昨日（きのう）	きのふ
胡瓜（きゅうり）	きうり
今日（きょう）	けふ
際（きわ）	きは
悔（く）いる	くいる
口惜（くちお）し	くちをし
紅（くれない）	くれなゐ
気配（けはい）	けはひ
恋（こ）う	こふ
蝙蝠（こうもり）	かうもり
声（こえ）	こゑ
越（こ）える	こえる
氷（こお）る	こほる
蟋蟀（こおろぎ）	こほろぎ
梢（こずえ）	こずゑ
断（ことわ）る	ことわる
さ	
幸（さいわい）	さいはひ
囀（さえず）る	さへづる
山茶花（さざんか）	さざんくわ
授（さず）く	さづく
騒（さわ）ぐ	さわぐ
幸（しあわ）せ	しあはせ
潮騒（しおさい）	しほさゐ
静寂（しじま）	しじま
静（しず）か	しづか
末（すえ）	すゑ
据（す）える	すゑる
筋（すじ）	すぢ
雀（すずめ）	すずめ
座（すわ）る	すわる
薇（ぜんまい）	ぜんまい
素麺（そうめん）	さうめん
た	
平（たいら）	たひら
絶（た）える	たえる
嫋（たお）やか	たをやか
倒（たお）る	たふる
闌（たけなわ）	たけなは
湛（たた）える	たたへる
佇（たたず）む	たたずむ
魂（たましい）	たましひ
撓（たわ）む	たわむ
小（ちい）さし	ちひさし
蝶（ちょう）	てふ
終（つい）に	つひに
啄（ついば）む	ついばむ

尊（とうと）し	たふとし
十（とお）	とを
遠（とお）し	とほし
通（とお）る	とほる
常（とこ）しえ	とこしへ
閉（と）ず	とづ
な	
猶（なお）	なほ
馴染（なじ）む	なじむ
縄（なわ）	なは
鳰（にお）	にほ
匂（にお）う	にほふ
滲（にじ）む	にじむ
俄（にわか）	にはか
潦（にわたずみ）	にはたづみ
鶏（にわとり）	にはとり
捻子（ねじ）	ねぢ
鼠（ねずみ）	ねずみ
は	
弾（はじ）く	はじく
恥（は）ず	はづ
筈（はず）	はず
柊（ひいらぎ）	ひひらぎ
率（ひき）いる	ひきゐる
蘖（ひこばえ）	ひこばえ
肘（ひじ）	ひぢ
向日葵（ひまわり）	ひまはり
瓢箪（ひょうたん）	へうたん
蕗（ふき）の薹（とう）	ふきのたう
梟（ふくろう）	ふくろふ
箒（ほうき）	はうき
抛（ほう）る	はふる
恣（ほしいまま）	ほしいまま
炎（ほのお）	ほのほ
ま	
参（まい）る	まゐる
交（ま）じる	まじる
貧（まず）し	まづし
客（まろうど）	まらうど
見（み）える	みえる
短（みじか）し	みじかし
水（みず）	みづ
蚯蚓（みみず）	みみず
茗荷（みょうが）	めうが
報（むく）いる	むくいる
申（もう）す	まうす
詣（もう）ず	まうづ
用（もち）いる	もちゐる
紅葉（もみじ）	もみぢ
や・ら・わ	
柔（やわ）らか	やはらか
夕（ゆう）	ゆふ
故（ゆえ）	ゆゑ
宵（よい）	よひ
齢（よわい）	よはひ
竜胆（りんどう）	りんだう
蠟燭（ろうそく）	らふそく
僅（わず）か	わづか
草鞋（わらじ）	わらぢ

総索引

一、『俳句歳時記　第五版』全五巻に収録の季語・傍題のすべてを現代仮名遣いの五十音順に配列した。
一、収録巻は春・夏・秋・冬・新（新年）で示した。
一、漢数字はページ数を示す。
一、＊のついた語は本見出しである。

あ

あいうう藍植う　春二一六
あいすきゃんでーアイスキャンデー　夏三一七
あいすくりーむアイスクリーム　夏三一七
あいちぢみ藍縮　夏三〇四
＊あいちょうしゅうかん愛鳥週間　夏三六二
あいちょうび愛鳥日　夏三六二
＊あいのかぜあいの風　夏二八〇
＊あいのはな藍の花　秋六九五
あいのはね愛の羽根　秋五八九
＊あいまく藍蒔く　春一一六
あいみじん藍微塵　春二二四
あいゆかた藍浴衣　夏三〇五
＊あおあし青蘆　夏四八九
あおあし青葦　夏四八九
＊あおあらし青嵐　夏二八一
＊あおい葵　夏四六六
＊あおいね青稲　夏四八五
＊あおいまつり葵祭　夏三七〇
＊あおうめ青梅　夏四四一
あおかえで青楓　夏四四九
あおがえる青蛙　夏三八五
＊あおがき青柿　夏四四一
あおかび青黴　夏五〇六
あおがや青蚊帳　夏三三七
あおぎた青北風　秋五四一
＊あおきのはな青木の花　春二〇五
＊あおきのみ青木の実　冬八九九
あおきふむ青き踏む　春一二五
＊あおぎり梧桐　夏四五〇
あおぎり青桐　夏四五〇
あおくびだいこん青首大根　冬九一六
＊あおくるみ青胡桃　夏四四二
あおげら青げら　秋六三三
あおごち青東風　夏二八〇
＊あおさ石蓴　春二五八
＊あおさぎ青鷺　夏三九八
あおさとり石蓴採　春二五八
＊あおざんしょう青山椒　夏四八四
あおしぐれ青時雨　夏四四六
あおじそ青紫蘇　夏四八三
＊あおしば青芝　夏四八八
＊あおじゃしん青写真　冬八二七
あおすじあげは青筋揚羽　夏四一三
あおすじあげは青条揚羽　夏四一三
＊あおすすき青芒　夏四八八
あおすすき青薄　夏四八八
＊あおすだれ青簾　夏三三五
＊あおた青田　夏二九八
あおだいしょう青大将　夏三八八
あおたかぜ青田風　夏二九八
あおたなみ青田波　夏二九八
あおたみち青田道　夏二九八

＊あおつた青蔦　夏四八八
あおつゆ青梅雨　夏二八四
＊あおとうがらし青唐辛子　夏四八四
あおとうがらし青唐辛　夏四八四
あおとうがらし青蕃椒　夏四八四
あおとかげ青蜥蜴　夏三八七
あおなつめ青棗　秋六五一
＊あおぬた青饅　春一〇三
あおね青嶺　夏二九四
あおの青野　夏二九五
＊あおば青葉　夏四四六
あおばえ青蠅　夏四二三
あおはぎ青萩　夏四八九
あおばじお青葉潮　夏二九七
あおばしぐれ青葉時雨　夏四四六
あおばしょう青芭蕉　夏四七五
＊あおばずく青葉木菟　夏三九三
あおばやま青葉山　夏四四六
あおばやみ青葉闇　夏四四八
あおふくべ青瓢　秋六八二
＊あおぶどう青葡萄　夏四四二
＊あおほおずき青鬼灯　夏四七三
あおほおずき青酸漿　夏四七三
あおまつかさ青松毬　秋六五九
＊あおまつむし青松虫　秋六三六
＊あおみかん青蜜柑　秋六五三
あおみさき青岬　夏二九六
あおみなづき青水無月　夏二六九
＊あおむぎ青麦　春二三七
あおやぎ青柳　春二一四
＊あおりんご青林檎　夏四四二
あかあり赤蟻　夏四二六
＊あかいはね赤い羽根　秋五八九
＊あかえい赤鱏　夏四〇七
あかがえる赤蛙　春一六七
あかかぶ赤蕪　冬九一六
あかがりあかがり　冬八三四
＊あかぎれ皸　冬八三四
あかぎれ皹　冬八三四
あかげら赤げら　秋六三二
＊あかざ藜　夏四九五
＊あかしあのはなアカシアの花　夏四五六
あかしお赤潮　夏二九七
あかじそ赤紫蘇　夏四八三
あかとんぼ赤蜻蛉　秋六三二
あかなす赤茄子　夏四八一
あかのまま赤のまま　秋七二三
＊あかのまんま赤のまんま　秋七二三
あかはら赤腹　夏三八七
あかふじ赤富士　夏二九四
あかまむし赤蝮　夏三八九
あかまんま赤まんま　秋七二三
あかりしょうじ明り障子　冬八〇二
＊あき秋　秋五一〇
あきあかね秋茜　秋六三三
あきあじ秋味　秋六二八
あきあつし秋暑し　秋五二二
＊あきあわせ秋袷　秋五五六
あきいりひ秋入日　秋五二七
あきうちわ秋団扇　秋五六三
＊あきうらら秋麗　秋五二一
＊あきおうぎ秋扇　秋五六三
＊あきおさめ秋収　秋五七〇
＊あきおしむ秋惜しむ　秋五二五
＊あきかぜ秋風　秋五三八
＊あきがつお秋鰹　秋六二七
あきかや秋蚊帳　秋五六三
あきかわ秋川　秋五五二

あききたる　秋来る　秋五一二
あきく　秋来　秋五一二
＊あきくさ　秋草　秋六九六
あきぐち　秋口　秋五二一
あきぐみ　秋茱萸　秋六六九
＊あきぐもり　秋曇　秋五四二
あきくる　秋暮る　秋五二四
＊あきご　秋蚕　秋六四二
＊あきこき　晶子忌　夏三八〇
あきざくら　秋桜　秋六七五
＊あきさば　秋鯖　秋六二七
＊あきさむ　秋寒　秋五二三
あきさむし　秋寒し　秋五二三
あきさめ　秋雨　秋五四二
あきしお　秋潮　秋五五三
＊あきしぐれ　秋時雨　秋五四三
＊あきじめり　秋湿　秋五四二
あきすずし　秋涼し　秋五一三
＊あきすだれ　秋簾　秋五六四
＊あきすむ　秋澄む　秋五一九
あきぞら　秋空　秋五二九
＊あきたかし　秋高し　秋五二九
あきたつ　秋立つ　秋五一二
＊あきちかし　秋近し　夏二七七
あきちょう　秋蝶　秋六三〇
あきつ　あきつ　秋六三三
あきついり　秋黴雨　秋五四二
あきつばめ　秋燕　秋六一七
＊あきでみず　秋出水　秋五五二
あきどなり　秋隣　夏二七七
あきともし　秋ともし　秋五六二
＊あきどよう　秋土用　秋五三三
あきないはじめ　商始　新九五四
あきなかば　秋なかば　秋五一四
＊あきなす　秋茄子　秋六八三
あきなすび　秋茄子　秋六八三
あきななくさ　秋七草　秋六九九
あきにいる　秋に入る　秋五一二
あきの　秋野　秋五四八
＊あきのあさ　秋の朝　秋五一七
＊あきのあめ　秋の雨　秋五四二
あきのあゆ　秋の鮎　秋六二五
あきのあわせ　秋の袷　秋五五六
あきのいろ　秋の色　秋五二七
あきのうま　秋の馬　秋六一五
＊あきのうみ　秋の海　秋五五二
＊あきのか　秋の蚊　秋六二九
あきのかぜ　秋の風　秋五三八
＊あきのかや　秋の蚊帳　秋五六三
あきのかや　秋の幮　秋五六三
＊あきのかわ　秋の川　秋五五二
あきのくさ　秋の草　秋六九六
＊あきのくも　秋の雲　秋五二九
＊あきのくれ　秋の暮　秋五一八
＊あきのこえ　秋の声　秋五二八
あきのこま　秋の駒　秋六一五
あきのころもがえ　秋の更衣　秋五五六
＊あきのしお　秋の潮　秋五五三
＊あきのしも　秋の霜　秋五四六
＊あきのせみ　秋の蟬　秋六三〇
＊あきのその　秋の園　秋五四九
＊あきのそら　秋の空　秋五二九
＊あきのた　秋の田　秋五五〇
＊あきのちょう　秋の蝶　秋六三〇
あきのなぎさ　秋の渚　秋五五二
＊あきのななくさ　秋の七草　秋六九九
あきのなみ　秋の波　秋五五二
＊あきのにじ　秋の虹　秋五四四
＊あきのの　秋の野　秋五四八

＊あきのはえ秋の蠅　秋六二九
＊あきのはち秋の蜂　秋六三〇
あきのはつかぜ秋の初風　秋五三九
あきのはま秋の浜　秋五五三
＊あきのひ秋の日（時候）　秋五一七
＊あきのひ秋の日（天文）　秋五三七
＊あきのひ秋の灯　秋五六二
あきのひかり秋の光　秋五三七
あきのひな秋の雛　秋五八七
＊あきのひる秋の昼　秋五一七
あきのへび秋の蛇　秋六一五
＊あきのほたる秋の蛍　秋六二九
あきのみさき秋の岬　秋五五三
＊あきのみず秋の水　秋五五一
あきのみね秋の峰　秋五四八
＊あきのやま秋の山　秋五四八
あきのゆう秋の夕　秋五一八
あきのゆうべ秋の夕べ　秋五一八
＊あきのゆうやけ秋の夕焼　秋五四四
＊あきのよ秋の夜　秋五一九
あきのよい秋の宵　秋五一九
あきはじめ秋初め　秋五一一
あきばしょ秋場所　秋五八〇
＊あきばれ秋晴　秋五二八
あきび秋日　秋五一七
あきひかげ秋日影　秋五三七
＊あきひがん秋彼岸　秋五一六
あきびより秋日和　秋五二八
＊あきふうりん秋風鈴　秋五六五
＊あきふかし秋深し　秋五二四
＊あきへんろ秋遍路　秋五九九
あきほたる秋蛍　秋六二九
＊あきまき秋蒔　秋五七五
あきまつ秋待つ　夏二七七
＊あきまつり秋祭　秋五九六
＊あきめく秋めく　秋五一三
あきやま秋山　秋五四八
あきゆうやけ秋夕焼　秋五四四
あきゆく秋行く　秋五二四
あきゆやけ秋夕焼　秋五四四
あけのはる明の春　新九二六
あげはちょう揚羽蝶　夏四一三
あげはちょう鳳蝶　夏四一三
あげはなび揚花火　夏三五三
あげばね揚羽子　新九七七
＊あけび通草　秋六七〇
あけび木通　秋六七〇
＊あけびのはな通草の花　春二三一
あけびのはな木通の花　春二三一
あけびのみ通草の実　秋六七〇
あげひばり揚雲雀　春一七〇
あけやす明易　夏二七三
あけやすし明易し　夏二七三
あごあご　夏四〇七
＊あさ麻　夏四八七
＊あさがお朝顔　秋六七三
あさがお蕣　秋六七三
＊あさがおいち朝顔市　夏三六七
あさがおのたね朝顔の種　秋六七四
＊あさがおのみ朝顔の実　秋六七四
あさがおまく朝顔蒔く　春一一五
あさがすみ朝霞　春八七
あさかり麻刈　夏四八七
あさぎぬ麻衣　夏三〇三
あさぎり朝霧　秋五四四
あさくさのり浅草海苔　春二五八
あさくさまつり浅草祭　夏三七一
＊あさぐもり朝曇　夏二九〇
あさごち朝東風　春八〇

あさごろも麻衣　夏三〇三
あさざくら朝桜　春一九六
*あさざむ朝寒　秋五三三
あさしぐれ朝時雨　冬七四三
あさしも朝霜　冬七四六
あさすず朝涼　夏二七六
あさすず朝鈴　秋六三六
あさぜみ朝蟬　夏四一九
あさたきび朝焚火　冬八一二
*あさつき胡葱　春二三六
あさつばめ朝燕　春一七一
あさつゆ朝露　秋五四五
*あさなぎ朝凪　夏二八二
あさにじ朝虹　夏二八八
*あさね朝寝　春一三〇
あさのは麻の葉　夏四八七
あさのはな麻の花　夏四八七
あさのれん麻暖簾　夏三三五
あさばたけ麻畠　夏四八七
あさひき麻引　夏四八七
あさひばり朝雲雀　春一七〇
あさふく麻服　夏三〇三
あさぶとん麻蒲団　夏三三三
*あさまく麻蒔く　春二一六
*あざみ薊　春二四六
あざみかる薊枯る　冬九一八
*あさやけ朝焼　夏二九一
*あさり浅蜊　春一八五
あさりうり浅蜊売　春一八五
あさりじる浅蜊汁　春一八五
あさりぶね浅蜊舟　春一八五
*あじ鰺　夏四〇六
あしかび蘆牙　春二五五
*あしかり蘆刈　秋五七八
あしかる蘆刈る　秋五七八
あしかる蘆枯る　冬九一九
*あじさい紫陽花　夏四三三
あじさいき紫陽花忌　夏三八二
*あじさし鰺刺　夏三九九
あししげる蘆茂る　夏四八九
*あしたば明日葉　春二五三
あしながばち足長蜂　春一九〇
あしのきり蘆の錐　春二五五
*あしのつの蘆の角　春二五五
*あしのはな蘆の花　秋七〇一
あしのほ蘆の穂　秋七〇一
あしのほわた蘆の穂絮　秋七〇一
あしのめ蘆の芽　春二五五
*あしのわかば蘆の若葉　春二五五
あしはら蘆原　秋七〇一
あしび蘆火　秋五七八
*あしびのはな馬酔木の花　春二〇五
あしぶね蘆舟　秋五七八
*あじろ網代　冬八二〇
あじろぎ網代木　冬八二〇
あじろどこ網代床　冬八二〇
あじろもり網代守　冬八二〇
あずきあらいあづきあらひ　秋六四二
あずきがゆ小豆粥　新九五九
あずきひく小豆引く　秋五七六
あずきまく小豆蒔く　夏三三九
*あずまぎく東菊　春二二四
あずまぎく吾妻菊　春二二四
あずまこーと東コート　冬七七七
*あせ汗　夏三五九
あぜあおむ畦青む　春二三八
あせしらず汗しらず　夏三二八
あせぬぐい汗拭ひ　夏三〇九
*あぜぬり畦塗　春一一二

あぜぬる畦塗る　春一二三
あせのめし汗の飯　夏三一一
あせばむ汗ばむ　夏三五九
あぜび畦火　春一一一
あせびのはなあせびの花　春二〇五
あせふき汗ふき　夏三〇九
あせぼあせぼ　夏三六一
あぜまめ畦豆　秋五五八
＊あせも汗疹　夏三六一
あぜやき畦焼　春一一一
あぜやく畦焼く　春一一一
あそびぶね遊び船　夏三四八
＊あたたか暖か　春七〇
あたたけしあたたけし　春七〇
＊あたためざけ温め酒　秋五八七
＊あつかん熱燗　冬七八二
あつぎ厚着　冬七七四
あつごおり厚氷　冬七五九
あつさ暑さ　夏二七四
あつさまけ暑さ負け　夏三六〇
＊あつし暑し　夏二七四
あっぱっぱあつぱつぱ　夏三〇三
あつものざき厚物咲　秋六七八
あとずさりあとずさり　夏四二四
＊あなご穴子　夏四〇八
あなご海鰻　夏四〇八
あなせぎょう穴施行　冬七六九
あなづり穴釣　冬八二六
あなナスアナナス　夏四四五
あなばち穴蜂　春一九〇
あなまどい穴惑　秋六一五
＊あねもねアネモネ　春二二五
＊あぶ虻　春一九〇
あぶらぜみ油蟬　夏四一九
＊あぶらでり油照　夏二九二
あぶらでり脂照　夏二九二
あぶらなのはな油菜の花　春二三〇
あぶらむし油虫　夏四二五
あぶれか溢蚊　秋六三〇
＊あま海女　春一二三
あまうそ雨鷽　春一七一
＊あまがえる雨蛙　夏三八五
あまがき甘柿　秋六四八
＊あまごい雨乞　夏三三七
＊あまざけ甘酒　夏三二五
＊あまだい甘鯛　冬八八三
あまちゃ甘茶　春一五〇
あまちゃでら甘茶寺　春一五〇
あまちゃぶつ甘茶仏　春一五〇
あまなつ甘夏　春二〇九
＊あまのがわ天の川　秋五三七
あまのふえ海女の笛　春一二三
あまのり甘海苔　春二五八
あまぼし甘干　秋五六〇
あまよろこび雨喜び　夏二八六
あまりなえ余苗　夏四八五
＊あまりりすアマリリス　夏四七二
＊あみど網戸　夏三三四
あむすめろんアムスメロン　夏四八〇
あめのいのり雨の祈　夏三三七
あめのつき雨の月　秋五三四
あめめいげつ雨名月　秋五三四
＊あめんぼ水馬　夏四一九
あめんぼう水馬　夏四一九
＊あやめ渓蓀　夏四六二
あやめぐさあやめぐさ　夏四六三
あやめさす菖蒲挿す　夏三六四
あやめのひ菖蒲の日　夏三六四
あやめふく菖蒲葺く　夏三六四

*あゆ鮎 夏四〇二
あゆおつ鮎落つ 秋六二五
あゆかけ鮎掛 夏三四三
あゆがり鮎狩 夏三四三
*あゆくみ鮎汲 春一二三
あゆずし鮎鮓 夏三一一
*あゆつり鮎釣 夏三四三
あゆなえ鮎苗 春一二三
あゆのこ鮎の子 春一八三
あゆのぼる鮎のぼる 春一八三
あゆのやど鮎の宿 夏四〇二
あゆりょう鮎漁 夏三四三
*あらい洗膾 夏三一九
あらいがみ洗ひ髪 夏三五八
あらいごい洗鯉 夏三一九
あらいだい洗鯛 夏三一九
あらいめし洗ひ飯 夏三一一
あらう荒鵜 夏三四四
あらごち荒東風 春八〇
あらたまのとし新玉の年 新九二六
あらづゆ荒梅雨 夏二八四
あらばしり新走 秋五五六
あらまき新巻 冬七九四
あらまき荒巻 冬七九四
*あらめ荒布 夏五〇七
あらめかる荒布刈る 夏五〇七
あらめほす荒布干す 夏五〇七
あららぎのみあららぎの実 秋六六三
*あられ霰 冬七四四
あられうお霰魚 冬八八四
あられがこあられがこ 冬八八四
*あり蟻 夏四二六
ありあけづき有明月 秋五三〇
ありあなをいず蟻穴を出づ 春一八九
*ありじごく蟻地獄 夏四二四
ありづか蟻塚 夏四二六
ありのす蟻の巣 夏四二六
ありのとう蟻の塔 夏四二六
ありのみ有の実 秋六四八
ありのみち蟻の道 夏四二六
ありのれつ蟻の列 夏四二六
*あろうき亜浪忌 冬八六一
*あろえのはなアロエの花 冬九二三
あろはしゃつアロハシャツ 夏三〇六
*あわ粟 秋六九三
*あわおどり阿波踊 秋五九四
*あわせ袷 夏三〇三
あわのほ粟の穂 秋六九三
あわばたけ粟畑 秋六九三
*あわび鮑 夏四〇九
あわびあま鮑海女 夏四〇九
あわびとり鮑取 夏四〇九
あわもり泡盛 夏三一四
あわゆき淡雪 春八四
あわゆき沫雪 春八四
*あんか行火 冬八〇八
*あんご安居 夏三七六
*あんこう鮟鱇 冬八八三
*あんこうなべ鮟鱇鍋 冬七九一
*あんず杏 夏四四四
あんず杏子 夏四四四
*あんずのはな杏の花 春二一〇
あんずのみ杏の実 夏四四四
あんですめろんアンデスメロン 夏四八〇
あんみつ餡蜜 夏三一九

い

*いいぎりのみ飯桐の実 秋六六七

いーすたーイースター 春一五五
*いいだこ飯蛸 春一八四
*いうう藺植う 冬八一七
いえばえ家蠅 夏四二三
いおまんてイオマンテ 冬八四〇
*いか烏賊 夏四〇九
いかいちょう居開帳 春一四九
いがぐり毬栗 秋六五〇
いかずちいかづち 夏二八九
*いかつり烏賊釣 夏三四六
いかつりび烏賊釣火 夏三四六
いかつりぶね烏賊釣舟 夏三四六
*いかなご鮊子 春一八〇
いかなご玉筋魚 春一八〇
いかなごぶね鮊子舟 春一八〇
いかのこう烏賊の甲 夏四〇九
いかのすみ烏賊の墨 夏四〇九
いかのぼりいかのぼり 春一二八
いかのぼり凧 新九八〇
いかび烏賊火 夏三四六
*いかり藺刈 夏三四〇
*いかりそう錨草 春二四五
いかりそう碇草 春二四五
*いきしろし息白し 冬八二三
いきぼん生盆 秋六〇〇
*いきみたま生身魂 秋六〇〇
いきみたま生御魂 秋六〇〇
*いぐさうう藺草植う 冬八一七
いぐさかり藺草刈 夏三四〇
いぐるま藺車 夏三四〇
いけすぶね生簀船 夏三四八
いけすりょうり生洲料理 夏三四八
*いけぶしん池普請 冬八二三
いこ眠蚕 春一二〇
*いさざ魦 冬八八六
いさざあみ魦網 冬八八六
いさざぶね魦舟 冬八八六
いさな勇魚 冬八七〇
いさなとり勇魚取 冬八二三
いざぶとん藺座蒲団 夏三三三
*いざよい十六夜 秋五三四
いざよいのつき十六夜の月 秋五三四
いしあやめ石菖蒲 夏四九〇
いしたたき石叩き 秋六二一
いしぼたん石牡丹 春一八八
いしやきいも石焼藷 冬七八六
*いずみ泉 夏二九九
いずみどの泉殿 夏三三三
*いせえび伊勢海老 新一〇一四
いせこう伊勢講 春一三八
いせさんぐう伊勢参宮 春一三八
*いせまいり伊勢参 春一三八
*いそあそび磯遊 春一二四
いそあま磯海女 春一二三
いそがに磯蟹 夏四一〇
*いそかまど磯竈 春一二三
*いそぎんちゃく磯巾着 春一八八
いそしぎ磯鴫 秋六二三
いそたきび磯焚火 春一二三
いそちどり磯千鳥 冬八七七
いそなげき磯なげき 春一二三
*いそなつみ磯菜摘 春一二三
いそびらき磯開 春一二四
いそまつり磯祭 春一二四
*いたち鼬 冬八六八
いたちぐさいたちぐさ 春二〇三
いたちはぜいたちはぜ 春二〇三
いたちわな鼬罠 冬八二〇
*いたどり虎杖 春二四六

*いたどりのはな虎杖の花　夏四九五
*いちいのみ一位の実　秋六六三
*いちがつ一月　冬七二七
いちがつばしょ一月場所　新九八五
いちげ一夏　夏三七六
いちげそう一花草　春二四五
*いちご苺　夏四七五
いちご覆盆子　夏四七五
いちごがり苺狩　夏四七五
*いちごのはな苺の花　春三三三
いちごばたけ苺畑　夏四七五
*いちじく無花果　秋六五二
いちのうま一の午　春一三三
いちのとら一の寅　新一〇〇八
いちのとり一の酉　冬八四六
*いちはつ鳶尾草　夏四六四
いちはつ一八　夏四六四
いちばんぐさ一番草　夏三三八
いちばんしぶ一番渋　秋五七三
いちばんちゃ一番茶　春二三一
いちやずし一夜鮓　夏三二一
*いちょうおちば銀杏落葉　冬九〇四
いちょうかる銀杏枯る　冬九〇五
*いちようき一葉忌　冬八六三
*いちょうちる銀杏散る　秋六六〇
*いちょうのはな銀杏の花　春二二六
いちょうのはな公孫樹の花　春二二六
いちょうのみ銀杏の実　秋六六四
*いちょうもみじ銀杏黄葉　秋六五八
いちようらいふく一陽来復　冬七三三
*いちりんそう一輪草　春二四五
いつ凍つ　冬七三三
いつ冱つ　冬七三三
*いつか五日　新九三三
*いつくしまかんげんさい厳島管絃祭　夏三七三
いつくしままつり厳島祭　夏三七三
*いっさき一茶忌　冬八五九
*いっぺきろうき一碧楼忌　冬八六三
いてかえる凍返る　春六三
いてぐも凍雲　冬七三八
いてぞら凍空　冬七三八
いてだき凍滝　冬七六一
いてちょう凍蝶　冬八八八
*いてつち凍土　冬七五九
いてづる凍鶴　冬八七九
いてとく凍解く　春九七
*いてどけ凍解　春九七
いてぼし凍星　冬七二九
いてゆるむ凍ゆるむ　春九七
いとうり　いとうり　秋六八二
いどかえ井戸替　夏三三三
いとくりそう糸繰草　春二二九
いとざくら糸桜　春一九五
いどさらえ井戸浚　夏三三三
いとすすき糸芒　秋七〇〇
*いとど竈馬　秋六二四
*いととり糸取　夏三四三
いととりうた糸取歌　夏三四三
*いととんぼ糸蜻蛉　夏四二一
いとねぎ糸葱　春二三六
いとひき糸引　夏三四三
いとやなぎ糸柳　春二一四
いとゆう糸遊　春八八
いなえうう藺苗植う　冬八一七
いなぎ稲木　秋五六九
いなぎ稲城　秋五六九
いなぐるま稲車　秋五六八
*いなご蝗　秋六三九

いなご稲子　秋六三九
いなご螽　秋六三九
いなごとり蝗採　秋六三九
＊いなすずめ稲雀　秋六一八
＊いなずま稲妻　秋五四三
いなだ稲田　秋五五〇
いなづか稲束　秋五六八
いなつるび稲つるび　秋五四三
いなびかり稲光　秋五四三
いなぶね稲舟　秋五六八
いなほ稲穂　秋六六九
いなぼこり稲埃　秋五七〇
いなほなみ稲穂波　秋六六九
いなむしおくり稲虫送り　秋六〇四
いなりこう稲荷講　春一三三
いぬたでのはな犬蓼の花　秋七一三
いぬのふぐりいぬのふぐり　春二四八
＊いぬふぐり犬ふぐり　春二四八
いぬわらびいぬ蕨　春二四七
＊いね稲　秋六六九
いねかけ稲掛　秋五六九
＊いねかり稲刈　秋五六八
いねかる稲刈る　秋五六八
＊いねこき稲扱　秋五七〇
＊いねつむ寝積む　新九八四
いねつむ稲積む　新九八四
いねのあき稲の秋　秋六六九
いねのか稲の香　秋六六九
＊いねのはな稲の花　秋六六九
いねほす稲干す　秋五六九
＊いのこ亥の子　冬八三七
＊いのこずち牛膝　秋七〇五
いのこもち亥の子餅　冬八三七
＊いのしし猪　秋六一四
＊いのはな藺の花　夏四九五
＊いばらのはな茨の花　夏四五二
＊いばらのみ茨の実　秋六六九
いばらのめ茨の芽　春二〇〇
いぶりずみ燻炭　冬八〇五
いほす藺干す　夏三四〇
いぼむしりいぼむしり　秋六四〇
いまがわやき今川焼　冬七八六
いまち居待　秋五三五
＊いまちづき居待月　秋五三五
＊いも芋　秋六八五
いも甘藷　秋六八四
いも藷　秋六八四
いもあらし芋嵐　秋五四二
＊いもうう芋植う　春一一六
いもがらいもがら　秋六八五
いもじょうちゅう甘藷焼酎　夏三一四
いもすいしゃ芋水車　秋六八五
いもだね芋種　春一三七
いもなえ藷苗　春一三七
＊いもにかい芋煮会　秋五八三
いものあき芋の秋　秋六八五
いものつゆ芋の露　秋五四五
いものは芋の葉　秋六八五
いものめ芋の芽　春一三七
いもばたけ芋畑　秋六八五
＊いもむし芋虫　秋六四二
いもめいげつ芋名月　秋五三二
＊いもり蠑螈　夏三八七
いもり井守　夏三八七
いよすだれ伊予簾　夏三三五
いりひがん入彼岸　春六六
いりやあさがおいち入谷朝顔市　夏三六七
いれいのひ慰霊の日　夏三七八

＊いろかへぬまつ 色変へぬ松　秋六五九
いろくさ 色草　秋六九六
いろごい 色鯉　夏四〇一
いろたび 色足袋　冬七八一
＊いろどり 色鳥　秋六一六
いろなきかぜ 色なき風　秋五三八
いろはがるた いろは歌留多　新九七四
いろり 囲炉裡　冬八〇七
いろり 囲炉裏　冬八〇七
いわいぎ 祝木　新九五八
いわいばし 祝箸　新九六五
＊いわし 鰯　秋六二七
いわし 鰮　秋六二七
いわしあみ 鰯網　秋五七九
＊いわしぐも 鰯雲　秋五三〇
＊いわしひく 鰯引く　秋五七九
いわしぶね 鰯船　秋五七九
いわしほす 鰯干す　秋五七九
いわしみず 岩清水　夏三九九
いわしみずまつり 石清水祭　秋五九八
＊いわな 岩魚　夏四〇三
いわな 巌魚　夏四〇三
いわなつり 岩魚釣　夏四〇三
いわのり 岩海苔　春二五八
＊いんげんまめ 隠元豆　秋六九三
いんばねす インバネス　冬七七八

う

＊う 鵜　夏三九七
うあんご 雨安居　夏三七六
＊ういきょうのはな 茴香の花　夏四七五
ういてこい 浮いて来い　夏三五四
うえきいち 植木市　春一一六
うえすとんさい ウエストン祭　夏三六八
＊うえた 植田　夏二九八
＊うおじま 魚島　春一七八
＊うかい 鵜飼　夏三四四
うかがり 鵜篝　夏三四四
うかご 鵜籠　夏三四四
うかれねこ うかれ猫　春一六五
＊うきくさ 萍　夏五〇五
うきくさ 浮草　夏五〇五
うきくさおいそむ 萍生ひ初む　春二五四
うきくさのはな 萍の花　夏五〇五
うきくさもみじ 萍紅葉　秋七一五
うきごおり 浮氷　春九八
＊うきす 浮巣　夏三九六
＊うきにんぎょう 浮人形　夏三五四
うきねどり 浮寝鳥　冬八七六
うきは 浮葉　夏四六九
うきわ 浮輪　夏三五〇
うぐい 石斑魚　春一八二
＊うぐいす 鶯　春一六九
＊うぐいすな 鶯菜　春二三三
うぐいすな 黄鳥菜　春二三三
うぐいすのおとしぶみ 鶯の落し文　夏四一八
うぐいすのたにわたり 鶯の谷渡り　春一六九
＊うぐいすもち 鶯餅　春一〇五
＊うげつ 雨月　秋五三四
うけらやく うけら焼く　夏三三三
＊うご 海髪　春二五九
＊うこぎ 五加木　春二二四
うこぎ 五加　春二二四
うこぎがき 五加木垣　春二二四
うこぎめし 五加木飯　春二二四

うこんこう鬱金香　春三六
＊うさぎ兎　冬八六九
うさぎあみ兎網　冬八二〇
うさぎがり兎狩　冬八一九
うさぎわな兎罠　冬八二〇
うじ蛆　夏四三三
うしあぶ牛虻　春一九〇
うしあらう牛洗ふ　夏三三五
うしあわせ牛合はせ　春一三七
うしずもう牛角力　春一三七
うしのつのつき牛の角突き　春一三七
うしひやす牛冷す　夏三三五
うしべに丑紅　冬七七〇
うしまつり牛祭　秋六〇五
うしょう鵜匠　夏三三四
＊うすい雨水　春六四
うすかざる臼飾る　新九四六
うすがすみ薄霞　春八七
うすぎぬ薄衣　夏三〇四
うすこうばい薄紅梅　春一九四
うすごおり薄氷　春九七
うすごろも薄衣　夏三〇四
うずしお渦潮　春一三五
うずしおみ渦潮見　春一三五
うすずみざくら薄墨桜　春一六六
＊うすばかげろう薄翅蜉蝣　夏四三四
＊うずまさのうしまつり太秦の牛祭　秋六〇五
うずみ渦見　春一三五
うずみび埋火　冬八〇五
うずみぶね渦見船　春一三五
うずむし渦虫　夏四一九
＊うすもの羅　夏三〇四
＊うすもみじ薄紅葉　秋六五六
＊うずら鶉　秋六三三
＊うすらい・うすらひ薄氷　春九七
うずらかご鶉籠　秋六三三
＊うそ鷽　春一七一
＊うそかえ鷽替　新一〇〇五
うそさむうそ寒　秋五三三
うそひめ鷽姫　春一七一
＊うたいぞめ謡初　新九八二
＊うたかいはじめ歌会始　新九八八
うたがるた歌がるた　新九七四
うちあげはなび打揚花火　夏三五二
＊うちみず打水　夏三三四
うちむらさきうちむらさき　冬九〇〇
＊うちわ団扇　夏三三〇
うちわおく団扇置く　秋五六三
うちわかけ団扇掛　夏三三〇
うづえ卯杖　新一〇〇七
うつかい鵜遣　夏三四四
＊うづき卯月　夏二六三
うづきなみ卯月波　夏二九六
うつぎのはな空木の花　夏四五二
＊うつせみ空蟬　夏四三〇
うづち卯槌　新一〇〇七
＊うつぼぐさ靫草　夏五〇一
うつぼぐさ空穂草　夏五〇一
＊うど独活　春二三四
＊うどのはな独活の花　夏四七七
うどほる独活掘る　春二三四
＊うどんげ優曇華　夏四二四
＊うなぎ鰻　夏四〇八
うなぎかき鰻搔　夏四〇八
うなぎづつ鰻筒　夏四〇八
＊うなみ卯波　夏二九六
うなわ鵜縄　夏三四四
＊うに海胆　春一八八

うに海栗　春一八八
うに雲丹　春一八八
*うのはな卯の花　夏四五三
うのはながき卯の花垣　夏四五三
*うのはなくたし卯の花腐し　夏二八三
うのはなくだし卯の花くだし　夏二八三
うのはなづき卯の花月　夏二六三
うのふだ卯の札　新一〇〇七
うぶね鵜舟　夏三四四
*うべうべ　秋七〇四
うべのはなうべの花　春三二一
うまあらう馬洗ふ　夏三三五
*うまおい馬追　秋六三八
うまおいむし馬追虫　秋六三八
*うまごやし苜蓿　春二四二
*うまこゆ馬肥ゆ　秋六一五
うまのあしがたのはなうまのあしがたの花　春二五〇
うまのこ馬の子　春一六四
うまのりぞめ馬騎初　新九八七
うまひやす馬冷す　夏三三五
うままつり午祭　春一二三
*うまやだし廏出し　春一〇九
うみあけ海明　春九八
うみう海鵜　夏三九七
うみぎり海霧　夏四〇八
うみうなぎうみうなぎ　夏二八七
うみこおる海凍る　冬七五九
*うみねこかえる海猫帰る　秋六一八
*うみねこわたる海猫渡る　春一七四
うみのいえ海の家　夏三五一
*うみのひ海の日　夏三六三
うみびらき海開き　夏三五一
*うみほおずき海酸漿　夏四一〇
うみます海鱒　春一八一
*うめ梅　春一九三
うめがか梅が香　春一九三
うめごち梅東風　春八〇
うめさぐる梅探る　冬八二六
*うめしゅ梅酒　夏三一四
うめづきよ梅月夜　春一九三
うめづけ梅漬　夏三一三
うめにがつ梅二月　春一九三
うめのさと梅の里　春一九三
うめのはな梅の花　春一九三
うめのみ梅の実　夏四四一
うめのやど梅の宿　春一九三
うめはやし梅早し　冬八九二
うめびより梅日和　春一九三
うめぼし梅干　夏三一三
*うめほす梅干す　夏三一三
*うめみ梅見　春一二六
うめみちゃや梅見茶屋　春一二六
うめむしろ梅筵　夏三一三
*うめもどき梅擬　秋六六八
うめもどき落霜紅　秋六六八
*うめわかき梅若忌　春一五七
うめわかまいり梅若参　春一五七
うめわかまつり梅若祭　春一五七
うらがる末枯る　秋六九八
*うらがれ末枯　秋六九八
うらじろ裏白　新一〇一五
うらじろかざる裏白飾る　新九四七
うらべにいちげ裏紅一花　春二四五
うらぼん盂蘭盆　秋五九九
*うらぼんえ盂蘭盆会　秋五九九
うらまつり浦祭　秋五九六
うららうらら　春七〇

＊うららか麗か　春七〇
うららけしうららけし　春七〇
＊うり瓜　夏四七九
うりごや瓜小屋　夏三四二
＊うりずんうりずん　春六五
うりぞめ売初　新九五四
うりぬすっと瓜盗人　夏三四二
うりのうし瓜の牛　秋五九九
うりのうま瓜の馬　秋五九九
＊うりのはな瓜の花　夏四七六
うりばたけ瓜畑　夏四七九
＊うりばん瓜番　夏三四二
うりばんごや瓜番小屋　夏三四二
うりひやす瓜冷す　夏三一三
うりぼう瓜坊　秋六一四
うりもみ瓜揉　夏三一三
うりもむ瓜揉む　夏三一三
うりもり瓜守　夏三四二
＊うるしかき漆掻　夏三四二
うるしかく漆掻く　夏三四二
＊うるしもみじ漆紅葉　秋六五八
＊うるめいわし潤目鰯　冬八八五
うろこぐも鱗雲　秋五三〇
うろぬきな虚抜菜　秋六八七
＊うんか浮塵子　秋六三九
＊うんかい雲海　夏二八八
＊うんどうかい運動会　秋五五五

え

えい鱏　夏四〇七
えい鱝　夏四〇七
えいじつ永日　春七一
えうちわ絵団扇　夏三三〇
えーぷりるふーるエープリルフール　春一四〇
えおうぎ絵扇　夏三三九
えきでん駅伝　新九八五
えござ絵茣蓙　夏三三三
えごちるえご散る　夏四五八
＊えごのはなえごの花　夏四五八
えすごろく絵双六　新九七五
えすだれ絵簾　夏三三五
＊えぞにうえぞにう　夏五〇四
えぞにう蝦夷丹生　夏五〇四
えだかわず枝蛙　夏三八五
えだこ絵凧　春一二八
えだずみ枝炭　冬八〇五
＊えだまめ枝豆　秋五五八
えちごじょうふ越後上布　夏三〇五
えちごちぢみ越後縮　夏三〇四
えちぜんがに越前蟹　冬八八七
えとうろう絵灯籠　秋五六四
えどふうりん江戸風鈴　夏三三一
＊えにしだ金雀枝　夏四三六
えにしだ金枝花　夏四三六
えにしだ金雀児　夏四三六
えのこぐさゑのこ草　秋七〇五
＊えのころぐさ狗尾草　秋七〇五
＊えびいも海老芋　冬九一五
えひがさ絵日傘　夏三三二
えびかざる海老飾る　新九四六
えびかずらえびかづら　秋六七〇
えびすいち蛭子市　冬八四五
えびすかご戎籠　新九九二
えびすぎれ恵比須切　冬八四五
＊えびすこう恵比須講　冬八四五
えびすこう夷講　冬八四五
えびすざさ戎笹　新一〇〇五
えびすまつり戎祭　新一〇〇五

えびすまわし夷廻し　新九六一
＊えびづる蝦蔓　秋六七〇
えびづる蘡薁　秋六七〇
＊えびね化偸草　春二五〇
えびね海老根　春二五〇
えびねらんえびね蘭　春二五〇
えぶすま絵襖　冬八〇三
＊えぶみ絵踏　春一三三
えぶりえぶり　新九九九
えほう恵方　新一〇〇一
えほう吉方　新一〇〇一
＊えほうまいり恵方詣　新一〇〇一
えほうみち恵方道　新一〇〇一
えみぐり笑栗　秋六五〇
＊えよう会陽　新一〇〇九
＊えりさす魞挿す　春一三
＊えりまき襟巻　冬七七九
えんいき円位忌　春一五七
えんえい遠泳　夏三五〇
えんこうき円光忌　春一五二
えんざ円座　夏三三三
＊えんじゅのはな槐の花　夏四五四
＊えんしょ炎暑　夏二七五
＊えんそく遠足　春一〇一
＊えんちゅう炎昼　夏二七一
えんてい炎帝　夏二六二
＊えんてん炎天　夏二九二
＊えんどう豌豆　夏四七八
えんどうのはな豌豆の花　春二三一
えんどうまく豌豆蒔く　秋五七五
えんねつ炎熱　夏二七五
えんねつき炎熱忌　夏三八三
＊えんねんのまい延年の舞　新一〇〇〇
＊えんぶりえんぶり　新九九九
えんまこおろぎえんま蟋蟀　秋六三四
えんめいぎく延命菊　春二三三
えんらい遠雷　夏二八九
えんりゃくじみなづきえ延暦寺六月会　夏三七七

お

おいうぐいす老鶯　夏三九三
おいざくら老桜　春一九六
おいばね追羽子　新九七七
おいまわた負真綿　冬七七三
＊おいらんそう花魁草　夏四七一
＊おうがいき鷗外忌　夏三八一
＊おうぎ扇　夏三三九
おうぎおく扇置く　秋五六三
おうぎながし扇流し　夏三七一
＊おうしょくき黄蜀葵　夏四六六
＊おうちのはな楝の花　夏四五七
おうちのはな樗の花　夏四五七
＊おうちのみ楝の実　秋六六三
おうちのみ樗の実　秋六六三
おうとう桜桃　夏四四三
＊おうとうき桜桃忌　夏三八一
＊おうとうのはな桜桃の花　春二〇四
おうとうのみ桜桃の実　夏四四三
おうなまい老女舞　新一〇〇〇
＊おうばい黄梅　春二〇一
おえしき御会式　冬八五二
おおあさ大麻　夏四八七
おおあした大旦　新九三〇
＊おおいしき大石忌　春一五六
おおぎく大菊　秋六七八
おおしも大霜　冬七四六
おおたか大鷹　冬八七〇
おおつごもり大つごもり　冬七二六

おーでころんオーデコロン　夏三一八
おおでまりおほでまり　夏四三六
おおとし大年　冬七二六
おおどし大年　冬七二六
おーどとわれオードトワレ　夏三一八
おおね大根　冬九一六
おおば大葉　夏四八三
おーばーオーバー　冬七七七
おーばーこーとオーバーコート　冬七七七
*おおばこのはな車前草の花　夏四九八
おおばこのはな大葉子の花　夏四九八
おおはらえ大祓　冬八五〇
おおばん大鷭　夏三九六
おおばんやき大判焼　冬七八六
おおひでり大旱　夏二九三
おおびる大蒜　春二三五
*おおぶく大服　新九六四
おおぶく大福　新九六四
おおぶくちゃ大福茶　新九六四
*おおみそか大晦日　冬七二六
おおみそか大三十日　冬七二六
おおみなみ大南風　夏二八〇
おおみねいり大峰入　春一五三
おおむぎ大麦　夏四八四
*おおやまれんげ大山蓮華　夏四五七
おおやまれんげ天女花　夏四五七
おおゆき大雪　冬七四七
*おおるり大瑠璃　夏三九九
おおわし大鷲　冬八七一
おおわた大綿　冬八九〇
おかいちょうお開帳　春一四九
おかがみ御鏡　新九四五
おかげまいり御蔭参　春一三八
おかざりお飾　新九四四
おかとらのお岡虎尾　夏四九九
おかぼ陸稲　秋六八九
おかめいちおかめ市　冬八四六
*おがら苧殻　秋五九四
おがらたく苧殻焚く　秋六〇一
おがらび苧殻火　秋六〇一
おがるかや雄刈萱　秋七〇一
おがんじつお元日　新九二九
*おぎ荻　秋七〇三
おきあま沖海女　春一三三
おきごたつ置炬燵　冬八〇六
*おきざりすオキザリス　春二一八
おきつだい興津鯛　冬八八三
おきなき翁忌　冬八五七
*おきなぐさ翁草　春二四五
*おきなます沖膾　夏三三〇
*おきなわき沖縄忌　夏三七八
おぎのかぜ荻の風　秋七〇三
おぎのこえ荻の声　秋七〇三
おぎはら荻原　秋七〇三
おきまつり釈奠　春一三九
*おぎょう御行　新一〇一七
*おくて晩稲　秋六九一
おくてかる晩稲刈る　秋六九一
おくらびらき御蔵開　新九五八
*おくりづゆ送り梅雨　夏二八五
おくりび送火　秋六〇一
おくれが後れ蚊　秋六二九
おけらたくをけらたく　夏三三三
おけらなくおけら鳴く　秋六四〇
おけらなわ白朮縄　新一〇〇三
おけらび白朮火　新一〇〇三
*おけらまいり白朮詣　新一〇〇三
おごおご　春二五九

おこう御講　冬八五三
＊おこうなぎ御講凪　冬七四〇
＊おこしえ起し絵　夏三五六
おごのりおごのり　春二五九
＊おさがり御降　新九三八
おさめのだいし納の大師　冬八四九
おさめばり納め針　春一三四
おさめばり納め針　冬八三九
おさめふだ納札　冬八四九
おしをし　冬八七七
おじか牡鹿　秋六一四
＊おじぎそう含羞草　夏四七一
おしずし押鮓　夏三一一
おしぜみ啞蟬　夏四一九
おしちや御七夜　冬八五三
＊おしどり鴛鴦　冬八七七
おしのくつ鴛鴦の沓　冬八七七
おじやおじや　冬七八五
おじゅうやお十夜　冬八五一
おしょうがつお正月　新九二七
おしろいおしろい　秋六七六
おしろいのはなおしろいの花　秋六七六
＊おしろいばな白粉花　秋六七六
おじろわし尾白鷲　冬八七一
おせちお節　新九六六
おそきひ遅き日　春七三
＊おそざくら遅桜　春一九八
おそづき遅月　秋五三〇
おたいまつお松明　春一四六
＊おたうえ御田植　夏三七二
おだき男滝　夏三〇〇
おたびしょ御旅所　夏三六九
おだまき苧環　春二三九
＊おだまきのはな苧環の花　春二三九
おたまじゃくしお玉杓子　春一六六
＊おちあゆ落鮎　秋六二五
おちぐり落栗　秋六五〇
おちしい落椎　秋六六二
おちつの落ち角　春一六四
おちつばき落椿　春一九四
＊おちば落葉　冬九〇三
おちばかき落葉掻　冬九〇三
おちばかご落葉籠　冬九〇三
おちばたき落葉焚　冬八一二
おちばどき落葉時　冬九〇三
おちひばり落雲雀　春一七〇
＊おちぼ落穂　秋六九一
おちぼひろい落穂拾ひ　秋六九一
おちゅうげんお中元　秋五九五
おちゅうにちお中日　春一四八
＊おつげさい御告祭　春一五四
＊おつじき乙字忌　冬八六四
＊おでんおでん　冬七九一
＊おとこえし男郎花　秋七〇九
おとこづゆ男梅雨　夏二八四
おとこめしをとこめし　秋七〇九
おとこやままつり男山祭　秋五九八
おとしだまお年玉　新九五〇
おどしづつ威銃　秋五六八
＊おとしづの落し角　春一六四
＊おとしぶみ落し文　夏四一八
＊おとしみず落し水　秋五五一
おとめつばき乙女椿　春一九四
＊おとり囮　秋五七八
＊おどり踊　秋五八〇
おとりあゆ囮鮎　夏三四三
おどりうた踊唄　秋五八〇
おとりかご囮籠　秋五七八

おどりがさ踊笠　秋五八〇
おどりぐさ踊草　夏四九九
おどりこ踊子　秋五八〇
*おどりこそう踊子草　夏四九九
おとりさまお酉さま　冬八四六
おどりだいこ踊太鼓　秋五八〇
おどりばな踊花　夏四九九
おどりやぐら踊櫓　秋五八〇
おにあさり鬼浅蜊　春一八五
*おにうちぎ鬼打木　新九五九
おにうちまめ鬼打豆　冬八四〇
おにおどり鬼踊　春一五一
おにぎ鬼木　新九五九
おにぐるみ鬼胡桃　秋六五三
おにすすき鬼芒　秋七〇〇
*おにつらき鬼貫忌　秋六〇六
おにのこ鬼の子　秋六四一
おにはそと鬼は外　冬八四〇
おにやらい鬼やらひ　冬八四〇
おにゆり鬼百合　夏四七〇
おにわらびおに蕨　春二四七
おのはじめ斧始　新九七三
おのむし斧虫　秋六四〇

おはぐろおはぐろ　夏四二一
おはぐろとんぼおはぐろとんぼ　夏四二一
*おばな尾花　秋七〇〇
*おはなばたけお花畑　夏二九五
おはなばたけお花畠　夏二九五
おひがんお彼岸　春六六
*おひたき御火焚　冬八四六
おびな男雛　春一三五
おへんろお遍路　春一四九
おほたき御火焚　冬八四六
*おぼろ朧　春七八
*おぼろづき朧月　春七九
おぼろづきよ朧月夜　春七九
おぼろよ朧夜　春七九
おみずおくりお水送り　春一四七
*おみずとりお水取　春一四七
*おみなえし女郎花　秋七〇八
おみなめしをみなめし　秋七〇八
*おみぬぐい御身拭　春一五一
*おみわたり御神渡り　冬七六二
おむかえにんぎょう御迎人形　夏三七五

*おめいこう御命講　冬八五二
おもかげぐさ面影草　春二〇八
*おもだか沢瀉　夏四九四
*おもとのみ万年青の実　秋六七三
おやいも親芋　秋六八五
おやがらす親烏　夏三九四
おやきかちん御焼餅　新九六四
おやじか親鹿　夏三八四
おやすずめ親雀　春一七六
おやつばめ親燕　夏三九四
おやどり親鳥　春一七七
おやねこ親猫　春一六五
*およぎ泳ぎ　夏三五〇
およぐ泳ぐ　夏三五〇
おらんだししがしらオランダ獅子頭　夏四〇三
*おりーぶのみオリーブの実　秋六五二
おりぞめ織初　新九七三
おりひめ織姫　秋五九〇
おんこのみおんこの実　秋六六三
*おんしつ温室　冬八一八
おんじゃく温石　冬八〇九
おんしょう温床　春一一五

おんしょう温床　冬八一八
おんだ御田　夏三七三
おんだまつり御田祭　夏三七三
おんどる温突　冬八〇四
＊おんなしょうがつ女正月　新九三四
おんなれいじゃ女礼者　新九四九
おんばしら御柱　夏三六九
＊おんばしらまつり御柱祭　夏三六九
おんまつり御祭　冬八四八

か

＊か蚊　夏四二一
＊が蛾　夏四一三
かーでぃがんカーディガン　冬七七七
かーにばるカーニバル　春一五四
＊かーねーしょんカーネーション　夏四六九
かーぺっとカーペット　冬八〇三
かいがん開龕　春一四九
かいきんしゃつ開襟シャツ　夏三〇六
＊かいこ蚕　春一九一
かいこうず海紅豆　夏四三八
かいこだな蚕棚　春一二〇
かいざんさい開山祭　夏三六八
かいし海市　春八九
かいすいぎ海水着　夏三〇七
＊かいすいよく海水浴　夏三五一
＊かいせんび開戦日　冬八三七
＊かいぞめ買初　新九五五
＊かいちょう開帳　春一四九
かいちょうでら開帳寺　春一四九
＊かいつぶり鳰　冬八七八
かいつむりかいつむり　冬八七八
＊かいどう海棠　春二〇三
＊がいとう外套　冬七七七
かいなんぷう海南風　夏二八〇
かいのはな貝の華　春一四九
かいひょう解氷　春九八
かいふうりん貝風鈴　夏三三一
かいぼり搔掘　夏三四四
かいまき搔巻　冬七七二
かいや飼屋　春一二〇
かいやぐら蜃楼　春八九
＊かいよせ貝寄風　春八〇
かいよせ貝寄　春八〇
かいらい傀儡　新九六一
＊かいらいし傀儡師　新九六一
かいれい廻礼　新九四九
＊かいろ懐炉　冬八〇九
＊かいわりな貝割菜　秋六八六
かいわれ貝割　秋六八六
＊かえでのはな楓の花　春二一七
＊かえでのめ楓の芽　春二一三
かえでわかば楓若葉　夏四四九
かえぼり換掘　夏三四四
かえりづゆ返り梅雨　夏二八五
かえりばな返り花　冬八九三
＊かえりばな帰り花　冬八九三
かえる蛙　春一六七
かえるうまる蛙生まる　春一六六
かえるかも帰る鴨　春一七三
＊かえるかり帰る雁　春一七三
かえるご蛙子　春一六六
かえるつる帰る鶴　春一七三
かえるのこ蛙の子　春一六六
＊かおみせ顔見世　冬八二七
かかしかかし　秋五六七
＊かがし案山子　秋五六七
かがまんざい加賀万歳　新九五九

かがみぐさかがみ草　春二〇八
＊かがみびらき鏡開　新九五八
＊かがみもち鏡餅　新九四五
かがみもちひらく鏡餅開く　新九五八
かがみわり鏡割　新九五八
かかりだこ懸凧　春一二八
かがりびばな篝火花　春一二七
＊ががんぼががんぼ　夏四三三
＊かき柿　秋六四八
＊かき牡蠣　冬八八七
かきうう柿植う　春一一七
かきうち牡蠣打　冬八八三
＊かきおちば柿落葉　冬九〇三
がきき我鬼忌　夏三八二
かききゅうか夏期休暇　夏三〇一
＊かきこうざ夏期講座　夏三〇二
かきこうしゅうかい夏期講習会　夏三〇二
かきごおりかき氷　夏三一六
かきしぶとる柿渋取る　秋五七三
かきすだれ柿簾　秋五六〇
＊かきぞめ書初　新九五一
かきだいがく夏期大学　夏三〇二
かきぢしゃかきぢしや　春三三三
＊かきつくろう垣繕ふ　春一一〇
＊かきつばた燕子花　夏四六三
かきつばた杜若　夏四六三
かきていれ垣手入　春一一〇
＊かきなべ牡蠣鍋　冬七九一
かきのはずし柿の葉鮓　夏三一一
＊かきのはな柿の花　夏四四〇
かきびより柿日和　秋六四八
＊かきぶね牡蠣船　冬八二六
かきほす柿干す　秋五六〇
＊かきむく牡蠣剝く　冬八八三
かきめし牡蠣飯　冬八八七
＊かきもみじ柿紅葉　秋六五七
がきゃく賀客　新九四九
かぎゅう蝸牛　夏四二九
かぎょ嘉魚　夏四〇三
かぎろいかぎろひ　春八八
＊かきわかば柿若葉　夏四四九
かきわる牡蠣割る　冬八八三
がくあじさい額紫陽花　夏四三四
かくいどり蚊喰鳥　夏三八四
がくねんしけん学年試験　春九九
＊がくのはな額の花　夏四三四
＊かくぶつ杜父魚　冬八八四
かくぶつ杜夫魚　冬八八四
＊かくまき角巻　冬七七六
＊かぐら神楽　冬八四八
かぐらうた神楽歌　冬八四八
かぐらはじめ神楽始　新一〇〇三
かぐらめん神楽面　冬八四八
かくらん霍乱　夏三六一
かけあおい懸葵　夏三七〇
かけいね掛稲　秋五六九
＊かけす懸巣　秋六二〇
かけだいこん懸大根　冬八一七
かけだいこん掛大根　冬八一七
＊かけたばこ懸煙草　秋五七四
かけどり掛鳥　冬八四八
かけな懸菜　冬八一八
かけほうらい掛蓬莱　新九四五
かげまつり陰祭　夏三六九
＊かげろう陽炎　春八八
＊かげろう蜉蝣　秋六二三
かげろう野馬　春八八
かげんのつき下弦の月　秋五三〇

＊かごまくら籠枕 夏三三四
がさいちがさ市 冬七六四
かざがき風垣 冬七九八
かざがこい風囲 冬七九八
＊かざぐるま風車 春二三九
かざぐるまうり風車売 春二三九
かざごえ風邪声 冬八三一
かささぎのはし鵲の橋 秋五九〇
かざしぐさかざしぐさ 夏三七〇
＊かさねぎ重ね着 冬七七四
＊かざはな風花 冬七四九
かさぶらんかカサブランカ 夏四七〇
＊かざよけ風除 冬七九八
かざよけとく風除解く 春一〇九
＊かざり飾 新九四四
＊かざりうす飾臼 新九四六
かざりうま飾馬 新九五四
＊かざりうり飾売 冬七六四
＊かざりえび飾海老 新九四六
＊かざりおさめ飾納 新九九一
かざりおろし飾卸 新九九一
＊かざりごめ飾米 新九四七
かざりたく飾焚く 新九九六

かざりたけ飾竹 新九四三
かざりとる飾取る 新九九一
かざりまつ飾松 新九四三
かざりもち飾餅 新九四五
＊かじ火事 冬八一三
がし賀詞 新九四九
かしおちば樫落葉 夏四五一
＊かじか河鹿 夏三八六
＊かじか鰍 秋六二五
かじかがえる河鹿蛙 夏三八六
かじかぶえ河鹿笛 夏三八六
＊かじかむ悴む 冬八三五
かじけねこかじけ猫 冬八六九
かしつき加湿器 冬八一〇
かしどり樫鳥 秋六二〇
かしどり橿鳥 秋六二〇
＊かじのは梶の葉 秋五九一
＊かしのはな樫の花 春二一八
＊かしのみ樫の実 秋六六二
かしぼーと貸ボート 夏三四八
かじまつり鍛冶祭 冬八四六
かじみまい火事見舞 冬八一三
＊かじめ搗布 春二五七

＊かじゅうう果樹植う 春一一七
＊がじょう賀状 新九五一
＊がじょうかく賀状書く 冬八一一
かしわかば樫若葉 夏四四九
＊かしわもち柏餅 夏三一〇
かすいどり蚊吸鳥 夏三九二
かすがのつのきり春日の角伐 秋五九五
かすがのまんとう春日の万灯 冬八五一
＊かすがまつり春日祭 春一四三
＊かすがまんとうろう春日万灯籠 冬八五一
＊かすがわかみやおんまつり春日若宮御祭 冬八四八
＊かすじる粕汁 冬七八九
＊かずのこ数の子 新九六六
＊かすみ霞 春八七
かすみあみ霞網 秋五七八
＊かすみそう霞草 春二三九
かすむ霞む 春八八
＊かぜ風邪 冬八三一
かぜいれ風入 夏三三三

＊かぜかおる風薫る　夏二八二
かぜぐすり風邪薬　冬八三一
かぜごこち風邪心地　冬八三一
かぜごもり風邪籠　冬八三一
＊かぜしす風死す　夏二八三
かぜのかみ風邪の神　冬八三一
＊かぜのぼん風の盆　秋五九四
＊かぜひかる風光る　春八二
かぜまちづき風待月　夏二六九
＊かぞえび数へ日　冬七二五
かたかけ肩掛　冬七八〇
＊かたかげ片蔭　夏二九三
かたかげ片陰　夏二九三
かたかげり片かげり　夏二九三
かたかごのはなかたかごの花　春二五三
＊かたくりのはな片栗の花　春二五三
かたしぐれ片時雨　冬七四三
かたしろ形代　夏三七三
かたしろぐさ片白草　夏五〇二
かたしろながす形代流す　夏三七三
かたずみ堅炭　冬八〇五
かたつぶりかたつぶり　夏四二九

＊かたつむり蝸牛　夏四二九
かたはだぬぎ片肌脱　夏三五八
かたばみ酢漿草　夏四九七
＊かたばみのはな酢漿の花　夏四九七
かたびら帷子　夏三〇三
かたぶとん肩蒲団　冬七七三
かたぶり片降　夏二八六
かだん花壇　秋五四九
かちごま勝独楽　新九七九
かちどり勝鶏　春一三七
がちゃがちゃがちやがちや　秋六三八
＊かつお鰹　夏四〇五
かつお松魚　夏四〇五
かつおつり鰹釣　夏四〇五
かつおぶね鰹船　夏四〇五
＊かっこう郭公　夏三九一
＊かっぱき河童忌　夏三八二
かつみぐさかつみ草　夏四九三
かつみのめかつみの芽　春二五五
かつらぐさ鬘草　春二五三
＊かと蝌蚪　春一六六
かとうまる蝌蚪生まる　春一六六
かどすずみ門涼み　夏三四七

かとのひも蝌蚪の紐　春一六六
＊かどび門火　秋六〇一
かどびたく門火焚く　秋六〇一
＊かどまつ門松　新九四三
＊かどまつたつ門松立つ　冬七六五
かどまつとる門松取る　新九九一
かどやなぎ門柳　春二一四
かとりせんこぅ蚊取線香　夏三三七
＊かとれあカトレア　冬九二三
かどれい門礼　新九四九
かどれいじゃ門礼者　新九四九
かとんぼ蚊蜻蛉　夏四三三
かなかなかなかな　秋六三一
かなぶんかなぶん　夏四一六
かなむぐら金葎　夏四八九
＊かに蟹　夏四一〇
＊かねくよう鐘供養　春一五三
かねさゆ鐘冴ゆ　冬七三三
＊かねたたき鉦叩　秋六三七
かねつけとんぼかねつけ蜻蛉　夏四二一
かのうば蚊姥　夏四二三
かのこ鹿の子　夏三八四

*かのこきかの子忌 春一五九
かのこゆり鹿の子百合 夏四七〇
かのなごり蚊の名残 秋六三〇
かばしら蚊柱 夏四二三
かばのはな樺の花 春二一七
*かび黴 夏五〇六
かび蚊火 夏三三七
かびのか黴の香 夏五〇六
かびのやど黴の宿 夏五〇六
*かびや鹿火屋 秋五六八
かびやもり鹿火屋守 秋五六八
かぶ蕪 冬九一六
*かふうき荷風忌 春一六三
かぶきしょうがつ歌舞伎正月 冬八二七
*かぶとむし兜虫 夏四一五
かぶとむし甲虫 夏四一五
かぶばたけ蕪畑 冬九一六
*かぶら蕪 冬九一六
*かぶらじる蕪汁 冬七八八
かぶらばたけ蕪畑 冬九一六
かぶわけ株分 春二一九
かふんしょう花粉症 春二一六

かほ花圃 秋五四九
かぼすかぼす 秋六五三
*かぼちゃ南瓜 秋六八一
*かぼちゃのはな南瓜の花 夏四七六
かぼちゃまく南瓜蒔く 春二一四
がま蝦蟇 夏三八六
がま蒲 夏四九五
*かまいたち鎌鼬 冬七四三
がまがえるがまがへる 夏三八六
*かまきり蟷螂 秋六四〇
かまきり鎌切 秋六四〇
かまきりうまる蟷螂生る 夏四二一
*かまくらかまくら 新九九八
かますご叺子 春一八〇
かまつかかまつか 秋六七五
かまどうま竈馬 秋六三四
*かまどねこ竈猫 冬八六九
がまのはな蒲の花 夏四九五
*がまのほ蒲の穂 夏四九五
がまのほわた蒲の穂絮 秋七一四
*がまのわた蒲の絮 秋七一四
かまはじめ釜始 新九七二
かみあそび神遊 冬八四八

*かみあらう髪洗ふ 夏三五八
かみあり神在 冬八四四
かみありづき神在月 冬七一九
*かみありまつり神在祭 冬八四四
かみうえ神植 夏三七二
*かみおくり神送 冬八四三
かみかえり神還 冬八四四
かみかえり神帰 冬八四四
*かみきり天牛 夏四一六
かみきりかみきり 夏四一六
かみきりむし髪切虫 夏四一六
*かみこ紙子 冬七七五
かみこ紙衣 冬七七五
かみさりづき神去月 冬七一九
*かみすき紙漉 冬八二五
かみすきば紙漉場 冬八二五
かみつどい神集ひ 冬八四四
かみなづきかみなづき 冬七一九
*かみなり雷 夏二八九
かみなり神鳴 夏二八九
かみなりうおかみなりうを 冬八八一
*かみのたび神の旅 冬八四二
かみのたびだち神の旅立 冬八四二

*かみのるす 神の留守 冬八四三
かみびな 紙雛 春一三五
かみふぅせん 紙風船 春一二九
かみぶすま 紙衾 冬七七二
かみほす 紙干す 冬八二五
*かみむかえ 神迎 冬八四四
*かみわたし 神渡 冬七四三
*かめなく 亀鳴く 春一六六
*かめのこ 亀の子 夏三八五
かめむし 亀虫 秋六四三
*かも 鴨 冬八七六
かもあおい 賀茂葵 夏三七〇
かもかえる 鴨帰る 春一七三
*かもがはおどり 鴨川をどり 春一四三
かもがわおどり 鴨川踊 春一四三
かもきたる 鴨来る 秋六二四
*かもじぐさ 髢草 春二五三
かもすずし 鴨涼し 夏三九七
かもなす 加茂茄子 夏四八一
*かもなべ 鴨鍋 冬七九〇
かものくらべぅま 賀茂の競馬 夏三七〇
かものこえ 鴨の声 冬八七六
かものじん 鴨の陣 冬八七六
かもひく 鴨引く 春一七三
かもまつり 賀茂祭 夏三七〇
かもわたる 鴨渡る 秋六二四
*かや 蚊帳 夏三二七
*かや 萱 秋七〇一
かや 蟵 夏三二七
かや 蚊屋 夏三二七
*かやかる 萱刈る 秋五七七
*かやつりぐさ 蚊帳吊草 夏四九八
かやの 萱野 秋七〇一
かやのなごり 蚊帳の名残 秋五六三
かやのはて 蚊帳の果 秋五六三
かやのほ 萱の穂 秋七〇一
*かやのみ 榧の実 秋六六三
かやのわかれ 蚊帳の別れ 秋五六三
かやはら 萱原 秋七〇一
かやり 蚊遣 夏三二七
かやりこぅ 蚊遣香 夏三二七
*かやりび 蚊遣火 夏三二七
*かゆぅら 粥占 新九九三
かゆぅらしんじ 粥占神事 新九九三
かゆぅらまつり 粥占祭 新九九三
かゆぐさ 粥草 新一〇一六
*かゆづえ 粥杖 新九九三
かゆのき 粥の木 新九九三
かゆばしら 粥柱 新九五九
からあおい 蜀葵 夏四六六
からぅめ 唐梅 冬八九二
*からかぜ 空風 冬七四一
からかみ 唐紙 冬八〇三
*からざけ 乾鮭 冬七九三
からさで 神等去出 冬八四四
*からさでのしんじ 神等去出の神事 冬八四四
からさでまつり からさで祭 冬八四四
*からしな 芥菜 春二三四
からしな 芥子菜 春二三四
からしなまく 芥菜蒔く 秋五七五
*からすぅり 烏瓜 秋七一四
*からすぅりのはな 烏瓜の花 夏五〇二
*からすがい 烏貝 春一八七
*からすのこ 鴉の子 夏三九四
からすのこ 烏の子 夏三九四
*からすのす 鴉の巣 春一七七

からすのす烏の巣　春一七七
からすへび烏蛇　夏三八八
*からたちのはな枸橘の花　春二二九
からたちのはな枳殻の花　春二二九
からっかぜ空つ風　冬七四一
*からつゆ空梅雨　夏二八四
からなでしこ唐撫子　夏四六八
からもも唐桃　夏四四四
からもものはな唐桃の花　春二二〇
*かり雁　秋六二三
*かり狩　冬八一九
かりあし刈蘆　秋五七八
かりいね刈稲　秋五六八
かりうど狩人　冬八一九
かりかえる雁帰る　春一七三
かりがねかりがね　秋六二三
かりぎ刈葱　夏四八二
かりくよう雁供養　春一三八
かりくら狩座　冬八一九
かりくる雁来る　秋六二三
*かりた刈田　秋五五〇
かりたみち刈田道　秋五五〇
かりのこえ雁の声　秋六二三
かりのさお雁の棹　秋六二三
かりのつら雁の列　秋六二三
かりのやど狩の宿　冬八一九
かりのわかれ雁の別れ　春一七三
*かりふらわーカリフラワー　冬九一四
かりぼし刈干　夏三四二
かりも刈藻　夏三四〇
がりょうばい臥竜梅　春一九三
*かりわたし雁渡し　秋五四一
かりわたる雁渡る　秋六二三
*かりんのみ榠樝の実　秋六五五
かりんのみ花梨の実　秋六五五
かる枯る　冬九〇七
かるがも軽鴨　夏三九七
かるがものこ軽鴨の子　夏三九七
*かるかや刈萱　秋七〇一
*かるた歌留多　新九七四
かるた骨牌　新九七四
かるたかい歌留多会　新九七四
かるなゔぁるカルナヴァル　春一五四
*かるのこ軽鳧の子　夏三九七
かるも刈藻　夏三四〇
かれ枯　冬九〇七
*かれあし枯蘆　冬九一九
かれあし枯芦　冬九一九
かれあし枯葦　冬九一九
かれあしはら枯蘆原　冬九一九
かれえだ枯枝　冬九〇六
かれおばな枯尾花　冬九二〇
*かれき枯木　冬九〇六
*かれぎく枯菊　冬九一三
かれきぼし枯木星　冬九〇六
かれきみち枯木道　冬九〇六
かれきやま枯木山　冬九〇六
*かれくさ枯草　冬九二〇
かれこだち枯木立　冬九〇六
*かれしば枯芝　冬九二二
*かれすすき枯芒　冬九二〇
かれすすき枯薄　冬九二〇
*かれその枯園　冬七五五
*かれづる枯蔓　冬九〇六
かれとうろう枯蟷螂　冬八八八
*かれの枯野　冬七五四
かれのみち枯野道　冬七五四
*かれは枯葉　冬九〇二
*かれはぎ枯萩　冬九一九

*かればしょう枯芭蕉　冬九二三
*かれはす枯蓮　冬九二三
かれはちす枯蓮　冬九二三
*かれふよう枯芙蓉　冬八九九
*かれむぐら枯葎　冬九一八
*かれやなぎ枯柳　冬九〇六
かれやま枯山　冬七五三
かわう河鵜　夏三九七
かわがに川蟹　夏四一〇
*かわがり川狩　夏三四四
かわかる川涸る　冬七五五
かわぎり川霧　秋五四四
かわこおる川凍る　冬七五九
かわごろも裘　冬七七五
かわごろも皮衣　冬七七五
かわじゃんぱー皮ジャンパー　冬七七七
*かわず蛙　春一六七
かわずがっせん蛙合戦　春一六七
かわずだ蛙田　春一六七
*かわずのめかりどき蛙の目借時　春七三
かわせがき川施餓鬼　秋六〇二

*かわせみ翡翠　夏三九五
かわせみ川蟬　夏三九五
かわちどり川千鳥　冬八七七
かわてぶくろ皮手袋　冬七八〇
*かわとぎょ川渡御　夏三七五
かわどこ川床　夏三四七
かわともし川灯　夏三四五
*かわとんぼ川蜻蛉　夏四二一
かわにな川蜷　春一八六
かわはらえ川祓　夏三七三
*かわびらき川開　夏三六八
かわぶしん川普請　冬八三三
かわぶとん革蒲団　夏三三三
かわぼし川干　夏三四四
かわほね河骨　夏四九四
かわほりかはほり　夏三八四
かわます川鱒　春一八一
かわやしろ川社　夏三七三
かわやなぎ川柳　春二一四
かわらなでしこ川原撫子　秋七〇四
かわらひわ河原鶸　秋六二〇
*かん寒　冬七二八
がん雁　秋六二三

かんあ寒鴉　冬八七四
かんあい寒靄　冬七五一
かんあかね寒茜　冬七五一
かんあく寒明く　春六一
*かんあけ寒明　春六一
かんあけき寒明忌　冬八六五
かんいちご寒苺　冬九〇八
かんうん寒雲　冬七三八
かんえい寒泳　冬七七〇
かんおう観桜　春一二七
かんおりおん寒オリオン　冬七三九
かんがい旱害　夏二九三
かんがすみ寒霞　冬七五一
*かんがらす寒鴉　冬八七四
かんがん寒雁　冬八七一
かんかんぼうカンカン帽　夏三〇八
かんき寒気　冬七三一
*がんぎ雁木　冬七九九
*かんぎく寒菊　冬九〇九
*かんきゅう寒灸　冬七七一
かんぎょう寒暁　冬七二九
かんぎょう寒行　冬八五五
かんきん寒禽　冬八七一

かんく　寒九　冬七二八
かんくのみず　寒九の水　冬七五六
＊かんげいこ　寒稽古　冬七六九
かんげつ　観月　秋五八一
かんげつ　寒月　冬七二八
かんげんさい　管弦祭　夏三七三
＊かんごい　寒鯉　冬八八六
がんこう　雁行　秋六二三
かんこうばい　寒紅梅　冬八九二
＊かんごえ　寒声　冬七七〇
＊かんごえ　寒肥　冬八一八
かんこどり　閑古鳥　夏三九一
＊かんごり　寒垢離　冬八五五
＊かんざくら　寒桜　冬八九三
かんざけ　燗酒　冬七八二
＊かんざらい　寒復習　冬七六九
かんざらえ　寒ざらへ　冬七六九
＊かんざらし　寒晒　冬七九五
かんざらし　寒曝　冬七九五
＊かんじき　樏　冬八一三
＊かんしじみ　寒蜆　冬八八八
＊がんじつ　元日　新九二九
がんじつそう　元日草　新一〇二六

かんしょ　甘藷　秋六八四
＊かんしょかり　甘蔗刈　冬八一五
かんしょかる　甘蔗刈る　冬八一五
かんしろう　寒四郎　冬七二八
＊がんじんき　鑑真忌　夏三七八
かんすき　寒漉　冬八二五
＊かんすずめ　寒雀　冬八七三
かんすばる　寒昴　冬七三九
かんせい　寒星　冬七三九
＊かんせぎょう　寒施行　冬七六九
かんぜみ　寒蟬　秋六二二
かんせん　寒泉　冬七五六
＊かんぞうのはな　萱草の花　夏四九七
かんそうび　寒薔薇　冬八九四
かんたく　寒柝　冬八一三
＊かんたまご　寒卵　冬七八四
かんたまご　寒玉子　冬七八四
＊かんたん　邯鄲　秋六三六
がんたん　元旦　新九三〇
かんたんふく　簡単服　夏三〇三
かんちゅう　寒中　冬七二八
＊かんちゅうすいえい　寒中水泳　冬七七〇

かんちゅうみまい　寒中見舞　冬七二一
＊かんちょう　観潮　春一二五
＊かんちょう　寒潮　冬七五八
＊がんちょう　元朝　新九三〇
かんちょうせん　観潮船　春一二五
＊かんづくり　寒造　冬七九四
＊かんつばき　寒椿　冬八九五
＊かんづり　寒釣　冬八二六
かんてん　旱天　夏二九三
かんてん　寒天　冬七三八
かんてんさらす　寒天晒す　冬八二四
＊かんてんつくる　寒天造る　冬八二四
かんてんほす　寒天干す　冬八二四
＊かんとう　竿灯　秋五九二
かんとう　寒濤　冬七五七
かんとう　寒灯　冬八〇一
かんどうふ　寒豆腐　冬七九六
かんとだき　関東煮　冬七九一
かんともし　寒灯　冬八〇一
かんどよう　寒土用　冬七二八
＊かんな　カンナ　秋六七二
かんなぎ　寒凪　冬七三九
＊かんなづき　神無月　冬七一九

かんにいる寒に入る　冬七二七
かんにょびな官女雛　春一三五
かんねぶつ寒念仏　冬八五五
＊かんねんぶつ寒念仏　冬八五五
かんのあけ寒の明　春六一
かんのあめ寒の雨　冬七四四
＊かんのいり寒の入　冬七二七
かんのうち寒の内　冬七二八
＊かんのみず寒の水　冬七五六
かんのもち寒の餅　冬七八二
かんのり寒海苔　冬七九四
＊かんぱ寒波　冬七三三
かんばい観梅　春一二六
かんばい寒梅　冬八九二
かんぱく寒波来　冬七三三
かんばつ旱魃　夏二九三
かんばれ寒晴　冬七三七
＊がんぴ岩菲　夏四七四
かんびーる缶ビール　夏三一四
＊かんびき寒弾　冬七七〇
かんひざくら寒緋桜　冬八九三
かんひでり寒旱　冬七三八
かんぴょうほす干瓢干す　夏三四一
＊かんぴょうむく干瓢剝く　夏三四一
かんびより寒日和　冬七三七
かんびらめ寒鮃　冬八八五
＊かんぷぅ寒風　冬七四一
かんぷぅ観楓　秋五八三
かんぶつ灌仏　春一五〇
かんぶつえ灌仏会　春一五〇
＊かんぶな寒鮒　冬八八六
かんぶり寒鰤　冬八八二
＊がんぶろ雁風呂　春一三八
＊かんべに寒紅　冬七七〇
かんぼ寒暮　冬七三〇
かんぼぅ感冒　冬八三一
かんぼく寒木　冬九〇五
かんほくと寒北斗　冬七三九
＊かんぼけ寒木瓜　冬八九八
＊かんぼたん寒牡丹　冬八九四
＊かんまいり寒参　冬八五五
＊かんみまい寒見舞　冬七七一
かんもうで寒詣　冬八五五
＊かんもち寒餅　冬七八二
かんもどる寒戻る　春六二
かんや寒夜　冬七三〇
かんやいと寒灸　冬七七一
かんゆやけ寒夕焼　冬七五一
かんらい寒雷　冬七五〇
がんらいこぅ雁来紅　秋六七五
かんらん甘藍　夏四八一
＊かんりん寒林　冬九〇五
かんれい寒冷　冬七三二
＊かんろ寒露　秋五三三
かんろき甘露忌　夏三八三
かんわらび寒蕨　冬九三三

き

＊きいちご木苺　夏四四三
＊きいちごのはな木苺の花　春二一八
＊きぅ喜雨　夏二八六
きぅ祈雨　夏三三七
きうていき喜雨亭忌　夏三八二
きえびね黄えびね　春二五〇
きえん帰燕　秋六一七
きおとし木落し　夏三六九
ぎおんえ祇園会　夏三七四
ぎおんごりょうえ祇園御霊会　夏三七四

ぎおんだいこ祇園太鼓　夏三七四
ぎおんばやし祇園囃子　夏三七四
*ぎおんまつり祇園祭　夏三七四
きがん帰雁　春一七三
きぎく黄菊　秋六七八
ききざけ利酒　秋五五六
きぎしきぎし　春一六九
きぎすきぎす　春一六九
*ききょう桔梗　秋七〇七
*きく菊　秋六七八
きくかる菊枯る　冬九一二
*きくくよう菊供養　秋六〇五
きくざけ菊酒　秋五八六
*きくさす菊挿す　夏三三九
きくし菊師　秋五八二
きくづき菊月　秋五一七
きくな菊菜　春二二五
きくなえ菊苗　春二三〇
*きくなます菊膾　秋五六〇
*きくにんぎょう菊人形　秋五八二
きくにんぎょうてん菊人形展　秋五八二
きくねわけ菊根分　春二一九

きくのえん菊の宴　秋五八六
きくのきせわた菊の被綿　秋五八六
きくのさしめ菊の挿芽　夏三三九
きくのせっく菊の節句　秋五八六
*きくのなえ菊の苗　春二三〇
きくのはな菊の花　秋六七八
きくのひ菊の日　秋五八六
きくのめ菊の芽　春二三〇
きくばたけ菊畑　秋六七八
きくびな菊雛　秋五八七
きくびより菊日和　秋五二八
*きくまくら菊枕　秋五六三
*きくらげ木耳　夏五〇六
きけまん黄華鬘　春二二三
きげんせつ紀元節　春一一三
きこうでん乞巧奠　秋五九〇
きこりぞめ木樵初　新九七三
*きさらぎ如月　春六四
きさらぎ衣更着　春六四
*きじ雉　春一六九
きじ雉子　春一六九
*ぎしぎし羊蹄　春二四六
ぎしぎしぎしぎし　夏四九七

*ぎしぎしのはな羊蹄の花　夏四九七
*ぎしさい義士祭　春一三九
きしづり岸釣　秋五七九
きじのほろろ雉のほろろ　春一六九
きしぶ生渋　秋五七三
きしぶおけ木渋桶　秋五七三
ぎしまつり義士祭　春一三九
*きじょうき鬼城忌　秋六一〇
*きす鱚　夏四〇六
ぎすぎす　秋六三七
*きずいせん黄水仙　春二二三
きすげ黄菅　夏四九八
きすごきすご　夏四〇六
きすずめ黄雀　春一七六
きすつり鱚釣　夏四〇六
*きせい帰省　夏三〇一
きせいし帰省子　夏三〇一
きそいうまきそひ馬　夏三七〇
*きそはじめ着衣始　新九六二
きた北風　冬七四一
*きたおろし北颪　冬七四一
きたおろし北下し　冬七四一
*きたかぜ北風　冬七四一

きたきつね北狐　冬八六七
きたのおんきにち北野御忌日　春一四三
＊きたのなたねごく北野菜種御供　春一四三
きたふく北吹く　冬七四一
きたふさぐ北塞ぐ　冬七九八
＊きたまどひらく北窓開く　春一〇九
＊きたまどふさぐ北窓塞ぐ　冬七九八
きちきちきちきち　秋六三八
きちきちばったきちきちばつた　秋六三八
きちこうきちかう　秋七〇七
ぎちゅうき義忠忌　春一五五
きちょう黄蝶　春一八九
きっしょ吉書　新九五一
きっしょあげ吉書揚　新九九六
きっちょう吉兆　新一〇〇五
＊きつつき啄木鳥　秋六三三
＊きつね狐　冬八六七
きつねのちょうちん狐の提灯　夏五〇〇
きつねのちょうちん狐の提灯　冬七六二

きつねばな狐花　秋七〇七
＊きつねび狐火　冬七六二
きつねわな狐罠　冬八二〇
＊きながし木流し　春二三四
＊きぬかつぎ衣被　秋五六一
＊きぬた砧　秋五七三
きぬた碪　秋五七三
きぬたうつ砧打つ　秋五七三
＊きのこ茸　秋七一五
きのこ菌　秋七一五
きのこかご茸籠　秋五八三
きのこがり茸狩　秋五八三
きのこがり菌狩　秋五八三
きのこじる茸汁　秋七一五
きのことり茸とり　秋五八三
きのこめし茸飯　秋五五九
きのこやま茸山　秋五八三
＊きのねあく木の根明く　春九六
きのめ木の芽　春二一三
＊きのめあえ木の芽和　春一〇三
きのめづけ木の芽漬　春一〇三
きのめでんがく木の芽田楽　春一〇三

きのめみそ木の芽味噌　春一〇三
＊きばはじめ騎馬始　新九八七
＊きび黍　秋六九二
＊きびあらし黍嵐　秋五四二
きびかり甘蔗刈　冬八一五
きびのほ黍の穂　秋六九二
きびばたけ黍畑　秋六九二
＊きぶくれ着ぶくれ　冬七七四
＊きぶしのはな木五倍子の花　春二一七
きぼう既望　秋五三四
＊ぎぼうしのはな擬宝珠の花　夏四九三
ぎぼしぎぼし　夏四九三
きまゆ黄繭　夏三四三
きみかげそう君影草　夏四九一
きもりがき木守柿　秋六四八
きもりゆず木守柚子　秋六五三
＊きゃべつキャベツ　夏四八一
きゃらぶき伽羅蕗　夏四七九
＊きゃんぷキャンプ　夏三四九
きゃんぷじょうキャンプ場　夏三四九
きゃんぷふぁいやーキャンプファイヤー　夏三四九

きゃんぷむらキャンプ村　夏三四九
きゅうか九夏　夏二六二
*きゅうかあけ休暇明　秋五五五
きゅうかはつ休暇果つ　秋五五五
*きゅうこんうう球根植う　春二一七
ぎゅうじつ牛日　新九三三
きゅうしゅう九秋　秋五一〇
きゅうしゅん九春　春六〇
きゅうしょう旧正　春六一
*きゅうしょうがつ旧正月　春六一
きゅうたんご旧端午　夏三六四
きゅうとう九冬　冬七一八
ぎゅうなべ牛鍋　冬七八九
きゅうねん旧年　新九二八
*ぎゅうばひやす牛馬冷す　夏三三五
きゅうぼん旧盆　秋五九九
*きゅうり胡瓜　夏四八〇
きゅうりのはな胡瓜の花　夏四七六
きゅうりまく胡瓜蒔く　春二一四
*きゅうりもみ胡瓜揉　夏三一三
きょういも京芋　冬九一五
きょうえい競泳　夏三五〇
*きょうかき鏡花忌　秋六〇九
きょうかそん杏花村　春二二〇
ぎょうぎょうし行々子　夏三九五
*きょうさく凶作　秋五七一
*ぎょうずい行水　夏三三四
きょうそう競漕　春二二八
*きょうちくとう夾竹桃　夏四三七
きょうな京菜　春二三三
きょうねん凶年　秋五七一
きょうのきく今日の菊　秋五八六
きょうのつき今日の月　秋五三三
*ぎょき御忌　春一五三
ぎょきこそで御忌小袖　春一五三
ぎょきのかね御忌の鐘　春一五三
ぎょきのてら御忌の寺　春一五三
ぎょきまいり御忌参　春一五三
ぎょきもうで御忌詣　春一五三
*きょくすい曲水　春一三三
きょくすいのえん曲水の宴　春一三三
*ぎょけい御慶　新九四九
*きょしき虚子忌　春一六三
きょねん去年　新九二八
きょほう巨峰　秋六四九
*きょらいき去来忌　秋六〇七
きららきらら　夏四二五
きららむし雲母虫　夏四二五
*きらんそう金瘡小草　春二四九
*きり霧　秋五四四
*きりぎりす螽蟖　秋六三七
きりこ切子　秋五六四
きりこ切籠　秋五六四
きりごたつ切炬燵　冬八〇六
きりこどうろう切子灯籠　秋五六四
*きりざんしょう切山椒　新九六七
きりしぐれ霧時雨　秋五四四
きりしまつつじ霧島躑躅　春二〇六
きれだこ切凧　春一二八
*きりのはな桐の花　夏四五三
*きりのみ桐の実　秋六六六
*きりひとは桐一葉　秋六六〇
きりぶすま霧襖　秋五四四
*きりぼし切干　冬七九六
きりぼしだいこん切干大根　冬七九六
きんか近火　冬八一三
ぎんが銀河　秋五三七
きんかおうき槿花翁忌　秋六〇六
*きんかん金柑　秋六五四

ぎんかん銀漢　秋五三七
＊きんぎょ金魚　夏四〇三
＊きんぎょうり金魚売　夏三五三
＊きんぎょそう金魚草　夏四七一
きんぎょだ金魚田　夏四〇三
＊きんぎょだま金魚玉　夏三五五
きんぎょばち金魚鉢　夏三五五
きんぎょや金魚屋　夏三五三
きんぎんか金銀花　夏四五六
きんしゅう金秋　秋五一〇
＊きんせんか金盞花　春二二四
＊ぎんなん銀杏　秋六六四
きんばえ金蠅　夏四三三
ぎんばえ銀蠅　夏四三三
きんひばり金雲雀　秋六三六
きんびょう金屏　冬八〇三
ぎんびょう銀屏　冬八〇三
きんびょうぶ金屏風　冬八〇三
ぎんびょうぶ銀屏風　冬八〇三
きんぷう金風　秋五三八
きんぷうき金風忌　秋六一二
＊きんぽうげ金鳳花　春二五〇
きんぽうげ金鳳華　春二五〇
＊きんめだい金目鯛　冬八八三
きんもくせい金木犀　秋六四四
ぎんもくせい銀木犀　秋六四四
＊きんろうかんしゃのひ勤労感謝の日　冬八三七

く

＊くいつみ喰積　新九六六
＊くいな水鶏　夏三九八
くいなぶえ水鶏笛　夏三九八
くうかいき空海忌　春一四八
＊くうやき空也忌　冬八五八
くーらークーラー　夏三三九
＊くがつ九月　秋五一五
＊くがつじん九月尽　秋五二五
くがつばしょ九月場所　秋五八〇
くきだちくきだち　春二三三
＊くきづけ茎漬　冬七九三
くきのいし茎の石　冬七九三
くきのおけ茎の桶　冬七九三
くきのみず茎の水　冬七九三
くぐい鵠　冬八八〇
＊くくたち茎立　春二三三
くくだちくくだち　春二三三
くぐつ傀儡　新九六一
くぐつし傀儡師　新九六一
くくりはぎ括り萩　秋六九九
＊くこ枸杞　春二二四
くこちゃ枸杞茶　春二二四
くこつむ枸杞摘む　春二二四
＊くこのみ枸杞の実　秋六六六
くこのめ枸杞の芽　春二二四
くこめし枸杞飯　春二二四
くさあおむ草青む　春二三八
＊くさいきれ草いきれ　夏四八八
＊くさいち草市　秋五九三
くさいちご草苺　夏四七五
くさいちごのはな草苺の花　春二三三
くさかぐわし草芳し　春二三七
＊くさかげろう草蜉蝣　夏四二四
くさかげろう臭蜉蝣　夏四二四
＊くさかり草刈　夏三三八
くさかりうま草刈馬　秋五九一
くさかりかご草刈籠　夏三三八
くさかる草刈る　夏三三八
くさかる草枯る　冬九二〇

くさかんばし草芳し　春三三七
＊くさぎのはな臭木の花　秋六六五
くさぎのはな常山木の花　秋六六五
＊くさぎのみ臭木の実　秋六六五
くさぎのみ常山木の実　秋六六五
くさきょうちくとう草夾竹桃　夏四七一
＊くさしげる草茂る　夏四八七
くさしみず草清水　夏二九九
くさじらみ草虱　秋七〇六
くさずもう草相撲　秋五八〇
＊くさたおき草田男忌　夏三八三
くさだんご草団子　春一〇六
くさつむ草摘む　春一二六
＊くさとり草取　夏三三九
くさのいち草の市　秋五九三
＊くさのはな草の花　秋六九七
＊くさのほ草の穂　秋六九七
くさのほわた草の穂絮　秋六九七
＊くさのみ草の実　秋六九八
＊くさのめ草の芽　春三三八
くさのもち草の餅　春一〇六
くさのわた草の絮　秋六九七
くさひく草引く　夏三三九
＊くさひばり草雲雀　秋六三六
＊くさぶえ草笛　夏三五七
くさぼけのはな草木瓜の花　春二二五
くさぼけのみ草木瓜の実　秋六六六
くさほす草干す　夏三四二
くさむしり草むしり　夏三三九
＊くさめ嚏　冬八三三
くさもえ草萌　春三三八
＊くさもち草餅　春一〇六
＊くさもみじ草紅葉　秋六九八
＊くさや草矢　夏三五七
くさやく草焼く　春二一一
くさやまぶき草山吹　春二四九
＊くさわかば草若葉　春二四〇
ぐじぐじ　冬八二三
くしがき串柿　秋五六〇
くじつ狗日　新九三二
＊くじゃくそう孔雀草　夏四六八
くしゃみくしゃみ　冬八三三
＊くじら鯨　冬八七〇
＊くず葛　秋七〇二
くずあらし葛嵐　秋七〇二
くずうた国栖歌　新九八八
くすおちば樟落葉　夏四五一
＊くずきり葛切　夏三一七
くずざくら葛桜　夏三一八
＊くずさらし葛晒　冬七九五
くすさん樟蚕　夏四一三
くずそう国栖奏　新九八八
＊くすだま薬玉　夏三六五
くずねほる葛根掘る　秋五七六
くずのおきな国栖翁　新九八八
＊くずのそう国栖奏　新九八八
くずのは葛の葉　秋七〇二
くずのはうら葛の葉裏　秋七〇二
＊くずのはな葛の花　秋七〇三
くずひく葛引く　秋五七六
くずびと国栖人　新九八八
くずぶえ国栖笛　新九八八
＊くずほる葛掘る　秋五七六
くずまい国栖舞　新九八八
＊くずまんじゅう葛饅頭　夏三一八
＊くずもち葛餅　夏三一七
＊くずゆ葛湯　冬七八三
＊くすりぐい薬喰　冬七八四

くすりとる薬採る　秋五七五
＊くすりほる薬掘る　秋五七五
くずれやな崩れ簗　秋五七九
くすわかば樟若葉　夏四四九
ぐそくもち具足餅　新九四五
くだがゆ管粥　新九九三
くだりあゆ下り鮎　秋六二五
＊くだりやな下り簗　秋五七九
＊くちきり口切　冬八一〇
＊くちなしのはな梔子の花　夏四三五
＊くちなしのみ梔子の実　秋六四六
くちなしのみ山梔子の実　秋六四六
くちなわくちなは　夏三八八
＊くつわむし轡虫　秋六三八
くぬぎのみ櫟の実　秋六六二
＊くねんぼ九年母　秋六五四
ぐびじんそう虞美人草　夏四六七
＊くま熊　冬八六七
くまあなにいる熊穴に入る　冬八六七
くまうち熊打　冬八一九
くまおくり熊送り　冬八四〇
くまげら熊げら　秋六三三
くまぜみ熊蟬　夏四一九

くまつき熊突　冬八一九
くまで熊手　冬八四六
くまでいち熊手市　冬八四六
くまのこ熊の子　冬八六七
くまばち熊蜂　春一九〇
＊くままつり熊祭　冬八四〇
＊ぐみ茱萸　秋六六九
くみえ組絵　夏三五六
ぐみのさけ茱萸の酒　秋五八六
＊くも蜘蛛　夏四二七
くものい蜘蛛の囲　夏四二七
くものいと蜘蛛の糸　夏四二七
くものこ蜘蛛の子　夏四二七
くものす蜘蛛の巣　夏四二七
くものたいこ蜘蛛の太鼓　夏四二七
＊くものみね雲の峰　夏二七八
＊くらげ海月　夏四一一
くらげ水母　夏四一一
＊ぐらじおらすグラジオラス　夏四六三
＊くらびらき蔵開　新九五八
＊くらべうま競馬　夏三七〇
＊くらまのたけきり鞍馬の竹伐　夏三七七

＊くらまのはなくよう鞍馬の花供養　春一五一
＊くらまのひまつり鞍馬の火祭　秋五九八
くらまはなえしき鞍馬花会式　春一五一
くらままつり鞍馬祭　秋五九八
＊くり栗　秋六五〇
くりーむそーだクリームソーダ　夏三一六
くりおこわ栗おこは　秋五五九
くりごはん栗ごはん　秋五五九
＊くりすますクリスマス　冬八五六
＊くりすますろーずクリスマスローズ　冬九二三
＊くりのはな栗の花　夏四四〇
くりばやし栗林　秋六五〇
くりひろい栗拾　秋六五〇
くりめいげつ栗名月　秋五三六
＊くりめし栗飯　秋五五九
くりやま栗山　秋六五〇
くるいざき狂ひ咲き　冬八九三
くるいばな狂ひ花　冬八九三

*くるみ**胡桃**　秋六五三
*くるみのはな**胡桃の花**　夏四五三
くるみのみ**胡桃の実**　秋六五三
くるみわり**胡桃割**　秋六五三
くるみわる**胡桃割る**　秋六五三
くれいち**暮市**　冬七六四
くれおそし**暮遅し**　春七一
くれかぬ**暮れかぬ**　春七一
*くれのあき**暮の秋**　秋五三四
*くれのはる**暮の春**　春七四
くれはやし**暮早し**　冬七二九
くれまちす**クレマチス**　夏四七四
くろあり**黒蟻**　夏四三六
くろーばー**クローバー**　春二四三
くろーる**クロール**　夏三五〇
くろがも**黒鴨**　夏三九七
*くろだい**黒鯛**　夏四〇五
*くろっかす**クロッカス**　春二三七
くろぬり**畔塗**　春一一三
*くろはえ**黒南風**　夏二八一
くろびーる**黒ビール**　夏三一四
くろふのすすき**黒生の芒**　春二三九
くろほ**黒穂**　夏四八四
くろめ**黒菜**　夏五〇七
*くわ**桑**　春二三〇
くわいちご**桑いちご**　夏四六〇
*くわいほる**慈姑掘る**　春一一九
くわかご**桑籠**　春一二〇
くわかる**桑枯る**　冬九〇五
くわぐるま**桑車**　春一二〇
くわご**桑子**　春一九一
くわぞめ**鍬初**　新九七三
*くわつみ**桑摘**　春一二〇
くわつみうた**桑摘唄**　春一二〇
*くわとく**桑解く**　春一二〇
くわのはな**桑の花**　春二三〇
*くわのみ**桑の実**　夏四六〇
*くわはじめ**鍬始**　新九七三
くわばたけ**桑畑**　春二三〇
くわほどく**桑ほどく**　春一二〇
ぐんじょうき**群青忌**　夏三八二
*くんしらん**君子蘭**　春二三八
くんぷう**薫風**　夏二八二

け

げ**夏**　夏三七六
げあき**夏明**　秋六〇四
げあんご**夏安居**　夏三七六
*けいこはじめ**稽古始**　新九八〇
けいじつ**鶏日**　新九二九
げいしゅん**迎春**　新九二六
げいしゅんか**迎春花**　春二〇一
げいせつえ**迎接会**　夏三七六
けいたん**鶏旦**　新九三〇
*けいちつ**啓蟄**　春六五
けいと**競渡**　夏三六六
けいと**毛糸**　冬七八一
*けいとあむ**毛糸編む**　冬七八一
*けいとう**鶏頭**　秋六七四
けいとうか**鶏頭花**　秋六七四
けいとうかる**鶏頭枯る**　冬九一八
けいとうまく**鶏頭蒔く**　春一一五
けいとだま**毛糸玉**　冬七八一
けいら**軽羅**　夏三〇四
けいらい**軽雷**　夏二八九
げいり**夏入**　夏三七六
*けいろうのひ**敬老の日**　秋五八八
げがき**夏書**　夏三七六
げがきおさめ**夏書納**　秋六〇四

けかび毛黴　夏五〇六
＊けがわ毛皮　冬七七六
けがわうり毛皮売　冬七七六
けがわてん毛皮店　冬七七六
げぎょう夏行　夏三七六
＊げげ解夏　秋六〇四
げげ解夏　夏三七六
けご毛蚕　春一二〇
げごもり夏籠　夏三七六
＊けごろも毛衣　冬七七五
けさのあき今朝の秋　秋五一二
けさのはる今朝の春　新九二六
けさのふゆ今朝の冬　冬七三〇
＊げし夏至　夏二六八
＊げじげじ蚰蜒　夏四二八
けしずみ消炭　冬八〇五
＊けしのはな罌粟の花　夏四六七
けしのはな芥子の花　夏四六七
けしのみ罌粟の実　夏四六七
けしばたけ芥子畑　夏四六七
＊けしぼうず罌粟坊主　夏四六七
けしぼうず芥子坊主　夏四六七
けしまく罌粟蒔く　秋五七五
けずりひ削氷　夏三二六
けそうぶみ懸想文　新一〇〇六
＊けそうぶみうり懸想文売　新一〇〇六
げだち夏断　夏三七六
げっかびじん月下美人　夏四七二
けつげ結夏　夏三七六
げっこう月光　秋五三〇
けっとケット　冬七七六
けっぴょう結氷　冬七五九
げつめい月明　秋五三〇
げつれいし月鈴子　秋六三五
げのはて夏の果　秋六〇四
げばな夏花　夏三七六
げひゃくにち夏百日　夏三七六
けまりはじめ蹴鞠始　新九八七
＊けまんそう華鬘草　春二三三
＊けむし毛虫　夏四一三
けむしやく毛虫焼く　夏四一三
けやきかる欅枯る　冬九〇五
＊けら螻蛄　夏四二七
けらけら　秋六三三
けらつつきけらつつき　秋六三三
＊けらなく螻蛄鳴く　秋六四〇
けるんケルン　夏三四九
げれんでゲレンデ　冬八二九
けんがいぎく懸崖菊　秋六七八
けんかごま喧嘩独楽　新九七九
＊げんかん厳寒　冬七三三
けんぎゅう牽牛　秋五九〇
けんぎゅうか牽牛花　秋六七三
＊げんげ紫雲英　春二四二
げんげだげんげ田　春二四二
げんげつ弦月　秋五三〇
げんげまく紫雲英蒔く　秋五七五
げんげんげんげん　春二四二
＊けんこくきねんのひ建国記念の日　春一三三
けんこくきねんび建国記念日　春一三三
けんこくさい建国祭　春一三三
けんこくのひ建国の日　春一三三
＊げんごろう源五郎　夏四一八
げんごろうむし源五郎虫　夏四一八
＊けんじき賢治忌　秋六一一
げんじぼたる源氏蛍　夏四一四
げんじむし源氏虫　夏四一五

げんちょ玄猪　冬八三七
げんとう玄冬　冬七一八
げんとう厳冬　冬七三三
*げんのしょうこ現の証拠　夏四九七
*げんばくき原爆忌　夏三七七
げんばくのひ原爆の日　夏三七七
*けんぽうきねんび憲法記念日　春一三三
*げんよしき源義忌　秋六一三

こ

こ蚕　春一九一
こあじさし小鰺刺　夏三九九
こあゆ小鮎　春一八三
こあゆくみ小鮎汲　春一三
こいすずめ恋雀　春一七五
こいねこ恋猫　春一六五
こいのぼり鯉幟　夏三六四
こいも子芋　秋六八五
*こうえつき光悦忌　春一五六
こうぎょ香魚　夏四〇二
こうさ黄砂　春八三
こうさ黄沙　春八三
こうじかび麴黴　夏五〇六
こうしさい孔子祭　春一三九
ごうしょ劫暑　夏三七四
*こうしょくき紅蜀葵　夏四六六
*こうしょはじめ講書始　新九八九
こうじん耕人　春一二二
*こうすい香水　夏三一八
*こうすい幸水　秋六四八
こうすいびん香水瓶　夏三一八
こうぞさらす楮晒す　冬八二五
こうぞふむ楮踏む　冬八二五
こうぞほす楮干す　冬八二五
こうぞむす楮蒸す　冬八二五
こうたんえ降誕会　春一五〇
こうたんさい降誕祭　冬八五六
*こうていだりあ皇帝ダリア　秋六七六
ごうながうな　春一八七
こうなご小女子　春一八〇
*こうばい紅梅　春一〇四
こうふくじのたきぎのう興福寺の薪能　夏三六六
こうぶんぼく好文木　春一〇三
こうぼうき弘法忌　春一四八
*こうほね河骨　夏四九四
こうま子馬　春一六四
*こうもり蝙蝠　夏三八四
こうやどうふ高野豆腐　冬七九六
*こうよう黄葉　秋六五六
こうよう紅葉　秋六五五
こうらいぎく高麗菊　春二二五
*こうらく黄落　秋六五七
こうらくき黄落期　秋六五七
こーくすコークス　冬八〇六
こーとコート　冬七七七
ごーやーゴーヤー　秋六八三
*こおり氷　冬七五九
こおりあずき氷小豆　夏三一六
こおりいちご氷苺　夏三一六
こおりがし氷菓子　夏三一七
こおりきゆ氷消ゆ　春九八
こおりどうふ凍豆腐　冬七九六
こおりどうふ氷豆腐　冬七九六
*こおりとく氷解く　春九八
こおりどけ氷解　春九八
こおりながる氷流る　春九八
こおりばし氷橋　冬七五九

＊こおりみず氷水　夏三一六
こおりみせ氷店　夏三一六
＊こおる凍る　冬七三三
こおる氷る　冬七三三
＊こおろぎ蟋蟀　秋六三四
＊こがい蚕飼　春一三〇
こがいどき蚕飼時　春一三〇
こかご蚕籠　春一三〇
＊ごがつ五月　夏二六三
ごがつさい五月祭　春一四一
ごがつにんぎょう五月人形　夏三六四
ごがつのせっく五月の節句　夏三六四
ごがつばしょ五月場所　夏三六六
こがねばな黄金花　夏五〇〇
＊こがねむし金亀子　夏四一六
こがねむし金亀虫　夏四一六
こがねむし黄金虫　夏四一六
こかまきり子かまきり　夏四二一
＊こがらし凩　冬七四〇
こがらし木枯　冬七四〇
こがらす子烏　夏三九四
ごきかぶり御器齧　夏四二五
こぎく小菊　秋六七八
＊ごきぶりごきぶり　夏四二五
ごぎょう御形　新一〇一七
ごぎょう五形　新一〇一七
＊こくう穀雨　春七三
こくかん酷寒　冬七三三
ごくかん極寒　冬七三三
ごくげつ極月　冬七三四
こくしょ酷暑　夏二七四
＊ごくしょ極暑　夏二七四
ごくすい曲水　春一三三
＊こくぞう穀象　夏四一七
こくぞうむし穀象虫　夏四一七
こくちさい告知祭　春一五四
こくてんし告天子　春一七〇
こけしみず苔清水　夏二九九
＊こけのはな苔の花　夏五〇四
こげら小げら　秋六三三
こけりんどう苔竜胆　春二五四
ごこうずい五香水　春一五〇
こごめざくら小米桜　春二〇七
こごめばな小米花　春二〇七
こごめゆき小米雪　冬七四七
こごりぶな凝鮒　冬七九二
こころぶとこころぶと　夏三一八
こさぎ小鷺　夏三九九
ござんおくりび五山送り火　秋六〇三
こじか子鹿　夏三八四
ごしきのいと五色の糸　秋五九〇
こしきぶ小式部　秋六六四
こしょうじ腰障子　冬八〇二
＊こしたやみ木下闇　夏四四八
こしぶとん腰蒲団　冬七七三
＊こしゅ古酒　秋五五七
＊こしょうがつ小正月　新九三四
ごしょうき御正忌　冬八五三
ごすい午睡　夏三五九
こすずめ子雀　春一七六
＊こすもすコスモス　秋六七五
＊こぞ去年　新九二八
＊こぞことし去年今年　新九二八
こそめづき木染月　秋五二四
＊こたつ炬燵　冬八〇六
こたつねこ炬燵猫　冬八六九
＊こたつふさぐ炬燵塞ぐ　春一〇八
こだね蚕種　春一二〇
＊こち東風　春八〇

こちゃ古茶 夏三二五
こちょう胡蝶 春一八九
＊こつごもり小晦日 冬七三六
こつばめ子燕 夏三九四
こでまりこでまり 春二〇六
＊こでまりのはな小粉団の花 春二〇六
こでまりのはな小手毬の花 春二〇六
＊ことし今年 新九二八
ことしざけ今年酒 秋五五六
ことしだけ今年竹 夏四六一
ことしまい今年米 秋五五八
ことしわら今年藁 秋五七一
とのばら小殿原 新九六七
＊ことはじめ事始 冬八三九
ことはじめ琴始 新九八一
ことひきどり琴弾鳥 春一七一
＊こどものひこどもの日 夏三六二
＊ことり小鳥 秋六一七
ことりあみ小鳥網 秋五七八
ことりかえる小鳥帰る 春一七四
＊ことりがり小鳥狩 秋五七八
ことりくる小鳥来る 秋六一七
ことりのす小鳥の巣 春一七六
ことりのたまご小鳥の卵 春一七六
ことりひく小鳥引く 春一七四
ことりわたる小鳥渡る 秋六一七
こなゆき粉雪 冬七四七
ごにんばやし五人囃 春一三五
こねこ子猫 春一六五
このあがり蚕の上蔟 夏三四三
このしたやみ木の下闇 夏四四八
このねむり蚕の眠り 春一三〇
＊このは木の葉 冬九〇三
このはあめ木の葉雨 冬九〇三
＊このはがみ木の葉髪 冬八三三
このはしぐれ木の葉時雨 冬九〇三
このはずく木葉木菟 夏三九二
このはちる木の葉散る 冬九〇三
＊このみ木の実 秋六六一
このみあめ木の実雨 秋六六一
＊このみうう木の実植う 春一一七
このみおつ木の実落つ 秋六六一
このみごま木の実独楽 秋六六一
このみしぐれ木の実時雨 秋六六一
このみふる木の実降る 秋六六一
＊このめ木の芽 春二二一
このめあめ木の芽雨 春七三
このめかぜ木の芽風 春七三
このめどき木の芽時 春七三
＊このめはる木の芽張る 春二一一
このめばれ木の芽晴 春七三
このめびえ木の芽冷 春七三
このめやま木の芽山 春七三
＊このわた海鼠腸 冬七九四
こはぎ小萩 秋六九九
＊こはる小春 冬七二一
こはるび小春日 冬七二一
こはるびより小春日和 冬七二一
＊こばんそう小判草 夏四七三
＊こぶし辛夷 春二〇一
こぶし木筆 春二〇一
＊ごぼう牛蒡 秋六八六
ごぼうじめ牛蒡注連 新九四四
＊ごぼうひく牛蒡引く 秋五七六
ごぼうほる牛蒡掘る 秋五七六
ごぼうまく牛蒡蒔く 春一一四
こぼれはぎこぼれ萩 秋六九九
＊こま独楽 新九七九
＊こまい氷下魚 冬八八四

こまいじる氷下魚汁　冬八八四
こまいつり氷下魚釣　冬八八四
こまうつ独楽打つ　新九七九
こまがえるくさ駒返る草　春二三八
＊ごまかる胡麻刈る　秋五七六
ごまたたく胡麻叩く　秋五七六
こまつな小松菜　春二三三
＊こまつひき小松引　新八九九
＊ごまのはな胡麻の花　夏四七七
こまのひも独楽の紐　新九七九
ごまほす胡麻干す　秋五七六
こままわし独楽廻し　新九七九
ごまめごまめ　新九六七
ごみなまずごみ鯰　夏四〇二
こむぎ小麦　夏四八四
ごむふうせんゴム風船　春一二九
ごめかえる海猫帰る　秋六一八
こめかざる米飾る　新九四七
＊こめつきむし米搗虫　夏四一八
こめつきむし叩頭虫　夏四一八
ごめのこる海猫残る　秋六一八
こめのむし米の虫　夏四一七
ごめわたる海猫渡る　春一七四
こもちあゆ子持鮎　秋六二五
こもちすずめ子持雀　春一七五
こもちだら子持鱈　冬八八二
こもちづき小望月　秋五三三
＊こもちはぜ子持鯊　春一七九
こもちぶな子持鮒　春一八三
こもまき菰巻　冬八〇〇
こゆき小雪　冬七四七
こゆき粉雪　冬七四七
＊ごようおさめ御用納　冬七六七
＊ごようはじめ御用始　新九五三
こよぎ小夜着　冬七七二
こよみうり暦売　冬八一一
こよみのはて暦の果　冬八一一
こよみはつ暦果つ　冬八一一
ごらいこう御来光　夏二八八
＊ごらいごう御来迎　夏二八八
こりやなぎ行李柳　春二一四
こるり小瑠璃　夏三三九
ころがき枯露柿　秋五六〇
ころくがつ小六月　冬七二一
ころもうつ衣打つ　秋五七三
ころもかう衣更ふ　夏三〇二
＊ころもがえ更衣　夏三〇二
こんにゃくだま蒟蒻玉　冬八一六
こんにゃくだまほる蒟蒻玉掘る　冬八一六
こんにゃくほす蒟蒻干す　冬八一六
＊こんにゃくほる蒟蒻掘る　冬八一六
＊こんぶかり昆布刈　夏三四一
こんぶかる昆布刈る　夏三四一
こんぶぶね昆布船　夏三四一
こんぶほす昆布干す　夏三四一

さ

さーふぁーサーファー　夏三五一
さーふぃんサーフィン　夏三五一
＊さいかくき西鶴忌　秋六〇七
＊さいかち皂角子　秋六六九
さいかち皂莢　秋六六九
さいかちのみさいかちの実　秋六六九
さいかちむしさいかち虫　夏四一五
さいぎ幸木　新九四三
＊さいぎょうき西行忌　春一五七
ざいごき在五忌　夏三七九
＊さいだーサイダー　夏三一六

さいだいじまいり西大寺参　新一〇〇九
さいたずまさいたづま　春二四六
さいたん歳旦　新九三〇
さいちょうき最澄忌　夏三七七
さいとうき西東忌　春一六一
さいとやきさいと焼　新九九六
さいにち斎日　新一〇一〇
さいねりあサイネリア　春三二五
さいばん歳晩　冬七二四
さいぼ歳暮　冬七二四
さいまつ歳末　冬七二四
ざいまつり在祭　秋五九六
さいらさいら　秋六二八
さいわいかご幸籠　新九四三
*さいわいぎ幸木　新九四三
*さえかえる冴返る　春六二
*さえずり囀　春一六八
さおしか小牡鹿　秋六一四
さおとめ早乙女　夏三三六
*さおひめ佐保姫　春八七
さがおたいまつ嵯峨御松明　春一四七
さかずきながし盃流し　春一一三
*さがだいねんぶつ嵯峨大念仏　春一四七
さがだいねんぶつきょうげん嵯峨大念仏狂言　春一四八
さがねんぶつ嵯峨念仏　春一四七
*さがのはしらたいまつ嵯峨の柱炬　春一四七
さぎあし鷺足　冬八二八
*さぎそう鷺草　夏五〇三
*さぎちょう左義長　新九九六
さぎり狭霧　秋五四四
*さくら桜　春一九六
さくらいか桜烏賊　春一八四
*さくらうぐい桜鯎　春一八二
さくらうお桜魚　春一八二
*さくらがい桜貝　春一八五
さくらかくし桜隠し　春八四
さくらがり桜狩　春一二七
さくらごち桜東風　春八〇
*さくらしべふる桜蘂降る　春一九九
さくらずみ佐倉炭　冬八〇五
さくらずみ桜炭　冬八〇五
*さくらそう桜草　春二一四
*さくらだい桜鯛　春一七八
さくらたで桜蓼　秋七一三
*さくらづけ桜漬　春一〇三
さくらどき桜時　春七三
*さくらなべ桜鍋　冬七九〇
*さくらのみ桜の実　夏四三一
*さくらまじ桜まじ　春八二
さくらます桜鱒　春一八一
*さくらもち桜餅　春一〇六
*さくらもみじ桜紅葉　秋六五九
さくらもり桜守　春一二七
さくらゆ桜湯　春一〇三
*さくらんぼさくらんぼ　夏四四三
*ざくろ石榴　秋六五一
ざくろ柘榴　秋六五一
*ざくろのはな石榴の花　夏四四一
ざくろのみ石榴の実　秋六五一
*さけ鮭　秋六二八
さけうち鮭打ち　秋六二八
*さけおろし鮭颪　秋五四一
さけごや鮭小屋　秋六二八
さけりょう鮭漁　秋六二八
*さざえ栄螺　春一八四

さざえ 拳螺 春一八四
*ささげ 豇豆 秋六九四
ささげひく 豇豆引く 秋五七六
ささご 笹子 冬八七三
ささずし 笹鮓 夏三一一
ささちまき 笹粽 夏三〇九
*ささなき 笹鳴 冬八七三
ささのこ 笹の子 夏四六一
ささめゆき 細雪 冬七四七
ささゆり 笹百合 夏四七〇
ささりんどう 笹竜胆 秋七一〇
*さざんか 山茶花 冬八九六
*さしき 挿木 春一一九
さしぎく 挿菊 夏三三九
ざしきのぼり 座敷幟 夏三六四
さしば 挿葉 春一一九
さしば 刺羽 冬八七〇
さしほ 挿穂 春一一九
さしめ 挿芽 春一一九
さしもぐさ さしも草 春二五三
*ざぜんそう 座禅草 春二四七
さつお 猟夫 冬八一九
*さつき 皐月 夏二六六
*さつき 杜鵑花 夏四三六
さつき 五月 夏二六六
さつきあめ 五月雨 夏二八五
さつきごい 五月鯉 夏三六四
さつきだま 五月玉 夏三六五
さつきつつじ 五月躑躅 夏四三六
*さつきなみ 皐月波 夏二九六
さつきのぼり 五月幟 夏三六四
さつきばれ 五月晴 夏二九〇
*さつきふじ 五月富士 夏二九四
さつきふじ 皐月富士 夏二九四
*さつきやみ 五月闇 夏二九〇
*さつまいも 甘藷 秋六八四
さつまいも 薩摩薯 秋六八四
さつまじょうふ 薩摩上布 夏三〇五
さといも 里芋 秋六八五
さといもうう 里芋植う 春一一六
*さとかぐら 里神楽 冬八四八
さとざくら 里桜 春一九六
さとつばめ 里燕 春一七一
さとまつり 里祭 秋五九六
さとわかば 里若葉 夏四四六
*さなえ 早苗 夏四八五
さなえかご 早苗籠 夏四八五
さなえだ 早苗田 夏二九八
さなえたば 早苗束 夏四八五
さなえづき 早苗月 夏二六六
さなえとり 早苗取 夏四八五
さなえぶね 早苗舟 夏四八五
*さなぶり 早苗饗 夏三三八
さねかずら 実葛 秋七一〇
*さねともき 実朝忌 春一五六
さねもりおくり 実盛送り 秋六〇四
さねもりまつり 実盛祭 秋六〇四
*さば 鯖 夏四〇六
さばぐも 鯖雲 秋五三〇
さばずし 鯖鮓 夏三一一
さばつり 鯖釣 夏四〇六
さばび 鯖火 夏四〇六
さばぶね 鯖船 夏四〇六
さびあゆ 錆鮎 秋六二五
*さふらん サフラン 秋六七二
さふらん 泊夫藍 秋六七二
さぼてん 覇王樹 夏四七二
*さぼてんのはな 仙人掌の花 夏四七二
*ざぼん 朱欒 冬九〇〇

さまーどれすサマードレス　夏三〇三
さみだるさみだる　夏二八五
＊さみだれ五月雨　夏二八五
さむさ寒さ　冬七三一
＊さむし寒し　冬七三一
さむぞら寒空　冬七三八
＊さめ鮫　冬八八〇
さやいんげん莢隠元　秋六九三
さやえんどう莢豌豆　夏四七八
さやかさやか　秋五三〇
さやけしさやけし　秋五三〇
＊さゆ冴ゆ　冬七三三
さよしぐれ小夜時雨　冬七四三
さよちどり小夜千鳥　冬八七七
＊さより鱵　春一七九
さより竹魚　春一七九
さより細魚　春一七九
さより針魚　春一七九
さより水針魚　春一七九
さらさぼけ更紗木瓜　春二一一
＊さらしい晒井　夏三三三
さらのはな沙羅の花　夏四五九
ざりがにざりがに　夏四一〇
＊さるおがせ松蘿　夏五〇四
さるかり去る雁　春一七三
＊さるざけ猿酒　秋五五七
＊さるすべり百日紅　夏四三五
さるつかい猿使ひ　新九六〇
さるつる去る鶴　春一七三
さるとりいばらのはなさるとりいばらの花　春三二一
＊さるびあサルビア　夏四六五
さるひき猿曳　新九六〇
さるまつり申祭　春一四三
＊さるまわし猿廻し　新九六〇
さわがに沢蟹　夏四一〇
さわぐるみ沢胡桃　秋六五三
＊さわやか爽やか　秋五三〇
＊さわら鰆　春一七九
さわらごち鰆東風　春八〇
さわらび早蕨　春二四七
さんうき傘雨忌　夏三七九
ざんおう残鶯　夏三九三
さんか三夏　夏二六二
さんが参賀　新九八六
＊ざんか残花　春一九九
＊さんがつ三月　春六五
さんがつじん三月尽　春七六
さんがつせっく三月節供　春一二五
さんがつだいこん三月大根　春二二四
＊さんがつな三月菜　春二二四
＊さんがにち三が日　新九三〇
さんかん三寒　冬七三三
＊さんかんしおん三寒四温　冬七三三
＊さんきき三鬼忌　春一六一
＊ざんぎく残菊　秋六七九
＊さんきらいのはな山帰来の花　春三二一
さんぐうこう参宮講　春一三八
＊さんぐらすサングラス　夏三〇七
＊さんこうちょう三光鳥　夏四〇〇
さんごのつき三五の月　秋五三三
＊さんざしのはな山査子の花　春三〇六
さんし山市　春八九
さんしきすみれ三色菫　春二四一
さんしつ蚕室　春一三〇
さんじゃくね三尺寝　夏三五九
＊さんじゃまつり三社祭　夏三七一
さんしゅう三秋　秋五一〇

＊さんしゅゆのはな山茱萸の花　春二〇〇
さんしゅん三春　春六〇
＊ざんしょ残暑　秋五二二
さんしょうあえ山椒和　春一〇三
＊さんしょうお山椒魚　夏三八七
＊さんしょうのみ山椒の実　秋六六七
＊さんしょうのめ山椒の芽　春二二三
さんしょうみそ山椒味噌　春一〇三
さんじょうもうで山上詣　夏三七二
さんすいしゃ撒水車　夏三三四
＊ざんせつ残雪　春九五
さんたくろーすサンタクロース　冬八五六
＊さんだるサンダル　夏三〇九
さんとう三冬　冬七一八
さんどれすサンドレス　夏三〇三
さんのうま三の午　春一一三
さんのうまつり山王祭　春一一四
さんのとり三の酉　冬八四六
さんばんぐさ三番草　夏三三八
＊さんぷく三伏　夏二七三
さんぽうちょう三宝鳥　夏三九二
＊さんま秋刀魚　秋六二八
さんろき山廬忌　秋六二三

し

しいおちば椎落葉　夏四五一
しいたけ椎茸　秋七二五
＊しいのはな椎の花　夏四五八
＊しいのみ椎の実　秋六六二
しいひろう椎拾ふ　秋六六二
しいわかば椎若葉　夏四四九
しえん紙鳶　春一二八
しおあび潮浴　夏三五一
しおからとんぼ塩辛とんぼ　秋六三二
＊しおざけ塩鮭　冬七九四
しおにしをに　秋六七九
しおひ潮干　春九四
しおひがい汐干貝　春一二四
しおひかご汐干籠　春一二四
＊しおひがた潮干潟　春九四
＊しおひがり汐干狩　春一二四
しおひがり潮干狩　春一二四
しおびき塩引　冬七九四
しおひぶね潮干船　春一二五
＊しおまねき望潮　春一八七
しおまねき潮まねき　春一八七
しおやけ潮焼　夏三五九
＊しおん紫苑　秋六七九
しおん四温　冬七三三
しおんびより四温日和　冬七三三
＊しか鹿　秋六一四
しかがり鹿狩　冬八一九
しかけはなび仕掛花火　夏三五二
＊しがつ四月　春六七
しがつじん四月尽　春七六
＊しがつばか四月馬鹿　春一四〇
＊しかのこ鹿の子　夏三八四
しかのこえ鹿の声　秋六一四
しかのつのおつ鹿の角落つ　春一六四
＊しかのつのきり鹿の角伐　秋五九五
しかのふくろづの鹿の袋角　夏三八四
しかのわかづの鹿の若角　夏三八四
しかよせ鹿寄せ　秋五九五
＊しぎ鴫　秋六一三
しきがわ敷皮　冬七七六
＊しきき子規忌　秋六一〇
しきぶのみ式部の実　秋六六四

＊しきまつば敷松葉　冬八一〇
＊しきみのはな樒の花　春二三〇
＊しぎやき鴫焼　夏三一三
＊しくらめんシクラメン　春二一七
しぐる時雨る　冬七四三
＊しぐれ時雨　冬七四三
しぐれき時雨忌　冬八五七
しぐれづき時雨月　冬七一九
しげみ茂み　夏四四七
＊しげり茂　夏四四七
しげる茂る　夏四四七
じごくのかまのふた地獄の釜の蓋　春二四九
しごとおさめ仕事納　冬七六七
＊しごとはじめ仕事始　新九五三
しし猪　秋六一四
ししおどし鹿威し　秋五六六
＊ししがき鹿垣　秋五六八
ししがき猪垣　秋五六八
ししがしら獅子頭　新九六〇
ししがり猪狩　冬八一九
ししごや鹿小屋　秋五六八
ししなべ猪鍋　冬七九〇
＊じしばい地芝居　秋五八一
＊ししまい獅子舞　新九六〇
＊しじみ蜆　春一八六
しじみうり蜆売　春一八六
しじみがい蜆貝　春一八六
しじみかき蜆搔　春一八六
＊しじみじる蜆汁　春一〇三
しじみちょう蜆蝶　春一九九
しじみとり蜆取　春一八六
しじみぶね蜆舟　春一八六
＊ししゃも柳葉魚　冬八八四
ししゃもししゃも　冬八八四
＊しじゅうから四十雀　夏四〇一
じぜんなべ慈善鍋　冬七六六
＊しそ紫蘇　夏四八三
じぞうえ地蔵会　秋六〇四
じぞうばた地蔵幡　秋六〇四
＊じぞうぼん地蔵盆　秋六〇四
じぞうもうで地蔵詣　秋六〇四
しそのは紫蘇の葉　夏四八三
＊しそのみ紫蘇の実　秋六八七
＊しだ歯朶　新一〇一五
しだ羊歯　新一〇一五
＊じだいまつり時代祭　秋五九八
＊しだかざる歯朶飾る　新九四七
＊しだかり歯朶刈　冬八二四
しだかり羊歯刈　冬八二四
しだかる歯朶刈る　冬八二四
じだこ字凧　春一二八
＊したたり滴り　夏三九九
したたる滴る　夏三九九
＊したもえ下萌　春三一八
したやみ下闇　夏四四八
しだれうめ枝垂梅　春一九三
＊しだれざくら枝垂桜　春一九五
しだれやなぎ枝垂柳　春二一四
＊しちがつ七月　夏三七〇
＊しちごさん七五三　冬八三八
＊しちふくじんまいり七福神詣　新一〇〇三
しちふくまいり七福詣　新一〇〇三
しちへんげ七変化　夏四三三
しでこぶし幣辛夷　春二〇一
＊しどみのはな樝子の花　春二一五
＊しどみのみ樝子の実　秋六六六
＊しねらりあシネラリア　春二二五

＊じねんじょ自然薯　秋六八五
しばあおむ芝青む　春二四〇
＊しばかり芝刈　夏三三三
しばかりき芝刈機　夏三三三
しばぐり柴栗　秋六五〇
＊しばざくら芝桜　春三三〇
＊しばしんめいまつり芝神明祭　秋五九七
しばのう芝能　夏三六六
しばやき芝焼　春二一一
しばやく芝焼く　春二一一
＊しばれるしばれる　冬七三四
じびーる地ビール　夏三一四
＊じひしんちょう慈悲心鳥　夏三九二
しひつ試筆　新九五一
しびとばな死人花　秋七〇七
しぶあゆ渋鮎　秋六二五
しぶうちわ渋団扇　夏三三〇
しぶおけ渋桶　秋五七三
しぶがき渋柿　秋六四八
しぶつく渋搗く　秋五七三
＊しぶとり渋取　秋五七三
じふぶき地吹雪　冬七四九
＊しほうはい四方拝　新九八六
しまいこうぼう終弘法　冬八四九
＊しまいだいし終大師　冬八四九
＊しまいてんじん終天神　冬八四九
しまいはじめ仕舞始　新九八一
しまか縞蚊　夏四三三
しますすき縞芒　秋七〇〇
しまとかげ縞蜥蜴　夏三八七
しまへび縞蛇　夏三八八
しまんろくせんにち四万六千日　夏三六七
＊しみ紙魚　夏四三五
しみ衣魚　夏四三五
＊しみず清水　夏二九九
＊しみどうふ凍豆腐　冬七九六
しむ凍む　冬七三三
＊じむしあなをいず地虫穴を出づ　春一八九
じむしいず地虫出づ　春一八九
じむはじめ事務始　新九五三
しめあけ注連明　新九三三
しめいわい七五三祝　冬八三八
＊しめかざり注連飾　新九四四
＊しめかざる注連飾る　冬七六七
＊しめじ占地　秋七一六
しめじ湿地　秋七一六
しめじ湿地茸　秋七一六
しめたく注連焚く　新九九六
＊しめつくり注連作　冬八三三
しめつくる注連作る　冬八三三
しめとる注連取る　新九九一
しめなう注連綯ふ　冬八三三
しめなわ注連縄　新九四四
しめなわ七五三縄　新九四四
しめのうち注連の内　新九三三
しめはる注連張る　冬七六七
＊しめもらい注連貰　新九九六
＊しも霜　冬七四六
しもおおい霜覆　冬七九八
しもがこい霜囲　冬七九八
しもがる霜枯る　冬九〇八
＊しもがれ霜枯　冬九〇八
しもぎく霜菊　冬九〇九
＊しもくすべ霜くすべ　春一三〇
しもくれん紫木蓮　春二〇七
しもしずく霜雫　冬七四六

*しもつき霜月　冬七二三
*しもつけ繍線菊　夏四三六
しもどけ霜解　冬七四六
しものこえ霜の声　冬七四六
しものなごり霜の名残　春八六
しものはて霜の果　春八六
しものはな霜の花　冬七四六
しものわかれ霜の別れ　春八六
*しもばしら霜柱　冬七五八
しもばれ霜晴　冬七四六
しもばれ霜腫　冬八三四
*しもやけ霜焼　冬八三四
*しもよ霜夜　冬七三〇
*しもよけ霜除　冬七九八
しもよけとる霜除とる　春一〇九
しゃ紗　夏三〇四
しゃーべっとシャーベット　夏三二七
しゃおうのあめ社翁の雨　春六六
*しゃかいなべ社会鍋　冬七六六
*じゃがいも馬鈴薯　秋六八四
*じゃがいものはな馬鈴薯の花　夏四七七
じゃがたらのはなじゃがたらの花　夏四七七
*しゃがのはな著莪の花　夏四九三
しゃかのはなくそ釈迦の鼻糞　春一四五
*しゃくとり尺蠖　夏四一四
しゃくとりむし尺取虫　夏四一四
*しゃくなげ石楠花　夏四三四
*しゃくやく芍薬　夏四六四
じゃけつジャケツ　冬七七七
*しゃこ蝦蛄　夏四一〇
じゃすみんジャスミン　夏四三九
*しゃにくさい謝肉祭　春一五四
しゃにち社日　春六六
しゃにちまいり社日参　春六六
じゃのひげのみ蛇の髯の実　冬九二三
じゃのめそう蛇の目草　夏四六八
*しゃぼんだま石鹸玉　春一三九
しゃみせんぐさ三味線草　春二四二
*しゃらのはな沙羅の花　夏四五九
*しゃわーシャワー　夏三三四
しゃんつぇシャンツェ　冬八二九
*じゃんぱージャンパー　冬七七七
じゅういち十一　夏三九二
*じゅういちがつ十一月　冬七一九
しゅういん秋陰　秋五四二
しゅうう驟雨　夏二八六
しゅううん秋雲　秋五三九
しゅうえん秋園　秋五四九
しゅうえん秋苑　秋五四九
しゅうえん秋燕　秋六一七
しゅうえんき秋燕忌　秋六一三
*しゅうおうしき秋櫻子忌　夏三八二
*しゅうか秋果　秋六四七
*しゅうかいどう秋海棠　秋六七八
*じゅうがつ十月　秋五一七
*しゅうき秋気　秋五三〇
しゅうぎょう秋暁　秋五一七
*しゅうこう秋耕　秋五六六
しゅうこう秋光　秋五二七
しゅうこう秋郊　秋五四八
しゅうこう秋江　秋五五二
*じゅうごにちがゆ十五日粥　新九五九
じゅうごや十五夜　秋五三三
しゅうざん秋山　秋五四八
*じゅうさんまいり十三詣　春一三八
じゅうさんや十三夜　秋五三六

*しゅうし秋思　秋五八四
*しゅうじき修司忌　春一六三
しゅうじつ秋日　秋五一七
*しゅうしゃ秋社　秋五一六
しゅうしょ秋暑　秋五一二
*しゅうしょく秋色　秋五二七
しゅうすい秋水　秋五五一
しゅうせい秋声　秋五二八
*しゅうせん鞦韆　春一三〇
しゅうせん秋千　春一三〇
しゅうせん秋扇　秋五六三
しゅうせん秋蟬　秋六三〇
*しゅうせんきねんび終戦記念日　秋五八七
しゅうせんのひ終戦の日　秋五八七
しゅうせんび終戦日　秋五八七
しゅうそう秋霜　秋五四六
*しゅうそんき楸邨忌　夏三八一
*じゅうたん絨緞　冬八〇三
じゅうたん絨毯　冬八〇三
しゅうちょう秋潮　秋五五三
じゅうづめ重詰　新九六六
しゅうてん秋天　秋五二九
しゅうとう秋灯　秋五六二
*じゅうにがつ十二月　冬七三三
じゅうにがつようか十二月八日　冬八三七
*じゅうにひとえ十二単　春二四九
じゅうはちささげ十八豇豆　秋六九四
しゅうふう秋風　秋五三八
*しゅうぶん秋分　秋五二五
*しゅうぶんのひ秋分の日　秋五八八
しゅうぼう秋望　秋五三七
しゅうや秋夜　秋五一九
*じゅうや十夜　冬八五一
じゅうやがね十夜鉦　冬八五一
じゅうやがゆ十夜粥　冬八五一
*じゅうやく十薬　夏四九八
じゅうやでら十夜寺　冬八五一
じゅうやばば十夜婆　冬八五一
じゅうやほうよう十夜法要　冬八五一
しゅうゆうさい舟遊祭　夏三七一
しゅうりん秋霖　秋五四二
しゅうれい秋冷　秋五三〇
しゅうれい秋麗　秋五三一
しゅうれい秋嶺　秋五四八
じゅうろくささげ十六豇豆　秋六九四
*じゅうろくむさし十六むさし　新九七六
しゅか朱夏　夏二六二
しゅか首夏　夏二六二
*しゅくき淑気　新九三九
じゅくし熟柿　秋六四八
じゅくせつ受苦節　春一五四
じゅけん受験　春九九
じゅけんき受験期　春九九
じゅけんせい受験生　春九九
しゅしょうえ修正会　新一〇〇九
じゅずこ数珠子　春一六六
*じゅずだま数珠玉　秋七〇二
じゅたいこくちび受胎告知日　春一五四
しゅちゅうか酒中花　夏三五四
しゅとう手套　冬七八〇
じゅなんしゅう受難週　春一五四
*じゅなんせつ受難節　春一五四
じゅなんび受難日　春一五五
*しゅにえ修二会　春一四六
じゅひょう樹氷　冬七四五

じゅひょうりん樹氷林　冬七四五
しゅぷーるシュプール　冬八二九
しゅらおとし修羅落し　春二二四
しゅりょう狩猟　冬八一九
しゅろ手炉　冬八〇八
*しゅろのはな棕櫚の花　夏四五五
しゅろのはな棕梠の花　夏四五五
*しゅんいん春陰　春八九
しゅんかん春寒　春六三
*しゅんぎく春菊　春二三五
しゅんきとうそう春季闘争　春九九
*しゅんぎょう春暁　春六八
しゅんきん春禽　春一六八
しゅんげつ春月　春七八
*しゅんこう春光　春七七
しゅんこう春郊　春九一
しゅんこう春江　春九三
しゅんこう春耕　春二一三
*じゅんさい蓴菜　夏五〇六
しゅんさん春霰　春八六
しゅんじつ春日　春六八
*しゅんしゃ春社　春六六
*しゅんしゅう春愁　春一三一
しゅんじゅん春筍　春二三三
しゅんじゅん春笋　春二三三
しゅんしょう春宵　春六九
しゅんしょく春色　春七七
*しゅんじん春塵　春八三
しゅんすい春水　春九二
しゅんせい春星　春七九
しゅんせいき春星忌　冬八六〇
しゅんせつ春雪　春八四
しゅんそう春霜　春八六
しゅんそう春装　春一〇一
しゅんそう春草　春二三七
しゅんだん春暖　春七〇
*しゅんちゅう春昼　春六九
*しゅんちょう春潮　春九三
*しゅんでい春泥　春九五
しゅんてん春天　春七七
*しゅんとう春灯　春一〇七
*しゅんとう春闘　春九九
しゅんとう春濤　春九三
じゅんのみね順の峰　春一五三
じゅんのみねいり順の峰入　春一五三
しゅんぷう春風　春八〇
しゅんぷく春服　春一〇一
*しゅんぶん春分　春六六
*しゅんぶんのひ春分の日　春一三三
しゅんぼう春望　春七七
*しゅんみん春眠　春一三一
しゅんや春夜　春七〇
*しゅんらい春雷　春八七
*しゅんらん春蘭　春二四九
しゅんりん春霖　春八三
しゅんれい春嶺　春九一
しょ暑　夏二七四
*しょうが生姜　秋六八八
しょうがいち生姜市　秋五九七
*しょうがつ正月　新九二七
しょうがつこそで正月小袖　新九六二
しょうがつことはじめ正月事始　冬八三九
*しょうがつのたこ正月の凧　新九八〇
しょうがつばしょ正月場所　新九八五
*しょうかん小寒　冬七二八
じょうげん上元　新九九七
じょうげんえ上元会　新九九七
じょうげんさい上元祭　新九九七

じょうげんのつき上弦の月 秋五三〇
*じょうげんのひ上元の日 新九九七
しょうこんさい招魂祭 春一四四
*しょうじ障子 冬八〇二
じょうし上巳 春一三五
*しょうじあらう障子洗ふ 秋五六五
しょうじはる障子貼る 秋五六五
じょうしゅんか常春花 春二三四
*しょうしょ小暑 夏二七〇
*しょうせつ小雪 冬七二一
じょうぞく上蔟 夏三四三
*しょうちゅう焼酎 夏三一四
じょうどうえ成道会 冬八五三
しょうのうぶね樟脳舟 夏三五四
じょうびたき尉鶲 秋六二〇
しょうびんせうびん 夏三九五
*しょうぶ菖蒲 夏四六三
しょうぶ白菖 夏四六三
*じょうふ上布 夏三〇五
しょうぶえん菖蒲園 夏四六三
しょうぶさす菖蒲挿す 夏三六四
しょうぶだ菖蒲田 夏四六三
しょうぶねわけ菖蒲根分 春一一九
しょうぶふく菖蒲葺く 夏三六四
しょうぶぶろ菖蒲風呂 夏三六五
*しょうぶゆ菖蒲湯 夏三六五
*しょうまん小満 夏二六六
*じょうらくえ常楽会 春一四六
*しょうりょうえ聖霊会 春一四九
しょうりょうとんぼ精霊蜻蛉 秋六三三
しょうりょうながし精霊流し 秋六〇三
しょうりょうぶね精霊舟 秋六〇三
しょうりょうまつり精霊祭 秋五九九
しょうりょうむかえ精霊迎 秋六〇〇
しょうりんき少林忌 冬八五七
*しょうろ松露 春二五六
しょうろかく松露掻く 春二五六
*しょうわのひ昭和の日 春一四〇
じょおうか女王花 夏四七二
じょおうばち女王蜂 春一九〇
しょーとぱんつショートパンツ 夏三〇三
*しょーるショール 冬七八〇
*しょか初夏 夏二六二
*しょかつさい諸葛菜 春二三一
*しょきあたり暑気中 夏三六〇
*しょきばらい暑気払ひ 夏三一八
しょくが燭蛾 夏四一三
しょくじゅさい植樹祭 春一四〇
しょくじょ織女 秋五九〇
*じょくしょ溽暑 夏二七五
しょくりん植林 春一一七
じょじつ除日 冬七二六
*しょしゅう初秋 秋五一一
しょしゅん初春 春六三
*しょしょ処暑 秋五一四
じょせつ除雪 冬八〇〇
じょせつしゃ除雪車 冬八〇〇
しょそき初祖忌 冬八五七
しょちゅうきゅうか暑中休暇 夏三〇一
*しょちゅうみまい暑中見舞 夏三〇一
しょとう初冬 冬七一九
しょふく初伏 夏二七三
しょぶろ初風炉 夏三三三
*じょや除夜 冬七二七
*じょやのかね除夜の鐘 冬八五四

じょやもうで除夜詣　冬八五〇
じょろうぐも女郎蜘蛛　夏四二七
しらいき白息　冬八三
*しらうお白魚　春一八〇
しらおしらを　春一八〇
しらおあえ白魚和　春一八〇
しらおあみ白魚網　春一八〇
*しらおき白雄忌　秋六〇八
しらおくむ白魚汲む　春一八〇
しらおじる白魚汁　春一八〇
しらおび白魚火　春一八〇
しらおぶね白魚舟　春一八〇
しらおりょう白魚漁　春一八〇
しらがたろう白髪太郎　夏四一三
*しらかばのはな白樺の花　春二一七
しらぎく白菊　秋六七八
*しらさぎ白鷺　夏三九九
しらすしらす　春一〇四
*しらすぼし白子干　春一〇四
*しらたま白玉　夏三一九
しらつゆ白露　秋五四五
*しらぬい不知火　秋五五四
しらはえ白南風　夏二八一
しらはぎ白萩　秋六九九
しらもも白桃　春二〇九
しらゆり白百合　夏四七〇
*しらん紫蘭　夏四九一
じり海霧　夏二八七
しるしのすぎ験の杉　春一三三
じろうがき次郎柿　秋六四八
しろうし代牛　夏三三六
しろうちわ白団扇　夏三三〇
しろうま代馬　夏三三六
しろうり越瓜　夏四七九
しろかき代掻　夏三三六
*しろかく代掻く　夏三三六
*しろがすり白絣　夏三〇六
しろかや白蚊帳　夏三三七
しろききょう白桔梗　秋七〇七
*しろぐつ白靴　夏三〇八
しろけし白芥子　夏四六七
しろごい白鯉　夏四〇一
しろざけ白酒　春一三五
しろさるすべり白さるすべり　夏四三五
しろじ白地　夏三〇六
しろしきぶ白式部　秋六六四
しろしゃつ白シャツ　夏三〇六
しろしょうじ白障子　冬八〇二
しろしょうぶ白菖蒲　夏四六三
*しろた代田　夏二九七
しろたび白足袋　冬七八一
しろちぢみ白縮　夏三〇四
しろちょう白蝶　春一八九
しろつばき白椿　春一九四
しろつめくさ白詰草　春二四三
しろなんてん白南天　秋六四六
*しろはえ白南風　夏二八一
しろはす白蓮　夏四七〇
しろばら白薔薇　夏四三三
しろひがさ白日傘　夏三三三
しろふく白服　夏三〇三
しろふじ白藤　春二〇七
しろぶすま白襖　冬八〇三
しろふよう白芙蓉　秋六四五
しろぼけ白木瓜　春二一一
しろまゆ白繭　夏三四三
しろむくげ白木槿　秋六四四
しろめだか白目高　夏四〇四

しろやまぶき白山吹　春二〇八
しろゆかた白浴衣　夏三〇五
＊しわす師走　冬七二四
しわぶき咳　冬八三三
しわぶく咳く　冬八三三
＊しんあずき新小豆　秋六九五
＊しんいも新藷　夏四八二
しんかんぴょう新干瓢　夏三四一
しんきゅうしけん進級試験　春九九
＊しんきろう蜃気楼　春八九
しんげつ新月　秋五三〇
しんごま新胡麻　秋五七六
しんごよみ新暦　新九六八
しんさいき震災忌　秋五八八
＊しんさいきねんび震災記念日　秋五八八
＊じんじつ人日　新九三三
しんしぶ新渋　秋五七三
＊しんしゃいん新社員　春一〇〇
＊しんじゃが新馬鈴薯　夏四八二
＊しんしゅ新酒　秋五五六
＊しんじゅ新樹　夏四四五
しんしゅう新秋　秋五二一
しんしゅう深秋　秋五二四
しんしゅん新春　新九二六
しんしょうが新生姜　秋六八八
しんすい新水　秋六四八
しんせつ新雪　冬七四七
＊しんそば新蕎麦　秋五六一
＊しんだいず新大豆　秋六九五
しんたばこ新煙草　秋五七四
＊しんちぢり新松子　秋六五九
＊しんちゃ新茶　夏三一五
じんちょう沈丁　春二〇二
＊じんちょうげ沈丁花　春二〇二
＊しんどうふ新豆腐　秋五六二
しんにっき新日記　新九七一
しんにゅうしゃいん新入社員　春一〇〇
しんにゅうせい新入生　春一〇〇
＊しんねん新年　新九二六
＊しんねんかい新年会　新九五五
＊しんのうさい神農祭　冬八四七
しんのうのとら神農の虎　冬八四七
＊しんのり新海苔　冬七九四
じんべじんべ　夏三〇五
＊じんべい甚平　夏三〇五
じんべえ甚兵衛　夏三〇五
＊しんまい新米　秋五五八
しんまゆ新繭　夏三四三
じんらい迅雷　夏二八九
しんらんき親鸞忌　冬八五三
＊しんりょう新涼　秋五一三
＊しんりょく新緑　夏四四七
しんわかめ新若布　春二五六
＊しんわら新藁　秋五七一

す

すあし素足　夏三五八
すあわせ素袷　夏三〇三
＊すいーとぴースイートピー　春二二八
すいえい水泳　夏三五〇
すいえいぼう水泳帽　夏三〇七
＊すいか西瓜　秋六八一
すいかずら忍冬　夏四五六
＊すいかずらのはな忍冬の花　夏四五六
すいかばたけ西瓜畑　秋六八一
すいかばん西瓜番　秋六八一
すいかまく西瓜蒔く　春一二四

*ずいき芋茎　秋六八五
ずいきほす芋茎干す　秋六八五
ずいこう瑞香　春二〇三
*すいせん水仙　冬九一〇
すいせんか水仙花　冬九一〇
*すいちゅうか水中花　夏三五四
*すいちゅうめがね水中眼鏡　夏三四六
すいっちょすいつちよ　秋六三八
すいてい水亭　夏三三三
すいとすいと　秋六三八
*すいば酸葉　春二四六
*すいはき水巴忌　秋六〇八
*すいはん水飯　夏三一一
すいふよう酔芙蓉　秋六四五
すいみつとう水蜜桃　秋六四七
*すいれん睡蓮　夏四六九
すいれん水練　夏三五〇
すいろん水論　夏三三七
すえつむはな末摘花　夏四七四
すがき酢牡蠣　冬八八七
すがくれ巣隠　春一七六
すがぬき菅貫　夏三七三
*すがもりすが漏り　冬八一四
すがれむしすがれ虫　秋六三三
すかんぽ酸模　春二四六
*すきースキー　冬八二九
すきーうえあスキーウエア　冬八二九
すきーじょうスキー場　冬八二九
すきーばすスキーバス　冬八二九
すきーぼうスキー帽　冬八二九
すきーやースキーヤー　冬八二九
すきーやどスキー宿　冬八二九
すきーれっしゃスキー列車　冬八二九
すぎおちば杉落葉　夏四五一
すぎかふん杉花粉　春二一六
すきぞめ梳初　新九七一
*すぎな杉菜　春二四四
すぎなえ杉苗　春二一七
*すぎのはな杉の花　春二一六
すきはじめ鋤始　新九七三
*すきまかぜ隙間風　冬七四二
*すきやき鋤焼　冬七八九
ずくづく　冬八七五
*すぐき酢茎　冬七九三
すぐきうり酢茎売　冬七九三
すぐみ巣組み　春一七六
すぐろの末黒野　春九二
*すぐろのすすき末黒の芒　春二三九
すけーたースケーター　冬八三〇
*すけーとスケート　冬八三〇
すけーとぐつスケート靴　冬八三〇
すけーとじょうスケート場　冬八三〇
すけそうだら助宗鱈　冬八八二
すけとうだら介党鱈　冬八八二
すこーるスコール　夏二八六
すごもり巣籠　春一七六
*すごろく双六　新九七五
*すさまじ冷まじ　秋五三三
*すし鮓　夏三一一
すし鮨　夏三一一
*すじゅうき素十忌　秋六一三
*すずかけのはな鈴懸の花　春二三〇
すずかけのはな篠懸の花　春二三〇
すずかぜ涼風　夏二七六
*すすき芒　秋七〇〇
すすき薄　秋七〇〇
*すずき鱸　秋六二六
すすきはら芒原　秋七〇〇
ずずこずずこ　秋七〇三

すすごもり煤籠　冬七六四
*すずし涼し　夏二七六
*すずしろ蘿蔔　新一〇一八
すすだけ煤竹　冬七六四
ずずだまずず珠　秋七〇三
*すずな菘　新一〇一八
すずな菁　新一〇一八
すすにげ煤逃　冬七六四
*すずのこ篠の子　夏四六一
すすはき煤掃　冬七六四
*すすはらい煤払　冬七六四
*すずみ納涼　夏三四七
すずみだい涼み台　夏三四七
すずみぶね涼み舟　夏三四七
すずみゆか納涼川床　夏三四七
*すずむし鈴虫　秋六三五
すずめが天蛾　夏四一三
すずめがくれ雀隠れ　春二三九
*すずめのこ雀の子　春一七六
*すずめのす雀の巣　春一七七
すすゆ煤湯　冬七六四
*すずらん鈴蘭　夏四九一
*すずりあらい硯洗　秋五九〇
すずりあらぅ硯洗ふ　秋五九〇
*すだち酸橘　秋六五三
すだち巣立　春一七七
*すだちどり巣立鳥　春一七七
すだれ簾　夏三三五
すだれおさむ簾納む　秋五六四
すだれなごり簾名残　秋五六四
すちーむスチーム　冬八〇四
すつばめ巣燕　春一七六
すてうちわ捨団扇　秋五六三
すておうぎ捨扇　秋五六三
すてかがし捨案山子　秋五六七
すてご捨蚕　春一九一
すてごばな捨子花　秋七〇七
すてなえ捨苗　夏四八五
すてびな捨雛　春一三六
すど簀戸　夏三三六
*すとーぶストーブ　冬八〇四
すとーるストール　冬七八〇
すどり巣鳥　春一七六
*すなひがさ砂日傘　夏三五一
すのーぼーどスノーボード　冬八二九
すばこ巣箱　春一七六
すはだか素裸　夏三五七
*すはまそぅ州浜草　春二四五
*すみ炭　冬八〇五
すみかご炭籠　冬八〇五
すみがま炭竈　冬八三三
すみだわら炭俵　冬八〇五
すみとり炭斗　冬八〇五
すみのじょぅ炭の尉　冬八〇五
すみび炭火　冬八〇五
*すみやき炭焼　冬八三三
すみやきがま炭焼竈　冬八三三
すみやきごや炭焼小屋　冬八三三
*すみれ菫　春二四一
すみれぐさ菫草　春二四一
*すもう相撲　秋五八〇
すもう角力　秋五八〇
すもうとりぐさ相撲取草　春二四一
*すもも李　夏四四四
*すもものはな李の花　春二〇九
すりぞめ刷初　新九六九
すりばちむし擂鉢虫　夏四二四
するめいかするめ烏賊　夏四〇九
*ずわいがにずわい蟹　冬八八七

すわのおんばしらまつり諏訪の御柱祭　夏三六九
すわまつり諏訪祭　夏三六九
すんとりむし寸取虫　夏四一四

せ

*せいか盛夏　夏二七三
せいか聖菓　冬八五六
せいが星河　秋五三七
せいかすい井華水　新九四二
せいきんよう聖金曜　春一五五
*せいきんようび聖金曜日　春一五五
せいごがつ聖五月　夏二六三
*せいしき誓子忌　春一六一
せいじゅ聖樹　冬八五六
せいしゅうかん聖週間　春一五五
せいじょ青女　冬七四六
せいじんしき成人式　新九八九
*せいじんのひ成人の日　新九八九
*せいそんき青邨忌　冬八六三
*せいちゃ製茶　春一二三
せいびょうき聖廟忌　春一三九
せいぼ歳暮　冬七三四
*せいほき青畝忌　冬八六三
せいぼさい聖母祭　春一五四
せいぼづき聖母月　夏二六三
*せいめい清明　春六七
せいや聖夜　冬八五六
せいやげき聖夜劇　冬八五六
*せいわ清和　夏二六四
*せーたーセーター　冬七七七
せおよぎ背泳ぎ　夏三五〇
*せがき施餓鬼　秋六〇三
せがきえ施餓鬼会　秋六〇三
せがきでら施餓鬼寺　秋六〇三
せがきばた施餓鬼幡　秋六〇三
*せき咳　冬八三三
せきさい釈菜　春一三九
せきさらえ堰浚へ　夏三三六
せきしゅん惜春　春七五
*せきしょう石菖　夏四九〇
*せきたん石炭　冬八〇六
*せきちく石竹　夏四六八
*せきてん釈奠　春一三九
せきらんうん積乱雲　夏二七八
*せきれい鶺鴒　秋六二一
せく咳く　冬八三三
せぐろせきれい背黒鶺鴒　秋六二一
せたがやぼろいち世田谷ぼろ市　冬七六三
せちぎ節木　新九五八
せちぎこり節木樵　冬七六六
せちりょうり節料理　新九六六
*せっけい雪渓　夏二九五
*せつげん雪原　冬七五四
*せつぶん節分　冬七三五
せつれい雪嶺　冬七五三
*せなぶとん背蒲団　冬七七三
ぜにあおい銭葵　夏四六六
ぜにがめ銭亀　夏三八五
せび施火　秋六〇三
せぼし瀬干　夏三四四
*せみ蝉　夏四一九
せみしぐれ蝉時雨　夏四一九
せみのから蝉の殻　夏四二〇
せみのぬけがら蝉の脱殻　夏四二〇
*せみまるき蝉丸忌　夏三七九
せみまるまつり蝉丸祭　夏三七九
*せり芹　春二四八

＊ぜりーゼリー　夏三一八
せりつむ芹摘む（生活）　春一二六
せりつむ芹摘む（植物）　春二四八
せりのみず芹の水　春二四八
＊せるセル　夏三〇四
せんげんこう浅間講　夏三七三
せんこうはなび線香花火　夏三五三
ぜんこんやど善根宿　春一四九
せんしゅん浅春　春六三
せんす扇子　夏三三九
せんだんのはな栴檀の花　夏四五七
せんだんのみ栴檀の実　秋六六三
＊せんてい剪定　春一一八
＊せんていえ先帝会　春一四四
＊せんていさい先帝祭　春一四四
＊せんぷうき扇風機　夏三三〇
せんぼんわけぎ千本分葱　春二三六
＊ぜんまい薇　春二四七
ぜんまい狗脊　春二四七
ぜんまい紫萁　春二四七
せんもうき剪毛期　春一二三
＊せんりょう千両　冬九二一
せんりょう仙蓼　冬九二一

そ

そうあん送行　秋六〇四
そうえきき宗易忌　春一五七
ぞうきのめ雑木の芽　春二二一
＊そうぎき宗祇忌　秋六〇六
＊ぞうきもみじ雑木紅葉　秋六五八
そうぎょき艸魚忌　春一六〇
＊そうこう霜降　秋五一三
＊そうじゅつをたく蒼朮を焚く　夏三三一
＊そうしゅん早春　春六三
＊そうじょうき草城忌　冬八六五
＊そうず添水　秋五六六
そうず僧都　秋五六六
＊ぞうすい雑炊　冬七八五
そうすいえ送水会　春一四七
＊そうせききそうせき忌　冬八六三
そうたい掃苔　秋六〇一
＊ぞうに雑煮　新九六五
ぞうにいわう雑煮祝ふ　新九六五
ぞうにばし雑煮箸　新九六五
ぞうにもち雑煮餅　新九六五
ぞうにわん雑煮椀　新九六五
＊そうばい早梅　冬八九二
そうび薔薇　夏四三三
＊そうまとう走馬灯　夏三二二
そうめんひやす索麵冷やす　夏三三一
そうらい爽籟　秋五三八
そうりょう爽涼　秋五二〇
＊そーだすいソーダ水　夏三一六
そこびえ底冷　冬七三一
そこべに底紅　秋六四四
そこべにき底紅忌　秋六〇九
そしゅう素秋　秋五一〇
そしゅん徂春　春七五
そぞろさむそぞろ寒　秋五二三
＊そつぎょう卒業　春一〇〇
そつぎょうか卒業歌　春一〇〇
そつぎょうき卒業期　春一〇〇
そつぎょうしき卒業式　春一〇〇
そつぎょうしけん卒業試験　春九九
そつぎょうしょうしょ卒業証書　春一〇〇
そつぎょうせい卒業生　春一〇〇
そでなし袖無　冬七七三

＊そばがき蕎麦掻　冬七八三
＊そばかり蕎麦刈　秋五七二
そばじょうちゅう蕎麦焼酎　夏三二四
＊そばのはな蕎麦の花　秋六九三
そばほす蕎麦干す　秋五七二
そふう素風　秋五三八
そふとくりーむソフトクリーム　夏三一七
そめたまご染卵　春一五五
そめゆかた染浴衣　夏三〇五
そらたかし空高し　秋五三九
＊そらまめ蚕豆　夏四七八
そらまめ空豆　夏四七八
そらまめのはな蚕豆の花　春三三一
そらまめまく蚕豆蒔く　秋五七五
＊そり橇　冬八一四
そり雪車　冬八一四
そり雪舟　冬八一四

た

＊たあそび田遊　新九九九
たいあみ鯛網　春一七八
たいいくさい体育祭　秋五五五
＊たいいくのひ体育の日　秋五八九
たいか大火　冬八一三
たいかん大旱　夏三九三
＊だいかん大寒　冬七二八
だいぎ砧木　春一一八
だいこ大根　冬九一六
だいこあらふ大根洗ふ　冬八一七
だいこうま大根馬　冬八一五
だいこじめ大根注連　新九四四
＊だいこたき大根焚　冬八五四
だいこぬく大根抜く　冬八一五
だいこばた大根畑　冬九一六
だいこひき大根引　冬八一五
だいこひく大根引く　冬八一五
だいこほす大根干す　冬八一七
たいこやき太鼓焼　冬七八六
＊だいこん大根　冬九一六
＊だいこんあらふ大根洗ふ　冬八一七
だいこんつく大根漬く　冬七九六
＊だいこんのはな大根の花　春三三一
だいこんばたけ大根畑　冬九一六
＊だいこんひき大根引　冬八一五
＊だいこんほす大根干す　冬八一七
だいこんまく大根蒔く　秋五七五
だいさぎ大鷺　夏三九九
＊たいさんぼくのはな泰山木の花　夏四三七
だいしき大師忌　春一四八
＊だいしけん大試験　春九九
たいしゅん待春　冬七三五
＊たいしょ大暑　夏二七四
たいずし鯛鮓　夏三一一
だいずひく大豆引く　秋五七六
だいずほす大豆干す　秋五七六
だいずまく大豆蒔く　夏三三九
＊たいせつ大雪　冬七三三
＊だいだい橙　秋六五四
＊だいだいかざる橙飾る　新九四七
たいつりそう鯛釣草　春三三三
たいとう駘蕩　春七一
＊たいふう台風　秋五四〇
たいふう颱風　秋五四〇
たいふうけん台風圏　秋五四〇
たいふうのめ台風の眼　秋五四〇
＊たいまつあかし松明あかし　冬八四五
たいまのねりくよう當麻練供養

夏三七六
たいまのほうじ當麻法事　夏三七六
＊だいもんじ大文字　秋六〇三
＊たいやき鯛焼　冬七八六
だいりびな内裏雛　春一三五
＊たうえ田植　夏三三六
たうえうた田植歌　夏三三六
たうえがさ田植笠　夏三三六
たうえどき田植時　夏三三六
＊たうち田打　春一二三
たおこし田起し　春一二三
＊たか鷹　冬八七〇
たかあし高足　冬八六八
たかうなたかうな　夏四七八
たがえし耕　春一二三
＊たかがり鷹狩　冬八二〇
たかきうし田掻牛　夏三三六
たかきうま田掻馬　夏三三六
＊たかきにのぼる高きに登る　秋五八六
たかく田掻く　夏三三六
＊たかこき多佳子忌　夏三八〇
＊たかしきたかし忌　夏三八〇
たかじょぅ鷹匠　冬八二〇

たかとうろぅ高灯籠　秋五六四
＊たかにし高西風　秋五四一
たかの鷹野　冬八二〇
たかのつめ鷹の爪　秋六八八
たかのはすすき鷹の羽芒　秋七〇〇
たかのわたり鷹の渡り　秋六一五
たかはご高擌　秋五七八
たかばしら鷹柱　秋六一五
＊たかむしろ簟　夏三三四
＊たがやし耕　春一二三
たがやす耕す　春一二三
たかやまはるまつり高山春祭　春一四四
＊たかやままつり高山祭　春一四四
＊たからぶね宝船　新九八四
たかる田刈る　秋五六八
たかわず田蛙　春一六七
＊たかわたる鷹渡る　秋六一五
たかんなたかんな　夏四七八
＊たき滝　夏三〇〇
たきいつ滝凍つ　冬七六一
だきかご抱籠　夏三三四
たきかぜ滝風　夏三〇〇

たきかる滝涸る　冬七五五
たきぎさるがく薪猿楽　夏三六六
＊たきぎのぅ薪能　夏三六六
たきこおる滝凍る　冬七六一
＊たきじき多喜二忌　春一五九
たきしぶき滝しぶき　夏三〇〇
たきぞめ焚初　新九七二
たきつぼ滝壺　夏三〇〇
＊たきどの滝殿　夏三三三
＊たきび焚火　冬八一二
たきみ滝見　夏三〇〇
たきみち滝道　夏三〇〇
たきみぢゃや滝見茶屋　夏三〇〇
＊たくあん沢庵　冬七九六
たくあんつく沢庵漬く　冬七九六
たくあんづけ沢庵漬　冬七九六
＊たぐさとり田草取　夏三三八
たぐさひく田草引く　夏三三八
だくしゅ濁酒　秋五五七
＊たくぼくき啄木忌　春一六二
たけ茸　秋七一五
＊たけうぅ竹植う　夏三三九
たけうぅるひ竹植うる日　夏三三九

＊たけうま竹馬　冬八二八
＊たけおくり竹送り　春一四六
＊たけおちば竹落葉　夏四六〇
たけかざり竹飾　新九四三
＊たけがり茸狩　秋五八三
たけかわをぬぐ竹皮を脱ぐ　夏四六一
たけきり竹伐　夏三七七
たけきりえ竹伐会　夏三七七
＊たけきる竹伐る　秋五七四
たけすだれ竹簾　夏三三五
＊たけにぐさ竹煮草　夏四九〇
たけにぐさ竹似草　夏四九〇
＊たけのあき竹の秋　春二二一
＊たけのかわぬぐ竹の皮脱ぐ　夏四六一
＊たけのこ筍　夏四七八
たけのこ笋　夏四七八
たけのこ竹の子　夏四七八
たけのこながし筍流し　夏二八一
＊たけのこめし筍飯　夏三一〇
＊たけのはる竹の春　秋六七一
たけむしろ竹筵　夏三三四
たけやま茸山　秋五八三
＊たこ凧　春一二八
＊たこ章魚　夏四〇九
たこ蛸　夏四〇九
たこあげ凧揚　新九八〇
＊だこつき蛇笏忌　秋六一三
たこつぼ蛸壺　夏四〇九
だざいき太宰忌　夏三八一
だし山車　夏三六九
たしぎ田鴫　秋六二三
たじまい田仕舞　秋五七〇
たずのはな接骨木の花　春二一九
たずわたる田鶴渡る　秋六二四
たぜり田芹　春二四八
＊たたみがえ畳替　冬八〇三
たたらまつり蹈鞴祭　冬八四六
たちあおい立葵　夏四六六
＊たちうお太刀魚　秋六二八
たちおよぎ立泳ぎ　夏三五〇
たちのうおたちの魚　秋六二八
＊たちばな橘　秋六六四
たちばなのはな橘の花　夏四三九
たちびな立雛　春一三五
たちまち立待　秋五三五
＊たちまちづき立待月　秋五三五
だちゅらダチュラ　夏四九〇
＊たづくり田作　新九六七
＊たつこき立子忌　春一六一
だっこく脱穀　秋五七〇
たっこくき達谷忌　夏三八一
だっさいき獺祭忌　秋六一〇
＊たつたひめ竜田姫　秋五四七
＊たっぺ竹瓮　冬八二一
＊たで蓼　夏四八三
＊たでのはな蓼の花　秋七一三
たでのほ蓼の穂　秋七一三
たてばんこ立版古　夏三五六
＊たどん炭団　冬八〇五
たない種井　春二一四
たないけ種池　春二一四
たながすみ棚霞　春八八
たなぎょう棚経　秋五九九
＊たなばた七夕　秋五九〇
たなばた棚機　秋五九〇
たなばたうま七夕馬　秋五九一
たなばただけ七夕竹　秋五九〇
たなばたづき七夕月　秋五二一
たなばたつめ棚機つ女　秋五九〇

たなばたながし七夕流し　秋五九〇
たなばたまつり七夕祭　秋五九〇
*たにし田螺　春一八六
たにしとり田螺取　春一八六
たにしなく田螺鳴く　春一八六
たにもみじ谷紅葉　秋六五五
たにわかば谷若葉　夏四四六
*たぬき狸　冬八六八
*たぬきじる狸汁　冬七八七
たぬきわな狸罠　冬八二〇
*たねいも種芋　春一三七
たねいも種藷　春一三七
たねうり種売　春一一三
*たねえらび種選　春一一三
たねえらみ種選　春一一三
たねおろし種下し　春一一四
たねかがし種案山子　春一一四
たねがみ種紙　春一三〇
たねだわら種俵　春一一四
たねつけ種浸け　春一一三
たねつける種浸ける　春一一三
たねどこ種床　春一一五
*たねとり種採　秋五七四

*たねなす種茄子　秋六八四
たねなすび種茄子　秋六八四
*たねひたし種浸し　春一一三
たねふくべ種瓢　秋六八二
たねぶくろ種袋　春一一三
*たねまき種蒔　春一一四
*たねもの種物　春一一三
たねものや種物屋　春一一三
たねより種選　春一一三
たばこかる煙草刈る　秋五七四
*たばこのはな煙草の花　秋六九五
たばこほす煙草干す　秋五七四
*たび足袋　冬七八一
たびはじめ旅始　新九五三
たびらこ田平子　新一〇一八
たまあられ玉霰　冬七四四
たまおくり魂送　秋六〇一
*たまござけ玉子酒　冬七八三
たまござけ卵酒　冬七八三
*たませせり玉せせり　新一〇〇四
たませり玉せり　新一〇〇四
たませりまつり玉競祭　新一〇〇四
たまだな魂棚　秋五九九

たまだな霊棚　秋五九九
たまつばき玉椿　春一九四
たまつり田祭　春一三九
たまとくばしょう玉解く芭蕉　夏四七五
たまとりまつり玉取祭　新一〇〇四
たまな玉菜　夏四八一
たまなえ玉苗　夏四八五
*たまねぎ玉葱　夏四八二
たまのあせ玉の汗　夏三五九
たまのおたまのを　秋七一一
*たままくばしょう玉巻く芭蕉　夏四七五
たままつり魂祭　秋五九九
たままゆ玉繭　夏三四三
たまむかえ魂迎　秋六〇一
*たまむし玉虫　夏四一六
たみずおとす田水落す　秋五五一
*たみずはる田水張る　夏三三六
たみずひく田水引く　夏三三六
*たみずわく田水沸く　夏二九八
たむしおくり田虫送り　秋六〇四
たもぎ田母木　秋五六九

＊たら鱈　冬八八二
たら雪魚　冬八八二
だらだらまつりだらだら祭　秋五九七
たらつむ楤摘む　春二二三
＊たらのめ楤の芽　春二二三
たらのめ多羅の芽　春二二三
たらば鱈場　冬八八二
たらめたらめ　春二二三
＊だりあダリア　夏四六四
だりあううダリア植う　春一一七
たるひ垂氷　冬七六〇
だるまいち達磨市　新九五七
＊だるまき達磨忌　冬八五七
たわらむぎ俵麦　夏四七三
たをうつ田を打つ　春一二三
たをかえす田を返す　春一二三
たをすく田を鋤く　春一二三
＊たんご端午　夏三六四
たんごのせっく端午の節句　夏三六四
だんごばな団子花　春二〇六
だんごばな団子花　新九九二
＊たんじつ短日　冬七二九
たんじょうえ誕生会　春一五〇
たんじょうぶつ誕生仏　春一五〇
たんぜん丹前　冬七七五
だんちょうか断腸花　秋六七八
だんつう緞通　冬八〇三
＊たんばい探梅　冬八二六
たんばいこう探梅行　冬八二六
たんばぐり丹波栗　秋六五〇
＊たんぽ湯婆　冬八〇九
＊だんぼう暖房　冬八〇四
だんぼう煖房　冬八〇四
だんぼうしゃ暖房車　冬八〇四
＊たんぽぽ蒲公英　春二四三
たんぽぽのわた蒲公英の絮　春二四三
だんろ暖炉　冬八〇四

ち

ちあゆ稚鮎　春一八三
ちあゆくみ稚鮎汲　春一一三
ちえもうで知恵詣　春一三八
ちえもらい知恵貰ひ　春一三八
＊ちかまつき近松忌　冬八五九
ちがやのはな白茅の花　春二五三
ちぐさ千草　秋六九六
ちくしゅう竹秋　春二二一
ちくしゅん竹春　秋六七一
ちくすいじつ竹酔日　夏三三九
＊ちくふじん竹婦人　夏三三四
ちくふじん竹夫人　夏三三四
＊ちさ萵苣　春二二三
＊ちじつ遅日　春七二
ちしゃちしゃ　春二二三
ちちこぐさ父子草　春二五一
＊ちちのひ父の日　夏三六三
＊ちちぶよまつり秩父夜祭　冬八四七
＊ちぢみ縮　夏三〇四
ちぢみふ縮布　夏三〇四
ちちろちちろ　秋六三四
ちちろむしちちろ虫　秋六三四
ちとせあめ千歳飴　冬八三八
ちどめぐさ血止草　秋六七九
＊ちどり千鳥　冬八七七
ちどり鵆　冬八七七
ちぬちぬ　夏四〇五
ちぬつりちぬ釣　夏四〇五
ちのわ茅の輪　夏三七三
＊ちまき粽　夏三〇九

ちまき茅巻　夏三〇九
ちまきゆう粽結ふ　夏三〇九
＊ちゃたてむし茶立虫　秋六四三
＊ちゃっきらこちゃつきらこ　新九九四
ちゃづくり茶づくり　春二三
＊ちゃつみ茶摘　春二三
ちゃつみうた茶摘唄　春二三
ちゃつみがさ茶摘笠　春二三
ちゃつみかご茶摘籠　春二三
ちゃつみどき茶摘時　春二三
ちゃのはえり茶の葉選　春二三
＊ちゃのはな茶の花　冬八九七
ちゃばたけ茶畑　春二三
ちゃもみ茶揉み　春二三
ちゃやま茶山　春二三
＊ちゃんちゃんこちゃんちゃんこ　冬七七三
＊ちゅうげん中元　秋五九五
＊ちゅうしゅう仲秋　秋五二四
ちゅうしゅう中秋　秋五二四
＊ちゅうしゅん仲春　春六四
ちゅうそえ中宗会　春一五八
ちゅうにち中日　春六六

ちゅうふく中伏　夏二七三
＊ちゅーりっぷチューリップ　春三三六
＊ちょう蝶　春一八九
ちょううまる蝶生る　春一八九
＊ちょうが朝賀　新九八六
ちょうきゅう重九　秋五八六
＊ちょうくうき迢空忌　秋六〇九
ちょうごうえ長講会　夏三七七
ちょうじ丁字　春二〇二
ちょうじゅうろう長十郎　秋六四八
ちょうしゅんか長春花　春三三四
＊ちょうせんあさがお朝鮮朝顔　夏四九〇
ちょうちょう蝶々　春一八九
ちょうちんばな提灯花　夏五〇一
ちょうのひる蝶の昼　春一八九
ちょうはい朝拝　新九八六
ちょうめいぎく長命菊　春二三三
ちょうめいる長命縷　夏三六五
＊ちょうよう重陽　秋五八六
ちょうようのえん重陽の宴　秋五八六
ちょうろぎちようろぎ　新九六六
ちょじつ猪日　新九三一

＊ちょろぎ草石蚕　新九六六
ちりまつば散松葉　夏四五一
ちりめんちりめん　春一〇四
ちりめんじゃこちりめんじやこ　春一〇四
ちりもみじ散紅葉　冬九〇一
ちるさくら散る桜　春一九九
ちんかさい鎮花祭　春一四三
ちんじゅき椿寿忌　春一六二
ちんちろちんちろ　秋六三五
ちんちろりんちんちろりん　秋六三五
ちんもち賃餅　冬七六六

つ

＊ついな追儺　冬八四〇
ついり梅雨入　夏二六七
つかれう疲れ鵜　夏三四四
＊つき月　秋五三〇
つきおぼろ月朧　春七九
つきかげ月影　秋五三〇
＊つぎき接木　春一一八
つぎきなえ接木苗　春一一八
つきくさ月草　秋七一三

つきこよい月今宵　秋五三三
つきさゆ月冴ゆ　冬七三八
つきしろ月白　秋五三〇
つきすずし月涼し　夏三七九
つきのあめ月の雨　秋五三四
つきのえん月の宴　秋五八一
つきので月の出　秋五三〇
つきのわぐま月の輪熊　冬八六七
*つきひがい月日貝　春一八七
つぎほ接穂　春一一八
つぎまつ接ぎ松　春二四
つきまつる月まつる　秋五八一
*つきみ月見　秋五八一
つきみぐさ月見草　夏四九二
つきみざけ月見酒　秋五八一
*つきみそう月見草　夏四九二
つきみだんご月見団子　秋五八一
つきみづき月見月　秋五一四
つきみぶね月見舟　秋五八一
つきみまめ月見豆　秋五五八
つきよ月夜　秋五三〇
つくえあらう机洗ふ　秋五九〇
*つくし土筆　春二四三
つくしあえ土筆和　春二四三
つくしつむ土筆摘む（生活）　春一三六
つくしつむ土筆摘む（植物）　春二四三
つくしの土筆野　春二四三
つくしんぼつくしんぼ　春二四三
つくつくしつくつくし　秋六三一
つくづくしつくづくし　春二四三
つくつくぼうしつくつく法師　秋六三一
つくまなべ筑摩鍋　夏三七〇
*つくままつり筑摩祭　夏三七〇
*つぐみ鶫　秋六一九
*つげのはな黄楊の花　春二一九
*つた蔦　秋六七一
つたかずら蔦かづら　秋六七一
つたかる蔦枯る　冬九〇五
つたしげる蔦茂る　夏四八八
*つたのめ蔦の芽　春三三九
つたもみじ蔦紅葉　秋六七一
*つたわかば蔦若葉　春二四一
つちあらわる土現る　春九五
つちがえる土蛙　春一六七
つちこいし土恋し　春九五
つちにおう土匂ふ　春九五
つちばち土蜂　春一九〇
つちびな土雛　春一三五
*つちふる霾　春八三
つつがゆ筒粥　新九九三
*つつじ躑躅　春二〇六
*つつどり筒鳥　夏三九一
つづみぐさ鼓草　春二四三
つづみはじめ鼓始　新九八二
つつみやく堤焼く　春一一一
つづれさせつづれさせ　秋六三四
*つなひき綱引　新九九四
つなひき綱曳　新九九四
つのきり角切　秋五九五
つのぐむあし角組む蘆　春二五五
*つのまた角叉　春二二七
*つばき椿　春一九四
*つばきのみ椿の実　秋六四五
つばきばやし椿林　春一九四
つばくらつばくら　春一七一
つばくらめつばくらめ　春一七一

つばくろつばくろ　春一七一
＊つばな茅花　春二五三
つばながし茅花流し　夏二八一
つばなの茅花野　春二五三
＊つばめ燕　春一七一
つばめ乙鳥　春一七一
つばめ玄鳥　春一七一
つばめうおつばめ魚　夏四〇七
＊つばめかえる燕帰る　秋六一七
つばめくる燕来る　春一七一
＊つばめのこ燕の子　夏三九四
＊つばめのす燕の巣　春一七六
つぶつぶ　春一八四
つぼすみれ壺菫　春二四一
＊つぼやき壺焼　春二〇五
つまくれないつまくれなゐ　秋六七七
つまべにつまべに　秋六七七
つまみな摘み菜　秋六八七
＊つみくさ摘草　春一二六
つめきりそう爪切草　夏四七三
＊つめたし冷たし　冬七三一
＊つゆ梅雨　夏二八四
＊つゆ露　秋五四五
つゆあく梅雨明く　夏二七〇
＊つゆあけ梅雨明　夏二七〇
つゆきざす梅雨きざす　夏二六七
つゆきのこ梅雨菌　夏五〇六
つゆきのこ梅雨茸　夏五〇六
＊つゆくさ露草　秋七一二
つゆぐも梅雨雲　夏二八四
つゆぐもり梅雨曇り　夏二八四
つゆけし露けし　秋五四五
＊つゆさむ露寒　秋五四六
＊つゆざむ梅雨寒　夏二六八
つゆさむし露寒し　秋五四六
つゆしぐれ露時雨　秋五四五
つゆじめり梅雨湿り　夏二八四
つゆじも露霜　秋五四六
つゆすずし露涼し　夏二八七
つゆぞら梅雨空　夏二八四
＊つゆだけ梅雨茸　夏五〇六
つゆでみず梅雨出水　夏二九六
つゆなまず梅雨鯰　夏四〇二
つゆにいる梅雨に入る　夏二六七
つゆのたま露の玉　秋五四五
つゆのちょう梅雨の蝶　夏四一二
つゆのつき梅雨の月　夏二八四
つゆのほし梅雨の星　夏二八四
つゆのやみ梅雨の闇　夏二九〇
つゆのらい梅雨の雷　夏二八四
＊つゆばれ梅雨晴　夏二九〇
つゆはれま梅雨晴間　夏二九〇
つゆびえ梅雨冷　夏二六八
つゆむぐら露葎　秋五四五
つゆやみ梅雨闇　夏二九〇
つゆゆうやけ梅雨夕焼　夏二八四
つよごち強東風　春八〇
つよしも強霜　冬七四六
つらつらつばきつらつら椿　春一九四
＊つらら氷柱　冬七六〇
つりがねそう釣鐘草　夏五〇一
＊つりしのぶ釣忍　夏三三一
つりしのぶ吊忍　夏三三一
つりしのぶ釣葱　夏三三一
つりどこ吊床　夏三二六
つりどの釣殿　夏三三三
つりな吊菜　冬八一八
＊つりぼり釣堀　夏三五一
＊つる鶴　冬八七九

*つるうめもどき蔓梅擬　秋六六八
つるかえる鶴帰る　春一七三
*つるきたる鶴来る　秋六二四
つるしがき吊し柿　秋五六〇
つるひく鶴引く　春一七三
*つるべおとし釣瓶落し　秋五二七
つるめそ弦召　夏三七四
つるもどきつるもどき　秋六六八
つるわたる鶴渡る　秋六二四
*つわのはな石蕗の花　冬九二二
つわのはな槖吾の花　冬九二二
つわぶきのはな石蕗の花　冬九二二

て

てあぶり手焙　冬八〇八
*でいごのはな梯梧の花　夏四三八
*ていじょき汀女忌　秋六一一
*ていとくき貞徳忌　冬八五九
でーじーデージー　春二三三
でかいちょう出開帳　春一四九
できあき出来秋　秋五七一
でくまわし木偶廻し　新九六二
*でぞめ出初　新九九〇
でぞめしき出初式　新九九〇
てそり手橇　冬八一四
*てっせんか鉄線花　夏四七四
てっせんかずらてつせんかづら　夏四七四
てっちりてつちり　冬七八七
てっぽうゆり鉄砲百合　夏四七〇
でむしででむし　夏四二九
てはなび手花火　夏三五二
*てぶくろ手袋　冬七八〇
*てまり手毬　新九七八
てまり手鞠　新九七八
てまりうた手毬唄　新九七八
てまりつく手毬つく　新九七八
てまりのはな手毬の花　夏四三六
*てまりばな繍毬花　夏四三六
てまりばな手毬花　夏四三六
てまりばな粉団花　夏四三六
*でみず出水　夏二九六
でみずがわ出水川　夏二九六
でめきん出目金　夏四〇三
でらうぇあデラウェア　秋六四九
てりうそ照鷽　春一七一
*てりは照葉　秋六五七
てりもみじ照紅葉　秋六五七
てんがいばな天蓋花　夏四六五
てんがいばな天蓋花　秋七〇七
*でんがく田楽　春一〇三
でんがくどうふ田楽豆腐　春一〇三
でんがくやき田楽焼　春一〇三
*てんかふん天瓜粉　夏三一八
てんかふん天花粉　夏三一八
でんきもうふ電気毛布　冬七七六
*でんぎょうえ伝教会　夏三七七
でんぎょうだいしき伝教大師忌　夏三七七
てんぐさあま天草海女　夏三四一
*てんぐさとり天草採　夏三四一
てんぐさとる天草採る　夏三四一
てんぐさとる石花菜とる　夏三四一
てんぐさほす天草干す　夏三四一
てんしうお天使魚　夏四〇四
てんじくぼたん天竺牡丹　夏四六四
てんじんおんき天神御忌　春一四二
てんじんばな天神花　新一〇〇七
*てんじんまつり天神祭　夏三七五

てんたかし天高し　秋五二九
でんでんむしでんでんむし　夏四二九
てんとテント　夏三四九
*てんとうむし天道虫　夏四一七
てんとうむし瓢虫　夏四一七
てんとむしてんとむし　夏四一七
てんぼ展墓　秋六〇一
てんまのおはらい天満の御祓　夏三七五
てんままつり天満祭　夏三七五

と

とあみ投網　夏三一四
*とういす籐椅子　夏三二六
とうかしたし灯火親し　秋五六二
*とうかしたしむ灯火親しむ　秋五六二
*とうがらし唐辛子　秋六八八
とうがらし蕃椒　秋六八八
とうが冬瓜　秋六八一
*とうがん冬瓜　秋六八一
とうきび唐黍　秋六九二
*とうぎゅう闘牛　春一三七
とうぎょ闘魚　夏四〇四
とうけい闘鶏　春一三七
とうけいし闘鶏師　春一三七
とうこ凍湖　冬七五九
*とうこう冬耕　冬八一四
とうこう登高　秋五八六
*とうじ冬至　冬七三三
とうじかぼちゃ冬至南瓜　冬七八五
*とうじがゆ冬至粥　冬七八五
とうじばい冬至梅　冬八九二
とうじぶろ冬至風呂　冬七八五
とうしみとうしみ　夏四三一
とうしみとんぼとうしみ蜻蛉　夏四三一
とうじゆ冬至湯　冬七八五
とうしょう凍傷　冬八三四
とうしんそうのはな灯心草の花　夏四九五
とうしんとんぼ灯心蜻蛉　夏四三一
とうすみとうすみ　夏四三一
とうすみとんぼとうすみ蜻蛉　夏四三一
*とうせい踏青　春一二五
とうせいき桃青忌　冬八五七
とうせん投扇　新九七六
*とうせんきょう投扇興　新九七六
どうだんつつじ満天星躑躅　春二〇五
*どうだんのはな満天星の花　春二〇五
とうちん陶枕　夏三三四
とうてい冬帝　冬七一八
とうてん冬天　冬七三八
とうなすたうなす　秋六八一
とうねいす籐寝椅子　夏三二六
とうまくら籐枕　夏三三四
*とうみん冬眠　冬八六七
とうむしろ籐筵　夏三三四
*とうもろこし玉蜀黍　秋六九二
*とうもろこしのはな玉蜀黍の花　夏四八六
*とうれい冬麗　冬七三三
*とうろう灯籠　秋五五四
とうろう蟷螂　秋六四〇
*とうろううまる蟷螂生る　夏四三一
*とうろうかる蟷螂枯る　冬八八八
*とうろうながし灯籠流し　秋六〇三
*とおかえびす十日戎　新一〇〇五
とおかじ遠火事　冬八一三

とおがすみ遠霞　春八七
とおかのきく十日の菊　秋六七九
とおかわず遠蛙　春一〇七
*とおしがも通し鴨　夏三九七
とおはなび遠花火　夏三五二
とおやなぎ遠柳　春二一四
とかえりのはな十返りの花　春二一五
*とかげ蜥蜴　夏三八七
とかげいず蜥蜴出づ　春一六六
*ときのきねんび時の記念日　夏三六三
ときのひ時の日　夏三六三
とぎょ渡御　夏三六九
*ときわぎおちば常磐木落葉　夏四五一
*ときわぎのわかば常磐木の若葉　夏四四九
どくきのこ毒茸　秋七一五
*とくさ木賊　秋六七九
とくさ砥草　秋六七九
*とくさかる木賊刈る　秋五七七
とくさかる砥草刈る　秋五七七
どくたけ毒茸　秋七一五
どくだみ蕺菜　夏四九八
どくだみのはなどくだみの花　夏四九八
どくながし毒流し　夏三四四
とこなつ常夏　夏四六八
とこなつづき常夏月　夏三六九
*ところかざる野老飾る　新九四七
*ところてん心太　夏三一八
*とさみずき土佐水木　春二〇三
*とざん登山　夏三四九
とざんうま登山馬　夏三四九
とざんぐち登山口　夏三四九
とざんぐつ登山靴　夏三四九
とざんごや登山小屋　夏三四九
とざんづえ登山杖　夏三四九
とざんでんしゃ登山電車　夏三四九
とざんどう登山道　夏三四九
とざんぼう登山帽　夏三四九
とざんやど登山宿　夏三四九
としあく年明く　新九二六
としあゆむ年歩む　冬七二五
としあらた年新た　新九二六
としあらたまる年改まる　新九二六
としおくる年送る　冬七二五
*としおしむ年惜しむ　冬七二六
*としおとこ年男　新九四八
としおとこ年男　冬八四〇
としがみ年神　新一〇〇一
*としぎ年木　新九五八
としぎうり年木売　冬七六六
としぎきる年木伐る　冬七六六
*としぎこり年木樵　冬七六六
としきたる年来る　新九二六
としぎつむ年木積む　冬七六六
としくる年暮る　冬七二四
*としこし年越　冬七二七
としこしそば年越蕎麦　冬七六八
*としこしのはらえ年越の祓　冬八五〇
としこしまいり年越参　冬八五〇
*としこしもうで年越詣　冬八五〇
としこす年越す　冬七二七
*としごもり年籠　冬八五一
としざけ年酒　新九六三
としたちかえる年立ち返る　新九二六
としたつ年立つ　新九二六
*としだま年玉　新九五〇
としつまる年詰まる　冬七二四
*としとくじん歳徳神　新一〇〇一

としながる年流る　冬七二五
*としのいち年の市　冬七六四
としのいち歳の市　冬七六四
*としのうち年の内　冬七二五
*としのくれ年の暮　冬七二四
としのさけ年の酒　新九六三
としのせ年の瀬　冬七二四
としのはて年の果　冬七二四
としのまめ年の豆　冬八四〇
としのよ年の夜　冬七二七
としはじめ年始　新九二六
*としまもる年守る　冬七六八
としむかう年迎ふ　新九二六
としもる年守る　冬七六八
としゆく年逝く　冬七二五
*としようい年用意　冬七六三
どじょうじる泥鰌汁　夏三二〇
*どじょうなべ泥鰌鍋　夏三二〇
どじょうほり泥鰌掘　冬八二三
*どじょうほる泥鰌掘る　冬八二三
としよりのひ年寄の日　秋五八八
*としわすれ年忘　冬七六七
*とそ屠蘇　新九六三
とそいわう屠蘇祝ふ　新九六三
とそさん屠蘇散　新九六三
とそしゅ屠蘇酒　新九六三
とそぶくろ屠蘇袋　新九六三
*とちのはな橡の花　夏四五四
とちのはな栃の花　夏四五四
*とちのみ橡の実　秋六六二
とちのみ栃の実　秋六六二
どてあおむ土手青む　春一三八
どてなべ土手鍋　冬七九一
*どてら褞袍　冬七七五
とのさまがえる殿様蛙　春一六七
とのさまばった殿様ばつた　秋六三八
*とびうお飛魚　夏四〇七
とびおとびを　夏四〇七
とびこみ飛び込み　夏三五〇
どびろくどびろく　秋五五七
どびんわり土壜割　夏四一四
とふぎょ杜父魚　冬八八四
*とぶさまつ鳥総松　新九九一
どぶさらいどぶさらひ　夏三三六
どぶろくどぶろく　秋五五七
*とべらのはな海桐の花　夏四五〇
*とべらのみ海桐の実　秋六六七
*とまとトマト　夏四八一
とまと蕃茄　夏四八一
*ともじき友二忌　春一五八
とやし鳥屋師　秋五七八
*どよう土用　夏二七三
どようあい土用あい　夏二八〇
どようあけ土用明　夏二七三
どよういり土用入　夏二七三
*どよううなぎ土用鰻　夏三二〇
*どようごち土用東風　夏二八〇
どようさぶろう土用三郎　夏二七三
*どようしじみ土用蜆　夏四一一
どようしばい土用芝居　夏三五三
どようじろう土用次郎　夏二七三
どようたろう土用太郎　夏二七三
どようなぎ土用凪　夏二八三
*どようなみ土用波　夏二九七
どようぼし土用干　夏三三三
どようみまい土用見舞　夏三〇一
*どようめ土用芽　夏四五一
とよのあき豊の秋　秋五七一
*とらがあめ虎が雨　夏二八五

とらがなみだあめ虎が涙雨　夏二八五
＊とらのお虎尾草　夏四九九
＊とらひこき寅彦忌　冬八六四
＊とりあわせ鶏合　春一三七
とりいのひ鳥居の火　秋六〇三
＊とりおい鳥追　新九六一
＊とりおどし鳥威し　秋五六八
＊とりかえる鳥帰る　春一七四
とりかぜ鳥風　春八九
＊とりかぶと鳥兜　秋七一三
とりかぶと鳥頭　秋七一三
とりき取木　春一一九
とりくもに鳥雲に　春一七四
＊とりくもにいる鳥雲に入る　春一七四
＊とりぐもり鳥曇　春八九
＊とりさかる鳥交る　春一七五
とりつるむ鳥つるむ　春一七五
＊とりのいち酉の市　冬八四六
とりのけあい鶏の蹴合　春一三七
とりのこい鳥の恋　春一七五
＊とりのす鳥の巣　春一七六
とりのたまご鳥の卵　春一七六
とりのまち酉の町　冬八四六
とりひく鳥引く　春一七四
とりわたる鳥渡る　秋六一六
とろろとろろ　秋五六一
とろろあおいとろろあふひ　夏四六六
＊とろろじるとろろ汁　秋五六一
＊どんぐり団栗　秋六六三
＊どんたくどんたく　春一四一
どんたくばやしどんたく囃子　春一四一
とんどとんど　新九九六
どんどどんど　新九九六
どんどこぶねどんどこ舟　夏三七五
どんどたくどんど焚く　新九九六
どんどやきどんど焼　新九九六
とんびとんび　冬七七八
＊とんぼ蜻蛉　秋六三三
とんぼうとんばう　秋六三三
＊とんぼうまる蜻蛉生る　夏四二〇

な

＊ないたーナイター　夏三五三
なえいち苗市　春一一六
＊なえぎいち苗木市　春一一六
＊なえぎうう苗木植う　春一一七
なえぎうり苗木売　春一一六
なえしょうじ苗障子　春一一五
なえだ苗田　春九四
＊なえどこ苗床　春一一五
なえはこび苗運び　夏四八五
＊なえふだ苗札　春一一五
ながいも薯蕷　秋六八五
ながいも長薯　秋六八五
ながきひ永き日　春七一
ながきよ長き夜　秋五一九
ながさききき長崎忌　夏三七七
＊ながしながし　夏二八一
ながしそうめん流し索麺　夏三一二
ながしびな流し雛　春一三六
＊ながつき長月　秋五一七
ながつゆ長梅雨　夏二八四
＊なかて中稲　秋六九〇
ながなす長茄子　夏四八一
ながむしながむし　夏三八八
ながらたき菜殻焚　夏三四〇
ながらび菜殻火　夏三四〇
ながれぼし流れ星　秋五三七

なぎ水葱　夏四九四
なぎ菜葱　夏四九四
*なきぞめ泣初　新九七〇
なぐさかる名草枯る　冬九一八
なぐさのめ名草の芽　春三八
なげおうぎ投扇　新九七六
なごし夏越　夏三七三
*なごしのはらえ名越の祓　夏三七三
なごりのちゃ名残の茶　秋五六六
なごりのつき名残の月　秋五三六
なごりのゆき名残の雪　春八五
*なし梨　秋六四八
なしうり梨売　秋六四八
なしえん梨園　秋六四八
なしがり梨狩　秋六四八
なしさく梨咲く　春二一〇
*なしのはな梨の花　春二一〇
*なす茄子　夏四八一
*なすづけ茄子漬　夏三一三
なすつける茄子漬ける　夏三一三
*なずな薺　新一〇一七
*なずなうつ薺打つ　新九五六
なずなうり薺売　新一〇一七
*なすなえ茄子苗　夏四七六
なずながゆ薺粥　新九五七
なずなづめ薺爪　新九五七
*なずなのはな薺の花　春二四二
なずなはやす薺はやす　新九五六
なすのうし茄子の牛　秋五九九
なすのうま茄子の馬　秋五九九
*なすのはな茄子の花　夏四七六
なすびなすび　夏四八一
なすびづけなすび漬　夏三一三
なすまく茄子蒔く　春二一四
なたねうつ菜種打つ　夏三三九
なたねがら菜種殻　夏三三九
*なたねかり菜種刈　夏三三九
なたねごく菜種御供　春一四二
*なたねづゆ菜種梅雨　春八四
なたねのしんじ菜種の神事　春一四二
なたねほす菜種干す　夏三三九
なたねまく菜種蒔く　秋五七五
*なたまめ刀豆　秋六九四
なたまめ鉈豆　秋六九四
*なだれ雪崩　春九六
*なつ夏　夏二六二
なつあけ夏暁　夏二七一
*なつあざみ夏薊　夏四九六
なつうぐいす夏鶯　夏三九三
なつおしむ夏惜しむ　夏二七六
なつおちば夏落葉　夏四五一
*なつおび夏帯　夏三〇七
なつおわる夏終る　夏二七六
なつがえる夏蛙　夏三八五
なつかげ夏陰　夏二九三
なつがけ夏掛　夏三一三
*なつがすみ夏霞　夏二八七
なつかぜ夏風邪　夏三六〇
なつがも夏鴨　夏三九七
なつがわ夏川　夏二九六
なつがわら夏河原　夏二九六
なつかん夏柑　春二〇九
なつき夏木　夏四四五
なつぎ夏着　夏三〇三
*なつぎく夏菊　夏四六八
なつきざす夏きざす　夏二六二
なつきたる夏来る　夏二六四
なつぎぬ夏衣　夏三〇三
なつきょうげん夏狂言　夏三五三

なつぎり 夏霧 夏二八七
なつく 夏来 夏二六四
＊なつくさ 夏草 夏四八七
なつぐも 夏雲 夏二七八
＊なつぐわ 夏桑 夏四六〇
なづけ 菜漬 冬七九三
＊なつご 夏蚕 夏四一二
なつごおり 夏氷 夏三一六
＊なつこだち 夏木立 夏四四五
＊なつごろも 夏衣 夏三〇三
なつさかん 夏旺ん 夏二七三
＊なつざしき 夏座敷 夏三三三
＊なつざぶとん 夏座蒲団 夏三三三
なつしお 夏潮 夏二九七
なつじお 夏潮 夏二九七
なつしば 夏芝 夏四八八
＊なつしばい 夏芝居 夏三五三
＊なつしゃつ 夏シャツ 夏三〇六
なつしゅとう 夏手套 夏三〇八
なつぞら 夏空 夏二七八
＊なつだいこん 夏大根 夏四八二
なつたつ 夏立つ 夏二六四
＊なつたび 夏足袋 夏三〇八
＊なつちかし 夏近し 春七六
なつちょう 夏蝶 夏四一二
なつつばき 夏椿 夏四五九
＊なつつばめ 夏燕 夏四〇〇
＊なつてぶくろ 夏手袋 夏三〇八
なつでみず 夏出水 夏二九六
＊なっとじる 納豆汁 冬七八七
なつどとう 夏怒濤 夏二九六
なつどなり 夏隣 春七六
なつともし 夏灯 夏三一一
なつにいる 夏に入る 夏二六四
なつね 夏嶺 夏二九四
＊なつねぎ 夏葱 夏四八二
＊なつの 夏野 夏二九五
＊なつのあかつき 夏の暁 夏二七一
なつのあさ 夏の朝 夏二七一
＊なつのあめ 夏の雨 夏二八三
＊なつのうみ 夏の海 夏二九六
＊なつのかぜ 夏の風邪 夏三六〇
なつのかも 夏の鴨 夏三九七
＊なつのかわ 夏の川 夏二九六
＊なつのきり 夏の霧 夏二八七
＊なつのくも 夏の雲 夏二七八
なつのくれ 夏の暮 夏二七一
＊なつのしお 夏の潮 夏二九七
＊なつのそら 夏の空 夏二七八
＊なつのちょう 夏の蝶 夏四一二
＊なつのつき 夏の月 夏二七九
＊なつのつゆ 夏の露 夏二八七
なつのてん 夏の天 夏二七八
なつのなみ 夏の波 夏二九六
＊なつのはて 夏の果 夏二七六
なつのはま 夏の浜 夏二九六
＊なつのひ 夏の日（時候） 夏二七一
＊なつのひ 夏の日（天文） 夏二七八
＊なつのひ 夏の灯 夏三一一
＊なつのほし 夏の星 夏二七九
なつのみさき 夏の岬 夏二九六
なつのみね 夏の嶺 夏二九四
＊なつのやま 夏の山 夏二九四
なつのゆうべ 夏の夕べ 夏二七一
＊なつのよ 夏の夜 夏二七一
なつのよい 夏の宵 夏二七一
＊なつのれん 夏暖簾 夏三三五
なつのろ 夏の炉 夏三一一
＊なつはぎ 夏萩 夏四八九

なつはじめ夏初め　夏二六二
*なつばしょ夏場所　夏三六六
なつはつ夏果つ　夏二七六
なつはらえ夏祓　夏三七三
なつび夏日　夏二七八
なつひかげ夏日影　夏二七八
なつふかし夏深し　夏二六九
*なつふく夏服　夏三〇三
なつふじ夏富士　夏二九四
*なつぶとん夏蒲団　夏三一三
なつぼう夏帽　夏三〇八
*なつぼうし夏帽子　夏三〇八
なつまけ夏負け　夏三六〇
なつまつり夏祭　夏三六八
*なつみかん夏蜜柑　春二〇九
なつみまい夏見舞　夏三〇一
*なつめ棗　秋六五一
*なつめく夏めく　夏二六五
なつめのみ棗の実　秋六五一
なつもの夏物　夏三〇三
*なつやかた夏館　夏三一一
*なつやすみ夏休　夏三〇一
*なつやせ夏痩　夏三六〇

なつやなぎ夏柳　夏四五〇
なつやま夏山　夏二九四
*なつゆうべ夏夕べ　夏二七一
なつゆく夏行く　夏二七六
なつゆく夏逝く　夏二七六
*なつよもぎ夏蓬　夏四八九
*なつりょうり夏料理　夏三一〇
*なつろ夏炉　夏三一一
*なつわらび夏蕨　夏五〇三
*なでしこ撫子　秋七〇四
*ななかまど七竈　秋六六一
*ななくさ七種　新九九〇
ななくさ七草　新九九〇
ななくさうつ七種打つ　新九九六
*ななくさがゆ七種粥　新九九七
ななくさがゆ七草粥　新九九七
*ななくさづめ七種爪　新九九七
ななくさづめ七草爪　新九九七
ななくさな七草菜　新一〇一六
ななくさはやす七種はやす　新九九六
*なぬか七日　新九九三
なぬかがゆ七日粥　新九九七
なぬかしょうがつ七日正月　新九九三

なのか七日　新九九三
*なのきかる名の木枯る　冬九〇五
なのきのめ名の木の芽　春二二一
*なのくさかる名の草枯る　冬九一八
*なのはな菜の花　春二三〇
*なのはなき菜の花忌　春一五九
なのはなづけ菜の花漬　春一〇二
なべおとめ鍋乙女　夏三七〇
なべかぶり鍋被　夏三七〇
なべかんむりまつり鍋冠祭　夏三七〇
なべまつり鍋祭　夏三七〇
*なべやき鍋焼　冬七八七
なべやきうどん鍋焼饂飩　冬七八七
なまくるみ生胡桃　夏四四二
*なまこ海鼠　冬八八七
なまこぶね海鼠舟　冬八八七
*なまず鯰　夏四〇二
*なまはげなまはげ　新九九五
なまびーる生ビール　夏三一四
なまみはぎ生身剝　新九九五
*なみのはな波の花　冬七六一
なみのり波乗　夏三五一
*なめくじ蛞蝓　夏四二八

なめくじらなめくぢら　夏四二八
なめくじりなめくぢり　夏四二八
＊なめし菜飯　春一〇七
なもみはぎなもみ剝　新九九五
なやらいなやらひ　冬八四〇
＊ならいならひ　冬七四三
ならい北風　冬七四三
＊なりきぜめ成木責　新九九四
＊なりひらき業平忌　夏三七九
なるかみ鳴神　夏三八九
＊なるこ鳴子　秋五六七
なるこづな鳴子綱　秋五六七
なるこなわ鳴子縄　秋五六七
なるさお鳴竿　秋五六七
なるたきのだいこたき鳴滝の大根焚　冬八五四
なれずし馴鮓　夏三一一
＊なわしろ苗代　春九四
なわしろざむ苗代寒　春九四
なわしろた苗代田　春九四
なわしろどき苗代時　春九四
なわしろまつり苗代祭　春一三九
＊なわとび縄飛　冬八二八
なわとび縄跳　冬八二八
なわなう縄綯ふ　冬八三三
なんきんなんきん　秋六八一
なんきんまめ南京豆　秋六九四
なんじゃもんじゃのきのはななんじゃもんじゃの木の花　夏四五六
なんてんぎり南天桐　秋六六七
＊なんてんのはな南天の花　夏四三八
＊なんてんのみ南天の実　秋六四六
なんばんのはななんばんの花　夏四八六
なんぷう南風　夏二八〇
なんぶふうりん南部風鈴　夏三三一

に

にいにいぜみにいにい蟬　夏四一九
にいぼん新盆　秋五九九
におつか藁塚　秋五七二
にお鳰　冬八七八
においどり匂鳥　春一六九
におどりにほどり　冬八七八
におのうきす鳰の浮巣　夏三九六
＊におのこ鳰の子　夏三九六
におのす鳰の巣　夏三九六
にかいばやし二階囃子　夏三七四
にがうり苦瓜　秋六八三
にがしお苦潮　夏二九七
＊にがつ二月　春六〇
＊にがつじん二月尽　春六四
にがつつく二月尽く　春六四
にがつどうのおこない二月堂の行　春一四六
にがつはつ二月果つ　春六四
＊にがつれいじゃ二月礼者　春一三四
＊にげみず逃水　春九〇
＊にこごり煮凝　冬七九二
＊にごりざけ濁り酒　秋五五七
＊にごりぶな濁り鮒　夏四〇二
＊にじ虹　夏二八八
＊にしきぎ錦木　秋六六七
にしきぎもみじ錦木紅葉　秋六六七
にしきごい錦鯉　夏四〇一
にしきだい錦鯛　冬八八三
にじっせいき二十世紀　秋六四八
＊にしび西日　夏二九一
にじます虹鱒　春一八一

にしまつり西祭　夏三七一
*にじゅうさんや二十三夜　秋五三五
にじゅうさんやづき二十三夜月　秋五三五
にじゅうまわし二重廻し　冬七七八
*にしん鰊　春一七八
にしん鯡　春一七八
にしんくき鰊群来　春一七八
にしんぐもり鰊曇　春一七八
にしんぶね鰊舟　春一七八
にしんりょう鰊漁　春一七八
にせあかしあのはなニセアカシアの花　夏四五六
にせい二星　秋五九〇
*にちにちそう日日草　夏四七三
にちりんそう日輪草　夏四六五
にちれんき日蓮忌　冬八五三
*にっきかう日記買ふ　冬八一一
にっきはじめ日記始　新九七一
にっきはつ日記果つ　冬八一一
にっこうしゃしん日光写真　冬八二七
*にっしゃびょう日射病　夏三六一
*にな蜷　春一八六
になのみち蜷の道　春一八六
にねんごだいこん二年子大根　春二三四
にのうま二の午　春一三三
にのかわり二の替　新九八二
にのとり二の酉　冬八四六
にばんぐさ二番草　夏三三八
にばんご二番蚕　夏四一二
にばんしぶ二番渋　秋五七三
にばんちゃ二番茶　春二二一
*にひゃくとおか二百十日　秋五一四
にひゃくはつか二百二十日　秋五一四
*にゅうがく入学　春二〇〇
にゅうがくしき入学式　春二〇〇
*にゅうがくしけん入学試験　春九九
にゅうしゃしき入社式　春二〇〇
にゅうどうぐも入道雲　夏三七八
*にゅうばい入梅　夏三六七
にゅうぶ入峰　春一五三
*にょうどうさい繞道祭　新一〇〇四
*にら韮　春二三五
*にらのはな韮の花　夏四七八
にりんそう二輪草　春二四五
にわたたき庭叩き　秋六二一
*にわとこのはな接骨木の花　春二一九
にわはなび庭花火　夏三五三
*にんじん人参　冬九一六
にんじん胡蘿蔔　冬九一六
にんどう忍冬　夏四五六
*にんにく蒜　春二三五
にんにく葫　春二三五

ぬ

*ぬいぞめ縫初　新九七三
ぬいはじめ縫始　新九七三
ぬかか糠蚊　夏四二三
ぬかごぬかご　秋六八六
ぬかごめしぬかご飯　秋五五九
ぬかずきむしぬかづきむし　夏四一八
ぬかばえ糠蠅　秋六三九
ぬきな抜菜　秋六八七
ぬくしぬくし　春七〇
ぬけまいり抜参　春一三八
ぬなわ蓴　夏五〇六
ぬなわおう蓴生ふ　春二五四
ぬなわとる蓴採る　夏五〇六

ぬなわのはな蓴の花 夏五〇六
ぬなわぶね蓴舟 夏五〇六
ぬのこ布子 冬七七二
ぬまかる沼涸る 冬七五五

ね

ねがいのいと願の糸 秋五九〇
＊ねぎ葱 冬九一四
ねぎじる葱汁 冬七八八
ねぎのはな葱の花 春三三
ねぎばたけ葱畑 冬九一四
＊ねぎぼうず葱坊主 春三三
ねこうまる猫生まる 春一六五
ねござ寝茣蓙 夏三三
ねこさかる猫交る 春一六五
ねこじゃらし猫じゃらし 秋七〇五
＊ねこのこ猫の子 春一六五
＊ねこのこい猫の恋 春一六五
ねこのつま猫の夫 春一六五
ねこのつま猫の妻 春一六五
ねこひばち猫火鉢 冬八〇八
＊ねこやなぎ猫柳 春二一八
＊ねざけ寝酒 冬七八三
＊ねじあやめ捩菖蒲 春三三
＊ねじばな捩花 夏五〇〇
ねしゃか寝釈迦 春一四五
＊ねしょうがつ寝正月 新九八四
＊ねじろぐさ根白草 新一〇一七
ねずみはなびねずみ花火 夏三五三
ねぜり根芹 春三四八
ねつぎ根接 春二一八
ねっさ熱砂 夏三七五
ねっしゃびょう熱射病 夏三六一
＊ねったいぎょ熱帯魚 夏四〇四
＊ねったいや熱帯夜 夏三七三
ねっちゅうしょう熱中症 夏三六一
ねっぷう熱風 夏三七五
＊ねづり根釣 秋五七九
ねなしぐさ根無草 夏五〇五
ねのひ子の日 新九八九
＊ねのひぐさ子日草 新一〇一八
ねのひのあそび子の日の遊び 新九八九
ねのひのまつ子の日の松 新一〇一八
＊ねはん涅槃 春一四五
ねはんえ涅槃会 春一四五
ねはんえ涅槃絵 春一四五
ねはんず涅槃図 春一四五
ねはんぞう涅槃像 春一四五
ねはんでら涅槃寺 春一四五
＊ねはんにし涅槃西風 春八一
ねはんのひ涅槃の日 春一四五
ねはんぶき涅槃吹 春八一
ねはんへん涅槃変 春一四五
ねはんゆき涅槃雪 春八五
＊ねびえ寝冷 夏三六〇
ねびえご寝冷子 夏三六〇
ねぶか根深 冬九一四
＊ねぶかじる根深汁 冬七八八
＊ねぶた佞武多 秋五九二
ねぷたねぷた 秋五九二
ねぶたながすねぶた流す 秋五九二
ねぶたまつりねぶた祭 秋五九二
ねぶのはなねぶの花 夏四五九
ねまち寝待 秋五三五
＊ねまちづき寝待月 秋五三五
ねむたながしねむた流し 秋五九二
＊ねむのはな合歓の花 夏四五九
ねむりぐさ眠草 夏四七一

ねむりながし眠流し　秋五九二
ねむりばな睡花　春二〇三
ねゆき根雪　冬七四七
*ねりくよう練供養　夏三七六
*ねわけ根分　春一一九
*ねんが年賀　新九四九
ねんがきゃく年賀客　新九四九
ねんがじょう年賀状　新九五一
ねんぎょ年魚　夏四〇三
ねんし年始（時候）　新九二六
ねんし年始（生活）　新九四九
ねんしきゃく年始客　新九四九
ねんしざけ年始酒　新九六三
ねんしまわり年始廻り　新九四九
*ねんしゅ年酒　新九六三
ねんない年内　冬七二五
ねんないりっしゅん年内立春　冬七二五
*ねんねこねんねこ　冬七七四
ねんねこばんてんねんねこばんてん　冬七七四
ねんまつ年末　冬七二四
*ねんまつしょうよ年末賞与　冬七六三
ねんまつてあて年末手当　冬七六三
ねんれい年礼　新九四九

の

のあざみ野薊　春二四六
*のあそび野遊　春一二五
のあやめ野あやめ　夏四六二
のいちご野苺　夏四七五
のいばらのはな野茨の花　夏四五三
のいばらのみ野茨の実　秋六六九
のうさぎ野兎　冬八六九
のうぜん凌霄　夏四三八
のうぜんか凌霄花　夏四三八
のうぜんかずらのうぜんかづら　夏四三八
*のうぜんのはな凌霄の花　夏四三八
*のうはじめ能始　新九八一
のうむ濃霧　秋五四四
のうりょう納涼　夏三四七
のうりょうせん納涼船　夏三四七
のがけ野がけ　春一二五
のきあやめ軒菖蒲　夏三六四
*のぎく野菊　秋七〇四
のきしのぶ軒忍　夏三三一
のきしょうぶ軒菖蒲　夏三六四
のこりてんじん残り天神　新一〇〇七
のこりふく残り福　新一〇〇五
のこるあつさ残る暑さ　秋五一二
のこるか残る蚊　秋六二九
のこるかも残る鴨　春一七三
のこるかり残る雁　春一七三
のこるきく残る菊　秋六七九
のこるさむさ残る寒さ　春六三
のこるせみ残る蝉　秋六三〇
のこるつる残る鶴　春一七三
のこるはえ残る蠅　秋六二九
のこるはち残る蜂　秋六三〇
のこるほたる残る蛍　秋六二九
のこるむし残る虫　秋六三三
のこるゆき残る雪　春九五
のこんぎく野紺菊　秋七〇四
のずいせん野水仙　冬九一〇
のすり鵟　冬八七〇
のせぎょう野施行　冬七六九
のそ犬橇　冬八一四
のちのあわせ後の袷　秋五五六

＊のちのころもがえ後の更衣　秋五三六
＊のちのつき後の月　秋五三六
のちのひがん後の彼岸　秋五二六
＊のちのひな後の雛　秋五八七
のっこみ乗つ込み　春一八三
のっこみだい乗込鯛　春一七八
＊のっこみぶな乗込鮒　春一八三
＊のっぺいじるのつぺい汁　冬七八八
のっぺじるのつぺ汁　冬七八八
＊のどか長閑　春七一
のどかさ長閑さ　春七一
のどけさのどけさ　春七一
のどけしのどけし　春七一
のはぎ野萩　秋六九九
のはなしょうぶ野花菖蒲　夏四六三
のばらのみ野ばらの実　秋六六九
のび野火　春二一一
＊のびる野蒜　春二四八
のびるつむ野蒜摘む　春二四八
のぶどう野葡萄　秋六七〇
＊のぼたん野牡丹　秋六七四
＊のぼり幟　夏三六四
のぼりあゆ上り鮎　春一八三
＊のぼりやな上り簗　春一三三
＊のまおい野馬追　夏三七五
＊のみ蚤　夏四二五
のみのあと蚤の跡　夏四二五
のやき野焼　春二一一
＊のやく野焼く　春二一一
＊のり海苔　春二五八
のりかく海苔掻く　春二五八
のりそだ海苔粗朶　春二五八
＊のりぞめ乗初　新九五三
のりぞめ騎初　新九八七
のりとり海苔採　春二五八
のりひび海苔篊　春二五八
のりぶね海苔舟　春二五八
のりほす海苔干す　春二五八
＊のわき野分　秋五三九
のわきあと野分後　秋五三九
のわきぐも野分雲　秋五三九
のわきだつ野分だつ　秋五三九
のわきばれ野分晴　秋五三九
のわけ野わけ　秋五三九

は

ばーどうぃーくバード・ウィーク　夏三六二
ばーどでーバード・デー　夏三六二
ばーべきゅーバーベキュー　夏三四九
＊はあり羽蟻　夏四二六
はあり飛蟻　夏四二六
はーりーハーリー　夏三六六
ばい霾　春八三
ばいう梅雨　夏二八四
ばいう黴雨　夏二八四
ばいうち海贏打　秋五八二
ばいえん梅園　春一九三
はいが拝賀　新九八六
ばいかごく梅花御供　春一四三
ばいかさい梅花祭　春一四三
ばいごまばい独楽　秋五八二
はいせんき敗戦忌　秋五八七
はいせんび敗戦日　秋五八七
はいちょう蠅帳　夏三三七
ばいてん霾天　春八三
ばいてん梅天　夏二八四
＊ぱいなっぷるパイナップル　夏四四五
はいびすかすハイビスカス　夏四三九

ばいふう霾風 春八三
*ばいまわし海羸廻し 秋五八二
ばいりん梅林 春一九三
*はえ蠅 夏四一三
はえ鮠 春一八三
はえ南風 夏二八〇
はえはえ 夏二八〇
はえいらず蠅入らず 夏三一七
はえうまる蠅生る 春一九一
はえおおい蠅覆 夏三一七
はえたたき蠅叩 夏三一七
*はえとり蠅取 夏三一七
はえとりがみ蠅捕紙 夏三一七
はえとりき蠅捕器 夏三一七
*はえとりぐも蠅虎 夏四二八
はえとりぐも蠅捕蜘蛛 夏四二八
はえとりびん蠅捕瓶 夏三一七
はえとりりぼん蠅捕リボン 夏三一七
*はえよけ蠅除 夏三一七
はかあらう墓洗ふ 秋六〇一
はかかこう墓囲ふ 冬七九九
*はかたぎおんやまかさ博多祇園山笠 夏三七五
はかたまつり博多祭 夏三七五
*はがため歯固 新九八六
*はかまいり墓参 秋六〇一
はかもうで墓詣 秋六〇一
*はぎ萩 秋六九九
*はきおさめ掃納 冬七六八
*はぎかる萩刈る 秋五七七
はぎかる萩枯る 冬九一九
*はきぞめ掃初 新九六八
はきたて掃立 春一二〇
はぎづき萩月 秋五一四
はぎな萩菜 春二五三
はぎねわけ萩根分 春一一九
はぎのはな萩の花 秋六九九
はぎびより萩日和 秋六九九
*はきょうき波郷忌 冬八六一
*はぎわかば萩若葉 春二四一
はくう白雨 夏二八六
はくおうき白桜忌 夏三八〇
*はくさい白菜 冬九一四
はくじつき白日忌 秋六〇八
はくしゅう白秋 秋五二〇
ばくしゅう麦秋 夏二六五
*はくしょ薄暑 夏二六五
ばくしょ曝書 夏三三三
はくしょこう薄暑光 夏二六五
はくせきれい白鶺鴒 秋六二一
はくせん白扇 夏三三九
*はくちょう白鳥 冬八八〇
はくちょうかえる白鳥帰る 春一七四
はくてい白帝 秋五一〇
はくとう白桃 秋六四七
はくばい白梅 春一九三
ばくふ瀑布 夏三〇〇
はくぼたん白牡丹 夏四一三
ばくまくら貘枕 新九八三
はくもくれん白木蓮 春二〇七
はくや白夜 夏二六八
はくれん白木蓮 春二〇七
*はくろ白露 秋五一五
*はげいとう葉鶏頭 秋六七五
はご羽子 新九七七
*はごいた羽子板 新九七七
*はごいたいち羽子板市 冬八三九
はこづり箱釣 夏三五二
*はこにわ箱庭 夏三五五

*はこねえきでん箱根駅伝　新九八五
*はこべ蘩蔞　春二四四
はこべくさはこべくさ　春二四四
はこべらはこべら　春二四四
*はこめがね箱眼鏡　夏三四六
はこやなぎ白楊　春二二四
はさはさ　秋五六九
*はざ稲架　秋五六九
*はざくら葉桜　夏四三一
*はしい端居　夏三五八
はしがみ箸紙　新九六五
はじかみ薑　秋六八八
はじきまめはじき豆　夏四七八
はしごのり梯子乗　新九九〇
はしすずみ橋涼み　夏三四七
ばじつ馬日　新九三三
はしゅ播種　春二一四
*ばしょう芭蕉　秋六七一
はしょうが葉生姜　秋六八八
ばしょうかる芭蕉枯る　冬九一三
*ばしょうき芭蕉忌　冬八五七
ばしょうきばせを忌　冬八五七
*ばしょうのはな芭蕉の花　夏四七五
ばしょうのまきは芭蕉の巻葉　夏四七五
ばしょうば芭蕉葉　秋六七一
*ばしょうふ芭蕉布　夏三〇五
ばしょうりん芭蕉林　秋六七一
はしらたいまつ柱松明　春二四七
はしりいも走り藷　夏四八二
はしりそば走り蕎麦　秋五六一
はしりちゃ走り茶　夏三二五
はしりづゆ走り梅雨　夏三八三
はすいけ蓮池　夏四七〇
*はすうう蓮植う　春二一六
はすうきは蓮浮葉　夏四六九
はすかる蓮枯る　冬九一三
*はすね蓮根　冬九一七
はすねほり蓮根掘　冬八一六
*はすねほる蓮根掘る　冬八一六
*はすのうきは蓮の浮葉　夏四六九
はすのは蓮の葉　夏四六九
*はすのはな蓮の花　夏四七〇
はすのほね蓮の骨　冬九一三
はすのまきは蓮の巻葉　夏四六九
*はすのみ蓮の実　秋六八〇
はすのみとぶ蓮の実飛ぶ　秋六八〇
はすのめし蓮の飯　秋六〇〇
はすほり蓮掘　冬八一六
*はすみ蓮見　夏三五六
はすみぶね蓮見舟　夏三五六
*はぜ鯊　秋六二七
はぜ沙魚　秋六二七
*はぜつり鯊釣　秋五八四
はぜのあき鯊の秋　秋六二七
はぜのしお鯊の潮　秋六二七
*はぜのみ櫨の実　秋六六一
はぜびより鯊日和　秋六二七
はぜぶね鯊舟　秋五八四
*はぜもみじ櫨紅葉　秋六五八
ばそり馬橇　冬八一四
はたはた　春二三八
*はたうち畑打　春二一三
はたうつ畑打つ　春二一三
はたおり機織　秋六三七
*はだか裸　夏三五七
はたかえす畑返す　春二一三
はだかおし裸押し　新一〇〇九
はだかぎ裸木　冬九〇六

はだかご裸子　夏三五七
＊はだかまいり裸参　冬八五五
＊はださむ肌寒　秋五三三
＊はだし跣足　夏三五八
はだし跣　夏三五八
はたすく畑鋤く　春一一三
はたがみはたた神　夏二八九
＊はだぬぎ肌脱　夏三五八
＊はたはじめ機始　新九七三
＊はたはた鰰　冬八八一
はたはた蟿螽　秋六三八
はたはた雷魚　冬八八一
はたはた鱩　冬八八一
ばたふらいバタフライ　夏三五〇
はたやき畑焼　春一一一
＊はたやく畑焼く　春一一一
はだらはだら　春八五
はたらきばち働蜂　春一九〇
はだらゆきはだら雪　春八五
＊はだれ斑雪　春八五
はだれのはだれ野　春八五
はだれゆき斑雪　春八五
＊はたんきょう巴旦杏　夏四四四

＊はち蜂　春一九〇
＊はちがつ八月　秋五二一
はちがつじゅうごにち八月十五日　秋五八七
＊はちじゅうはちや八十八夜　春七四
＊はちたたき鉢叩　冬八五三
はちのこ蜂の子　春一九〇
はちのす蜂の巣　春一九〇
＊はつあかね初茜　新九三七
＊はつあかり初明り　新九三七
はつあき初秋　秋五二一
＊はつあきない初商　新九五四
はつあけぼの初曙　新九三七
＊はつあさま初浅間　新九四一
はつあみ初網　新九七四
＊はつあらし初嵐　秋五三九
はつあられ初霰　冬七四四
はつあわせ初袷　夏三〇三
はついかだ初筏　春一二四
＊はついせ初伊勢　新一〇〇四
＊はついち初市　新九五四
＊はつう初卯　新一〇〇七
はつうたい初謡　新九八二

＊はつうま初午　春一二三
はつうもうで初卯詣　新一〇〇七
はつうり初瓜　夏四七九
はつうり初売　新九五四
はつえびす初戎　新一〇〇五
はつえびす初恵比須　新一〇〇五
＊はつえんま初閻魔　新一〇一〇
はつか初蚊　春一九一
はつがい初買　新九五五
はつかいひ初開扉　新一〇〇八
＊はつかがみ初鏡　新九七一
＊はつかぐら初神楽　新一〇〇三
＊はつかしょうがつ二十日正月　新九三五
＊はつがすみ初霞　新九三九
＊はつかぜ初風　新九三八
＊はつがつお初鰹　夏四〇五
はつがつお初松魚　夏四〇五
はつかづき二十日月　秋五三五
はつかね初鐘　新一〇〇八
＊はつがま初釜　新九七二
＊はつかまど初竈　新九七二
＊はつがみ初髪　新九七一

＊はつがも初鴨　秋六二四
はつかやさい二十夜祭　新一〇〇〇
＊はつがらす初鴉　新一〇一三
はつかり初雁　秋六三三
はつかわず初蛙　春一六七
＊はつかんのん初観音　新一〇一〇
＊はづき葉月　秋五一四
はつぎく初菊　秋六七八
はづきじお葉月潮　秋五五三
＊はつくかい初句会　新九五五
はつげいこ初稽古　新九八〇
＊はつげしき初景色　新九四〇
はつげしょう初化粧　新九七一
はつけまり初蹴鞠　新九八七
はっこうのあれ八講の荒れ　春八一
はつこうぼう初弘法　新一〇一〇
＊はつこえ初声　新一〇一三
＊はつごおり初氷　冬七五九
＊はつごち初東風　新九三八
はつことひら初金刀比羅　新一〇〇六
はつごま初護摩　新一〇〇八
＊はつごよみ初暦　新九六八
＊はつごんぎょう初勤行　新一〇〇八
＊はつこんぴら初金毘羅　新一〇〇六
＊はっさく八朔　秋五一五
＊はつざくら初桜　春一九五
はつざけ初鮭　秋六二八
はつさんが初山河　新九四〇
はつさんぐう初参宮　新一〇〇四
はつさんま初さんま　秋六二八
＊はつしお初潮　秋五五三
＊はつしぐれ初時雨　冬七四三
はつしごと初仕事　新九五三
はつしじょう初市場　新九五四
＊はつしののめ初東雲　新九三七
＊はつしばい初芝居　新九八二
はつしまだ初島田　新九七一
＊はつしも初霜　冬七四六
はつしもづき初霜月　冬七一九
＊はつしゃしん初写真　新九六九
はつしょうらい初松籟　新九三八
＊はつすずめ初雀　新一〇一三
＊はつすずり初硯　新九五一
＊はつずり初刷　新九六九
はつぜみ初蟬　夏四一九
はつせり初糶　新九五四
はつそうば初相場　新九五四
はつそが初曾我　新九八二
＊はつぞら初空　新九三六
＊ばった螇蚸　秋六三八
ばった飛蝗　秋六三八
＊はったい麨　夏三一九
はったいこ麨粉　夏三一九
はつだいこ初太鼓　新一〇〇八
＊はつだいし初大師　新一〇一〇
はつたうち初田打　新九七三
はつたけ初茸　秋七一五
はつたちあい初立会　新九五四
＊はつたび初旅　新九五三
＊はつだより初便　新九七〇
ばったんこばつたんこ　秋五六六
はつちゃのゆ初茶湯　新九七三
はつちょう初蝶　春一八九
＊はつちょうず初手水　新九六八
はつづき初月　秋五三〇
＊はつつくば初筑波　新九四〇
＊はつつづみ初鼓　新九八二
はつつばめ初燕　春一七一
はつてまえ初点前　新九七三

はつでんしゃ　初電車　新九五三
*はつてんじん　初天神　新一〇〇七
*はつでんわ　初電話　新九七〇
はつとうみょう　初灯明　新一〇〇八
はつとおか　初十日　新一〇〇六
はつどきょう　初読経　新一〇〇八
はつともし　初灯　新一〇〇八
*はつとら　初寅　新一〇〇八
*はつどり　初鶏　新一〇一三
はつなき　初泣　新九七〇
*はつなぎ　初凪　新九三八
はつなずな　初薺　新一〇一七
はつなすび　初茄子　夏四八一
はつなつ　初夏　夏三六二
*はつに　初荷　新九五四
はつにうま　初荷馬　新九五四
はつにじ　初虹　春八六
*はつにっき　初日記　新九七一
はつにぶね　初荷舟　新九五四
はつね　初音　春一六九
*はつねうり　初音売　新九八三
はつねざめ　初寝覚　新九八三
はつねのひ　初子の日　新九八九
はつねぶえ　初音笛　新九八三
はつのう　初能　新九八一
はつのぼり　初幟　夏三六四
はつのり　初乗　新九五三
はつのり　初騎　新九八七
*はつばしょ　初場所　新九八五
はつはた　初機　新九七三
*はつばと　初鳩　新一〇一三
はつはな　初花　春一九五
はつばり　初針　新九七二
*はつはる　初春　新九二六
はつはるきょうげん　初春狂言　新九八二
*はつばれ　初晴　新九三七
*はつひ　初日　新九三六
*はつひえい　初比叡　新九四一
はつひかげ　初日影　新九三六
はつびき　初弾　新九八一
はつひこう　初飛行　新九五三
はつひので　初日の出　新九三六
はつひばり　初雲雀　春一七〇
はつふぎん　初諷経　新一〇〇八
*はつふじ　初富士　新九四〇
*はつふどう　初不動　新一〇一一
はつぶな　初鮒　春一八三
*はつふゆ　初冬　冬七一九
はつぶろ　初風呂　新九六九
*はつべんてん　初弁天　新一〇〇九
はつほ　初穂　秋六八九
はつぼうき　初箒　新九六八
はつほたる　初蛍　夏四一四
はつまいり　初参　新一〇〇〇
はつみ　初巳　新一〇〇九
はつみくじ　初神籤　新一〇〇〇
*はつみさ　初弥撒　新一〇一一
はつみそら　初御空　新九三六
はつみどり　初緑　春二一二
はつむかし　初昔　新九二八
*はつもうで　初詣　新一〇〇〇
*はつもみじ　初紅葉　秋六五六
はつもろこ　初諸子　春一八一
*はつやくし　初薬師　新一〇〇九
はつやしろ　初社　新一〇〇〇
はつやま　初山　新九七三
はつやまいり　初山入　新九七三
*はつゆ　初湯　新九六九

はつゆい初結　新九七一
はつゆかた初浴衣　夏三〇五
*はつゆき初雪　冬七四七
はつゆどの初湯殿　新九六九
はつゆみ初弓　新九八七
*はつゆめ初夢　新九八三
はつらい初雷　春八七
*はつりょう初漁　新九七四
はつわらい初笑　新九七〇
はつわらび初蕨　春二四七
はとうがらし葉唐辛子　夏四八四
*はとふき鳩吹　秋五七九
はとふく鳩吹く　秋五七九
*はな花　春一九七
はなあおい花葵　夏四六六
はなあかしあ花アカシア　夏四五六
はなあかり花明り　春一九七
はなあけび花通草　春二一一
はなあざみ花薊　春二四六
はなあしび花馬酔木　春二〇五
はなあぶ花虻　春一九〇
はなあやめ花あやめ　夏四六二
はなあろえ花アロエ　冬九二三

はなあんず花杏　春二一〇
*はないか花烏賊　春一八四
*はないかだ花筏　春二三〇
はないかだ花筏　春一九九
はないちご花苺　春二三三
はないばら花茨　夏四五三
はなうぐい花うぐひ　春一八二
はなうつぎ花うつぎ　夏四五三
はなうばら花うばら　夏四五三
はなえしき花会式　春一五一
はなえんじゅ花槐　夏四五四
はなおうち花樗　夏四五七
はなおしろい花白粉　秋六七六
はなおぼろ花朧　春一九七
はながい花貝　春一八五
はなかいどう花海棠　春二〇三
はなかえで花楓　春二一七
*はなかがり花篝　春二一七
はなかげ花影　春一九七
はなかぜ鼻風邪　冬八三一
はなかつみ花かつみ　夏四九三
はなかぼちゃ花南瓜　夏四七六
はながるた花がるた　新九七四

はなかんな花カンナ　秋六七二
はなかんば花かんば　春二一七
はなきぶし花木五倍子　春二一七
はなぎぼし花擬宝珠　夏四九三
はなぎり花桐　夏四五三
はなくず花屑　春一九九
はなぐせんぽう花供懺法　春一五一
*はなぐもり花曇　春八九
はなくよう花供養　春一五三
はなぐり花栗　夏四四〇
はなくるみ花胡桃　夏四五三
はなくわい花慈姑　夏四九四
*はなごおり花氷　夏三三九
*はなござ花茣蓙　夏三三三
はなこそで花小袖　新九六二
*はなごろも花衣　春一〇一
はなざかり花盛り　春一九七
はなざくろ花石榴　夏四四一
はなささげ花豇豆　秋六九三
はなしきみ花樒　春二三〇
はなしずめ花鎮め　春一四三
*はなしずめまつり鎮花祭　春一四三
はなじそ花紫蘇　夏四八三

はなしょうがつ花正月　新九三四
*はなしょうぶ花菖蒲　夏四六三
*はなずおう紫荊　春二〇一
はなずおう花蘇枋　春二〇一
はなすぎ花過ぎ　春七三
はなすすき花芒　秋七〇〇
はなすみれ花菫　春二四一
はなすもも花李　春二〇九
はなぞの花園　秋五四九
はなそば花蕎麦　秋六九三
はなだいこ花大根　春三二一
はなだいこん花大根　春三二一
*はなたちばな花橘　夏四三九
はなたね花種　春二二三
*はなだねまく花種蒔く　春二二五
はなたばこ花煙草　秋六九五
はなだより花便り　春一九七
はなちる花散る　春一九九
*はなづかれ花疲れ　春二二八
はなづきよ花月夜　春一九七
はなづけ花漬　春二〇三
はなつばき花椿　春一九四
はなとうろう花灯籠　秋五六四

*はなどき花時　春七三
はなとべら花海桐　夏四五〇
はななな花菜　春三三〇
*ばななバナナ　夏四四五
はななあめ花菜雨　春三三〇
はななかぜ花菜風　春三三〇
はななずな花薺　春二四三
*はななづけ花菜漬　春二〇三
はななんてん花南天　夏四三八
*はなにら花韮　春三二九
はなぬすびと花盗人　春一九七
はなねむ花合歓　夏四五九
はなねんぶつ花念仏　春一四八
*はなの花野　秋五四九
はなのあめ花の雨　春一九七
*はなのうち花の内　新九三五
はなのえ花の兄　春一九三
はなのえん花の宴　春二二七
はなのくも花の雲　春一九七
はなのころ花のころ　春七三
はなのちり花の塵　春一九九
はなのとう花の塔　春一五〇
はなのぬし花の主　春二二七

はなのはる花の春　新九二六
はなのひる花の昼　春一九七
はなのやど花の宿　春一九七
はなのやま花の山　春一九七
はなばしょう花芭蕉　夏四七五
*はなばたけ花畑　秋五四九
はなばたけ花畠　秋五四九
はなははに花は葉に　夏四三一
*はなび花火　夏三五三
はなひいらぎ花柊　冬九〇九
*はなびえ花冷　春七三
はなびし花火師　夏三五三
はなびと花人　春二二七
はなびぶね花火舟　夏三五三
*はなびらもち花弁餅　新九六四
はなびらもち葩餅　新九六四
はなひるはなひる　冬八三三
はなびわ花枇杷　冬九〇〇
はなふぶき花吹雪　春一九九
はなふよう花芙蓉　秋六四五
はなぼけ花木瓜　春二二一
はなぼんぼり花雪洞　春二二七
はなまつり花祭　春一五〇

ぱなまぼうパナマ帽　夏三〇八
*はなみ花見　春一三七
はなみかん花蜜柑　夏四四〇
はなみきゃく花見客　春一三七
はなみこそで花見小袖　春一〇一
はなみごろも花見衣　春一〇一
はなみざけ花見酒　春一三七
はなみず鼻水　冬八三三
*はなみずき花水木　春二〇三
はなみだい花見鯛　春一七八
はなみどう花御堂　春一五〇
はなみびと花見人　春一三七
はなみぶね花見舟　春一三七
はなみもざ花ミモザ　春二〇三
*はなみょうが花茗荷　夏五〇二
はなむくげ花木槿　秋六四四
はなむしろ花筵　春一三七
はなも花藻　夏五〇五
*はなもり花守　春一三七
はなやさい花椰菜　冬九一四
はなやつで花八手　冬八九六
はなゆ花柚　夏四四〇
はなゆず花柚子　夏四四〇

はなゆすら花ゆすら　春二〇四
はなりんご花林檎　春二一一
*はぬけどり羽抜鳥　夏三八九
はぬけどり羽抜鶏　夏三八九
はね羽子　新九七七
はねぎ葉葱　冬九一四
はねずみ跳炭　冬八〇五
*はねつき羽子つき　新九七七
はねと跳人　秋五九二
*ははきぎ帚木　夏四八六
ははきぎ箒木　夏四八六
ははきぐさ箒草　夏四八六
ははこははこ　春二五一
*ははこぐさ母子草　春二五一
ははこもち母子餅　春一〇六
*ははのひ母の日　夏三六二
ばばはじめ馬場始　新九八七
*はぼたん葉牡丹　冬九一〇
*はまえんどう浜豌豆　夏五〇二
はまおもと浜万年青　夏四九六
*はまぐり蛤　春一八四
はまちどり浜千鳥　冬八七七
はまつゆ蛤つゆ　春一八四

はまなし浜梨　夏四六〇
はまなしのみはまなしの実　秋六六九
*はまなす玫瑰　夏四六〇
はまなす浜茄子　夏四六〇
*はまなすのみ玫瑰の実　秋六六九
はまなすのみ浜茄子の実　秋六六九
はまなべ蛤鍋　春一八四
はまにがなはまにがな　春二三六
はまひがさ浜日傘　夏三五一
はまひるがお浜昼顔　夏四九一
はまぼうふう浜防風　春二三六
*はまや破魔矢　新一〇〇三
はまゆう浜木綿　夏四九六
*はまゆうのはな浜木綿の花　夏四九六
はまゆみ破魔弓　新一〇〇三
*はも鱧　夏四〇八
はものかわ鱧の皮　夏四〇八
はやはや　春一八二
はやずし早鮓　夏三二一
*はやなぎ葉柳　夏四五〇
はやぶさ隼　冬八七〇
はやりかぜ流行風邪　冬八三一
*ばら薔薇　夏四三三

ばらえん薔薇園　夏四三三
ばらがき薔薇垣　夏四三三
ぱらそるパラソル　夏三三三
＊ばらのめ薔薇の芽　春二〇〇
はらみうま孕馬　春一六四
はらみじか孕鹿　春一六四
＊はらみすずめ孕雀　春一七五
はらみどり孕鳥　春一七五
はらみねこ孕猫　春一六五
はらみばし孕み箸　新九六五
はららごはららご　秋六二八
ぱりーさいパリー祭　夏三六七
はりえんじゅのはな針槐の花　夏四五六
はりお針魚　春一七九
はりおさむ針納む　春一三四
はりおさむ針納む　冬八三九
はりおさめ針納　春一三四
はりおさめ針納　冬八三九
＊はりくよう針供養　春一三四
＊はりくよう針供養　冬八三九
＊ぱりさい巴里祭　夏三六七
ぱりさいパリ祭　夏三六七
はりのはな榛の花　春二一六
はりまつり針祭　春一三四
はりまつり針祭　冬八三九
はりまつる針祭る　春一三四
はりまつる針祭る　冬八三九
はりゅうせん爬竜船　夏三六六
ばりん馬藺　春二三三
＊はる春　春六〇
はる春　新九二六
＊はるあさし春浅し　春六二
はるあそび春遊　春一二五
＊はるあつし春暑し　春七四
はるあらし春嵐　春八二
はるあられ春霰　春八六
はるあれ春荒　春八二
＊はるあわせ春袷　春一〇二
＊はるいちばん春一番　春八一
はるいりひ春入日　春七七
はるうれい春愁　春一三三
＊はるおしむ春惜しむ　春七五
＊はるおちば春落葉　春二三三
はるか春蚊　春一九一
はるがさね春襲　新九六二
はるがすみ春霞　春八七
＊はるかぜ春風　春八〇
はるかわ春川　春九三
＊はるぎ春着　新九六三
はるぎ春著　新九六三
はるきざす春きざす　春六三
はるきた春北風　春八二
はるきたる春来る　春六一
はるく春来　春六一
はるくる春暮る　春七四
はるご春蚕　春一九一
はるご春子　春二五五
はるこーと春コート　春一〇一
はるごおり春氷　春九七
はるこがねばな春黄金花　春二〇〇
はるこそで春小袖　新九六三
＊はるごたつ春炬燵　春一〇八
ばるこにーバルコニー　夏三三三
＊はるこま春駒　新九六一
＊はるごま春駒　春一六四
はるこまい春駒舞　新九六一
はるこままんざい春駒万歳　新九六一
ばるこんバルコン　夏三三三

*はるさむ春寒　春六三
はるさむし春寒し　春六三
*はるさめ春雨　春八三
はるさんばん春三番　春八一
*はるしいたけ春椎茸　春二三五
*はるしぐれ春時雨　春八四
はるじたく春支度　冬七六三
はるしばい春芝居　新九八二
はるしゃぎく波斯菊　夏四六八
はるしゅうう春驟雨　春八四
はるしゅとう春手套　春一〇一
*はるしょーる春ショール　春一〇三
はるせーたー春セーター　春一〇一
*はるぜみ春蟬　春一九二
はるぞら春空　春七七
*はるた春田　春九四
*はるだいこん春大根　春二三四
はるたうち春田打　春一二三
はるたく春闌く　春七三
はるたつ春立つ　春六一
はるだんろ春暖炉　春一〇七
*はるちかし春近し　冬七三五
はるづきよ春月夜　春七八

はるつく春尽く　春七五
はるつげうお春告魚　春一七八
はるつげぐさ春告草　春一九三
はるつげどり春告鳥　春一六九
はるとおからじ春遠からじ　冬七三五
はるどとう春怒濤　春九三
はるどなり春隣　冬七三五
はるともし春ともし　春一〇七
はるなかば春なかば　春六四
はるならい春北風　春八二
はるにばん春二番　春八一
はるねむし春眠し　春一二三
はるの春野　春九一
はるのあかつき春の暁　春六八
はるのあけぼの春の曙　春六八
はるのあさ春の朝　春六八
はるのあめ春の雨　春八三
*はるのあられ春の霰　春八六
はるのいそ春の磯　春九三
はるのいろ春の色　春七七
はるのうま春の馬　春一六四
*はるのうみ春の海　春九三
はるのえ春の江　春九三

*はるのか春の蚊　春一九一
*はるのかぜ春の風邪　春一三〇
はるのかぜ春の風　春八〇
*はるのかも春の鴨　春一七三
*はるのかり春の雁　春一七三
*はるのかわ春の川　春九三
はるのきゅう春の灸　春一三四
*はるのくさ春の草　春一三七
*はるのくも春の雲　春七七
*はるのくれ春の暮　春六九
はるのこおり春の氷　春九七
はるのこま春の駒　春一六四
はるのしお春の潮　春九三
*はるのしか春の鹿　春一六四
はるのしば春の芝　春二四〇
*はるのしも春の霜　春八六
はるのしょく春の燭　春一〇七
*はるのそら春の空　春七七
*はるのたけのこ春の筍　春二三三
はるのちり春の塵　春八三
*はるのつき春の月　春七八
*はるのつち春の土　春九五
*はるのとり春の鳥　春一六八

はるのどろ　春の泥　春九五
はるのなぎさ　春の渚　春九三
*はるのななくさ　春の七草　新一〇一七
*はるのなみ　春の波　春九三
*はるのにじ　春の虹　春八六
はるのねこ　春の猫　春一六五
*はるのの　春の野　春九一
*はるのはえ　春の蠅　春一九一
はるのはて　春の果　春七四
はるのはま　春の浜　春九三
*はるのひ　春の日（時候）　春六八
*はるのひ　春の日（天文）　春七七
はるのひ　春の灯　春一〇七
はるのひかり　春の光　春七七
はるのひる　春の昼　春六九
はるのふき　春の蕗　春二五一
*はるのふく　春の服　春一〇一
はるのふな　春の鮒　春一八三
*はるのほし　春の星　春七九
はるのみさき　春の岬　春九三
*はるのみず　春の水　春九二
*はるのみぞれ　春の霙　春八六
*はるのやま　春の山　春九一
*はるのやみ　春の闇　春七九
はるのゆう　春の夕　春六九
はるのゆうやけ　春の夕焼　春九〇
*はるのゆき　春の雪　春八四
*はるのゆめ　春の夢　春一三一
*はるのよ　春の夜　春七〇
*はるのよい　春の宵　春六九
はるのらい　春の雷　春八七
*はるのろ　春の炉　春一〇七
*はるはやて　春疾風　春八二
はるはやて　春飆　春八二
はるひ　春日（時候）　春六八
はるひ　春日（天文）　春七七
はるひおけ　春火桶　春一〇八
はるひかげ　春日影　春七七
*はるひがさ　春日傘　春一〇三
*はるひばち　春火鉢　春一〇八
*はるふかし　春深し　春七三
はるふく　春更く　春七三
はるぶな　春鮒　春一八三
はるぶなつり　春鮒釣　春一八三
はるぼこり　春埃　春八三
*はるまつ　春待つ　冬七三五
*はるまつり　春祭　春一四三
はるまんげつ　春満月　春七八
はるみかづき　春三日月　春七八
はるみぞれ　春霙　春八六
*はるめく　春めく　春六四
*はるやすみ　春休　春一〇〇
はるやま　春山　春九一
はるゆうべ　春夕べ　春六九
*はるゆうやけ　春夕焼　春九〇
はるゆく　春行く　春七五
はるゆやけ　春夕焼　春九〇
*はるりんどう　春竜胆　春二五四
はるろ　春炉　春一〇七
ばれいしょ　ばれいしょ　秋六八四
ばれいしょ　馬鈴薯　秋六八四
*ばれいしょうう　馬鈴薯植う　春一一七
ばれいしょのはな　馬鈴薯の花　夏四七七
ばれんたいんでー　バレンタインデー　春一五三
*ばれんたいんのひ　バレンタインの日　春一五三
*ばん　鷭　夏三九六

＊ばんか晩夏　夏二六九
ばんかこう晩夏光　夏二六九
＊はんかちハンカチ　夏三〇九
はんかちーふハンカチーフ　夏三〇九
＊はんかちのきのはなハンカチの木の花　夏四五五
ばんがろーバンガロー　夏三四九
ばんぐせつ万愚節　春一四〇
はんげ半夏　夏二六八
はんげあめ半夏雨　夏二六八
＊はんげしょう半夏生（時候）　夏二六八
＊はんげしょう半夏生（植物）　夏五〇二
はんけちハンケチ　夏三〇九
はんざきはんざき　夏三八七
ぱんじーパンジー　春三四一
＊ばんしゅう晩秋　秋五一六
＊ばんしゅん晩春　春六七
はんずぼん半ズボン　夏三〇三
はんせんぎ半仙戯　春一三〇
ばんそう晩霜　春八六
ばんどり晩鳥　冬八六九
はんのきのはな赤楊の花　春二一六
＊はんのはな榛の花　春二一六
＊はんみょう斑猫　夏四一七
＊はんもっくハンモック　夏三一六
ばんりょう晩涼　夏二七六
＊ばんりょく万緑　夏四四七

ひ

＊ひあしのぶ日脚伸ぶ　冬七三四
ひーたーヒーター　冬八〇四
びーちぱらそるビーチパラソル　夏三五一
びーちぼーるビーチボール　夏三五〇
ひいなひひな　春一三五
＊ひいらぎさす柊挿す　冬八四一
＊ひいらぎのはな柊の花　冬九〇九
＊びーる麦酒　夏三一四
びーるビール　夏三一四
＊ひえ稗　秋六九一
ひえん飛燕　春一七一
＊ひおうぎ射干　夏四九九
ひおうぎ檜扇　夏四九九
ひおおい日覆　夏三三五
ぴおーねピオーネ　秋六四九
ひおけ火桶　冬八〇八
ひか飛花　春一九九
ひが火蛾　夏四一三
＊ひがさ日傘　夏三三三
ひがた干潟　春九四
ひかぶら緋蕪　冬九一六
ひがみなり日雷　夏二八九
＊ひがら日雀　夏四〇一
ひからかさひからかさ　夏三三三
＊ひかん避寒　冬八二五
＊ひがん彼岸　春六六
＊ひがんえ彼岸会　春一四八
ひかんざくら緋寒桜　冬八九三
＊ひがんざくら彼岸桜　春一九五
ひがんじお彼岸潮　春九三
ひがんすぎ彼岸過　春六六
ひがんだんご彼岸団子　春一四八
ひかんち避寒地　冬八二五
ひがんでら彼岸寺　春一四八
ひがんにし彼岸西風　春八一
ひがんばな彼岸花　秋七〇七
ひがんまいり彼岸参　春一四八

ひがんもうで 彼岸詣 春一四八
ひがんもち 彼岸餅 春一四八
ひかんやど 避寒宿 冬八二五
ひき 蟾 夏三八六
ひきいた ひきいた 秋五六七
*ひきがえる 蟇 夏三八六
ひきがえる 蟾蜍 夏三八六
*ひきがも 引鴨 春一七三
*ひきぞめ 弾初 新九八一
*ひきづる 引鶴 春一七三
ひきどり 引鳥 春一七四
ひぐま 羆 冬八六七
*ひぐらし 蜩 秋六三一
ひぐらし 日暮 秋六三一
ひぐらし 茅蜩 秋六三一
ひぐるま 日車 夏四六五
ひけしつぼ 火消壺 冬八〇五
*ひごい 緋鯉 夏四〇一
*ひこいし 火恋し 秋五六五
*ひこばえ 蘖 春二二三
ひこばゆ ひこばゆ 春二二三
ひこぼし 彦星 秋五九〇
*ひざかり 日盛 夏二九一
ひさご ひさご 秋六八二
*ひさじょき 久女忌 冬八六四
ひさめ 氷雨 夏二八九
*ひじき 鹿尾菜 春二七七
ひじき 鹿角菜 春二七七
ひじきがま ひじき釜 春二七七
ひじきがり ひじき刈 春二七七
ひじきほす ひじき干す 春二七七
ひしとる 菱採る 秋七一四
*ひしのはな 菱の花 夏四九四
*ひしのみ 菱の実 秋七一四
ひしはなびらもち 菱葩餅 新九六四
ひしもち 菱餅 春一三五
ひしもみじ 菱紅葉 秋七一五
*ひしょ 避暑 夏三四七
ひしょち 避暑地 夏三四七
ひしょのやど 避暑の宿 夏三四七
ひすい 翡翠 夏三九五
ひすずし 灯涼し 夏三三一
ひせつ 飛雪 冬七四七
ひた 引板 秋五六七
*ひたき 鶲 秋六二〇
ひたきどり 火焚鳥 秋六二〇
*ひだら 干鱈 春一〇五
ひだりだいもんじ 左大文字 秋六〇三
*ひつじ 穭 秋六九一
ひつじぐさ 未草 夏四六九
ひつじせんもう 羊剪毛 春二二三
*ひつじだ 穭田 秋五五〇
*ひつじのけかる 羊の毛刈る 春二二三
ひつじのほ 穭の穂 秋六九一
*ひでのき 秀野忌 秋六一二
*ひでり 旱 夏二九三
ひでりがわ 旱川 夏二九三
ひでりぐさ 旱草 夏二九三
ひでりぐさ 日照草 夏四七二
ひでりぐも 旱雲 夏二九三
ひでりぞら 旱空 夏二九三
ひでりだ 旱田 夏二九三
ひでりづゆ 旱梅雨 夏二八四
ひでりばた 旱畑 夏二九三
ひでりぼし 旱星 夏二七九
*ひとえ 単衣 夏三〇四
ひとえおび 単帯 夏三〇七
ひとえたび 単足袋 夏三〇八
ひとえもの 単物 夏三〇四

*ひとつば一つ葉　夏五〇一
*ひとつばたごのはなひとつばたごの花　夏四五六
ひとのひ人の日　新九三
ひとは一葉　秋六六〇
ひとはおつ一葉落つ　秋六六〇
ひとまるき人丸忌　春一五八
ひとまるまつり人丸祭　春一五八
*ひとまろき人麻呂忌　春一五八
ひとまろき人麿忌　春一五八
ひともじ一文字　冬九一四
ひとよざけ一夜酒　夏三一五
*ひとりしずか一人静　春二五〇
*ひとりむし火取虫　夏四一三
ひとりむし灯取虫　夏四一三
ひな雛　春一三五
ひなあそび雛遊び　春一三五
ひなあられ雛あられ　春一三五
*ひないち雛市　春一三五
ひなうりば雛売場　春一三五
ひなおくり雛送り　春一三六
*ひなおさめ雛納め　春一三七
*ひなが日永　春七一
ひなかざり雛飾　春一三五
ひなかざる雛飾る　春一三五
ひながし雛菓子　春一三五
*ひなぎく雛菊　春一三三
ひなくさ雛草　春二五三
*ひなげし雛罌粟　夏四六七
*ひなたぼこ日向ぼこ　冬八三六
ひなたぼこり日向ぼこり　冬八三六
ひなたぼっこ日向ぼっこ　冬八三六
*ひなたみず日向水　夏三三四
ひなだん雛段　春一三五
ひなどうぐ雛道具　春一三五
*ひなながし雛流し　春一三六
ひなにんぎょう雛人形　春一三五
ひなのいえ雛の家　春一三五
ひなのいち雛の市　春一三五
ひなのえん雛の宴　春一三五
ひなのきゃく雛の客　春一三五
ひなのしょく雛の燭　春一三五
ひなのちょうど雛の調度　春一三五
ひなのひ雛の日　春一三五
ひなのひ雛の灯　春一三五
ひなのま雛の間　春一三五
*ひなまつり雛祭　春一三五
ひなみせ雛店　春一三五
ひなみせ雛見世　春一三五
ひなわうり火縄売　新一〇〇三
*びなんかずら美男葛　秋七一〇
びにーるはうすビニールハウス　冬八一八
ひのさかり日の盛　夏二九一
*ひのばん火の番　冬八一三
ひば干葉　冬八一八
ひばく飛瀑　夏三〇〇
*ひばち火鉢　冬八〇八
*ひばり雲雀　春一七〇
ひばりかご雲雀籠　春一七〇
ひばりごち雲雀東風　春八〇
ひばりの雲雀野　春一七〇
ひばりぶえ雲雀笛　春一七〇
*ひび胼　冬八三三
ひびぐすり胼薬　冬八三三
ひふ被布　冬七七七
ひぶせまつり火伏祭　秋五九六
ひぶり火振　夏三四五
ひぼけ緋木瓜　春二一一

ひぼたん緋牡丹　夏四三三
ひまつり火祭（吉田）　秋五九六
ひまつり火祭（鞍馬）　秋五九八
＊ひまわり向日葵　夏四六五
ひみじか日短　冬七二九
ひむし灯虫　夏四二三
ひめあさり姫浅蜊　春一八五
ひめうつぎ姫うつぎ　夏四五三
ひめくるみ姫胡桃　秋六五三
ひめこぶし姫辛夷　春二〇一
ひめこまつ姫小松　新一〇一八
ひめしゃら姫沙羅　夏四五九
＊ひめじょおん姫女苑　夏五〇〇
ひめだか緋目高　夏四〇四
ひめます姫鱒　春一八一
ひめゆり姫百合　夏四七〇
ひもかがみ氷面鏡　冬七五九
ひもも緋桃　春二〇九
びやがーでんビヤガーデン　夏三一四
ひゃくじつこう百日紅　夏四三五
ひゃくじつはく百日白　夏四三五
＊ひゃくにちそう百日草　夏四七三
＊びゃくや白夜　夏二六八
びゃくれん白蓮　夏四七〇
＊ひやけ日焼　夏三五九
ひやけどめ日焼止め　夏三五九
＊ひやざけ冷酒　夏三二五
＊ひやしうり冷し瓜　夏三一三
ひやしざけ冷し酒　夏三二五
＊ひやしちゅうか冷し中華　夏三一二
＊ひやしんすヒヤシンス　春二三七
＊ひやそうめん冷索麺　夏三一二
ひやそうめん冷素麺　夏三一二
びやほーるビヤホール　夏三一四
＊ひやむぎ冷麦　夏三一二
＊ひややか冷やか　秋五三〇
＊ひややっこ冷奴　夏三一二
ひゆ冷ゆ　秋五三〇
ひゅうがみずき日向水木　春二〇三
ひよ鵯　秋六一九
＊ひょう雹　夏二八九
＊ひょうか氷菓　夏三一七
ひょうかい氷海　冬七五九
ひょうこ氷湖　冬七五九
ひょうこう氷江　冬七五九
ひょうたん瓢箪　秋六八二
ひょうちゅう氷柱　夏三一九
ひょうちゅうか氷中花　夏三一九
ひょうばく氷瀑　冬七六一
＊びょうぶ屏風　冬八〇三
びょうぶまつり屏風祭　夏三七四
＊ひよけ日除　夏三三五
＊ひよどり鵯　秋六一九
ひょんのふえひょんの笛　秋六六六
＊ひょんのみ瓢の実　秋六六六
ひらおよぎ平泳ぎ　夏三五〇
＊ぴらかんさピラカンサ　秋六六八
ぴらかんさすピラカンサス　秋六六八
ひらのはっこう比良の八荒　春八一
＊ひらはっこう比良八荒　春八一
＊ひらめ鮃　冬八八五
＊ひる蛭　夏四二九
ひるひる　春二三五
＊ひるがお昼顔　夏四九一
ひるかじ昼火事　冬八一三
ひるかわず昼蛙　春一六七
＊ひるね昼寝　夏三五九
ひるねざめ昼寝覚　夏三五九
ひるのむし昼の虫　秋六三三

*ひるむしろ蛭蓆　夏五〇五
*ひれざけ鰭酒　冬七八二
ひろしまき広島忌　夏三七七
*ひわ鶸　秋六二〇
*びわ枇杷　夏四四四
*びわのはな枇杷の花　冬九〇〇
びわのみ枇杷の実　夏四四四
びんざさらおどりびんざさら踊　夏三七一
びんちょうたん備長炭　冬八〇五
びんぼうかずら貧乏かづら　秋七〇四

ふ

*ふいごまつり鞴祭　冬八四六
ふうきそう富貴草　夏四三三
ふうしんし風信子　春二三七
*ふうせいき風生忌　春一六〇
*ふうせん風船　春二三九
ふうせんうり風船売　春二三九
*ふうせんかずら風船葛　秋六八〇
*ぶーつブーツ　冬七八〇
*ふうらん風蘭　夏四九一
*ふうりん風鈴　夏三三一
ふうりんうり風鈴売　夏三三一
ふうりんそう風鈴草　夏五〇一
*ぷーるプール　夏三五〇
ぷーるさいどプールサイド　夏三五〇
ふか鱶　冬八八〇
ふかしも深霜　冬七四六
*ふき蕗　夏四七九
ふきい噴井　夏三九八
ふきかえ葺替　春二一〇
*ふきぞめ吹初　新九八〇
ふきぞめ鞴初　新九八〇
ふきながし吹流し　夏三六四
*ふきのとう蕗の薹　春二五一
ふきのは蕗の葉　夏四七九
ふきのはな蕗の花　春二五一
ふきのめ蕗の芽　春二五一
ふきはじめ吹始　新九八〇
ふきばたけ蕗畑　夏四七九
*ふきみそ蕗味噌　春二〇二
ふくふく　冬八八五
*ふぐ河豚　冬八八五
ぶぐかざる武具飾る　夏三六四
ふくざさ福笹　新一〇〇五
ふくさわらふくさ藁　新九四八
*ふくじゅそう福寿草　新一〇一六
*ふぐじる河豚汁　冬七八七
ふくじんまいり福神詣　新一〇〇三
ふくじんめぐり福神巡り　新一〇〇三
*ふくだるま福達磨　新九五七
ふくちゃ福茶　新九六四
ふぐちりふぐちり　冬七八七
ふぐとふぐと　冬八八五
ふぐとじるふぐと汁　冬七八七
ふくとら福寅　新一〇〇八
ふくなべ福鍋　新九六四
ふぐなべふぐ鍋　冬七八七
ふぐのやど河豚の宿　冬七八七
ふくはうち福は内　冬八四〇
*ふくびき福引　新九八〇
*ふくべ瓢　秋六八二
ふくまいり福参　春一二三
ふくまいり福詣　新一〇〇三
ふくみず福水　新九四二
ふくらすずめふくら雀　冬八七三
ふぐりおとしふぐりおとし　冬八四二
ふくろふくろ　冬八七四

*ふくろう梟　冬八七四
*ふくろかけ袋掛　夏三四一
*ふくろづの袋角　夏三八四
*ふくわかし福沸　新九六四
*ふくわら福藁　新九四八
*ふくわらい福笑　新九七六
ふくわらしく福藁敷く　新九四八
*ふけい噴井　夏二九八
ふけまち更待　秋五三五
*ふけまちづき更待月　秋五三五
ふさく不作　秋五七一
*ふじ藤　春二〇七
*ふじおき不死男忌　夏三八三
ふじぎょうじゃ富士行者　夏三七三
ふじこう富士講　夏三七三
ふじぜんじょう富士禅定　夏三七三
ふじだな藤棚　春二〇八
*ふしづけ柴漬　冬八二一
ふじどうじゃ富士道者　夏三七三
ふじなみ藤浪　春二〇七
ふじのはな藤の花　春二〇七
ふじのひる藤の昼　春二〇八
*ふじのみ藤の実　秋六四七
*ふじばかま藤袴　秋七〇六
ふじふさ藤房　春二〇七
ふしまち臥待　秋五三五
ふしまちづき臥待月　秋五三五
ふじまめ藤豆　秋六九三
*ふじもうで富士詣　夏三七三
*ふすま衾　冬七七三
*ふすま襖　冬八〇三
*ぶそんき蕪村忌　冬八六〇
ふたえにじ二重虹　夏二八八
*ふだおさめ札納　冬八四九
*ふたば双葉　春二四〇
ふたば二葉　春二四〇
ふたもじふたもじ　春二三五
*ふたりしずか二人静　春二五一
*ふつか二日　新九三一
*ふつかきゅう二日灸　春一三四
ふつかづき二日月　秋五三〇
*ふっかつさい復活祭　春一五五
ふつかやいと二日灸　春一三四
ふづき文月　秋五一一
ぶっき仏忌　春一四五
*ぶっしょうえ仏生会　春一五〇
*ぶっそうげ仏桑花　夏四三九
*ぶっぽうそう仏法僧　夏三九二
ふでのはな筆の花　春二四三
ふではじめ筆始　新九五一
ふでりんどう筆竜胆　春二五四
ぶと蟆子　夏四二三
*ふとい太藺　夏四八七
*ぶどう葡萄　秋六四九
ぶどうえん葡萄園　秋六四九
ぶどうがり葡萄狩　秋六四九
ぶどうかる葡萄枯る　冬九〇五
ぶどうだな葡萄棚　秋六四九
*ふところで懐手　冬八三五
*ふとばし太箸　新九六五
*ふとん蒲団　冬七七三
ふとん布団　冬七七三
ふとんほす蒲団干す　冬七七三
*ふなあそび船遊　夏三四八
ふないけす船生洲　夏三四八
ふながたのひ船形の火　秋六〇三
ふなずし鮒鮓　夏三二一
ふなせがき船施餓鬼　秋六〇二
ふなとぎょ船渡御　夏三七五

*ふなむし舟虫　夏四二一
ふなむし船虫　夏四二一
ふなゆさん船遊山　夏三四八
*ふなりょうり船料理　夏三四八
*ふのり海蘿　夏五〇七
ふのり布海苔　夏五〇七
ふのりほす海蘿干す　夏五〇七
*ふぶき吹雪　冬七四九
ふぶく吹雪く　冬七四九
ふみえ踏絵　春一一三
*ふみづき文月　秋五二一
*ふゆ冬　冬七一八
ぶゆぶゆ　夏四一三
ふゆあおぞら冬青空　冬七三八
ふゆあかつき冬暁　冬七二九
ふゆあかね冬茜　冬七五一
ふゆあけぼの冬曙　冬七二九
*ふゆあさし冬浅し　冬七二〇
*ふゆあたたか冬暖か　冬七二三
*ふゆあんご冬安居　冬八五四
*ふゆいちご冬苺　冬九〇八
ふゆうがき富有柿　秋六四八
ふゆうらら冬うらら　冬七二三
*ふゆおわる冬終る　冬七三五
ふゆがこい冬囲　冬七九七
ふゆがこいとる冬囲とる　春一〇九
*ふゆがすみ冬霞　冬七五一
*ふゆがまえ冬構　冬七九七
ふゆがまえとく冬構解く　春一〇九
*ふゆかもめ冬鷗　冬八七九
ふゆがらす冬鴉　冬八七四
*ふゆがれ冬枯　冬九〇七
ふゆかわ冬川　冬七五七
*ふゆき冬木　冬九〇四
ふゆぎ冬着　冬七七二
ふゆきかげ冬木影　冬九〇四
ふゆぎく冬菊　冬九〇九
ふゆきたる冬来る　冬七二〇
ふゆきのめ冬木の芽　冬九〇八
ふゆきみち冬木道　冬九〇四
ふゆぎり冬霧　冬七五一
ふゆぎんが冬銀河　冬七三九
ふゆく冬来　冬七二〇
*ふゆくさ冬草　冬九一八
ふゆぐも冬雲　冬七三八
*ふゆげしき冬景色　冬七五五
ふゆこだち冬木立　冬九〇四
*ふゆごもり冬籠　冬七九七
ふゆざくら冬桜　冬八九三
*ふゆざしき冬座敷　冬八〇二
ふゆさる冬去る　冬七三五
ふゆざるる冬ざるる　冬七二〇
*ふゆざれ冬ざれ　冬七二〇
ふゆじお冬潮　冬七五八
*ふゆじたく冬支度　秋五六六
ふゆしゃつ冬シャツ　冬七七二
ふゆしょうぐん冬将軍　冬七一八
ふゆすすき冬芒　冬九二〇
ふゆすずめ冬雀　冬八七三
*ふゆすみれ冬菫　冬九二三
*ふゆそうび冬薔薇　冬八九四
ふゆぞら冬空　冬七三八
*ふゆた冬田　冬七五五
ふゆたつ冬立つ　冬七二〇
ふゆたみち冬田道　冬七五五
*ふゆたんぽぽ冬蒲公英　冬九二三
*ふゆちかし冬近し　秋五二五
ふゆちょう冬蝶　冬八八八
ふゆつく冬尽く　冬七三五

ふゆつばき冬椿　冬八九五
ふゆどとう冬怒濤　冬七五七
ふゆどなり冬隣　秋五二五
ふゆともし冬灯　冬八〇一
ふゆどり冬鳥　冬八七一
*ふゆな冬菜　冬九一三
*ふゆなぎ冬凪　冬七三九
ふゆなばた冬菜畑　冬九一三
ふゆなみ冬波　冬七五七
ふゆなみ冬濤　冬七五七
ふゆにいる冬に入る　冬七二〇
ふゆぬくし冬ぬくし　冬七二三
*ふゆの冬野　冬七五四
*ふゆのあさ冬の朝　冬七二九
*ふゆのあめ冬の雨　冬七四四
ふゆのいずみ冬の泉　冬七五六
*ふゆのうぐいす冬の鶯　冬八七二
*ふゆのうみ冬の海　冬七五七
*ふゆのうめ冬の梅　冬八九二
*ふゆのかり冬の雁　冬八七一
*ふゆのかわ冬の川　冬七五七
*ふゆのきり冬の霧　冬七五一
ふゆのくさ冬の草　冬九一八
*ふゆのくも冬の雲　冬七三八
*ふゆのくれ冬の暮　冬七三〇
ふゆのしお冬の潮　冬七五八
ふゆのその冬の園　冬七五五
*ふゆのそら冬の空　冬七三八
*ふゆのたき冬の滝　冬七六一
*ふゆのちょう冬の蝶　冬八八八
*ふゆのつき冬の月　冬七三八
*ふゆのとり冬の鳥　冬八七一
ふゆのなぎさ冬の渚　冬七五七
*ふゆのなみ冬の波　冬七五七
*ふゆのにじ冬の虹　冬七五二
ふゆのにわ冬の庭　冬七五五
*ふゆのはえ冬の蠅　冬八八九
*ふゆのはち冬の蜂　冬八八九
ふゆのはなわらび冬の花蕨　冬九二三
ふゆのはま冬の浜　冬七五七
*ふゆのひ冬の日（時候）　冬七二九
*ふゆのひ冬の日（天文）　冬七三七
*ふゆのひ冬の灯　冬八〇一
*ふゆのほし冬の星　冬七三九
ふゆのみさき冬の岬　冬七五七
*ふゆのみず冬の水　冬七五六
*ふゆのむし冬の虫　冬八九〇
*ふゆのもず冬の鵙　冬八七二
*ふゆのもや冬の靄　冬七五一
*ふゆのやま冬の山　冬七五三
ふゆのゆう冬の夕　冬七三〇
ふゆのゆうべ冬の夕べ　冬七三〇
*ふゆのゆうやけ冬の夕焼　冬七五一
*ふゆのよ冬の夜　冬七三〇
*ふゆのらい冬の雷　冬七五〇
ふゆばえ冬蠅　冬八八九
ふゆはじめ冬初め　冬七一九
ふゆばち冬蜂　冬八八九
ふゆはつ冬果つ　冬七三五
ふゆばら冬薔薇　冬八九四
*ふゆばれ冬晴　冬七三七
ふゆひ冬日　冬七三七
ふゆひかげ冬日影　冬七三七
*ふゆひでり冬旱　冬七三八
ふゆひなた冬日向　冬七三七
*ふゆひばり冬雲雀　冬八七三
ふゆびより冬日和　冬七三七
*ふゆふかし冬深し　冬七三四
*ふゆふく冬服　冬七七二

ふゆぼう冬帽　冬七七八
*ふゆぼうし冬帽子　冬七七八
ふゆほくと冬北斗　冬七三九
ふゆぼたん冬牡丹　冬八九四
ふゆまんげつ冬満月　冬七三八
ふゆみかづき冬三日月　冬七三八
*ふゆめ冬芽　冬九〇八
*ふゆめく冬めく　冬七三三
*ふゆもえ冬萌　冬九二四
*ふゆもみじ冬紅葉　冬九〇一
ふゆもや冬靄　冬七五一
*ふゆやかた冬館　冬七九七
*ふゆやすみ冬休　冬七六九
ふゆやま冬山　冬七五三
ふゆやまじ冬山路　冬七五三
ふゆゆうべ冬夕べ　冬七三〇
ふゆゆうやけ冬夕焼　冬七五一
ふゆゆやけ冬夕焼　冬七五一
ふゆようい冬用意　秋五六六
*ふゆりんご冬林檎　冬九〇〇
*ふゆわらび冬蕨　冬九二三
*ぶよ蚋　夏四二三
ぶよぶよ　夏四二三
*ふよう芙蓉　秋六四五
*ふらき普羅忌　秋六〇八
ふらここふらここ　春一三〇
ぷらたなすのはなプラタナスの花　春二三〇
ぶらんこぶらんこ　春一三〇
ふらんどふらんど　春一三〇
*ぶり鰤　冬八八二
ぶりあみ鰤網　冬八八二
*ふりーじあフリージア　春二三五
ふりーじやフリージヤ　春二三五
*ぶりおこし鰤起し　冬七五〇
ぶりつる鰤釣る　冬八八二
ぶりば鰤場　冬八八二
ぷりむらプリムラ　春二四
ぷりんすめろんプリンスメロン　夏四八〇
ふるあわせ古袷　夏三〇三
ふるうちわ古団扇　夏三三〇
ふるおうぎ古扇　夏三三九
*ふるくさ古草　春二四〇
*ふるごよみ古暦　冬八二一
ふるざけ古酒　秋五五七
ふるす古巣　春一七六
ふるすだれ古簾　夏三三五
ぶるぞんブルゾン　冬七七七
ふるとし古年　新九二八
ふるにっき古日記　冬八二一
ふるびな古雛　春一三五
ふるゆかた古浴衣　夏三〇五
ふれーむフレーム　冬八一八
ふろ風炉　夏三三三
*ふろちゃ風炉茶　夏三三三
*ぶろっこりーブロッコリー　冬九一四
ふろてまえ風炉点前　夏三三三
ふろなごり風炉名残　秋五六六
*ふろのなごり風炉の名残　秋五六六
*ふろふき風呂吹　冬七九三
ふろふきだいこん風呂吹大根　冬七九三
*ぶんかのひ文化の日　秋五八九
ぶんごうめ豊後梅　春一九三
*ふんすい噴水　夏三三三
ぶんたん文旦　冬九〇〇
ぶんぶんぶんぶん　夏四一六
ぶんぶんむしぶんぶん虫　夏四一六

へ

へいけぼたる平家蛍　夏四一四
べいごまべい独楽　秋五八二
＊ぺーろんぺーロン　夏三六六
ぺーろんせんぺーロン船　夏三六六
＊へきごとうき碧梧桐忌　冬八六五
へくそかずらへくそかづら　夏四九六
へこきむしへこきむし　秋六四二
ぺちかぺチカ　冬八〇四
＊へちま糸瓜　秋六八二
へちまき糸瓜忌　秋六一〇
へちまだな糸瓜棚　秋六八二
＊へちまのはな糸瓜の花　夏四七六
＊べったらいちべったら市　秋五九六
べったらづけべったら漬　秋五九六
へっぴりむしへっぴりむし　秋六四二
べにがい紅貝　春一八五
べにしだれ紅枝垂　春一九五
べにつばき紅椿　春一九四
べにのはな紅の花　夏四七四
べにはぎ紅萩　秋六九九
べにはす紅蓮　夏四七〇
＊べにばな紅花　夏四七四
べにばな紅藍花　夏四七四
べにばな紅粉花　夏四七四
べにばら紅薔薇　夏四三三
べにひわ紅鶸　秋六三〇
べにふよう紅芙蓉　秋六四五
べにます紅鱒　春一八一
＊へび蛇　夏三八八
＊へびあなにいる蛇穴に入る　秋六二五
＊へびあなをいず蛇穴を出づ　春一六六
へびいず蛇出づ　春一六六
＊へびいちご蛇苺　夏五〇三
へびかわをぬぐ蛇皮を脱ぐ　夏三八九
＊へびきぬをぬぐ蛇衣を脱ぐ　夏三八九
へびのから蛇の殻　夏三八九
へびのきぬ蛇の衣　夏三八九
へびのもぬけ蛇の蛻　夏三八九
＊へひりむし放屁虫　秋六四二
＊べらベラ　夏四〇七
べらつりべら釣　夏四〇七
べらんだベランダ　夏三三三
＊へりおとろーぷヘリオトロープ　春二三六
＊べんけいそぅ弁慶草　秋六七九
べんとうはじめ弁当始　春二五三
ぺんぺんぐさぺんぺん草　春二四三
＊へんろ遍路　春一四九
へんろがさ遍路笠　春一四九
へんろづえ遍路杖　春一四九
へんろみち遍路道　春一四九
へんろやど遍路宿　春一四九

ほ

ほいかごほい駕　新九九二
ほいろ焙炉　春一三三
ほいろし焙炉師　春一三三
ほいろば焙炉場　春一三三
＊ぽいんせちあポインセチア　冬八九八
＊ほうおんこぅ報恩講　冬八五三
ほうきぎはうきぎ　夏四八六
ほうきぐさはうきぐさ　夏四八六
ほうこぐさ鼠麹草　春二五一
ほうさく豊作　秋七〇一
＊ほうしぜみ法師蟬　秋六三一
＊ぼうしゃき茅舎忌　夏三八二
＊ぼうしゅ芒種　夏二六七

ほうしゅん芳春　春六〇
ほうじょうえ放生会　秋五九八
ほうすい豊水　秋六四八
*ほうせんか鳳仙花　秋六七七
ほうそう芳草　春二三七
ぼうだら棒鱈　春二〇五
ぼうたんぼうたん　夏四三三
ほうちゃくそう宝鐸草　夏五〇〇
*ほうちゃくそうのはな宝鐸草の花　夏五〇〇
ほうちょうはじめ包丁始　新九六八
*ほうねん豊年　秋五七一
ぼうねんかい忘年会　冬七六七
ほうねんき法然忌　春一五三
ほうびき宝引　新九八〇
*ぼうふう防風　春二三六
ぼうふうつみ防風摘み　春二三六
ぼうふうほる防風掘る　春二三六
*ぼうふら孑孑　夏四三三
ぼうふりぼうふり　夏四三三
ぼうふりむし棒振虫　夏四三三
*ほうぼう魴鮄　冬八八一
ほうよう放鷹　冬八二〇
*ほうらい蓬萊　新九四五
ほうらいかざり蓬萊飾　新九四五
ほうらんき抱卵期　春一七六
ほうり鳳梨　夏四四五
*ほうれんそう菠薐草　春二三三
*ほえかご宝恵駕　新九九二
ほえかご宝恵籠　新九九二
*ほおおちば朴落葉　冬九〇四
ほおかぶりほほかぶり　冬七七九
*ほおかむり頰被　冬七七九
ほおざしほほざし　春一〇四
ほおざし頰刺　春一〇四
*ほおじろ頰白　春一七一
*ほおずき鬼灯　秋六七七
ほおずき酸漿　秋六七七
*ほおずきいち鬼灯市　夏三六七
ほおずきいち酸漿市　夏三六七
*ほおずきのはな鬼灯の花　夏四七三
ほおずきのはな酸漿の花　夏四七三
*ぼーとボート　夏三四八
*ぼーとれーすボートレース　春一二八
ぼーなすボーナス　冬七六三
*ほおのはな朴の花　夏四五四
ほおのはな厚朴の花　夏四五四
ほおばずし朴葉鮓　夏三一一
ほぐさ穂草　秋六九七
*ぼくすいき牧水忌　秋六一〇
ほくろほくろ　春二四九
*ほげい捕鯨　冬八三三
ほげいせん捕鯨船　冬八三三
*ぼけのはな木瓜の花　春二一一
ほこ鉾　夏三七四
ほこたて鉾立　夏三七四
ほこながしのしんじ鉾流の神事　夏三七五
ほこまち鉾町　夏三七四
ほこまつり鉾祭　夏三七四
ぼさん墓参　秋六〇一
ほしあい星合　秋五九〇
ほしうめ干梅　夏三一三
*ほしがき干柿　秋五六〇
*ほしがれい干鰈　春一〇四
*ほしくさ干草　夏三四二
ほしくさ乾草　夏三四二
ほしこよい星今宵　秋五九〇
ほしざけ干鮭　冬七九三

ほしさゆ星冴ゆ　冬七三九
ほしすずし星涼し　夏三七九
ほしだいこん干大根　冬八一七
ほしだら干鱈　春一〇五
ほしだら乾鱈　春一〇五
*ほしづきよ星月夜　秋五三六
ほしづくよ星月夜　秋五三六
ほしとぶ星飛ぶ　秋五三七
*ほしな干菜　冬八一八
ほしながる星流る　秋五三七
*ほしなじる干菜汁　冬七八八
ほしなぶろ干菜風呂　冬八一八
ほしなゆ干菜湯　冬八一八
ほしのこい星の恋　秋五九〇
ほしのちぎり星の契　秋五九〇
ほしぶとん干蒲団　冬七七三
ほしまつり星祭　秋五九〇
ほしまつる星祭る　秋五九〇
ほしむかえ星迎　秋五九〇
ぼしゅん暮春　春七四
ぼせつ暮雪　冬七四七
*ほた榾　冬八〇八
ほたあかり榾明り　冬八〇八
*ぼだいし菩提子　秋六六四
ぼだいじゅのみ菩提樹の実　秋六六四
ほたのぬし榾の主　冬八〇八
ほたのやど榾の宿　冬八〇八
ほたび榾火　冬八〇八
*ほたる蛍　夏四一四
*ほたるいか蛍烏賊　春一八三
*ほたるかご蛍籠　夏三五六
ほたるがっせん蛍合戦　夏四一四
*ほたるがり蛍狩　夏三五五
ほたるぐさ蛍草　秋七一三
ほたるび蛍火　夏四一四
*ほたるぶくろ蛍袋　夏五〇一
ほたるぶね蛍舟　夏三五五
ほたるみ蛍見　夏三五五
*ほだわらかざる穂俵飾る　新九四八
*ぼたん牡丹　夏四三三
ぼたんうう牡丹植う　秋五七五
ぼたんえん牡丹園　夏四三三
ぼたんき牡丹忌　夏三八〇
ぼたんくよう牡丹供養　冬八三八
*ぼたんたきび牡丹焚火　冬八三八
ぼたんたく牡丹焚く　冬八三八
ぼたんつぎき牡丹接木　秋五七五
*ぼたんなべ牡丹鍋　冬七九〇
*ぼたんねわけ牡丹根分　秋五七五
*ぼたんのめ牡丹の芽　春二〇〇
ぼたんゆき牡丹雪　春八四
*ほちゅうあみ捕虫網　夏三五五
ほちゅうもう捕虫網　夏三五五
ぼっち稲棒　秋五六九
ほていあおい布袋葵　夏五〇四
*ほていそう布袋草　夏五〇四
ほとけのうぶゆ仏の産湯　春一五〇
*ほとけのざ仏の座　新一〇一八
*ほととぎす時鳥　夏三九〇
*ほととぎす杜鵑草　秋七一一
ほととぎす子規　夏三九〇
ほととぎす不如帰　夏三九〇
ほととぎす杜鵑　夏三九〇
ほととぎす蜀魂　夏三九〇
ほととぎす杜宇　夏三九〇
ほととぎす時鳥草　秋七一一
ほととぎす油点草　秋七一一
ほととぎすのおとしぶみ時鳥の落し文　夏四一八

ほどまつり火床祭　冬八四六
ほねしょうがつ骨正月　新九三五
ぽぴーぽぴー　夏四六七
ほむぎ穂麦　夏四八四
ぼや小火　冬八一三
*ぼら鯔　秋六二六
ぼらとぶ鯔飛ぶ　秋六二六
ほりごたつ掘炬燵　冬八〇六
*ぼろいちぼろ市　冬七六三
ほろがや母衣蚊帳　夏三二七
ほわたとぶ穂絮飛ぶ　秋六九七
ぼん盆　秋五九九
ぼんあれ盆荒　秋五五三
ぼんいち盆市　秋五九三
ぼんおどり盆踊　秋五八〇
*ぼんきせい盆帰省　秋五五五
ぼんぎた盆北風　秋五四一
ぼんく盆供　秋五九九
*ぼんごち盆東風　秋五四一
ぼんじたく盆支度　秋五九三
ぼんそう盆僧　秋五九九
ほんだわらかざるほんだはら飾る　新九四八
ぼんたん文旦　冬九〇〇
ぼんぢょうちん盆提灯　秋五六四
*ぼんてん梵天　新九九七
ぼんでん梵天　新九九七
ぼんどうろう盆灯籠　秋五六四
*ぼんなみ盆波　秋五五三
ぼんのいち盆の市　秋五九三
*ぼんのつき盆の月　秋五三三
ぼんばい盆梅　春一九三
ぽんぽんだりあポンポンダリア　夏四六四
ほんます本鱒　春一八一
ほんまつり本祭　夏三六九
ぼんみち盆道　秋五九三
ぼんみまい盆見舞　秋五九五
ほんもろこ本諸子　春一八一
*ぼんようい盆用意　秋五九三
ぼんれい盆礼　秋五九五

ま

まあじ真鰺　夏四〇六
まいか真烏賊　夏四〇九
*まいぞめ舞初　新九八一
まいはじめ舞始　新九八一
*まいまい鼓虫　夏四一九
まいまいまひまひ　夏四二九
まいわし真鰯　秋六二七
まがき真牡蠣　冬八八七
まがも真鴨　冬八七六
まがん真雁　秋六三三
まきどこ播床　春一一五
*まきびらき牧開　春一二一
まくず真葛　秋七〇二
まくずはら真葛原　秋七〇二
*まくなぎ蠛蠓　夏四二三
まくらびょうぶ枕屛風　冬八〇三
*まぐろ鮪　冬八八一
まくわうり甜瓜　夏四七九
まくわうり真桑瓜　夏四七九
まけごま負独楽　新九七九
まけどり負鶏　春一三七
*まこも真菰　夏四九三
まこもかり真菰刈　夏四九三
*まこものうま真菰の馬　秋五九一
*まこものめ真菰の芽　春二五五
まじまじ　夏二八〇

ましじみ真蜆　春一八六
ましみず真清水　夏二九九
ましらざけましら酒　秋五五七
＊ます鱒　春一八一
ますかっとマスカット　秋六四九
＊ますくマスク　冬七八一
ますくめろんマスクメロン　夏四八〇
ますほのすすき十寸穂の芒　秋七〇〇
まぜまぜ　夏二八〇
まそほのすすき真赭の芒　秋七〇〇
まだら真鱈　冬八八二
まつあかし松明し　冬八四五
まつあけ松明　新九三三
＊まつあげ松上げ　秋五九七
まついかまついか　春一八三
＊まつおさめ松納　新九九一
＊まつおちば松落葉　夏四五一
まつかざり松飾　新九四二
まつかざる松飾る　冬七六五
まつかふん松花粉　春二二五
まつくぐりまつくぐり　春一六九
＊まつすぎ松過　新九三三
まつぜみ松蟬　春一九二

＊まつたけ松茸　秋七一六
＊まつたけめし松茸飯　秋五五九
＊まつていれ松手入　秋五六五
まつとる松取る　新九九一
まつなぬか松七日　新九三三
＊まつのうち松の内　新九三三
まつのしん松の芯　春二二二
＊まつのはな松の花　春二二五
＊まつのみどりつむ松の緑摘む　春二一〇
まつばがに松葉蟹　冬八八七
＊まつばぼたん松葉牡丹　夏四七二
まつばやし松囃子　春一四一
まっぷく末伏　夏二七三
＊まつむし松虫　秋六三五
＊まつむしそう松虫草　秋七一一
＊まつむしり松毟鳥　春一六九
＊まつよい待宵　秋五三三
まつよいぐさ待宵草　夏四九二
＊まつり祭　夏三六八
＊まつりか茉莉花　夏四三九
まつりがみ祭髪　夏三六八
まつりごろも祭衣　夏三六八

まつりじし祭獅子　夏三六八
まつりだいこ祭太鼓　夏三六八
まつりちょうちん祭提灯　夏三六八
まつりはも祭鱧　夏四〇八
まつりばやし祭囃子　夏三六八
まつりぶえ祭笛　夏三六八
まつりぶね祭舟　夏三六九
まて馬刀　春一八五
＊までがい馬蛤貝　春一八五
までがい馬刀貝　春一八五
までつき馬蛤突　春一八五
まとはじめ的始　新九八七
＊まないたはじめ俎始　新九六八
まなつ真夏　夏二七三
＊まびきな間引菜　秋六八七
まひわ真鶸　秋六二〇
まふゆ真冬　冬七三四
まふらーマフラー　冬七七九
ままこのしりぬぐいままこのしりぬぐひ　秋七一三
ままっこままつこ　春二三〇
＊まむし蝮　夏三八九
まむし蝮蛇　夏三八九

＊まむしぐさ蝮蛇草　春三五〇
まむしぐさ蝮草　春三五〇
まむしざけ蝮酒　夏三八九
まむしとり蝮捕　夏三八九
まめうう豆植う　夏三三九
まめうち豆打　冬八四〇
まめうつ豆打つ　秋五七六
まめごはん豆御飯　夏三一〇
まめたたく豆叩く　秋五七六
まめたん豆炭　冬八〇五
＊まめのはな豆の花　春三二一
まめはざ豆稲架　秋五七六
＊まめひく豆引く　秋五七六
まめまき豆撒　冬八四〇
＊まめまく豆蒔く　夏三三九
まめむしろ豆筵　秋五七六
まめめいげつ豆名月　秋五三六
＊まめめし豆飯　夏三一〇
まやだしまやだし　春一〇九
＊まゆ繭　夏三四三
まゆかき繭掻　夏三四三
まゆだま繭玉　新九九二
まゆにる繭煮る　夏三四三
まゆはきそう眉掃草　春三五〇
まゆほす繭干す　夏三四三
＊まゆみのみ檀の実　秋六六三
まゆみのみ真弓の実　秋六六三
まよなかのつき真夜中の月　秋五三五
まりあのつきマリアの月　夏三六三
＊まりはじめ鞠始　新九八七
まるなす丸茄子　夏四八一
まるはだか丸裸　夏三五七
まろにえのはなマロニエの花　夏四五四
まわりどうろう回り灯籠　夏三三一
まんげつ満月　秋五三三
＊まんざい万歳　新九五九
＊まんさく金縷梅　春二二五
まんさく満作　春二二五
まんさくのはなまんさくの花　春二二五
＊まんじゅしゃげ曼珠沙華　秋七〇七
まんだらえ曼陀羅会　夏三七六
まんだらけ曼荼羅華　夏四九〇
＊まんたろうき万太郎忌　夏三七九
＊まんとマント　冬七七八
まんどう万灯　冬八五三
＊まんりょう万両　冬九二一

み

みうめ実梅　夏四四一
みうめもぐ実梅もぐ　夏四四一
＊みえいく御影供　春一四八
みえいこう御影講　春一四八
みかぐら御神楽　冬八四八
みかづき三日月　秋五三〇
みかわまんざい三河万歳　新九五九
＊みかん蜜柑　冬八九九
＊みかんのはな蜜柑の花　夏四四〇
みかんやま蜜柑山　冬八九九
みくさおう水草生ふ　春二五四
みくさもみじ水草紅草　秋七一五
みこし神輿　夏三六九
みこしぶね神輿舟　夏三七五
みざくら実桜　夏四三一
みざくろ実石榴　秋六五一
みざけ身酒　冬七八二
みさはじめ弥撒始　新一〇一一
みざんしょう実山椒　秋六六七

みそはぎ鼠尾草　秋七〇八
みぞはぎ溝萩　秋七〇八
みぞる霙る　冬七四五
*みぞれ霙　冬七四五
みだれはぎ乱れ萩　秋六九九
みちおしえ道をしへ　夏四一七
みちざねき道真忌　春一四三
*みっか三日　新九三一
みつばみつば　春三三四
*みつばぜり三葉芹　春三三四
みつばち蜜蜂　春一九〇
*みつまたのはな三椏の花　春三〇三
*みつまめ蜜豆　夏三一九
みどりさす緑さす　夏四四七
みどりたつ緑立つ　春二二二
みどりつむ緑摘む　春一一〇
*みどりのひみどりの日　春一四〇
みなみな　春一八六
みなくちのぬさ水口の幣　春一三九
*みなくちまつり水口祭　春一三九
みなくちまつる水口まつる　春一三九
みなしぐり虚栗　秋六五〇
*みなづき水無月　夏二六九

みなづきはらえ水無月祓　夏三七三
*みなみ南風　夏二八〇
みなみかぜ南風　夏二八〇
みなみふく南吹く　夏二八〇
みなみまつり南祭　秋五九八
みなんてん実南天　秋六四六
*みにしむ身に入む　秋五三一
*みねいり峰入　春一三三
みねぐも峰雲　夏二七八
みのが蓑蛾　夏四一三
*みのむし蓑虫　秋六四一
みのむしなく蓑虫鳴く　秋六四一
みのりだ稔り田　秋五五〇
みはまなす実玫瑰　秋六六九
みぶおどり壬生踊　春一五二
みぶきょうげん壬生狂言　春一五二
みぶさい壬生祭　春一五二
みぶな壬生菜　春三三三
みぶねぶつ壬生念仏　春一五二
*みふねまつり三船祭　夏三七一
*みぶねんぶつ壬生念仏　春一五二
みぶのかね壬生の鉦　春一五二
みぶのめん壬生の面　春一五二

みまんりょう実万両　冬九二一
みみあて耳当　冬七七九
みみかけ耳掛　冬七七九
*みみず蚯蚓　夏四三〇
*みみずく木菟　冬八七五
*みみずなく蚯蚓鳴く　秋六四一
*みみぶくろ耳袋　冬七七九
みむらさき実紫　秋六六四
*みもざミモザ　春二〇三
*みやこおどり都をどり　春一四一
みやこおどり都踊　春一四一
*みやこぐさ都草　夏五〇〇
*みやこどり都鳥　冬八七八
*みやこわすれ都忘れ　春二三九
みやずもう宮相撲　秋五八〇
みやまきりしま深山霧島　春二〇六
みやまりんどう深山竜胆　秋七一〇
みゆき深雪　冬七四七
みゆきばれ深雪晴　冬七四七
*みょうがたけ茗荷竹　春二三七
*みょうがのこ茗荷の子　夏四八三
*みょうがのはな茗荷の花　秋六八八
みょうほうのひ妙法の火　秋六〇三

みわたり御渡り　冬七六二
みんみんみんみん　夏四一九

む

*むいか六日　新九三
むかえうま迎馬　秋五九一
むかえがね迎鐘　秋六〇〇
*むかえづゆ迎へ梅雨　夏二八三
むかえび迎火　秋六〇一
*むかご零余子　秋六八六
*むかごめし零余子飯　秋五九九
*むかで蜈蚣　夏四二八
むかで百足　夏四二八
むかで百足虫　夏四二八
*むぎ麦　夏四八四
むぎあおむ麦青む　春二三七
むぎあき麦秋　夏二六五
むぎうち麦打　夏三三五
むぎうる麦熟る　夏四八四
むぎがらやき麦殻焼　夏三三五
*むぎかり麦刈　夏三三五
むぎぐるま麦車　夏三三五
むぎこうせん麦香煎　夏三二九
むぎこがし麦こがし　夏三二九
むぎこき麦扱　夏三三五
むぎじょうちゅう麦焼酎　夏三二四
*むぎちゃ麦茶　夏三二五
むぎとろ麦とろ　秋五六一
*むぎのあき麦の秋　夏二六五
むぎのくろほ麦の黒穂　夏四八四
むぎのほ麦の穂　夏四八四
*むぎのめ麦の芽　冬九一七
むぎばたけ麦畑　夏四八四
むぎふ麦生　夏四八四
*むぎぶえ麦笛　夏三五七
*むぎふみ麦踏　春二一〇
むぎふむ麦踏む　春二一〇
むぎぼこり麦埃　夏三三五
*むぎまき麦蒔　冬八一六
むぎまく麦蒔く　冬八一六
*むぎめし麦飯　夏三二〇
むぎゆ麦湯　夏三二五
むぎわら麦稈　夏三三五
むぎわら麦藁　夏三三五
むぎわらとんぼ麦藁とんぼ　秋六三三
むぎわらぼうし麦稈帽子　夏三〇八
むぎわらぼうし麦藁帽子　夏三〇八
むぎをふむ麦を踏む　春二一〇
むく椋鳥　秋六三一
*むくげ木槿　秋六四四
*むくどり椋鳥　秋六三一
*むぐら葎　夏四八九
むぐらしげる葎茂る　夏四八九
*むくろじ無患子　秋六六五
むくろじのみ無患子の実　秋六六五
*むげつ無月　秋五三四
むこぎむこぎ　春二一四
むごんもうで無言詣　夏三七四
*むささび鼯鼠　冬八六九
*むし虫　秋六三三
*むしうり虫売　秋五八二
むしおい虫追ひ　秋六〇四
*むしおくり虫送　秋六〇四
*むしかご虫籠　秋五八三
*むしがれい蒸鰈　春一〇四
むしくよう虫供養　秋六〇四
むしこ虫籠　秋五八三
むししぐれ虫時雨　秋六三三
むしすだく虫集く　秋六三三

むしだし虫出し　春八七
むしだしのらい虫出しの雷　春八七
むしながし虫流し　秋六〇四
むしのあき虫の秋　秋六三三
むしのこえ虫の声　秋六三三
むしのね虫の音　秋六三三
むしのやみ虫の闇　秋六三三
むしはまぐり蒸蛤　春一八四
むしはらい虫払　夏三三三
＊むしぼし虫干　夏三三三
むしゃにんぎょう武者人形　夏三六四
むしろおる筵織る　冬八三三
＊むすかりムスカリ　春三二六
＊むすびば結葉　夏四四九
むつむつ　春一八〇
むつかけ鯥掛　春一八〇
＊むつき睦月　春六〇
＊むつごろう鯥五郎　春一八〇
むつのはな六花　冬七四七
むつひきあみ鯥曳網　春一八〇
むつほる鯥掘る　春一八〇
むてき霧笛　秋五四四
＊むひょう霧氷　冬七四五
むひょうりん霧氷林　冬七四五
＊むべ郁子　秋七〇四
＊むべのはな郁子の花　春三二一
むべのみ郁子の実　秋七〇四
むらさきけまん紫華鬘　春三三三
＊むらさきしきぶ紫式部　秋六六四
むらさきしきぶのみ紫式部の実　秋六六四
むらさきしじみ紫蜆　春一八六
むらしぐれ村時雨　冬七四三
むらしばい村芝居　秋五八一
むらまつり村祭　秋五九六
むれちどり群千鳥　冬八七七
むろあじ室鯵　夏四〇六
＊むろざき室咲　冬八九八
むろのはな室の花　冬八九八

め

＊めいげつ名月　秋五三三
めいじせつ明治節　秋五八九
＊めいせつき鳴雪忌　春一五九
めうど芽独活　春三三四
＊めーでーメーデー　春一四一
めーでーかメーデー歌　春一四一
めおこし芽起こし　春七三
めおとだき夫婦滝　夏三〇〇
めかりどき目借時　春七三
めかりねぎ和布刈禰宜　冬八五〇
＊めかりのしんじ和布刈神事　冬八五〇
めかりぶね若布刈舟　春二五六
めがるかや雌刈萱　秋七〇一
めぐむ芽組む　春二一一
＊めざし目刺　春二〇四
めざんしょう芽山椒　春二一三
めじか牝鹿　秋六一四
めしすゆ飯饐ゆ　夏三二一
＊めじろ目白　夏四〇〇
めじろ眼白　夏四〇〇
めじろかご目白籠　夏四〇〇
＊めだか目高　夏四〇四
めだき女滝　夏三〇〇
めだち芽立ち　春二二一
めつぎ芽接　春二一八
＊めはじきめはじき　秋七〇五
＊めばり目貼　冬七九八
＊めばりはぐ目貼剝ぐ　春一〇九

めばりやなぎ芽ばり柳　春二二二
めばるかつみ芽張るかつみ　春二三五
めびな女雛　春一三五
めぶく芽吹く　春二一一
めまといめまとひ　夏四三三
めやなぎ芽柳　春二二三
*めろんメロン　夏四八〇

も

もうしゅう孟秋　秋五二一
もうしょ猛暑　夏二七四
*もうふ毛布　冬七七六
*もかり藻刈　夏三四〇
*もがりぶえ虎落笛　冬七四三
もかりぶね藻刈舟　夏三四〇
もかる藻刈る　夏三四〇
*もきちき茂吉忌　春一六〇
もぐさ艾草　春二五三
もぐさおう藻草生ふ　春二五四
もくしゅく苜蓿　春二四三
*もくせい木犀　秋六四四
*もぐらうち土竜打　新九九五
もぐらおい土竜追　新九九五
*もくれん木蓮　春二〇七
もくれん木蘭　春二〇七
もじずり文字摺　夏五〇〇
もじずりそう文字摺草　夏五〇〇
*もず鵙　秋六一八
もず百舌鳥　秋六一八
*もずく海雲　春二五七
もずく水雲　春二五七
もずのこえ鵙の声　秋六一八
もずのにえ鵙の贄　秋六一八
もずのはやにえ鵙の速贄　秋六一八
もずびより鵙日和　秋六一八
もち餅　冬七六六
もちぐさ餅草　春二五三
もちくばり餅配　冬七六六
もちごめあらう餅米洗ふ　冬七六六
もちしょうがつ望正月　新九三四
*もちつき餅搗　冬七六六
もちづき望月　秋五三三
もちつきうた餅搗唄　冬七六六
もちのしお望の潮　秋五三三
*もちのはな黐の花　夏四五七
もちのよ望の夜　秋五三三
*もちばな餅花　新九九二
もちばないり餅花煎　春一四五
もちむしろ餅筵　冬七六六
もどりがつお戻り鰹　秋六二七
もどりづゆ戻り梅雨　夏二八五
ものだね物種　春一一三
*ものだねまく物種蒔く　春一一四
*もののめものの芽　春一三八
*ものはな藻の花　夏五〇五
*もみ籾　秋五七〇
もみうす籾臼　秋五七〇
もみおろす籾下す　春一一四
もみがらやく籾殻焼く　秋五七〇
*もみじ紅葉　秋六五五
もみじ黄葉　秋六五六
もみじあおいもみぢあふひ　夏四六六
*もみじかつちる紅葉且つ散る　秋六五七
*もみじがり紅葉狩　秋五八三
もみじがわ紅葉川　秋六五五
もみじざけ紅葉酒　秋五八三
もみじぢゃや紅葉茶屋　秋五八三
*もみじちる紅葉散る　冬九〇一

もみじなべ紅葉鍋　冬七八四
＊もみじぶな紅葉鮒　秋六二五
もみじみ紅葉見　秋五八三
もみじやま紅葉山　秋六五五
もみずもみづ　秋六五五
もみすり籾摺　秋五七〇
もみすりうた籾摺歌　秋五七〇
もみつける籾浸ける　春二一三
もみほす籾干す　秋五七〇
もみまく籾蒔く　春二一四
もみむしろ籾筵　秋五七〇
＊もも桃　秋六四七
ももうう桃植う　春二一七
＊ももちどり百千鳥　春一六八
もものせっく桃の節供　春一二五
＊もものはな桃の花　春二〇九
もものひ桃の日　春一二五
もものみ桃の実　秋六四七
ももふく桃吹く　秋六九六
ももんがももんが　冬八六九
もやしうどもやし独活　春二三四
もゆ炎ゆ　夏二七五
もりあおがえる森青蛙　夏三八五
＊もりたけき守武忌　秋六〇六
もろがえり蒼鷹　冬八七〇
＊もろこ諸子　春一八一
もろこ諸子魚　春一八一
もろこしもろこし　秋六九二
もろこつる諸子釣る　春一八一
もろこはえ諸子鮠　春一八一
もろこぶね諸子舟　春一八一
もろはだぬぎ諸肌脱　夏三五八
もんしろちょう紋白蝶　春一八九

や

＊やいとばな灸花　夏四九六
＊やえざくら八重桜　春一九八
やえつばき八重椿　春一九四
やえむぐら八重葎　夏四八九
やえやまぶき八重山吹　春二〇八
＊やがく夜学　秋五五五
やがくせい夜学生　秋五五五
やがっこう夜学校　秋五五五
＊やきいも焼藷　冬七八六
やきいも焼芋　冬七八六
やきいもや焼藷屋　冬七八六
やきぐり焼栗　秋六五〇
やきさざえ焼栄螺　春一〇五
＊やきとり焼鳥　冬七九二
やきなす焼茄子　夏三一三
やきはまぐり焼蛤　春一八四
やぎょう夜業　秋五七三
＊やく灼く　夏二七五
やくおとし厄落　冬八四二
やくそうほる薬草掘る　秋五七五
＊やくはらい厄払　冬八四二
やくび厄日　秋五一四
やくもうで厄詣　冬八四二
やぐるま矢車　夏三六四
やぐるまぎく矢車菊　夏四六八
＊やぐるまそう矢車草　夏四六八
やけい夜警　冬八一三
＊やけの焼野　春九三
やけののすすき焼野の芒　春二三九
やけのはら焼野原　春九三
やけはら焼原　春九三
やけやま焼山　春一一一
＊やこうちゅう夜光虫　夏四三〇
＊やしょく夜食　秋五五八

＊やすくにまつり靖国祭 春一四四
やすらい安良居 春一四三
やすらい夜須礼 春一四三
やすらいばな安良居花 春一四三
やすらいまつりやすらひ祭 春一四三
＊やすらゐまつり安良居祭 春一四三
やちぐさ八千草 秋六九六
やつがしら八頭 秋六八五
やっこだこ奴凧 春一二八
やつでのはな八手の花 冬八九六
＊やつでのはな八つ手の花 冬八九六
やとうやたう 夏四一四
＊やどかり寄居虫 春一八七
＊やどりぎ宿木 冬九〇七
やどりぎ寄生木 冬九〇七
＊やな簗 夏三四六
やなうお魚簗 夏三四六
やなうつ簗打つ 夏三四六
やなかく簗かく 夏三四六
やながわなべ柳川鍋 夏三三〇
＊やなぎ柳 春二一四
やなぎかる柳枯る 冬九〇六
＊やなぎちる柳散る 秋六六〇
やなぎのいと柳の糸 春二一四
やなぎのはな柳の花 春二一八
＊やなぎのめ柳の芽 春二一三
やなぎのわた柳の絮 春二一八
＊やなぎはえ柳鮠 春一八三
やなぎばし柳箸 新九六五
やなぎもろこ柳諸子 春一八一
やなさす簗さす 夏三四六
やなせ簗瀬 夏三四六
やなもり簗守 夏三四六
＊やねかえ屋根替 春二一〇
やねつくろぅ屋根繕ふ 春二一〇
やねふく屋根葺く 春二一〇
やば野馬 春八八
やばい野梅 春一九三
＊やはたほぅじょぅえ八幡放生会 秋五九八
＊やはんき夜半忌 秋六〇九
やはんていき夜半亭忌 冬八六〇
＊やぶいり藪入 新九九八
やぶうぐいす藪鶯 冬八七三
やぶか藪蚊 夏四三三
＊やぶからし藪枯らし 秋七〇四
＊やぶこぅじ藪柑子 冬九一三
＊やぶじらみ藪虱 秋七〇六
やぶつばき藪椿 春一九四
＊やぶまき藪巻 冬八〇〇
＊やぶれがさ破れ傘 夏五〇一
やまあそび山遊 春一二五
やまあり山蟻 夏四三六
やまいも山芋 秋六八五
やまうつぎ山うつぎ 夏四五二
やまぅど山独活 春二三四
やまうめやまうめ 夏四四三
やまかがし山楝蛇 夏三八八
やまかがし赤楝蛇 夏三八八
やまかさ山笠 夏三七五
やまがに山蟹 夏四一〇
＊やまがら山雀 夏四〇一
やまぎり山霧 秋五四四
やまぐり山栗 秋六五〇
やまげら山げら 秋六三三
＊やまざくら山桜 春一九七
＊やましたたる山滴る 夏二九四
やましみず山清水 夏二九九
＊やませやませ 夏二八〇

やませかぜ山瀬風　夏二八〇
やませかぜ山背風　夏二八〇
やまつつじ山躑躅　春二〇六
やまつばき山椿　春一九四
やまとなでしこ大和撫子　秋七〇四
やまとまんざい大和万歳　新九五九
*やまねむる山眠る　冬七五三
やまのいも山の芋　秋六八五
やまのぼり山登り　夏三四九
やまはぎ山萩　秋六九九
*やまはじめ山始　新九七三
やまび山火　春一一一
*やまびらき山開　夏三六八
やまびる山蛭　夏四二九
*やまぶき山吹　春二〇八
*やまぶきそう山吹草　春二四九
やまふじ山藤　春二〇七
*やまぶどう山葡萄　秋六七〇
やまぼうし山法師　夏四五六
*やまぼうしのはな山法師の花　夏四五六
やまほこ山鉾　夏三七四
やままゆ山繭　夏四一三

やままゆ天蚕　夏四一三
*やまめ山女　夏四〇三
やまめつり山女釣　夏四〇三
*やまもも楊梅　夏四四三
やまもも山桃　夏四四三
やまやき山焼　春一一一
*やまやく山焼く　春一一一
やまゆり山百合　夏四七〇
やまよそう山粧ふ　秋五四八
*やまよそおう山粧ふ　秋五四八
やまわかば山若葉　夏四四六
*やまわらう山笑ふ　春九一
*やみじる闇汁　冬七八九
やみなべ闇鍋　冬七八九
やみよじる闇夜汁　冬七八九
*やもり守宮　夏三八七
やもり家守　夏三八七
やもり壁虎　夏三八七
ややさむやや寒　秋五三三
*やよい弥生　春六七
*やよいじん弥生尽　春七六
やよいのせっく弥生の節供　春一三五
やよいやま弥生山　春九一

やりいかやり烏賊　夏四〇九
やりばね遣羽子　新九七七
やりょう夜涼　夏二七六
*やればしょう破芭蕉　秋六七三
*やれはす敗荷　秋六八〇
やれはす破蓮　秋六八〇
やれはちす破蓮　秋六八〇
やんまやんま　秋六三三

ゆ

ゆいぞめ結初　新九七一
ゆうあじ夕鰺　夏四〇六
ゆうあられ夕霰　冬七四四
ゆうえい遊泳　夏三五〇
*ゆうがお夕顔　夏四八〇
ゆうがおのはな夕顔の花　夏四八〇
*ゆうがおのみ夕顔の実　秋六八二
ゆうがおべっとう夕顔別当　夏四一三
ゆうがおまく夕顔蒔く　春一一五
ゆうがすみ夕霞　春八七
*ゆうがとう誘蛾灯　夏三四二
ゆうかわず夕蛙　春一六七
ゆうぎり夕霧　秋五四四

ゆうげしょう夕化粧　秋六七六
ゆうごち夕東風　春八〇
ゆうざくら夕桜　春一九六
ゆうし遊糸　春八八
ゆうしぐれ夕時雨　冬七四三
ゆうずうねんぶつ融通念仏　春一四七
*ゆうすげ夕菅　夏四九八
ゆうすず夕涼　夏三七六
ゆうすずみ夕涼み　夏三四七
ゆうぜみ夕蟬　夏四一九
ゆうせん遊船　夏三四八
ゆうたきび夕焚火　冬八一三
*ゆうだち夕立　夏二八六
ゆうだちかぜ夕立風　夏二八六
ゆうだちぐも夕立雲　夏二八六
ゆうちどり夕千鳥　冬八七七
ゆうづき夕月　秋五三〇
ゆうづくよ夕月夜　秋五三〇
ゆうつばめ夕燕　春一七一
ゆうながし夕永し　春七三
*ゆうなぎ夕凪　夏二八三
ゆうにじ夕虹　夏二八八
ゆうのわき夕野分　秋五三九
ゆうはしい夕端居　夏三五八
ゆうばりめろん夕張メロン　夏四八〇
ゆうひばり夕雲雀　春一七〇
ゆうぼたる夕蛍　夏四一四
ゆうもみじ夕紅葉　秋六五五
*ゆうやけ夕焼　夏二九一
ゆうやけぐも夕焼雲　夏二九一
ゆうやけぞら夕焼空　夏二九一
ゆうれいばな幽霊花　秋七〇七
*ゆか川床　夏三四七
ゆか床　夏三四七
ゆかざしき川床座敷　夏三四七
ゆかすずみ川床涼み　夏三四七
*ゆかた浴衣　夏三〇五
ゆかたがけ浴衣掛　夏三〇五
ゆかたびら湯帷子　夏三〇五
ゆかだんぼう床暖房　冬八〇四
ゆがま柚釜　秋五五九
ゆかりょうり川床料理　夏三四七
*ゆき雪　冬七四七
ゆきあかり雪明り　冬七四七
*ゆきあそび雪遊　冬八二八
ゆきあんご雪安居　冬八五四
ゆきうさぎ雪兎　冬八二九
*ゆきおこし雪起し　冬七五〇
*ゆきおれ雪折　冬九〇八
*ゆきおろし雪下し　冬八〇一
ゆきおろし雪卸　冬八〇一
ゆきおんな雪女　冬七四九
*ゆきかき雪搔　冬八〇〇
ゆきがき雪垣　冬七九九
ゆきがきとく雪垣解く　春一〇九
*ゆきがこい雪囲　冬七九九
*ゆきがこいとる雪囲とる　春一〇九
ゆきがた雪形　春九五
ゆきがっせん雪合戦　冬八二八
*ゆきがっぱ雪合羽　冬七七八
ゆきがまえ雪構　冬七九九
*ゆきぐつ雪沓　冬八一三
ゆきげ雪解　春九七
ゆきげかぜ雪解風　春九七
ゆきげがわ雪解川　春九七
ゆきげしき雪景色　冬七五五
ゆきげしずく雪解雫　春九七
ゆきげの雪解野　春九七
ゆきげふじ雪解富士　夏二九四

ゆきげみず　雪解水　春九七
ゆきけむり　雪煙　冬七四九
ゆきごもり　雪籠　冬七九七
*ゆきしまき　雪しまき　冬七五〇
ゆきしまく　雪しまく　冬七五〇
*ゆきじょろう　雪女郎　冬七四九
ゆきじる　雪汁　春九七
*ゆきしろ　雪しろ　春九七
ゆきしろみず　雪しろ水　春九七
*ゆきだるま　雪達磨　冬八二九
ゆきつぶて　雪礫　冬八二八
*ゆきつり　雪吊　冬八〇〇
ゆきつり　雪釣　冬八二九
ゆきつりとく　雪吊解く　春一〇九
*ゆきどけ　雪解　春九七
ゆきにごり　雪濁り　春九七
ゆきの　雪野　冬七五四
ゆきのこる　雪残る　春九五
*ゆきのした　鴨足草　夏五〇三
ゆきのした　虎耳草　夏五〇三
ゆきのした　雪の下　夏五〇三
ゆきのの　雪の野　冬七五四
*ゆきのはて　雪の果　春八五
ゆきのはら　雪の原　冬七五四
ゆきのひま　雪のひま　春九六
ゆきのわかれ　雪の別れ　春八五
ゆきばれ　雪晴　冬七四七
ゆきばんば　雪婆　冬八九〇
ゆきぼたる　雪蛍　冬八九〇
ゆきほてい　雪布袋　冬八二九
ゆきぼとけ　雪仏　冬八二九
*ゆきま　雪間　春九六
*ゆきまぐさ　雪間草　春一三九
ゆきまろげ　雪丸げ　冬八二八
*ゆきみ　雪見　冬八二五
ゆきみざけ　雪見酒　冬八二五
ゆきみしょうじ　雪見障子　冬八〇二
ゆきみの　雪蓑　冬七七八
ゆきみぶね　雪見舟　冬八二五
*ゆきむし　雪虫　春一八九
*ゆきめ　雪眼　冬八三五
ゆきめがね　雪眼鏡　冬八二九
*ゆきもよい　雪催　冬七四七
*ゆきやけ　雪焼　冬八三四
*ゆきやなぎ　雪柳　春二〇七
ゆきやま　雪山　冬七五三
ゆきよけ　雪除　冬七九九
ゆきよけとる　雪除とる　春一〇九
ゆきわり　雪割　春一〇九
ゆきわりそう　雪割草　春二四五
*ゆくあき　行く秋　秋五三四
ゆくあき　逝く秋　秋五三四
ゆくかも　行く鴨　春一七三
ゆくかり　行く雁　春一七三
*ゆくとし　行く年　冬七二五
*ゆくはる　行く春　春七五
ゆくはる　逝く春　春七五
ゆげたつ　湯気立つ　冬八一〇
*ゆげたて　湯気立て　冬八一〇
*ゆざめ　湯ざめ　冬八三一
ゆさわり　ゆさはり　春一三〇
*ゆず　柚子　秋六五三
ゆずがま　柚子釜　秋五五九
*ゆずのはな　柚子の花　夏四四〇
ゆずのみ　柚子の実　秋六五三
ゆずぶろ　柚子風呂　冬七八五
ゆずぼう　柚子坊　秋六四二
ゆずみそ　柚子味噌　秋五五九
*ゆずゆ　柚子湯　冬七八五

ゆすらうめ山桜桃　夏四四三
ゆすらうめ英桃　夏四四三
　ゆすらうめのはな山桜梅の花　春三〇四
ゆすらうめのはな梅桃の花　春三〇四
ゆすらうめのはな英桃の花　春三〇四
*ゆすらのはな山桜桃の花　春三〇四
*ゆすらのみ山桜桃の実　夏四四三
*ゆずりは楪　新一〇一五
ゆだちゆだち　夏二八六
ゆたんぽ湯たんぽ　冬八〇九
ゆでぐりゆで栗　秋六五〇
*ゆどうふ湯豆腐　冬七八四
ゆのはな柚の花　夏四四〇
*ゆみそ柚味噌　秋五五九
*ゆみはじめ弓始　新九八七
ゆめいわい夢祝　新九八三
*ゆめじき夢二忌　秋六〇九
ゆやけ夕焼　夏二九一
*ゆり百合　夏四七〇
ゆりうう百合植う　春二一七
ゆりかもめ百合鷗　冬八七八

よ

よいえびす宵戎　新一〇〇五
よいづき宵月　秋五三〇
よいてんじん宵天神　新一〇〇七
よいのはる宵の春　春六九
よいまつり宵祭　夏三六九
よいみや宵宮　夏三六八
*よいやみ宵闇　秋五三六
ようかてん養花天　春八九
ようきひざくら楊貴妃桜　春一九六
ようさん養蚕　春一二〇
ようじつ羊日　新九三一
ようしゅん陽春　春六〇
ようなし洋梨　秋六四八
ようもうきる羊毛剪る　春一三一
ようりゅう楊柳　春二二四
*よか余花　夏四三一
よかぐら夜神楽　冬八四八
*よかん余寒　春六三
*よぎ夜着　冬七七二
よぎり夜霧　秋五四四
よくぶつ浴仏　春一五〇
よくぶつえ浴仏会　春一五〇
よぐわつむ夜桑摘む　春一二〇
よこしぐれ横時雨　冬七四三
よごと賀詞　新九四九
よざくら夜桜　春一九六
*よさむ夜寒　秋五三三
*よしきり葭切　夏三九五
よしごと夜仕事　秋五七二
よしざきもうで吉崎詣　春一五八
よししょうじ葭障子　夏三三六
*よしず葭簀　夏三三六
よしずがけ葭簀掛　夏三三六
よしすずめ葭雀　夏三九五
よしすだれ葭簾　夏三三五
よしずぢゃや葭簀茶屋　夏三三六
*よしだひまつり吉田火祭　秋五九六
*よしど葭戸　夏三三六
*よしなかき義仲忌　春一五五
よしのしずか吉野静　春二五〇
よしののえしき吉野の会式　春一五二
*よしののはなえしき吉野の花会式　春一五二
よしののもちくばり吉野の餅配　春一五二

春一五二
よしのびな吉野雛　春一三五
よしびょうぶ葭屏風　夏三一六
よしも夜霜　冬七四六
*よすすぎ夜濯　夏三三四
よすずみ夜涼み　夏三四七
*よせなべ寄鍋　冬七九一
よぜみ夜蟬　夏四一九
*よたか夜鷹　夏三九二
よたか怪鴟　夏三九二
*よたかそば夜鷹蕎麦　冬七八六
*よたき夜焚　夏三四五
よたきび夜焚火　冬八一二
よたきぶね夜焚舟　夏三四五
*よっか四日　新九三一
*よっとヨット　夏三四九
よつゆ夜露　秋五四五
*よづり夜釣　夏三四五
よづりびと夜釣人　夏三四五
よづりぶね夜釣舟　夏三四五
よとうよたう　夏四一四
*よとうむし夜盗虫　夏四一四
*よなが夜長　秋五一九
よなきうどん夜鳴饂飩　冬七八六
よなきそば夜鳴蕎麦　冬七八六
よなぐもり霾ぐもり　春八三
*よなべ夜なべ　秋五七二
*よねこぼす米こぼす　新九七一
よのあき夜の秋　夏二一七
よばいぼし夜這星　秋五三七
よばん夜番　冬八一二
よひら四葩　夏四三三
*よぶり夜振　夏三四五
よぶりび夜振火　夏三四五
よぼしのうめ夜干の梅　夏三一三
よまわり夜廻　冬八一二
*よみせ夜店　夏三五二
*よみぞめ読初　新九五二
よみはじめ読始　新九五二
よみや夜宮　夏三六八
*よめがきみ嫁が君　新一〇一二
よめがはぎよめがはぎ　春二一三
*よめな嫁菜　春二一三
よめな嫁菜　秋七〇四
よめなめし嫁菜飯　春二〇七
*よもぎ蓬　春二一三
よもぎう蓬生　春二一三
よもぎつむ蓬摘む　春一二六
よもぎもち蓬餅　春一〇六
*よるのあき夜の秋　夏二一七
よるのうめ夜の梅　春一九三
よろいもち鎧餅　新九四五
よわのあき夜半の秋　秋五一九
よわのはる夜半の春　春七〇
よわのふゆ夜半の冬　冬七三〇

ら

らい雷　夏二八九
らいう雷雨　夏二八九
らいうん雷雲　夏二七八
らいごうえ来迎会　夏三七六
*らいちょう雷鳥　夏三九四
らいめい雷鳴　夏二八九
*らいらっくライラック　春二〇四
らがーラガー　冬八三〇
らがーまんラガーマン　冬八三〇
らくがん落雁　秋六三三
らくだい落第　春九九
*らぐびーラグビー　冬八三〇

らくらい 落雷 夏二八九
＊らっか 落花 春一一九
＊らっかせい 落花生 秋六九四
＊らっきょ らつきよ 夏四八三
らっきょう 辣韮 夏四八三
らっきょう 薤 夏四八三
らっせるしゃ ラッセル車 冬八〇〇
＊らっぱすいせん 喇叭水仙 春三三三
らふらんす ラ・フランス 秋六四八
＊らむね ラムネ 夏三一六
＊らん 蘭 秋六七三
らんおう 乱鶯 夏三九三
＊らんせつき 嵐雪忌 冬八五八
らんちゅう 蘭鋳 夏四〇三
らんのあき 蘭の秋 秋六七三
らんのか 蘭の香 秋六七三
らんのはな 蘭の花 秋六七三

り

りか 梨花 春二一〇
＊りきゅうき 利休忌 春一五七
＊りっか 立夏 夏二六四
りっか 六花 冬七四七
＊りっしゅう 立秋 秋五二三
りっしゅうき 立秋忌 秋六〇八
＊りっしゅん 立春 春六一
りっしゅんだいきち 立春大吉 春六一
＊りっとう 立冬 冬七二〇
りゅうかん 流感 冬八三一
りゅうきゅうむくげ 琉球木槿 夏四三九
りゅうきん 琉金 夏四〇三
りゅうけい 流蛍 夏四一四
＊りゅうじょ 柳絮 春二一八
りゅうしょう 流觴 春一三三
りゅうじょとぶ 柳絮飛ぶ 春二一八
＊りゅうせい 流星 秋五三七
＊りゅうたき 龍太忌 春一六〇
りゅうとう 竜灯 秋五五四
りゅうとう 流灯 秋六〇二
りゅうとうえ 流灯会 秋六〇二
りゅうのすけき 龍之介忌 夏三八二
＊りゅうのたま 竜の玉 冬九二三
りゅうのひげのみ 竜の髯の実 冬九二三
＊りゅうひょう 流氷 春九八
りゅうひょうき 流氷期 春九八
りょう 猟 冬八一九
りょうあらた 涼新た 秋五一三
りょうかいきん 猟解禁 冬八一九
＊りょうかんき 良寛忌 春一五五
りょうき 猟期 冬八一九
＊りょうきおわる 猟期終る 春二二八
りょうきはつ 猟期果つ 春二二八
りょうけん 猟犬 冬八一九
りょうごくのかわびらき 両国の川開 夏三六八
りょうごくのはなび 両国の花火 夏三六八
りょうじゅう 猟銃 冬八一九
りょうしょう 料峭 春六三
りょうなごり 猟名残 春二二八
りょうはじめ 漁始 新九七四
りょうふう 涼風 夏二七六
＊りょうや 良夜 秋五三三
＊りょくいん 緑蔭 夏四四八
りょくう 緑雨 夏二八三
りょくや 緑夜 夏四四七

りらリラ 春二〇四
りらのはなリラの花 春二〇四
りらびえリラ冷 春二〇四
りんかいがっこう臨海学校 夏三〇二
*りんかき林火忌 秋六〇八
*りんかんがっこう林間学校 夏三〇二
*りんご林檎 秋六四九
りんごえん林檎園 秋六四九
りんごがり林檎狩 秋六四九
*りんごのはな林檎の花 春二一一
*りんどう竜胆 秋七一〇

る

*るこうそう縷紅草 夏四七一
るすのみや留守の宮 冬八四三
るすもうで留守詣 冬八四三
るり瑠璃 夏三九九
るりとかげ瑠璃蜥蜴 夏三八七
るりびたき瑠璃鶲 秋六三〇

れ

れいうけ礼受 新九四九
*れいし茘枝 秋六八三
れいじつ麗日 春七〇
*れいじゃ礼者 新九四九
れいしゅ冷酒 夏三一五
れいしょう冷床 春一二五
*れいぞうこ冷蔵庫 夏三一九
*れいぼう冷房 夏三一九
れいぼうしゃ冷房車 夏三一九
*れーすレース 夏三〇六
れーすあむレース編む 夏三〇六
れがったレガッタ 春一二八
れたすレタス 春二三三
*れもん檸檬 秋六五四
れもんレモン 秋六五四
*れんぎょう連翹 春二〇三
れんげ蓮華 夏四七〇
れんげえ蓮華会 夏三七七
れんげそう蓮華草 春二四三
れんげつつじ蓮華躑躅 春二〇六
れんこん蓮根 冬九一七
れんこんほる蓮根掘る 冬八一六
*れんたん煉炭 冬八〇六
*れんにょき蓮如忌 春一五八
れんにょごし蓮如輿 春一五八

ろ

*ろ炉 冬八〇七
ろ絽 夏三〇四
ろあかり炉明り 冬八〇七
*ろうおう老鶯 夏三九三
ろうげつ臘月 冬七二四
ろうじんのひ老人の日 秋五八八
ろうどうか労働歌 春一四一
ろうどうさい労働祭 春一四一
*ろうばい蠟梅 冬八九二
ろうばい老梅 春一九三
ろうばい臘梅 冬八九二
ろうばいき老梅忌 春一五九
ろうはち臘八 冬八五三
*ろうはちえ臘八会 冬八五三
ろうはちがゆ臘八粥 冬八五三
ろうはちせっしん臘八接心 冬八五三
ろうはちせっしん臘八摂心 冬八五三
ろうべんか蠟弁花 春二〇三
ろがたり炉語り 冬八〇七
*ろくがつ六月 夏二六六
*ろくどうまいり六道参 秋六〇〇

*ろだい露台　夏三三
ろのなごり炉の名残　春一〇八
ろのわかれ炉の別れ　春一〇八
ろばなし炉話　冬八〇七
ろび炉火　冬八〇七
*ろびらき炉開　冬八〇九
*ろふさぎ炉塞ぎ　春一〇八
ろぶた炉蓋　春一〇八
ろんぐぶーつロングブーツ　冬七八〇

わ

わかあし若蘆　春二五五
*わかあゆ若鮎　春一八三
わかい若井　新九四三
*わかかえで若楓　夏四四九
わかがえるくさ若返る草　春二三八
わかぎ若木　新九五八
*わかくさ若草　春二三九
わかくさ嫩草　春二三九
わかごま若駒　春一六四
わかこも若菰　春二五五
*わかさぎ公魚　春一八二
わかさぎぶね公魚舟　春一八二
わかさぎりょう公魚漁　春一八二
わかさのい若狭の井　春一四七
わかざり輪飾　新九四四
*わかしば若芝　春二四〇
*わかたけ若竹　夏四六一
わかたばこ若煙草　秋五七四
*わかな若菜　新一〇一六
わかなえ若苗　夏四八五
わかなかご若菜籠　新九五六
わかながり若菜狩　新九五六
*わかなつ若夏　夏三六五
*わかなつみ若菜摘　新九五六
わかなつむ若菜摘む　新九五六
*わかなの若菜野　新九四一
*わかば若葉　夏四四六
わかばあめ若葉雨　夏四四六
わかばかぜ若葉風　夏四四六
わかばさむ若葉寒　夏四四六
わかばびえ若葉冷　夏四四六
わかまつ若松　春二二三
*わかみず若水　新九四三
わかみずあぐ若水あぐ　新九七一
*わかみどり若緑　春二二三
わかみどりつむ若緑摘む　春二一〇
わかみやのう若宮能　夏三六六
*わかめ若布　春二五六
わかめ和布　春二五六
わかめかり若布刈　春二五六
わかやなぎ若柳　春二一四
わかれが別れ蚊　秋六二九
*わかれじも別れ霜　春八六
わかれゆき別れ雪　春八五
わかんじき輪樏　冬八一三
わきん和金　夏四〇三
*わくらば病葉　夏四五一
*わさび山葵　春二三六
わさびざわ山葵沢　春二三六
わさびだ山葵田　春二三六
*わさびのはな山葵の花　夏四七七
*わし鷲　冬八七一
わするなぐさわするなぐさ　春二二四
わすれぐさ忘草　夏四九七
わすれじも忘れ霜　春八六
わすれづの忘れ角　春一六四
*わすれなぐさ勿忘草　春二二四
わすればな忘れ花　冬八九三

わすれゆき忘れ雪　春八五
＊わせ早稲　秋六九〇
わせかる早稲刈る　秋六九〇
わせだ早稲田　秋六九〇
わせのか早稲の香　秋六九〇
わせのはな早稲の花　秋六八九
＊わた棉　秋六九六
＊わたいれ綿入　冬七七二
わたうち綿打　秋五七三
わたくり綿繰　秋五七三
わたぐるま綿車　秋五七三
わたこ綿子　冬七七二
わたつみ綿摘　秋五七三
わたつみ棉摘　秋五七三
＊わたとり綿取　秋五七三
わたとる綿取る　秋五七三
わたぬき綿抜　夏三〇三
＊わたのはな棉の花　夏四八六
わたのはな綿の花　夏四八六
わたのみ棉の実　秋六九六
わたふく棉吹く　秋六九六
わたほす綿干す　秋五七三
わたみのる棉実る　秋六九六
＊わたむし綿虫　冬八九〇
＊わたりどり渡り鳥　秋六一六
＊わなかく罠掛く　冬八二〇
＊わびすけ侘助　冬八九六
わびすけ佗助　冬八九六
＊わらいぞめ笑初　新九七〇
わらぐつ藁沓　冬八一三
＊わらごうし藁盒子　新九四三
＊わらしごと藁仕事　冬八二三
＊わらづか藁塚　秋五七二
＊わらび蕨　春二四七
わらびがり蕨狩　春二四七
＊わらびもち蕨餅　春一〇六
わらびやま蕨山　春二四七
＊われもこう吾亦紅　秋七〇九

『合本 俳句歳時記 第五版』 収録季語数

( )内の数字は、傍題・別名の数を示す。

合計	新年	冬	秋	夏	春	季別／項目
214 (332)	22 (43)	51 (88)	47 (54)	44 (74)	50 (73)	時候
189 (420)	12 (5)	42 (92)	48 (119)	46 (107)	41 (97)	天文
95 (184)	6 (1)	24 (46)	19 (32)	21 (49)	25 (56)	地理
734 (1539)	113 (209)	212 (389)	90 (207)	206 (477)	113 (257)	生活
337 (771)	60 (113)	68 (107)	68 (152)	54 (167)	87 (232)	行事
339 (769)	7 (0)	59 (81)	70 (160)	126 (282)	77 (246)	動物
742 (1231)	12 (13)	79 (107)	200 (346)	248 (356)	203 (409)	植物
2650 (5246)	232 (384)	535 (910)	542 (1070)	745 (1512)	596 (1370)	合計

合本俳句歳時記《がっぽんはいくさいじき》　第五版《だいごはん》　【大活字版《だいかつじばん》】

2019年３月28日　初版発行
2025年３月30日　３版発行

編／角川書店《かどかわしょてん》

発行者／山下　直久

発行／株式会社KADOKAWA
〒102-8177　東京都千代田区富士見2-13-3
電話　0570-002-301（ナビダイヤル）

装画／SOU・SOU「菊づくし」

装丁／大武尚貴＋鈴木久美

印刷所／旭印刷株式会社

製本所／牧製本印刷株式会社

Printed in Japan
ISBN 978-4-04-400440-8　C0092